KB024227

한국 아동문학가 100인 작가·작품론 ❸

일러두기

· 이 책에 실린 작품은 편자와 작가의 협의를 통해 게재 허락을 받았습니다.
· 계간지 〈시와 동화〉에 실렸던 당시 원문의 내용과 표현을 최대한 그대로 살렸습니다.
· 책 제목은 《 》, 단편소설, 잡지, 연극, 노래 제목은 〈 〉로 표시하였습니다.

한국 아동문학가 100인 작가·작품론 ❸

초판 1쇄 발행 2022년 9월 20일

강정규 편저

ISBN 979-11-6581-381-9 (03800)

발행처 주식회사 스푼북 | **발행인** 박상희 | **총괄** 김남원
편집 박지연 · 김선영 · 박선정 · 허재희 · 권새미 | **디자인** 지현정 · 김광휘 | **마케팅** 손준연 · 이성호 · 구혜지
출판신고 2016년 11월 15일 제2017-000267호
주소 (03993) 서울시 마포구 월드컵북로 6길 88-7 ky21빌딩 2층
전화 02-6357-0050(편집) 02-6357-0051(마케팅)
팩스 02-6357-0052 | **전자우편** book@spoonbook.co.kr

한국 아동문학가 100인 작가·작품론 ③

강정규 편저

스푼북

〈시와 동화〉는 1997년 9월에 첫 호를 발행하여 현재까지 20년이 훌쩍 넘는 시간 동안 아동문학 전문 계간지로, 아름다운 동시와 동화를 소개하고 아동문학가들을 양성해 한국 아동문학의 지평을 넓히는 데 일조해 왔습니다. 매 호마다 한국 아동문학사에서 빼놓을 수 없는 작가들의 작품을 소개하고 작품 세계를 논하는 뜻깊은 기획을 진행해 온 것 또한 커다란 업적이자 성취입니다.

〈시와 동화〉가 걸어온 세월만큼이나 방대한 분량의 이야기와 역사적 의미가 쌓여《한국 아동문학가 100인 작가·작품론》1, 2, 3권이 나오게 되었습니다. 한국 아동문학 작가들이 걸어온 자취를 기록하고 의미를 되새기는 일에 함께할 수 있어 영광입니다.

〈퐁당퐁당〉〈넉 점 반〉〈낮에 나온 반달〉 등 많은 작품을 남기며 한국 아동문학의 발전을 이끌었던 윤석중 선생님, 아름다운 동화 속에 평화주의와 반전주의, 생태주의의 철학을 담았던 권정생 선생님. 그리고 지금도 여전히 활발하게 활동하고 계신 강정규, 이상교, 소중애 선생님 등 이 책 속에 담긴 100인의 아동문학 작가들의 작품과 작품 세계는 시간과 세대를 넘어 우리와 우리 다음 세대에까지 전수될 것입니다. 그렇기에 이 책을 펴내는 것이 더욱 의미 있는 일이라고 생각합니다.

작가론, 작품론이라고는 하지만 내용이 어렵거나 딱딱하지 않습니다. 동료 아동문학 작가의 시선에서, 서로의 작품과 작품 세계에 애정을 담아 함께한 추억을 풀어 놓은 담백하고 맑은 수필과 같은 글들입니다. 이 책을 읽는 독자들도 시간을 뛰어넘어 작가들과 함께 걷는 느낌을 받게 될 것입니다.

이 책이 아동문학 발전에 힘쓰셨던 작가들에게 작으나마 유익이 된다면 기쁘겠습니다. 또한 아동문학을 사랑하는 독자들에게 한국 아동문학의 지나온 걸음을 다시 한번 따뜻한 눈길로 바라보는 계기가 되길 바랍니다.

(주)스푼북 대표

박상희

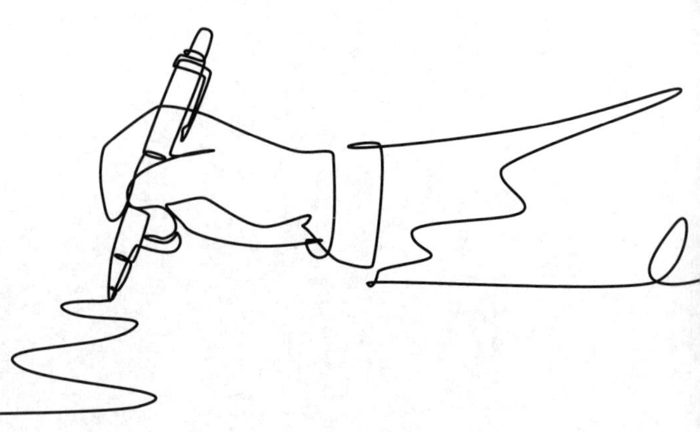

참 고맙습니다.

26년 전, 〈하얀 길〉의 작가 신지식 선생의 금일봉으로 〈시와 동화〉가 태어났습니다. 윤석중 선생 특집으로 구성된 창간호를 시작으로 지금까지 이어져 온 〈시와 동화〉가 (주)스푼북 박상희 대표님의 갚을 길 없는 도움으로 《한국 아동문학가 100인 작가·작품론》이라는 이름으로 간행됩니다.

더 많은 분을 모시지 못한 데다 집필 시기도 고르지 못해 연보를 다 채우지 못하고, 선생님들의 사진과 육필 등 여타 자료를 충분히 보충하지 못해 아쉬움이 남지만, 나름대로 후학이나 연구자들에게 적으나마 보탬이 되고 한국 아동문학을 사랑하는 분들의 읽을거리가 된다면 더 바랄 게 없습니다.

끝으로 작업 과정에서 협력하신 김정옥, 문정옥, 백승자, 백우선, 송재찬, 유효진, 이경순, 이붕, 이창건 선생에게 감사의 말씀을 전합니다.

책이 무거운 고로 간략히 적습니다.

《한국 아동문학가 100인 작가·작품론》 편자

강정규

차례

한국 아동문학가 100인

손광세

대표 작품

〈일기장〉 외 4편

인물론

꿋꿋하고 의지적인 시인

작품론

오솔길에 핀 쑥부쟁이

어린이와 함께 선생이 걸어온 길

일기장

뭉게구름
뭉게뭉게 피어오르는
여름 날.

미루나무 늘어선
언덕길로
아이가 간다.

징검다리 건너다
시냇물에
손을 담가 본다.

졸졸졸
손가락 사이로
빠져나가는
하얀 물소리…….

개울 건너
풀밭에
책가방 던져두고,

클로버 꽃시계를
만드는 아이.

"민호야!"
부르면
쪼르르 달려올 것 같은
어린 나를 만난다.

연필 한 자루

가구 바꾸는 날
먼지 쌓인
서랍장 밑에서 나온
연필 한 자루.

일기를 쓰다
잠시 자리를 비운 사이
감쪽같이 사라져 버린
연필 한 자루.

"언니,
나 안 가져갔어."
연필 내놓으라고 소리치자
울먹이던 내 동생.

"민정아
이를 어째?"

슬그머니
치워 버린
그때 그
연필 한 자루.

알기나 하니?

추위가 돌아서서
눈 흘겨보는
이른 봄날,

벽돌담 아래
햇볕을 쬐고 있는
작은 풀 한 포기.

단단한
시멘트 틈 사이로
발을 뻗기
얼마나 힘들었는지
알기나 하니?

너희들이
따뜻한 방 안에서 잠들 때
손가락 불며 견뎌 낸
겨울밤
얼마나 무서웠는지 아니?

한 잎
또 한 잎
뽑아 올린
연둣빛 잎 몇 장
얼마나 자랑스러운지
알기나 해?

잘했다!
참 잘했다!

칭찬받고 싶은데
그래 주면 안 되니?

우리 집
아롱이처럼
지나가는 아이들
애타게 바라본다.

개미

작은 물웅덩이 빠져
허우적거리는
개미 한 마리.

풀잎으로
다리를 만들어 준다.

짝짝짝짝!
굽어보던 느티나무가
손뼉을 치고,

울타리의 접시꽃
활짝 웃는다.

잠시
몸을 말리고는
서둘러 집 찾아가는
개미.

잘했어!
참 잘했어!

모습을 드러내지 않는
누군가의
목소리.

하루 종일
나를 따라다닌다.

꽃가마

수천 송이
수만 송이
벚꽃으로 꾸민
꽃가마.

나를 태우고
둥실둥실
하늘로 떠오른다.

저 아래
개울이 보이고
마을이 보인다.

파란 대문
우리 집이 보이고
빨래를 너는
엄마가 보인다.

"엄마!"
내가 손을 흔든다.

엄마도
나를 보고
손을 흔들어 준다.

꼿꼿하고 의지적인 시인

권영상

손광세 시인은 의지적인 시인이다. 손광세 시인과 마주 앉아 본 사람이라면 금방 그가 대쪽 같은 성격을 지녔음을 알 것이다. 옷매무새나 말씨, 어느 한구석 싱거운 데가 없다. 웃을 때 얼굴 근육이 다 움직이도록 환하게 웃지만 그 안에는 꼿꼿한 의지와 자존감이 숨어 있다.

그는 무엇보다 소신이 분명하다. 남에게 아쉬운 소리를 하거나 머리를 굽히지 않는다. 상대가 누구든 부당한 권위에 휘둘리지도 않는다. 아무리 세상이 권력을 따라 산다 해도 자신을 알아주지 않으면 돌아서고 말지 뜻을 굽히지 않는다.

손광세 시인을 처음으로 만난 건 참 우연한 일이다. 그때가 1983년쯤인 듯하다. 등단을 했지만, 그때만 해도 나는 아직 문단을 잘 몰랐고, 아동문학을 하는 분들과도 크게 교류하지 못하고 지냈다. 손광세 시인과도 물론 그랬다. 어떻든 그때 나는 묵호의 작은 초등학교에서 근무했었고, 〈교육자료〉라는 교사들이 읽는 잡지에 '주말부부'라는 수필을 연재하고 있었다. 그해 겨울 〈교육자료〉를 내고 있던 한국교육출판을 찾았다. 사무실은 마포구 서교동에 있었다. 거기서 뜻하지 않게 손광세 시인을 만났다. 그는 편집차장의 일을 맡아 보고 있었다.

취재하느라, '교자문원' 심사 위원으로 위촉하느라, 시골에서 지내던 내가 쉽게 만날 수 없었던 서정주, 조병화, 황금찬, 정한모, 박목월, 이원수 등의 원로 문인들을 손광세 시인은 두루 만나고 있었다. 함께 식사를 했는데 그 자리에서 선배 문인들에 대한 많은 이야기를 들려주었다. 그의 첫인상은 매우 치밀하고 경우 바른 분으로 각인되어 있다.

손광세 시인은 나보다 7년 연상이다. 그리고, 그는 한국교육출판 편집국장으로 승진하여 얼마 있지 않아 교단으로 돌아왔다. 그가 한국아동문학가협회에서 활동하고 있을 때, 나는 다른 단체인 한국 아동문학회에 몸담고 있었다. 이런저런 까닭으로 내가 직장을 서울로 옮겼지만 손광세 시인을 만나기는 어려웠다. 그런데, 1995년 '시와 여울'이라는 서울에서 거주하는 동시인 몇 사람의 모임이 결성되었다. 거기서 손광세 시인을 다시 만나게 되었고, 그 후로 두 달에 한 번쯤 얼굴을 대할 수 있게 되었다.

"권 선생님! 6월 둘째 주 수요일 시간 어떻겠습니까?"

'시와 여울'의 일을 도맡아 보는 관계로 그는 우리 집에 가끔 전화를 한다. 지금도 처음 만났을 때와 마찬가지로 후배에게 경어를 쓴다. 그건 한 번도 어김이 없다. 가끔 먼 나들이를 떠나기도 하지만 우리는 주로 인사동에 있는 음식점 '보릿고개 추억'에서 만난다. 술을 권하며 이런저런 이야기를 나누지만, 손광세 시인은 흐트러짐이 없다. 술이 한잔 들어가도 '권 선생님'이지 '권 선생', '어, 이봐!' 그러는 법이 없다. 그런 관계로 손광세 시인을 이런 분이네, 저런 분이네 하고 말하기는 사실 어렵고 조심스럽다. 누구에게나 쉽게 활짝 문을 열지 않는 그의 성격은 외로웠던 성장기의 환경과 무관하지 않아 보인다.

손광세 시인은 1945년 3월 일본에서 태어났으며, 해방과 더불어 귀국하였다. 귀국 당시 아버지는 마산역에서 환승할 열차를 기다리는 사이에 소매치기를 당하였다. 살면서 갚겠다는 각서를 쓰고서야 겨우 진주행 열차에 오를 수 있었다. 2대 독자인 데다 열세 살에 조실부모하고 단신으로 일본으로 건너가 자수성가한 아버지가, 빈손으로 돌아와 거처할 곳을 마련하기란 참으로 어려운 일이었다. 일본인이 살다 떠난 철도 관사와 학교 사택을 전전하다가, 산허리에 자리 잡고 있던 외딴 친척 집 옆에 오두막을 지었다. 솔숲에 둘러싸인 집이라 해서, 주변 사람들이 '솔집'이란 애칭으로 불러주었다. 또래라곤 없었다. 6·25 전쟁이 일어난 다섯 살 때까지 고도 같은 외로움 속에서 지냈다. 꼬마 마부가 마차를 몰고 사라져 가던 꿈에서 깨어나면, 토끼 풀밭을 에워싸고 있던 질식할 것 같던 외로움을 아직도 잊지 못하고 있다.

이때, 손을 내민 것이 자연이었다. 언덕바지의 양지꽃이며, 고려 장군의 무덤에 피어 있던 제비꽃이며, 느릅나무 구멍에서 기어 나오던 사슴벌레며, 앞개울 모래밭에서 찾아내던 민물조개며……. 이때 만난 자연은 자신을 시인으로 키워 준 어머니이며, 솔집은 꿈의 궁전이라고 회상한다.

전쟁의 포화가 멈추자 다시 이사를 했지만 이곳 역시 독립가옥이었다. 이사를 하고 얼마 동안은 혼자서 집을 보는 날이 많았다. 이사하는 도중에 개구쟁이들이 터뜨린 폭발물에 형이 다리를 크게 다쳤고, 어머니는 병원에서 수발을 들어야 했다. 외로움은 좀처럼 그를 놓아 주질 않았다. 외로움과 자연이 그의 작품에서 큰 비중을 차지하는 것은 너무나 당연한 일이다.

그는 극히 내성적이었다. 초등학교 3학년 때, 화장실을 다녀오겠다는 말이 나오지 않아 옷에다 배설하기도 하였고, 5학년 때는 칠판에 써놓은 수학 문제의 답을 알고 있으면서도 아무도 모르느냐고 담임교사가 호통을 치는데도, 용기가 없어 손을 들지 못했다.

정촌국민학교를 졸업하고 그는 진주사범 병설중학교에 입학했다. 그런데 경제 사정이 여의치 못해 월 회비를 제때 내지 못했다. 기일 내에 월 회비를 납부하지 못하면 등교 정지 처분을 받게 되고 교실 밖으로 쫓겨나야 했다.

"그때, 한 달에 열흘은 교실 밖으로 내몰리는 신세가 되었지요."

힘들었던 그때의 일을 회고하는 인터뷰 기사를 읽은 적이 있다.

내가 누린 호사

중학교 시절
월회비를 내지 않았다고
쫓겨나던 날이 많았지.
교문 진입로에 만개한 벚꽃
하얀 건반 두드리던
햇살의 눈부신 손
교실에 남아 있던 친구들이야
어찌 알 수 있었을까?
도심에서 빠져나오면
바다처럼 푸른 보리밭

두 팔 벌려 안아 주었지.
그림을 잘 그리는 의고랑
아버지가 스님이라던 해길이는
어디서
호사를 누렸을까?
고마워라,
금니 박은 서무실 직원이여.
교실에만 박혀 있지 말고
아름다운 봄날 만나 보라고
내 등을 떠밀었지.

2010년 〈조선문학〉에 발표한 작품이다. 손광세 시인은 그때 가난하다는 이유로 차별 받았던 상처를 오랫동안 지우지 못했다. 유대감과 자유에의 열망, 그중 하나가 채워지지 않으면 어른이 되어도 결핍감에 시달린다는 말이 있다. 그 결핍감이 손광세 시인의 깊은 마음속에 눈물과 고뇌, 좌절과 절망의 그림자로 얼룩졌을 것이다.

교실 밖으로 내몰린 유대감의 상실과 어쩌면 그때 받았던 그 상처와 결핍이 있어 손광세 시인은 오늘날 좋은 시인으로 거듭났을지 모를 일이다.

중학교를 졸업하고 진주사범학교에 응시하였으나 좌절되어 진주농림고등학교에 입학하였다. 고등학교 때의 목표는 육군 사관 학교였다. 그러나 그는 체중 미달로 부산 3육군병원에서 돌아왔다. 연필 한 번 잡아 보지 못한 채 다시 한번 날개가 꺾였다. 미리 체중을 재 보지 않았느냐고 의아하게 여길 사람이 있을지 모르겠으나, 그는 그때까지 한 번도 목욕탕이란 곳에 가 보질 못했다. 그 후 진주교육대학에 들어갔다. 그 무렵, 별똥별이 질 때면 발원한 게 있다고 한다. '시인'이 되겠다는 꿈이었다. 진주교육대학에서 학생회 학예부장의 일을 맡아 제1회 '두류문화전' 행사를 기획하여 성공리에 마쳤다. 시화전을 열었고, 동아리 회원들의 작품을 수합하여 '하얀 모임'이란 작은 문집을 묶기도 하였다. 조평규 작가와 박일 시인이 그때 함께 활동하던 멤버였다.

상처 없는 나무가 없듯 상처 없는 시인도 없다. 시인이 되겠다는 원을 세운 것은 마음 속 아픈 그림자들이 파도처럼 요동치며 분출해낸 자연스런 결과라 여겨진다.

대학시절부터 등단을 향한 도전도 시작하였다. 그렇지만 결실을 거둔 것은 10년이 훨씬 지난 후였다. 1978년 〈아동문예〉를 통해 동시 3회 천료 과정을 마쳤다. 1981년에는 〈월간문학〉 시조 신인상을 받았고, 1986년에는 〈동아일보〉 신춘문예에 동시 〈허수아비〉가 당선되었다. 같은 장르에서 등단 과정을 다시 거치는 건 보기 좋지 않다고 혀를 차는 사람도 있었다. 손광세 시인은 이점에 대해 경위를 밝힌 바 있다. 문학잡지와 신춘문예에 대한 도전을 함께 시작하였다. 〈아동문예〉의 추천 과정을 거치는 동안, 여러 차례 신춘문예의 최종심에 올랐다. 어떤 해에는 당선작이 표절작으로 밝혀져 당선 취소되는 일이 생겼다. 이 때문에 최종심에 오르고도 피해를 입기까지 하였다. 끝까지 가 보리란 오기가 생겼고, 〈아동문예〉 등단 후 8년 만에 목표를 달성할 수 있었다. 1988년에는 〈시문학〉을 통해 성인 시가 추천 완료되었다. 이로써, 운문 전 장르의 등단 관문을 거치게 되었다. 오랜 습작 기간을 보냈지만 이는 좋은 작품을 발아시키는 비옥한 토양이 된 것이다.

손광세 시인은 정말 시를 쓰기 위해 태어난 분 같다. 지나온 과거가 그것을 잘 말해준다. 그는 작품집 서문에서 시작 활동을 자신을 구원하는 종교라고 밝히고 있다. 들끓는 감동을 형상화하다 보면 희열을 맛보기도 하고, 내면의 분노와 아픔을 승화시킨다고 한다. 작품을 통해 남에게 무언가를 기여할 수 있다는 기대감 때문에 보람을 느낀다고도 한다.

우리나라에 동시를 쓰는 시인은 많다. 그러나 좋은 동시를 쓰는 시인은 흔하지 않다.

손광세 시인은 작품으로 승부해야 한다는 투철한 작가 정신을 지니고 있다. 그는 많은 독자들의 사랑을 받고 있으며, 동료 문학인들로부터도 좋은 평가를 받고 있다. 1976년 4월 24일 〈한국일보〉에 게재된 '한국의 예맥'에서 이재철 교수는 1970년대의 대표 동시인으로 이준관, 하청호, 김구연, 노원호, 박두순, 공재동, 김원석, 전원범, 정용원, 이혜인, 김재수 시인과 더불어 손광세 시인을 들었다.

경제 논리에 의해 인간성이 오염되어 간다고 개탄들을 하고 있다. 범죄 왕국의 오명을 쓰고 있는 현실이다. 과외로 학원으로 내몰리는 어린이들을 애처로운 눈길로 바라보는 사람들도 많다. 손광세 시인의 동시가 서정의 반딧불이가 되어 독자들을 아름답고 곱고 밝은 길로 인도해 주고 있어 다행스런 일이라고 생각한다.

6년 전 늦은 가을이었다. 손광세 시인으로부터 '시와 여울' 모임에 관한 연락이 왔다. 토요일 오후에 3호선 무악재역에서 만나기로 했다.

일행이 다 모이자 그는 그리 멀지 않은 서울 안산초등학교 학습공원으로 안내했다.

그곳에는 손광세 시인의 동시 '저녁노을'을 새긴 큼직한 시비가 세워져 있었다. 이 동시는 5차 교육 과정 5학년 2학기 국어 읽기 교과서에 수록된 작품이기도 하다. 시비 앞에 회원들이 둘러섰다. 우리는 〈저녁노을〉을 읽고, 정자 주변에 늘어선 빨갛게 물든 벚나무 단풍을 바라보았다. 손광세 시인의 내면에서 풀려나온 노을빛이 발목을 붙들고 놓아 주질 않았다.

저녁노을

비 맞아 떨어진
벚나무 단풍

책 속에 고이고이
끼워 두었지만

나 몰래 빠져나간
그 고운 빛깔

누이야, 저 하늘에
걸려 있구나.

오솔길에 핀 쑥부쟁이

한명순

1. 작품으로 보여 주는 시론

손광세 시인의 동시를, 봄꽃이나 여름 꽃이 아니라, 가을을 물들이며 조용히 겨울을 기다리는 거기, 그곳에 피어 있는 쑥부쟁이에 비유하고 싶다. 쑥부쟁이의 파르스름한 꽃 빛깔은 손광세 시인의 맑은 영혼을 대하는 듯하다.

언어를 다루는 노련함과 원숙미는 그의 문단 경력이 만만치 않음을 말해 준다. 손광세 시인은 1978년 〈아동문예〉를 통해 동시가 추천 완료되었고, 시·시조·수필을 함께 쓰고 있다. 〈아동문학야사〉(순리, 2011)에서 그는 동시가 다른 장르에 비해 쉬운 글이라는 인식은 잘못된 편견이라고 일침을 놓는다. 같은 운문이라도 성인 시나, 시조에 비해 소재나 언어 선택 면에서 오히려 더 많은 제약을 받는다고 말한다. 어린이를 위한답시고 어린이의 수준에도 미치지 못하는 글이나, 어린이의 관심이나 특성을 고려하지 않는 글을 남발해서는 안 된다고 걱정한다.

〈시인 나라〉 4호(2008)에서 손광세 시인은 열쇠 꾸러미를 목에 건 채 문방구 게임기 앞에서 쭈그리고 앉았다가, 학원으로 가야 하는 요즘 어린이들에게 그의 동시가 작은 쉼터가 되었으면 좋겠다고 밝힌다.

'비정한 현실은 작은 쉼터조차 밀어내고 생산을 위한 철 구조물을 세우려고 한다. 왜들 이리 근시안이 되어 가는지 모를 일이다. 이래서는 안 된다. 이래서는 결코 사랑과 행복이 충만한 미래를 기대할 수 없다. 어린이들의 가슴속에 아카시아 꽃향기와 은은한 뻐꾸기 소리를 담아 주어야 한다. 참되게 인식하려는 지혜와 바르게 살아가려는 의지도 슬며시 챙겨 주지 않으면 안 된다.'

손광세 시인의 동시는 '어린이 사랑'에서 비롯된다. 어린이가 독자인 만큼 독자로서의 어린이를 분명히 의식하고 있는 것이다.

《동요 동시 짓기》(경원각, 1989)에서 손광세 시인은 동시를 감동이 담긴 글, 운율을 살린 글, 형상화한 글이라고 정리하였다. 감동은 떨림이 있는 생각을 말하는데, 기쁘고 슬픈 생활사나, 새로운 상상이나 깨달음은 감동을 수반한다고 했다. 감동을 표현하되, 설명의 물기를 제거해야 한다고 했다. 산문이 바닷물이라면 동시는 소금이라는 비유를 들었다. 그리고 되도록 추상적인 진술을 피하고 이미지로 형상화해야 한다고 강조했다.

이태리포플러 숲길을 걸으면

탬버린 소리가
들린다.

신나게
흔들어 대다가
쉬고,

쉬었다간
다시
흔들어 대는

흥겨운
음악 시간.

보이지 않는
누군가의
하얀 손짓을 따라

일제히
탬버린 소리가
끊기는
사이
사이.

먼 머언
뻐꾸기 소리.

샘물처럼

파란

목소리…….

1991년 〈아동문예〉에서 발행한 첫 동시집 《이태리포플러 숲길을 걸으면》에 실린 작품이다. 시인의 섬세한 상상력은 자연에 대한 시작적 관찰을 통해 어린이들에게 청각적으로 친근하게 다가서고 있다. 간결하여 부담감을 줄여 주며, 어린이의 생활과 밀착되어 있어 정서적 교감을 느끼게 한다. 손광세 시인은 그의 시론을 작품으로 보여 준다.

2. 시인의 관심

시인이 즐겨 다루는 소재를 정리해 보고 표현의 특징을 살펴본다면 그의 작품이 지닌 색조를 어느 정도 파악할 수 있을 것이다. 손광세 시인이 관심을 보이는 시적 소재는 세 묶음으로 나누어 볼 수 있다. 아름다움을 탐색하는 동시, 정을 다룬 동시, 삶의 방법을 일러주는 동시가 그것이다.

가. 아름다움을 탐색하는 동시

그가 다루는 아름다움의 대상에는 시작적인 것이 가장 큰 비중을 차지한다. 계절에 따른 풍경의 변화나 자연환경을 즐겨 시적 소재로 삼는다. 조류들의 울음소리와 풍물소리 같은 청각적인 대상이나, 새벽바람에서 받는 감촉, 꽃향기와 물맛, 내면에서 일어나는 갖가지 추상적인 감정도 여기에 포함시킬 수 있다.

미루나무

임금님이다!
임금님이다!

언덕 위의
가을 미루나무.

순금 왕관
눌러 쓴,
통일신라
임금님이다!

1995년 〈소년〉 10월호에 실렸던 동시이다. 관념은 발견할 수 없다. 가을날, 노랗게 물든 미루나무의 아름다움을 느끼기만 하면 그만이다. 손광세 시인은 예리한 감성으로 자연을 상상의 이중 구조로 형상화하고 있다. 작곡가 기청에 의해 곡이 붙여진 〈웃음〉이란 동요가 있다. 순이가 웃어주면 마음은 새벽 바다가 되고, 바람 타는 사시나무가 된다고 하였다. 이와 같은 참신한 착상은 독자의 마음에도 잔잔한 파문을 일으키게 만든다.

늘어진 가지를 낚싯대로 비유한 〈수양버들〉, 노을을 사과 껍질과 귤껍질로 견준 〈서쪽 하늘〉, 물결을 앞구르기 하는 아이로 비유한 〈파도〉, 저녁이면 켜지는 하늘 마을의 등불이라는 〈별〉이 같은 부류에 묶을 수 있는 작품들이다. 이런 동시는 독자들의 마음을 곱게 정화시키는 역할을 한다.

나. 정을 다룬 동시

때로는 동시라는 도구를 통해 자신이 직접 겪었던 잊히지 않는 일들을 되살려 내기도 한다. 성인 시가 아닌 동시일 경우 그는 자신의 이야기를 어른의 위치에서 들려주지 않는다. 어린이 화자를 내세워 이야기를 전개한다. 자신이 직접 겪은 일뿐만 아니라 본 이야기, 들은 이야기도 즐겨 소재로 삼는다.

시집갈 때 누나는 거울 속의 얼굴도 데리고 가 버렸다는 〈누나의 거울〉, 이사한 집에 찾아온 참새도 반가운 친구라고 반기는 〈손님〉, 태어나기 전의 가족사진을 들여다보며 자신을 찾는 〈가족사진〉, 의성어로 어머니와 아들이 사랑을 확인하는 〈기적 소리〉 등이 같은 부류의 작품들이다. 이런 작품을 통해서 독자들이 자신을 돌아보고 앞으로 어떤 인간관계를 만들어 나가야 할 것인지 생각해보게 만든다.

그는 어린이들을 소재로 한 작품을 많이 발표했다. 교단에 오래 머무른 관계로 어린이들의 관심사나 심리 상태를 누구보다 잘 이해하고 있기 때문일 것이다.

인용한 〈머리핀〉은 2003년 〈아동문학연구〉에 실린 글이다. 어린이에 대한 애정의 깊이를 느낄 수 있다. 손광세 시인은 어린이의 눈높이에서 대상을 바라보고 순수한 마음의 귀를 열어 놓고 있다.

머리핀

바자회에서 샀다고
머리핀 하나
슬며시 꺼내 놓은 아름아.

나는 너를
생각하지도 않았는데
너는 나를
가슴에 품고 다녔구나.

떡볶이 가게를 돌아
인형 가게를 지나
사뿐사뿐
고양이 걸음으로 다녔구나.

보랏빛 가을꽃
고운 머리핀.

100원에 샀다고
살짝 얼굴 붉히는
내 동생 아름아!

좋은 선물 받았는데
왜 이러지?
자꾸 하늘을 본다.

다. 삶의 방법을 일러주는 동시

아름다움을 탐색하는 동시나 정을 다룬 동시 외에도 조상들이 살아온 과거로 여행하는 일이나, 어린이들을 둘러싼 현실 문제를 점검해 보는 일이나, 나라의 소중함을 일러주는 일이나, 파괴되어 가는 환경 문제를 따져 보는 일이나, 소재에 의미를 부여하는 존재 가치를 조명하는 일 등 동시에서 다루어야 할 주제는 참으로 많다. 이런 종류의 동시를 '삶의 방법을 일러주는 동시'라는 이름으로 묶어 본다.

손광세 시인은 알로이시오초등학교로 개명한 소년의집초등학교에서 12년 동안 근무하였다. 〈달〉은 그때 쓴 작품이다. 이 작품엔 두 가지 메시지가 담겨 있다. 첫째는 부모님의 마음을 이해해야 한다는 어린이들에게 들려주는 다독거림이고, 둘째는 어떤 일이 있어도 자녀를 포기해서는 안 된다는 어른들에게 들려주는 강한 주장이다. 이런 동시의 경우 자칫 흥분하여 목소리가 높아지기 쉬운데, 함정에 빠지지 않고 관찰자의 시점에서 잘 마무리하고 있다. 다만 다른 시에 비해 다소 긴장감이 느슨해진 인상을 주는데, 이는 산문시 쪽에도 관심을 두고 보다 쉽게 어린이에게 접근하고자 하는 시도의 하나라고 볼 수 있다.

달

소년의 집
창밖에 달이 떠 있다.

내 딸아!
오늘은, 또 얼마나 엄마를 기다렸니?
얼마나
엄마를 원망하다 잠이 들었니?

"엄마 말씀 잘 들을게요.
엄마랑 살고 싶어요."
헤어지던 날
너는 두 손을 비비며 매달렸지.

우리가
왜 헤어지지 않으면 안 되는지
이야기하고
엄마가 없어도
꿋꿋이 살아가야 한다고 타이르자,

눈물을 훔치고
고개를 끄덕이던
착하기만 한 내 딸아!

울타리 안으로 들여보내 놓고
자꾸만 뒤돌아보던, 너를

숨어서 지켜보며, 엄마는
얼마나
울었는지 모른단다.

감기 들지는 않았는지
이불을 뒤집어쓰고
소리 죽여 엄마를 찾지는 않는지
하루도 거르지 않고
네 곁을 찾아오는 엄마를 아니?

달은
소년의 집
창밖에 떠 있는 달은 엄마란다.

방에는 들어가지 못하고
창가에서 서성이다 돌아가는
엄마의 마음이란다.

이 외에 농아 학교 어린이들의 불편함을 다룬 〈수화〉는 소외된 어린이를 애정 어린 시선으로 바라봄에 머물러 있지 않고 아픔을 형상화한 시인의 따뜻함이 그들의 마음을 대변해 주는 듯하다. 학용품 하나도 제 나름대로의 중요한 일을 한다는 〈크레파스〉, 석수장이 할아버지와 손녀를 상상한 〈돌하르방〉, 생각의 변화를 유도한 〈울타리〉 등도 같은 부류의 눈여겨볼 만한 작품들이다.

3. 다양한 표현 방법

감동적인 내용이라 해도 표현이 미치지 못한다면 결코 좋은 동시가 될 수 없다. 그래서 흔히들 내용을 생선이라고 하고 표현을 요리 방법이라고 견주기도 한다. 표현 방법을 놓고 깊이 고뇌하고 오래 퇴고하는 사람 중의 하나가 손광세 시인이다.

원고지

원고지 둘레로

바다가 출렁거린다.
두터운 이불을 걷어차는
강냉이 새순의
연둣빛 숨결이 걸린다.
바람의 치마폭에
싸여오는
맵싸한 꽃 냄새.
깟깟깟깟!
까치우는
밤나무 가지가 걸린다.
코스모스 송이처럼
손을 흔드는
순이의
하얀 얼굴도 걸린다.
원고지는
그물.
은 비늘 번쩍이는
아름다운
생각들이 걸린다.

1977년 〈아동문예〉의 1회 추천을 거친 〈원고지〉란 작품이다. 윤부현 시인은 심사 소감에서 '순수하리만치 동심을 포착하는 렌즈가 투명하여 선자의 마음을 샀다.'고 했다. 그는 원고지를 그물로 설정하고 비늘 번쩍이는 생각들이 걸려들길 바라고 있다. 상상력의 바다에 원고지 그물을 던져 놓고 생동하는 동심의 세계를 건져 올리는 부자 어부, 그가 손광세 시인이다.

가. 치밀한 구성

구성을 설계도와 같다고 한다. 그만큼 구성이 중요하다는 말이다. 동시에서도 예외는 아니다.

동시집 《나무 의자》(아동문예, 2006)에 실린 서정적인 정취를 발산하는 작품이다. 기차가 지나가지만 내리고 타는 사람은 없다. 시골 정거장의 조용한 분위기를 고조시킨다. 놓여있는 의자에 사람 대신 노을이 쉬고 있다. 짧은 형식이지만 한 치의 빈틈도 없는 탄탄한 구성을 보여 준다.

그는 시간 순서나 인과에 의한 직렬 구성을 많이 활용하는 편이다. 그러나 효과를 살리기 위해서는 역순으로 배치하기도 하고, 심한 비약을 시도하는 경우도 있다. 동등한 내용을 다룰 때는 병렬 구성을 하기도 한다.

나무 의자

내가 탄 기차는
시골 정거장을
지나가고 있었습니다.

내리고 타는 사람
하나 없는
시골 정거장.
한쪽에
하얀 나무 의자가
놓여 있었습니다.

턱을 괴고
노을 혼자
쉬고 있었습니다.

나. 투명한 이미지

손광세 시인의 동시를 읽고 나면, 머릿속에 선명한 그림이 새겨진다. 동시는 설명이 아니라 이미지로 보여 주어야 한다는 그의 주장과 일치한다.

바람 부는 날

언니야!
언덕 위의 키 큰
저 미루나무 좀 봐.
목 운동을 하다가

옆구리 운동을 하다가
등배 운동을 하다가…….
맨손 체조를 하고 있다.
그치?
언니야! 다른 나무들도 좀 봐.
산허리의 오리나무
길가의 플라타너스
뜰 안의 목련나무…….
나무란 나무는 모두 다
미루나무를 따라
맨손 체조를 하고 있어.
유치원 동생들처럼
풀잎도 흉내를 내고 있어.
쉿!
미루나무가 멈추어 섰어.
다른 나무들도 멈추어 섰어.

언니야!
잘 들어 봐.
호루라기를 목에 건
미루나무의
카랑카랑한 목소리
들리지 않니?
"하낫, 둘……."
"하낫, 둘……."
나무들이
다시 움직이기 시작했어.

1991년 〈아동문학평론〉 가을호에서 문삼석 시인은 '그의 작품을 읽으면 그물에 걸려든 나비 꼴이 되어 있는 자신을 발견하게 된다. 잠시 흔들림을 멈췄다가 다시 율동을 시작하는 순간적인 현상에서 카랑카랑한 구령 소리를 유추해 낸다는 건 놀라운 감수성의 소산이다. 어느 한 부분도 올이 굵다거나 또는 성기지 않는, 미세하고 촘촘한 감성의 그물이 평범한 자연 사물을 경이로운 서정의 세계로 바꾸어 놓고 있다. 키가 큰 미루나무의 지휘로 일제히 맨손 체조를 시작하는 여타의 나무들에게서 우리가 느끼는 건 자연과 인간과의 무차별성이며, 가지런한 정제감의 기쁨이다. 사실 이 정제감은 손광세 시인의 작품이 공통적으로 지니고 있는 특징이 되고 있다. 시상은 고도로 응축되어 있으며, 형태 또한 엄격한 내재율에 의존하고 있다. 그리고, 그의 치밀한 감성은 필요 이상으로 과장하거나 흥분하지 않으며, 의미 없는 영탄으로 시상을 마무리하지 않는다.'고 극찬하고 있다. 필자도 공감하고 있다.

여기선 주로 활유법을 동원하였지만, 그는 비유법, 구체적 상관물 제시, 중층 묘사 등 다양한 수사법을 통해 투명한 이미지 창출을 시도하고 있다.

우리 아기

이웃집
미정이 아줌마
찾아오시면

우리 아기는
대뜸
소파 위에 올라선다.

왜 그러는지
나는 알지.

"많이 컸네!"
그 소리
또
듣고 싶은 게지.

서울시교육연구소에서 발행한 1994년 2학기 〈겨울방학〉에 실렸던 글이다. 사람을 대상으로 하는 동시를 쓸 때는 구체적인 내용을 살려야 한다. '고마우신 어머니'와 같은 추상적인 설명으로는 공감을 이끌어 낼 수 없다. 잊을 수 없는 행동과 주고받은 말이 동원되면 효과가 증가한다. 소파 위에 올라서는 아기의 행동과 이웃 아주머니의 말은 동시에 현장감과 더불어 생동감을 불어넣는다.

4. 사랑 받는 동시들

손광세 시인의 동시는 독자들로부터 많은 사랑을 받아 왔다. 아무리 잘 쓰여진 작품이라 하더라도 읽어 주고 고개를 끄덕여 주는 독자가 없다면 성공을 거둔 작품이라 할 수 없다. 그래서 그는 글짓기 교재에서 발표의 중요성을 강조한다.

나무들이

나무들이
뚝딱뚝딱 망치질을 한다.
초록빛 바람 쉬어 가라고
고개를 까닥이며
노래 부르고
재재갈 재재갈
맘껏 떠들다 가라고
의자를 만든다.
순한 빗방울도 앉았다 가고
목 빛 고운 새들도
머물다 가라고
나무들이
작은 의자를 만든다.
참 많이도 만든다.

6차 교육 과정 4학년 1학기 읽기 교과서에 수록된 이 '나무들이'는 몇 번이고 읽고 또 읽고 싶은 동시이다. 이외에도 〈옹달샘〉(4-5차 1학년 2학기 국어), 〈저녁 노을〉(5차 4학년 2학기 국어), 〈나룻배〉(5차 특수학교 6학년 1학기 국어), 〈은행나무〉(5차 특수학교 6학년 2학기 국어) 등도 교과서에 실려 많은 독자들의 아낌을 받아왔다.

손광세 시인의 동시는 가을 오솔길에 핀 쑥부쟁이처럼 그윽한 향기를 내뿜는다. 그의 시선이 머문 곳에서 태어난 작품들은 참 정갈한 느낌을 준다. 앞으로도 심금을 울리는 많은 동시를 발표하여 이 땅의 어린이들은 물론, 생활에 지친 어른들의 마음까지 어루만져 주었으면 한다.

어린이와 함께 선생이 걸어온 길

출생 성장

본관 : 밀양

이름 : 손광세

아호 : 수봉

1945년 일본 도야마현 도야마시 타출 950 출생 부 손상준, 모 박위생

해방과 더불어 귀국하여 경상남도 진주에서 성장함.

가족

1975년 이공순과 결혼함.

소영, 혜원, 유인, 제일 3녀 1남

사위 윤기권 외손자 윤진욱, 사위 김오성과 외손녀 김가연을 얻음.

학력

1957년 경남남도 진주시 정촌초등학교를 졸업함.

1960년 진주사범학교 병설중학교를 졸업함.

1963년 진주 농림고등학교를 졸업함.

1966년 진주교육대학 졸업함.

2004년 서울교육대학교를 졸업함.

직장

1966~1982년 경상남도 초등학교 교사

1983~1984년 한국교육출판 〈교육자료〉 편집국장을 지냄.

1985~2007년 서울특별시 초등학교 근무, 서울 안산초등학교 정년 퇴임함.

2007~2010년 구산논술학원, 한국문학교육원을 운영함.

습작

1965년 진주교육대학 학생회 학예부장으로 문집 〈하얀 모임〉을 발간함.

1972년 〈현대시학〉에 시 〈깨어진 거울 조각〉을 발표함.

1975년 〈수필 문학〉에 〈제목 없는 그림〉을 발표함.

〈교육자료〉에 시 〈鑛夫〉가 천료됨(심사: 박경용).

등단

1978년 〈아동문예〉에 동시 〈연〉이 천료됨(심사: 윤부현).

1981년 〈월간문학〉에 시조 〈五月에〉가 당선됨(심사: 정완영, 장순하, 이우종).

〈시조문학〉에 시조 〈墨蘭을 치며〉가 천료됨(심사: 고두동, 정완영, 이태극).

1986년 〈동아일보〉에 동시 〈허수아비〉가 당선됨(심사: 어효선, 이재철).

1988년 〈시문학〉에 시 〈孵化〉, 〈탱자 울타리〉가 천료됨(심사: 이원섭).

저서

1991년 《이 고운 나절을》(시문학사)

《이태리포플러 숲길을 걸으면》(아동문예)

1994년 《빛 여울의 은어 떼들》(상서각)

1997년 《낚싯대를 드리우고》(조선문학사)

2002년 《물안개 속에서》(조선문학사)

2006년 《나무 의자》(아동문예)

2007년 《무악재에서》(조선문학사)

수상

1991년 한국아동문학상(한국아동문학인협회)

1994년 방정환문학상(아동문학평론사)

1997년 조선문학상(조선문학사)

2002년 한하운문학상(한국서정 시인협회)

2007년 대한아동문학상(아동문예사)

홍조근정훈장(대통령)

문단 활동

1987~1991년 한국아동문학가협회 행사 이사

1990~1991년 한국아동문학가협회·한국현대아동문학가협회·한국아동문학회 3단체 통합추진 위원회 위원

1991~2007년 한국아동문학인협회 사무국장, 감사, 동시분과 위원

장, 이사

2000~2001년 사계수필 문학회 회장

2001~2002년 백묵시인회 회장
2002년 자운영시인회 회장, 고문
2007~2009년 한국서정시연구회 회장
2007년 서울아동문예작가회 회장, (사)아동문예작가회 부이사장
〈시인 나라〉 발행인
2008년 한국현대시인협회 지도 위원
2011년 한국문인협회 제도 개선 위원, 문단 윤리 위원
2017년 국제PEN한국본부 이사

대표 작품

동시 〈옹달샘〉(1989년 1학년 2학기 국어 읽기 교과서)
동시 〈저녁 노을〉(1990년 5학년 2학기 국어 읽기 교과서, 2006년 안산꿈동산 시비 건립, 2010년 부산 지하철역 게시)
동시 〈나무들이〉(1996년 4학년 1학기 국어 읽기 교과서)
동시 〈은행나무〉(1996년 특수학교 국어 6학년 1학기)
동시 〈나룻배〉(1996년 특수학교 국어 6학년 2학기)
이외에도 동시 〈도시락 반찬통〉, 〈무궁화〉 등이 교사용 지도서에 수록됨.
시 〈거울을 보며〉 외(2002년 한국시대사전, 을지출판공사)
시 〈전동차에서〉(2010년 4호선 충무로역, 5호선 신금호역 지하철, 6호선 월드컵경기장역)
시조 〈거울을 보며〉 외(1985년 한국시조큰사전, 을지출판공사)
수필 〈제목 없는 그림〉(1981년 한국현대수필문학대선집, 한성출판사)

기타 활동

5차, 6차 교육 과정 국어 교과서 연구 위원 및 특수학교 교과서 집필 위원
서울교육대학교 평생교육원 직무 연수, 서울특별시교육청 상급자격취득반 연수, 서울시내 초등학교 교사 연수 강의함.

한국 아동문학가 100인

박민호

대표 작품

〈다시 쓴 아빠의 편지〉

인물론

나와 박민호

작품론

'착한 마음' 드러내는 동화가 쓰여지는 과정

어린이와 함께 선생이 걸어온 길

다시 쓴 아빠의 편지

용우야, 그동안 잘 지냈니?

우리 아들 용우와 헤어져 있는 동안 벌써 목련꽃이 네 번이나 피고 졌구나.

창밖으로 보이는 목련은 부풀어 오를 대로 올라 하얀 목련 꽃송이들이 흐드러지게 피었다 지고, 새록새록 파릇한 잎으로 피고 있구나. 겨우내 앙상한 몸으로 찬바람을 맞으면서, 때로는 소복소복 내리는 하얀 눈을 머리에 이고 온종일 서 있었는데 말이다.

봄이 시작된다는 입춘이 지나 겨울 끝자락이라지만, 동장군 힘은 아직도 만만치가 않아 바람 끝이 꽤 따갑구나. 옷깃을 꽁꽁 여몄지만, 파고든 찬바람에 몸을 움츠려야 하니 말이다. 봄은 산과 들을 깨우고 여기까지 왔지만, 아직 동장군 힘에 눌려 기지개를 못 켜고 있어. 그래도 봄은 어느새 나뭇가지마다 잎눈 꽃눈을 틔우려 물을 펴 올렸던 거야. 양지바른 곳에서는 동장군 눈치를 보며 몰래 고개를 추켜든 새싹들이 발뒤꿈치를 힘차게 힘차게 쳐들고 서 있으니 말이다.

이 방에 처음 들어왔을 때, 아빠는 하늘을 볼 수 있어서 퍽 다행이라고 생각했어. 하늘에 많은 것들을 그리면서 마음에 담다 보니 그리움만 몽실몽실 피어오르더구나. 그때부터는 하늘을 보는 게 누군가에게 매 맞는 기분이었단다.

그렇게 지내던 지난가을 어느 날이었어. 보름달이 스산하게 떠 있는 밤이었지. 나는 그때 달이 싫었단다. 달을 보면 네 엄마 얼굴이 떠올라 가슴이 아팠고, 네 얼굴이 떠올라 눈에 우물을 길어 올리곤 했기 때문이야. 달빛까지도 싫었지. 그런데 그날 달빛은 참 이상했단다. 늘 그랬던 것처럼 방바닥에 깔린 하얀 달빛은 창살에 갈라졌지만, 창호지를 꼭 껴안고 은은하게 들려오는 부드러운 멜로디 같았거든.

"오소소 오소소소……."

어디에선가 들려왔어. 귀를 기울였지. 맑은 시냇물이 잔잔하게 흐르는 것처럼 나지막하면서도 영롱한 소리였단다. 나는 벌떡 일어나 창밖을 내다보았어. 낙엽이 바람에 몸을 맡기고 있더구나.

'아, 가을!'

온통 잿빛 담으로 둘러싸인 여기에도 가을은 틀림없이 와 있는데, 가을을 통 느끼지 못하고 있었거든. 가을이 오는 소리, 그 느낌은 왜 그렇게도 아득하기만 했을까? 아직도 그 까닭을 알 수가 없단다.

가을을 담고 온 소리가 내 곁에서 희미하게 사라졌어. 그러자 그릇에 담겨 흔적도 없이 녹아 버리는 얼음처럼 내 몸도 녹아내리고 있다는 생각이 들었지. 두 손으로 얼굴을 벅벅 문질러 그 생각을 씻어 내려고 했어. 하지만 씻어 내면 씻어 낼수록 점점 더 커져 내게 덤벼들지 않겠니? 그건 바로 두려움 속에 무서움처럼 달려든 외로움이었단다. 결국 차가운 벽에 기대서서 바닥으로 스르르 미끄러졌어. 무릎을 세우고 포개 얼굴을 묻었지. 곧 팔뚝에 물기가 흥건해지더구나. 고개를 쳐들었어. 하얀 달빛이 바람에 흔들렸지. 흠흠, 숨을 들이마셨단다.

'아!'

감탄사 또 하나가 내 입을 떠났어. 그건 바람에 묻어 온 솔내음이었지. 그 냄새도 오랫동안 잊고 살았던 거야. 그러자 남들처럼 아무런 열매도 맺지 못한 죗값을 치러야 한다는 걸 새삼 느끼게 되었지 뭐야.

다음날 오후였어. 스피커가,

"앵 애앵 앵 애애앵……."

요란뻑적지근하게 울어댔어. 그 신호에 일을 마친 나는 작업장에서 나왔지. 다른 사람들과 함께 줄을 지어 긴 복도를 걸어가고 있었어. 등 뒤에서 누군가가 날 부르더구나. 낯선 목소리였지. 내가 휙 돌아보자, 까만 옷을 입고 서 있는 그 사람이 놀라서 움찔하지 뭐야. 그 사람은 눈같이 하얀 로만 칼라를 목에 두른 신부님이었단다.

신부님은 발령을 받고 오늘 여기에 부임해 왔다고 했어. 작업장이 한눈에 내려다보이는 2층 작업소장 방에서 줄곧 나를 지켜보았다고 하더구나. 목공일을 하는 내게서 솔내음이 풍긴다면서 말이야.

맑은 신부님 눈빛에 사로잡힌 나는 다음날부터 교리반에 들어갔어. 교리반 선생님은 신부님이고, 24명이 교리 공부를 시작했지.

"성부와 성자와 성령의 이름으로 아멘."

교리반은 늘 성호경으로 시작하고 끝을 맺었단다. 그렇게 6개월을 배우는 동안 교리반에는 12명만 남게 되었다. 우리는 교리를 배우면서 신부님 도움으로 마음을 다듬을 수 있었지. 남을 속이거나 남 물건에 손을 대는 그런 모난 마음들을.

아마 그때쯤이었을 거야. 하늘이 다시 내 눈에 들어온 게.

유난히도 파란 하늘에 흰 구름이 한 점 떠 있었어. 흰 구름은 오랜 여행에 지쳐 쉬고 있는 것 같았단다. 바람이 등을 밀자 깜짝 놀란 흰 구름은 동동동 뛰어가더구나. 형사를 보고 놀란 도둑처럼 말이다. 정신없이 뛰어가는 흰 구름 꼬리에서 구름 한 조각이 똑 떨어져 나왔지 뭐야.

'아!'

조각구름을 보자 내 입에서 세 번째 감탄사가 떠났어.

'제자 베드로는 스승인 예수님을 세 번씩이나 배반했는데 말입니다…….'

"쯧쯧쯧……."

교리 공부 때 들었던 신부님 말이 생각나서 나도 모르게 혀를 찼어. 가엾다는 생각이 들어서 그랬던 거야. 조각구름이, 아니 나 자신이.

'어?'

나는 놀라지 않을 수가 없었단다. 놀빛이 퍼지는 하늘에 네 얼굴이 그려졌거든. 네 엄마 얼굴도.

나는 두 얼굴을 넋 놓고 쳐다보았어. 그런데 스멀스멀 기어 온 어둠이 지우개처럼 감빛 놀을 쓱쓱 지우지 뭐야. 다행히도 내 눈에 담긴 너와 네 엄마 얼굴은 지우지 못했지. 나는 눈을 깜빡이지 않았단다. 내 눈에 담긴 너와 네 엄마 얼굴이 지워질까 겁이 났거든. 그래서 참고 또 참았어. 눈이 아려 파르르 떨렸지.

'이를 어떡하지…….'

더 참지 못하고 눈을 깜빡이고만 거야. 재빨리 두 손을 눈에 갖다 댔어. 떨어지는 두 얼굴을 받으려고. 두 손을 떼고 들여다보았어. 거기에는 네 얼굴도, 네 엄마 얼굴도 없지 뭐야. 눈을 여러 번 깜빡이고 두 손바닥을 뚫어져라 들여다보았지. 빈손뿐인 거야. 안타까운 마음에 두 손바닥을 내 가슴에 박박 문질렀어. 기억만이라도 가슴 깊이 더 깊이 묻어 두려고.

갑자기 내 눈에서 샘물이 솟아올랐어. 넘친 샘물은 뺨을 타고 주룩 흘러내렸지. 따뜻한 샘물 기운이 가슴을 덥혀 주었단다.

안타까운 마음을 달래려고 다시 하늘을 쳐다보았어. 밤하늘에는 어느새 별들이 우르르 몰려나와 있더구나. 별들이 장을 서는 것 같았단다.

그런데 갑자기 내 입가에 초승달 같은 미소가 대롱대롱 매달렸지 뭐야. 내가 다시 쳐다보고 있는 밤하늘에 너와 네 엄마가 별빛으로 반짝이고 있었거든.

음, 네가 초등학교에 들어갔던 해 여름이었던가? 그래, 아들과 엄마와 함께 무더위를 피해 한강 고수부지에서 밤을 지새우던 때였어.

아들아, 생각나니? 강가에 누워 아들에게 가르쳐 주었던 별자리와 내가 들려주었던 별자리 전설들이.

그 이야기들이 내 머릿속에 눈송이처럼 춤을 추며 내려앉는구나. 견우별이 있는 독수리자리와 직녀별이 있는 거문고자리, 견우와 직녀가 산을 넘고 바다를 건널 때나 하늘을 건널 때 어려운 일이 생기면 어김없이 나타나 도와주는 백조자리도.

그 자리 사이사이에 전갈과 궁수가 맞붙어 싸우는 모습을 그렸어. 어슬렁어슬렁 걷는 큰곰과 아장아장 따라가는 작은곰도 그렸지. 그 옆에 커다란 방패연과 얼레도 그렸어. 그런 다음 방패연에 아빠 마음을 실어 날렸지. 아들에게 말이다.

아들아, 그 방패연 보았니?

보름달은 노르스름하면서도 하얀 제 빛으로 내 온몸을 씻겨 주어 내 가슴이 탁 트였어. 그런데 말이다, 바로 그때 마음이 환해지면서 보름달 속에서 개울물처럼 잔잔하게 웃고 있는 네 엄마 모습이 다시 보이는 거야. 두 손을 모으고 기도하는 내 아들, 네 모습도.

지난 부활절, 신자로서는 우리 아들 용우가 아빠보다 선배이니 더 잘 알겠구나. 우리가 지은 죄를 대신해서 십자가에 못 박혀 돌아가신 예수님이 사흘 만에 되살아나신 걸 기념하는 부활절에 우리 12명은 세례를 받았단다.

새벽이 어둠을 물리치듯이 촛불 하나를 밝혀 든 신부님이 컴컴한 성당으로 들어왔어.

"그리스도의 빛!"

하고 외치면서 말이다. 아득하게 너른 들판에서 외치는 예수님 같았단다. 지금도 나에게는 신부님이 바로 예수님이거든.

어둠을 비추는 빛이 되어 오셔서 세상을 기쁨으로 밝혀 주신 예수님처럼, 불은 신부님 초에서 미사 시중을 드는 복사들 초로, 다시 우리가 들고 있는 초로 전해졌어. 그렇게 시작한 미사는 정말 감동적이었지. 미사 도중에 신부님은 우리 이마에 물을 붓고 기름을 발라, 성부와 성자와 성령의 이름으로 세례를 주었어. 신부님은 내게 바위처럼 믿음을 굳게 지키며 살라고 '베드로'라는 세례명을 주었어. 신부님 가슴이 내 가슴에 닿자, 신부님도 나도 눈물을 주르륵 흘렸지 뭐야.

강론 때였어. 신부님은 거룩한 부활절에 세례를 받아 하느님 자녀로 다시 태어난 우리에게 축하 인사를 했지. 그리고 왜 신부가 되었고, 왜 여기에 자원해 왔는지, 세례 예식 후에 왜 눈물을 흘렸는지 말해 주었단다. 그 모든 게 신부님 아버지 때문이라고 말이다.

신부님은 우리를 보면 신부님 아버지를 보는 것 같다고 했어. 큰 죄를 짓고도 하느님을 모르고, 형장의 이슬로 사라진 신부님 아버지를.

아들아, 세례는 그림자 속에서만 살아왔던 나에게 빛을 주었단다.

지난달 큰 용기를 내어 네 엄마에게 편지를 썼어. 아들에게 모든 사실을 알려 주라고 말이다. 부끄러운 일이다만, 우리 용우도 이제 초등학교 최고 학년인 6학년이 되었으니 사실을 알려도 되겠다고 생각했거든.

이제 아들도 아빠가 어디에서 일을 하고 있는지 알았지? 그래, 내가 있는 데는 뜨거운 햇볕과 사막의 나라 사우디아라비아가 아니야. 문마다 쇠창살이 쳐진 교도소란다. 또 내가 하는 일은 사막에 고속도로를 놓으며 길을 닦는 게 아니야. 그동안 지은 죄를 반성하며 마음을 닦는 거란다.

그때 내가 가장 아끼던 장비는, 어떤 자물쇠든 맥없이 열리는 만능열쇠와 어떤 전자 장치 문이든 척척 여는 만능 전자 열쇠, 또 드라이버와 톱과 절단기를 함께 쓸 수 있는 만능 집게였어. 모두 내가 직접 만든 거란다.

나는 점찍어 두었던 삼층집을 털 계획으로 직접 가서 보고 조사했어. 높은 담으로 둘러싸인 그 집은 밖에서 보기에는 튼튼하게 지은 성 같았지. 벽 모퉁이마다 CCTV가 설치되어 있었고, 그 밖에는 별 다른 장치가 없는 것 같았어. 그래도 한 번 더 그 집을 점검하려고 적외선 탐지 안경을 썼지. 생각한 대로였단다. 폐회로 텔레비전으로도 불안했던지 담 위에는 적외선이 철조망을 대신했던 거야.

이렇게 이중 삼중 보안 장치가 되어 있는 집은 의외로 허점이 많아. 이런 집 주인이라면 십중팔구 사람보다 짐승을 좋아해. 그렇다면 개를 키울 가능성이 크거든.

이번에도 내 생각은 맞아떨어졌어. 돌멩이를 집어 던지자, 마당에서 개들이 컹컹댔거든. 개들을 이용하면 그 집으로 들어가는 게 더 간단하단다.

사흘 뒤, 집을 나서기 전에 나는 네 엄마와 약속을 했어. 이번 일을 마지막으로 손을 씻겠다고.

내가 그 동네에 도착한 때는 새벽 2시쯤이었어. 그날 밤에는 가랑비가 촉촉이 내리고 있었단다.

큰길에서 골목길로 접어들어 삼층집으로 갔어. 그 집 앞에 다다른 나는 급히 담장이 만든 그림자 속에 몸을 숨겨야 했단다. 비상등을 켠 경찰 순찰차 세 대가 길을 막고 있었거든. 살펴보니 내가 찍어 놓았던 집 대문이 활짝 열려 있었고, 집 안에서는 경찰들이 왔다 갔다 하고 있지 뭐야. 세 마리나 되는 개들은 마당에 쓰러져 있었단다.

누군가가 그 집을 나보다 먼저 턴 거야. 그야말로 재수에 옴 붙은 날이었어.

"에익 퉤!"

나는 그 집 쪽으로 침을 뱉고 자리를 떴단다.

큰길로 다시 나오자, 그 집 앞에서 경찰 순찰차 세 대가 나를 앞질러 가더구나. 가슴이 두근거렸어. 그 집을 내가 털기라도 한 것처럼.

"휴우……."

경찰 순찰차들이 모습을 감추자, 나도 모르게 안도의 한숨을 내쉬었어. 손목시계를 보았지. 3시가 조금 넘었더구나. 정한 데도 없이 그렇게 한 시간 동안이나 계획을 망친 허탈한 마음에 거리를 헤맸던 거야.

쓰레기 분리수거 함이 눈에 띄었어. 혹시나 해서 두리번거리며 주위를 살폈어. 사람도, CCTV도 없었지. 재빨리 가방에서 고깃덩어리를 꺼내 버렸단다. 개들에게 던져 주려고 약을 묻혀 버무린 고깃덩어리를.

얼마를 더 걸었을까? 목이 말랐어. 마른침을 꿀꺽 삼키고 주위를 둘러보았지. 주택가였어. 동네 어귀에 있는 슈퍼마켓 문은 꼭꼭 잠겨 있었지만, 음료수 자판기에는 불이 켜 있었어. 캔 음료수를 빼 마시면서 동네를 살폈지. 슈퍼마켓에서 동네로 스무 걸음쯤 떨어진 곳에 방범 초소가 있더구나. 그래도 마지막 날인데 허탕 치고 돌아갈 수는 없는 일 아니겠니?

손에 힘을 주어 쥐고 있던 캔을 구기고 술에 취한 것처럼 비틀비틀 방범 초소 앞을 지나쳤어. 초소 안에 앉아 있는 방범 아저씨는 꾸벅꾸벅 졸고 있더구나.

'으음!'

졸고 있는 방범 아저씨를 보니 허탕은 안 치겠다는 생각이 들었단다.

나는 방범 초소가 보이지 않을 만큼 동네로 깊숙이 들어갔어. 아직 불을 훤히 밝히고 있는 집이 몇 채 있었단다. 사람들 웃음소리와 노랫소리가 어우러져 나오는 집은 집들이를 하고 있는 것 같았고, 귀를 기울여도 아무 소리도 들리지 않는 집은 수험생이 있는 집 같았어.

수험생이 뭐냐고? 산삼보다 더 귀하다는 고3이야. 산삼보다 더 무섭다고도 하는 고등학교 3학년 말이다. 물론 그 전해에 대학에 떨어져 다시 공부하는 재수생도 수험생이지만.

마침내.

'이 집이군!'

하고 딱 짚이는 이층집이 나타났어. 알부자 집처럼 보였단다.

나는 이층집 담과 나란히 서 있는 전봇대를 타고 올라가 집 안을 살폈어. 마루에 불이 켜 있었지. 옥상으로 올라가려고 철망도 없는 담에 올랐어. 그런데 2층 끝 창문에서 커튼이 밖으로 나풀거리지 뭐야. 나에게 이리로 들어오라고 손짓하는 거 같았지.

'웬 떡이냐!'

하고 생각했어. 담을 타고 가 창문턱을 잡은 나는 방을 들여다보았지. 컴퓨터는 켜 있는데 방 안에는 아무도 없지 뭐야. 학습 참고서가 있는 걸로 보아 학생 방 같았단다.

2층에 아무도 없는 걸 확인하고 1층으로 내려가 여기저길 살폈어. 역시 아무도 없더구나. 사람이라고는 아무도 없는 집, 정말 횡재한 기분이었지. 하지만 나는 찜찜했어. 깔끔하게 정돈된 집인데, 2층 창문과 안방 문이 활짝 열려 있었거든. 현관에는 신발들이 흐트러져 있고 슬리퍼가 벌러덩 엎어져 있었으니까.

그건 잠시뿐이었어. 어느새 나는 나도 모르게 미소를 지었단다. 버릇처럼 안주머니에서 만능 집게를 꺼냈지만 도로 집어넣었지. 두 열쇠만으로도 충분했거든.

나는 만능열쇠와 만능 전자 열쇠로 안방 장롱과 서랍, 잠긴 어느 문도 쉽게 쉽게 열었단다.

안방에서 나와 아까 슬쩍 살피고 지나쳤던 건넛방으로 들어갔어.

'어!'

내 눈은 놀란 부엉이 눈처럼 커졌지. 벽을 둘러싼 책장에는 책이 가득했거든. 그 방에도 컴퓨터가 있었지만, 2층 학생 방과는 달리 자판이 많이 닳아 있더구나. 생각한 대로 이 집 주인은 알부자가 아닌 거 같았어. 그래도 부자는 부자였단다. 책 부자.

나는 이 방 저 방을 다니며 값나가는 물건들을 챙겨 가방에 넣었어. 하지만 왠지 다른 집을 털 때처럼 신바람은 나지 않지 뭐야. 뭔지는 모르겠지만 마음이 안 가고 켕기는 게 있었어. 현관에 흐트러진 신발들과 엎어져 있는 슬리퍼가 자꾸 생각났던 거야. 이렇게 살림살이 정돈이 깔끔한데 현관이 개판인 게 참 이상했거든.

그래도 가방은 금방 배가 볼록 튀어나왔어. 나는 가방을 둘러메고 일어섰지. 순간 깜짝 놀라,

'읍!'

손으로 입을 막고 재빨리 벽에 붙었어. 마주 보이는 벽에 걸린 다정하게 찍은 커다란 가족사진을 보고 놀랐던 거야. 두근거리는 가슴을 쓱쓱 쓸어내렸어. 놀란 마음도 살살 달래 가다듬었지. 그런 다음 그 집을 막 빠져나가려던 참이었단다.

"삐르르 삐르르르……."

전화벨이 울려 너무 놀라서 뒤로 나자빠질 뻔했지 뭐야. 식은땀이 등줄기를 타고 주르륵 흘러내렸지. 가슴은 쿵쿵 마구 망치질을 해댔어. 망설이던 나는 밖으로 나가려고 했단다.

"삐익!"

자동 응답기 소리에 다시 깜짝 놀란 나는 아랫도리를 꽉 쥐었어. 오줌이 찔끔 나오는 줄 알았거든.

"3**8국에 7*65번입니다. 지금은 외출 중이라 전화를 받을 수 없습니다. 삑 소리가 나면 용건을 녹음해 주십시오. 곧 연락드리겠습니다."

자동 응답기에서 흘러나온 건 굵직한 어른 남자 목소리였어. 이어서,

"삐익!"

소리가 나자마자, 자동 응답기 속으로 숨넘어가는 소리가 폭포수처럼 쏟아져 들어가는 거야.

"저예요. 여보, 손전화는 왜 안 받으시는 거예요? 집에 들어오셨으면 어서 전화 받으세요, 어서요, 네?"

대답이 없자 힘 빠진 목소리가 자동 응답기 속으로 들어갔어.

"아직 안 들어오신 거유? 또 장편동화 원고가 출판사와 안 엮어진 거군요. 여보, 오시는 대로 빨리 이리로 오세요. 여긴 십자로 병원인데 경호가 공부하자 갑자기 쓰러졌어요……."

잠시 끊겼던 목소리가 이번에는 흐느낌이 되어 자동 응답기 속으로 스며들더구나.

"여보. 당신 동화도 동화이지만, 우리 경호 고3이잖아요. 공부하는 아이한테도 신경 좀 써 주세요. 의사 선생님이 내일 오전에 정밀 검사를 해 보자고 하시네요. 에휴우. 여긴 병원 응급실이니까 들어오시는 대로 곧장 오세요, 아셨죠?"

자동 응답기 속으로 스며들던 목소리가 딸꾹질 멈추듯 뚝 끊겼어. 나는 마음이 무척 혼란스러웠단다.

'병원, 경호……. 그래, 지금 그 아이 엄마는 어떤 마음일까? 그런데 난 이 집을 털다니…….'

갑자기 내 마음이 왔다 갔다 하는 거야. 뭐라고 할까. 그래, 만능열쇠와 만능 전자 열쇠, 만능 집게를 쓰는 사람의 까만 심보와 알 수 없는 자비심 사이에서 오는 갈등이라고나 할까?

자비심이 뭐냐고? 어떤 스님이 그러더구나. '살아 있는 모두를 사랑하고 가엾게 여기는 마음'이 자비심이라고.

시간을 그렇게 흘렀어. 하지만 나는 좀처럼 어떻게 해야 할지 마음을 정할 수가 없었지 뭐야.

그러다가 나는 가방을 챙겨 집 밖으로 나왔어. 내리던 가랑비는 어느새 그쳤지. 담모퉁이 어둠 속으로 들어가 섰어. 삼각뿔 모양으로 떨어지는 방범등 불빛을 피해서.

나는 벽에 걸린 사진에서 본 모습을 떠올리며 언제 돌아올지도 모를 집주인을 기다렸어. 시간은 그렇게 더 흘렀지. 드디어 비틀거리는 긴 그림자를 밟으며 한 남자가 나타났단다. 초인종을 누르던 남자는 집 안에서 대답이 없자 무어라 중얼거리며 문을 더듬었어.

"삐 뽀 찌 삑……."

전자자물쇠 숫자판을 눌렀나 봐. 남자는 땅딸한 키에 안경을 썼고 볼이 볼록한 데다

배가 불룩 나왔어. 벽에 걸린 사진에서 본 바로 그 사람이 틀림없었단다.

나는 성큼성큼 남자에게 다가가, 조금도 주저하지 않고 당신이 이 집 주인이냐고 물었어.

"그렇소만……."

전자자물쇠가 달린 대문을 반쯤 열고 안경 너머로 나를 훑어보았어. 집주인 입에서는 술 냄새가 풀풀 쏟아져 나왔지.

"그런데 그건 왜 묻는 거요? 당신은 누구슈?"

안경을 고쳐 쓴 집주인은 따지듯 묻고 눈을 대록대록 굴리며 나를 뚫어져라 바라보는 거야. 하지만 나는 담담하게 집주인에게 자동 응답기에 녹음된 내용을 전해 주었어. 집주인은 그제야 오른 술이 확 깨는지, 놀란 황소처럼 눈을 크게 뜨고 나에게 병원 이름을 다시 물어 확인하고는 큰길 쪽으로 뒤뚱뒤뚱 뛰어갔단다. 대문을 닫지도 않고.

용우야, 부모 마음은 다 그런 거란다. 내 마음도 그랬거든. 응급실에서 걸려 온 전화 목소리 꼬리에 물려 나온 건 바로 내 아들 용우 얼굴이었으니까.

집주인 그림자가 꼬리를 감추자, 나는 다시 그 집으로 들어갔어. 대문을 열고 당당하게 말이다. 가방에서 물건들을 꺼내 있던 자리에 생각나는 대로 챙겨 놓고 빈 가방을 메고 나와 대문을 닫았지. 집으로 돌아오는 내 발걸음은 빈 가방만큼이나 가벼웠단다.

그날 밤, 나는 빈 가방을 방구석에 내던지곤 곤하게 자는 네 얼굴을 물끄러미 들여다보다가 잠자리에 들었어. 하지만 잠을 이루지 못했단다. 눈을 감으면 한걱정이 담긴 경호라는 아이 엄마 목소리가 쟁쟁 울렸고, 놀란 황소처럼 눈을 크게 뜬 아이 아빠 얼굴이 어른거렸거든.

뒤척이던 나는 벌떡 일어나 방에서 나왔어. 부엌 쪽에서 난 창문을 활짝 열고 고개를 쳐들었지. 무슨 생각에서인지 갑자기 하늘을 보고 싶었거든.

'아, 얼마 만에 보는 밤하늘인가?'

감조차도 잡을 수가 없었어. 뭐가 부끄러웠는지, 그렇게 오랜 시간을 땅만 보고 살았던 거야.

"휴우……."

한숨이 절로 나오더구나.

나는 가슴이 답답해 부엌 한쪽에 있는 주전자를 집어 들었어. 벌컥벌컥 들이켰지. 그래도 답답한 가슴을 풀리지 않았어. 다시 하늘을 쳐다보았지. 거무튀튀한 밤하늘이었어. 하지만 하늘을 보니까 마음이 제자리를 잡는 것 같았단다.

순간, 내 머리 뒤꼭지가 짜릿하지 뭐야. 뒤돌아보았어. 언제 방에서 나왔는지 네 엄마가 서 있더구나. 엄마 머리는 부스스했지만 입가에는 미소가 피어 있었지. 웃음 지은

네 엄마 얼굴에서 내가 얼굴을 들 수 없었던 그때 일들이 떠오르지 뭐야.

한번은 어느 부잣집을 털었는데, 집에 와서 살펴보니 물방울 다이아몬드 반지가 껴 있지 않겠니? 그래서 잠이 든 네 엄마 손가락에 그 반지를 끼워 주었어. 엄마 손은 거칠었지만, 물방울 다이아몬드 반지를 낀 손은 어느 귀부인 못지않았지. 아침에 일어나면 흐뭇해할 엄마 모습을 머릿속에 그리면서 잠자리에 들었단다. 깨어 보니 엄마는 일나가고 없었고, 내 머리맡에는 물방울 다이아몬드 반지가 있더구나. 메모지와 함께.

> 여보, 난 이런 반지 필요 없어요. 내겐 당신하고 용우가 물방울 다이아몬드보다 더 귀한 보석이에요. 아셨죠? 밥은 부엌에 챙겨 놓았으니, 용우랑 맛있게 드세요.
> –당신과 용우를 사랑하는 아내가

또 한번은 이런 일도 있었어. 밤일을 마치고 돌아와 잠을 자다가 부스럭거리는 소리에 깬 적이 있었지. 용우, 네가 아마 초등학교에 입학하기 전이었을 거야. 내 가방을 뒤지던 아들이 물었어. 번쩍거리는 게 다 뭐냐고 말이다. 사실 네 맑은 눈과 목소리에 뭐라 대답할 수가 없었어. 그래서 나는 대답 대신 네게 꿀밤을 콩콩 먹였지. 아들아, 그때는 정말 미안했다.

한 가지가 더 생각나는구나. 네가 초등학교에 막 들어갔을 때야. 하루는 내가 자다가 깼어. 오줌이 마려웠거든. 일어나 화장실에 가서 시원하게 오줌을 누고 다시 방에 들어와 누웠지. 그런데 잠이 안 오지 뭐야. 그래서 이리 뒤척이고 저리 뒤척이는데, 학교에서 돌아온 아들이,

"학교 다녀왔습니다."

하고 인사했단다.

"그래, 어서 와라. 아빠 주무시니까, 쉿!"

엄마가 소곤소곤 말하니까 너도 소곤소곤 묻더구나.

"근데 엄마, 아빤 왜 맨날 낮에 자? 아빤 왜 맨날맨날 밤에만 일하는 거야?"

"그게, 저 저어……. 용우야, 너 좋아하는 떡볶이 해놓았다. 오뎅도 듬뿍 넣고 했으니까, 어서 손 씻고 와. 어서."

엄마는 떡볶이로 대답을 대신했어. 그래서 아빠가 일어나 네게 뭐라 대답하려고 했지. 하지만 차마 눈을 뜨고 일어날 수가 없었단다. 입도 안 떨어지고 말이다. 그래서 슬쩍 돌아누웠어. 사실 눈을 뜨고 일어나 너에게 대답할 용기가 나질 않았던 거야. 무척 부끄러웠거든.

이런 생각들이 스치고 지나가자 갑자기 온몸에 힘이 쭉 빠지더구나. 마음은 다시 하

늘처럼 어두워지고 낭떠러지로 떨어지는 것 같았어. 긴 숨을 내쉬고 정신을 차린 내가 엄마 눈을 바라보았지. 그 눈에는 이 아빠가 아닌 우리 아들이 담겨 있더구나.

갑자기 눈시울이 뜨거워졌어. 가슴이 찢어지는 것처럼 아팠지. 아픔이 눈물에 씻기자, 확실하게 손을 씻겠다고 결심했단다.

내 결심을 알아차리기라도 한 것처럼 엄마 눈에서도 눈물이 뚝뚝 떨어지더구나. 별을 담고 떨어지는 눈물 방울방울이 물방울 다이아몬드였단다.

고개를 끄덕이며 다가온 엄마가 말했어.

"여보. 오늘 빈 가방으로 돌아오셨지만, 당신 얼굴은 가방을 가득 채워 온 그 어느 날보다도 밝았어요. 우리 용우 얼굴도 늘 그렇게 밝아야 해요, 아셨죠?"

내 손을 잡고 가슴에 묻어 주었지.

"……."

나는 아무 말도 할 수가 없었단다.

그래, 엄마 마음이 내 마음이 되고 내 마음이 엄마 마음이 된 거야.

날이 밝자 나는 경찰서로 갔어. 자수해 지난날에 저질렀던 잘못들을 속죄하겠다고.

용우야, 이제 일주일 뒤엔 아들 얼굴을 볼 수 있겠구나. 지금 내가 갖고 있는 사진보다는 훨씬 커 있겠지?

엄마가 그러더구나. 지난 성탄절 선물로 《노란 손수건》을 네게 사 주었다고.

엄마는 아빠에게도 그 책을 보내 주었어. 노란 손수건 한 장을 나무에 걸어 두면 지난 잘못을 용서한 표시로 알겠다는 내용의 편지를 남편이 보냈고, 그 편지를 받아 읽은 아내는 나뭇잎만큼이나 많은 노란 손수건을 나무에 걸어 두었다는 이야기가 담겨 있는 책을.

용우야, 이 아빠에게도 딱 한 가지 소원이 있단다. 아들에게는 자랑스럽지 못한 아빠지만, 나도 《노란 손수건》의 주인공처럼 되었으면 하는 거란다.

아들을 사랑하는 아빠가.

나와 박민호

김원석

1. 너와 연애 한단다

민호야,

요즘 속이 많이 상하지?

네 편집에 관한 일, 또 직장에서의 일, 두루두루 칭찬보다는 혼내기만 했으니 마음이 언짢을 게다. 그런데 말이다, 편집 책임자는 편집만 잘해도 안 된단다. 마케팅, 나아가서는 회사 경영 전반까지 내다보아야 한단다.

출판사에서 편집이라 함은 오케스트라의 한 파트라고 할 수 있지. 경영은 지휘자이고, 제아무리 기획을 잘하고 또 잘 만들어도 마케팅 부서와 더 나아가서는 관리 부서와 기타 다른 부서와 어울림이 신통치 않으면 판매가 시원치 않단다.

편집 독립성도 좋지만 다른 부서와 또 윗분들 의견도 잘 듣고 개진해야 한다. 자칫하면 기획이면 기획, 편집이면 편집만 보아 근시안이 되기 쉽단다. 윗사람들은 따로 보지 않고 한꺼번에 꿰어 보곤 하거든. 네가 그렇지 못하다는 게 아니라, 그런 안목을 더 키워야 한다는 것이다.

지난번 비가 살짝 뿌리던 날 심한 소리를 해서 그런지, 넌 내 잔소리를 듣지 않으려 술을 거푸 퍼마셔 거나하게 취했더구나. 그날 헤어져 화장실을 찾아 지하철역으로 들어가는 네 뒷모습을 한동안 지켜보았단다. 다른 때 같으면 뒤를 돌아봤을 텐데 그날은 뒤를 돌아보지 않더라.

'마음이 몹시 상했구나.'

지하철 안으로 들어가고 없는 네 빈자리에 나도 한동안 서 있었단다.

네 나이도 벌써 50을 훌쩍 넘겼구나. 그런데 박민호 하면 아직도 30대 중반쯤으로 너를 대하는 사람들이 많지? 네가 동안인 데다가 어른을 잘 모시고 편해서 그런 거야.

내 살붙이처럼 느껴지는 민호야. 이규희는 우리 둘이 연애한다고 하지. 또 저 세상으로 간 용규나 창건 씨는 으레 네가 끼는 자리는 날 부르고, 내가 끼는 자리는 널 부르기도 하지. 그래서 사귄다고 하는 모양이야.

네 아버님께서 돌아가시고 나서 네가 나에게,

"선생님, 이제 제 아버지 되어 주세요."

라는 말을 해서가 아니다.

네 아버님 부탁이 있어 그런 것도 아니다. 넌, 내가 어려워하고 힘들어할 때 늘 내 곁에 있었잖니.

너를 만난 게 아마도 1984년쯤일 게다. 그때 넌 수사(修士)의 신분으로 분도출판사를 하고 있는 왜관 분도 수도원(성 베네딕도회 왜관 수도원) 책임자인 아빠스 비서로 일했고, 난 〈소년〉에 있을 때였지. 박홍근 선생님께서 데려와 인사를 시켰는데,

"박민홉니다."

그 목소리가 아직껏 내 귀에 쟁쟁하단다.

넌 분도 수도원에서 펴내는 간행물에 그림을 그리고 간간이 편집을 돕고 있었지. 그때 내가 본 네 그림은 개성이 있어, 내 동시집 《아이야 울려거들랑》 본문 그림을 그리게 했지. 그 인연으로 동화를 쓰게 하고 말이야.

민호야, 어찌 보면 글을 씁네, 나는 뭐네 하는 것들은 모두 허상(虛像)이 아니냐. 내가 나를 여미는 거, 이것이야말로 실상(實像)이 아닌가 한다. 또 어찌 보면 허상 속에서라도 나를 다스려야 작품도 쓸 수 있고, 보다 나은 편집 업무를 할 수 있는 게 아니겠니?

네 처진 뒷모습을 지켜보고 너스레를 떨었다. 우리 보다 좋은 내일을 위해 정진하자꾸나!

2. 생활이 묻어 있는 그림

"김 생(박홍근 선생님은 꼭 선생을 생이라 부르셨다.), 내 고향 친구 아들인데 분도회 수사야. 잘 봐 줘."

박홍근 선생님께서 미소년을 편집실로 데려오셨다. 서울예전 지금의 서울예대 문창과를 나왔단다.

지금도 그렇지만, 이목구비가 뚜렷한 준수한 청년이었다. 그날 그렇게 소개를 받았다. 그때 인천조형예술대 학장이었던 조광호 신부님, 서강대학교 교수로 있는 김산춘 신부님, 그 외 분도 수도원 신부님과 수사님들과 어울릴 때 민호도 가끔 얼굴을 내보였다. 지금처럼 그는 말이 없고, 늘 뒷전에 묵묵히 있었다. 그 무렵 동화 쓰는 강용규, 이준연, 그림 그리는 정준용, 백진 등 〈소년〉에 오는 필자들과 중림동에서 해갈을 풀 때였다. 그때 민호도 가끔 자리를 함께했다.

내가 그렇게 그의 얼굴을 익힐 무렵, 그의 얼굴보다 더 익힌 건 그의 그림이었다. 내 축일 때나 성탄절, 또는 부활절에 굵은 붓펜으로 축하 그림을 그려 보내왔다. 둔탁하면서도 어딘가에 날카로운 생활이 묻어 있는 듯한 그림. 그 그림이 한눈에 내 주위를 이끌었다. 그 무렵 분도 수도원에서 나오는 소식지 같은 것에 그런 그림이 종종 눈에 띄

었다. 바로 민호의 그림이었다.

민호가 장충동에 있는 분도 수도원 분원에서 왜관 본원으로 갔을 때, 만나지 못해 편지를 주고받았다. 문창과를 나왔으니 문장은 기본이겠지만, 그 문장 속에 그의 순박한 마음이 그대로 담겨 있어 좋았다. 얼굴만 준수한 게 아니라, 그림 솜씨와 문장도 준수했다.

1981년인가, 〈소년〉 10년 장기근속으로 근무를 해, 그때 사장님이었던 오지영 신부님께서 동시집을 내 주셨다. 그 동시집이 《아이야 울려거들랑》으로, 〈예솔아〉가 실려 있다. 〈예솔아〉는 내 이름으로 〈소년동아일보〉에 실렸던 것이다. 이 시들은 대개가 강정규 선생님께서 편집국장으로 있던 〈크리스챤신문〉 '자근방 글 모음'에 연재했던 것이다(자근[紫草]은 오랑캐꽃, 즉 제비꽃이다. 난정 어효선 선생님이 지어 주신 호이다.). 그 동시집 그림을 민호에게 부탁했다.

"제가 무슨 그림을요?"

민호는 한사코 그리지 못하겠다고 했다. 내 주위와 〈소년〉에 기라성 같은 화가들이 있는데 자기가 어떻게 그리냐는 것이었다. 또 자기는 그림을 공부한 적도 없고, 그저 끄적거리는 것이어서 안 된다고 했다. 민호 그림을 받고 싶은데 참 난감했다.

생각다 못해 물었다.

"민호야, 내가 내려는 책, 더군다나 동시집은 나와 같은 거 아니냐?"

그는 그렇다고 대답했다.

"그러니 내 동시집 그림을 그리지 않는다는 건 나를 만날 필요가 없다는 말 아니냐? 그림을 그리지 않겠거든 나를 만나러 오지 마라."

하고 으름장을 놓았다. 그 뒤 생각은 잘 나지 않지만 이렇게 해서 첫 생활 동시집 《아이야 울려거들랑》 본문 그림을 민호가 그렸다. 표지 그림은 프랑스에서 그림을 공부한 백진이 그려 주었다. 그리고 표지 구성은 박민호가 했다. 그는 왜관에 있는 분도 수도원 본원에서 펴내는 크고 작은 유인물 편집을 하고 있던 터였다.

민호와 나의 만남은 이렇게 시작되었다.

3. 아름다운 추억

강남 지역 유일한 지역 신문이었던 〈리빙뉴스〉 사장 노릇을 하다가 다시 1989년도에 〈소년〉 편집 주간으로 갔다. 그때 나는 '주간'이 아니라 '야간'이었다. 그때 회사 떨거지들인 민호를 비롯 박래창 국장 정주호, 회사 바깥 분들로는 난정 어효선 선생님, 정원석 박사님 또 강용규, 이창건 등과 밤이면 밤마다 〈소년〉이 있는 중림동을 누비며 목을 축였다. 민호는 집이 성남이고 나는 대치동이어서 서울역에서 버스를 타면 남산 순환

도로로 갔다. 버스를 타고 가다가 아카시아 향에 이끌려 버스에서 내려 남산 길을 걷기도 했다. 어떤 날은 아예 사무실에서부터 걸어 남산 길을 걷기도 했다.

지금 생각하니 그때 일들로 우정이 쌓이고 시심(詩心)이 쌓였던 것 같다. 이렇게 민호와 함께 일하며 재미있는 나날을 보냈다. 그때 우리는 일을 일로 하지 않고 재미로 했다. 재미로 하는 일이니 내가 맡은 〈소년〉과 '가톨릭출판사' 편집부가 사내(社內)에서 하는 행사는 그 무엇이든 맡아 놓고 1등이었다. 심지어는 판매 행사를 하면 영업부를 제쳐 놓고 판매까지 1등이었다. 그 막강한 자리에 민호가 버티고 있었던 것이다. 그때부터 민호와 나는 서로가 그림자처럼 붙어 다녔다. 생을 달리한 강용규 형은 이래선 안 된다며 그룹 연애를 주선하겠다고 한 적도 있다.

나는 지금 12년 가까이 다니던 평화방송 〈평화신문〉에서 은퇴하고 본업인 글을 쓰며 제2의 삶을 살고 있다. 그동안 못 썼던 글을 쓰고 있다. '중앙출판사'에서 저학년 동화인 《새 닭이 된 헌 닭》을 출간했고, '파랑새어린이'에서 《빨간고양이 짱》을 출간했다. 이 원고들을 민호가 꼼꼼하게 검토해 주어서 내 글을 그 얼마나 빛나게 해 주었는지 모른다.

민호는 긴 침묵을 깨고 얼마 전 '예림당'에서 장편동화집 《징》을 펴냈다. 예림당 유인화 전무와 백광균 이사를 비롯 황명숙PD, 동화작가 김지선 등 관계자들이 모여 《징》 출판 기념 겸 내 은퇴 축하 파티를 마련해 주었다.

나는 《징》 출간이 너무도 좋아 그간 마시지 않았던 술을 얼마나 퍼마셨는지 모른다. 《징》이 베스트셀러가 되고 큰 상을 받으라고.

민호와 나와의 오늘은 어제가 되어 또 아름다운 추억으로 또 그리운 내일로 장식할 것이다.

'착한 마음' 드러내는 동화가 쓰여지는 과정

김현숙

1. 현재까지 박민호 동화의 궤적

고등학교를 졸업한 박민호는 수도원 문을 열고 들어갔다. 그 와중에 대학 문창과로 진학하여 글쓰기를 익히고 1988년에는 〈소년〉을 통해 동화작가로 등단했다. 수사였고 동화작가였던 그는 11년간의 수도원 생활을 접고 환속했다. 1990년대에 그는 몇 가지 출간물을 내놓긴 했으나 신앙 고백적인 것에 가까웠을 뿐, 본격적 창작에는 그다지 힘을 내지 못했다. 속세에 적응하며 뿌리를 내리는 일로 몸살을 앓았던 탓으로 짐작된다. 2000년대로 들어서자 동화작가 박민호의 이름이 박힌 본격적인 동화책들이 나왔다. 《산신당의 비밀》(국민서관, 2002), 《세상에서 가장 아름다운 거짓말》(은하수미디어, 2007), 《내 동생 검둥오리》(기탄출판, 2007), 《초콜릿색 눈사람》(좋은책어린이, 2010), 《징》(예림당, 2013) 등은 현재까지의 박민호 동화 세계를 잘 알려주는 텍스트들이다.

이 텍스트들은 박민호의 동화 쓰기 궤도를 알려준다. 그의 본격적 출발점인 《산신당의 비밀》은 넘치는 활기와 당시 동화 문학 코드의 적극적 반영을 보여 준다. 그러나 이후 작품은 이 작품과 사뭇 다른 분위기와 주제 의식을 보여 준다. 따라서 《산신당의 비밀》을 통해 오랜 침묵을 깨고 나온 이 작가가 보여 준 당대 동화 문학 코드의 적극적 수용 내용이 무엇인지를 일단 정리하고자 한다. 《산신당의 비밀》 뒤에 나온 단편집 《세상에서 가장 아름다운 거짓말》은 시종일관 동일한 주제 의식을 보여 준다. 그뿐만 아니라 이 주제 의식은 이후 그의 동화에서도 반복적으로 다뤄진다. 따라서 이 작품집은 박민호 동화 쓰기의 변곡점이면서, 이후 현재까지 펼쳐지는 박민호 동화 세계의 토대로 지목된다. 이 작품집이 보여 준 주제 의식과 기법에 대해서 장을 달리하여 살필 것이다. 《내 동생 검둥오리》부터 이어지는 세 개의 장편은 《세상에서 가장 아름다운 거짓말》이 보여 준 주제 의식을 흔들림 없이 견지한다. 그러나 세 편은 저마다 전작의 한계를 거듭 극복하는 자기 갱신적 면모를 갖는다. 이에 대해서는 별도의 장에서 검토하고자 한다.

2. 당대 동화 문법에 대한 적극적 수용, 《산신당의 비밀》

2002년 출간작 《산신당의 비밀》은 박민호의 첫 장편동화이다. 이 작품은 산신당에서 담력 시합을 하던 아이들이 문화재 밀수출 도당을 만나 이들을 검거하는 데 주요 역할을 한다는 내용이다. 이 작품의 의미를 짚으려면, 이 작품이 나온 2000년대 초반을 돌아볼 필요가 있다. 우리 사회는 IMF 후유증을 극복하던 때였으며, 담론적 측면에서는 민족이나 국가와 같은 거대 담론의 위세가 거의 꺾였던 무렵이다. 그러나 동화 문학에서는 전통문화, 역사의식 등을 어린 독자에게 고취시키려는 작품이 여전히 많이 쓰이고 있었다. 그것은 국제 금융 질서가 한국 경제를 조정하는 가운데 기성세대들이 심정적으로 학습한 강한 국가에 대한 욕구를 동화로 표출한 것으로 파악된다. 한편 아동문학 내부를 볼 때, 집과 학교 사이를 맴도는 아동의 일상을 다루는 동화들의 범람에 대한 자성으로 판타지에 대한 요구가 거세게 일고 있었다.

《산신당의 비밀》은 이러한 정황 속에서 읽어 볼 수 있다. 이 동화는 담력 시합으로 소년들의 흥미를 자극하고, 선악의 뚜렷한 대립을 보이는 와중에 어린 소년들이 악당 어른을 상대로 벌이는 의로우나 힘겨운 대결이 펼쳐지는 작품이다. 모험과 탐정에의 욕구, 의협심 등을 자극하는 이 동화는 그야말로 소년들의 로망에 한껏 부응했다고 할 수 있다. 아울러 이 작품은 전통문화의 가치를 드러내면서 애국심 환기를 유도했다. 장승이라는 우리 고유의 전통 문화재들이 일본으로 밀반출되는 현장을 소년들이 목도했고, 이후 서사는 선악의 대비와 약강자의 대결이 결합된 채 흥미진진하고도 아슬아슬한 모험을 펼쳐 나갔던 것이다. 애국심이나 민족의식 고취와도 같은 교육적 의도가 재미 속에서 전달되는 현장이었다. 작가의 의욕은 높아, 판타지 양식도 살짝 개입되었다. 이 부분은 아쉽게도 교육적 의도가 문학적으로 충분히 풀어지지 않은 탓에 서사가 처지기도 했다. 그러나 전체적으로 보아, 교실과 집 울타리를 좀처럼 벗어나지 못하는 동화들에 비하면 숨통이 트이고 활기가 느껴지는 동화였다.

이 작품에는 담력 시험, 살인 사건이 벌어진 곳, 밀반출하는 어른과의 대결 등으로 이어지는 공포 코드와 전통문화, 반일 감정, 애국심, 정의감 등으로 이어지는 애국 코드가 서로 어울려 있다. 어울릴 것 같지 않은 두 코드가 한 작품 안에서 자연스럽게 연결될 수 있었던 것은, 모험을 매개로 소년들을 건강한 예비 국민으로 다듬어 내려는 의도 때문이다. 소년·소녀들을 건강한 예비 국민으로 다듬는 일은 오랫동안 우리 동화가 스스로 떠맡아 온 임무였다. 이 일은 전통문화의 강조와 반일 의식의 자극을 통해 진행되곤 했는데, 모험 코드로 이를 버무리는 일이 1990년대 중반부터 심상치 않게 발견되곤 했다. 따라서 이 작품은, 박민호가 소년·소녀들의 흥미에 부응하면서 당시 동화의 내외적 상황을 반영한 기성세대의 책무감을 적극 수행하고자 했음을 알린다.

아쉽게도 그의 노력은 큰 주목을 받지 못했다. 아동문학에 대한 새로운 태도를 갖춘 작품들이 등장하면서 평단과 독자의 관심을 휘몰아 갔기 때문이다. 즉 1990년대 말엽부터는 어린 독자를 가르치겠다는 어른 작가의 고전적인 책무감에서 벗어나, 아동문학이 아동 독자와 좀 더 소통할 수 있어야 한다는 인식을 토대로 어린이의 감성을 보다 강도 높게 조명한 작품들이 출현했던 것이다. 《산신당의 비밀》은 박민호가 오랜 침묵을 깨고 낸 의욕적인 작품이었기에, 이런 반응은 박민호로 하여금 향후 자기 글쓰기 방향에 대한 깊은 고민으로 이끌었을 것으로 짐작된다.

3. 자기만의 동화 세계 구축, 《세상에서 가장 아름다운 거짓말》

박민호의 두 번째 장편은 《내 동생 검둥오리》이다. 작의나 분위기에 있어서 첫 장편과 사뭇 다르다. 이후의 장편들은 두 번째 장편이 보였던 기조를 유지한 편이다. 때문에 첫 장편과 두 번째 장편 사이에 변화가 있다고 할 수 있다. 두 장편 사이에 나온 것이 단편동화집 《세상에서 가장 아름다운 거짓말》이다. 이 동화집 수록작 6편은 한결같이 '착한 마음'을 다루었다. 이러한 주제 의식에 몰두하기로 작정한 듯 《산신당의 비밀》이 보여 주었던 면모들은 거의 드러내지 않는다. 한편 여기에서 다뤄진 착한 마음은 이후 박민호 장편동화의 토대를 이룬다고 할 수 있다. 때문에 이 단편집은 박민호 동화 세계의 변곡점이면서, 이 동화집을 통해 박민호는 자기다운 동화 구축에 나섰다고 할 수 있다.

동화는 아름다운 세상 제시에 있어서 소설보다 직접적이다. 아름다운 세상을 적극적이고 직접적으로 제시하는 일 중 하나는 착한 마음 그리기이다. 박민호는 동화가 가진 여러 속성 중 이 부분을 자신의 동화 세계로 결정한 듯, 착한 마음이 어떤 일을 일으켰는지를 보여 줌으로써 착한 마음의 가치와 당위성을 일깨우고자 한다.

어느 시대 어느 사회나 착한 마음을 강조해 왔고, 많은 동화작가들이 착한 마음 그리기에 도전했다. 이것의 성공을 통해 오래도록 널리 기억되는 작가들도 있지만, 착한 마음을 드러내려는 수많은 동화들은 대체적으로 엇비슷한 점들이 나눠 가지는 데에서 그친다. 때문에 개별 작가가 어떤 양상에 속하는지, 그의 의도가 무엇인지를 정리함으로써 그의 특징을 파악하게 된다. 착한 마음을 다루는 동화는, 주제를 부각하기 위해 어떤 행적들이 소망스러운 결말로 이어지거나 기적이 일어나는 결말을 자주 취한다. 박민호 경우도 이와 다르지 않으나, 그런 결말에 이를 수 있도록 착한 마음을 가진 사람들을 겹겹이 포진시키거나, 착한 한 사람의 선행을 겹으로 드러내는 구성을 취하는 것은, 박민호 동화의 기법적 특질이라고 할 만하다.

전자에 해당되는 것이 〈할머니의 안경〉이다. 이 동화는 수지가 어떻게 해서 외할머니께 안경을 사 드렸는지를 보여 준다. 수지는 할머니의 생신 선물로 안경을 해 드리려고 안경점을 찾지만, 값이 높아 포기한다. 수지 아빠는 좋은 안경을 선물하고 싶은데, 비싸면 장모님이 부담스러워서 받지 않을 터라, 미리 안경점을 찾아가 장모를 모시고 올 터이니 그때는 값을 낮춰 말하라 하고 차액을 미리 건넨다. 수지네 가족이 안경점을 찾는다. 주인은 할머니를 보자 생사를 모르는 자기 어머니를 떠올린다. 그래서 경로 우대 할인이라며 안경 값으로 겨우 만 원을 부른다. 그러자 수지는 자기 돈을 꺼내 값을 치른다. 이 동화가 드러내는 착한 마음은 다음 네 겹이다. 자기 힘으로 할머니 선물을 마련하고자 하는 수지, 장모에게 부담을 안 주려는 아빠, 사위에게 짐이 되지 않으려는 할머니, 인정을 베푸는 안경점 주인. 네 겹의 착한 마음이 어울린 결과 한 사람의 선의로서는 이룰 수 없었던 일이 이뤄지고 모두가 행복을 맛본다.

한 사람의 선행을 겹겹으로 드러내는 작품을 대표하는 것은 〈눈이 아름다운 임금님과 장님〉이다. 여기 임금님은 긴 가뭄에 백성이 굶주리지 않게 대비하는 지혜로운 군주이다. 더 나아가 이웃 나라의 백성들에게도 비축한 곡식을 나눠 주는 어진 사람이다. 그런 임금님 앞에 자신이 죽기 전에 세상을 볼 수 있도록 임금님의 눈 하나를 달라는 거지 장님 노인을 등장시킨다. 지혜롭고 어진 정치를 펴는 것은 제왕의 덕목에 해당되나, 눈을 내놓는 일은 그의 개인적인 품성에 관계된 문제이다. 임금님은 제 눈을 내놓겠다고 한다. 이것은 이 임금님의 지혜와 어짊이 그의 착한 마음에서 비롯된 것임을 알려준다. 착한 임금님의 마음이 장님이 눈을 뜨는 기적의 원동력이었다. 임금님이 보였던 지혜와 어진 행적이 착한 마음과 연결되었으므로, 이 작품은 임금님의 착한 마음을 겹겹이 드러내고 있는 동화라 할 수 있다.

흔히 동화들은 착한 마음을 드러내는 서사에 어떤 갈등이나 주저할 수밖에 없는 상황을 개입시킨다. 이와 달리 박민호는 여러 사람의 선행을 겹으로 배열하거나 한 사람의 선행을 여러 겹 제시하는 방식을 선호했다. 이 방식은 착한 마음의 가치와 당위성을 드러내는 데 유효하다. 착한 마음 그 자체에 집중하려는 박민호의 의지가 그만큼 강했음을 알 수 있다. 이 지점에서 고등학교 교문을 나서는 순간 수도원 문으로 들어갔고 어느덧 동화작가가 되었던 그의 이력을 떠올리게 된다. 죄인들을 위해 자신을 내준 예수님의 삶을 본받는 삶을 기원했던 수사였으니, 자신의 동화를 통해서 예수님의 착한 마음을 드러내고자 하는 것은 당연지사이다. 그리고 이 자리에서 착하지 않은 것들을 등장시키지 않은 채 오로지 착함에 착함을 더하는 기법이 나왔을 것이다.

착한 마음을 겹으로 배치한 결과, 그의 단편동화에는 실수나 주저함 혹은 기타 반성할 일, 더 나아가 자기는 쓸모없는 존재라는 자기 부정, 혹은 이기심이나 고발해야 할 부정적인 세태 같은 것들이 쉽게 끼어들지 못한다. 악인이나 악행이 들어올 틈이 거의 없는 탓에 갈등 구조가 본격적으로 나타나지 않고, 지루한 감이 생기곤 한다. 아울러 착한 미음만 드러나다 보니 결말이 쉽게 예측된다. 따라서 이후 그의 동화들이 이러한 한계를 어떻게 처리해 나갔는가를 살피지 않을 수 없다.

4. 착한 마음을 다룬 동화들의 갱신기

4-1) 착한 마음 다루기의 장편으로 확대, 《내 동생 검둥오리》

《내 동생 검둥오리》는 배변 훈련기에 있는 어린아이를 동생으로 둔 열 살 하나의 이야기이다. 하나에게는 부모의 사랑을 독차지하는 동생에 대한 시샘, 그리고 어린아이한테 느끼는 사랑의 마음이 복잡하게 엉켜 있다. 이 동화는 그런 하나가 누나로서 자리를 잡는 과정을 다루었다.

동생을 둔 아동이 가족 내에서 윗형제로 자리를 잡아 가는 서사는, 동화에서 많이 다뤄져 왔다. 윗형제 되기 서사라고 해도 좋을 일련의 동화가 지속적으로 쓰이는 것은, 윗형제 되기가 아동들의 주요한 현실적 과제이기 때문이다. 이 서사들을 구성하는 주요 장면들은, 동생에 대한 시샘으로 동생 괴롭히기와 어린 동생에 대한 애정으로 윗형제 노릇 해내기이다. 이 장면들이 반복적으로 교차되면서, 서사는 동생에 대한 시샘을 사랑으로 정돈한다는 방향성을 갖는다. 시샘을 극복하면서 의젓한 윗형제 되기라는 주제를 담는 셈이다.

윗형제 되기 서사가 한 가지 동화 유형을 이루는 만큼, 새롭게 쓰는 윗형제 되기 서사는 이 유형의 서사가 가진 전형성을 변주해야 한다는 부담 속에서 출발할 수밖에 없다. 윗형제 되기 서시를 살펴볼 때, 근래에는 발랄하고 다이내믹한 서사를 위해 보다 개성적인 아동을 등장시키곤 한다. 동생에 대한 미움과 부모에 대한 섭섭함을 강조 혹은 과장하기 위해 기발하거나 격한 행동을 취하는 것이다. 윗형제 되기보다는 윗형제로서 자기 입장을 더 많이 드러내는 동화들은, 교훈성을 약화시키고 어린이 독자와의 소통을 강화시키려는 새로운 흐름과 맞물린다.

윗형제 되기 서사로서 《내 동생 검둥오리》는 개성보다 전형성을 취했다. 이것은, 박민호가 아이들이 가진 착한 마음을 헤아리고 다독이려는 자신의 동화적 입장을 장편에서도 전개시키고자 했기에 취한 전략이다.

박민호는 단편을 통해 다져 온 착한 마음 드러내기라는 자기다운 동화 세계를 이 작품을 통해 장편으로 무리 없이 확대시켰다. 그뿐만 아니라 이 작품으로 단편동화에서 보였던 착하기만 한 주인공 기용이라는 한계도 털어 냈다. 주인공 하나는 동생을 때리기도 하지만 뉘우치기도 하는 것이 평이한 아이이다. 박민호 동화에 있어서 이러한 주인공의 변화는 작지만 자기 갱신에 해당된다. 요컨대 《내 동생 검둥오리》는 박민호가 단편을 통해 형성한 자기다운 동화 쓰기를 장편에 적용하기 위해, 일상의 평이한 아이를 선정하고, 이 아이를 쉽게 드러낼 수 있는 윗형제 되기 서사를 택하고, 이 유형 서사의 기본 문법을 성실히 따른 작품으로 정리된다.

4-2) 착한 마음에 대한 진정성이 갖는 힘, 《초콜릿색 눈사람》

《초콜릿색 눈사람》은 다문화 다민족 이야기군에 속하는 작품이다. 우리 동화에서 다문화 다민족을 다룰 때, 은연중에 한국을 종주국으로 삼는다. 다문화 다민족의 다(多)가 뜻하는 것은 단지 여러 가지가 있음에서 그치지 않고, 여러 개 중에서 어느 것이 더 가치 있거나 중요하다는 서열 의식까지 부정한다. 그렇기 때문에 종주국이라는 개념은 허용되지 않는다. 그러나 현실적으로 종주국 개념이 소거되지 않기에 차별이 횡행했고, 이를 다루는 동화도 근원적 요인을 지적하지 못하고 차별은 말아 달라는 호소에 매달렸었다.

코시안이라서 학교에서 놀림 대상인 민지는 심리적으로 억압된 상태이며, 흰 피부에 대한 소망을 지닌 아이이다. 여느 다문화 이야기들과 유사한 것이, 이 서사 또한 민지가 느끼는 심리적 억압 해소를 향해 나갔다. 눈 오는 날 체육 시간 아이들이 초콜릿색 눈사람을 만들어 흰 눈사람과 나란히 세운다는 결말은, 문제적 상황이 해소 국면에 접어들었음을 뜻한다. 그런데 여기의 두 눈사람은 서로 다르며 서열적 관계에 있지도 않다. 이런 점에서 《초콜릿색 눈사람》은 다문화 동화들이 쉽게 헤어 나오지 못했던 서열 의식으로부터 벗어난 동화로 평가된다.

서사에서 초콜릿색 눈사람 등장이 가능했던 것은, 민지를 감싸 주는 친구 연주와 다문화에 대한 의식이 있는 선생님 덕분이다. 즉 겹겹이 배치된 선한 마음들이 이런 일을 가능하게 했던 것이다. 때문에 이 작품이 서열 의식을 벗어날 수 있었던 기본 요인은, 한국을 종주국으로 여기는 의식을 비판하며 의도적으로 서열 의식의 탈피했다기보다는, 선한 마음에 대한 박민호의 지속적인 의지로 간파된다. 그럼에도 이 작품을 《내 동생 검둥오리》와 비교하면, 비의도적이나 소망스러운 지점이 보인다. 이는 주목할 만하다. 박민호가 동화를 통해 착한 마음을 그리려는 입장을 갖춘 후 이를 밀고 나가는 동안 때로는 기존 동화가 가진 한계를 돌파했기 때문이다. 이는 착한 마음에 대한 그의 진정성이 갖는 힘이 드러난 것이다.

4-3) 대결 구도를 갖추되 승부하지 않는 착한 마음, 《징》

《징》은 놋쇠로 징과 같은 악기나 그릇을 만드는 전통 공예 장인에 대한 이야기이다. 서사의 전체적인 흐름은 전승배가 방짜 유기 장인이 되기까지의 과정이다. 전승배가 전통 공예 대전에서 대상을 탐으로써 장인의 반열에 오를 수 있었던 근원적 요인은, 전승배의 착하고 우직한 마음이다. 이 마음의 서사화 방식은 박민호가 단편에서 익혔던 착한 마음 겹겹의 배치이다. 전승배가 징 만드는 대목은 착한 전승배를 드러내기 위해 박민호가 가장 공들인 장면이다. 전승배는 성공의 기원이 아니라 주변 사람들을 위하는 따뜻한 마음으로 징을 만든다. 이 서사에서 전승배가 대상을 타는 결말은 전승배의 착한 마음이 그만큼 가치 있음을 증명하고 강조한다.

《징》은 한 사람의 전통 장인의 탄생을 통해 착한 마음의 가치를 드러낸 작품이다. 이 작품이 이전 작품과 다른 점은 대립적 구도가 개입되었다는 것이다. 착한 전승배 곁에 그렇지 않은 형을 제시한 것이다. 전승배의 아버지는 방짜 유기 장인으로 전통적 방식으로 놋쇠를 다룬다. 그러나 형은 그런 아버지와 생각이 다르다. 지식과 기계의 힘을 빌리고자 하며 궁극적으로는 명예와 부를 얻고자 한다. 때문에 대학 졸업 후에는 아버지를 떠나 자기와 같은 방식을 추구하는 다른 장인 밑에서 일한다. 이런 형과 전승배가 전통 공예 대전에서 맞붙는다. 이 대결에서 승자는 대학 공부를 통해서 놋쇠 공예에 대한 이론적 지식을 갖춘 형이 아니라, 나이 오십이 되도록 아버지 밑에서 온갖 허드렛일을 도맡아 하면서도 우직하게 놋쇠 다루는 기술을 익혔던 전승배이다. 즉 대결 구조는 착한 마음의 승리를 구가하려는 전략이다.

그간 박민호가 보여 준 착한 마음 드러내기에는 갈등이 거의 없었다. 그런 탓에 서사에 긴장감이 적다는 한계가 있었다. 이 작품에서 박민호는 형의 등장을 통해 그 한계를 넘어서고자 했다. 전승배와 형은 같은 일을 하지만 행보가 달랐고 공예 대전을 통해 승패를 겨루는 관계가 되었다. 서사에서 전승배와 형을 통해 대립적 관계를 형성한 것이다. 그러나 이 서사가 형을 또렷한 악인으로 그린 것은 아니고, 형제간의 대결 구도가 치열한 것도 아니다. 그럼에도 박민호의 서사에서 낮은 열도의 대립은 미흡함으로 지목되지 않는다. 왜냐하면 그가 궁극적으로 보여 주려는 것은 그러한 대립을 넘어선 착한 마음이기 때문이다. 따라서 박민호의 서사는 대립적 구도는 갖추되, 어떤 판가름을 위한 치열한 대립과는 거리를 두어야만 하는 것이다. 그럼에도 형이라는 대립적 존재의 등장은, 착한 마음을 드러내는 동화 쓰기를 일관되게 진행하면서 자기 갱신을 이루고자 했던 박민호의 의지가 없었더라면 가능하지 않았을 일이다.

박민호가 전통 방식을 계승하는 장인을 조명한 것은, 전통 문물에 대한 의식을 고취하려는 목적도 있었을 것이다. 전통문화를 소재로 삼았다는 점에서 이 작품을《산신당의 비밀》과 비교하게 된다. 과거 박민호가 밀반출 도당과 소년들이 서로 맞서게 함으로써 역동적인 서사를 꾸린 것은 흥미 속에서 전통문화에 대한 의식을 고취시키고자 했기 때문이다. 그러나《세상에서 가장 아름다운 거짓말》을 통해 자기다운 동화를 찾았던 박민호는《징》에서는 역동적 서사 대신 서정적 묘사를 통해 전통문화의 중요성을 드러냈고, 이를 기반으로 자연스럽게 선함을 강조했다. 이 과정에서 전통 공예물을 만드는 전래적 방식과 착한 마음의 결합을 시도했음이 주목된다. 즉 박민호는 훌륭한 전통 공예물을 생산하는 전통 방식이 착한 마음과 맥이 닿는다고 판단한 것이다. 전통적 방식은 기계와 지식에 대한 의존도가 낮고 대신 육체의 다대한 수고를 요한다. 이런 점에서 일단 재래 방식의 답습은 우직함과 순박함 혹은 순결성을 뜻한다고 할 수 있다. 다대한 육신의 노고는 자기 정련과 인간에 대한 성찰이 끼어들 여지를 마련한다. 흔히 이 과정에서 소설은 치열한 예술혼을 강조하는데, 이 동화는 착한 마음을 강조했던 것이다. 전승배는 이를 형상화한 존재이고, 그가 장인이 되었음은 착한 마음의 승리를 뜻한다. 자기만의 동화 쓰기에 대한 박민호의 의지가 이런 변화를 빚었다고 판단된다.

전승배와 형의 대립은 그의 동화가 보여 줄 수 있는 최고의 대립치일 수도 있다. 대결 목적이 착한 마음을 더욱 온전히 드러내기에 초점을 겨누었기 때문이다. 전통 문물을 다루는 동화들은, 대체적으로 전통 방식을 따르는 전통문화 계승자를 선인으로 다루었다. 《징》도 이런 동화적 관습 안에 있다. 하지만 이 작품이 전통문화에 대한 인식 고취라는 목적적 주제 의식에서는 벗어났기에, 향후 박민호가 보여 줄 새로운 자기 갱신이 무엇일지 은근히 기대된다.

5. 아름다운 글쓰기에서 아름다운 동화를 향해

수도원에서 20대의 순수함과 열정을 불태우던 젊은이, 박민호는 동화작가가 되었다. 등단 후 박민호의 행보 또한 독특하다. 등단자의 초심을 발동시킨 글쓰기를 보이기보다 본격적 창작을 속세 환속 후 평범한 사회인으로 자리를 잡은 뒤에야 시작한 것이다. 대략 10여 년의 세월을 보낸 후, 그의 글쓰기는 자기 시대 동화 문학의 흐름에 의욕적으로 반응했다. 그러나 그가 당대적 글쓰기를 재빨리 접고 바로 자기다운 글쓰기를 찾아 나선 것도 특이점이다. 즉 2002년 첫 장편 《산신당의 비밀》은 뜸을 오랫동안 들인 출발작답게 당시 동화 문학의 내외적 정황에 발 빠르게 부응한 작품인데, 박민호는 자기 시대 동화 코드 수용을 곧바로 접고 자기만의 글쓰기에 나서서 단편집 《세상에서 가장 아름다운 거짓말》을 선보인 것이다. 박민호다운 동화는 '착한 마음' 드러내기로 요약된다. 일단 자기다운 동화를 구축하자 박민호는 현재까지 일관되게 이 길을 걸어왔다. 《내 동생 검둥오리》는 단편을 통해 구축한 착한 마음 드러내기를 장편으로 적응한 첫 작품이다. 뒤이은 장편 《초콜릿색 눈사람》은 착한 마음에 대한 집중으로 동시대 동화가 가진 한계점을 뛰어넘는 힘을 발휘하기도 했다. 《징》에 이르러서는 대결 구도를 끌어오되 승패와 거리를 둔 채 착한 마음을 그리는 경지를 보였다.

수사로서 동화작가가 되었으나 본격적 글쓰기는 환속 후에 시작했던 박민호의 동화 쓰기 특징이자 중심 내용은 착한 마음 드러내기로 요약된다. 이렇게 요약해 보면 그에게 동화 쓰기란, 수사에서 일반인으로 돌아온 자로서 자기의 절대자에게 드리는 변형된 미사인 듯하다. 이쯤에서, 자신이 있는 자리는 달라도 예수님 앞에 선 자로서 선한 것을 한 걸음씩 천천히 진실되게 구축할 뿐, 서둘러 튀거나 성과를 내보이는 일은 자기 밖의 일로 두었던 그의 글쓰기 태도와, 그가 구축한 동화 세계가 착한 마음 다루기인 것이 모두 한 줄로 꿰인다. 요컨대 박민호에게 동화 쓰기란, 한때 수사 생활을 할 만큼 선한 것에 지극히 마음을 기울이는 자기 내면을 따르는 일인 것이다.

박민호가 착한 마음을 자기 동화 핵심으로 삼은 까닭을 흔치 않은 그의 이력에서 구했다. 하지만 다른 한편에서 그가 아동문학에 입문하면서 일찍부터 인연을 맺었던 김원석, 정채봉 등의 선배 작가들의 영향이 작용했음도 놓칠 수 없다. 이 선배 작가들이 동화에서 중시한 것은 동심으로 집약되는 착한 마음의 환기였다. 실상 착한 마음 드러내기는 박민호가 등단하기 이전에 성립된 한국 동화 문학의 기본적 흐름 중의 하나였다. 그의 등단 연도는 1988년, 한 작가의 등단 연도는 단지 숫자적인 것만이 아니다. 그 무렵의 동화에 대한 담론을 학습하며 동화 문학에 대한 기본 시각을 형성하기 때문이다. 정리하면, 착한 마음에 대한 집중은 박민호의 내면이기도 했지만, 그가 교류하던 선배들의 동화 세계이면서 그가 등단했던 시기의 기본적 동화 문법 중의 하나였기에 박민호가 이 흐름에 자연스럽게 합류한 결과이기도 하다. 박민호가 본격적 창작에 임하면서 보였던 당대 동화 문학 코드의 반영을 지속시키지 않았던 것은, 이러한 사정들을 돌아보면 쉽게 수긍이 간다.

2007년부터 보여 준 박민호 동화의 핵심은 착한 마음 드러내기로 요약된다. 그는 착한 마음을 지닌 사람들을 즐겨 내세웠다. 착한 존재들을 그리거나 일상의 어떤 정황을 드러내면서 그 안에 담겨진 선한 결을 찾고 그것이 잘 도드라지도록 이야기를 다듬었다. 인간의 선한 마음이 가진 아름다움이나 힘을 또렷하게 보여 주고자 했던 것이다. 착한 마음 그 자체에 대한 다독임과 격려에 집중한 그의 동화는 자연히 이를 위해 착한 마음 겹겹의 배치를 즐겨 구사하게 되었다. 그러나 넓게 보아 이 방식이 박민호만의 개성적 기법이라고 단정 지을 수는 없다. 박민호는 치열한 주제 의식의 천착이나 독특한 이야기 법을 제시하는 작가로 분류되는 편은 아니다. 박민호 동화 쓰기의 특장점은, 자기 밖 통화 코드의 추수가 아니라 자기 내면에 귀를 기울인 결과로 착한 마음 드러내기와 연을 맺고 이를 우직하게 처리했다는 점에서 찾게 된다.

착하고 순한 마음이 가진 가치를 누가 부정할 수 있으랴. 우리가 드문드문이라도 이 마음에 의지하지 않는다면, 어떻게 행복한 삶과 공동체를 논할 수 있으랴. 때문에 동화가 착한 마음을 즐겨 다루는 일 자체는 문제시되지 않는다. 그러나 대동소이한 마음의 결만 제시하는 데서 그칠 뿐, 일정한 것 이상을 제시하지 못하는 일이 반복되는듯하여 안타까울 때가 있다. 착하거나 순수한 마음을 배회하는 작가들의 글쓰기는 진부함이나 평이함에서 쉽게 벗어나지 못하는 아쉬움을 남기는 것이다. 인간이 가진 복잡한 진실들이 민감하게 포착되지 못하거나, 포착했더라도 착한 마음을 위해 조급하거나 서툴게 처리되는 습성은 고민할 대목이다. 착한 마음을 드러내는 동화들이 인간을 억압하는 조건과 인간의 재바른 욕망들을 필요 이상으로 외면하는 태도에 경계할 필요가 있어 보인다. 이런 맥락에서 주제 의식의 치밀한 탐구나 새로운 기법을 탐색하라는 주문은 늘 반복할 수밖에 없다.

박민호는 자기다운 동화 쓰기를 찾아냈고, 우직하게 이를 견지하면서도 자신의 한계를 한 꺼풀씩 벗겨 내는 자기 갱신적 동화 쓰기를 보여 왔다. 그럼에도 박민호에게 윗단락에 적은 착한 동화들에 대한 주문을 건네야 할 듯하다. 자기 것을 꾸준히 지켜 가는 그의 글쓰기는, 착한 마음을 다독이는 자신의 동화를 닮아 있다. 재빠른 글쓰기들이 난무하는 가운데 우직한 글쓰기가 보여 준 아름다움이 있다. 그가 이 아름다움을 더 많은 독자들에게 세세하고 또렷하게 전달하는 날이 곧 오리라고 믿는다.

어린이와 함께 선생이 걸어온 길

1960년 음력 7월 18일 서울 서대문구 미근동에서 아버지 박종근 어머니 홍학표의 삼형제 중 막내로 태어남.
1973년 서울 미동국초등학교를 졸업함.
1976년 서울 명지중학교를 졸업함.
1979년 서울 동성고동학교를 졸업함.
성 베네딕도회 왜관 수도원(왜관 분도 수도원) 들어감.
이후 나올 때까지 분도출판사, 농장, 스테인드글라스 공방,
금속 공예실, 가톨릭교리 통신교육회, 비서실 등에서 일함.
1981년 서울예대 문예창작과에 입학함.
1986년 서울예대 문예창작과를 졸업함.
1988년 〈소년〉에 동화 추천 완료, 박홍근 선생님께 동화 2회 추천 받음.
천료작 〈연날리기〉
그림동화집 《생일 선물》(가톨릭교리 통신교육회)을 발행함.
1989년 성 베네딕도회 왜관 수도원을 나옴.
한국문예진흥원 홍보출판부에 들어감.
1990년 단편동화 모음집 《그림일기》(나눔자리)를 발행함.
한국문예진흥원 홍보 출판부를 나옴.
도서출판 문학아카데미에 들어감.
1991년 시화집 《어머니의 맨발》(도서출판 씨)을 발행함.
문학아카데미 동화반(현 동화세상)에 들어감(4기).
도서출판 문학아카데미에서 나옴.
가톨릭출판사에 들어감.
1992년 권윤경과 결혼함.
제1회 동쪽나라아동문학상을 받음.
1994년 아들 박근영 태어남.
1997년 단편동화 모음집 《아빠의 편지》(새남)를 발행함.
1998년 가톨릭출판사를 나옴.
1999년 동아시테크 인터넷 문학 컨텐츠 개발팀에 들어감.
2000년 동아시테크를 나옴.
도서출판 동쪽나라에 들어감.

2001년 도서출판 동쪽나라에서 나옴.

도서출판 세상모든책에 들어감.

2002년 그림동화집 《새우와 고래는 어떻게 친구가 되었을까?》(세상모든책)를 발행함.

장편동화집 《산신당의 비밀》(국민서관)을 발행함.

도서출판 세상모든책에서 나옴.

도서출판 효리원에 들어감.

2003년 아버지가 돌아가심.

〈평화신문〉 신춘문예 동극 부문을 심사함.

2004년 〈평화신문〉 신춘문예 동극 부문을 심사함.

도서출판 효리원에서 나옴.

(주)영림카디널에 들어감.

2005년 〈평화신문〉 신춘문예 동극 부문을 심사함.

한국어린이문화연구소 총무를 맡음.

2006년 〈평화신문〉 신춘문예 유아동화 부분을 심사함.

2007년 한국아동문학인협회가 이사함.

동화세상 회장(~2009)을 지냄.

단편동화모음집 《세상에서 가장 아름다운 거짓말》(은하수미디어)을 발행함.

장편동화집 《내 동생 검둥오리》(기탄출판)를 발행함.

2009년 서울시청 발행 어린이 신문 〈내 친구 서울〉 편집 자문 위원(~2017)을 맡음.

그림동화집 《싸개대장》(헤밍웨이)을 발행함.

그림동화집 《부르노 가족의 배탈 소동》(교원)을 발행함.

그림동화집 《달곰이와 아빠》(교원)를 발행함.

2010년 장편동화집 《초콜릿색 눈사람》(좋은책어린이)을 발행함.

2011년 가톨릭문인회 출판 간사(~2013)

한국 아동문학가 100인 서가(書架) 전시회에 참가함.

2013년 장편동화집 《징》(예림당)을 발행함.

2015년 (주)영림카디널 나옴(정년퇴직).

2016년 부총리 겸 교육부장관 감사장을 받음.

도서출판 노란우산에 들어감.

2017년 도서출판 노란우산을 나옴.

2018년 《소똥 밟은 호랑이》(알라딘북스) 중 〈밤송이 형님〉이 초등학교 교과서 3학년 1학기 국어 독서 단원에 수록됨.

한국 아동문학가 100인

조두현

대표 작품

〈근정전〉 외 4편

인물론

달콤한, 우리 모두의 꿀단지

작품론

삶을 바탕으로 한 '스마트 동심'의 현실 조응

어린이와 함께 선생이 걸어온 길

근정전[1]

이 나라 한가운데
사대문 그 중심에서

여전히 품위 지키며
사뭇 당당한 근정전.

용상[2]은
비었는데도
위엄이 서려 있어요.

백성은 곧 하늘이라
떠받든 팔작지붕[3].

앞면 옆면 각 다섯 칸
절개 곧은 저 기둥들.

"여봐라!"
임금님 목소리가
아련히 울려 와요.

1 勤政殿 : 경복궁의 중심 건물로 신하들이 임금에게 새해 인사를 드리거나 국가 의식을 거행하고 외국 사신을 맞이하던 곳.

2 임금이 나라 일을 볼 때 앉는 자리.

3 한국 목조 기와지붕 중에서 사방으로 지붕면이 있고 양측 지붕면 위에 삼각형의 벽이 있는 지붕.

일월오악도[1]

밤낮으로 텅 빈 옥좌[2]
감싸 안고 서 있어요.

해와 달, 쌍폭포를
거느린 다섯 봉우리.

그 앞에
소나무 한 그루
사철 내내 푸르러요.

임금님이 앉으셔야
온전한 그림이겠죠?

태조부터 순종까지
스물일곱 주인들을

한 분씩
차례차례로
빈자리에 모셔 봐요.

---

1 日月五岳圖 : 왼쪽에 달, 오른쪽에 해가 떠 있는 배경에 폭포가 두 줄기 흐르는 다섯 봉우리의 산과, 맨 앞에 소나무가 있는 그림. 항상 왕의 뒤에 있으며 죽을 때 같이 묻힌다. 일월오봉도(日月五峰圖) 등으로 불리기도 한다.

2 玉座 : 임금이 앉는 자리, 또는 임금의 지위.

품계석[1]

시대를 주름잡았던
대감, 영감, 나으리[2]들.

당당한 그 위세를
말해 주던 돌비들이

옛 영화
되새김질하면서
꿈꾸듯 서 있습니다.

숱한 충신, 간신배가
거쳐 갔을 이 자리.

"…… 산천은 의구한데
인걸은 간데없네……."[3]

옛 시인
깊은 탄식을
조용히 읊어 봅니다.

1 品階石 : 관료들이 신분에 따라 서 있는 자리를 표시하는 돌. 왕이 보았을 때 왼쪽은 문관, 오른쪽은 무관이 높은 관직 순으로 앞에서부터 선다.

2 대감은 정1품, 종1품, 정2품, 영감은 종2품, 정3품, 나으리는 종3품 이하의 벼슬을 말한다.

3 고려 말의 학자인 길재(1353~1419)가 지은 "오백 년 도읍지를……."로 시작되는 유명한 시조의 일부이다.

박석[1]

엇비슷이 닮았어도
똑같은 건 하나 없죠.

뒷산에서 보았던가
강가에서 눈 맞췄나.

외갓집
마당에서 본
섬돌 같은 바닥돌.

–이 나라에서 태어난
순토종 돌입니다.

–이 한 몸을 바쳐
밟히면서 모시리다.

오늘도
숱한 발길을
기꺼이 받아 줍니다.

1 薄石 : 얇고 넓적하게 뜬 돌. 근정전 앞마당에 조각보를 이어 붙이듯이 자연스런 모양으로 깔려 있다. 빛을 난반사해 눈부심이 없다.

쇠고리[1]

천막 칠 때 쓰였다는
앙증맞은 쇠고리.

비밀의 문 열어 주는
열쇠로 비치네요.

고 작은
동그라미 속으로
옛 정경이 살아나요.

사극에서 보아 왔던
흥겨운 궁중 잔치.

멋들어진 음악과 춤
웃음소리 질탕한데

천막 끈
꽉 잡고 있는
대견스런 쇠고리.

1 근정전의 기둥과 마당의 넓적한 돌(박석)에 동그란 쇠고리가 박혀 있다. 이것은 왕과 관원들이 조정에 모여 있을 때 햇빛이나 비를 가려 줄 천막을 치는 데 사용했던 것이다.

달콤한, 우리 모두의 꿀단지

백우선

세 가지 일화

그와의 첫 만남은 2004년이었다. 함께 소속된 문학회의 창원 세미나 때였다. 필자는 신입 회원으로 처음 참여한 자리여서 무척 낯설었다. 아주 가까워지기 전까지는 잘 어울리지 못하는 성격 탓으로 더 쭈뼛거릴 수밖에 없었다. 그때 다행히 당시 간사였던 그가 따뜻이 대해 주었다. 딴 분들의 호의도 없지 않아서 함께 심야 노래방에 가서 어울리고 바닷가 횟집에도 들러서 살아 있는 낙지 등의 회를 안주 삼아 술을 더 마시기도 했다. 잠을 자야 할 시각, 마침 방도 함께 쓰게 되어 있었다. 둥그런 침대가 있고 큰 거울도 있는 방이었다. 어쩐지 '장미여관'의 느낌이 물씬 풍겼다. 동숙 배정자가 둘만이 아니라 셋이어서 두 명은 침대, 한 명은 바닥에서 잤지만, 어쨌든 한 방에서 같이 잤다. 그날 이후로 그는 종종 그때의 동숙을 떠올리며 농담을 한다. 함께 자서 배가 불러왔다고. 큰 인물이 태어나려는지 아직도 출산이 안 되고 있다고. 어쩌면 그는 필자에게 동시문학의 '거위 엄마'와 같은 존재인지도 모를 일이다.

2008년에는 그가, 앞에서 말한 문학회의 3년 임기 상임이사로 공표됐는데, 등단 연조가 짧아서 부적격이라는, 익명인의 비판에 결국 굴복해서 사임한 일이 있었다. 관련 기관의 숙의 결과 그 자리를 필자가 겸직하면서 그와의 주기적이며 잦은 만남의 기회를 못 갖게 되긴 했지만, 문학회 행사에서의 비공식적인 도움은 계속 이어졌다. 그는 문학 행사 돕기의 '달인'이라고나 할까, 할 수만 있으면 뭐든 돕는다. 행사 진행, 자리 정비, 현수막 걸기, 잔심부름 등 무엇이든 마다하지 않는다. 사진 촬영도 그는 빠뜨리지 않는다. 아동문학계의 행사에는 거의 빠짐없이 사진을 찍는다. 부탁을 받아서 찍기도 하고 부탁이 없어도 찍는다. 사진 쓸 일이 있을 때 그에게 부탁하면 대개는 좋은 것을 구할 수 있다고 들었다. 그는 우리 모습의 창고지기이기도 하다.

경남 고성 '동시동화나무의숲'으로 열린아동문학 시상식에 참석하기 위해 가는 길이었다. 대형 버스가 더는 못 들어가는 곳에서 내려 나머지 구간은 승합차를 타고 이동하게 돼 있었는데, 그를 비롯한 몇몇의 우리는 작년에 이어 올해에도 함께 걷기로 했다. 논두렁이며 밭두렁, 길섶이며 산기슭에 흐드러지게 피어 있는 꽃들을 보며 사진을 찍고 자연의 아름다움에 연신 놀라워했다. 그러다 아마 그가 먼저 토끼풀꽃 반지를 만들어서는 동행하는 이에게 끼워 주었을 것이다. 우리는 덩달아 어린 시절로 돌아간 듯 하얀 토끼풀꽃에 노란 괭이밥꽃이나 빨간 뱀딸기를 끼워 넣어 보석풀꽃 반지나 팔찌를 만들어 서로 주고받고 인증 사진을 찍으며 즐거워했다. 한 시간쯤 걸리는 산골길을 걸으면서 논밭에서 자라는 농작물의 꽃들을 보기도 하고, 새들의 노래를 듣기도 하며, 찔레순을 모르는 이에게는 그걸 찾아 보여 주고 함께 맛을 보기도 했다. 맨살을 간질이는 바람결은 감미롭기도 했다. 계속 오가는 승합차나 승용차가 편승을 권해도 우리는 내처 사양하며 끝까지 걸어서 도착했다. 자연과 함께 어린 시절을 보낸 추억으로 그는 즐거워하며 동행자들도 즐겁게 해 주었다.

문학의 파종, 성장, 잠복

그는 경기도 여주군 여주읍 점봉리에서 2남 4녀 중 다섯째로 태어나 유년 시절을 거의 다 그곳 농촌에서 행복하게 보냈다. 초등학교 4학년 여름 방학이 거의 끝나갈 무렵, 글짓기 방학 숙제를 하지 못해 울상만 짓고 있는 그가 딱해 보였던지 그의 형이 원고지를 가져와 받아 적으라고 했다. 그때 적어 제출한 과제물이 선생님의 눈에 띄게 되어 교실 뒤에 게시되었고, 그다음 날부터 방과 후 작문 지도를 다섯 명과 함께 받게 되었다. 형이 써 준 것이라는 말을 하지도 못하고 혼자 애만 태웠다. 한글날에 열리는 세종대왕릉인 영릉 백일장에 나갈 학교 대표가 된 것이었다. 숙제를 대신 잘 해 준 형 때문에 고생한다며 형을 원망하기도 했지만, 어쨌든 그때의 글짓기 공부가 지금을 예비한 파종이었다는 생각도 한다.

여주 점봉초교 5학년 때 서울 종암동 숭례초교로 전학을 왔다. 농촌과 도시의 경험이 그의 시 세계 형성에 많은 영향을 미쳤을 것이다. 서울로 전학해서도 그의 국어 성적은 줄곧 수위를 지켰으며, 글짓기로 많은 칭찬을 받았다. 그는 중고교 시절에 만난 두 분 선생님의 영향이 컸다고 한다. 중학교 특별 활동 문예반에서는 문정희 시인의 지도를 받을 수 있었다. 그때 배운 김광섭 시인의 〈마음〉이라는 시는 지금도 술술 낭송한다. 고등학교에서는 1학년 담임이 오동춘 시조 시인이었다. 스승복이 많은 사람이라고 아니할 수 없다.

서울로 전학 온 시골 아이는 그저 조용한 아이, 말 없는 아이로 초중고교를 다녔지만, 글짓기만큼은 칭찬을 자주 받고 아이들 앞에서 낭독하기도 했다. 교회 학생회 활동을 하면서 직접 등사를 해《등대》라는 회지를 만들어 자신들이 쓴 글을 싣기도 하고, 가을에는 '등대의 밤'이라는 문학의 밤도 열었다. 한번은 박화목 시인이 오셔서 강평과 격려를 해 주기도 했다. 그는 그때 이미 대학 노트 한 권 분량의 시를 써서 단풍잎도 붙이고 그림도 그려 넣어 예쁘게 꾸민 첫 시집을 지니고 있기도 했다. 그렇게 지내던 고등학생 때 신학교에 가서 목사가 되겠다는 결심을 했지만, 너무 착하고 신실해서 힘들고 어렵게 살게 될 거라는 가족들의 염려에 따른 반대로 뜻을 이루지 못해 방황하다가 군대에 가게 되었다. 제대 뒤 공업 경영학을 전공하게 되었으나, 학생회장에 당선된 친구의 부탁으로 학생회 문예부장을 맡아 학보와 앨범 편집장으로 문학과의 인연을 이어 갔다. 축제 때는《광장》을 쓴 최인훈 소설가를 초청해 문학 세미나를 열기도 했다. 졸업 후에는 출판사에 취업하였으나, 회사 사정이 어려워져 오래 일할 수는 없었다. 부득이 전공을 따라 생산업체에 발을 들여놓았지만, 그곳은 적성에 맞지 않아 곧 그만두었다.

그 이후 전공 쪽보다는 출판 인쇄 업무를 줄곧 맡아 왔기 때문에 문학과의 연결이 계속 유지되었다. 1985년에는 새마을문고중앙회(새마을본부 문고국)에 입사해 월간 〈새마을 문고〉와《새마을 총서》를 발간하고, 문고용 도서 선정, 국민독서경진대회 독후감 부문 심사 등의 업무를 담당했다. 그러다 새로운 계획을 갖고 12년간 다니던 새마을문고를 퇴직해 1997년 출판편집 대행사인 '모던기획'을 차려 운영했으나 외환 위기(IMF 사태)를 만나는 등 몇 년 어려움을 겪다가 결국 문을 닫고 말았다. 남은 것은 빚과 시간뿐이었다. 그 힘든 시기에, 새마을문고 재직 때부터 업무로 만나 오던 박경용 시인의 시를 컴퓨터에 입력해 드리면서 본격적으로 동시를 만나게 되었다. 박 시인이 동시 선집《길동무》를 펴낼 때는 전체 작품에서 한 권 분량을 골라 워드 작업을 해 달라는 부탁을 받기도 했다. 덕분에 박 시인의 시들을 꼼꼼하게 읽는 기쁨을 누리기도 했고, '쪽배' 동인지 3호를 낼 때도 워드 작업과 편집을 도왔다. 그러면서 좋은 동시들을 접하게 되었는데, 그에게는 마음의 위로와 함께 많은 공부가 되었다.

1998년쯤에는, 부천 하숙생 모임이며 '쪽배' 동인과 일부 겹치는 '부하회'에 들어가게 되었다. 그 모임의 회원이 되지 않았다면, 지금의 삶과는 많이 달라졌을 것이란다. 하는 일마다 잘 안 되고 어려움을 겪으면서 자존심이 허락하지 않아 다른 사람을 만나기 힘들었을 테고, 그랬다면 동시도 쓰지 않았을 것이기 때문이다.

늦은 등단과 매진

초중고 시절 학교와 교회의 문학 활동으로 자라나던 그의 창작 역량은, 대학 시절의 학보와 앨범 편집장 역임, 출판사 취업, 새마을문고중앙회 문고국 근무, 출판 인쇄 대행사 모던기획 운영 등을 거치면서 문학의 자장 안에서 속으로만 흐르고 있는 상황이었다. 다행이 이러한 때에 박경용 시인, 부하회, '쪽배' 동인과의 만남을 통해 그 마음속에 잠재해 있던 시심에 다시 불이 붙게 되었고, 창작에 대한 의욕이 되살아났다. 동시를 공부하고 쓰면서 삶의 힘든 시기를 잘 극복할 수 있었고, 마침내 조금 늦은 나이인 44세에 동시인으로 등단하게 되었다. 가까운 이들에게 '늦깎이'라는 농담 섞인 핀잔을 듣기도 하지만, 등단 이전의 지난 삶을 동시의 거울에 비춰 보며 자신을 늘 새롭게 다듬는 계기로 삼는다. 그리고 동시는 언제나 그의 가슴을 촉촉이 적셔 주며 진실과 아름다움의 본질을 생각하게 해 준다고 한다.

그는 5년 정도의 자기 사업 도전과 좌절 등을 통해 겪게 된 삶의 시련을 동시 창작으로 극복해 내면서 등단도 하지만, 그 바로 몇 달 전에는 재취업에 성공하기도 한다. 그는 한국4-H본부에서 근무하게 된 것이다. 전 근무처인 새마을문고중앙회와 같은 건물에 사무실이 있어서 서로 아는 사이였으며, 그의 인품과 능력을 익히 알고, 당시 그의 사정을 알게 된 이의 삼고(三顧)의 결과였다. 그는 지금도 4-H 업무를 통해서 청소년 육성에 힘쓰고 있다.

그는 '동시마당' 카페지기다. 별명은 '느긋이'다. 별명이 그의 실상을 반영해서 붙인 것인지 반성적 바람으로 붙인 것인지 물어보지는 않았지만, 그와 함께 있으면 마음이 편안하고 넉넉해지는 걸 보면 전자일 가능성이 많다. 사전에 '조급하거나 모자람이 없이 넉넉하게'라고 풀이 돼 있기도 하다. 카페는 동시마당, 동시조마당, 이야기마당, 청정시마당, 오늘의 아침 시 읽기, 기본 앨범, 인기글 보기 등의 방으로 이루어져 있다. 다른 카페처럼 작품을 본인이 직접 올리기도 하고 남이 올려 주기도 한다. 이렇게 회원들이 온라인에서 만나기도 하지만, 회원이 작품집을 출판했을 때는 출판 기념회를 열어 주며 함께 기쁨을 나눈다. 출판 기념회를 이들은 아예 술판 기념회로 부른다. 어떤 때는 정말 너무 늦게까지 술을 마셔서 대중교통 편이 끊어지는 바람에 귀가하지 못하고 찜질방에서 잔 적도 있다. 대학로나 청진동의 비싸지 않으나 맛있는 음식점에서 모인다. 카페에 공지하고 휴대 전화로 문자를 전송해서 주인공은 빼고 얼마간의 회비를 내며 선물을 준비해 가기도 한다. 자리를 준비하기는 그래도 쉽지만, 머리끝까지 술이 찰랑거리는 이들의 뒷마무리는 보통 난감한 일이 아닐 텐데도 그는 싫은 내색은커녕 즐거이 몇 년째 그 일을 맡아 오고 있다.

그는 자기를 찾아간 사람에게 대접을 잘하는 것은 물론, 함께한 식사나 술자리에서 계산하는 것에도 빠르다. 경제적으로 남보다 더 넉넉해서가 아니다. 원래 그의 성품이 그렇다. 게다가 그는 어려서부터 열심히 교회에 다녔고 목회자의 길을 가지는 못했지만, 지금도 독실한 기독교인이다. 어려운 이웃들에게 늘 열려 있는 마음을 지녔으며 말보다 몸이 앞서는 사람이다. 그리고 크리스천 동시인으로서의 그의 꿈은 신앙 동시집을 한 권은 꼭 남기는 것이라고 한다. 우리 주요 문화유산인 경복궁에 관한 연작을 묶은 동시집 《경복궁》을 출간했다.

그는 자유시와 정형시, 곧 동시와 동시조를 함께 쓴다. 동시로 등단한 지도 11년째이며, 동시조인 동인 '쪽배' 회원으로 활동을 시작한 지도 10년 정도가 되었다. 그는 동시조 쓰기에 대해, '사명감을 갖고 계승해야 할 전통 양식의 완성도 높은 작품 창작에 열과 성을 다하려 한다'고 했다. 제2동시집(동시조집) 《달콤한 내 꿀단지》의 한국아동문학상 수상은 동시조에 대한 그의 이러한 태도를 실증해 보인 셈이었다. 그의 수상집 제목을 변주해 말하자면 그는 '달콤한, 우리 모두의 꿀단지'임에 틀림없다.

작품에 비친 모습

작품에는 작가의 모습이 반영된다. 실제와 반대로 나타나기도 하지만, 그의 경우는 거의가 사실대로 읽힌다. 두 권의 작품집에 실린 순서를 좇아 그의 모습으로 보이는 면면을 제목 없이 열거해 본다.

호기심이 많다. 자꾸 기어오르는 담쟁이넝쿨처럼.

남이 자기를 너무 잘 아는 것은 싫어한다.

맘씨가 좋다. 자기 겨드랑이를 간질여도 터질 듯한 웃음을 참고 있는 바위 할아버지처럼.

생명을 중시한다. 햄스터가 먹다가 화분에 떨어뜨린 해바라기 씨가 싹이 트자 두 눈이 반짝, 파랗게 빛났다.

장기를 잘 둔다. 보도블록에서도 몸으로 장기를 두느라 아침 학교 등교에 지각했다.

욕심쟁이를 싫어한다. 아침에 동네 사람들을 꾸역꾸역 통째로 삼킨 탓에 저녁에는 배탈이 나 마구 토해 내는 지하철 출입구 같은.

친구들과 놀기를 좋아한다. 어제 종일 함께하고도 저녁에는 메일을 주고받고 아침이면 서로 불러 댄다.

함께 어울려 서로 도우며 잘 지내고 자기 맡은 일에 충실하며 남의 어려움에 힘이 돼 준다.

하찮은 것도 소중하게 여기며 깊이 있게 살펴본다.

사람의 이름, 특히 부인의 이름이 묻히는 것이 안타까워 실명을 불러 준다.

태어나서 자란 동네는 이사를 가도 가 본다.

향기롭게 살아가려 한다. 난초처럼.

하라는 것을 장난스레 반대로 하기도 한다. 청개구리처럼.

폼 잡고 잘난 척하는 것, 공주병이나 왕자병 환자는 싫어한다.

주인 잃은 것에게 주인이 돼 준다.

아는 이의 작은 가게 물건을 못 사 주면 미안해한다.

예쁜 여자를 좋아하지만 내색하지는 않는다.

어떤 유혹에도 넘어가지 않고 자기 임무를 고지식하게 수행한다. 과속 감시 카메라처럼.

잘 참는다. 느티나무 틈바구니의 한 그루 아카시아처럼.

경우에 맞게 빠르고 꼼꼼히 할 줄 안다.

개, 닭, 고추, 콩과도 식구처럼 지낸다.

주머니 가득 주운 도토리를 다람쥐, 산토끼 먹으라고 좋은 자리에 다 놓아주고, 한 알은 새 나무로 자라라고 정성껏 땅에 묻어 둔다.

힘들어도 구김살 없이 살며 가족을 잘 돌본다. 소년 가장 같은 거제도가 여동생 해금강, 막냇동생 외도를 자상하게 돌보듯이.

승용차에 들어와 서울로 온 시골 파리가 어떻게 살아갈지를 걱정한다.

눈 맑고 마음이 순하며 무엇이든 사이좋게 나눠 먹는다.

못 가게 하는 곳을 몰래 가거나 남을 괴롭게 하면 제풀에 이마가 뜨끈뜨끈하고 눈이 어질어질해져 앓는다.

말싸움에서는 번번이 진다.

어려운 이를 보면 연민의 정을 많이 느낀다.

잘못하면 자신도 미워한다.

장난도 잘 못 친다. 장난이라고 친 것이 싸움이 되게 한다.

부인에게 생일 선물로 장미 꽃다발을 건네며, "당신은 이 세상에서 가장 예쁜 꽃이야!"하고 말한다.

회삿일로 바빠도 놀이동산으로 가족 나들이를 간다.

단풍철엔 부부 데이트를 즐기며 단풍물이 든다.

다섯 평짜리 주말농장을 얻어 농사를 지으며 상추쌈, 삼겹살의 점심 파티도 연다.

남북통일도 꿈이다.

이라크 포탄, 북한 대포동 미사일이 전쟁이 아니라 아름다운 불꽃놀이에 쓰이길 바란다.

하늘처럼 넉넉하고 호수처럼 아늑하며 욕심을 비운 따스한 마음을 남에게 베풀려 한다.

길이 아스팔트로 덮이고 공장이 들어서고 아파트 숲으로 변한 고향을 보며, 비포장 길을 걷고 산새와 뜸부기 울음소리를 들으며 새알을 찾아서는 도로 넣어주던 옛 고향을 그리워한다.

응석 떠는 고양이는 별로지만, 도둑고양이는 억울한 누명을 썼다고 생각한다.

꽃밭에 음료수 빈 깡통을 버린 것을 뉘우친다.

삶을 바탕으로 한 '스마트 동심'의 현실 조응

조두현의 《어디서 봤더라?》와 《달콤한 내 꿀단지》를 중심으로

김종헌

스마트 동심

좋은 동시는 시인의 의지를 주장하듯이, 의미 있는 말을 제시하는 것이 아니라 구체적인 체험의 장으로 독자를 데려다 놓는 것이다. 동시는 어린이들의 체험과 단절된 채 시인의 내면세계에 갇혀 있는 동심으로(관념) 대상을 모호하게 읽어 내는 것이 아니라, 시적 대상(세계)과 자아의 대립과 조화를 동심의 상상력으로 키워 가면서 긴장된 관계를 유지하는 것이다. 이때 동심은 어린이들의 삶 속에 있는 구체적인 동심이어야 한다. 동심을 빙자한 관념적인 순수를 지향하거나 현실주의를 의식한 가난과 소외를 깨닫는 동심을 시인의 의지로 끌고 가는 것은 동심에 대한 오인이며 동시에 대한 무지이다. 동심은 아이들이 있는 사회 속에 존재한다. 대상을 바라보고 행동하는 그들의 생각과 세계를 인식하고 대응하는 그들의 태도와 의지 등이 동심의 물질성이다. 문제는 이 동심을 시로 표현하는 것이다.

동시가 아이들의 삶을 모방한다는 것은 그들의 행동이나 말투를 흉내 내는 것을 넘어서는 미적 표현으로 승화됨을 의미한다. 즉 아이들의 시선으로 바라보는 세계와 그에 대한 아이들의 정서, 그 동심을 시적으로 형상화하는 것이다. 즉 시어가 의미하는 것이 무언인가보다는 그 시어가 의미하는 바를 어떻게 표현하는가의 문제이다. 시의 질서 안에서 다양한 의미와 울림을 주는 것이라야 한다.

이를테면 조두현의 동시가 그렇다. 그는 어린이들의 삶을 모방하고 있지만 동심의 자의적 이해와 어른의 선험이나 관념적으로 이해한 잘못된 동심에서 벗어나 있다. 또한 어린이들의 구체적인 삶을 상상력으로 펼쳐 놓아 흥미와 긴장감을 불러온다. 조두현의 작품은 이렇게 동심이 있는 구체적인 공간으로 독자를 안내하고 있다. 그는 등단 이후 지금까지 두 권의 시집을 상재했다. 그 하나는 《어디서 봤더라?》(모아북스, 2006)이고 두 번째는 동시조집 《달콤한 내 꿀단지》(섬아이, 2010)가 그것이다. 그 형식은 다르지만 이 두 작품집을 관통하는 동심에 대한 그의 시적 사유는 비슷하다. 아니 일관되어 있다. 그러나 그가 두 작품집에서 드러낸 동심에는 약간의 차이가 있다. 첫

동시집 《어디서 봤더라?》의 시 세계는 크게 3가지로 나눌 수 있다. 순수함, 이웃을 생각하는 따뜻함, 그리고 개구쟁이들의 호기심과 장난기 등이 그것이다. 그런데 두 번째 상재한 동시조집 《달콤한 내 꿀단지》의 시 세계는 동심의 자기 성찰과 내면세계가 더 구체적으로 형상화되어 있다. 이런 가운데 그의 동시에 등장하는 어린 화자는 모두 도시 문명을 즐길 줄 아는 도시(혹은 도시적 감각을 가진) 아이들이라는 것이다. 이것을 '스마트 문명의 동심'으로 이름할 수 있다. 왜냐하면 최근에는 도·농간의 공간이 어린이들의 정체성을 결정짓지 않는 스마트 문명의 시대이기 때문이다. 그의 동시에는 설령 화자가 농촌에 있더라도 현대 문명의 이기를 아이답게 누리고(혹은 누리려는 욕망이) 있다. 이것은 그가 동심에 대한 관념을 내려놓고 구체적인 어린이들의 삶을 사실적으로, 때로는 동심의 상상으로 읽었기 때문이다. 무엇보다 중요한 것은 사실과 사실이 어울려 이루어지는 현상을 눈에 보이는 것 그 이상으로 읽어 세계를 인식하는 새로운 동심을 추구하는 시인의 시작 태도이다. 그래서 그의 동시는 어른의 세계관으로 본 아동의 보편성이 아니라 아동을 주체로 내세워 세계와 자아의 갈등을 드러내는 구체적인 동심이 있다. 이것이 두 동시집을 관통하는 그의 시적 사유이다.

상상의 동심과 동심의 미학

어린이들의 말은 모두 순수하고 어른의 때 묻은 이기적인 생각과는 차이가 있어 어떻게 보면 대상을 바라보는 시각이 참신하고 또 인간 본연의 순수에 닿아 있다. 그러나 우리가 우려하는 것은 그대로 받아쓰기한 어린이들의 삶이 유기적인 관계에 놓이지 않고 파편적인 것에 머물러 어린이들의 삶을 의미 있게 다루지 못한다는 것이다. 또한 이것은 미적 측면에서도 한계를 지닐 수밖에 없다. 동시의 핵심은 상상력과 미적 표현이다. 아동의 정서를 바탕으로 혹은 반영한 상상력, 그것으로 읽는 세계가 동시의 세계이다.

> 별이가 준 초콜릿이 / 바로 씨앗이었죠. / 입 안에 살살 녹여 / 달콤하게 먹은 뒤에 / 마음에 / 그리움의 싹이 / 뾰족뾰족 돋아났죠. // 눈 감으면 별이 얼굴 / 눈을 뜨면 별이 이름. / 큰 별같이 반짝이는 / 꽃망울을 맺었어요. / 다음 달 / 별이 생일엔 / 꽃다발 안겨 줄래요.
>
> – 〈밸런타인데이〉 전문, 《달콤한 내 꿀단지》

인용 동시조에서 "초콜릿"이 "씨앗"으로 둔갑했다. 상상치고도 참으로 신선하다. 아이들의 주전부리인 초콜릿이 생명을 틔우는 씨앗이 된다는 발상의 신선함을 넘어 간절한 소망으로 이어지고 있다. 이 동시조의 시적 상황은 해마다 2월이면 어김없이 나타나는 "밸런타인데이"이다. 자기를 좋아하는 이성 친구에게 조심스레 사랑을 고백하는 날로 알려진 이 국적 없는 행사는 세간에 많은 비판을 받고 있다. 그러나 동심은 오히려 그것으로 인해서 누군가를 그리워하는 사랑의 감정이 "뾰족뾰족 돋아"나고 있다. 이것을 어른의 시각으로 또는 국수주의적 입장으로 보면 우리의 미풍양속에 어긋나는 것이며 얄팍한 상술이 이러한 행위를 부추긴다는 비판을 면하기 어렵다. 그러나 이게 좋은 것이 아이들이다. 시인은 그 순간을 포착한 것이다.

아이들이 읽는 동시는 그들의 삶의 모습을 중심으로 그들이 느끼는 정서를 표현하여야 한다. 어린이들은 그들 나름대로의 생활 방식과 사고방식이 있으며, 나아가서는 주체적인 자아를 형성하기 위한 고민과 갈등을 끊임없이 하고 있다. 어른에게 심각한 것도 어린이들에게는 심각하지 않을 수 있고, 또 어린이들에게는 심각한 것이 어른들에게는 하찮은 것일 수도 있다.

책 속에 곧게 뚫린 길 / 길 위에 활짝 펼쳐진 / 커다란 그림책. // 산을 읽고 / 산의 나무를 읽는다. / 들을 읽고 / 들의 곡식을 읽는다. // 지저귀는 새들, / 한들거리는 들꽃, / 달콤한 산딸기, / 이런 작은 것들은 / 꼼꼼히 찾아 읽어야 한다. // 부웅– 붕! / 책갈피 사이를 / 신나게 달리는 고속버스. / 빨랑빨랑 / 재미있게 넘어가는 책장들.

– 〈고속도로〉 전문, 《어디서 봤더라?》

이 동시는 자연을 통째로 그림책에 비유하고 있다. "고속도로"를 "책 속에 곧게 뚫린 길"로 표현하여 여행하면서 차창 밖에 보이는 풍경을 재미있고 신나게 묘사하고 있다. 차를 타고 지나가며 보이는 풍경을 그림책을 보는 행위와 연결한 상상력이 참신하고 재미있다. 이 동시는 독자(어린이)들과 쉽게 공감대를 형성할 수 있다. 여행을 할 때 어린이들은 창밖을 내다보며 낯선 풍경들에 대해서 감탄을 자아내고 또 서로 이야기를 나눈 경험이 대부분 있기 때문이다.

말 그대로 자연은 하나의 그림책이다. 눈앞에 펼쳐진 대형 책 속에서 아름다움과 자연의 변화를 읽어 내는 시적 화자의 관심이 적극적이다. 고속도로를 타고 가는 화자는 스쳐 지나는 풍경을 놓치지 않고 있다. 작은 새와 들꽃, 산딸기는 "꼼꼼히 찾아 읽어야 한다."에서 화자의 자연을 보는 방법과 작은 것에도 관심을 기울이고자 하는 섬세함이 느껴진다. 그래서 화자는 그림책을 넘겨 가는 재미를 달리는 고속버스 안에서 느끼고 있다.

한편 동심의 상상력은 보이지 않는 것을 보이게 하고 보이는 것을 보이지 않게 한다. 어린이들을 둘러싼 세계의 현상을 상상력을 통해서 대립되는 양자 간의 긴장된 관계로 새롭게 구성하기도 하고, 생명감을 불어넣어 절망을 딛고 일어서게도 한다. 자연의 변화를 어린이들의 상상력으로 이해하는 것은 흔한 일이다. 그 상상에 시적 표현미가 가

미될 때 더 실감나는 동시가 된다.

"새싹은 두 손 들고 / 꽃잎은 눈 꼭 감아!" / 매서운 회초리 들고 / 호통 치는 꽃샘바람. / 햇볕은 한걸음 비켜 / 지켜만 보고 있다. // "이까짓 엄포쯤에 / 무릎 꿇을 수야 없지." / 덜덜 떨면서도 / 버티고 선 새내기들. / 잘했어! 박수를 치며 / 봄볕이 다가선다.

– 〈꽃샘추위〉 전문, 《달콤한 내 꿀단지》

이 작품은 우선 뜬금없이 호통 치는 장면으로 초장을 구성하여 시적 분위기를 긴장시키고 있다. 이때 대화체는 실감나게 그 장면을 연상하게 하는 효과를 가져온다. 특히 둘째 수의 초장에 새싹들의 반응을 대화체로 설정함으로써 꽃샘바람과 새싹의 대립적인 상황을 실감나게 표현하고 있다. 한편 이 대화체는 시어 "햇볕"과 연결 지어 생각하면 더욱 흥미진진하다. 즉 꽃샘바람의 호통 속에서 햇볕은 "한걸음 비켜" 선 채로 어떻게 할 수 없는 것에 대한 안타까움이 부각되고 있다. 한편 새싹들의 대꾸에는 봄볕이 "박수를 치며" 마음을 놓고 있는 시적 상황이 분명하게 읽혀진다. 이러한 구조는 갈등의 당사자만 설정한 것이 아니라 제삼자를 끼워 넣어 시상을 더욱 풍성하게 할 뿐만 아니라 동화적인 상상으로 재미를 더해 준다. 아울러 시인은 '봄-햇볕'의 관계를 낯설게 변형시켜 놓고 있다. 즉 봄과 햇볕은 늘 우호적인 관계에 서 있으며 햇볕의 역할을 당연한 것으로 받아들이는 종전의 인식을 뒤집어 놓았다. 이 동시조에서 햇볕은 방관적인 입장에, 어린이 독자의 눈으로 보면 비겁한 입장에 서 있다. 즉 꽃샘바람과 햇볕의 관계로 볼 때 햇볕은 꽃샘바람을 물리치고 새싹을 돕기 위한 아무런 행동도 하지 않고 있다. 이로써 새싹은 주체적인 대응을 하며 스스로 꽃샘바람을 이겨 내고 있다. 그 장면에서 "덜덜" 떨고 있는 새싹의 모습은 흥미를 불러온다. 이 동시조에서 대화체와 의태어의 활용은 시의 의미는 물론 시적 상황을 풍부하게 하고 또 재미를 주는 요소로 작용하고 있다. 조두현의 이러한 시적 표현은 은유와 의인법 등으로 풍성하게 다루어진다. 특히 그는 시각적인 자연을 청각적으로 전환시켜 시의 내용을 살아나게 한다. 그 예로 〈진달래꽃〉을 들 수 있다.

3월이면 큰 소리로 / 외치고 싶은 / "만세!" // 만세, 만세, 피어나는 / 달래달래, 진달래꽃, // 연분홍 / 만세소리가 / 이 산 저 산을 흔든다.

– 〈진달래꽃〉 전문, 《달콤한 내 꿀단지》

진달래꽃이 피는 3월의 야산 모습을 '3월'의 역사적인 인식을 빌려와 여기저기서 퍼지는 "만세"로 비유하여 시적 분위기를 활기차게 만들고 있다. 진달래꽃이 피는 모습을 눈으로 귀로 동시에 느끼게 한다. 45자 내외의 자수로 구성된 시조에서 시어의 반복은 시적 상황을 충분히 전달할 수 없는 부담이 있다. 이 동시조에서는 "만세"와 "달래"를 3~4회 반복적으로 사용하고 있다. 그러나 시적 상황이 어색하지 않으며 오히려 반복을 통한 음악성과 함께 봄기운이 뻗쳐 나오고 있음을 감각적으로 느끼게 한다.

장난기, 그리고 자기 성찰의 동심

조두현 동시에 나타난 화자는 동심의 리얼한 모습을 보여 준다. 개구쟁이의 기질과 부끄럼을 고백할 줄 아는 양심적인 모습, 부모의 일방적인 강요를 벗어나고 싶은 솔직한 심정, 그리고 이성 친구에 대한 사랑의 감정 등 다양한 성격을 통해서 동심의 전모를 드러내고 있다.

> 남몰래 찍어 먹어야 / 더욱더 달콤하다지. / 깊이 감춰 놓을수록 / 자꾸만 생각난다지. / 그 애와 / 단둘이 찍은 사진 / 그게 바로 내 꿀단지. // 생일날 친구들 몰래 / 찍어 놓은 폰카 사진. / 그 애 보고플 때마다 / 몰래 꺼내 들고는 / 눈으로 살짝 맛보는 / 달콤한 내 꿀단지.
>
> – 〈꿀단지〉 전문, 《달콤한 내 꿀단지》

어린 화자는 이성 친구인 "그 애"를 사랑의 감정으로 좋아하고 있다. 생일날 친구들 틈에서도 몰래 그 애만을 휴대 전화 카메라로 찍을 만큼 좋아한다. 이 동시조는 이러한 연정을 비유적으로 드러내고 있다. 중요한 것은 시적 장치를 통해서 그 정서를 비밀스럽고 아기자기하게 드러내고 있다는 것이다. 이성 친구를 좋아하는 정서를 꿀단지에서 꿀을 몰래 혼자만 찍어 먹는 그 긴장감으로 표현하고 있다. 꿀단지의 1차 연상은 달콤함, 비밀스러움, 몰래 찍어 먹는 재미 등이다. 이것을 "그 애"로 치환하여 비밀스러운 사랑의 정서를 표현하고 있다. 이처럼 조두현 시인은 관념에 치우친 동심이 아니라 요즘의 동심을 구체적으로 드러내고 있다. 이는 자연과 시골의 분위기에 얽매여 소재와 표현의 한계를 지닌 동시의 잘못을 과감하게 박차고 나온 셈이다. 조두현은 동시의 대상을 분명히 설정하고 그것을 동심으로 정직하게 읽어 내고 있다. 이로써 동시에서 동심의 주체를 확립하고, 세계에 대한 시인의 긴장된 면모를 보여 주고 있다. 그 실감나는 주체적 동심의 동시를 한 편 더 살펴보자.

> 곱슬머리 퍼머머리 / 별명 자꾸 불러 대도 / 내 머릿속 가득히 / 꼬불대는 많은 생각. / 봄 들판 / 아지랑이처럼 / 고물고물 피어나지. // 곱슬머리 라면머리 / 맛있겠다 놀려 대도 / 머릿속에 고불고불 / 익

어가는 생각 라면. / 다음 달 / 과학 경시 대회에서 / 한 그릇씩 / 먹어 주마!

– 〈곱슬머리〉 전문, 《달콤한 내 꿀단지》

위 인용 동시조의 화자는 곱슬머리 아이이다. 이 동시조는 두 가지 상황을 생각하며 읽을 수 있다. 첫째는 곱슬머리의 외양을 가지고 놀림감으로 생각하는 아이들의 모습이다. 그래서 유치하기 짝이 없는 '퍼머머리–라면머리'처럼 직접적인 생김새를 가지고 놀리는 아이들의 모습이 실감난다. 그래서 놀리는 아이들의 입장에서 흥미를 느낄 수 있다. 둘째는 화자의 대응 태도이다. 그러한 놀림을 당연한 듯이 받아들인다. 오히려 꼬불꼬불하는 모습을 '봄 들판 아지랑이'처럼 그리고 '라면처럼 익어 가는' 생각으로 전환시키고 있다. 나아가 화자는 이 생각으로 '다음 달 / 과학 경시 대회에서' 좋은 결과를 얻어서 친구들에게 본때를 보여 줄 것을 다짐한다. 이것을 놀림 받은 '라면'을 연상시켜 '한 그릇씩 먹어 주마!'라고 표현하였다. 이 표현은 화자가 놀림을 받았던 것을 한순간 되돌려 보내는 통쾌함과 함께 과학 경시 대회에서 좋은 성적을 얻겠다는 자기 의지의 표현이다. 이러한 중의적인 해석이 동시를 읽어 가는 맛을 느끼게 한다.

조두현 시인이 설정한 이러한 어린 화자는 도대체 어떤 아이인가? 자기의 삶을 자기의 주도로 살아가는 주체적인 아동이 그들이다. 즉 장난꾸러기이면서 좋아하는 여학생에게 수줍음과 함께 비밀스런 자신의 감정을 주체하지 못하는 아이, 그런가 하면 잘못된 사회적인 습관에 의해서 좌절을 맛보는 우리 주변의 아이들이다.

장난꾸러기 나를 만나 / 얼마나 힘겨웠니? / 벌레 같은 낙서투성이 / 찢겨 나간 아픈 상처. / 4학년 / 내 흔적들이 / 거울 보듯 드러난다. // 새 교과서 받아들고 / 좋아하는 내 곁에서 / 밀려나는 아쉬움에 / 살짝 눈을 흘긴다. / 또 한 금 / 진한 나이테를 / 내 마음에 새겨 놓고.

– 〈헌 교과서〉 전문, 《달콤한 내 꿀단지》

이 동시조의 첫째 수에 나타나는 화자는 스스로 장난꾸러기임을 알고 그로 인한 미안함을 간직하고 있다. 그런데 그것을 뉘우치는 아이라면 이는 어른의 관념이 만들어 낸 화자가 될 것이다. 한편 둘째 수에서 새 교과서를 받아 들고 좋아하는 화자를 눈 흘기며 밀려난다고 생각하는 교과서를 통해서 나와 타자의 관계를 주종의 관계가 아닌 대등의 관계로 인식하고 있다. 그러기에 그 밀려난 헌 교과서로 인해서 화자는 마음에 또 한 금의 나이테를 간직할 줄 아는 성숙한 아이다. 이러한 화자가 현실적인 어린이의 모습이다. 어린이들은 그들의 놀이와 생활 공간에서 그들이 살아가는 방법과 대상을 바라보며 인식하고 있다. 그들은 스스로의 생애 안에서 생각하고 느끼는 그 무엇이 있다. 시인이 바라는 어린이들의 삶, 아니 형상화하고자 하는 동시는 자기의 삶에 대해서 생각하며 성숙해 가는 것이다. 어른의 훈계가 없어도 그들끼리 서로를 견제하기도 하고 또 잘잘못을 지적해주면서 때로는 내면적인 성찰을 통해서 삶을 이해해 가는 어린이들의 모습을 드러내고자 하는 시인의 의도를 짐작할 수 있다.

> 꾀죄죄한 얼굴 내민 / 빈 깡통 하나가 / 내 얼굴인 양 싫어 / 고개를 푹 떨군다. / 음료수 시원하게 마시고 / 내버렸던 깡통인데……. // 풀숲에 묻혔다가 / 꽃빛에 가렸다가 / 풀도 꽃도 저버리고 / 낙엽마저 쓸려 나간 / 빈 꽃밭 홀로 지키며 / 눈을 뜨는 깡통 하나.
>
> – 〈겨울 꽃밭〉 전문, 《달콤한 내 꿀단지》

이 동시조의 시적 상황은 지난여름 언젠가 시원하게 음료수를 마시고는 빈 깡통을 무심히 꽃밭에 버렸던 행위이다. "낙엽마저 쓸려나간" 겨울이 되니 꽃밭이 훤히 드러나게 되는데 그 가운데 화자가 버린 깡통이 보인다. 이것을 본 화자의 태도는 스스로의 행동에 대한 자책과 부끄러움 때문에 "고개를 푹 떨군다." 스스로 반성하는 화자의 모습이 드러나 있다. "내 얼굴인 양 싫어" 고개를 떨구는 행위는 이미 화자가 인격적인 존재임을 의미한다. 자신을 부끄럽게 여길 줄 아는 것은 내면화된 감각으로 죄의식의 가장 발전된 단계라 할 수 있다. 화자는 자기 양심에 의해서 그 부끄러움을 고백하고 있다. 이러한 화자는 대상을 보면서 그 속에 숨어 있는 의미까지 살필 줄 아는 현명함을 지니고 있다. 이러한 면모는 동시 〈미영슈퍼〉에도 잘 나타난다.

> 골목길에 나지막한 미영슈퍼. / 새로 생긴 24시 편의점에 가려면 / 꼭 그 앞을 지나야만 한다. // 갈래머리 미영이 누나가 / 언제나처럼 계산대에 앉아 있다. // 할아버지는 꼭 / 미영슈퍼에서 담배를 사고 / 엄마도 새벽마다 / 꼭 그 슈퍼에서 / 찬거리를 사 오지만 // 미영이 누나 눈길을 피해 / 편의점으로 달려가는 / 얄미운 내 발걸음. // "미영이 누나, 미안해!"
>
> – 〈미영슈퍼〉 전문, 《어디서 봤더라?》

시인은 골목길 안에 있던 슈퍼가 차츰 사라지는 모습에서 사회의 변화를 읽고 있다. 이처럼 대상을 묘사함에 있어 거창한 것으로 변화를 읽는 것이 아니라 주변에서 어린이들이 흔히 접하는 대상을 낯설게 설정함으로써 사회 변화의 감각을 느끼게 하고 있다. 더욱이 시인은 이 변화된 사회의 가운데 동심을 우뚝 세우고 있다. 편의점의 개업으로 사라져 가는 동네 슈퍼의 상황에서 어른(할아버지나 엄마)과 아이(나)의 다른 입장을 동심으로 표현하고 있기 때문이다. 즉 어른은 변화된 산물을 받아들이는 데 시간이 걸리고 또 지나온 시간 동안의 인정을 떨쳐 버리지 못해서 “미영슈퍼”를 그대로 이용하고 있다. 그러나 어린이들은 다르다. 이처럼 어른과 아이는 세계 인식과 현실 대응에 차이를 보이는 게 일반적이다. 이 동시는 변화 속에서 옛것을 지켜야 한다는 것을 알지만 현실적으로 새것을 갖고 싶어 하는 동심의 순수함이 그대로 표현되고 있다. 그 가운데서도 “미영이 누나 눈길을 피해” 편의점을 가는 화자의 미안한 고백이 드러나 있어 정서적 공감이 크게 다가온다. 이것은 앞에서 살펴본 것처럼 미안함의 죄의식을 바탕에 둔 동심이다. 이처럼 억지스런 시적 상황의 전개 없이 또 시인의 목소리를 직접 넣지 않고서도 그들 스스로 보고 듣고 느끼는 시적 상황을 그려 내는 것은 동심을 동심으로 이해한 시인의 사유 때문이다.

현실주의가 아닌, 동심의 현실 인식

어린이들의 삶을 고립화하여 떼어 놓고 보는 것은 잘못이다. 그들은 사회 구성원으로서 어른과 함께 같은 공간에서 생활하고 있다. 따라서 어린이들의 삶에는 어른이 함께 있어야 한다. 그들이 살아가는 공간은 동네, 학교이며 이 공간에는 늘 어른이 함께 있다. 이 가운데 그들의 행동을 모방하고 그들의 기쁨과 슬픔을 시적 대상으로 삼아야 어린이들의 삶을 바탕으로 하는 아동문학이 된다. 이때 ‘삶을 바탕으로’라는 말은 ‘일하는 아이들’이라는 좁은 이데올로기의 범주를 넘어 사회 구성원으로서의 어린이들의 삶을 의미하는 것이다.

우리는 흔히 ‘현실적’ 하면 이데올로기를 연상시켜 사회의 부조리한 면을 들추어내고 그것을 인식하여 모순을 지적하는 화자의 모습을 떠올리곤 한다. 그러나 생각해 보면 그것이야말로 동시를 어렵게 만들고 또 시인의 주관이 개입된 계몽 혹은 계급적 성향의 작품을 만들게 된다. 한때는 이것을 ‘높은 수준’의 동시라 인정한 적도 있었다. 그러나 이제는 이데올로기로부터 자유로워야 하며 어린이들이 그들의 시각으로 현실을 보고 인식하고 정서를 드러낸 작품을 현실적인 동시로 자리매김해야 한다. 그러기 위해서 무엇보다 중요한 것은 현실을 인식하는 화자의 갈등과 힘겨루기가 있어야 한다. 다음 동시조를 살펴보자.

> 5학년 3반 그 애 이름 / 귀 따갑게 들어왔지. / “미숙이 아들 성찬이 / 공부 잘하는 성찬이…….” / 엄마는 / 잘난 그 애 이름 / 입에 달고 사셨거든. // 반 대항 축구 시합 때 / 그 잘난 이름 향해 / 공에 가득 힘을 실어 / 터뜨린 골인, 골인! / 통쾌한 / 기분도 잠깐, / 별로 즐겁지 않았어.
>
> – 〈엄친아〉 전문 《달콤한 내 꿀단지》

'엄친아'는 '엄마 친구의 아들'을 줄인 은어이다. 즉 나와 비교하기를 좋아하는 부모(엄마)들의 세태를 빗대어 늘 잘나고 늘 똑똑한 엄마 친구의 아이에 대한 일종의 반감을 지닌 뜻이다. 그런데 이 동시조의 화자는 '공부'로 모든 것을 판단하는 기성세대의 문제점으로 인해 불편한 속내를 드러내고 있다. 이 정도의 현실 인식을 하는 아이는 우리 주변에 있는 대부분의 어린이들이다. 이들은 그것이 학력으로 새로운 계층을 만들고 한편으로는 학력이 기득권을 세습시키는 부조리한 사회를 알지 못한다. 단순히 "엄친아" 때문에 힘들게 학교와 학원을 다녀야 하는 상황에 놓여 있는 것이다. 그래서 이 동시조에서 "미숙이 아들 성찬이"는 의미하는 바가 매우 크다. 이 구절에서 경쟁의 상대는 "나와 성찬이"가 아니라 "엄마와 엄마 친구 미숙"이가 된다. 특별한 미적 표현은 없지만 맥락상 선택한 시어가 주는 힘이 매우 강렬하다. 그것은 단순히 아이가 공부를 잘 못하는 것이 아니라 부모들이 내 친구 아들보다 못한다는 비교 심리, 나아가서는 계층 의식 등을 함축하고 있기 때문이다. 그런데 이 동시조의 화자는 "축구"를 통해서 그것을 극복하고 있다. 그러나 그것은 순간적이라는 데 문제가 있다. 즉 시인은 '공부'와 대립각을 만들기 위해서 '축구'를 의도적으로 끌어들였다. 신자유주의 영향 아래 펼쳐지는 '줄 세우기식'의 교육에 대한 문제 제기이다. 그러나 동시이기에 그것을 어른의 문법으로 이해시키는 것이 아니라 어린이의 문법을 통해서 표현하고 있다. 이 동시조의 화자는 현 단계 우리 교육의 문제를 제도적인 모순으로 인식하는 것이 아니라 '엄친아'를 통해서 어린이들이 처한 그들의 현실을 인식하고 있다. 즉 "현실에 대한 불만-자기 존재감을 찾음-다시 현실의 벽에 좌절"하는 시적 상황의 전개로 어린이 화자의 삶을 실감나게 하고 있다. 이것은 동심을 주체로 설정하고 미적 형상화를 하였기에 가능하다. 종래의 현실 비판적 동시와 사뭇 다른 점을 읽을 수 있다. 여기에는 조두현의 '동심 탐구'로 표현할 정도의 언어 선택과 동심의 주체적 이해가 바탕이 되고 있다. 즉 현실의 부조리 속에서 좌절하는 시적 화자와 그 좌절을 희망으로 전환하고자 하는 화자의 의지를 동심으로 형상화하고 있다. 그 매개항이 상상력이다. 현실의 문제를 현실의 질서 속에서 해결할 수 없는 것을 아는 시인은 초현실적인 공간을 통해서 그 문제를 극복하고 있다. 미메시스의 방법과 판타지의 방법을 넘나드는 시인의 풍부한 상상력은 다음 동시조에서 잘 나타나 있다.

학교 공부 끝나고도 / 학원에서 학원으로. // 불빛에 흔들리며 / 깜빡깜빡 졸다가 // 나 앞서 / 곤한 잠에 빠지는 / 안쓰런 내 그림자. // 한 줄기 푸른 별빛 / 창틈으로 새어 들면 // 공원으로 PC방으로 / 아라비아 사막으로 // 비로소 / 꿈 보따리 싸 들고 / 길 떠나는 내 그림자.

– 〈내 그림자〉 전문, 《달콤한 내 꿀단지》

언제부터인가 어린이들은 기성세대가 구획해 놓은 사회의 계층을 중심으로 그들 각각의 능력과 자질에 관계없이 계층화시키는 교육을 받고 있다. 이러한 사회 문화적 배경 속에서 어린이들은 생활하고 있다. 학원에서 학원으로 돌아다니며 피곤한 아이들은 곤한 잠 속에서 길을 떠난다. 현실에서는 공부의 중압감을 이겨 낼 방법이 없는 아이들이다. 그러나 시인은 그들의 곤한 잠결 속을 들여다보고 있다. 고단한 현실을 이길 수 없는 화자는 스스로 자기의 그림자를 들여다보며 안쓰러워하고 있다. 여기에는 또 다른 자아를 통해서 화자의 고통을 잠시나마 해소하고 싶은 욕망이 들어 있다. 창틈으로 새어드는 한 줄기 불빛을 타고 "공원으로 PC방으로 / 아라비아 사막으로" 떠나는 화자를 만날 수 있다. 이렇게 "꿈 보따리"를 들고 길을 떠남으로써 순간적인 위로를 받고 있는 화자의 모습에서 현재 당면한 어린이들의 공부에 대한 중압감을 짐작할 수 있다. 한편 자기를 둘러싼 모순된 현실을 정면으로 돌파하는 당돌한 동심도 있다.

> 우리 아파트 경비원 아저씨는 / 손바닥 들여다보듯 / 나를 너무 잘 아신다. / 무슨 일이든 먼저 알고 / 말을 걸어오신다. // "학교에서 늦었구나." / "빨리 간식 먹고 학원에 가야지." / "내일 소풍 간다면서?" // 오늘은 예림이네서 / 숙제하기로 했다. / 예림이와 둘이서만. // "숙제할 시간인데 어디 가니?" / "비밀이에요." // 아저씨가 고개를 갸우뚱거린다. / 헤헤헤, 재미있다. / 속이 다 시원하다.
>
> – 〈경비원 아저씨〉 전문, 《어디서 봤더라?》

흔히 어린이들은 어른들(이웃 아저씨나 선생님 등)이 나를 알아보면 즐거움을 느낀다. 그러나 시인은 이러한 보편적인 정서를 낯설게 설정하고 있다. 이 동시의 시적 화자는 자기를 너무 잘 아는 경비원 아저씨 때문에 개인적인 프라이버시를 침해당하는 것처럼 느끼고 있다. 2연에서 친근감으로 표현되는 경비원 아저씨의 말도 화자에게는 일방적인 관계로 들릴 뿐이다. 그래서 화자는 그러한 관계를 벗어나고자 한다. 그런데 어른의 세계라면 이를 여러 가지 공식적인 절차를 거치거나 아니면 직접 따지는 싸움이 벌어질 것이다. 그러나 동심의 세계는 이를 골려주고자 하는 역발상으로 장난기가 발동하고 만다. 그래서 시적 화자는 이 갈등을 반동적으로 대항하지 않고 동심적 발상으로 자기화하여 주체적이고 능동적으로 해결하고 있다. 3연에서 "예림이와 둘이서만" 숙제하기로 한 약속이 매우 단호한 입장처럼 느껴진다. 생활 속에서 세계와 자아의 갈등을 자아화하여 스스로 해결하고자 하는 동심의 태도를 읽을 수 있다. 이처럼 갈등 해소의 주체에 동심이 있다.

조두현의 현실 참여 방법은 늘 이렇다. 어른의 시각으로 부조리한 현실의 절망이나 모순을 직접 말하기보다는 어린이 화자의 체험과 정서를 통해서 어린이들이 느끼는 현실의 문제를 동심의 상상력으로 형상화하고 있다. 이렇듯 그는 화자의 구체적인 체험의 공간으로 독자를 끌어들여 화자의 정서를 직접적으로 느끼도록 하고 있다.

역동적인 동심, 주체

이런 와중에 도시 문명을 근거지로 하여 시작 활동을 한 조두현의 작품은 차별적이다. 우선 농어촌의 어린이들을 피상적으로 다루면서 자연과 환경의 관념을 주입하지 않은 것이 그 첫째 특징이다. 그의 동시에는 도시 아이들 못지않게 농촌 아이들도 등장한다. 그러나 농촌 아이들도 현대 문명을 즐길 줄 아는 혹은 즐기고 싶은 아이라는 점을 눈여겨봐야 한다. 이것은 도시 문명을 비판의 대상으로 바라보던 기존의 동시와는 매우 차별적이다. 그에게 있어 도시 문명은 인간이 편리를 누리는 공간이다. 오히려 문명을 즐기는 아이들의 모습을 담고 있다.

> 크고 작은 간판들이 / 다닥다닥 나붙었다. / 오고 가는 사람들을 / 눈짓으로 부르는 듯. // 저절로 / 멈춰지는 걸음 / 가게 안을 기웃댄다. // 문방구, 슈퍼마켓, / 비디오, 과일 가게…… / 아무리 들여다봐도 / 공짜 하나 없지만 // 모두 다 / 내 것만 같은 / 우리 동네 보물 창고.
>
> –〈상가 건물〉 전문, 《달콤한 내 꿀단지》

상가 건물에 나붙은 간판은 도시 미관을 해친다는 것이 어른들의 일반적인 시각이다. 정신없이 무질서하게 흩어져 화려한 색상과 크기 등은 간판의 역할을 하지 못하는 지경에 이르고 있다. 그러나 어린 화자가 본 그 공간은 '모두 다 내 것만 같은 보물 창고'이다. 자기의 관심거리에만 눈독을 들이는 화자의 정서가 잘 드러나 있다. 이러한 눈높이는 〈과일 가게〉에서는 '제각각 다른 모양'으로 진열된 과일들을 '오순도순' 정겨운 친구에 비유하고 있다. 나아가서 그 하나하나의 과일 모양에서 장난기 가득한 악동의 모습을 엿볼 수 있다. 이러한 시적 발상은 동심을 대상으로 한 시가 아니라 동심으로 세계를 읽은 동시이다. 조두현 동시의 한 특징이 드러나는 부분이다. 그는 자연과 순수를 중심으로 동심을 읽은 것이 아니라 문명의 한복판에 있는 동심을 읽고 있다. 그래서 꿈꾸는 동심이 아니라 억눌린 어린이들의 삶에서 벗어나고자 하는 주체적인 동심이 자리 잡고 있다.

> 발은 느릿느릿 / 눈은 흘깃흘깃 / 만화방 앞에서 서성거리다 / PC방 앞에서 주춤주춤. // 집으로 가는 들길로 접어들자 / 눈앞에 펼쳐지는 / 대형 컴퓨터 모니터. // 돌멩이 폭탄 꽝, 꽝, 꽝! / 발길질해 보고 / 막대기 검 휙, 휙, 휙! / 적들을 물리치고…… // 길가에 쪼그리고 앉아 / 들풀에 눈 맞춰 찜해 놓

고는 / 조금씩 크는 모습 보는 재미. / 아바타 못지않은 재미난 게임.

– 〈시골 아이〉 전문, 《어디서 봤더라?》

이 동시의 화자는 시골 아이이다. 그러나 그가 갈망하는 것은 컴퓨터 게임이다. 이는 도시 아이들이나 별반 다른 점이 없다. 또 마음대로 PC방을 드나들지 못한다는 점도 도시 아이들과 유사하다. 그러나 그 욕망을 풀어내는 방법이 참으로 흥미롭다. 만화방과 PC방을 서성거리던 화자는 "집으로 가는 들길"에서 대자연을 상대로 하여 마음속의 유혹을 이겨 내고 있다. "시골 아이"들에게 있어 집으로 돌아가는 "들길"은 그 자체가 하나의 일상이고 놀이이다. '대형 와이드 비전'처럼 펼쳐진 자연은 돌멩이를 멀리 던지기도 하고 막대기를 주워 들고 휘두르기도 하며 또 길가의 풀들을 발로 걷어차기도 하며 다니는 생활 속의 그 길이다. 여기서 이 동시의 시적 화자는 일상을 놀이로 변형시키고 나아가서 자기의 내적 갈등을 스스로 풀어내고 있다. 들길을 지나오면서 자연을 향한 화자의 돌팔매는 하고 싶은 PC 게임과 만화를 못 보는 것에 대한 불만의 표시가 아니라 '재미'의 발견으로 이어지고 있다. 시적 화자는 답답한 공간에서 빠져나와 눈앞에 펼쳐진 와이드 비전의 시원함을 느끼고 있다. 특히 4연에서 "길가에 쪼그리고 앉아"서 들풀과 눈을 맞추는 화자의 행동은 자아의 내적인 갈등을 화자의 의지대로 변형시켜 극복하고 있다. 이처럼 마음대로 컴퓨터 게임을 할 수 없는 시골 아이인 화자는 무조건적인 반항을 하는 것이 아니라, 또 세계에 일방적으로 종속되어 현실을 그대로 수용하지 않으면서 주어진 현실을 새로운 공간으로 변형시켜 자아를 찾고 있다. 이는 동시의 주체를 역동적인 동심으로 형성했다는 점에서 의미가 크다.

컴퓨터 오락은 이 시대 최고의 놀잇감이다. 최근에는 어른들도 한몫 톡톡히 하고 있다. 그래서 집중력 부족, 중독성 등의 여러 가지 문제를 낳고 있다. 그러나 어린이가 주체가 되면 이것은 문제 될 것이 없다. 그들은 이것을 통해서 스트레스를 풀고 또 또래 아이들과 이야깃거리를 만들어 간다. 여기서 조두현 시적 사유의 한 단면을 살펴볼 수 있는데, 바로 어린이들의 삶을 어른인 시인이 관찰한 것이 아니라 어린아이의 직관 그대로 드러내고 있다는 것이다. 이것은 어른의 이성이라는 거름망을 통과하지 않은 아이의 직관이기에 어린이들의 심리가 또렷하게 동시로 형상화되고 있다. 한편 이러한 시인의 직관력은 어린이들의 사고와 눈높이를 맞추고 있다. 그래서 그들의 애환을 공감하게 하고 독자들을 잡아당기는 힘을 지니고 있다.

동심과 세계, 그리고 시인

세계를 모방하는 동시는 사실을 사실대로 읽을 수 있는 시인의 눈이 필요하다. 그것은 사실들이 서로 잘 어울려 하나의 세계를 이룩하고 있음을 아는 것이다. 하나로 잘 어우러진 세계, 이것은 어떤 현상이며 여기에 동심의 조응은 세계를 총체적으로 이해하게 한다. 이런 세계 읽기는 어린이들의 삶을 읽는 시인의 읽기 방법이다. 어린이들의 행동을 스케치하거나 그들의 말을 흉내 내는 것에 그치면 그것은 아이들의 삶을 어른이 관념화한 박제된 어린이의 삶이 된다.

'동심과 세계, 그리고 나(어른)'는 무엇인가라는 물음을 끊임없이 던진 조두현은 구체적인 동심, 스마트 동심으로 관념에서 벗어나고 있다. 이러한 그의 시적 사유는 세계와의 상호 교감 속에서 능동적인 반응을 보이는 아이들의 생활 모습을 찾아냈다. 이것은 어른의 사유 체계에서 상당히 멀리 벗어나 있으며 그들을 질서 속에 일방적으로 가두지도 않고 있다. 장난기 많은 아이들의 생활에서 그들의 고민을 꿰뚫고 있으며, 그것을 동심으로 풀어내고 있다. 이 동심은 관념을 벗어나 세계와 조응하는 구체적인 동심이다. 장난과 연민, 연정과 슬픔, 공부와 놀이의 갈등, 자기 성찰과 사회에 대한 이해 그리고 때로는 자연을 바라보는 동심까지 다양하게 펼쳐진다. 조두현의 이러한 시적 사유는 사실을 사실대로 읽어 가다가 때로는 초현실적인 상상으로 동심을 끌어 이미지로 동시에 옮겨 놓는다. 그의 궁극적인 관심은 어린이들의 삶을 알아듣는 동심의 고양 및 승화이다.

문학이 삶을 모방하여 인간의 희로애락과 갈등을 표현하여 삶을 의미 있고 윤택하게 하듯이 아동문학은 아동의 삶을 모방하고 그로 인해서 아동의 생활을 의미 있고 윤택하게 만들 때 그들의 호응을 얻을 것이다. 이러 관점에서 본다면 조두현의 시(동시와 동시조)는 어린 화자를 시적 주체로 세워 아이들의 삶을 그대로 보여 주고 있다. 좌충우돌하는 화자의 시적 태도는 영락없는 요즘 어린이들의 모습 그대로이다. 이들의 살아 있는 모습이 조두현 동시에 고스란히 배어 있다. 어느 한 편도 아이의 행동을 스케치하거나 그들의 말을 받아쓴 것이 없다. 그러나 시적 대상은 분명 어린이이며, 이들의 주체적인 삶을 표현하기 위해서 시적 화자도 어린이로 설정하고 있다. 이로써 다양한 동심을 보여 주고 있다. 그만큼 동시로서의 형상화도 탄탄하다. 그러기에 더욱 실감나고 시적 정서가 독자와 교감할 수 있다.

장난기를 동심의 물질성으로 인식한 그는 물활론적 상상력으로 그의 동시를 일관하고 있다. 이러한 시적 사유는 공부에 억눌린 아이들의 생활, 좋아하는 이성 친구를 두고 고민하고 기뻐하는 동심 등을 역동적으로 살피고 있다. 아울러 어린이들의 생활에 영향을 끼치는 알 듯 모를 듯한 부모의 삶을 이해하고 오해하는 주체적인 동심을 짚어내고 있다. 이러한 아동에 대한 총체적인 이해는 자기 성찰의 동심으로 성숙하게 된다. 시인이 추구하는 동시의 세계는 현실의 고통을 극복하는 동심이다. 그것을 위해서 다양한 동심의 양상을 드러냈으며 그 가운데 주체적인 동심을 세우고 있다. 조두현의 동시는 이러한 어린이들의 다양한 면을 동시의 대상으로 선정하여 작품을 형상화하고 있다. 최근 동시는 너무 가볍게 아이들의 행동을 스케치하고 말을 받아쓰는 경향이 있다. 이것은 어린이들의 시각을 빌리는 것 같지만 실은 어른의 관점으로 사회 현상을 읽는 문제가 있다. 이런 작품들이 눈에 띄게 늘어난 상황을 감안하면 그의 동시는 빛과 색이 살아 있다. 한편 그는 동시와 동시조라는 장르의 차이에도 불구하고 살아 있는 동심을 미적으로도 승화시켜 냈다.

문제는 몇몇 작품에 눈에 띄는 농촌이나 자연에 대한 풍경 묘사와 서정이 시인의 정서를 옮긴 듯한, 또는 동심으로 이해할 수 없는 비약 등이 있다는 것이다. 요즘 아이들은 농촌의 정서를 체험 학습을 통해서 공부하고 있기에 충분히 그 정서를 느끼기 힘든 게 사실이다. 한편 어린이들이 자연의 변화와 인간의 삶을 연결하여 생각하는 것 등도 한계를 가지고 있다. 이러한 상황의 연결은 보다 긴밀한 내적 논리를 통해서 형상화하여야 한다. 이것은 기존의 동시에 나타난 동심을 탈피하여 삶 속의, 삶을 추구하는 동심을 찾아 동시의 외연을 넓히는 일이 될 것이다. 한편 지금까지 그의 동시를 관통하는 동심을 '스마트 문명의 동심', '삶이 드러난 구체적 동심' 등으로 명명해도 좋을 듯하다. 그렇다면 다음 작품집에서 그가 들고나올 동심이 어떤 것인지를 기대하며 기다리는 일이 우리에게 남아 있다.

어린이와 함께 선생이 걸어온 길

1957년 2월 20일(주민등록상에는 1958년 1월 10일) 경기도 여주군 여주읍 점봉리에서 조규현, 김봉준의 2남 4녀 중 차남(다섯 번째)으로 태어남.

1964년 점봉초등학교에 입학해 4학년까지 다니고, 1968년 5학년 새 학기가 시작되자마자 서울 연희동 창천초등학교로 전학했다가, 2학기에 다시 종암동 숭례초등학교로 전학함.

1970년 동국대학교 사범대학 부속중학교에 입학함. 중3 때 문예반 선생님인 문정희 시인을 만남. 수업 시간에 문 선생님이 소개한 김광섭 시인의 〈마음〉은 지금까지 즐겨 암송하는 시가 됨.

1974년 서울 대신고등학교에 입학해 1학년 담임으로 시조 시인 오동춘 선생님을 만남. 오 선생님의 가르침인 '참삶', '빛삶', '뼈삶'이란 '송골 3대 정신'과 '짚신 정신'에 깊은 영향을 받음.

유년 시절부터 큰누님의 영향으로 기독교 신앙을 갖게 됐으며, 중·고등학생 때는 서울 종암동에 있는 종암제일교회에 다니면서 학생회 활동을 함. 고등학교를 졸업하고 신학교에 진학하려 했으나 가족들의 반대로 포기하고 진로 문제로 한동안 방황함.

1979년 유한대학 공업경영학과에 입학하고 한 달 뒤인 4월에 군 입대함(방위 소집, 육군본부에서 복무).

1980년 6월 제대(소집 해제)함. 이때 10·26(박정희 대통령 서거), 12·12(전두환 보안사령관 군사 반란), 광주 민주화 운동을 겪음.

1981년 유한대학에 복학해 1982년 학생회 문예부장을 맡음. 교지인 〈유한학보〉 편집장과 앨범 편집장을 한 것이 계기가 되어 1983년 졸업과 동시에 수험서를 주로 발간하는 제세출판사에 입사함.

1985년 서울산업대학교 전자계산학과에 편입학해 한 학기를 마치고, 같은 해 8월 새마을문고중앙회(새마을운동중앙회 문고국)에 입사함. 월간 〈새마을문고〉와 문고용 《새마을총서》 등을 발간하는 업무를 담당함. 이때 도서 선정, 총서 집필, 독후감 심사 등을 맡아 주시던 박경용 선생님을 만남. 또 이재철, 김종상, 조대현, 이영호, 이상교 선생님을 비롯한 많은 아동문학가와 알게 됨.

1987년 새마을문고중앙회 경상북도지부에 근무하던 박정희와 결혼해 1988년 장남 영훈, 1990년 차남 영석을 얻음. 직장 생활과 학업을 병행하다 1990년 뒤늦게 서울산업대학교를 졸업함.

1997년 새마을문고중앙회를 퇴사하고 출판 인쇄 기획사인 '모던기획'을 설립 운영하다가 IMF 영향으로 어려움을 겪고 1999년 폐업함.

2000년 새마을문고중앙회에서 〈새마을문고 40년사〉 편찬을 담당함.

2001년 새마을운동중앙회 홍보실에 근무함.

2002년 〈아동문학평론〉 여름호 동시 부문 신인상으로 등단함(등단 작품: 〈계단〉 외 4편, 심사: 이준관).

3월 지·덕·노·체 4-H 이념과 4-H 실천 교육으로 청소년을 육성하고 있는 한국4-H본부로 직장을 옮겨 2017년 4월 사무부총장으로 정년퇴직함.

2005년 4-H청소년 유성 유공으로 대통령상을 수상함.

2006년 동시집 《어디서 봤더라?》(모아북스)를 펴냄.

2010년 동시조집 《달콤한 내 꿀단지》(섬아이)를 펴냄.

2011년 1월 《달콤한 내 꿀단지》로 한국아동문학상을 수상함.

2014년 연작 동시조집 《경복궁》(소야주니어)을 펴냄.

2015년 《조두현 동시선집》(지식을만드는지식)을 출간함.

2016년 한국문화예술위원회 유망작가지원사업에 선정되어 지원금을 받음.

등단 전부터 동시조 '쪽배' 동인들과의 친분으로, 2002년 등단 후 쪽배 합평회에 참석해 동시조 공부를 하다가 동인으로 합류함. 《우리 가락 좋은 동시》를 비롯해 세월호의 아픔을 노래한 《동그란 리본으로 노랗게 핀 영혼들》 등 여러 권의 합동시집을 펴냄.

2017년 동시조집 《봄 갈대숲》(소야주니어)을 펴냄.

한국 아동문학가 100인

김영훈

대표 작품

〈하늘에서 걸려 온 전화〉

인물론

치열한 삶의 문학, 그리고 빛나는 진주

작품론

토속적 샤머니즘과 향토애,
그리고 판타지와 리얼리티의 조화

어린이와 함께 선생이 걸어온 길

하늘에서 걸려 온 전화

그날은 3월의 마지막 날인 지난 금요일이었습니다. 그러니까 점심때가 조금 지날 무렵입니다. 엄마는 학교에 언니, 오빠들은 가르치러 가셨고, 아빠는 철도 공사에 출근을 하셨습니다. 할머니는 스포츠 댄스 교실에 가셨습니다.

집에는 재은이와 할아버지 둘뿐이었습니다. 조금 전에 마중을 나오신 할아버지와 함께 학교에서 돌아온 재은이는 지금 싱크대 앞에서 음식을 만들고 있는 중입니다. 그 소꿉놀이는 재은이가 네 살 때부터 시작했지만 1학년인 지금도 여전히 재미있어하고 있습니다. 그래서 할아버지가 다시 업그레이드된 '아씨표' 살림살이 한 벌을 재은이에게 사 주셨습니다.

따르릉따르릉…….

바로 그때입니다. 전화벨이 울립니다. 갑작스런 전화벨 소리에, 음식 만들기에 열중이던 재은이는 깜짝 놀랍니다. 재은이는 얼른 탁상 쪽으로 다가가 수화기를 집어 들려고 합니다. 그러다가는 멈칫합니다. 엄마 전화는 아닌 것 같습니다. 학교에서 수업을 하다가 전화를 한 적이 한 번도 없기 때문입니다. 아무래도 할아버지에게 온 전화 같았습니다. 그래서 재은이는 안방에서 신문을 읽고 계시는 할아버지 쪽으로 눈길을 돌립니다.

"할아버지, 할아버지 전화 왔어요."

재은이가 할아버지께 외칩니다. 하지만 할아버지는 여전히 신문 기사에서 눈을 떼지 않으십니다. 재은이가 부르는 소리를 못 들었는지 신문만 읽고 계십니다. 하지만 재은이 역시 음식 만들기에 빠져 조금은 바쁩니다. 싱크대 위에는 할아버지가 사 주신 새 살림살이들이 많이 있습니다. 실제 크기의 아기 수저랑 젓가락 그리고 찜통과 찌개 냄비도 있습니다. 된장찌개를 끓일 투가리도 있고, 커피포트도 있습니다. 재은이는 커피도 끓일 줄 압니다.

그날 재은이는 자장면을 만들어 할아버지에게 드릴 참이었습니다. 재은이는 전화벨 소리보다는 그쪽에 훨씬 더 마음이 가 있었습니다. 자장면을 만들어 드리면 할아버지께서는 면 가닥을 젓가락으로 들어 냠냠냠 맛있게 드실 게 분명합니다. 재은이가 재미있으라고 얼굴에 웃음을 가득 채우고는 음식을 드시는 할아버지입니다. 그뿐만이 아닙니다.

'재은이 음식 솜씨 최곤데……. 이담에 어른이 되면 일류 요리사가 되겠는걸.'

하고는 손녀의 요리 솜씨에 대하여 칭찬을 아끼지 않으시는 할아버지입니다. 음식 만드는 일뿐만이 아닙니다. 재은이가 하는 일이면 모두 짝짝짝 박수를 쳐 주십니다. 재은이의 방그레 웃는 모습까지도 할아버지에게는 다 기쁨인가 봅니다. 그런 할아버지가 계신지라 재은이는 언제나 든든합니다. 그러니까 지금도 의기양양하게 자장면을 만들고 있는 중이지요. 싱크대 위에는 직접 냉장고에서 꺼내 온 야채와 과일 몇 조각도 있습니다.

따르릉 따르릉 따르릉…….

전화기는 아직도 울려 댑니다. 계속 울려 댑니다. 재은이는 안되겠다 싶어 다시 할아버지를 향해 큰소리로 외칩니다.

"할아버지……, 할아버지, 전화가 왔어요! 전화가요……."

그제야 할아버지는 재은이가 외치는 소리를 들으셨는지 신문에서 눈을 떼고는 깜짝 놀란 듯한 얼굴로 전화기 쪽을 바라보십니다. 신문 기사를 읽는 데 열중하다가 전화벨 소리를 듣지 못하신 것이 분명합니다. 할아버지께서 신문을 얼른 접는 걸 보면 말입니다.

"어! 전화가 왔어? 어디서 전화가 온 걸까?"

할아버지는 일어서서 거실로 나와 재은이 앞 쪽의 전화기가 있는 탁상을 향해 천천히 가셨습니다. 그러면서도 할아버지는,

'어디서 온 전화지……?'

하고 다시 중얼거리듯이 혼잣말을 하면서 수화기를 집어 드셨습니다.

"글쎄요. 어디서 온 전화일까요?"

재은이는 할아버지의 뒤쪽에 서서 자장면을 만드는 작업을 계속하면서도 할아버지 말씀에 앙증맞은 목소리로 맞장구를 칩니다. 그렇게 입을 놀리던 재은이가 일손을 멈추고는 전화를 받으시는 할아버지 뒷모습을 바라보기 시작합니다.

재은이는 어쩌면 충주에서 사시는 고모에게서 온 전화일지도 모른다고 생각했습니다. 고모를 생각하니까 세 살 위인 사촌 오빠 준서의 얼굴도 떠올립니다. 준서 오빠는 4학년입니다. 재은이는 고모가 갑자기 보고 싶습니다. 예쁜 털모자를 떠 준 고모입니다. 뜨개질을 아주 잘하는 고모입니다. 처음에 노오란 색 털모자를 떠 주었는데 계룡산 기슭의 수통골 유원지에 가다 그만 잃어버렸습니다. 그런데도 나무라지 않고 다시 이

번에는 초록색 털모자를 떠 주셨습니다. 지난겨울에는 스웨터도 떠 준 고모입니다.

"예. 예! 재은이네입니다. 예, 여기는……."

할아버지께서 전화를 받는 목소리가 재은이에게까지 들려옵니다. 아! 그런데 전화기를 집어 든 할아버지의 뒷모습이 예사롭지 않았습니다. 수화기를 든 할아버지는 주저거리는 듯하더니 갑자기 몸이 굳어지고 있는 것처럼 부동자세로 서십니다. 뒤에서 바라보았는데도 금방 알아차릴 수 있었습니다. 조금 전 여유가 있던 모습과는 아주 다릅니다.

"예? 예……여기는……. 아! 아버님……."

할아버지는 좀 더 황망한 듯한 모습으로 전화를 받습니다.

"……."

재은이는 수화기 저쪽에서 들려오는 소리는 들을 수가 없습니다. 다만 이어서 할아버지 목소리가 다시 들려올 뿐입니다.

"예, 예. 저……. 말씀을……. 아! 알았습니다. 그런데……."

다시 몇 번인가를 주저거리며 알 수 없는 말을 하시던 할아버지는 수화기를 가만히 내려놓습니다. 몸이 파르르 떨리셨습니다. 재은이는 궁금해집니다. 어느 때나 침착하기만 했던 할아버지입니다. 그 할아버지가 한 통의 전화를 받는 모습이 예사롭지 않았습니다. 전에는 그런 할아버지의 모습을 본 적이 한 번도 없었습니다.

"할아버지, 어디서 온 전화예요?"

재은이는 고개를 갸웃합니다. 늘 재재거리는 여덟 살박이 아니, 만으로는 일곱 살인 재은이지만 그날 할아버지에게서 느껴지는 분위기는 금방 알아차릴 수 있었습니다.

"하늘에 계신 너의 증조부에게서 걸려온 전화구나. 헌데……."

"예? 하늘에서요? 큰큰할아버지께서요?"

재은이는 할아버지의 그 말씀에 깜짝 놀라 자장면 만드는 일을 접어 두고는 쪼르르 할아버지께 다가왔습니다. 하지만 할아버지는 한동안 말이 없으셨습니다.

"……."

재은이는 할아버지의 손을 가만히 잡습니다. 할아버지는 대답을 하지 않는 대신 마음을 가라앉히면서 재은이에게 손을 잡힌 채로 방바닥에 조용히 앉으십니다. 얼마 후 할아버지는 진정이 되셨는지 재은이를 향해 조용히 웃음을 짓습니다. 늘 그랬듯이 인자하기만 한 할아버지의 얼굴이 본래의 그 모습으로 돌아오신 겁니다. 재은이는 얼른 할아버지의 무릎에 가 앉았습니다. 그러자 할아버지는 재은이를 꼭 안아 주셨습니다.

"할아버지, 하늘에서 온 전화라고요?"

재은이는 다시 묻습니다. 할아버지는 여느 때 무슨 말을 물었어도 잘 대답을 해 주셨던 분입니다. 열 번 물으면 열 번, 백 번 물으면 백번 다 대답을 해 주는 자상한 할아버지입니다.

그래서 재은이는 늘 껌딱지처럼 할아버지에게 붙어삽니다. 글꽃초등학교에 오갈 때도 데려다주시는 할아버지입니다. 학교에서 공부할 때만 빼고 밥을 먹을 때는 물론 잠을 잘 때도, 우선은 할아버지 옆에서 눈을 붙입니다. 엄마가 할아버지를 귀찮게 한다고 나무라면 그때마다 재은이 편이 되어 주시는 분입니다.

'아니다 아냐. 늙으면 아이가 되는 거다. 그러니 나는 재은이와 친구야, 우리 서로 아이끼리 노는 거야. 착하고 예쁜 재은이, 게다가 늘 꿈을 꾸는 듯한 눈빛을 가진 우리 재은이와 나는 친구야 친구……. 친구가 친구하고 사이좋게 어울리는 게 당연하지. 나도 재은이처럼 그 옛날에 간직했었던 초롱초롱한 눈빛을 되찾고 싶거든.'

하고 말입니다. 재은이는 그럴 때마다 신이 납니다. 할아버지는 재은이를 지켜 주는 가장 힘센 보호자이자 동무입니다. 그 할아버지께서 오늘따라 엉뚱한 말씀을 하십니다. 지금 재은이는 할아버지 말씀을 도무지 알아들을 수가 없습니다. 한동안 말이 없던 할아버지가 다시 조용히 입을 여셨습니다.

"그래. 재은아, 증조부님께서 전화를 하셨구나. 어젯밤 꿈에 나타나시더니만……. 하늘나라에서 전화를 거신 게야."

할아버지는 아주 조용한 목소리로 차분하게 말씀하십니다.

"정말 하늘에서 큰큰할아버지께서 걸어 오신 전화라는 말씀이세요? 엄마는 그런 전화는 장난 전화라고 했는데……? 그래서 얼른 끊으라고 했는데……?"

"아니야. 장난 전화가 아니야. 틀림없어. 너의 증조부께서 걸어 주신 전화였어. 전에도 가끔 이런 모습으로 다가오셨었거든."

재은이는 할아버지 말씀에 다시 멍한 얼굴이 됩니다. 아빠마저도 할아버지 얼굴을 모른다고 한 큰큰할아버지입니다. 아빠가 아니, 할아버지께서 초등학교에 다니시던 어렸을 때 돌아가셔서 얼굴도 모른다는 큰큰할아버지입니다. 그런데 그 할아버지에게서 전화가 왔다고 하니 아무래도 믿을 수 없습니다. 그래서 다시 물었습니다.

"할아버지 정말, 정말 큰큰할아버지께서 걸어 주신 전화예요?"

재은이는 여전히 고개를 갸웃합니다.

"그래, 그렇다니까. 닷새 후면 한식이니 아니다. 그날까지 기다리지 말고 지금 당장 성묘를 다녀오자꾸나."

할아버지는 자리에서 벌떡 일어나시며 재은이 손을 잡아 일으켜 세우십니다. 재은이는 아직도 멍멍합니다. 일주일 전에도 재은이와 함께 큰큰할아버지 산소에 다녀오신 할아버지입니다.

"정말로 큰큰할아버지께서 어젯밤 꿈에 오셨다는 거지요?"

재은이는 아직까지도 못 믿겠다는 듯이 고개를 갸웃거리면서 할아버지를 향해 그 반짝반짝 빛나는 눈을 쏩니다.

"그래. 흰옷에 흰 수염을 하시고는 어젯밤 우리 집에 오셨다 가셨느니라. 아주 환하게 웃으시더라."

할아버지는 아주 정색을 하며 말씀하십니다.

할아버지와 재은이가 큰큰할아버지가 계신 산소로 향한 것은 잠시 후였습니다. 자장면을 만들던 살림들을 정리하고, 야채와 과일 몇 조각은 냉장고에 넣은 후입니다. 큰큰할아버지가 누워 계신 곳은 마을에서 그리 멀지 않은 앞산입니다. 시냇물을 건너기는 하지만 징검다리가 촘촘히 놓여 있어 재은이도 건널 수 있습니다.

시내를 건너면 작은 들이 펼쳐집니다. 그곳에 논들이 자리 잡고 있는데 그 가운데로 농로가 나 있어 트랙터도 다닐 만한 길입니다. 재은이와 할아버지는 손을 꼭 잡고 그 길을 걸어 큰큰할아버지 산소로 향합니다.

3월의 마지막 날을 보내는 맑은 햇살이 은비늘로 변하면서 눈부시게 쏟아집니다. 참 따사로운 날씨입니다. 푸른 하늘에는 구름 한 점 없이 맑았습니다. 재은이는 할아버지를 졸랑졸랑 따라갑니다. 전에도 큰큰할아버지 산소에 성묘를 여러 번 간 적이 있지만 오늘따라 길을 걷는 것이 더 설렙니다. 하늘에서 걸려 왔다는 전화 때문입니다. 아닙니다. 흰옷을 입고 꿈이 나타나셨다는 이야기 때문입니다. 예사롭지 않은 말씀을 듣고 나서는 길이라서인지 산소에 도착하면 어쩌면 그곳에 하얀 옷을 입은 큰큰할아버지가 앉아서 기다리실 것만 같았습니다.

"재은아, 바지런히 올라가자꾸나. 증조부님이 널 보시면 기뻐하실 거다."

할아버지께서는 아직도 큰큰할아버지께 전화를 받았다는 그 느낌, 그 기운이 살아 있는 것 같았습니다. 목소리가 여전히 들떠 계십니다. 그 분위기에 휩싸여서인지 재은이는 어쩜 정말로 아까 온 전화가 하늘나라에 계신 큰큰할아버지에게서 온 거일지도 모른다고 생각합니다.

그렇지만 잠시 뒤 재은이 기분은 어느새 봄 향기에 취하기 시작합니다. 봄 햇살 때문입니다. 아니 봄꽃 때문입니다. 길옆에 난 냉이는 파릇파릇했던 잎이었는데 어느새 쇠어 외줄기 흰 꽃으로 껑충하니 피어 있었고, 쑥들도 한 뼘은 자라나 있었지만, 새로 돋아난 자주색 제비꽃이랑 노오란 민들레들도 여기저기서 제 자랑을 하며 뽐내고 있습니다. 멀리 산에는 연분홍 진달래꽃도 꽃망울을 맺고 있었습니다.

“할아버지, 큰큰할아버지가 계신 곳에 저 제비꽃들을 꺾어서 갖다 놀 거야.”

재은이는 어느새 전화랑 꿈 이야기도 잊었다는 듯이 꽃들에게 취합니다. 그리고는 제비꽃을 몇 송이 꺾습니다. 길가 말고도 묘역 주변에는 실제로도 제비꽃이 이른 초봄부터 지천으로 피어나는 곳입니다. 아직도 제비꽃들은 씀바귀 순과 함께 제 모습을 뽐내고 있습니다.

“제비꽃? 그러렴. 그 제비꽃을 증조부님께 바쳐도 좋지.”

할아버지는 재은이를 바라보시면서 미소를 흘리셨습니다. 재은이도 할아버지를 따라 웃었습니다.

재은이가 제비꽃을 꺾어 가지고 서둘러 산기슭으로 올라가 큰큰할아버지 묘에 도착한 것은 얼마 후입니다. 묘역은 아주 깔끔하게 다듬어져 있었습니다. 일주일이 멀다 하고 찾아와 산소를 돌보시는 할아버지 덕입니다. 널따란 묘 마당 봉긋한 봉분뿐만 아니라 전체가 잘 다듬어진 잔디로 덮여 있었습니다.

–세상을 아름답게 살다가 기적 소리에 묻혀
짧은 삶을 마감하시고
하늘나라에서 영면하시는 아버님의 것을 기리기 위해
삼가 이 자리에 돌비를 세웁니다.

할아버지는 버릇처럼 산소에 올라가자마자 먼저 묘비를 쓰다듬으셨습니다. 그리고는 마치 살아 계신 분에게 말하듯이 입을 엽니다.

“아버님, 저 왔습니다. 오늘도 귀여운 손주 재은이랑 왔습니다. 절 받으십시오.”

할아버지는 신발을 벗고 맨발로 잔디 위에서 절을 하십니다. 재은이도 할아버지를 따라 얼른 신발을 벗고 절을 올립니다. 전에도 올 때마다 한 일이라 재은이는 절을 하는 데 아주 익숙합니다. 절을 올리고 난 할아버지는 묘비 앞에 가 앉으십니다. 재은이도 얼른 할아버지 무릎 위에 앉습니다.

“재은아, 아주 따뜻한 봄날이지? 우리 재은이가 와 절을 올리니 증조부께서 참 흐뭇하시겠구나.”

“예. 하지만 정말로, 정말로 큰큰할아버지께서 우리가 온지 아실까요?”

재은이는 흰옷을 입으신 큰큰할아버지를 만날지도 모른다는 생각을 조금 전에 잠깐 했던 것이 생각나 피식 웃으며 말했습니다.

“아이구! 아시고말고……. 우리 예쁜 재은이가 왔는데……. 방금 전화도 하시지 않았니.”

할아버지는 다시 전화 이야기를 꺼내면서 흡족한 얼굴로 다시 검은색 돌비에 새겨진 글자들을 쓰다듬으십니다. 그리고는 이어서 입을 여십니다.

"재은아."

"예."

재은이는 할아버지를 바라봅니다. 눈망울이 초롱초롱합니다. 어느새 할아버지의 눈도 재은이 눈처럼 빛납니다. 재은이는 할아버지의 그런 눈빛을 전에는 보지 못했습니다.

"네 애비는 할아버지 얼굴을 보지도 못하고 자랐단다."

할아버지는 다시 돌비 쪽으로 눈길을 돌립니다. 빛나던 눈에서 눈물이 갑자기 스미는 것 같았습니다. 목이 메는지 말씀을 잇지 못하십니다.

"너무 일찍 돌아가셔서요?"

"그래. 일찍 가셨지. 기적 소리에 묻혀서……."

그 대답을 하시는 할아버지의 모습이 참 쓸쓸해 보입니다.

"큰큰할아버지는 철로 작업을 하는 사람들을 감독하시다가 기차에 치여 하늘나라로 가셨다고 아빠도 말씀하셨어요. 그래서 '재은이 너처럼 이 아빠는 할아버지 사랑을 받지 못했다'고요."

재은이는 1학년답지 않게 또랑또랑한 말로 할아버지를 향해 조잘조잘 말합니다. 그 모습이 할아버지는 아주 대견하게 느껴집니다.

"아! 그랬구나. 네 애비하고 벌써 이야기를 했네. 사람은 다 자기 세상이 있는 법인데……. 너의 증조부께서는 큰 역, 아주 큰 역의 역장님이 되시겠다는 꿈을 펼치시지도 못하시고……. 다행히도 네 애비가 증조부님의 그 꿈을 이어받아 철도 공사에 다닌다마는……. 할애비는 네 애비가 너의 증조부님이 꾸셨던 꿈을 꼭 이루리라 믿고 있단다."

할아버지는 재은이를 꼬옥 끌어안으셨습니다. 할아버지 품은 언제나 그렇듯이 포근합니다. 그러나 아직도 할아버지의 말뜻을 잘 알아들을 수는 없었습니다. 그래서 되묻습니다.

"자기 세상요?"

"그래. 흰옷에 흰 수염을 하시고는 증조부께서는 어젯밤에 오셔서는 우리 예쁜 재은이가 자기 세상을 열어 갈 수 있도록 보살펴 주라고 하셨느니라. 아주 환하게 웃으시면서……."

"……."

할아버지는 대꾸가 없는 재은이를 잠시 바라보시다가 다시 엄숙한 모습으로 말씀을 이어 가십니다.

"그래, 재은아. 사람은 말이다. 다 자기 세상이 있는 거야. 그 세상을 여는 것은 다

자기에게 달렸지만……."

그러나 재은이는 여전히 할아버지의 말씀을 잘 알아듣지 못합니다. 조금 어렵습니다. 눈만 깜박일 뿐입니다.

"세상을 열어요? 열쇠로요?"

재은이는 눈을 깜박이며 다시 고개를 갸웃합니다. 그런데도 할아버지는 재은이의 그 말을 들으면서 신통하다는 표정으로 빙그레 웃으십니다.

"그렇지. 네 증조부님은 하늘로 가시기 전에 너만큼 어렸던 이 할아비께 세상을 열어 가는 열쇠를 주셨었지."

"정말로요? 그래서 할아버지는 그 열쇠로 세상을 열어서 교장 선생님이 되신 거예요?"

"그래?! 교장 선생님? 그렇지. 그랬어. 허허허……. 꿈을 가꾸면서 세상을 활짝 열라는 열쇠를 주셨지. 그래서 교장 선생님이 되었지. 허허허……."

재은이 말에 할아버지는 아주 흐뭇한 얼굴로 너털웃음을 웃으면서 응답을 하십니다. 재은이도 할아버지 말씀이 재미있어 할아버지의 무릎 위에 달라붙어 앉았습니다. 그렇습니다. 지금은 정년을 했지만 할아버지는 교장 선생님이셨습니다.

"할아버지, 큰큰할아버지가 주신 그 열쇠가 어떤 열쇠였어요?"

재은이는 와락 호기심이 생겼습니다. 눈이 다른 때보다 더 빛나기 시작했습니다.

"어떤 열쇠? 너의 증조부께서는 '꿈'이라는 열쇠를 주셨지. 그래서 그 꿈을 가꾸느라 이 할애비는 책을 읽고, 또 읽으면서 그 책 속에 길을 찾았단다. 내가 타고난 재주도 열심히 닦고 말이야."

"꿈을 가꾸라는 말씀이 큰큰할아버지가 주신 열쇠로요?"

재은이는 아직도 할아버지 말씀이 어렵습니다. 그러면서도 이제는 어쩌면 조금은 알아들을 듯도 했습니다.

"그래. 그 열쇠로 내 안에 들어 있는 재주를 찾아내 즐기다 보니 어느새 정말로 내 것이 되었단다. 그게 바로 열쇠인 거지 뭐. 그러니까 난 너의 증조부님이 주신 꿈이란 열쇠로 세상을 열면서 지금까지 산 셈이란다. 방금 전 집으로 온 전화 말씀도 바로 그 열쇠 말씀이셨단다. 재은이, 네게도 꿈을 가지고 세상을 활짝 열어 갈 수 있는 열쇠를 주라고 하셨지. 너의 증조부께서 이 할애비가 너만 할 때부터 하늘나라로 가시기 전까지 열 번 스무 번 아니, 백 번은 그 꿈을 열쇠로 주셨으니까."

말씀을 마친 할아버지는 재은이를 꼭 껴안아 주셨습니다. 재은이도 할아버지의 품에 포옥 안겼습니다.

"아! 큰큰할아버지가 바로 그 열쇠를 주라고 하셨다고요? 그럼 저는 할아버지랑 엄마처럼 선생님이 되는 꿈을 꿔야 하겠네. 해해해……."

재은이는 할아버지의 말씀을 그제야 알아들을 수 있을 것 같았습니다. 재은이는 다시 해해해 웃으면서 고개를 끄덕입니다.

한동안 말이 없이 앉아 계시던 할아버지는 얼마 후에 다시 부스스 일어나셨습니다. 그리고는 묘비를 쓰다듬으십니다. 재은이도 일어나 할아버지를 따라 큰큰할아버지의 묘비를 쓰다듬었습니다. 3월의 마지막 날 햇살이 재은이와 할아버지의 등 위로 따사롭게 쏟아지고 있었습니다. 재은이는 그날 할아버지와 그렇게 오래도록 묘 마당 돌비 앞에서 큰큰할아버지를 만났습니다. 지금도 재은이에게 그날은 아주 특별한 날로 기억됩니다.

치열한 삶의 문학, 그리고 빛나는 진주

박진용

나는 지난해 9월부터 한 달이 넘게 대전에 위치한 모 대학교 입학 사정관으로 근무하면서 아름다운 청춘들의 꿈과 열정을 엿볼 수 있는 기회를 갖게 되었다. 고등학교 3년간의 땀방울이 생생하게 맺혀 있는 학교 생활 기록부와 지신의 꿈을 그려 놓은 자기 소개서와 뜨거운 열정이 담겨 있는 포트폴리오를 보고 이를 평가하는 동안 내내 긴장되었다. 만에 하나라도 내가 놓치는 것이 있어서 누군가의 꿈이 부당하게 꺾이는 일이 있어서는 안 된다는 중압감 때문이었다. 내가 관심 있게 읽은 것은 자기 소개서, 특히 부모의 사망이나 이혼 등 뜻밖에 닥친 불행과 고난을 극복하고 당당하게 일어선 사례를 볼 때마다 힘찬 응원을 보냈다.

젊은 시절의 꿈과 열정은 삶을 치열하게 만드는 원동력이다. 가난과 고난을 극복하게 만드는 것도 역시 꿈과 열정이다. 솔뫼 김영훈 선생은 습작 20년 등단 30주년을 맞아 〈솔뫼의 삶과 문학이야기〉를 세상에 내놓았다. 40여 년 전의 청년 시절로 시간을 되돌려 놓고 보니 문학에 대한 꿈과 열정으로 때로는 찢어질 듯한 고통을 인내하며 치열하게 살아오면서 하나하나 빚어 놓은 그의 작품들이 진주처럼 아름답고 눈부실 따름이다.

솔뫼 김영훈 선생을 처음 만난 것은 초등학교 선생님들이 보는 교육 잡지 〈새교실〉과 〈교육자료〉라는 월간지였는데 이 지면에 실린 소년소설을 보고 나서 이웃 학교에 글을 잘 쓰는 선배가 있다는 것을 알게 되었다. 나는 1972년 9월에 예산에 있는 예덕초등학교에 처음으로 발령을 받아 근무하고 있었는데 전기도 전화도 없는 시골에서 촛불을 켜 놓고 쓴 소년소설이 이원수 선생님의 추천으로 1974년 3월호 〈새교실〉에 실리게 되었다. 나와 같은 시기에 솔뫼 선생도 홍성의 작은 시골 학교에서 문학도의 꿈을 키우며 습작을 하고 있었던 것이다. 그 후 본격적인 만남과 교류는 내가 대전 대신초등학교로 전입했다가 중등학교로 나가고 솔뫼 선생은 1981년에 대전에 전입하여 충남아동문학회에 가입하면서 시작되었으니 대학 선배님이기도 하지만 나는 친형처럼 따르고 존경하면서 38년 넘는 세월 동안 고락을 함께했다.

충남아동문학회에서 처음 만난 솔뫼 김영훈 선생의 첫인상은 다부지면서도 웃을 때는 이웃 형 같은 친근함으로 다가왔다. 그래서 금방 친해져서 형이라는 호칭이 스스럼없이 나왔다. 그 후, 게으름을 피우던 나는 항상 솔뫼 선생의 활동에 자극을 받고 그 뒤를 따르려고 노력했지만 대전으로 전입하면서 양 날개를 달고 내달리는 선생을 도저히 따라갈 수가 없었다.

1983년 3월에 월간 〈아동문예〉에 〈꿈을 파는 가게〉가 당선되더니 그해에 충남아동문학회 사무국장이라는 중책을 맡았고, 이듬해 동화집 《꿈을 파는 가게》로 해강아동문학상을 받아 작품성을 인정받으면서 왕성한 창작 활동과 문단 활동을 펼치게 된다. 한편으로는 교육자로서 꿈을 펼치게 되는데 수업 연구를 비롯한 교육 연구 활동과 각종 글쓰기 대회 심사와 글짓기 지도 교사, 그리고 독서 지도 교사 등으로 활동하면서 교육자로서의 독보적인 전문성을 확보하게 된다. 솔뫼 김영훈 선생은 문학과 교육이라는 두 가지 목표를 향해 돌진하여 자강불식의 열정으로 두 마리 토끼를 잡는 데 성공한다.

솔뫼 선생의 문학에 대한 엄청난 잠재력과 교육자로서의 업무 능력은 하루아침에 이루어진 것이 아니다. 본인이 밝힌 것처럼 유년기와 소년기의 남다른 환경과 독서 경험, 20년이라는 습작기가 있었기에 가능한 일이었다.

중학교 시절에 한국을 대표하는 이광수, 김동인, 이효석, 김유정, 전영택 등의 소설을 읽고 친구에게 작가가 되겠노라고 고백할 정도로 사춘기 소년의 가슴속에 꿈을 키우게 된 것은 독서의 힘을 단적으로 말해 준다. 독서야말로 미래의 꿈과 창의력을 동시에 길러 주는 가장 좋은 도구이다. 대학 입학 사정관이 학생을 선발하는 기준으로 독서 경험을 중요하게 다루는 이유이기도 하다. 나의 경험으로 봐도 내 문학에 가장 큰 영향을 준 것은 유·소년 시절의 가정과 자연환경, 그리고 사춘기에 읽은 독서 체험이라고 단언할 수 있다. 외로움을 느낄 수밖에 없는 가정과 사회 환경 속에서 자연과 사귀면서 독서로 꿈을 키우던 야무진 소년의 모습은 후일 솔뫼 선생의 작품 곳곳에서 새로운 생명으로 탄생하고 그의 문학에 지속적으로 동력을 제공하게 된다.

나는 오복에 복 하나를 더하라면 선생님 복이라고 생각한다. 세상을 움직이는 인물들의 대부분은 스승과의 만남을 통해서 이루어졌다. 스승의 가르침과 깨우침을 통하여 뜻을 세우고 부단히 노력하여 인간이 추구하는 욕망 중 최고의 정점인 자아 성취를 이루게 된다. 이런 면에서 솔뫼 선생은 참으로 행운아다. 서울이나 대전이 아니라 공주에 있는 고등학교에 진학한 이후 그 유명한 시인 임강빈 선생님과 사제의 연을 맺게 되고, 유병학 선생님의 지도 아래 '팔각정' 문학 동인을 결성하여 소설을 쓰면서 소년 문사로 활동한 것도 무관치 않다. 이는 매우 중요한 경험의 축적이 아닐 수 없다. 더구나 전영관, 리헌석, 엄기창 시인들과 현재 대전문협회장인 문희봉 수필가도 같은 고등학교에서 동인으로 활동을 했다. 훌륭한 스승 아래에서 문학 동인을 결성하여 활동한 그의 경험이 솔뫼 문학의 큰 힘으로 작용하고 있다.

대학에서 문학 동아리 활동을 하며 사제의 인연을 맺은 최상규 교수님은 소설가 최인호와 함께 연세대를 대표하는 소설가이며 문학 이론에 밝은 분이셨다. 그분의 번역서인 《수용 미학의 이론》은 지금도 문학 연구자들의 필독 도서로 꼽히고 있을 정도이다. 이런 분을 스승으로 모시고 대학에서 공모하는 문예작품에 소설을 응모하여 당선의 영광을 누린 것은 문학에 대한 열정과 잠재력 때문이라고 본다.

그리고 그 잠재력이 지금도 왕성하게 소설을 쓸 수 있게 만든 동력이 되고 있다. 솔뫼 선생이 교수님을 찾아가서 동화를 쓴다고 했을 때 '동화는 시'라고 말씀하신 것도 그냥 가볍게 나온 말이 아니다. 동화를 쓰는 사람 모두가 새겨 둘 말이 아닌가 싶다.

필자도 솔뫼 선생과 함께 90년대 초에 최 교수님을 종종 뵙기도 했고 시문화상을 추천해 드리기 위해 동화작가 정만영 선생, 시인 전민 선생과 함께 교수님 댁으로 찾아가서 자료를 찾아 정리하기도 했다. 최 교수님이 돌아가셨을 때는 급히 영정 사진을 만들어 모시고 밤늦게까지 조문객을 접대하면서 제자로서의 도리를 다하시던 모습이 지금도 눈앞에 선하다.

솔뫼 김영훈 선생이 대전에 정착하고, 나는 홍성 광천여중으로 자리를 옮겨 시골 학교 국어 선생으로 가게 되지만 문학회 모임에서 만나고 서로 연락을 하며 마음은 늘 지근거리에 있었다. 1983년 〈아동문예〉 3월호에 신인상에 당선한 솔뫼 선생을 보고 자극을 받아서 나는 같은 해 6월에 신인상을 수상했다. 그해 가을에 첫 동화집을 낸 솔뫼 선생한테 또 자극을 받아 이듬해 봄에 나도 첫 동화집을 내었으니 나는 습작기부터 늘 솔뫼 선생의 뒤를 따라 문학 활동을 했고, 나중에 대전아동문학회 사무국장과 부회장을 거쳐서 회장을 역임하는 과정도 그랬고, 한국 아동문학회에 가입하여 활동한 과정도 마찬가지였다. 솔뫼 선생과 5, 6년 떨어져 있는 동안 가까운 마음과 달리 다소 소원한 적도 있었으나 내가 다시 대전으로 전입한 후부터 지금까지 변함없는 믿음과 사랑으로 형과 아우의 정을 나누며 생활하고 있다.

대전에서 솔뫼 김영훈 선생과 더불어 지금까지도 가장 많이 어울린 선배는 신춘문예 출신 동화작가인 정만영 선생과 역시 신춘문예 출신 동시 작가인 전영관 선생이었다. 대전, 충남아동문학회나 문학 단체 행사가 있는 날, 또는 각종 백일장이나 독후감 심사

등을 함께 하는 날은 술자리를 자주 했다. 식당에 가면 주인은 술상과 함께 으레 화투와 담요를 내놓았는데 솔뫼 선생은 술도 한두 잔이면 족했고, 화투는 억지로 권하면 마지못해 조금 어울렸을 뿐 그리 달갑게 여기지 않았다.

그렇지만 중간에 자리를 일어서는 일은 거의 없었다. 화투를 치면 옆에 앉아서 흥을 돋우기도 하고 술판이 벌어지면 술에 취해 횡설수설 주절거리는 소리에도 공감하면서 훈훈하게 웃는 얼굴로 끝까지 들어주던 모습이 눈앞에 선하다.

솔뫼 김영훈 선생에게 잠재되었던 엄청난 호기심과 창의력과 열정은 문학작품을 창작하는 원동력이 되었지만 늦은 나이에 학구열을 불태우게도 했다. 교육 대학이 초급대학 과정이었기 때문에 대학원을 입학하기 위해서는 4년제 교육 대학에 편입학을 해서 학사 학위를 받아야 했다.

학교에서 학생 지도에 시달리고 학습 지도 방법, 독서 지도 방법, 글쓰기 지도 등 각종 연구 활동을 하면서 2002년에 석사 학위를 받게 되는데 학사 학위를 받은 지 10년이 넘은 세월이 흐르는 동안 한 번도 어렵다거나 힘든 내색을 하지 않았다. 선생의 열정은 여기서 멈추지 않았다. 일찍이 교감으로 승진하고 몇 년 후 교장이 되어서 학교 경영과 문단 활동, 강의와 학생 지도에 바쁜데도 박사 학위에 도전하게 된다.

그는 공주교육대학교에 강사로 출강을 시작한 이후 중부대학에도 겸임 교수로 출강하여 아동문학의 강의를 하던 중 박사 과정에 입학하여 초등학교 교장으로서, 대학교수로서, 아동문학 연구자로서 맡은 역할을 모두 성공적으로 수행하면서 마침내 2008년에 박사 학위를 취득한다. 인간에게 잠재된 능력이 얼마나 위대한가. 그리고 이러한 능력은 굳은 의지와 열정, 그리고 실천궁행하는 노력의 결과로 발현될 수 있음을 후학들에게 몸소 보여 주는 좋은 성공 사례라 하겠다.

박사 학위를 받고 나면 기력이 소진되어 한동안 쉬고 싶기도 할 텐데 오히려 더욱 치열하게 활동하는데 문인으로서 동화와 소설을 창작하는 일과 문학 평론 등에 솔뫼 선생의 왕성한 활동은 지칠 줄 모르고 지금까지 계속되고 있다. 공주교육대학에 출강하면서 2008년에는 소설 〈화해론〉으로 호서문학상을 수상하였으며, 2009년에는 아동문학 평론집 《동화를 만나러 동화 숲에 가다》를 출간하게 된다. 그리고 한 달 후, 그동안 창작한 동화와 소년소설을 묶어서 《우리들의 산타클로스》와 《밀짚모자는 비밀을 알고 있다》 두 권을 동시에 출간하여 문단을 놀라게 했다.

갈수록 장르를 자유롭게 넘나들고 주제가 다양해지고 아동 생활 중심의 소년소설에서 판타지동화로 확장하는 등 소재도 풍성해지고 있다. 물은 한곳에 오래 머물면 썩고 말듯이 사람의 상상력도 마찬가지다. 최근의 소설 쓰기에서 문학 평론까지 왕성한 작품 활동을 보면 기존의 상식이나 관념을 넘어서 호기심 많은 소년처럼 늘 새로운 것을 찾아 신선한 눈으로 세상을 보는 선생의 삶의 모습과 생활 철학을 엿볼 수 있다.

작가들의 작품론도 여러 편 썼는데 그중에서 보잘것없는 필자의 동화에 대한 작품론도 애정을 가지고 써 주었다. 작품에 대한 세세한 분석, 과분한 작품평과 칭찬에 이어 마지막으로 작품 활동에 게으름을 피우고 있는 본인에 대한 애정 어린 질타와 충고는 마음 깊이 늘 간직하고 스스로를 채찍질하는 고마운 약이 되고 있다.

솔뫼 김영훈 선생과 나는 문학에 입문한 시기는 비슷했으나 30녀 년이 지난 지금, 문학 박사 학위까지 받았고, 소설과 아동문학 평론 등 다양한 장르를 넘나들며 독특한 문학 세계를 구축하고 큰 산으로 우뚝 선 선생을 바라볼 때마다 나는 한없이 작아지는 느낌이 든다. 그러나 시샘이나 질투심보다는 가슴 뿌듯하게 솟아오르는 자부심과 그분의 어깨에 기대고 싶은 푸근한 마음이 앞선다.

내가 옆에서 지켜본 솔뫼 선생의 삶은 그야말로 지칠 줄 모르고 노력하며 성취하는 삶의 연속이었다. 누에가 뽕잎을 먹고 쉴 새 없이 실을 뽑아내듯이 솔뫼 선생은 소년 시절의 꿈을 버리지 않고 그 꿈을 먹으며 줄기차게 주옥같은 창작물을 쏟아 냈다. 동화, 소년소설, 수필, 소설, 평론 등 여러 장르를 넘나들며 왕성한 작품 활동으로 독특한 문학 세계를 구축했다. 그뿐만 아니라 학문에 대한 호기심과 학구열로 끝내 박사 학위를 취득했다.

그는 문학 단체 일에도 헌신적이었다. 지금은 대전문인총연합회장으로서 대전문단의 큰 기둥이 되었지만 그동안도 우리 대전아동문학회를 반석에 올려놓은 분으로서 솔뫼 선생임을 부인할 수 없다. 대전아동문학회의 전신인 충남아동문학회 사무국장과 회장을 맡으면서 회지인 〈푸른 메아리〉를 현대 감각에 맞게 출판하였으며 어려운 환경에서도 대전아동문학회의 기금을 조성하여 후배 회장단에 물려주어 다른 문학 단체에서 보기 드문 아름다운 선례를 남겼다. 대전문인협회, 대전문인총연합회, 한국 아동문학회, 동인 활동 등에서 주요 직책을 맡아 왕성하게 활동했다.

솔뫼 김영훈 선생의 삶을 빛나게 하는 또 하나의 면모는 성공한 교육자로서 묵묵히 걸어온 길이다. 글짓기 지도, 독서 지도, 국어교육연구회, 교육 관련 각종 연구 활동, 교장으로서의 학교 경영 등 그분이 걸어온 교육자로서의 발자취는 아직도 제자들과 후배들의 가슴속에 살아 있다.

그러나 무엇보다 솔뫼 김영훈 선생의 삶을 아름답게 하는 것은 뚜렷한 주관과 변함없는 의리가 아닐까. 자신의 영달을 위해 수십 년 쌓아 온 의리를 헌신짝처럼 버리는 영악한 세상에 뜻을 세우고 의지를 불태우며 곧은길로 뚜벅뚜벅 걸어가는 솔뫼 선생의 뒷모습이 참으로 아름답고 믿음직스럽다.

앞으로도 변함없이 열정적인 창작 활동과 문단 활동, 그리고 교육자로서의 폭넓은 활동을 기대하면서 날마다 건강하고 새로워지는 솔뫼 김영훈 선생의 모습을 조명하면서 이 글을 마치고자 한다.

토속적 샤머니즘과 향토애, 그리고 판타지와 리얼리티의 조화

전영관

I. 들어가는 말

김영훈은 1983년 월간 〈아동문예〉에 아동소설 〈꿈을 파는 가게〉[1]가 신인상에 당선되어 활동을 하고 있는 동화작가이다. 그는 지금까지 첫 동화집인 《꿈을 파는 가게》 외에 15권의 동화집을 출간하였다. 그의 동화집에 수록된 동화들의 공통적인 특징을 간행년도 별로 살펴보면 먼저 첫 동화집 《꿈을 파는 가게》(1983)에 수록된 동화들은 주로 친자연적인 경향 및 향토성의 내재라는 특색을 보이고 있다.

다음으로 펴낸 두 번째 동화집 《달섬에 닻을 내린 배》(1986)는 풀냄새 흙냄새가 물씬 풍기는 농촌을 배경으로 전개되는 동화들이 대부분이다. 세 번째 동화집 《솔뫼마을에 부는 바람》(1988)은 장편 아동소설인데 이 역시 향토적인 전원 속에서 살아가는 아이들의 생활 모습을 서정성이 묻어나게 그린 작품이다. 그리고 이어서 상재된 동화집 《바람과 구름과 달님》(1990)은 농촌의 평화로운 모습과 남북문제, 고구려 광개토왕비 등 역사적인 관점에서 민족적인 문제를 주로 다루고 있다. 또한 동화집 《퉁소 소리》(1993)와 《아기토끼의 달님》(2001), 《꿀벌이 들려준 동화》(2003)는 순수 판타지 기법으로 창작된 동화들이다.

그에 비하여 동화집 《우리들의 산타클로스》(2003)는 생활동화 중심의 아동소설이고, 동화집 《꿀벌이 들려준 동화》(2003)는 판타지 표현 기법의 작품이며 《밀짚모자는 비밀을 알고 있다》(2009)와 《별이 된 꽃상여》(2009) 등은 농촌을 배경으로 한 판타지와 리얼리티 기법의 단편과 중편동화들이다.

정만영[2]은 김영훈 작가의 작품론을 쓰면서 그의 작품 세계를 심도 있게 언급한 바 있는데 그는 '김영훈의 초기 동화들은 친자연적인 내용의 동화나 소년소설이 주류를 이루고 있다.'[3]고 요약했다. 그뿐만 아니라 그는 김영훈의 동화가 소재 선택 면에서나 주제

---

1 김영훈의 첫 동화집 《꿈을 파는 가게》는 아동문예사에서 1983년에 발간했으며 소나기 외 13편의 작품이 수록되어 있다. 1984년 제4회 해강아동문학상을 수상했다.

2 동화작가, 대표작은 동화집 《머리가 둘인 송아지》가 있다.

3 정만영, 《비늣방울놀이-푸른메아리 제 36집(김영훈 동화의 동화 소재 선택 및 주제 설정의 변이 과정과 표현 기법에 관한 소고)》, 문경출판사, 2012, p.120

의식 그리고 표현 기법 면에서 변이되고 있음을 지적해 주고 있는데 '김영훈은 차츰 판타지동화로 바뀌면서 창작 기법을 달리하는 변이 현상을 보이고 있으며, 특히 독자들이 주목하는 것은 그가 표출하려고 하는 주제 의식이다.'[4]라고 평하고 있다. 정만영은 김영훈이 등단 초기에 향토적 소재와 친자연적인 소재를 선택해 빚어낸 작품 속에서 우리 것을 소중히 하면서 자연과 부합하려는 의미를 작품 속에 담아 왔다고 본 것이다.

즉, 김영훈의 작품들이 소재 선택과 주제 설정이 점점 다양해지며 변환되는 양상을 보여 주고 있다고 본 것이다. 김영훈 작가 본인도 동화집《밀짚모자는 비밀을 알고 있다》와《별이 된 꽃상여》[5] 머리말에서 '앞으로도 신선한 소재를 선택하고, 구성을 짜임새 있게 하면서 주제 설정이나 표현상의 판타지와 리얼리티를 조화롭게 살리는 동화와 아동소설을 빚어내기 위하여 노력하려 한다.'[6]라며 지금까지도 그래왔지만, 앞으로도 '판타지와 리얼리티의 조화'[7]에 역점을 두고 창작하겠다는 의지를 피력하고 있다. 이에 평자도 위에서 언급한 점을 감안하면서 김영훈 동화작가의 작품집 10여 권에 수록된 몇몇 동화들의 작품 특성과 표현 기법을 중심으로 고찰하고자 한다.

Ⅱ. 작품의 특성과 표현 기법

1. 토속적 샤머니즘과 원시성

초기 김영훈 동화의 주조를 이루는 작품의 소재와 주제 의식은 토속적 샤머니즘과 원시성이다. 이 토속적 샤머니즘은 인류의 종교 및 문화의 모태가 되는 토속 신앙이며, 또한 오늘날에도 현대인의 종교 문화이자 생활 문화의 하나로 자리하고 있다. 다른 나라도 그렇지만 우리나라 샤머니즘에서도 존재하는 모든 것에 영혼이 있다고 믿어 왔다. 이런 현상은 수 세기 동안 우리 문화에 있어 중요한 구성 역할을 해왔다. 그러한 맥락에서 보면 작가 김영훈도 토속적 샤머니즘을 통해 인간 본연의 원시성, 순수성을 담아 내고자 노력한 작가이다.

지금도 눈을 감으면 가슴속에 내재된 할머니의 모습이나, 내 의식 속에 각인된 '조모의 모습'이 또렷하다. 동시에 할머니는 '그리움'이 되어 나의 가슴팍을 헤집는다. 나는 할머니의 사랑으로 성장했다. 불러도 다시 부르고 싶은 할머니이다. 할머니를 부르다

---

4 위의 책, 2012, p.120

5 김영훈의 제11·12동화집, 아동문예사, 2009.

6 김영훈,《밀짚모자는 비밀을 알고 있다》, 아동문예사, 2009, p.6

7 위의 책, 2009, p.6

보면 어느새 내 눈가는 촉촉해진다.[8]

또 다른 할머니에 대한 기억은 기막히게 옛날이야기를 잘하신다는 것이다. 나는 종형제들과 할머니의 옛날이야기들을 무진장 들으며 성장했다. 겨울에는 화롯가에서, 여름에는 마당에 깔아 놓은 밀대방석 위에서 별빛 속에 묻혀 재미있게 아주 재미있게 들었다. 그랬다. 할머니의 이야기는 끝이 없었다. 겨울에는 화롯가에 고구마와 알밤을 구웠고, 더러는 이를 잡으면서도 옛날이야기를 들었다. 여름에는 삶은 감자나 노오란 옥수수를 먹으면서도 달걀귀신, 도깨비 이야기 그리고 그 외에도 수많은 구전 동화를 들었다.[9]

위에 인용한 글은 김영훈 작가가 그의 습작 20년, 등단 30년 기념문집인 《솔뫼의 삶과 문학이야기》에 게재한 할머니의 추억에 대하여 쓴 글이다. 그는 유년 시절을 주로 할머니의 보호를 받으며 성장하였다. 어린 시절, 화롯가에서, 밀대방석 위에서 할머니로부터 달걀귀신, 도깨비 이야기 등 수많은 구전 동화를 들으며 성장하였기 때문에 할머니의 영향을 받아 그가 토속적 샤머니즘을 동화 소재로 즐겨 사용하게 되었음을 알 수 있다.

그의 동화집 《꿈을 파는 가게》에 수록된 토속적 샤머니즘을 소재로 한 동화로는 〈천년 바위〉, 〈산신당 할머니〉, 〈숲속의 기도〉 등이 있고, 《달섬에 닻을 내린 배》에는 〈외가집 가는 길〉, 〈장군의 말씀〉, 〈홰나무〉가 있다. 《바람과 구름과 달님》에는 〈학바위〉, 〈할미 각시〉, 〈헤헴훈장님이 준 복〉이 있고, 《우리들의 산타클로스》에는 〈아버지와 아들〉, 〈할아버지별과 소년〉, 그리고 《밀짚모자는 비밀을 알고 있다》에는 〈별 이야기〉, 〈까치〉, 동화집 《별이 된 꽃상여》에는 〈별이 된 꽃상여〉, 〈효녀와 스님〉 등이 토속적이다.

김영훈의 토속적 샤머니즘의 대상들은 바위, 별, 산신당, 돌무덤, 나무, 동굴, 까치, 신령 등으로 이들은 모두 고향의 뒷동산처럼 오랜 유년의 친구들처럼 독자들에게 친숙하게 다가온다.

정말로 믿어지지 않는 일이었습니다.

철이의 간절한 소원이 하늘 끝까지 닿지 않고야 이러 신비스러운 일이 일어날 수가 없었습니다.

"철이야."

8 김영훈, 《솔뫼의 삶과 문학이야기》, 오름, 2013, p.87

9 위의 책, p.89

"네."

"울지 마라. 오랫동안 참고 기다렸지? 오늘은 내가 너의 엄마를 만나게 해 주마."

"예? 정말이에요?"

철이는 정신을 차리고 눈을 크게 떴습니다. 정말 눈 깜빡할 사이였습니다. 그러나 천년 바위는 더 이상 아무 말도 없었습니다. 철이는 주위를 돌아보았습니다. 아무도 없었습니다. 다만 아무도 없는 빈 동산에서 서럽게 울고 있는 자신을 발견했습니다. 그렇게도 따뜻하게 느껴졌던 바위가 차디차기만 했습니다.

– 〈천년 바위〉 중에서[10]

어머니와 융이는 서낭당 홰나무 밑 돌무덤 앞에 나란히 섰다.

"넌 뭐라고 빌으련?"

"아빠가 무사하시길 빌겠어요. 엄마는 외할머니가 오래오래 사시길 비셔요."

"그러자꾸나. 아빠도 무사하시고, 외할머니도 오래오래 사시길 빌자."

융이와 어머니는 주운 돌을 각각 돌무덤에 던졌다. 그리고 두 손을 모았다. 눈도 감았다.

– 〈외갓집 가는 길〉 중에서[11]

위 글은 《꿈을 파는 가게》 동화집에서 토속적 샤머니즘을 소재로 한 동화 중 한 편인 〈천년 바위〉의 일부와 《달섬에 닻을 내린 배》 동화집에 수록된 〈외갓집 가는 길〉의 일부이다. 천년 바위 또는 신령 바위라고 불려오며 수천 년 전부터 마을을 지켜 주고 마을 사람들의 소원을 들어주는 바위에 대한 믿음, 서낭당 홰나무 밑 돌무덤에 돌을 던지며 외할머니의 장수를 비는 어머니와 아들의 정성 어린 마음은 바로 인간 본연의 원시성이며 순수함에 기인한 것이다.

바위나 돌무덤을 찾아가 소원이 이루어지기를 비는 일은 동화의 교육성 측면에서 생각할 때 자라나는 어린이들에게 우상 숭배 의식이나 미신에 의지하는 잘못된 마음을 갖게 할 수 있다는 우려가 있지만, 김영훈은 이를 다만 소재로 택했을 뿐 '어머니에 대한 그리움'과 '아버지의 무사, 외할머니께 장수를 비는 정성 어린 간절한 마음'으로 주제를 설정하여 이런 우려를 불식시키고 있다. 정만영도 이 작품에 대하여 '그의 대부분의 작품이 그렇듯이 농촌을 배경으로 이 이야기도 전개되는데 나는 김영훈의 이 작품을 대하면 농촌의 풀냄새 흙냄새를 느낀다. 아마도 그의 몸에 그런 속성이 앙금처럼 가

10 김영훈, 《꿈을 파는 가게》, 아동문예사, 1983, p.37

11 김영훈, 《달섬에 닻을 내린 배》, 써레, 1986, p.23

라 앉아 있기 때문일 것이다.'[12]라고 평하고 있다. 이런 정만영의 의견에 동의하면서 평자의 시각에서 바라볼 때도 친자연적이고 원시적인 김영훈의 작품 세계를 극명하게 표현해 준 지적이라고 본다.

2. 자연 친화와 향토애

김영훈의 동화의 무대는 대부분 농촌과 산촌, 어촌으로 주제가 자연 친화적이며 짙은 향토애를 띠고 있는 내용들이 대부분이다. 그의 첫 동화집인 《꿈을 파는 가게》에 수록된 동화들 14편 중 〈봄을 기다리는 요정〉, 〈꿈을 파는 가게〉를 제외한 12편이 모두 농촌이나 산촌, 어촌을 배경으로 한 동화이다. 동화집 《달섬에 닻을 내린 배》에서는 18편 중 〈장군의 말씀〉, 〈은주의 일기〉, 〈병아리 엄마〉를 제외한 15편, 동화집 《바람과 구름과 달님》에서는 17편 중 12편, 동화집 《우리들의 산타클로스》는 12편 중 6편이 농촌이나 산촌, 어촌을 배경으로 한 동화이다. 김 작가의 창작동화 중 대다수의 동화가 이렇게 자연 친화적이며 향토애 짙은 작품인 이유는 그가 태어나서 중학교를 마칠 때까지 산골 마을에서 성장했기 때문으로 유추된다.

> 칠갑산 기슭인 우리 마을은 전통적인 유교 사회 속에서 대대로 농사를 지으며 살아왔다. 나의 유년 시절에는 40여 호가 자리했는데 타성박이는 두서너 집 밖에 안 되고 모두 우리 김씨 집안이었다.[13]
> 또한 우리 마을은 광산촌이기도 했다. 금광이 두 곳 있었는데 두 사업자가 각각 금을 팠다. 마을에 금방앗간도 있었다. 나는 어린 시절 광산 현장에 놀라 가 수평 또는 수직 갱구 속을 자주 들어가 보았다. 굴속은 칠흑같이 어두웠다.[14]

김영훈은 위와 같이 그의 문집에서 자신의 유년 시절을 술회하고 있다. 칠갑산 기슭의 산골 마을, 그리고 광산촌에서 그는 농사일을 거들며 때로는 금광을 파던 갱구로 들어가 호기심 어린 눈으로 안을 살펴보면서 자랐다. 어느 땐 논둑길을 달려도 보고 메뚜기를 잡기도 했으며, 산을 오르내리며 산꽃들과도 이야기를 나누었을 것이다. 그가 태어나고 성장했던 유년 시절의 배경이 바로 그의 대부분의 작품 배경이 되었음을 알 수 있다.

> 도저히 견딜 수가 없었습니다. 바깥세상이 눈앞에 선하게 떠올랐습니다. 마치 오래도록 보지 못할 때,

---

12 정만영, 《달섬에 닻을 내린 배(외갓집가는 길-서평)》, 써레, 1986, p.220

13 김영훈, 《솔뫼의 삶과 문학이야기》, 오름, 2013, p.27

14 위의 책, p.30

아빠 얼굴이 보고 싶듯이 바깥세상이 궁금했습니다. 포플러 숲이랑, 까치랑, 굽이치는 시냇물까지 한 눈 안에 삼삼하게 떠올랐습니다.

– 〈봄을 기다리는 요정〉 중에서[15]

위에 인용한 글은 김영훈 작가의 첫 동화집 《꿈을 파는 가게》에 수록된 동화 중의 일부이다. 도시에서 살다가 파란 하늘, 포플러 숲, 냇물이 바라 뵈는 도시 근교 아파트로 이사 온 주인공은 마음껏 숲을 뛰어다니고 싶지만, 주위 여건이 허락지 않는다. 비록 꿈에서나마 뜻을 이루지만, 이 동화의 주인공은 바로 유년 시절 산과 들로 마음껏 뛰어다니던 김영훈 작가 자신인 것이다.

"교장 선생님, 이제 새벽의 어둠을 쪼아 대던 산새 소리도 들을 수 없겠군요."

"글쎄 말이다."

교장 선생님은 아이들이 어깨를 쓸며 한숨 섞인 목소리로 말했습니다.

"하지만 교장 선생님, 이곳에 30층짜리 거대한 빌딩이 들어선다는 것을 아셔야 합니다."

"30층짜리 빌딩이야 얼마든지 있습니다."

"이곳에 우주 탐험을 하는 연구소가 들어앉는데도……?"

시장의 오만한 목소리였습니다.

"아이들은 이곳에서 자연 공부를 했어요. 메추리알이 어떻게 깨게 되는지, 장수하늘소랑 풍뎅이, 그리고 청개구리들이 어떻게 숲에서 사는지 관찰했어요."

"어허, 교장 선생님, 참 답답하시오. 이곳은 그런 자질구레한 아이들이 놀음이나 하라고 버려 둘 곳이 아닙니다. 컴퓨터 연구, 에너지 연구, 그리고 국방 과학을 연구하는 에……."

시장은 답답하다는 듯이 테 굵은 돋보기 너머로 예리한 눈을 치켜떴습니다.

– 〈흔들리는 숲〉 중에서[16]

도시를 멀리 안고 있는 숲속에 자리한 마을과 학교에 숲을 없앤다는 소문이 돌아 술렁이는데 그 소문은 사실이었고, 숲속에서 자라는 소나무들이 큰 도시를 만드는 계획에 의해 잘려 나간다. 취소해 달라는 교장 선생님의 간곡한 청에도 불구하고 베어 낸 나무들은 차곡차곡 트럭에 실려 나간다. 위의 글은 숲을 없애고 빌딩을 지으려는 시장과 이를 제지하려는 교장 선생님과의 대화 내용이다. 이와 같이 자연 친화적인 내용이

15 김영훈, 《꿈을 파는 가게》, 아동문예사, 1983, p.73

16 김영훈, 《바람과 구름과 달님》, 대교출판사, 1992(제6판), pp.181~182

나 서정적인 자연 풍경이 그의 동화에 자주 표현되어 있음을 통해 그의 자연을 보호하는 마음과 향토를 사랑하는 순수한 마음을 읽을 수 있다.

3. 우화적 기법의 판타지

판타지란 일반적으로 끝없는 상상과 꿈과 같은 공상을 말한다. 《아동문학론》의 저자 L. H. 스미드는 '판타지는 독창적인 상상력에서 생기는 것으로써 그 상상력이란 우리들의 오관으로 알 수 있는 외계의 사물을 끌어내는 개념을 추월한 보다 깊은 개념을 형성하는 마음의 작용이며 그리고 독창적인 상상력은 추상의 세계에서 생명을 창조하는 힘'[17]이라고 말하고 있다. 창작동화에서 판타지는 빼놓을 수 없는 표현 기법이다. 마치 어두운 밤에 하늘에서 빛나는 별과 같은 생명력이기도 하다. 어린이들이 판타지를 즐기는 까닭은 그들이 무한한 상상력과 호기심을 가졌기 때문이다. 이에 작가는 어린이들의 무한한 상상력을 자극하여 보다 풍요로운 환상 체험을 하게 함으로써 그들의 정신세계를 보다 높고 미래 지향적인 방향으로 고양시키고자 판타지동화를 창작한다.

김영훈 작가의 첫 동화집 《꿈을 파는 가게》에 수록된 14편 중에서 4편이 판타지 기법의 동화이고, 《달섬에 닻을 내린 배》에서는 18편 중에서 1편, 《바람과 구름과 달님》에서는 18편 중 6편, 《밀짚모자는 비밀을 알고 있다》에서는 17편 중 4편, 《우리들의 산타클로스》는 12평 중 판타지 기법의 동화는 한 편도 없다. 그러나 《꿀벌이 들려준 동화》에서는 21편의 동화가 모두 판타지동화로 집필되고 있다. 이는 김영훈 작가의 동화들이 점점 판타지 기법 중심의 동화로 표현 기법을 다양화하고 있음을 알 수 있다. 즉, 리얼리티 기법의 생활동화 중심에서 판타지 기법 동화로 그중에서도 우화적 기법의 판타지로 변이 현상을 보이고 있다고 본다. 그러면서도 리얼리티와 조화를 이룬다.

> 바람은 구름과 달님을 남겨둔 채 휭 하니 산등성이로 다시 내려섰습니다. 얼굴이 좀 전보다 더 시렸습니다. 바람은 몸을 빙그르르 돌려 산등성이로 향해 달렸습니다. 철조망을 밀었습니다. 그러나 철조망은 단단히 붙박여 있을 뿐 꼼짝도 하지 않았습니다. 다시 밀었습니다. 그래도 그대로입니다. 소나무에 엉켜 있습니다. 바람은 병사에게 다가갔습니다. 병사에게 구원을 요청하고 싶기 때문입니다. 바람은 그의 볼을 사알짝 어루만져 주었습니다. 그러나 눈도 깜박이지 않습니다. 병사는 북쪽을 향해 붙박여 있을 뿐입니다. 꼿꼿이 서 어깨에 멘 총을 곧추세울 뿐입니다.
> 바람은 병사의 옷깃으로 파고들었습니다. 그때서야 병사가 겨우 가늘게 신음하듯 입을 열었습니다.
> "드디어 봄은 오나 보군. 하지만 이 땅에 서 있는 철조망을 밀어내 줄 봄은 언제 오려나."

17 김요섭 역, 《아동문학론》, 정음사, 1975, p.151

병사의 긴 탄식이었습니다. 바람은 병사의 그 탄식을 들으며 병사가 가엾어 자꾸자꾸 그가 입고 있는 옷깃 안으로 파고들었습니다.

– 〈바람과 구름과 달님〉 중에서[18]

바람, 구름, 달님은 삼총사로 정다운 친구이다. 어느 날, 바람은 철조망을 밀어내는 일에 도움을 요청하기 위해 철조망을 지키는 남쪽 병사에게 찾아가 병사의 옷깃에 파고든다. 꼿꼿이 서 있던 병사가 그제야 신음하듯 입을 연다. "드디어 봄은 오나 보군. 하지만 이 땅에 서 있는 철조망을 밀어내 줄 봄은 언제 오려나." 탄식을 하는 병사가 가엾어 그의 옷깃 안으로 파고드는 바람은 자연의 질서를 통해 만들어졌으며, 바람의 역할을 통해 독자들은 새로운 의미를 찾아낸다. 이와 같이 김영훈은 바람과 구름과 별의 특성에 맞게 각각 역할을 부여하여 이야기를 전개한다.

그의 동화는 단순한 우화의 차원에서 나아가 독자들에게 동화 속에서 전개되는 자연의 질서와 그 질서 속에 묻혀 있는 새로운 의미를 찾아내게 하고 있다. 그리고 그 자연적 질서가 리얼리즘의 세계로 다시 환원되는 구조를 띠고 있다. 그는 동물이나 식물, 기타 우화적 주인공들이 보여 주는 자연의 질서, 우주적 질서에 의미를 부여함으로써 생활동화의 측면을 보여 주고 있다.

그의 작품에 등장하는 우화의 주인공들은 동물로는 토끼, 까치, 제비, 사슴, 너구리, 꿀벌, 금붕어, 개구리, 호랑이, 여우, 사슴벌레 등이 주류를 이루고 있으며 식물로는 느티나무, 단풍나무, 소나무, 산수유, 동백, 아카시아, 유채꽃, 나팔꽃, 개나리, 진달래, 은행잎, 굴참나무, 해바라기, 장미 등이 대표적인 주인공이나 등장인물들이다. 그밖에 이슬, 별, 해, 인형, 로봇, 바람, 구름, 달, 수은 등 등이 등장한다. 이러한 자연물을 등장인물로 등장시킴으로써 자연계의 질서에 대한 사실적 표현을 바탕으로 판타지를 상상의 세계에 두지 않고 현실 세계로 이끌어 내고 있는 것이다. 이것이 바로 그가 쓴 동화집 머리말에서 밝힌 '판타지와 리얼리티를 조화롭게 살리는 동화와 아동소설을 빚어내기 위한 노력'이 아닐까 생각한다.

그의 동화 속 우화의 주인공들은 대부분 동물이나 식물로 가상적인 주인공이 아닌 현실에서 존재하는 대상들이다. 김영훈은 그 대상들이 지닌 의미를 발견해 내고 새로운 질서를 부여한다. 이는 자연에 대한 친화력의 결과로 작가 자신이 경험을 통해 형성된 높은 상상력과 환경 속에서 터득되었음을 알 수 있다.

따라서 김영훈의 판타지동화는 현실을 바탕으로 판타지를 추구하는 우화적 기법을

18 김영훈, 《바람과 구름과 달님》, 대교출판사, 1992(제6판), pp.81~82

통해 자연의 질서를 재발견하고, 그 대상에 대해 새로운 질서를 부여하는 것을 특징으로 한다. 특히 그의 작품에서 드러나는 우화는 단순한 이상적 상상력에 의해 존재하는 환상 속 실체가 아니라 현실과 밀접한 관련을 맺고 있는 리얼리즘의 대상이다.

4. 판타지와 리얼리티의 조화

리얼리티는 어린이의 생활을 중심으로 현실적인 이야기를 사실적인 수법으로 그리는 동화 기법이다. 즉 생활동화를 말한다. 생활동화에서는 무엇보다 리얼리티를 중요시한다.

이재철은 '동화가 가지는 시적이며 환상적인 성격은 현대에 접어들자 보다 과학적이며 합리적인 것을 요구하는 아동의 욕구에 전적으로 흡족한 것이 되지 못해 그 결과 아동이 일상생활이나 주위 환경에서 찾은 소재를 합리주의에 기반을 두고 생활동화가 출현하게 되었다.'[19]고 하였다.

생활동화란 말은 원래 일본의 생활주의 동화에서 온 말인데, 1930년대 일본 프로 아동문학가들이 환상동화의 허구성에 반발하여 현실에 살아 있는 아동의 실생활을 적나라하게 그려 역사적 현실에 대응하는 능력을 키우자는 운동을 전개한 데서 비롯된 말[20]이다.

동화의 생명력은 판타지이다. 판타지가 없는 동화는 이미 동화의 가치를 잃어버린 것이다. 어린이들의 생활을 소재로 하였더라도 그것이 동화가 되기 위해서는 판타지를 내포하고 있어야 한다. 그렇지 못하였다면 그것은 소설의 특성을 지니게 된다. 그렇기 때문에 김영훈은 '앞으로도 신선한 소재를 선택하고, 구성을 짜임새 있게 하면서 주제 설정이나 표현상의 판타지와 리얼리티를 조화롭게 살리는 동화와 아동소설을 빚어내기 위하여 노력하려 한다.'라고 그의 동화집 《꿀벌이 들려준 동화》 머리말에서 밝힌 것이다.

여기에서 김영훈이 말한 '판타지와 리얼리티의 조화'에 대하여 평자는 다음 두 가지 기법을 두고 말한 것이 아닌가 생각한다. 첫째는 현실과 판타지의 세계가 서로 혼합되어 나타나면서 환상과 현실의 자연스런 넘나듦을 뜻하고, 둘째는 판타지동화라도 나름대로 리얼리티 확보 즉, 논리성이 확보된 동화를 뜻한다고 본다.

"출구가 가까워진다. 이제부터는 나갈 준비를 하자. 너희들은 지금부터 촌장님을 뵐 마음의 준비를 해야 해. 우리 땅은 예의를 중히 여기니까. 그분은 우리에게는 왕이나 다름없어."

우리 둘은 묵묵히 앞서가던 소년의 말에 마음을 다듬는다. 그러나 정작 나는 이 돌무덤 지하 통로 밖

---

19 이재철, 《아동문학개론》, 문운당, 1967, p.225

20 강정규 외, 《아동문학창작론》, 학연사, 2002, p.170

세상에 대해 아는 바 없다. …… (중략) ……

나는 묘 속에서 동굴로 향하기 전 바다라는 말은 듣기는 했었지만 점점 더 궁금증에 빠져들었다.

"응, 대왕이 돌아오시는 것을 기다리려고……."

"대왕을 기다리려고?"

그래, 오래전, 아주 오래전 그 옛날 우리의 대왕께서는 바다 건너 큰 나라와 싸웠지. 그러나 그만 싸움에 지고 말았거든."

"그렇다면 대왕께서는 볼모로 잡혀간 거야?"

나는 상대방의 기분을 상관하지 않고 불쑥 입을 열었다. 그러나 소년은 나를 탓하지 않고 상냥하게 대답했다.

"그래, 맞아. 네 말이 맞아. 붙잡혀 가신 거야. 우리는 바로 그 왕이 오기를 기다리고 있는 거지. 그 옛날에 잃어버린 나라를 되찾으려면 우리에게 지도자가 있어야 하니까 말이야."

그때 마침 촌장이 우리 셋 곁으로 바짝 다가왔다. …… (중략) ……

망각의 강을 건너면서부터 모든 기억이 대부분 지워졌지만 숲속을 넘어 사람들의 기억 속에 까마득히 잃어버린 왕국으로 사라진 도치의 모습만은 아주 선하게 떠올랐다. 그랬다. 나는 망각의 강을 지나는 동안 잃어버린 왕국에 대한 기억이 거의 사라졌다.

하지만 나는 지금도 머릿속에 희미하게 남아 있는 이 이야기를 누구에게인가 들려주고 싶은 심정이다.

– 〈도치, 숲으로 사라지다〉 중에서[21]

위 동화는 제목 아래에 '이 동화는 내가 '망각의 강'을 건너면서 잊어버린 내용을 애써 되살려 작성한 이야기입니다.'라고 작가 자신이 작품에 대한 언급을 의도적으로 하였기 때문에 독자들에게 더욱 신비롭고 흥미 있게 다가온다. 외갓집 마을에서 종적을 감춘 도치를 마을 사람들은 찾고 있지만, 주인공은 도치가 있는 곳을 알고 있다. 바로 마을 뒷산 숲속에 있는 돌무덤 속이다. 주문을 외워 돌무덤 안의 역사 속의 나라에 들어간다. 그곳에서 옛날에 잃어버린 나라를 되찾으려는 촌장과의 만남, 망각의 강을 건너면서 사라진 기억을 애써 살려 기술한 일인칭 화법의 동화이다. 이와 같이 김영훈은 주제를 부각시키기 위해 현실과 환상의 경계를 드나들며 이야기를 전개시키고 있어 흥미롭게 독자를 동화의 세계로 이끌어 가고 있다.

여기서 한 가지 더 첨언할 것이 있다. 바로 판타지와 리얼리티의 세계를 넘나들면서 김영훈은 '힘이 있는 자만이 능히 나라를 지킬 수 있다.'는 역사의식도 제고하고 있다는 점이다. 이 작가에게는 이런 류의 작품이 하나 더 있다. 바로 중편동화 《장군님의

21 김영훈, 《별이 된 꽃상여》, 아동문예사, 2009, pp.53~66

말씀》이다. 이 작품은 계백 장군을 형상화 시키면서 역사의식을 제고한 판타지동화인데 김문홍은 이에 대하여 '우리 동화작가들이 역사적인 사실을 오늘의 시각에서 다루기를 꺼려 하고 있는 척박한 현실에서 볼 때 이 작가의 이러한 시도는 그 의의가 매우 크다.'[22]라고 말한다. 그러나 정만영은 역사의식을 주제로 들고 나온 이 작품에 대하여 조금은 염려스러워 하기도 한다. 그는 '힘의 방향,…… (중략) ……이라는 문제를 들고 나온 중편동화 〈장군님의 말씀〉…… (중략) …… 등은 맑고 깨끗한 동심의 세계가 자칫 훼손될 수도 있다는 우려를 낳고 있다.[23]고 본 것이다.

어떻든 김문홍이나 정만영의 지적에서 나타나듯이 동화작가들이 잘 다루지 않는 문제의식으로 작가 김영훈은 작품 〈장군님의 말씀〉에서 그랬던 것처럼 동화 〈도치, 숲으로 사라지다〉에서도 판타지 기법과 리얼리티를 넘나들면서 역사의식을 제기하고 있다. 이렇게 김영훈은 이 두 작품 말고도 앞에서 잠깐 고찰한 작품 〈바람과 구름과 달님〉 판타지 속에서도 역사의식을 추구하고 있음을 엿볼 수는 있는데, 이는 그가 추구하는 판타지동화에서 표출하려는 주제 의식이 역사의식 쪽으로 향하고 있음을 의미한다.

저 멀리 이파리가 활짝 핀 미루나무 꼭대기에 걸쳐 있던 조각구름이 조금씩 흘러가고 있었습니다. 구름을 바라보니 다시 졸음이 왔습니다.

철이는 스스로 눈을 감으며 엄마가 있는 곳을 향해 훨훨 날고 있었습니다.

그때 또 철이를 부르는 소리가 귓전에 울렸습니다.

"철이야, 철이야!"

"응."

철이는 이번에도 건성으로 잠결에 대답했습니다. 주용이가 다시 온 것 같아 가늘게 실눈을 떴습니다.

그러나 아무도 없었습니다. 다시 졸음이 왔습니다.

"철이야, 철이야!"

한 번도 들어 본 적이 없는 엄마 목소리 같기도 했고, 보모 할머니 목소리 같기도 했습니다.

철이는 눈을 번쩍 떴습니다.

"엄마가 보고 싶었지?"

철이는 깜짝 놀랐습니다.

철이는 얼떨결에 바위를 꼭 껴안았습니다. 이게 웬일일까? 차디차기만 했던 바위가 따뜻했습니다. 포근하게 스며드는 따뜻함이 철이의 옷깃 안으로 파고듦을 느끼며 그는 머리를 바위에 묻었습니다. 정

---

22 월간 〈아동문예〉, '김문홍의 써레 작품집 서평', 아동문예사, 1985.

23 정만영의 〈장군님의 말씀〉 작품평.

말로 믿어지지 않는 일이었습니다.

–〈천년 바위〉 중에서[24]

위 동화는 현실과 판타지의 세계가 서로 혼합되어 나타나면서 환상과 현실을 자연스럽게 넘나드는 구조의 동화이다. 사람들의 소원을 들어준다는 마을 은혜원 뒤에 있는 천 년 바위에 엄마와 헤어진 철이는 기대어 앉아 졸음이 와 눈을 감았다.

그때 바위가 엄마를 만나게 해 주겠다고 하는 소리를 듣자, 눈을 뜨지만, 변한 것이 아무 것도 없다. 그때 은혜원 쪽으로 달려 내려간 철이에게 친구 주용이가 철이 엄마가 철이를 찾고 있다는 말을 전한다. '현실→판타지 세계→현실'의 구도이다. 판타지와 현실이 적절하게 조화를 이루고 있다.

미라는 지금 자기가 겨울의 가장 깊은 한가운데를 달리고 있다고 생각했습니다. 기분이 좋았습니다.

아무도 걷지 않는 눈길을 처음으로 밟았습니다. 쌓인 눈이 수줍은 듯 뽀드득거리고 있었습니다.

미라는 이제 눈의 요정이 되어 버렸습니다.

엄마가 바라보는 음악의 요정이 아니었습니다. 기쁨을 샘솟게 하는 사랑의 요정도 아닌, 하느님이 만드신 가장 아름다운 눈의 요정이 되어 버렸습니다.

미라의 마음은 기쁨으로 가득 차 있었습니다. 가슴속은 설레임으로 파드득 거렸습니다.

"주인님, 정말 기분이 상쾌해요."

덴마크 인형도 들뜬 채 얼굴이 붉어졌습니다.

…… (중략) ……

까치들이 푸드덕거리기 시작했습니다. 한 마리가 공중으로 날자, 두 마리, 세 마리가 미라의 어깨에서 훌쩍 떠났습니다.

"아! 좀 더 이야기하자. 까치야! 까치야! 이리 다시 와."

미라는 소리쳤습니다.

"미라야, 미라야, 정신 좀 차려라."

엄마는 미라를 흔들었습니다. 미라의 몸은 펄펄 끓고 있었습니다. 미라는 눈을 힘없이 떴습니다.

–〈봄을 기다리는 요정〉 중에서[25]

위의 동화 역시 '현실→판타지 세계→현실'의 구도로 짜여 있다. 창작동화, 즉 생활동

---

24 김영훈, 《꿈을 파는 가게》, 아동문예사, 1983, p.36

25 위의 책, pp.78~80

화라 해도 현실적이고 사실적인 내용이 그대로 동화가 되는 것이 아니다. 아무리 리얼리티에 충실하게 쓴다 해도 다른 사물에 빗대어 표현하고, 상징하는 기법이 요구된다. 앞에서도 등은 주인공의 닫히고 우울했던 마음을 마음껏 발산시키는 효과적인 상징 기법의 일부라 하겠다.

이와 같이 생활동화는 판타지와 현실이 적절히 스며 있는 양식이다. 그러나 순수 동화의 판타지는 나름대로 리얼리티를 확보해야 한다. 작품 속의 주체로 등장하는 무생물이나 생물의 과학적 근거를 정확히 파악한 후에 작품을 형상화해야 한다. 판타지라고 해서 그 속에서는 무슨 일이든지 가능할 것이라고 생각해서는 안 된다.

> 정말 개구리들은 그동안 아빠 제사를 모시기 위해 엄마 개구리가 모르게 오래전부터 준비를 했습니다. 지난해 가을, 겨울잠을 자러 들어올 때, 맛있는 음식을 준비해 빈틈에 차곡차곡 쌓았습니다. 개구리밥을 비롯해서 붉은 띠줄지렁이, 풀메뚜기, 왕파리랑 심지어는 송사리까지 가지고 들어와 아빠 제사를 지낼 준비를 해 왔습니다.
> 엄마 개구리도 그렇게까지 효성스럽게 아들딸들이 음식을 준비한 것을 알고는 흐뭇한 미소를 지었습니다. 그리고는 엄마 개구리도 준비한 돌피랑, 채나물, 물잠자리들을 내놓았습니다. 실은 맹물만 놓을 수 없어 가까스로 준비해 두었던 음식들이었습니다.
> – 〈개구리 제삿날〉 중에서[26]

위의 〈개구리 제삿날〉 동화는 판타지동화이지만, 논리적이며 과학적인 근거에 의해서 창작되었다. 개구리의 먹이로 개구리밥, 붉은띠줄지렁이, 풀메뚜기, 왕파리, 돌피, 채나물, 물잠자리 등을 들고 있다. 아마 작가는 논리적이며 과학적인 근거를 위하여 생물 도감이나 백과사전을 뒤적이며 개구리의 먹이를 조사했을 것이다.

판타지이나 신비성이 무대에 펼쳐지는 꿈의 세계는 동화에 있어서 절대적인 조건이다. 그러나 판타지가 판타지로 끝나고, 신비성이 신비적인 요소로 끝나는 작품이라면 허황된 꿈이나 환상적 세계를 그림책에 펼치고 그 속에 살아가라는 강요일 뿐이다. 이에 김영훈은 교육의 목적을 달성하기 위해 그의 동화들에서 리얼리즘의 세계를 첨부하여 보다 구체적이며 현실성 있는 꿈을 제시하고 있는 것이다.

III. 나오며

지금까지 김영훈 동화의 작품 특성과 표현 기법을 고찰해 보았다. 작품의 특성으로는

26 김영훈, 《꿈을 파는 가게》, 아동문예사, 1983, pp.166~167

첫째, 토속적 샤머니즘과 원시성이다. 소재는 주로 바위, 별, 산신당, 돌무덤, 나무, 동굴, 까치, 신령 등이 바로 그 대상이다. 이는 그가 유년 시절 주로 할머니와 증조부의 보호를 받으며 성장하며 들었던 옛날이야기 등 토속적 샤머니즘이 그의 동화 소재가 되었기 때문이다. 그는 토속적 샤머니즘을 통해 인간 본연의 원시성, 순수성을 담아내고 있다.

둘째는 자연 친화적이며 짙은 향토애를 띠고 있다. 동화의 무대는 대부분 농촌과 산촌, 어촌으로 자연 친화적인 내용이나 서정적인 자연 풍경이 그의 동화에 자주 표현되어 있음을 통해 그의 자연과 향토를 사랑하는 순수한 마음을 읽을 수 있다. 이는 그가 중학교를 마칠 때까지 농촌에서 태어나 줄곧 그곳에서 성장을 했기 때문이라 생각된다.

김영훈 동화의 표현 기법의 특성으로는 첫째, 우화적 기법의 판타지이다. 단순한 우화의 차원에서 나아가 자연의 질서와 그 질서 속에 묻혀 있는 새로운 의미를 찾아내어 그 자연적 질서를 터득하는 리얼리즘의 세계로 환원되는 구조를 지닌 창작의 특징을 가지고 있다. 둘째, 판타지와 리얼리티의 조화를 꾀하고 있다. 그의 동화는 주로 현실과 판타지의 세계가 서로 혼합되어 나타나면서 환상과 현실의 자연스런 넘나듦이 특징이다. 그리고 판타지동화라도 나름대로 리얼리티 확보 즉, 논리성이 확보된 동화를 창작하고 있다.

작품 초기에는 주로 판타지동화를 창작하였는데 그가 만들어 낸 판타지 세계는 현실 같은 환상과 환상 같은 현실로 독자를 판타지의 마력 속으로 빠져들게 한다. 이 판타지는 판타지 질서가 현실의 질서로 이어지는 현실과 판타지의 조화로 인해 그 생명력이 그의 동화들에서 더욱 빛을 발한다. 현실을 바탕으로 판타지를 추구하는 우화적 기법을 통해 자연의 질서를 재발견하고, 그 대상에 대해 새로운 질서를 부여하는 것을 특징으로 한다. 특히 그의 작품에서 드러나는 우화는 단순한 이상적 상상력에 의지해 존재하는 환상 속의 실체가 아니라 현실과 밀접한 관련을 맺고 있는 리얼리즘의 대상이다. 후기 작품들은 주로 리얼리티 기법의 동화를 창작하여 작가 자신의 일상에서 경험된 내용들을 통해 그 대상을 만들어 냄으로써 일상적인 삶과 동떨어지지 않게 하고 있다.

김영훈은 지금도 왕성하게 집필 활동을 하고 있다. 그의 왕성한 창작 의욕과 지칠 줄 모르는 동화에 대한 열정은 앞으로 아름다운 판타지의 세계와 리얼리티의 조화를 이룬 많은 좋은 작품들을 우리들 앞에 펼쳐 놓을 것이다. 그렇기 때문에 지금까지의 논의로 그의 작품의 특성과 표현 기법에 대한 결론을 내리기엔 아직 이르다. 끝으로 평자의 바람이 있다면 앞으로 해학성 있는 작품도 많이 집필하여 동화 문학의 또 다른 재미를 독자들에게 불러일으켜 세워 주기를 기대해 본다.

어린이와 함께 선생이 걸어온 길

출생 및 가족 사항

1947년 충남 청양군 장평면 미당리 290번지에서 태어남.

1973년 이기순과 결혼하여 2남 1녀를 둠.

학력

1959년 미당초등학교를 졸업함.

1962년 정산중학교를 졸업함.

1966년 공주영명고등학교를 졸업함.

공주교대 및 동대학원 졸업함(교육학 석사: 2002).

중부대학교대학원 졸업함(문학박사: 2008).

등단 경위

1968년 공주교대 재학 시 대학공모 소설 부문 당선됨(심사 위원: 소설가 최상규).

1982년 월간 〈교육자료〉 3회 천료됨(심사 위원: 이원수, 엄기원).

1983년 월간 〈아동문예〉에 아동소설 〈꿈을 파는 가게〉가 당선되어(심사 위원: 장수철) 문단 활동을 시작함.

저서

- 동화·아동 소설집:
  《꿈을 파는 가게》(1983), 《달섬에 닻을 내린 배》(1986), 《솔뫼마을에 부는 바람》(1988), 《바람과 구름과 달님》(1990), 《생활 속의 발명 이야기》(1990), 《퉁소소리》(1992), 《공해는 정말 싫어요》(1995), 《아기토끼의 달님》(1996), 《꿀벌이 들려준 동화》(2003), 《우리들의 산타클로스》(2003), 《밀짚모자는 비밀을 알고 있다》(2009), 《별이 된 꽃상여》(2009)
- 아동문학 평론집: 《동화를 만나러 동화 숲에 가다》(2009)
- 소설집: 《익명의 섬에 서다(단편소설집)》(2014), 《장군님의 말씀(장편소설집)》(2016)
- 학술서: 《마해송 동화의 주제 연구》(2009)
- 문집: 《솔뫼의 삶과 문학 이야기》(2013)

수상

- 문단: 제4회 해강아동문학상(1984), 제15회 한국 아동문학작가상(1993), 제18회 대전광역시문화상(문학 부문, 2006), 제13회 호서문학상(소설 부문, 2008), 제2회 대한아동문학상(2009), 제2회 문학시대문학대상(아동문학평론 부문, 2009), 제11회 김영일아동문학상(2010), 제11회 천등아동문학상(2011), 제2회 전영택문학상(소설 부문, 2016)을 받음.
- 교단: 홍성군교육대상(1980), 제11회 공산교육대상(예술 부문, 1996), 모범공무원증(국무총리) 받음(1997), 정부 포상 황조훈장(대통령)을 받음(2009).

교단 및 문단 경력

교단 초등학교 교사, 교감, 교장(1969~2009)

공주교육대학교, 중부대학교 강사(2002~2012)

공주교육대학교부설연수원 및 대전교원연수원 외 강사(국어 교육: 1994~2004)

한밭도서관 외 독서 지도 및 창작 지도 강사(19990~2010)

효지도사 2급자격증(2013, 성산효대학원 대학교 총장)

문단 〈써레〉 동인 결성(1982), 대전·충남아동문학회 회장, 한국 아동문학회 부회장, 대전교단문단회장, 대전시서구문학회 부회장, 한국문인협회대전지회 이사, 대전문인총연합회 회장, 계간 〈한국문학시대〉 발행인, 한국문인협회 이사, 문학시대문학상운영위원장, 격월간 〈아동문예〉 기획 위원

기타 활동

법무부 법률구조공단 교육전문위원, 대전청소년문화원 이사, 대전대학교지역협력연구원 자문 위원, 대전고등법원 조정 위원, 대전국제교류 문화원 자문 위원

주요 논문

〈생활경험의 장면화를 통한 묘사적 글쓰기 지도 전략〉, 〈남북한 동화·소년소설의 교육적 수용에 관한 비교 분석 연구〉, 〈초등학생의 묘사적 글쓰기 지도 방안〉, 〈마해송 동화연구〉

한국 아동문학가 100인

윤삼현

대표 작품

〈머리카락〉 외 4편

인물론

푸른 눈빛의 순수 청년

작품론

해남시파(海南詩派) 윤삼현의 동시 문학

어린이와 함께 선생이 걸어온 길

머리카락

길게 늘어뜨린
머리카락
쓸어 올리는 순간

아,
이마 위로
햇살 한 줌 뚝 떨어졌다.

자전거 풍경

해거름
억새 핀 강변

동그라미
두 개
천천히 미끄러진다

노을 속으로
해 세 개
막
지고
있다.

못갖춘마디

징검다리 건널 때
크고 야무진 징검돌 사이에
말라보이고 색깔도 다른
볼품없는 징검돌 하나

틈새 메꾸려고 박아 놓은
못 갖춘 징검돌

그러나 건너뛰는 법 없이
다들 자박자박 딛고 가는
그런 못갖춘마디

못갖춘마디 통과한 시냇물
콧노래 흥얼거리며
흐르지.

초승달

웃고 있다

하회탈.

산길

모르던 산길이
또 생겼다

숲의
푸른 가슴에

또 하나 금을
그어 놓았다.

푸른 눈빛의 순수 청년

조기호

끼

윤삼현 시인을 만나게 된 것은 1972년 봄, 개나리가 만발한 교육 대학 교정에서였다. 같은 과(국어과)에서 함께 공부하였던 나는 그가 광주 명문 K고등학교 출신이라는 점으로 미루어 무언가 남다른 능력이 있을 거라고 생각하였다. 더욱이 그의 눈빛이 갖는 푸른 기운은 범상치가 않았다. 그 강렬함이 매번 시선을 잡아 당겼다. 그는 늘 옆구리에 무언가를 끼고 다녔다. 대학 생활 초기부터 일찍이 그는 문학과 관련한 책이나 노트 등을 갖고 다니며 대학 학보사로, 방송실로, 때로는 연극 대본을 갖고 강당 무대를 뛰어다니며 참으로 분망하였다. 그때 나는 친구들과 RNTC(단기 학사 하사관) 군사 훈련으로 땀을 흘리며 지독한 피로를 막걸리로 달래느라 정신없었지만 그 와중에 그는(윤 시인은 졸업 후, 현역으로 입대하여 하사로 군 복무 마침.) 여러 동아리를 넘나들며 빛나는 활동과 함께 여학생들과 교분도 많이 쌓았을 것으로 여겨진다. 이 부분은 글쎄, 타임머신도 없는 터라 더 자세한 것은 알 수 없는 노릇이다.

그뿐만 아니라 작고한 임길택 시인도 같은 국어과 친구로서 그 또한 문학에 대한 공부와 열정이 대단했는데 그는 너무나 조용하고 마음씨가 착해서 늘 말끝마다 웃음을 달고 살았던 친구였다. 게다가 2학년 때 미술과에서 국어과로 전입해 온 고정선 시인(사연은 복잡하여 생략하고 어떻든 전무후무한 사례였으니 고 시인의 학창 시절 경력 또한 꽤 화려했던 셈)까지 우리 국어반에 합세하였으니 과 대표로 폼만 잡았지 당시 문학에 대해서는 문외한이었던 나에게 그들(윤삼현, 임길택, 고정선 시인) 모두는 문단의 선배임에 틀림없다.

생각해 보면 윤삼현 시인은 끼가 참 많았다. 방송부장으로, 연극부원으로, 문학 동인으로, 그리고 교내 체육 대회 때는 오종, 십종의 경기를 소화해 내고도 지칠 줄 모르는 야무진 힘과 능력을 소유하고 있었던 것이다.

재능

졸업 후 그는 군 복무를 마치고 고향(전남 해남) 마을에서 학생들을 가르치며 문예반과 밴드부를 지도하는 등 그의 예술적 재능을 펼치는 한편, 아내 김매실과 결혼하여 안정적인 가정을 꾸리면서 본격적인 문학 수업을 시작하였다.

마침내 그는 왕성한 문학 활동으로 1982년 〈광주일보〉 신춘문예에 동시 〈뻥튀기〉가 당선되고, 1983년 연이어 〈동아일보〉 신춘문예에 〈달이 그린 수채화〉가 당선되는데 나는 그때 신문 지면에 실린 그의 동시를 스크랩하면서 그에 대한 나의 예감이 틀리지 않았음을 확인하였다. 그리고 그의 동시를 통해서 나도 학생들을 가르치는 데 도움이 되는 동시를 써 보아야겠다는 마음을 갖게 되었으니 오늘날 동시인으로 존재하는 나를 있게 한 장본인이다.

하지만 그때까지도 왜 그랬는지 서로 연락을 주고받지는 못했다.

그냥 먼 발치에서 그의 활동을 귀동냥하기만 하였을 뿐, 선뜻 그에게 소식을 건네는 일이 내키지가 않았다. 아마도 그는 이미 화려한 등단을 마친 시인이었고, 나는 문단에 내밀 이렇다 할 이력이 없던 터였으리라 여겨진다. 게다가 학창 시절 문학적인 소양이 전무했던 나인지라 지레짐작이었겠지만, 연락을 띄워 보아야 선불리 반응해 줄 것 같지도 않았기 때문이었다.

그러던 중 내게도 행운이 따라 주어 마침내 1984년 〈광주일보〉 신춘문예에 동시 〈박영그는 마을〉이 당선되고, 1990년에는 〈조선일보〉 신춘문예에 동시 〈영희의 관찰일기〉가 당선되었으니 신춘문예 절차 또한 내게 윤삼현 시인의 영향력이 지대했던 것임을 결코 숨길 수 없다.

몇 개의 유전자

1992년 3월, 윤삼현 시인은 당시 서원웅, 심윤섭, 김관식, 윤삼현, 이정석 시인으로 조직되어 활발히 활동하던 '별밭동인'에 나와 양회성 시인을 추천하여(나중에 고정선 시인 합류함) 비로소 막역한 문우로 맞아 주었다. 그리고 그때부터 우리는 수시로 만나 온갖 시시콜콜한 이야기까지도 함께 나누는 친형제 같은 사이가 되었다. 그리고 여전히 그의 관심사는 늘 문학에 몰입되어 있어서 여타의 대화에서는 그저 연신 고개를 끄덕이며 '옳거니, 옳거니!' 시늉만 할 뿐 내심을 드러내지 않아 조심스러워 깊이 끼어들지 못할 때가 많았다.

1

안타깝게도 그는 세상일에 대해서는 좀 깜깜하다. 그래서 어린애처럼 어설프게 행동하거나 때때로 천방지축으로 우리들을 당황하게 만드는 경우가 있다. 모임을 할 때도, 여행을 할 때도 가끔 늑장을 부리는 경우가 많아서 고정선 시인은 아예 '윤 박사 왔

능가? 그럼 출발!' 깔깔대며 놀리곤 한다. 오죽하면 동료들이 그에게 빨간 모자를 하나 사서 눈에 잘 띄게 씌워 주자고 할 정도였으니 말이다. 그러나 거기에는 그의 아내(우리는 내조의 여왕이라 부른다)의 영향도 없지 않다고 생각한다. 결혼 후 지금까지 마치 자식 챙기듯 옷 입는 것부터 출퇴근시키는 것까지(대학에 강의를 나갈 때도 무려 왕복 3시간이 넘는 거리를 어김없이 그의 아내가 승용차로 모시고 다님) 일일이 보살펴 주고 있다. 타고난 처복이 많은 건지 세상 물정을 모르는 친구인지 도무지 아리송할 뿐이다. 어디 요즘의 아내들이 용납할 만한 일이겠는가만은 용케도 무탈하게 가정을 잘 꾸려 가고 있으니 그가 익힌 제가(齊家)의 도(道)가 다만 부러울 따름이다.

그럼에도 불구하고 그는 늘 생각이 천의무봉처럼 자유롭다. 자유롭다는 것은 구애됨이 없다는 것인데 그것은 무엇보다도 이런저런 눈치를 살피는 일에 관심을 두지 않는 그의 천성 때문이 아닐까 생각한다.

모임에서 해외여행을 준비하고 있을 때였다(그는 유럽 여행을 앞두고 소년처럼 누구보다도 들떠 있었다.). 그런데 갑자기 동료들의 여러 사정이 겹치면서 부득이 여행을 취소하여야 할 판이었는데 그는 그런 상황에서도 굳이 투표를 통하여 가부를 결정하자고 우겼고 그의 성격을 다 아는 동료들은 그의 의견에 따라 가뜩이나 들뜬 그의 여행의 꿈을 가까스로 부결시켜 주기도 하였다. 그날 오후 우리는 그의 기분을 살피며 조심조심 행동하였으나 그는 어느새 여행에 대한 생각을 까마득히 잊어버리고 7080의 옛 노래들을 흥얼거리고 있었다. 말하자면 생각이나 주장에 대해서는 단호하나 의견에 대해서는 포용하고 인정할 줄 아는 그야말로 막힘이 없고 뒤끝 또한 깨끗한 사람이다.

2

마침 노래 이야기가 나왔으니 말인데 그는 노래 솜씨도 좋지만 특히 가사를 외워 부르는 데 타의 추종을 불허할 지경에 이른다. 가끔 노래방에 들를 때면 우리는 영상으로 보여 주는 가사 자막에 신경을 쓰느라 애를 먹는데 그는 전혀 그런 걱정이 없다. 우스갯소리지만 영상 자막이 틀리면 틀렸지 그가 부르는 노래 가사가 틀릴 확률은 거의 없다. 그래서 누군가가 노래를 부를 때면 가벼운 엉덩이를 흔들며 다가와서 혹시라도 가사가 틀릴까, 박자를 놓칠까 미리미리 한 소절씩 노래 가사를 던지며 '그래, 그래. 좋아 좋아 친구!' 추임새를 놓는다. 시종 흐뭇한 표정으로 발그레 웃음을 내던진다.

게다가 학창 시절 방송부에 음악다방 D.J로 활약하던 추억에 발동이 걸리면 끝이 없다. 갑자기 소주병에 숟가락을 꽂아 들고서 7, 80년대를 풍미했던 팝송에서부터 통키타 반주를 배경으로 한 갖가지 포크송과 가곡, 유행가를 죄다 꺼내 일행을 꽁꽁 묶어 머언 수십 년 전 뜨거웠던 청춘의 시기로 이끌고 가는 재주가 있다. 젊음에 대한 향수로 일심동체가 된 우리는 그의 열렬한 방송 멘트에 환호하기도 하지만 노래마다 곁들이는 해설은 가히 주석에 버금갈 정도로 세세하여 도대체 그의 해설이 참말인지 거짓말인지 가늠하기가 어려울 때가 있을 정도다. 그러나 어쩌겠는가, 그냥 믿는 수밖에.

그 뛰어난 기억력과 암기력은 도대체 어디에서 오는 것일까.

동명유리대무신, 차대신대고국천……, 온조, 다루기루왕개루초고구수왕, 사반고이책계왕……, 입춘우수경칩, 춘분청명곡우…… 멜로물의 총본산 태창흥업이 자신만만하게 여성 팬 여러분 앞에 보내 드리는 한국 명화의 금자탑 한없이 기다려도…… 주문을 읊듯 달달 외우는 것은 삼국 시대 역대 임금, 24절기, 영화 홍보 등 끝이 없다. 어디 그뿐인가, 시 암송 또한 특출하여 한번 읊기 시작하면 연달아 수십 편의 시가 자동으로 따라나와 그를 만류하기가 무안할 정도다. 생각건대, 해남 윤씨 문중의 뼈 있는 가문(고산의 12대손이요, 선친께서 60년대 해남군 교육 위원을 지냄.)을 바탕으로 한 빼어난 정기의 소산이라 여겨지지만 그의 소실되지 않는 기억의 유전자는 경탄, 그것이다.

3

그는 매우 감상적이며 엉뚱하다. 특히 추억에 대해서는 더욱 그렇다. 유년 시절의 고향 이야기나 학창 시절의 꿈과 에피소드, 그리고 군 복무 시절의 무용담을 이야기할 때는 아무도 그의 대화에 끼어들 틈을 주지 않는다.

가끔 술좌석에 둘러앉으면 '그때 장태완 사단장께서 말이야…….' 돌연 목에 힘을 주고서 특유의 푸른 눈빛을 반짝일 때면 숱하게 들어온 윤 하사의 이야기를 가로지를 양으로 '자네 군번이 몇 번이지?'하고 묻는다. 일종의 딴지 걸기다. '어허, 물하사가 감히?' 그는 나에게 RNTC 출신 따윈 상대가 되지 않는다고 픽 웃으면서 일축하려 들곤 한다.

그가 군대 이야기를 자주 꺼내 놓는 데는 이유가 있다. 당시 교육 대학을 진학한 남학생은 군대를 가지 않아도 되었다. 학교에서 하사관 훈련으로 대체했기 때문이다. 그러나 그는 교육 대학을 졸업하자 곧 군인 신분으로 군용 열차를 탔다. 여자 앞에 서면 주눅이 들 정도의 여리디여린 성격을 개조하기 위해 일부러 군인 정신으로 성격을 고치려는 독한 마음을 몰래 지니고 있었던 것이다. 당시 드물게도 그는 무녀독남으로 귀하디 귀한 독자였다. 군대를 떠나는 외동아들 뒷모습을 보면서 그의 부모님은 눈물을 펑펑 쏟으셨다고 한다. 태어나 처음 불효를 안겨 드렸지만 조국과 겨레를 지키는 진짜 사나이의 특별한 경험을 얻어 올 수 있었다며 유쾌하게 웃는다.

동인 모임에서 당면 문제를 토의할 때면 그는 가끔 이상한 버릇이 있다. 은근슬쩍 말

꼬리를 돌려 대학 시절의 옛 사람들을 하나씩 불러 댄다. 아무개는 이랬고, 아무개는 저랬는데, 거시기 그 계집들은 어디에서 뭐 하는지 자꾸만 소식이 궁금하다는 엉뚱 발언을 꺼내곤 한다. 필경 애틋한 무슨 사연이 있을 법한 친구다. 대학 시절 그와 나는 서로 다른 길에서 분주했었다. 나는 술 마시느라 바빴고, 그는 이러저런 모임을 핑계로 늘 수많은 여학생들 틈에서 깔깔거리고 있었다. 어쩌면 깊은 호수를 닮았다고 하는 그의 푸른 눈빛과 폼생폼사의 신사도, 그리고 언제 어디서고 풍부한 예술적 끼를 발산하는 거침없는 달변이(한때는 성우가 되겠다고 발버둥 함) 그를 그렇게 만들기도 하였으리라 짐작을 한다.

어쨌든 감수성이 예민한 그는 어느 것 하나도 예사로 보지 않는 특별한 눈을 가지고 있다. 그리하여 그가 한 번 마음에 새겨 놓은 기억들은 모두 새롭고 정밀하게 가공되어 그의 머릿속에 저장되는데 아마 그 양이란 수만 메가바이트쯤 족히 넘을 것이다. 그리고 그러한 정보(경험)의 산물들이 바로 윤 시인의 창작물을 풍성하게 하여 주는 독특한 질료로 기능하는 것이라고 판단한다.

4

그의 시가 좋아 그 시를 오래도록 기억하고 싶은 나는 다만 그가 '해남시파'의 주요 시인으로 우수한 시적 재주를 겸비한(최명표, 시집 《겨울새》 해설 인용) 우리나라의 중견 작가라는 거창한 이름에 안주하기를 원하지 않는다.

얼마나 더 무너져야
내 안의 길이 보일까
– 시조 〈길 찾기〉

그가 던지는 짧은 자문(自問) 속에 투영되는 그의 몸부림은 때로는 생경하여 신선하기조차 하다. 그리고 시인이 되기 위한 혹독한 시련을 예감하는 시 또한 비장하여 문학에 대한 치열한 열정에 대해 고개가 숙여지기도 한다.

그래, 그래
희망의 끝까지
가 보는 거다.

맞아, 맞아

절망의 끝까지도
가 보는 거다

열정의 바다에

몸 적셔
절이고 절인 넋으로
– 시조 〈시인이 된다는 것〉

그에 대해, 아니 그의 시에 대해 왈가왈부하는 일이란 나로서는 가소롭고 사뭇 버거운 일이지만 왠지 기우뚱한(노창수는 '무너뜨리기 또는 살짝 넘는 비약'으로 분석했지만) 그의 시 세계가 나의 마음을 사로잡는 까닭은 시심에 깔린 순수성과 진정성이라고 감히 말하고 싶다. 그리고 동심을 꿰뚫는 기발한 발상과 위트, 유머가 늘 매혹적이기 때문이다.

엉덩이가 말했다
바닥에 앉아 있다 보면
엉덩잇살이 살짝 쑤시기도 하지만
낭랑한 책 읽는 소리
두 발 펴고 조잘조잘대는 소리
듣기 참 좋을 거라고

무릎이 말했다
무릎 꿇어 보면
다리가 저리기도 하지만
눈 감고 혼자서
생각에 깊이 잠길 때
참 나를 깨닫는 기분 사뭇 좋을 거라고.
– 동시 〈참 좋을 거라고〉

그의 호가 '동촌(童村)'이라고 한다. 어린이 마을, 순수한 마을, 혹은 깨끗한 아이들의 동네, 갑자기 나는 미소가 돌며 그를 떠올려 본다. 영락없이 맑은 꿈을 간직한 푸른 눈빛의 아이다. 하지만 환갑이 차버린 그를 두고 차마 '아이'라는 표현은 무례할 것 같아서 이런 정도의 표현은 어떨지 모르겠다.

청년,

오늘도 힘차게 하늘을 나는 새를 닮은 청년!

푸른 눈빛의 순수 청년!

아동문학을 하는 영원한 동심 청년!

모르긴 몰라도 아니라고 고개를 저을 것 같지는 않다. 예의 그 정돈된 매무새로 목에 한껏 힘을 주면서

'어이 친구……, 근데 자네 생각 뭐 그럴 수도 있지.'

하며 껄껄껄, 소주라도 한잔 권할 것이 분명하다.

해남시파(海南詩派) 윤삼현의 동시 문학

이정석[1]

1. 펼치며: 자신의 영혼을 위한 30년

휘-익 / 별똥별 하나 / 흐른다. // 한순간 온몸을 사루어 / 환하게 / 빛을 / 뿌리고 // 한순간 / 사라져 / 간다.

– 〈별똥별〉 전문

윤삼현 하면 떠오르는 동시는 꽤 많다. 그중에서 그가 추구하는 문학의 본질을 고려하면 〈별똥별〉은 그를 표현하는 적절한 동시가 아닌가 한다. 이 작품에 대하여 김관식은 '간결미와 압축미를 극대화한 수작으로 인간의 존재, 즉 삶과 죽음에 대한 메시지를 30자 안팎의 짧은 언어로 적나라하게 표현하고 있다. 인간의 삶은 우주론에 입각하여 볼 때 한순간이다. 이러한 인간의 존재에 대한 깊은 성찰이 시가 시로서 가치있게 하는 것이며, 시를 쓰는 기쁨을 느끼게 하는 일일 것이다.'라고 언급하였다. 윤삼현의 동시 문학을 '간결미와 압축미'로 특징지을 수 있다는 것이다. 물론 이것은 그의 동시 문학 전체를 관류하는 특성으로 간단히 말할 수 없는 것은 당연한 것이다. 그의 문학적 특성을 언급하려면 먼저 그의 문학적 발자취부터 살펴볼 필요가 있다. 윤삼현은 1981년 〈새교실〉지에 시 추천을 받고 등단한 후 1982년 〈광주일보〉 신춘문예에 동시 〈뻥튀기〉가 당선되고, 1983년 〈동아일보〉 신춘문예에 동시 〈달이 그린 수채화〉가 당선되어 본격적으로 동시 창작에 몰입하였다. 그는 1987년에 〈시조문학〉에 시조가 천료되고, 다시 1988년 〈광주일보〉 신춘문예 동화 〈달을 타고 온 동이〉가 당선되어 동시, 시조, 동화 등 문학 영역을 확대해 갔다. 윤삼현이 현재까지 발간한 동시집은 의외로 적어 모두 3권뿐이다.[2] 동시집 《유채꽃

---

1 동시인, 아동문학 평론가.

2 이에 대하여 동시인 전병호는 〈화해와 공존의 열린 시 세계〉(〈국제펜 광주〉 제3호, 광주펜문학상 수상 특집. 2005)라는 글에서 "중견 시인으로 자리매김한 그에게 동시집 3권은 결코 많은 분량이라고 할 수 없다. 한마디로 과작의 시인인 듯싶다. 그러나 문제는 작품의 질이며 수준이지 작품의 양이 아니다. 그도 역시 불완전한 언어를 재료로 순진무구의 동심 세계를 완벽하게 그려내고자 어느 누구 못지않게 많은 불면의 밤을 지새웠으리라. 과작의 시인이기에 작품 한 편 한편마다 더욱더 혼신의 힘을 기울였으리라."라고 하였다.

풍경》(1987), 《엄마 휘파람새》(1996), 《겨울새》(2003)가 그것이다. 그 외에도 수필집 《백두산 가는 길》(1992), 동화집으로 《눈사람과 사형수》(2004), 아동문학 이론서 《아동문학 창작론》(2005), 그림동화집 《붕붕이의 여행》(2009), 시조시집 《뻐꾹소리를 따라가다》(2009) 등이 있다.

아울러 그의 문학 활동 중에 빼놓을 수 없는 중요한 것 중 하나는 광주·전남을 터전으로 삼는 동시 문학 모임 '별밭' 동인으로 1983년 창립 때부터 참여하여 지금도 왕성하게 활동을 하면서 동인지에 작품을 매년 7편 이상 지속적으로 발표해 오고 있다는 사실이다. 윤삼현의 동시 문학 세계를 깊게 살펴보려면 반드시 1996년 이후 발간된 〈별밭〉 동인지(제10~27집)들을 숙독할 필요가 있다. 그것은 제2동시집을 발간한 1996년 이후 동인지에 실린 작품들을 지금까지 따로 모아 작품집으로 발간하지 않았기 때문이다. 사실 2003년 간행된 제3동시집 《겨울새》는 그 사이에 간행된 동시집이긴 하지만 새에 대한 연작시로만 구성되어 있다. 그러므로 앞의 동시집 3권 외에 100편 이상 되는 그의 작품들이 실린 '별밭' 동인지를 결코 소홀히 다루어서는 안 된다는 것이다. 어쩌면 〈별밭〉 동인지를 그의 제4동시집으로 불러야 하지 않을까 싶다.

그동안 윤삼현의 동시 문학에 대한 연구를 한 이는 대표적으로 최명표와 전병호 등이 있다. 최명표는 제1동시집 《유채꽃 풍경》을 중심으로 쓴 〈뭍과 바다의 변증법〉(〈문학춘추〉 1993. 여름호)의 글에서 '윤선도를 비조로 삼아 이동주를 거쳐 형성된 해남시파의 구성원'이라고 윤삼현을 자리매김하면서 해남시파를 '아마 처음으로 불리게 될 이 시파는 땅끝의 서정성이 낳은 이 나라의 서정적 지역주의'라고 정의하였다. 해남시파에 속하는 현대 시인들을 열거하면 이동주, 김남주, 황지우, 박성룡, 윤금초, 이지엽, 노향림, 고정희, 김준태, 박문재, 윤삼하, 윤삼현, 손동연 등 참 많은 시인을 들 수 있다. 한국 시단을 대표하는 이 쟁쟁한 시인들이 해남 한 지역 출신이라는 사실에 그저 놀라울 뿐이다. 최명표는 이 글에서 '(제1동시집은) 철저한 역사적 상상력에 터한 시 쓰기'이면서 '그가 숙고하여 마련한 유채꽃 풍경의 공간은 그 색채의 특징과 더불어 하나이 상징적 공간으로 승화되어 맺힌 한을 화해로 풀려는 노력의 소산이리라. 이것은 서정의 지역화 현상이라 부를 수 있는 바, 동시 문학의 정서적 토양을 기름지게 할 것이라는 기대에 순기능적이다.'이라고 하였다.

또 최명표는 제3동시집 《겨울새》의 해설편 '비상, 회귀에의 욕망'에서 '그의 시적 관심이 예전에 비해 훨씬 심화되었다는 징후를 도처에서 목도할 수 있다. 그는 겨울새 연작에서 순정한 세계를 시화하였다. 1편의 비상에서 출발하여 70편의 재비상으로 마감되는 이 시편에서 그는 겨울 철새의 삶을 재미있게 형상화하는 데 성공하였다.'고 하면서 '저마다 한 컷의 필름처럼 연쇄적으로 구성되어 있다. 그것은 시인의 섬세한 마음 씀씀이를 짐작'할 수 있다고 하였다.

전병호는 '윤삼현의 인간과 문학'이라고 부제가 붙은 평론 〈화해와 공존의 열린 시 세계〉(〈국제펜 광주〉 제3호. 2005)에서 '흔히 그의 시 세계를 말할 때 민족의식 이외에 자연에 대한 사랑도 거론하게 된다. 그만큼 자연에 대한 예찬의 시도 많은 분량을 차지한다. 그렇지만 이때의 자연은 있는 그대로의 자연이 아니라 국난 극복 의지를 유감없이 표출해 낼 수 있는 제재로서의 자연이다.'라고 하면서 '그는 역사적 제재를 통하여 사상을 획득하고자 할 때는 주로 직관적 방법을 사용한다.'고 윤삼현의 문학적 특성을 찾아냈다.

문삼석, 손광세, 김몽선 등도 여러 지면을 통해 윤삼현의 문학에 대하여 말하였는데 최명표, 전병호를 포함하여 이들이 언급한 윤삼현 동시 문학의 특징은 대체적으로 치열한 역사의식의 발현과 뛰어난 서정성 내포, 이 두 가지로 요약하였다. 이 소고에서는 이들의 성과를 바탕으로 윤삼현의 동시 작품 속에 담겨 있는 특징 중 울림을 주는 감수성, 꽃향내 짙은 서정미, 기발한 반전, 치열한 역사의식, 느림의 동심 등 다섯 가지로 나누어 살펴보고자 한다.

2. 울림을 주는 감수성

윤삼현 동시 문학에는 남을 향해 쏟아 내는 시끄러운 목소리는 별로 없다. 남을 감동시키기 위해, 자신만이 가진 특유의 문학적 소양을 내보이기 위해 쓰는 글이 아니라는 것이다. 그는 내부 지향적이다. 자기만의 내밀한 공간을 만들어 놓고 자신의 영혼과 끊임없이 대화를 한다. 그래서 그는 1987년 제1동시집에서 '어린이를 위해 시를 쓴다는 생각보다는 자신을 위해 글을 써 왔다는 생각에 변함이 없다.'고 하였고, 그로부터 17년 후 2003년 별밭 동인 20주년 기념 동시집에서도 '고독과 외로움에 지친 나의 영혼을 글쓰기를 통하여 따뜻이 어루만져 보자는 생각에서다. 나의 영혼이 위안과 위로를 받는다면 필시 다른 독자의 가슴을 겨냥해서도 충분히 울림을 갖게 되리라는 믿음 또한 뒤따르게 된다.'[3]고 하였다. 자신의 문학이 스스로를 위로할 수 있다면 다른 사람의 영혼도 위로하고 구제할 수 있다는 것이다. 이런 창작 태도는 문학에 대하여 철저하게 자기 검증 과정을 거친다는 것을 의미하며 자가 치유 문학이 곧 독자 치유 문학이 될 수 있다는 것이다. 그만큼 예민한 문학적 감수성을 지닌 시인임을 알 수 있다.

시인의 문학적 감수성은 작품 속에서 발현된다. 그것은 소재 선택, 시적 화자의 선택, 비유, 표현 방법 등 작품을 통해서 보통 간접적으로 그 특성을 드러낸다. 그런데 윤

3 별밭 문학 동인 20주년 기념 동시집 《산에는 작은 바람이》(2003. 제17집)에서 윤삼현의 '나의 동시관' 일부임.

삼현의 경우 특이하게도 동시 속에 시적 화자의 입을 통해 직접적으로 자신의 문학적 감수성을 보여 주고 있다. 문학적 감수성은 일반적으로 시인의 문학 활동 시기에 따라 변화하기 마련인데 윤삼현도 등단 초창기와 2010년 이후 최근 활동기와는 상당한 편차를 보이고 있음을 발견할 수 있다.

> 그냥 그 하늘일 뿐이야 / 가끔씩 몇 장의 구름이 밀려가고 / 산새 몇 마리 날개 퍼득여 헤엄질하거나 / 낮달이 엷은 제 빛살을 풀어 내리거나 / 은빛 여객기가 번뜩 / 화면에 떠 흐르다 사라질 뿐 // 그러다가 또 텅 빈 하늘 / 그냥 그 하늘이라구 // 그런데 이상한 일이야 / 마주하다가 갑자기 그렁한 눈물이 고이는 것 / 괜스레 쭈뼛 머리카락 일어서는 것 / 저 푸르름에 화들짝 부끄럼에 젖어 버리는 것 // 하늘에 뭐가 있길래.
>
> – 〈하늘에 뭐가 있길래〉 전문

윤삼현의 초창기 작품인 〈하늘에 뭐가 있길래〉를 읽고 있으면 앞에서 언급한 그의 고백이 저절로 떠오른다. '고독과 외로움에 지친 나의 영혼을 글쓰기를 통하여 따뜻이 어루만져 보자'라고 했지 않는가! 고독과 외로움에 지친 자신의 영혼을 위해 노래하는, 놀라운 한 시인의 감수성을 지금 이 작품을 통해 찾아볼 수 있는 것이다.

이 동시에는 중요한 등장인물이 한 명 있다. 그는 '텅 빈 하늘'을 쳐다보고 있는 시적 화자이다. 얼핏 보면 어른인지 또는 어린이인지 명확하지 않다. 물론 〈하늘에 뭐가 있길래〉가 동시이므로 당연히 시적 화자는 어린이라고 할 수 있다. 그러나 작품 내용 전개상 연령대를 추측한다면 이성적 판단력이 거의 형성된 소년 이상의 청년이다. 윤삼현이 어떤 연유로 시적 화자를 어른에 가까운 청년을 삼았을까 하는 의문이 생기지만 그건 성장기 한때 독특한 감성적 경험을 작품화한 것으로 추정한다면 〈하늘에 뭐가 있길래〉는 감수성이 예민했던 소년 윤삼현의 자기 고백적 작품이라고 할 수 있는 것이다.

이 작품의 핵심은 시적 화자 소년이 하늘을 보다가 왜 3연에서 갑자기 그렁한 눈물이 고이고, 괜스레 쭈뼛 머리카락 일어서며, 화들짝 놀라 부끄럼에 젖어 버렸는가 하는 것이다. '눈물'은 소년의 외로운 처지로 인한 과잉 감정 표현인 것처럼 보일지 모른다. 또 이 작품의 분위기도 전체적으로 정적이고 고요하며 애상적이라고 할 수 있다. 그러나 3연 마지막 행 '저 푸르름에 화들짝 부끄럼에 젖어 버리는 것'을 살펴보면 '부끄럼'의 원인은 한 가지, 하늘의 '푸르름'에 있음을 알 수 있다. 즉 푸른 하늘을 보니 '그렁한 눈물'이 보이고 '부끄럼'에 젖는다는 것이다. 이때의 '눈물'은 자연에 대한 경외감 때문이라고 말하기는 어렵다. 잡티가 하나 없는 코발트색 하늘을 쳐다보면서 흘리는 '눈물', 두려움 뒤에 몰려오는 '쭈뼛함', 황홀감에 빠져 버린 자신에 대한 '부끄럼', 이런 내적 감응을 보인 시적 화자는 대단히 예민한 감수성의 소유자라는 것을 알 수 있다. 현실적으로 이런 정도의 감수성을 가진 시인이 과연 얼마나 될까?

결국 눈물 → 머리카락의 쭈뼛함 → 부끄럼으로 변화하는 내부 지향적 모습에서 젊은 날 윤삼현의 문학적 감수성이 얼마나 깊고 견고한지를 발견할 수 있을 것이다. 이 작품의 근본적인 질문인 '하늘에 뭐가 있길래?'에 대해 표면적인 대답으로는 '푸르름'이라고 할 수 있지만 내부적인 것은 자연에 대한 뜨거운 감응이며 감수성이라고 할 수 있다. 이런 시적 화자를 통한 간접적인 감수성 표현은 동시 문학에서는 흔치 않은 일임을 강조하고 싶다.

꽃상여가 황톳재를 마저 넘던 날 // 할머니는 찬 밤하늘 / 어느 별로 떠올랐을까 // 슬스리 슬렁 물레소리 / 함께 데리고 가셨을까 // 긴 겨울 돌아 나와 / 청보리 물결을 타고 온 / 뻐꾸기 울음소리 // 할머니 생각을 전해주네.

– 〈뻐꾸기 울음소리〉 전문

하얀 눈 내린 / 겨울날 / 할아버지는 돌아가셨다. // 벚꽃 하얗게 핀 / 봄날 / 집배원이 건네준 우편물 한 장. // 지난해 맞춘 안경 / 잘 보이느냐고 / 안경 가게에서 할아버지 앞으로 보낸 엽서. // 엽서를 읽다가 / 하얗게 / 하얗게 지워지는 내 마음. // 텅 빈 백지처럼.

– 〈엽서〉 전문

〈뻐꾸기 울음소리〉와 〈엽서〉두 편의 동시는 죽음이라는 동일한 제재로 쓴 작품으로 전개 양상이 비슷하다고 할 수 있는데 〈뻐꾸기 울음소리〉는 윤삼현의 초기 작품이며, 〈엽서〉는 앞 작품보다 23년 뒤 작품이다. 이 두 작품을 비교해 보면 윤삼현의 감수성도 시대에 따라 변화하고 있다는 것을 알 수 있다. 〈뻐꾸기 울음소리〉에서 가족에 대한 그리움을 '할머니 죽음 → 별 → 뻐꾸기 울음소리'라는 이상화 과정을 거쳐 표현했다면 〈엽서〉에서는 그 그리움을 '할아버지 죽음 → 집배원 → 엽서'로 그 시적 대상이 현실적으로 바뀌고 있다. 〈뻐꾸기 울음소리〉에서는 돌아가신 할머니가 밤하늘의 '별'로 승화되고, '뻐꾸기 울음소리'는 할머니에 대한 간절한 그리움을 청각적으로 표현하고 있으며, 향토성, 서정성과 추상성이 강한 편이다. 이와는 달리 〈엽서〉에서 겨울에 돌아가신 할아버지를 회상하게 만드는 것은 집배원이 배달한 안경 가게 '엽서'이다. 집배원이나 엽서는 지극히 현실적이고 구체적인 존재이며, 세련된 도시적인 느낌이 든다.

정리하자면 윤삼현의 문학적 감수성은 향토성과 서정성 쪽에서 생활성과 도시성이 강하게 묻어나는 쪽으로 변하고 있다는 것이다.

바다, / 그 커다란 거울에 / 나를 비춰 본다 // 왜 그리 좁기만 했을까 / 이 너른 세상 앞에서 가슴 하나 / 툭 트지 못하고 // 마음은 마음대로 / 몸은 몸대로 조붓해져서 / 물소리같이 깨어 있는 / 시 한 편 건져 내지 못했구나 // 얼굴도 늘 / 환하게 펴고 살진 못할 것 같으다 / 군데군데 그림자가 묻어 있는 것 보면 // 바다. / 그 커다란 거울에 / 나를 닦아 본다.

– 〈바다〉 전문

바다는 온종일 / 빨래하느라 정신없다. // 주물럭주물럭 / 거품 일으키며 / 주물러 짜고 / 헹구어 내고 / 탈탈탈 털어 내고 // 고개를 살래살래 / 아직 땟국이 멀었네. // 물속에 넣고 / 짜고 / 헹구고 / 털고 // 짜고 / 헹구고 / 털고

– 〈바다는〉 전문

'바다'라는 동일한 제재로 창작된 〈바다〉와 〈바다는〉도 앞의 두 작품과 같이 비슷한 변화 양상을 보이고 있다. 〈바다〉와 〈바다는〉의 창작 시기도 15년 정도 차이가 난다. 〈바다〉는 바다를 내면의 거울로 삼아 문학적 역량을 의심하고 조바심 내는 자신을 성찰하고 다독이는 작품으로, 자기 영혼을 위한 윤삼현의 고백적인 초기 작품의 경향을 그대로 보여 주고 있으며, 〈바다는〉은 반복적으로 파도가 치는 단순한 바다의 속성을 세탁기에 비유하여 전개한 작품으로, 생활성과 도시성이 강한 최근의 경향을 그대로 보여 주고 있다. 윤삼현의 문학적 감수성도 추상의 '바다'에서 현실의 '바다'로 시대 흐름에 따라 변화하고 있음을 알 수 있다. 〈바다〉에서 윤삼현이 추구한 문학의 지향점이 '물소리같이 깨어 있는 / 시 한 편'에 있다는 것을 발견할 수 있는데 동시 문학에 불면의 밤을 지새웠을, 젊은 시절 윤삼현의 풋풋한 패기가 눈에 보이는 듯하다.

3. 꽃향내 짙은 서정미

윤삼현의 동시 문학 특성을 말하면서 서정주의(lyricism)나 서정성을 빼놓을 수가 없다. 서두에서 언급한 〈뭍과 바다의 변증법〉의 글에서 최명표는 '그는 이 나라의 가장 밑둥(=해남)에 삶의 뿌리를 굳건하게 내려 두고, 그 고을의 바닷내음 나는 삶의 단편들을 서정적 음조로 노래하기에 온 힘을 기울이고 있다.'고 하면서 일군의 해남 지역 출신 시인들의 특성을 '땅끝의 서정성이 낳은 이 나라의 서정적 지역주의'라고 명명하였다. 윤삼현의 동시 문학에서의 서정성은 개인적인 자질을 바탕으로 해남 문학의 역사적 흐름과도 무관치 않음을 알 수 있다.

보통 서정성은 시적 대상에 대하여 내면의 세계에서 느끼는 시인의 주관적인 감정과 정서의 표현 또는 분위기를 말한다. 윤삼현의 서정성은 주로 초창기에 발표한 작품에

서 많이 드러나 있는데 작품마다 꽃향내가 짙게 배어 있어서인지 코끝에서 향기가 진동하는 모양새를 보인다.

> 달빛 마냥 / 꽃향내가 스며든다. // 고향이란 이름표를 달고 / 고만큼씩 키로 자라서 / 포근히 살빛을 내미는구나 // 논두렁에 서면 노랗게 발목이 젖고 / 말간 마음자리로 / 꽃물이 출렁인다. // 꽃잎들을 스치는 / 바람도 순하기만 하다 / 바람의 숨소리까지 유채꽃을 닮아 갈까 // 저리 환한 꽃물결은 또 / 누굴 보고 손을 흔들어 댈까.
>
> – 〈유채꽃 풍경〉 전문

〈유채꽃 풍경〉은 남도의 유채꽃이 만발한 들판의 풍경을 노래한 작품으로 제1동시집 표제작이면서 꽃내음 향기가 짙은, 서정성이 잘 나타난 작품이라고 할 수 있다. 남도에 봄이 찾아오면 노란 유채꽃이 논과 밭마다 만발한다. 봄 들판에 펼쳐진 이런 남도의 유채꽃 풍경을 윤삼현이 놓칠 리 있겠는가. 유채꽃 향기는 은은하다. 그래서 내면의 세계에서 그가 찾아낸 색깔이 '달빛'과 '살빛'이다. 1연의 '달빛 마냥 / 꽃향내가 스며든다'에서 유채꽃 향내가 달빛 같다는 표현은 너무 진하지 않고 그윽한 유채꽃 향의 특징을 드러낸 것이고, 2연의 '고향이란 이름표를 달고 / …… / 포근히 살빛을 내미는구나'에서는 남도 땅에 자라는 유채 줄기를 그 황토와 같은 살빛으로 표현한 것으로 '땅 끝의 서정성'의 한 예라고 할 수 있다.

이 작품에서는 후각의 시각화(달빛 마냥 / 꽃향내 스며든다), 시각의 촉각화(노랗게 발목이 젖고), 촉각의 관념화(꽃잎들을 스치는 / 바람도 순하기만 하다), 촉각의 시각화(또 누굴 보고 손을 흔들어 댈까), 청각의 시각화(바람의 숨소리까지 유채꽃을 닮아 갈까) 등 여러 공감각적 심상, 복합적 심상 등이 이 작품의 서정성을 더욱 높이는 구실을 하고 있다. 시각, 촉각, 후각, 청각 등의 감각, 그리고 관념까지 동원해 서정성을 극대화하고 있다. 환한 원색에 가까운 유채꽃 색깔이 눈에 띄지만 대부분 연하고 밝은 파스텔 톤 색감의 은은함이 돋보인다. '달빛', '살빛', '말간', '순하기만 하다', '바람의 숨소리' 등과 같은 시어들이 그 역할을 충분히 하고 있음을 알 수 있다.

이 〈유채꽃 풍경〉은 크게 눈에 띄거나 감응을 살 작품은 아니지만 윤삼현이 첫 동시집의 제목으로 삼을 만큼 그 자신의 초기 서정적, 해남의 향토적 특성을 잘 보여 주는 동시라고 할 수 있다.

> 햇발이 / 산에 들어 / 덧칠하는 망종께 // 다독다독 / 남풍 한 바람에 / 보릿대 서걱일 때 // 몇 개 / 오색 빛깔로 / 구르다 부서지는 / 다박솔밭 장끼 울음 // (하략)

– 〈여름 오는 소리〉 1~3연

서편 하늘은 / 오늘도 꽃 축제가 한창이네요 // 히야, 꽃물 한번 달콤하다야 / 크으, 꽃향내는 또 어떻고 // 옷자락에 발간 꽃물이 들도록 / 꽃구경 바쁜 아기 새 형제 // 어, 벌써 날이 저문 거야? / 부랴부랴 / 엄마 아빠 품으로 / 되돌아오네요.

– 〈겨울새 33〉 전문

접시꽃, 옛 친구를 만나듯 반가웠어 / 똑, 똑 그 손길이 가슴팍에 부딪쳤어 / 초여름 이르다 싶게 피어난 연분홍 접시꽃. / 분홍 접시에서 푸른 바람 몇 올이 빠져나와 / 목덜미에 감겨 들어 간지럼 태우는 걸 참았지 // 소박한 향내와 불그레한 빛깔일 뿐인 / 접시꽃 앞에서 / 방방 뛰던 내가 / 순순히 얌전해져 버린 건 / 하나의 물음표였지.

– 〈접시꽃〉 전문

〈여름이 오는 소리〉, 〈겨울새 33〉, 〈접시꽃〉은 초창기부터 2010년대까지 시기별로 뽑은 작품으로 윤삼현 특유의 남도 서정성이 잘 나타나 있다.

〈여름이 오는 소리〉는 초창기 특징을 그대로 보여 주는 작품으로 따가운 햇살에 보리가 누렇게 익어 가는 남도 들판의 풍경을 그리고 있다. 특히 '몇 개 / 오색 빛깔로 / 구르다 부서지는 / 다박솔밭 장끼 울음'의 3연이 눈에 확 띄는데, '장끼 울음'을 '오색 빛깔'이라고 시각화한 것도 신선하지만 거기에 덧붙여 '구르다 부서지는'이라는 역동적인 모습으로 중첩 시각화하고 있어 여름이 오는 들판의 풍경을 강렬하게 잡아내고 있다. 〈겨울새 33〉은 하늘로 비상하는 철새들과 붉은 노을이 잘 어울리는 해 질 녘 풍경을 그린 작품으로, 노을을 붉은 꽃으로 비유하여 '꽃 축제', '꽃물', '꽃향내', '꽃구경'으로 화려함을 나타내었고, 미각, 후각적 심상으로 철새들의 멋진 모습을 표착한 동시이다.

〈접시꽃〉에서는 접시꽃과 시적 화자의 관계를 눈여겨볼 필요가 있다. 천방지축 덤벙거리며 '방방 뛰던' 시적 화자가 접시꽃을 보고 순해진 것은 '소박한 향내와 불그레한 빛깔' 때문이라는 것이다. 그리고 이 작품 중에 가장 서정성이 뛰어난 시행은 '분홍 접시에서 푸른 바람 몇 올이 빠져나와 / 목덜미에 감겨 들어 간지럼 태우는' 부분이다. '분홍 접시'(시각)에서 올라오는 '푸른 바람'(청각의 시각화)이 시적 화자인 '나'의 목덜미에 달려들어 '간지럼을 태우는'(촉각) 것이다. '불그레한 빛깔'을 가진 접시꽃에서 피어나는 '소박한 향내'가 스멀스멀 코끝으로 밀려오는 상황을 감각적으로 표현하고 있다. 여기서 우리는 윤삼현의 서정적 상상력의 폭과 깊이를 가늠할 수 있지 않을까 판단한다.

4. 기발한 반전

반전(反轉)은 소설에서 사건의 흐름이 전혀 예기치 않은 방향으로 급전직하하거나 전환하여 독자를 놀라게 하면서 주제를 강조하는 기법이다. 운문에서도 어떤 복선이나 특별한 문학적 장치 없이 활용되는 기법이며 독자들에게 놀람이나 낯설음을 안기면서 기발함, 참신함, 독특한 감동 등의 문학적 향기를 발산한다. 동시에서 반전의 묘미는 갑작스런 변화나 예상을 뛰어넘는 기발한 결말에 있다. 하지만 이런 반전의 묘미를 던져 주는 동시 작품은 그리 흔하지 않다. 동시인 누구나 반전의 기법을 활용할 수 있는 것은 아니기 때문이다. 반전의 상황이 참신해야만 그 작품이 생명을 가질 수 있다고 할 수 있다. 그런 측면에서 윤삼현 작품에서 보이는 반전은 참으로 탁월하다.

> 지구가 자꾸만 / 뜨거워진다지 / 온도계 눈금이 / 쑤욱 쑥 / 오르고 있는 중이라며 // 히말라야 만년설도 / 녹아 내리고 / 북극의 꽁꽁 언 빙산도 / 녹아 내리고 // 그렇담, 딱 좋은 일이 있어 / 그 뜨거움으로 / 녹여 버리는 거야 / 세상의 모든 총알 말이야.
>
> – 〈잘 됐어!〉 전문

〈잘 됐어!〉는 반전의 기법을 사용한 비교적 모범적인 작품이라고 할 수 있다. 마지막 행 '세상의 모든 총알 말이야'를 읽는 순간 이 작품의 첫 행에서 예상한 작품의 결말이 보기 좋게 빗나가고 말았다는 놀라움을 안길 수밖에 없다.

1연에서 지구 환경 문제나 지구 온난화 문제를 제기한다고 느낄 수 있을 것이다. 2연에서도 마찬가지로 녹아 내리는 만년설이나 빙산의 모습을 보여 줌으로써 지구 환경의 심각성을 고발하는 것으로 유도하고 있음을 보고 예상대로 흘러간다고 할 것이다. 하지만 3연의 '총알'은 말 그대로 독자의 가슴에 강렬한 충격을 주는 반전의 소재가 된다.

이 작품은 결국 지구 환경 문제가 아니라 전쟁, 무력, 폭력 등 인류의 어둡고 부정적인 모순의 제거라는 조금 무거운 주제를 표현하고 있다. 단순히 온도계의 눈금을 올리고, 눈과 얼음을 녹인다는 지구의 온난화 문제라는 수준으로 끝내지 않고, '총알'이라는 인류 파멸의 도구를 소멸시키자는 고차원적인 수준으로 시 의식을 끌어 올리고 있는 것이다.

> 내일 중서부 지방은 눈이나 비가 내리고 / 기온은 영하로 떨어져 / 눈과 진눈깨비가 얼어붙으면서 / 미끄러운 출근길이 예상됩니다. // 대설 경보가 내려진 강원 산간과 동해안 지방은 / 많은 눈이 내려 / 무릎이 풍풍 빠질 정도의 적설량을 보이겠습니다. // 남부 지방 역시 기압골의 영향을 받아 / 한두 차례 눈이 내리겠습니다. / 이러한 꽃샘추위는 / 모레까지 이어질 것으로 내다 보입니다. // 여기까지

> 였다. / 끝내 북한은 눈도 오지 않았고 비도 오지 않았다. / 맑음도 흐림도 추위도 풀림도 없었다. / 지도의 절반은 텅 비어 있었다.
>
> – 〈일기 예보〉 전문

〈일기 예보〉도 앞의 작품처럼 마지막 행에서 반전의 모습을 보여 주고 있는, 일기 예보를 활용한 남북한 화해나 통일에 대한 희망을 노래한 작품이다. 이 동시의 각 연과 행들은 마지막 4연의 마지막 행을 위한 방편일 뿐이다. 지은이는 일기 예보를 통하여 우리들의 아픈 분단의 현실을 날카롭게 꼬집고 있다.

1연에서는 중서부 지방에 대한 평범한 일기 예보이다. 오히려 운문적 요소가 부족하고, 개성적인 표현도 없다. 2연에서도 마찬가지이다. 강원 산간과 동해안 지방에 대한 사실적인 일기 예보이다. '풍풍'이라는 시어 이외는 어떤 시적인 표현이 없다. 3연도 남부 지방에 대한 단순한 일기 예보이다.

여기까지 읽으면 나열된 각 지역 일기 예보에 대해 실망하거나 의아할 것이다. 하지만 마지막 4연을 읽어 보면 1~3연을 간단하게 해석하고 처리해야 할 것이 아니라는 사실을 발견하게 될 것이다. 지은이의 치밀한 구성에 따라 열거 배치된 세 연인 것이다. 지은이는 1연부터 3연까지 계속 독자들의 시적 긴장감을 한꺼번에 쏟아부었다. 효과의 극대화를 위한 시적 전개였던 것이다.

4연 1행 '여기까지였다'는 보통 예사롭지 않다. 2행의 '끝내'라는 시어 속에는 서운함과 배반감 같은 감정이 섞여 있다. 당연히 4연에서는 북부 지방의 일기 예보가 나와야 하는 것이다. 결국 나오지 않았으므로 3행까지 우리들 모두의 마음을 아프게 찌르고 있는 것이다. 이제 남한 국민들부터 고정 관념을 깨야 한다고 지적하고 있다. 마지막 시행 '지도의 절반은 텅 비어 있었다'에서 드디어 텅빈 우리의 머리에 충격을 주고 있는 것이다.

〈일기 예보〉는 직접 남북한 민족 화해와 통일을 노래하고 있지 않다. 한민족 통일이란 무거운 주제를 결코 무겁게 풀고 있지 않다. 또 너무 가볍게 처리하지 않고 있다. 〈일기 예보〉는 북부 지방의 일기 예보를 하지 않는 것을 비판하면서 자연스럽게 민족 통일 문제를 접근하였던 것이다.

> 뉘집에선가 / 수탉이 목을 빼 / 새벽을 깨웠다. // 읍내 가는 첫차일까 / 고동소리를 지르며 / 다릿목께를 돌아간다. // 슬슬 / 창문이 밝아오고 있다. // 아, 잠들지 않고 / 무거운 몸을 / 또 한 바퀴 돌린 지구 // 늘 열심이다.
>
> – 〈이른 새벽에〉 전문

어린 나무 한 개가 늘면 / 그래, 파란 꿈 한 개가 더 느는 거다 / 꿈, 꿈을 먹고 살아야 해 / 산은 곰곰이 생각에 잠긴다 // 여기 빈터엔 어떤 나무로 채운담? / 저기 패인 자리엔 어떤 나무를 앉힌담? / 때늦은 태풍이라도 덤벼들어 / 나무들이 상처를 입으면 어쩌나 / 말이 없으면서도 산은 신경을 곤두세운다. // 이럴 때, 산은 꼭 아버지 같아.

– 〈아버지 같다〉 전문

갈대숲에서 / 푸드득 새가 날아오른다. // 그 옆, 그 옆, 그 옆, 그 옆, 그 옆…… / 일제히 날아올라 / 새까매진 하늘 // 하늘이 휘청댄다.

– 〈겨울새 29〉 전문

〈이른 새벽에〉, 〈아버지 같다〉, 〈겨울새 29〉도 역시 마지막 연에서 반전의 기법을 사용하였다. 하지만 반전의 형태가 앞 작품 〈잘 됐어!〉나 〈일기 예보〉와 사뭇 다르다. 앞 작품들은 예상치 못한 주제 제시형의 반전이라고 한다면 이 세 작품들은 마지막 연에 채워질 시상 내용을 과감히 줄여 한 행으로 전체를 마무리 짓는 시상 축약형의 반전이라고 할 수 있다.

각각 마지막 시행에서 시적 전개를 단단하게 마무리 지으면서 주제를 제시하고 있음을 볼 수 있는데, 〈이른 새벽에〉에서는 우주 섭리에 따른 지구 자전의 무생물성을, 충실한 삶을 사는 인간의 속성에 빗댄 반전의 시구 '늘 열심이다'에 끄덕이고, 〈아버지 같다〉에서는 산의 배려 깊은 묵직함을, 가족에 대한 아버지의 자애로움에 비유한 반전의 시구 '이럴 때, 산은 아버지 같아'가 기막히고, 〈겨울새 29〉에서는 비상하는 철새들로 인해 하늘에 빈 공간이 없음을 무게감으로 계량화한 반전의 시구 '하늘이 휘청댄다'가 기막히다.

마지막 연을 느슨하거나 안이하게 마무리 지음으로써 작품의 질을 떨어뜨리는 동시인들이 무수히 많이 있는 현실을 볼 때 윤삼현의 신선한 반전 기법은 매우 모범적인 범주에 든다.

5. 치열한 역사의식

바람은 눈에 보이지 않게 / 나뭇잎새를 흔들며 / 지나가고 있습니다. // 그렇게 / 보이지 않는 역사의 바람은 / 쉬지 않고 / 과거에서 현재를 지나 / 미래 쪽으로 흘러갑니다.

동시집 《유채꽃 풍경》 제1부 머릿글에서 윤삼현이 언급한 말이다. 그의 역사에 대한 인식의 일 단면과 동시 문학에서의 역사가 왜 필요한지를 운문 형식을 빌어 역설하고 있다.

윤삼현의 역사의식에 대하여 언급한 이들이 꽤 많다. 첫 동시집《유채꽃 풍경》의 머리말에서 이재철은 '강한 역사의식이 바탕에 깔린 작품들로 역사적 사건이나 인물들을 소재로 쓴 동시가 많으며 민족의식이나 전통의 문제 혹은 시간의 문제를 다룬 작품이 많다'고 하였다. 그리고 김종헌은 1980년대의 전반적인 동시의 경향을 개관하는 글[4]에서 동시 문단의 특징을 네 가지로 정리하였는데 첫째 이창건, 김숙분, 이화주 등의 '고향의 서정과 동화적 상상', 둘째 임길택, 정두리, 전병호, 김은영 등의 '리얼리티와 서정적 회감', 셋째 권영상, 신형건 등의 '동시의 남성성과 일탈의 동심', 넷째 박성만, 윤삼현, 이정석, 신현배 등의 '역사의식과 율격의 계승'으로 압축하였다. 그중 윤삼현 등의 동시에서의 역사의식은 '1960년대부터 지속적으로 이어지고 있는 장동시와 연작 동시의 형태를 빌려 활발하게 창작되었다'고 하였다. 또한 최명표도 앞글 〈물과 바다의 변증법〉에서 '윤삼현의 시를 읽는다고 할 때, 그것은 역사책을 보는 듯하다. 그의 시가 철저한 역사적 상상력에 터한 시 쓰기'라고 하면서 역사적 소재에 대해 표까지 만들어 윤삼현의 '역사적 상상력의 시적 발현'을 강조하였다. 전병호도 앞의 글에서 '역사적 상상력을 발휘하여 민족의식을 표출해 내는 시들이 윤삼현의 시 세계를 가장 특징적으로 보여 주고 있다'고 하였다.

이처럼 윤삼현의 동시에서 가장 강렬하게 나타난 특징은 치열한 역사의식이라고 할 수 있다. 특히 제1동시집에 잘 나타나 있는데, 그의 역사적 상상력은 백의민족의 영산 백두산 천지에서부터 백제, 조선, 동학 혁명, 4·19혁명까지 종횡무진하다.

남 앞에서 / 우쭐대기 싫어하는 / 흰옷의 할아버지처럼 // 소리 없이 / 밤사이에 / 내려쌓인다.

– 〈눈은〉 전문

초복 더위께 / 경포대 골짜기를 들어섰다. // 가슴 철렁하도록 / 속 시원한 물소리가 / 튕겨 나왔다. // 정신이 번쩍 나게 / 왕인 박사 글 읽는 소리도 / 섞여 나왔다.

– 〈월출산 물소리〉 전문

아빠 엄마는 / 어디만큼 왔냐 물음에 / 늘 당당 멀었다. / 새우한테 침 맞을까 봐 / 붕어한테 뺨 맞을까 봐 / 서둘러 온 게 이모 고모네 집. // 우리들은 / 똑같이 입을 모아 / 어디만큼 왔냐 / 철조망을 넘

---

4 김종헌, 〈시대정신 표출에 한계 지녀-1980년대 동시를 중심으로〉, 〈오늘의 동시 문학〉 31호, 2010, pp.10~31

었다 / 어디만큼 왔냐 / 압록강 철교도 보인다. / 어디만큼 왔냐 / 고구려 땅에 왔다.

– 〈어디만큼〉 전문

〈눈은〉, 〈월출산 물소리〉, 〈어디만큼〉에는 윤삼현의 역사적 상상력이 매우 자연스럽게 녹아들어 있다. 자연 풍경을 노래하거나 일상생활을 표현하면서 슬쩍 역사적 인물이나 사건, 지명을 끼워 넣어 작품의 내적 공간을 통시적 역사 공간으로 확장시키고 있다. 이런 작품들이 그의 제1, 2동시집에 꽤 많이 수록되어 있다.

〈눈은〉에서는 겨울밤에 몰래 조용히 내리는 눈의 속성과 우리 민족의 겸손함을 동일하게 처리함으로써 독자의 상상력을 역사 쪽으로 확장시키고 있고, 〈월출산 물소리〉에서도 월출산 경포대 물소리 속에 백제 영암 출신 일본 아스카 문화의 원조인 왕인 박사의 '글 읽는 소리'를 슬쩍 끼워 넣고 있으며, 동요 '어디만큼 왔냐 당당 멀었다'와 관련된 〈어디만큼〉에서도 화자의 마음, 발걸음이 휴전선 '철조망'을 넘고, '압록강 철교'를 밟은 뒤 만주 발해나 '고구려 땅'까지 근원적 내 땅 내 조국을 마냥 내달리고 싶은 목마른 소망을 보이고 있다.

초 여름밤 / 가득한 개구리 울음소리 // 수삼 년 내리 풍년 들녘에서 / 시원시원 가락을 짜내고 있다. // 그 옛날 갑오년 / 고부 땅 논 개구리들은 // 까칠한 흙바람을 마시며 또 / 어떤 모습으로 울고들 있었을까.

– 〈개구리 울음소리〉 전문

올봄도 / 소리 없이 온 산을 / 물들였구나 // 슬픔을 먹고 / 환하게 살아난 꽃 // 그날 형은 / 서울에서부터 / 하얀 상자 속에 담겨 / 동구를 들어섰다. // 내밀던 동화책 대신 / 사월의 용기를 자랑하듯 / 검은 사진틀 속에서 웃고 있었지. // 해마다 봄이면 / 형이 잠든 / 해피골짝 참꽃은 / 빛깔을 더해 / 붉은 입술을 / 내밀고 있다.

– 〈참꽃〉 전문

〈개구리 울음소리〉나 〈참꽃〉은 우리나라 근·현대사에서 중요한 사건인 동학 농민 운동과 4·19혁명을 배경으로 전개한 작품이다. 〈개구리 울음소리〉에서는 현재 풍년 들판의 개구리 소리와 갑오년 고부 땅 개구리 소리를 절묘하게 대비 시켜 당시 착취당하는 농민들의 고통과 슬픔을 그리고 있다. 개구리 소리가 수많은 농민들의 절규로 들리게 하는 것은 3연 시어 '까칠한 흙바람'이다. 〈참꽃〉에서는 4·19혁명 때 희생된 시적 화자의 형을 직접 등장시켜 전개하고 있어 더욱 생생한 역사적 현장감을 느낄 수 있다. 이렇게 사건과 직접 관련 인물을 시적 화자로 등장시켜 진술하게 한 것은 윤삼현의 역사의식이 그만큼 뜨겁고 치열하다는 것을 의미한다.

윤삼현의 역사의식이 과거 쪽으로 향해 있는 것은 아니다. '과거에서 현재를 지나 / 미래 쪽으로 흘러갑니다'라는 그의 노래처럼 미래에도 관심을 두고 있다. 바로 민족의 통일 문제로 역사의식을 확장·발전시키고 있다는 점이다. 앞 꼭지에서 제시된 〈일기 예보〉가 그 좋은 예라고 할 수 있다. 〈별밭〉 동인지 23집에도 미래의 남북통일에 대한 희망을 노래한 작품이 있다.

> 세모, 네모, 마름모 / 퍼즐 조각을 맞춰나가듯 // 한반도를 / 그려간다면 // 잘못 맞춘 조각은 / 얼른 바꾸면 될 게고 // 흐트러진 모양을 / 끙끙대며 꿰맞춰 나가면 / 이윽고 제 모습 드러낸 한반도 // 퍼즐 맞추기 하듯 / 통일은 안 되나?
>
> – 〈퍼즐 맞추기〉 전문

마지막 행의 '통일'은 너무 직설적인 시어이긴 하지만 미래를 향한 윤삼현의 역사의식의 한 단면을 볼 수 있다.

6. 닫으며 : 느림의 동심

윤삼현은 서정적 지역주의라는 아름다운 색채를 지닌 해남시파의 일원이다. 특히 그는 서정적 지역주의 중 원색에 가까운 강렬한 색채를 발산하는 문학가라고 할 수 있다. 그는 이런 꽃향내 짙은 서정미 외에 울림을 주는 감수성, 기발한 반전, 치열한 역사의식, 느림의 동심 등의 문학적 스펙트럼을 지니고 있다.

여기서 윤삼현의 문학을 마무리하면서 그의 삶과 관련된 특징으로 느림의 동심을 살펴보고자 한다. 윤삼현의 일상이나 성격은 다른 사람과 비교할 때 느린 편에 속한다. 그러다 보니 여유와 느긋함 또는 아량으로 보이기도 하고, 흔들림이 없는 과묵함으로 느끼기도 한다. 그 문학의 특성 중 하나인 느림의 동심은 그의 일상과 성격 속에서 배태된 것인지 모른다. 느림의 동심은 서정미, 감수성, 반전, 역사의식과는 다르게 그의 일상적 삶과 밀접한 관련이 있다고 할 수 있다.

> 바위섬을 / 파도가 덮친다 // 단정한 옷차림을 흩트리지 않는 / 물새들 // 잠깐 튀어 올랐다 / 다시 느긋하다. // 가파른 세월 속 / 흰 물새들 // 저렇듯 끈덕지고 / 변함없이 // 제자리 지켜 / 살아 왔구나.
>
> – 〈흰 물새〉 전문

들소 떼를 쫓느라 / 사자는 헉헉 숨이 가쁘다 / 치타한테 쫓기느라 / 얼룩말은 숨이 턱에 찬다 / 이들은 늘 속도위반이다 // 하지만 / 늘보는, 늘보는 / 쫓느라고 눈에 쌍불을 안 켜도 되고 / 쫓기느라고 헐떡일 필요가 없다 // 오늘도 자기만의 속도로 / 느릿느릿 나무를 탄다.

– 〈늘보 원숭이〉 전문

〈흰 물새〉와 〈늘보 원숭이〉는 윤삼현의 자질과 성격을 엿볼 수 있는 작품이라고 할 수 있다. 느긋하게 제 자리를 지키는 '흰 물새'나 느릿느릿하게 일상을 보내는 '늘보 원숭이'의 모습에서 그와 유사한 점을 찾아낼 수 있다. 〈흰 물새〉와 〈늘보 원숭이〉에서 그 느림의 동심을 보여 주고 있다.

특히 〈늘보 원숭이〉는 약육강식의 인간 사회를 우화적으로 질타하면서 바삐 사는 인간들에게 느림의 미학을 들려주고 있다. 이 작품은 동물들의 관계를 통해 궁극적으로 인간과 인간의 관계를 이야기하고 있다. 강자와 약자의 관계인 사자와 들소의 관계나 치타와 얼룩말의 관계를 말하는 것이 아니라 바삐 움직이는 동물들과 느림보 동물 늘보의 관계를 말하는 것이다. 늘보의 느린 생활은 신의 축복이다. 쫓지도 않고 쫓기지도 않는 느긋한 늘보는 분명 하늘의 은혜이지만 인간의 입장에서 보면 여유와 느림은 인생사를 배울 수 있는 중요한 대상인 것이다. 인간 사회에서 얼마나 많은 속도 위반과 추월 등이 벌어지고 있는가. 빨리 성공하기 위해 어릴 때부터 영재 교육과 과외, 조기 유학, 부정 입학을 서슴지 않는다. 고속 승진을 위해 비방, 모함, 투서, 비리를 끊임없이 저지른다. 매스컴에서 21세기는 초고속, 초전도, 초고층, 극미세, 극대화, 고밀도, 고소득 등 빠르고 거대하며 접근하기 어려운 것들의 시대가 될 것이라고 구미에 당기는 예측을 목이 쉬도록 외치고 있다. 정말로 우리들은 얼룩말보다 더 빨리 쫓기고 있는지 모른다. 치타보다 빨리 그 무엇인가를 쫓아가고 있는지 모른다. 옆이나 뒤를 돌아볼 시간이 없는 것이다.

윤삼현은 '자기만의 속도'를 강조한다. 느림은 인간이 가졌던 근원적 행동 방식이다. 느림 속에서 철학이 나오고, 여유 속에서 예술이 나오고, 너그러움 속에서 문학이 나오는 것이다. 느림은 자아에 대한 확실한 인식 속에서 나오는 것이다. 그는 늘보 원숭이를 통해 인간의 여유와 너그러움을 이야기하고 싶은 것이다. 느림은 반문명적인 도발이 아니라 자연 순응적이고 자연 친화적이며 가장 인간적인 양식이라고 할 수 있는 것이다.

어린이와 함께 선생이 걸어온 길

1953년 전남 해남군 현산면 일평리에서 윤재근(해남군 교육 위원)과 민경순 사이 외아들로 태어남.

1960년 현산초등학교에 입학하여 3학년 때부터 문예반에 들어감. 4학년 때 군백일장 대회에서 해남군수상을 수상함.

1964년 5학년 때 광주수창초등학교로 전학함. 낯선 도시생활에 적응을 못해 극심한 심리적 불안을 겪음.

1966년 광주동중학교에 입학함. 한국 문학 및 고전읽기에 심취함.

1969년 광주고등학교에 입학함. 2학년 때 고전반에서 활동함. 〈고전경시대회〉 전남교육감상을 수상함.

1972년 목포교육대학에 입학함. 교육대 방송실 아나운서 겸 방송부장을 맡음.

김길호 선생이 지도하는 연극반에서 안톤 체홉 작 〈곰〉과 도날드 엘비미첼의 〈파란 리본〉을 공연함. 써클 발표회 때 〈수업료를 돌려줘요〉의 주역을 맡음.

1974년 대학 졸업 후 고향에 있는 현산서초등학교에서 강사(3학년 담임)를 지냄.

군대에 들어감. 제3하사관학교를 거쳐 26사단에서 보병 하사로 복무(34개월)함.

1977년 해남 북평중앙초등학교로 발령이 남. 문예반을 맡음(이후 14년 고향에서 근무).

1979년 김매실과 결혼함.

1980년 장남 윤영신이 태어남. 본격 문학 수업에 들어감.

1981년 〈새교실〉에 유경환 시인 추천으로 시를 게재함.

1982년 차남 윤영학이 태어남.

〈광주일보〉 부설 향토문화연구소 연구 위원으로 위촉됨. 해남 지역 문화 유적 발굴 및 답사를 감.

〈광주일보〉 신춘문예에 동시 〈뻥튀기〉가 당선됨(심사: 김요섭).

1983년 〈동아일보〉 신춘문예에 동시 〈달이 그린 수채화〉가 당선됨(심사: 어효선, 이재철).

1984년 남촌문학회 창립 회장을 역임함. 이후 '청소년백일장' '시낭송대회' '학생경로효친 백일장' '남촌문학상제정' 등 향토 문학을 이끎.

1986년 월간 〈아동문예〉에 '새생활 바른글'을 연재함.

제1회 남촌문학상을 수상함. 해남군 학예 발표회 등 각종 작문 및 동화구연을 심사함.

1987년 제7회 '우리고전 읽기' 독후감 당선됨(문공부장관상).

첫 동시집 《유채꽃 풍경》을 발간함.

1988년 시조문학 천료.

작문 길잡이 《새생활 바른글》을 발간함.

〈광주일보〉 신춘문예에 〈달을 타고 온 동이〉가 당선됨.

1990년 북경대학 조선문화연구소 초청으로 16일간 백두산을 답사함.

1991년 해남군민의상 수상함(교육 문화 체육 부문).

1992년 광주 살레시오초등학교로 전출되어 11년간 근무함.

수필집 《백두산 가는 길》을 발간함.

1993년 TV 드라마 대본 〈내 마음 변덕쟁이〉가 광주 KBS에서 추석 특집으로 제작 방영됨.

살레시오초등학교 꿈나무 큰잔치 연극 〈수평선 저 너머〉를 연출하고 공연함.

1994년 한국방송대학교 국어국문과를 졸업함.

1995년 열린 교육학회 일본 연수(나고야 지역)를 감.

1996년 제1회 광주·전남 아동문학인상을 수상함.

동시 〈별 보던 밤〉이 특수학교 1종도서 6학년 1학기 국어 교과서에 수록됨.

이후 7차 교육 과정 4학년 1학기 과학 교과서에도 수록됨.

제2동시집 《엄마 휘파람새》를 발간함.

1997년 21세기문학상 본상을 수상함.

1998년 전남대학교교육대학원 국어과를 졸업함(중등 국어교사 자격).

1999년 순천대학교 문예창작과에 출강을 나가 10년간 겸임으로 강의함.

제22회 전남문학상을 수상함.

2000년 광주광역시예술공로상을 수상함(광주광역시장).

2001년 조선대학교 국문과 박사 과정에 입학함.

2002년 〈광주일보〉 신춘문예 동화를 심사함(연 3회 심사).

2003년 제3동시집 《겨울새》를 발간함. 한국동시문학회 '올해의 좋은 동시집'으로 선정됨.

한국 시사랑회 '어린이 좋은 동시집'에 선정됨.

2004년 〈전남일보〉 신춘문예 동화를 심사함(연 3회 심사).

동화집 《눈사람과 사형수》를 발간함.

광주교육대학교 '아동문예지도의 이론과 실제' 겸임 출강함.

제13회 한국아동문학상을 수상함.

2005년 동신대학교 '문학의 이해' 과목에 출강함.

대학 교재 《아동문학창작론》을 발간함.

김수영 시 연구 논문으로 조선대학교 박사 학위를 취득함.

2007년 〈무등일보〉 신춘문예 동화를 심사함.

2009년 정지용 기념 사업회 초청 일본 도시샤 대학에서 〈정지용 동시 세계〉 발제 강연을 함.

그림동화집 《붕붕이의 여행》을 발간함.

시조시집 《뻐꾹소리를 따라가다》를 발간함.

국어과교육 연구와 교육발전 공로로 녹조근정훈장을 받음.

2010년 광주광역시교육청 국어과 장학 위원이 됨.

2012년 수석 교사 자격으로 문산초등학교에 근무함.

광주교육대학교 대학원에서 〈초등시교육론〉, 〈아동문학론〉을 강의함.

2013년 아동문학 수필 담당으로 생오지 문예대학교수가 됨.

동화 〈철마와 소녀〉로 제9회 광주일보문학상을 수상함.

2014년 시조 〈헌 책방 앞에서〉로 제10회 무등시조문학상을 수상함.

2015년 〈무등일보〉 교단컬럼 집필을 담당함.

광주여자대학교 '교직실무' 과목으로 출강을 감.

정년문집 〈시간의 발자국 소리에 귀를 깨우며〉를 발간함.

2016년 동화 〈분무기 형사〉로 제9회 대한아동문학상을 수상함.

장편동화집 《대추씨 시인의 가을기도》를 발간함.

창작동화집 《백년을 기다린 대나무꽃》을 발간함. 새싹회 '화제의 책'으로 선정됨.

한국 아동문학가 100인

백승자

인물론

마삭줄 닮은 은은한 향기

작품론

동화의 옷을 입은 삶의 원형

어린이와 함께 선생이 걸어온 길

마삭줄 닮은 은은한 향기

박선미

1. 인연

그녀는 서울에 살고 나는 부산에 산다. 그녀는 충청도 예산의 아름다운 산골 마을이 고향이고 나는 부산 토박이다. 그녀는 아들 둘을 가졌고 나는 딸 셋을 가졌다. 그녀는 B형이고 나는 AB형이다. 그녀는 이십 대인 1988년에 등단한 중진 동화작가이고 나는 성인 시단을 얼쩡거리다 삼십 대 후반에 등단을 한 늦깎이 동시인이다. 그러니 그녀와 나 사이에 공통점은 거의 없는 셈이다.

하지만 우리 둘은 잘 통한다. 자주 만나지는 않아도 서로의 마음을 다 아는 양 싫고, 그녀가 아프면 내 마음도 덩달아 아프고, 문단에서 일어나는 크고 작은 일에 대한 생각도 일치하고, 좋아하는 사람도 비슷하고, 살갑게 연락하고 지내지 않아도 늘 그립다.

내가 그녀를 깊이 알게 된 것은 〈열린아동문학〉의 편집 간사를 맡은 덕분이다. 2009년 유경환 선생님이 발행하시던 〈열린아동문학〉을 배익천 선생님이 맡으면서 새로운 편집 팀이 꾸려졌다. 배 선생님의 오랜 동화지기인 강원희, 김병규, 소중애, 송재찬, 이규희, 이동렬, 이상교, 이영원 선생님과 함께 유경환 선생님을 도와 오랜 시간 〈열린아동문학〉 편집 위원으로 활동한 한명순, 백승자 두 분도 편집 위원으로 모셨다. 여기에 배익천 선생님의 피붙이 같은 친구이자 '아동문학의 영원한 방파제'를 자처하는 홍종관 사장님이 발행인으로 참여하다 보니 자연히 〈열린아동문학〉의 근거지도 부산으로 옮기게 되었다. 편집 주간 배익천 선생님이 컴맹(?)이라 실무를 도와줄 편집 간사가 필요했는데 여러 편집 위원들의 추천으로 내가 참여하게 된 것이다. 1950년을 중심으로 모인 다른 편집 위원과 연배가 차이 나는 그녀는 편집 간사인 나와 어울리는 게 편했을 듯하다.

물론 그 이전에도 첫 동시집을 낸 나에게 그녀는 자신의 동화집 《개구리야 정말 미안해》를 보내며 그녀를 닮은 얌전한 글씨체로 '편편의 동시가 참 좋구나! 하며 읽어 가다 보니 정두리 선생님의 작품 해설이 있군요. 여간해서 발문 안 쓰시는 분이신데…… 시작할 때의 마음으로 평생 창작 활동하시길!' 하는 축하의 인사를 적은 엽서를 동봉하여 보내 준 일도 있고, 세미나 참석차 부산을 찾은 그녀를 고속버스 터미널까지 배웅했던 기억도 있지만, 그녀와의 제대로 된 만남은 고성의 숲에서 가진 〈열린아동문학〉 첫 편집회의였을 것이다.

가무에 능한 편집 위원들 사이에서 가무에 능하지 못한 우리 둘은 선배님들의 뒷바라지에 일심동체였고, 밤늦도록 이야기를 나누다 한 살 터울인 걸 알고는 자연스럽게 친구가 되었다.

그날 이후 들꽃을 좋아하는 그녀의 마음이 동하는 (대체로 직장이 있는 나를 배려하여 날을 잡지만) 봄이나 가을의 어느 멋진 날, 연지리의 아름다운 '동시동화나무의 숲'에서 하룻밤 묵기도 하는데, 만났다 하면 이야기를 하느라 밤을 꼴딱 새운다. 나는 간혹 그녀와 내가 전생에 무슨 일이 있었나 싶을 정도로 각별한 느낌이 들기도 한다. 밤샘 얘기하며 알게 된 그녀는 나를 깜짝 놀라게 한 적이 여러 번이다. 평소 무명천에 들꽃 수를 놓고 수묵화를 그리고, 봄이면 진달래 화전을 굽고, 가족들을 살뜰히 챙기는 현모양처의 전형이라 생각했던 그녀. 그런데 학창 시절 웅변도 했고, 전교 회장까지 했다는 것이었다. 아무리 시골의 작은 학교라지만 남녀 공학인 중학교에서 웅변과 학생회장은 당찬 남학생의 전유물이 아니었던가?

또 문학의 열병에 빠져 기말고사를 팽개치고 절에 들어가 일주일씩 머물다 온다든지, 미술 대학 진학의 길이 막히자 입산을 생각하며 암자에 머물다 오기도 하는 용감한 면도 있었다. 대학 졸업 때까지 수학여행을 제외하고는 1박 2일 여행도 혼자 떠난 적이 없어 지금에서야 일탈을 꿈꾸는 나는 그녀의 용기가 얼마나 부러웠는지 모른다.

대학 졸업을 앞두고 지경사 편집부에 입사하게 된 배경을 들었을 때는 더더욱 놀라웠다. 신입 사원을 뽑기 위해 딱 하루의 시간을 주고 원고지 70매 분량의 소설 한 편을 써 오라는 과제를 주었는데, 아무도 못한 과제를 혼자 해 가서 당당히 입사를 했다는 것이다. 그런 과제를 준 출판사도 어지간하지만, 밤새워 그 과제를 해 간 그녀도 독한 사람이지 싶다.

이런 그녀의 당참과 열정이 오늘의 동화작가 백승자를 만드는 디딤돌이 되었을 것이다.

2. 문학

그녀는 1988년 가을, 전국 마로니에 백일장에 장원을 하며 문단에 데뷔했다. 마감 시간에 쫓겨 수필 대신 단숨에 휘갈기듯 써낸 12매짜리 동화가 장원으로 뽑혔다니 동화작가로서 살라는 운명은 이미 정해진 것이 아니었을까 생각된다.

같은 해 12월 아동문예문학상에 동화가 추천되어 본격적인 작가의 길을 걷게 된 그녀는 첫 동화집 《어미새가 사랑하는 만큼》을 낸다. 그리고 《펭귄의 꿈》 이후 세 번째 작품집 《호수에 별이 내릴 무렵》으로 한국아동문학상을 수상하는 영광을 안았다. 세 번째 동화집으로 모두가 부러워하는 한국아동문학상을 받다니!

그녀가 다른 작가들보다 문학적 성과를 빨리 이룬 배경에는 그녀의 유년 시절이 한몫을 단단히 했으리라 짐작된다. 예당저수지를 낀 아름다운 자연환경과 더불어 한지에 손글씨로 옮겨 쓴 이야기책을 손주들에게 수없이 읽어주신 할머니, 고단한 농촌 살림을 하는 중에도 여름마다 손톱에 봉숭아 물을 들이는 일을 잊지 않으시고, 음식 하나하나에도 색색의 고명을 얹을 만큼 정성을 들이던 어머니와 깊은 속정으로 세상 아무것도 두렵지 않게 감싸 주던 아버지, 그리고 책을 좋아하는 언니, 오빠들 사이에서 사랑을 듬뿍 받으며 어린 시절을 보낸 그녀인지라, 그녀의 문학성은 저절로 길러졌으리라.

비록 뵙진 못했지만 여든 고개에 이르렀으면서도 마흔 살 막내딸을 세 살 아이같이 바라보시던 어머니가 딸의 수상 소식에 얼마나 기뻐했을지 눈에 선하다. 아니, 어쩌면 어릴 때부터 책을 보느라 밤을 새우고 백일장을 나갔다 하면 큰 상을 타오고, 대학 때는 교내 소설문학상에 2년 연속 장원을 하는 막내를 보며 어머니는 딸의 미래 모습을 미리 짐작했을지도 모른다.

이후《백조가 된 아이》,《삼촌이 날아가 버렸어요》,《엄마는 나만 미워해》,《개구리야 미안해》를 출간하며 문학성과 함께 성실한 작가로 주변의 인정을 받았던 그녀는 10년쯤 책을 내지 못했던 시절도 있었다고 한다.

그녀는 그동안 글 농사 대신 자식 농사에 열중하여 어느 농부도 부럽지 않는 훌륭한 수확을 거두었다. 큰아들은 거창고등학교를 졸업하고 남들이 부러워하는 고려대학교 법대를 나와 현재 공군 장교로 군 복무 중이며, 둘째 아들은 대원외고를 졸업하고 뉴욕대학교(NYU)를 거쳐 서울대학교 대학원 언론정보학과에 재학 중이니, 그녀의 두 아들은 엄마의 작품 없는 십 년 시간을 보상해 주는 훌륭한 작품인 셈이다.

내가 아는 그녀는 다작을 하는 작가는 아니다. 하지만 드물게 발표하는 작품마다 참 고운 그녀의 결이 담겨 있어 가슴 뭉클하게 한다. 그녀는 “쉽고도 재미난 동화가 많은 이즈음, 나는 왜 슬프고도 아름다운 동화를 꼭 쓰고 싶었는지 모르겠다.”는 이야기를 한 적이 있는데, 남부러울 게 없는 그녀에게도 가슴 아픈 기억이 있기 때문이라는 생각이 든다.

그녀는 아홉 살에 사랑하는 언니를 잃었던 슬픈 기억을 가지고 있다. 사랑하는 사람과의 이별, 그것도 이별 중 가장 잔인한 이별인 죽음을 어린 날에 겪은 그녀인지라 그녀의 작품은 유독 죽음에 대한 내용을 많이 다루고 있는 것이리라. 사랑하는 이의 죽음을 다룬 대표적인 작품이《해리네 집》인데, 나는 이 책을 받자마자 앉은 자리에서 마지막 장까지 단숨에 읽었다. 책을 읽으면서 얼마나 울었던지 수건 한 장이 흠뻑 젖고, 책장을 덮고 나서도 가슴이 먹먹해져 한동안 잔울음이 나올 정도였다. 나를 울린《해리네 집》은 제22회 방정환문학상을 받아 그녀의 진가를 한 번 더 확인할 수 있었는데, 그녀는 '오랜만에 동화책을 낸 게으른 작가에게 주시는 매운 채찍에 정신이 번쩍 듭니다. 천천히 가더라도 꼭 제 길을 찾아가겠습니다.'라고 수상 소감을 밝혔다.

약속을 잘 지키는 아이처럼 그녀는 수상 소감에서 말한 '길'을 잘 찾아가고 있다. 그 증표로《아빠는 방랑 요리사》를 출간하며 새로운 도약의 시기를 맞았다.《아빠는 방랑 요리사》에 실린 8편의 단편 동화는 '가족'이라는 키워드 아래 현실 속 아이들의 이야기를 잔잔한 감동과 함께 풀어내고 있는데, 그중 〈거실의 커다란 코끼리〉는 한국아동문학인협회에서 분기별로 주는 우수작품상을 받은 이력이 있다. 〈아침햇살〉에 발표할 때부터 이 작품을 눈여겨 본 나는 교사들을 대상으로 하는 연수나 대학 강의 때 예로 들기도 했었는데, 역시나 심사를 맡은 김문홍, 소중애 선생님도 '이 작품은 지구촌의 이웃인 다른 민족을 우리의 새로운 가족의 일원으로 품어야 한다는 시의적절한 주제, 주제를 형상화하는 데 있어서 물 흐르듯 유려한 구성의 기법, 읽는 이의 가슴을 따뜻하게, 그러면서도 은근하게 데워 준 깊은 울림이 크게 다가왔다. 가장 큰 미덕은 결코 흥분하거나 가르치려 하지 않고 독자에게 접근하는 자연스러움이었다.'라고 평을 하셨다.

나는 그녀의 활활 타오르는 창작열이 오래오래 식지 않기를 기원하면서, 그녀가 말한 대로 '많이'도 아니고 '빨리'도 아니고 '화려하게도' 아니지만 그녀가 가진 심성만큼 고운, 그녀의 빛깔을 담은 동화를 계속 창작하리라 믿는다.

3. 인간 그리고 우리

재작년 방정환문학상 시상식 때였다. 축사를 맡으신 배익천 선생님은 다음과 같은 말씀을 하셨다.

"마삭줄은 곁에 있는 나무를 타고 오르기는 하지만 칡넝쿨처럼 칭칭 감고 오르지는 않지요. 작고 귀여운 잎사귀가 빨갛게 물들기는 하지만 겨울에도 유난히 반짝이며 살아 있고, 5월이 되면 도저히 꽃을 피울지 못할 것 같은 넝쿨이 아름다운 꽃을 피우는데 그 향기가 그윽하기 그지없습니다. 백승자 선생이 그렇습니다. 언제나 남을 배려하고 없는 듯하면서도 없어서는 안 될 사람, 말 한 마디 몸짓 하나하나에서도 향기가 나는 사람, 작품을 쓰면 그 작품과 함께 더욱 향기가 나는 사람입니다."

시상식장에 앉아 축사를 들으며 나는 마음속으로 탄복을 하였다.

'어쩌면 그렇게 많은 꽃 중에서 그녀를 닮은 꽃을 마술같이 찾아내셨구나.'

그렇다. 그녀는 마삭줄 같은 품성을 지녔다. 그녀가 마삭줄 같은 품성을 지녔다고 생각하는 데는 여러 사연이 있다.

2010년 내겐 참 각별한 친정어머니가 돌아가셨다. 친한 사이라도 거리가 멀면 우편이나 인편을 이용한 간접 조문이 일반화된 요즘 그녀는 서울에서 부산까지 찾아왔다.

30분의 조문을 위해 서울과 부산을 왔다 갔다 한 그녀의 정성은 두고두고 나를 감동시켰다.

두 번째 일은 우리 막내가 고등학교에 입학을 했을 때이다. 막내는 지리산 자락의 간디고등학교에 진학하여 기숙사 생활을 하였다. 거창고등학교에 큰아들을 유학시켜 본 경험이 있는 그녀는 우리 막내를 위해 친구들과 나눠 먹을 간식을 기숙사로 보내준 것이다. 엄마인 나도 미처 생각지 못한 일을 그녀가 먼저 한 것이다. 남의 입장을 잘 헤아리고 산다고 생각했는데 나는 번번이 그녀의 마음품은 따라갈 수가 없다.

세 번째는 내가 서덕출문학상을 받을 때이다. 시상식에 참석하지 못할 사정이 생긴 그녀는 시상식 며칠 전에 부산을 찾아왔다. 퇴근 시간에 맞춰 오면 내가 마중을 가겠다고 했더니 그러마고 대답을 하였다. 마중 가려고 전화를 했더니 그녀는 벌써 우리가 묵기로 한 호텔에 도착해 오히려 나를 기다리고 있었다. 직장 다니는 사람 피곤하지 않게 하려고 도착 시간을 속인 것이었다. 이후 나는 그녀의 도착 시간을 믿지 못하는 병(?)에 걸렸다.

이렇게 그녀는 언제나 남을 배려하고 없는 듯하면서도 없어서는 안 될 사람, 말 한마디 몸짓 하나하나에서도 향기가 나는 사람인 것이다.

요즘 그녀는 척추관협착증으로 엄청 고생을 한 뒤 수술을 했다. 작년 간염으로 입원한 나를 문병 온 것을 핑계로 나도 서울로 올라와 걱정을 나누었다. 혹시나 수술이 잘못되면 어쩔까 염려했는데 다행히 그녀의 허리는 말끔히 나아가는 중이다.

산딸나무의 하얀 꽃잎을 보면서, 은행잎이 노랗게 물드는 걸 보면서, 함께 보고 싶어 애타는 그녀는 내가 빨리 명예퇴직하길 기다리고 있는데, 이유는 마음 편히 같이 놀기 위해서이다. 우리는 노르웨이 여행도 꿈꾸고 있는데 꿈은 곧 이루어질 것이다.

나는 우리의 인연이 세월의 두께만큼 무르익어 가듯, 그녀의 동화도 그렇게 자연스럽게 익어 가리라 믿는다.

띄엄띄엄, 쉬엄쉬엄 가지만 그녀의 빛깔을 채운 그녀만의 동화는 앞으로도 우리를 기쁘게 할 것이다.

그녀를 닮은 마삭줄 향기처럼 은은하게 오래도록…….

동화의 옷을 입은 삶의 원형

송재찬

1. 들어가는 말

동화작가의 작품은 그가 걸어온 길들이 그대로 투영되기 마련이다. 그렇기 때문에 동화작가 백승자의 작품을 읽는다는 것은 그의 삶의 궤적을 추적하는 길이요, 그가 직간접으로 경험한 것들이 어떤 형태로 작품으로 탄생되었는지를 살펴보는 흥미로운 작업이다. 텍스트로 삼은 것은 그의 장기가 잘 드러나는《백승자 동화선집》(지식을만드는 지식, 2013),《아빠는 방랑 요리사》(청개구리, 2014)의 단편들 그리고 방정환문학상을 수상하며 그의 진가를 재확인 시켜준 장편《해리네 집》이다. 뿐만 아니라 그의 작품 세계를 좀 더 명확하게 들여다볼 수 있는 등단작(1988)과 개인사적인 모습을 엿볼 수 있는 몇 편의 산문도 참고하였다.

2. 가족 속으로 파고드는 죽음의 미학

1988년 평범한 가정주부였던 백승자는 마로니에여성백일장에 우연히 참가하였고, 아동문학 부문 장원을 차지하며 동화작가의 길로 들어서게 된다. 〈샘이와 송이〉란 제목에 드러난 것처럼 소박한 이 작품은 일곱 살 유치원생 샘이와 옆집 사는 말 못하는 아이 송이가 겪는 갈등과 화해, 더 나아가 진정한 이해를 바탕으로 한 우정을 그린 작품이다.

이 작품은 백일장이란 제약된 환경에서 급하게 써낸 12매짜리 단편으로 등단작이라 하기엔 너무 소품이다. 실제로 작가는 〈아동문예〉에 이 수상작이 1회 추천작으로 인정받고, 2회 추천작 〈다람쥐와 들꽃〉을 발표하며 정식 등단 절차를 거쳤다.

그러나 최초의 작품 〈샘이와 송이〉는 오늘의 동화작가 백승자를 이해하는 중요한 작품이고 그의 작품이 변모해 나간 길을 더듬는 귀한 자료이다. 〈샘이와 송이〉에 백승자다운 단서들은 아직 보이지 않는 듯하다. 그러나 말 못하는 송이를 친구로 받아들이는 배려, 약자에 대한 관심과 관대함, 〈무용 발표회〉로 상징되어지는 예술에 대한 시선. 그리고 '누가 뭐래도 송이는 내 친구야. 언제까지라도 아끼고 도와주겠어!'에 나타난 우정을 넘은 가족 개념의 인간관계 등은 백승자 동화의 장점과 특성들을 보여 준다. 이 작품에서는 이후 그의 작품에 자주 등장하는 죽음에 대한 문제는 아직 싹을 감추고 있다. 백일장이라는 특수성도 있겠지만 〈아동문예〉 2회 추천작에도 아직 죽음의 그림자는 보이지 않는다. 그러나 왕성하게 작품 활동을 하는 동안 죽음에 대한 자의식은 서서히 작품 안으로 파고들어 1990년 7월 〈아동문예〉에 〈새엄마와 종이배〉를 발표하는데 이는 초반부터 죽음을 언급한 작품이다.

엄마의 죽음과 토끼의 죽음을 경험하며 민주는 엄마에 대한 그리움과 상실감을 '이 다음에 난 마음 착한 새엄마가 될 테야.' 하는 꿈으로 대체하게 된다. 민주에게 절실한 것은 엄마라는 뜻을 다르게 표현한 것이다. 〈새엄마와 종이배〉는 백승자 작품에서 두 바퀴의 축, 가족과 죽음의 문제를 고스란히 내비친 중요한 작품이다. 죽음을 끌어들인 것도 그렇지만 백승자의 미적 취향이 잘 나타난 작품이기도 하다.

아내를 일찍 떠나보낸 아빠와 시인 아줌마의 만남, 그리고 작품 속 중요하게 나타나는 꽃의 이미지는 이 작품에서도 큰 힘을 발휘한다. 백승자가 죽음을 통해 보여 주고자 하는 것은 죽음의 어두운 그늘이 아니라 가족의 따뜻함이 보여 주는 환한 빛이다. 다른 작품에서도 계속하여 가족의 사랑을 보여 주기 위한 중요한 소재로 활용되고 있다. 백승자는 죽음을 계속 작품에 끌어들이며 다양한 가족 사랑을 변주해 보인다. 〈새엄마와 종이배〉와 유사한 단편 〈가장 빛나는 자리〉에서도 홀로된 아빠와 은채 이모가 사랑의 결실을 이룬다. 이야기를 끌고 가는 혜슬이가 새엄마를 맞는 내용은 〈새엄마와 종이배〉를 떠올리게 한다. 백승자 작품에 등장하는 결손 가정의 쓸쓸함과 그리움은 대개 죽음과 연결되어 있는데 작가는 그런 빈자리를 채워 주기 위한 힘으로 가족의 사랑을 확대시켜 나간다. 특이한 것은 문학작품에서 흔하게 나타나는 갈등 요소로서의 악인이 좀처럼 등장하지 않는 점이다. 대신 그리움, 쓸쓸함, 상실감 등이 그 역할을 대신하고 있다.

3. 삶의 순환 고리

《백승자 동화선집》에는 작가 스스로 가려 뽑은 대표작들이 실려 있다. 저작권 문제 등으로 대표작을 다 수록하지 못했다 하더라도 작가 스스로가 뽑은 각별한 작품일 것이다. 이 작품들을 하나하나 들여다보면 죽음과 가족이라는 주제를 어렵지 않게 포착할 수 있다.

노인이 자주 등장하는 것도 죽음과 가족이라는 주제와 밀접한 관계가 있어 보인다. 노인은 삶과 죽음의 순환 고리에서 정점에 와 있는 인물이며 자연사라는 죽음과도 멀지 않은 관계이고, 가족이라는 울타리를 지탱하는 정신적인 지주이기 때문에 노인 등장은 필연적이고 자연스럽다. 가족 간의 우애와 배려, 따뜻한 시선 교차 속에서도 분명하게 나타는 것은 그 따뜻함 속을 받쳐주는 것이 탄생의 환희가 아니라 쓸쓸하고 어두운 죽음이다.

이 선집의 성격을 주제 음악으로 표현한다면 바이올린의 맑고 투명한 주선율 속에서 그 선율을 받들고 있는 첼로의 장중하고 음울한 장송의 분위기라고 할 수 있다. 삶과 죽음이라는 삶의 원형을, 작가는 동화라는 틀을 통해 계속 변주해 보이는데 따뜻하고 훈훈한 가족 간의 사랑을 피워 내는 것은 아이러니하게도 죽음이다. 이게 바로 우리의 삶인 것이다.

선집 속 14편의 작품 중 6편이 직간접으로 죽음과 대응하고 있으며 노인 등장 작품이 4편, 죽음과 노인 문제가 겹쳐서 나타난 작품도 〈외할머니의 언덕〉, 〈물새가 잠드는 곳〉, 〈슬픈 꿈〉 등 3편이다. 이 6편의 작품 중 작가 연구의 중요한 단서를 제공하는 작품은 자연사인 노인의 죽음이 아니라 어린 생명의 죽음을 다룬 〈마지막 숨바꼭질〉과 아홉 살 죽음을 형상화한 〈엄마의 일기〉이다.

인간의 희노애락을 짧은 이야기 속에 다 담고 있는 〈마지막 숨바꼭질〉에서 따뜻한 가정을 이끌고 버티는 힘은 바로 아버지가 어렸을 적 겪은 동생의 죽음이다. 소방관의 희생까지 두 번의 죽음이 나오지만 이 작품이 이야기하는 것은 희망이고 가족 간의 사랑이다. 작가가 슬픔을 이야기하면서도 희망을 드러내는 이런 창작 기법을 능숙하게 구사하고 성과를 거둔 작품으로 보인다.

소방관인 경민이 아버지는 꿈에서도 불을 끄는 직업의식이 투철한 사람이다. 그러나 경민은 그게 불만이다. 너무 열심히 일해 휴일에도 낮잠을 자는 경우가 많기 때문이다. 그러나 어머니가 들려주는 소방관들이 목숨을 건 화재 진압 이야기를 통해 아버지를 새롭게 인식한다. 경민이 아빠가 직업의식이 투철한 소방관이 된 것도 동생의 죽음 때문이었다.

어린 시절, 어른들이 없는 집에서 동생과 숨바꼭질을 하던 중 정전이 되었고 촛불을 들고 장롱에 숨어든 동생은 집마저 태우며 운명을 달리하게 된다.

> 그렇게 동생이 하늘나라로 간 뒤부터 내 가슴속에는 '확실한 꿈' 하나가 자리 잡았단다.
>
> …… 빨간 불자동차에 올라타고 다급한 사이렌을 울리며 화재 현장에 나갈 때마다, 나는 어린 시절 불길 속에서 구해 내지 못한 동생의 목소리를 떠올린단다. 그리고 두려움 없이 주먹을 불끈 쥐어 보곤 하지.

여기 인용한 부분에는 백승자 동화의 진수가 고스란히 녹아 있다. 결국 작가는 희망을 이야기하기 위해 죽음을 이야기하는 것이다. 화가들이 환한 부분을 강조하기 위해 어둠을 배치하는 것과 같은 기법을 백승자는 즐겨 사용하는 것이다. 이런 기법을 즐겨 사용하는 배경에는 그가 미술 대학 진학을 꿈꾸던 미술학도였다는 이력이 숨어 있다. 작품 곳곳에서 나타나는 서정성과 자수 들꽃 등이 돋보이고, 문장에서 생략과 비유 등을 통하여 보여 주는 미의식은 그의 미술적 감성과 무관해 보이지 않는다.

결국 그가 죽음을 작품 속에 불러들이는 것은 그가 체험한 죽음을 떨쳐 버리려는 반어법적인 삶의 방식에 다름 아닌 것이다.

중첩된 죽음, 소방관의 동생과 동료의 죽음을 다룬 〈마지막 숨바꼭질〉이 바라다본 죽음이라면 〈엄마의 일기〉는 작가의 자전적인 작품이 아닌가 싶다. 작가가 그동안 내비친 여러 상황들이 고스란히 이야기 속으로 들어간 작품이다.

'그래, 아무런 걱정을 모를 나이지. 아홉 살, 천진난만한 우리 아가는…….'

'엄마는 네 나이에 죽음을 보았단다. 그때는 그게 그리 아픈 줄도 슬픈 줄도 미처 몰랐지…….'

…… 엄마도 너처럼 귀염둥이 늦둥이로 태어났단다. 그래서 아홉 살이 되었을 때는 이미 스무 살 넘은 언니가 있었단다. 당시, 터울 많은 언니는 먼 지방 병원의 간호사로 취직되어 우리 가족의 자랑거리였어.

이제 엄마는 아홉 살의 여름날 겪은 일에 대해서 말하고 싶구나……. 오후였어. 무심코 바라본 신작로 저쪽에서 언니가 걸어오는 게 아니겠니.

기별도 없이 여름휴가로 귀가한 언니를 맞는 따스한 풍경……. 그러나 하룻밤을 넘기며 절망으로 바뀐다. 엄마의 울음소리로 잠을 깬 '나'는 하룻밤 새 세상을 떠난 백짓장처럼 하얀 언니의 죽음과 만나게 된다.

…… 어느새 소문이 났는지, 마을 사람들이 하나둘 모여들기 시작했단다.
"쯧쯧쯧! 수면제를 먹었대나 봐. 다시 깨어 날 수 없을 만큼 많이."

'언니가 저 별이 되었구나!'
내 머릿속에 처음 든 생각이었단다. 그리고 난생처음 내 안에도 별 같은 마음이 하나 생겨났단다. 그게 일평생 지니고 살아야 할 '그리움'이라는 걸 나중에야 알았지.

작가의 어린 시절 경험을 고스란히 담아 낸 이 작품은 백승자 동화의 원형을 보여 주고 있는데, 작가에게 '그리움'과 '상실감'은 평생 지울 수 없는 올무이자 풍성한 감정을 살려 주는 문학의 뿌리라고 할 수 있겠다.

4. 새로운 모습으로 나타나는 어린 시절

얼마 전까지만 해도 아동문학에서 죽음을 다루는 일이 흔하지 않았다. 공공연히 금기시 되던 주제가 죽음에의 탐색이었다. 백승자 작품에 죽음이 나타난 것은 그가 어린 시절 생생하게 경험한 언니의 죽음 때문일 것이다. 이런 작품들을 쓰게 만든, 쓸 수밖에 없었던 작가의 죽음과의 조우를 살펴보자.

> …… 아홉 살 때의 일입니다.
>
> 가족의 저녁 밥상을 차려 낸 어머니는 늘 툇마루로 가셨습니다. 함께 밥을 먹자고 아무리 어깨를 흔들어도, 서산마루 지는 해에게 박힌 어머니의 눈길은 흔들리지 않았습니다.
>
> 어쩌면 숨소리 하나 내지 않으면서 날이면 날마다 그렇게 많은 눈물을 흘릴 수 있었을까!
>
> 그런 어머니의 무릎을 베고 누워 언뜻언뜻 돋는 별을 세다 잠이 들면, 그 밤 꿈에는 낮달같이 하얀 얼굴 하나가 다녀가곤 했습니다.
>
> 그 무렵, 자식을 영영 앞세워 보낸 어머니의 통한은 흐르는 세월과는 상관없이 지금껏 제자리입니다.
>
> – 동화집 《호수에 별이 내릴 무렵》 머리글 중

> 내 나이 아홉 살이었을 때, 셋째 언니가 이 세상을 버렸다. 스물이 갓 넘은 꽃다운 나이. 그 시절로는 선망 받던 간호원이라는 직업을 가졌던 고운 언니가 스스로 저승길을 택한 것이었다.
>
> 무엇이었을까?
>
> 삶이 그토록 고단한 사람들도 모질게 버티어 가는 이승을 단숨에 버리게 한 그 용기는 또 무엇이었을까?
>
> – 수필 〈아홉 살의 봄에게〉 중

위의 인용문에 나타난 것처럼 작가가 무척 따르고 좋아하던 언니를 잃었지만 그 강렬한 상실감은 오히려 그의 문학을 지탱하는 힘이 되었다. 노인이 자주 등장하고 가족 이야기가 상당 부분을 차지하는 것도 백승자의 유소년기, 부모 형제들이 보여 준 따뜻하고 포근한 가족이라는 공동체의 끈질긴 힘이라 여겨진다.

언니 잃은 상실감을 감싸 준 따뜻한 가족애는 그의 다른 글에도 간간히 보이는데, 작가는 어머니 성품만이 아니라 문학적 자질, 무명천에 꽃수를 놓고 그림을 그리는 미의식까지 물려받은 듯하다.

새해 나들이 삼아 막내딸 집에 며칠 머무르시는 어머니도 혼곤한 낮잠에 빠져드셨다.

외손주의 스케치북에 기막힌 연못 풍경을 그려 놓고 시까지 한 수 곁들여 쓰신 어머니의 꿈나라를 들여다본다.

– 수필 〈어머니의 봄날은 어디 가고〉 중

이런 어머니의 영향은 그를 백일장 문학소녀로 만들었고 자연스럽게 동화에 입문하게 만들었다. 등단 무렵의 그의 작품은 맑고 투명한 어린 주인공들이었지만 그는 작품을 계속 쓰면서도 꺼내고 싶지 않는 이야기, 죽음에 대한 의식이 계속해서 그의 동화정신에 영향력을 행사하고 있음을 감지했을 것이다. 그것은 그의 암묵적 기억 속에 넓은 공간을 차지하며 제 주인의 펜 끝에 탑승할 날을 기다리고 있었던 것이다.

이렇듯 작가의 유년 체험은 삶 깊숙이 들어와 영혼의 한 부분을 이루고 있다. 현악기에서 현악 음색이 나오고 관악기에서 관악 음색이 나오듯 죽음은 작가의 영혼에 그렇게 작용했다고 볼 수 있겠다.

그러나 작가는 쓸쓸함과 비통과 처연함을 이야기하는 소재로 죽음을 이야기하지 않는다. 그 죽음을 희망으로 감싸는 따뜻함을 보여 주는 작품집 《아빠는 방랑 요리사》에서 보듯 가족 간의 우애와 사랑, 배려하고 보살피는 인간관계를 이야기하기 위해 죽음을 장치하는 것이다.

그토록 각인되어진 죽음의 펜을 들고 작가는 어떻게 희망을 노래할 힘을 얻는 것일까. 《아빠는 방랑 요리사》가 보여 주는 쓸쓸한 듯하면서도 희망으로 연결된 이야기를 쓸 수 있었던 힘의 단서 역시 그의 성장기에서 숨어 있는 듯 보인다.

…… 글을 쓸 때마다 어머니를 떠올립니다.

한평생 험한 말 한마디, 큰 소리 한 번 입 밖에 내지 못한 어머니에게도 사실은 남보다 강한 '힘' 같은 게 있을 것입니다. 가보로 내려오는 친정집 재봉틀을 갖겠다고 떼를 썼듯이 어머니의 그 '아름다운 힘'도 당연히 내가 물려받고자 했습니다.

아련한 유년의 기억 속에서 지워지지 않는 몇 장의 사진.

그중에 들꽃이나 풀잎을 책갈피에 끼워 맷돌 아래 꼭꼭 눌러 주시던 어머니가 있습니다. 고단한 들일을 마치고 바삐 돌아오다가 꽃 이파리 하나 따기 위해 길섶에 쪼그려 앉았을 그 마음을 이제사 알겠습니다.

그게 어머니의 '힘'일 것입니다. 몸이 지치는 생활 속에서도 의연히 지켜온 '아름다운 정신'이었을 것입니다.

한 편 한 편, 동화를 쓸 때마다 어머니가 떠올랐습니다. 한평생 험한 말 한마디, 큰 소리 한 번 입 밖에 내지 않은 어머니에게는 남보다 강한 '정신'이 있었다는 것을 깨달은 뒤부터의 일입니다.

– 《호수에 별이 내릴 무렵》 머리글 중

…… 작은 산골 마을에서의 고단한 삶 가운데 어쩌면 그러실 수 있었을까?

밭일을 끝내고 돌아오는 어머니의 손에는 어김없이 예쁜 꽃이나 나뭇잎이 들려 있었다.

"잘 말렸다가 성탄 카드 만들 때 쓰렴."

그것들을 책갈피에 끼워 맷돌 아래 꼭꼭 눌러 주시던 어머니.

– 수필 〈어머니의 봄날은 어디 가고〉 중

내 나이 열 살 때쯤의 일이었나 보다.

삼십 리 밖 읍내 장으로 송아지를 팔러 가시는 아버지를 따라나선 적이 있었다.

물론 어미 소까지 몰고 걸어서 가야 하는 먼 길이었다.

그때, 다리가 얼마나 아팠는지는 기억나지 않는다. 다만 아버지가 몇 차례나 업어 주셨던 기억뿐.

"장에 가서 송아지도 팔고 우리 강아지도 팔아 버릴까?"

줄래줄래 따라 걷는 내가 강아지 같았던지 아버지는 빙그레 웃으셨다.

…… (중략) ……

내 별명이 '울보'에서 '고집쟁이'로 바뀐 뒤의 일이다.

고등학교 시절, 잠시 학교 근처에서 하숙을 한 적이 있었다.

집에서 별식을 만든 날이면 아버지는 자전거에 그 음식을 싣고 밤이든 새벽이든 달려 오셨다.

그날은 무슨 맛난 별식이었던가, 공연히 심통이 나 있던 나는 아버지 얼굴조차 바로 쳐다보지 않았다.

입시의 압박감으로 문학의 열정을 저버려야 하는 민감한 시기였던 까닭이었을까.

"필요한 것 있으면 말하렴. 아버지가 다음에 올 때 사 오마."

아버지 말씀에 나는 왜 그리 오만하게 소리를 쳤을까.

"참고서 따위는 필요 없어! 딸기무늬가 있는 잠옷 사 줘, 손목과 발목에 레이스 많은 걸로."

그다음 날, 잠옷과 이불까지 사 들고 하숙집으로 찾아오신 아버지를 보고도 나는 놀라지 않았다.

딸기무늬 잠옷은 찾을 수가 없어 잔잔한 꽃무늬를 골랐노라고 하시던 우리 아, 버, 지.

이후로도 내 별난 고집은 때때로 아버지를 당혹스럽게 하기에 충분했다.

– 수필 〈아버지 가시는 길〉 중

인용이 길어졌지만 극히 사적인 부분들이 드러나 백승자의 수필들에서 언니의 죽음을 덮을 만한 가족 사랑의 힘을 어렵지 않게 찾을 수 있다. 동화 〈엄마의 일기〉에 등장하는 엄마처럼 백승자는 늦둥이로 태어나 부모 형제의 사랑을 넘치도록 받으며 자랐다. 행복한 어린 시절을 보낸 그때의 눈부심들이 작가의 내면에 그대로 쌓여 죽음이나 견디기 어려운 그리움을 치료하는 약재로 쓰고 있음을 볼 수 있다. 《백승자 동화선집》에 수없이 드러난 화목한 가정의 모습들은 단편동화 8편을 모아 엮은《아빠는 방랑 요리사》에서 더욱 분명하게 보여 준다. 열 살 안팎의 소년 소녀들을 내세워 들려주는 이야기는 가족 간의 갈등과 화해를 주제로 삼고 있는데 연둣빛 감성으로 수놓은 희망의 언어들이다.

…… 엄마가 우리 곁을 영영 떠난 뒤부터였을까?

– 〈가장 빛나는 자리〉 중

…… 참말 별일 다 보겠네! 하늘나라 간 내 아들이 다시 돌아왔을 리도 없고

– 〈채송화 국밥집〉 중

십 대 화자들이 들려주는 다양한 가족들의 이야기 틈에도 어김없이 등장하는 것은 죽음이다. 이 작품집 전체를 관통하는 것은 쓸쓸함과 스산함 등의 곤고한 삶의 장면들이지만 작가는 그 아픈 상처를 다양한 색실로 꿰매어 치료한 것 같은 색채감, 쓸모없이 버려진 빈터에 꽃을 심어 가꾼 것 같은 향기로움, 이야기마다 한 편의 시를 숨겨 놓은 것 같은 서정적이고 감성적인 동화 언어로 절망을 거름 삼아 희망을 꽃피워 내고 있다. 익숙한 패턴 같으나 독자의 허를 찌르는 반전이 돋보이는 〈첫 손님〉에선 미소를 머금게 하지만, 꺾어 심어도 뿌리를 내리고 쨍쨍한 여름 볕에서 더 환하게 피어나는 채송화의 이미지를 주제로 깔아놓은 〈채송화 국밥집〉은 가슴 뭉클한 뜨거움으로 눈가를 적시게 한다.

이처럼 백승자 작품들은 쓸쓸한 듯하나 풍성한 열매를 숨기고 있는 가을 숲 같은 희망의 이야기면서 한 땀 한 땀 색실로 수를 놓듯 엮어 나간 작가 특유의 섬세하고 정갈한 언어의 결이 맞물려 책 읽는 재미를 더해 준다. 단편 모음이면서 장편을 읽는 것 같은 느낌은 무엇 때문일까? 그것은 그가 죽음과 그 죽음조차도 감쌀 수 있는 가족이라는 넉넉한 보자기를 통해 끊임없이 같은 주제를 천착해 오고 있기 때문일 것이다.

5. 정점에서 다시 되돌아보기

백승자 특유의 문학적 장기를 극대화한 작품은 독자들에게 잔잔한 감동을 주며 동화에서 죽음은 무엇일까를 환기시켜 준 장편동화 〈해리네 집〉이다.

이 작품은 지나간 일처럼 다뤄지던 죽음을 눈앞으로 끌고 와 죽음을 맞는 사람들의

심리를 숨소리처럼 가까이 느끼게 하는 작품이다.

해리는 은조의 고모 로사가 키우는 개로 시장 골목에 버려진 것을 16년 전 로사 고모가 여고생일 때부터 데려다 키웠다. 이야기 중심에 있는 로사 고모는 고집불통 노처녀 작가다. 사진 찍고 글도 쓰는 프리랜서로 싫은 일은 절대 하지 않지만 해야 할 일은 온 힘을 다하는 적극성을 지니고 있다.

로사 고모는 초등학생 때 부모를 잃고 오빠 손에 자라면서 부모 잃은 상실감으로 늘 원초적인 그리움에 빠져 있었다. 이런 상실감으로 유기견 해리를 평생 안고 키우며 자신이 못 받은 부모에의 사랑을 해리에게 쏟는다. 자의식과 책임감이 강한 여성이다.

은조 아빠는 부모님이 돌아가셨을 때 초등학생이던 로사 고모를 돌보며 부모 역할을 톡톡히 해 온 훌륭한 오빠였다. 자기 집 가까이에 동생을 위해 별장을 짓고 로사 고모가 내려와 주기를 기다리지만 그녀는 어쩌다 한번 잠시 머물다 갈 뿐이다.

로사 고모의 별장에는 고모 이름 대신 '해리네 집'이라는 문패가 달려 있다. 고모에게 해리는 반려견을 뛰어넘어 가족의 일원이다. 자신의 몸도 약하면서 고모는 사람으로 치면 90살 노인격인 해리를 버리지 않고 마치 자식처럼 돌본다.

은조 아빠는 그런 여동생이 못마땅하지만 어쩔 수 없다. 무엇 때문에 해리에 집착하는지 왜 자연사가 가까워진 해리를 못 버리는지 알기 때문이다. 어릴 때 일찍 부모를 잃은 로사 고모는 부모를 여읜 사람의 상실감을 뼈저리게 느끼기 때문에 어린 것, 특히 부모 없는 유기견에 연민을 느꼈을 것이다.

로사 고모가 여고생일 때 그녀는 글짓기 대회에서 최고상을 받는다. 여느 때와 달리 오빠에게 알리지 않은 것은 학부모들이 다 참석하는 자리여서 총각 오빠가 학부모 사이에 끼어 있는 모습을 보고 싶지 않았기 때문이다. 그런데 행사가 끝날 무렵 비가 내리기 시작했고 오빠가 우산을 들고 부랴부랴 달려온다.

"여보게! 동생이 큰 상을 받는 자리에 왜 안 왔나?"

"아무리 일이 바빠도 그러면 안 되네. 로사 기분도 생각해 줘야지."

"쯧쯧, 아무렴 오빠가 부모 맘 같기야 하려고……."

로사는 그런 오빠를 바로 보지 못했고 오빠 역시 그런 로사의 마음을 알기에 말없이 우산만 건네주고 갔다.

'집에 가면 오빠에게 뭐라고 해야 하냐……. 엄청 화를 내면 어쩌지?'

내리사랑이라고 했다. 이미 부모 이상이 되어 버린 오빠의 깊은 마음을 다 헤아리지 못하고 결국은 친구네 집에 가서 하루를 자게 된다. 그 하루 동안은 로사에게도 오빠에게도 참으로 견디기 힘든 시간이었을 것이다. 상처를 받은 사람들에겐 하루가 천 년 이상이다. 그래서 곤고한 자리를 끌어안은 사람들은 일찍 철이 드는 법이다. 로사도 마찬가지다. 그 하룻밤 사이 로사는 여자가 갖추어야 할 덕목들, 인내하고 사랑해야 할 것은 혼신을 다해 사랑해야 한다는 것과 자신이 그런 사랑에 목말라 하고 있음도 적실히 느꼈을 것이다. 친구네서 보았던 그 화목한 장면들, 웃음과 배려와 다정함 속에서 엄마는 어떤 사람이며 어떻게 하는 게 엄마라는 걸, 최초의 생명이 각인 받듯 온몸에 새겨 넣었을 것이다.

'내겐 엄마가 없다.'

'언제든 반갑게 맞아주는 엄마가 있는 집이라면 좋겠다……. 엄마가 없는 집은 이제 들어가고 싶지 않아.'

슬그머니 친구네 집을 나와 이런 생각을 하며 걷던 로사는 비를 맞고 오도카니 앉아 있는 강아지 한 마리를 만나게 된다. 얼마나 오래 헤매고 다녔는지 가슴만 팔딱팔딱 뛸 뿐 온몸이 엉망인 강아지 한 마리.

여고생 로사가 본 것은 비에 젖어 떨고 있는 강아지가 아니었다. 그는 집 없는 강아지에게서 고아처럼 방황하는 자신의 모습을 본 것이다.

'너도 집이 없구나. 아니, 엄마가 없구나.'

'죽지 마. 내가 다 해 줄게. 엄마도 되어 주고……. 평생 동안 너의 따뜻한 집이 되어 줄게.'

로사 고모의 이런 모습은 바로 자신을 돌보는 행위이며 자신을 섬겼을 엄마의 모습인 것이다. 엄마를 일찍 잃은 상실감을 채울 수 없다는 것을 알아가며 로사 고모는 스스로 엄마가 되기로 하는 것이다. 엄마 없는 아이가 스스로 엄마가 되기는 소원했던 〈새엄마와 종이배〉의 민주가 해리 앞에 나타난 것이다. 로사 고모는 바로 민주의 현신이다. 엄마를 갖지 못하는 소원은 바뀌어 스스로가 누군가의 좋은 새엄마가 되는 것이다.

최초로 죽음이 나타난 1990년의 단편 〈새엄마와 종이배〉에서 '이다음에 난 마음 착한 새엄마가 될 테야' 하던 꿈을 종이배에 적어 보내던 민주. 이 간절한 소망은 마침내 2012년 장편 〈해리의 꿈〉에서 실현된 셈이다. 계속 소재를 확대시키며 해리의 꿈에서 정점을 이룬 것이다.

〈해리의 꿈〉은 유기견의 죽음을 내세우고 있지만 자세히 들여다보면 해리의 엄마를 자처한 로사 고모와 자식이며 친구인 해리의 가족 이야기라는 것을 알게 된다. 이런 독특한 인물을 설정할 수 있었던 것은 작가가 조우했던 어린 시절 언니의 죽음이며 그런 고통을 이기고 작가의 길을 가게 한 것은 가족들의 따뜻한 사랑이었다.

여러 단편들에서도 죽음을 죽임이 아닌 새 희망을 꽃피우는 소재로 활용하고 있지만 〈해리의 집〉에 들어서면 그 죽음과 가족이란 생명체가 하나가 되어 이야기를 이끌고 있는데 해리에게서 개의 이미지를 지워도 될 만큼 해리는 각별한 관계를 맺고 있는 가족의 일원이다.

은조 아빠가 결혼도 안 하고 허약한 몸으로 해리를 돌보는 것을 못마땅해 하면서도 그런 여동생을 인정하고 안쓰러워하는 것 역시 일찍 부모 노릇을 하며 감당하기 어려운 책임감과 채울 수 없는 상실감을 맛보았기 때문일 것이다.

해리를 목욕시키고 죽을 먹이는 장면들은 마치 임종을 앞둔 가족을 돌보는 모습과 전혀 다르지 않다. 그러나 그런 정성에도 불구하고 해리는 한지에 싸인 주검이 되고 고모도 일이 밀렸다며 서울로 떠나 버린다.

늘 못마땅했던 '해리네 집' 나무 문패를 들고 나무 밑에 세워놓는 쓸쓸한 오빠의 마음과 끝내는 해리를 만나기 위해 이 땅에서의 숨을 놓아 버린 로사 고모까지. 이 작품은 끝까지 죽음을 끌고 가며 가족에게 '죽음은 무엇인가'를 묻는 작품이며 백승자 동화의 정점을 찍는 작품이기도 하다.

6. 더 큰 이야기를 향하여

죽음과 가족이란 차갑고 따스한 주제를 동시에 천작해 온 백승자의 동화 문학을 몇 권의 작품집으로 살펴보았다. 그는 작가 특유의 서정적이고 단정한 문체, 적절한 소재들을 알맞게 배치하여 같은 듯 다른 작품들을 꾸준히 써 왔다. 세련된 문체와 다루는 문제와 소재들은 고학년과 청소년에 적합해 보인다. 1318로 상징되어지는 청소년들의 감성을 중견의 나이에도 잘 간직하고 있는 것도 백승자의 장점이다. 그동안 쌓아온 삶의 철학과 따스한 시선으로 이제 더 큰 이야기를 향해 나아가야 한다. 그게 백승자 동화 문학이 해야 할 일이며 그녀는 충분히 해낼 수 있는 작가다.

어린이와 함께 선생이 걸어온 길

1960년 충남 예산에서 태어남.

1988년 단편동화 〈샘이와 송이〉로 전국마로니에여성백일장 아동문학 부문 장원 수상함. 단편동화 〈다람쥐와 들꽃〉으로 아동문예문학상 작품상 동화 부문 2회 추천으로 등단함.

1993년 《어미새가 사랑하는 만큼》(아동문예)을 출간함.

1996년 《민들레꽃이 피었어요》(삼성출판사), 《나란히 나란히》(한국비고츠키), 《무지개가 떴어요》(한국비고츠키), 《뻐꾹시계와 신호등》(한국비고츠키)을 출간함.

1997년 《호수에 별이 내릴 무렵》(아동문예)을 출간함.
단편동화집 《호수에 별이 내릴 무렵》으로 한국아동문학상을 수상함.
《펭귄의 꿈》(민지사)을 출간함.

1998년 《백조가 된 아이》(눈열린교육)를 출간함.

2001년 《삼촌이 날아가 버렸어요》(꿈이 있는 아이들)를 출간함.

2002년 《엄마는 나만 미워해》(꿈이 있는 아이들)를 출간함.

2003년 《개구리야 정말 미안해》(꿈소담이)를 출간함.

2007년 《누가 고슴도치 나무에 올라갈까》(교원), 《우르르쿵 무너진 부주산》(교원)을 출간함.

2012년 《해리네 집》(청개구리)을 출간함.
장편동화 〈해리네 집〉으로 제22회 방정환문학상을 수상함.

2014년 《아빠는 방랑 요리사》(청개구리), 《푸른 나무를 닮은 아이》(통큰아이), 《반쪽 엄마》(밝은미래)를 출간함.

2015년 제20회 박홍근아동문학상을 수상함.

한국 아동문학가 100인

한상순

대표 작품

〈씨눈 도시락〉 외 4편

인물론

나, 동시 안 썼으면 어쩔 뻔했니

작품론

이름표 하나의 소망에서 이룩한
한상순 동시의 밭

어린이와 함께 선생이 걸어온 길

씨눈 도시락

엄마가
씨 눈 안 다치게
감자를 자른다

행여 벌레 꼬일라
자른 감자에
볏단 태운 재 옷을 입힌다

엄마가
산밭에
재 묻은 감자를 심는다

잎을 내고
뿌리마다 굵은 감자 품으라고

엄마는 씨눈에
알맞게 알맞게
감자 살 붙여 심는다

씨눈이 먹고 자랄
감자 도시락

알! 아알!

아침 여덟 시면
그 아저씨
꼭 오신다

낡은 봉고차에
달걀 가득 싣고
마이크 잡고 누빈다

"알!"
'싱싱하고 굵은 계란이 왔어요, 계란'
이란 뜻이겠지?'

"아알!"
'닭장에서 방금 꺼내 온 달걀이 왔어요, 달걀'
이란 뜻이겠지?

내가 들어도 알겠다
굵은 목소리로
한 마디

"알!"
"아알!"

운수 좋은 날

왕거미 사냥꾼
아침에 쳐 놓은
그물을 살핀다

그물망에 걸려든
불나방 두 마리
하루살이 세 마리……

'오늘 내가
그물을 잘 쳤구나'

왕거미 사냥꾼
걸음이 빨라진다

귀신 본 적 있니?

개미 두 마리
밭두렁을 걸어가며
도란도란 얘길 나눕니다

"너, 귀신 본 적 있니?"

"에이, 바보!
요즘 세상에 귀신이 어딨니?"

"아냐,
어제도 누군가 길 가다 귀신한테 잡혀 갔다던데?"

"뭐야,
너, 알고 보니 겁쟁이구나?"

이렇게 흉보던 개미
말이 끝나기가 무섭게 그만

개미귀신이 사는
개미지옥으로 풍덩!
빠지고 말았습니다

불량 쇠똥

쇠똥구리 두 마리가
길을 가다
쇠똥을 만났어요

"와, 쇠똥이다!"
"오랜만에 우리 경단이나 만들어 볼까?"

두 쇠똥구리는
동글동글 경단을 만들었죠

"이제 집으로 나르자"
두 쇠똥구리는 영차!
힘을 모아 굴렸어요

그런데 웬일?
푸스르르 뭉개지는 경단

"어? 이상하다?"

"사료 먹은 소가 싼
불량 똥인가?"

나,
동시 안 썼으면
어쩔 뻔했니

박혜선

6층 엘리베이터에서 내리면 훅 한약 냄새가 날아온다. 휴게실에선 텔레비전이 왕왕거리고 환자복 입은 몇몇은 휠체어를 탄 채 텔레비전을 보고 있다. 또 몇몇은 링거를 꽂은 팔을 하고 병실로 돌아가려는 듯 자리를 툭툭 털고 일어선다. 나는 익숙하게 휴게실을 돌아 오른쪽 복도를 걷는다. 병실에서 흘러나오는 신음 소리와 기침 소리, 침대 삐거덕거리는 소리를 지나 간호사실 옆 653호실 앞에 멈춘다.

미리 알려준 비밀번호를 누르고 방을 들어선다.

우와! 비밀의 화원에 들어온 줄 알았다. 작고 앙증맞은 다육이부터 커튼처럼 잎을 치렁치렁 달고 있는 줄기 식물, 선인장에 파키라, 행운목까지 이파리 하나하나가 반짝반짝 생기 돋은 얼굴이다. 반갑고 사랑스럽다.

"먹고 죽을 시간도 없다면서 이런 건 언제 가꾸고 키운대?"

혼자 감탄하다가 투덜거리며 자리에 앉는다. 테이블 위에 종류별로 차와 음료를 내어 놓고 쪽지까지 한 줄 적어 놓았다.

"차 마시며 기다리고 있어. 회의 마치고 올게."

읽다 급히 나갔는지 아동문학 잡지가 펴진 채 있다. 낙서 같은 미완의 시도 보인다. 그걸 보니 갑자기 코끝이 찡해 온다.

이 방문을 들어오기 전 세상은 아픈 사람들로 가득한 병동이다. 방을 들어서면 방 주인장이 제일 좋아하는 소나무 두 그루가 서 있는 운동장이 보이고 교복 입은 여학생들의 웃음소리가 들리는 교정이 창문으로 보인다. 궁금할 것이다. 이 방에 주인장이 누구인가? 생과 사의 점이 지대처럼 두 풍경의 가운데 있는 이 방의 주인장은 간호사 시인 한상순이다.

그녀에 대해 아는 사람은 다 안다. 사람 참 좋다고. 이름만 봐도 그렇다. 한상순, 한상순. 꼭 그 이름만큼 촌스럽고 평범하고 순하다. 눈꼬리가 밑으로 축 내려와 더 순해 보이고 너무 잘 웃어 웃음 주름이 자글자글하며 눈물은 또 얼마나 많은지 웃긴 이야기를 들어도 울고, 아픈 이야기를 들어도 운다. 남의 이야기는 또 얼마나 잘 들어 주는지 했던 소리 열 번 해도 처음 듣는 것처럼 판소리 고수가 되어 '움마!', '그렇지', '잘했네'

하며 추임새도 잘 넣어 준다. 같이 있으면 편안하고 투덜투덜 남 흉을 봐도 뒷말 날까 걱정 없는 속 깊은 사람이다.

그녀는 간호사다. 30년도 넘는 세월을 병원에서 환자들과 함께 지냈다. 간호사가 된 후에 만나서 그런지 간호사만큼 그녀에게 잘 어울리는 직업도 없다는 생각이 든다.

환자들의 목숨을 다루는 일이니 늘 긴장의 연속이다. 선천적으로 착하고 따뜻한 성품에 부지런하기까지 한 그녀는 성실하고 책임감 뛰어난 간호사다. 뼛속부터 간호사의 정기를 받고 태어난 자신의 운명을 나름 잘 개척했다. 병동을 돌아다닌 그녀의 하얀 간호화가 닳고 닳아 몇십 켤레가 바뀌는 동안 단 한 번도 후회한 적 없던 간호사의 길. 그런 그녀에게 새로운 운명이 휘몰아치던 때가 있었으니 1990년대가 막 펼쳐지던 그 해이다.

그 운명의 소용돌이는 그녀의 부지런함에서 비롯되었다. 퇴근 후에는 두 아이 엄마로, 뇌졸중으로 앓아누운 시아버님을 간병하며 지칠 대로 지친 삶이었을 텐데 그녀는 시간을 그냥 보내고 싶지 않았다. 사실 난 부지런한 사람을 별로 좋아하지 않는다. 특히 약속 시간보다 기본 30분을 일찍 나오는 그녀가 못마땅하다. 늘 지각 인생인 내게 그녀가 먼저 나와 기다린 시간만큼 게으름이 덧붙여지기 때문이다. 장날 버스 기다리는 시골 할머니들처럼 바지런하다 못해 미련할 정도로 융통성이 없는 그녀가 사고를 쳤다. 공부를 하고 싶었던 것이다. 물론 자기 업무와 관련된 공부는 끊임없이 하고 있었지만 다른 분야의 공부가 해 보고 싶었다. 많은 시간을 낼 수는 없지만 내가 모르는 분야에 대해 아는 것, 그 즐거움을 누구보다도 아는 그녀는 어릴 적 꿈이었던 국문학을 배워 보리라 마음먹는다. 그곳에서 지금까지 읽었던 전공서와 다른 학문을 접하게 되고 오래전 몸속에 흐르던 간호사의 피 말고 또 다른 무엇이 흐르고 있었다는 걸 깨닫게 되었다. 더구나 졸업 논문으로 쓴 〈춘향전에 나타나는 우리 말 연구〉에서 그녀는 '언어가 이토록 아름다울 줄이야' 하며 첫사랑을 앓는 소녀처럼 두근거리는 가슴을 누를 길 없어 거리로 뛰쳐나온다. 그 방황의 거리에서 그녀의 걸음은 '종로서적'으로 향했고 많고 많은 책 중에서도 하필 동시집 코너에서 발길을 멈춘 것이다.

그렇다. 첫눈에 끌린다는 것, 첫사랑은 그렇다. 예고 없이 찾아와 한순간에 정신을 훅 가게 만드는 것, 그 마음이 한쪽으로 쏠려 다른 어디도 보이지 않고 오로지 그쪽으로 향하는 것, 정신을 차리려고 해도 그냥 빠져 허우적거릴지언정 나오고 싶지 않은 곳, 그 속에서 죽어도 좋을 만큼 아득히 가라앉고 싶은 곳. 그녀에게 동시집이 그랬고 동시가 그랬다.

암 병동에서 내일도 없이 사라져 가는 환자들과 함께 울며 지칠 만도 했다. 신음 소리와 주삿바늘을 보며 다른 세상이 그리울 만도 했다. 그래서 눈 돌린 세상이 동시의 세상이었고, 누군가를 늘 위로해 주던 그녀에게 처음으로 그녀를 위로해 주는 동시가 있었다. 동시는 그간의 아픔을 한순간에 덮어 주는 신과도 같았다.

짝사랑은 혹독했다. 동시가 무엇인지도 몰랐고 어떻게 써야 하는지도 몰랐다. 오로지 동시에 대한 사랑만 있었을 뿐이다. 그 사랑은 일방적이었고 외로웠다. 천성이 부지런한 그녀는 무조건 쓰고 또 썼다. 천성이 우직한 그녀는 쉽게 흔들리지 않았다. 그런데 시가 쌓일수록 밤을 새워 시에 빠지고 시만 생각하고 시와 뒹굴수록 점점 멀어지기만 하는 시를 잡고 싶었다. 방법을 몰랐다. 사랑도 테크닉이다. 처음 하는 사랑은 서툴고 어눌했다. 동시를 사랑하면 할수록 동시에 대해 아무것도 모르는 자신이 한심스러워졌다. 첫사랑의 설렘과 첫사랑의 두근거림은 좌절로 바뀌었다.

그러나 미친 사랑은 무모하다. 알몸 같은 시를 고교 국어 선생님인 이운룡 선생님께 보내며 스스로 깨지고 넘어지고 부딪치며 단단해지기로 마음먹는다. 선생님과의 소통으로 다시 가슴이 뜨거워지고 이제 병실 복도를 또각또각 걸어가는 목발도 예사롭게 보이지 않았다. 병원 앞 화단에서 쪼그리고 앉아 개미에게 말을 걸기도 하고, 창 너머 온 햇살을 손으로 만지며 인사를 나누고 떨어지는 나뭇잎을 위해 기도 같은 시도 썼다. 처음 간호사로 임상에 나왔을 때 느껴 보지 못한 이 엉뚱한 설렘, 살아가는 하루하루가 빛나는 나날의 연속처럼 행복했고 드디어 1999년 〈자유문학〉에서 그토록 원하던 '예쁜 이름표 하나'를 달게 되었다. 외로웠던 짝사랑에 동시가 눈길을 준 것이다.

예쁜 이름표 하나

해마다
꼭 그 자리에

약속처럼
꽃 하나 피어

실바람에도
온몸 뒤척여요.

나도 남들처럼
탐스런 이름 하나 갖고 싶다.

하느님, 나에게도
눈감으면 딱 떠오르는
예쁜 이름표 하나
달아주세요.

동시인 한상순이 된 것이다. 그러나 마냥 기뻐할 일만은 아니다. '이름표 하나 달기는 오히려 쉬우나 이름을 지키기에는 힘이 든다'는 신현득 선생님의 말씀처럼 (한상순 시인의 첫 동시집 서문에서) 이름값을 해야 한다. 이름값을 하고 사는 일이 얼마나 힘든 일인가? 동시인이니 동시값을 해야 한다. 그녀의 첫 동시집 《예쁜 이름표 하나》(아동문예, 1999)는 그냥 예쁘기만 했다. 그냥 아름답기만 했다. 그냥 착하기만 했다. 그래서 동시인 한상순스러울 뿐이었다. 그 무렵 그녀는 몰입은 사랑이 아니라는 걸 깨닫는다. 멀리 있으면 숲은 보지만 나무는 볼 수 없고 그 중심에 있으면 나무는 보지만 숲은 볼 수 없다. 그래서 택한 일이 남의 눈으로 내 작품을 보고 내 눈으로 남의 작품을 보아 그것을 내 작품을 바로 잡는 타산지석으로 삼고 싶었다. 바로 '층층나무' 동인이 탄생한 이유이기도 했다. 그들 또한 이제 막 애송이 사랑을 하고 있던 터라 동시를 객관적으로 보기 힘든 처지의 동병상련이었다.

한 달에 한 번 모임이 있는 날, 그녀는 소풍 가는 아이처럼 떨리고 긴장되어 써 놓은 동시를 몇 번이고 읽으며 아침을 맞이했다. 남보다 먼저 자리 잡고 앉아 동료를 기다리며 또 읽었다. 처음, 종로서적에서 동시를 읽을 때처럼 가슴 뛰는 떨림이었다.

사십이 훌쩍 넘은 그녀 나이였다. 사람에게서 이런 느낌은 단언컨대 불가능했을 것이다. 그녀가 매력적이거나 오묘한 끌림이 있는 캐릭터는 솔직히 아니라는 생각이다. 그러니 '두근두근 내 인생'을 선물해 준 동시가 얼마나 고마운 일인가? 동료들의 합평은 긴장되지만 짜릿했다. 작품이 처절하게 깨질 때마다 밖에 나간 자식이 얻어맞고 오는 기분이었지만 조용히 자초지종을 묻는 엄마처럼 스스로의 시에 냉정을 찾았다. 간혹 의도를 알지 못해 다른 방향으로 짚어 줄 때는 답답하기도 했지만 그렇다고 편을 드는 엄마처럼 제 시를 대변하지도 않았다. 귀가 얇아 남의 말을 호락호락 듣는 편은 아니지만 그렇다고 고집스럽게 우기지도 못하는 성격인 그녀는 전쟁터에서 돌아온 상의 군인처럼 상처로 얼룩진 시를 밤새 어루만지며 같이 있어 줄 뿐이었다.

그때 태어난 시집이 《갖고 싶은 비밀번호》(아동문예, 2004)다. 예쁜 이름표를 달았을 때에는 아름다운 세상에 고마운 것들을 찾아다녔지만 이번 시집에서는 생활 속으로 깊숙이 뛰어들어 함께 부대끼는 모습을 보여 주려고 노력했다. 첫 동시집을 낸 지 5년 만이니 변할 때도 되었다.

네 자리 숫자
꼭꼭 누르면

차르르
현금 지급기가
돈 떨궈 주기로

우리 식구랑
약속한 거래.

…… (중략) ……

그런 거
나도 하나 있었으면

얼마나 좋아.

수학책 펴 놓고
0319
비밀번호
쿡
누르면
답이 줄줄줄 나올 수 있게.

– 〈갖고 싶은 비밀번호〉 중에서

그녀는 모범생이다. 학교 다닐 때 선생님께 말대꾸 한 번 한 적 없고 숙제를 깜빡 하고 잊은 적도 없다. 고향 임실을 떠나 전주에서 고등학교를 다닐 때 부모님이 초등학생 바로 아래 동생을 그녀에게 맡길 정도로 어른스러웠다. 같이 지내면서도 동생 아침 밥 한 번 굶긴 적이 없고 심지어는 중학교 친척 동생까지 들러붙어 졸지에 두 아이의 보호자가 되었지만 투덜거릴 줄도 몰랐다. 그런 그녀가 수학 문제 풀기 싫어 잔머리 굴리는 아이들의 마음을 들여다보기 시작했다. 이렇게 큰 변화를 거듭했지만 두 번째 시집도 한상순스러웠다는 평가다. 한상순스럽다는 것이 나쁘다는 말이 아닌 것을 알면서도 그 말이 싫었다. '따뜻한 마음이 찾아낸 사랑의 세계'(문삼석 선생님의 해설 제목), 따뜻함도 지겹고 사랑도 진부하게 느껴졌다.

'내 시는 왜 늘 그럴까?'

예쁘다는 말을 하기 힘들 때 귀엽다는 말을 하듯 따뜻함이나 사랑스럽다는 말이 인사치레처럼 들렸다. 개성이 없고 신선하지 않다는 말을 돌려 하는 것만 같았다.

시와 사랑에 빠진 지 십 년이 넘었다. 이제 지겨워질 때도 되었다. 동시를 쓰는 그녀도, 그녀가 쓴 동시도 서로서로 지쳐갔다. 이대로 있다가 어쩌면 결별을 선언할 때가 올지도 모른다는 불안감, 그녀는 새로운 탈출구를 찾았다. 그 탈출구 끝에는 권태기를 지나 '이제는 돌아와 내 누님같이 생긴 꽃'처럼 해탈의 경지에 있는 문학의 고수들이 있었다. 황금펜아동문학상을 받고 입회한 '계몽아동문학회'에서 마음의 스승으로 삼았던 선배들을 통해 문학의 길이 순탄치 않음을 알았고, 그 옛날 동시인이라는 이름을 지키며 사는 일이 힘든 일임을 예견했던 스승의 말도 떠올랐다.

시가 변하기 전에 나 스스로 변해야 한다. 그녀는 '한상순스러움'에서 벗어나기로 마음먹었다. 있는 듯 없는 듯하던 그녀가 당당하게 그 모습을 드러내기 시작했다. 문학회 일에도 적극적으로 참여하고 다양한 교류를 통해 시의 변화를 모색했다. 짬짬이 동시 강연을 통해 아이들의 생생한 목소리에 귀를 기울이기도 했다. 무엇을 쓸 것인가에서 어떻게 쓸 것인가로 옮겨 갔고, '시가 될까?'에서 '왜 쓰는가?'를 깊이 고민했으며 내가 좋아하는 시를 남도 좋아할까? 드디어 독자에 대한 배려를 하기 시작했다. 내 시집을 읽으며 몸을 비트는 친구가 있으면 얼마나 미안한 일인가. 읽기 싫은 시를 억지로 읽어야 하는 고통을 주는 죄는 짓지 말아야지. 이런 고민에서 완성된 시집이 《뻥튀기는 속상해》(푸른책들, 2009)이다.

이번엔 정말 그녀가 변했다. 변해도 너무 변했다.

사실 난,
고소하고 달콤한

입 안에서 살살 녹는
뻥튀기인데요

…… (중략) ……

왜 내 이름을 갖다
아무 데나 쓰는 거죠?

–선생님 그거 뻥 아니죠?
–민수 걔 뻥쟁이야.
–너, 그 말 뻥이지?
–야, 뻥치지 마.

정말
이래도 되는 겁니까?
– 〈뻥튀기는 속상해〉 중 일부

어디 가서 변변히 말 한마디 못하는 그녀가 시에서 당당하게 자기 목소리를 내기 시작했다. 종일 같이 있어도 남의 이야기 들어 주며 고개 끄덕이던 그녀가 시 속에서 자신들의 억울함을 외치는 '개미들의 반상회'를 생중계하고, 친구 없이 왕따처럼 지내는 놀이터의 속상함을 (시 〈친구 구함〉) 대신 전하기도 하며 사람보다 기계를 더 믿는 사람들 (시 〈기계를 더 믿어요〉)을 꾸짖기도 한다. 더 나아가 내 이름은 용태 동생이 아니라 '김용수'라고 당당하게 외치기까지 한다. 그녀 스스로도 이 시집에서 '동시인 한상순'의 이름을 찾았다고 생각할 것이다.

누구에게나 터닝 포인트는 있다. 간디에게서 마리츠버그 역이 그러하듯 한상순, 그녀에게서 《뻥튀기는 속상해》라는 시집은 지금까지 그녀가 보여 줬던 시들과 다른 재미와 새로움을 주었다. 이 시집에서 '한상순스러움'은 '한상순스럽지 않음'으로 바뀌었다.

삑삑삑삑!

그녀가 돌아온다. 회의가 끝난 모양이다.

"많이 기다렸지? 으이구 회의가 어찌나 긴지."

그녀의 손에는 피난민 보퉁이처럼 가방이 들려져 있고 그 가방에서 삐죽 나온 서류 뭉치들.

30년 넘게 한 간호사 생활이다. 간호팀장으로서 병동을 관리하고 직원들의 고충을 들어 주고 업무 자료를 결제하고 감사 자료를 준비하는 그런 위치에 있다. 그녀에게 주어진 업무실이 따로 있어 가끔 나 같은 불청객이 찾아오면 감미로운 노래 CD를 켜 주고 따뜻한 차를 내오는 여유도 있다. 주삿바늘을 놓으며 환자들과 마음을 나누는 시절도 지났고 실수하면 어쩌나 가슴 조이던 그 시절도 아득하다. 눈 감고도 혈관을 찾고 표정만 봐도 뭘 원하는지 다 아는 더 새로운 것도 없는 그런 자리에서 그녀는 동시를 생각한다. 동시는 여전히 그녀의 첫사랑이었으며 아직도 두근두근 심장을 뛰게 하는 설렘이다.

"아이고, 하루 종일 병원 일 처리하느라 정신이 하나도 없어. 근데 나 동시 안 썼으면 어쩔 뻔했니?"

"요즘 뭐 써?"

"텃새 이야기. 곧 동시집으로 나올 거야. 지난번에 준 〈병원에 온 비둘기〉는 읽었지?"

"응, 그 비둘기 재야?"

때마침 창틀로 비둘기 한 마리가 날아든다. 그녀는 웃으며 비둘기에게 눈인사를 한다.

그리고는 의자에 털썩 앉아 길게 숨을 몰아쉰다. 2시가 훌쩍 넘었는데도 아직 점심 전인 그녀, 입에서 단내가 난다.

정신없이 이리저리 뛰어다니는 그녀, 그 정신없음을 견디게 하는 힘이 그녀에겐 동시다.

한상순, 한상순. 꼭 그 이름만큼 순정파인 그녀, 아마 동시와 백년해로 할 거다.

이름표 하나의 소망에서 이룩한 한상순 동시의 밭

신현득

한상순 시인은 이름표 하나 갖고 싶다는 소박한 소망으로 시를 쓰기 시작했다. 그래서 첫 시집에다 《예쁜 이름표 하나》라는 이름을 지어 주었다. 한 시인이 바랐던 첫째의 소망은 시인이라는 이름과 그 이름표다. 세상에서 시인이라는 이름보다 더 예쁘고 황홀한 이름은 다시 없다.

풀꽃 이름을 대신해서 절대자에게 그 부탁을 했다.

하느님, 나에게도
눈 감으면 딱 떠오르는
예쁜 이름표 하나
달아 주세요.
– 〈예쁜 이름표 하나〉 마지막 연

사랑의 절대자는 소망을 들어 주셨다. '한상순 시인'이라는 이름표를 달아주신 것. 소망을 이룬 한상순 시인은 더 큰 소망을 이루어 가기로 했다. 예쁘고 좋은 것이라면 모조리 동심으로 녹이고 시로 형상화해서 한상순의 마음 그릇에 담았다.

구슬치기 땅뺏기로 놀던 골목길, 할머니를 따라간 장날, 옹달샘에 놓인 조롱박, 돌감나무에 놓아 둔 까치밥, 땅 문을 열고 나온 새싹, 초록을 불러내는 봄비, 가장 먼저 봄눈을 뜨는 매화 등등…….

여러 시편 중 하나를 맛보기로 할까?

어른이 되면 / 붕어빵 장수가 / 돼야지. //
적당한 / 밀가루 반죽에 / 달콤한 팥 //
알맞은 온도에 / 맛깔스럽게 구워 내는 /
붕어빵 장수가 / 돼야지. //
작은 꿈에 / 달콤한 미소 /

알맞은 사랑으로 / 날마다 / 진실을 구워 내는 / 그런 //

붕어빵 장수가 / 되어야지.

– 〈어른이 되면〉 전문

어린이는 누구나 붕어빵을 좋아한다. 어른이 돼, 붕어빵 장수를 하고 싶다는 생각에는 붕어빵을 실컷 먹어 보자는 욕망이 앞서 있다. 그것도 그거지만 한상순의 시에서 붕어빵 장수로 나타난 화자는 차원이 아주 높다. 적당한 밀가루 반죽에 달콤한 팥을 넣고 맛깔스럽게 붕어빵을 구워 내면서, 작은 꿈에 달콤한 미소, 알맞은 사랑으로 진실을 구워 내는 붕어빵 장수가 되고 싶다는 것.

알고 보면 시의 화자는 한 시인 자신이다. 작은 꿈은 아동문학을 향한 꿈이리라. 달콤한 미소는 동시의 시인으로서 어린이에게 주고 싶은 사랑의 미소다. 알맞은 사랑이란 말로 그 사랑을 한 번 더 강조한다. 사랑의 붕어빵 장수 한상순은 사랑의 시를 구워서 어린이들에게 주고 있다. 붕어빵은 한상순의 시다!

그래서 필자는 이 시집을 소개하는 글에서 한상순의 시는 동심으로 빚은 사랑의 노래라는 칭찬을 한 일이 있다. 그리고 "이름표 하나 달기는 오히려 쉬우나 이름을 지키기에는 힘이 든다. 그 이름을 꽃 피우기까지는 더욱 힘이 든다."라는 말을 곁들였다.

이런 자기 철학을 지니고 나선 한 시인은, 시 쓰기에 수련을 쌓아서 두 번째 시집《갖고 싶은 비밀번호》를 엮는다. 제호를 삼은 시 〈갖고 싶은 비밀번호〉를 살펴보기로 하자.

엄마와 / 약속한 거래. //

네 자리 숫자 / 꼭꼭 / 누르면 //

차르르 / 현금 지급기가 / 돈 떨궈 주기로 / 우리 식구랑 약속한 거래. //

그런 거 / 나도 하나 있었으면 / 얼마나 좋아. //

수학책 펴 놓고 / 0319 / 비밀번호 / 쿡 / 누르면 / 답이 줄줄줄 나올 수 있게.

– 〈갖고 싶은 비밀번호〉 전문

한상순의 시는 두 번째 동시집에 와서 현실감이 더해진다. 전자 제품인 컴퓨터 시대에 맞춘 작품이 등장한 것이다. 비밀번호가 요술을 부리는 시대에, 현금 지급기가 돈을 떨궈 주고, 현관문을 열어 주고, 수학 문제의 답까지를 척척 맞춰 주는 비밀번호의 꿈을 시에 담아 내놓은 것이다.

뿐만 아니라 네모난 수박이 나타나서 둥근 수박을 비웃는 테마의 〈둥근 수박이 네모

난 수박 보고〉, 컴퓨터의 이메일 때문에 할 일이 줄자 추위와 더위를 더 느끼게 된 우체통을 대변하는 〈지금 우체통은〉, 전봇대가 아니면 둥지를 틀 수 없게 된 까치의 신세를 고발한 〈서울 사는 까치네〉, 같은 집에 살지만 엄마의 주소는 지도책에 있고, 내 주소는 컴퓨터 속에 있음을 견주어 본 〈세대 차이〉 등을 살피면 한상순의 시가 아픈 현실에서 취재한 것이 적지 않음을 안다.

그러나 무엇보다도 기쁜 일은 한상순의 시가 내용적으로는 다양해지고, 기능적으로는 발전했다는 사실이다.

동시 한 편을 맛보기로 하자.

(전략) 그래, 너에게 신발을 신겨 주는 거다.
우리와 함께 공놀이도 하고
지하철 타고 어린이대공원도 가게
엄마랑 같이 온 다른 친구들
"어? 눈사람이 걸어간다!" / 소리치겠지?
눈사람과 친구 하고 싶어 앞다퉈 말 걸어 오겠지?

생각해 봐
눈사람에게 신발 신겨 주는 거, 어때?
– 〈눈사람에게 신발을〉 부분

눈사람에게 신발을 신겨 주자는 생각은 기발한 동심적 아이디어다. 신발 신은 눈사람은 걸을 수 있고, 지하철에도 오를 수 있다. 공원에도 갈 수 있다. 어린이 친구가 되기에 충분하다. 한상순이 눈사람을 걷게 하는 시인이 된 것이다.

한상순 제3동시집은 《뻥튀기는 속상해》이다. 3집에 와서 한상순의 시적 기능이 무르익는다. 시법이 자유자재에 가까워진 것이다. 한 권 시 모두에다 독자가 공감할 주제와 재미를 담아 놓았다. 이 모두는 생활의 단면에서 놀라움 하나씩을 찾아 내어 시로 승화시킨 것이다.

일하던 일개미가 잘록한 허리를 다쳤다는 〈개미 마을에도 앰뷸런스를〉, 태풍 '매미' 호를 두고 얘기하는 〈매미들의 반상회〉, 벌침으로 할머니 어깨를 낫게 하고 희생이 된 애틋한 벌 생각을 하는 〈어떤 벌일까?〉, 뒤집혀서 못 달아나는 바퀴벌레가 파리채 든 엄마 앞에서 발발 떠는 딱한 현상 〈바퀴벌레가〉, 아기 비둘기 시린 발을 걱정하는 〈겨울 아침〉 등등……. 이들이 모두 생활을 묘하게 연결해서 태어난 열매라는 데에 놀라게 된다. 제호의 시 〈뻥튀기는 속상해〉를 살펴볼까?

사실 난, / 고소하고 달콤한 //
입 안에서 살살 녹는 / 뻥튀기인데요 //
딱딱한 곡식 낱알로 있다가 / 깜깜한 기계 안에서 //
뜨거운 거 꾸욱 견뎌내고, / 뻥이요! 하고 태어났는데요 //
왜 내 이름을 갖다 / 아무 데나 쓰는 거죠? //
–선생님, 그거 뻥 아니죠?
–민수 걔 뻥쟁이야.
–너 그 말 뻥이지?
–뻥 치지 마. //
정말 / 이래도 되는 겁니까?
– 〈뻥튀기는 속상해〉 전문

동심은 뻥튀기에 관심이 있다. 그런데 뻥튀기의 이름 한 자를 딴, '뻥'이 어린이들 사이에서 나쁜 말에 견주어지면서 유행어가 됐다. 뻥튀기는 억울하다. 뻥튀기의 실토를 들으면 그럴 만도 해서 이런 유머에 독자들은 유쾌해지지 않을 수 없다. 한 번 더 칭찬을 한다면 한상순 시인은 사물에 숨어 있는 재미를 찾아 내어 시에 담는 기능자다. 앞에서 한 것과 같은 말이다.

다시 한 편의 명작을 찾아보기로 하자.

하마터면 큰일 날 뻔했어
할머니가 보내 준 감자 / 비닐봉지에 몇 알 남겨 /
베란다 구석에 내버려 둔 거야
며칠 뒤 열어 보니 / 옴폭한 눈마다 / 도깨비 뿔을 달고 있지 뭐야
푸릇푸릇 화가 난 도깨비 뿔
조금만 더 두었음 / 모두 걸어 나와 아우성쳤을 거야
거실로 안방으로 / 겁쟁이 우리 언니 공부방으로
쿵쾅쿵쾅 걸어 다녔을 거야
–이렇게 구석에 처박아 놓을 테면 / 시골 할머니 댁에 다시 보내 줘!
푸른 뿔 번득이며 / 소리소리쳤을 거야

–〈도깨비 뿔 단 감자〉 전문

어두운 데 두면 싹이 돋는 게 감자의 생리다. 이것을 도깨비 뿔에 견주어 이처럼 웃음 나는 작품을 어우른 시인의 재치에 놀라지 않을 수 없다.

한상순 시인의 제4동시집은 《병원에 온 비둘기》(푸른사상, 2014)다. 이에 이르러 한상순의 시작품은 더욱 정갈해지고, 부드러운 손길이 된다.

전봇대 허리를 감고 올라간 나팔꽃을 쳐다보고 고양이가 하는 말을 그대로 제목으로 단 〈너 참, 겁도 없다〉, 병아리, 강아지를 괴롭혔는데 엄마 없는 날은 겁난다. 엄마 닭 엄마 개가 달려들까 봐서다 〈엄마 없는 날〉, 개미는 귀도 밝고 코도 밝다. 밝은 귀로 소문 듣고 밝은 코로 냄새 맡고 오글오글 모인 개미의 이미지를 담은 〈개미들〉, 강물에 들어가 물고기가 된 해님의 〈해님 물고기〉, 귀뚜라미 소리 나니, 말매미·기름매미·털매미·참매미 소리가 뚝 그쳤다. 귀뚜라미 판정승이라는 〈이겼다, 귀뚜라미〉, 다리가 없으니 아플 다리도 없다 발이 없으니 꼬랑내 낼 발가락도 없다는 〈지렁이〉, 장마 동안 해님은 학교에 못 오고 낮잠 실컷 자는 방학이라는 〈해님의 여름방학〉 등등……. 어느 시편을 보아도 그렇다. 그리고 이 시집에는 여태의 평생 동안 나이팅게일을 닮아 온 한상순 시인의 경험 철학이 자리를 잡았다.

제호의 시 〈병원에 온 비둘기〉를 맛보기로 하자.

엄마 비둘기가 / 아기 비둘기를 데리고 / 진료실 창가에 앉았습니다 //
–엄마, 의사 선생님 / 지금 뭐 하는 거야? //
–쉿! 진찰 중이잖아 //

–저 형아 어디 아픈데? //
–기침 하는 걸 보니 감긴가 봐 //
–엄마, 나도 감기 걸렸잖아 //
–조금만 기다려 / 엄마가 배워 낫게 해 줄게
–〈병원에 온 비둘기〉 전문

평화의 새 비둘기 모자가 진료실 창가에 앉아서 진료실 광경을 들여다보고 있다. 대화를 들어보면 우리네 일상과 같다. 감기 치료법을 배워 가서 아기 비둘기 감기를 낫게 해 주겠다는 비둘기의 모정. 여기서 독자는 한상순 시인의 생명 사랑을 같이 읽는다.

오늘 학교에서 옷을 나눠 줬다 / 코리아에서 왔다고 했다.
언니들이 입었던 교복이랬다
모두 이름표를 떼고 왔지만 / 내가 받은 옷은 그대로다

나는 이름표를 떼지 않고 두었다 / 그냥 달고 다닐 거다
선생님은 그 이름을 고아라라 했다
나는 몇 번이나 땅바닥에 써 보았다. //
고 아 라 //
얼굴도 모르는 언니지만 / 참 예쁠 것 같다
언젠가 꼭 한 번 만날 것 같다.
– 〈캄보디아 어느 소녀의 일기〉 전문

환자 구완과 환자에 대한 기도로 이어지는 한상순의 나이팅게일 정신은 인류를 향한 박애 정신이다. 이 시편은 원조를 받던 나라에서 원조를 해 주는 입장이 된 우리를 감동시키고 있다. 박애 정신을 담은 사랑의 시에 감동을 받은 독자라면 캄보디아의 화자 어린이를 만나고 싶을 것이다. 그래서 한상순의 시는 따뜻하다.

이상, 한상순 시인의 시 작품을 살피면서 필자는 작품 초기에 한 시인에게 주었던 말이 잘 실천되고 있음을 확인하게 되었다. 이름표 하나 달기는 오히려 쉬우나 이름을 지키기에는 힘이 든다는 것. 그 이름을 꽃 피우기까지는 더욱 힘이 든다는 것.

한상순 시인은 자기 개발에 힘써 중경 시인으로 그 이름을 계속 꽃피우고 있다. 이름표 하나 갖고 싶었던 소박한 소망에서 이룩한 한상순 동시의 밭이 계속 풍성하기를.

어린이와 함께 선생이 걸어온 길

1958년 11월 전북 임실군 삼계면 어은리 492번지에서 한강수와 황순남의 맏딸로 태어남.

1973년 전주 성심여고 진학하여 3년 동안 문예부 활동함.

1977년 서울여자간호대학 입학하여 학보사 및 문예부 활동함.

1학년 때 경희대 국문과 학생들과 문학 동아리를 만들어 활동함.

1980년 청량리 정신병원 간호사를 시작으로 가톨릭의대 부속 성가병원 응급실에서 근무함.

1982년 경희의료원에 입사하여 평간호사, 주임간호사, 수간호사를 거침.

1985년 권순원과 결혼함.

1988년 장녀 권현진 태어남.

1990년 한국방송통신대학 국문과 편입함.

1993년 차녀 권지현 태어남.

1996년 경희대학교 행정대학원 졸업함(행정학 석사).

1999년 〈자유문학〉에 동시 풀꽃 외 4편으로 신인상 받음(심사 위원: 신현득).

첫 동시집 《예쁜 이름표 하나》를 출간함.

한국 시사랑회 '어린이 좋은 동시집'에 선정됨.

2004년 제2동시집 《갖고 싶은 비밀 번호》를 발간함.

한국동시문학회 '올해의 좋은 동시집'에 선정됨.

2007년 〈뻥튀기는 속상해〉 외 40편으로 대산문화재단 창작기금 받음.

2008년 황금펜아동문학상을 수상함.

2009년 제3동시집 《뻥튀기는 속상해》 발간함.

한국동시문학회 '올해의 좋은 동시집'에 선정됨. 우리나라좋은동시문학상을 수상함.

2010~2013년 동시 〈좀좀좀좀〉이 초등학교 국어 4학년 2학기에 수록됨.

2014년 동시 〈좀좀좀좀〉이 초등학교 국어 3학년 2학기에 재수록됨.

제4동시집 《병원에 온 비둘기》를 발간함.

한국동시문학회 '올해의 좋은 동시집'에 선정됨.

2016년 아르코 문학창작기금 수혜로 '제5동시집 《딱따구리 학교》를 발간함.

제 25회 한국아동문학상을 수상함.

2018년 서울문화재단 창작지원금 수상함.

동화 〈호랑이를 물리친 재투성이 재덕이〉가 한우리에 선정됨. 현재 경희의료원에서 간호본부 간호팀장으로 근무함.

한국 아동문학가 100인

박선미

대표 작품

〈카톡 놀이터〉 외 4편

인물론

맑고 깊다

작품론

정직과 성실, 그리고 사랑

어린이와 함께 선생이 걸어온 길

카톡 놀이터

시험공부 하다 지칠 때
엄마 잔소리 피해
가짜 나는 책상에 앉혀 놓고
진짜 나는 놀러 나간다.

대문 앞에서
초인종 누르는 대신
까톡 까톡
부른다

경훈이, 민성이, 동윤이 다 모였다

발 대신
엄지손가락으로 논다
공 차는 대신
문자를 찬다

–공부 잘되고 있니?

엄마 목소리에
놀러 나갔던
진짜 내가 돌아와
얼른 책상 앞에 앉는다.

비자야 림부

남해 바닷가에서
사이다 병을 만났다

어디서
이곳까지 떠밀려 왔니?

너도 처음엔
달콤한 가득 채운
사랑 받는 존재였지.

이런 생각을 하다가
문득
부모님께 버림받은
비자야 림부[1]가 생각났다.

1 네팔 최고의 서커스단 '카트만두'의 단원. 스타 단원 비자야 림부가 서커스단에 팔려 간 것은 아홉 살 때였다.

열린 집

새들이 마음대로
드나드는 집

날개 다친 박새도
한쪽 눈이 먼 직박구리도

마음대로
드나드는 집

우리 동네
느티나무

환하다

어제까지 어둡던
뒤뜰이 환하다.
추운 겨울 이겨내고
분홍빛 꽃 피운
매화나무 덕분에

할머니 돌아가시고 어둡던
우리 집이 환하다.
첫 돌 맞이한
늦둥이 내 동생
재롱 덕분에

풀코스

1. 애피타이저
학교 마치고
곧장 집에 와
양말 벗어 세탁 통에 넣었다.

2. 수프
우유 한 잔 먹고
숙제부터 얼른 해치웠다.

3. 생선 요리
저녁 먹은
설거지도 하고

4. 메인 요리
게임은 딱 30분만 했다.
엄마와 약속한 대로

5. 디저트
딩동딩동
엄마가 오자마자
뽀뽀 한 번 날렸다.

엄마는 징그럽다고 눈을 흘겼지만
힘들게 일하는
엄마를 위해
내가 할 수 있는 풀코스

맑고 깊다

백승자

1. 노래 잘하는 시인

지금도 조용한 성격이지만, 어린 시절의 그는 유난히 내성적이었다.

초등학생 시절, 국민교육헌장 외우기 대회에 나갈 대표를 뽑는데 맨 먼저 외우고도 부끄러워 나서지 못할 정도였다고 한다.

부모님께 피아노 배우고 싶다고 내색도 못한 채, 학원 다니는 친구의 어깨 너머로 익힌 피아노 실력이 그 친구를 넘어서서 미움을 받은 기억. 당시 인기 프로그램 〈누가누가 잘하나〉에 출연했다는 걸 보면, 부모님 속 한 번 썩힌 적 없이 착하고 공부 잘하던 그의 소질은 문학보다 먼저 음악 쪽에서 드러난 셈이다.

최상의 성적임에도 망설임 없이 부산교육대학에 진학한 것도 부모님을 생각해서였다. 대학 입학 후 받은 첫 장학금으로 피아노를 배우기 시작하고, 교사의 첫 월급으로 바이올린을 구입해 레슨을 받았다니 놀라운 열정이다.

노래에도 소질이 있어 여교사 합창단 활동을 하고, 어린이 합창부를 지도해 지도교사상을 받기도 했다.

그는 먼 길 지나서 마침내 동시인이 되었지만, 작곡을 전공한 큰 딸이 한편 위안이 되었으리라. 지금도 쌍둥이 딸들이 피아노와 바이올린 등에 조예가 깊고, 막내까지 기타 연주를 즐긴다니 그 핏줄의 내력에 감탄하게 된다.

'나에게 와서 시가 되어준 세 딸'이라는 그의 표현이 아니어도 기대해 볼 만한 미래가 보인다.

1961년생 소띠, 부산 토박이 동시인 박선미. 교직 생활 30년이 훌쩍 넘은 키 크고 당당한 체격에 정장 차림이 잘 어울리는 수석 교사.

1999년 부산아동문학 신인상을 받고 연이어 창주아동문학상을 받아 등단 과정을 거쳤는데도 성이 안 찬 그는, 재도약을 위해 2007년 〈씨감자〉로 〈부산일보〉 신춘문예 동시 부문에 당선된다.

'가진 것 다 주고 쪼그라든 씨감자'에서 지극한 모성애를 재발견한 이 작품은 지금껏 호평을 받고 있다.

8전 9기 끝의 신춘문예 등단이 얼마나 기뻤으면, '이 세상의 모든 악조차 용서될 것 같다'고 당선 소감을 썼을까.

계단 오르듯 차곡차곡 쌓은 내공이 지금의 그를 만든 게 틀림없어 보인다.

교사로서 성실히 근무하면서도 《지금은 공사 중》(2007), 《불법 주차한 내 엉덩이》(2010), 《누워 있는 말》(2014) 등 세 권의 동시집을 출간했다. 그리고 첫 작품집부터 연이어 상복을 누려 오늘의동시문학상과 서덕출문학상을 수상하는 성과를 낸 것이다.

더불어서 2014년에는 봉생문화상을 받았다.

봉생문화재단에서 수여하는 이 상은, 부산의 문화 예술 창달에 이바지한 공이 큰 만 55세 이하 예술인을 대상으로 주는 큰 상인데, 문학 부문 수상자로 동시인 박선미가 선정되는 영광을 안은 것이다.

그 날, 수상자로서의 그녀는 누구보다 멋지고 당당해 보였다.

시상자로 나온 정의화 국회의장 앞에서도 웃음 띤 얼굴로 자연스럽게 수상 소감을 피력하는 그의 장한 모습이 기억에 남는다.

2. 두고 간 마음과 남은 마음

과연 얼마만큼 알아야, 그 사람에 대해 안다고 자신할 수 있을까. 부산 토박이 그와 서울에 사는 내가 만나는 건 한 해에 많아야 두세 번쯤이다. 평소에 안부를 묻는 전화 통화나 문자를 주고받는 일도 드물 만큼 무심한 채 지낸다.

그럼에도 불구하고, 그동안 막연히 동시인 박선미를 좀 안다고 생각해 왔다.

"혹시…… 〈시와 동화〉 여름호에 내 인물론을 써 줄 수 있나요?"

"내가 써야지 그럼! 누구한테 맡기려고?"

조심스러운 청탁에 호기 있게 큰소리를 쳐 놓고, 알긴 좀 아는데, 그에 대해 서술하기 어렵다는 한계에 부딪쳤다.

자세히 돌이켜보니 그가 큰 소리로 말하거나 소리 내어 웃는 모습을 본 기억이 거의 없다. 오랜만에 만나도 그저 어깨를 한 번 안거나 소리 없는 미소뿐이다.

그런데 이상한 일이다. 과장하지 않은 몸짓과 말투에서 반가운 진심이 느껴지는 것이다. '진정성'이야말로 그의 큰 재산임을 안 건 한참 뒤의 일이다.

말없이 오래 함께 있어도 불편함이 느껴지지 않아야 좋은 친구라고 한다.

나는 그 말에 흔쾌히 동의한다. 가장 중요한 건 눈에 보이지 않는 거라는 《어린 왕자》의 명언을 굳게 믿는 까닭이다.

7, 8년 쯤 전이던가, 동시인 박선미를 처음 만났다. 한국아동문학인협회 행사로 부산에 내려갔을 때, 그가 정두리 선생님을 버스 터미널까지 바래다주는 차에 편승한 게 첫

만남이었다.

그 후, 부산에서 나 혼자 서울행 심야 버스를 탈 일이 생겼었다. 터미널까지 택시로 가겠다는 나를, 그녀가 자기 차로 데려다주고 고속버스가 떠날 때까지 함께 있어 주었다.

바로 그날! 부산 수영구 민락동 '방파제'에서 고속버스 터미널까지 가는 길에, 그는 자기 삶의 전반을 내게 소설처럼 말해 주었다.

그에게 하늘은 참 무심했다. 이제 그에겐 열렬히 사랑했던 남편이 남겨 준 쌍둥이 딸 나리와 나래, 그리고 늦둥이 셋째 딸 나은이가 있었다.

생각할수록 그의 고백이 아프고 고마웠다. 그래서 한순간에 섬과 섬 사이에 다리가 놓이듯, 그를 내 가슴에 기꺼이 들여앉힌 날이 되었다.

새까만 밤길을 달려 서울로 돌아오는 버스 안에서, 나는 두고 간 마음과 남은 마음이 회오리치는 걸 감당하기 힘들었다.

3. 향기로운 숲 같은

두어 달씩 소식 없어도, 그저 멀리서 잘 지낼 줄 믿는 게 우리 무언의 약속이다. 통화하는 일조차 드물다 보니 서로의 중요한 소식도 뒤늦게 듣곤 한다.

견우직녀도 아니면서, 우리는 해마다 4월 어느 하루를 날 잡아 만난다. 그날의 아지트는 대개 경남 고성의 '동시 동화 나무의 숲'이다.

바야흐로 산빛이 연두에서 초록으로 싱그러워지는 그 무렵, 보라색 벨벳같이 우아한 으름꽃이 향기롭게 피어나고 고사리와 취나물이 지천인 철이다.

워낙 오랜만이라, 우린 만나면 하룻밤을 꼬박 새울 수밖에 없다. 그러지 않고는 묵은 속내를 털어 낼 시간이 너무 짧은 까닭이다.

한 시대에 태어나 같은 길을 동행하는 또래 친구로, 살면서 마주치는 희로애락이 두서없이 펼쳐지는 밤…… 새벽 이슥토록 그러는 게 우리 나름의 힐링인 셈이다.

인생에 대해서든 인연에 대해서든 우린 비교적 천천히 오래 가자는 쪽에 의견을 모은다. 늘 평화주의자인 그의 모습을 재발견하는 기회이기도 하다.

몇 해 전 봄에도 우리는 날 잡아 '동시 동화 나무의 숲'에서 만났다. 그날, 배익천 선생님은 잡목이 우거져 길도 없는 산속을 낫으로 헤쳐 가며 만여 평의 산길을 샅샅이 안내해 주셨다.

길을 나서기 전, 뱀이 있을지도 모른다며 그가 내게 장화 한 켤레를 내주고 자기도 신었다.

초록 장화는 내 발에 딱 맞아 편안했다. 등산화보다 장화가 더 안전하겠다는 말에 그가 빙긋이 웃기만 했다. 이끼가 미끄러운 계곡을 타고 올라가 산을 돌아 내려오는 동안, 나보다 훨씬 잘 걸을 것 같은 그의 걸음이 자꾸 더디었다.

고사리를 꺾고 취나물을 뜯을 때도 한참씩 쉬는 그에게 구박을 했었다.

"장화가 너무 커서 걷기 힘들었네요……."

산에서 내려온 그의 말이었다. 맙소사. 딱 한 켤레 있는 여성용 장화를 나에게 신기고 자기는 커다란 남성용 장화를 신은 채, 그 험한 산길을 돌아다닌 것이었다. 자기가 중간에 못 걷겠다고 말하면, 감탄하며 걷던 산길 중간에서 되돌아올까 봐 온 발가락이 부르트도록 미련하게 참아 낸 사람.

기뻐서 펄쩍 뛰거나 버럭 화내는 모습의 그가 상상되지 않는 건 나뿐 아닐 것이다. 어쩌면 감정 표현을 잘 드러내지 않는 그는 가끔 오해를 받을지도 모른다.

그에게 책이나 메일을 보냈는데 답이 더딜 때가 종종 있다. 하지만 가까운 문단 선후배 책이 나오면 입으로 하는 달달한 인사 대신, 몇 권이라도 사서 주위에 나눠 주는 보기 드문 성정임을 나는 안다.

지난 해 '동시 동화 나무의 숲'에서 성대하게 치른 열린아동문학상 시상식 후 뒷얘기를 듣고 나 혼자 고개를 끄덕인 적이 있다.

'수십 명이 하룻밤 머물고 떠난 숙소에 들어갔더니 정리가 덜 되었더라구요. 혼자서 급하게 정리하려고 화장실 청소까지 하긴 했는데…….'

때로 작은 일화 몇 개로 그 사람을 다 알게 된다. 박선미가 그런 사람이다.

4. 연필처럼

나는 남의 문학작품을 읽고 쉽게 평을 하지 않는 편이다. 무엇보다 조심스럽기도 하고, 작품 하나를 완성해 내놓기까지 작가의 고뇌를 익히 아는 까닭이다.

그도 마찬가지다. 그는 나에게, 나도 그에게 서로의 작품에 대해 특별히 평가한 적이 없다. 그저 슬펐다거나 아름다웠다거나, 전체의 느낌 정도만 넌지시 전하고 곰삭도록 아껴 읽고 소문을 내 준다.

'쓰기는 나타냄, 읽기는 받아들임', 최근 읽던 책 속에 밑줄 그어 둔 문장이다. 사람의 일상도 이렇게 단순 명쾌한 논리처럼 살 수 있다면 얼마나 편할까. 그러다 간혹 반갑게 발견하는 그의 동시 속 행간의 비밀(뜻)이라니! 공감할 때가 기쁘다. 작품은 곧 그 사람이니까.

연필

틀려도 돼
고치면 되니까

실수해도 돼
지우면 되니까

제 몸이 깎여도
실수를 허락하는
향기 나는 연필

우리
엄마

이 동시를 보면 박선미 자신이 바로 연필이다. 타인에 대해 꾹꾹 잘 참는 일상 속 그가 고스란히 보인다. 감정을 잘 드러내진 않아도 진심은 언제나 그득해서 시 속에 숱한 감정의 묘미를 발산하는 것일까. 시에서 보이는 애틋하고 슬픈 감성은 쉽게 공감이 된다. 그런데 가끔 재치 있고 발랄해서 웃음 짓게 하는 그의 시를 보면 내가 아직 다다르지 못한 그 가슴의 뒤곁이 자못 궁금해진다. 이 밖에도 내가 옮겨 적고 싶은 동시 몇 편이 따로 있지만, 필시 '박선미 작품론'을 쓰시는 선생님이 인용하실 것 같아 지면을 아낀다.

5. 어머니, 그리고……

2010년 늦가을, 그녀의 친정어머니가 돌아가셨다.

그의 어머니는 조선 시대 영남 유학계의 큰 어른으로 추앙받던 의암 배병한 선생의 증손녀로, 인물도 성품도 고운 분이었다.

책임감과 희생정신으로 자식은 물론 일가친척에게도 사랑과 존경을 한 몸에 받으며 평생을 사셨다. 특히 그의 집에서 함께 살며 살림살이와 세 명의 손녀딸을 살뜰히 보살펴 키워 주신 하늘 같은 은인이셨다. 그런 어머니의 헌신 덕분에 그가 집안일에 신경 쓰지 않고 마음껏 공부하고 외부 활동을 영위할 수 있었으리라. 엄마보다 할머니를 더 좋아하던 그의 세 딸들은 지금도 외할머니를 생각하면 '평화'라는 단어가 떠오를 정도라니 어머니의 인자하신 성품이 짐작되고도 남는다.

황망한 슬픔조차 가슴 밑바닥에 쟁여 놓았는지, 문상 간 내 앞에서 그는 눈물을 보이지 않았다. 인생의 가장 큰 조력자이자 절대 후원자인 엄마를 영영 떠나보낸 그는 그런 순간에도 단정했다. 오히려 내가 10여 년 전 돌아가신 내 엄마를 추억하느라 먼 길 오가는 내내 눈물 바람을 하고 말았다. 그의 동시 〈비상구〉에 나오는 한 문장처럼 '언제나 급하면 달려갈 수 있는 비상구'였던 어머니를 여읜 슬픔을 어찌 다스렸을까. 일부러 안부를 묻지도 않으면서 한동안 마음이 아렸다.

이제 그에게 어머니의 빈자리는 집 가까이 사는 큰 언니가 넉넉히 채워 준다. 마음 따뜻하고 요리사 못지않은 솜씨까지 겸비한 언니로 인해 그와 세 딸들은 여전히 감사하고 행복한 일상을 맞는다.

할머니와 이모들의 사랑까지 넉넉히 받으며 자라 이제 대학을 졸업한 쌍둥이 딸들은 당당히 제 몫의 일을 찾아 엄마 품을 벗어나는 중이다.

고교 시절, 산청 간디학교 전교 회장을 맡았을 만큼 당찬 막내딸 나은이는 올해 경희대 국문과에 입학했다. 모교인 간디고등학교 국어 선생님이 꿈인 나은이가 엄마처럼 시인이나 소설가를 겸임하는 선생님이 될지 기대해 본다.

6. 좋은 예감

이제 그도 60대가 되었다. 이 원고 청탁을 받은 날, 나는 작은 노트 한 권을 '박선미 인물론 메모용'으로 이름 붙여 어디든 들고 다녔다.

그리고 맨 처음 떠오른 게 '맑고 깊다'라는 짧은 한 문장이다.

"……말끝이 살짝 올라가는 듣기 좋은 사투리-결코 과장하지 않은 몸짓과 말투-화장했을 때보다 말갛게 씻고 난 얼굴이 더 곱다-거절을 잘 못하는 여린 성품이지만 책임감도 있고 고집도 있다-여간해서 서두르는 법이 없다?-결 고운 성품 속의 꽤 단단한 심지……."

이렇듯 생각나는 단어와 문장이 금세 노트 한 권을 채웠다. 그러나 한 사람에 대해 내 마음대로 서술한다는 게 얼마나 위험한 일인지 덜컥 겁이 나기도 했다.

언젠가 그에게 미래의 남은 꿈이 뭐냐고 물었더니 '사람, 시, 봉사'라고 대답했다. 이 세상 마지막 순간에 곁에 남을 사람 셋만 있으면 성공한 인생일 거라면서. 사람은 거저 생기는 게 아니고, 살아가는 동안의 오랜 '관계'에서 형성된다는 사실을 깨달았다고도 했다. 이제 보람차게 열중했던 선생님의 자리에서 물러앉아도 괜찮을 테고, 작품이든 여행이든 새로운 무언가를 시작하기에도 자유로운 위치에 서 있다. 시인이로서도 너무 빠르지도 더디지도 않게 차분하고 단단하게 잘 자리매김해 왔다.

하지만, 늘 평화로운 표정을 잃지 않는 그에게도 살아오는 동안 어찌 말 못할 슬픔과 좌절이 없었겠는가. 나도 살아보니, 슬픈 일이 생겼을 때 함께 슬퍼하기는 그리 어렵지 않다. 누구에게 기쁜 일이 생겼을 때, 내 일처럼 함께 기뻐해 주기가 쉽지 않은 일이다. 그 사실을 깨달은 지 그리 오래되지 않았다. 그에게 기쁜 일이 자꾸 생겼으면 좋겠다.

7. 그리고…… 남은 이야기

내가 평소 부르던 호칭대로 부를게요, 선미 샘! 언제든 퇴직하면 노르웨이로 여행 떠나자 약속했지요? 우리가 유년 시절부터 꿈꾸었던 나라, 그 아름답고 한가로운 이국의 작은 마을에 새처럼 깃들어 며칠 지내보자고요.

강을 따라 걷다가 풀밭에도 누워 하늘을 보면, 지나온 세월이 파노라마처럼 지나갈 거예요. 남 보기에 훌륭한 선생님이고 시인이고 엄마……. 묵묵히 그 책임을 다하느라 힘든 날이 얼마나 많았을까?

아는 사람 하나 없는 곳에서 한바탕 소리 내어 울어 보든가, 기쁜 노래를 미친 듯 소리쳐 부르는 건 어떨까요. 선미 샘보다 한참 먼저 엄마를 여읜 나는, 혼자 마음껏 울 자리를 찾아 차를 몰고 무작정 내달린 적이 있어요. 결국 소리 내어 울 수 있는 곳은 자동차 안 뿐이었지만…….

최근에 고 정채봉 선생님의 시를 다시 읽다가 울컥 눈물 난 구절이 있네요.

"……하늘나라에 계신 엄마가 잠깐이라도 살아오신다면, 숨겨 놓은 세상사 중 딱 한 가지 억울했던 일을 일러바치고 엉엉 울겠다……."

어차피 다시 못 올 엄마 기다리며 쌓아 두지 말고 내게 일러바쳐요.

아, 머잖아 그대 좋아하는 산딸나무 꽃이 하얗게 피겠네……. 당연한 말이지만, 물은 산을 넘지 않아야 한다고 해요. 낮은 곳으로 물이 흐르는 이치를 따라 순리대로 살라는 격언으로 알아들었어요. 사람 사이의 인연도 그렇게 자연스러워야겠지요. 우리 크게 바라지도 서두르지도 말고, 여태 가던 길 따라 순하게 가 봅시다. 나는 믿어요, 어느 고비든 다 넘기고 마침내 봄 언덕 같은 평안을 이끌고 오는 그대 안의 숨은 힘을.

정직과 성실,
그리고
사랑

공재동

I. 머리말

박선미는 동시인이기 전에 초등학교에서 어린이를 가르치는, 그 방면에서는 탁월한 능력을 가진 교사다. 천부적인 교사라는 말은 천부적으로 어린이를 사랑하는 사람이라는 의미가 강하다. 그런 뜻에서 박선미는 천부적인 교사이며 뛰어난 교육 실천가다. 미소와 자애로 가득 찬 얼굴, 또박또박 정확한 말씨, 흐트러짐이 없는 몸가짐, 박선미는 모습만으로도 훌륭한 선생님이다.

박선미는 문학 연보의 화려한 경력 못지않게 일선 교육에서의 성과도 화려하다. 나는 그녀를 문단에서 뿐만 아니라 교육 현장에서도 여러 번 만난 적이 있는데 수업 연구 발표대회 때는 1등급을 받은 교사였고, 연수원 원장으로 있을 때는 연구사들이 국어 교육이나 독서, 문학 관련 연수를 개최할 때 제일 먼저 찾는 강사였다.

교사는 의사와 함께 사람을 다루는 직업이다. 다른 직업도 마찬가지지만 사람을 다루는 직업에는 소명 의식이라는 것이 매우 중요한 덕목이 된다. 오천석은 소명 의식이 없는 교육 행위는 단순한 노동이라고 했다. 교직에서 평생을 보낸 필자의 안목에는 동시인 박선미보다 교육에 대한 소명 의식이 강한 교사 박선미가 훨씬 친밀하고 자연스러운 게 사실이다.

한 작가의 작품 세계를 이야기하면서 그 사람의 직업에 대한 이야기를 하는 것은 매우 이례적인 일일 것이다. 사람을 일컬어 '호모 파브로' 즉 '일하는 사람'이라 했듯이 직업은 한 사람의 인성에 지대한 영향을 미치는 경우가 허다하다. 글 쓰는 일이 직업이 되기가 어려운 우리 문학의 현실에서 직업이 문학에 끼치는 영향을 결코 과소평가 할 수 없다. 아동문학인의 직업이 어린이를 가르치는 교사가 많은 것은 우연한 일이 아닐 것이다. 교육자로서의 소명 의식이 그가 다루는 작품에도 영향을 미치는 것은 당연한 결과일 것이다. 어린이에 대한 지극한 사랑이야말로 교사는 물론 아동문학인에게도 중요한 덕목이 아닐까. 박선미의 동시를 일관하는 어린이와 약자에 대한 애정은 교사로서의 교육적 소명 의식과 깊은 상관관계가 있을 것이다.

Ⅱ. 박선미의 동시 세계

박선미는 1999년 부산아동문학 신인상과 창주아동문학상 수상으로 등단한 후 무려 8년의 세월이 흐른 후 〈부산일보〉 신춘문예로 재등단한다. 그 8년이 박선미의 작품을 단단하게 만드는 중요한 시간이었다. 신춘문예 당선과 함께 펴낸 첫 동시집《지금은 공사 중》으로 계간 〈오늘의 동시문학〉의 '2007년 좋은 동시집'으로, 한국동시문학회의 '올해의 동시집'으로 선정되었으며 작품 〈지금은 공사 중〉이 초등학교 국어 교과서에 수록되기도 했다. 왕성한 현재형 작가의 작품 세계를 한마디로 규정하기는 어려우므로 박선미의 작품 세계는 그녀의 작품집 세 권, 《지금은 공사 중》, 《불법 주차한 내 엉덩이》, 《누워 있는 말》을 대상으로 작품 경향을 분석해 보는 것으로 대신할까 한다.

1. 마음의 힘

《지금은 공사 중》에는 60편의 작품이 수록되어 있다. 저자는 머리말에서 '나는 내 시가 마음의 힘을 기르는 데 쓰였으면 좋겠다.'고 하면서, 마음의 힘이란 '병아리의 죽음에 눈물 흘릴 줄 아는 마음, 나뭇가지를 꺾으면 나무도 아파할 거라 생각하는 마음, 일등 할 때 꼴찌의 마음을 헤아릴 줄 아는 마음'이라고 했다.

어제는 정말 미안해 / 별것 아닌 일로 / 너한테 화를 내고 / 심술부렸지 // 조금만 기다려 줘 / 지금 내 마음은 / 공사 중이야. // 툭하면 물이 새는 / 수도관도 고치고 / 얼룩덜룩 칠이 벗겨진 벽에 / 페인트칠도 다시 하고 / 모퉁이 빈터에는 / 예쁜 꽃나무도 심고 있거든. // 공사가 끝날 때까지 / 조금만 참고 / 기다려 줄래?

– 〈지금은 공사 중〉 전문

낡은 수도관을 고치고, 벗겨진 벽에 새로 칠을 하듯이 화내고 심술부리는 마음을 새로 공사하고 있는 중이니까 공사가 끝날 때까지 조금만 참고 기다려 달란다. 마르틴 루터는 '우리의 마음은 한 번 반성하고 좋은 뜻을 가졌다고 해서 그것이 늘 마음속에 있는 것은 아니다. 어제 먹은 뜻을 오늘 새롭게 하지 않으면, 그것은 곧 우리를 떠나고 만다. 어제의 좋은 뜻은 매일 마음속에 새기며 되씹어야 한다.' 했다.

이 시집의 제1부는 시적 화자의 내적 고백으로 저자의 주관이 들어 있다. 〈지금은 공사 중〉에서는 자신을 되돌아보며 깊은 반성과 후회를 고백하고 있다. 고백은 심적 작용이고 마음의 움직임이다. 그러므로 '마음'이 중요한 단어일 수밖에 없다. 이 시집 전체를 통해 31개의 '마음'이라는 단어가 등장하는데 그중에서 무려 21개가 1부에 들어 있다. 내 마음, 친구 마음, 파아란 마음, 착한 마음, 미운 마음, 서운한 마음, 귀찮은 마음, 따스한 마음, 화난 마음 등 마음의 종류도 다양해서 감성은 물론 색깔까지 있다. 저자가 말하는 '마음의 힘'이란 이처럼 처절하게 자신을 반성하고 갈고 닦는 데서 오는 진정한 용기일 것이다.

제2부에서는 자신의 주변에 대한 생각을 객관적으로 묘사하고 있다. 구두쇠 엄마가 사 주는 피자 한 판 생각나서, 호랑이 선생님 일기 쓰지 않아도 봐주는 재미로 콜록콜록 감기를 앓고 싶은 것이 어린이다. 숙제 잘해 공책에 받은 무궁화 다섯 송이, 그 무궁화 할머니 손에 찍어 주고 싶다는 티 없이 착한 동심이 2부의 주제다.

> 아무리 큰 잘못을 저질렀어도 / 너그럽게 용서해 주지 / 아무리 투정 부려도 / 따스하게 안아 주지 / 얼굴빛만 보아도 / 무슨 일이 있나 금방 알아차리지 // 언제나 급하면 / 달려갈 수 있는 비상구 / 우리 / 어머니
>
> – 〈비상구〉의 부분

제2부의 등장인물로는 '엄마'가 단연 1위로 11차례나 나오며, 선생님이 뒤를 잇는다. 가정과 학교는 어린이의 생활에서 차지하는 비중이 가장 큰 장소다. 가정에서는 엄마가 학교에서는 선생님이 나의 생활을 지배하는 가장 비중 있는 인물이다.

> 정말 이상하지? / 입 속에 숨겨 둔 껌 하나 / 언제 보셨을까 / –여기 뱉어. / 눈앞에 펼쳐진 넓적한 손바닥 // 정말 이상하지? / 칠판에 글씨 쓰시면서 / 언제 보셨을까 / –준호, 필기 안 하고 뭐 하는 거야. / 귀신같이 아신다.
>
> – 〈선생님처럼〉의 부분

뮈세는 '어머니를 사랑하는 사람치고 악인은 없다.'고 했다. 어린이에게 있어 어머니만한 존재가 또 있을까. 학교에는 선생님이 계신다. 플루타르코스는 그 유명한 〈영웅전〉에서 '아버지로부터 생명을 받았으나, 스승으로부터는 생명을 보람 있게 하는 것을 배웠다.' 했듯이 어린이에게는 선생님이야말로 신비한 존재임에 틀림없다. 이 밖에도 2부에서는 교실에서 만나는 다양한 친구들이 등장하여 어린이들만의 천진한 세계를 펼쳐 보인다.

제3부는 자연의 변화에 대한 어린이의 지적 호기심과 신비감을 내용으로 하고 있다. 어린이의 시선이 자신에게서 가정과 학교로, 그리고 산과 들로 확대되어 가는 과정이 흥미롭다.

아무리 꼭꼭 숨어 있어도 / 하얀 이 드러낸 웃음소리 / 들리는 걸 // 이젠 이리 나와 / 꽃향기 벙그는 봄 / 네가 술래야.

– 〈숨바꼭질〉 부분

시멘트 블록 틈으로 노랑 민들레가 피었다. 아무리 꼭꼭 숨어 있어도 노랑 저고리 고운 옷소매 때문에 금방 들키는 노랑 민들레. 죽은 듯 잠자던 목련이 몰래 꽃망울을 터뜨려도 하얀 이 드러낸 웃음소리 때문에 금방 들키는 것처럼 봄이 아무리 몰래 온다고 해도 꽃향기 때문에 금방 들키고 말 터이니 숨바꼭질 생각이랑 아예 포기하라는 경고다. 새 봄, 나팔꽃, 채송화 편지, 해님, 할아버지 고향, 엄마만 아는 가을, 새하얀 아침, 군고구마. 어린이의 관심은 채송화도 작은 글씨로 보이기 시작한다.

제4부에서는 어린이가 처음으로 사회 문제에 눈을 뜨게 되는 과정을 그렸다. 사람은 홀로 살 수 없다. 가정과 학교라는 좁은 울타리에서 벗어나면 더 많은 사회와 얽혀 있음을 깨닫게 되는 것이다.

어린이 보호 구역 들어가려면 / 모두 다 / 언덕 하나 넘어야 하지. // 잠시 / 쉬었다가 / 다시 힘을 내는 / 짧지만 소중한 시간 / 필요하거든

– 〈어린이 보호 구역〉의 부분

어린이가 부딪히는 사회에도 작지만 금지가 있고 규제도 따른다. 가진 것 다 주고 빈 껍데기만 남은 어머니도 보인다. 일 년 내내 풀었다가 다시 짜는 어린이 문제를 안고 노심초사하는 선생님에 대한 고마움도 보이고, 나라가 망하자 제 이름도 잃어버린 안타까운 연못인 안압지의 사연에도 귀를 기울이고, 남의 땅도 제 것이라 우겨대는 이웃나라의 침략 근성에 화를 낼 줄도 안다.

2. 용감한 싸움 대장

서덕출문학상을 받은 두 번째 시집 《불법 주차한 내 엉덩이》에는 54편의 작품이 3부로 나뉘어 있다. 약한 친구 괴롭히는 친구, 가난한 친구를 무시하는 친구, 공부 못하는 친구를 얕보는 친구, 그런 어린이들의 마음과 싸우는 싸움 대장인 시인, 싸움의 무기는 총칼이 아니라 바로 아름다운 우리말로 빚은 시다. 병사의 무기가 총과 칼이라면 시인의 무기는 시다. 저자의 선언에는 일종의 비장미가 느껴진다. 시집이 배고픈 아이에게 식사를 위한 밥이 되고, 눈물이 되어 슬픈 마음을 어루만져 주고, 나무 그늘이 되어 더위를 식혀 주고, 햇살이 되어 추위를 녹여 주고, 꿈을 잃은 어린이들을 위해 사다리가

되고 싶은 시, 그것이 두 번째 시집《불법 주차한 내 엉덩이》가 추구하는 정서다.

> –금방 다녀올 건데 괜찮겠지? / –잠시만 세워 두는데 뭐. // 자기만 생각하고 / 학교 앞 골목길에 / 불법 주차한 자동차 / 견인차가 끌고 갑니다. // –금방 끝낼 건데 괜찮겠지? / –잠시만 하고 그만두는데 뭐. // 나만 생각하고 / 학교 앞 오락실에 / 불법 주차한 내 엉덩이 / 엄마가 끌고 갑니다.
>
> –〈불법 주차〉 전문

제1부 첫 번째 작품인 〈불법 주차〉는 이 시집의 표제가 된 작품이다. 흔히 시집의 표제는 시집 전체를 대변하는 경우가 많은 것을 감안한다면, 이 시를 잘 살펴보는 것은 박선미의 두 번째 작품집의 면모를 조망하는 데 유용할 것이다.

박선미의 첫 시집《지금은 공사 중》시문의 특징은 비유를 사용하지 않은 무기교의 시라는 점이었다. 비유를 사용하지 않으면 표현이 직설적이 된다. 그것은 저자와 독자의 공감대를 형성하는 데 있어 매우 효과적인 방법이기도 하다. 화려한 수사가 때로는 독자와의 사이를 가로막는 장애물이 되는 경우가 있다. 그런데 두 번째 시집에 오면 첫 시집에서 찾기 힘들었던 비유가 광범위하게 사용되고 있다.

일반적으로 문장을 장식하는 방법으로 비유법, 강조법, 변화법 세 가지를 든다. 이는 수사법의 일부로 문장 기교라고도 한다. 비유법은 원관념(대체되는 것)과 보조 관념(대체하는 것), 유사성, 이질성 이 네 가지 요소로 이루어져 있다. 흔히 이 네 요소를 갖춘 것을 직유라고 하고, 원관념과 보조 관념만 남은 것을 은유라고 하고, 보조 관념만 있는 것을 상징이라고 한다.

〈불법 주차〉는 비유법상 직유법을 사용하고 있다. 그렇다면 원관념은 무엇일까. 바로 '오락실에 앉은 내 엉덩이'가 원관념이고, 보조 관념은 '불법 주차한 자동차'이다. 유사성은 '끌려가는 것'이고, 이질성은 '자동차와 엉덩이'라는 점이다. 시의 첫째 연 전체가 보조 관념이고, 둘째 연 전체가 원관념인 특이한 형태지만 직유가 갖출 것은 모두 갖추었다. 다만 두 의미 사이에 연결어가 생략되었다. '견인차가 끌고 가듯이 엄마가 끌고 간다.' 이렇게 이어 주면 의미가 뚜렷해진다. 연결어 '듯이'가 생략된 것이다.

'자동차 지붕 위에 앉은 꽃잎'을 예로 든다면, '놀이동산에 가고 싶은 나'가 보조 관념이고, '아빠 차 지붕 위에 내려앉은 분홍 꽃잎'이 원관념이며, 동질성은 어디론지 가고 싶다는 것이고, 이질성은 '꽃잎과 나'라는 점이다. 직유에서는 '구름에 달 가듯이 가는 나그네'에서처럼 원관념이 사람과 관계되는 것이고 보조 관념은 사물인 경우가 일반적인데 비하여 여기서는 사람인 '나'가 보조 관념이고 사물인 '꽃잎'이 원관념이다. 이 시의 마지막 연을 '처럼'이라는 연결어로 종결함으로써 졸지에 원관념과 보조 관념이 뒤바뀌는 극적인 연출을 해낸 것이다.

얼른 보아서는 직설적인 것 같지만 이렇게 대단한 문장 기교가 숨어 있다는 것이다. 이러한 문장 기교는 〈종합 선물 세트〉, 〈닮았다〉, 〈사고다발지역〉 등 제1부 작품 대부분에서 발견되고 있다. 그동안 한 개의 단어, 한 구절, 한 문장이 원관념이나 보조 관념으로 쓰인 경우에 익숙해져 있는 독자들에게는 매우 특이한 느낌을 준다. 이처럼 시의 한 연이 원관념과 보조 관념으로 구성된 예는 극히 드물어 직유법의 한 사례가 될 만큼 독특하다고 할 수 있다. 이와 같은 특유의 표현법이 기교 없는 시로 착각하게 하는 것이다.

제2부의 작품은 집안에서 일어나는 일을 소재로 한 작품이다. 할아버지, 할머니, 엄마, 아빠, 동생, 언니, 형, 숙모 등 가족들이 총 망라되지만, 그중에서도 가장 빈번하게 등장하는 인물은 단연 할머니다. 제2부의 표제 자체가 '택배로 오신 할머니'다. 시에 나오는 가족들은 대부분 어려움에 처한 가족들이라는 점이 특이하다. 뇌종양을 앓는 할아버지, 돌아가신 할아버지, 필리핀에서 온 숙모, 병상에 누운 아버지, 귀가 잘 안 들리는 할머니, 치매 걸린 할머니, 병실에 계신 할머니. 그러나 시의 기조는 늘 건강하고 긍정적이다. 어려움에 처했어도 따스한 가족애로 밝게 살아가는 가족 이야기다.

제3부는 자연 친화적인 정서가 깊이 밴 시들로 구성되었다. 이를 두고 '나무 그늘 같은 시', '따스한 햇살 같은 시'라 해도 좋을 것이다.

> 은혜의 집에 사는 / 우리 반 영우 / 엄마 생각하며 엎드려 있는 / 내 옆자리 // 직장 잃고 집을 나온 / 노숙자 아저씨들 / 신문지를 이불처럼 덮고 잠자는 / 부산역 대합실 // 자식도 없이 혼자 사는 / 목포댁 할머니 / 종이 상자 모으는 / 빈 수레 위에 // 봄님을 초대합니다. // 아무리 바빠도 / 꼭 와 주세요.
>
> – 〈초대합니다〉 전문

설명이 필요 없다는 것은 박선미 시가 가진 특징 중의 하나다. 라이너 마리아 릴케는 《젊은 시인에게 보내는 편지》에서 '당신의 슬픔과 열망 그리고 아름다움에 대한 당신 자신의 생각이나 믿음을 묘사하십시오. 그것들을 내심에서 우러나오도록 은근하고 겸손하게 묘사하십시오.'라고 썼다. 이러한 직설법은 한 시인의 슬픔과 열망, 그리고 아름다움을 은근하고 겸손하게 표현하는 데는 매우 효과적이다.

3. 사랑의 집

저자는 '따스한 집을 짓는 목수를 꿈꾸며'라는 제목의 서문에서 '이 시집이 마음이 헐

벗은 어린이들을 따스하게 안아 줄 수 있는 집이면 좋겠다.'고 했다. 어쩌면 이 땅의 모든 동시인은 마음이 헐벗은 어린이들에게 '따스한 집'을 짓는 목수가 되는 게 당연한 게 아닐까. 지은이 스스로가 '사랑의 집'이기를 소망하는 세 번째 시집 《누워 있는 말》에는 52편의 동시가 실려 있다.

제1부는 유혹과의 전쟁을 그렸다. 〈용서〉, 〈오리발〉, 〈삼투 현상〉, 〈졌다〉처럼 유혹을 이기지 못하기도 하지만, 아이는 수많은 유혹을 용케도 이겨낸다. 명품 샤프를 훔치고 싶은 유혹, 야한 동영상에 대한 유혹, 금지된 엘리베이터를 타고 싶은 유혹, 이 사회에는 어린이를 유혹하는 '불량 식품'이 너무 많다.

> 말에도 문이 있어 / 가끔씩 닫고 싶다. // 성적 떨어져 내가 더 속상한데 / 엄마 아빠 다툴 때 / 엄마 친구 아들과 비교할 때 // 묻는 말에 대답 안 한다고 / 야단맞아도 / 닫힌 문 열리지 않는다.
>
> – 〈문〉 전문

사람에게는 말문이라는 게 있다. 갓 태어날 때는 말문이 닫혀 있다가 첫발을 떼듯이 말을 시작하게 되면서 말문이 열린다. 어린이라고 말하고 싶지 않을 때가 없을까. 묻는 말에 대답 안 한다고 아무리 야단맞아도 열리지 않는 그런 문이 있었으면 좋겠다.

제2부는 가족들에 대한 애정을 그린 작품들이다. 결혼한 지 오십 년 만에 예식을 올리는 외조모, 대형 마트보다 더 인심 좋은 시골 할머니 댁, 가까운 목욕탕 두고 옛날 살던 마을 목욕탕을 찾아가는 우리 할머니, 할머니 유해를 뿌린 바다, 돌아가신 할머니가 생각나는 빈방, 할머니 제삿날, 직장 잃은 아빠. 작은 물고기가 수천 마리 떼를 지어 상어를 물리치는 것처럼 가족의 힘은 아빠 사업 부도쯤이야 거뜬히 이겨낸다.

제3부는 친구 이야기다. 아빠 없는 경준이, 월드컵 응원 덕분에 버릇 고친 동민이, 이사 간 용식이. 그런가 하면 사회적으로 큰 물의를 일으킨 세월호 참사 이야기까지, 세상과 소통을 시작하는 어린이의 착한 시선이 잔잔한 감동이다.

제4부는 자연에 대한 이해와 사랑이다. 어린이의 시선이 자신에서 가정과 학교로, 사회에서 자연으로 확대되고 있지만, 인식 수준은 어린이다워서 원시적이다.

> 겨우내 / 목말랐던 나무들 / 허겁지겁 / 밥을 먹는다. // 축구하고 돌아와 / 엄마가 차려 주는 밥 / 맛있게 먹는 나처럼 // 이제 곧 / 하양 분홍 / 기분 좋은 웃음 / 터뜨리겠다.
>
> – 〈봄비〉의 부분

하늘에서 내려오는 봄비가 나무의 밥이다. 그 밥을 먹고 이제 곧 하양 분홍 꽃을 피울 나무들을 생각하면 저절로 기분이 좋아진다. 활물적 사고와 의인화라는 어린이의 특성이 고스란히 드러나 있는 것이 특징이다. 자연에 대한 예찬이 아니라 시적 화자가 사물화되어 그들의 기쁨과 고통을 함께한다는 점에서 특이하다.

세 권의 작품집이 명확하지는 않지만, 조금씩 다른 면모를 보임으로써 박선미 동시 세계의 변화 추이를 짐작하는 데 도움이 되었다. 명확하지 않다는 것은 세 권 모두가 어린이에 대한 지극한 사랑, 가족애, 형제애를 주제로 하고 있다든지, 무기교의 직설적 표현이라든지 하는 공통점을 두고 한 말이다.

《지금은 공사 중》에서 스스로에 대한 주관적 성찰과 반성이 《불법 주차한 내 엉덩이》에서는 주관에서 벗어난 시선과 보다 적극적인 참여로 바뀐다. 《누워 있는 말》에서는 자연과 하나가 된 동심이 생각의 깊이를 더해 가는 과정을 느낄 수 있다.

Ⅲ. 맺는말

지금까지 세 권의 시집을 통해 박선미의 동시 세계를 조망해 보았다. 한 작가의 작품을 대하는 태도에는 비평과 해설 크게 두 가지가 있다. 비평이 문학적 가치에 대한 평가라고 한다면, 해설은 독자의 이해를 돕기 위한 안내이다. 본고는 비평보다는 해설에 치중함으로써 작품에 대한 평가는 독자의 몫으로 넘긴 셈이다. '예술 작품은 이러쿵저러쿵 비판할 수가 없다.'고 한 릴케의 말처럼 누구도 충고를 해 주거나 도와 줄 수도 없는 것이 예술 작품이다.

박선미 동시의 특징은 무기교의 직설적 표현과 어린이와 약자에 대한 지극한 애정과 배려라는 강한 주제 의식에서 찾을 수 있다. 기교를 사용하지 않은 직설적 표현은 주제를 전달하는 데는 매우 효과적인 방법이기도 하다.

다음으로 박선미 동시를 규정하는 단어가 바로 정직이다. 그녀의 시가 주는 느낌은 한마디로 정직과 성실 그것이다. 자본주의 사회는 모든 사람이 정직하다는 믿음을 전제로 한다. 신의, 신용, 성실, 준법, 청렴, 도덕과 같은 민주 사회의 근본 원리는 모두 정직에서 출발한다. 이러한 정직성은 박선미 동시가 많은 사람의 입에 회자되는 원인 중 하나가 되고 있다. 정직성이 동시가 가져야 할 가장 중요한 요소 중의 하나라는 것은 소명 의식을 가진 뛰어난 교사라는 저자의 직업과 무관하지 않을 것이다.

박선미 동시가 가진 정직과 성실, 어린이와 약자에 대한 지극한 사랑과 배려, 이런 것들이야말로 지금의 우리 동시단에 던지는 중요한 화두가 되어야 한다. 시인의 자기만족의 동시, 어린이 눈높이에 맞춘다는 동시, 재치와 위트 등 머리로 쓴 동시, 이런 동시가 과연 어린이에게 무엇을 줄 수 있다는 것일까. 그런 동시가 어린 영혼의 고향이라는 아동문학 본래의 목적에 합당한 것인가 생각해 보면, 박선미의 '정직한 사랑의 시'가 왜 우리 동시단을 약동시키는지를 알게 될 것이다.

박선미 동시를 일관하는 약자에 대한 배려와 온정은 바로 박애 정신의 구체적 표현이다. 《21세기 사전》의 저자 자크 아탈리는 자유의 원리와 평등의 원리가 인류를 구원하는 데 실패했다면 '박애의 원리야말로 인류의 마지막 카드가 될 것'이라고 예언했다. 그녀의 동시는 현재 진행형이어서 섣불리 말하기는 어렵지만, 동시인 박선미가 작품을 통해 추구하려는 박애의 원리야말로 우리 시대의 마지막 카드가 될지도 모른다는 생각을 해 본다.

나는 교육의 현장에서도 문단에서도 박선미 시인과 인연이 깊다. 1998년 시를 쓰던 그녀가 아동문학으로 전향을 하며 도전한 〈국제신문〉 신춘문예 최종심에서 떨어뜨리기도 했고, 1999년 부산아동문학 신인상과 창주문학상을 받으며 동시단에 입문한 그녀가 재도약을 위해 응모한 〈부산일보〉 신춘문예 심사에서 당선시키기도 했다.

교육 현장에서는 수석 교사로, 문단에서는 펴낸 동시집마다 문학상을 받는 시인으로 맹활약을 하는 박선미 동시인의 앞으로의 행보에 누구보다 큰 관심을 갖고 지켜보고 있다. 철저한 소명 의식으로 아이들을 가르치듯, 정직과 사랑으로 시를 빚는 박선미 시인의 시 세계가 더욱 깊고 융성해져서 우리 동시단을 이끌 견인차가 되리라 믿는다.

어린이와 함께 선생이 걸어온 길

1961년 12월 8일(음력) 부산에서 아버지 박유용, 어머니 배순이의 셋째 딸로 태어남.

1974년 부산 토성초등학교를 졸업함.

1977년 부산 동주여자중학교를 졸업함.

1980년 부산여자고등학교를 졸업함.

1982년 부산교육대학교를 졸업함. 대학 때 교지 편집 위원 및 위원장을 맡아 교지 〈한새벌〉을 펴냄. 초등학교 교사로 첫발을 내딛음.

1982~2007년 문예부 지도 교사로 활동함. 부산시 교육감상, 교육부장관상 등 지도교사상 표창을 받음.

1997년 제15회 한새문학상 동시 부문에서 당선됨.

1998년 제28회 영남여성백일장 시 부문 장원에 당선됨.

1999년 동시 〈술래잡기〉로 제2회 부산아동문학 신인상에 당선됨.

동시 〈줄넘기〉로 제27회 창주아동문학상에 당선됨.

2001~2008년 부산시교육청 산하 동래영재원 창작반을 지도함. 유공교원 표창을 받음.

2002년 한국 교원대학교 대학원 국어교육과를 졸업함.

창의학습동화 58~82(24권, 공저, 동화사)를 발간함.

2006년 〈국제신문〉 '아하! 책 읽기' 독서칼럼을 연재함.

부산 MBC 어린이문예에 '문화의 바다'를 연재함.

〈오늘의 동시문학〉 가을호 '이 동시인을 주목한다'에 선정됨.

2007년 〈부산일보〉 신춘문예에 동시 〈씨감자〉가 당선됨.

부산시 문예진흥기금을 받음.

동시집 《지금은 공사 중》(21 문학과문화)을 발간함.

〈오늘의 동시문학〉 주관 '2007 좋은 동시집'에 《지금은 공사 중》이 선정됨.

한국문화예술위원회 주관 문예지 게재(2분기) 우수 동시에 〈나이테〉가 선정됨.

'2007년의 좋은 동시'(오늘의 동시문학)에 〈나이테〉가 선정됨.

2008년 한국문화예술위원회 문예진흥기금을 받음.

동시집 《지금은 공사 중》으로 제7회 오늘의동시문학상을 수상함.

〈부산일보〉 '열려라 동시'를 연재함.

2009년 '2009년의 좋은 동시'(오늘의 동시문학)에 동시 〈택배〉가 선정됨.

〈열린아동문학〉 '이 계절에 심은 동시나무'에 선정됨.

2009~2012년 동의대학교 문예창작과 강사를 역임함.

2010년 동시집 《불법 주차한 내 엉덩이》(아이들판)를 발간함.
〈오늘의 동시문학〉 '2010 좋은 동시집'에 《불법 주차한 내 엉덩이》가 선정됨.
동시집 《불법 주차한 내 엉덩이》로 제4회 서덕출문학상을 수상함.
2010~2011년 어린이 좋은 생각 〈웃음꽃〉에서 〈동시가 도르르〉를 심사함.
2011년 초등학교 국어 교과서 6학년 1학기에 〈지금은 공사 중〉이 수록됨.
《기다리는 부모가 아이를 꿈꾸게 한다》(와이즈베리)에 〈비상구〉가 수록됨.
2012년 《내가 하고 싶은 얘기는……》(웅진다책)에 〈엄마 없는 날〉이 수록됨.
《스무 살엔 스무 살의 인생이 있다》(RHK출판사)에 〈지금은 공사중〉이 수록됨.
제20회 눈높이아동문학대전 어린이 창작 동시 부문 예심을 심사함.
〈경상일보〉 신춘문예 동시 부문 예심을 심사함.
2013년 《2013 오늘의 동시》(푸른사상)에 〈참 다른 말〉이 수록됨.
2014년 '2013년의 좋은 동시'(오늘의동시문학)에 〈용서〉가 선정됨.
《2014 오늘의 동시》(푸른사상)에 〈용서〉가 수록됨.
초등학교 국어 교과서 4학년 2학기에 〈우리 엄마〉가 수록됨.
〈시와 동화〉 68호 동시와 동시조 100인에 선정됨.
제8회 서덕출문학상을 심사함.
제26회 봉생문화상을 수상함.
동시집 《누워 있는 말》(청개구리)을 발간함.
2015년 초등학교 국어 교과서 6학년 1학기에 〈지금은 공사 중〉이 재수록됨.
초등학교 국어 교사용 지도서 6학년 1학기에 〈비상구〉가 수록됨.
《2015 오늘의 동시》(푸른사상)에 〈할머니 제삿날〉이 수록됨.
새싹문학 선정 화제의 책에 《누워 있는 말》이 선정됨.
제9회 서덕출문학상을 심사함.
2016년 〈부산일보〉 '열려라 동시'를 연재함.
2015개정교육 과정 초등학교 국어 교과서 집필 위원을 역임함.
동아대학교대학원 문예창작학과 강사를 역임함.
동시집 《지금은 공사 중》(청개구리) 개정판을 발간함.
2017년 부산문화재단 창작지원금을 받음.
2018년 동시집 《햄버거의 마법》(섬아이)을 발간함.
동시집 《햄버거의 마법》으로 제38회 이주홍문학상을 수상함.
한국아동문학인협회, 한국동시문학회, 부산아동문학인협회 이사 및 부산 남문 초등학교 수석 교사로 어린이들과 함께 생활하고 있음.

한국 아동문학가 100인

백우선

대표 작품

〈민들레〉 외 4편

인물론

광양 '문성산'의 기를 받은 시인

작품론

겸손과 긍정의 백우선 동시 문학

어린이와 함께 선생이 걸어온 길

민들레

꽃대를 피리로
분 적이 있다.

뿌리도 꽃대를
피리로 불어서

꽃송이는
씨 봉오리 되었다가

갓털 단
음표로

날리고
날리는 것일까?

혀

평생을 함께해도
혀는

앞니처럼 베지도
송곳니처럼 찌르지도
어금니처럼 갈지도
않는다.

가끔 씹혀도
쓰다듬어만 준다.

상추

우리 밭 상추는
층층이 잎을 낸다.

키가 자라면서
자꾸 내어서는

벌레를 먹이고
토끼를 먹이고
사람을 먹인다.

내년에도 먹이려고
높은 대궁 위에
꽃을 피우고 씨를 맺는다.

한여름

와와와와와 와와와와와
와와와와와 와와와와와
와와와와와 와와와와와

아이고, 귀청이야!
암매미들아, 빨리빨리 좀
수매미들한테 가 줘라!

감꼭지

감을 땄는데
꼭지들이 달려 있다.

젖을 못다 먹여
감나무는 젖꼭지를
물려서라도
보내나 보다.

광양 '문성산'의 기를 받은 시인

박행신

鳥獸哀鳴海岳嚬 새 짐승도 슬피 울고 강산도 찡그리네
槿花世界已沈淪 무궁화 온 세상이 이젠 망해 버렸어라
秋燈掩卷懷千古 가을 등불 아래 책 덮고 지난 날 생각하니
難作人間識字人 인간 세상 글 아는 사람 노릇 어렵기만 하구나

아침에 잠자리에서 일어나서 밖으로 나오면, 밤사이에 진주해 온 적군들처럼 안개가 무진을 삥 둘러싸고 있는 것이었다. 무진을 둘러싸고 있는 산들도 안개에 의하여 보이지 않는 먼 곳으로 유배당해 버리고 없었다. 안개는 마치 이승에 한(恨)이 있어서 매일 밤 찾아오는 여귀(女鬼)가 뿜어내 놓은 입김과 같았다. 해가 떠오르고, 바람이 바다 쪽에서 방향을 바꾸어 불어오기 전에는 사람들의 힘으로써는 그것을 헤쳐 버릴 수가 없었다. 손으로 잡을 수 없으면서도 그것은 뚜렷이 존재했고 사람들을 둘러쌌고 먼 곳에 있는 것으로부터 사람들을 떼어 놓았다. 안개, 무진의 안개, 무진의 아침에 사람들이 만나는 안개, 사람들로 하여금 해를, 바람을 간절히 부르게 하는 무진의 안개, 그것이 무진의 명산물이 아닐 수 있을까!

처음 한시(漢詩)는 조선 말기 일본에 나라를 빼앗긴 울분을 참지 못하고 절명한 유학자 황현 선생의 절명시(絕命詩) 4수 가운데 한 수이다. 두 번째 글은 '감수성의 혁명'이라는 찬사와 함께 60년대 문학계를 풍미했던 소설가 김승옥 작가의 소설《무진기행》의 일부이다.

위 두 분은 모두 광양 사람이다. 그것도 광양시 봉강면 석사리에 인연이 깊은 사람이다. 황현 선생은 석사리에서 태어나셨으니 원 고향이라 할 것이다. 김승옥 작가는 일본에서 태어났으나 귀국하여 어린 시절 한동안 그곳에서 사셨단다. 예전에 김승옥 작가가 석사리 황현 선생의 출생터를 보시더니, 당신이 어린 시절에 살았던 집 같다고 어렴풋이 기억하셨던 말씀을 들은 적이 있다.

왜 이리 두 분을 글머리에 모셨을까? 그것은 석사리를 받쳐 주고 있는 뒷산 문성산 때문이다. 문성(文星)은 문곡성(文曲星)을 이름일진대, 문곡성은 문학이나 과거를 관장하는 전설 속의 별자리이란다. 그러니까 황현 선생과 김승옥 작가는 석사리의 문성산의 기를 받아 그리 되셨을 거라는 거다.

백우선 시인은 광양 사람이다. 그것도 광양시 봉강면 '석사리 사람'이다. 정확히 전라남도 광양시 봉강면 석사리 385번지(명암 마을)에서 출생한 본토백이 '석사리 사람'이다. 석사리에서 태어나 광양 지역 초등학교를 다녔고, 순천 지역 중·고등학교를 다니며 줄곧 석사리에서 살았다. 그러니 석사리 뒷산 문성산의 기를 받은 시인이라 해서 하등 시빗거리가 아니 될 것 같다. 물론 대학교 때부터 석사리를 떠나 면학에 불 태웠고, 군복무도 했고, 교직에 몸담아 후진들을 양성하다 현직에서 물러나 현재에 이르고 있다고 하더라고 어린 시절에 피폭된 문성산의 기는 모세혈관 그 아래로 묻혀 있을 것이다. 그 이야기를 하고 싶었다.

'문성산의 기를 받은 시인!'

이렇게 써 놓고 보니 제법 그럴듯하다. 아니, 내가 너무 앞서가나?

백 시인은 참으로 선하고 조용하며 정이 많은 사람이다. 인상부터가 그러하다. 흔히 '세상에 법 없이도 살 사람'이라는 말이 있잖은가? 난 백 시인이 그러한 사람이라 생각한다. 아무리 어려운 일을 부탁해도 상대방의 입장을 먼저 배려하여 차마 거절치 못하고 기꺼이 응해 주는 그런 선한 사람 말이다. 백 시인은 외모든 내면이든 즉, 겉과 속 똑같이 화이부동 하며 겸양지덕을 갖춘 이의 표본만 같다.

기실 나와 백 시인과의 만남이 그리 짧은 것은 아니지만, 서로 얼굴 맞대고 사분사분 이야기한 적은 그리 많지 않다. 가끔 문학 단체 행사에서 만났지만, 상황이 상황인지라 개별적인 사사로움을 깊이 있게 나누지는 못했다. 고향에서 올라온 지인인지라 누구보다도 반가이 맞아 주었다. 다른 문인들과 이야기를 나누다가도 굳이 내 곁으로 와 빈 잔을 채워 주곤 한다.

백 시인이 한때 한국동시문학회 부회장 역할을 수행한 적이 있었다. 아마 그 무렵 그나마 자주 만나지 않았나 싶다. 무슨 바람이 불었던지 그 무렵에 나 역시 세미나 같은 행사에 얼굴을 자주 디밀었다. 당시 이상교 회장님을 비롯한 집행부 여러 임원들의 수고로움이 참 많았지만, 그중에서도 백 시인이 좌장 역할을 하며 든든한 버팀목이었던 걸로 기억한다. 결코 무리 앞에 나서서 진두지휘하는 것이 아니라 묵묵히 판만 펼쳐 주었던 걸로 기억한다. 경륜으로 보나 연령으로 보나 대접 받아야 할 위치임에도 굳이 아래로 내려가려는 당신의 겸손이 참석하는 회원 모두에게 즐겁고 편안한 모임을 만들어 주곤 했다.

백 시인과 술잔을 앞에 두고 긴 담소를 나눌 때는 아마 광양에서가 아닌가 싶다. 고향엔 아직도 형제자매 일가친척 분들이 계신 관계로 중요 행사 때면 내려오곤 한다. 그럴 경우 나뿐만 아니라, 광양문인협회 회원 몇 분들과 함께한다. 우리는 누우런 양은잔에 텁텁한 막걸리 부어 가며 문학 이야기 이외에 세상 이야기를 주고받으며 오랜 공백기의 회포를 풀곤 한다.

그런데 그때마다 저어라 부어라 하며 왁자지껄 수다를 떠는 건 대체적으로 광양문협 회원들이다. 행여 한 타임이라도 빠지면 천길 난간에라도 떨어질까 두려워 금세 호떡집에 불을 지르곤 한다. 그런 우리들의 난장판을 백 시인은 그저 반가움과 정겨움이 가득한 웃음으로 맞장구를 치면서 듣곤 한다. 그러다 가끔씩 적절한 대목에서 한두 마디 추임새를 넣어 가며 난장판의 분위기를 다독거리곤 한다. 그러니까 백 시인은 '입'보다는 '귀'를 활용하여 우리들과의 대화를 이어가는 편이다. 겸손과 의연함이다.

술자리에서 친구지간에 격의 없이 주고받는 이야기는 그 주제가 좌충우돌하는 경우가 허다하다. 세상을 구하는 뭐 그런 대단한 담론도 아닌 그저 허섭쓰레기 같은 내용들임에도 줄기차게 게거품이 일어난다. 이건 상대방의 이야기를 귀담아듣겠다는 대화의 기본 상식마저 망각한 난장판이다. 마구잡이로 쏟아부어 스트레스라도 풀어 볼 요량인 것처럼 야단법석이 되는 것이다. 이런 판에서는 술 마시지 않은 맑은 정신으로 듣고 있기란 대단한 인내와 감정 조절이 필요하다. 백 시인이 그렇다. 우리처럼 그렇게 술의 양이 많지 않음에도 끝까지 함께한다. 그건 분명 선한 성품에 겸양의 미덕을 지닌 인품을 지닌 분들이나 가능한 일이다.

백 시인을 만나면 나는 가끔 황현 선생의 용모를 떠올리곤 한다. 왜 그렇게 연상되는지 모르겠지만 어쩐지 닮은 것 같다. 아니 닮아야 한다.

황현 선생은 전형적인 선비형이다. 다소 깡마른 용모에 형형한 눈빛, 그리고 꼿꼿한 지조와 기개, 불요불굴의 정신력, 청정한 마음가짐 등으로 특징 지워진 선비의 모습을 나는 단연 황현 선생에게서 찾곤 한다.

내가 백 시인을 황현 선생과 비유하는 것은 그렇다. 백 시인은 분명 선비의 기질을 지닌 분이다. 우선 동물성 식단보다는 식물성 식단만을 고집하는 듯한 강단진 체격에 갸름하고 단아한 얼굴부터가 전형적인 우리네 선비형이다. 또한 검소와 절제, 겸양의 미덕을 내면에 품고 있는 기질의 향기 역시 그리 믿게 한다.

그래서 나는 가끔 백 시인에게서 시인의 기질보다는 기실 학자풍의 기질을 더 읽는지도 모르겠다. 시인과 학자를 구분하는 뭐 그런 분명한 선을 그을 기질이 있기는 하는 걸까? 그럼에도 나는 백 시인에게서는 굳이 그런 선을 긋고 있는 모양이다. 백 시인의 시가 감성에 기대지 않은 바 아니지만, 깊은 사유에서 건져 올린 냉철한 이성에 더 가까운 시를 쓸 것 같다는 선입감을 첫 대면에서 느꼈는데 그 영향이 아직도 남아 있는 걸까? 어쩐지 사유의 시인일 것만 같았다. 아마 이런 내 선입감 때문에 백 시인을 더욱 선비의 기질을 지닌 사람으로 몰아붙이는지 모르겠다.

'글이 곧 그 사람이다'라는 말이 있다. 그런데 백 시인의 시는 분명 백우선 표 시일 거라는 믿음이 굳게 자리하고 있다. 정말 그럴까? 내 믿음을 증명해 줄 이야기를 이 글을 쓰는 과정에서 자료를 뒤적이다 찾아냈다. 〈아라문학〉 2015년 여름호에 백우선 시인 특집이 게재되었다. 거기에서 백 시인이 직접 다음과 같이 이야기했다.

> 글이 사람이라는 말은 적어도 내 경우에는 비교적 잘 맞는 말일 것이다. 나는 평소에도 말을 많이 하지 않으며, 말을 하더라도 꼭 필요한 만큼 뼈만 골라 분명하게 하려고 노력한다. 어떻게 하면 가장 경제적이고 효과적으로 말을 할까 하고 말하기 전에 생각을 많이 가다듬는 편이다. 미리 준비할 겨를이 없으면 말할 때 신중하고 조심스럽게 생각하면서 말한다. 이왕이면 이해하기 좋게, 군더더기 없이 적확하게 하려는 노력도 기울인다. 말에서도 비문을 쓰지 않으려고 노력한다. 정확하게 하려는 게 내 기본이다. 듣는 사람을 염두에 많이 두는 편이며, 글을 쓸 때에도 독자들이 이해하지 못하면 어떡하나 하면서 재점검을 하기도 한다.

그리고 문학평론가이자 소설가인 김정남은 백 시인의《봄의 프로펠러》시집에서 다음과 같이 말했다.

> 백우선 시인은, 시가 고뇌와 절망의 양식이라는 사실을 누구보다도 뚜렷하게 보여 주었다. 그는 미적 자의식 속을 헤매 다니지도 않았고, 작위적 관념을 지어내지도 않았으며, 더욱이 이상화된 자연이나 관념화된 현실의 틀 속에 갇혀 있지도 않았다. 어떠한 면에서 그는 서정과 현실이 길항하며 맞부딪치는 자리에서 끊임없이 진동하며, 자신과 문학과 현실의 공유지면을 끈질긴 견인력으로 지탱해 온 강인한 시혼의 소유자다.

이쯤이면 백 시인을 겸양지덕을 지닌 따뜻한 시인으로, 혹은 일관된 가치 지향과 행동 규범으로 화이부동 하는 시인으로, 현실을 직시하고자 하는 황현 선생 같은 절제와 기개 있는 학자풍의 시인으로 내 나름 정의를 해도 괜찮을까 싶다.

마지막으로 백 시인의 시적 이력을 좀 언급하자면, 1981년 〈현대시학〉으로 시와, 1995년 〈한국일보〉 신춘문예에 동시로 등단하였다. 시집으로《우리는 하루를 해처럼은 넘을 수가 없나》,《춤추는 시》,《길에 핀 꽃》,《봄비는 옆으로 내린다》,《미술관에서 사랑하기》,《봄의 프로펠러》가 있다. 동시집으로는《느낌표 내 몸》,《지하철의 나비떼》가 있으며, 2010년 3월 오늘의동시문학상을 받았다.

아, 이런 일을 백 시인과 함께해야겠다. 언제쯤일지는 모르겠지만, 백 시인이 광양에 내려오면 필히 문성산 아래 어디쯤에서 대포나 한 잔 놓고 그간의 회포나 풀 기회를 만들어야겠다. 혹시 알겠나? 문성산 신령님께서 내게도 기(氣) 좀 내주시지 않을까?

그렇담 꼭이다!

겸손과 긍정의 백우선 동시 문학

이정석

1. 펼치며

> 아이들의 웃음은 이렇게 금빛이지요 // 아이들의 웃음은 이렇게 향기롭지요 // 아이들의 웃음보는 이렇게 데굴대지요 // 우리는 아이들의 웃는 얼굴이었지요
>
> – 〈모과〉 전문

〈모과〉는 백우선이 가지는 아이들에 대한 근본적인 생각이나 태도가 드러난 작품이다. 청각적인 아이들 웃음을 시각적 이미지, 후각적 이미지로 표현하여 웃음의 선명성과 구체성을 부여하고 있다. 아이들이 웃음, 웃음보, 얼굴을 은유적으로 '모과'로 표현하고 있지만 왜 하필이면 아이들의 웃음을 울퉁불퉁하게 못생긴 '모과'에 비유했을까. 어물전 망신은 꼴뚜기가 시키고, 과일전 망신은 모과가 시킨다는 모과에 대한 부정적인 속담이 떠올랐기 때문이다. 백우선은 오히려 자유분방함과 천진난만함, 그리고 순진무구함이라는 아이들의 특성을 드러내기에 딱 알맞은 비유 대상으로 여기지 않았을까. 백우선은 '어린이와 어른 속 어린이, 이 어린이들이 밝고 활기차면 이 세상은 사람만이 아니라 모든 생명체들이 다 같이 행복해질 것입니다.'라고 한 첫 동시집 《느낌표 내 몸》의 덧붙이는 말에서처럼 세상 모든 생명체의 행복의 전제 조건은 어린이들이 밝고 활기차야 한다고 했으니 그를 천상의 동시인이라고 불러야 할 것이다.

백우선은 아동문학의 동시보다 시문학에 먼저 발을 들여놓은 시인이다. 1981년 〈현대시학〉에 시가 추천 완료되어 등단한 뒤 1990년에 첫 시집 《우리는 하루를 해처럼은 넘을 수가 없나》를 내고, 《춤추는 시》(1994), 《길에 핀 꽃》(1999), 《봄비는 옆으로 내린다》(2002), 《미술관에서 사랑하기》(2004), 《봄의 프로펠러》(2010) 등 6권의 시집을 출간하였다. 이렇게 시 창작에 열중한 그가 언제쯤 동시 문학에 관심을 가졌을까 하는 궁금증이 생길 수밖에 없다. 일반 시로 등단한 15년 뒤쯤인 1995년 〈한국일보〉신춘문예에 동시 〈아빠 손가락〉, 〈이른 봄〉 두 편이 당선되어 본격적으로 동시 문학에 힘을 쏟기 시작하였는데, 그의 연보를 살펴보면 사실은 1980년 〈현대시학〉에 첫 시 추천을 받을 때

부터 동시 창작을 함께하였던 것을 알 수 있다. 또한 1988년부터 1991년까지 발행한 가족신문 〈나팔꽃신문〉(1~183호)을 통해 아동문학의 밑다짐을 튼튼히 했다. 드디어 2008년 한국동시문학회 부회장직을 맡으면서 '작품 쓰기의 무게 중심이 성인 시에서 동시로 점점 이동하였다'고 토로할 만큼 동시 문학 창작에 집중하였다고 할 수 있다. 그리하여 올해까지 그는 《느낌표 내 몸》(2009)과 《지하철의 나비 떼》(2015) 등 두 권의 동시집을 출간하였다. 이제는 백우선을 동시인이라고 부르는 것이 더 잘 어울리지 않을까 한다.

물론 '분량이나 우열에 관계없이 성인 시와 동시, 둘 다 잘 쓰려고 여전히 노력하고 있다'는 그의 말이 결코 빈말로 들리지 않는다. 그의 제6시집 《봄의 프로펠러》의 해설을 쓴 시인 김정남은 '어떠한 면에서 그는 서정과 현실이 길항하여 맞부딪치는 자리에서 끊임없이 진동하며, 자신과 문학과 현실의 공유 지면을 끈질긴 견인력으로 지탱해 온 강인한 시혼의 소유자'로 자리매김을 한 것을 보면 백우선의 문학적 역량을 일반 시와 동시 두 영역에서 발휘하고 있음을 알 수 있다.

이 글에서는 백우선이 그동안에 보여 준 동시 문학의 특성을 겸손과 긍정, 전통문화의 수용, 할아버지나 할머니에 대한 관심, 현대 사회에 대한 비판적 태도 등으로 나누어 살펴보고자 한다.

2. 겸손과 긍정의 동시

백우선의 동시집 《느낌표 내 몸》과 《지하철의 나비 떼》를 읽다 보면 그가 보여 주는 평소의 인간적 모습이나 성격 등이 작품에 잘 녹아들었다는 생각이 든다. 사실 동시는 문학 특성상 창작자의 성격이 작품 속에 드러나는 경우가 많지 않다. 때문에 백우선의 작품들은 유별나게 눈에 띈다. '문체는 곧 그 사람이다'는 문체적 특징만을 언급한 뷔퐁의 말을 넘어 그에게는 작품이 곧 그 사람이라는 말이 더 정확할 것 같다.

> ① 그는 우선 부드럽다. 살집이 적고 여윈 편으로 날카로워 보이는 인상이나 인상과 달리 부드러우며 온화한 성격이다……. 단정하게 손질한 머리에 약간 파리하다 싶은 얼굴에 큰 눈 그리고 조금은 고집스러워 보이는 턱 등이 청년처럼 보이게도 했다…….
> 그이의 빼어난 유머 감각에 대해, 그의 진솔함, 진중함, 겸손함, 근면함, 생활인으로서의 바른 자세, 그런 한편 시문학에 대한 지극한 열망으로 가득한 시인.
> 백우선, 진심 어린 느린 말투의 그가 있는 자리에는 부드러움과 따뜻함, 어울림과 웃음이 남아돈다.
> 그러한 그와 같은 세상에 살고 있어 우리 모두는 기쁘고도 행복하다.

② 지구는 사람만의 것이 아닙니다. 수많은 생명체들과 공존하는 곳입니다. 지금은 사람이 겸손해져야 합니다. 사람이 생명 공동체의 파괴자가 되지 않게 해야 합니다. 잘 산다는 것은 무엇일까요? 그것은 모든 생명체들이 함께, 계속해서 즐거움을 누리며 사는 것이 아닐까요? 사람만, 우리만, 나만 잘 살려고 해서는 안 될 것입니다.

①은 계간 〈열린 아동문학〉(2014, 가을호)의 백우선 동시인 특집 중 이상교가 쓴 〈따뜻함과 편안함〉이라는 글의 일부이고, ②는 백우선의 제2동시집 《지하철의 나비 떼》의 〈모두께 드리는 잔칫상〉에 실린 백우선 자신 생각의 일부이다. 이상교가 언급한 '진솔함, 진중함, 겸손함'이라는 말들과 '부드러움과 따뜻함, 어울림과 웃음'이라는 말들은 인간 백우선을 잘 드러낸 매우 적절한 표현이라고 할 수 있다. 이 같은 말들은 백우선 자신이 쓴 ②에서 확인할 수 있다. '지금은 사람이 겸손해져야 한다'는 말은 그가 막연히 독자들에게 던지는 공허한 주장이 아니다. 지구에서 정복자처럼 군림하는 사람들에게 다른 생명체와 공존해야 지속 가능한 미래가 보장된다면서 '겸손'을 강조하고 있다.

집이 좋아 / 집이 있어 좋아 / 혼자밖에 못 사는 / 그런 집도 / 집이 있어 좋아 / 달팽이는 언제나 / 집 지고 / 집 자랑 / 느릿느릿 다니네. // 집이 미안해 / 집이 있어 미안해 / 혼자밖에 못 사는 / 그런 집도 / 집이 있어 미안해 / 달팽이는 언제나 / 집 지고 / 집 숨기러 / 그늘 속을 다니네.

– 〈달팽이〉 전문

꽃은 숨어도 / 꼭꼭 숨지는 않는다. // 나무 뒤에든 / 바위 뒤에든 // 한쪽 귀나 이마쯤은 / 남겨 두고 숨는다.

– 〈꽃은 숨어도〉 전문

돌탑의 돌들은 / 아무도 없는 때면 // 차례차례 / 날개 펴며 날아올라 // 받아 둔 / 사람들의 소원을 // 높은 하늘 / 하느님께 전하고는 // 금방 돌아와 / 또다시 // 사람들을 기다리는 / 돌탑이 된다.

– 〈몰래 나는 돌〉 전문

〈달팽이〉와 〈꽃은 숨어도〉, 그리고 〈몰래 나는 돌〉은 그의 겸손한 인간성을 알 수 있는 대표적인 작품의 일부이다.

〈달팽이〉는 달팽이의 독특한 습성이나 생태적 특징을 표현한 작품으로 몇 개의 시어나 시구 속에 그의 겸손함이 잘 나타나 있다. 첫째는 1연 중 '혼자밖에 못 사는 / 그런 집도 / 집이 있어 좋아'라는 시구에서 오막살이 단칸방 자기 집이 있어도 좋다는 소박함과 겸손함이 포함되어 있고, 둘째는 2연 중 '집이 있어 미안해'라는 시구에서는 집 없는 서러운 대상들에게 주택 소유에 대한 겸손한 태도가 포함되어 있고, 셋째는 '집 지고 / 집 숨기러 / 그늘 속을 다니네'라는 시구에서는 은둔자처럼 겸손하고 소극적인 성격이 녹아든 표현이라고 할 수 있다. 이 작품은 달팽이의 단독적 서식 습성, 껍데기 생김새 등을 부각시켜서 그 자신의 겸손하고 소박한 성격을 드러내고 있다고 할 수 있다.

〈꽃은 숨어도〉는 일반적으로 꽃이 가지는 화려함과 아름다움, 그리고 눈에 잘 띄는 주목성보다는, 작고 보잘것없는 꽃의 소박한 은폐성에 초점을 맞춰 표현한 작품이다. 그의 시선은 장미, 국화 등 교만한 듯 요염한 꽃들에 가 있지 않고, 수국이나 칡꽃, 봉숭아, 산딸기, 춘란 등 자신을 숨기면서 피는, 겸손한 꽃들에게 향하고 있음을 알 수 있다. 특히 3연 '한쪽 귀나 이마쯤은 / 남겨 두고 숨는다'에서는 완벽하게 감춰 버린 은자의 모습은 아니다. 적당하게 향기를 풍긴다든지 일부의 모습을 살짝 드러내고 있는 것이다. 사람들의 관심이나 주목을 받는 대중적인 존재보다는 자기정체성이 분명하면서도 겸손하고 조용한 존재로 살고 싶다는 의미를 담고 있는 작품이라 할 수 있다.

〈몰래 나는 돌〉에서는 시어 '돌탑'을 주목할 필요가 있다. 의인화된 '돌탑'은 사람들의 소원을 듣고 하느님에게 전하는 막중한 임무를 가진 존재이다. 돌탑은 자신의 역할에 대해 겉으로 생색을 내고 자랑하는 경박한 존재가 아니라 따뜻하고 겸손한 자세로 배려와 봉사하는 존재라고 할 수 있다. 필자만의 판단인가 모르지만 '돌탑'이 자신을 드러내지 않고 최선을 다하는 동시인 백우선을 영락없이 꼭 닮았다는 생각이 든다.

채점한 시험지를 받았다. / 동그라미 사이사이에 / 그어진 빗금들, / 틀린 게 셋이나 된다. // 그래도 괜찮다. / 빨간 동그라미는 사과, / 빗금은 꼭지, / 꼭지 달린 사과를 받았다고 / 생각하면 되니까. // 빗금이 많아도 걱정 없다. / 사과를 가지째 받았다고 / 생각하면 되니까.

– 〈가지째 받은 사과〉 전문

아빠가 손가락을 잃었다. / 공장에서 오른손 엄지손가락을 잃었다. // 인제는 물건도 잘 못 잡고 / 글씨도 못 쓰게 됐다. // 의사 선생님은 발가락을 떼어다 붙이면 되니까 / 걱정 없다 했다는데 // 손에 붙은 발가락 / 웃을 수도 없고 // 발가락은 그럼 또 / 뭘 떼어다 붙이나. // 아빠는 괜찮다고 웃지만 / 영 힘이 없어 보인다. // 매를 맞아도 덜 아프겠구나 하는 / 생각을 하다가 얼른 고쳤다. // 아빠의 힘은 / 우리 모두의 힘이다.

– 〈아빠 손가락〉 전문

꽃이랑 손을 잡으면 / 내 손가락도 느낌표 // 저요, 저요– 손을 높이 들면 / 내 팔도 느낌표 // 공을 뻥– 차고 나면 / 내 다리도 느낌표 // 청소 참 잘한다는 말에 / 헤헤– 허리를 펴면 / 내 몸도 느낌표.

–〈느낌표 내 몸〉 전문

〈가지째 받은 사과〉, 〈아빠 손가락〉, 〈느낌표 내 몸〉은 긍정적인 삶의 태도를 보여 주는 작품들이다. 〈가지째 받은 사과〉는 긍정성뿐만 아니라 여유와 넉넉함까지 보여 주고 있는 작품이다. 이 작품의 시적 화자는 시험 결과 만점이 나오지 않은 아주 평범한 아이다. 시무룩하지 않고 자기 학대를 하지 않으면서 현실을 그대로 받아들이고 있는 매우 밝고 긍정적인 태도를 보여 주고 있다. 〈아빠 손가락〉은 사고를 당한 아빠의 처지에 대해 슬퍼하거나 걱정하기보다는 웃음과 긍정이 묻어 나오는 작품이다. '손에 붙은 발가락'이나 '매를 맞아도 덜 아프겠구나 하는 / 생각'에서는 웃음과 즐거움까지 주고 있다. 〈느낌표 내 몸〉은 적극적인 행동과 사고를 하면서 즐겁고 기쁘게 살아가는 사람의 긍정적인 삶을 그린 작품이다. 여기서 시어 '느낌표'는 단순한 문장 부호 '!'를 상징하는 것은 아니다. '느낌표'는 감탄, 영탄, 기쁨 등의 개인적인 감정 표현이면서 자연에 대한 감동이고, 적극적인 행동이며, 이웃과 함께 살아가는 즐거운 삶의 표현이다. 육체적 고통을 참고 스스로 만족할 줄 아는 행복감이라 할 수 있다. 그래서 그는 몸 전체가 감동과 기쁨을 발산하는 긍정적이고 순수한 고갱이임을 보여 주고 있다.

3. 전통문화 수용과 할머니에 대한 관심

현대에 들어와 우리나라 전통문화가 홀대받고 있다는 것에 안타까움을 느끼고 의도적으로 작품 속에 수용하여 창작하는 동시인들이 많다. 하지만 우리나라 고유의 전통문화를 동시 문학으로 끌어들이기란 그리 쉬운 일은 아니다. 자칫하면 선조들의 생활 모습을 그대로 옮겨놓음으로써 과거 회상적인 무미건조한 단순 나열형의 작품이 될 수 있기 때문이다. 물론 전통문화에 대한 배경지식이 전혀 없는 독자를 위해서는 고유 문화에 대한 친절한 설명 같은 전개가 필요하겠지만 작품 속 일부에 현대적 의미를 부여하거나 독창적이고 참신한 해석이 담겨져 있어야만 동시 문학의 수준을 일정하게 유지할 수 있을 것이다.

그런 의미에서 백우선의 전통문화 접근 작품은 참신한 편이라고 할 수 있다. 그의 전통문화의 수용 작품에서는 요즈음 달짝지근 사탕 맛 나는 감각적인 동시들과는 또 다른 조청 맛을 느낄 수 있다.

섣달그믐밤엔 집안 곳곳에 불을 밝혔지. / 큰방 윗목 상에는 쌀을 담은 놋밥그릇에서 / 아버지와 형님과 내 촛불이 나란히 타올랐어. / 밤 깊도록 단밥과 홍시와 유과 들을 먹으며 / 새로 산 옷, 신발, 양말의 설빔을 만지작거리다가 / 아버지가 나눠 주신 복돈을 내복 속에 넣고 / 눈썹이 하얗게 센다는, 자면 안 된다는 잠이 들었지. / …… (중략) …… / 새해에는 그만큼 더 빨리 자랄 것만 같았어. / 그 기쁨과 꿈으로 자꾸들 웃어대고 / 동네를 뜀박질로 누비고 다녔지.

– 〈설날–아빠의 어렸을 적 이야기〉 앞부분과 끝부분

알알이리 알알이리 / 주르러렁 주르러렁 // 감은 발그노르래레 / 대추는 갈불그레레 // 배는 푸르노르래레 / 사과는 빨그래반드레레 // 아람은 톡토그르르르 / 보름달은 둥– 둥– 둥덩실리리

– 〈한가위〉 전문

〈설날–아빠의 어렸을 적 이야기〉와 〈한가위〉는 설과 추석이라는 우리나라 전통 세시 풍속을 그리는 작품인데 전개 양상이 상당히 다르다. 〈설날〉은 지금은 거의 사라지고 없어진 섣달그믐과 설날 아침의 풍경을 설명하듯 풀어 가고 있는 반면 〈한가위〉는 추석과 밀접하게 관련된 과일이나 보름달을 소재로 삼아 독특한 언어유희를 통해 음악적 효과를 주어 명절의 분위기를 살려 내고 있다.

〈설날〉에서의 시적 화자는 '잠이 들었지'나 '누비고 다녔지'에서 알 수 있듯이 설날을 맞이한 어린이다. 하지만 '아빠의 어렸을 적 이야기'이라는 부제가 의미하듯 나이 든 아빠(즉 시인 자신)가 경험한 오래된 설날 풍속을 어린 시적 화자의 입장으로 바꾸어 전개하고 있다. 그래서 이 작품이 대부분 과거 회상적이다. 하지만 끝부분처럼 현대 아이들의 감수성에도 적절히 어울리는 표현들이 있기 때문에 일정한 수준을 유지하고 있다고 할 수 있다. 〈한가위〉는 추석 무렵에 보름달만큼 풍성한 과일의 풍경을 음악적 리듬감을 살려 보여 주고 있는 동시이다. 각 행 끝마다 느껴지는 긴 여음이 마치 산사의 범종 소리처럼 들리고, 둥근 과일들이나 보름달이 굴렁쇠 마냥 굴러가고 있다. 이런 효과는 민요 아리랑의 후렴구 '아리아리랑 스리스리랑 아라리'와 같다고 할 수 있다. 추석 과일과 관련 단어들을 활용한 단순한 언어유희적 성격의 작품이지만 추석 무렵의 들뜬 분위기도 함께 느낄 수 있는 동시라고 할 수 있다.

백우선의 작품 중에는 할머니(또는 할아버지)에 관한 작품들이 의외로 많다. 자식을 위해 헌신과 사랑을 베푼 할머니(또는 할아버지)의 모습을 보여 주고 있다. 그래서인지 할아버지나 할머니에 대한 그리움이 진하게 나타나 있다고 할 수 있다. 요즘 동시 문학에 등장하는 노인들의 삶의 전개 형태가 소외, 고독, 수수방관 등으로 흘러가고 있는 경향인 것과는 상당히 대조적이다. 필자가 계간 〈아동문학평론〉(2011, 겨울호)의 동시계평 〈노인, 동시에 나타난 다양한 스펙트럼〉을 통해 2000년 이후 동시 문학에 나타난 노인들의 공간은 대부분 현실에서 격리된 모습으로 존재하고 있으며, 가정과 사회의

어르신을 '할아버지', '할머니'라고 정답게 부르면서도 실상은 소통과 동화, 존경과 사랑이 가득한 공동체 공간에서 격리시켜 노인들만의 폐쇄적인 공간으로 내몰고 있음을 확인하였다. 할아버지와 할머니를 바라보는 백우선의 시선이 그만큼 따뜻하다는 것이다.

> 밤에는 부엉이가 / 집 가까이서 울곤 했다. / 마당가의 변소, / 오줌이 마려워도 무서워서 / 방문 밖을 못 나갔다. / 똥이라도 마려울 땐 / 더더욱 그랬다. / 할머니는 그때마다 / 그래 가자 따라 나와 / 부엉이 울음을 막아서셨다. / 무서운 것들을 / 다 쫓아 주셨다. // 아빠가 못 잊는 / 할머니 생각, / 지금도 부엉이가 울면 / 할머니가 살아오실까?
>
> – 〈살아오실까〉 전문

> 나는 떫다. / 너는 다냐? // 가을 내내 함께 일한 / 각시 다람쥐를 쫓아내 버리고는 / 눈먼 다람쥐 새각시로 맞아들여 / 자기는 밤알만 골라 먹고 / 각시는 도토리만 먹이면서 / 서방 다람쥐가 한다는 말 // 나는 떫다. / 너는 다냐?
>
> – 〈다냐 다람쥐–할머니의 이야기〉 전문

〈살아오실까〉는 아빠가 들려주신 유년 시절의 밤 부엉이 관련 이야기를 통해 할머니를 그리워하는 작품이다. 1연은 할머니와 함께 경험한 아빠의 이야기이고, 2연은 이 이야기를 들은 손자가 부엉이 울음으로 할머니에 대한 아빠의 그리움을 이야기하고 있다. 시적 화자로 등장하는 사람은 당연히 아빠와 할머니를 객관적 입장에서 바라보고 있는 관찰자 시점의 아이이다. 그렇다면 작품 속에서 할머니를 그리워하는 사람은 관찰자인 아이일까 아니면 아빠일까. 2연의 '아빠가 못 잊는 / 할머니 생각' 시구를 보면 아빠임을 알 수 있다.

〈다냐 다람쥐–할머니의 이야기〉는 자세히 들여다보면 '다냐 다람쥐'의 내용적인 측면과 부제 '할머니의 이야기'의 배경적인 측면으로 나누어 분석할 수 있다. 이 작품의 내용적 측면은 신부 다람쥐의 약점을 악용해 자기 이익만을 챙기는 서방 다람쥐의 기만적인 행위를 폭로하고 있는데, '나는 떫다 / 너는 다냐?'라는 시구의 수미상관 활용으로 인하여 눈먼 다람쥐의 불쌍함보다는 서방 다람쥐의 우스꽝스러운 거짓말이 작품 전체 분위기를 유쾌하게 만들고 있다. 배경적인 측면으로 '할머니의 이야기'라고 붙은 부제가 내포하고 있는 것은 다람쥐 부부 이야기를 할머니 입을 통해 무릎을 맞댄 손자들에게 전해진다는 설화의 구비 전승 형태라는 점과, 할머니에 대한 그리움도 은근히 들어 있다는 점이다.

할머니는 아직도 알사탕을 / 감춰 두고 계시는 게 틀림없었다. // 선반 위에 숨겨 놓고 이따금 / 어린 아빠한테 꺼내 주셨다는 알사탕을 / 무덤의 무성한 풀 속에도 / 감춰 두고 계시는 게 틀림없었다. // 여름 방학 때 할머니 산소 벌초를 / 앞에서 뒤로 해 나가다 말고 / 아빠가 두 손에 가만히 / 받쳐 들고 서 있던 산딸기는 // 할머니가 아직도 잊지 않고 / 감춰 두셨다가 슬며시 내민 / 알사탕이 틀림없었다.

– 〈산딸기 알사탕〉 전문

반쯤 묻힌 / 커다란 알 같은 // 묘 한쪽이 조금 / 허물어졌다. // 알의 껍데기를 깨고 / 아기 새가 나오듯 // 할아버지도 묘에서 / 나오셨을까? // 저기 나무 위에 / 학이 앉아 있다.

– 〈학〉 전문

〈산딸기 알사탕〉과 〈학〉은 앞의 작품들과 동일하게 할머니와 할아버지에 대한 그리움이 나타난 작품이지만 추가로 더 살펴볼 것은 죽음에 관한 백우선의 시선이다. 필자가 인용한 앞의 동시 계평에서 '2000년 이후 동시 문학에서 인간의 죽음, 가족 내 할아버지와 할머니의 죽음 등이 제재나 소재로 서서히 그 모습을 드러내고 있으며, 아이들도 인간의 죽음에 대하여 매우 자연스럽게 접근이나 가족이나 이웃들의 죽음을 담담하게 받아들일 수 있도록 동시 문학이 도와줄 때가 되었다'고 언급하였는데, 그의 작품 속에서도 죽음에 관한 동시가 발견된 것이다.

〈산딸기 알사탕〉은 아빠가 산딸기를 통해 돌아가신 할머니에 대한 그리움이나 사랑을 표현한 작품이다. 사실 산딸기와 알사탕은 아무런 관련이 없다. 그러나 동시를 읽다 보면 기억 속에조차 남아 있지 않았던 돌아가신 할머니의 사랑이 놀랍게도 산딸기라는 실체적 모습으로 등장하고 있는 것이다. 결국 산딸기와 알사탕이 사랑의 동일체라는 것이다. 할머니 산소를 벌초하다가 빨간 산딸기를 발견한 아빠는 저절로 감동할 수밖에 없다. 아빠의 유년 시절 할머니가 주신 알사탕이 '아빠가 두 손에 가만히 / 받쳐 들고 서 있던 산딸기'로 나타난 것은 아빠가 얼마나 할머니를 그리워하고 있는지를 말해 주고 있다고 할 수 있다.

여기서 할머니의 시신이 안치된 무덤의 공간이 곧 알사탕을 숨겨 둔 선반이 있는 할머니의 방으로 설정되어 있다는 것을 알 수 있다. 무섭게 느껴지는 죽음의 공간과 따스한 온기가 감도는 할머니의 생활 공간이 동일한 것이다. 이것은 삶의 공간과 죽음의 공간은 별개로 떨어져 존재하는 것이 아니라 죽음은 생명의 끝자락에 오는 자연스러운 것임을 아이들에게 알려 주고 있다고 할 수 있다. 〈학〉도 마찬가지이다. 돌아가신 할아버지가 허물어진 무덤에서 알을 깨고 나오듯 학으로 환생한 것으로 처리하고 있다. 즉 삶과 죽음은 동일한 공간에서 이루어지는 것으로 아이들도 담담하게 받아들여야 할 자연스러운 현상 또는 일상임을 보여 주고 있다.

4. 현대 사회에 대한 비판적 태도

백우선의 동시집 《느낌표 내 몸》과 《지하철의 나비 떼》 두 권의 공통성을 찾는다면 현대 사회 현상에 대해 비판을 가하는 동시들이 골고루 포함되어 있다는 점이다. 그가 작품화한 사회 현상은 가족의 문제부터 사회 또는 정치적 문제, 국제적 이슈까지 그 대상이 다양하다. 그렇다고 열혈 청년의 비분강개 조의 형태도 아니고 풍자적이거나 냉소적으로 깔아뭉개는 것도 아니다. 차분하고 따뜻한 그의 성격처럼 조용하고 온화한 어투로 현대 사회의 단면을 하나하나 짚어 가고 있다.

> …… 형, 이 연필 예쁘네. // –그래, 그럼 너 가져. // …… 고마워, 근데 형, / 이 지우개 써도 돼? // –그래, 네가 갖고 써. // …… 이 색연필은? // –응, 갖고 싶으면 가져. // …… 형, 내 것 중에 쓸 것 없어? // –응, 있으면 얘기할게.
>
> –〈형〉 전문

> 돈 벌러 집 떠난 엄마는 / 왜 안 오는 걸까? // 손톱 혼자 깎겠다고 / 우겨서일까? // 보고 싶을 때마다 / 두 손, 열 손톱을 다 물어뜯어 // 왼손 검지 손톱은 / 반의반도 안 남았다. // 손톱이 이렇게 짧아서 / 전화도 안 하는 걸까? // 손톱이 자라면 / 엄마가 돌아올까?
>
> –〈손톱〉 전문

〈형〉은 수식어가 거의 없는 매우 무미건조한 대화체 형태의 작품으로 따스한 인간미, 화목한 가족 간의 애정이 사라진 현대 가정의 한 단면을 그린 동시이다. 이 작품의 시적 화자는 동생이다. 제목이 '형'인 것으로 보아 시적 화자의 시선은 형에게로 향해 있다. 동생이 원하는 것을 형은 아무런 대가 없이 주고 있다. 마음 씀씀이가 막힘이 없고, 아량이 매우 넓은 형이다. 그런데 정말 그럴까? 시적 화자가 바라는 것이 과연 '연필'과 같은 물질이었을까? '형, 내 것 중에 쓸 것 없어?'라는 시행, 또 두운처럼 쓰인 '……' 생략 기호를 눈여겨볼 필요가 있다. 동생은 형에게도 받은 것만큼 주고 싶은 것이다. 생략 기호 속에 가려진 동생의 마음을 읽어야 하는 것이다. 어쩌면 동생이 주고 싶거나 나누고 싶은 것은 '지우개' 같은 물질이 아닐지 모른다. 형제의 정이나 소통을 위한 따뜻한 대화가 아닐까. 무미건조한 대화만큼 형과 아우 사이는 정이 메말라 있음을 발견할 수 있다. 형과 아우는 가족이라는 핏줄로 연결되어 있지만 그것은 어디까지나 인정에 대한 간곡함과 상호 교감이 있을 때만 적용되는 유대이며 끈이다. 이웃사촌이라는 말이 있지 않는가. '응, 있으면 얘기할게'라는 형의 대답 뒤에 무슨 대화를 더 이어 갈 수 있겠는가. 역설적으로 물질적 도움보다는 정신적인 따뜻함, 인간적 교감이 더 중요함을 강조하고 있는 것이다. 끈끈한 가족의 사랑이 사라지고, 남남으로 만나 하숙생으로만 공생하는 현대 가족의 한 단면을 보는 것 같다.

〈손톱〉도 앞의 작품 〈형〉과 비슷하다. 이 작품도 가족 간의 소외나 단절, 부모와 자식 간에 발생하는 애정 결핍의 문제를 다루고 있다. 심리학 쪽에서는 무의식적으로 손톱을 물어뜯는 행동을 평소 불안 성향이 높은 아이가 심리적 스트레스에 노출되었을 때의 반응이라고 한다. 즉 손톱을 물어뜯는 행위는 스스로 불안을 경감시키거나 무료함을 달래기 위함이라는 것이다. 궁핍한 가정의 황폐함, 황금만능주의 폐단으로 인한 가정 파괴 등을 아이의 손톱 물어뜯기를 통해 잔잔하게 비판하고 있는 것이다.

오늘 점심 때도 / 일영이는 // 밥을 먹자마자 / 바닥 걸레질을 한다. // 주번도, / 청소 당번도 아닌데 // 날마다 / 그렇게 한다. // "힘 안 드니?" / "으응, 괜찮아. 이건 내 / 선거 공약이잖아."

– 〈회장〉 전문

섬으로 가는 배를 탔는데 // 하늘나라로 데려다 놓았대.

– 〈어떤 여행〉 전문

사람도 한 송이 / 피고 지는 꽃이다. // 뭉개 버린 꽃망울을 / 어떻게 모르냐며 // 맞은편 일본 대사관을 / 밤낮없이 지켜본다.

– 〈평화의 소녀상〉 전문

〈회장〉은 학교의 회장 선거 공약으로 내건 교실 바닥 청소를 실천하고 있는 아이의 진지함과 약속의 소중함을 그린 작품이다. 이 작품의 제목이 '회장'인 것으로 보아 선거 전에 일시적으로 보여 주는 이벤트 행위는 아니고 회장 당선 후의 약속 지키기라고 할 수 있다. 우리는 여기서 선거 승리를 위해서 마구잡이로 선거 공약을 남발하는 정치인들이나 약속 뒤집기를 밥 먹듯이 행하는 사람들을 은근히 비판하고 있음을 알 수 있다.

〈어떤 여행〉은 2014년 4월 16일에 일어난 세월호 참사를 간단히 2행으로 처리한 작품이다. 눈물, 절규, 슬픔, 분노가 저절로 솟구치는 대참사임에도 불구하고 극도의 감정 절제 끝에 나온 동시이다. '섬'이라는 현실적 목표 지점에 도착하지 못하고 끝내 엉뚱한 '하늘나라'에 도착하고 만 승객들의 죽음을 목도하고는 주관적 판단이나 감정을 철저히 배제한 뒤 쓴 작품이다. 마지막 시어의 종결어미에서도 특이하게 '~대'라는 화자의 직접 전달 방식이 아닌 간접 전달 방식을 사용하여 시적 화자의 판단 여지를 아예 없애 버린 것을 발견할 수 있다. 잔잔하게 진술한 작품이기 때문에 오히려 울림이 더 클 수밖에 없다. '진솔함, 진중함, 부드러움'의 백우선다운 작품이라고 할 수 있다.

〈평화의 소녀상〉은 일제 강점기 끝 무렵에 일어난 제2차 세계 대전 당시 일본군에 의해 성 노예가 된 여성을 상징화한 평화의 소녀상의 깊은 의미를 새기는 작품이다. 〈어떤 여행〉에서처럼 이 작품에서도 2연의 시어 '모르냐며'처럼 분노 등 격한 감정을 배제하고 사실 확인만을 요구하고 있다. '사람도 한 송이 / 피고 지는 꽃이다'는 1연도 일반적으로 통속적인 문장이지만 〈평화의 소녀상〉 작품 속에서는 성 노예 소녀들의 일회적인 삶의 비통함에 대해 저절로 눈물 나게 하는 특수한 가치 명제라는 것을 알 수 있다.

백우선은 이외에도 베트남 전쟁 20년 뒤 고엽제 영향으로 태어난 한 아이를 그린 〈팔 없이 태어난 아이〉, 공을 만들면서 노동 착취를 당하는 아이에 대한 작품 〈월드컵 공〉, 해군 기지 건설 현장인 제주 강정 마을 이야기 〈평화의 섬〉, 지구 생태계에 대한 이야기 〈북극 제비갈매기〉, 방사성 물질로 오염된 지구 이야기 〈후쿠시마 저승사자〉 등 우리 사회를 비판적 안목으로 쓴 작품들이 매우 많이 있다.

그렇다고 백우선이 현대 사회에 대한 비판적 태도만 가지고 있는 것은 아니다. 그 문제에 대한 해결 방안이나 긍정적인 태도를 보인 작품도 있다. 가령 〈금메달〉에서처럼 올림픽 수상식장에서 서로 다른 색의 메달을 안고 있는 경쟁 선수들이 화해, 조화, 어울림 등을 추구하기도 하고, 〈함께 웃는다〉에서처럼 불교 비구니, 가톨릭 수녀님, 원불교 정녀님들로 구성된 삼소회의 나눔을 이야기하고 있다. 또 〈불낙전골〉에서처럼 호주 쇠고기, 중국 낙지, 우리나라 채소, 독일 냄비, 인도네시아 가스로 '불낙전골'이라는 맛있는 음식을 만듦으로써 화합과 통합을 강조하기도 한다.

5. 닫으며–곡비와 무당처럼

개별적이며 내적인 행복과 전체적이며 외적이라 할 수 있는 평화를 도모하고자 하는 것이 내 글쓰기의 최종 목표이다. 사람들끼리는 물론, 사람과 사람 아닌 사물들이 함께 화락한 삶을 사는 데 작은 도움이라도 되고자 한다. 모든 존재들이 잘 살아가는 모습을 기록하기도 하고, 잘못 살아가는 모습을 기록하기도 하면서 바람직한 삶을 찾아가는 발걸음에 보탬이 되고자 한다. 즐겁고 기쁜 일은 함께 노래하고 춤추며, 슬프고 괴로운 일은 함께 울고 안타까워하려고 한다. 내 울음보나 능력의 미약이 아직도 걱정이지만, 남의 초상에 대신 울어 주는 곡비가 되고, 남의 질곡을 같이 앓는 무당이라도 돼 보려고 한다.

이 인용문은 계간 〈열린 아동문학〉(2014, 가을호)의 〈수밀도의 보석 세공〉이라는 글을 통해 백우선이 밝힌 동시 창작에 관한 자기 고백이다. '시인은 곡비처럼 슬픈 사람의 울음을 대신 울어 주는 존재'라고 말하던 문정희 시인의 말이 떠오른다. 백우선도 '남의 초상에 대신 울어 주는 곡비가 되고, 남의 질곡을 같이 앓는 무당'이 되고 싶다고 하였다. 곡비(哭婢)는 장례 때 돈을 받고 집안에 곡(哭)소리가 끊기지 않게, 대신 울어 주는 여자 노비 혹은 민가의 여자를 말하고, 무당(巫堂)은 길흉을 점치고 굿을 하는 것을 업으로 하는 사람을 말한다. 백우선의 고백은 독자들의 변화무쌍한 심신을 어루만져 주겠다는 것으로, 우리에게 던져 주는 메시지는 참으로 강렬하다고 할 수 있다. 이 인용문은 앞에서 언급한 동시집 《느낌표 내 몸》과 《지하철의 나비 떼》 두 권에서 현대 사회현상에 대해 비판을 가하는 작품들이 왜 많은지에 대한 그의 또 다른 대답이라고 할 수 있다.

이 글을 마무리하면서 백우선의 문학적 성과를 한눈에 확인할 수 있는 작품 한 편을 소개하려고 한다.

꽃다발을 안고 탄 사람이 있었다. // 사람들이 훨훨 나비 떼로 날았다.

– 〈지하철의 나비 떼〉 전문

〈지하철의 나비 떼〉는 두 번째 동시집의 표제작이기도 하지만 간결함 속에 따뜻한 수많은 이야기를 담고 있는 수준 높은 작품이다. 비인격적이고 차가운 도시 문명의 대표적인 지하철을 단숨에 서정적인 분위기로 바꾸어 놓은 것은 향기 짙은 꽃다발이 아니라 지하철 승객들을 나비 떼로 변신시킨 백우선의 문학적 상상력이라 할 수 있다. 지하철이라는 인공적이고 폐쇄적인 회색 공간을 전원적이고 인간적인 온돌 공간으로 전환시키는 시어가 '나비 떼'이다. 카프카의 소설 《변신》에서 주인공 그레고르가 벌레로 변신한 후 가족에게 진짜 벌레 취급당하는 역전 상황 끝에 죽음을 맞이하고 마는데, 〈지하철의 나비 떼〉에서는 지하철 안의 고독한 군중들을 한순간 '나비 떼'로 변신시킴으로써 생기가 도는 따뜻한 이웃으로 만들고 있다. 그레고르의 처지와 지하철 사람들의 처지는 완전한 대척점에 있다고 할 수 있다.

〈어떤 여행〉이나 〈지하철의 나비 떼〉는 간결하고 절제된 언어 사용으로 작품의 문학성을 높였다고 할 수 있다. 앞으로 백우선이 이 두 작품의 수준을 계속 유지한다면 곡비와 무당 같은 존재가 반드시 되리라고 확신한다.

어린이와 함께 선생이 걸어온 길

1953년 1월 24일(음력). 전남 광양시 봉강면 석사리 385번지(명암 마을)에서 태어남. 부 백강숙(1905~1970), 모 정봉심(1909~1986). 2남 5녀의 막내. 농부의 후예로 농촌에서 성장함.

1960~1966년 2월 광양서초등학교에 다님.

1966~1972년 2월 순천 중·고등학교에 다님.

1970년 김영랑과 박용철 시인의 《영랑용아시선》을 읽고 시의 맛을 처음으로 느낌. 교내 독후감 쓰기에서 부상으로 받은 문덕수의 《현대문장작법》을 틈틈이 읽으며 글쓰기를 자습함.

1972~1973년 2월 대입 재수함.

1973~1977년 2월 공주사범대학 국어교육과에 다님.

1974년 대학 2학년 때 조재훈 교수(시인)의 조언에 따라 시 습작을 시작함. 시동인 '탁목조'에서 활동함. 4학년 때 학내 백일장 수상함. 대학 응원가 가사 공모에 당선됨.

1975년 분도출판사의 《꽃들에게 희망을》을 읽고 큰 감명을 받음.

1976년 7월 박목월 시인의 《보랏빛 소묘》를 읽고 서정성을 감지한 듯함.

1977~1978년 5월 경기도 포천군 영북종합고등학교에 근무함.

1978년 편저 《일하는 아이들》부터 이오덕 선생의 저술들을 탐독함.

5월~1980년 8월 육군 사병으로 복무함.

1980년 8월 〈현대시학〉에 〈기침〉, 〈사과 꼭지에 맴도는 운〉, 〈꽃〉으로 박용래 시인의 첫 추천 받음. 8월 박용래 시인을 대전 오류동 댁으로 찾아뵘. 11월 별세, 만남은 짧게 끝남.

8월~1981년 12월 〈현대시학〉 2회 추천 완료함.

9월 남양주 금곡종고에 복직함. 가을에 첫 동시 〈효영이〉를 씀. 12월에 결혼함. 처음엔 구리시에서 6개월 간 살다가 금곡으로 이사해서 1985년 4월 초 서울로 이사하기 전까지 삶.

9월~1982년 2월 경기도 남양주시 금곡종합고등학교에 근무함.

1981년 12월 〈현대시학〉에 〈장〉('장날'로 개제), 〈고희의 마을〉, 〈가을〉로 추천 완료함. 김구용 시인 추천함. 같은 달에 무남독녀 근영이가 태어남. 동시 창작의 샘이 됨.

1982~1985년 2월 경기도 남양주시 동화고등학교에 근무함.

1982~1984년 2월 고려대학교 대학원 국어국문학과 석사 과정을 수료함.

1984년《몽실 언니》부터 권정생 선생의 작품들을 탐독함. 특히 1996년《오물덩이처럼 딩굴면서》를 읽고, 개인적으로 맞은 아주 심한 경제난(10년쯤 지속됨.)에 따른 심적 충격과 혼란을 위로받고 정리함. 문학의 힘, 고통엔 고통이 약이 됨을 체험함.

1985~2012년 2월 서울 단국대학교 사범대학 부속 고등학교에 근무함.

1986년 2월 어머니께서 돌아가심.

1987년 7월 형님이 돌아가심.

1988년 5~8월 신영복 선생의 옥중 서신 중 〈평화신문〉에 4회 소개된 것과, 1990년 11월에 출판된《감옥으로부터의 사색》을 읽고 크게 감명받음. 그 뒤 발간되는《엽서》,《나무야 나무야》,《더불어 숲 1, 2》,《강의-나의 동양고전독법》,《신영복 함께 읽기》,《변방을 찾아서》,《담론》등을 계속 탐독함.

1988~1991년 10월 20일 가족신문 〈나팔꽃신문〉을 주간, A4 크기 1면으로 총 183호를 발행함. 딸의 그림과 시, 처의 글, 내 성인 시와 동시, 가족 행사 등을 타자기로 치거나 손으로 써서 원본을 만들고 흑백으로 복사해서 가까운 이들한테 나눠 주기도 함. 제159~181호 원본 보관 파일을, 한 여자애가 딸에게서 훔친 열쇠로 집에 들어와 가져가 없애 버리는 바람에 발행을 중단함.

1990년 4월 제1시집《우리는 하루를 해처럼은 넘을 수가 없나》를 출간함.

1991년 8월 5일 〈민음동화〉 제4호에 〈나팔꽃신문〉이 소개되고, 내 동시 〈솔방울〉, 〈곶감〉, 〈바른손〉, 〈반복법〉이 게재됨.

1992년 5월 1일 〈문학사상〉 제235호에 동시 〈엄마 베개〉, 〈손그네〉를 발표함.

1994년 3월 제2시집《춤추는 시》를 출간함.

1995년 1월 〈한국일보〉 신춘문예 동시에 〈아빠 손가락〉, 〈이른 봄〉으로 당선됨. 등단 시인으로서 동시 응모가 꺼려지기도 했지만, 써 놓은 동시에 호적을 만들어 주어야겠다는 생각으로 응모함. 당선 사실을 들은 김구용 시인은 몹시 서운해했지만(성인 시를 버렸다고 판단한 듯), 조재훈 시인은 호의적이었음. 정채봉 동화작가는 노동시의 동시 진입은 곤란하다며 자기가 심사했으면 안 뽑았을 것이라고 함.

1998년 12월 〈열쇠 노인〉, 〈검은 사내〉로 제1회 서울문예상을 받음.

1999년 9월 제3시집《길에 핀 꽃》을 출간함.

11월 강남시문학회를 결성함.

2002년 4월 제4시집《봄비는 옆으로 내린다》를 출간함.

2004년 한국동시문학회에 가입함.

제5시집 《미술관에서 사랑하기》를 출간함.

2006년 5월 성남 남한산성 근처로 이사함. 처음으로 '내 집'에서 살게 됨.

2008~2011년 2월 당시 이상교 회장의 눈에 띄어 한국동시문학회 부회장 겸 상임이사직을 수행함. 작품 쓰기의 무게 중심이 성인 시에서 동시로 점점 이동하였으나, 분량이나 우열에 관계없이 성인 시와 동시, 둘 다 잘 쓰려고 여전히 노력함.

2009년 7월 제1동시집 《느낌표 내 몸》을 출간함.

2010년 3월 제9회 오늘의동시문학상을 받음.

8월 제6시집 《봄의 프로펠러》를 출간함.

2012년 3월 명예퇴직 후 시로 전업함.

2014년 9월 〈열린아동문학〉 가을호에 '이 계절에 심은 동시나무'로 선정돼 인간·작품론(이상교), 신작 동시 5편, 시론, 자술 연보가 게재됨.

2015년 5월 제2동시집 《지하철의 나비 떼》를 출간함.

7월 〈아라문학〉 여름호에 '오늘의 시인' 특집으로 자선 대표시 10편, 신작시 3편, 시론, 자술 연보, 사진 10장이 게재됨.

한국 아동문학가 100인

박소명

대표 작품

〈딱 한 마리만〉 외 4편

인물론

행복한 꿈을 꾸는 보라 들국

작품론

코끼리를 따라 문을 나가면 무엇이 있나

어린이와 함께 선생이 걸어온 길

딱 한 마리만

치타는
톰슨가젤이 무리를 이뤘어도
딱 한 마리만 사냥을 하지.

한 마리 더 잡았다가
다음날 먹으면 될 텐데

아니, 아니 한꺼번에
잔뜩 잡아 놓고
두고두고 먹으면 좋을 텐데

치타는
꼭 배고픈 만큼만
사냥을 하지.

상사화[1]

잎과 꽃이
본적 없으니
서로 모를 거라고?

천만의 말씀
둘은 뿌리에서 함께 살았어.

–너 먼저 나가렴.
꽃이 잎겨드랑이를
쑤욱 밀어 올려 주었던 거지.

–이제는 네가 나올 차례야.
잎이 떠나며
잠자던 꽃을 깨워 주었던 거지.

1 상사화: 잎이 있을 때는 꽃이 피지 않고, 꽃이 필 때는 잎이 없는 수선화과 꽃.

숨바꼭질 대장

–못 찾겠다 꾀꼬리
2월이 포기하고 돌아서자

3월이
의기양양하게 나섭니다.

–나뭇가지에 누구시더라?
–에구 들켜 버렸네.
움이 쪼그만 얼굴을 붉힙니다.

–돌무더기 아래도 그만 나오시지.
–개굴! 잘도 찾네.
개구리가 폴짝 나옵니다.

노랑나비도 나폴나폴
개미도 꼬물꼬물

귀 밝고 눈 밝은
3월 앞에서는
더는 숨을 수 없습니다.

생쥐의 소원

이 세상에
고기 먹기 싫다는
고양이 동네 어디 없을까?

거기 가 살게!

겨울 산

텅 비었다고?

바스락바스락
낙엽 덮고
봄꿈 꾸는 저 뿌리들
소리 좀 들어 봐.

휘리휘리
휘파람 불며
오르막 내리막
몰려다니는 바람 좀 봐.

나뭇가지 사이로
층층이 걸터앉은
조각조각 저 많은 하늘은 또 어떻고.

그래도 비었니?

행복한 꿈을 꾸는 보라 들국

오은영

한 여인이 있습니다. 빨간 머리 앤처럼 희망을 갖고 꿈꿀 때 행복하다는 여인이 있습니다. 여전히 철들지 않은 여인은 아직 마음 한편에 소녀가 살고 있지요. 그래서 자신을 닮은 순수한 아이들을 좋아한답니다. 최소한 일주일에 한 번 이상은 아이들을 만나 이야기를 나누어야 할 일을 다한 것 같다지요. 여인은 글쓰기 대회에서 곧잘 상을 탔던 추억 덕분에 시인과 동화작가라는 이름을 얻었다네요. 동시와 동화를 쓰며 아이들과 소통할 수 있어서 행복하다는 여인은 원고지에 쌓이는 작품을 보며 즐겁고 신나게 살고 있답니다.

불교에서는 옷깃 한 번 스치는 것도 5백 겁(생) 인연이라고 합니다. 한 나라에 태어나는 인연은 1천 겁, 하루 동안 길을 동행하는 인연은 2천 겁, 하룻밤을 한 집에서 자면 3천 겁의 인연이랍니다. 그 여인이랑 저는 벌써 15년 동안 문학의 길을 동행하고 있습니다. 벌써 2천 겁의 인연은 확보해 놓은 사이입니다.

우리가 처음 동행한 날이 생각납니다. 동화 아카데미 첫 수업 날이었습니다. 그 여인은 성인 시를 쓰고 있는데 감성이 아동문학 쪽인 것 같다는 말을 듣고 동화를 배우러 왔다고 했습니다. 우리는 수업 끝나고 같은 4호선 전철을 탔습니다. 그때 저희 집은 평촌에 있었고, 그 여인의 집은 산본에 있었으니까요.

우리는 대학로에서 평촌까지 꽤 긴 시간을 함께 갔습니다. 누가 먼저 말을 걸었는지는 지금 생각나지 않지만 저보다 친화력이 훨씬 좋은 그 여인이었을 것 같습니다. 어쩜 아닐 수도 있고요. 우리는 도란도란 이런저런 말을 나누게 되었습니다. 그러다 성인 시를 썼다면 동시를 써 보는 것은 어떠냐고, 내가 동시 공부를 하는데 함께할 생각은 없냐면서 동시 동네로 그 여인을 이끌게 되었습니다. 그렇게 해서 성인 시를 쓰던 그 여인은 동화도 쓰고 동시도 쓰게 되었고 저와 지금껏 같은 아동문학 동네에서 어울려 웃고 울고 있습니다.

"어리석은 사람은 인연을 만나도 몰라보고, 보통 사람은 인연인 줄 알면서도 놓치고, 현명한 사람은 옷깃만 스쳐도 인연을 살려 낸다."

피천득 님의 수필《인연》에 나오는 말입니다. 그러니까 저는 현명한 사람이었던 거지요. 참, 한 동네에 태어나는 인연은 5천 겁 인연이랍니다.

우리가 함께 보낸 나날도 벽돌을 쌓아 지은 벽돌집처럼 차곡차곡 쌓여 15년이 흘렀습니다. 한동안 '하늘 도화지'라는 동시 동인으로 활동했고, 지금도 한 달에 한 번 동화 공부 모임을 함께하고 있습니다. 15년을 길벗으로 지내다 보니 작가이기 전에 인간으로 더 가까워지게 되었습니다. 얼마나 따뜻한 여인인지, 좋은 글을 쓰고 싶은 꿈이 얼마나 큰지, 가족에 대한 사랑이 얼마나 애틋한지, 좋은 작가로 인정받고 싶은 마음이 얼마나 뜨거운지 말입니다. 밤늦게까지 술도 나누고, 한 밥상에서 밥도 나누고, 여행을 함께 다니며 정도 나누고, 오가는 차 속에서 이야기도 나누면서요. 아마도 인간적인 면만 볼 때는 이 글 동네에서 그 여인에 대해 저보다 잘 아는 분이 없을 겁니다.

그 여인이 보라색을 좋아합니다. 보라 들국, 보라 꽁주 둘 다 그 여인의 닉네임입니다. 공통점은 둘 다 '보라'가 들어갔다는 거지요. 보라 들국은 보라색 들국화이고요. 보라 꽁주는 보라 들국을 좋아하는 꽁주(진짜 공주는 아니라는 뜻)랍니다.

보라는 파랑과 빨강을 섞어서 만든 색입니다. 빨강은 용감을, 파랑은 숭고한 것을 나타낸다고 합니다. 그 여인을 옆에서 보면 정말 빨강의 용감함과 파랑의 영적인 면이 잘 섞여 있는 것 같습니다.

꼭 필요할 때라면 자기 생각을 분명하게 밝히는 용감함을 가지고 있는 그 여인. 제가 무척 부러워하는 면이기도 합니다. 저는 그걸 당당함이라고 말합니다.

아들이 초등학교 때 조금 산만했었나 봅니다. 어느 날 담임 선생님에게서 전화가 왔더랍니다. 이런 경우 대부분 학부모들은 가슴이 벌렁거릴 겁니다. 우리 애가 무슨 일을 저질렀나? 왜 전화를 하셨지? 하면서 오만 가지 생각이 들 것입니다. 선생님은 다짜고짜 전화에 대고 소리치더랍니다.

"아니, 무슨 애가 이렇게 산만해요? 잠시도 가만히 안 있는다니까요."

"예? 죄송합니다. 무슨 일이지요?"

마음이 쿵 내려앉는 것을 다잡으며 물었다지요.

"교사 생활 20여 년 만에 이런 애는 처음 봐요. 애를 어떻게 키우는 거예요? 당장 병원에 데리고 가 보세요."

선생님은 짜증을 내며 말했답니다. 아이에 대한 애정도 학부모에 대한 배려는 눈곱만큼도 없는 매정한 말투로 말입니다. 그 여인은 그 말을 듣자 속상하기도 했지만 그보다 더 화가 났답니다. 교육자로서의 태도가 아니라는 생각에서요. 그래서 침착하게 말했답니다.

"그럼 선생님께서 20여 년 만에 교사로서 아주 귀한 기회를 얻으신 거네요. 산만한 학생을 어떻게 하면 바르게 변화시킬지 연구해 주시면 안 될까요? 좋은 기회라 생각하시고 우리 아이를 잘 살펴 주세요."

이렇게 필요할 때 주눅 들지 않고 할 말을 하는 당당함이 저는 정말 부럽습니다. 물론 그 아들은 군 복무도 공군 하사관으로 마쳤고, 지금은 모 기업에 들어가 열심히 젊음을 불태우고 있답니다.

요즘 그 여인은 도서관에서 아이들에게 글쓰기를 가르치고 있습니다. 자신이 겪었던 일을 생각하며 좀 산만하고 말썽을 부리는 아이가 있어도 학부모에게 상처가 될 말은 절대 하지 않는다지요. 엄마의 마음으로 아이들을 어르고 달래며 수업을 진행하고요. 아이들이 글을 쓰면서 스스로 변화해 가는 과정을 보면 뿌듯하답니다.

이건 저만 그렇게 느끼는 건지도 모르겠습니다만 가정 주부이기도 한 상황에서 '가족과 함께'가 아니고 '혼자 훌쩍' 여행을 떠날 수 있는 용감함도 지니고 있지요.

그 용감함은 특별한 까닭 때문에 생겼답니다. 원래 어릴 때부터 여행하는 것을 꿈꾸었대요. 하지만 여건이 되지 않아 꾹꾹 누르고 살았다는 거예요. 사는 동안 전 재산을 잃는 사기를 당하고 빚더미에 앉게 되었을 때 마음먹었대요. 빚이 어느 정도 갚아지면 꿈부터 이루겠다고요. 안 그러면 꿈꾸던 여행도 못해 보고 인생이 다 갈 것 같더래요. 그때부터 쉬지 않고 일하고, 절약하며 어느 정도 빚을 갚자 마음먹은 일을 실천하기로 했답니다.

그녀가 다녀온 곳은 브라질, 페루, 아르헨티나, 볼리비아, 스페인, 포르투갈, 모로코, 체코, 슬로바키아, 헝가리, 보스니아, 세르비아, 크로아티아, 노르웨이, 스웨덴, 핀란드, 러시아, 중국(계림, 샹그릴라, 실크로드, 윈난성 등) 홍콩, 캄보디아 등등. 가족이란 테두리에 갇혀 있는 저로서는 꿈도 꾸지 못하는 그런 곳들입니다. 다행히 남편과 아이들이 이해해 줘 꿈을 이루고 있다니 참 복 많은 여인입니다.

처음엔 패키지로 시작한 여행들이 차츰 남들이 안 가 본 곳, 좀 더 의미 있는 곳으로 눈길이 가더랍니다. 그래서 페루, 스리랑카, 인도, 티베트처럼 여행하기에는 위험과 불편을 감수해야 하는 곳을 선택하게 되었답니다. 특히 풀 한 포기, 나무 한 그루 없는, 원시의 대지 같은 티베트나 라다크, 남미의 언덕을 좋아한다지요. 척박한 곳을 좋아하는 자신에게 어쩌면 인디언의 피가 흐르는 것 같다고 합니다.

사막도 참 좋아하는데 페루 이까 사막에서 지진을 만났답니다. 영화에 나오는 것처럼 건물이 와르르 무너지는 상황에서 꼭 죽을 줄만 알았다지요. 하지만 완충 작용을 한 사막이었기에 살아났다고 합니다. 그 여인은 하늘의 도움이라고 생각한답니다. 그 여파로 여행 중에 몸무게가 10킬로그램이나 빠지는 등 이루 말할 수 없는 고생을 했다지요. 덕분에 이까 사막은 가장 기억에 남는 여행지랍니다.

스리랑카에는 '꿈꾸는 카메라' 팀이랑 고아원에 봉사하러 갔습니다. 고아원에 일회용 카메라를 전해 주는 사업인데 카메라 작동법 7페이지 책자를 그 여인이 아이디어를 내서 만들었지요. 아이들에게 자신들의 웃는 모습, 뛰노는 모습을 사진으로 남겨 주기 위해서요. 그런데 그곳이 너무 더워서 수분 부족으로 실신까지 했었답니다.

그렇게 많은 여행이 밑거름 되어 세상을 바꾸는 똥 이야기와 세상을 바꾸는 마을 이야기, 또 세상을 바꾸는 식탁 이야기가 책이 되어 나왔으니 용기 있는 자가 사랑을 얻는다던데 그 여인은 사랑보다 더 귀한 책이란 자식을 얻었습니다.

파랑의 영적인 성향은 어떤 면에서 보여지냐고요? 그거야 온 가족이 주일이면 교회에 나가서 열심히 하나님을 경배하고 있는 걸로 알 수 있지요. 우리나라에 기독교 신자가 얼마나 많은데 그렇게 단정할 수 있느냐고요? 물론 그렇지요. 하지만 남편과 두 아이들과 함께 온 가족이 합심해서 믿을 뿐 아니라, 집에는 늘 찬송이 틀어져 있고, 봉사하는 일을 즐겨하기 때문이지요. 남편과 함께 주일 학교 교사를 20여 년 간 해왔고, 두 자녀도 이제 학생에서 주일 학교 교사 자리에 서게 됐답니다. 오래전부터 가난한 이웃을 위해 작은 손길을 베풀고 있고 앞으로도 더 많이 실천하려고 노력하고 있다지요. 그 여인이 쓴 동시와 동화가 따뜻한 것도 아마 거기에서 기인하는 것이 아닌가 싶습니다.

하지만 그 여인이 좋아하는 색깔은 빨강과 파랑이 아닌 두 색의 혼합색인 보라색이지 않냐고요? 맞습니다. 그래서 보라색은 빨강과 파랑보다는 한 발짝 후퇴하는 느낌을 가지고 있지요. 주먹 쥐고 나서는 투쟁적인 용감함보다는 꼭 필요할 때 물러서지 않는 용감함, 그리고 세상을 긍정적으로 보며, 적절하게 타협하는 융통성 같은 것처럼요.

어머니가 마흔이 넘어 난 늦둥이로 7남매의 막내인 여인. 태어나자마자 대학 신입생이던 큰오빠를 울렸답니다. '저 막내는 내가 학교 보내고 결혼시켜야 할 것 같은데 어떡하죠?' 하면서 눈물을 보인 큰오빠 생각에는 나이 든 부모가 막내를 시집보낼 때까지 살지 못할 것 같았던 거지요. 나이 든 어머니 역시 너무 늦게 태어난 딸이 안쓰럽기도 하고 애틋하기도 해서 여인의 신발에 진흙이 안 묻도록 키웠답니다. 딱 말 그대로 길을 가다가 진흙탕 길이 나오면 여인을 업고 마른 곳이 나온 뒤에 땅에 내려놓아 주었다니까요. 여인의 말에 따르면 어머님이 여유가 있고, 유머가 있었던 분인 것 같습니다. 돈에 깐깐한 아버지 몰래 때때로 아이들에게 읍에 가서 짜장면이나 다른 간식거리를 사 주고도 아버지에게는 우스갯소리를 하며 얼렁뚱땅 넘어갔답니다. 이처럼 유머가 있는 어머니를 닮아 여럿이 모이면 이 여인은 늘 분위기를 띄워 주는 역할을 맡곤 하지요. 하지만 글 쓸 때만큼은 딱딱하리만큼 진지해진답니다.

시골에서 어린 시절을 보내선지 그 여인은 풀꽃을 무척 사랑하고, 풀꽃 이름도 정말 많이 알고 있습니다. 한때는 풀꽃 카페에서 열심히 활동하며 카메라를 메고 꽃을 찍으러 다닐 정도로요. 도시에서 자란 저는 동시를 쓰면서부터 풀꽃에 눈을 뜨게 되었지요. 그 여인과 함께 들길 산길을 다니며 많이 배웠습니다. 덕분에 풀꽃들의 서로 다른 얼굴이 눈에 들어오기 시작한 것이지요. 쟤는 민들레, 제비꽃, 자운영, 쟤는 애기똥풀꽃……. 물어보고 잊어버리면 또 물어봐도 짜증 안 내고 대답해 준 여인. 자연 속에서 자라 풀꽃을 퍽이나 사랑하는 여인은 동시 작품 속에도 그 촉촉한 감성을 녹여 내고 있지요.

하지만 여인에겐 또 다른 면도 있습니다. 첫 아이를 낳을 때까지 공무원 생활을 한 경험 때문인지 일 처리가 딱 부러지지요. 군포 문협에서 사무국장까지 지냈고, 현재 한국동시문학회 상임이사를 맡고 있고, 또 군포 〈시민신문〉 편집일을 보았을 만큼 자신이 맡은 일은 책임감 있게 해 나갑니다. 또 수년 전부터는 전국 도서관, 학교에서 작가와의 만남을 통해 책 이야기, 글쓰기 이야기 강연을 하고 있습니다. 아이들을 만나 강의를 하면 힘이 솟는다는 여인, 알면 알수록 능력이 많은 것 같습니다.

거기다 맘만 먹으면 낯선 사람과 금방 이야기를 틀 수 있는 친화력까지 가지고 있는 여인. 이야기하면서 깨알 같은 자기 자랑도 양념처럼 살짝살짝 뿌릴 줄 아는, 그래서 이야기를 듣다 보면 다음 이야기가 기다려지게 만들지요. 언제나 꿈을 꾸고 그 꿈을 향해 나아가는, 아무리 힘들어도 포기하지 않고 오래오래 걸어가는 끈기와 열정이 있는 여인, 그 여인이 다시 꾸는 꿈은 오직 좋은 글을 쓰고 싶은 것이랍니다.

제가 이 글 동네에서 끝까지 함께 갈 동행입니다.

코끼리를 따라 문을 나가면 무엇이 있나

박소명 제3동시집 《꿀벌 우체부》를 중심으로

전병호

박소명 시인의 시적 특징을 파악할 수 있는 키워드 중 하나는 사물의 인간화입니다. 그동안 우리는 너무 인간 중심적으로 생각하지 않았나요? 만물은 인간을 위해 존재하고요. 인간 이외의 생명은 배려나 관심의 대상이 아니었어요. 만일 인간이 아닌 동물이나 사물의 눈으로 인간을 바라본다면 어떨까요? 자세한 내용은 알 수 없으나 참으로 충격적일 것 같습니다. 그러나 사물의 인간화도 따지고 보면 인간의 사유 안에서 이루어지는 것이지요. 한계가 있을 수밖에 없지요. 그럼에도 사물의 인간화를 도모하는 이유는 간단합니다. 더 폭넓고 깊게 세상을 이해하기 위함이지요. 박소명 시인의 동시에서는 자주 인간화한 사물이 시적 화자로 등장합니다. 독자는 시를 읽으면서 자신도 모르는 사이에 사물의 입장에서 보고 듣고 느끼려고 합니다. 행위의 주체가 된다고 할까요. 참 낯선 느낌입니다. 하지만 그 순간 새로운 세상에 들어섰다고 할 것입니다.

박소명 시인은 시인이면서 동화작가입니다. 〈월간 문학〉에 동시가 당선되었고, 〈광주일보〉 및 〈동아일보〉 신춘문예에 동화가 당선되었어요. 동시집 《산기차 강기차》, 《빗방울의 더하기》, 《꿀벌 우체부》를 펴냈고, 동화집은 《알밤을 던져라》, 《흑룡만리》, 《든든이와 푸름이》, 《세계를 바꾸는 착한 마을 이야기》 등 착한 시리즈를 펴냈어요. 그러니까 박소명 시인의 동시를 읽으면서 동화적 상상력을 떠올리는 것은 자연스러운 일입니다. 걱정해 주는 사람들에 의하면 사람의 능력은 한계가 있으니까 제일 잘하는 한 가지 일에만 몰두하라고 권합니다. 하지만 능력이 된다면 굳이 한계에 갇힐 필요는 없지요. 새로운 세상을 들여다본 사람은 그만큼 더 자신의 능력을 발휘하기 위하여 전력투구할 테니까요.

2

그러면 박소명 시인의 동시를 유형별로 살펴볼까요?

높은 건물에 매달려 / 흔 / 들 / 흔 / 들 / 거리다가도 // "아빠, 피아노 학원 보내 줘요." / 영미 목소리에 / 눈을 번쩍 뜹니다. // "내 방 있었으면……." / 영식이가 했던 혼잣말에 / 앞꿈치를 꾸욱 누릅니다. // "아이고, 무릎이야." / 늙으신 어머니도 떠올라 / 바짝, 줄을 잡아당기고 // 힘껏 유리창을 닦습니다.

– 〈영식이 아빠〉 전문

아빠는 고층 건물에서 유리창을 닦다가 영미 목소리에 눈을 번쩍 뜨고 영식이 혼잣말에는 앞꿈치를 꾸욱 누릅니다. 늙으신 어머니가 생각나면 줄을 바싹 당기며 마음을 다잡습니다. 이런 아빠의 모습을 생각하니 마음이 아픕니다. 아빠라는 이름이 무척이나 무겁습니다. 자칫하면 목숨이 위험할 수도 있는 직종에 종사하지만 아빠는 가족을 부양하기 위해 최선을 다합니다. 이것이 이 시대를 살아가는 보통 아빠들의 모습입니다.

그럼 다음 가족들을 살펴볼까요? 먼저 할아버지입니다. 〈할아버지는 풀을 벨 때〉를 읽어 보면 먼저 풀을 휘휘 저은 다음 낫질을 하시는 분입니다. 왜냐고요? 메뚜기를 날려 보내려고 그러는 것이지요. 불필요한 살생을 피하기 위함입니다. 다음 외할머니는 어떤 분이냐면요? 서울 오거나 장기간 출타할 때는 마을 앞 느티나무를 찾아가서 집을 "잘 지키고 있으시게." 하고 당부하는 분입니다. 그러니까 할아버지는 작은 생명도 소중하게 여기시는 분이고요, 외할머니는 세상 모든 만물을 사람처럼 인격체로 알고 대우하는 분입니다.

그렇지만 엄마는 현실적입니다. 아빠가 벌어 오는 적은 돈으로 어렵게 살림을 꾸려가야 하니까요. 한 푼이라도 아껴 쓰고 절약해야 하지요. 〈가계부 쓰기〉를 보면 이런 모습이 잘 나타나 있어요. 엄마가 가계부를 쓰는데 200원이 모자랍니다. 그래서 처음부터 다시 계산하고 잔돈을 꺼내서 세어 봅니다. 그래도 잔돈이 맞지 않으니까 계속 찾습니다.

할아버지와 외할머니 등 나이 많은 어른들은 삶의 지혜와 깨달음으로 모범을 보인다면 아빠와 엄마는 열심히 일하고 희생과 봉사로 가족을 돌봅니다. 〈줄〉을 보면 가족 공동체가 어떤 것인지 확실하게 보여 줍니다. "외할머니가 논 팔아 공부시킨 / 큰 삼촌이 취직해서 / 작은 외삼촌 공부시키고 // 작은 외삼촌 취직해서 큰이모를 / 큰이모는 작은이모를 / 작은 이모는 엄마를 공부시켰"다고 합니다. 이것이 가족이라는 것이지요. 가족이 이렇게 끈끈한 줄로 연결되어 있으니 가족은 공동 운명체일 수밖에 없습니다.

3

그럼 나는 어떤 어린이일까요? 몇 편의 시에도 나옵니다만 나는 장난 심하고 말썽 많이 부리는 개구쟁이입니다. 하지만 그것은 겉모습일 뿐, 속으로는 야무지게 앞날을 준비하는 꿈돌이랍니다. 이런 내 모습이 〈꿈쟁이〉, 〈그럴까〉, 〈민들레꽃〉에 잘 나타나 있습니다.

> 귀퉁이에 / 납작 엎드려 있다고? // 꽃밭 맨 앞자리 채송화 / 안 부러워. // 햇빛 좋은 담장 앞 맨드라미 / 안 부러워. // 골목길 내려다보는 키 큰 해바라기도 / 안 부러워. // 왜냐고? / 난 / 훨훨 날아갈 생각이거든. // 달나라까지.
>
> – 〈민들레꽃〉 전문

꽃밭 맨 앞자리나 햇빛 좋은 담장은 이미 다른 꽃들이 차지해 버렸어요. 해바라기처럼 키 큰 유전자를 갖고 있지도 않아요. 그러니까 민들레는 귀퉁이에 엎드려 있을 수밖에 없어요.

현실적으로 보면 민들레의 처지가 참 딱합니다. 존재감도 없지요. 아무도 관심 주지 않고요. 그러나 사물의 인간화가 아니었다면 민들레꽃이 현실 초월의 꿈을 꾸고 있는지 누가 알았겠어요?

> 서커스 단원은 어떨까? / 대롱대롱 / 줄타기 한 번 하고 // 조각가도 근사할 것 같은데? / 사각사각 / 나뭇잎 한 번 갉고 // 날아가는 나비 보면서 / 세상 끝은 어디일까? // 그래, 탐험을 떠나는 거야! // 고물고물 애벌레 / 앞으로 앞으로 간다.
>
> – 〈꿈쟁이〉 전문

서커스 단원이 되고 싶고 조각가도 되고 싶었지만 끝내는 나비 따라 세상 탐험을 떠나는 시적 화자는 뜻밖에도 애벌레입니다. 이제까지 독자인 나는 애벌레의 생각을 하고 있었던 것입니다. 그런데 이상한 일입니다. 시를 다 읽고 나니까 시적 화자가 애벌레임에도 어린이의 목소리가 들립니다. 애벌레를 인간화해도 그것이 결국은 어린이를 비유하는 것이기 때문에 그럴까요.

지금 고물고물 기어가는 애벌레가 언젠가는 나비가 되어 세상 끝을 향해 훨훨 날아가듯 어린이는 자신의 꿈을 펼칠 수 있을까요? 날개를 펴고 하늘로 날아오른 나비 앞에 갑자기 파란 하늘이 펼쳐지는 느낌이 드는 것은 무슨 까닭일까요.

그런가 하면 이런 시도 있습니다.

> 녹은 아이스크림에 쓸려 / 개미들이 죽어 있습니다. // 두나랑 채린이가 / 도란도란 지나갑니다. // 자전거 탄 관호가 / 쌔앵 달려갑니다. // 장 봐 오는 한나 엄마도 / 바삐 걸어갑니다. // 바람이 / 나뭇잎

한 장 가져다 / 가만히 덮어 줍니다.

– 〈개미의 장례식〉 전문

개미가 죽어 있는데 아무도 관심이 없습니다. 두나랑 채린이, 관호, 한나 엄마도 마찬가지입니다. 어쩌면 두나랑 채린이나 관호가 먹다가 버려서 녹은 아이스크림에 쓸려 죽었을지도 모르는데 말입니다. 미물이라고 개미 목숨은 소중하지 않은 것인가. 이렇게 생각할 때쯤 바람이 나뭇잎 한 장 가져다가 개미를 가만히 덮어 줍니다.

시적 화자는 미물인 개미의 죽음에 무관심한 사람들과 나뭇잎 한 장 가져다가 개미의 주검을 덮어 주는 바람을 차례로 보여 줌으로써 사람들의 무관심한 마음을 일깨우려 합니다.

4

박소명 시인이 이제까지 펴낸 두 권의 동시집을 읽다 보면 종종 몽환적인 분위기에 빠지곤 했습니다. 그 느낌을 어떻게 표현하면 될까 고민스러웠지요. 그러다가 〈호수에서〉라는 시에서 딱 맞는 시어를 찾아냈습니다. "오리는 / 둥개둥개 꽁지 어루며 놉니다"라는 구절에 나오는 '둥개둥개'란 말입니다. '둥개둥개'는 어머니가 갓난아기를 안고 어를 때 하는 소리이지요. 갓난아기에게 엄마의 눈으로 세상의 모습을 보여 주는 것 같은 아늑한 느낌이라 할까요. 이것이 두 권의 동시집에서 지배적으로 느껴지던 감정이었습니다. 하지만 세 번째 동시집에서는 많이 달라진 모습을 보입니다. 바람직한 변화입니다.

개미네 마을을 / 철퍼덕 밟았다며? // 그런 줄도 모르고 / 싸금싸금 / 나뭇잎 점심을 맛있게 먹었다며? // 개미들이 소리치는 것도 못 듣고 / 기분 좋게 / 강가로 물 마시러 갔다며? // 똥까지 / 푸덕푸덕 / 시원하게 싸고 / 커다란 귀를 펄럭였다며?

– 〈코끼리에게〉 전문

시적 화자가 남에게 전해 들은 말처럼 코끼리에게 달려가 사실 여부를 확인하는 방식으로 시적 전개를 해 나가는 것이 이색적이고 재미있습니다. 간접 화법을 사용하고 있는 것이지요. 이렇게 간접 화법을 사용하니까 사실감이 더 느껴집니다. 그런데 무슨 까닭일까요? 코끼리가 큰 발로 개미네 마을을 철퍼덕 밟았다면서요. 개미들이 소리치는 것도 못 듣고 코끼리가 그냥 강가로 나갔다면서요. 코끼리의 개념 없는 행동을 나무라야 할까요? 그런데 시적 분위기는 그게 아닙니다. 답답한 일상에서 풀려나듯 가슴이 시원하게 뚫리는 것 같은 해방감을 느끼게 되니 말입니다. 이것은 분명히 카타르시스의 감정입니다. 코끼리의 행동이 고의성이 없는 것은 확실해 보여요. 그렇다 해도 코끼리는 주의를 받아야 마땅하지요. 그런데 시인은 코끼리의 행동을 따라가며 보여 주는 데 초점을 맞추고 있어요. 코끼리가 나뭇잎 점심을 맛있게 먹고 강에 가서 물을 마셨고 똥을 푸지게 쌌고 커다란 귀를 마음껏 펄럭였다는 그것 말입니다. 그러니까 개미들이 소리쳤다 해도 코끼리가 해방감에 들떠서 듣지 못한 것이지요.

박소명 시인이 지금까지 보여 주던 시 세계와는 다른 세계를 보여 주고 있는 것입니다. 박소명 시인의 시가 한 단계 도약하려고 하는구나 하는 생각이 들었지요. 그러니까 이 시는 코끼리가 이끄는 대로 활달한 상상의 세계로 들어가서 즐기면 되는 것입니다. 이제까지는 시를 읽은 후에 이미지가 얼마나 아름다운지, 메시지가 얼마나 감동적인지, 또 언어의 음악성을 얼마나 살렸는지 등을 살펴야 했습니다. 그래서 시를 읽고 난 뒤에는 알게 모르게 심적 부담이 있었지요. 그런데 〈코끼리에게〉는 그게 아니에요. 그냥 즐기면 되는 것입니다. 코끼리를 따라 상상의 세계로 걸어 들어가서 보고 듣고 느끼고 오감을 즐기면 되는 것입니다. 그러니까 시 읽기가 부담도 없고 즐거워집니다. 바람직한 변화입니다.

다시 보니까 〈코끼리에게〉는 앞에서 예로 들었던 〈개미의 장례식〉, 〈민들레꽃〉과 다른 면이 있어요. 그 시들은 미시적인 세계를 들여다보면서 비밀처럼 숨겨져 있는 의미나 이미지를 찾아냅니다. 하지만 〈코끼리에게〉는 미시의 세계에서 거시의 세계로 나가면서 상상력의 문을 활짝 열고 보여 줍니다. 그래서 가슴이 활짝 열리는 것 같은 카타르시스를 느끼게 합니다. 한마디로 즐거운 마음으로 읽는 동시입니다. 박소명 시인의 제3동시집에는 이런 동시가 꽤 있습니다. 〈나무 이름 불러봐〉, 〈나무에게 신발을〉, 〈움직이는 똥〉이 그렇습니다. 박소명 시인이 제4동시집을 펴낸다면 이런 동시가 가득 담겨 있지 않을까요. 벌써부터 기대가 됩니다.

어린이와 함께 선생이 걸어온 길

1962년 전남 곡성에서 태어남.

1993년 인형극 활동을 함. 인형극 극본을 쓰고 인형극을 기획함.

개척교회에서 인형극을 공연함.

1996년 문학 활동을 시작함.

1998년 〈문학 21〉 시 부문 신인상을 받음.

한국문인협회 군포시 지부 사무국장(4년)을 지냄.

한국문인협회 군포시 지부 산하 글쓰기 교실 교사를 시작함.

2001년 동화 공부를 시작함.

동시 공부를 시작함.

2002년 〈월간 문학〉에서 〈땡땡 때죽나무〉 외 1편으로 동시 부문 신인상을 받음.

2003년 〈광주일보〉 신춘문예에 동화 〈휘파람새〉가 당선됨.

경기문화재단 지원 선정됨.

첫 동시집 《산기차 강기차》(21문학과문화)를 출간함.

한국동시문학회 2003 올해의 좋은 동시집에 선정됨.

한국시사랑회 2003 우수 동시집에 선정됨.

제 3회 은하수동시문학상 신인상을 수상함.

2004년 안산 화랑초등학교 독후영재반 교사를 시작함.

과천시 갈현교육문화센터 독서 논술반 교사를 시작함.

2006년 문화예술위원회 문예진흥기금을 받음.

동시집 《빗방울의 더하기》(21문학과문화)를 출간함.

한국동시문학회 2006 올해의 좋은 동시집에 선정됨.

2007년 제6회 오늘의좋은동시문학상을 받음.

2008년 〈동아일보〉 신춘문예에 동화 〈나도 알을 품었어〉가 당선됨.

2009년 제6회 황금펜아동문학상을 수상함.

그림동화 《든든이와 푸름이》(두란노)를 출간함.

《누가 일등을 했을까》(기탄) 등을 출간함.

그림동화 《어린양과 선양 목자》(두란노)를 번역함(시역).

2010년 그림동화 《창창창 창구》(기탄)를 출간함.

《너구리네 샘물》(기탄)을 출간함.

2011년 아르코차세대집중육성지원에 선정됨.

동시집 《꿀벌 우체부》(푸른사상)를 출간함.

한국동시문학회 2011 올해의 좋은 동시집에 선정됨.

동시집 《2011 오늘의 좋은 동시》(푸른사상, 맹문재, 전병호, 박소명)를 펴냄.

〈장원 국어〉에 〈조그만 아버지〉 등 동시 10편이 실림.

아르코차세대집중육성지원으로 그리스, 터키를 여행함.

2012년 동시집 《2012 오늘의 좋은 동시》(푸른사상, 맹문재, 이안, 박소명)를 펴냄.

그림동화 《안 돼 뿡야야》(꿀바른책), 《모험대장 누누》(교원)를 출간함.

동시 〈싱글싱글 미선이〉를 영어와 키룬디어로 펴낸 《Ghislaine Who Smiles a Sweet Sweet Smiles》(따뜻한 그림책) 소책자를 아프리카 탄자니아, 부룬디 등으로 보냄.

아르코차세대집중육성지원으로 스리랑카 봉사 활동(따뜻한 그림책/꿈꾸는 카메라)을 함.

2013년 동화 《세계를 바꾸는 착한 똥 이야기》(북멘토)를 출간함.

2014년 우수환경도서에 선정됨.

동시집 《2013 오늘의 좋은 동시》(푸른사상, 맹문재, 서재환, 박소명)를 펴냄.

제2회 한국출판문화진흥원우수콘텐츠에 당선됨.

동화 《세계를 바꾸는 착한 마을 이야기》(북멘토)를 출간함.

대교눈높이창의독서에 선정됨.

동화 《흑룡만리》(우리아이들)를 출간함.

동시집 《2014 오늘의 좋은 동시》(푸른사상, 맹문재, 서재환, 박소명)를 펴냄.

2015년 동화 《세계를 바꾸는 착한 식탁 이야기》(북멘토)를 출간함.

동화 《알밤을 던져라》(푸른사상)를 출간함.

문학나눔세종도서에 선정됨.

2016년 KBS창작동요제에서 '아가와 엄마'로 우수상을 받음.

제4회 한국출판문화진흥원우수콘텐츠에 당선됨.

《동시와 동화로 배우는 속담 쏙쏙》(푸른사상)을 출간함.

《동시와 동화로 배우는 속담 쏙쏙》가 네이버백과에 등재됨.

그림책 세계 옛이야기 《엄마의 속삭임》(북스인터내셔널)을 출간함.

2017년 경기문화재단전문예술창작지원에 선정됨.

동시집 《올레야 오름아 바다야》(섬아이)를 출간함.

그림동화 《꼬마유령 쿠쿠》, 《프라이팬에서 춤을》(교원)을 출간함.

제주어창작동요제에 '천지연'으로 우수상을 받음.

병아리과학동요제에서 '관성의 법칙'으로 우수상을 받음.

2018년 제6회 한국출판문화진흥원우수콘텐츠에 당선됨.

동시집 《뽀뽀보다 센 것》(국민서관)을 출간함.

교양물 《질문으로 시작하는 세계 신화》(북멘토)를 출간함.

《뽀뽀보다 센 것》이 올해의 좋은 동시집에 선정됨(한국도시문학회).

한국 아동문학가 100인

손기원

대표 작품

〈알록이〉

인물론

날마다 다시 나는 새

작품론

디오니소스적 신화 모티브의 리얼리즘 동화

어린이와 함께 선생이 걸어온 길

알록이

알록이가 여느 때처럼 창가에서 모란 아가씨를 지켜보고 있었습니다. 아가씨가 울고 있었습니다. 아가씨의 눈이 복숭아 빛으로 물들어 있었습니다. 아가씨는 이튿날도 그 이튿날도 울었습니다. 방문이 열리더니 아가씨의 어머니가 들어왔습니다.

"또 울고 있어?"

유리창에 앞발을 기대고 방 안을 들여다보던 알록이는 얼른 몸을 낮추었습니다.

"그가 공부하러 갔는데 무슨 걱정이야."

엄마가 달래고 있었습니다.

"안 오면 어떡해요?"

아가씨가 울먹이며 말했습니다.

"설혹 그가 떠나더라도 네 신랑감 없을까 봐?"

둘의 이야기에서 알록이는 아가씨가 사랑하는 사람을 잃은 줄 알았습니다. 그래도 알록이는 아가씨가 부러웠습니다. 알록이는 엄마를 잃었거든요. 불현듯 알록이는 얼마 전 별이 된 엄마가 보고 싶었습니다. 하늘을 보니 구름만 가득했습니다.

산토끼 한 마리가 날카로운 매 발톱에 채여 가던 날 알록이는 바들바들 떨었습니다. 매의 그림자는 거대한 죽음의 그림자처럼 알록이를 덮쳤습니다.

"엄마, 무서워. 토끼가 불쌍해."

그런데 엄마는 태연했습니다.

"엄마는 죽는 게 안 무서워?"

"난 조금도 무섭지 않아."

"왜요?"

"태어나기 전에 우리 몸은 없었지?"

"그렇지요."

"그러니 없는 것으로 되돌아가는데 뭐가 무서워. 죽음은 본래대로 돌아가는 것뿐이야."

이 말에 알록이는 생각이 정리가 안 되어 눈만 깜빡거렸습니다. 그런 것 같기도 하고 아닌 것 같기도 하고…….

"게다가 우린 세상과 더불어 하나가 되어 살고 있잖아. 서로 나누면서……. 우리 주위에 있는 것들이 없다고 생각해 봐. 그럼 우린 살 수 있겠어?"

"아니."

"그러니 우리랑 세상이, 아니 우주가 모두 하나인데 죽음이 왜 두려울까?"

"엄마 말은 너무 어려워."

그러면서 알록이는 고개를 갸웃거렸습니다.

이곳 기차역에서 십 리쯤 떨어진 삿갓산 골짜기에서 알록이는 엄마와 함께 행복하게 살고 있었습니다. 그런데 앞 골짜기 미루나무 우듬지 둥지에서 까마귀들이 요란하게 짖어 대던 날 매가 덮쳤습니다.

"빨리 피해!"

엄마는 알록이를 입으로 물어 찔레 덤불 속으로 던지고는 매에게 잡혀 갔습니다. 그 이후 엄마는 소식이 없었습니다. 알록이는 그때 한쪽 눈이 가시에 찔려 애꾸눈이 되었습니다. 그래도 알록이는 슬픔을 잊고 기죽지 않고 열심히 살기로 했습니다. 맨날 울어 보아야 문제가 해결되지 않는다는 걸 알았습니다.

어머니를 저세상으로 데려간 매는 기회만 있으면 알록이를 노렸습니다. 이것을 안 알록이는 무서워 정든 삿갓산을 떠나기로 했습니다. 알록이는 밤을 기다렸습니다. 철로 주변 참나무에 숨어 있다가 화물 열차가 오자 몸을 날렸습니다. 차엔 석탄이 가득 실려 있었습니다. 도착한 역은 십여 리 떨어진 '하늘 역'이었습니다. 하늘 아래 가장 높은 첫 역이었습니다.

이 역은 하루 두 번만 보통 기차가 섰습니다. 1132호와 1330호 기차가 하루건너 상하선을 쳇바퀴 돌리듯 바꿔 달렸습니다. 상행선은 오전 열 시, 하행선은 오후 일곱 시에 떠났습니다. 그저 통과만 하는 급행열차는 하루 네 차례 있는데 그들은 역장의 거수경례도 받을 겨를도 없이 쏜살같이 내뺐습니다. 그리곤 수시로 화물 열차가 지나갔습니다. 역장은 모란 아가씨의 아버지였습니다. 역장은 붉은 테가 있는 둥근 챙 모자를 쓰고 기차가 지나갈 때 기관사와 경례를 나누었습니다. 알록이는 그 모습이 멋져 보였습니다. 하늘 역에는 역무원은 물론 선로반원도 없고 신호수 겸 잡무, 풀 뽑기, 검표원 역할까지 하는 기사가 한 분 있었습니다. 역장은 그를 '박 씨'라고만 불렀습니다.

역사는 낡았고 사무실 안은 천장이 낮고 동굴처럼 어두워 낮에도 전등을 켰습니다. 작은 대합실엔 긴 나무 의자 두 개에 등신용 거울 하나, 매표구 위 벽에 걸린 낡은 시간표가 주요 시설물이었습니다. 대합실 입구 왼쪽 구석에 위쪽 반은 얼기설기한 쇠 그물을 둘러싼 드럼통으로 만든 낡은 쓰레기통이 있었습니다. 알록이는 쓰레기통 뒤에 보금자리를 마련했습니다. 누가 다가오면 얼른 쓰레기통 뒤로 몸을 감추었습니다. 역 마당엔 제법 큰 향나무 한 그루가 있고 그 아래 수도가 하나 있었습니다. 역사 처마에 비둘기 둥지가 있었습니다. 그들은 가끔 마당에 내려앉아 모이를 쪼았는데 알록이가 먹을 수 있는 것도 있었지만 양보했습니다.

알록이가 처음으로 본 역 플랫폼은 별천지였습니다. 벤치 두 개, 지붕만 있는 방 두 칸 크기의 승객 대기소, 창고, 신호등, 전철기, 취수탑, 거대한 물탱크, 화단과 관계자 외 출입 금지 표지판, 그리고 녹슨 선로에는 낡은 차량들이 줄지어 쉬고 있었습니다. 목재 더미 아래서 신호수 박 씨 아저씨가 기르는 닭들이 지렁이를 잡아먹고 있었습니다. 그 앞 조그만 텃밭에는 양파, 리키나, 순무와 같은 콜라비, 양상추, 모란채, 샐러리, 파슬리, 돼지감자가 자라고 있었고, 담장에는 기관사들의 눈을 잠시라도 쉬게 해주려고 호리호크 접시꽃, 해바라기, 킨렌카, 츠루바라 등이 담 위로 피어 있었습니다. 그 앞에 조금 큰 달리아, 과꽃이 얌전하게 벌을 받듯 서 있었습니다. 역사 앞에는 금어초, 모우스이카, 여뀌, 장미, 물망초, 팬지, 로벨리아, 인동이 심어져 있고 창가 작은 바구니에는 페추니아, 드라세나가 웃음 짓고 있었습니다. 이 모두는 역장의 명을 받은 박 씨 아저씨가 불평 한마디 없이 가꾼 것들이었습니다.

보통 열차가 설 때 알록이는 열린 출입구를 지나 얼른 플랫폼으로 내달았습니다. 손님이래야 늘 마을 사람과 등산객 합쳐 서너 사람뿐이었습니다. 열차가 서면 기차에서 차장이 내렸습니다. 차장도 역장과 같은 모자를 썼는데 다른 것은 소매에 노란색 띠를 두른 검은 유니폼을 입고 있다는 것이었습니다. 이 모습이 참 멋있었습니다.

어느 날 밤, 큰 캐리어를 든 아가씨 한 분이 나타났습니다. 그녀는 도둑고양이처럼 발소리를 죽이고 사방을 두리번거리고 있었습니다. 역장의 딸 모란 아가씨였습니다. 그녀는 대합실 밖에서 사무실 안을 기웃거리며 뭔가 살피고 있었습니다. 사무실 안에 역장의 모습이 보이자 아가씨는 부리나케 향나무 뒤로 몸을 숨겼습니다. 알록이는 재미있는 일을 보게 되었다고 생각하며 쓰레기통 뒤에서 나와 대합실 밖으로 나왔습니다. 그리고 향나무를 멀리 돌아 아가씨를 두려운 마음으로 훔쳐보았습니다. 아가씨는 하얀 손수건으로 얼굴을 닦고 있었습니다. 무척 놀란 모양이었습니다. '겁을 낼 만큼 무슨 사연이 있나?' 나는 아가씨에게 동정이 갔습니다. 살며시 발걸음을 죽이고 아가씨에게로 다가갔습니다. 아가씨는 나무 뒤에서 고개를 내밀고 사무실 안쪽을 기웃거렸습니다. 그리곤 황급히 향나무 뒤에 몸을 숨기기를 반복했습니다. 그때 멀리서 열차 오는 소리가 났습니다. 마침 한 무리의 등산객들이 나타났습니다. 그들이 대합실로 가자 아가씨는 그들 뒤를 따랐습니다. 알록이도 그 뒤를 따라갔습니다. 갑자기 아가씨가 등산객을 밀치고 플랫폼으로 내달았습니다. 그런데 기차가 3분 연착하는 바람에 이정표 뒤에 몸을 숨기고 있던 아가씨는 아버지에게 들키고 말았습니다. 역장의 손이 모란 아가씨의 웃옷을 낚아챘습니다.

"어딜 가려고 그래?"

알록이와 등산객도 놀라 아가씨를 보았습니다. 아가씨는 무서운지 가방 옆에 주저앉아 울음을 터트렸습니다. 기차는 등산객만 태우고 떠나갔습니다. 아가씨는 역장의 손에 끌려 대합실 안으로 들어왔습니다. 알록이는 영문도 모른 채 겁이 나 쓰레기통 뒤로 몸을 숨겼습니다.

그날 이후 아가씨는 밖에 나타나지 않았습니다. 감시를 당하고 있었기 때문이었습니다. 알록이는 플랫폼 담장 가에 쌓인 목재 더미 위나 땅강아지 풀이 무성하게 자란 녹슨 철로와 콜타르를 칠한 나무 침목 사이를 드나드는 혼자 놀기를 그만두었습니다. 대신 역 담벼락에 이어져 있는 역장의 관사 주위를 얼씬거리는 일이 많아졌습니다. 그러다가 관사 창가에서 늘 울고 있는 모란 아가씨를 보게 되었습니다. 아가씨는 사랑하는 사람을 그리워하고 있었습니다. 그런 아가씨를 보면 엄마와 주고받던 말이 생각났습니다.

'내가 보고 싶으면 저 큰 별 옆에 반짝이는 작은 별을 봐.'

알록이는 엄마 말대로 밤이면 그 별을 보곤 했습니다. 엄마별이었습니다.

"엄마는 죽어서도 널 사랑할 거야."

"사랑은 눈에 보이지 않잖아요?"

"그럼 넌 차고 따스한 것이 눈에 안 보인다고 믿지 않을래?"

"그건……. 아니에요. 믿을게요."

"사랑은 큰 힘을 가지고 있어."

또한 엄마는 사랑은 모든 것을 덮고 감싼다고 했습니다.

'그래, 내가 아가씨에게 줄 수 있는 건 사랑밖에 없어.'

알록이가 하늘 역에 온 첫여름이었습니다. 역에는 밤에 아무도 근무를 서지 않았습니다. 비가 몹시 퍼붓는 어느 날 밤 쓰레기통 뒤에서 자던 알록이는 무언가 무너지는 굉음을 들었습니다. '쿵 쾅!' 귀를 기울였습니다. 다리 쪽이었습니다. 마침 위 창문 한 쪽이 한 뼘쯤 열려 있었습니다. 알록이는 유리창을 타고 올라가 틈새를 빠져 달려 나갔습니다. 비바람에 눈을 제대로 뜰 수 없었습니다. 앞이 잘 보이지 않았습니다. 역에서 1킬로미터 떨어진 곳에서 알록이는 멈추었습니다. 철교가 끊어졌습니다. '아, 어쩌나!' 곧 야간 특급 열차가 올 시간이었습니다. 알록이는 벌건 황톳물을 가득 담고 흐르는 강을 건널 수 없었습니다. 강은 화가 잔뜩 난 듯 으르렁거렸습니다. 알록이는 산을 돌아갔습니다. 벌써 멀리서 폭우를 뚫고 열차가 오고 있었습니다. 키클롭스처럼 외눈 불을 밝힌 열차는 아무것도 모른 채 달려오고 있었습니다. 알록이도 마주 달려 겨우 운전석 앞 창문 앞에 올라갔습니다. 미끄러지는 몸을 간신히 지탱하며 온갖 동작을 다 취했습니다. 비바람에 몸이 떨어질라치면 와이퍼를 거머쥐었습니다. 알록이는 앞발로 가위표를 만들었습니다. 기관사는 아직 알록이를 보지 못했습니다. 앞발로 유리창을 때리자 놀란 듯 기관사가 알록이를 보았습니다. 알록이는 한발로 역 쪽을 가리켰습니다. 마침 날아 든 강아지풀 줄기를 입에 물고는 부러뜨렸습니다. 이번엔 한쪽 다리로 다른 쪽 다리를 부러뜨리는 흉내도 내었습니다. 그래도 기관사는 고개만 갸우뚱했습니다.

'바보! 바보! 저런 무식쟁이가 기관사를 하다니…….'

분통이 터졌습니다. 알록이는 속도를 낮추라는 표시로 오른발을 아래위로 천천히 오르내렸습니다. 가끔 뒤쪽을 돌아보며 가리켰습니다. 엎친 데 덮친 격으로 어디서 날아왔는지 불나방도 달려들었습니다. 알록이는 방해꾼을 사정없이 발로 내리쳤습니다.

'오, 제발! 내 말 좀 알아들어요!'

알록이는 계속 오른발을 천천히 오르내렸습니다. 더 이상 할 수 있는 게 없었습니다. 알록이는 신이 왜 사람에게만 말할 수 있는 능력을 주었는지 화가 났습니다. 이때 기관사가 고개를 끄덕이더니 기차의 속도가 낮아졌습니다. 알록이는 주먹을 쥐어 보이며 웃었습니다. 젠장, 그제야 기관사는 알았다는 듯 흰 이를 드러내고 웃으며 고개를 끄덕였습니다.

'바보! 멍텅구리.'

바퀴와 레일이 마주치며 불꽃이 튀었습니다. 거대한 마찰음을 내며 기차가 겨우 멎었습니다. 10여 미터 앞에 무너진 다리가 기관사의 눈에 들어왔습니다. 기관사는 두 손을 뒷머리에 대고 얼굴을 위로 향한 채 눈을 감았습니다. 알록이는 비로소 발바닥에 피가 나는 것을 알았습니다. 기관사가 문을 열고 나와 알록이를 기관실 안으로 불러들였습니다. 따뜻했습니다. 안내 방송이 희미하게 들렸습니다. 승객들이 환호하는 소리가 들려왔습니다.

얼마 후 이 사건으로 플랫폼에 알록이의 사진이 박힌 안내판이 생겼습니다. 폭우 속에서 열차를 구했다는 설명도 곁들어 있었습니다. 사람들은 '하늘 역'을 '알록이 역'으로 부르기도 했습니다. 역은 알록이의 새 보금자리가 되었습니다.

알록이는 가끔 엄마 생각을 했습니다. 엄마는 알록이 몸 줄무늬를 보고 '알록이'로 불렀으나 가끔은 '세호'라고도 불렀습니다.

"'세호'가 뭐예요?"

알록이가 눈을 깜빡이며 물었습니다.

"우리 몸이 마치 새끼 호랑이 같아 사람들이 그렇게 부른단다. 사람들은 남자가 죽으면 하늘로 올라가는 호랑이를 비석에 새기고, 여자가 죽으면 땅으로 내려가는 호랑이를 새겼지. 그런데 이와 비슷하게 다람쥐를 새겨 넣기도 하는데 그런 우리를 '세호'라고 불렀단다."

"영광이네요."

"어떤 사람들은 우리가 높은 나무의 도토리를 따면 겨울 양식을 저장하려는 것으로만 알고 있어. 그렇지만 지혜로운 사람들은 우리의 행동을 보고 하늘과 땅의 뜻을 연결해 주는 소통의 사신으로 본 거야. 그래서 우릴 신성하게 보고 있지. 그러니 너도 긍지를 갖고 살아야 해."

이야기를 들은 알록이는 뿌듯했습니다. 알록이도 나중에 어느 비석의 다람쥐로 남고 싶었습니다.

알록이 얼굴이 역에 나붙으면서 기차가 머무는 시간도 길어지고 물건 파는 산골 사람들도 생겨났습니다. 누구보다 아이들이 제일 좋아했습니다. 고요하기만 하던 역에 알록이가 활기를 가져왔습니다. 그런데 알록이는 그것도 싫었습니다. 모란 아가씨 때문이었습니다. 알록이는 단지 아가씨를 기쁘게 해 주는 데만 신경을 썼습니다. 창가에서 재주도 부리고 꽃을 꺾어 물어다 주기도 했습니다. 호두알을 따 주고 알밤도 주었습니다. 아가씨는 알록이의 정성에 알록이를 매일 기다리게 되었습니다. 알록이가 방에 들어올 수 있도록 창문도 조금 열어두었습니다.

어느 날 알록이는 아가씨의 탈출을 도왔습니다. 알록이는 역장 앞에서 재주를 부리며 시선을 흩어 놓았습니다. 그런데 아가씨가 열차에 오른 순간 역장은 아가씨의 뒷모습을 보고 말았습니다. 기차가 출발했지만 아가씨는 다음 역에서 붙잡혀 되돌아 왔습니다. 아가씨의 슬픔은 더 커갔습니다.

며칠 후 알록이는 모란 아가씨가 읽다 만 책상 위 책을 보았습니다. 어느 수도사의 이야기였습니다. 그는 오랜 수도 끝에 마침내 하나님의 부름을 받고 마지막에 이렇게 적었습니다.

'간절히 구하면 얻을 수 있습니다. 소원을 바람에 실어 보내면 그 소원을 누군가는 듣게 될 것입니다. 신이든, 상대방이 누구이든지…….'

알록이는 글자를 읽을 수 없었지만 그 아래 있는 삽화를 보았습니다. 한 소녀가 간절히 기도하고 있는 그림이었습니다. 알록이는 그림처럼 앞발을 모으고 기도하는 자세를 보였습니다. 이를 본 모란 아가씨가 빙그레 웃었습니다. 그 후 아가씨는 매일 사랑하는 사람을 만나게 해달라고 기도했습니다. 이때 알록이도 아가씨 옆에서 두 발을 모으고 함께 기도했습니다.

저녁이 되자 알록이는 향나무 가지에 앉아 별을 보았습니다. 그 별은 엄마 생전에 함께 보던 별이었습니다. 삿갓산 골짜기 바위에 앉아 무심히 별을 보던 중 알록이가 말했습니다.

"엄마는 나중에 무슨 별이 되고 싶어요?"

"저기 제일 크고 빛나는 별 있지?"

"그 별이 되고 싶어요?"

"아니, 그 옆에 보일락 말락 하는 별 보이지."

"보여요."

"그 별이 되고 싶어."

"왜요? 크고 빛나는 별이 더 좋잖아요?"

"그런 별은 누구나 가지려 해. 이미 주인이 수도 없이 많을 거야. 그걸로 다투긴 싫어."

"그럼, 난 엄마 옆에 있는 작은 별이 될래요."

"그러렴."

알록이는 엄마와 자기 별을 미리 정해 놓은 게 다행이라고 생각하며 엄마를 위해 낮에 책에서 본대로 기도를 했습니다.

잠이 막 들려는데 대합실 입구 천장에서 불빛이 튀는 소리가 났습니다. 놀란 알록이는 눈을 뜨고 소리가 나는 쪽을 바라보았습니다. 한참 기다렸으나 더 이상 아무 일도 없었습니다. 며칠 후 또 그 소리를 들었습니다. 전보다 더 센 불꽃이 튀다가 멈추었습니다. 밤 기차도 멎은 시간이었습니다. 새벽닭이 울어야 첫 화물 열차가 지나가는데 그때까진 아직 네 시간이나 남았습니다. 역엔 아무도 없었습니다. 플랫폼에 가로등이 3개, 역사 좌우와 입구의 전등 두 군데만 불이 켜져 있었습니다. 그런데 밤하늘엔 엄마별이 무수한 별들과 함께 반짝이고 있었습니다. 갑자기 천장에서 작은 불꽃이 연이어 튀었습니다. '곧 그치겠지.' 그러나 불꽃은 계속 더 세차게 튀다가 마침내 주위로 번지고 있었습니다.

"아니?"

알록이는 벽을 타고 천장으로 올라갔습니다. 불은 모란 아가씨가 읽는 책장만큼 번졌습니다. 알록이는 앞발로 불을 끄기 시작했습니다. 얼굴로 부비기도 했습니다. 불을 다 끈 알록이는 바닥으로 떨어지고 말았습니다. 마지막 눈을 감을 때 창밖으로 엄마 별이 눈에 들어 왔습니다. '우린 세호야, 긍지를 가져.' 엄마 목소리였습니다. 알록이는 웃으며 눈을 감았습니다.

이튿날 타다만 전선과 검게 그을려 죽은 알록이를 보고 사람들은 알록이가 큰 재난을 막았다는 걸 금방 알았습니다. 알록이의 영웅 같은 죽음은 세상에 알려지고 향나무 아래 묻혔습니다. 그 옆에 '알록이, 이곳에 잠들다.'라는 푯말과 비목 하나가 누군가 만든 가시엉겅퀴 꽃다발 뒤에 서 있었습니다. 많은 사람들 속에 모란 아가씨도 눈물을 훔치고 있었습니다. 이때 아가씨의 등에 따뜻한 손 하나가 얹혔습니다. 아가씨가 돌아보았습니다. 오 년 동안 기다리던 사랑하던 사람이었습니다. 그가 공부를 끝내고 돌아온 것이었습니다.

날마다 다시 나는 새

배익천

나는 손기원을 부를 때 그냥 '기원아!' 하고 부른다. 그때 만약 〈열린아동문학〉 홍종관 발행인이 곁에 있다면 눈과 귀가 번쩍 열릴 것이다. 그의 선친 이름이 한자는 다르지만 기자, 원자이기 때문이다. 손기원은 1948년생이니까 올해 우리 나이로 일흔넷이고 나는 일흔둘이다. 초등학생도 아니고 남이 들으면 좀 의아해할지 모르겠지만 나는 그게 참 편하다. 손기원 외에도 동화작가 송재찬 선생이나 이동렬 선생을 부를 때도 그렇게 부른다. 그러면 송 선생이나 이 선생도 '어이'하고 편하게 대답해 준다. 40년 가까운 글동무이기 때문이다.

송 선생이나 이 선생은 동갑내기(이 선생은 '민증'이 잘못돼서 그렇다고 우기지만)이기 때문에 고개가 끄덕여지겠지만 한두 살이나 위인 손기원에게는 너무하지 않느냐는 생각이 들 법도 할 것이다. 그러나 사실 손기원의 주민 번호는 5100으로 시작하니까 오히려 나보다 한 살 아래인 셈이다. 그리고 우리는 안동교육대학 동기 동창이다. 그것도 내 학번이 7115이고 손 선생이 7116이니 2년 동안 나무젓가락처럼 꼭 붙어 다닌 사이다. 학번이 한 자리 빠르니 당연히 내가 형(?) 노릇하면서, 그러나 그는 선친의 선견지명과 '민증'의 위력으로 남들이 백수 시대에 접어들 때 유유자적, 초등학교 교장직을 2년이나 연장하는 행운을 누렸다.

안동교육대학. 안동사범으로 시작한 안동교육대학은 신현득, 김종상, 권용철, 강윤제, 정하나, 김동억, 정용원, 권오삼, 이슬기, 권영호, 서정오, 오승강 등 수많은 아동문학가들을 배출한 경북 북부 지역 명문(?) 학교다.

그는 이미 4학년 때까지 사범 학교 부속 국민학교에 다닌 적이 있지만 안동이란 곳이 참 생소한 도시였던 나는 어정쩡하게 1971년 봄을 거기서 맞았다. 참, 이상한 아저씨들. 새내기 입학생들에 비해 졸업하고 몇 해씩 사회생활을 하고 온 우리는 참 이상한 아저씨들이었다. 교대에 들어왔으니까 제대 군인들은 아닐 테고, 둘 다 붙임성 없는 데다 말수도 적으니 접근하기도 그렇고, 어쨌던 우리는 3월 한 달 관찰 대상이었던 것은 분명했다. 우리 둘도 마찬가지였다. 다른 학생들이야 안중에 없었지만 학번이 앞뒤인 우리는 서로 탐색전을 펼치고 있었던 것이다.

'오냐, 술이나 한번 마셔 보자.'

서로가 그렇게 생각했을 것이다. 그래서 누가 먼저 제안했는지, 어떻게 그런 자리가 생겼는지는 기억나지 않지만 우린 첫 술자리에서 빛나는 전사가 되어 있었다. 서로에게 흡족한 전사가 되었다. 우리의 아지트는 '청운횟집'이었다. 그 옆에 구둣방이 있었는데, 그 구둣방의 40대 언어 장애인 아저씨 단골집이기도 했다. 우리는 아마 일주일에 2~3일은 '청운횟집' 아지매가 담아 주는 막걸리를 주전자가 우그러지도록 마셨고, 은어철이 되면 그 귀한 은어구이도 맛보았다. '어버버버–' 오직 그 말 밖에 하지 못했지만 우리의 친구 늙은 아저씨야말로 우리 동화 세계의 원천이었던 것 같다. 우리는 그의 말을 각자의 상상력으로 해석했기 때문이다.

그해였던가, 그다음 해였던가. 우리는 청운횟집에서 갈고닦은 실력을 야유회 때 유감없이 발휘했는데, 기념품으로 받은 수건을 머리에 동여맨 늙은 전사들은 땡볕 아래 큰 대 자로 전사한 모습을 졸업할 때까지, 아마 아직까지도 국어반 동료들에게 사진으로 남겨 각인시킨 전과를 올렸기 때문이다. 술은 우리를 늘 즐겁게 했지만 슬프게 할 때도 참 많았다. 내일 시험을 쳐도 오늘이 끝날 때까지 낙동강 백사장 다리 아래서 술을 마셨던 우리는 7115, 7116이란 숫자를 시험이 끝날 때마다 게시판에 재시 공로로 남겼다. 과목 불문이었다. 그 영향으로 졸업도 참 빛나게 하지 않을 수 없었다. 누구보다도 빛나는 졸업장이었다.

그래도 우리는 한때 '날린 적'도 있었다. 봄, 가을 소풍 때마다 실시한 교내 백일장에서 늘 이름 석 자를 올렸고, 학보사 주최 문예작품 현상 모집에서도 단골로 이름을 올렸기 때문이다. 아마 그 시절에는 그것도 빛나는 졸업장을 받는 데 조금은 기여했을 것 같다.

그리고 손기원은 나보다 한 끝발 높았다. 그는 학보사 기자를 거쳐 '편집국장님'이었고 '소설론'을 학교 신문에 연재하고 김동인의 〈발가락이 닮았다〉를 유전학적으로 풀어 발표해, 일찌감치 소설가의 타이틀을 암묵적으로 거머쥔 상태였다.

내가 교육 대학에 들어가지 않았으면 시인이 되었겠지만 그도 교육 대학에 들어가지 않았으면 틀림없이 소설가가 되었을 것이다.

손기원과의 만남은 어찌 보면 운명이 아닐까 하는 생각이 든다. 수백 년 전 먼지 같은 인연이 줄무늬 되어 그는 청송에서, 나는 영양에서 어린 시절을 함께하고, 내가 대구상고에 다닐 때 그는 담장 하나를 사이에 둔 경북대학교 사범대학 부속 고등학교에 다녔으며, 대학에 들어와서는 7115, 7116번으로 나무젓가락처럼 붙어 다니다가 이제는 동화라는 울타리 속에서 인생의 마지막 길까지 함께 걷고 있으니 이 어찌 호연이라 하지 않을 수 있을까? 시인이 안 되도 소설가가 안 되어도 행복한 우리는 동화작가가 되어서 더욱 행복하다.

소설가가 거의 확정됐던 손기원은 태어나기는 안동에서 태어났는데, 소싯적부터 그의 문재는 빛났다. 그리고 그는 사실 수재였다. 교대 부국에서 4학년 때 청송으로 전학 간 그가 시골 중학교에서 경대 사대부고에 들어간 것만으로도 사실 입증이 충분하다. 그리고 그의 글재주는 초등학교 3학년 담임 선생님으로부터 인정을 받았다. 그 선생님은 훗날 교사가 되어 경주에서 교장으로 다시 모시게 되는데 이런 인연은 그의 삶에 혜성처럼 수시로 나타난다.

고등학교를 졸업하고 그의 말대로 '방황'하던 시절 청송연초조합에 다니는 친구 형을 만나게 되는데, 그 형이 소설가 김주영이다. 그도 아직 등단하기 전이었는데 가끔 수매한 담뱃잎 뭉치(볏짚으로 만든 섶으로 묶었는데 족히 20~30kg은 된다.)를 나르는 일을 도와주면 푸짐한 술값을 내놓기도 했다. 안동에서 다시 만났을 때는 김주영 님이 등단했을 때라 품삯이 아닌 푸지고 횟수 잦은 술값도 술값이지만 소설가라는 꿈 씨를 덤으로 가슴 속 깊이 심어 줬다.

고등학교 2학년 때 교내 백일장에서 산문 〈외 남은 길〉로 장원을 했는데, 연초조합에 다니는 술 잘 사 주는 친구 형이 아닌 소설가 김주영은 그 〈외 남은 길〉을 소설가의 길로 바꿔 준 것이다. 사실 그가 사대부고에 들어가고, 교내 백일장에서 유수의 머리 좋은 도시 아이들을 제치고 장원 급제의 영광을 차지하게 된 데는 한석봉 어머니 같은 그의 어머니가 계셨기 때문이다. 교대 부속에 다니다가 경북의 오지 중의 오지인 청송에서 썩고 있는 아들이 안쓰러운 어머니는 틈날 때마다 '못 배운 내 몫까지 배워 내 한까지 풀어 달라'고 아들을 다독이는데, 착하고 착한 소년 손기원은 그 어머니의 목소리와 눈빛이 앞에 밟혀 '수재의 길'로 들어선다.

중학교 시절 그는 365일 도시락을 싸 들고 학교에서 산 기억을 가지고 있다. 사실 지금의 손기원 외모 어디에도 수재의 흔적은 찾아보기 좀 힘들다. 그런 그가 수재 소리를 들으며 청송을 탈출하게 된 데는 어머니의 힘이 컸던 것이다. 그리고 그의 고백대로라면 종교 생활도 빼놓을 수 없다. 그 시절 그는 잠자는 몇 시간 외에는 학교와 교회에서 살았기 때문이다. 교회에 열심이었던 것은 교회 장로님이 작은 책방을 운영했기 때문이다. 그는 그 책방에서 《신곡》과 《차라투스트라는 이렇게 말했다》와 조우하는데, 도무지 무슨 내용인지 이해가 안 되었지만 그것이 이해될 때까지 책을 읽어야겠다는 결의를 하게 했고, 그 책들을 다시 읽고 이해하는 데는 그의 말대로 비록 수십 년이 걸렸지만 그 수십 년은 그에게 엄청난 독서량을 안겨 줬던 것이다. 그 독서량이 그를 수재로 만들고, 소설가 견습생에서 동화작가로 만든 것이다. 지금도 그는 은퇴 후 밭을 가꾸지 않는 날이면 낮엔 시립 도서관에서 살며 밤엔 글을 쓴다. 앞서 그의 외모에서는 수재의 흔적을 찾기 힘든다고 했지만 그의 내면에는 미세혈관까지 수재의 피가 흐르고 있다.

그는 학보사 편집국장 시절 미모의 수재형 후배 기자를 남몰래 점찍어 두었다가 나중에 집에까지 훔쳐 오는 데 큰 성공을 거두었다. 그 후 두 딸을 얻고, 마흔이 넘어 늦둥이 아들을 얻었는데 셋 다 수재를 능가하는 천재나 다름없는 자식 농사 대풍을 이루어 사회가 복되게 하는 데 일조하고 있다.

그런데, 그의 외모에서 굳이 수재의 흔적을 찾으려면 안경을 관심 있게 보면 된다. 그의 안경은 나이테가 많다. 그 안경을 교대 시절 우리 반 급우들은 수시로 다시 맞춰 줘야 했다. 학창 시절 우리는 술과 재시 말고 또 하나 명성을 날린 게 있는데, 수시로 열리는 반 대항 축구 시합에서 '똥 볼과 키퍼'로 환상적인 콤비를 이룬 것이다. 언제나 골키퍼를 맡았던 그는 승패에 관계없이 수시로 안경을 깨뜨렸고, 우리는 술값 외에도 그의 안경값을 심심찮게 완납했다. 축구 시합이 끝나고는 청운횟집에 간 기억이 별로 없다. 여럿이기 때문에 교문 앞에 있는 중국집으로 갔는데 중국집 사모님으로는 도무지 안 어울리는 '문설주에 기대인 눈먼 처녀' 같은 고향 아지매의 끝없는 국물 리필로 짬뽕 한 그릇이면 배갈 댓 병도 너끈히 비우곤 했다.

우리는 대학 시절 '일요 문학'이라는 문예 서클을 만들어 그 시절 흔한 시화전도 열고 문학의 밤도 열었는데, 그를 모체로 우리 외에 권영호가 동화작가로, 권석창, 김선굉, 황근식, 오승강 등이 시인으로 등단했다.

순전히 무지막지한 노력으로 수재가 된 우리의 손기원은 엄청난 양의 독서와 노력으로 1981년 〈물그림자〉로 아동문예문학상 신인상과 1982년 〈빨간 장갑〉으로 새벗문학상 문학신인상을 받으면서 화려하게 동화작가로 등단하는데, 그의 이 연이은 수상은 그 몇 해 전 〈가을 산〉으로 〈동아일보〉 신춘문예에 낙선한 것이 기름불이었다. 이원수 선생님이 심사를 하셨는 데다 최종심까지 오른 기쁨과 안타까움이 시골 초등학교 교사의 밤을 하얗게 만들었던 것이다. 그것도 모두 제1회 당선자의 신분이었다. 그래서 그는 그 시절 신인상 문을 여는 사람으로 통했다. 등단 후 그는 '써레' 동인으로 활동하면서 〈곰 바위〉와 같은 토속적이면서도 서정적인, 그러면서도 문학적 향기가 물씬 풍기는 손기원표 동화의 성을 견고하게 쌓아 나간다.

학교에 다닐 때는 나무젓가락처럼 붙어 다니던 우리는 교사가 되고부터는 짜장면 먹고 난 나무젓가락처럼 생활에 때가 덕지덕지 붙은 채 아무렇게나 쓰레기통에 버려진 젓가락이 되었다. 그는 오지 울진군에, 나는 월성군에 살면서 그 시절 교통, 통신이 주는 단절의 고통을 조용히 감내하고 있었다.

"오냐 오냐, 한번 만나제이!"

"그래그래, 잘 있거래이."

하던 그의 음성마저 뜸해지더니 지면에서 이름도 희미해져 갔다.

그래서 내가 물었다.

"니, 요새 왜 그라노?"

"뭐, 별거 아니다."

그 특유의 시큰둥한 대답이더니 나중에사 말했다. 그는 그 무렵 글쓰기가 어쩌면 자신에게 사치라는 생각을 하고 있었다. 자신을 합리화하기 위한 글쓰기는 위선이라고 생각하고 하얗게 날밤을 지새우던 학교 사택 앞뜰에서 천여 권이 넘는 책을 태우고 있었다. '책을 천하게 여기는 사람은 불효자식'이라던 아버지 말씀을 되새기며 쓰린 가슴도 그 불길 속에 집어넣고 있었다. 홀로 울며……. 절필이었던 것이다.

독한 손기원. 그러나 손기원은 절대 독한 사람이 되지 못한다. 축구가 없고 시험이 없으면 우리는 술 마시고 글 쓰는 것밖에 하지 못하기 때문이다.

그는 다시 붓을 들었고, 1989년 동화집 《다시 나는 새》로 대한민국문학상을 받으며 다시 날개를 달았다. 그리고 하늘 높이 다시 날았다. 축하 전화를 했다. 그는 수상 소식을 받은 날 밤, 12시가 넘어 시내 등불이 켜진 대폿집을 모두 돌며 천 원을 주고 막걸리 대폿잔을 한 잔씩 마시며 새벽을 맞았다고 했다. 이유도 모르는 눈물이 자꾸만 흐르더라고 했다. 나는 가슴이 찡했다. 눈두덩이 붉어졌다.

'미안하다. 기원아, 기원아, 기원아, 정말 미안하데이.'

나는 그의 그 울음 저편에, 아주 깊은 곳에 내가 있음을 느꼈기 때문이다.

학교 다닐 때, 아무도 동화작가를 꿈꾸지 않았지만 나는 졸업 후 금방 동화작가가 되고, 정말 동화작가가 될 거라고 꿈에도 생각하지 않았던, 머지않아 소설가가 될 거라 생각했던 기원이가 동화작가가 될 때까지, 그리고 그때부터 수상 소식을 들을 때까지 나는 그에게 무엇이었을까 생각하니 참, 너무너무 죄스러운 생각이 들었다. 오만했을까! 그랬다면 기원아, 지금이라도 용서해다오.

어릴 때부터 먼 산과 흐르는 강물을 바라보며 뼈에 사무치도록 기다림의 미학을 익혀 온 손기원. 그는 2008년 〈시와 동화〉 봄호에 이 세상 모든 사람들이 깜짝 놀랄 동화 〈흰고를 사랑한 야켓〉을 발표했다. 그의 60년 삶이 고스란히 담긴 대작이다. 그의 철학과 사랑과 삶의 방식, 그리고 글쓰기의 속뜻이 오롯이 들어 있기에 나는 이 글을 쓰면서도 성경을 읽듯 다시 한번 읽었다. 이 작품을 쓰기까지 30년 손기원을 생각하면 저절로 고개가 숙여진다. 순전히 무지막지한 노력으로 수재가 되었듯 순전히 무지막지한 노력으로 그는 어느 새 우리나라 동화 문단에 우뚝 서 있는 것이다.

동화 《다시 나는 새》를 쓴 손기원은 스스로 어정쩡하고, 멍청하기도 하고, 어리숙하고, 늘 위태위태해 보이는 사람이라고 말하지만 나이테 많은 안경 뒤에 숨은 그의 눈은 꿈꾸는 눈이다. 날마다 다시 날면서 온 세상을 아름답게 할 동화를 꿈꾸고 있는 것이다.

요즘, 동화에 대해서 이러저러 말들이 많지만 동화는 동화다. '동화'라는 말이 처음 생겼을 때, 그때 동화가 바로 동화인 것이다.

'기원아, 좋아한데이. 이 땅에서 이만한 동화 쓸 사람 열 사람 꼽으라면 니 말고 다음 사람이 얼른 생각나지 않는데이. 참말이데이.'

디오니소스적 신화 모티브의 리얼리즘 동화

김관식

디오니소스적이라는 말은 니체의 《비극의 탄생》이라는 저서에서 처음 등장하는 말로 "예술에 있어서 음악적이고 동적이며, 격정, 도취, 열광 따위의 특징이 있는 것"을 의미한다. 손기원은 한마디로 디오니소적인 신화 모티브의 리얼리즘 동화를 즐겨 쓰는 동화작가다. 1980년대 초 늦깎이로 문단에 등단했기 때문이기도 하지만, 그의 작가적 격정적인 성격 때문에 신화 모티브의 다양한 소재를 짧고 간결한 문장 구사로 빠르게 사건을 전개하기도 하고, 폭넓은 주제를 열정적으로 형상화해 낸 작가로 알려져 왔다. 초기에 그는 비교적 단문을 즐겨 써 왔다. 그러면서도 중요한 장면의 정밀 묘사에 포커스를 맞추어 빠른 호흡의 특이한 동화를 구성해 왔다. 여기에 대화체를 활용한 등장인물의 성격 묘사와 감각적인 배경 묘사가 두드려진 동화를 구사해 왔다. 그러다가 점차 문장 호흡이 길어지고 은유적이고 감각적인 묘사가 두드러지기 시작했다. 이는 그가 늦깎이 등단의 조바심에서 다소 벗어나 심리적인 안정감을 찾아갔다는 확신을 보여 준 것이고, 동화 구성의 원숙함이 가져다준 결과일 것이다.

디오니소스적인 동적이며, 격정, 도취, 열광적인 이미지가 초기 작품 《빨간 장갑》에서 강하게 드러나고 있다.

> 다시 동욱이의 주먹이 준이의 얼굴을 향해 날아왔습니다. 준이의 눈에 불빛이 휙 지나갔습니다. 준이가 눈 위에 픽 쓰러졌습니다. 순식간에 일어난 일이었습니다. 눈 위에 핏방울이 뚝뚝 떨어지고 있었습니다. "동욱아, 참아." 철이가 말렸습니다. 떨어진 피는 눈 위에서 빨간 꽃으로 피고 있었습니다. 그걸 보는 준이의 입가로 잔잔한 미소가 배어나고 있었습니다. 왠지 가슴이 후련해 왔습니다.

이처럼 다소 폭력적인 상황에서 주인공의 묘사 장면 중 "준이의 입가로 잔잔한 미소"를 띤다는 자기도취를 보이고 있으며, 그나마 "가슴이 후련해 왔다"는 격정적이고 열광적인 다오니소적인 동화 구성이 두드러졌는데, 30년이 지난 2015년에 발표한 《우리들의 리나》에서 호흡이 긴 정밀 묘사로 동화의 구성이 안정감을 찾아간다는 것을 알 수 있다.

리나는 식탁에 앉아 숟가락을 국그릇에 담근 채 눈동자를 허공에 돌리고 있었다. 천정에는 리나의 망막을 돌 듯 파리 한 마리가 맴돌고 있었다. 리나의 눈은 그 파리를 간신히 따라잡고 있었다. “리나, 밥 먹어야지.” 엄마의 말에도 상관하지 않고 리나의 눈은 파리가 그리는 길을 따라가고 있었다. 아버지와 동생 재범이도 수저를 든 채 리니와 파리를 번갈아 보고 있었다.

이러한 디오니소스적인 성향은 주인공 리나가 엄마의 밥을 먹으라는 말까지 무시하고 파리에 집중하는 열정을 그대로 보이고 있으나, 격정적이고 동적인 성향에서 한곳에 집중하는 정적인 경향으로 바뀌는 것을 볼 수 있다. 이는 그의 작품에 대한 열정이 격렬함에서 진지함으로 전환되었다는 것을 의미하며, 그가 즐겨 다루는 모티브가 초기의 자연과 어린이들의 생활에서 발전하여 민담, 설화, 신화 모티브로의 전환에 따라 작품 세계가 원숙해진 탓으로 볼 수 있다. 그는 주로 인간의 원형인 삶의 다양성을 신화에서 찾아내고 있다. 신화 모티브는 신화가 수천 년 전부터 전해 내려오는 인간의 지혜가 농축된 허구적인 스토리를 통한 삶의 원형질적인 진실과 보편적으로 검증된 인류 문화의 보고라는 사실을 인지하고 있다는 점이다. 따라서 신화 모티브는 인류 최대의 상상력이 담겨 있는 소재들이 대부분인데, 손기원은 이러한 신화적인 모티브를 차용하여 인간의 다양한 삶의 모습 속에서 숨겨진 사랑과 미의 문제를, 동심을 바탕으로 하여 리얼리즘의 수법으로 동화작품을 형상화해 냈다고 볼 수 있다.

그의 동화에는 작가 자신의 디오니소스적인 삶에 대한 열정과 성찰 과정이 잘 나타난다. 그의 말에서 우리는 그의 작품 세계를 잠시 살펴볼 수 있다.

삶에 대한 작가의 탐색은 치열하다 못해 수행에 가까워야 한다. 몇몇 작가들의 작품을 읽노라면, 삶의 진리를 깨닫고자 차분하면서도 끈질기게 천착하는 작가 정신을 어렵지 않게 만날 수 있었다. 치열하고도 끈질긴 수행 끝에 그들이 얻어 낸 결론은 삶에 대한 사랑이었다.

이처럼 그의 동화에서 진정한 사랑은 자기 성찰, 인간 간의 사랑, 인간과 우주 만물 간의 사랑 등 다양한 삶의 맥락(또는 그들 간의 ‘관계’)을 신화 모티브로 함축한 주제를 정밀한 성격 묘사를 통하여 독자로 하여금 상상력을 촉발하고 있다. 그의 동화 구성은 신화 모티브가 ‘관계’를 중시하고 있듯이 인간과 인간의 관계, 자연과 자연과의 관계, 인간과 자연과의 관계 속에서 빚어지는 삶의 다양한 모습을 리얼리즘 수법으로 진정한 사랑이 무엇이고 진정한 삶이 무엇인지 명징하게 드러내고 있다는 점이 특징이다. 보은과 인신 공여의 민화 모티브를 담은 중편 〈곰바위〉, 선녀 하강과 승천 모티브를 다룬 중편 〈청벽사 돌 아이〉에서 보듯 그는 우리 민족의 전통적 설화와 종교 설화에서 다양한 화소를 접맥시켜 동화의 내적 리얼리티와 주제의 안정감을 유지하며 동화의 긴장미와 환타지, 그리고 재미성의 영역을 넓혀 독자와의 거리감을 좁혀 나가고 있다. 이에 스토리 구성의 치밀함에서 치열한 작가 의식을 엿볼 수 있다는 점이 손기원 동화의 또 하나의 중요한 특징이다.

〈흰고를 사랑한 야켓〉은 삶과 사랑에 대한 작가의 주제 의식이 뚜렷하게 드러난 작품이다. 이 작품은 인간의 삶이 무엇이고, 그 삶 속에서 진정한 사랑과 어울림이 어떻게 가치 실현을 해야 하는지와 인간 문명이 가져온 생태 문제에 대한 작가 나름대로의 철학적 해석을 분명히 하고 있다. 인간으로부터 버림받은 고양이인 '흰고'와 외로운 들고양이 '야켓'의 사랑의 문제를 통해 진정한 사랑의 의미에 대한 문제의식을 제기한 수작이라 평가할 수 있다. 중편인데도 지루하지 않고 재미있게 읽을 수 있도록 강한 흡인력으로 독자를 이야기 속으로 빨려들게 하며, 탄탄한 구성과 세밀한 심리 묘사로 리얼리즘 동화의 전형을 보이고 있다. 인간으로부터 버림받은 '흰고'가 들고양이 '야켓'의 사랑으로 점차 회복되는 과정을 통해서 진정한 사랑의 의미를 깨닫도록 치밀하게 계획된 이야기 구조를 보이고 있다. 진정한 사랑이란 배려와 기다림의 고통을 통해서 완성될 수 있다는 주제 의식을 리얼한 묘사력으로 보여 주고 있다. 그와 동시에 이 작품을 통해 현대인의 삶과 그 정체성에 대한 깊은 성찰의 필요성을 제기하고 있다. 삶의 가치 실현을 위해 우리가 어떻게 살아가야 하는지에 대한 명쾌한 해답을 제시해 주고 있다. 다음 '흰고'의 말을 들어 보자.

> 삶이 어떤 것이라는 걸 알았어. 이곳의 삶이 진정한 내 삶이고 내겐 더없이 자연스럽다는 것을 알았어. 그걸 네가 가르쳐 주었어. 도시의 매연은 나를 답답하게 했어. 지난날 내가 그런 곳에서 어떻게 살았는지 생각만 해도 끔찍해. 할머니의 사랑도 거짓이란 걸 알았어. 그간 나는 인간에게 한낱 노리개에 불과했던 거야. 이제 여기서 너와의 삶이 진정한 나의 삶이란 걸 알게 되었어.

이러한 인간 문명에 대한 비판적인 입장으로 인간에 대한 동물의 입장과 해석을 통해 다양한 삶의 가치를 리얼하게 그려내고 있다. 오늘날 남녀평등을 지향하는 여권 신장 문화가 활발하여 사회 문화 전반에 종래의 가부장적인 문화의 가치 체계가 무너지고 있는 추세에서 이 동화는 인간 문명에 대한 문제 외에도 이성 간의 사랑, 인간과 동물, 인간과 문명의 문제를 비롯한 관계의 문제와 인간의 진정한 본성과 자연성, 고통의 의미까지 성찰하게 폭넓은 문제의식을 던져 주고 있다. 그의 동화는 동화로서 갖추어야 할 재미성과 순수미를 담고 있기 때문에 독자에게 깊이 있는 문제의식을 던져 주고 있다.

그의 동화 대부분에서 진정한 사랑은 고통과 기다림이라는 매개를 통해 삶의 성숙과 행복에 대한 깨달음이라는 문제의식을 던져 준다. 방법적인 문제에서 여전히 디오니소스적 신화 모티브를 통해 리얼한 묘사로 주제 의식을 드러내고 있다.

〈흰고를 사랑한 야켓〉이 주로 이성 간의 사랑의 문제에 포커스를 맞추었다면, 〈산새와 병사〉, 〈곰바위〉, 〈임진강의 맥장구〉 등의 동화는 전통적 설화 속의 동물 보은 화소를 차용한 인간과 동물의 사랑, 또는 인간과 자연의 사랑을 심도 있게 다루고 있다. 특히 〈산새와 병사〉에서는 상처를 치료해 준 병사의 목숨을 구하는 산새, 그리고 〈곰바위〉에서는 주인공 분이의 친절에 감동한 곰의 이야기를 통해 진정한 사랑의 의미를 확인시켜 주고 있다. 이들 동화의 주인공은 동물이지만 인간의 사랑에 보답하는 사랑을 표현한다. 의인동화를 통해 진정한 사랑이란 그 사랑이 연쇄 반응을 일으켜 또 다른 사랑을 낳게 되며, 우주의 질서 속에서 계속 확장되어 무한히 번져 가는 것임을 극명하게 보여 주고 있다. 이러한 사랑의 확산과 더불어 〈산새와 병사〉에서 남북한 이산가족의 아픔을 그리고 있어서 가족 간의 사랑과 이별과 진정한 자유의 문제를 리얼하게 감동적으로 묘사해 내고 있다.

중편 〈곰바위〉에서도 동물 보은의 화소와 더불어 분이의 사랑과 희생의 의미가 복합적으로 형상화되고 있다. 이렇게 사랑의 전파와 확장을 신화 전설 모티브로 전환시켜 사랑이란 주제를 삶과 더불어 과거와 현재, 미래로 연결하고 엮어 내는 탁월한 구성력을 나타내 보이고 있다. 그는 작품을 통해 사랑은 고통스러운 기다림과 그리움을 통해 꽃이 피고, 생명은 통시적으로 혹은 삶과 죽음을 초월하여 이어지는 것이라는 불교적인 윤회의 입장으로 삶을 해석해 내고 있다.

〈오디새의 노래〉, 〈빨간 장갑〉, 〈동구 밖 미루나무〉는 모두 가족애를 다룬 작품이다. 〈빨간 장갑〉은 죽음과 부활의 종교적인 사상을 바탕으로 환상과 현실 세계를 오가며 형제애를 묘사하였다. 누나를 기다리다 친구들과 다툼을 벌이는 준이의 디오니소스적인 행동은 꿈과 현실을 오가며 애틋하게 죽은 형을 그리워하고 누나의 귀환을 기다리며, 끝내 누나가 늦게나마 도착함으로써 그 사랑이 안정감을 되찾지만, 그 기다림과 꿈은 고통과 안타까움을 동반하고 있다. 또한 〈오디새의 노래〉와 〈동구 밖 미루나무〉는 각각 할머니 혹은 할아버지의 아들에 대한 그리움과 기다림을 형상화하였다. 할아버지나 할머니의 안타까운 기다림은 그 손자가 대를 이어 가며 뽕나무에 명주실을 걸거나 미루나무를 다시 심어 정성껏 키우는 것으로 삶과 죽음을 초월하며 지속된다는 주제 의식을 형상화하고 있다. 이렇듯 인간의 삶과 사랑에 대한 작가의 천착은 인간의 '자기 성찰'에서 그 근원적 힘을 얻어 확대되고 지속적으로 뻗어 스토리로 전개된다.

〈뿔난 오리〉는 스스로에 대한 사랑을 다룬 작품인데, 그의 작품 가운데에서 독자에게 그 주제를 비교적 다양하게 해석할 수 있는 여지를 준다. 이 작품은 위기와 고통을 경험하며 봉황으로 승천하는 뿔난 오리와 소년의 교감을 그려 냄으로써 성장을 위한 고통과 고통의 의미에 대한 성찰 과정을 담고 있다. 우리는 〈뿔난 오리〉에서 그가 즐겨 쓰는 민화소를 찾아볼 수 있다.

> 소년의 마음은 언제나 봉못에 가 있었습니다. 가끔 어릴 적 할아버지에게서 들은 이야기가 생각났습니다. 옛날 봉못에 무지개가 돋았는데 그 무지개를 타고 하늘에서 이상한 새가 내렸다고 했습니다. 그 새를 확인한 사람은 아무도 없었지만 그 새는 지금도 봉못에 살고 있다는 것입니다. 보통 사람의 눈에는 잘 보이지 않는 신비스러운 새라고 했습니다. 그 후 봉못에는 한 번도 무지개가 서지 않았다고 했습니다. 할아버지도 이 이야기를 아주 어릴 적에 들었다고 했습니다. 이 이야기는 세월이 흐름에 따라 사람들의 기억 저편에 자리하게 되었습니다.

〈청벽사 돌 아이〉는 작가의 종교성에 대한 태도가 드러나는 작품인데, 천지인과 우주 만물의 관계 속에서 인간의 욕심에 대한 문제를 다루고 있다. 또한 아기 장수 설화, 불교 설화 등 전통 설화의 화소를 변형해 다루며 비교적 안정적으로 이야기를 진행하면서도 독자로 하여금 삶의 문제를 직시하도록 하고 있다. 또 작가의 종교성 혹은 영성에 대한 태도를 강하게 드러낸다. 그는 우주 만물과 하늘, 땅, 인간 등이 모두 보이지 않는 손에 의해 연결되어 있는 우주 원리와 신의 영역이라는 강한 주제 의식을 보이고 있다.

특히 인간의 의식으로 그것을 제대로 구사할 수 없을지도 모른다는 겸허한 마음이 '욕심'에 대한 경계를 주제로 특이하게 액자식 구조 동화로 전통 설화적 화소가 현대적 의미로 쉽게 이해·해석될 수 있도록 구성하여 현실감 있게 접근이 가능하도록 독자를 배려하고 있다.

가족 간의 문화적인 환경 변화에 따른 자식과 촌로 부부의 갈등을 통해 변화하는 현대의 삶에 대한 방식과 가치관을 이해하고 수긍해 가는 모습을 그린 〈달빛 나들이〉와 난독증을 가진 리나와 동생 재범과 갈등 상황을 흥미진진하게 엮어 마침내 주인공이 장애인이지만 도 대회 학교 대표로 나가 800미터 달리기에서 당당하게 우승하는 스토리로 장애인에 대한 편견을 없애고 장애인들도 정상인과 똑같이 승리의 삶을 살아갈 수 있다는 주제 의식을 담아 낸 〈우리들의 리나〉를 통해 그의 동화는 인간미가 훈훈한 '디오니소스적 신화 모티브의 리얼리즘 동화'라 할 수 있다.

손기원의 동화 속 인물들은 독자로 하여금 삶에 치열하고 정직하게 대면하도록 한다. 외로움과 그리움과 사랑의 과정을 고민하고 탐색하는 작가의 수행 과정에 함께 참여토록 한다. 그러한 과정에서 작가의 간명한 문체와 집중력 있는 인물의 내면 묘사는 독자 개개인의 삶과 사랑의 과정을 작품 속 인물과 사건으로 투사하거나 감정 이입할 수 있도록 안내하는 힘을 가지고 있다.

그는 소설 구성의 탄탄한 구성력과 한 편의 소설을 능가하는 중후한 주제 의식을 담은 어린이들뿐만 아니라 어른들까지 읽을 수 있도록 배려한 폭넓은 독자 영역을 확보한 동화를 즐겨 쓰고 있다. 다만 초기의 환상적인 리얼리즘 방법이 환상적인 요소보다는 대화체의 성격 묘사로 소설적인 구성 방법으로 전환되어 가는 소설 창작 방법론의 변화가 두드러지고 있다. 이러한 양면성의 문제는 앞으로 그의 작품을 중심으로 깊이 있는 성찰이 있어야 할 것이다.

어린이와 함께 선생이 걸어온 길

1948년 12월 11일(음력, 쥐띠, 본관 일직) 경북 안동 정하동에서 태어남. 부친이 6·25 전쟁에 입대하여 1·4 후퇴 때 함흥에서 생환하여 생년을 1951년 11월 3일자(양력)로 공식 입적하여 현재 사용함.

1955년 안동사범학교 부속 국민학교에 입학함.

1958년 청송국민학교로 전학을 감. 청송중학교를 졸업함.

1968년 경북대학교 사범대학 부속 고등학교를 졸업함. 교내 백일장에서 금상을 수상함.

1973년 안동교육대학을 졸업함. 학보사 편집장을 지냄. '일요문학' 동인 활동을 함.

1974년 3월 1일 울진국민학교 교사로 부임함.

1978년 동화 〈가을 산〉으로 〈중앙일보〉 신춘문예 최종심에 오름(심사: 이원수 선생님).

1979년 한국교총 전국교원연구대회에서 '전국단위 푸른 기장 1등급'을 수상함.

1981년 제1회 아동문예문학상 신인상에 동화 〈물그림자〉가 당선됨. 동시 최종심에 오름.

1983년 제1회 새벗문학상 신인상에 동화 〈빨간 장갑〉이 당선됨. '써레' 동인 활동을 함.

1984년 《물그림자》(아동문예)를 출간함. 《곰바위》를 출간함. 한국문인협회, 한국문인협회 경북지부, 경주지부 회원으로 활동함.

1986년 한국교육개발원 집필 위원을 역임함. 진로교육 읽기 자료를 집필함.

1987년 꽁트 〈땡볕〉으로 한국교원연합회교원문학상을 수상함. 《무엇이 공산주의인가?》(가람출판사)를 출간함.

1988년 동화 〈바다에 띄운 종이배〉로 청구재단문학상을 수상함. 도단위 교원실기대회 시, 산문 금상을 수상함. '써레' 동인지에 〈산새와 병사〉를 집필함.

1989년 대한민국문학상을 수상함. 동화집 《다시 나는 새》(아동문예)를 출간함.

1990년 경주 흥무초등학교 '국제이해교육' 교육부지정시범학교 연구 주무 〈소년중앙〉에 장편동화 〈황색작전 X〉를 연재함.

1991년 교육부장관상을 수상함.

1993년 〈새벗문학회 동화집〉에 〈다예와 낮달〉이 표제작으로 상재됨. 새벗문학회 회장을 지냄.

1994년 동화집 《사육장의 빨간 원숭이》(문공사)를 출간함.

1997년 동화집 《양파 껍질 벗기기》(꿈동산)를 출간함.

1999년 《우리나라 좋은 동화》(꿈이 있는 집)에 〈줄장미와 도둑〉을 상재함.

2000년 《아동문학상 수상동화집》(문공사)에 〈뿔난 오리〉를 상재함.

2001년 《바다로 간 고니》(문화방송)에 〈바다로 간 고니〉가 표제작으로 상재됨.

2002년 아버지가 돌아가심.

2003년 한국문화예술진흥원, 부산문화방송 후원으로 '시와 꽃과 사람' 주제로 경주 양남초등학교 상계분교장에서 시조 시인 서관호 선생과 함께 전국 단위 문학행사를 개최함. 《시와 꽃과 사람》을 공동 집필함.

2004년 〈열린 아동문학〉 24호에 동화 〈동구 밖 미루나무〉를 발표함.

2005년 《49가지 좋은 습관》(동화사)을 출간함. 《아주 특별한 동화》(파랑새 어린이)에 〈똥바가지〉를 집필함. 《도토리 동화》(해피북스)에 〈북청 김밥 할머니〉, 《느낌표 동화》(행복한 아이들)에 〈안녕? 덤 꾸러기〉를 상재함. 《울면 안 돼》(예림당)에 〈밥 먹듯이 공부하자〉, 계간 〈어린이 글수레〉에 〈찐빵 할아버지〉를 발표함. 《누가 우리를 왈가닥이라 하랴》(도서출판 윤문)에 〈왈가닥의 비밀 수첩〉을 상재함.

2006년 《한국대표 창작동화》(계림닷컴)에 〈빨간 장갑〉을 상재함. '써레' 동인지에 동화 〈날아라 세발 까마귀〉, 중편동화 〈독도로 간 진홍 가슴 새〉를 상재함. 중편동화 〈청벽사 돌아이〉를 〈아동문예〉 7월호에 발표함. 〈아동문예〉에 〈한 송이 눈물꽃〉을 발표함. 〈아동문예〉에 장편동화 〈저 산 너머 솔이〉를 6회 연재함. 〈경북신문〉 9월 8일자 〈아버지의 웃음〉을 발표함. 대구가톨릭대학교 교육대학원 교육행정학 석사, 상담교사 및 중등교사 자격을 취득함.

2007년 《솔로몬 논술동화》(홍진P&M)에 〈키 작은 해바라기〉를 상재함. 경상북도교육청 'e-사랑의 아침 편지'에 2년 동안 집필함.

2008년 〈시와 동화〉에 중편동화 〈흰고를 사랑한 야켓〉으로 한국문예진흥위원회가 선정한 우수작품상을 받음.

2010년 한국아동문학인협회 부회장, 계간지 〈열린아동문학〉 기획 위원을 지냄. 경상북도교육연구원 간행 사이버 교과서 《수학》, 《사회》, 《독도》를 감수함. 수필 〈영원한 하늘나라 석굴암〉으로 〈대구일보〉 수필 대전에 입상함.

2011년 경주 양북초·중학교 교감, 국정 교과서 초등 4학년 2학기 《읽기》에 설명문 〈독서의 힘〉을 상재함.

2012년 동화집 《석굴암》(처음주니어)을 출간함.

2013년 《손기원 동화선집》(지만지)을 출간함.

2014년 어머니께서 돌아가셔서 천애의 고아가 됨. 경주 사방초등학교 교장을 퇴임함. 황조근정훈장을 받음.

2015년 〈아동문학사상〉에 동화 〈하늘 목화〉, 〈시와 동화〉에 〈달빛 나들이〉, 〈아동문예〉에 〈우리들의 리나〉를 발표함.

2016년 한국아동문학인협회 이사가 됨. 슬하에 1남 2녀를 둠.

한국 아동문학가 100인

이화주

대표 작품

〈위로〉 외 4편

인물론

영혼의 시인 울림의 시인

작품론

상생과 포용의 문학

어린이와 함께 선생이 걸어온 길

위로

절에 다녀온 할머니한테
“부처님이 뭐라고 하셨어?”
“그냥 듣고 듣고 또 들어 주기만 하셨어.”

왜 못 알아듣지?

"말을 해. 말을…… 울지만 말고 말을 하라니까."
내 동생
더 크게 크게 운다.

아기 때는
"아유 우리 아가 배고프구나?"
"어유 우리 아가 쉬했구나?"
그렇게도 잘 알아듣던
눈물로 하는 말

까맣게 잊어버린 엄마가
서운해
더 크게 크게 우나?

엄마는 왜?

옆집 시인 아저씨
내 동생 보면
손뼉을 딱 치며
"니 말이 시다."
"니가 바로 시인이다."
그런데 왜
엄마는 동생한테 시를 외우라 하나?

벌레 먹은 사과

할머니
왜 벌레 먹은 사과 안 버려?

벌레 먹은 사과가 더 달콤하단다.

벌레들이
맛있나, 안 맛있나
먼저 먹어 본 거야?

귀 하나 아저씨

오늘 급식
방울토마토 꼭 먹어라.

싫어.

비타민 구슬이야
먹으라고

싫어. 맛없어.

엄마와 내 동생
팽팽한 말 고무줄
탁 끊어지면 어쩌지.

할머니가 구운 계란 집어 들고
그린다.

⌒ ⌒ 〉
  ∪

이거 봐라
대머리 아저씨
머리 심어 줘야지
콕콕콕콕콕…….
할머니 그런데 아저씨 귀 왜 하나야?

아저씨는 남의 말을 안 들어서
한쪽 귀가 도망갔어.

영혼의 시인 울림의 시인

박민수

아이들의 꽃 같은 순수한 마음이 없으면 아이들이 공감할 시를 쓸 수 없습니다. 아이들을 사랑하는 마음이 없으면 아이들의 마음에 감동을 줄 수가 없습니다. 아이들을 그리워하는 마음이 담겨 있지 않으면 어떤 시도 아이들을 기뻐하게 할 수가 없습니다. 아이들과 작은 목소리로 속삭일 줄 모르면 아이들도 작은 귀를 기울여 주지 않습니다. 이화주 시인은 아이들 마음으로, 아이들 사랑으로, 아이들 그리움으로, 아이들과의 끊임없는 속삭임으로 오늘에 이른 시인입니다. 그래서 이화주 시인은 이렇게 말합니다. '동시 사랑이 바로 어린이 사랑'이라고. 그리고 또 이렇게 자기 소회를 강조해 표현한 바도 있습니다.

> "동시 덕분에 내 인생은 풍요로웠고 나의 남은 생도 행복할 것이다. 지우개로 나의 인생을 지우고 다시 살 수 있는 기회를 준다 해도 나는 거절할 것이다. 살아온 내 생이 좋고 오늘 나를 갖다 놓은 우연과 필연을 사랑하기 때문이다."

참으로 놀라운 자긍이고 자부이고, 참으로 놀라운 동시 사랑입니다. 한평생 오직 어린이 교육과, 어린이를 향한 사랑의 순수로 살아온 사람으로서 동시는 매우 중요한 그의 소통 매개체가 되어 온 것입니다. 이런 면에서 나는 이화주 시인이 우리 시대 가장 순수하고 가장 아름답게 가슴 끓는 동시인의 한 사람이라고 생각합니다. 그는 오직 아이들을 마음에 담고 그 아이들의 살아 있는 그림자와 밤낮으로 대화하며, 밤낮으로 그리움의 정을 나누어 온 시인임을 알기 때문입니다.

내가 이화주 시인을 알게 된 것은 1990년이 되던 해부터였습니다. 그때 나는 춘천교육대학교 국어교육과 교수로 부임하였고, 이화주 시인은 부설 초등학교 교사로 있었던 인연에서였습니다. 나도 시인으로서, 동시를 쓰는 것은 아니었지만, 학교 교육 문제 등 여러 일로 자주 얼굴을 보게 되었고, 국어교육학회를 만들어 많은 학술적 대화도 나누곤 하였습니다. 그러던 어느 날 내가 초등학교 제6차 교과서 시 분야 집필을 의뢰 받았습니다. 이 집필에서 가장 중요한 것은 수록할 동시를 선정하는 것이었습니다. 나는 그동안 교과서에 수록되었던 많은 동시들을 비롯해 다른 많은 시인들에 의해 창작된 작품들을 여러 루트로 섭렵하며 필요한 자료를 고르기 시작하였습니다. 그런데 이러한 작품 선정 작업은 참으로 어려운 것이었습니다. 특히 그 동시가 교과서에 실려 어린이들이 읽고 교사가 가르쳐야 할 대상이기에 여러 가지 요구되는 전제 조건이 필요했던 것입니다. 시도 하나의 언어 구조이기 때문에 무엇보다도 어법적 오류가 없어야 하고, 분명한 메시지 전달의 완결성이 있지 않으면 안 되는 것입니다. 이러한 전제 조건 속에서 수많은 작품을 읽으며 나는 마침내 이화주 시인의 시와 '분석적'으로 만나게 되었습니다. 실제로 우리가 한 편의 시를 읽는 것은 감성적 상상력이 더 크게 작용합니다. 보통의 시 읽기는 통합적인 접근에 의존하여 감성적 수용으로 끝나는 경우가 많은 것입니다. 쉽게 말하면 뭉뚱그려 대충 읽고 대충 감상하는 선에서 시를 읽는 것이 보통인 것이지요. 그러나 교과서의 시는 그냥 읽을거리가 아니라 교육적 대상이 되는 것이어서 분석적으로나 통합적으로 문제가 있어서는 안 됩니다. 무엇보다도 교사들도 그 시를 잘 이해하고, 또 아이들에게도 바로 가르칠 수 있으며, 아이들도 잘 수용할 수 있도록 빈틈이 없어야 하는 것입니다. 이때 내가 최종으로 선정한 작품의 하나가 이화주 시인의 《아기 새가 불던 꽈리》(아동문예사, 1988)라는 시집 속의 〈달밤〉이었습니다. 이 〈달밤〉의 전문은 아래와 같습니다.

> 뜰 가득 맑은 마음 담아놓고 달님이 담벽에다 그림을 그린다.
> 잠이 든 나무도 그려 넣고 꿈꾸는 꽃들도 그려 넣고 길 가던 바람이 구경하면 그림 속 나무들이 깨어난다. 그림 속 꽃들이 춤을 춘다. 크레파스 없어 색칠 못하던 달님이 환히 웃는다.

이 시는 회화적 이미지를 사용하고 있는 것으로 밤의 정경이 아주 생생한 상상의 그림으로 떠오르게 표현되고 있습니다. 여기에 밤이 주는 고요와, 때로 바람으로 인해 그 고요가 흔들리는 모습들까지 시각적·감성적 조화를 이루어 마치 서정적 영상 필름을 보는 것과 같은 감동을 주는 것입니다. 실제로 짧은 한 편의 시를 이렇게 어른도 아이들도 다 공감하도록 회화적이면서 감성적 정서까지 담아 구조화하는 것은 쉬운 일이 아닙니다. 과거 미국의 신 비평가들이 만들어 낸 개념으로서의 '잘 빚은 항아리'에 해당하는 매우 완벽한 시라고 할 수 있는 것입니다. 그러나 메마른 빈 항아리가 아니라 감동의 정서를 가득 담아 울림이 있는 생명의 항아리인 것입니다. 이화주 시인의 이 시를 읽고, 또 이 시를 초등학교 교과서에 수록한 이후 나는 지금까지 그의 시에 깊은 관심과 사랑을 가지며 오늘에 이르고 있습니다. 이러한 과정에서 나는 이화주 시인을 항상 '타고난 시인'이라는 생각을 가져왔습니다. 앞에서 본인의 말을 인용하기도 하였지만, 그의 시에 대한 애정과 끊임없는 창작 활동은 마치 하늘의 명을 받고 이 땅에 온 사람

같기도 합니다. 오직 시, 오직 어린이, 오직 교육이라는 삼박자, 삼각 관계의 틀 속에서 어느 것 하나도 소홀히하지 않고 균형 있게 추구해 나가는 그 비전과 사명 의식, 또는 그 신명에 사로잡힌 감성이 늘 이러한 생각을 갖게 만드는 것이었습니다.

이화주 시인은 모두 여섯 권의 시집을 냈고, 한 권의 시 선집을 내기도 하였습니다. 《아기 새가 불던 꽈리》(1988)를 시작으로 《내게 한 바람 털실이 있다면》(1994), 《뛰어다니는 꽃나무》(2001), 《손바닥 편지》(2005), 《내 별 잘 있나요》(2013), 《해를 안고 오나 봐》(2017)와 《이화주 동시선집》(2015) 등이 그것입니다. 다작의 시인들에 비하면 분량은 그리 많지 않습니다. 그러나 그 작품성은 어린이들에게도 어른들에게도 공감되는 바가 매우 높습니다. 그리하여 2007년에는 동시 부문 제16회 한국아동문학상을 수상하였고, 특히 2008년에는 '한국 동시 100년에 빛나는 발자취를 남긴 동시인 100명'에 선정되기도 하였으며, 2014년에는 동시집 《내 별 잘 있나요》로 제10회 윤석중문학상을 수상하기도 하였습니다. 이화주 시인이 주목되는 것은 특히 그의 시정신이고, 끊임없는 작품 소재의 새로운 개발입니다. 이화주 시인의 시정신은 앞에서 말한 것처럼 오직 어린이 사랑에 집중되는 것입니다. 그러나 이 사랑은 작품의 내용, 작품의 의미를 통해서가 아닙니다. 어린이 수준의 마음, 정신, 감각을 이용해, 물고기들이 물을 마시듯 아주 자연스럽게 그 시적 울림을 받아들이고 즐길 수 있게 형상화하는 독창적 화법에 있는 것입니다. 그래서 그의 시는 타성적으로 반복되는 시적 이미지와 메시지의 재탕이 없습니다. 그만큼 그의 시는 굉장한 긴장 속에서 늘 새로운 얼굴로 창작되는 것입니다. 이것은 어찌 보면 시인으로서 아주 당연한 의무인 것 같지만, 실제로 이러한 긴장의 지속성을 유지하는 시인들은 많지 않습니다. 어린이들을 향한 아주 짧은 한 편의 시이지만, 그것이 늘 새로운 울림을 주기 위해서는 시인의 인내심 높은 긴장이 요구되기에, 대부분의 시인들이 이것을 피하는 것입니다. 많은 시인들이 한 생애 거의 유사한 소재, 유사한 이미지, 유사한 메시지를 갖고 자기 의무 수행의 충실성을 다하는 경우가 많은 이유가 여기에 있습니다. 기분 나쁘지만, 이러한 시 창작 태도는 '죽은 시'의 반복 생산 활동에 지나지 않습니다. 생명이 없는 시, 이것이 바로 죽은 시인 것입니다. 그래서 이화주 시인은 바로 이 죽은 시에 강력히 저항하는 생명력에 집착합니다. 이화주 시인은 요즈음도 새벽 시간까지 독서하고 창작을 합니다. 건강상 문제로 친구들이 만류해도 그는 오직 시를 위해 태어난 사람처럼 여전히 자신의 시정신과 나름대로의 사명 의식을 포기하려 하지 않습니다. 그는 언제든 어린이들을 사랑하는 시인인 것을 천명으로 생각하며 그렇게 살아가고 있는 것입니다. 그리고 이것을 참으로 기뻐하고 즐거워하는 것입니다.

나는 오래전부터 이화주 시인을 가까이 살피며 살아온 사람으로서 그의 시 생애 최고의 자기 몰입을 보여 준 때가 2002년 강원도 횡성군 한 시골 마을의 초임 교장으로 발령을 받아 생활하던 2년 동안이라고 생각합니다. 그가 교장으로 초임 발령을 받은 곳은 횡성군 서원면 유현초등학교였습니다. 여기에는 1803년 우리나라 초기 천주교 신자들이 박해를 피해와 설립한 최초의 천주교 신앙촌 풍수원 성당이 있어서 유명하기도 합니다. 그러나 실제로 그곳 유현초등학교가 자리 잡은 마을은 학생 19명에 지나지 않는 벽지였습니다. 여성 교육자로서 학생 수 19명의 소규모 벽지 학교에 발령을 받아 생활하는 것은 쉬운 일이 아닙니다. 그러나 이화주 시인은 가뭄에 물 만난 잉어처럼 이곳에서 오히려 불꽃같은 뜨거운 시적 신명을 활활 피워 올리기 시작하였습니다. 학생 수가 많은 학교에서는 일일이 학생들에게 자기 사랑을 나누어 주는 것이 어렵지만, 소수의 학생들인 이 학교에서는 어린이 한 사람 한 사람에게 모두 고르게 사랑의 기쁨을 나누어 줄 수 있었던 것입니다. 이곳에서의 생활을 시로 써 출판한 시집이 바로 《손바닥 편지》입니다. 이 시집의 머리말 앞부분은 이렇게 시작합니다.

> 간밤에 눈이 왔습니다. 홑이불 같은 눈이 초겨울 산과 들을 살짝 덮었습니다. 이른 아침 산마을 작은 학교 아이들을 만나러 갑니다. 신비한 알 같은 19명의 아이들의 얼굴이 떠오릅니다. 얼굴 가득 웃음이 번집니다.

시골 학교 교장인 이화주 시인이 어떤 정서적 상황 속에서 살아가고 있었는지를 알 수 있는 고백입니다. 그곳에서 교장 이화주 시인은 아주 붙박이로 살았습니다. 충분히 출퇴근할 수 있는 거리에 집이 있었지만 가까이 사람들도 살지 않는 그곳 외진 학교 사택에서 홀로 살았습니다. 그 외진 곳에서의 밤은 어떨까요. 짐승이 몰래 숨어들 수도 있고, 도둑이 침입해 올 수도 있습니다. 그러나 시인 이화주 교장은 밤낮으로 그곳을 사랑했습니다. 낮에는 아이들의 얼굴을 마주하여 그들과 사랑을 나누며 살았고, 밤에는 그곳 넓은 운동장 가의 꽃과 나무, 그리고 하늘의 달과 별, 울타리 밑의 개구리 울음소리와 이름 모를 벌레 울음소리들을 모두 19명 아이들의 얼굴, 눈빛으로 삼아 동시를 짓고 홀로 중얼거리며 살았습니다. 그러면서 이화주 시인 교장은 도서관을 아주 새롭게 꾸며 모든 아이들이 열심히 책을 읽게 해 주었습니다. 동네 사람들도 어울려 책을 읽게 해 주었고, 선생님들도 더 열심히 책을 읽게 해 주었습니다. 그곳 외진 시골 마을이 놀랍게도 열심히 책을 읽고 시를 쓰는 역동적 삶의 새로운 온실이 된 것입니다. 아마도 생각하건대 이화주 시인 교장이 그곳에 있을 때에 공부한 어린이들 중에는 뛰어난 시인도 나오고 선생님도 나와 우리 세상을 아름답게 만들어 갈 사람들이 많을 것이라는 생각도 해 봅니다.

이화주 시인은 타고난 천생 시인입니다. 영혼의 시인이고 울림의 시인입니다. 오직 어린이들을 위해, 오직 어린이 사랑을 위해, 오직 아이들에게 들려줄 아름다운 시를 위하여 모든 것을 바친 그런 시인입니다. 요즈음은 교사 양성 대학에서 장래 교사가 될 학생들에게 동시 강의를 하기도 하는데, 학생들은 그의 강의를 아주 좋아합니다. 그의 순수하고 맑은, 그리하여 영혼을 울리기에 충분한 그 열정과 사랑과 정신을 기뻐하는 것입니다. 시는 세상에 던지는 영혼의 울림입니다. 이화주 시인은 이 영혼의 울림으로 시를 만들어 내는 순수가 있습니다. 마지막으로 이화주 시인의 시 한 편을 함께 읽으며 글을 마치겠습니다. 행복하십시오.

들새야, 산새야 봄날 아침 맑은 하늘 날아다니는 너희들 노랫소리 바구니에 담아도 되겠니? 구슬로 꿰어 온종일 목에 걸고 다니고 싶은데.

– 〈들새야, 산새야〉 전문

상생과 포용의 문학

공재동

1. 들어가기

이화주의 문학은 1982년 〈강원일보〉 신춘문예에 당선된 동시 〈여름밤〉이 시작이지만, 문학의 싹은 이미 그녀가 태어난 경기도 가평의 작은 시골 마을에서 발아되고 가평중학교의 작은 도서관에서 잎이 돋았다.

> 울타리와 넓은 뜰에는 갖가지 나무가 자라고 있었고, 계절마다 꽃들이 피었다. 넓은 대청마루에서 자다 깨어나면 달빛이 얼마나 맑은지 온몸이 달빛에 젖었나 만져 보곤 했다. 마당에는 달님이 한가득 그림을 그려 놓고 바람이 구경을 하면 그림 속 나무들이 춤을 추었다.

《이화주 동시선집》에서 들려주는 작가의 어린 시절은 너무도 아름답고 환상적이어서 그 자체가 한 편의 시다. 부친에 대한 추억은 그녀가 그토록 천착한 깊이 모를 동심의 세계의 원천을 알 수 있게 한다.

> 아버지는 다정다감한 분이었다. 약주 드시고 오는 날이면 가세가 기울어 힘들게 공부했던 학창 시절 이야기, 깊은 병에 걸려 휴학했다 다시 학교에 가게 된 이야기, 어렸을 때 죽은 누이의 무덤에 앵두를 따 갖다 놓은 이야기들을 들려주시곤 했다.

저녁이면 신문 연재소설을 읽어 주신 아버지, 겨울밤 따뜻한 이불 속의 발 찾기 놀이를 하시던 아버지, 밤늦도록 책을 읽는 어린 딸에게 소설가가 되겠다고 칭찬을 아끼지 않으시는 아버지. 이화주 문학의 발원지가 바로 어린 시절의 이토록 꿈같은 환경이었다고 할 것이다.

이화주의 작품은 《이화주 동시선집》(지식을만드는지식, 2015)을 대상으로 하였으며, 작가의 작품 세계를 이해하는 데는 같은 책의 저자 회고록에 나타난 유년의 삶이 큰 도움이 되었음을 밝혀 둔다.

2. 다섯 권의 동시집

《이화주 동시선집》에는 다섯 권의 동시집에서 발췌한 99편의 작품이 실렸다. 작품은 작가가 임의로 선정한 것이어서 작품집별로 그 숫자를 점검해 보면 작가의 의도를 짐작할 수 있어 이해하는 데 도움이 된다. 제1동시집 《아기 새가 불던 꽈리》 16편, 제2동시집 《내게 한 바람 털실이 있다면》 18편, 제3동시집 《뛰어다니는 꽃나무》 28편, 제4동시집 《손바닥 편지》 26편, 제5동시집 《내 별 잘 있나요》 9편, 그 후의 작품 〈욕 버리기〉, 〈흑산도〉를 합쳐 총 99편이다.

그녀는 스스로 유년기를 '감성의 물길' 시절, 습작기를 '문학 주변 짝사랑' 시절, 교사기를 '맹목의 사랑' 시절, 관리직기를 '동시 창작과 어린이에게 전해 주는 방법 고민' 시절, 퇴임 후를 '시인과 독자 사이 경계 허물기' 시절로 구분했다. 작가의 여섯 권의 동시집 중 교사 시절에 창작된 것이 대부분(네 권)이고, 나머지 두 권이 퇴임 후에 발간되었다. 여섯 권의 작품집은 작가가 아이를 낳아 기르던 힘든 시절을 거쳐, 학급 문집을 발간하고 도서실을 가꾸면서 문학에 대한 맹목의 사랑으로 창작에 몰두하면서, 관리직으로 교사 생활을 마무리할 때까지 '어린이와 동시가 한 몸'이 되었던 시절의 기록인 것이다.

3. 이화주의 작품 세계

다섯 권의 작품집은 이화주의 작품 세계를 구분하는 좋은 재료가 된다. 이화주의 작품 세계는 '순수 서정의 시대', '동심의 시대', '소통의 시대' 세 가지로 대별할 수 있으며, 이를 작품집에 적용하면 먼저 《아기 새가 불던 꽈리》와 《내게 한 바람 털실이 있다면》은 '서정 시대'로, 《뛰어다니는 꽃나무》와 《손바닥 편지》는 '동심 시대'로, 마지막 《내 별 잘 있나요》는 '소통 시대'로 구분할 수 있을 것이다.

1) 순수 서정의 시대

이화주의 첫 동시집 《아기 새가 불던 꽈리》는 등단 5년 만인 1987년에 출간되었다. 작가의 회고록에는 '후평초등학교에서 1년을 근무하고 인제로 발령이 나 갓난아이였던 셋째를 두고 첫째와 둘째 아이만 데리고 시골에 가서 생활하게 되었다. 그 힘든 시간들을 행복하게 보낼 수 있었던 것은 아동문학과 내가 만났던 아이들 덕분이다.'고 썼다. 그러면서 작품집 앞에는 '수줍은 봄이었던 나를 만나다'라고 적었다. 스스로를 '수줍은 봄'이라고 할 만큼 작가는 순수 그 자체였으며, 《아기 새가 불던 꽈리》는 자신만의 세계에 갇혔던 순수 서정의 시대였던 것이다.

어둠이 / 커다란 어둠이 // 꽃들을 재웠다고 / 큰소리치지만 // 꽃들은 / 자는 척 / 향기로 이야기 나누는 걸 // 어둠은 / 고건 모르지요.

– 〈고건 모르지요〉 전문

1980년대의 10년을 필자는 〈아동문학평론〉에 동시 계평을 썼다. 1988년 봄호에는 새로 나온 다섯 권의 동시집에 대한 서평을 게재했는데, 이화주의 동시집 《아기 새가 불던 꽈리》도 그중 하나였다. 지금으로부터 29년 전 필자가 〈아동문학평론〉에 쓴 서평을 그대로 적으며 이 작품에 대한 평을 대신하려 한다. '이화주님의 《아기 새가 불던 꽈리》에는 70편의 시가 수록되어 있다. 여성 특유의 섬세한 필치가 매우 돋보인다.' 그러면서 대표작으로 〈고건 모르지요〉를 소개하면서, '시를 읽는 재미를 흠뻑 느끼게 한다. 단순히 자연을 객관적으로 파악한다면 이런 시는 거의 불가능하다. 어둠이 엄마가 되고 꽃들이 아기가 되고 하는 변신의 세계가 우리를 즐겁게 한다. 더구나 자는 척하면서도 이야기를 나누는 꽃들을 어둠이 알 리가 없다.'

뜰 가득 / 맑은 마음 담아 놓고 / 달님이 / 담벽에다 그림을 그린다. // 잠이 든 나무도 그려 넣고 / 꿈꾸는 꽃들도 그려 넣고 / 길 가던 바람이 구경하면 / 그림 속 나무들이 깨어난다. / 그림 속 꽃들이 춤을 춘다. // 크레파스 없어 색칠 못하던 / 달님이 환히 웃는다.

– 〈달밤〉 전문

이순원은 〈시와 서정〉에서 '서정시는 절망과 불안의 상황에서 우리를 위안하는 능력을 행사한다고 했는데, 요즘 사람들은 어떤 시를 통해서 구원의 메시지를 접하고 어둠을 넘어서는 힘을 얻는가'하고 자조했다. 작가가 왜 이 시집을 두고 '수줍은 봄이었던 나를 만나다'라고 했는가에 대한 해답이 바로 이순원의 이 말 속에 있다. 이처럼 순수한 서정을 이해하고 절망과 불안에서 구원받을 수 있는 것은 독자이기보다는 정작 시인 스스로일 수밖에 없는 현실이지만, 그래도 세상에는 아직도 이런 순수한 서정을 그리워하는 사람도 많이 있다는 사실에 위안을 받아야 할 것이다.

은행잎 / 넌 / 떨어져 누워서도 / 웃고 있구나 // 사과 / 넌 / 썩는 냄새도 향기롭구나.

– 〈참 예쁘다〉 전문

《아기 새가 불던 꽈리》가 순수 서정의 세계였다면, 《내게 한 바람 털실이 있다면》은 '생각하는 생활의 소중함을 깨우쳐 주고 싶은 시들'이라고 작가는 말한다. '아기 새'의 세계가 시인 스스로를 위한 '갇힌 서정'이었다면, '털실'의 세계는 '열린 서정'이라고 해야 할까. 첫 동시집이 '어머니의 마음, 잊혀져 가는 고향의 모습, 어린이들의 생활'을 노래한 것이라면, '맨발의 아기 새를 위해' 썼다는 두 번째 동시집에는 '사유와 상상력의 힘을 담아 건네주는' 의도를 가진 시로 변모한다. 동시집의 서문에서 작가는 말한다. '우리 어린이들이 낮은 소리에도 귀를 열 줄 알고, 작은 미소에도 마주 웃을 줄 알고, 맨발의 아기 새를 위해 새끼발가락만 한 양말을 짤 줄 아는 아이들이 되길 바라는 마음에서 두 번째 동시집을 엮었다'고.

2) 동심의 시대

세 번째 동시집 《뛰어다니는 꽃나무》와 네 번째 동시집 《손바닥 편지》는 '동시 창작과 독자에게 건네주는 방법을 고민하던 시기'의 작품들이라는 작가의 말처럼 작가의 문학적 의도가 드러난, 동심을 의식한 작품들이라는 점에서 '동심 시대'로 분류한 것이다. 스위스의 철학자 아미엘은 '어린이들의 존재는 이 땅 위에서 가장 빛나는 혜택이다. 우리는 어린이들 속에서 아름다움을 발견하고 행복을 느낄 수 있다. 어린이들 틈에서만 우리는 이 지상의 천국의 그림자를 엿볼 수 있다. 어린이들의 생활은 고스란히 하늘에 속한다.'고 했다. 어린이에게 모든 것을 걸었던 이화주가 동심을 천착한 것은 당연한 일이다.

노오란 개나리들이 / 어깨동무를 하고 있는 / 동그란 운동장에서 // 봄볕을 / 종아리에 감으며 / 아이들이 놀고 있다. // 학교 뜰 / 꽃나무들이 구경을 하다 / 소곤거리는 말 // 꽃나무다, 얘 / 뛰어다니는 꽃나무.

– 〈뛰어다니는 꽃나무〉 전문

'상상의 그물 던지기'란 지은이의 말처럼 동시집 《뛰어다니는 꽃나무》는 어린이에게 바치는 '애정의 꽃다발'로 엮었다. 작가에게는 어린이의 노는 모습도 바로 한 그루의 뛰어다니는 꽃나무다. 운동장의 개나리도 어깨동무를 하고, 봄볕도 어린이에게 따스한 겉옷이 된다.

우리 반 미현이 가슴 속에선 / 난쟁이 아줌마가 / 뚜껑을 닫지 않고 / 기쁨을 튀기는지 / 팝콘처럼 / 웃음이 튀어나온답니다.

– 〈웃음〉 전문

20세기의 병든 사회를 신랄하게 비판했던 영국 시인 위스턴 휴 오든도 어린이의 웃음 앞에서는 사뭇 경건했던지 '그들의 웃음은 아무런 노력도 거의 보이질 않아 천적의 짐승도 두려워할 지경'이라고 했다. 팝콘처럼 튀어나오는 미현이의 웃음, 어린이의 웃음이 이처럼 자연스러운 것은 그들이 세상만사를 크게, 아름답게 보기 때문일 것이다.

《이화주 동시선집》에서 선정한 작품 28편 전편을 통해 흐르는 사상은 '동심 지상주의', '어린이 제일주의'다. '하느님 제게 기쁨은 얼마든지 주세요. 제 가슴 속에는 기쁨을 담을 수 있는 아주, 아주 큰 항아리가 있답니다.' 미현이, 미정이, 규호처럼 어린이가 실명으로 등장하면서 상황은 매우 현실화된다. 한마디로 말하면 동시집 《뛰어다니는 꽃나무》는 '어린이 예찬시집'이며, '동심에 대한 지극한 정성의 헌사'다.

> "어제 집에 가서 숙제 안 하고 뭐 했니?" / "원교 엄마가 놀러 오라고 하셨어요." / "그럼 저녁에는 뭐 했니?" / "아빠랑 개구리 구워 먹었어요." / 선생님은 아무 말도 안 하셨지만 / 자꾸자꾸 미안해서 / 살며시 다가가 / 선생님 손바닥에 편지를 썼다. / 우리 선생님 방긋 웃으시더니 / 내 손바닥에 간질간질 답장을 써 주셨다. / '선생님도 너 좋아해.'
>
> – 〈손바닥 편지〉 전문

동시가 여기에 이르면, '어린이들의 생활은 고스란히 하늘에 속한다.'고 한 아미엘의 말이 무색해진다. 《뛰어다니는 꽃나무》가 '동심의 생태학적' 세계라고 한다면, 그녀의 네 번째 동시집은 '동심의 사회학적' 세계다. 동심의 아름다움을 지고지순의 필치로 다룬 것이 《뛰어다니는 꽃나무》라면, 《손바닥 편지》는 어린이의 현실과 생활에 귀를 기울인 동심 밀착형의 작품들로 구성되어 있다.

> 한 대학생 누나 / 너무 배고파 / 메추리알, 우유, 김치, 핫바 / 6,650원어치를 훔쳤다고 한다. / 설 때도 고향 집에 / 아무도 없는 누나 / 누나의 가난을 / 누가 훔쳐갔음 좋겠다. / 누나의 슬픔을 / 누가 훔쳐갔음 좋겠다.
>
> – 〈누가 훔쳐갔음 좋겠다〉 전문

《손바닥 편지》에서 이화주는 비로소 어린이의 현실로 돌아온다. 현실은 그녀가 꿈꾸었던 대로 그렇게 곱고 아름답기만 한 세상이 아니었다. 세상을 향한 어린이의 적극적인 질문에 대답하려 하지만 그녀의 동심은 아직도 너무도 서정적이다. 포용과 상생의 삶에 깊이 빠진 시인에게는 그저 누나의 가난을, 누나의 슬픔을 누가 훔쳐갔음 좋겠다는 소극적인 대답이 전부였다. 마지막 공간이었던 춘천 교대 부설 초등학교에서는 학교 일에 파묻혀 동시를 많이 못 썼다고 안타까워하면서 펴낸 그녀의 그림책 《엄마! 저 좀 재워 주세요》는 서정으로 답할 수 없는 시인의 심경을 짐작하게 하는 책이라 생각된다.

3) 소통의 시대

《내 별 잘 있나요》는 2013년에 출간되었다. 2010년 춘천 교대 부설 초등학교 교장으로 정년을 맞아 교직을 떠난 지 3년 만에 펴냈다. 학교는 교육과 행정이라는 두 개의 바퀴로 굴러가는 시스템을 갖고 있다. 교장은 교육과 행정을 관할하는 학교라는 한 집단을 이끌어 가는 관리직이다. 이러한 역할 때문에 자칫 소원하기 쉬운 학교장과 어린이 사이에서 이화주는 동시를 사랑하듯 어린이에 대한 애정으로 교사 때와는 다른 방법으로 소통하기 시작한다.

> 학교 숲 / 돌배나무 올라가다 / 혜진이가 나무에서 떨어졌네. / 혜진이는 병원에 실려 가고 / 나무 아래 있었던 미영이만 혼나네. / 혜진이가 왜 떨어졌지? / 왜? / "우지직" 가지가 부러지면서 / "꽝" 떨어졌어요. / 나무는 왜 올라가 / 왜? / 돌배 한 개 따려고요. / 돌배는 왜 따? / 왜? / 자기 짝 민수 준다고요. / 민수한테 / 먹지도 못하는 돌배는 왜 줘? / 왜? 혜진이 짝 민수 / 얼굴이 빨개졌네. / 혜진이가 / 나무에서 떨어진 게 민수 탓이네.
>
> – 〈혜진이는 왜 돌배나무에서 떨어졌을까〉 전문

나뭇가지가 부러진 것도 학교장 책임, 나무에서 떨어져 아이가 다친 것도 학교장 책임이다. 학교장에게는 시설과 안전 관리에 대한 책임이 있다. 다친 혜진이 대신 현장에 있던 미영이에게 학교장이 이것저것 묻는 것이다. 교장 선생님의 말 속에는 짜증이 묻어 있다. "나무는 왜 올라가? 왜?" "돌배는 왜 따? 왜?" 혜진이가 들어야 할 짜증을 미영이가 듣고 있다. 그러나 대화가 진행되는 동안 교장 선생님의 입가에는 미소가 번지고, "돌배는 왜 줘? 왜?" 말투는 여전하지만, 교장 선생의 마음은 봄눈 녹듯 녹아 아이와의 대화는 즐기고 있는 것이다. '혜진이가 나무에서 떨어진 것이 민수 탓이네.' 이쯤 되면 아무리 근엄하신 교장 선생님이라 해도 웃지 않고 배길 수 있을까.

> 삼촌이 빨대로 접어 준 / 쥐눈이콩알 만한 빨간색 별 하나 / 유리병에 넣어 갖고 다니다 / 교장 선생님께 드렸다. / 교장실 지나갈 때마다 / 교장 선생님 내 별 잘 있나요? // 눈병 난 나 왕따시켰다며 / 학교에 따지러 갔던 우리 엄마 / 환하게 웃으며 그냥 오셨다. / 교장 선생님이 갖고 있던 내 작은 별 / 엄마한테 드렸단다. / 엄마, 엄마 내 별 잘 있나요?
>
> – 〈내 별 잘 있나요〉 전문

서정 문학에 대해 조동일은 '세계의 자아화'라고 하고, 김준오는 자아와 '세계의 자아화'라고 했다. 사실 이화주의 순수 서정은 그녀의 작품을 관류하는 시정신이지만, '물질과 정신이 왼손과 오른손처럼 함께 존재할 때 세상은 건강한 두 날개를 가진 새처럼 희망을 향해 날 수 있음을 깨닫게 해 주는 동시. 그런 동시를 건네줄 수 있기를 꿈꿀 것이다.'고 한 그녀의 말처럼 이화주의 동시는 서정과 동심, 소통의 시로 우리 곁을 굳건히 지킬 것이라 확신한다.

4. 맺는말

이화주의 동시를 읽으면 '문학은 육성에 닮을수록 우수하다'고 한 볼테르의 말이 생각난다. '교직 생활 또한 내 문학의 텃밭으로 초등학교에서의 교직 생활과 동시 창작은 한 몸과 같은 시간들이었다.'고 밝혔듯이 그녀는 동시 사랑이 곧 어린이 사랑이라는 신념으로 살아온 빼어난 교육자이자 동시인이다. 이화주는 1969년 춘천교육대학을 졸업하고 경기도 양평의 양평초등학교를 시작으로 2010년 춘천교육대학 부설 초등 교장으로 정년하기까지 41년을 어린이들과 함께 지내면서, 어린이를 위해 교직을 택했고, 교직을 위해 동시를 썼다고 할 만큼 동시와 어린이를 한 몸으로 생각하면서, 문학과 교육 두 분야에서 커다란 발자취를 남겼다. 페리 노들먼은 《어린이 문학의 즐거움》에서 '어린이가 문학을 즐길 수 있는 능력은 훈련된 기술'이라고 말하며, 문학을 즐길 수 있는 능력이란 난해하고 섬세한 문학을 이해하면서 응답하는 능력, 문학이 전해 주는 여러 가지 의미와 문학이 불러일으키는 감정에 대한 유연한 태도라고 했다. 우리가 유념해야 할 것은 '어린이 눈높이에 맞춘 문학'이다. 어린이의 문학을 즐길 수 있는 능력에 대한 아무런 훈련도 없이, 어린이의 눈높이에만 맞추려 애쓴다면 아동문학은 유희 수준에서 한 발자국도 전진할 수 없을 것이다. 어린이가 갖는 문학적 즐거움은 바로 이러한 전략적 훈련에 의해 가능해진다. 이화주가 동시인으로서 교육자로서 세상에 커다란 족적을 남기고 있는 것은 바로 '어린이와 동시를 한 몸으로 생각'한 이화주만의 특별한 신념이 크게 작용했기 때문일 것이다.

'나를 기른 것은 고향 마을의 작은 도서관'이라고 한 빌 게이츠처럼 이화주의 문학은 경기도 가평의 작은 도서관에서 시작되었다. 가평중고등학교에는 6·25 전쟁에서 최초로 사망한 카이저 병사를 기념하기 위해 미8군이 세운 60년대 초 상상도 못할 학교 도서관이 있었다는 것이다. 이화주는 도서관을 통해 많은 책들을 읽으면서 문학적 정서와 시적 상상력을 키웠다. 그녀의 문학적 상상력은 어린 시절 '고향의 자연, 유년의 뜰, 아버지의 격려와 선생님의 칭찬, 언제나 끝까지 듣지 못하고 울어 버렸던 큰언니가 들려주신 심청 이야기와 광희 오빠의 문예지와 작은 도서관에서 만났던 책들'이라고 했다.

이화주를 키운 전원적 환경은 그녀로 하여금 자연에 대한 끝없는 애착과 그 자연의 일부인 어린이에 대한 지극한 애정으로 나타났으며, 그녀의 동시는 상생과 포용의 문학으로 승화할 수 있었던 것이다.

그녀는 1979년 〈강원일보〉 신춘문예에 동시가 당선되고 같은 해 〈아동문학평론〉에 동시 천료로 정식 등단했으며, 1987년 《아기 새가 불던 꽈리》를 시작으로 여섯 권의 동시집을 상재하였으며, 제9회 강원아동문학상, 제18회 강원문학상, 2007년 동시집 《손바닥 편지》로 제16회 한국아동문학상, 2014년 동시집 《내 별 잘 있나요》로 제10회 윤석중문학상을 수상했다.

어린이와 함께 선생이 걸어온 길

1948년 음력 정월 초이레 경기도 가평군 마장리 880번지에서 이해영·진인숙의 다섯째 딸로 태어남.

1960년 가평국민학교를 졸업함.

1961년 가평 가이사 중학교 2학년 제1회 교내 문예작품 발표회 시부 당선됨. 단편소설 가작 입선함.

1969년 춘천교육대학을 졸업함.

1978년 《노래하는 새들》(아동문예사, 고상순, 고유환, 박유석, 박종해, 이화주, 오인숙, 허대영 공저)을 출간함.

1982년 〈강원일보〉 신춘문예에 동시 〈여름 밤의 꿈〉이 당선됨(심사 위원: 김원기, 심우천).

〈아동문학평론〉 여름호에 동시 〈나뭇잎〉이 추천됨(심사: 신현득, 이재철).

동화 〈할아버지는 봄이 온 것을 아실까〉가 〈어린이 강원〉에 수록됨.

1984년 동화 〈아기 잣나무의 꿈〉이 〈어린이 강원〉에 수록됨.

동화 〈별이 된 몽당크레파스〉를 〈어린이 강원〉에 연재함.

동시 〈고추〉가 〈소년〉 2월호에 실림.

동화 〈마지막 꼬마 도깨비〉를 〈어린이 강원〉에 연재함.

1985년 동화 〈포도나무가 된 아이〉가 엄마 아빠와 어린이가 함께 읽는 동화로 〈강원일보〉에 소개됨.

동화 〈양지말 아이들〉을 〈어린이 강원〉에 연재함.

1988년 동시집 《아기 새가 불던 꽈리》(아동문예)를 발간함.

1989년 제9회 강원아동문학상을 수상함.

1994년 동시집 《내게 한 바람 털실이 있다면》(대교출판)을 발간함.

1996년 〈어린이 강원〉 작품심사위원감사패를 받음.

1997년 작품 〈뒤꿈치 드나봐〉 국정 교과서 2학년 2학기 읽기, 〈달밤〉 6학년 2학기 읽기, 〈혼자 있어 봐〉 6학년 1학기 읽기에 수록됨. 기념패(강원아동문학회장 조규영)를 받음.

1998년 2학년 교과서 동시에 〈뒤꿈치 드나 봐〉가 실림.

3학년 교과서 동시에 〈고건 모르지요〉가 실림.

4학년 교과서 동시에 〈말싸움〉이 실림.

6학년 교과서 동시에 〈달밤〉이 실림.

6학년 교과서에 동시 〈혼자 있어 봐〉가 실림.

1999년 제18회 강원문학상을 수상함.

2000년 《엄마와 함께 보는 우리 동시》(지경사)에 〈백 개의 손을 가진 바람〉, 〈기우는 액자〉,〈봄에는 산한테서 젖내가 나지〉가 실림. 《잠들기 전 엄마가 들려주는 동시》(지경사)에 〈마술에 걸린 푸름이〉, 〈꿈나라〉가 실림. 《엄마랑 아가랑 햇살처럼 포근한 꿈동시》(지경사)에 〈산〉, 〈산토끼 손 강아지 손〉, 〈뒤꿈치 드나 봐〉가 실림. 《착한 아이 예쁜 동시》(지경사)에 〈솔방울〉, 〈내게 한 바람 털실이 있다면〉이 실림.

2001년 동시집 《뛰어다니는 꽃나무》(파랑새어린이)를 발간함.

2002년 '동시 지도를 통한 감성 교육' 강원초등여교사 및 초등 여자 행정협의회 연수 특강함. 《우리 말보다 쉬운 영어 동시》(한국어린이교육연구원)에 〈노랑비 분홍비〉가 실림. 국어 읽기 6학년 1학기에 〈혼자 있어 봐〉가 수록됨. 〈소년조선일보〉 주제가 있는 창작 동시·동화에 〈봄에는〉이 실림.

2003년 〈소년조선일보〉 어린이가 좋아하는 동시인 20인이 쓴 우수동시 40에 〈봄에는〉, 〈아지랑이〉가 소개됨. 《대한민국 대표 동시 365가지 동시》(세상 모든 책)에 〈쌍동밤〉이 수록됨. 강원아동문학회회장 취임함(2003~2005).

2004년 〈강원도민일보〉가 주최한 이화주와 함께하는 행복한 동시 여행 진행함(1.8~12.28). 〈소년〉 8월호 이달의 동시에 〈손바닥 편지〉가 수록됨. 세계로 향하는 번역 동시(영역)에 〈새들은 하늘로만 날아오지 않는단다〉, 〈내가 결석한 날〉, 〈나이를 거꾸로 먹으면 안 되나요?〉, 〈아기 염소가 풀을 뜯듯〉, 〈눈으로 듣는 말과 소리로 보는 춤〉, 〈꽃향기 조금 보낼게〉가 〈강원 펜문학〉에 수록됨.

2005년 〈고건 모르지요〉가 《2005년 한국 대표 동시 60》(한국헤밍웨이), 《100년 후에도 읽고 싶은 한국명작동시》(예림당)에 실림. 동시 〈새들은 하늘로만 날아오지 않는단다〉 외로 강원펜문학상을 수상함. 동시집 《손바닥 편지》(아동문예)를 발간함. 동시 〈산 너머 어딘가에〉, 〈나 같으면〉이 〈창비어린이〉 겨울호에 수록됨.

2006년 동시 〈그냥 있었다〉, 〈봄날 책 읽기〉가 〈시와 동화〉 봄호에 실림. 동시 〈만나고 싶지 않니?〉가 동시 선집 《참새네 칠판》(이가서)에, 동시인을 찾아서 춘천동시인 동시 〈싸락눈〉이 〈오늘의 동시문학〉 가을호에 수록됨. 〈고건 모르지요〉가 《매일매일 들려주는 참 아름다운 동시》(애플비)에 수록됨.

2007년 동시집 《손바닥 편지》로 제16회 한국아동문학상 동시 부문 수상함. 만나고 싶은 작가 동시인 이화주 〈불켜고 잠을 자면〉 외 4편, 작품론 김영관 〈낮은 속삭임의 시학〉이 〈아동문학평론〉 봄호에 수록됨.

2008년 〈누가 훔쳐 갔음 좋겠다〉가 〈오늘의 동시문학〉 봄호 한국동시 100년에 빛나는 100편의 동시에 수록됨. 한국동시 100년에 빛나는 발자취를 남긴 동시인 100명에 선정되어 〈오늘의 동시문학〉 봄호에 수록됨. 〈둘째 현진이와 함께 만든 동시〉가 〈오늘의 동시문학〉 봄호에 수록됨. 《한국 대표 동시 100편》(큰나)에 〈누가 훔쳐 갔음 좋겠다〉가, 《김용택 선생님이 챙겨주신 중학년 책가방 동시》(파랑새 어린이)에 〈나무의 웃음 속으로 걸어 들어가 봐〉, 〈달밤〉, 〈혼자 있어 봐〉가 수록됨.

2009년 한국동시문학회 부회장을 맡음. 《한국 대표 낭송 동시 100편》(큰나)에 〈고건 모르지요〉가, 〈열린아동문학〉 여름호 내 고향 내 작품 02(춘천)에 〈고향이 내게 건 말들〉이 수록됨. '학교도서관 그 행복한 공간' 강원영서 지역 학교도서관 지원센터에서 학교도서관 관리자 연수를 특강함.

2010년 그림동화 《엄마 저 좀 재워 주세요》(고인돌)를 발간함. 춘천교육대학 부설 초등학교 교장으로 정년 퇴임함.

2011년 동시 〈혼자 있어 봐〉가 국어 읽기 6학년 1학기에 재수록됨. 〈오늘의 동시문학〉 가을호 동시로 만나는 사람들에 〈친구〉가 수록됨. 〈오늘의 동시문학〉 겨울호 이 계절의 동시평에 〈새로움을 찾아 나서는 시인들의 발자국 소리〉가 수록됨. 동시 〈별이 되는 밤〉이 중국어 번역되어 〈강원 펜문학〉에 수록됨. 동시 〈달밤〉, 〈이름 모를 새 한 마리〉가 〈열린아동문학〉 여름호에 수록됨.

2012년 춘천교육대학교 '어린이 문학 창작'에 출강 감. 강원 펜문학 세미나에서 '독자들의 삶 속으로 시 데려오기'로 주제 발표함. 〈오늘의 동시문학〉 봄호 이 계절의 동시평에 〈세상을 향해 던지는 물음〉이 수록됨. 〈오늘의 동시문학〉 여름호 이 계절의 동시평에 〈시인의 독특한 목소리〉가 수록됨. 〈오늘의 동시문학〉 가을호 '이 작가 이렇게 본다' 동시인 서금복 〈동시 마을 아침을 펄떡펄떡 뛰게 할 힘찬 그물질 소리〉에 수록됨.

〈오늘의 동시문학〉 겨울호 2012 좋은 동시 10편에 〈욕 버리기〉가 수록됨. 《2012 오늘의 좋은 동시》(푸른사상)에 〈이름 모를 새 한 마리〉가 실림. 〈아동문예〉 특선 동시에 〈틀림없다〉, 〈달〉, 〈가슴 속 시계〉, 〈봄날 아침〉이 수록됨. 〈폭포〉, 〈욕 버리기〉가 〈시와동화〉 가을호에 수록됨.

2013년 〈오늘의 동시문학〉 봄호 창간 10주년 특별 좌담 김재수, 노원호, 이화주, 김용희 '디지털 시대의 동시, 어떠해야 하나?'에 실림. 《2013 오늘의 좋은 동시》(푸른사상)에 〈폭포〉가 실림. 춘천, 동심을 읽다 '디지털시대의 어린이와 시인 사이, 그 경계 허물기' 문학 강연을 함. 그림책 《엄마 저 좀 재워 주세요》 '동화,

영상으로 읽다'를 강연함.

이화주 시·송경애 곡 〈꿈나라 갈 때〉, 〈눈으로 듣는 말과 소리로 보는 춤〉으로 '창작 동시 노래로 만나다'에서 강연함. 동시 〈꽃나무 아래서〉, 〈혜진이는 왜 돌배나무에서 떨어졌을까〉, 〈내가 결석한 날〉, 〈낮과 낮 사이〉가 동시집 《웃기는 짬뽕》(아이엔 북)에 수록됨. 푸른 5월에 읽는 동시, 2000년대 대표동시 20선 문삼석의 〈까맣다〉 해설이 〈유심〉 5월호에 수록됨. 제5동시집 《내 별 잘 있나요》(상상의 힘)를 발간함.

〈2013 좋은 동시집〉 서평을 씀. 〈오늘의 동시문학〉 겨울호에 '디지털 시대에 근접하고 있는가'란 물음에 답할 수 있는 '오늘, 여기 동시집'이 수록됨.

2014년 '어린이 문학 창작'으로 춘천교육대학교에 출강 감. 동시집 《내 별 잘 있나요》로 제10회 윤석중문학상을 수상함. 〈어린이문예〉에 엄마와 함께 읽으면 좋은 동시집으로 〈사람 우산〉을 평론함. 동시 〈벌들의 심부름값〉, 〈손뼉쳐도 되나요?〉가 〈어린이와 문학〉에 수록됨. '이화주와 함께하는 동시 여행', '깊어가는 책 읽기' 상하반기 다목초 특강, '이화주와 함께하는 동시 여행' 추곡초 특강, '이화주와 함께하는 동시 여행' 모곡초 특강, '이화주와 함께하는 동시 여행' 양구 해안초 특강, '어린이의 삶 속으로 시 데려오기' 인제군 보육교사 특강, '?와 !로 내 아이 만나기' 양구 도촌초 학부모 특강, 춘천 광판초 학부모 특강을 진행함. '관계 맺기와 낯설게 하기' 오늘의동시문학상을 심사함. 〈한 번쯤 그런 밤 있으면 좋겠다〉, 〈비단실 길〉이 〈오늘의 동시문학〉 겨울호에 수록됨. 〈오늘의 동시문학〉에 〈독자의 가슴으로 길을 내는 시인들〉이 수록됨.

2015년 한국동시문학회 부회장이 됨. 〈시와 소금〉 봄호에 동시 〈누더기 눈 이불 고 속에〉, 〈연후의 질문〉이 수록됨. 동시 〈설날 저녁〉, 〈어떻게 아셨지?〉가 〈열린아동문학〉 봄호에 수록됨. 동시 〈가슴 속에 꽃을 숨겨둔 땅〉이 〈시와 소금〉 정선시집에 수록됨. 동시 〈돌멩이 날개를 꺼내 준 날〉이 〈어린이와 문학〉에 수록됨. 동시 〈고건 모르지요〉, 〈풀밭을 걸을 땐〉(와우 북페스티벌). 교가 '장학초등학교'. 원가 '세종시 고은 유치원'. 홍천교육청 도서 담당자 특강 '미래의 재산 감성, 생각하는 힘', '숲에서 읽는 문학이야기' 강원유아교육진흥원 테마 연수 특강함. 동시 〈호루라기를 불지 않은 까닭〉이 춘천 교대 동창회 회보에 수록됨. 동시 〈달빛 호수〉, 〈거울이 필요 없는 시간〉이 춘천글소리낭송회에 사용됨. 동시 〈사람 도깨비〉가 전국동시인대회 기념동시집(충주작가회의)에 실림. 동시 〈누구한테요?〉가 〈생명문학〉 4집에 수록됨. 평론 〈동시의 숲으로 홀로 떠나는 어린이독자를 위한 안내서〉가 〈오늘의 동시문학〉에 수록됨. 동시 〈고건 모르지요〉가 예버덩 문학의 집에 소개됨. 동시 〈잠이 오지 않는 밤에는〉, 〈개기월식〉가 〈동시마중〉 7, 8월호에 수록됨. 동시 〈이게 뭐야〉가 〈시선〉 봄호에 수록됨. 동시 〈영어공부에 푹 빠진 아이〉, 〈쪼그만 알약 속에〉가 〈어린이책 이야기〉 겨울호에 수록됨.

2016년 '어린이 문학 창작' 춘천교육대학교에 출강 감.

한국 아동문학가 100인

장문식

대표 작품

〈마지막 선물〉

인물론

장문식 소전(小傳)

작품론

세계 인식과 비판 정신

어린이와 함께 선생이 걸어온 길

마지막 선물

대쪽 할배네 울타리에 고목 밤나무가 하나 있습니다. 나이는 아마 백 살도 넘었을 겁니다. 재작년 가을부터 고목 밤나무는 많이 아팠습니다. 그래서 더욱 늙어 버렸어요.

새봄이 왔습니다. 따스한 햇볕이 쏟아지자 들판에는 이내 아지랑이가 아른아른 피어올랐어요. 온갖 나무들은 기지개를 켜고 서둘러 새잎을 피웠습니다. 그러나 고목 밤나무는 기운이 다 빠져 있었습니다. 이때 곤줄박이 부부가 찾아왔어요.

"밤나무 할아버지, 여기에 우리 집을 만들고 살려고 왔어요. 허락해 주실 거죠?"

"그래그래."

곤줄박이 부부가 둥지를 틀면 귀찮은 일이 많이 생기지요. 그러나 밤나무 할아버지는 두말없이 허락했습니다.

"고맙습니다."

곤줄박이 부부는 밤나무 할아버지가 무척 고마웠어요. 그런데 밤나무 할아버지 모습이 이상했습니다.

"다들 부산스레 새잎을 피우는데, 왜 밤나무 할아버지는 가만히 있어요?"

곤줄박이가 궁금하여 물었습니다.

"나는 죽었거든."

"아니, 죽다니요! 왜요?"

곤줄박이 부부는 깜짝 놀랐어요.

"으음, 그건 대쪽 할배와 사랑 할매가 싸우는 바람에……."

밤나무 할아버지는 차근차근 이야기를 풀어냈습니다.

대쪽 할배의 앞집에는 사랑 할매가 살고 있었지요. 그런데 서로 사이가 좋지 않았답니다. 대쪽 할배는 이름처럼 옳지 않은 것을 보면 절대로 못 참았고요. 또 사랑 할매는 사랑이 넘쳤는데요, 오직 자기 것, 자기 가족만을 사랑했지요. 그런 성격 때문에 둘은 고목 밤나무를 놓고 자주 싸웠어요.

"여보시오, 저놈의 밤나무를 울타리에 심은 것부터 문제란 말예요! 당장 베어 버려요!"

사랑 할매가 버럭 화를 냈습니다.

“뭐야? 우리 밤나무가 우리 땅에 있는 게 뭐가 문제요! 당신이 뭔데 남의 밤나무를 베라는 거요!”

말도 안 되는 소리라며 대쪽 할배도 맞섰습니다.

사실, 사랑 할매는 밤나무 때문에 여러 번 속상했어요. 언젠가는 텃밭에 상추를 심었는데 자라지 않고 흐물흐물 시들어 죽었습니다.

“저놈의 밤나무 그늘 때문이야.”

사랑 할매는 대나무 장대로 밤나무 가지를 후려쳤습니다. 잎이 수북이 떨어지고 잔가지가 부러졌습니다.

“이 할망구가 미쳤나? 왜 남의 밤나무를 후려치는 거여, 엉!”

대쪽 할배가 큰소리를 질렀습니다. 둘은 서로 욕설을 해대며 해가 질 때까지 싸웠어요.

그다음 해에는 사랑 할매가 텃밭에 고추를 심었습니다. 그 고추도 얼마쯤 자라다가 차츰차츰 오그라들더니 끝내 꽃도 피우지 못했습니다.

“저놈의 밤나무 뿌리가 우리 텃밭의 거름기를 다 빨아먹어서 그런 거야. 에이! 안 되겠다.”

사랑 할매는 괭이로 밤나무의 뿌리를 파내기 시작했습니다.

“어허! 이제 남의 밤나무를 아주 죽이려 하네. 당신, 뜨거운 맛 좀 봐야겠어!”

화가 난 대쪽 할배는 당장 경찰을 불렀습니다. 경찰이 순찰차를 타고 왔습니다.

“오랫동안 같이 산 이웃끼리 왜 이러세요? 이런 일 소문나면 자식들에게까지 남부끄러운 일이예요. 허허허, 서로 좋게들 사세요.”

경찰이 애써 화해를 시켰습니다. 결국 자식 이야기가 나오자 마지못해 싸움은 멈추었습니다. 하지만 대쪽 할배와 사랑 할매는 서로 말을 끊고 지냈습니다.

밤송이가 영글어 떨어지는 작년 가을 어느 날이었습니다. 사랑 할매에게 큰 사건이 벌어졌습니다. 서울에 사는 외손녀가 찾아왔습니다. 사랑 할매가 가장 사랑하는 금쪽같은 외손녀입니다. 그 외손녀가 뒤란에서 알밤을 줍다 밤송이 가시에 찔렸습니다.

“아얏! 아아아앙.”

외손녀의 울음소리에 사랑 할매가 번개처럼 달려왔습니다.

“밤송이 가시가 손등에 박혔구나. 얼마나 아플까? 에이, 이번엔 저놈의 밤나무를 가만 두지 않겠어!”

사랑 할매는 밤송이 가시를 조심조심 빼 주었습니다. 외손녀는 울음을 그치지 않았습니다. 그러는 동안 화가 머리끝까지 치솟았습니다.

“이제 더는 참을 수 없다. 결판을 내야겠어!”

사랑 할매는 밤나무를 쥐도 새도 모르게 죽이는 수밖에 없다고 생각했습니다. 사랑 할매는 곧장 괭이로 땅을 파고 밤나무의 뿌리를 여러 군데 찍었습니다. 그리고 찍힌 뿌리에 독한 농약을 바르고 흙으로 덮었습니다. 이런 일을 아무도 몰랐습니다. 오직 밤나무만 아는 비밀이었습니다. 그 후로 고목 밤나무는 날마다 시름시름 죽어 갔습니다. 봄이 되어도 잎 하나 피어나지 않고 몸통 여기저기 썩기 시작했습니다. 그때서야 밤나무가 죽은 것을 알아차린 대쪽 할배는 사랑 할매의 짓이라고 생각했지요. 그러나 확실한 증거가 없으니 아무 말도 못 하고 속만 끙끙 앓았습니다.

'이 할망구, 반드시 천벌을 받을 거야.'

다만 사랑 할매를 속으로 저주할 뿐이었습니다. 이때부터 대쪽 할배와 사랑 할매는 서로 눈만 흘길 뿐 말을 끊어 버렸습니다.

이야기를 다 듣고 난 곤줄박이 부부는 마음이 무척 아팠습니다.

"아아, 그랬군요. 얼마나 억울하고 슬프세요?"

"아니야. 괜찮아. 별별 일도 다 생기니까. 그러나 내가 이렇게 될 줄은 몰랐지. 내가 여기 동네 가운데 심어질 때는 모두들 부러워했지. 다른 밤나무들은 다 멀리 산으로 갔거든. 세상 살아 보니까 좋은 것, 나쁜 것이 따로 없더라고. 그리고 지금은 너희들을 만났으니 얼마나 행운인가."

"예? 우리를 만난 것이 행운이라고요? 앞으로 귀찮게만 할 텐데요."

밤나무 할아버지는 그저 미소만 지었습니다.

"밤나무 할아버지, 여기에 우리 집을 만들게요."

"그래그래. 쓸모없어진 내가 너희들의 집터가 되다니, 난 좋지."

곤줄박이 부부는 고목 밤나무 가지 사이에 자리를 잡고 일을 시작했습니다. 부리로 쪼아 내고 발톱으로 긁어 내고 집터를 다듬었습니다. 또 마른 풀잎과 이끼를 물어와 동그랗게 얽었습니다. 부드러운 깃털도 모아 폭신하게 깔았습니다.

밤나무 할아버지는 부지런히 일하는 곤줄박이 부부를 대견스럽게 바라보았습니다.

"참 다정하게도 사는구나. 바로 저게 행복이야."

어느 날, 밤나무 할아버지는 둥지를 보고 눈이 휘둥그레졌습니다. 거기에는 귀여운 알이 네 개나 있었습니다. 누가 볼세라 곤줄박이 한 마리가 얼른 알을 품었습니다.

"밤나무 할아버지, 조금 있으면 우리 아기들이 태어날 거예요. 귀찮으실 텐데 어쩌죠?"

"그래그래, 괜찮아."

곤줄박이는 미안했어요. 그러나 밤나무 할아버지는 언제나 같은 대답이었어요.

그날부터 밤나무 할아버지는 날마다 곤줄박이 둥지를 지켜보았습니다. 볼수록 참으로 신비로운 일이었습니다. 덩달아 자기가 다시 살아나는 것처럼 가슴이 쿵쾅쿵쾅 뛰었습니다. 곤줄박이는 잠시도 둥지를 떠나지 않고 알을 품고 있었습니다. 제대로 먹지도 못했습니다. 잠도 편히 자지 못했습니다. 그 모습이 참으로 거룩했습니다.

"정말로 대단하구나. 그렇지, 새 생명은 그냥 태어나는 게 아니지."

밤나무 할아버지는 숨죽이고 지켜보았습니다. 그렇게 십여 일이 지나갔습니다. 둥지 안에서 꿈틀꿈틀 움직이는 것이 보였습니다. 곤줄박이 부부의 아기들이 태어난 것입니다. 밤나무 할아버지는 자기의 아기가 태어난 것처럼 기뻤습니다.

"저 아기 새들을 잘 지켜줘야지."

밤나무 할아버지는 결심했습니다. 이때부터 곤줄박이 부부는 부지런히 아기들의 먹이를 물어 왔습니다. 아기 새들은 자꾸 먹고 자기만 했습니다. 자꾸 먹은 만큼 똥도 자주 쌌습니다. 그러니 하루가 다르게 자랐습니다. 밤나무 할아버지는 몸에 똥이 묻어도 좋았습니다. 자기 품 안에서 무럭무럭 자라는 아기 새들을 보노라면 최고의 보물을 가진 것 같았습니다. 보름쯤 지나니 거의 다 자라서 날려고 파닥거리기 시작했습니다. 아기 새들은 서로 시합하듯이 날기 연습을 했습니다.

"며칠 후면 잘 날아다닐 거예요. 먹이도 스스로 찾아 먹을 거고요. 다 밤나무 할아버지의 은혜입니다."

곤줄박이 부부의 말을 듣자 밤나무 할아버지는 이런 생각이 퍼뜩 떠올랐습니다.

'이제 곧 나를 떠나가겠구나.'

이어서 슬픔이 밀려왔습니다.

"다 그런 거지, 뭐. 만나고 떠나고 생겨나고 사라지고. 모두 그렇게 변하는 거야. 그래도 나는 아기 새들을 끝까지 잘 지켜줘야 해."

밤나무 할아버지는 애써 슬픈 마음을 돌렸습니다.

그날 오후부터 갑자기 먹구름이 하늘을 덮더니 비바람까지 세차게 몰아쳤습니다. 둥지가 빗물에 흥건히 젖었습니다. 곤줄박이 부부와 아기 새들은 비를 맞고 오들오들 떨었습니다. 고목 밤나무도 거센 비바람에 심하게 흔들렸습니다.

"아아, 큰일이다. 힘이 없어 지탱하기가 어렵구나."

밤나무 할아버지는 안간힘을 다해 버티고 있었습니다. 그러나 비바람의 기세는 갈수록 더욱 세어졌습니다.

"안 된다. 내가 쓰러지면 안 돼! 아기 새들이 떠날 때까지는 절대 안 돼!"

밤나무 할아버지는 지탱하기 힘들어 자기도 몰래 눈물까지 흘렸습니다. 고목 밤나무가 쓰러지면 곤줄박이 둥지는 박살날 것이고, 아직 날지도 못하는 아기 새들은 모두 땅에 떨어져 죽을 것이 뻔했습니다.

"그렇게 되어서는 절대 안 되지. 내가 꼭 지킬 것이다! 저 아기 새들은 꼭 세상에 나가 잘 살아야 하니까!"

밤나무 할아버지는 거센 비바람에 버티면서 큰소리로 부르짖었어요. 거센 비바람도 새날이 되자 기세가 한풀 꺾였습니다. 곤줄박이 둥지는 별 탈이 없었습니다. 아기 새들은 다시 날기 연습을 했습니다. 모두들 날개가 튼튼해졌습니다. 드디어 곤줄박이 가족이 떠나는 날이 왔습니다.

"밤나무 할아버지, 감사합니다. 은혜 잊지 않겠습니다. 잘 계세요."

"그래그래. 잘 가. 모두들 세상에 나가 행복하게 살아라."

아기 새들은 조그만 점이 되어 세상으로 날아갔습니다. 밤나무 할아버지는 세상에 마지막 선물을 보냈다고 생각했습니다. 그러자 이내 힘이 쑥 빠졌습니다. 하늘이 빙그르 돌았습니다. 더 이상 버티고 서 있을 수가 없었어요.

쿵!

고목 밤나무는 사랑 할매네 텃밭 쪽으로 쓰러져 누웠습니다.

깜짝 놀란 대쪽 할배가 뛰쳐나왔습니다. 사랑 할매도 뛰쳐나왔습니다. 둘은 눈길이 마주치자 서로 얼른 피했습니다.

'그래도 저 할망구 집으로 넘어지지 않은 게 참 다행이야.'

대쪽 할배는 이렇게 생각하며 슬그머니 돌아섰습니다.

'그나마도 이제 쓰러져 버렸으니 저 영감 참 서운하겠네.'

사랑 할매도 대쪽 할배의 눈치를 보며 계면쩍게 돌아섰습니다.

쓰러져 누워 있는 고목 밤나무는 마치 두 집 사이에 놓인 외나무다리처럼 보였습니다.

장문식 소전(小傳)

황일현

만난 지 오래되었다 싶으면 문식이의 전화가 걸려 오거나 내가 건다. 어느 땐가부터 서로가 전화로 주고받는 말도 정해져 있다.

"나시. 어딘가?"

"집이여."

"뭇한가?"

"그냥 집에 있네."

"별일 없으면 영화나 한 프로 보세."

삼십여 년 가까이 주말이면 어김없이 만나 오다가 정년을 맞이한 뒤로는 길면 석 달, 짧으면 한 달쯤, 이렇게 띄엄띄엄 만난다. 나는 진작에 진이 빠져 글동네에서 발을 뺀 지 오래고 그는 펄펄 힘이 넘쳐 지금도 그 동네를 기웃거리는 눈치다. 쌓인 내공 때문이다. 피차 취미가 다르고 추구하는 바가 다르니 만나는 횟수가 줄어들 수밖에. 자연 오고가는 대화 속에 문학은 빠진 지 오래되었다.

좀체 늙을 것 같지 않던 그도 두어 달 못 본 사이에 완연한 동네 영감쟁이 모습이다. 그가 늘상 자랑해 오던 검은 머리 위로 흰 머리칼이 여러 가닥 돋아 얹혔다. 새치가 아니다. 조글조글한 목주름도 더욱 늘어진 듯한 푼수다. 그도 내 얼굴 가득 피어난 검버섯을 세듯이 바라본다. 오고가는 시선이 측은하다. 우리 나이로 나는 일흔다섯이고 그는 일흔넷이다. 부모님 세대가 돌아가실 때의 나이가 머지않은 것이다. 내미는 손을 잡고 건네는 첫 마디도 정해져 있다.

"오랜만이네."

"그려. 오랜만이네. 잘 있었는가."

우리는 손을 흔들며 눈물이 고일 때까지 히히허허 웃고 만다. 신통한 것은, 말을 섞고 국물에 숟가락 담그다 보면, 어느새 예전, 처음 만났던 삼십 대 후반의 모습으로 되돌아온다는 것이다.

내가 장문식을 처음 알게 된 것은 1976년 〈전남일보〉 지면을 통해서였다. 그즈음 나도 문청 시절이라 신춘문예 발표지면을 열심히 구해다 읽는 편이었다. 그해 〈전남일보〉 신춘문예에는 시, 소설, 평론은 해당작 없이 장문식의 동화만 유일하게 당선작으로 뽑혀 전면 통단으로 게재되었다. 통상적으로 당선되기까지는 1~2년 정도 최종심에 오르내리다가 당선되는 경우가 많았는데 장문식의 경우는 대번에 뽑힌 것이다. 나로서는 장문식의 이름이 생면부지였다. 나중에 알게 되었지만 그는 이미 수필로 등단하여 활발하게 활동 중이었는데. 그 기간에 나는 군 복무 중이었음으로 생면부지일 수밖에.

장문식은 당선작 〈형제〉를 동화라기보다는 동화 흉내를 낸 작품이라고 스스로 폄하하지만 빼어난 작품이었다. 정신 지체인 형과 그런 형이 부끄럽고 불만인 동생의 갈등과 화해의 과정을 이야기로 풀어 낸 작품이었다. 읽는 동안 내내 가슴이 먹먹했던 기억이 생생하다.

장문식, 이 인간 곧 일내지 싶었는데, 몇 년 후 1980년 〈한국일보〉 신춘문예에 〈신기료 할아버지〉가 당선작으로 뽑혔다. 〈형제〉보다는 훨씬 세련되고 페이소스가 짙게 깔린 작품이었다. 신틀을 달구어 내기 위해 숯불을 피우는 장면이나 잃어버린 아들을 찾는 꿈을 꾸느라 맡긴 고무신을 태워 먹는 장면의 묘사는 일품이었다.

〈누나의 징검다리〉는 또 어떤가. 급격하게 도시화가 이루어지고 산업 시대가 도래하기 시작한 저 1970년대의 우리 농촌의 자화상을 그린 작품이다. 우리의 형제, 자매, 남매가 공장을 찾아서 식모살이를 찾아서 도시로 도시로 떠나지 않았던가. 떠나는 누나, 남겨진 어린 동생, 이별이 사무치게 애절하다.

작품은 인격의 표상이란 말에 전적으로 동의한다. 작자의 성장 과정, 사물을 대하는 태도, 사유의 깊이, 인간의 심성 저 밑바닥에 깔려 있는 원형질을 파악하는 능력, 공감 능력 등이 작품에 반영된다는 점에 동의한다면, 사람은 못되어 먹었어도 작품 하나는 좋더란 말을 함부로 할 수는 없다. 장문식의 초기의 작품(미안하게도 최근 작품은 읽어보지 못했다.)들은 모두가 따스하고, 눈물겹고, 서서히 사라지고 있는 옛것에 대한 그리움이거나 안타까움이다. 직접 경험해 보지 않고는 나올 수 없는 작품들이다. 작품 속의 인물들, 신기료 할아버지는 곧 자신의 아버지요, 동각지기의 어머니는 자신의 어머니며, 누나의 징검다리의 누님은 자신의 누님이고, 형제의 형은 자신의 형이다. 그런 가족애 속에서 장문식은 성장했다. 그럼으로 장문식 문학의 근원은 고향이요, 부모 형제다. 어쩌다 돌아가신 부모님, 특히 어머니를 회고할 적이면 깊은 회한에 잠긴다.

장문식은 1948년 전남 화순에서 2녀 5남 중 3남으로 태어났다. 일제 강점기에 개발된 석탄 광업소가 즐비한 관계로 온통 꺼멓고 골짜기 언덕마다 폐석이 산처럼 쌓여 있다. 읍내에서 능주와 남평 사이에 좁은 들판 뿐, 전라도 말로 숭악한 산중이다. 읍내에서 한 2킬로미터 떨어진 곳에 문식이 태어난 마을이 자리 잡고 있다, 마을 앞으로 도랑 같은 내가 흐르고, 광주에서 순천으로 통하는 광주선 기찻길 너머로 앞서 말한 들판이 펼쳐져 있다. 작품 속에도 나오는, 허리를 굽혀야만 통할 수 있는 굴다리도 있다. 꺼먼 석탄 연기를 휙휙 뿜으며 철거덕 철거덕 내달리는 기차를 바라보며 무슨 꿈을 키웠을까.

그가 태어나던 1948년은 해방 공간의 한복판이다. 해방 공간 속의 화순은 어느 지역보다 뜨거운 용광로였을 것이다. 적산인 광업소를 두고 광부들과 군정청과의 알력 다툼은 안 보아도 격렬했을 터.

동네 구장 일을 맡은 관계로 읍사무소 출입이 잦았던 아버지는 오며 가며 못 볼일을 보거나 듣거나 했을 것이다. 백적색 테러가 난무하고 여기저기서 갇히고 깨지고 죽어 나가는 판이라 하루하루가 숫제 지옥이었을 것이다.

살얼음판 같은 해방 공간 와중에 태어난 셋째를 자신의 염원을 담아 '문식'이라 명명한 것은 아니었을까. 식자공이 되라는 뜻은 아닐 터이고 필시 공부 잘하여 입신출세하거나 학자로 대성하라는 바람이었으리라. 문식이라, 처음엔 등단 후에 누가 내려 준 필명인줄 알았다. 일찍이 동리 선생은 아끼는 제자들에게 '문'자 돌림의 필명을 내리는 걸로 알고 있다. 이문구에 이문열……. 예전에 소설 쓰던 내 친구 최홍근이도 동리 선생께서 최문근이라는 필명을 내려 주셨다.

부모님 바람대로 문식은 공부를 잘했던 모양이다. 초등학교 시절 구령대 앞에 도열한 전교생을 향해 구령 붙이는 전교 회장을 했다는 말을 누구에겐가 언뜻 들은 성도 싶다. 그리고 곧 중학생이 된다. 시련이 시작된다. 골수염을 앓게 된 것이다.

나는 골수염이 어떤 병인지 모른다. 뼛속에 염증이 생겨 고름이 차고 뼈가 녹아내리는 병일 거라고 그저 짐작만 할 뿐이다. 삼십여 년 전 여름, 동화 쓰는 김재창 형이랑 보성 동화마을로 천렵을 갔을 적에 미역을 감다가 언뜻 고관절 부근에 끔찍한 흉터를 보았다. 중학생 때 골수염을 앓은 자국이란다. 대수술을 네 번 했노라고, 죽을 고비를 넘겼노라고 남 말하듯 덤덤히 말했다. 문식이란 인간은 원래 이런 사람이다. 그의 사전에는 엄살이나 과장이라는 게 끼어들지 못한다.

모든 병증이 다 그러듯이 골수염이란 것도 초기에는 대수롭지 않게 여겼을 것이다. 처음에는 참을 만하게 뼛속 어딘가 근질근질하다가 갈수록 무서운 통증이 덮쳐 왔을 것이다. 송곳으로 등골을 타고 머릿속을 후벼 파는 듯한 통증을 3년 동안이나 어린 중학생 몸으로 견디어 냈다. 그러나 정작 견딜 수 없었던 것은 시시로 엄습해 오는 죽음의 공포, 외로움이었을 것이다. 끈질긴 생명력의 경외감이여. 또 지켜보는 부모 마음은 어쨌겠는가. '우리 문식이! 우리 문식이!'를 비명처럼 내지르며 동당거렸을 어머니. '어허 참, 어허 참.' 재어 담은 곰방대를 빨아 대며 연신 탄식을 토해 냈을 아버지. 용하다는 의원을 찾아 이 병원 저 병원 헤맸을 부모님이 아니었다면 문식인들 죽음을 이겨냈을 것인가. 이런 것들이 자양분이 되어 나중에 그의 동화 문학의 바탕이 되지 않았을까.

그런 어머니가 병석에 눕게 되자 초등학생인 문식이 딸내미'들'이 아침마다 할머니의 요강 단지를 맡아서 비웠노라고 눈시울을 붉히며 늘 고마워한다. 과연 장문식이 딸답다. 그 딸내미'들'이 곱게 잘 자라서 이탈리아 신랑을 얻어 잘 산다. 딸내미 시집보내는 날 또 얼마나 눈시울을 붉혔을까.

중학교 3년을 고스란히 투병으로 보냈으니 공분들 제대로 했겠는가. 그래서 너릿재 너머 광주의 이름뿐인 고등학교에 진학한다. 광주 교대에 합격하고 문학에도 관심을 갖는다. 입술에 술잔 적시고 당구도 배우고 권련을 꼬나물기도 하며 대학 생활을 만끽했단다.

1970년 교대 졸업과 동시에 명봉국민학교 초임 발령받아 교직에 발을 내딛는다. 그때부터 타고난 명민함과 노력이 서서히 빛을 발하기 시작한다. 아버지가 명명한 문식이란 이름값을 제대로 발휘하기 시작한 것이다.

교육 잡지에 수필을 추천받아 지역 수필가들과 활동하기도 하고, 그 어렵다는 중등학교 국어과 교사 자격 고시 검정에 합격하고, 〈전남일보〉 신춘문예에 동화 당선, 〈한국일보〉에 동화가 당선되는 등 문재도 발휘한다. 곧이어 서울대 사대에도 적을 둔다. 그때에 만난 사람들이 문삼석, 전원범, 김준영, 최지훈, 전문수, 신헌재 등이다. 모두 한국 아동문학계의 거두들이다. 또 전남대학교 교육대학원 국어교육 전공 〈홍길동전〉 연구로 석사 학위도 취득한다. 눈알이 핑핑 돌 만큼 어지러운 와중에 대학 후배인 교사 안미자를 만나 결혼식도 올린다. 언제 공부하고 언제 작품을 썼으며 언제 예쁜 처녀 교사 꼬여 내 결혼까지 이끌어 내고 2년 터울로 남매까지 낳았는가. 재주가 신통방통하지 않은가. 그래선가 보다. 돋보기는 나보다 2~3년 먼저 걸쳤다. 처가가 보성 명문가로 장인이 교장에 처숙부가 안도섭이라고 중앙지 신춘문예 출신 시인이란다. 명문가답게 집터가 절 못지않았다. 1986년에 광주광역시로 전입되어 정년 퇴임 때까지 고3 진학 지도에 힘썼다.

신문 지면에서만 알았던 나는 그와 광주광역시 전입 동기로 1986년에 처음으로 조우하였다. 동화 쓰는 김옥애의 소개로 전남아동문학가협회에 가입하고부터다.

문삼석 회장의 후임으로 그가 이어받아 책임을 맡았고 나는 사무국장이 되었다. 거기에 '흙담' 동화 동인으로 실과 바늘처럼 늘 붙어 다녔다. 30여 년 이르는 오늘날까지.

콧구멍에 화장지 쑤셔 박고 호헌철폐 시위에 가담한 것도 그 무렵이다. 새벽녘이면 시위도 파장이 된다. 휑한 거리엔 돌멩이만 구르고 매캐한 최루 연기만 자욱했다. 가톨릭센터 계단에 무릎 껴안고 앉아서 다음 주말을 약속하며 헤어지곤 했다. 그는 그렇게 시위 현장에서 1980년대를 관통했다. 때로는 맥주집을 순례하기도 했는데 주인 아줌마의 노래를 청해 듣기도 하고 돌아가며 노래를 불렀다.

그의 십팔번은 전영의 〈어디쯤 가고 있을까〉거나 이진관의 〈인생은 미완성〉이었다. 부끄럼 타는 국민학생처럼 수줍게 불렀다. 그러나 거나해지면 느닷없이 혁대를 풀어 내린다. 황석영처럼 배암장수 흉내 내려나 싶어 주시하면 혁대 끝을 발로 밟는다. 그리고는 버클을 훑어 올려 '두만강 푸른 물에 노 젓는 뱃사공' 노를 젓는다. 이렇게 좌중을 웃기기도 한다.

장문식하면 '어당팔'이란 말이 떠오른다. 어수룩해 보여도 당수가 8단이란 말이다. 뭐 그가 어수룩하다는 말이 아니다. 연약해 보여도 결기가 있어서 하는 말이다. 믿어지지 않겠지만 실제로 합기도 단이란다. 한때는 기공에 심취하기도 했고 즐기던 담배도 단칼에 끊었다. 남매 낳은 뒤로 아내를 교직에서 물러나게도 했다. 쉽지 않은 일이다. 권유한 그나 순순히 따라준 그의 아내도 무던하고 무던하다. 한번 파고들면 깊게 판다. 불교에 관심을 두더니 선승의 경지에 이르고 철마다 며칠씩 도량을 찾는다.

교우 관계도 그렇다. 한번 신뢰를 주면 거두지 않는다. 그래서 지남철처럼 친구들이 달라붙는다. 경향에 걸쳐 사귄 친구들이 많다. 십여 년 전 일이다. 양평의 이동렬 선생집들이 초대를 받아 따라나선 적이 있는데 거기서 이동렬, 이상교, 이규희, 배익천, 송재찬, 김병규 선생들과 안면을 텄다. 그가 아니라면 가능한 일이겠는가.

광주에는 이제 동화 쓰는 홍광훈, 장문식, 황일현 이렇게 셋만 남았다. 황혼이 가까워 오니 내공이 쌓인 너는 걱정이 없겠다만 나는 벌써부터 죽을 일이 심난하다.

"문식아, 우리 똥 집어 먹을 때까지 한 이백 년 살지 않을래?"

세계 인식과 비판 정신

선안나

1. 들어가며

장문식은 1976년 〈전남일보〉 신춘문예에 동화 〈형제〉가 당선되어 작품 활동을 시작하였고, 1980년 〈한국일보〉에 〈신기료 할아버지〉가 당선되었다. 이후 현재까지 꾸준한 창작 활동을 해오며 12권의 창작집과 1권의 선집을 냈고, 전남아동문학가상, 제13회 한국아동문학상, 제24회 세종아동문학상을 수상하였다.

교사 생활을 병행하면서 12권의 창작집을 꾸준히 펴냈다는 것은, 창작 활동을 게을리하지 않았다는 증거이자, 한편으로는 작품집 발간에 신중하였다는 평가를 할 수 있다. 이는 장문식의 작품집이 일정한 질적 수준을 한결같이 유지하고 있음에 근거하고, 비슷한 처지에 있는 타 작가들의 작품집 발간 실태와 비교하여 내린 결론이다. 우리 현실에서 어린이 책은 그 수요가 비교적 활발하여 자의 타의에 의한 양산의 유혹이 늘 따르는데, 전 작품집이 질적 편차 없이 고른 문학적 품격을 유지함을 볼 때 장문식은 까다로운 자기 기준을 지키는 작가임을 알 수 있다.

그런데 장문식의 작품 세계에 대한 심도 있는 고찰이 아직 이루어지지 않았다. 단편적이고 피상적인 언급이 더러 있으나 크게 참고할 만한 내용은 아니다. 이러한 사정은 아동문학 연구 및 비평의 부재라는 현실 상황에서 기인한 것이나, 그가 지방에 살고, 스스로를 내세우는 성품이 아니라는 점도 살필 만하다.

이 글 역시 제한된 지면이라 총체적 문학 세계를 드러내는 데 한계를 가짐을 전제하며, 첫 작품집을 중심으로 자아와 세계의 대결 양상을 분석함으로써 장문식 작품의 원형적 특질을 알아본다. 그리고 세계에 대한 작가의 인식이 작품 내에서 어떻게 표출되며, 작품 내적 자아의 성향은 어떠한지, 세계와 자아라는 양 축을 중심으로 작품 전개 과정을 아울러 살펴본다.

2. 장문식의 작품 세계

1) 자아와 세계의 대립 양상

동화적 세계관과 소설적 세계관은 근본적인 차이를 가진다. 동화 장르는 설화적 전통, 특히 민담적 성격을 계승하여 '자아의 가능성'[1]을 주요 특성으로 하며 작품 내적·외적 현실성 여부는 크게 문제 되지 않는다.

이에 비해 소설 장르는 자아와 세계의 상호 우위에 입각한 대결을 보여 준다. 자아와 세계는 분열되어 있으며, 소설적 진실성은 삶의 현실성에 가치를 두고 추구된다.[2]

첫 작품집은 그 작가의 기질적 원형을 보여 준다는 점에서 주목할 수 있는데 장문식의 첫 창작집 《신기료 할아버지》는 아동문학작품집으로선 예외적으로 자아와 세계의 단절이 심각하다.

첫 작품집을 다음과 같이 도표화하여 살펴본다.

작품명	주인공	대립 양상	화해적 통합
은심이 도둑	개	애완견(자아)–이기적 주인(세계)	–
형제	어린이	일만이(자아)–이만이(세계/자아의 확대) –바보 형을 놀리는 아이들(세계)	+
마음 아픈 할아버지	밤나무 할아버지	밤나무(자아)–세월의 흐름, 심술궂은 아이들(세계)	–
진달래꽃	어린이	상훈(자아) –예상치 못했던 순영의 전학(세계)	–
신비로운 싹	어린이	욱이(자아)–환상의 깨어짐.	–
커지는 배	거미	쩍쩍이(자아) –욕심부리다 웃음거리가 됨(세계).	–
아이가 된 아버지	어린이	봉이(자아)–동심을 잊고 사는 아버지(세계)	+
사람들의 꽃	국화	타인을 위해 희생하는 꽃(자아) –이기적인 꽃(세계)	–
신기료 할아버지	할아버지	신기료 할아버지(자아)–6·25 전쟁, 잃어버린 아들, 빈천한 삶(세계)	–
자라목의 벼슬	어린이	삼돌이(자아)–희망의 상실·위협(세계)	–
연	어린이	대립 없음.	–
이상한 아빠	어린이	나(자아)–장애인 동생(부조리한 세계)	+
동각지기	어린이	삼새(자아)–빈천한 집안 환경, 타자들의 편견(세계)	–
다시 나는 나비	어린이	옥동이(자아)–할머니의 죽음(세계)	–
첫눈 오는 날	개	나(자아)–인간 중심의 이기적 사고(세계)	–

총 15편 가운데 화해적 결말은 3편에 불과한데, 그것도 내용을 살피면 가족 간의 대립이 해소된 것이다. 그만큼 작품 내적·외적 자아와 세계 간의 분열 양상이 심각함을 알 수 있다.

현실의 비정함과 부정적인 면모가 작품 내적 세계에 사실적으로 재현되어 있고, 자

---

1 조동일, 《한국소설의 이론》, 지식산업사, 1973, p.121
'민담은 결국 세계에 대해서는 깊은 관심을 갖지 않고, 세계에 대한 자아의 우위를 전제로 하여 자아가 세계를 정복할 수 있는 가능성을 제시한다.'

2 조동일, 위의 책, pp.129~130

아는 세계와의 대립에서 실망과 좌절을 경험한다. 그러나 자아와 세계는 끝내 통합되지 않은 채 서로 우위를 주장하며 결말을 맺는다. 이는 세계에 대한 작가의 시각과 태도를 드러낸 것으로, 장문식은 현실의 비정함과 부조리를 민감하게 자각하면서도, 문제를 회피하지 않고 끝까지 응시하는 자세를 보여 준다.

인생의 황금기라 말할 수 있는 유년 시절에 대한 퇴행적 환상과 해피엔드에 대한 일반적 기대 등에 기대어, 손쉬운 화해의 결말이 도식적으로 이루어져 온 것이 아동문학의 일반적 현실임을 고려할 때, 작가의 정신력을 주목하지 않을 수 없다.

그런데 자아는 세계와 끊임없이 대립하고 대결하는 가운데 상호 소통하며 영향력을 주고받아야 한다는 점에서, 이러한 단절 의식이 ① 자아의 고립과 폐쇄, ② 날카로운 공격성, ③ 허무주의나 염세주의로 이어질 가능성을 우려할 수 있다.

그러나 결론적으로 말하자면, 장문식의 작품은 위의 어느 방향으로도 기울지 않는다. 자아의 기대치로 현실을 구성하는 민담적 의식을 갖지 않고, '지구상의 마지막 나뭇잎이 떨어져도 눈 하나 깜짝하지 않는' 세계의 본질인 무정함과 부조리를 엄정하게 인식할 뿐이다. 그 위에 현실 세계의 인간들이 저지르는 온갖 잘못에 대한 노여움과 정의에 대한 열망이 유난히 강하되, 신랄한 공격성이나 대안 없는 분노의 폭발 같은 부정성은 보이지 않는다. 작가의 비판적 의도로 독자의 마음을 쉽사리 뒤흔들려 하지 않고, 자율적 작품 구조를 통해 독자로 하여금 스스로 체험하고 느낄 여지를 주는 성숙함을 유지한다.

세계에 대한 환상은 없으나, 긍정적이고 성장 지향적인 자아가 작품에 생생하게 살아 있기에 장문식의 작품은 에너지를 가진다. 그의 작품의 주인공들은 대부분 어려운 처지이지만 강한 의지력의 소유자들로서, 세계에 대항하여 고통을 겪고 절망할망정 결코 내적으로 굴복하지 않는다. 또한 나르시시즘적 자기 연민에도 빠지지 않으며, 쉽게 타협하거나 부화뇌동하지 않는 중심을 가지고 있다. 이러한 인물들의 성격에서 장문식 작품의 힘이 발생한다.

판타지가 아동문학의 특징적 속성임을 고려할 때, 동식물 주인공이 5편밖에 되지 않고 등장인물의 외양에 관계없이 전 작품이 현실 공간을 배경으로 삼고 있다는 점도 작가의 성향을 보여 준다. 의인화 수법을 통해 왜곡된 현실 질서를 보다 명료하게 구성해서 보여 줄 뿐, 현실 질서를 뛰어넘는 개방적인 상상력은 나타나지 않는다. 그만큼 작가의 관심사는 발을 딛고 사는 실제적 현실 세계에 집중되어 있으며, 리얼리즘 작가적 자질이 뚜렷함을 말해 준다 하겠다.

2) 세계 인식과 비판 정신

장문식 첫 작품집에 나타난 작가의 세계 인식이 유난히 단절적이고 날카로움은 앞에서 이미 말하였다. 이러한 현실에 대한 작가의 문제의식은, 여러 작품집 서문에 나타난 구체적 진술로도 확인된다.

요즘 세상은 참 무섭다고 한다. 나도 자꾸만 그 말이 맞다는 생각이 든다. 날마다 들려오는 끔찍한 일들, 세상이 이렇게 흘러가다가는 어쩌나 하는 걱정이 가슴을 죄어 온다.

그러면 이 세상을 누가 만들어 가고 있는가? 우리 모두다. 재물만 있으면 못할 일이 없는 세상이기에 너나없이 욕심을 부리느라고 눈과 귀가 멀어 있다. 아름다운 것을 볼 수도 없으며 옳은 소리도 들을 수 없다. 그러니 무엇이 나쁜 짓이고 무엇이 그른 생각인 줄을 모를 수밖에……. 이런 사람들이 갈수록 늘어나기만 하니 참으로 불안하다.

–《도둑 마을》 작가의 말

이 시대는 어지러울 정도로 세상이 마구 변해 간다. 아이들의 생활과 생각도 그에 맞추어 변해 간다. 그러다 보니 간편해지기는 했으되 인정이 메마르고, 제 욕심만 채우려 하고, 물질만을 제일로 삼게 되었다. …… (중략) …… 그러나 어떻든 이 세상은 사람들이 모여 살아가는 곳이다. 아무리 세상이 변한다 해도 사람 마음 깊은 곳의 바탕이야 변하랴? 나는 세상에 눌려 잠들어 있는 그 마음의 바탕을 흔들어 깨우고자 용기를 내어 동화를 쓴다.

–《누나와 징검다리》 서문

문학에 앞서 사람을 생각하고, 개별 취향보다 전체적 삶을 사유하는 자세를 읽을 수 있다.

현실 삶을 망치는 부정적 대상에 대한 작가의 민감성은 비판 정신으로 이어진다. 《신기료 할아버지》(1981)에서 〈커지는 배〉같은 의인화 기법을 이용한 우의적 작품으로 표출되던 비판 정신이, 《도둑 마을》(1983)부터는 풍자적 기법으로 지속적으로 나타난다.

〈도둑 마을〉에서는 나라 안에 도둑이 들끓자 근본 원인을 살피고 대책을 마련하는 대신, 숫자를 정하여 도둑을 잡아들이라고 명하는 임금님의 어리석음이 풍자된다. 의무적으로 머릿수를 채우다 보니 억울한 사람이 생기게 된 것은 물론이고, 엄청난 도둑 무리의 처리 문제가 새로운 골칫거리로 등장한다. 그 또한 근원적 해결책은 찾는 대신, 손쉽게 도둑 마을 하나를 만들어 격리시키기로 한다. 그러자 도둑들이 다른 마을로 원정을 다니며 도둑질을 하는 또 다른 문제가 발생하고, 다른 미봉책이 계속 마련된다.

이렇듯 눈앞의 현상을 덮기에 급급한 임금님과 신하들의 행태는 현실의 위정자를 떠올리게 한다. 유사성을 바탕으로 성립되는 풍자는 현실과 이상의 차이를 날카롭게 의식하게 한다.

작가의 비판의 대상은 다양하다. 〈약수산의 멧새 부부〉는 눈앞의 작은 이익에 연연하여 쉽게 안면을 바꾸는 인간 세태를, 〈위대한 다리〉는 자신을 객관화시켜 볼 줄 모르고 자만하는 어리석음을, 〈하늘 나무〉에서는 참 보물을 알아보지 못하고 잔꾀를 부리다 진짜 보물을 잃어버리는 천박한 시정을 풍자한다. 〈돈 항아리〉, 〈회오리바람〉, 〈아귀의 슬픔〉, 〈소꿉 마을〉 등의 작품도 물질에 대한 욕심으로 인간적 가치를 상실하는 세태에 대한 경고의 메시지가 들어 있다.

풍자적 인물은 다른 작품의 인물들보다 더욱 가공적이며, 항상 작가의 풍자적 의도의 지배를 받는다. 서서히 그 인물이 되어 가는 것이 아니라, 처음부터 '그 인물'의 성격을 가지며 반복적인 행동 양상을 보인다. 〈도둑 마을〉의 임금님이나 〈돈 항아리〉의 안다니 아저씨처럼 자신의 무지를 자각하지 못한 채 자기만족에 빠져 있어 독자의 웃음거리가 된다. 이러한 풍자적 인물의 맹목성이 크면 클수록 아이러니가 현저해진다.

> 그런데 원님은 회오리바람 때문에 모자를 쓰고 다닐 수가 없었습니다. 문밖에만 나가면 모자는 공중으로 날아가 버렸습니다. 질긴 끈으로 달아매어도 모자는 망가져 날아가 버렸습니다. 모자를 쓰지 않고서는 원님으로 봐 주는 사람은 아무도 없었습니다. …… (중략) …… 원님은 당장 쇠모자를 만들었습니다. 회오리바람에 날리지 않으려니까 그 무게가 아무래도 스무 근은 되어야 했습니다. 원님은 그 무거운 모자를 쓰고 다녀야 했습니다. 하루가 지나자 원님은 목이 퉁퉁 붓고 허리가 구부러지고 눈알이 툭 튀어나올 것 같았습니다. 잠잘 때만 빼놓고 그 무거운 쇠모자를 쓰고 있어야 하니 죽을 지경이었습니다. 그러나 그런 고통을 누구에게도 말할 수는 없었습니다.
>
> – 〈회오리바람〉 부분

작가는 풍자 기법을 통해 은연중 독자로 하여금 맹목적 인물의 허영심과 어리석음을 함께 비웃고 비난하기를 요청하고 있는 것이다.

그런데 이러한 풍자나 아이러니는 어떤 윤리적 목적 없이는 사용되지 않는다. 윤리적이 될수록 문학적 자유로움과 흥미는 제한되고, 교훈적인 우화나 심하면 설교로 전락할 위험이 따른다. 작가가 예리한 현실 비판 능력을 가져야 할 것이나, 문학이 도덕에 종속되어 도구적 역할을 하지 않도록 경계해야 한다. 예술적으로 승화된 강력한 감정의 자연스러운 넘쳐흐름을 통해 작가의 비판 정신을 호흡하게 해야 할 것이다.

3) 사실적, 의지적인 자아

장문식의 사실주의 작품의 주인공들은 주위에서 흔히 만날 수 있는 보통 사람이거나, 보통 사람보다 더 어려운 처지에 놓인 약자들이다. 그런데 그들은 한결같이 꿋꿋한 향일성(向日性)의 생명 의지를 가지되, 위선이나 위악이 없는 천연함을 특징으로 가진다. 이는 동심의 본질적 특성이자, 작가가 평소 지닌 뜻과 무관하지 않다.

> 나는 정이 많고 굳센 사람을 좋아한다. 그런 사람을 만나고 나면 나는 살아가는 기쁨을 맛보곤 했다. 날마다 스쳐 가는 수많은 사람들과 이야기들 중에서 내 마음에 머물러 있는 것은 두텁고 따뜻하고 그리고 산처럼 듬직한 것들뿐이었다. 내가 글 쓰는 길에 접어들면서부터는 줄곧 그런 사람들과 그런 이야기들을 만나려고 쉼 없이 방황하였다. 앞으로도 변함없이 그럴 것이다.
>
> – 〈도둑 마을〉, 작가 후기

약자의 편에서 그들 입장을 표현하고자 하는 것은 어떤 미미한 존재도 폭력적 힘에 짓밟히지 않기를 바라고, 설령 짓밟히게 되더라도 꿋꿋이 본연의 생명력을 펼쳐 나가기를 바라는 마음에서다. 이는 곧 현실 질서 속에서의 진실과 정의에 대한 열망이며, 그 바탕에는 현세에 대한 강한 긍정과 사랑의 마음이 있다. 작중 인물들이 가지는 흡인력은 이러한 작가 정신의 강렬함에서 발생한다.

인물과 배경, 사건은 따로 떨어져 존재할 수 있는 것이 아니고 전체 플롯의 긴밀한 연관 관계 속에서 생명력을 얻는다. 장문식은 사실적이고 섬세한 묘사를 통해 한국인의 생활과 풍속, 전통, 가치관, 심성 등을 자연스러운 이야기 구조 속에 탁월하게 녹여 내는 성과를 보여 준다. 20세기 중반 이후 한국인의 삶, 특히 한국 어린이의 생활과 내면 풍경을 이만큼 사실적이고 총체적으로, 또한 진솔하게 그려 낸 작가를 찾기란 쉽지 않다. 작가적 문제의식과 문학적 감수성, 장인적 기량을 두루 갖춘 후에 이룰 수 있는 성과이기 때문이다.

유년의 눈과 마음으로 현실 세계를 정직하고 진지하게 그려 낸 〈형제〉, 〈진달래꽃〉, 〈자라목이 벼슬〉, 〈동각지기〉, 〈껌벅이〉, 〈점길이네〉, 〈할아버지의 초상화〉, 〈산골을 지나는 열차〉, 〈누나와 징검다리〉, 〈거지노인〉, 〈너릿재〉 등의 소설은 전체 작품 중에서도 아동문학의 본질을 가장 잘 구현하고 있다고 생각되며 그만큼 흡인력도 높다.

특히 〈너릿재〉는 유년기의 끄트머리쯤에 서 있는 한 소년에게 일어난 사소한, 그러나 본인에게는 엄청난 사건을 핍진하게 그려 낸 성장소설로, 우리 시대 한국 시골 소년의 원형적 모습을 구체화하는 데 성공한 대표적인 작품이다.

서사 단락을 요약해 보면 다음과 같다.

1. 소년은 화순초등학교에 다니는 초등학생이다.
2. 언제부터인가 가파르고 험준한 너릿재 너머 큰 세상에 호기심이 생긴다.
3. 너릿재를 넘어 광주에 다녀온 순일의 얘기를 듣고, 소년도 꼭 넘어가리라 결심한다.
4. 너릿재 꼭대기에 서 있는 큰 나무는, 동네 당산나무와 같은 느티나무이다.
5. 당산나무 속에 업구렁이가 산다는 어른들의 말을 반신반의했는데, 어느 날 당산나무 아래 죽어 있는 미친년을 목격한다.
6. 소년에게 너릿재의 느티나무도 신비롭고 두려운 금기의 징표로 여겨진다.
7. 봄날 낯선 여자아이가 이웃에 이사 온다. 그 아이 순아의 머리에 노랑나비 리본이 꽂혀 있다. 소년은 난생처음 묘한 설렘을 경험한다.
8. 소년은 세 친구와 함께 너릿재를 넘는다.
9. 50리 산길을 걸어 마침내 큰 세상 광주에 도착한다.
10. 도시 구경에 정신없던 소년은 가판대에서 노랑나비 리본을 발견하고, 경모한테 돈을 빌려 산다.
11. 해가 저물자 아이들은 집으로 향한다. 순일은 이모네 집에서 잔다고 가 버리고, 경모는 버스를 타고 가겠다 한다.
12. 소년은 노랑나비 리본을 샀기 때문에 차비가 없다. 그러나 후회하지 않는다.
13. 겁쟁이 정훈이와 둘이서 어두운 너릿재를 걸어 넘는다.
14. 새벽 한 시가 넘은 시간에 어떤 트럭의 짐칸에 실려 무사히 집으로 돌아온다.
15. 다음 날 소년은 간밤의 일이 꿈인가 하여 호주머니를 뒤진다. 그러자 노랑나비 리본이 손에 잡힌다. 순아의 모습이 노랑나비가 되어 나폴나폴 날아오른다.

'당산나무'로 상징되는 생의 원시적 미망의 단계에 머물던 소년이, '너릿재 넘기'라는 힘겨운 통과 의례를 거쳐 '광주'로 상징되는 사회로 나오게 된다, 그러한 과정의 구심점에 '순아'가 자리 잡고 있어, 소년의 정신과 육체는 조화로이 성장 과업을 이룬다.

역사는 '사건'을 다루고 문학은 '체험'을 다룬다. 소년이 너릿재를 넘은 일은 역사적 사건이 될 수 없지만, 개인의 내면에 사라지지 않는 흔적을 새기는 중대한 체험이다. 작가는 삶의 어느 단계에서 겪었음직한 자신의 체험을 작중 인물을 통해 섬세하고 사실적으로 형상화하여, 작품의 개별성과 보편성을 함께 얻는 성과를 거두었다.

3. 맺으며

장문식 작품은 1990년대부터 소설적 성격이 약화되고 동화적 특징이 강화된다. 1996년 발행된 《하루살이 이틀살이》의 경우 단편 16편 가운데 사실주의 기법은 5편밖에 되지 않을 정도로 상징적, 은유적 기법의 동화작품을 창작하고 있다.

첫 작품집에서 보여 주었던 자아와 세계의 단절 의식과 대립 양상은 시간이 흐르면서 약화되고, 화해적 결말이 늘어나면서 안정된 구조와 문장력과 더불어 전반적으로 편안한 느낌을 준다.

동시대의 현실에 대한 관심은 〈라테스톤은 알고 있다〉, 〈할머니의 보물〉, 〈뭉툭이〉, 〈멍순이〉 등의 역사적 소재와 〈나래산〉, 〈늙은 당산나무〉, 〈은여우 사냥〉 등 환경을 소재로 한 작품, 그리고 〈하느님의 박수소리〉, 〈열쇠 아저씨〉 등 현대인의 이기적인 생활을 다룬 작품 등 다양한 갈래로 나타난다.

〈누워 있는 돌부처〉, 〈새들의 합창〉, 〈바위의 꿈〉, 〈길손〉, 〈크는 물방울〉, 〈왕바위와 소나무〉, 〈무지개 뿌리〉, 〈돌사람〉, 〈촛대바위〉, 〈왕자새〉 등의 동화도 우의성을 넘은 보편성으로 자아와 세계를 깊이 교감하게 한다.

그런데 작중 인물이 치열한 자의식으로 '고민'하던 문제적 주인공에서, 문제를 '바라보는' 주인공으로 바뀌어 가고, 작가의 관심사가 물질적 현실 세계에서 현실을 초월하는 정신성으로 옮아가는 현상이 반드시 바람직한 것으로만 보이지는 않는다. 물론 특정 시공간을 배경으로 한 사실주의 작품은 보편성을 얻기 힘들고, 일정한 시간이 지나면 당대의 독자들과 소통되기 어렵다. 시공을 초월하여 살아남는 작품은 인간의 원형적 심성을 상징적이고 은유적으로 다룬 문학이다. 우리의 전래동화와 서구의 메르헨이 그러하다.

누구나 나름대로 영원을 지향하기 마련이고, 작가로서 현상 너머 보편성에 관심을 가짐은 당연한 일이다. 시간이 흐르면 마모되고 마는 덧없는 것을 좇기보다 변함없는 진리와 진실을 응시하려 함도 무리가 아니다.

그러나 문학은 결과가 아닌 삶의 과정과 체험을 소중히 여기는 것이며, 분명히 있지만 미처 사건이 되지 못하고 말해지지 않은 느낌들을 미세한 언어의 그물로 건져 올려 잡아내는 일이다. 생생하게 살아 있는 '지금 여기 이 순간'을 잡아내는 능력이 누구에게나 주어진 것은 아니라는 점에서, 한결 넉넉해진 장문식의 의식과 다양한 관심사가 믿음직스러우면서도 한편으로는 첫 마음으로 돌아가기를 촉구하지 않을 수 없다. 어린이를 닮은 정직한 시선과 참된 질서를 소망하는 타고난 아동문학인으로서 작가적 기량이 완숙한 경지에 이르렀다고 판단되기에, 다시 한번 창작의 방향성을 숙고하기를 조심스레 권하고 싶다.

애써 좋은 작품을 써도 제대로 평가받지 못하는 우리 아동문학의 척박한 현실이 작가들의 사기를 저하시키고, 대중문화 시대의 피상적이고 감상적인 작품들의 전략적인 득세가 전반적인 작가 의식을 허약하게 만드는 오늘날이다. 모든 것이 경제적 가치로 환원되는 시대에, 좋은 작품은 독자가 알아보기 마련이고 지속적 생명력을 가지기 마련이라는 이야기로 작가를 고무할 자신은 없다. 다만 작가든 누구든 자신의 삶을 전력을 다해 걸어가야 하며, 참 자아를 지키려는 노력을 거듭해야 할 따름이라는 것밖에.

범위를 좁혀 치밀한 분석을 해야 함이 올바른 학문적 태도일 것인데, 장문식 작품 세계의 기본적인 자료라도 마련하고자 하는 욕심이 앞서 전 작품을 대상으로 삼다 보니 글이 거칠고 방만해졌다. 이 점 부끄럽게 생각하며, 훗날 섬세하고 체계적인 연구 논문이 나와 장문식의 작품 세계를 충실히 밝히게 될 것으로 믿는다.

어린이와 함께 선생이 걸어온 길

1948년 9월 17일 전남 화순에서 부 장양수, 모 임임례의 2녀 5남 중 3남으로 태어남.
1962년 화순국민학교를 졸업함.
1965년 화순중학교 시절 골수염으로 네 번 대수술하고 3년간 투병함. 죽을 고비를 넘김.
1968년 숭의실업고등학교를 졸업함.
1970년 광주교육대학 시절 '시화전', '문학의 밤'에 참여하면서 처음으로 창작 활동을 함. 명봉국민학교 교사 초임 발령됨.
1973년 중등학교 준교사 자격 고시검정(국어과)에 합격함.
1975년 하짓날 세 살 아래인 안미자와 결혼함.
1976년 첫아들 '다운'이 태어남.
서울대학교 사범대학 교원교육원에서 국어교육과 사범대학 과정을 수료함. 이때 시인 문삼석, 전원범, 동화작가 김준영, 평론가 최지훈, 전문수, 신헌재를 만남.
〈전남일보〉 신춘문예에 동화 〈형제〉로 당선됨(심사: 이원수).
1978년 첫딸 '들'이 태어남.
전남대학교 교육대학원 국어교육을 전공함. 교육학 석사를 수위함.
1980년 〈한국일보〉 신춘문예에 동화 〈신기료 할아버지〉로 당선됨(심사: 윤석중, 김요섭).
1981년 7월 15일 첫 번째 동화집 《신기료 할아버지》를 아동문예사에서 출간함. 표제작 〈신기료 할아버지〉를 비롯하여 단편동화 15편이 들어 있음. 문예진흥원 창작 지원금을 받아 출간함. 김요섭 선생님의 서문, 문삼석 선생님의 발문이 들어 있음.
1982년 '흙담' 동화 문학동인(전양웅, 김재창, 김옥애, 황일현, 김목)이 됨.
1983년 인간사에서 동화집 《도둑 마을》을 출간함. 표제작 〈도둑 마을〉을 비롯하여 단편동화 18편이 들어 있음.
한국서적공사에서 장편 소년소설 《가슴마다 뜨는 별》을 출간함.
웅진출판주식회사에서 장편동화 《출렁이는 물그림자》를 출간함.
두 번째 동화집 《도둑 마을》로 전남아동문학가상을 수상함.
1986년 장편 〈출렁이는 물그림자〉로 제13회 한국아동문학상을 수상함(심사: 이오덕, 이영호).
1988년 전남아동문학가협회 회장이 됨.
1991년 창작과비평사에서 동화집 《누나와 징검다리》를 출간함. 〈누나와 징검다리〉를 비롯하여 단편동화 18편이 들어 있음.

도서출판 산하에서 절판되었던 《도둑 마을》을 다시 살려 출간함. 단편동화 17편이 들어 있음.

동화 〈도둑 마을〉을 일본에서 출간한 《おすすめ 韓國短篇童話》(日本兒童文學學會特別硏究發表 參考資料/仲村 修 譯.刊)에서 〈どろぼう村〉 일어로 번역하여 수록함.

동화 《누나와 징검다리》로 제24회 세종아동문학상을 수상함(심사: 어효선, 하청호).

1992년 학원출판공사에서 동화집 《얼룩 귀뚜라미의 여행》을 출간함. 표제작 〈얼룩 귀뚜라미의 여행〉을 비롯하여 단편동화 10편이 들어 있음.

1993년 중원사에서 동화선집 《돈 항아리》를 출간함. 표제작 〈돈 항아리〉를 비롯하여 단편동화 16편이 들어 있음.

1994년 아동문예사에서 장편동화 《땅에 내린 별》을 출간함.

여명출판사에서 장편동화 《고물 택시와 호랑이》를 출간함.

1996년 도서출판 산하에서 동화집 《하루살이 이틀살이》를 출간함. 중편동화 〈너릿재〉와 표제작 〈하루살이 이틀살이〉 등 단편동화 16편이 들어 있음.

1997년 동화 〈떠나버린 숲〉을 중국에서 출간한 《韓國童話選》(赵郁秀, 李在徹 主編/遼少年兒童出版社)에서 〈是准毁了座樹林〉 중국어로 번역하여 수록함.

1998년 물뿌리개아동문학회 회장이 됨.

1999년 동화 〈황소네 선조〉를 일본에서 출간한 《北十字星文學 3號》(李明子 譯. 北十字星文學の會)에서 〈ウシの 先祖〉 일어로 번역하여 수록함.

예림당에서 동화집 《멍순이》를 출간함. 중편동화 〈뭉툭이의 옹이〉와 표제작 〈멍순이〉 등 단편동화 11편이 들어 있음.

2001년 어린이교육원에서 동화집 《멍텅구리 편지》를 출간함. 표제작 〈멍텅구리 편지〉를 비롯하여 단편동화 4편이 들어 있음. 이 책에 실린 〈희미하게 찍힌 사진〉은 KBS TV동화 '행복한 세상'에 방영됨.

동화 〈누나와 징검다리〉를 일본에서 출간한 韓國現代童話集5 《コリア兒童文學選》 〈愛の韓國童話集〉(下橋美和 譯/仲村 修 編/素人社)에 〈ねえちやんと飛び石〉 일어로 번역하여 수록 출간함.

2003년 대교출판사에서 동화집 《방귀쟁이 풀빵장수》를 출간함. 표제작 〈방귀쟁이 풀빵장수〉를 비롯하여 단편동화 8편이 실려 있음.

2004년 한국아동문학인협회 부회장이 됨.

2005년 효리원에서 《희미하게 찍힌 사진》을 출간함. 《멍텅구리 편지》의 표제를 바꾸어 재출간함.

2008년 효리원에서 《고장난 시계》를 출간함. 단편 한 작품을 한 권으로 출간함.

2011년 초등학교 교과서 읽기 5학년 1학기에 웅진출판사에서 출간한 《광개토대왕》의 일부가 실림.

사위 'Claudio'를 맞음.

광주예술고등학교, 광주제일고등학교, 광주여자고등학교, 전남여자고등학교, 광주고등학교 등에서 40여 년간 학생들에게 국어와 국문학을 가르쳤고, 정년 퇴임하면서 대한민국 황조근정훈장을 받음.

2013년 며느리 '고혜화'를 맞음.

지만지출판사에서 《장문식 동화선집》을 출간함. 단편 〈도둑 마을〉 등 12편이 실려 있음.

한국 아동문학가 100인

문선희

대표 작품

〈꼬마 시간 여행자와 본부실〉

인물론

라일락처럼 향기로운 여인

작품론

가식을 거부하는 동심의 세계, 리얼리즘 동화

어린이와 함께 선생이 걸어온 길

꼬마
시간 여행자와
본부실

오늘은 5월 5일, 목요일, 어린이날. 명수는 아침 일찍 그냥 눈이 떠졌어요. 명수는 숲에서 지저귀는 새소리를 들으며 가만히 누워 있어요. "아빠–." 대답이 없어요. 아빠는 토요일에 열리는 마라톤 대회를 준비하러 벌써 산으로 달리기 연습을 하러 갔나 봐요. 아빠와 명수는 단둘이 살고 있어요. 엄마는, 그러니까 엄마는 명수가 다섯 살 때 아빠랑 헤어졌어요. 이혼. 이유는 몰라요. 아무도 말해 주지 않으니까요. 엄마의 얼굴은 희미해져 가고 그리움은 점점 커져 갑니다.

명수는 아빠가 끓여 놓은 미역국에 밥을 훌훌 말아 먹고 본부실로 갑니다. 동네를 온통 뒤덮고 있는 아카시아꽃 향기 찔레꽃 향기를 흠흠거리며 맡습니다. 기분이 상쾌해져요. 산꼭대기에서부터 흘러내리는 물이 계곡을 따라 졸졸졸 흘러내립니다. 물살이 속살거리는 소리는 명수를 가만가만 다독거려 주는 것 같아요. 발걸음도 사부작사부작 가벼워집니다.

본부실은 재개발 산동네를 밀어 버리고 아파트를 짓는 건설 회사가 임시 사무실로 썼던 컨테이너입니다. 언제부터 건설 현장에서 옛날 집터, 물이 흐르는 길, 우물터, 갖가지 옛 그릇들이 발굴되는 통에 공사는 중단되었어요. 어느 날, 명수는 직원들이 철수한 컨테이너가 문득 궁금해져서 문을 살짝 열어 보았습니다. 그러자 문이 스르르 열리지 뭡니까. 명수는 친구들을 곧장 데리고 왔고, 그때부터 건설 회사 사무실은 아이들의 본부실이 되었던 것이죠.

동철이와 상미는 벌써 본부실에 나와 있었어요. 둘은 의자 팔걸이에 손을 척 걸치고 앉아 있습니다. 동철이는 씨익 웃으며, 어제처럼 오늘도 싱거운 질문을 해요.

"명수야, 너 진짜 공룡 발자국을 봤다면서?"

"응, 공룡알, 선녀탕도 봤는걸."

명수는 어깨를 으쓱거렸어요. 백 번이라도 신나게 대답해 줄 수 있어요. 모두가 화석들이긴 해도 진짜 봤던 것들이에요. 조선소에서 선박 페인트칠을 하는 명수 아빠는 전국 곳곳에서 열리는 마라톤 대회에 참가합니다.

올해 1월, 고성 공룡 마라톤 대회에서 아빠는 풀코스 42.195km를 달렸고, 명수는 5km를 달렸어요. 마라톤 대회가 끝나고, 목욕을 했고, 점심을 먹고 난 뒤, 공룡 화석들이 있는 해변으로 갔습니다. 해변 바위에 찍혀 있는 여러 화석들을 보고 와서 명수는 친구들에게 말해 줬거든요.

"선녀탕도 봤대며?"

상미가 눈을 반짝거리며 묻습니다.

"응."

"얼마만 했는데?"

어제도 말해 줬는데, 김치통 크기만 하다고. 오늘 또 묻고 있으니 명수는 먼지가 뽀얀 컨테이너 바닥에다 손가락으로 선녀탕의 실물 크기를 그리지 않을 수 없어요. 지름 30cm 정도 되는 동그란 원을 그렸어요.

"칫! 그렇게 쬐그마해? 요만한 곳에서 어떻게 목욕을 해?"

"몰라……."

명수는 시큰둥하게 대답했어요. 잘 알지도 못하면서 아는 척하기는 싫으니까요. 상미와 동철이는 고개를 갸웃거립니다. 믿거나 말거나 명수는 본 대로 말할 뿐입니다. 어쨌거나 명수네, 동철이네, 상미네는 아직도 재개발 동네를 떠나지 못하는 형편들이에요. 어떤 집들은 건설 회사에서 주는 보상비로 시골로 가거나 더 변두리 지역으로 가기도 했습니다.

"우리도 선녀탕 봤으면 좋겠다, 그치?"

"공룡 발자국, 공룡알도 볼 수 있는 해변 바다로 가 봤으면!"

둘의 말에 명수는 맏이라도 되듯 이렇게 제안했어요.

"못 갈 것도 없잖아? 그냥 큰소리로 외쳐 보자. 이렇게 말야. 가자! 해변 바위로!"

두 친구들은 고개를 끄덕였습니다. 세 명은 간절하게 외쳤어요.

"가자! 해변 바위로!"

명수는 발을 헛디딘 것처럼 아찔한 기분이었어요. 낭떠러지로 쿵 하고 곤두박질치는 느낌이 이런 걸까요? 상미는 "미끄럼틀을 타다가 엉덩방아를 찧을 때와 비슷한 느낌이었어."라고 말했습니다. 동철이는 "계곡에서 물장난을 치다가 갑자기 발이 닿지 않았던 그때 느낌과 똑같아."라고 중얼거렸습니다.

아이들은 엄청난 힘에 떠밀려 순간 이동을 했고, 바다가 보이는 널찍한 바위 위에 서 있어요.

"어라! 어…… 어…… 여기가 어디지?"

“여긴 공룡 유적지다!”

명수가 소리쳤어요. 고성의 해변 바위와 흡사했습니다. 파도가 찰싹거리는 소리, 바닷새가 끼룩끼룩 노래를 부르는 소리, 바람 소리가 쏴아아 들립니다. 코를 벌름거리며 짭조름한 바다 냄새도 킁킁 맡았어요. 널찍한 바위 위를 껑충껑충 뛰어다니기도 했어요. 공룡 발자국 화석을 쿵쿵 밟기도 하고, 공룡알 화석도 유심히 살펴보았습니다.

“여기가 선녀탕이네.”

상미가 물기라고는 전혀 없는 작은 크기의 돌 웅덩이 선녀탕에 조심스레 오른쪽 발을 집어넣었습니다. 그런데 그 순간, 상미가 눈앞에서 순식간에 사라져 버렸어요.

“상미가 사라지다니! 믿을 수 없는 일이야!”

동철이는 울상이 되어 “상미는 이러면서 사라졌잖아?”라고 말하면서 돌 웅덩이에 자신도 오른발을 쑤욱 집어넣었습니다. 그러자 동철이도 순식간에 사라져 버리지 뭡니까.

‘헉! 그런데 나는 어떻게 해야 하지? 나도 따라 할까? 아니야, 나는 벌써 봤던 것들이잖아. 그럼, 나 혼자 되돌아가 버릴까? 그런데 어떻게 해야 되돌아갈 수 있지? 어이구 모르겠네. 그래. 설령 되돌아가는 방법이 있어도 친구 두 명이 내 눈앞에서 사라진 마당에 나 혼자만 되돌아갈 수는 없잖아?’

‘샘물초등학교’의 유명 인사 이명수. 학교에서 농구를 가장 잘하는 명수. 비록 엄마 없이 아빠랑 단둘이 살고 있지만 웃음을 잃지 않는 명수. 우스갯소리를 좋아하는 명수. 명수는 두 마음이 싸우는 소리를 들으면서 맹구의 구구단을 큰소리로 외웠어요.

“6×3은 빌딩, 5×2는 팩, 3×1은 절, 2×4는 센터, 2×8은 청춘.”

차츰 한 가지 생각으로 모아지려고 합니다. 그때, 명수는 저 먼 하늘에서부터 나뭇잎처럼 팔랑팔랑 떨어져 내려오는 이상한 물체를 보았습니다. 눈앞으로 가까이 다가오는 물체는 무지개 빛깔 날개옷을 입고, 위로 솟구친 커다란 리본처럼 독특한 머리 모양을 한 아주머니였어요.

“헉! 선녀 아냐?”

분명 그림책에서 본 적이 있는 날개옷을 입은 선녀였어요. 선녀는 해변 바위로 사뿐 내려앉더니 명수의 바로 앞에 있는 돌 웅덩이 속으로 쏘옥 들어가지 뭡니까. 선녀 역시 흔적도 없이 사라졌습니다. 그래요. 선녀탕에는 발을 닿기만 하면 순식간에 사라지고 마는 비밀이 숨어 있었던 겁니다. 그저 돌 웅덩이처럼 보이는 작고 평범해 보이는 선녀탕에 말입니다!

“에라, 모르겠다. 나도 해 보자.”

명수는 선녀탕에 두 발을 쿵 굴렀습니다.

이번에도 무엇에 미끄러지듯 한없이 아래로 떨어지는 느낌이었어요. 명수는 어디론가 또 순간 이동을 해 버렸던 겁니다. 그런데 이곳은 아무것도 보이지 않는 캄캄한 동굴 속입니다. 명수는 한참 동안 가만히 있었어요. 저 멀리서 사람 목소리가 두런두런 들려옵니다. 명수는 반가움에 큰 소리로 외쳤어요.

"동철아! 상미야! 나도 왔어!"

"어! 명수야! 너도 왔니? 계속 걸어와."

귀에 익은 목소리가 동굴을 웅웅웅웅 울리고 있습니다. 명수는 어둠 속을 더듬거리며 걸어갔어요. 마음의 눈으로는 상미, 동철이, 그리고 선녀 아주머니가 활짝 웃으며 빨리 오라고 손짓하는 모습이 보입니다. 희미한 불빛이 보입니다. 동굴 천장에서 물방울이 뚝뚝 떨어집니다. 발밑은 질벅거렸고, 운동화가 축축해졌어요.

명수는 마침내 세 사람을 만났습니다. 작은 폭포 곁이었습니다. 선녀님은 모닥불을 피우고 있었어요.

"여긴 어디예요?"

명수는 안도의 한숨을 쉬며 주위를 두리번거렸어요. 선녀님이 대답했어요.

"여긴 해변 바위 선녀탕 바로 아래 지점에 있는 동굴이란다. 너희 셋은 비밀 통로에 발을 디뎠던 게야. 그랬기에 선녀들이 마음대로 들락거릴 수 있는 지름길로 이곳에 쉽게 올 수 있었단다."

"우와!"

"너희 셋의 믿음 때문에 선녀탕 어딘가에 뚫려 있는 바늘구멍만 한 구멍을 통과할 수 있었던 게야. 흔히들 그런 믿음을 '우정'이라고 하지. 너희들, 여기까지 오느라고 수고 많았겠구나. 이걸 먹으렴."

선녀님은 커다란 바구니를 내밀었습니다. 바구니 속에는 식혜, 닭튀김, 호박전, 잡채, 소고기 산적, 돼지고기 산적, 빈대떡, 새우튀김, 백설기가 가득 담겨 있습니다. 선녀님에게서 사과 향기가 은은하게 났어요.

"선녀님은 왜 우리들에게 이렇게 잘 대해 주세요? 혹시?"

명수는 이상한 곳으로 빨려 들어왔는가 싶어 은근히 걱정이 되었어요.

"호호호. 내가 유괴범이라도 될까 봐 걱정이니? 사실은 말이야, 나는 아주 먼 옛날에 선녀탕으로 목욕하러 왔다가 나무꾼이 내 옷을 숨기는 바람에 하늘나라로 올라가지도 못하고 아이 셋을 낳았었단다."

"아하! 그러다가 하늘나라가 그리워 나무꾼이 몰래 감추어둔 날개옷을 찾아 입고서 아이들 셋을 데리고 하늘나라로 올라가 버린 그 선녀님인가요?"

상미가 묻자, 선녀님은 고개를 끄덕였어요.

"그랬었지. 땅에 남겨졌던 아이들 아빠는 우리들을 애타게 그리워하다가 그만 병이

나서 일찍 세상을 뜨고 말았지. 나는 얼마나 후회했는지 몰라. 아이 셋을 혼자 키우다 보니 온갖 일을 다해야만 했어. 하늘나라 아버지께서는 일 년에 하루 동안 나를 땅으로 내려보내곤 하셨어. 땅에서 만나는 사람들에게 부부는 꼭 함께 살아야 한다는 당부를 하라고 말이야. 그런데 일 년에 딱 하루, 그날이 바로 오늘이란다."

명수는 선녀가 남편만 혼자 버려두고 아이들을 데리고 하늘로 올라갔다는 말을 듣고 눈을 흘겨 주었어요. 버림을 당하는 사람이 얼마나 큰 아픔을 겪게 되는지 명수는 잘 알거든요. 하지만 선녀도 별별 고생을 다했다는 말에는 안됐다는 생각이 들었어요. 명수는 "선녀님의 세 아이들은 어떻게 됐어요?"라고 물어봤어요.

"내 아이들은 아빠를 몹시 그리워했단다. 그 아이들은 아주 오래전에 죽었단다……."

선녀님은 눈물을 글썽였어요. 그런데 선녀는 결코 죽지 않는 존재래요. 선녀는 도깨비처럼 늙지도 않고 죽지도 않는대요. 선녀님은 말을 이어 갔어요.

"사람도 영원히 죽지 않아. 죽음이란 사실, 깊은 잠을 자는 거야. 언젠가 하늘나라 아버지께서 깨워 주시는 날에 내 아이들은 오랜 잠에서 깨어날 거야. 나는 언젠가 내 자식들을 다시 만날 수 있어."

선녀님은 사람에게는 부활이라는 게 있다는 거예요. 목이 말랐던 명수는 식혜를 꿀꺽꿀꺽 마셨어요. 달콤하고도 시원한 맛. 이렇게 맛있는 식혜를 만들어 주는 엄마가 있으면 참 좋겠어요. 그런 생각이 드니 울컥 슬퍼져요. 어느새 배어 나오는 눈물을 감추려고 명수는 고개를 푹 수그렸어요.

동철이는 닭 다리부터 먹기 시작했고, 상미는 잡채를 먹었어요.

"맛있어요. 냠냠. 잘 먹었습니다."

모두 배가 불러서 콧노래를 흥얼거렸어요. 그때였어요. 동굴 벽에 커다란 글씨가 서서히 나타났습니다.

시간 여행 체험장

글씨는 파랑에서 노랑으로, 다시 빨강으로, 다시 초록으로 반복해서 바뀌어 갔어요. 아름다운 글씨가 빛을 내며 바뀌는 통에 동굴 안은 이제 환해졌어요. 선녀님이 웃으며 말했어요.

"한 사람씩 저 글씨 앞에서 가장 보고 싶은 것 딱 한 가지만 큰 소리로 외쳐 보렴. 그러면 신기한 장면이 두둥실 떠오르게 될 거야."

셋은 잠시 생각해 보는 시간을 가졌어요. 가장 보고 싶어 하는 것 딱 한 가지는 무엇일까? 아! 그리운 엄마? 미래의 자신 모습? 미래의 짝? 미래의 자녀? 미래 사회?

가장 먼저 상미가 동굴 벽 글씨 앞에 서서 큰 소리로 외쳤어요.

"미래의 내 남편이 보고 싶어요."

그러자 최상미의 미래 남편의 모습이 홀로그램처럼 두둥실 떠올랐어요. 그런데 오오! 이게 어찌 된 일입니까? 이명수와 박동철을 합성한 얼굴이지 뭡니까? 모두 그리 만족하지 않았어요. 하지만 '시간 여행 체험장'에서는 이의 신청은 받아들여지지 않는 게 원칙이라고 선녀님이 알려 주었어요.

다음은 동철이가 일어서서 큰 소리로 외칩니다.

"우리 아빠 과거요!"

동철이는 늘 이렇게 말했어요.

"내 생각에 우리 집은 은수저는 될 것 같은데 아무래도 동수저도 못 되는가 봐. 아직도 재개발 동네에 사니까 말이야."

돈이 많고 적고를 나누는 기준을 금수저, 은수저, 동수저, 흙수저라고 누가 그랬나요? 사람이 평생 한 개의 수저로 살아갈 수나 있대요? 명수는 아가였을 때는 플라스틱 수저를 썼고, 지금은 스텐 수저를 써요. 그런데 아빠는 가끔 은수저도 꺼내 써요. 은수저는 엄마가 시집올 때 가지고 온 거래요. 아무튼 숟가락과 젓가락에 대한 수상쩍은 이야기는 어린이들도 알아요. 사실, 명수도 동철이 아빠는 대학교수라서 부자인 줄 알았어요.

이번에는 동굴 안이 영화관처럼 변했어요. 동철이 아버지가 어렸을 때부터 지금까지 어떻게 살아왔는지 파노라마처럼 좌악 보여 줍니다. 초가집에서 태어난 아가, 풀을 베어 소에게 먹이를 주는 소년, 점심시간에 혼자 운동장 가에 우두커니 앉아 있는 학생, 입주 과외 선생이 된 대학생, 결혼식, 갓난아기를 안고 "동철아!"라며 얼러 대는 모습, 부모님 생활비를 드리고, 동생들 학비며 하숙비를 주는 모습, 제자들에게 학비를 주고 용돈을 주고 밥을 사 주고, 형편이 어려운 이웃들에게도 도움을 주고 또 주는 동철이 아빠입니다.

동철이는 그 자리에 털썩 주저앉아 울먹거리며 말했어요.

"나도 아빠처럼 살 테야!"

명수도 가슴이 뭉클해졌어요. 이제 마지막으로 명수 차례입니다. 명수는 이것 하나만은 꼭 보고 싶어 큰 소리로 외쳤어요.

"울 엄마 품속이요!"

명수가 말을 마치자마자 동굴 안은 갑자기 새하얀 빛으로 가득 찼어요. 어디선가 아주 부드러운 실바람이 솔솔 불어와 명수를 포근하게 감싸 주었어요. 명수는 그 자리에 가만히 앉았어요. 두 눈을 꼬옥 감고 오래오래 그렇게 앉아 있고 싶었어요.

어느 사이에 명수는 다시 해변 바위 위에 서 있어요. 눈을 떴을 때는 선녀님은 이미 하늘나라로 훨훨 날아가 버린 뒤였습니다. 그래요. 명수는 친구들과 함께 선녀님의 포근한 품에 안겨서 바늘구멍만 한 작은 구멍을 통과하여 해변 바위로 다시 순간 이동을 했던 것입니다. 그런 다음, 세 명은 스스로 본부실로 되돌아올 수 있었어요. 타박타박. 지친 발걸음들이었어요.

5월 5일. 어린이날에 세 명의 아이들은 온 동네를 쏘다녔어요. 계곡에 있는 널찍한 바위 위를 겅중겅중 옮겨 다니고, 계곡 아래 동굴처럼 생긴 작은 공간을 찾아 신나게 놀았지요. 커다란 나뭇잎으로 선녀놀이도 했어요. 그건 상미가 만들어 낸 상상놀이였어요. 상미 부모님은 연극배우예요. 그래서 그런지 상미는 이야기를 곧잘 만들어 나가기도 하고, 그럴듯하게 연기도 잘해요.

그런데 세 명의 아이들이 스스로 본부실로 순간 이동을 할 수 있었던 힘은, 선녀님의 말대로 서로를 믿어 주었기 때문이에요. 낯선 곳으로 순간 이동했던 그대로, 되돌아올 때도 똑같이 그렇게 하기만 하면 된다는 믿음이 자신들도 모르게 생겼던 것이에요. 그래서 한마음이 되어 이렇게 큰 소리로 외쳤답니다.

“가자! 우리들의 본부실로!”

라일락처럼 향기로운 여인

박숙희

나는 꽃을 좋아해서 어떤 사람을 마주하면 꽃에다 비유해 보는 버릇이 있다. 그러면 각양각색의 꽃을 보듯 다양한 사람의 특성이 한눈에 다가오기 때문이다.

장미는 예쁘지만 날카로운 가시가 있어 자칫하면 상처 입을 수 있으므로 함부로 다가가다간 큰코다치기 쉽다. 모란꽃은 멀리서 보아야 아름답다. 얼핏 보면 크고 화려한 자태로 금방 사람들의 눈을 끌지만 가까이 다가가서 자세히 볼라치면 향기도 없고, 뜯어볼 것이 없어 실망하고 만다. 계요등이나 마가렛 역시 거리를 두고 보아야 한다. 얼핏 보기엔 청초하고 예쁜 듯해도 가까이 다가가 코를 대면 지독한 구린내를 풍겨서 '으악!' 하고 비명을 지르며 뒷걸음질 쳐야 하니 일정한 거리를 두어야 오래 좋은 관계를 유지할 수 있는 것이다. 반대로 족도리꽃이나 제비꽃, 현호색, 은방울꽃은 어린아이를 대하듯 허릴 낮추고 찬찬히 들여다보지 않으면 그 아름다움을 잘 알지 못한다. 나태주 시인은 '풀꽃'이란 시에서 이렇게 노래했다.

자세히 보아야 예쁘다. / 오래 보아야 사랑스럽다. / 너도 그렇다.

위의 시처럼 자세히 보면 참으로 어여쁜 사람이 있다. 그가 바로 문선희 선생이다. 그녀는 라일락꽃에다 비유하면 딱 포개진다. 정원의 수수꽃다리 라일락꽃은 곁에 다가가서 자세히 보아야 그 아름다움을 제대로 보아 낼 수 있다.

그녀는 첫눈에 반하는 화려한 꽃 같은 스타일은 아니다. 수수한 외형과 겸손으로 자신을 감추고 있어서 자세히 보지 않으면 쉽게 눈에 띄지 않는 사람이다. 그러나 가까이 다가가 자세히 보면 향기롭고 신비로운 보랏빛 라일락꽃을 닮았다는 느낌이 든다. 그리고 오래 바라보면 참으로 사랑스러운 여인이라는 사실도 알 수 있다. 나 역시도 그녀가 사는 울산에 이웃하여 있으면서도 자주 만날 기회가 없어 그녀에 대해 잘 알지 못하고 지냈다. 그러다가 그녀를 '자세히 보기' 시작한 것은 2004년 무렵부터다. 그때부터 그녀의 진가를 발견하게 된 것이다.

당시 경주의 모 대학에서 아동문학학과를 신설하면서 나에게 동화 강의를 맡아 달라고 요청했다. 그때 나는 학원을 경영하고 있던 중이어서 그 일만으로도 날마다 몸살을 앓고 있는 터라 대학의 강의까지 맡았다간 수명을 단축하는 일이나 진배없을 것 같으니 보다 실력 있고 매력 있는 작가를 모시는 게 좋겠다며 정중히 사양했다. 그리고 나보다 훨씬 실력 있고 매력적인 작가가 있으니 그를 기용한다면 매우 유익할 거라며 문 선생을 소개했다. 그 대학의 국문과 교수인 손모 시인의 전갈에 의하면, 자기 대학에서는 '실력 있고 매력 있는 작가'를 원한다고 했기 때문이다.

그때, 마침 문 선생이 영국에서 돌아와 있던 참이라 타이밍이 절묘했다. 그녀는 영국 케임브리지 대학교 카벤디쉬 연구소에서 일 년간 머물며 연구하는 남편을 따라 케임브리지 대학교 평생 학습원에서 현대 영문학 디플로마 및 문예창작 과정 등을 공부하고 돌아와 있던 참이었다. 그 나라 사람들도 학점 따기가 까다로운 영국의 명문대에서 좋은 논평과 함께 많은 학점을 이수하고 온 문 선생이야말로 '실력 있고 매력 있는 작가'란 요구 조건에 딱 부합되는 작가라고 소개했더니 곧 그 대학의 수락이 떨어졌고, 그해 4월부터 문 선생은 그 대학의 문창과를 맡아 아동문학과 교수로서의 소임을 훌륭히 감당해 내었다.

그런 인연으로 우리는 가끔 만나 식사도 하고 차도 마시고, 세미나 같은 모임이 있는 날이면 꼭 한 방에서 룸메이트로 짝 지워 달라고 주최 측에 부탁하곤 한다. 그리하여 밤새워 이야기를 주고받으며 세미나에서 얻는 지식보다도 서로에게서 얻는 향기를 가슴속에 담아 오곤 했다. 그녀와의 만남을 거듭할수록 나는 그녀가 라일락처럼 향기로운 심성을 지닌 사람이라는 것을 확인하였다. 그리고 시간이 갈수록 그 향기에 젖어들곤 했다.

놀라운 것은, 이야기를 나누다 보면 우리의 삶의 모습이 비슷한 점이 한두 가지가 아니라는 사실이다. 세상 물정을 모르고 동화의 세계 속에서 살아가는 점이나(그녀나 나는 지금까지도 남편에게 용돈을 타 쓴다. 작가의 머릿속은 돈을 계산하면 글이 달아나기 때문이다.), 하나님을 두려워하는 그리스도인인 점도 같고, 무슨 일이든 전력투구하는 자세가 그렇고, 그 어떤 고난이 닥쳐도 인내하며 이겨내는 점이 그렇다. 하다못해 작가가 된 동기가 자기 아이들에게 읽히기 위해 동화를 썼다는 사실이나(그녀는 미국에 사는 5년 동안 우리말로 쓴 책이 없어서 한국말로 동화를 써서 아이들에게 읽어 주곤 했단다.), 맨 처음 쓴 동화가 신춘문예에 당선하여 작가가 되었다는 점까지도 나와 똑같다는 사실을 이야기하면서 깜짝 놀랐다. "어머! 나도 그런데!" 하는 말을 연발하게 되는 것이 너무 신기해서 우리는 깔깔 웃는다. 그건 아마 두 사람 모두 그리스도 정신을 소유했기에 삶의 방향이나 목적이 동일할지도 모르겠다. '참 그리스도인'의 정신을 가진 사람이라면 사고방식 또한 비슷할 것이니 말이다. 그래서 집필 방향도 엇비슷하고 사는 모습도 닮았을 것이다. 그러니 그녀와 나의 혼이 어찌 소통하지 않으랴!

그리스도인은 오래 참고, 친절하며, 시기하지 않고, 자랑도 교만도 아니한다. 자신의 유익을 추구하거나, 무례하거나 급히 성내지 않고, 악을 생각지 않고, 진리를 기뻐하며, 모든 것을 참고, 믿고, 기다리며, 인내하는 사람이다. 그녀나 나나 그리스도인의 삶을 추구하는 작가이니 창작의 기본 정신이 그리스도의 사랑이며 그 사랑을 바탕으로 쓰는 글은 분명 모든 인류에게 유익할 것이다.

그녀는 보면 볼수록 참 괜찮은 사람이다. 그녀가 조선 시대의 여인처럼 조신한 것도 퍽 마음에 든다. 그녀가 그런 데는 남편의 영향이 크다고 보아진다. 그녀의 남편은 우리나라의 실력 있는 물리학자다. 그 대단한 남편은 늘 '고전으로 남을 작품만을 쓰라', '고료를 벌기 위해 부끄러운 글을 쓰지 말라'며 아내를 독려한단다. 돈을 인생의 목표로 사는 현대인이라면 아내가 원고료라도 보태어 자신의 수고를 덜어 주기를 바랄 법도 하련만! 그의 남편 역시 늘 어려운 이웃을 도우며 사는 인정 많고 청빈한 사람이라 아내가 훌륭한 작가로 남기만을 격려해 준다니 복 많은 작가가 아닌가?

그리스도인 아내의 자세는 '네 남편에게 순종하라'는 말씀을 따라 사는 것이다. 그러므로 남편의 권위를 인정하고 순종하는 그녀는 '어디서든 나서지 말라', '예수 믿는 티내지 말고 이웃과 화목을 이루라'는 남편의 요구대로 늘 자신을 낮추고, 티내지 않고 살아왔다는 것이다.

그런 데다 그녀는 자녀들의 절대적인 지지와 격려를 받는 엄마 작가다. 자녀들을 1차 독자로 두었으니 필시 글을 쓸 땐 그 글이 자녀에게 어떤 영향을 미칠 것인가를 생각하고 쓸 것이다. 그러면 자신의 자녀가 읽고 올곧게 자라기를 바라는 마음으로 쓸 것이니 그녀는 분명 최고의 명작을 쓰기 위해 분투할 것이다. 자녀들이 작품이 미처 끝나기도 전에 결말이 어떻게 끝날까 궁금해하며 자신보다 더 안달하고 관심을 가져 주며 1차 독자로서의 모니터링도 해 준다니 어찌 글 쓰는 힘이 배가하지 않으랴! 가족들의 절대적인 성원에 힘입어 글을 쓰는 그녀는 분명히 행복한 작가다.

마음에 가득한 것이 말이나 글로 표현되기 마련이다. 그녀의 동화는 읽고 나면 따스하고 깨끗한 마음이 들게 한다. 그리고 착하게 살고 싶게 만든다. 그녀의 마음 밭이 그렇다는 증거일 것이다. 성경 잠언에서 솔로몬은,

"타인으로 하여금 자신을 자랑하게 하고 자신의 입으로는 하지 말라."

하고 말했다. 그녀는 자랑할 것이 많은 작가다. 그렇지만 그녀는 자신을 자랑하기보다 오히려 숨기기를 애쓰는 사람이다. 남들이 볼 때, 소위 '스펙' 빵빵하고 화려한 위치에 있으면서도 그녀는 전혀 그런 티를 내지 않는다. 오히려 사명감에 부대끼며 쉬지 않고 전력투구한다.

연구하는 남편을 내조하고, 자녀를 우수한 물리학자로 키워 내고, 시집의 대소사를 도맡아 하는 며느리로, 친구보다는 존경의 대상이다. 그뿐만 아니라 주변의 질시의 대상이기도 하다. 결코 따라갈 수 없는 상대를 향한 열등생들의 시기 질투에도 시달리는 것이다. 그래도 그녀는 아랑곳하지 않고 황소처럼 자기 할 일만 묵묵히 해왔다. 자신이 돋보이기 위해 타인에게 소금 뿌리는 사람들은 어디에나 있기 마련이다. 그녀도 실력 있는 작가라는 이유로, 유수한 중앙지 신춘문예에 당선했다는 이유로, 대단한 학자 남편을 둔 교수 부인이라는 이유로 시기 질투의 대상이 되고도 남는다. 그러나 그녀는 어떤 참새들의 입방아에도 아랑곳하지 않는다.

그녀는 울산 아동문학의 대모다. 울산문협 전체 10퍼센트의 문학인, 울산 아동문학회의 15퍼센트의 아동문학 작가를 그녀가 길러 냈다. 등단 이후 묵묵히 제자들을 자식처럼 아끼고 가르쳤다. 그녀가 열정적으로 가르친 제자들은 반듯하게 성장했고, 문단의 새내기 작가로 튼실하게 성장해 가고 있다. 그녀는 그런 모습을 보는 것을 보람으로 여기고 산다.

어떤 사람은 쥐꼬리만 한 업적을 가지고 30분 정도 만나는 자리에서도 자신의 잘난 점을 한꺼번에 쏟아 내어 상대에게 입력시키느라 입에 게거품을 무는 것을 심심찮게 본다. 듣는 사람이 머리가 어지러울 지경인데도 자신의 자랑을 끝까지 늘어놓는 사람을 보면 불쌍하기까지 하다. 저렇게까지 자신을 자랑하고 싶을까 싶어 다시는 그 사람과 마주하기가 겁이 난다. 그러나 그녀는 스스로를 자랑하기보다 타인으로 하여금 자랑하게 만드는 사람이다.

그녀는 작가로, 주부로, 며느리로, 선생으로, 신앙인으로, 일인 5역을 훌륭히 해내며 살아간다. 그러고도 어디서나 어려운 일은 도맡아 한다. 그런 연유로 그녀는 타인이 칭찬하는 사람이다. 옆에서 됨됨이를 지켜본 사람이 칭찬하는 사람이라야 진정한 인격의 소유자인 것은 두말할 나위가 없지 않은가? 나 역시 그런 그녀를 칭찬해 주고 싶다.

> 복 있는 사람은 악인들의 간계를 따르지 아니하며, 죄인들의 길에 서지 아니하며, 조롱하는 자들의 자리에 앉지 아니하는도다.
>
> – 〈시편〉 1편 1절

《성경》〈시편〉 1편은 얼핏 보면 쉽게 지킬 수 있을 것 같은 말씀이지만 차분히 음미해 보면 여간 올곧은 심령의 소유자가 아니면 지키기가 쉽지 않은 말씀이다. 그런데 그녀는 그 말씀을 따라 살았다고 했다. 그랬더니 하나님께서 많은 열매를 주셨다는 간증을 듣고 나는 진심으로 그녀를 칭찬해 주고 싶다.

깊고 폭넓은 사고방식의 소유자가 되어야 하는 것도 작가로서 꼭 갖추어야 할 덕목이다. 그녀가 훌륭한 남편을 둔 덕분으로 미국이나 영국 등의 유수한 대학이나 물리학 연구소 주변에서 글로벌한 경험을 쌓은 것은 그의 인생이나 작품에 차원 높은 품격을 제공했을 터이다. 그래서인지 그녀가 그동안 써온 동화도 동화려니와 미처 알지 못했던 그녀의 소설 세계를 접하며 나는 새삼 그녀를 존경하게 되었다. 내가 미처 알지 못하던 사이에 그녀의 작품 세계나 스케일이나 배경 등이 차원 높은 경지를 이루고 있었던 것이다.

나는 동화를 쓰면서부터는 소설 읽기를 그쳤다. 맑은 동심을 유지하려면 음담패설이나 지저분한 세상 이야기를 읽는 것이 내 안의 동심이 오염되는 것 같아 거부감이 생긴 것이다. 그런데 그녀의 소설은 그런 불편함이 없이 고급스럽게 읽힌다. 그뿐만 아니라 《성경》이 추구하는 기독교적인 사랑을 바탕으로 한 이야기들이 잔잔한 감동과 엔도르핀까지 솟아나게 해 준다. 그녀가 '책만드는집'에서 출간한 장편소설 《사랑이 깨우기 전에 흔들지 마라》, 데뷔작 〈긴 복도가 있는 미술관〉 등의 작품을 읽으면서 그녀는 천생 작가구나! 하는 생각을 하며 감탄하였다. 그리고 더욱 더 존경의 염을 가지게 되었다.

그녀가 울산 예총 30년사를 정리하고, 1천 장이 넘는 '고헌 박상진 의사'의 일대기를 쓰느라 고생한 이야기를 들으면서 가슴이 아렸다. 아무나 하지 못하는 일을 우직한 끈기 하나로 이루어 낸 그녀의 열정이 안쓰러워서였다. 태산을 넘는 수고와 끈기로 그 무거운 원고를 완성하느라 그녀는 얼마나 힘들었을까? 그러느라 건강을 많이 잃었으리라.

그녀는 이젠 푹 쉬면서 새롭게 거듭나고 싶다고 한다. 소설 두 권 분량 쓰기가 어디 쉬운 일인가? 그래도 이젠 두 권 가까이 써 둔 책도 그만 내고, 말도 줄이고 자신을 좀 더 감추고 싶다고 한다. 얼마나 지쳤으면 그런 생각을 했을까 하고 생각하니 내 가슴도 따라 아프다. 이 글을 마무리 지으면서 진심으로 그녀에게 이렇게 말해 주고 싶다.

"그래, 열심히 살아온 그대, 푹 쉬고 다시 싱싱한 모습으로 거듭나라!"

하고 말이다. 그리하여 재충전이 되면 그녀는 틀림없이 다시 우리를 깜짝 놀라게 해 줄 것이다. 대견스러운 작가 문선희! 어떤 모습으로 거듭날까? 그날이 기다려진다.

가식을 거부하는 동심의 세계, 리얼리즘 동화

동화집 《무지개 다리》, 《말하는 거북이》를 중심으로

기도연

1. 근대와 탈근대, 반(反)근대적 사유

문선희는 1986년 〈동아일보〉 신춘문예에 단편동화 〈소나무와 민들레〉가 당선되면서 작품을 발표하기 시작했다. 동화집 《까치 고모》(1991), 《말하는 거북이》(1995), 《무지개 다리》(1997), 《하나님의 칫솔》(1998), 《왕바보 내 친구》(2004), 성경 창작동화 《벙글이 책가게 단골손님》(2011) 등을 발표하였고, 여기에 청소년 소설 《장다리꽃》(2004), 장편소설 《사랑이 깨우기 전에 흔들지 마라》(2007), 청소년과 성인들을 위한 전기문 《고헌 박상진》(2010) 등을 발표하며 다양한 장르를 넘나드는 왕성한 활동을 이어왔다.

우리의 동화가 근대 문학으로 자리 잡은 때는 1920년대로 거슬러 올라가야 한다. 마해송의 〈바위나리와 아기별〉이 최초의 창작동화로 선을 보인(물론 이와 관련해 이견이 지속적으로 제기되고 있긴 하다.) 이후 보다 더 상징적이고 비유적인, 때론 더욱 낭만적이고, 때론 이와는 대척점에 서는 매우 사실적인 동화들이 여러 작가들에 의해 발표되었다. 여기에 장르 의식까지 발휘되면서 환상동화, 전래동화, 아동소설, 의인동화, 탐정동화, 과학동화, 성경동화, 성인들을 위한 동화 등 동화의 세계는 더욱 넓고 깊고 다채롭게 진화해 왔다. 문선희의 작품 세계는 우리 아동문학사의 발전 과정을 아우르고 있었다. 문선희는 신춘문예 당선 소감으로 다음과 같이 밝힌다.

> 동화는 아이들을 위한 이야기다. 하지만 나는 아이들에게 가식적이고 허황된 이야기가 아닌 진실하고 절실한 우리들의 이야기를 들려주고 싶었다. 꿈을 잃지 않는 아름다운 아이들의 얘기를 쓰고 싶다.

문선희가 가식 없이 쓰고자 했던 동화는 어떤 세계였을까. 이후 그가 추구해 온 가식 없는 세계는 어떤 방식으로 구현되었을까. 이재철은 문선희의 작품들이 갖는 특징을 세 가지로 평가하였다. 우선 동화야말로 적확한 언어 구사가 가장 중요하다고 강조하며 그녀의 뛰어난 문장력을 꼽았다. 이는 작가로서 갖춰야 할 첫 번째이고도 기본적인 덕목이 아닐 수 없다. 또 하나는 주제 의식이 선명한 것을 들었다. 등단작 〈소나무와 민들레〉를 비롯해 문선희의 대다수 동화들은 어린이를 둘러싼 비참한 현실을 망설임 없이 구체적으로 보여 준다. 가족 간의 혹은 친구 사이에서 있을 법한 신변적인 문제들을 넘어서 공해와 환경 문제, 자폐증으로 대표되는 장애아 문제, 전자오락기의 문제 등 갈수록 건조해지고 피폐해지는 어린이들 주변의 오염된 환경을 외면하지 않았다. 마지막으로 꼽은 것은 전래되어 온 전설을 현재화, 현실화하여 문학적으로 변용하고 있는 점을 들었다. 문선희 역시 우화적 요소와 전설적 요소가 동화의 뿌리로써 작용했음을 누구보다 정확히 숙지하고 있었던 듯하다.

근대 문학 형성기에 우리의 아동문학은 성인 문학이 의도적으로 배제시켰던 영역을 모두 흡수했다 해도 과언이 아니다. 환상 세계가 그렇고, 허무맹랑한 이야기로 치부했던 공상 과학의 세계가 그렇고 우리의 전통 사상이 녹아 있는 설화 또한 그러하다. 일반 문학이 이성 중심의 근대적 사유만을 고집할 때 아동문학은 탈근대적이고 반(反)근대적인 사유들까지 고스란히 끌어안았으며, 역설적이게도 아동문학만의 특장점으로 승화시키기 위해 총력을 기울였다. 그러나 문선희는 이에 멈추지 않고 사유의 지평을 한층 넓힌다.

문선희의 아동소설엔 근대적 산물로서 갈등하고 사유하는 어린이들이 사고의 주체로 등장한다. 인간 중심 사고가 가져온 환경 파괴는 과학동화 곳곳에서 자연과 환경을 복원하려는 움직임을 보여 준다. 이 과정에서 인간(주체)과 환경(타자)의 주종 관계는 전복된다. 탈근대는 역사적 사실마저도 '다시 쓰기'를 가능하게 하며 벽장 속 굳어진 인물에게 새로운 관점을 입혀 준다. 문선희가 전기문을 발표했던 것도 주의해 볼 점이다. 여기에 사유의 영역을 신에게 전담케 하는 반근대적 사유에 바탕한 성경동화까지. 문선희의 동화는 근대와 탈근대, 그리고 반근대를 넘나드는 사유의 장이 되기에 충분했다.

2. 오이디푸스들의 향연

문선희가 주로 활동한 1990년대 이후는 산업화와 과학 발달이 진전되면서 긍정적인 기대 못지않게 부작용이 부각되어 우려와 자성의 목소리가 커 가던 때였다. 물질적으로는 풍요롭지만 역설적이게도 정신세계만은 점점 황폐해졌다. 어린이 세계도 예외는 아니었다. 형제자매 간 우애의 소중함을 깨닫지 못하는 어린이들, 친구 사이의 우정을 쉽게 저버리는 어린이들, 맞벌이 부모들로 인해 사랑 받지 못하는 어린이들, 게임 중독으로 자존감을 상실한 어린이들, 감당하기 힘든 질병에 시달리는 어린이들 등 소외되고 고립된 어린이들의 불행한 생활상을 당시의 동화들은 놓치지 않았다.

문선희의 현실 인식에 기반한 사실주의적인 동화들은 거침없고 날카롭기까지 하다.

사실 이 같은 거침없고 날카로운 작가적 성향을 문선희를 통해 처음 접한 건 아니다. 1930년대 풍미했던, 어린이의 개성과 자아를 존중하려는 아동중심주의에 깊이 침윤된 급진적인 작가들 가운데에서도 찾을 수 있다. 그러나 계급 타파를 실현하고자 했던 카프 작가들의 선동 지향적이고 분파적인 성향과는 엄격히 분리된다. 문선희는 그 어떤 목적도 거부한 채 오로지 어린이들과 함께 호흡하면서 어린이들의 세계를 응시한다.

> 아버지가 화를 벌컥 내시며 손을 번쩍 치켜들고 섭이의 뺨을 때렸습니다. 섭이는 억울합니다. 어머니가 옆에 계시기만 했어도 '철없는 야가 뭘 압니꺼. 놔두면 철들 때가 있는 기라요' 하며 때리려는 아버지를 만류하셨을 것입니다. …… (중략) …… 아버지가 쓰러지자 병원의 치료비 때문에, 작지만 정들었던 집을 팔아야만 했고, 다녔던 직장까지 그만두게 되고 말았습니다.
>
> – 〈까치 고모〉, 《까치 고모》

> 온몸이 욱신거렸다. 아까 맞을 때는 몰랐는데 두 뺨이 마치 불에 덴 것처럼 얼얼하고 화끈거렸다. 민수와 한규, 친하다고 믿었던 친구들한테 사정없이 몰매를 맞다니. 도대체 이런 일이 어떻게 일어났을까?
>
> – 〈왕바보 내 친구〉, 《왕바보 내 친구》

> 형은 수면제를 무슨 알사탕으로 착각하고 몇 알 먹어 버린 게 틀림없었다. 그러고 보니 형의 눈알은 게슴츠레 풀려 있었다. 나는 미친 듯이 달려들어 형을 두들겨 패기 시작했다. "아우우우 어으으으." 형은 내가 생각했던 것보다 힘이 약했다. 형은 내 밑에 깔려서 꼼짝도 못하고 내가 때리는 대로 맞기만 했다.
>
> – 〈하나뿐인 우리 형〉, 《왕바보 내 친구》

문선희는 세상의 오이디푸스들과 대면한다. 오이디푸스는 아버지의 힘과 질서, 권력에 억압되어 자신의 리비도를 의식 저 너머로 꼭꼭 감춰 버린다. 아버지는 감히 대항할 수도 대적할 수도 없는 무소불위의 대상이다. 〈까치 고모〉에서 섭이에게 아버지는 순종과 복종을 강요하는 권력의 소유자이다. 심지어 폭력까지 휘두르며 섭이를 억압한다. 섭이가 아버지에게 말대꾸하는 것은 불완전하나마 권력에 맞서는 섭이 나름의 저항 방식이라 할 것이다. 이와 달리 〈왕바보 내 친구〉의 영대는 친구한테 얻어맞고 배신을 당하지만 끝까지 인내할 뿐 크게 대항하지 않는다. 그러나 〈하나뿐인 우리 형〉에서 상민이는 자폐증을 앓고 있는 형을 무조건 감싸고도는 부모님과 주변 사람들이 싫어 형이 하루빨리 죽어 버리거나 꺼져 버리게 해 달라고 하나님께 기도를 하기도 한다. 억압된 이면의 세계에서 더욱 왜곡된 자아를 키우고 있었다. 섭이, 영대, 상민이. 이들은 모두 가정과 학교 내에서 어른들이 만들어 놓은 견고한 질서와 권력에 의해 억압당하는 오이디푸스로 병치된다. 문선희는 움츠린 오이디푸스들이 억압된 현실을 극복하도록 행동을 촉구한다.

어린이의 중심 생활 무대가 가정이고 보면 아동문학과 가족 서사는 친밀할 수밖에 없다. 가족 서사는 가정을 배경으로 야기된 문제나 가족생활 또는 가족 관계를 소재로 삼는다. 가족 구성원 간의 대립과 갈등, 분열, 화합 등을 첨예하게 다룬다. 그러나 아동문학에서 어린이의 역할은 대부분 제한적이다. 어린이들이 주체가 되어 사고하고 갈등하며 서사를 견인하기 보다, 어린이들을 어른들의 규범과 질서에 인위적으로 편입시키기 쉽고, 조력자(부모, 선생님 등)의 지혜에 의지해 판단하고, 상처를 극복하는 과정에도 조력자의 조언이 주로 작용한다. 그러나 문선희는 억압되고 병약한 오이디푸스들을 포기하지 않고 마지막까지 극복의 장으로 유도한다. 타자로서 상처투성이가 된 어린이 상(像)은 대부분 설 자리를 잃고 만다.

> 난폭한 천배의 얼굴이 '소망'처럼 보이기도 하고, 모범생인 만배의 얼굴이 '바보'처럼 보이기도 합니다. …… (중략) …… 친구의 손에 들려져 있던 만배의 짐이 어느새 천배의 손에 들려져 있는가 하면, 조금 후에는 만배의 품 속에 있던 두더지가 어느새 천배의 가슴에서 꼼지락거리고 있습니다. 어깨를 나란히 하고 걸어가는 형제는 매우 잘생긴 하나 같은 두 얼굴입니다.
>
> – 〈천배 만배〉, 《무지개 다리》

> 녹이 슨 놀이 기구들은 모두 위태롭게 서 있었습니다. 이때 솔이의 가느다란 목소리가 들렸습니다. "철봉에는 한 명 이상 매달리면 안 돼. 미끄럼틀은 두 명까지만 돼. 시소는 다 망가져서 아무도 안 돼. 정글짐은 이쪽으로 올라가서 저쪽으로 내려와야 해. 모두 내려와, 빨리. 안 내려오면 다칠 거야."
>
> – 〈놀이터에 사는 천사〉, 《말하는 거북이》

> 눈길을 걷다 다친 할머니 시중을 드느라 꼼짝도 못 하는 식이가 생각났습니다. 꼬마 집배원들은 좋은 생각이 떠올랐습니다. 주보라와 단짝 친구 김초록, 박남이, 정수미는 편지를 열심히 쓰기 시작했어요. 그리고는 집집마다 돌아다니면서 편지를 나누어 주었습니다.
>
> – 〈꼬마 집배원 아가씨〉, 《하나님의 칫솔》

천배와 만배 쌍둥이 형제는 너무도 다른 성격으로 인해 갈등의 골이 깊다. 캠프에 참여한 며칠간엔 서로 외면하기까지 한다. 마지막 날 도랑물을 건널 때 천배는 친구들의 손을 잡아 주며 도와준다. 천배의 적극적인 선행으로 인해 한 곳에 멀뚱히 서있던 만배와의 심리적인 간극이 좁혀지면서 쌍둥이 형제는 하나의 모습으로 묶여진다. 〈놀이터에 사는 천사〉의 코흘리개 응석받이 솔이도 행동력을 서슴없이 보여 준다. 놀이터의 놀이 기구가 녹슬어 위험하다고, 새것으로 바꿔 달라고, 애원하던 할머니의 호소는 완강히 외면당한다. 어느 날 할머니 없이 혼자 놀이터에 나온 솔이는 할머니가 했던 대로 안전 수칙을 외친다. 비록 사고는 발생했지만 피해를 최소화할 수 있었다. 〈꼬마 집배원 아가씨〉의 어린이들은 단결력까지 발휘하였다. 주보라와 단짝 친구들은 동네에서 왕따를 당하고 있는 식이 오빠의 생일 파티를 열어 주기 위해 스스로 집배원이 되어 편지를 쓰고 배달한다. 작위적인 설정 같아 아쉬움은 따르나 어린이들끼리 실현 가능한 행동력을 보여 주고 있음엔 이견이 없다.

문선희가 형상화한 적극적인 어린이상은 여기에서 멈추지 않는다. 비행 청소년으로 낙인찍힌 우영이 형을 끝까지 이해하고 보듬어 주는 〈알다가도 모를 일〉의 혁이, 노동의 어려움을 직접 체험하고 생활고에 지친 부모님을 더욱 이해하게 된 〈신바람 주식회사〉의 다빈이, 명절을 앞두고 벌초를 하면서 가족과 조상의 소중함을 깨닫는 〈원깨밭〉의 명수, 바닷가에 살다가 산마을로 이사한 후 집단 따돌림을 당하나 참고 견뎌 온전한 산마을 사람으로 다시 태어난 〈산과 바다 사이에 있는 아이〉의 식이. 자칫 키 작은 오이디푸스로 전락할 수도 있었던 문선희의 동화 속 어린이들은 위기를 극복하고 세상에 정면으로 맞선다.

동화의 효용성을 성인의 영역으로까지 넓혀 적용해 볼 필요가 있다. 자본주의 시대를 살아가는 우리는 개인의 이익을 위해 내려놓았던 비정한 우정이나 볼품없는 양심 따위를 가슴속에 하나쯤은 품고 있을 수 있다. 한때 문학이 세상을 바꿀 수 있다고 맹신하던 때가 있었다. 그러나 문학마저 상품으로 전락해 버린 이 시대에 동화만은 어린이 독자들은 물론 왜소해진 성인들을 향해 불변의 가치를 제시해 준다. 문선희는 어린이들이 직면한 세계를 무조건 아름답다 포장하지 않는다. 그의 사실주의적인 동화들로 인해, 동화 속 다채로운 오이디푸스들로 인해, 동화 밖 어린이 독자들은 험난한 세상을 똑바로 응시하는 자세를 터득하게 된다. 상처받고, 지치고, 때론 쓰러진다. 그러나 결코 멈추지 않는다. 상처를 치유한다. 힘을 내려 두 주먹을 불끈 쥔다. 급기야 일어선다, 지혜를 모은다, 행동한다. 이 과정에서 오이디푸스들은 튼튼해지고 행복해진다. 문선희의 동화들은 이 시대 모든 오이디푸스들을 위해 성대한 잔치를 베푼다.

3. 문선희와 에로스

아동문학은 전쟁, 죽음, 살상과 같은 부정적이고 폭력적인 주제를 다루기를 꺼려 왔다. 폭력성과 더불어 인간의 본능적 욕망(욕구)이 투사된 무의식의 세계를 성적인 욕망과 결부해 표출하는 것 또한 꺼려 왔다. 동심은 한결같이 맑고 깨끗한 그릇으로 담아내야 했다. 프로이트는 인간의 내면에 존재하는 여러 본능 가운데 '타나토스(Thanatos)'와 '에로스(Eros)'에 주목한다. 자기 자신을 파괴하고 생명이 없는 무기물로 환원시키려는 죽음 충동인 '타나토스'가 지배할 때 이 세계는 전쟁, 살상, 폭력, 자살 들이 난무하게 된다. 타나토스와 함께 길항하는 삶의 충동인 '에로스'가 충만할 때는 개인도 민족도 자기 존립 의지가 강하게 발휘되어 문명을 꽃피우게 된다. "생식기 우위에서 벗어나 유기체 전체를 에로스화"할 수 있을 때 이 같은 해석이 가능해진다.

> 이 책을 대자연에서 노는 시간을 빼앗긴 모든 어린이와 안전사고로 희생된 수많은 어린이, 가난한 어린이, 정직한 어린이, 폭력에 시달리는 어린이, 이유 없는 따돌림으로 마음 아파하는 어린이들에게 바칩니다.
>
> –《말하는 거북이》 머리말

문선희가 바라본 세계엔 폭력적인 타나토스가 넘쳐났다. 특히 산업화와 과학 발달로 인해 발생한 환경 문제와 인간 소외 현상에 더욱 주시한다. 타나토스는 어린이들이 자유롭게 사고하고 주체적으로 행동하는 데 걸림돌이 되며, 아이들은 바른 심성을 지니지 못한 파괴적이고 폭력적인 존재로 만든다고 보았다. 그러나 문선희의 동화들은 어둡지 않다. 어둡고 폭력적인 세계를 사실적으로 묘파해 내지만 항상 긍정적인 결말을 향해 열려 있다. 문선희의 세계 인식은 타나토스로 시작하나 끝까지 에로스를 포기하지 않는다. 파괴적이고 폭력적인 본능을 잠재우고 창조와 생명의 에너지를 끌어내 자기 존립을 실현하게 만든다. 문선희의 동화에서 에로스는 '희망과 긍정, 양심과 사랑'으로 병치 가능하다.

> 숨을 죽이고 장난칠 기회를 엿보던 도깨비는 두 손을 번쩍 들고 말았습니다. "이곳에서는 모두들 살아 있는 하얀 양심을 가지고 있어서 우리들의 장난이 먹혀 들어가지 않겠다." 고개를 절레절레 흔들며 마음씨 나쁜 도깨비는 민이가 살고 있는 산골 마을을 떠나가 버렸습니다.
>
> – 〈두 손 번쩍 든 도깨비〉, 《무지개 다리》

> 과학자들이 전자오락용 악한들을 만들었을 때는 악한들의 행동은 나쁘게 만들었지만 어린이들에게 즐거움을 주는 목적으로 만들었기 때문에 악한들의 생각은 행동과는 달리 과학자들의 생각처럼 착할 수밖에 없었다.
>
> – 〈전자오락기에서 탈출한 악한들〉, 《무지개 다리》

문선희가 가장 경계했던 타나토스는 어린이들의 심신을 헤치고 인간성을 말살시키는 과학 발달로 인한 병폐와 그의 부산물인 전자오락기였던 듯하다. 아동문학은 동심의 구현을 궁극의 목적으로 삼는다. 동심은 시간과 공간에 따라 가변적이고 유동적인 개념이기도 하다. 이 시대 우리가 요구하는 동심은 인간성을 회복하고 특히 어린이다움을 유지하는 데 목적을 둔다. 〈두 손 번쩍 든 도깨비〉에서 도깨비도 울고 갈 만큼 곧은 양심을 지키고, 〈전자오락기에서 탈출한 악한들〉에서 문명의 이기를 유용하게 활용하는 지혜를 키우는 것은, 어린이다움을 회복하게 하는 지름길이었으며 동화작가 문선희의 요구이자 바람이었다. 문선희는 말하는 거북이를 보내 가족 간의 소중한 시간을 되찾게 해 주고, 첨단 과학으로 에워싼 인정 없는 고급스런 집보다는 엄마가 끓여 주는 된장국 냄새가 진동하는 작고 불편한 집을 선택하게 한다. 자신의 심장에서 흘러나오는 아름다운 노랫소리를 듣게 하기 위해 거짓말 청소기도 만들어 낸다. '가식 없고 진실된 이야기'를 쓰고자 했던 문선희는 어린이들의 주변을 맴도는 타나토스를 끊임없이 부정하고 또 부정한다.

문선희는 어린이들에게 마음을 잘 다스려야 한다고 소리친다. 내면에서 길항하는 타나토스와 에로스를 똑바로 보라고 경고한다. 에로스로 충만한 동심은 밑도 끝도 없는 창조적인 상상력을 발휘하게 만든다. 자신에게 해악을 끼치는 불온한 것들을 선별할 줄 알게 도와준다. 부모와 형제자매의 소중함을 알게 하며, 친구와 선의의 경쟁을 하게 하며, 약자에게 따뜻한 시선을 보내게 한다. 문선희는 때론 균형감을 상실한 이분법적 사고를 강요하기도 했다. 때론 지나치게 사실적인 묘사와 무거운 주제로 동화의 본질을 흐리게 하기도 했다. 어쩌면 그것은 에로스를 지켜내기 위한 문선희만의 방식이었다고 말할 수 있겠다. 문선희는 에로스의 힘이 얼마나 세고 강한지, 에로스만이 동화가 구현해야 할 참된 세계를 밝혀 줄 수 있음을, 누구보다도 정확히 인지하고 있었다. 초기 작품 《빨간 장갑》에서 강하게 드러나고 있다.

어린이와 함께 선생이 걸어온 길

1954년 경북 포항에서 아버지 문철원, 어머니 주영보 사이 3남 3녀 중 다섯째로 출생함.

1966년 포항초등학교를 졸업함.

1969년 한양여자중학교를 졸업함. 한국문학전집, 세계문학전집을 탐독함. 짝꿍과 단편 소설 쓰기 내기를 함.

1972년 성신여자사범대학 부속 여자고등학교 제1회 졸업함. 장래 희망은 작가였음.

1973년 경희대학교 간호학과에 입학함. 아버지의 권유로 진로를 바꿈.

1976년 제1회 '간호학의 밤'(경희대학교 의과대학 학도호국단)을 기획함. 경희대학교 음악대학 콘서트홀에서 현악 4중주, 시 낭송, 피아노 솔로, 편지·수필 낭송, 독창, 방송 드라마(연출 권녕만), 현대무용·고전무용(안무 김화숙)을 공연함.

1977년 경희대학교 간호학과를 졸업함. 경희의료원에 근무함.

1979년 남편 정문성(서울대학교, 한국과학원 석사)과 결혼함. 울산대학교 사택에 거주함.

1980년 울산여자중학교 양호 교사로 근무함.

1981년 첫째 아이 건욱이 태어남. 박사 과정인 남편을 따라 8월 미국으로 가서 펜실베이니아 주립대학교 캠퍼스에 거주함.

1982년 둘째 아이 은하가 태어남.

1985년 3월에 〈옥합〉 제1호(스테이트 칼리지 한인교회 여전도회 회지)를 발간함.

1986년 〈동아일보〉 신춘문예에 동화 〈소나무와 민들레〉가 당선됨(심사 위원: 어효선, 이재철). 8월에 박사 학위를 받은 남편 따라 귀국함. 울산대학교 사택에 거주함.

1987년 울산대학교 국어국문학과 학사 편입하여 수학함.

1990년 단편동화 〈소나무와 민들레〉 외 3편이 《한국아동문학대표작선집》, 《이재철 선생님 화갑기념문집》에 수록됨. 유아동화 〈아기 망아지의 모험〉이 《어린이 정서교육 3월의 이야기》(동부문화사)에, 〈둥글둥글 둥글이〉가 《어린이 정서교육 9월의 이야기》(동부문화사)에, 〈고집쟁이 아씨〉가 《어린이 정서교육 11월의 이야기》(동부문화사)에 수록됨.

1991년 연작동화 시리즈 〈크레파스로 그린 그림〉을 〈경상일보〉에 연재함. 단편동화집 《까치 고모》(윤진)를 출간함. 현대중공업 복지센터 '한마음회관' 문예창작 강의를 진행함.

1992년 '한마음 회관' 어린이 글짓기교실 강사를 함.

1994년 울산시 여성회관 문예창작 강의를 진행함.

1995년 단편동화 〈새가 되었어요〉, 〈말하는 거북이〉가 《어린이한국문학/동화》(계몽사)에 수록됨. 단편동화집 《말하는 거북이》(현암사)를 출간함. 한국문화예술원 문예진흥기금 창작지원금에 선정됨. 국립중앙도서관 전국 독서교실 선정, 어린이도서연구회 추천, 한우리 추천 도서로 선정됨.

1996년 단편동화 〈두 손 번쩍 든 도깨비〉로 제1회 울산문학상 산문 부문(심사: 남송우, 구모룡)을 수상함. 당시 상금 부족의 이유로 산문 부문은 울산문학상 제1호 창작기금상(이후 창작기금상 폐지, 외부 심사 위원 없앰.)이었으나, 2006년 산문 부문 수상 추세(울산문학상 운영 위원회). 단편동화 〈어부와 꾀꼬리〉가 《남기고 싶은 내 동화》(교학사)에 수록됨.

월간 〈문예사조〉 11월호에 단편소설 〈긴 복도가 있는 미술관〉이 신인상(심사: 구인환, 이동희)에 당선됨.

1997년 단편동화집 《무지개 다리》(책만드는집)를 출간함. 단편동화 〈철새들만 아는 비밀〉, 〈임금님을 슬프게 한 백성〉이 《경남문학 대표선집》(경남문인협회)에 수록됨. 단편소설 〈바벨과 항아리〉, 〈겨울산〉을 〈소설21세기〉에 발표함. 울산대학교 사택에서 현재 거주하고 있는 집으로 이사함.

1998년 저학년장편동화 《하나님의 칫솔》(국민서관)을 출간함. 그림책 《꿈을 만드는 공장》(국민서관)을 출간함. 단편소설 〈조화를 만드는 여자〉를 〈소설21세기〉에 발표함.

1999년 울산아동문학회를 창립함. 울산아동문학회 사무국장이 됨. 단편동화 〈녹슨 깡통에서 나온 노다지〉, 〈향기를 따라갔어요〉가 울산아동문학회 창간호 〈봄편지〉에 수록됨. 단편소설 〈물안개〉를 〈소설21세기〉에 발표함. 울산시 남부도서관에서 문예창작 강의를 진행함.

2000년 단편동화집 《소나무와 민들레》(한국아동교육원)를 출간함. 단편소설 〈먼 산은 푸르게 보인다〉를 〈소설21세기〉에 발표함.

2001년 단편동화 〈흙마을 지킴이 미파〉가 《독서논술 클리닉 동화》(여명미디어)에 수록됨. 단편동화 〈돌고 돌면서 사랑받는 동전〉이 《저학년 생활 경제동화》(여명미디어)에 수록됨. 단편소설 〈내 안에 있는 나라〉를 〈소설21세기〉에 발표함.

2002년 2월. 영국 케임브리지대학교 카벤디쉬 연구소에서 안식년을 보내는 남편을 따라 케임브리지에 거주함. 케임브리지대학교 평생학습원을 통해 현대영문학 디플로마이수 및 문예창작 과정을 공부함. 영문학자 리즈 몰푸트 박사를 만남. 평론가 클라이브 윌머 사사. 영국 엘리자베스2세 여왕 50년 즉위 기념초청 소설가 이문열 선생님 다윈 칼리지에서 강연을 계기로 부부 교유, 유적지 및 명소를 탐방함.

2003년 2월 귀국함. 단편소설 〈선물의 집〉을 〈울산문학〉에 발표함.

2004년 청소년 장편소설 《장다리꽃》(사계절)을 출간함. 문화관광부 우수 도서, 어린이문화진흥회 우수 도서로 선정됨. 단편동화집 《왕바보 내 친구》(문원)를 출간함. 책읽는교육사회실천회의에 선정됨. 그림책 《세 왕자의 모험》(기탄교육)을 출간함. 시론 〈아름다운 도시를 꿈꾸며〉, 〈한국영화와 환타지〉, 〈신화와 역사와 진실〉, 〈이유 있는 베스트셀러〉를 〈경상일보〉에 연재함. 《울산예총 30년사》(사)울산예총 울산광역시연합회/ 아동문학 편 집필)를 출간함. 《울산문학사》(공저, 울산광역시문인협회)를 출간함. 경주대학교 문예창작학과 아동문학에 출강을 감. 울산과학대학교 교양국어 〈글쓰기와 말하기〉를 출강 감.

2005년 평론, 세계 명작 동화연구 〈어린 왕자〉를 계간 〈아동문학가〉 창간호에 발표함. 단편소설 〈물안개〉가 《울산문학 대표작선집》(울산문인협회)에 수록됨. 울산시 동부도서관 문예창작 강의를 진행함.

2006년 《말하는 거북이》(현암사)를 개정판 출간함. 단편동화 〈소나무와 민들레〉, 〈어부와 꾀꼬리〉가 한국문학번역원 지원을 받음. 중편소설 〈천전리 무희〉를 〈울산문학〉에 발표함. 한국폴리텍대학 울산캠퍼스 평생학습원에서 문예창작 강의를 함.

2007년 장편소설 《사랑이 깨우기 전에 흔들지 마라》(책만드는집)를 출간함. 단편동화 〈기찻길〉을 〈월간문학〉에 발표함.

2008년 단편동화집 《왕바보 내 친구》(문원)를 개정판 출간함. 그림책 《예수님이 내 마음에 계신다면》(공동 번역, 두란노)을 출간함. 대학교재 《취업전략/글쓰기와 말하기》(공저, 문장)를 출간함.

2009년 단편동화 〈손수건 인형〉이 《한국현대문학 100주년 기념 경북서사문학선집》(경상북도문인협회)에 수록됨. 대학교재 《취업성공을 위한 가이드북/글쓰기와 말하기》(공저, 문장) 개정판을 출간함. 전기문 청소년 및 일반인용 《오직 구국의 열정으로 하나 된 광복회/총사령 고헌 박상진》(사단법인 대한광복회 총사령 고헌 박상진 의사 추모사업회)을 출간함. 추모사업회 공로패를 받음. 아들 건욱이 서울대학교 동문 정인경과 결혼함. 울산시 독서릴레이운동(울산시 교육청, 4개 공공도서관) 운영 위원이 됨. 울산지방검찰청 형사조정위원이 됨.

2010년 전기문 청소년 및 일반인용 《박상진–광복회 총사령 우국충정의 일대기》(책만드는집–박상진 의사 추모사업회 기획)를 출간함. 울산시 중·고등학교, 성인 필독서가 됨. 박숙희 선생님과 함께 〈경상일보〉 신춘문예 동화 부문 예심. 〈경상일보〉에 시론 〈아바타가 사는 나라〉, 〈시간여행자의 고뇌〉, 〈낭만이 흐르는 울산〉, 〈한·일 문인 교류대회를 되돌아보며〉를 연재함.

2011년 전기문 어린이용《광복회 총사령 박상진》(책만드는집, 박상진 의사 추모사업회 기획)을 출간함. 울산시 초등학교 필독서가 됨. 저학년 동화집《벙글이 책가게 단골손님》(강같은평화)을 출간함. 단편동화 〈어부와 꾀꼬리〉가《아동문학야사》(거제민속 박물관/순리)에 수록됨. 8월. 안식년을 맞은 남편 따라 미국 펜실베이니아주 스테이트 칼리지에 거주함. 스크로우 도서관 한국문학책 기증, 외국인을 위한 영어회화 도우미, 도서관 독서회, 니타니 작가회 참여, 작품 낭독. 펜실베이니아 주립대학교 교육학과 아동문학 다니엘 헤이드 교수를 만남. 미국 교회 세계 각국 입양아를 위한 예배 도우미 활동을 함. 단편동화 〈아기 두더지 호야의 꿈〉을 〈열린아동문학〉 가을호에 발표함.

2012년 첫손자 이한이 태어남. 2주 동안 플로리다주까지 자동차로 여행함. 1개월 동안 자동차로 미국 동서 횡단, 8월에 귀국함. 딸 은하가 사위 최문석과 결혼함. (사)시민복지재단 소속 세린 도서관 독서감상문대회를 운영함.

2013년 〈아동문학평론〉에 〈미국의 아동문학은 어디로 향하고 있는가〉를 기획연재함. 단편소설 〈그 여자, 그 남자〉를 〈월간문학〉에 발표함. (사)시민복지재단 소속 세린 도서관에서 문예창작을 전담함. 울산시 〈올해의 책〉 고등학교 공감토크를 진행함. 첫 외손녀 하연이 태어남.

2014년《은혜로 여기까지》(공저, 울산시민교회 역사 30년)를 출간함.

2015년 울산시 〈올해의 책〉 선정 위원이 됨. 울산시 중구 드림스타트 운영 위원이 됨. 둘째 외손녀 하린이 태어남.

2016년 (사)시민복지재단 세린 도서관 평생학습원 독서지도사 자격증(교육부/한국직업능력개발원)을 전담함. 세린도서관 운영 위원이 됨.

2017년 단편동화 〈도란나라 비둘기 꼭지〉를 〈새싹문학〉에, 〈아라리 민들레 셋〉을 〈열린아동문학〉에, 단편소설 〈물과 불을 지나서〉를 〈울산문학〉에 발표함.

2018년 8월. 중국 호남성 장사시. 제14차 아시아아동문학대회에서 논문 〈향토주의와 전설의 교훈을 바탕으로 하는 아동문학〉을 발표함. 미국 아동문학 명저 산책《기억전달자》의 서평을 〈아동문학평론〉에,《책도둑》 서평을 〈아동문학평론〉에 발표함. 세린도서관 팀장이 됨.

한국 아동문학가 100인

박정식

대표 작품

〈여울목〉 외 4편

인물론

백로의 기품, 선비 정신을 보다

작품론

사유적 동심과 유쾌한 기지

어린이와 함께 선생이 걸어온 길

여울목[1]

시냇물이 혀를
쑤욱
내밀고 있다.

그러자
흰 가운 왜가리

물의 혓바닥을
찬찬히
들여다본다.

'건강 상태 좋은데!'
'맑은 빛깔이야!'

1 여울 물이 턱진 곳.

다람쥐가

다람쥐가 폴짝폴짝
갓길 가다 멈춰 선다.

고개를
이쪽저쪽

휘휘 둘러
살피더니

쪼르르
산길 건너간다.
횡단보도야, 우리들!

선생님만 모르고

놀이터에 가면
철봉대 붙잡고 놀더니

엄마랑 맨날 가면
손발 매달려 거꾸로 놀더니

1학년 입학
면접 때

"뭘 좋아하지, 건우는?"
"박쥐요!"
"……."

'그랬구나!'
엄만 빙긋
선생님만 모르고.

휠체어, 유모차 탄 이유

엄마 요즘 아르바이트
추석 양말
두 켤레

할아버지도 신으시고
늦둥이도 신었지만

'어떻게
산 선물인데…….'
아까워서 발 못 딛네.

코끼리 코

물을 좋아하는
코끼리

그래서
코가 길다.

날 더울 때
깊은 물속으로
풍덩

하늘 높이
코 치켜들고
헤엄칠 수 있게

그래서
코가 길다.

멀리서 보면
잠수함인 줄 알겠다.

백로의 기품, 선비 정신을 보다

윤삼현

1. 선비 정신

박정식 시인과 나, 만나면 새강으로 나간다. 흐르는 강물을 따라 나란히 걷는다. 강물을 스쳐나는 새들을 바라보다가 훌쩍 마음의 날개가 돋아 우리 또한 영혼의 날갯짓으로 한바탕 푸른 하늘을 유영하는 기쁨을 누린다. 물속에 발을 담근 채 꼼짝 않고 강물속을 주시하는 새랑 만나면 두 사람도 우뚝 걸음을 멈춘다. 흰 새의 집중력이랑 우리들의 글쓰기 집중력이 많이 닮아 있다는 생각이 동일화를 일으키기 때문이다.

새강, 광주광역시 한복판을 뚫고 흐르는 광주천 상류를 말한다. 동구에 자리한 지원동, 용산동, 학동의 산 사이를 흐르는 맑은 시냇물이다. 새들이 많이 찾아오는 상류천이라 정겨운 느낌에 나 혼자 새강이라 부르고 있다. 그런 나의 생각에 전적으로 동의하고 함께 '새강'으로 불러 준 이가 박정식 시인이다. 새강엔 백로, 왜가리, 해오라기, 논병아리, 원앙새 등이 떼 지어 찾아온다. 새와 함께 길을 걷노라면 외롭지 않다. 도심에서 인간과 자연이 어우러져 속엣말도 나누고 눈빛도 교감할 수 있다니……. 신비롭다는 생각이 들어 우리는 흥분하기 일쑤다. 이 대자연 속의 주인공으로 서 있다는 생각에 또 한번 전율한다. 그러다 보니 아이들처럼 수다도 떨고 유쾌한 대화를 주고받기에 이른다.

겅중겅중, 조용하고 느리게, 물속을 걷는 하얀 신사 백로에게 특별히 시선을 던진다. 나는 그 백로의 몸짓에서 박정식 시인을 발견하곤 한다. 가능한 주위에 소음을 남기지 않은 채 한 걸음 한 걸음 옮기는 걸음발이 신중하기 짝이 없다. 산책로의 사람들 발소리에 개의치 않고 그는 오직 물속을 뚫어지게 주시한다. 집중력이 더할 나위가 없다. 그 신중함 또한 박정식 시인이랑 흡사하다. 박정식 시인과 인연을 맺은 지 20여 년이 지났다. 가까이서 늘 지켜보지만, 그는 늘 변함이 없다. 남에게 폐 끼치지 않으려 하고, 일 빈틈없이 조용조용 처리하는 것, 조심스럽고 신중히 행동하는 것, 자신에게 엄격한 태도 등 백로를 닮은 구석이 참 많다.

무리 짓지 않고 혼자 행동하는 백로. 외롭고 고독해 뵈기까지 한다. 그러나 오히려 그 점이 패거리에 휩쓸리지 않고 고고하게 삶을 살았던 지조 높은 선비를 연상케 한다.

신념껏 삶을 살았던 선비 정신으로 비친다. 박정식 시인이 그렇다. 그는 폭넓게 교분을 나누는 성격이라기보다 많지 않은 이웃들과 깊고 따뜻한 내면의 향기를 나누는 성격에 가깝다. 그런 성격이 신뢰감을 형성케 하는 하나의 원동력이라고 여기고 있다.

묵묵히 정진하며 흐트러짐 없는 창작의 밭갈이, 신념의 아동문학의 길, 그 길 위에 서 있는 한 시인을 만나는 즐거움이 짭짤하다. 먼 길을 가려면 함께 가라 했던가. 문학 중의 문학, 사람을 만드는 문학, 기초 인간학이라 일컫는 문학, 소중한 아동문학의 길 위에서 함께 어깨 맞대고 동심의 길을 가는 우리이기에 연대감은 짙어 갈 뿐이다. 새강에 요즘 버드나무가 푸르러 간다. 버들 숲 아래 산책길을 따라 걷는 두 사람의 발자국이 선명히 찍히고 있는 이유일 것이다.

2. 낯설게 하기, 놀라운 마법

박정식 시인 하면 널리 알려진 이미지가 있다. 탁월한 글쓰기 지도 능력이다. 그가 초등 교단에서 2세들을 지도하면서부터 퇴임한 2000년대 중반까지 그는 줄곧 어린이 글쓰기 지도에 매달렸다. 유별난 어린이 사랑을 글쓰기 지도로 승화시킨 것이다. 1970년대 초부터 2000년대 중반이면 족히 33여 년이나 된다. 강산이 수차례나 바뀌었음직한 세월 동안 한결같이 글쓰기 지도에 매달린 것이니 그의 뚝심과 신념이 능히 짐작되고도 남는다.

광주 시내 여러 초등학교에서 그를 초빙 교사로 모시길 원했단 말이 괜한 말이 아니었던 것이다. 실제 해마다 그의 지도 성과는 눈부셨다. 어린이 글쓰기, 그리고 뜨거운 열정의 지도. 얼마나 귀하고 가치 있는 일인가. 어린이의 생각을 올바르게 키우는 일이기 때문이다. 군계일학처럼 우뚝 빛난 그의 글쓰기 지도 역량은 마침내 눈부신 수상 실적을 기록한다. 내무부장관상, 체신부장관표창, 국토통일원장관표창, 문화관광부장관상, 부총리겸교육인적부장관표창 등 무려 수십 차례의 지도 교사상으로 이어진 것이다. 이러한 학생 지도 공적으로 그는 모범공무원 국무총리표창을 받았다. 도대체 그 비결이 뭘까? 궁금하지 않을 수 없다. 같은 지역 초등 교단에서 그를 쭈욱 지켜봐 온 나는 얼마 전에야 그 비밀의 고리를 조금이나마 풀 수 있었다. 그 비밀은 바로 '낯설게 하기'였다. 그의 글쓰기 지도의 제일 원칙은 결코 평범한 글쓰기에 머물지 않아야 한다는 점이다. 그러기 위해 세계를 새롭게 바라보고 낯설게 다루는 특별한 시각이 필요함을 늘 강조하였다. 제자들을 이끌고 백일장에 나갈 때면 그는 제일성으로 평범한 글쓰기에 안주하지 말라는 주문을 던졌다. 제자들의 무의식 층에 광범위하게 꿈틀대고 있는 기발한 문학적 상상력을 뽑아내는 마법 같은 촉진 주사를 놓는 데 그만의 일가견이 있었던 것이다. 바로 그 약효에 '낯설게 하기' 기법이 자리 잡고 있었던 것이다.

어떻게 하면 같은 대상을 앞에 두고 새로운 생각과 참신한 느낌을 유발시켜 낯설게 보이게 하는 글을 쓰게 할 것인가? 이것이 늘 그의 머리를 맴도는 화두였던 것이다. 어린이들 가슴에 신선한 바람을 불어넣을 고민과 노력이 매번 요구되었고, 그는 이런 고민과 고통을 피하지 않았다. 전국 어린이들의 질 높은 글쓰기 작품을 자료화하여 입체적인 지도를 펼치고자 하였다. 남모르는 이런 노력이 마침내 어린 제자들로 하여금 새로운 글쓰기의 눈을 뜨게 이끌었던 것이다. 그는 금싸라기 같은 시간을 쪼개어 일일이 제자들의 글을 살피고 지도 조언을 아끼지 않았다. 그 결과 그가 가르치는 제자들은 우수한 글쓰기 능력을 가진 자랑스러운 꿈나무로 성장할 수 있었다. 바른 마음의 바탕 위에 맞춤법, 정서법, 원고지 쓰는 법, 문장 부호 사용법 같은 기초 기능을 철저히 지도함으로써 박정식 시인이 길러 낸 제자들의 글은 안정감과 탄탄한 구성력을 확보할 수 있었다. 무려 수십 차례의 지도 교사상 수상을 보면 제자들이 거둔 무수한 수상 실적은 또 얼마 만큼일까. 놀라지 않을 수 없을 것 같다.

글쓰기 지도에 온 힘을 기울이던 문예 교사 박정식, 그가 어느 해 동시 쓰기를 통해 시인으로 문단에 나온다. 1991년 아동문예문학상에 동시가 당선되어 패기에 찬 신인으로 아동 문단에 얼굴을 내민 것이다. 그동안의 축적된 글쓰기 지도 역량과 에너지가 이번엔 자신의 창작 샘물의 물꼬를 터뜨린 것이다. 사실 문예 지도와 창작은 유사성과 계속성을 갖고는 있지만 그 차이가 엄존한다. 글쓰기 지도를 잘한다고 하여 꼭 좋은 문학인이 되란 법이 없는 것이다. 그럼에도 불구하고 박정식 시인은 다소 뒤늦게 문단에 발을 들여놓았음에도 거침없는 성과를 내면서 의연하게 동시창작의 길을 걷는다. 그리고 2000년대 들어 굵직한 아동문학상을 연거푸 받을 만큼 창작에 있어서도 비범한 능력이 있음을 보여 주었다. 민속놀이 전통놀이를 테마로 하여 쓴 동시조집 《숨바꼭질》로 한국아동문학상을 수상한다. 이어서 조상들의 경험과 지혜가 녹아 있는 사자성어를 동시조로 형상화한 작품집 《형형색색》으로 오늘의동시문학상을 수상하였다. 불과 2년 사이에 연거푸 권위 있는 상을 받은 그의 비결은 또 뭘까? 늘 준비하는 자세로 목표를 향해 흐트러짐 없는 지극한 행보를 벌이는 특유의 집념과 노력일 것이다. 그와 곁들여 '낯설게 하기'라는 동시 쓰기의 글훈을 가슴에 새겨 창작에 임한 독자적 창작의 태도 또한 무시할 수 없는 그만한 요인일 거라 믿는다.

> 소나기 멎자 해가 쨍쨍 / 우산들을 접고 걷는다. // 그래도 난 / 파란 우산 빙글빙글 휘파람 // 따가운 / 햇볕도 가리고 / 우산도 말리고.
>
> – 〈일거양득〉 전문

빛나는 그의 글쓰기 지도와 동시 창작은 고귀한 모국어에서 비롯되었다. 소중한 모국어를 가슴에 품어 뎁히고 어루만지고 창조적 변용을 시도하면서 밤낮으로 고민했던 즐거운 고통이 가져다준 일거양득의 성과물이었던 것이다.

3. 물처럼 낮게

박정식 시인은 부부 교사로 만나 주어진 교직 생활을 알차게 마무리하였다. 그동안 못했던 작품 활동에 전념하려고 조금 빨리 나왔지만 지금껏 한 번도 교직 생활의 후회담을 들어본 적이 없다. 이는 그의 교직이 충족스럽게 이루어졌음을 반증한다. 자녀들도 남들이 부러워하는 전문직에 종사하고 있다. 시인을 볼 때면 복인이구나 이런 생각을 늘 갖게 된다. 다복한 가정과 원만한 삶을 살고 있기 때문이다. 교육적으로, 가정적으로, 문학적으로 조화로운 삶을 아우르면서 다복한 삶을 전개하기가 결코 쉬운 일은 아닐 것이다. 박정식 시인의 순리로운 사고방식, 교육에의 열정, 가장으로서의 책임, 문학인으로서의 소양 계발 등 타고난 성실성과 리더십, 그리고 꾸준한 노력이 그것들을 가능케 하지 않았을까.

그러나 그는 티를 내는 법이 없다. 자랑삼아 가정 일을 입에 올리는 경우를 본 적이 없다. 그는 우쭐대거나 거드름을 피우지 않는다. 낮은 곳에서 없는 듯 묵묵히 주어진 일을 처리하는 형이다. 자기 일은 밀쳐두고라도 타인의 일이 급하면 돕고자 한다. 검소한 옷차림은 질그릇처럼 질박하다. 낮은 곳으로 흐르는 물을 보는 듯하다.

처음 그와 대면하는 사람은 더러 가까이하기에 좀 서먹서먹한 느낌을 갖게 될지도 모른다. 조용하고 나서기 싫어하는 그의 기질 탓이다. 한발 물러서 뒤쪽에서 관망하는 형이기 때문에 다소 친밀감이 감춰질 수도 있는 것이다. 그러나 몇 마디 대화가 오고가면 그의 따뜻한 본성이 포용력을 발휘한다. 형광등처럼 잠시 시간이 요할 뿐 친절하고 온기 배인 그의 가슴이 금방 상대를 품게 되는 것을 경험하게 될 것이다. 몇 마디 오간 뒤 이런저런 화제로 풍성한 사람이란 것을 깨닫게 되는 데는 시간이 그리 필요치 않다. 나 또한 그런 경험으로 박정식 시인과 첫 대면했던 기억이 있다.

겉보기와 다르다는 말이 있다. 박정식 시인을 두고 하는 말인 것 같다. 그는 결정적으로 동심을 지녔다. 활화산처럼 꿈틀대는 그의 내면의 동심이 밖으로 터져 나오는 날은 어린애처럼 활짝 웃는 그의 표정을 대할 수 있다. 나는 그의 동심이 참 순수하다는 느낌을 갖고 있다. 동심으로 하나 될 수 있다는 것, 그건 분명 유쾌한 재미요, 즐거움이다.

> 꼬리를 흔들면서 / 도망가는 모습이 // 꼬리를 떼어내도 / 좋아하는 모습이 // −어쩜, 꼭 / 도마뱀이냐? / 잘린 꼬리 또 났네!

– 〈꼬리잡기 놀이 1〉 전문

꼬리잡기 놀이를 벌이며 도망가다 웃고, 꼬리가 잘려도 한바탕 웃고, 어느새 잘린 꼬리를 다시 잇대며 무던해서 웃고. 이런 경험을 공유한 우리이기에 시인의 웃음에 공감하며 스스럼없이 웃음을 주고받는다. 우리는 서로 세상 사는 이야기를 하다가 동심의 바다에 퐁당 빠져 환한 웃음을 쏟아 내면서 행복하다고 느낀 적이 한두 번이 아니다. 웃음을 잘 웃는 나는 박정식 시인의 유머에 넉살 좋게 웃을 때가 많다. 그는 그런 정감을 품고 베풀고 살아간다. 구수한 멸치 국물 같은 투박하지만 감칠맛을 내장한 그의 체취에서 질박함의 자연미나 소박함의 단순미를 느끼게 된다. 당연히 둘 사이에 거리감도 무화된다.

4. 따뜻한 감성

아동문학가, 그들은 누구보다 어린이를 사랑하는 사람들이다. 맑고 깨끗한 양심에다 원시적 천진성을 복합적으로 지닌 탓에 그들은 사뭇 즐겁고 유쾌하다. 아동문학가는 여기에 하나가 더 추가된다. 따뜻한 체취가 풍겨 내는 온돌 같은 감성미이다. 박정식 시인에게서 찾아볼 수 있는 인간미란 늘 이런 요소들을 두루 확보한 까닭에 언제 대면하여도 다정다감한 동심적 체온이 느껴지는 것이리라.

아직도 돌아오지 않았다 / 개구리 소년들 // 눈보라 흩날리는 / 올해도 섣달그믐 밤 // 어디서 오들오들 / 새우잠이나 자는지 // 이제나저제나 기다리던 / 어머니들이 길가에 섰다. // "엄마! 이제야 잡았어요, 개구리." / "엄마! 집에서 재우겠어요, 겨울잠." // 이쪽저쪽에서 소리소리 나타나 / 얼굴 맞대고 부빌 것만 같아 // 마중 나온 어머니 / 어머니들이 길가에 섰다.

– 〈가로수〉 전문

1991년 3월 와룡산으로 개구리를 잡으러 갔던 다섯 소년들을 기억할 것이다. 한 마을 다섯 소년들이 개구리를 잡으러 나갔다가 실종된 채 아직껏 돌아오지 않고 있는 그 아이들이다. 풀리지 않는 미스터리로 여전히 세인의 기억 속에 남아 있는 사건이다. 시인은 그때 이 사건을 접하고 커다란 내적 충격을 받은 듯하다. 추위가 채 가시지 않은 3월, 산으로 들어간 어린 소년들이 실종되었다는 사실 자체가 큰 슬픔으로 다가왔던 것이다. 어린 2세들을 가르치는 교사로서 직업의식도 있었겠지만 천성으로 타고난 그의 어린이 사랑이 이 사건을 대하는 그의 마음을 온통 아픔으로 물들였다. 동시에 그는 한순간 자식을 잃어버린 부모들을 떠올리며 그들과 동일화된 입장에서 아픔을 곱씹었던 것이다.

그해도 다할 무렵 박정식 시인은 길을 걷다가 문득 실종 소년들의 어머니를 보게 된다. 환영처럼 어머니들은 하나하나 가로수로 길가에 차례로 섰다. 어머니들은 기다림으로 서서 눈에 넣어도 아프지 않을 자식들을 향해 손짓하고 있었다. '엄마'를 외치며 어디선가 달려올 것만 같은 어린 자식들의 정겨운 목소리를 귀 열어 듣고 서 있었다.

당시 이런 시상으로 쓴 작품이 동시 〈가로수〉라고 생각된다. 시의 분위기에서 느껴지는 것처럼 박정식 시인의 감성은 참 따스하고 그 감촉이 촉촉하다. 평소 그의 정서는 동심을 기반으로 하고 늘 마음의 안테나는 이처럼 따스한 시선을 향해 움직이고 있다는 것을 반증한다.

5. 늘 청량제로

박정식 시인은 한국 동시단의 주목받는 시인이다.

'낯설게 하기'의 신념을 창작에 일관되이 반영하는 그는 끊임없이 신선한 동시의 광맥을 캐기에 오늘도 고심하고 있다. 그만큼 그의 시는 갓 따온 오이처럼 싱그럽다. 그만의 독특한 목소리와 시심은 독자에게 늘 청량제로 다가가는 데 부족함이 없을 것이다.

그는 초미의 관심사가 아동문학의 활성화이다. 일찍이 어린이 글쓰기 지도를 통해 아동문학의 가치와 의미를 깨달았기에 이런 관심은 강도를 더해 간다. 그러므로 이 땅의 어린이들을 향해 그의 동심 에너지는 변함없이 빛을 발해 갈 것이라 믿는다. 메마른 척박한 땅 위라 할지라도 동심의 씨를 뿌려 동시의 꽃밭을 가꾸어 가리라. 지금까지도 다채로운 동시의 꽃을 피워왔지만 앞으로 열어갈 그의 동심 꽃밭에도 긍지 높은 동시의 꽃들이 무성히 개화하리라 기대한다.

그가 차린 동심 꽃밭에 나비 같은 동심 고객들이 즐기고 환호하는 장면을 떠올려보며 글을 접는다. 부디 건필을 바라며…….

사유적 동심과 유쾌한 기지

노창수

1. 들어가는 말

박정식 시인은 초등학교에서 아이들을 가르쳐 온 교사 출신이다. 평생 아이들에게 헌신적으로 일관한 그의 생애는 작품들에 잘 반영되어 있다. 그는 모두 3권의 동시집과 2권의 동시조집을 발간했으며 현재도 동시와 동시조를 아우르며 쓰는 시인이다. 그는 순후의 동심을 바탕으로 자신과 아이들 간의 공유된 교감들을 시화하는데, 주로 대칭과 대구의 형식, 전말과 전복의 기법을 동시에 차용하여 진정한 소통의 동심을 엮어 내는 등 목하 독자를 가다듬게 하는 중이다.

그동안 우리 동시 문단에는 두 주류가 있어 왔다. 동심주의와 작품주의가 그것이다. 즉 동시에서 중요한 것이 사상이냐, 작품이냐를 두고 논쟁해 온 바, 전자는 주제의 표방이고 후자는 질의 미학을 지칭한다. 동심 소재의 확장과 더불어 미학적 성과도 아울러 거두려는 동시는 바야흐로 진부함에서 벗어나 시적 기호학에 다가서고 있다.

이런 맥락에서 본다면 박정식 동시는 기존 시상에서 선회하여 대상과 화자를 바꾸는 주객전도 기법을 시도하거나, 사자성어와 전통놀이 등을 차용한 동시조를 열어 담화나 화법에 색다른 틀을 제시하기도 한다. 말하자면 기존 동시가 갖는 '낯설게 하기' 방식을 창의적 시상으로 차별화하려는 것이다. 그는 동시집과 동시조집을 출간하며 소재의 확장과 아이만의 동심이 아닌, 아이와 어른이 공유하는 이심전심의 동심, 나아가 이 두 대상 간의 미세한 동심적 기미를 추구하면서 이미 한국 동시단의 평가를 받은 바 있다.

2. 동시의 특성

1) 가족 사랑과 순수 동심

첫 동시집 《산을 사이에 두고》는 가족에 대한 근원적 사랑을 표현한 시기의 시집이다. 어머니를 비롯한 가족 사랑을 표현한 작품은 동시집 머리글 〈어머니 그 따뜻한 사랑에〉라는 글을 빌려 '오늘에야 / 어머니, 그 따뜻한 사랑에 / 내 동심의 어리광스런 노래를 부릅니다.'라고 진술한다. 어머니에 대한 많은 시가 있음에도 불구하고 그가 노래한 사모곡은 주제 의식이 뚜렷하며 고백과 진솔한 동심이 돋보인다.

"토마토, 벌겋게 익었어야." / 할머니 전화 // 야– / 가서 보면 아직 / 시풀시풀한 토마토 // 그래도 할머니의 / 환한 웃음 // "옥수수 쇤다, 끊어 가거라." / 할머니 전화 // 야– / 가서 보면 아직 / 풋풋한 옥수수 // 그래도 할머니의 / 반가운 얼굴 // 멀리 사는 / 손자가 보고 싶어서 / 핑계 대어 거는 / 할머니 전화.

– 〈할머니 전화〉 전문

'핑계'는 일종의 '비틀기'나 대리 표현 같은 소재이다. 할머니는 손자에게 기분 좋을 거리를 찾는다. 보고 싶다는 마음을 전하는 데 그 핑곗거리로 '토마토'와 '옥수수'가 '익었다'고 하면서 전화를 거는 것이다. 보고 싶으니 다녀가라는 말보다도 '토마토'와 '옥수수'라는 도구를 빌려 와 가져가라는 전달을 함으로써 시적 장치를 더 긴밀하게 한다. 여기서 문학의 기능을 읽을 수 있다. 즉 직접 묘사나 설명보다는 간접 묘사·설명으로 전환, 제3의 도구를 끌어와 유인함으로써 효과를 보는 게 그렇다. 그만큼 작중 할머니는 영리하다.

다음으로 대상을 순화시키려는 데는 성인의 동심, 자연 자체로 보려는 순수의 동심이 있다. 이 동심은 대상이 서로 대척 관계에 있지만 실제 속마음은 위해 주려는 시혜의 마음을 지녔다. 동시를 지도해 온 교사로서 쌓은 내공이다. 그 관계를 다루는 동심은 다른 시인들과는 차별화되기도 한다.

'훠어이!' / 아기 참새 / 쫓는 척만 하고 // '네끼놈!' / 아기 참새 / 겁 준 척만 하고 // 정말은…… // 아기 참새 / 안아 주고 싶은 / 마음 // 두 / 팔 / 벌렸다.

– 〈허수아비〉 전문

허수아비의 역할이란 뭐니 해도 새를 쫓는 일이다. 그러나 화자의 동심은 그게 아니다. '아기 참새'에게 먹잇감을 주며 '안아 주고 싶은 마음'으로 이심전심을 갖는다. 그래서일까. 허수아비는 '두 팔'을 '벌리'고 참새를 본다. 시인과 아이가 함께 허수아비의 진실된 마음을 들여다보는 들판의 외로움에 동감한다. 미발달 심성인 순수 동심으로 돌아간 꾸밈없는 표현이다. 이는 시인과 아이가 함께 소통하는 자연 친화적 시심이라 할 수 있다.

2) 아름다움의 현시와 휴머니티에 대한 감동

동시집 《새들도 사랑 뽀뽀할 텐데》는 아름다움을 현시하는 미담을 담은 작품집이다. 방과 후에 지칠 줄 모르고 챙긴 글쓰기 지도는 새로운 '글'의 '힘'이 되었다. 그래서 '사랑스런 얼굴들을 생각하며' 아이들에게 들려주었던 동시들로 꾸며져 있다. 비록 동심을 잊고 사는 아이들일지라도 아이들이 언젠가 읽어 주기를 희망하며 시집을 펴낸다는 의지가 담겼다. 윤삼현 아동문학가가 예거한 '명쾌한 언어의 동시, 성인 시처럼 보이면서 그 안에 놀라운 동심을 숨겨 놓은 고급 동시, 발랄한 시어가 톡톡 쏘아 내는 순수 동심의 시, 근심 속에 전전긍긍 살아가는 현대인을 따뜻한 어린 날로 데려가 위안을 베푸는 동시' 등 거론될 작품이 많다.

어디서 날아왔는지 / 파리 한 마리 // 얼굴에 붙었다 손등에 붙었다 / 저녁 밥상까지 따라와 / 귀찮게 했다. // 잡으려다 말고 / 문 열어 쫓아냈다. // 이튿날 아침 / 베란다 창틀에 / 얼어 죽은 파리 // '쫓아내지 말 걸!' / '그냥 놔둘걸!'

– 〈그냥 놔둘걸〉 전문

이 동시는 신생태주의적이거나 무변 공리·공존주의적으로 접근하는 동시이다. 누구나 파리에 대해선 적대감을 갖는다. 화자도 자신을 귀찮게 한 파리를 결국 문 열어 쫓아 내고 말았는데 이튿날 창틀에 얼어 죽은 파리를 보게 된다. 화자에겐 본능적 연민이 솟아나 '그냥 놔둘걸!' 하고 후회한다. 아이와 화자가 합일하여 동심의 선상에 함께 놓이는 그 공리·공존의 순간이다.

이 시에서는 파리에 대해 갖는 연민의 공리가 결국 파리를 구하고자 하는 방기를 실천하지 못해 고민한 파리 편의 동심에 한 철학적 사유를 볼 수 있다. 결국 자신에게 직접적으로 위해를 가하지 않은 파리를 모른 척해 줄 수도 있는데 섣부른 어리석음으로 자신을 뉘우치며 자해하는 느낌(종결 느낌표로 표기함.)에 담화를 요청함으로써 생태적 의식을 넓히려는 것이다.

한편, 대상을 휴머니티에 가까이 접근시켜 비유적으로 표현한 작품도 상당수이다. 특히 동시에서 구가된 휴머니즘은 사유적 동심과 묘사적 동심으로 연메되어 있다. 휴머니즘 구현에서 심상과 태도의 깊이를 보이는 게 '사유'이고, 행동적 정황의 넓이를 보이는 게 '묘사'이다. 사물을 가까이서 보다가 다시 멀리 보고, 실눈을 뜨고 보고, 만져 보고, 돌려 보고, 뒤집어 보고, 던져 보고, 깨어 보고, 위에서 보고, 아래서 보다가 물끄러미 보는 등 다양한 사물에의 접근을 통하여 시상 잡기 끝에 얻어낸 결과물인 것이다.

3) 민속놀이 속의 역발상 화자

민속놀이를 중심으로 한 《숨바꼭질》은 소재를 확장시킨 동시조집이다. 민속놀이를 차용했지만 내용은 오히려 동시적인 게 많다. 고유의 민속놀이가 오늘날엔 마냥 쇠퇴해 가고 있는 게 사실이다. 명절이나 이벤트성 행사 때에 고궁과 박물관 마당에서나 볼 수 있는 놀이이거나 관광 차원의 보여 주기식 놀이로 변질되기도 한다.

여기에 수록된 작품들은 동심에 비친 민속놀이를 탐구하되 박정식 시인의 동시적 발상과 이미지를 담아 동시조로 녹여 낸 작품들이다. 아래 동시조의 소재 봉숭아는, 씨방에서 톡 튀어 나간 씨를 찾는 것은 어렵다는 것을 두고 쓴 작품이다. 꽃밭 땅에 숨은 봉숭아 씨앗은 이듬해 봄이 되어서야 돋는 싹을 보고 거기 씨가 숨어 있었음을 비로소 아는 차례를 동심의 눈으로 보고 시화한 것이다.

이상하다! / 흙 밑으로 숨은 걸 봤는데……. // –신기하다! / 너댓 달을 기웃기웃 찾았는데……. // –봉숭아 / 꽃 씨방에서 / 톡 튀어나오잖아.

–〈숨바꼭질〉 전문

봉숭아의 '꽃 씨방에서 톡 튀어나오는' 씨앗을 찾기 위해 숨은 흙 밑을 찾아보지만 없다. 심지어 '너댓 달을 기웃'거려도 씨는 찾을 길이 없다. 그러다가 이듬해 여름, 봉숭아는 꽃이 지고 그 씨방에서 찾던 씨가 '톡 튀어나오게' 된다. 톡하고 터지자마자 숨어 버린 봉숭아 씨를 찾던 일을 '숨바꼭질'에 비유한 것이다. 발상에선 동시를 빌렸지만 형식은 동시조이다. 이걸 동시라 해도 괜찮을 만큼 시각화, 청각화가 자연스럽다. 숨바꼭질 놀이답게 극적 모멘트로 독자의 호기심도 자극했다. 이처럼 그의 동시조는 발상과 내용 자체가 동시로 구성된 게 특징이다. 흔히 시조와 동시조를 쓰는 시인들이 시조 형식만 고답적으로 밟는 것에 비한다면 유연하고 자유로운 접근으로 참신성을 더 돋보이게도 한다.

4) 사자성어로부터 연유된 발상

《형형색색》은 동심에 투영된 사자성어의 궤적으로 쓰여진 시집이다. 사자성어가 내포한 상징과 풍자를 알기엔 초등학교 단계에선 다소 어려운 공부일지 모른다. 그러나 시인은 동심주의의 입장에서 '동시조' 형식과 '어린이 시조' 형식을 빌려 자못 재미있게 접근하고 있다.

엄마는 / 언니랑 옷가게 안 간다. // 언니는 / 동생이랑 장난감가게 안 간다. // 좋은 것 / 보일 때마다 / 사 주고 싶으니까.

–〈견물생심·엄마는, 언니는〉 전문

박정식 시인만의 구성법에 의해 창작된 사자성어를 주제로 한 동시조는 이론적이 아니라 즉물적이다. 예를 들어 〈견물생심〉은 상황을 이론적으로 설명하는 게 아니라 아이들 눈으로 본 묘사나 특정 행위 진술로 어른과 아이가 공유한 관계적 동심을 도입하여 쓴 동시조이다.

한자성어를 차용한 동시조들은 아이들이 이해하는 데에 저항감이 적고 자연스럽게 다가갈 수 있게 한다. 예를 들어 〈기상천외-유원지에서〉와 같은 것이다.

> 나무들이 가슴에 / 이름표 달고 반긴다. // 백일홍 수양버들 / 야자수 히말라야시다 // -아빠야! / [팔각정전망대→] / 저 큰 나무 이름이야?
>
> -〈기상천외-유원지에서〉 전문

5) 시적 주체 바꾸기와 환치된 여백

동시집 《자전거 보조바퀴》를 보자. 시적 주체를 현상 속에서 바꾸어 보인다. 시에서 주제는 흔히 주체를 운위한다. 이때 '주체'란 현상을 주도하고 중심 이미지를 거느리는 주인공이며 이는 구조를 버팀목 삼아 존재한다. 다음 동시에서는 장에 따라 주체 즉 '나비'와 '바위'를 교체하여 장치한다.

> 나비가 / 갖고 놀다가 // 바위 틈에 / 꽂아 놓았어요. // 들꽃 / 한 송이.
>
> -〈들꽃〉 전문

시에서 '들꽃'은 많은 시인들이 다룬 소재이지만 '들꽃' 자태의 앙증스러움을 묘사하거나 '들꽃'의 주체적 입장을 다루는 등 한정된 경우가 많다. 그러나 이 동시는 '나비가 갖고 놀다가 바위 틈에 꽂아 놓은 들꽃'으로 객관적 상관물 간의 거리를 유지해 보인다. 즉 '바위 틈'과 '들꽃' 사이의 시각화를 꾀한다. 그러므로 들꽃이 독자의 눈에 새 영상으로 뛰어들게 만든다. 말하자면 '들꽃'의 존재가 '나비'로 인하여 가시화되도록 전환적 수법을 쓴 게 그렇다. 사실 동시의 주제 의식에선 시적 화자가 어느 면에 서 있는가가 중요하다. 주체적 대상 또는 객체적 대상에서 화자의 위치가 시의 낯설게 하기를 실행시키는 동기가 되는 이유에서이다. 주제에 대한 정서는 흔히 인간에게 보여 주는 내적 반응인 심적 상태와 연동된다. 정서라는 여과 장치를 바꿈으로써 화자의 감정이 동시에서 유연하게 전달되고 있다.

또 여백의 시에서는 흔히 말하고자 하는 바를 말하지 않고 그냥 생략하거나 묵비한다. 말하지 않기의 방법을 두고 소이연을 생략할 때 주로 긍정적 감추기를 시도한다.

> 종일 열심히 일하다가 / 피곤해진 아빠 // 한밤 / 푹 자고 일어나선 // -아함! 충전 잘 됐다. 또 힘이 나는걸. // 휘파람 불며 / 아침 일찍 / 일터로 나가신다. // 해님도 / 늘 / 그러신다.

－〈밤은 충전기다〉 전문

전날 일에 지친 아버지가 아침이면 맑은 기분으로 일터로 출근하는 모습을 떠오르는 아침의 해와 견준 시이다. 일상의 출근에 '충전기' 구실을 하는 '밤'과 '잠'이 있기에 삶이 가능하다. 밤과 충전기, 잠과 에너지의 유기적 관계가 동시의 구심점이며 지렛대의 작용점이다. 아버지의 아침 출근에 해가 뜨듯 긍정적 의욕이 대체됐지만 기실 해와 같은 열정이 '잠'을 자고 난 '아버지'로부터 나온다는 점을 생략하고 있다. 은연중 화자는 아빠의 의욕적 삶을 자랑할 행간의 문법을 내장하고 있는 것이다. 전등에 불이 켜지듯 밝은 해가 나오는 일은 밤 동안에 긴 충전을 했기 때문이다. 이 시에서는 아빠를 기둥처럼 받드는 가족의 화평함을 슬며시 드러내지만 화자가 직접 자랑은 하지 않기에 공감이 간다.

3. 맺는말

지금까지 박정식 동시가 갖는 대상에 대한 비교·비유의 대구를 통한 진술로 사유적 동심과 유쾌한 기지를 보인 작품을 살펴보았다. 그의 동시에는 다음과 같은 성과가 주목되었다.

첫째, 박정식 동시미의 극치는 두 대상 간의 비교·비유로만 끝나지 않고 동반된 심리를 섬세하게 자극하는 기미에서 발견된다. 비교·비유의 대구를 사용하되 근접된 존재로 미세한 동심의 심리를 사유케 하는 철학적 동시가 돋보인다. 이는 심리 전개의 다양한 양상을 표출시키고 있음을 말해 준다.

둘째, 평범한 사물 간 아니면 대상 간에 얽힌 관계망으로 소통되는 비교·비유의 아이디어를 기술한다. 그래서 동심으로 바라보는 사물과 어른이 보는 사물 간 공유 심리가 자연스레 노정된다는 점이다.

셋째, 시인이 아이들을 교육자적 눈으로 보는 습관으로 인하여 아이들에게 필요한 교훈 동시, 그것을 동시조 형식에 담고 있으나 시의 배면에는 동시적인 요소가 주를 이룬다는 점이다.

한국 동시단에 주요 점거석을 놓고 있는 박정식 시인이 앞으로 어떤 작품을 생산할지는 그 기대에 적절히 부응하리라 믿는다. 그것은 이미 시도했던 '민속놀이'나 '사자성어'를 차용한 또 다른 동시조 같은 산물이 될 수도 있겠고 아니면 새로운 심리주의적 동심에 천착을 가하는 개척적인 동시도 꿈꿀 수 있으리라 본다.

필사가 기대하는 것은 심리주의적 동심의 진정한 본질을 새로이 들춰 내거나 섬세한 사유적 동시(동심의 시)를 다루는 후자 쪽에 더 무게를 두고 싶다. 그의 수준 높은 창작 역량을 믿기 때문이다.

어린이와 함께 선생이 걸어온 길

1947년 전남 담양에서 태어남.

1990년 〈새교실〉, 〈교육자료〉에 각각 시조가 천료됨.

1991년 제39회 아동문예문학상에 동시 본당선되어 등단함. 광주MBC교통문화 캠페인 문예작품 수상작 '먼저 가시지요(동시동요곡)', 라디오 방송 '푸른 신호등'에 출연함. 동화 〈별난 교장 선생님〉이 《있잖아요, 선생님과 결혼하고 싶어요(공저, 경원각)》에 수록됨. 동시집 《산을 사이에 두고》(아동문예사)를 출간함.

1992년 동시 〈꽂에게〉가 〈어린이 세계〉 4월호 '이달의 동시'에 선정됨. 동시 〈엄마〉가 〈화니〉 5월호 '엄마와 함께 읽는 동시'에 게재됨.

1994년 물뿌리개아동문학회 창립 회원(사무국장)이 됨.

1995년 동시 〈귀〉가 광주여전 문창과 해변 문예창작학교 작품집에 게재됨. 동시집 《산을 사이에 두고》가 광주광역시 동부교육청 '4학년 권장 도서'로 선정됨.

1996년 동시 〈허수아비〉 외 9편이 《1, 2, 3학년 동요동시 읽기와 감상》(공감사)에 수록됨. 동시 '새알 세 알' 외 10편이 《4, 5, 6학년 동요동시 읽기와 감상》(공감사)에 수록됨.

1998년 동시 〈허수아비〉가 전남문협이 뽑은 어린이애송시 선집 《꽃비 내리는 남녘땅》(한림)에 수록됨.

1999년 동시 〈할아버지 아파트〉로 광주불교방송 '시와 음악이 있는 주말'에 출연함.

2002년 동시 〈사진찍기〉가 《영어 동시》(한국어린이교육연구원)에 수록됨. 동시 〈산을 사이에 두고〉로 광주문협 월드컵 성공 기원을 위한 영문 번역시화전에 참가함.

2002~2004년 광주문인협회 계간 〈광주문학〉 주간이 됨.

2002~2005년 물뿌리개아동문학회 회장이 됨.

2003년 동시 〈꽃망울〉이 《이메일 편지》(아동문예)에 수록됨.

2005년 한국문화예술진흥원 문예진흥기금을 받음. 동시집 《새들도 사랑 뽀뽀할 텐데》(아동문예)를 출간함. 동시집 《새들도 사랑 뽀뽀할 텐데》로 제18회 광주문학상을 수상함.

2005~2015년 한림문학재단 계간 〈문학춘추〉 편집 위원(장)이 됨.

2006년 동시 〈허수아비〉가 《클래식 태교동화》(열린생각)에 게재됨. 민속놀이 동시조집 《숨바꼭질》(아동문예)을 출간함.

2007년 동시조 〈굴렁쇠처럼〉 외 4편으로 제26회 한국아동문예상을 수상함. 동시조집 《숨바꼭질》이 한국동시문학회 '올해의 좋은 동시집'에 선정됨. 동시 〈힘이 열

배로 스무 배로〉가 〈초등 독서평설〉 '마음으로 읽는 시'에 소개됨.

2008년 동시조집 《숨바꼭질》로 제17회 한국아동문학상을 수상함. 사자성어 동시조집 《형형색색》(세계문예)을 출간함.

2009년 동시 〈원고지〉가 《짧은 동시 긴 생각》(효리원)에 수록됨. 동시조집 《형형색색》으로 제8회 오늘의동시문학상을 수상함. 아동문학의 날 한국청소년문화상 본상 수상함. 동시 〈붕어야〉가 《한국대표 낭송동시 100편》(큰나)에 수록됨.

2010년 동시 〈시계가〉가 〈오늘의 동시문학〉 겨울호 '기획특집 2010 좋은 동시 15편'에 선정되어 수록됨. 동시조집 《숨바꼭질》(아동문예)을 재발행함.

2010~2012년 제7기 한국아동문학인협회 부회장이 됨. 〈한국 아동문학〉 편집 위원이 됨.

2012년 동시 〈구름팩〉이 《2012 오늘의 좋은 동시》(푸른사상사)에 수록됨.

2013년 동시 〈밤은 충전기다〉 외 3편으로 대한아동문학상을 수상함. 동시 〈밤은 충전기다〉가 〈오늘의 동시문학〉 겨울호 '기획 특집 2013 좋은 동시 20편'에 선정 수록됨.

2014년 동시 〈밤은 충전기다〉가 《2014 오늘의 좋은 동시》(푸른사상사)에 수록됨. 〈열린아동문학〉 '이 계절에 심은 동시나무'에 선정 수록됨.

2014~2016년 〈경상일보〉 '동시를 읽는 아침'에 동시조 〈그림자밟기〉, 동시 〈시계가〉, 동시 〈다이어트〉가 소개됨.

2015년 동시 〈붕어야〉가 《1학년이 꼭 읽어야 할 동시》(효리원)에 수록됨. 동시 〈환청〉이 〈오늘의 동시문학〉 봄·여름호 '기획특집 2014 좋은 동시 15편'에 선정 수록됨. 동시집 《자전거 보조바퀴》(아침마중)를 출간함. 동시 〈낙엽〉이 〈조선일보〉 '가슴으로 읽는 동시'에 소개됨. 동시 〈낙엽〉이 〈양산신문〉 '동시 감상'에 소개됨. 동시 〈밤은 충전기다〉가 동시화 벽화마을 '부절'에서 선정벽화 및 작품집 《동시가 사는 마을》에 수록됨.

2015~2016년 EBS라디오 시 콘서트 '동시를 읽어요'에서 동시 〈마음만 앞서다가〉, 〈붕어야〉, 〈날씨 검사〉, 〈콩콩콩〉, 〈원고지〉, 〈고객님〉이 방송됨.

2015~2018년 제26대 한국문인협회 이사가 됨.

2016년 동시집 《자전거 보조바퀴》가 〈아동문학평론〉 봄호에 서평 수록됨. 동시 〈밤은 충전기다〉가 〈소년한국일보〉 '시를 읽읍시다'에 소개됨. 동시집 《자전거 보조바퀴》가 〈오늘의 동시문학〉 봄·여름호 '2015 좋은 동시집 10'에 선정되어 좌담 평설이 수록됨. 동시 〈울퉁불퉁 길〉, 〈콩콩콩〉, 〈바람인형〉이 통합교과 1, 2학년군 《1학년 동시 교실》(주니어김영사)에 수록됨. 연작 동시집 《우리 대나무》(좋은꿈)를 출간함. 〈시와 동화〉 가을호 '한국 아동문학가 100인'에 선정 수록됨. 연작 동시집 《우리 대나무》로 제4회 송순문학상을 수상함.

2017년 연작 동시집 《우리 대나무》가 한국동시문학회 '올해의 좋은 동시집'으로 선정 됨. 한국출판문화산업진흥원 세종도서문학나눔에 선정됨.

광주문인협회 아동분과위원장이 됨.

2018년 동시 '밤은 충전기다'가 《참 좋다! 6학년 동시》(예림당)에 수록됨.

한국 아동문학가 100인

이경순

대표 작품

〈고민 상담소〉

인물론

치열함과 끈기의 작가, 이경순

작품론

우리 동화가 지켜야 할 것과 싸울 것

어린이와 함께 선생이 걸어온 길

고민 상담소

무더운 여름입니다.

저녁 어스름이 내린 지 한참이나 지났지만 뜨거운 열기는 도무지 식을 줄 모릅니다.

"집 밖으로 나가면 좀 시원하려나."

라모 씨는 물통을 챙겨서 약수터로 향했어요.

약수터엔 더위를 식히러 나온 사람들로 북적입니다.

물병만 졸졸 줄을 섰고 사람들은 바람을 쫓아 여기저기 흩어 앉았어요.

라모 씨도 물통을 줄 끝에 놓고 작은 바위에 자리를 잡았어요.

조금 떨어진 곳에서 남자들의 두런거림이 귓속으로 밀려듭니다.

"오늘 마트에서 수박 반값 할인 행사를 하더라고. 햐, 우리나라 아줌마들 정말 대단해. 순식간에 수박 더미로 개미 떼처럼 몰려들더라고……."

순간 라모 씨는 귀를 쫑긋 세웠어요. 라모 씨도 낮에 그 자리에 있었거든요.

"나도 한 덩이 사 볼까 해서 잰걸음으로 다가갔지. 체면에 대놓고 뛰긴 그렇더라고."

"그래서 샀어?"

"사긴! 금세 동이 나서 만져 보지도 못했네."

남자의 말에 라모 씨는 박수라도 쳐주고 싶었어요.

'그래도 댁은 발걸음이라도 옮겼잖소. 나는 옴짝달싹 못했소. 마음은 벌써 아줌마들을 헤치고 코끼리처럼 쿵쿵 내달려 수박덩이를 움켜잡았는데 말이지.'

라모 씨는 이렇게 말해 주고도 싶었어요.

'누가 보면 어쩌지?'

'싸게 사려고 버둥대는 내 꼴이 우습지 않을까?'

이런 생각으로 라모 씨는 주변을 힐끔거리며 나무토막처럼 서 있었거든요.

라모 씨는 늘 그랬어요. 그래서 무료로 나눠 주는 행사에 뭐 하나 얻어 본 적이 없었어요. 누구에게 속 시원히 생각을 말해 본 적도 없고요.

그 생각을 하자 라모 씨는 다시금 가슴이 답답해 왔어요.

한적한 숲길을 따라 걸었어요. 마음이 답답할 때는 걷는 게 최고거든요.

터덜터덜 걷다 보니 너구리처럼 생긴 바위가 나왔어요.

그 바위를 본 순간 며칠 전 일이 떠올랐어요.

그날도 라모 씨는 혼자 터덜터덜 숲길을 걷고 있었어요.

상수리나무 숲을 지날 때입니다.

“으…… 사, 살려주세요…….”

어디선가 신음 소리가 들렸어요. 라모 씨는 얼른 소리 나는 쪽으로 내달았어요.

길을 벗어나 가파른 벼랑에 다람쥐 한 마리가 버둥거리며 매달려 있습니다.

“살려…… 주세…….”

‘허, 다람쥐가 말을 하네.’

라모 씨는 눈이 휘둥그레져서 다람쥐를 뚫어지게 봤어요. 다람쥐는 금방이라도 톡 떨어질 거 같습니다. 라모 씨는 허겁지겁 다람쥐를 끌어올렸어요.

“고맙소…… 힘이 빠져서…… 이제 죽는구나 싶었는데…….”

다람쥐는 싸리나무 밑동에 몸을 기대며 말했어요. 빨갛게 핀 싸리 꽃이 간들거리며 몸을 흔들었어요.

“오늘도 산책을 나오셨군요. 덕분에 살았소.”

다람쥐는 이제 제법 느긋해져서 말했어요.

라모 씨는 여전히 둥그레진 눈으로 말하는 다람쥐를 빤히 봤어요.

“그리 놀랄 거 없소. 나처럼 오래 살면 사람들의 말을 알아들을 수도, 할 수도 있다오. 그나저나 나를 구해 준 보답을 해야 할 텐데…….”

이번에는 다람쥐가 라모 씨의 눈을 빤히 봤어요.

“저 길 끝에 너구리 바위가 있소. 그 바위 뒤엔 병풍바위가 우뚝 서 있지.”

다람쥐의 말에 라모 씨는 고개를 끄덕였어요. 너구리처럼 생긴 바위를 본 듯 했거든요.

“두 바위 사이로 들어가면 고민을 100퍼센트 해결해 주는 ‘고민 상담소’가 있소. 이것도 인연이니 한번 찾아가 보구려.”

라모 씨는 고개를 갸웃했어요.

아주 오랫동안 이 숲속으로 산책을 다녔지만 ‘고민 상담소’ 같은 건 본 적이 없거든요. 물론 누군가에게 들어본 적도 없고요.

‘저 바위를 말한 걸까?’

라모 씨는 천천히 너구리 바위로 다가갔어요.

너구리 바위 뒤로는 넓적한 바위 하나가 병풍마냥 버티고 있습니다.

‘두 바위 사이로 들어가면 고민을 100퍼센트 해결해 주는 ‘고민 상담소’가 있소.’

라모 씨는 다람쥐의 말을 떠올리며 고개를 갸웃했어요.

너구리 바위와 병풍바위 사이의 간격이 손가락 하나 겨우 들어갈 만큼 좁았거든요.

“이 사이로 들어가라고? 무슨 수로?”

라모 씨는 중얼거리며 두 바위 사이로 몸을 디밀었어요.

‘이 무슨 바보 같은 짓이람.’

라모 씨는 피식 웃음이 나왔어요. 그런데 다음 순간 라모 씨의 몸이 바위 사이로 쑥 들어갑니다. 마치 바위가 아니라 스펀지 사이를 지나가는 것만 같습니다.

바위틈을 빠져나가자 작은 오두막 한 채가 서 있고 ‘고민 상담소’라고 적힌 간판이 보였어요.

‘허, 정말 있네.’

라모 씨는 입이 딱 벌어졌어요. 하지만 들어갈 자신은 없었어요. 낯선 사람에게 자신의 고민을 털어놓기가 좀 그랬거든요.

라모 씨는 고개만 삐죽 내밀고 오두막 안을 살폈어요. 탁자에 앉아 이쪽을 보고 있는 늙은 너구리와 눈이 딱 마주쳤어요.

“들어와서 꽃 차나 한 잔 마시게.”

늙은 너구리가 말했어요.

‘저 너구리도 오래 살아서 사람 말을 하는 건가.’

라모 씨는 쭈뼛거리며 오두막 안으로 들어섰어요.

마치 기다리고 있었던 것처럼 빈 의자 앞 탁자에 찻잔이 놓여 있습니다. 찻잔 가득 떠 있는 빨간 꽃잎에서 향긋한 냄새가 풍겨옵니다.

“언제…… 이런 곳이…… 저는…… 한 번도 본 적이…….”

라모 씨는 기어드는 소리로 중얼거리듯 말했어요.

“당연하지. 이 길은 처음이잖소.”

“아…… 네.”

라모 씨는 얼굴이 빨개져서 고개를 끄덕였어요.

“사실 아무나 올 수 있는 곳은 아니오. 그만한 인연이 되어야지. 모든 업은 돌고 돌아 자신에게로 돌아오는 법이거든.”

늙은 너구리가 느릿느릿 말했어요.

라모 씨는 그게 무슨 말일까, 생각하며 차를 한 모금 마셨어요. 향긋한 기운이 온몸으로 퍼지는 느낌입니다. 그 기운 탓인지 마음이 편안해졌어요.

“상담소는…… 언제부터 여기에…….”

“조상 대대로 해 왔으니 아주 오래되었네. 그동안 참 많은 이들이 다녀갔지.”

너구리는 상담소 방문객들의 가지가지 고민들을 들려줬어요. 듣고 있으니 라모 씨의 고민은 아주 하찮게 느껴졌어요. 그래서 자신도 모르게 더듬더듬, 고민거리를 털어놨어요.

“이상합니다……. 누구한테 건 이렇게 길게 얘기해 본 적이 없는데…….”

“언제나 처음이 중요한 법이지요. 앞날에 기대를 가져 보구려. 변화가 생길 거요.”

“하지만…… 기대할 게 뭐 있어야지요.”

“기대도 설렘도 스스로 만들어 가는 거잖소. 그러기 위해선 행동이 따라 줘야 하는 것이고.”

너구리의 말에 라모 씨는 고개를 끄덕였어요. 모두 맞는 말이란 생각이 들었어요. 하지만 변화가 생길 거란 말을 믿진 않았어요. 그래도 누군가에게 속을 털어놓고 나니 마음이 편했어요. 라모 씨는 그것만으로 됐다고 생각했어요.

다음 날도 라모 씨는 언제나처럼 산책길에 올랐어요. 터덜터덜 걸었어요.

그때 저 앞에서 뭔가 종종거리며 다가왔어요. 쥐입니다.

쥐는 머뭇거리는 기색도 없이 곧장 라모 씨 앞으로 걸어왔어요.

‘저 쥐는 왜 피하지도 않지?’

라모 씨는 고개를 갸웃거렸어요. 쥐는 속도를 줄이는 법도 없이 오종종 걸어옵니다.

‘사람이 무섭지도 않나?’

라모 씨의 걸음이 조금씩 느려졌어요. 그러는 사이 쥐는 점점 가까워졌어요.

라모 씨는 가슴이 쿵쿵 뛰었어요.

‘내가, 비켜 설까?’

하지만 늦었어요. 쥐가 라모 씨 바로 앞에 있었거든요.

라모 씨는 쥐를 내려다봤어요. 쥐도 라모 씨를 올려다봤어요.

라모 씨는 심장이 쿵쿵 요란하게 뛰었어요. 쥐가 거대한 괴물처럼 느껴집니다.

“흠…… 흠…….”

라모 씨는 큰 숨을 내쉬며 겨우 헛기침을 했어요.

“그렇게 서 있으면 어쩌자는 거예요. 가던 길을 마저 가시든지, 아님 비키든지.”

쥐가 말했어요. 라모 씨는 어안이 벙벙했어요.

“허, 그……그건, 내가 할 말이야……. 넌 무슨 배짱으로 사람 앞에 버티고 섰니? …… 눈에 뵈는 게 없구나.”

라모 씨는 벌렁거리는 가슴을 누르며 몸에 있는 용기를 짜내어 말했어요.

“그래요, 눈에 뵈는 게 없어요.”

쥐가 퉁명스레 말했어요.

“좋겠다. 눈에 뵈는 게 없어서.”

라모 씨는 한숨을 토해 내며 혼잣말처럼 중얼거렸어요.

"좋겠다고요? 눈이, 안 보이는데, 그게, 좋겠다고요?"

쥐가 따지듯 한 마디씩 끊어서 말했어요. 그 바람에 라모 씨는 놀라서 침을 꼴깍 삼켰어요.

"누, 눈이 안 보인다고?"

"그래요, 안 보여요."

"아 그게…… 음…… 난 그런 뜻이 아니라……."

라모 씨는 당황해서 얼굴이 빨개졌어요. 무슨 말인가를 해야 할 텐데 무슨 말을 해야 할지 떠오르지 않았어요.

'안 보인다고? 그런데도 이렇게 나다니는 거야?'

라모 씨는 눈이 둥그레졌어요. 정말 눈이 안 보인다면 엄청 무섭고 두려울 거 같았거든요. 라모 씨라면 방 안에서 꼼짝 못 할 거 같았어요.

"저기…… 내 생각엔…… 눈이 안 보이면 더 무서울 거 같은데……."

라모 씨는 조심스레 물었어요. 혹시라도 놀리는 것처럼 느껴지지 않도록 말이죠.

"뭐 그럴 수도 있죠. 하지만 그 반대일 수도 있어요."

"반대?"

"어차피 안 보이니 그놈이 그놈이잖아요. 그러니 세상에 무서울 게 없기도 하죠. 전 평생 숨어서 오들오들 떨며 사느니 맘 편히 사는 쪽을 택했어요."

"그러다 적에게 잡아먹히기라도 하면…… 그러니까 내가 적이라면……. "

"무섭지만 어쩌겠어요. 그렇다고 죽을 때까지 방 안에서 숨어 살 수만은 없잖아요."

"그건 그렇지만……."

"아주 안 좋은 게 있으면, 반대로 아주 좋은 것도 있게 마련이죠. 유난히 발달한 제 감각처럼요. 멀리서도 느낄 수 있거든요. 상대가 나한테 해로운지 아니면 이로운지. 뭐 그게 틀려도 어쩔 수 없죠. 어차피 누구나 한 번은 죽게 마련이니까."

쥐의 당당한 말에 라모 씨는 다시 한번 기가 막혔어요. 한편으로 자신이 점점 작아지는 거 같았어요. 반대로 발아래 있는 쥐는 아주 크게 느껴졌고요.

"넌 정말 대단하구나."

"뭐든 처음이 어려운 법이에요. 그 처음을 지나고 나면 금방 익숙해져요. 물론 익숙해지려면 용기도 필요하죠."

쥐는 이렇게 말하고 라모 씨를 지나쳐 갔어요. 누구도 장님이란 걸 알 수 없을 만큼 씩씩한 걸음으로요. 그 모습을 보니 뭐든 할 수 있을 거 같은 용기가 뭉글거리며 끓어올랐어요.

"쥐야, 고맙다!"

라모 씨는 뱃속 저 아래서부터 힘을 끌어내어 힘껏 외쳤어요.

'내 입에서 이렇게 큰 소리가 나오다니…….'

라모 씨는 잠깐 놀랐어요. 그러다 씩 웃었어요. 속이 후련해지면서 기분이 아주 좋았거든요.

"목소리 좋은걸요."

쥐가 여전히 씩씩하게 걸어가며 소리쳤어요.

라모 씨의 어깨가 쫘 펴졌어요. 입가에 벙싯 웃음도 실렸고요.

'휘릭 휙휙—.'

라모 씨의 입에서 휘파람이 나왔어요. 라모 씨는 화들짝 놀라 얼른 주위를 둘러봤어요.

'그래, 뭐든 처음이 중요한 법이지. 용기도 필요하고.'

라모 씨는 벙싯 웃으며 다시 휘파람을 불었어요.

"상수리나무 숲 다람쥐 할아버지께 전할게요. 아저씨 고민이 해결되었다고. 아마 무척 기뻐하실 거예요."

둔덕 저편에서 쥐가 소리쳤어요. 하지만 라모 씨는 듣지 못했어요.

'휘리릭 휙휙—'

라모 씨는 신나게 휘파람을 불었거든요.

휘파람 리듬에 맞춰 어깨까지 우쭐거리며 라모 씨는 힘차게 걸어갑니다.

치열함과 끈기의 작가, 이경순

정성란

왜 안 써지는 건지, 도무지

인물론 쓰는 일을 선뜻 하겠다고 나서지는 못했다. 무엇보다 시간이 없었기 때문이다. 그렇지만 그러마고 한 것은 경순 씨가 동화작가이기도 하지만 20년 지기 친구이기도 하기에 그녀에 대해 쓰는 일이 뭐 그리 어렵겠는가 하는 가벼운 생각이 든 탓이었다.

그러나 한 달을 넘게 A4용지 한 장을 못 채운 채, 더하지는 못하고 덜어 내기만 하는 글쓰기를 하고 있자니 걱정이 깊어졌다.

'이제라도 못 쓰겠다고 할까?'

후회가 밀려왔다. 그러나 결국은, '써야 한다!'는 결론에 닿았다. 그러나 컴퓨터 앞에 앉아 있는 시간이 늘어도 여전히 진도는 나가지 못했다.

'왜 20년이나 친구로 지내고 있으면서, 동화를 사랑하는 공통점이 있는 친구에 대해 이토록 못 쓰고 있는 걸까?'

나는 경순 씨를 한번 만나 봐야겠다고 생각했다.

"우하하, 만나자."

경순 씨는 호탕하게 웃더니 만날 장소로 어디가 좋겠느냐고 물었다.

우리는 종로에서 만났다. 나는 취재하는 사람처럼 질문을 만들어 갔다. 고향에 대해, 학교생활과 사회생활에 대해, 결혼에 대해, 아이들에 대해……. 내 질문에 경순 씨도 자세하고 친절하게 답해 주었다. 평소의 솔직한 성격답게 가감 없이.

"아, 이제 좀 쓸 수 있겠지."

나는 그녀의 이야기로 까맣게 채운 수첩을 철석같이 믿었다. 이제는 매수를 채울 수 있겠지.

그러나 아이고, 수첩을 펼쳐 쓰고 있자니 이건 뭐 자서전 대필 작가가 된 딱 그 기분이었다.

'안 되겠다. 처음부터 다시 생각해 봐야겠다.'

나는 정신을 바짝 차리고 우리가 처음 만났던 때부터 차근차근 되돌아보기로 했다.

속이 꽉 찬 땅콩 같은 그녀

이경순 씨를 처음 만난 것은 1997년 봄이었다. 그해 문학아카데미 동화반 모임에서 처음 인사를 나누었다.

"아이들이 어려요."

앳되어 보이는 외모에 기혼이란 것도 놀라웠는데, '아이'도 아니고 '아이들'이라니. 더구나 나이가 나와 동갑이라고 소개해서 속으로 여러 번 놀랐던 기억이 난다.

첫 모임이 끝나고 뒤풀이에서 경순 씨는 또 한 번 나를 놀래켰다. 안주만 축낼 것 같은 외모로 사람들이 권하는 술잔을 척척 비워 냈던 것이다.

"속이 꽉 찬 땅콩 같아요."

귀갓길이 같았던 동료와 경순 씨에 대해 그런 이야기를 나누었던 것 같다.

그녀에 대한 땅콩 이미지는 정말 틀린 게 아니다. 그녀는 문학아카데미에서 가장 알차고 충실하게 공부한 학생으로서의 면모를 유감없이 발휘했는데, 그 증거가 바로 동화 입문 6개월 만에 장편동화에 응모해 당선한 사실이다.

더구나 1997년 등단 후 지금까지 해마다 한 권씩 동화를 발표하고 있다. 비슷한 시기에 등단한 다른 동료들과 견주어 보면 정말이지 놀라운 성과가 아닐 수 없다.

집요함, 치열함, 그리고 끈기

1. 딱 한 번 부모님을 뜻을 거스른 이유

경순 씨는 작가에 대한 꿈을 고교 시절부터 갖게 되었다고 말한다. 그러나 그녀의 이야기를 들어보면 훨씬 더 어린 시절에 작가의 씨앗을 갖고 있었음이 분명하다. 이야기가 좋아서 동네 오빠를 따라다니고, 무서움을 무릅쓰고 한밤중에 동네 언니네 집을 들락거렸던 이야기를 듣고 있자면 도대체 경순 씨가 작가가 되지 않았다면 무엇이 되었을까, 하는 의문이 들 정도다.

경순 씨는 작가가 되고 싶다는 꿈을 간직한 이후, 끊임없이 앞으로 앞으로 나아갔다. 가정 형편 때문에 상업계 학교로 진학했던 경순 씨는 취직해 서울로 상경한다. 그러나 졸업생 중에서 몇 명만이 입사할 수 있었던 어려운 자리에 입사한 경순 씨가 문학의 꿈을 위해 3년 6개월 만에 사표를 내리라고는 아무도 생각지 못했다. 특히 시골에 계신 어머니의 충격이 컸다. 경순 씨는 자라면서 한 번도 부모님의 말을 거역한 적이 없는 착한 딸이었기 때문이다. 어머니는 눈물을 보이시며 만류했지만 경순 씨는 끝내 자신이 가고자 하는 길을 향해 뚜벅뚜벅 걸어갔고, 결국 꿈을 이루었다.

2. 정채봉 선생님이 파리에게 맥주를 뿌려 준 이유

문학아카데미 동화반 모임에서 처음 만난 후 나와 경순 씨는 금세 친해졌다. 나이도 같고, 무엇보다 정서가 비슷했기 때문이었던 것 같다.

여름 방학이 끝나고 첫 수업 날이 생각난다. 방학 숙제를 내야 하는데, 하필 경순 씨가 시댁 제사로 수업에 참여할 수 없는 상황이 벌어졌다. 경순 씨가 근심에 싸여 있기에 내가 숙제를 대신 제출해 주마 했다.

그런데 경순 씨가 내민 숙제가 꽤 두툼해 보이기에 물으니 장편《닐스의 모험》을 필사했다는 것이다.

"아기들을 데리고 어떻게?"

내 눈에는 그 상황에서 긴 장편을 필사했다는 것이 불가사의하게 보였다. 나는 고작 짧은 이야기 하나를 필사해 들고 가던 참이었다.

수업이 시작되었는데, 정채봉 선생님 표정이 굳어 있어서 우리는 제법 긴장이 되었다. 그런데 숙제를 모두 낸 걸 아신 선생님 표정이 풀어지더니 예정에도 없던 뒤풀이를 제안하셨다. 선생님은 예의 그 환한 표정으로 한 사람 한 사람에게 맥주를 따라 주셨다. 마침 술자리에 파리 한 마리가 날아다니자 선생님은 "너도 한 잔 마셔라." 하시며 술을 뿌려 주셨다. 썩 기분이 좋으신 게 분명했다. 전원 모두 숙제를 해 왔다는 것이 그렇게 기분 좋으셨던 걸까? 그렇다면 특히 어린 아기들을 데리고 장편을 필사한 경순 씨를 선생님이 퍽 기특하게 여기셨던 게 분명해 보인다. 숙제를 대신 내준 내 덕분이라며 나는 지금도 경순 씨에게 생색을 내곤 한다.

3. 새로 산 의자가 망가진 이유

삼성문학상 당선작인《찾아라, 고구려 고분 벽화》를 쓸 당시, 의자가 망가진 유명한 일화가 있다. 당선 소식을 듣고 난 뒤에 함께 공부했던 동료들에게 공개했던 이야긴데, 목표를 정하면 반드시 해내고야 마는 집요하고 끈기 있는 경순 씨의 모습을 여지없이 보여 준다.

애초에 당선작《찾아라, 고구려 고분 벽화》는 단편으로 완성한 30~40장 분량의 원고였다. 그런데 공모전에 낼 결심을 하고 나서 경순 씨는 그 원고를 장편으로 늘릴 계획을 세운다.

"이왕이면 장편에 도전해 봐. 삼성문학상, 이거 좋다. 와, 상금이 이천만 원이야!"
라는 남편의 부추김이 한몫했다.

'그래, 어차피 장편을 쓸 거니까. 완성 못하더라도 쓴 만큼은 남을 테고.'

그렇게 경순 씨는 장편 응모를 결심한다. 문제는 시간이 부족하다는 점이었다. 마감

일이 꼭 한 달밖에 남지 않았던 것이다. 젖먹이 남매를 돌보며 한 달 안에, 그것도 생애 첫 장편을 완성해야 한다!

그러나 경순 씨는 당황하지 않고 차근차근 계획을 세운다. 자료를 모으고 대강의 줄거리를 구상하고 나니 남은 시간이 3주 정도. 다행히 장편 쓰기를 부추겼던 그녀의 남편이 퇴근 후 아이들을 돌봐주고, 필요한 자료도 찾아 주는 등 지원을 아끼지 않았다.

"매일 30장씩 쓴다."

경순 씨는 스스로 규칙을 정하고 원고를 쓰기 시작했는데, 그러기 위해 하루 17시간 가량을 컴퓨터 앞에 앉아 있어야 했다. 하루의 절반이 넘는 무려 17시간! 그 무렵 새로 장만한 의자가 너덜너덜, 망가질 수밖에 없었던 이유다. 팔걸이가 떨어지고 등받이가 무너지더니 나중엔 아예 땅바닥으로 주저앉고 만 것이다. 망가진 건 의자만이 아니었다. 너무 오래 앉아 있었던 탓인지 엉덩이엔 종기가 나고 편도선은 붓고 입술도 터지고, 온몸이 온전하지 못했다. 오한을 동반한 몸살까지 앓고 나니 몸무게가 3킬로그램이나 줄어 있었다.

당선 턱을 쏘면서 밝힌 이야기를 들으며 우리들은 모두 혀를 내둘렀다. 갓난아기를 데리고 한 달 만에, 동화 입문 6개월 만에, 생애 첫 장편으로 당선 소식을 안기는 사람이 어디 흔한가. 한없이 연약해 보이는 경순 씨의 이면에 있는 이런 치열함과 독할 정도의 끈기가 결국 오늘의 경순 씨를 있게 한 힘이 아닌가 한다.

4. 스스로에게 한 약속

1998년이었던가, 1999년이었던가, 동화세상 동문 송년회 때쯤으로 짐작된다. 모두들 돌아가며 한마디씩 하는 조금은 어색한 자리였다.

경순 씨의 차례가 돌아왔다.

"작가라는 명함을 내밀었으면 적어도 1년에 1권은 출간을 해야 한다고 생각합니다. 그래서 앞으로 1년에 1권씩은 꼭 책을 내려고 합니다."

모두들 놀라는 표정이었다. 1년에 책 한 권 내기가 어디 쉬운가? 출판 상황도 여의치 않고, 새 책의 반응이 좋아야 다음 해에도 원고를 청탁받는 상황, 더구나 해마다 신인 작가가 배출되는 현실이 아닌가.

나 역시도 '어떻게 약속을 지키려고…….' 하며 은근히 걱정을 했다.

그런데 다행히도 나의 염려는 기우가 되었다. 경순 씨는 1년에 한 권꼴로 책을 펴내고 있기 때문이다.

지금 생각해 보면 1년에 책 한 권은 내야 한다는 그 말은 스스로에게 한 말이 아닌가 싶다. 공개적으로 자신의 신념을 밝히고 나면 그 약속을 지키기 위해서라도 노력을 하게 될 테니 말이다.

어쨌든 경순 씨는 등단 20여 년간 누구보다 꾸준하게 동화작가로서의 의무를 다하고 있다. 하긴, 젖먹이 아기 둘을 데리고 장편동화를 쓰는 집념이라면 무슨 약속인들 못하고, 어떤 약속인들 못 지킬까.

뚜렷한 역사의식

몇 년 전에 경순 씨 부부와 함께 상암 월드컵 경기장에서 축구 관람을 한 적이 있다. 우리나라 국가 대표팀과 북한 대표 팀이 맞붙는 경기였다. 친선전은 아니었던 것 같고, 아마 국제 경기의 일환이었던 것 같다.

흔치 않은 남북전이어선지 추운 날씨에도 관람객이 꽤 많아서 좌석이 꽉 찼었다. 그런데 나에게 가장 인상적인 것은 경기가 아니었다. 북한 대표 팀이 골을 넣어도 남한 대표 팀이 골을 넣은 양 똑같은 열정으로 환호하는 경순 씨 부부의 모습이었다. 일방적으로 남한 팀을 응원하는 관람객들 사이에서 경순 씨 부부의 모습은 눈에 확 띄었다.

아마 평범한 대한민국 국민 가운데 경순 씨 부부만큼 남북통일을 고대하는 사람도 흔치 않을 것 같다. 그들이 순수하기 그지없는 마음으로 통일을 바라는 이유는 '우리 민족'에 대한 애정 때문이다.

한번은 모 출판사에서 위인전 집필을 의뢰받은 적이 있다. 경순 씨가 맡은 인물은 일제 강점기에 활동했던 유명한 화가였다. 일제 치하에서 활동한 사람들이 대개 그랬듯이 그도 역시 친일 화가로 분류된 인물이었다. 경순 씨는 당장 출판사에 전화를 걸어 집필하지 않겠다는 의사를 표했다. 민족을 배신한 인물을 위한 글은 쓰지 않겠노라는 단호한 의지였다.

이런 뚜렷한 역사 인식과 역사에 대한 각별한 애정이 앞으로 경순 씨의 글쓰기에서 어떻게 반영될지 기대된다. 그동안 경순 씨는 역사 소재의 첫 장편 출간 이후 꾸준히 우리 역사에 관심을 가져왔다. 현재는 역사 관련 일을 하는 남편을 도와 1주일에 두세 번씩 관련 행사에도 참여하고 있는 걸로 알고 있다. 또 역사에 관심 있는 이들과 더불어 중국을 비롯한 여러 지역으로의 역사 여행도 자주 하고 있다. 이런 행보들은 얼마 전 펴낸 청소년 소설 《녹색 일기장》을 비롯한 그녀의 책에 속속 스며 있다.

무조건 응원한다!

맺을 때가 되니 처음에 이 글을 쓰기 어려웠던 이유에 대해 의구심을 갖게 된다. 시간이 부족했다는 건 핑계였고, 혹시 나는 경순 씨의 성취를 돌아보면 맞닥뜨리게 될 나 자신을 보는 게 두려웠던 것은 아닐까? 사실 나는 경순 씨의 동화 쓰는 태도에 대해 적으면서 반성하고, 아기를 키우면서 장편에 도전한 일화를 되새기며 나의 허약한 근성에 새삼 한숨이 나왔었다.

경순 씨는 그저 자신의 길을 갈 뿐인데, 주변 사람들은 그녀에게서 무언가를 배운다. 솔직함, 끊임없이 쉬지 않고 걷는 성실함, 함부로 흔들리지 않는 가치관…….

경순 씨가 앞으로 어떤 글을 쓰게 될지, 어떤 책을 펴낼지 사뭇 궁금하고 기대가 된다. 어떤 활동을 하더라도 나는 그녀가 든든한 바탕을 갖고 있음을 알기에 커다란 성취를 이룰 것을 안다. 그래서 그녀를 응원한다, 조건이 있을 수 없는 응원이다.

우리 동화가 지켜야 할 것과 싸울 것

김현숙

1997년 등단해서 현재까지 동화작가 이경순의 작품 활동을 일별하면 그는《찾아라, 고구려 고분 벽화》의 작가로 다가온다. 이어서 건강하고 모범적인 동화를 창작하는 작가이며, 근면한 글쟁이라는 이미지들도 차례로 잡혀온다. 따라서 이 글은 그의 첫 작품《찾아라, 고구려 고분벽화》을 시원으로 하는 그의 판타지동화와 역사동화를 차례로 살피고, 마지막으로 그의 건강함을 유감없이 드러내는 생활동화들을 읽고자 한다.

1. 찾아라, 최고의 판타지

1998년은 우리 동화사에서 작은 분기점으로 기록될 만한 작품 하나를 만난 해였다. 이경순의 삼성문예상 당선작인《찾아라, 고구려 고분 벽화》가 출간되었기 때문이다. 1990년대는 한국 동화가 비약적인 성장을 보였던 때이다. 이런 흐름 속에서 한국 동화는 동화 문학의 중요한 내적 성장의 요소로 모두가 판타지를 주목하며 무성한 논의를 펼쳐 왔다. 하지만 논의에 값하는 작품의 출현에는 목이 마른 때였다. 이러한때 판타지로서 새로움과 완성도를 내장한《찾아라, 고구려 고분 벽화》는 평자와 독자 모두의 시선을 단박에 사로잡았다.

우선 쓰는 작가 읽는 독자 모두가 식상함을 느끼는 꿈 판타지에서 벗어났기에 신선했다. 동화에서 꿈은, 주인공을 상상의 시공간으로 옮기는 것은 물론, 주인공이 몸담고 살아가는 1차 세계와 그가 당도한 2차 세계와 관계성을 합리적으로 해결해 주는 만병통치약 구실을 했다. 그런 꿈을 외면하고 꿈이 담당했던 기능을 발휘할 수법은 쉽사리 고안되지 않았다.

이때 이경순은 컴퓨터를 주목했다. 컴퓨터는 어린이 독자들을 가장 매료시킨 문물이다. 그런데 단순한 기계가 아니라 컴퓨터를 통해 많은 다양한 일들을 진행시키며 일상의 양식을 새롭게 정초시킨다는 점에서 삶의 환경으로 자리 잡고 있었다. 1990년대 당시 동화는 대개 어린 독자들이 컴퓨터에 빠져드는 것에 우려를 표하고 있었다. 그런데 이경순의 동화에서 컴퓨터를 통해 판타지 세계가 열려 버렸다! 현실을 벗어난 시공간과의 접속을 컴퓨터를 통해 가뿐하게 처리한 것이다. 컴퓨터에 대한 부정적 시선을 따돌리고, 오히려 첨단 문물의 속성을 극대화하여 과거와 접속시키는 마법의 장치로 활용하기, 작가는 어린이 독자들이 컴퓨터에 매료되었음을 알아주었던 것이다. 그렇기에 어린 독자들은《찾아라, 고구려 고분 벽화》가 자신들이 일정한 거리감을 남기곤 하는 역사물 범주의 이야기이건만 흔쾌히 젖어들었다. 어른 독자들도 박수를 보냈다. 그들 마음 한켠에서는 컴퓨터에 대한 부정적 평가와 제한적 활용이라는 의견이 과연 옳기만 한 것인지에 대해 크게 자신하고 있지 못했던 탓이다. 이경순은 통념을 따돌리며 반전에 성공했다. 불온시하던 것의 과감한 수용이 가져온 효과였다.

이 이야기의 주인공이 찾아든 시공간은 고구려의 고분 속이다. 시공간 이동 판타지에서 현실계 인물이 당도하는 시공간은, 작가의 주제 의식을 위한 고안된 가공물로 그치고 말뿐 존재감과 생동감을 확보하지 못하는 경우들이 적지 않았다. 이로부터 벗어나는 방책 중 하나가 현실에서 존재하나 접근이 쉽지 않은 곳의 활용이다. 그런 곳들은 상상력을 민첩하게 자극하며 그 결과 빚어낸 시공간은 상대적으로 높은 현장감과 생동감을 확보하곤 한다. 이경순이 활용한 고구려 고분은 이에 해당되는 훌륭한 예이다. 고구려 고분은 접근이 쉽진 않지만 알려진 정보들이 있기에 존재감과 현장감이 확보된 대상이다. 즉시 이경순은 고분의 벽화 속 인물을 실재화시킴으로써 고분을 멋진 판타지 공간으로 탈바꿈시켰다. 덕분에 이 시공간은 생동감 넘치는 환상적 세계가 되었고, 이 세계는 컴퓨터를 통해 시공간 이동이 주는 흥분을 유지시키는 힘으로 작용했다.

이 작품의 경우 시공간의 넘나듦이 단발적 사건으로 그치지 않았다. 이 작품 이전 빈번한 시공간 전환을 보인 작품이 없는 것은 아니었다. 그러나 빈번한 시공간 전환이 필연성이나 인과성을 갖추고 있는가를 따지면 이 작품에서야 빈번한 시공간이 가지는 효능을 주목하게 된다. 필연성이나 인과성이 확보된 채 빈번한 시공간 전환을 보이면, 주제 의식을 효과적으로 다듬을 수 있고, 서사에 높은 박진감 형성이 가능하다. 고분 벽화에 대한 관리 소홀 급기야 분실은, 고구려의 후예를 자처하는 현재 우리들의 관심 소홀이 빚어낸 사태이다. 이런 안타까운 상황을 타개하기 위해 우리 바깥의 힘이 작용해야 한다. 이 작품에서 우리 바깥의 힘은 고구려 벽화 속 인물이다. 그들이 직접 현대인을 소환한다. 자신의 시공간으로 현대의 아이들을 초대한 인물들의 능력은 안타깝게 제한적이다. 설상가상 미진한 능력마저 소멸되고 있는 상태이다. 현대의 아이들 소환을 신중하게 진행시켜야 한다. 때문에 강력한 일회적 소환을 도모하기 어렵다. 주제 다듬기 측면에서 볼 때, 이러한 벽화 속 세계의 상태는 고스란히 고분이 처한 현실을 상징한다. 즉 빈번한 시공간의 전환은, 벽화의 오늘날 상태를 반영함으로써 유물에 대한 관심 환기와 이를 통한 역사의식의 고취라는 주제 의식을 깔끔하게 다듬어 내는 적절한 전략이었다.

한편 현대의 어린이들인 주요 인물들이 겪는 고구려 시대로의 시간 여행은, 어쩌다 한 번 이뤄지는 꿈같은 행운과는 구별되는 일이었다. 일정한 조건 속에서 이뤄지되 반복이 가능한 일이었다. 흥미진진한 과거로의 여행을 성사시키기 위해, 어른들의 저지를 따돌리려는 주인물들의 분투에 얽힌 주변 서사들은 이야기 전체의 박진감을 형성시키는 데 일조한다. 게다가 과거 시대로 초대한 인물의 힘이 시간이 지나면서 약해지면서 반복 방문의 가능성이 줄어드는데, 현재 인물들은 그 시간대로의 방문을 더욱 기다리고 있기에 이래저래 박진감은 배가되었다.

《찾아라, 고구려 고분 벽화》에 대한 반응에 고무되었던 듯, 이경순은 이후 역사 관련 판타지물 창작을 거듭한다. 1998년 《날아라, 나무새》, 2002년 《빗살무늬 그릇의 비밀》이 이에 해당된다. 이 두 권은 유물을 주요 소재로 삼되 판타지 기법을 사용한 서사로 우리 역사와 문화에 대한 의식을 고취시킨 작품들이다. 두 작품은 이경순이 역사와 판타지에 지속적 관심을 드리우고 있는 작가라는 것을 충분히 설명한다. 그런데 이 둘은 독자에게 역사적 사실들은 흥미롭게 소개했지만, 아쉽게도 《찾아라, 고구려 고분 벽화》가 보여 준 판타지 성과를 상승적으로 발전시켰다고 하기는 어렵다.

다소의 미진함을 극복 만회하려는 듯 작가는 판타지에 새로운 도전장을 내밀었다. 2008년의 《다락방의 비밀》이다. 이 작품에는 마법적 힘을 가진 요소가 제한적으로 힘이 작동될 때와 완결적으로 작동되는 경우 둘 다 나타난다. 마법이 제한적으로 발휘되는 경우는 주인공 민주가 거처하게 된 다락방 창문이, 민주가 바라는 곳을 비춰 주고 그곳까지 데려다주지만, 민주를 다시 다락방으로 데려오지는 못하는 때이다. 마법적 물건의 제한적인 마력 작동은, 국외 동화에서는 심심치 않게 볼 수 있으나 국내 동화에서는 거의 나타나지 않았다. 이경순은 마법의 제한적 능력에 그치지 않았다. 서사가 진행되면서 민주는 창문과 관련된 마법 목걸이의 기능을 알게 되어, 낯선 곳에서 쉽사리 다락방으로 돌아온다. 마법의 힘이 완결적으로 작동되는 것이다. 이 판타지는 여기서 그치지 않고 더 나아간다. 민주는 마법 창문이 과거의 일까지 보여 주는 기능을 가졌다는 것까지 알아낸다. 마법의 능력이 현실 공간에서의 기능 확장을 거쳐, 시간대의 넘나듦까지로 확장 변화된 것이다.

이 작품에서 마법 능력 확장은 자기중심적인 주인공 민주의 점진적인 변화와 맞물린다. 민주네 집은 가세가 기울어 누추한 집에 세 들고 민주에게는 허름한 다락방이 주어진다. 민주는 이 상황이 불만스럽다. 그러다 다락방의 창문이 마법을 지닌 것이라는 것을 알고, 더욱이 관련 목걸이를 찾아 공간의 이동이 자유로워지면서 경험이 넓어지자 마음의 안정을 찾아간다. 창문이 과거까지도 비춰 준다는 걸 깨닫자 이를 계기로 다락방의 원래 주인 혜주의 일도 알게 된다. 혜주가 장애아인데도 자기 처지를 원망하기보다 타인에게 베풂을 행했다는 사실을 통해 민주는 자신의 자기중심적 태도에서 벗어나고자 한다. 그러니 이 작품에서 판타지 기법은 미성숙한 주인공의 성장을 서사화하는 기법이다.

《다락방의 비밀》은 이경순의 다른 판타지 작품처럼 역사 인식이나 민족문화에 대한 자긍심 고취와는 무관한 현대물이다. 역사 관련 동화를 판타지 기법으로 처리했던 이경순이었다. 이 작품이 역사 쪽 관심사를 소거시킨 것은, 역사 관련 주제 의식을 소거시키고서라도 판타지 기법 구사력 진작에 나서겠다는 작가의 심중을 표한다. 다행히 일정한 소득을 보였다고 할 수 있다. 국내 동화에서는 흔치 않았던 마법의 제한적 능력, 마법의 온전한 능력, 마법 창문이 과거까지 보게 한다는 능력의 확장까지 차곡차곡 마법의 변모를 보였던 것이다. 한 작품 안에서 마법적 물건의 능력을 다양한 변주까지 나아감으로써, 자신의 판타지 구사력의 확장을 일구어냈다. 이경순은 자신의 판타지동화 쓰기의 역량을 강화하기 위한 노력에 나섰고, 마법적 물건의 능력 변모를 꾀할 만큼 일정한 역량 신장을 꾀했던 것이다.

2. 날아라, 역사동화

《찾아라, 고구려 고분 벽화》가 출간된 1990년대 후반에는 역사동화의 발전도 괄목할 만했다. 역사동화의 범주를 넓게 잡으면, 고분 벽화 이야기도 한 자리를 차지한다. 역사동화로서 이 작품의 특이점이라면, 기존에 보기 어려웠던 분위기를 갖는다는 것이다. 즉 기왕의 역사물들은 특정 역사 사건을 파고들면서 묵직함과 비장함에 눌려 있기 일쑤였다. 역사를 취급하되 다른 접근과 분위기가 요구되는 시점이었다. 고분 벽화 이야기는 1990년대 후반 역사물에 요청되던 이런 주문들을 깔끔하게 소화해 주었다. 고분 벽화에 얽힌 현재적 정황은 안타깝기에, 이를 작품화했을 때는 궁극적으로 어린 독자들에게 역사의식의 환기, 민족의식의 진작 등을 주문하게 마련이다. 역사동화가 지녀온 일상적 분위기인 무거움을 비켜서기 어려운 상황이다. 그러나 이 작품은 이로부터 비켜서는 지혜를 보였다. 그 지혜의 내용은 두 가지이다.

하나는 앞서 지적한 판타지 기법의 구사가 일차적 요인이다. 판타지 기법을 구사했기에 현실 존재들과 과거 유물 속 존재들이 시간을 초월해서 만날 수 있었다. 그 결과 고구려라는 과거는 현재의 우리들과 완전히 유리된 채, 그러니까 현실 존재들이 전혀 손을 댈 수 없는 딱딱하게 굳어 있거나 굳게 닫혀진 영역으로만 남아 있지 않았다. 판타지 기법 덕분에 현재 존재들의 관심과 행동에 의해 과거의 온전한 유지가 가능하다는 작품의 주제 의식이 선명하게 살아났다. 판타지로 이러한 주제 의식이 처리되었기에, 역사가 과거의 사실 인식이나 의식의 각성 수준에서 그치지 않았다. 과거를 대하는 현재 독자들의 심장이 고동칠 수 있었다. 두 번째 요인은 역사 유물의 활용이다. 역사적 사건에 얽힌 기록적 사실에 집중하기보다, 독자가 눈으로 확인하여 느낄 수 있는 고분 벽화 같은 유물을 주요 소재로 취했다. 그 결과 어린 독자들에게 고구려는 구체성과 실감성을 가진 시대로 다가올 수 있었다.

유물이나 문화유산을 활용해 우리 문화의 우수성과 문화를 지키려는 조상의 노력을 알리려는 작업은 이후 지속적으로 이어진다. 《날아라, 나무새》는 솟대라는 우리 문화 유산을 활용해 역사에 접근했다. 청산리 전투를 통해 일제에 대한 선조의 대항을 소개하고, 밀정 제도를 통해 일제의 악랄한 지배 방식도 고발했다. 《빗살무늬 그릇의 비밀》은 신석기 시대 유물은 빗살무늬 토기를 부차적 소재로 활용해 임진왜란 때 우리 도공들이 일본에 강제로 끌려가 이후 일본 도예 문화의 기반을 이루었음을 일러 준다. 2015년의 《용감무쌍 오총사와 수상한 소금 전쟁》은 유형의 유물은 아니라 제염 방식이라는 무형의 문화를 소재로 삼은 작품이다. 작가는 이 작품에서 자염이라는 전통적 방식의 소금 산출 방식과 일제의 이익을 위해 도입된 천일염 산출 방식을 대립시키고, 여기에 각각 민족주의자와 자기 이익을 추구하는 현실주의자를 관련시켜 놓았다. 이를 통해 일제의 수탈을 고발하는 동시에 민족의식의 고취라는 주제 의식을 형상화했다. 세 작품은 유물과 문화유산의 활용에 드러난 이경순의 강점을 확인시키나, 역사나 민족의 자긍심 고취 측면에서는 어린이 독자들이 벽화 이야기만큼 능동적으로 반응할지는 다소 미지수이다.

2016년의 《메주 공주와 비밀의 천 년 간장》은 역사동화 범주에 묶이지는 않으나 무형 문화유산을 다루고 있기에 여기서 살필 만하다. 판타지를 끌어들이지는 않았으나 갈등과 긴장이 잘 드러나 있다. 특히 폐쇄적이고 고집스런 간장 명인 할머니와 간장에는 무관심하고 되레 간장 담그기와는 거리를 두려는 손녀라는 인물 설정, 간장 담그는 과정을 대중에게 공개적으로 소개하려는 아빠와 이를 내켜 하지 않는 할머니의 갈등, 결정적으로 간장 담그기 수업 날 손녀는 할머니의 금지 명령에도 친구와 함께 씨간장 독이 있는 외진 곳으로 가서 간장독을 깨고 마는 사건과 이것의 뒷수습 과정에서 드러나는 엄마의 비밀 등이 서로 맞물려 있는 등 설정과 짜임이 독자의 흥미를 돋운다. 재미있게 읽다 보면 간장 빚기에 담긴 조상의 지혜와 노력이, 알아야 되는 것이 아니라 저절로 파악되고 이해된다. 이는 첫 작품 고구려 벽화 이야기가 독자가 민족의식이나 자긍심을 느낄 수 있는 통로를 확보했던 것과 맥을 같이한다.

2014년에 펴낸 청소년 소설 《녹색 일기장》은 만주 지역의 여행담이다. 표면 서사는 사춘기 딸과 엄마의 갈등, 그리고 십 대의 건강한 자기 진로 찾기이다. 여기에 덧붙여진 서사들은 중국 동북아 지역에 산재한 고구려 유물에 대한 소유권 주장이 발생시키는 우리 과거사의 훼절을 문제 삼는다. 본격 역사물은 아니지만 역사의식을 건드린 작품이다. 동화작가 이경순이 청소년 소설로 영역을 확대하면서 자신의 강점인 역사에 대한 이해를 끌고 들어옴으로써 안정적인 출발을 꾀했다고 할 수 있다. 이런 짜임 때문에 이 작품의 표면 서사와 딸린 서사와의 관계에 주목하게 된다. 두 서사 줄기는 서로 무심한 관계이다. 만일 고구려 유물에 대한 중국인들의 한국인에 대한 배타적 태도를 다룬 딸린 서사를, 중학생 딸과 엄마의 갈등을 다룬 표면 서사에 상징적 기제로 작용할 수 있도록 관련성을 형성했더라면, 청소년층의 역사에 대한 관심 환기가 지금보다 더 살아나지 않았을까 싶다. 동북아 지역에 존립했던 고대 국가들을 자기 역사화하려는 강대국의 횡포가 적지 않은 지금, 고대사 인식에 얽힌 쟁점들을 끌어들인다면 사춘기 딸의 엄마로부터의 독립과 엄마에 대한 이해라는 문제 풀이에 적지 않은 상징성을 확보할 수 있을 것이다. 어쨌든 이 작품은 유무형의 유물과 문화를 활용해 역사 인식이나 민족 자긍심 고양을 꾀했던 기존의 이야기와는 결을 달리한다. 일정 지역의 여행으로 과거사에 대한 현재의 이해가 힘의 논리 속에서 새로운 굴절을 겪는다는 것을 간접적으로나마 드러낸다. 때문에 향후 이경순의 역사물은 새로운 변모를 꾀할 것으로 짐작된다.

여기까지 볼 때 이경순의 역사 관련 작품들은 초반 판타지와 역사 유물의 결합을 통해 이룬 성공에 힘입어 이를 지속적으로 자신의 강점으로 발전시키려는 행보를 보였다. 이 행보가 승승장구했던 것만은 아니다. 그러나 2016년의《메주 공주와 비밀의 천년 간장》에서 독자가 주제 의식의 일방적 수용자로 머물지 않고 능동적으로 주제 의식을 형성할 수 있는 통로를 회복했고, 2014년《녹색 일기장》을 통해 유물에 의지한 역사의식 고취 단계에서 한 걸음 진전해 특정 지역 과거사에 대한 주장이 국제 사회에서는 힘의 논리 속에서 굴절될 수 있음을 넌지시 시사했기에, 향후 역사물에 대한 그의 작업에 상당한 기대를 걸게 된다.

3. 싸워라, 더 단단한 동화를 향해

앞서 살핀 역사나 판타지 관련 동화를 제외한 나머지 생활동화들을 일별하면, 일정한 특징이 짚어진다. 작가 스스로 자기 동화가 어린 독자들에게 긍정의 힘을 북돋우며 생각의 폭을 넓히기를 소원함을 밝힌 적이 있다. 과연 그의 동화는 자신의 바람대로 긍정의 기운이 그득하다. 이경순이 긍정의 기운을 새기는 방식은 크게 두 가지이다.

하나는 주변과 불화를 겪는 부정적 성향의 주인공이 긍정적 기운을 회복하는 과정을 보여 주기이다. 새 운동화 한 켤레 사 신을 수 없는 형편이 아픈 형 때문이라고 생각하여 형을 미워하고 매사 어깃장을 놓는 동생을 다룬《형, 미안해 미안해!》(2006), 가세가 기울어 가족 모두가 힘든데 자신을 사랑해 주기만을 바라는 민주의 변화를 그린《다락방의 비밀》(2008), 공부를 잘해도 아이들이 회장으로 뽑아 주지 않을 정도로 얌체인 민재 이야기인《우액(友客), 촌뜨기가 회장이래!》(2011)는 여기에 속한다. 이 부정적 인물들은 자기가 긍정적 기운에서 멀어졌음을 자각, 즉 이해심이나 배려가 부족하다는 것을 발견하고 타인에 대한 자기 시각을 조정해 감으로써 긍정의 기운을 회복한다.

또 하나의 유형은, 주변의 오해와 편견 때문에 힘들어하는 착한 주인공이 어떤 긍정성으로 그 상황들을 타개해 나가는가를 보여 주는 서사들이다. 가난한 조손 가정의 아이를 다룬《넌, 학교 끝나면 뭐 해?》(2004), 맞벌이 부모와 열두 형제가 정신없이 생활하는 가정에서 중간에 낀 아이의 좌충우돌 일상을 다루되 열두 형제 가족에 대한 사랑을 키워나갔음을 보이는《대장 넷 졸병 일곱》(2006), 키 작다고 놀림을 당하지만 당당하게 대응하며 자신의 결점도 파악하는 아이의 모습을 담은《키 작은 게 어때서!》(2014)가 여기에 해당된다. 이 긍정적 인물들은 주변인의 시선 때문에 곤란한 상황이나, 부정적인 시선에 꺾이지 않도록 버티고 스스로를 다독이면서 마침내 곤란한 입지를 타개한다. 즉 이들은 자신이 가진 긍정성을 저버리지 않기에 어느덧 주변의 오해도 풀리고 원활한 소통을 이뤄나가는 것이다.

갑자기 가난해진 탓에 이전의 풍요를 누릴 수 없어 고슴도치처럼 웅크린 인물이든, 형제가 지나치게 많은 것에 대해 사람들이 던지는 불편한 시선들 속에서 위축된 상태였든, 이경순의 동화는 이들이 어떻게 그 상황을 돌파하는지를 그려 내는 데 주력한다. 이경순이 그려 낸 이들의 모습을 통해 독자가 간취하게 되는 건 긍정적인 기운이다. 때문에 이경순 생활동화의 인물들은 긍정 에너지의 전도사들처럼 보인다.

정신 분석에 따르면, 인간은 젖먹이 시절을 지나면서 자기 욕망이 형성되게 되면, 그때부터 자아는 세계와의 불화 관계에 놓인다. 결국 자기 밖 세상을 의식하는 자아란 나이 많고 적음을 떠나 세계와 끊임없이 갈등을 겪는 존재이다. 동화든 소설이든 각 개인이 겪는 이 갈등을 주목한다. 동화작가 이경순은 자아와 세계의 합일을 이룰 수 있는 가장 중요한 요소가 긍정의 기운임을 강조하는 입장이다. 그가 강조하는 긍정의 기운이 갖는 구체적 내용들은, '지금은 어렵지만 나도 잘될 수 있어.', '난 괜찮은 사람이야.', '이렇게 하면 주변 사람들과 좋은 관계를 맺을 수 있어.', '착하면 혹은 정의로우면 한때는 어려움을 겪더라도 마침내 난관을 극복하고 사람들의 인정을 받을 수 있어.' 등이다. 위로와 격려성 강한 자기 암시가 주종을 이룬다고 할 수 있다.

짐작해 보건대, 작가 자신의 삶의 내용이 이와 무관치 않았을 것이다. 긍정의 기운으로 더 나은 삶을 꾸준히 개척해 왔던 개인의 경험은, 긍정의 에너지를 증거하는 사람들의 증언과 관련된 이론의 지원에 힘입어 이경순 동화의 흔들림 없는 토대가 되었던 듯하다. 동화는 어린 독자들을 대상으로 한다. 그렇기에 동화는 소설에 비해 자아와 세계의 합일을 더 강력하게 희구한다. 당연히 이것의 실현 상태를 줄창 보여 왔다. 그러니 동화 문학은 이경순과 가장 잘 맞는 문학 영역이 된다. 이경순은 자기 동화에서 긍정의 기운을 작가의 목소리로 매번 또렷하게 표출할 수 있었던 것이다.

보잘것없어 보이는 작은 자기에 대해 애정을 갖는 건 어떤 논리 앞에서도 꺾일 수 없는 소중한 덕목이다. 동화는 이 덕목을 꾸준히 반복할 임무를 가지고 있다. 그렇다고 동화가 자아와 세계의 합일을 향해 기계적 혹은 도식적으로 움직여야 하는 것은 아니다. 사람 사이의 일은 그리 단순하지가 않다. 또한 선이며 정의 등의 경계가 생각보다 뚜렷한 것도 아니다. 그렇기 때문에 때로는 자아와 세계의 합일보다 자신의 욕망과 도덕적인 선이나 역사적 당위 사이에서 갈등하는 자아의 내면을 보다 찬찬하게 들여다보는 게 더욱 요청되기도 한다. 이 요구들을 외면하고 긍정의 기운에 의지해 자아와 세계의 합일을 향해 질주하다 보면 서사는 도식성을 면치 못하게 되는 경우들이 발생한다. 즉 복잡다단한 현실을 살아가는 존재의 삶으로부터 일정하게 뜨게 된다. 어린 독자들에게 긍정의 기운을 불어넣는 것은 중요한 일이다. 이 과정에서 현실과의 간격이 벌어지는 일이 발생하기 십상이므로 동화작가는 이것과 싸워야 한다. 1950년대를 대표하는 동화작가 강소천은 어린이 독자들에 대한 사랑이 강했는데, 1950년대라는 물질적·정신적 궁핍의 시대를 살아가는 어린 독자들에게 용기를 주고 격려하는 일에 적극적이었다. 그 와중에 현실과 거리를 벌리는 일이 생기곤 했다. 동시대 작가 이원수의 소천에 대한 비판은 바로 이 지점이었다고 할 수 있다. 누가 옳고 그르고의 문제가 아니다. 자기 동화가 가지고 있는 강점 속에서 의도치 않은 허점들이 발견된다면 그것과 맞붙어야 한다. 그 싸움에 나서는 이경순 작가가 보이는 처절함이야말로 아름다움의 한 예이다.

이경순의 동화는 건강하고 모범적이다. 그의 동화들이 반성과 견딤의 서사로 전락되지 않고 용케 긍정의 기운을 잘 유지해 왔다. 과거 역사를 앎으로써 현재의 자신을 올곧게 추스르려는 노력도 적지 않았고, 어린이 독자와의 소통을 위해 판타지에 대한 열정도 오랫동안 보여 왔다. 그가 복잡미묘한 현실을 살아가는 자아의 내면에 조금만 더 주목해 준다면, 앞으로의 그의 동화는 그간의 열정과 노력이 열망했던 힘 있고 단단한 동화 문학을 너끈하게 이뤄 내리라고 믿는다.

어린이와 함께 선생이 걸어온 길

1967년 1월 1일(음력) 경남 함양에서 태어남.

1992년 숭의여자대학교 문예창작과에 입학함.

주간 〈아림신문〉 창간 3주년 기념 문예작품 공모전에서 시 부문 버금상을 수상함.

주간 〈아림신문〉 창간 3주년 기념 문예작품 공모전 수필 부문 으뜸상을 수상함.

1993년 아람문학회 동인에서 활동함.

1994년 숭의여자대학교 문예창작과를 졸업함.

1996년 동서커피문학상 시 부문에 입선함.

1997년 삼성문예상에 장편동화 〈찾아라, 고구려 고분 벽화〉가 당선됨.

1998년 동화집 《찾아라, 고구려 고분 벽화》(문학사상사)를 출간함.

문예진흥기금을 받음. 동화책 《날아라, 나무새》(현암사)를 출간함.

2000년 동화책 《아주 이상한 여행》(문공사)을 출간함.

2000~2001년 월간 〈소년〉에 〈사라진 샘물〉을 연재함.

2001년 동화책 《세상에서 가장 소중한 선물》(채우리)을 출간함.

2002년 동화책 《빗살무늬 그릇의 비밀》(예림당)을 출간함.

2004년 동화책 《넌, 학교 끝나면 뭐 해?》(주니어파랑새)를 출간함.

2006년 동화책 《형, 미안해 미안해!》(채우리)를 출간함.

동화책 《대장 넷 졸병 일곱》(세상모든책)을 출간함.

한국방송통신대학교 국어국문학과에 편입함.

2007년 한국문화예술위원회 문예지 게재 우수작품으로 〈이유 있는 서리〉가 선정됨.

2008년 한국방송통신대학교 국어국문과를 졸업함.

동화책 《다락방의 비밀》(홍진 P&M)을 출간함.

2011년 동화책 《우액(友厄), 촌뜨기가 회장이래!》(아리샘주니어)를 출간함.

2012년 아르코 문학창작기금을 받음.

2013년 한국아동문학인협회 사무차장을 맡음.

2014년 동화책 《키 작은 게 어때서!》(담푸스)를 출간함.

청소년 소설 《녹색 일기장》(키다리)을 출간함.

2015년 동화책 《용감무쌍 오총사와 수상한 소금 전쟁》(개암나무)을 출간함.

역사 관련 우리말 어원 동화집 《흥청망청과 땡전이 웬 말?》(그린북)을 출간함.

동화책 《네 탓이야!》(알라딘북스)를 출간함.

2016년 동화책《메주 공주와 비밀의 천 년 간장》(개암나무)을 출간함.

동화책《친구 대장 나가신다》(생각하는 책상)를 출간함.

2017년 동화책《호구와 천적》(파랑새)을 출간함.

2018년 동화책《사차원 엄마》(함께자람)를 출간함.

한국아동문학인협회 분기별 우수작품상을 수상함.

현재 서울의 북한산 자락에서 아이들에게 글쓰기를 가르치며 동화를 창작하고 있음.

한국 아동문학가 100인

함영연

대표 작품

〈고라니의 길〉

인물론

따뜻하고 울림이 큰 동화

작품론

결핍의 형상화와 캐릭터의 힘

어린이와 함께 선생이 걸어온 길

고라니의 길

"저 담만 없다면……."

산등성이에 오른 할머니가 숨을 몰아쉬며 가슴을 쳤다. 할머니는 북쪽 도담 마을이 보이는 이곳을 자주 찾았다. 오늘은 손자 찬이도 함께였다. 고라니는 가까운 수풀에서 할머니의 눈길을 좇았다. 나슬 마을과 도담 마을의 허리춤에 턱 버티고 있는 철조망 담일 게 뻔하지만.

"탕! 탕!"

지난겨울에 어미 고라니가 먹이를 구하러 나간 날, 어린 고라니는 맛난 먹이를 고대하고 있었다. 그때 철조망 담 쪽에서 불안한 소리가 들렸다. 그 뒤로 어미 고라니는 영영 돌아오지 않았다. 고라니는 눈 쌓인 산속에서 추위와 배고픔에 지쳐 가고 있었다. 그런 고라니를 살려 준 이는 다름 아닌 찬이네 할머니였다. 산속 동물들이 배곯을까 나무들 밑에다 먹이를 놓아두었던 것이다.

'할머니, 고마워요. 그리고 저 담은 왠지 저도 싫어요.'

고라니는 한숨짓는 할머니의 마음이 느껴졌다. 할머니의 소원대로 도담 마을을 자유롭게 갈 수 있으면 좋으련만, 담 근처에도 갈 수 없는 현실이었다. 산등성이 나무들이 짙푸른 기운을 뿜어내고, 서 있을 힘이 없어 바들바들 떨던 어린 고라니의 가는 다리가 굳세게 되어도 할머니의 시름은 걷힐 줄 몰랐다.

"쯧쯧, 그놈의 생각이 문제여."

도담 마을을 애잔하게 보던 할머니가 혀를 찼다.

"생각이 어떤데요?"

찬이가 물었다. 고라니도 가만히 귀를 기울였다.

"그게 말여……."

할머니는 언젠가 했던 이야기를 또 들려주었다.

북쪽과 남쪽이 나눠지기 전, 먼 곳에 사는 무리들이 이리 떼처럼 몰려와 사람들을 노예처럼 부려 먹고 좋은 것은 다 빼앗아 갔다고 했다. 그래서 오랫동안 굶주리며 고통스럽게 일을 해야 했다. 결국 무리를 쫓아냈지만 마을은 엉망이 되었다고 한다.

사람들은 마을을 앞으로 어떻게 꾸려갈지 의논했다. 그런데 자신의 생각과 맞는 의견이 나오면 환영하다가도 맞지 않으면 화를 냈다. 그러다 결국 큰 싸움을 하게 되었고, 그 일로 골이 깊어져서 나슬 마을과 도담 마을 사이에 철조망 담을 두르게 되었다고 했다.

그때 꽃다운 나이였던 찬이네 할머니, 순이는 심부름을 왔다가 돌아갈 수 없게 되어 나슬 마을에 살게 되었다. 아버지와 함께 산에 약초 캐러 간 오빠가 굴러서 다치는 바람에, 대신 한약방 약초 배달을 왔던 것이다. 순이뿐만 아니라 많은 사람들이 돌아갈 수 없었고, 돌아올 수 없었다. 북쪽에 있는 가족들은 생사조차 알 수 없다고 했다.

"에고, 남도 아닌데……. 저어기 할아버지의 할아버지로부터 이어 온 같은 자손인데 말이여."

"그러면 뭐해요? 서로 친하지도 않잖아요."

찬이가 퉁퉁거렸다. 고라니는 고개를 끄덕였다. 할머니의 말이 와닿지 않았기 때문이다. 할머니의 이야기를 귀동냥해 보면 나슬 마을과 도담 마을 대표들이 만나서 잘 지내기 위해 의논하자고 해도 이루어지지 않고 있었다. 나슬 마을에서 만남을 제안하면 도담 마을에서 어려운 요구로 걸림돌이 되고, 도담 마을에서 제안하면 나슬 마을 또한 마땅하지 않은 부분을 들어 미루기 일쑤였다.

"할머니, 저 북쪽 땅이 아예 북극으로 사라지면 좋겠어요."

찬이의 불평이 이어졌다.

"뭐여? 저들이 하는 짓은 미워도 사람은 미워하면 못 쓰는 겨."

할머니가 손사래를 쳤다.

"어디 보자."

할머니가 두리번거렸다. 고라니는 수풀에서 나와 할머니 곁으로 갔다. 찬이는 눈을 반짝이며 둘을 번갈아 보았다.

"잘 있었냐?"

할머니가 허리를 구부려 고라니의 등을 쓸어 주었다.

"고라니가 말을 알아듣는 게 신기해요."

"그렇지? 우리가 만난 지도 꽤 됐구나."

할머니가 끙 소리를 내며 허리를 펴더니 도담 마을을 눈에 담듯이 바라보았다.

"이제 내려가 볼까?"

할머니가 몸을 돌렸다. 고라니는 할머니와 헤어지기 싫었다. 그래서 할머니의 발치를 따랐다. 찬이는 그 모습이 신기한지 가다가 돌아보고 가다가 돌아보았다.

"어쩜 고라니가 사람을 따른대요?"

마을 사람들도 의아해했다.

“저나 나나 인연이 되려니 그런가 보우.”

할머니는 고라니에게 다정한 눈길을 주었다. 그날 이후 고라니는 할머니와 같이 지냈다.

할머니는 억척스럽게 밭일을 했다.

“저 담을 허무는 날, 덩실 춤추며 가려면 기운 내서 몸을 더 움직여야지. 꼭 담이 무너지는 날이 올 거여. 그럴 것이여.”

할머니는 누군가 들어주기를 바라는 듯이 말했다.

그러던 어느 날, 할머니처럼 이산가족인 이웃 할아버지가 돌아가셨다는 소식이 전해졌다. 그 할아버지뿐만 아니라 늙고 병든 이산가족들이 하나둘 하늘나라로 가고 있었다.

“생이별로 속 끓이다 가시니 애통해요.”

사람들이 침울해했다.

“가시는 분들을 보면 마냥 기다릴 수 있는 문제가 아닌데…….”

“아, 무조건 만나게 해야지요. 이쪽이나 저쪽이나 생각이 바뀌어야 하는데…….”

“그러게 말예요.”

“자유롭게 왕래할 수 있으면 얼마나 좋을꼬. 산다면 얼마나 산다고.”

할머니도 생각을 보이며 눈가를 꾹꾹 눌렀다.

“오래 사셔야죠.”

사람들은 가족을 그리워하다 세상을 떠나는 걸 봤기 때문에 무엇보다 다급한 일이란 걸 알고 있었다.

“안 된다고 손 놓고 있으면 영원히 멀어지는 거여. 어떤 이유건 헤어진 가족들은 만나야지. 이런 법은 없는 거여. 아이고, 얼마를 더 기다려야 할꼬.”

할머니가 탄식을 했다.

집으로 온 할머니는 그리움이 병이 되었는지 시름시름 앓았다. 찬이가 부축해도 할머니는 기운을 차리지 못했다. 고라니는 할머니가 불쌍했다.

“할머니, 그렇게 누워 계시면 어떡해요? 건강해야 가족들을 만나지요.”

“그려, 찬이야. 죽기 전에 오라비를 만나려면 힘을 내야지. 오라비는 살아계실 거여.”

할머니는 몸을 일으키려다 다시 누웠다. 문밖에서 고라니도 걱정 어린 눈으로 할머니의 방을 지키고 있었다.

“비가 오려나. 몸이 찌뿌듯하네. 농작물 피해가 있으면 안 되는데…….”

할머니는 편안히 있지 못하고 몸을 몇 번이나 뒤척였다. 할머니 말대로 낮게 내려앉은 하늘을 먹구름이 어둑하니 덮고 있었다. 곧 먹장구름이 몰려왔다. 산 허리춤에 머물던 회오리바람이 막 기지개를 켜는 듯하더니, 지나가는 먹장구름의 허리를 휘감고는 세찬 소나기를 퍼부었다. 다행히 농작물에 큰 피해 없이 지나갔다.

그러나 도담 마을은 사정이 달랐다. 밭에 심은 농작물을 거센 빗물이 휩쓸고 갔다. 게다가 산사태도 나고 피해가 엄청나다는 소문이 돌았다. 나슬 마을 사람들은 피해가 큰 도담 마을을 보며 안타까워했다.

"식량이 부족하다고 하던데……."

"우리가 도와야 하지 않을까요?"

"그걸 왜 우리가 걱정합니까?"

누군가 버럭 화를 냈다.

"다른 것도 아니고 먹을 양식이 부족하다는데 도와주면 어떨까요?"

"난 신경 쓰고 싶지 않습니다."

손사래를 치는 사람도 있었다.

"이보시오! 굶는 걸 알면서 돕지 않는 건 아니라고 생각하우. 나는 기꺼이 돕겠수."

언제 왔는지 할머니가 나섰다.

"할머니, 아픈 건 괜찮으신 거예요?"

찬이가 따라오며 외쳤다.

"아픈 게 문제냐? 지금은 마음을 모을 때여."

할머니가 단호하게 말했다.

"할머니 말처럼 쉬운 일이 아니에요. 도와주기 시작하면 앞으로 힘들 때마다 도와 달라고 손 내밀 거라고요."

"맞아요. 그 사람들, 우리와 달라도 너무 달라졌다니까요."

사람들이 고개를 저었다.

"우리도 저들이 하는 일을 그리 반기지 않잖우. 여하튼 배곯는 사람은 도와주는 게 사람의 도리라우."

할머니가 힘주어 말했다. 멀찍이 지켜보던 고라니는 할머니 얼굴에 켜켜이 쌓여 있는 그리움을 볼 수 있었다.

"할머니 말씀대로 도와주면 좋겠어요."

찬이가 할머니의 말을 거들었다.

"넌 아직 몰라서 그러는 거야. 그게 생각처럼 쉬운 문제가 아니란다."

어른들의 표정이 어두워졌다.

"먹을 게 없어 굶는다잖아요. 전 헤어져 있는 할머니의 가족이 굶을까 봐 걱정이에요."

"그려그려, 내 새끼."

할머니의 눈이 눈물로 어룽거렸다.

“이건 내가 푸성귀 팔아 모은 거라오.”

할머니가 고쟁이에서 쌈짓돈을 꺼냈다. 그동안 쉬지 않고 밭일을 하여 번 돈이었다.

“할머니, 그게 그렇게 단순한 문제가 아니라서…….”

받아든 돈을 어떻게 해야 하나 망설이는 사람들을 뒤로하고 할머니는 산등성이를 향해 걸어갔다. 힘겨운지 걷다가 멈추기를 반복했다. 고라니도 뒤를 따랐다. 산등성이에 오른 할머니는 북쪽을 하염없이 바라보았다.

“에휴, 눈앞에 두고도 못 가는 서러움을 누가 알겠누.”

할머니가 길게 한숨을 토했다. 고라니는 걱정스러운 눈으로 할머니를 쳐다보았다.

“저어기 저렇게 버티고 있는 문이라도 누군가 길을 터 주면 두 번 가고, 세 번 가고……. 그러다 보면 가까워질 텐데. 휴우, 문제는 마음에 쌓은 담이여! 마음의 담이 더 문제란 말여.”

할머니는 안타까운 마음을 풀쳐놓았다.

그날 이후 할머니는 북쪽 가족을 만날 희망의 끈을 놓았는지 힘이 하나도 없었다.

“이젠 산으로 돌아가거라. 내가 나를 잘 안다. 이러다 영영 가는 거지. 그러니 살던 곳으로 가거라. 겨울 먹이는 찬이에게 챙기라고 하마.”

방문을 열고 할머니가 마당에 있는 고라니에게 힘겹게 말했다. 그리고 자리에 누운 할머니는 좀처럼 기운을 차리지 못했다. 고라니는 촉촉하게 젖은 눈으로 할머니를 바라볼 뿐이었다. 그러다 무언가 결심한 듯 산으로 돌아가서 한참 수풀에서 머물렀다. 고라니는 눈물이 후드득 쏟아질 것 같으면 하늘을 보곤 했다.

얼마를 있던 고라니는 수풀에서 나와 할머니처럼 산등성이에 섰다. 할머니의 소망이 가슴에서 살아나고 있었다.

“할머니, 할머니! 저 철조망 담이 뭐라고 그토록 할머니를 슬프게 할까요? 뭐라고 사람들을 슬프게 할까요? 저게 뭐라고, 뭐라고…….”

고라니는 앞발로 바닥을 탁탁 쳤다. 그리고 철조망 담을 향해 걸어갔다.

“탕, 탕!”

어미 고라니가 먹이 구하러 간 날들은 그 소리가 울렸다. 그래도 아랑곳하지 않고 도담 마을을 향해 길을 내며 앞으로 앞으로 나아갔다.

따뜻하고 울림이 큰 동화

박상재

동화작가 함영연은 1964년 3월 15일(음력 2월 2일) 강릉시 구정면 어단리에서 부친 함종호와 모친 이길자 사이에서 3남 3녀 중 넷째로 태어났다. 어릴 때 아버지의 사랑을 많이 받으며 자랐다고 한다. 특히 다섯 살 때 아버지가 부르는 노래 가사를 금방 따라 해서 아버지가 예뻐했다는 추억을 간직하고 있다. 그렇게 사랑을 받으며 자라다가 초등학교 2학년 때 아버지가 병환으로 돌아가시게 된다. 그때부터 가세가 기울어 고등학교 다닐 때는 어머니를 돕지 못하는 것이 죄스러워 힘들었다고 토로하고 있다.

함영연은 강릉여고를 졸업하고, 서울에 있는 대학의 영문학과에 합격하고도 가정 형편상 진학을 포기하고 4년여 동안 직장 생활을 했다. 그런 뒤 대학의 문예창작과에 진학하여 작가로서의 꿈을 키웠다. 그녀의 작가적 기질은 학창 시절에 학교 대표로 율곡 백일장에 참가하면서 예견되어 있었다.

문창과를 졸업한 뒤, 글과 거리가 멀게 생활하다가 1997년 동화작가 정채봉 선생이 운영하는 문학아카데미에서 본격적으로 동화 쓰기를 했다. 1년 뒤, 1998년 단편동화 〈아기 도깨비와 밀곡령〉이 제17회 계몽사아동문학상에 뽑히면서 등단하였다.

17회 계몽사아동문학상 동화 부문 선정에는 특별한 이야기가 있다. 백 수십 편의 응모 작품 중 본심에 올라 온 작품은 네 편, 나머지 두 편이 걸러지고 최종심에 오른 작품은 함영연의 작품 〈아기 도깨비와 밀곡령〉과 홍종의의 〈부처님의 코는 어디로 갔나〉였다. 심사 위원들이 토론 끝에 〈부처님의 코는 어디로 갔나〉를 당선작으로 선정하려는 순간, 심사 위원 중 한 사람이 이의를 제기했다. 아무래도 함영연의 작품 〈아기 도깨비와 밀곡령〉의 마무리가 이상하다는 것이었다. 필력으로 보나 서사 구조로 보나 그렇게 작품을 마무리 지을 상황이 아니라는 것이다.

결국 담당자를 불러 확인해 본 결과 놀라운 일이 벌어졌다. 원고를 복사해서 심사 위원에게 보내는 과정에서 실수로 작품의 마지막 장을 빠뜨린 것이다. A4용지 한 장이 통째로 사라졌으니 이야기의 결말이 소원할 수밖에 없었다. 30매 안팎의 단편동화 원고에서 결말이 통째로 사라진 것은 완성도에 치명적이다. 그럼에도 불구하고 함영연의 작품 〈아기 도깨비와 밀곡령〉이 최종심까지 오른 것은 뛰어난 문학성 때문이었다. 심사 위원단에서는 부랴부랴 응모작 원본을 찾아 재심사에 들어가 결국 두 편을 공동 당선작으로 삼기로 하였다. 물론 상금도 2분 하지 않고 원래대로 유지하였다. 그런 인연으로 홍종의와 각별한 문우 관계를 유지하고 있다.

필자가 동화작가 함영연을 처음 만난 것은 1998년 늦은 가을로 기억한다. 그때 〈한국창작동화에 나타난 환상성 연구〉로 박사 학위를 받고, 단국대학교에서 강의를 하던 때였다. 문학아카데미의 좌장이었던 정채봉 선생으로부터 포천 베어스타운에서 열리는 '동화세상 포럼'에 '동화와 환상성'에 대하여 강의를 해 달라는 초청을 받았다. 강의를 마치고 저녁에는 문학아카데미 회원들이 펼치는 장기자랑 시간이 있었는데, 심사까지 맡게 되었다.

그날 밤 내 옆에 앉아 이야기를 나누었던 새내기 작가가 함영연이었다. 그때 나눈 이야기의 내용은 잘 생각나지 않지만, 달빛 닮은 은은한 눈웃음과 정다운 목소리는 아직까지 기억에 새롭다. 그때 인연으로 함영연은 대학원 공부를 할 당시, 연구 과제에 대해 전화로 도움을 청하기도 했다. 학업에 충실하려고 노력하는 모습에서 성실하고 학구열이 높다는 것을 알 수 있었다.

함영연의 동화는 읽고 나면 가슴이 따뜻해지고 감동이 오래가는 작품들로 주류를 이룬다. 진정성 있는 동화 문학을 하려고 한다는 그녀는, 동화(童話)는 동화(動話)여야 한다고 말한다. 대학에서 아동문학 강의를 할 때 '아동'이라는 말에 갇혀 학생들이 써오는 작품들이 가르치려 들고, 잔소리하려 드는 걸 보고 고민이 되었다고 한다. 그래서 동화 또한 문학이어야 하며 마음을 움직이는 이야기가 담겨 있어야 한다고 강조하게 되었다고 한다.

함영연은 생활 속에서도 스스로 많이 베풀고 사랑을 실천하는 삶을 살아간다. 그녀가 운영하는 온라인 카페 '숲속동화마을도서관'에서는 뜻을 같이하는 회원들과 함께 1년에 두 번 '나눔의 달' 행사를 펼치고 있다. 보육원 아이들을 위해 육아용품을 기증하거나 독거노인을 돕는 일에 앞장선다. 언젠가 보육원에 봉사할 때, 열두 명의 아이들을 일일이 안아 주는 일이 반복되다 보니 어깨에 염증이 생겨 치료를 받았다는 이야기를 듣고, 이웃 사랑 실천을 실감할 수 있었다.

함영연은 이십여 년 가까이 집필 활동을 하는 동안 수십 권의 울림이 큰 동화책을 상재하였다. 《큰 산을 품은 아이》(문공사, 2001)를 시작으로 《걸레 물방울》(대교출판, 2002), 《할머니 요강》(그린북, 2003), 《회장이면 다야?》(시공주니어, 2005), 《콩 네 알 심는 아빠》(그린북, 2007), 《우렁이 엄마》(예림당, 2008), 《말더듬이 도깨비 말》(아리샘 주니어, 2009), 《딱 하루만 눈을 떴으면》(마들, 2010), 《명심보감 따라가기》(학고재, 2010), 《엄마가 필요해!》(효리원, 2010), 《내가 돌머리라고?》(크레용하우스,

2011), 《우리 동네 마릴리 아줌마》(킨더주니어, 2012), 《꿈을 향해 스타 오디션》(시공주니어, 2012), 《돌아온 독도대왕》(크레용하우스, 2013), 《채소 할아버지의 끝나지 않은 전쟁》(청개구리, 2014), 《헤겔 아저씨네 희망복지관》(주니어 김영사, 2014), 《가자, 고구려로!》(바나나, 2014), 《자존감이 쑥쑥 자라는 사자소학》(학고재, 2015), 《로봇 선생님, 아미》(키다리, 2016), 《쇠말뚝 지도》(도담소리, 2017), 《개성공단 아름다운 약속》(내일을 여는 책, 2018), 《탈출! 아무거나》(머스트비, 2018) 등 주목받는 동화책을 다수 상재했다.

함영연의 창작의 폭은 그녀의 정신적 젖줄인 남대천과 강릉 앞바다처럼 넓다. 그래서인지 그녀의 작품은 고향에 있는 칠성산처럼 서사성이 풍부하다. 칠성산은 해발 981미터로, 첫 동화집인 《큰 산을 품은 아이》에 나오는 대암산의 실제명이다. 칠성산은 산꼭대기에 일곱 개의 바위가 있는데 이것이 북두칠성을 닮았다 하여 붙여진 이름이다. 지혜네 마을에는 대암산(칠성산)이라는 큰 산이 있는데, 이 산에는 눈큰님이라는 신비로운 정령이 등장한다. 함영연은 스스로 큰 산을 품은 아이였기에 다수의 역사동화와 인문학 동화, 그리고 주제가 뚜렷하고 내용이 옹골찬 동화 들을 꾸준히 창작해왔다.

우선 선조들의 가르침이 담긴 고전 인문동화에 관심을 가지고 공을 들였는데, 《명심보감 따라가기》와 《자존감이 쑥쑥 자라는 사자소학》이 그 결실이다. 이 동화는 조선 시대 어린이들의 학습서였던 《명심보감》과 《사자소학》을 동화로 풀어 쓴 책이다. 어린 시절 사서삼경을 주로 읽으시던 할아버지의 기억이 남아 있어 즐겁게 집필할 수 있었다고 회상한다.

함영연은 역사동화에도 동해물 같이 깊은 애정을 갖는다. 그녀의 동화 소재는 청동기 시대의 고인돌로부터 고구려 벽화로 이어지다가 역사 왜곡과 동북 공정, 한국전쟁에 이르기까지 그 씨줄이 사뭇 길다. 고구려 벽화를 소재로 한 《가자, 고구려로!》는 동북공정을 염두에 둔 작품이다. 일제 강점기 때 큰 인물이 나올 산과 명당자리의 정기를 끊기 위해 쇠말뚝을 박은 일제의 만행을 《쇠말뚝 지도》에 담았다. 《돌아온 독도대왕》은 다분히 일본 정부의 역사 왜곡을 겨냥한 작품이다. 《채소 할아버지의 끝나지 않은 전쟁》은 한반도의 비극인 6·25 전쟁을 씨줄로 하고 있다.

역사동화란 역사로부터 빌려온 사실과 동화적 환상성을 지니는 허구를 접합하여 역사적 인간의 경험을 보편적 인간의 경험으로 전환하는 문학 양식이다. 이러한 전환에 필요한 작가의 상상력이나 의도를 조절하는 주제는 역사적 사실을 변형, 수정, 가감하는 기준이 된다. 따라서 고정된 소재로써의 역사적 사실이 다양한 모습으로 재현되는 이면에는 늘 작가의 역사관이나 세계관이 매개 변수로 존재할 수밖에 없다. 함영연의 역사관은 민족주의적이고 합리적이고 개방적이다. 그의 세계관과 생활 철학은 사해동

포주의적이고 평화주의적이고 이성적이다.

근본적으로 그녀는 중용의 숲에 거주하는 자유를 사랑하는 사냥꾼이다. 그 사냥꾼은 동화를 잡기 위해 늘 팽팽한 활시위를 겨누고 있다. 사냥꾼의 사고는 얼핏 이성적인 듯 하지만 심연에는 감성으로 향한 쏠림이 강하다. 그녀가 20년 가까이 살아온 대관령과 강릉 바다의 풍향을 거스를 수 없는 까닭이다.

함영연은 인문동화로 《헤겔 아저씨네 희망복지관》을 상재하였다. 그녀의 창작 영역은 여기에 머물지 않는다. 《시튼 동물기》(왓스쿨) 10권을 현실의 아이들에 맞게 재구성 출간하여 국내는 물론 중국어로 번역, 중국 시장에 진출하는 쾌거를 올리기도 했다.

함영연은 대학과 평생교육원에서 동화 창작을 강의하고 있다. 장래희망이 교수와 작가였다고 말하는 그녀는 지도 역량을 발휘하여 제자들을 작가로 등단시키고 있다. 일찍이 등단할 무렵부터 '써야 작가'라는 말을 즐겨하며, 창작도 꾸준히 하고 있다.

이렇듯 창작에 열의를 쏟아온 함영연은 2014년 《채소 할아버지의 끝나지 않은 전쟁》이 우수출판콘텐츠 저작 지원사업에 당선되었다.

2015년에는 《가자, 고구려로!》로 제25회 방정환문학상을 받았으며, 《자존감이 쑥쑥 자라는 사자소학》, 《가자, 고구려로!》, 《괴짜 할아버지의 선물 삼강행실도》 등이 세종문학나눔 우수 도서로 선정되어 작가로서의 역량을 다시 한번 인정받았다. 2017년에는 《로봇 선생님, 아미》로 제46회 한정동아동문학상을 받았다.

함영연은 어린 시절 칠성산이라는 큰 산을 품고 자란 작가이다. 그래서인지 긍정적으로 사고한다. 고통보다 축복이 더 많다고 생각하고, 그 사람의 신발을 신고 걸어 보지 않고는 그 사람에 대해 안다고 하지 말아야 한다고 말한다. 또 나는 할 수 있다, 해야 한다, 해내야 한다는 말로 의지를 다진다.

또 사람 관계에서 의리가 있으려고 한다. 어릴 때 오빠가 여자들은 의리가 없어서 수염이 나지 않는다는 말에 반드시 의리 있는 사람이 되겠다고 다짐했다고 한다. 그러지 않아도 그녀는 한번 인연을 맺으면 상대방이 마음을 바꾸지 않는 한 오래 이어진다는 평을 듣고 있다. 그래서 주위에 좋은 사람들이 많다고 지인들은 말한다.

함영연은 앞으로도 계속 북두칠성같이 빛나는 동화를 창작하리라 믿는다. 그 동화마다 따뜻하고 울림이 클 것이다. 눈큰님이 그녀를 가호해 줄 것이고, 초등학교 2학년 때 사별한 부친이 북두칠성이 되어 지켜 줄 것이기 때문이다.

앞으로도 그녀의 동화에는 칠성산을 짊어지고 동해를 품는 강릉처럼 더욱 힘차고 꿋꿋한 삶을 살아가는 당찬 주인공들이 등장할 것이다. 그녀가 동해 앞바다에서 쑥쑥 건져 올리는 동화마다 아침 해처럼 찬연히 빛날 것이라 의심치 않는다.

결핍의 형상화와 캐릭터의 힘

김종헌

1. 인식과 선택

동화는 갈등보다는 조화를 추구하는 문학이다. 우리가 조화를 꿈꾸는 것은 현실에는 갈등과 부조화가 존재하기 때문이다. 현실에서 아무런 갈등이 없는데 굳이 조화를 추구할 이유가 없다. 이런 면을 생각하면 동화는 현실의 갈등에서 출발하여 조화를 추구하는 과정에 있어야 한다. 이는 동화가 허구를 넘어 공상에 가까운 이야기라 하더라도 세상에 대한 고민을 한다는 의미이다. 그 고민은 부조리한 현실에서 조화의 세계를 꿈꾸는 것이다. 그런데 현실에서 이 갈등과 부조리를 인식하는 것은 작가의 몫이다.

대부분의 작가는 경험을 바탕으로 '있을 수 있는' 일을 상상하여 동화의 서사를 전개한다. 다시 말하면 동화는 '사람 사는 이야기'를 언어로 풀어내어 예술의 차원에 올려놓는 문학이다. 이때 개인적인 경험이나 추체험(追體驗)을 그대로 옮기는 것이 아니라 문학적으로 '변용'시켜 낸다. 경우에 따라서는 개인의 욕망이 작품 속에 무의식적으로 투사되기도 하지만, 대개의 경우는 경험적 자아를 사회적 자아로 확대시켜 무의식을 의식으로 드러낸다. 이로써 억압된 인간의 욕망은 문학을 통해서 밖으로 나온다. 이때 '자기 검열'을 거쳐서 말할 수 있는 것과 말할 수 없는 것을 가려내기도 한다. 문학이 부조리한 현실의 문제를 거론함으로써 힘을 얻는 이유가 여기에 있다. 따라서 이 자기 검열과 문학적 변용은 작가의 문학적 사유 구조를 형성하는 장치일 수 있다.

함영연의 작품에는 다양한 결핍이 나타난다. 이혼 가정의 자녀, 조손 가정, 사고로 인한 부모와의 이별, 전쟁의 상처에서 벗어나지 못한 할아버지 등 현재 우리들의 삶 속에 흩어져 있는 여러 가지 결핍을 한데 모아 놓은 듯하다. 동화든 아동소설이든 그의 주요 모티프는 결핍의 현실이다. 그런데 함영연이 결핍에 주목하는 이유는 희망을 이야기하기 위해서이다. 그는 '있을 수 있는' 허구를 통해서 '있어야 하는' 당위를 드러내는 작품을 쓰고 있다.

문제는 결핍과 동심을 어떻게 결부 지어 풀어내는가 하는 것이다. 이를 위해서 함영연은 배경 묘사와 인물의 성격 묘사에 세심한 관심을 보인다. 이 두 요소는 동화의 사실성을 뒷받침해 주는 것으로 형상화에 중요한 역할을 한다. 이들은 자칫 지루하게 이어지는 설명을 제한하고, 분명한 사건 전개를 도와준다. 그의 작품에 나타난 또 다른 특징은 환상을 바탕에 둔 순수 동화라는 것이다. 대개 동화를 순수 동화와 사실동화(소년소설)로 구분하는데, 그 중간쯤에 생활동화가 있다. 소년소설은 사실성과 함께 등장인물의 갈등이 서사의 중심에 있는 반면에 생활동화는 생활의 한 장면(에피소드)을 소재로 하여 경험적 자아를 합리주의적 시각에서 스케치하듯이 서사가 이루어진다. 이에 비해 순수 동화는 공상적, 초자연적 요소를 가지며 앞에서 말한 동심으로 조화를 꿈꾸는 동화이다. 이는 초현실적인 공간에서 이야기의 흥미와 독자의 눈높이를 의식하는 것이 아니다. 현실을 보는 눈과는 다른 초현실의 눈으로 인간의 삶을 인식하여 '체험되고 상상할 수 있는' 현실의 진실을 말하는 것이다.

이쯤에서 함영연 동화의 단면을 먼저 정리해 볼 필요가 있다. 그의 작품은 결핍의 현실을 인식하는 데서 출발한다. 그러나 동화의 기본인 환상성을 바탕으로 한 순수 동화를 지향하고 있다. '결핍의 동화 문학적 승화'로 이해하면 좋을 듯하다. 이것은 공간의 배경 묘사와 인물의 분명한 캐릭터에서 오는 효과이다. 이로써 그의 작품은 생활동화가 가지는 한계인 편협한 현실 인식과 등장인물의 몰개성적 묘사에서 벗어나 문학에 한 걸음 더 다가서 있다. 이러한 그의 서사 능력은 역사동화를 창작하는 데 있어서도 유감없이 발휘되고 있다. 《가자, 고구려로!》는 역사동화이면서 판타지동화이다. 판타지동화는 공간 넘나들기가 중요한데, 이 작품에서 '머뭇거림'의 묘미를 잘 살려 시공간의 이동을 자유롭게 하였다. 이는 어설프게 소설의 흉내를 내는 생활동화와 차별되며, 동화의 가치를 살려내는 창작 태도이다.

그러나 이런 장점에도 불구하고 그의 작품에는 시련과 고통이 서둘러 봉합되는 경향이 있다. 이런 서사 전개는 현실의 개념적 인식이냐 형상적 인식이냐를 떠나, 아동문학의 내포 독자를 염두에 두더라도 한계로 지적된다. 어린이들은 주어진 결과에만 치중하는 것이 아니라 과정에서 이야기를 즐기는 면이 있기 때문이다.

이 글에서는 이상과 같은 요약을 바탕으로 함영연 동화의 특징을 하나씩 살펴보고자 한다. 우선 그는 다양한 갈래의 작품을 발표하고 있다. 초기 작품이 환상성에 바탕을 둔 순수 동화와 역사동화라면 최근에는 사실성을 바탕으로 한 소년소설을 발표하고 있다. 등단작인 〈아기 도깨비와 밀곡령〉(1998)을 비롯하여 동화집 《걸레 물방울》이 순수 동화였다면, 《회장이면 다야?》, 《우렁이 엄마》, 《엄마가 필요해!》는 생활동화이다. 그리고 《꿈을 향해 스타 오디션》, 《채소 할아버지의 끝나지 않은 전쟁》은 소년소설의 범주에 넣을 수 있다. 그런데 이후 발표한 《가자, 고구려로!》는 판타지 역사동화이다. 갈래의 이름을 혼란스럽게 붙인 것은 그의 작품이 순수 동화에서 생활동화로 그리고 소년소설로의 변화를 거듭하고 있기 때문이다.

아직 왕성하게 창작 활동을 하고 있는 작가이기에 시기를 나누어 살펴보는 것은 성급한 일이다. 그러나 그의 작품 경향이 다양함은 생각해 볼 일이다. 이런 갈래의 특징을 고려할 때 함영연의 작품은 환상성(판타지)과 사실성(리얼리티) 사이를 넘나들고 있다. 즉 현실의 문제를 자기 검열과 문학적 변용을 거쳐 동화로 짚어 내어 독자에게 다가서고 있다.

2. 캐릭터의 힘

《가자, 고구려로!》는 역사동화인데, 이런 관심은 이미 그의 등단작인 〈아기 도깨비와 밀곡령〉(1998)에서 비롯되었다고 볼 수 있다. 《가자, 고구려로!》가 역사적 사건이나 의미보다는 고구려의 풍습을 체험하는 등장인물의 이야기이듯이, 〈아기 도깨비와 밀곡령〉도 '아기 도깨비'의 이야기일 뿐이다. 그러나 이 동화의 시대적 배경은 개방 농정 이후이다. 동화라는 장르의 특징을 고려하면 수입 농산물로 인해서 우리 밀이 사라지는 현실에 대한 문제 제기는 다소 무거운 주제이다. 여기서 우리는 작가 의식을 엿볼 수 있다. 흔한 생활동화의 영역에서 벗어나 동화 본연의 자세를 겸비하면서도 무거운 주제를 재미있게 풀어내고 있기 때문이다. 그 첫째 요소로 동화의 기본인 환상성을 들 수 있다. 그리고 어린이들에게 익숙한 캐릭터인 '도깨비'를 등장시켜 흥미를 끌어냈다.

문학에서 등장인물은 오늘을 사는 우리들의 모습이 형상화되어 제시된 것이다. 다시 말하면 캐릭터는 작가에 의해서 창조된 인물이지만 그것은 어디까지나 우리의 한 전형이다. 따라서 동화에는 분명한 캐릭터가 있어야 한다. 특히 어린이 독자의 사랑을 받는 캐릭터면 더 좋다. 이는 현실의 인물을 허구로 끌어들여 모방함에 있어 가장 어린이다운 모습이기를 바라는 독자의 심리 때문이다. 즉 내 친구가 될 만한 어린이가 동화 속의 주인공이라면 친밀감이 더할 것이다. 때로는 동경하는 인물이, 때로는 자신의 모습이 투영된 캐릭터가 작품 속에 등장한다면 교훈적이 아닌 감동을 줄 수 있다. 이로써 교훈적인 아동문학에서 벗어날 수 있는 것이다.

이 작품에서 '아기 도깨비'는 개구쟁이로 그려져 있다. 이런 성격이 심각한 문제를 재미있게 해결하는 데 많은 도움을 준다. 눈여겨보아야 할 것은 이 아기 도깨비의 역할이다. 이 작품의 어떤 부분에서도 시대적 상황을 설명적으로 전달하지는 않는다. 다만 어린이 독자는 아기 도깨비의 캐릭터를 따라 펼쳐지는 사건을 접하게 될 뿐이다. 개구쟁이인 아기 도깨비의 장난에서 사건이 일어나고 또 해결되고 있다는 점을 주목해야 한다.

> 아기 도깨비는 사당 둘레를 아치랑거리며 돌아다녔습니다. 차츰 노는 게 시뜻해졌습니다. 그래서 엄마 도깨비가 정성껏 돌보는 사당의 빛바랜 초상화에 황토 흙을 가져다 눈과 코에 칠 범벅을 했습니다.

– 〈아기 도깨비와 밀곡령〉

'사당의 빛바랜 초상화'가 무엇인지, 엄마 도깨비가 왜 그토록 정성스레 이 초상화를 모시는지 아기 도깨비로서는 알 수가 없다. 그저 심심할 뿐이다. 또한 마을에서 '밀곡령'의 말을 들은 아기 도깨비가 '유화'에게 도움을 청하는 장면도 개구쟁이 모습 그대로이다. 문제의 심각성을 드러내기보다는 재채기를 하면서 침을 튀기는 등 천방지축이다. 아기 도깨비는 사과하는 진지함보다는 밀곡령에게 들은 고민을 해결해야겠다는 의욕이 앞서 있을 뿐이다. 동심의 형상을 그대로 모방한 캐릭터이다. 이런 순진함이 유화 마님의 말문을 열게 하는 계기가 된다.

또 다른 동화적 특징은 환상적인 분위기를 만드는 힘이다. 이미 '도깨비'라는 캐릭터만으로도 충분하지만, 아기 도깨비에게 문제를 해결하는 힘을 가지게 하는 장치로 초상화 속 유화 마님의 '소맷자락의 까만 선'을 활용하고 있다. '아기 도깨비–유화 마님–소맷자락의 까만 선'으로 이어지는 서사는 판타지 공간의 넘나듦을 자연스럽게 하는 장치가 된다.

한편 위에 언급한 두 편의 동화는 어김없이 결핍에서 시작된다. 그런데 그것이 개인적인 결핍이 아니라 사회적인 결핍이라는 데 의의가 있다. 〈아기 도깨비와 밀곡령〉의 사회적 배경은 수입 농산물로 인해 우리 씨앗이 사라지는 위기의 현실이다. 이런 배경의 구체적 설정은 원래의 균형 상태를 회복하고자 하는 강한 문제 제기로 이어진다. 현실의 결핍을 극복하고자 하는 이런 작가 의식은 장편동화 《가자, 고구려로!》에서도 빛을 발한다. 이 동화도 환상성을 바탕으로 하면서 현실에 대한 문제의식을 드러낸 작품이다. 우선 역사 교육의 부재라는 포괄적인 문제와 함께 고구려 역사의 중국화라는 사회적 배경이 위기의식을 공유하게 한다.

이야기는 고분(고구려 안악3호분)에 있는 벽화의 인물을 판타지 기법으로 호출하여 현재의 진우와 만나게 하면서 시작된다. 벽화에서 나온 '동이'와 고분을 구경하러 간 '진우'를 만나게 하는 것은 바로 '삼족오'이다.

"아빠와 고구려 무덤에 오기 전에 골동품 가게에서 삼족오가 새겨진 장식을 사서 휴대 전화 고리에 달았는데 그게 너란 말이니? 말도 안 돼. 그런데 내 마음을 어떻게 알았어?"

– 《가자, 고구려로!》

벽화 구경을 하던 진우가 벽화 속으로 들어가 동이를 만난 후 삼족오와 나눈 대화의 한 장면이다. 동이도 진우도 어리둥절한 가운데, 삼족오의 등장은 현실에서 판타지 공간으로의 이동을 자연스럽게 해 준다. 이후 이 동화에서 삼족오는 현실과 판타지 공간을 넘나들게 하는 통로의 역할을 한다. 그런데 이 동화는 주요 등장인물이 각각 나름대로의 소망과 호기심을 가지고 있다. 사건의 전개는 이들 캐릭터에서 출발한다. '동이'는 '무덤 집'에서 자기 자랑을 하는 어른들을 보며 자기도 이름을 남기는 일을 하고 싶어 한다. 반면에 '진우'는 고구려에 대해서 자세히 알고 싶어 한다. 무엇보다 반 친구인 '노익희(노이끼)'와 역사 지식에 대한 경쟁심을 가지고 있다. 이렇게 두 인물을 설정한 이후 이들을 자연스럽게 만나게 하는 또 다른 등장인물이 '삼족오'이다. 그런데 이 '삼족오'도 단순하게 초능력을 가진 인물로 설정되어 있는 것이 아니라 태양 수호신으로 존중을 받던 과거의 명예를 회복하고자 하는 욕망을 가지고 있다. 이처럼 벽화 속 인물과 서사의 주체인 진우의 만남은 판타지 기법을 통한 내적 논리를 갖추고 있다. 즉 무덤 집을 나온 동이는 무덤지기에게 쫓겨나지 않으려고 진우가 가지고 있는 휴대폰 고리 속으로 들어간다. 이렇게 해서 두 사람은 함께 고구려를 여행하며 각자의 소망을 이룬다. 지금까지 이 동화가 판타지를 바탕으로 역사 인식의 문제에 부합하는 서사 구조로 짜여 있음을 보았다. 현실적인 문제를 동화로 풀기 위한 장치로 판타지를 선택하였고, 우리 고대사 인식을 통해서 독자에게 자부심을 가지게 하였다. 뿐만 아니라 현실에서 일어나고 있는 동북 공정이라는 한·중 외교적인 문제에 대한 동화적 대응이라 할 수 있다. 다시 말해서 동화에서 사회적 자아의 실현 방법이 무엇일까를 고민한 작품이다.

잠시 눈을 돌려 최근에 발표되는 많은 동화를 살펴보면, 어린이들의 일상에서 에피소드를 따와서 동화로 그려 내는 생활동화들이 대부분이다. 이들 동화는 현실의 이해나 작가 의식을 드러내기보다는 어린이들의 사소한 일상을 예술적 장치 없이 제시하고 있다. 즉 문학적 형상화가 부족한 것들이 많다. 이것은 등장인물의 뚜렷한 특징과 배경 묘사가 부족한 탓이다.

그러나 함영연의 작품은 이를 넘어서고 있다. 벽화 속 '동이'를 무엇인가 이름을 남기고 싶어 하는 캐릭터로 설정하고, 역사 공부에 대한 호기심과 경쟁심으로 가득한 '진우'를 설정하여 고구려 시대로 시간 여행을 떠나게 한다. 고구려의 풍습(씨름, 활쏘기 대회 등), 주변국인 낙랑 대방, 요서 지방 세력 등과 전쟁, 동명 성왕, 태황 등의 호칭을 사용함으로써 천자의 나라라는 자부심을 가진 고구려인들의 기상, 그리고 정월에 하는 황제의 제천 의식 등을 그려 내고 있다. 이 과정에서 동이, 진우, 삼족오는 각자 소망했던 것을 충족해 간다. 이렇듯 벽화 속 그림의 인물에 각각의 혼을 불어넣어 고구려의 정치, 외교, 풍습 등을 풍부하게 조망해 간다. 흔히 범할 수 있는 설명적인 전개나 교훈적인 전언에 머물지 않고 있다. 또 생활의 한 장면을 스케치하는 서사에서도 벗어나 있다. 이것은 이 동화가 캐릭터를 분명하게 설정했기 때문이라 할 수 있다.

3. 경험적 자아에서 사회적 자아로

등장인물의 설정은 동화 창작에서 대단히 중요하다. 특별한 갈등 없이 서사가 전개되는 동화는 인물의 성격으로 사건의 사실성을 뒷받침하기 때문이다. 함영연의 동화 중에 이런 유형의 작품으로 《꿈을 향해 스타 오디션》을 들 수 있다. 엄밀하게 말하면 이 작품은 소년소설이다. 초등학생인 등장인물들이 연예인이 되고자 오디션을 받는 사건을 둘러싼 이야기이다. 여기에 이성 친구의 문제를 살짝 얹어 놓아 긴장을 끌어낸다. 이야기 속에서 '송이'는 이미 아역 배우로 드라마와 영화에 출연하고 있다. '정태'는 송이가 다니는 연기 학원에 다니면서 배우가 될 꿈을 꾼다. 그러나 실은 그 꿈보다는 송이와 친하게 지내고 싶은 마음에서 연기 학원을 다니고 있다. 이들 사이에 '나'(주호)가 있다. '나'는 진정으로 배우가 되기를 원한다. 그러나 부모의 반대에 부딪친다. 또한 송이를 좋아한다. 그래서 정태와 늘 티격태격한다. 여기서 정태의 캐릭터에 주목해야 한다. 정태는 축구를 잘하는 넉살 좋은 아이이다. 그런데 '나'와는 약간의 갈등을 겪고 있다. 이런 인물의 캐릭터는 사건을 전개하는 데 있어 지루함을 없앤다.

"우하하, 강주호가 목소리가 좋다고? 그러면 뭐하나? 어버버, 말더듬이인걸."
정태는 그새를 못 참고 깐죽거렸다.

"그럼 드레스를 입은 임금님으로 바꿔요. 드레스를 입은 임금님, 웃기잖아요. 그렇죠?"
정태가 호들갑스럽게 말했다.

"그럼 뭐야, 그 아저씨 눈에 주호 쟤가 재능 있어 보였다는 거나? 말도 안 돼!"
정태가 콧방귀를 뀌었다.

"재미있냐? 난 해 보니 별로야. 그래서 다니기 싫은데 엄마가 등록비 아깝다고 해서 다시 나왔어. 피시방에 가면 재미있기나 하지."
정태는 묻지도 않은 말을 늘어놓으며 퉁퉁거렸다.

정태가 한 말을 여기저기서 가려내었다. '깐죽거리고, 호들갑스럽고' 또 때로는 다른 사람을 무시하는 태도를 보여 준다. 이런 그의 성격은 심각한 상황은 가볍게, 어색해질 부분은 자연스럽게 만드는 효과를 지닌다. 한편으로 이런 정태의 성격이 '나'의 성격과 대비를 이루어 인물 간의 긴장 상황을 구체화하고 있다. 그런가 하면 '나'는 다소 차분하면서 진지한 성격의 소유자이다.

> 지금까지 전 되고 싶은 게 없었어요. 그냥 엄마가 열심히 공부하라고 해서 공부만 했어요. 그런데 지금은 아니에요. 정말 하고 싶은 게 생겼어요.

주호가 연기 학원을 다니게 해 달라고 엄마를 설득하는 장면이다. 주호는 엄마의 표정을 살펴 가며 조심스럽게 자신의 의견을 이야기할 정도로 소심하다. 그런 만큼 그는 결정된 이후에 힘든 상황이 찾아와도 잘 이겨낸다. 또한 이 동화는 대화체를 활용하여 사건을 효과적으로 전개하고 있다. 이는 긴장감과 속도감을 주어 독자의 흥미를 사로잡는 효과가 있다.

> 그런데 뜻밖에도 송이가 왔다.
>
> "너도 오디션 보러 온 거니?"
>
> "그럼 난 오디션도 안 보고 배역을 맡는 줄 아니? 나도 도전해서 따내는 거야."
>
> "그렇구나."
>
> "너, 연기자가 되려면 마음 단단히 먹고 해. 이 길이 얼마나 어려우면 자기와의 싸움이라잖아. 정태 봐. 내가 연기하는 게 좋아 보여서 무턱대고 덤비더니, 금방 포기해 버렸잖아. 하긴 정태는 축구선수가 더 어울려."
>
> "자기와의 싸움이라……. 넌 말도 잘한다."

이 대화에서 몇 가지를 짚어 볼 수 있다. 사사 전개상의 내용은 배역을 결정하는 오디션을 보다가 송이와 '나'가 이야기를 나누는 장면이다. 이 대화는 독자에게 던지는 함영연 작가의 메시지가 들어 있다. 현재 연예인으로서 많은 활동을 하고 있는 송이의 입을 빌려 연예인이 되는 길은 치열한 경쟁의 연속이고, 또 무척 힘든 과정이라는 것을 피력하고 있다. 아울러 이런 대화적 구성은 그동안 이 세 사람 사이에 일어났던 일을 함축적으로 전달해 주며 서로에 대한 이해와 격려로 힘든 상황을 이겨나가는 의지를 극적으로 보여 준다.

최근 많은 어린이들이 연예인 신드롬이 일어날 정도로 오디션에 집착하고 있다. 심지어는 공중파 방송에서조차 이런 오디션을 프로그램으로 편성하여 방송하고 있는 실정이다. 이런 현실을 고려하면 함영연 작가의 시각은 여전히 결핍에 초점을 맞추고 있다. 어린이를 포함한 청소년들이 너도 나도 할 것 없이 연예인이 되고자 하는 것은 사회적 부조리 현상 중의 하나이다. 자기의 적성과 취미 등을 고려하면서 꿈을 키우는 것이 바람직하지만, 현실은 그렇지 못하다. 부모는 공부로 아이들의 앞길을 정하려 하고, 반면 아이들은 화려한 생활에 심취되어 맹목적으로 연예계에 진출하고 싶어 한다. 이 바탕에는 경쟁이 부추긴 빈부의 차이와 미디어의 발달로 인해 쉽게 돈을 버는 착각에 빠진 우리들의 모습이 있다. 이는 힘든 일보다는 쉽고 편한 일을 찾으려는 세태에 대한 작가의 일갈로 보아야 한다.

그것은 이야기의 서사 구조에서도 확인된다. 연예인의 꿈을 꾸는 '나'와 공부를 강요하는 엄마 사이의 갈등으로 이야기가 전개되면 이미 교훈을 앞세운 진부한 전개가 된다. 그런데 이 작품은 연예인이 되는 것에 원칙적으로 합의를 해 둔 상황이다. 다시 말하면 그 꿈을 펼치는 과정에 있다. 이미 꿈을 반 이상 이룬 송이, 진통 끝에 결정한 꿈을 이루기 위한 과정에서 송이와 '나'가 겪는 고통, 그리고 부모의 뜻으로 연예인의 꿈을 선택했지만 적성에 맞지 않아서 포기해 버리는 정태를 통해서 긴장된 서사를 이어간다. 관심 있는 소재와 적절한 문제 제기를 통해서 현실을 들여다본 작가의 혜안이 서사 구조에서도 살아나고 있다.

그러나 앞에서 살펴 본 함영연의 동화가 이러한 미덕을 지녔음에도 불구하고 부모의 부재나 조손 가정 등의 결핍을 직접 제시하면서 이야기를 전개한 몇몇 작품은 현실에서 문제를 찾고 바람직한 방향으로 돌려놓으려는 작가의 심정은 이해되지만 관념적인 결핍을 설정하고 서사를 전개한 점 등은 생각해 볼 필요가 있다.

4. 결핍의 형상화

아동문학이 어린이들의 '읽을거리'가 아닌 '현실의 형상적 인식'이라 할 때, 필요에 의해서 특정 현실은 작품의 대상으로 선정된다. 이렇게 작가의 가치관에 의해서 선택된 현실은 형상화되어 작품에 나타난다. 이때 주로 선택되는 현실은 결핍의 공간이다. 이 공간에서 작가는 경험적 자아를 사회적 자아로 확대시켜 서사를 전개한다. 그러나 현대인들은 이런 상처와 고통에 대한 반응이 무딘 편이다. 결핍에 대한 인문학적 시선이 없기에 동화의 설 자리가 있게 된다.

함영연의 작품에 보이는 〈솟대 오리가 날개를 펼치면〉의 '솟대 오리', 〈아기도깨비와 밀곡령〉의 '아기 도깨비', 〈꿈꾸는 남색 보자기〉에서의 '보자기', 〈1004의 눈〉의 'CCTV', 〈환희의 날갯짓〉에서의 비둘기 '꾸르르' 등의 등장인물들은 보이지 않는 현실을 볼 수 있는 힘을 가지고 있다. 이들을 통해서 작가는 소외된 인물의 고통을 헤아려 나간다. 사실 이들 동화에 그려진 결핍의 상황은 다소 안일한 설정이라는 비판을 받을 수 있다. 그러나 주인공을 바라보는 등장인물의 독특한 캐릭터가 이러한 결점을 보완하고 있다.

결핍은 현실의 부조리이다. 이런 부조리는 구체적인 시대적 배경을 모방함으로써 문학적으로 극복된다. 앞에서도 언급하였지만 그의 등단작인 〈아기 도깨비와 밀곡령〉에서 농산물 수입 개방 이후라는 시대적 배경이 밀곡령과 아기 도깨비의 대화에서 드러난다. 이런 배경의 형상화가 '밀곡령'이 싹을 틔우지 못하는 결핍을 살려 내고 있다. 삶을 모방한다는 의미는 경험이 문학으로 흡수된다는 말이다. 따라서 문학은 허구가 가미되더라도 사회적 산물일 수밖에 없다. 그러기에 문학적 주체를 관장하는 정치, 경제, 사회, 문화, 이데올로기 등의 대주체를 무시할 수 없다. 이것이 직접적이든 간접적이든 배경으로 형상화될 때 문학성이 돋보이게 된다.

이런 면을 고려하면 함영연의 몇몇 작품에서 한계가 보인다. 즉 '막연한 사고-죽음'과 '돈벌이'하러 떠난 부모, 혼자 남은 아이의 결손 가정 모습이 그렇다. 비교적 초기작인 〈솟대 오리가 날개를 펼치면〉을 살펴보면 나희 아버지는 병으로 세상을 떠난다. 그리고 엄마는 돈을 벌겠다며 집을 나갔다. 그리고 나희는 할머니와 산다. 아버지의 죽음과 엄마의 떠남을 상황 제시가 충분하지 못해서 아무런 긴장을 끌어 내지 못하고 있다. 단지 전언적인 형태로 제시될 뿐이다. 그리고 나희는 당연하다는 듯 할머니 집으로 간다. 이런 결핍의 공간 설정은 관념적이며 식상한 설정인데, 〈하늘나라 엄마〉(2008)에도 나타난다. 교통사고로 한결이 부모가 돌아가시고 한결이는 할머니와 살고 있다. 〈꿈꾸는 남색 보자기〉에서 교통사고로 가족을 잃은 후 정신 병원에 입원한 딸을 둔 할머니, 〈1004의 눈〉의 치매에 걸린 어머니를 버린 가난한 아저씨, 《엄마가 필요해》의 엄마 없이 아빠와 살고 있는 선우 이야기, 《채소 할아버지의 끝나지 않은 전쟁》에서의 전쟁의 상처를 떨쳐 버리지 못하고 있는 채소 장사 할아버지 등은 그의 동화에 자주 나타나는 결핍의 공간에서 고통받는 인물들이다. 이런 결핍의 공간과 인물의 캐릭터가 반복적으로 제시된다면 자칫 진부하고 흥미를 떨어뜨릴 수 있다.

옥에 티로 몇 가지를 언급하기는 하였지만, 함영연은 결핍을 부각시켜 정서에 호소하면 교훈성과 안일함에 빠지고, 인물이 처한 환경을 적극적으로 헤쳐 나가면 리얼리티가 떨어지며 작가의 목소리가 커지는 한계가 있다는 것을 알고 있다. 이것은 그의 다른 작품에서 확인되는데, 대표적으로 〈우렁이 엄마〉를 들 수 있다. '난희'는 꽃가게를 운영하는 홀어머니와 산다. 아버지를 잃은 설움과 쪼들리는 살림살이, 그 모든 것을 알아가는 난희의 삶을 여러 개의 장면으로 구성하였다. 수련회 가는 날 아침에 새옷 타령을 하는 장면, 친구 '유미'의 옷 자랑, 수련회에서 우렁이 국을 먹으면서 우렁이 엄마의 의미를 아는 것, 수련회에서 새엄마와 사는 유미의 속내를 안 것, 캠프파이어 장면, 밀린 가게 세를 걱정하는 엄마 등이다. 그런데 주목할 것은 이 모든 장면이 하나의 사건(난희가 수련회 가는 것)에서 비롯된다는 것이다. 이런 다양한 장면의 구성은 상황에 대응하는 난희의 태도를 부각시키는 데도 효과적이다. 즉 난희는 철부지 아이에서 집안 형편을 이해해 가는 인물로 성장한다. 이처럼 이 동화는 한 대상(사건)에서 다양한 장면을 구체적으로 펼쳐 내고 있다. 특히 대화체를 이용한 서사 전개는 동화의 상황 이해뿐만 아니라 인물의 심리를 실감 나게 전달한다.

"보면 몰라요? 수련회 입고 갈 옷도 없어. 난 안 갈 거야!"

…… (중략) ……

"형편대로 살아야지, 남들 한다고 다 하려 들면 어쩌니?"

"엄만 아무것도 몰라요. 난 우렁이 엄마 시집간다고 좋아하는 우렁이가 되진 않을 거야."

난희는 흐르는 눈물을 감추지 못하고 엄마 품에 안기며 훌쩍거렸다.

《함영연 동화선집》에 실린 〈우렁이 엄마〉에서 시작과 끝부분을 옮겨 보았다. 행·불행을 떠나서 홀어머니와 살면서 겪을 수 있는 자잘한 이야기가 눈물겹고 재미있다. 곧 내 이야기 혹은 내 주변의 이야기로 착각할 정도로 몰입되어 두려움과 연민이 동시에 일어난다. 이렇듯 함영연 작가는 결핍을 이야기함에 있어 들꽃이 비바람을 스스로 감내하듯이, 총체적인 측면에서 문제를 밝힐 수 있도록 형상화하였다. 그리고 주체는 이를 자각하고 타자와 교감하는 인물로 그려 냈다.

고통 속에서 짧은 삶을 살고 있는 우리는 조화롭고 이상적인 공간을 염원한다. 결핍과 부조리로 가득한 현실을 이치에 맞게 바꾸려는 사고 중의 하나가 동심의 가치관이며, 동화의 형식이다. 이런 면에서 함영연은 다양한 결핍을 보여 주고, 또 그 부재의 공간을 충만으로 채우려고 노력하는 작가이다. 즉 그가 지속적으로 결핍을 다루는 것은 독자 자신의 입장에서는 두려움을, 그것을 겪는 타자의 입장에서는 연민을 자아내는 상호 교감을 통해 현실의 결핍이 주는 고통을 순화시키고자 함이다. 이것이 그의 동화에서 결핍과 부재가 주는 무게감이다. 이런 면에서 그의 동화에 거는 기대가 크다. 다만 앞에서 언급한 '진부한 결핍'과 관련하여, 이제 결핍을 다룸에 있어 다른 동화작가는 물론이고 이전의 작품과도 차별성을 보일 때 함영연 작가가 바라는 '희망'의 소리가 더 크게 울릴 것이라 생각한다.

어린이와 함께 선생이 걸어온 길

1964년 강원도 강릉시에서 태어남.

1998년 〈아기도깨비와 밀곡령〉으로 계몽아동문학상을 수상함.

2001년 《큰 산을 품은 아이》(문공사)를 출간함.

2002년 《걸레 물방울》(대교출판사)을 출간함. 과천문인협회 글쓰기 강사로 활동함.

2003년 《할머니 요강》(그린북)을 출간함. 한우리 추천 도서에 《할머니 요강》이 선정됨. 도봉도서관 글쓰기 교실 강사로 활동함. 다음 카페 '숲속동화마을도서관'을 운영함.

2004년 《이상한 나라의 자람이》(한국헤밍웨이), 《시끌벅적 일요일》(한국슈나이더)을 출간함. 방과후학교 독서논술 교사로 활동함.

2005년 《회장이면 다야?》(시공주니어), 《이솝 이야기》(계림)를 출간함.

2006년 《동화로 읽는 시튼 동물기 1, 2》(파랑새)를 출간함. 환경우수도서상을 수상함. 《되돌아온 고마움》(교원)을 출간함.

2007년 《콩 네 알 심는 아빠》(그린북), 《동화로 읽는 시튼 동물기 3》(파랑새), 《장영실》(기탄교육)을 출간함.

2008년 추계예술대학교 대학원 영상시나리오학과를 졸업함. 《우렁이 엄마》(예림당), 《허생전》(예림당)을 출간함. 추계예술대학교 일반대학원 문화예술학과에 문예창작전공으로 입학함.

2009년 〈마주보기〉가 문화예술위 우수작품에 선정됨. 《말더듬이 도깨비 말》(아리샘주니어), 《갑분깨비 주리깨비》(교원)를 출간함.

2010년 《엄마가 필요해!》(효리원), 《명심보감 따라가기》(학고재), 《동화로 읽는 시튼 동물기 4~10권》(왓스쿨)을 출간함. 《동화로 읽는 시튼 동물기 1~10권》이 중국에 판권 수출됨.

2011년 숭의여자대학교 미디어문예창작과에 출강을 감(~2014). 《내가 돌머리라고?》(크레용하우스), 《장보고》(아리샘주니어)를 출간함.

2012년 재능대 유아보육과에 출강을 감(~2013). 신흥대 미디어문예창작과에 출강함. 《우리 동네 마릴리 아줌마》(킨더주니어)를 출간함. 〈우리 동네 마릴리 아줌마〉가 한우리 추천 도서에 선정됨. 《꿈을 향해 스타오디션》(시공주니어)을 출간함. 〈꿈을 향해 스타오디션〉이 2012 한국아동문학인협회 우수 도서에 선정됨.

2013년 《빨간 머리 앤》(처음주니어), 《돌아온 독도대왕》(크레용하우스), 《함영연 동화선집》(지식을만드는지식), 《그럼 안 되는 걸까?》(공저, 예림당), 《순식간에 읽는 명작 15》(꿈꾸는달팽이)를 출간함.

2014년 《가자, 고구려로!》(바나나), 《종교를 초월한 참 사랑의 실천가 테레사》(효리원), 《헤겔아저씨네 희망복지관》(주니어김영사)을 출간함. 《가자, 고구려로!》가 세종문학나눔도서에 선정됨. 《채소 할아버지의 끝나지 않은 전쟁》(청개구리)이 한국출판문화진흥원우수콘텐츠도서에 선정됨.

2015년 숭의여자대학교 평생교육원에 동화창작스토리텔링 강의로 출강함. 《자존감이 쑥쑥 자라는 사자소학》(학고재)을 출간함. 세종문학나눔도서에 《자존감이 쑥쑥 자라는 사자소학》이 선정됨. 대교눈높이 창의독서에 《가자, 고구려로!》가 선정됨. 《가자, 고구려로!》로 제25회 방정환문학상을 수상함. 서울벤처대학원 평생교육원에 동화창작스토리텔링 강의로 출강함.

2016년 《효자효녀요양원 느바》(나한기획), 《로봇 선생님, 아미》(키다리), 《데카르트 아저씨네 마을 신문》(주니어김영사)을 출간함. 한국아동문학인협회 상임이사를 지냄. 추계예술대학교 일반대학원박사 과정에 복학함.

2017년 《괴짜 할아버지의 선물 삼강행실도》(그린북), 《쇠말뚝 지도》(도담소리), 《꼭 하고 싶은 일이 생겼어》(장수하늘소)를 출간함. 《로봇 선생님, 아미》로 제46회 한정동아동문학상을 수상함.

2018년 《개성공단 아름다운 약속》(내일을 여는 책), 《아기 도깨비와 밀곡령》(도담소리), 《탈출! 아무거나》(머스트비)를 출간함. 문학박사(추계예술대) 제49회 한인현글짓기지도상을 수상함. 〈묘지기 아도〉로 2018 강원아동문학 좋은작품상을 수상함(어린이책이야기, 가을호).

한국 아동문학가 100인

심후섭

대표 작품

〈눈 내리던 날의 아버지〉

인물론

나는 지금 어디로 가고 있는가

작품론

동화적 체험과 상상력의 숙성

어린이와 함께 선생이 걸어온 길

눈 내리던 날의 아버지

하늘은 온통 자옥한 잿빛이었다. 금방이라도 주먹만 한 흰 눈이 펑펑 쏟아질 것만 같았다.

"천수야, 눈이 올라는 갑다. 산치(삼태기) 찾아오너라. 참새 잡자."

나는 짚가리에서 짚단을 뽑아내어 먼지를 탁탁 털며 말했다.

"그래, 힝(형)아."

천수는 헛간으로 들어갔다.

나는 처마 밑의 디딤돌에 궁둥이를 대고 앉아서 새끼를 꼬기 시작하였다.

지난여름에 가뭄이 심했던 탓인지 볏짚의 길이가 짧았다. 또한 멸구들이 파먹은 탓으로 마디가 자꾸만 끊어져서 새끼줄이 잘 이어지지 않았다.

나는 손바닥에 침을 탁탁 뱉어가며 공을 들였다.

"힝아, 이거면 되겠제?"

천수가 삼태기 하나를 찾아내어 들어 보였다.

지난가을, 보리를 갈 때 거름으로 쓸 재를 담아 뿌리던 삼태기였다. 바닥에는 아직도 시커멓게 재가 말라붙어 있었다.

"그래, 사립 밖으로 나가서 매(매우) 털어 오너라. 지겟작대기로……."

천수는 삼태기와 작대기를 들고 사립 밖으로 나갔다.

–탁탁 타닥탁!

삼태기를 엎어놓고 작대기로 내려치는 소리가 조금 아프게 들려왔다.

"좀 살살 때려라. 그러다가는 고 터지겠다. 물을 좀 뿜은 뒤에 다시 털어."

삼태기는 짚으로 만든 것이었기 때문에 쓰기 전에 물을 뿜어야 부드럽게 쓸 수 있었다.

천수는 물을 한 바가지 퍼 가지고 나갔다.

–푸우 푸우!

이번에는 삼태기에다 물을 뿜는 소리가 들려왔다.

그사이 나는 새끼를 대여섯 발쯤 꼬았다.

그때, 하늘에서는 짐작한 대로 한 점 두 점 눈이 내리기 시작하였다.

"천수야, 삼태기 들고 방앗간으로 와! 참새가 곧 몰려올 테니!"

"알았어, 힝아! 잣대도 가져가야제?"

"그럼!"

나는 빗자루로 방앗간 바닥을 쓸기 시작하였다.

방앗간은 아래채의 가운데 칸에 있었다.

몇 해 전만 해도 방앗간은 매일 붐비었다. 날마다 벼를 찧었기 때문이었다. 동네 아주머니들이 모여 이야기꽃을 피우며 디딜방아를 밟아 대던 모습이 선하게 떠올랐다.

그러나 지지난해 아랫마을에 기계 방앗간이 생긴 뒤로는 고추를 빻거나 어쩌다 떡가루를 조금씩 빻는 것 외에는 별 쓸모가 없게 되었다.

그래도 참새들은 자주 몰려왔다. 눈이나 비가 오면 날개를 젖지 않게 하려고 더욱 많이 몰려왔다.

대충 방앗간 바닥에 터를 잡았을 때에 천수가 삼태기와 삼태기 받침으로 쓸 잣대를 가져왔다. 잣대는 자치기놀이를 할 때 쓰는 막대기로 길이가 낫자루만 하였다.

천수와 나는 잣대 중간을 새끼로 묶은 다음 삼태기를 받쳐 덫을 놓았다. 삼태기 위에는 마침 벽에 기대어 둔 떡메를 비스듬히 걸쳤다. 삼태기가 무거워야만 빨리 덮이기 때문이었다.

삼태기 아래에 노란 좁쌀을 한 줌 뿌렸다. 얼른 보기에도 노란 좁쌀은 입맛을 다시게 하였다.

할머니가 보시면 쓸데없이 양식 없앤다고 야단을 치실 것이 분명하였다.

그래도 천수와 나는 낄낄거리며 작대기에 매어진 새끼의 끝을 아랫방으로 조심스럽게 가져갔다. 이제, 방에 들어가 문틈으로 내다보고 있다가 새들이 삼태기 밑으로 모여들면 재빨리 새끼줄을 잡아당기면 되었다.

눈은 점점 더 많이 쏟아지기 시작하였다.

앞 담장 둘레에 서 있는 대추나무 가지 위로도 눈이 쌓였다. 나무는 금세 눈을 덮어쓰더니 마침내 온 하늘이 희게 변하자 나무인지 하늘인지 구분되지 않았다.

아무래도 방에서 바깥만 내다보고 있을 수가 없었다.

나는 어느새 참새를 잊어버리고 마당으로 뛰어나와 이리저리 내달리며 뜀박질을 해 대었다.

여전히 수많은 눈송이들이 아득하게 높은 곳에서 다투어 내려오고 있었다.

'아, 도대체 저렇게 수많은 눈송이들이 어디에 다 숨어 있었을까?'

'눈송이들은 왜 날마다 조금씩 내리지 않고 무엇이 하고 싶어 저렇게도 한꺼번에 내려오는 것일까?'

이런저런 생각을 하다가 고개를 돌리니 둘째 누나가 마당에서 빨래를 걷고 있는 게 얼핏 보였다.

'어, 작은누나는 분명히 지난가을에 시집을 갔는데…….'

나는 반가운 마음에 눈을 비비고 다시 살펴보았다.

참 이상하였다. 사립문과 부엌 쪽을 아무리 둘러보아도 누나의 모습은 보이지 않았다.

그때였다.

다시 살펴보니 누나는 나를 잡아보라는 듯이 손을 흔들고 있었다.

눈송이들은 여전히 머리 위에 수북수북 내려앉았다. 콧등에 앉은 눈은 금세 녹아 내렸다.

누나는 연신 입을 벌려 눈을 받아 먹기도 하고, 눈을 밟아 발자국으로 이름을 새기기도 하였다.

나도 누나를 따라 하늘을 향해 입을 벌리기도 하고 뽀드득뽀드득 소리 내어 밟기도 하였다.

그러나 내가 붙잡으려 하면 누나는 어느새 사라지고 보이지 않았다.

"힝아, 뭘 하고 있어? 이제 곧 새들이 날아올 텐데……."

뜀박질을 하며 헛손질을 해대는 나를 보고 방 안에서 천수가 소리쳤다.

"참! 그래, 알았어."

그제서야 나는 정신이 번쩍 들었다.

천수는 새끼줄을 꼬나 쥔 채 문틈으로 방앗간을 내다보고 있었다.

나도 서둘러 방으로 들어가 문틈으로 삼태기 아래를 노려보았다.

아직 새들은 날아들지 않고 있었다.

–땅땅!

이때, 사랑방에서 아버지가 담뱃대로 무쇠 화로의 전을 두드리는 소리가 들려왔다.

다른 날 같았으면 부지런히 눈 설거지를 하실 텐데 오늘은 좀 이상하였다.

아침부터 계속 담배만 피우시며 밖에는 거의 나오지 않으셨던 것이다.

그러고 보니, 할머니도 우두커니 천장만 바라보고 계셨고, 어머니는 연신 버선을 뒤집었다가는 또 뒤집으며 바느질만 하고 계셨다.

문득, 어제 있었던 일이 떠올랐다.

시장에서 돌아오신 아버지가 할머니 방에서 나누는 말소리가 들려왔던 것이다.

"에그, 불쌍한 것들……. 날씨는 이렇게 점점 추워지는데, 차라리 나를 잡아갈 일이지. 늙어빠진 나를 잡아갈 일이지. 내일이 바로 그 끝엣놈이……. 흐흐흑……!"

할머니는 말을 채 맺지 못하고 흐느끼기 시작하셨다.

"어매요(어머니요), 이제 그것들은 다 잊어버리소. 이제 와서 한탄한들 무슨 소용이 있다고 자꾸 그라십니까? 아무 소용 없는 일입니다."

아버지가 할머니를 위로하는 목소리였다.

아버지의 목소리도 축축하게 젖어 있었다.

"하기사, 애비 에미 다 버리고 간 몹쓸 녀석들이제. 그렇지만 어찌 그리도 명을 짧게 타고났단 말이고? 그래. 넷 모두가 열 살을 채 못 넘겼으니……."

"에이그, 또 그 소리. 이제 그만 좀 하소."

아버지는 짐짓 역정을 내셨다.

"그래, 그래. 다 내가 복이 없는 탓이제. 후우……."

할머니의 긴 한숨 소리가 문밖까지 들려 나왔다.

나는 할머니 방으로 귀를 더욱 가까이 갖다 댔다.

할머니와 아버지는 돌아가신 형 이야기를 하는 것이 틀림없었다.

지난가을에 시집을 간 둘째 누나가 스물셋, 내가 열한 살이니 꼭 십이 년 차이였다. 그 사이에 우리 형이 셋, 누나가 하나 있었다고 한 것을 들은 적이 있었던 것이다. 큰누나는 내가 초등학교에 들기도 전에 이미 먼 곳으로 시집을 가서 얼굴마저도 아슴하였다.

내가 열 살 채 되지 않았을 때의 일이었다. 장롱을 뒤지다가 기름을 먹인 문종이에 싸여 있는 누렇게 변한 흑백 사진 한 장을 찾아냈는데, 거기에는 조무래기들이 서넛 어머니 옆에 서 있기도 하고 무릎에 앉아 있기도 하였다. 그중 하나는 아랫도리를 벗은 채였다.

어머니에게 누구냐고 물었을 때, 어머니는 황급히 사진을 빼앗아 넣으며 '너는 몰라도 된다'고 하셨던 것이다.

"여기 모두 누구고? 얼굴을 모르겠네. 몇 해 전 인민군이 쳐들어 왔을 때에 다 붙들려 갔어?"

내가 다그쳤다.

"아니, 야아(이 아이)가 못할 소리가 없구나!"

엉뚱한 나의 물음에 깜짝 놀란 듯 어머니는 마지못해 사진을 꺼내 다시 보여 주시면서, 단발머리는 누나이고, 나머지는 모두 나의 형이라고 하셨던 것이다.

"형들은 어디에 있어, 엄마?"

"멀리 갔다."

"언제 와?"

"모르겠다. 곧 올 거다."

누나밖에 없다고 생각했던 나는 크게 놀랐다.

나는 형들이 보고 싶었지만 어찌할 수 없었다.

나중에 안 일이지만 우리 집은 아주 깊은 산중에 있었기 때문에, 형들은 병원에도 한 번 가 보지 못하고 홍역을 비롯한 여러 가지 이름 모를 병으로 이 세상을 떠나 버렸던 것이다.

나중에 안 일이지만 그때부터 우리 집에는 밤이 되어도 문을 잠그지 않았다고 한다.

아버지는 가끔씩 문을 열어 마당을 내다보셨다.

외양간을 바라보시는 것 같았다.

외양간은 텅 비어 있었다.

'어쩌면 며칠 전에 팔아 버린 누렁이 때문에 저러시는 것은 아닐까?'

나는 이마를 짚으며 며칠 전의 일을 다시 생각해 보았다.

"얘, 뿌뚤아. 아직도 안 일어났느냐?"

"눈 떴어요."

"그만 일어나거라. 천수도 일어난 모양이다."

천수는 안방에서 자고 있었다.

"야."

대답은 했지만, 나는 일어나지 않고 자꾸만 아랫목으로 파고들었다. 아랫목이 점점 따뜻해져 오고 있었기 때문이었다.

아버지는 밖에서 쇠죽을 끓이고 계셨다.

–따닥 딱!

아궁이에 나무를 꺾어 넣는 소리가 들려왔다.

전날 저녁에 나는 아버지와 나란히 누워 잠이 들었다. 그런데 새벽이 되자 구들이 식어 추워졌다.

나는 아버지 품속으로 자꾸만 파고들었다.

그러자 아버지는 이불을 꼭꼭 눌러 주시고는 방을 새로 데울 겸 쇠죽을 끓이러 밖으로 나가셨던 것이다. 쇠죽 부엌은 밥하는 부엌과는 따로 사랑방 앞으로 나 있었다.

–음머어!

–딸랑딸랑!

소 울음소리와 워낭 소리가 함께 들려왔다.

'참, 오늘 누렁이를 팔러 간다고 하셨는데…….'

그 생각이 떠오르자, 나는 벌떡 일어나 밖으로 나갔다.

"얘, 뿌뚤아. 여물간에 가서 콩깍지를 한 산치(삼태기) 담아 오너라. 쇠죽 끓이는 것도 오늘이 마지막이 될지 모르니……."

아버지의 목소리에는 힘이 다 빠져 있었다.

"야아."

나는 눈을 비비며 여물간으로 가, 싸리로 만든 여물 삼태기에 콩깍지를 꾹꾹 담아 가지고 아버지께 갖다 드렸다.

–음머어!

외양간에서 누렁이가 밖을 내다보며 미리 좀 달라는 듯이 울어 댔다.

나는 외양간으로 갔다.

누렁이는 눈을 껌벅거리며 되새김질을 하고 있었다. 턱에는 고드름이 매달려 있었고, 등에 입혀 두었던 덕석은 다 벗겨져 있었다.

나는 덕석을 바르게 올려 준 뒤 목을 쓰다듬어 주었다.

누렁이는 고개를 끄덕였다.

쇠죽을 다 끓인 아버지는 통나무 바가지로 쇠죽을 퍼다가 여물통에 부으셨다.

누렁이는 냄새를 맡아 가며 맛있게 먹기 시작했다.

"십 년도 넘게 우리 집을 지켜 주었는데……."

아버지가 눈시울을 붉히며 중얼거리셨다.

누렁이는 이제 일을 제대로 하지 못했다. 그러나 젊었을 때는 동네에서 따라올 소가 없을 정도로 일을 아주 잘하였고, 또 해마다 송아지 한 마리씩을 쑥쑥 낳아 주었다고 하셨다.

그런데 올해부터는 송아지도 낳지 못했다.

"얘, 뿌뚤아. 아침 먹어라."

부엌에서 어머니가 나를 부르셨다.

"야아."

그러나 나는 여물간으로 먼저 달려갔다. 구석에 세워 둔 가마니에서 보릿겨를 한 바가지 가득 퍼내어 쇠죽 위에다 듬뿍 뿌려 준 뒤, 손을 털고 방으로 들어갔다.

"아부지요."

"와(왜)?"

"정말 누렁이를 갖다 팔라고 하니껴?"

"그래. 네 누나 시집보낼 때 빚이 많이 생겨서……."

"그래도, 이제까지 우리 집에 같이 있었던 누렁이인데……."

"그래도 할 수 없제. 빚을 갚지 않으면 이자가 자꾸만 불어나니……."

아침밥을 다 드신 아버지는 짚으로 만든 신을 누렁이에게 신기셨다. 신은 세 갈래로 머리를 땋듯 땋아져서 소의 발 갈라진 틈에 끼워 신기도록 되어 있었다. 읍내로 가는 길은 자갈길이었기 때문에 소의 발톱을 상하지 않도록 하기 위해서였다.

누렁이는 자기가 팔려 간다는 것을 아는지 모르는지 궁둥이를 군들거리며 아버지가 모는 대로 읍내로 가 버리고 말았다.

"다녀왔니더(다녀왔습니다). 쇳금(소값)이 별로 안 나가데요."

"그래."

오후가 되어, 시장에서 돌아온 아버지는 할머니에게 인사를 한 뒤 외양간을 둘러보며 중얼거리셨다.

"삼십여 년 동안 단 하루도 비워 보지 않았던 외양간이었는데……."

–땅땅!

아버지는 아직도 사랑방에서 담배만 피우고 계셨다.

나는 조심스레 사랑방으로 들어가 보았다.

아버지는 지그시 눈을 감고 계셨다.

"아부지, 누렁이를 갖다 팔았기 때문에 퍽 섭섭하시니껴?"

나는 형님 이야기도 꺼낼까 하다가 우선 누렁이 이야기부터 꺼내었다.

"……."

아버지는 대답 대신 나의 손목을 꼭 거머쥐셨다.

한참 뒤에 아버지는 천천히 입을 여셨다.

"뿌뚤아."

"야."

그뿐이었다.

아버지는 더 말을 이어 가지 못하셨다.

나는 아버지 얼굴을 쳐다볼 수가 없었다. 틀림없이 눈물이 가득 고여 있을 것 같았기 때문이었다.

아버지로부터 이렇게 내 이름이 무겁게 불린 적도 없었던 것 같았다.

나는 일부러 눈을 아래로 내리깔았다.

문득 할머니로부터 여러 번 들은 나의 이름에 얽힌 이야기가 다시 떠올랐다.

"야야, 뿌뚤아. 네 애비도 독자이고 네 할아버지도 독자이시다. 그런데 네 애비는 네 위로 아들 셋, 딸 셋을 두게 되었으니 웬만큼 조상님을 부끄럽지 않게 뵐 수 있을 것이라고 생각했다. 그런데 네 형 셋과 누나 하나가 먼저 길을 떠나고 말았구나. 그래서 네가 일곱째로 태어나 맏이가 된 것이다. 너를 낳았을 때에 네 에미와 내가 너를 끌어안으며 다시는 놓치지 않고 꼭 붙들겠다고 붙인 이름이 바로 '뿌뚤이(붙들이)'란다. 그리고 네 동생은 차례로 천 년, 만 년, 억 년을 살라고 천수, 만수, 억수로 지었고……."

내가 할머니의 말씀을 떠올리고 있을 때에, 아버지는 벽을 짚으며 겨우 일어나셨다.

"……."

아버지는 여전히 아무 말씀도 하지 않으셨다.

아버지는 비척거리시며 사립 밖으로 나서셨다.

나는 눈 속으로 멀어져 가는 아버지의 뒷모습을 멀거니 바라보았다.

아버지는 뒷산 어디엔가 있을 형들의 무덤을 먼발치에서나마 바라보며 서 있을 것이라는 생각이 들었다.

"힝아, 힝아, 새들이 잡혔어. 새들이!"

천수가 호들갑을 떨었다.

그 소리에 할머니의 방문이 열리며 겨우 걸음마를 하는 만수도 내다보았고, 아직 젖먹이인 억수도 할머니와 함께 밖을 내다보고 있었다.

그러나 나는 사립 밖으로 아버지를 따라나섰다.

어디쯤 서 계실까를 생각하며 눈 위에 찍힌 발자국을 따라 한 걸음씩 자꾸만 앞으로 나아갔다.

오래전 내가 초등학교에 다닐 때의 일이었다.

나는 지금 어디로 가고 있는가

심후섭

나는 6·25 전쟁이 한창이던 1951년 4월 28일(음력)에 태어났다. 그러나 호적에는 1953년 2월 8일(양력)로 올라 있다. 그것은 당시 전쟁 중이기 때문이기도 하였지만, 돌림병 등으로 아이들이 일찍 세상을 떠나는 경우가 많았기 때문에 호적에 늦게 올렸기 때문이었다.

내가 태어날 무렵, 우리 마을에는 공산군이 들어와 짧은 기간이기는 하였지만 동네에서 가장 큰 집을 징발하여 본부로 삼고 있었다고 한다. 국군이 탈환하려고 왔다가는 공산군의 공격에 밀려 들판에 많은 시체를 남기고 물러간 적도 있는데 끝내는 공산군들이 깊은 밤중에 소문 없이 물러가 버렸다고 한다.

그러한 와중에 우리 식구들은 이웃 마을로 숨어 다니기도 하였지만 할머니의 지휘 아래 꿋꿋이 집을 지켰다.

나의 선고(先考)께서는 2대 독자이셨다. 그럼에도 12세에 아버지(나의 할아버지)를 여의고 할머니와 함께 이 세상을 헤쳐 나가야만 하셨다.

홀어머니와 외롭게 자라난 아버지는 장가를 드셔서 먼저 3남 3녀를 얻으셨다. 그러나 기쁨도 잠시 돌림병 등으로 아들 셋과 딸 하나를 먼저 산에 갖다 묻어야만 하셨다.

나는 일곱째로 태어났지만 맏이가 되어야만 하였다. 그리하여 나의 어릴 적 이름은 놓치지 않고 꼭 붙들어야겠다는 의지를 담아 '붙들이'로 지어졌다. 그러나 실제로 불릴 때에는 된소리로 '뿌뚤이'라고 불리었다.

전쟁 직후인 만큼 어린 시절은 몹시 궁핍했으나 귀한 아들로 길러졌다.

읍내 초등학교에 다닐 때에는 아침저녁으로 반변천 냇물을 건너야 하였는데 홍수가 지면 거룻배를, 겨울에는 나무 말목의 섶다리를 이용해야만 하였다. 섶다리가 떠내려가고 없으면 신발을 벗어들고 건너야 하였다.

초등학교 3학년 때에 우연히 앞부분과 뒷부분이 각각 여남 장씩 떨어져 나가고 없는 《집 없는 아이 레미》라는 서양 번역동화를 읽었는데 이것이 문학에 흥미를 가지게 된 시초가 아닐까 한다. 가운데 부분만 읽었으므로 앞뒤는 어떻게 되었을까 매우 궁금하여 누워서도 앞뒤를 생각하다 잠들곤 하였다.

초등학교 4학년 때에는 읍내 가설극장에서 《두만강은 알고 있다》라는 항일독립단 이야기를 다룬 영화를 단체로 관람하였는데, 매우 인상적이어서 이후 그 장면들을 스토리 중심의 만화로 그려 보았다. 그랬더니 반 아이들이 서로 가져가려 하였다. 이 또한 내가 스토리텔링에 관심을 갖게 된 계기가 되었다고 본다.

이후 읍내 중학교와 고등학교에 차례로 진학하여 줄곧 학생회장을 지냈다. 당시 학력은 그런대로 상위권을 유지하였다. 그러나 집안 형편상 도회지 고등학교로 갈 형편이 되지 못하였다. 당시 막연하게나마 이러다가는 경쟁에 뒤지는 것은 아닌가 하는 장래에 대한 불안감이 있었던 것으로 생각한다.

중학교에 다닐 때에 우연히 마을 교회에서 열리는 부흥회에 이끌려 가게 되었는데 매우 유익한 이야기가 많다는 생각이 들었다. 그래서 일주일 간 하루도 빠짐없이 출석하였는데 그때 들은 이야기는 그대로 공책에 옮겨 한 권 가득하였다. 이때에도 스토리텔링의 위력을 크게 느끼고 더욱 깊이 관심을 가지게 되었다.

또한 중학교 때에는 책 읽기를 즐겨하여 도서실 봉사반으로 자원하여 닥치는 대로 마구 읽었고, 고등학교 때에는 방송실장으로 교내 음악 방송 선곡에 관심을 가졌다. 이 무렵 음악의 힘에 대해서 깊이 생각하곤 하였다.

또한 이 무렵 할머니와 어머니로부터 들은 이야기도 빠짐없이 써 모아 이야깃거리를 늘려 나갔다.

이후 대학 입학 예비고사를 거쳐 대구교육대학에 진학하였다. 당시 고등학교 재학생으로서는 예비고사 합격자가 나 혼자뿐이었다. 그만큼 시골 고등학교인 데다 농업 학교여서 진학 준비가 부족했던 것이다.

교육 대학에 가서는 총학생회 학예부장을 지내면서 학보에 칼럼과 당시 상황을 비판하는 만평을 싣기도 하였다.

당시 거리에는 최루탄이 난무하는 정국이었고, 소 값은 떨어져 반 토막이 나 있는 상황이었다. 이러한 상황은 뒷날 나의 동화작품에도 일부 반영되어 지적을 받기도 하였다.

교육 대학에 다니면서 한문 시집을 내기도 했는데, 이것은 순전히 중학교 다닐 때에 마을 어른을 찾아가 옛 서당식으로 《명심보감》과 《소학》을 읽은 덕분이었다. 이에 교사가 되어서도 '사서삼경'에 관심을 가져 《대학》, 《논어》 등은 조금 읽었으나 그 밖의 것은 손대지 못하였다. 그러나 이를 통해 문학에 대해 보다 친숙한 태도를 가질 수 있었다.

교육 대학을 졸업하고 고향 이웃에 있는 초등학교로 발령을 받았다. 이때 교사를 대상으로 한 잡지 〈새 교실〉이 있었는데, 이 잡지에 교사 작품 추천 제도가 있었다. 나는 동시 작품을 내어서 세 작품이 통과되어 추천 완료 작가가 되었다. 이 무렵 쓴 〈비 오는 날〉은 뒤에 제7차 교육 과정 초등학교 4학년 국어 교과서에 실리게 되었다. 이후 주로 방과 후 글짓기 지도에도 힘쓰면서 이른바 교단 작가로서 꿈을 키워 나갔다.

시국이 매우 불안한 가운데에도 한 가지 위안이 있었다면 그것은 텔레비전을 통해 볼 수 있는 '주말의 명화' 시간이었다. 나는 영화의 줄거리를 보는 대로 메모하고 나름대로 평을 달아가며 쌓아 나갔다. 이 또한 스토리텔링에 더욱 깊은 관심을 가지는 계기가 되었다.

근무지가 시골이어서 4년제 대학으로 편입이 힘든 데다 경제적 여건이 허락하지 않아 부득이 방송통신대학 초급대학 행정학과 2년 과정을 마치고 이어서 학사 과정 3년을 졸업한 뒤에야, 비로소 경북대학교 교육대학원(상담심리 전공, 교육학 석사), 대구가톨릭대학교 대학원(교육방법 및 심리 전공, 교육학 박사)을 졸업하여 지적인 갈증을 조금 달랠 수 있었다.

한편, 1980년 제8회 창주문학상 신인상에 동시 〈봄비〉가 당선되었으며, 같은 해 〈아동문학평론〉에 동시 〈하늘〉이 추천 완료되어 본격적인 아동문학 활동을 전개하게 되었다. 그러나 생각과는 달리 무딘 표현이 마음에 차지 않아 동시로써는 한계를 느끼고 동화에 관심을 갖던 중 〈소년〉에 동화 〈강아지의 죽음〉, 〈가버린 흰줄이〉 등이 추천 완료되고, 1984년 〈매일신문〉 신춘문예에 자전적인 사실을 바탕으로 한 동화 〈눈 오는 날의 아버지〉가 당선되어 더욱 동화에 매진하게 되었다.

그리고 같은 해 〈새벗〉 신인작품상에 중편동화 〈독짓골로 간 덕호네〉와 〈월간문학〉에 동화 〈별은 어디에 있었나〉가 신인작품상에 당선되어 본격적으로 동화 창작에 매달리게 되었다.

이어서 1989년, 제1회 MBC 창작동화 대상 공모 부문에 장편동화 〈싸리울의 분홍 메꽃〉이 당선되어 장편동화에도 자신감을 가지게 되어, 동시인으로 활약하는 한편 동화 작가로서도 그 영역을 넓히려고 노력하였다.

1982년 첫 동화집 《별은 어디에 있었나》(대일기획출판사)를 낸 이후, 《산에 산에 피던 꽃》(웅진출판사), 《도깨비 방망이의 행방》(견지사, 문화부 선정 우수 아동 도서), 《할배요 할배요》(가톨릭출판사)를 내고, 《사탕수수 나라의 털보 대통령》(지경사)으로 1992년 한국아동문학상 동화 부문을 수상하게 되었다.

이후 소(牛)를 주제로 한 장편동화 《할머니 산소를 찾아간 의로운 소 누렁이》(파랑새 어린이), 《소야, 웃어 봐》(계림닷컴)를 발표하고, 이어서 나무(木)를 주제로 한 《나무도 날개를 달 수 있다》(가문비)에 이어, 《나무도 꾀를 부린다》, 《꽃의 노래》, 《옛날 옛날이 나무는》, 《나무도 노래를 부른다》(이상 금성출판사) 등을 출간하였다.

이 밖에도 독서 동기 형성 자료집인 《무인도에 가도 한 권의 책만 있다면》(이상사)을 비롯한 교양서적과 《하늘을 감동시킨 선비》 등 선비 시리즈 8권, 《새로 쓴 톨스토이 이야기》, 《톰소여의 모험》 등 명작 번안 작품집을 발표하여 2018년까지 총 80여 권을 출간하였다.

작품 경향은 초기에는 "동화의 본질을 깊이 추구하되 우리의 토속적인 삶을 중후하면서도 내밀하게 그려 내고 있다."(김종상), "사라져 가는 것과 생명에 대한 외경심으로 인간성 회복에 대한 깊은 관심을 보이고 있다. 사실적인 문장으로 개성적인 스토리텔링 기법을 구사하고 있다."(하청호) 등의 평을 받았으나, 최근에는 "인간과 사회의 관계 규명에 관심을 가지고 인간의 원초적 비애와 과학 문명의 발달로 빚어지는 인간 소외 현상을 묘파한 작품이 늘어나고 있다."(최용)는 평을 받은 바 있다.

1991년 한국아동문학상, 1997년 대구문학상, 2007년 제28회 한국교육자대상, 2010년 금복문화대상 문학 부문, 2012년 대구광역시문화상을 받았다.

한국문인협회 이사, 대구문인협회 수석부회장, 대구아동문학회 회장, 한국아동문학인협회 부회장, 동요문학 동인 등으로 활약하고 있으면서, 이야기를 통한 교육을 위해 〈인성동화〉를 내기도 했다.

〈대구매일신문〉과 〈팔공신문〉 등에 '부모님이 들려주시는 유익한 이야기'를 연재하고 있는 바, 앞으로도 이 작업을 계속하고자 한다. 모든 교육은 이야기를 통해 더욱 내밀하게 이루어질 수 있다는 믿음 때문이다. 그리하여 2015년에는 한국인성스토리텔링연구소를 개설하여 2016년 청송군 마을 스토리텔링 사업을 용역받아 성공적으로 수행한 바 있다.

그동안 초등학교 국어 4학년 1학기 교과서에 동시 〈비 오는 날〉, 초등학교 국어 3학년 1학기 교사용 지도서에 동요 〈가위바위보〉, 초등학교 3학년 음악교과서에 동요 〈외갓길〉, 중학교 2학년 음악교과서에 가곡 〈아카시아 꽃〉이 수록된 바 있고, 현행 초등학교 2학년 국어 교과서에 동화 〈세상에서 제일가는 정원사〉, 5학년 국어 교과서에 동시 〈꽃눈〉, 6학년 국어 교과서에 동시 〈봄비〉가 수록되어 있다.

앞으로 계속해서 동시 문학과 동화 문학을 병행할 예정이다.

동화적 체험과 상상력의 숙성

동화집 《별은 어디에 있었나》, 《산에 산에 피던 꽃》 등을 중심으로

최용

1. 심후섭 동화의 두 그림

심후섭 동화는 읽기 편하다. 그의 문학성과 인품이 친근함을 가져다준다. 심후섭은 다른 작가들에 비해 작품으로 만날 기회가 빈번했던지라 낯설지는 않다. 그러면서도 그의 텍스트는 매번 새로움으로 읽힌다. 동화집 30여 권에는 동심적 인식의 틀이 내재해 있다. 그가 탐색하는 동심의 본질은 삶의 미세함을 구체적 서술로 추출하는 동화적 장치 속에서 포착된다. 그가 이룬 문학적 성과를 동심의 증식과 확장으로 평가해 둔다. 심후섭 동화를 만나면 그림 두 개가 그려진다. 유년기 고향에 대한 정한과 현실 사회 대응 의지다.

심후섭은 서사적 구조, 극적 구성을 작품의 근간 짜임으로 한다. 인간의 원초적 비애와 과학 문명의 발달로 빚어지는 인간 소외 현상을 지적한 작품을 많이 쓴다. 세련된 기법과 선명한 주제로 대사회적인 시각의 진정성을 유지한다. 인간적 삶을 탐구하고 동화 속에 새로운 인간형을 창조하는 작가적 행위가 치열하다. 그의 작품에는 전달하려는 메시지가 있지만 감춤에 의해 윤곽만 드러난다.

훈련된 독자들은 동화에 빠져들게 되어 재미를 느끼고 그 무엇인가를 찾아내는 즐거움을 누린다. 심후섭은 적어도 환상 일변도, 우화로조차 연결되지 않는 어설픈 서술에서는 멀어져 있다. 서툰 치기를 노출하지 않음은 그만큼 그가 각별한 작가적 사명감으로 동화 문학에 애정을 쏟아 왔음을 보여 준다.

이 책에 투영된 현실과 작가의 대응 양상을 살펴본다. 가족 의식에 기반을 둔 가족 플롯이 주류를 이루던 기존의 작품과, 사회 현실 문제를 규명하는 신작이 대상이다. 시대적 상황이 삶을 어떻게 결정해 왔으며 왜곡시킬 것인가에 대한 물음을 던지고 있다. 그 과정에서 삶의 진지한 자세를 시사해 주는 작가의 필력이 원숙함을 더한다. 그의 작품을 살피면서 느낀 또 다른 인상은 주제가 확대된 만큼 소재가 다양해졌다는 것이다. 그러한 다양성이 작품 속 개인적 삶의 다양한 층위를 형성하는 요인이 되고 있다.

2. 유년의 기억과 생명 존중의 외경심

심후섭에게 삼태기와 작대기로 참새를 잡던 유년기는 작품 세계를 응축해 주는 기제다. 유년기는 가슴 저리고 아련한 기억의 저편에 자리해 있다. 가족사적 이야기로 풀어내어 자전적 면이 짙다. 분열된 도시적 삶에서 자기 정체성을 회복할 공간으로 유년 시절 고향을 설정한다. 온통 잿빛 자욱한 하늘이다. 금방이라도 주먹만 한 흰 눈이 펑펑 쏟아질 것만 같은 분위기다. 심후섭 동화의 본질적 속성의 하나로 유년기 고향에 대한 한과 그리움이 현재적 차원에서 의미를 가진다. 현재적 삶의 방식에 대한 자세며 현재적 삶이 억압하는 인간 존재의 열망과 인간성 회복에 대한 통로를 45~46년 전에서 찾아낸다. 원초적 세계인 동심을 추구하며 깨끗한 사고와 행위로 현재적 삶을 극복한다.

유년과 함께하는 옛집의 풍경은 힘든 생활에서 깨치는 삶의 명징성과 마찬가지로 현재의 왜곡된 자아를 반추하기에 서정적 대상이다. 세계와 사물을 조응하는 작가의 투영력을 확인할 수 있다. 심후섭의 진솔한 삶과 세계 인식의 진정성을 보여 준다.

〈눈 내리던 날의 아버지—같은 줄기의 나뭇잎이었구나〉는 가난한 농촌의 어려운 살림살이가 토속적 분위기로 그려진 작품이다. 시집간 누나, 서술자인 나, 동생 천수, 만수, 억수와 홍역을 비롯한 이름 모를 병으로 세상을 떠나 버린 형 셋과 누나, 할머니, 아버지, 어머니로 구성된 가정은 전형적인 빈농이다. 요즘 도시에서는 생각하기 어려우나, 적어도 그 시절에는 흔한 경우였다. 서술자인 나를 낳았을 때에 할머니와 어머니가 나를 끌어안으며 다시는 놓치지 않고 꼭 붙들겠다고 붙인 이름이 바로 '뿌뚤이(붙들이)'다. 작가가 새삼 빛바랜 사진첩에서 옛날 가난에 찌든 시절을 반추하는 것은 가족애의 소중함을 간직하고자 함이다. 나의 집에서는 누나를 시집보낼 때 생긴 큰 빚을 청산하기 위해서 10년 동안 키운 소를 판다. 그 소는 동네에서 따라올 소가 없을 정도로 일을 아주 잘하고, 해마다 송아지 한 마리씩을 낳아 주던, 가족 같은 존재다.

심후섭의 동화에는 시적인 서정의 힘과 이야기의 흐름이 혼융되어 있다.

1980년 제8회 창주문학상에 동시 〈봄비〉가 당선되고 〈아동문학평론〉에 동시 〈하늘〉이 천료받았다는 사실에서 볼 수 있듯, 동시로 출발한 그의 문학 편력이 시적 원형질이다. 심후섭은 대상의 인격화와 대상에 대한 감정 이입으로 삶의 가치를 고양한다. 그의 동화를 이해하는 중요한 표지로 건강한 생명력을 들 수 있다. 그의 작품들을 세세히 읽어 보면 유년기의 가족사 못지않게 생명 존중을 모티프로 한 것이 많음을 쉽게 알 수 있다. 소외받는 이와 대상을 작품 공간으로 이끈다. '도꾸'로 불리는 강아지에 대한 애틋함을 그린 〈그해 여름—모든 것은 흘러가는가〉는 진한 감동을 준다. 생명에 대한 외경심이 심후섭의 작품 세계를 지배한다.

〈아, 이슬 되어 바람 되어—너의 손은 왜 펼 수 없니?〉는 서술자인 뿌뚤이가 주인공

중호의 생활을 관찰하는 과정에서 동심의 실체를 구현한다. 문둥이 중호처럼 소외 계층의 사람도 인간답게 살 수 있는 세상을 바란다. 밟힐수록 강한 생명력을 지닌 보리는 중호다. 그런 중호의 삶이 좌절될 수밖에 없는 냉혹한 현실을 안타까워한다. 중호는 천형으로 인해서 소외받는다. 그의 천형은 사회적 문제가 아니라 개인의 천성적 조건에서 기인한다. 돌멩이로 자신의 얼굴에 상처를 입힌 아이를 구한 중호의 행동이 화해와 용서를 내포한다. 아버지와 뿌뚤이 형제가 꿈꾸는 세계에는 휴머니티가 스며 있다. 인간에 대한 사랑과 생명 존중의 표출이다. 그의 작품에는 동심과 현실에 대한 인식이 진하다. 그가 바라보는 세계는 작품에 따라서 다르기는 해도 동심이 가득한 경지다.

3. 우리의 가슴은 쇠로 채워지지 않음을

동화 문학에서 인간 소외 현상과 비인간화 규명은 보편화된 모티프다. 산업 사회의 거대한 조직과 문명의 위력이 빚어내는 기계적인 삶은 인간의 모습마저 바꾸어 놓았다. 주체가 아닌 객체로서의 삶이 작품 속에도 허다하게 등장한다. 부자연스럽고 추악함으로 드러나는 현실에 대한 격정적인 고발 이전에 다각적인 관찰이 선행된다. 심후섭은 작품에서 대립된 인물 유형을 설정해 추악함과 인간성 상실로 야기될 삶의 문제를 예고한다. 등장인물들은 인간 본연의 모습과 속물적 인간형으로 나뉜다. 동화 속 인물은 개인적 의지와 사회적 힘 사이의 긴장감을 노정한다. 인간다운 세계를 구현하려는 동심적 인물과 비위를 가진 속물적 인간의 접점에서 작가의 육성이 생생해진다. 진솔한 인간적 삶은 인간에 대한 통찰이 전제될 때 가능하다.

심후섭 문학의 오랜 주제를 근원적인 측면에서 풀어낸 작품이 〈2050년의 도둑—우리들의 가슴이 쇠로 채워지기 전에〉다. 작가는 탐구하고 발견한 것을 구현하기 위해 상황에 어울리는 인물을 설정하고 혼탁한 사회를 비판한다. 화소를 유기적으로 구성해 인과율적 장면을 만들어 내는 능력을 지닌다. 역도 선수 김만근의 오른쪽 팔과 이천근의 왼쪽 팔을 훔치는 강주먹 권투 선수는 과학 문명의 발달이 가져온 부정적이고 비인간적인 인물이다. 백만억 코치는 물질만 추구하는 세속적 인물이다. 자신이 땀 흘려 노력하지 않고 얻은 소득은 무가치하다. 과학 문명 속에서 바르게 사는 데 갖추어야 할 인간성을 제시해 준다. 건강한 사회를 지켜야 함이다. 강주먹 선수는 참된 자신의 힘이 아니라 기계의 힘으로 챔피언이 된들 의미가 없음을 깨닫게 된다. 여태껏 자행해 온 수치스러움을 날려 보낸다. 아무리 맞아도 아픈 줄을 모르는 두 팔을 가진 기계나 다름없는 자신을 인간 본래의 모습으로 되돌리려 한다. 가슴이 쇠로 채워지기 전에 인간적 따스함을 되찾아야 한다는 것이 주제다.

현대 사회는 계획성과 합리성을 내세우며 인간을 수단으로 대상화시키며 고독과 불안으로 내몰고 있다. 심후섭은 작품에서 비인간적인 사회 현실이 가져올 문제를 동화적 기법으로 지적해 사실성을 확보한다. 사회 현실을 그리는 보고서나 스포츠 현장을 취재하는 보도의 성격을 넘어선다. 특이한 소재를 선택한 동기나 목적에 공감이 간다. 현대 사회와 그 속의 삶을 통찰하려는 작가적 집요함을 뒷받침하는 작품 장치가 탄탄하다. 그의 가치관을 구체화할 인과율적 구성과 인물들의 갈등 묘사가 작품의 완성도를 더한다.

질곡된 시대 상황의 역설적 요구로 동화작품이 있다. 심후섭은 물욕에 젖은 미래 세계를 동화적 장치 속에서 예견하고 걸러낸다. 걸러낸다는 것은 사실을 가상의 상황으로 그린다는 것이다. 가상의 상황은 권투 선수를 초월인으로 설정한 대체 장면이다. 작가는 대체 장면을 통해 부정적 사회 현실을 교정하려고 한다. 인간성과 인간관계를 도외시하는 개인적 물욕이 어디에서 기인하는지 탐구하고 그 욕심으로 파생되는 모순의 여러 형태를 고발하며 치유책을 제시하는 역할을 독자들의 몫으로 남긴다. 실제 인물이 아닌 로봇 같은 인물의 이야기를 서술하는 형식으로, 미래의 삶에 대한 우려와 풍자를 함유한 작품이다.

4. 뽀뚤이가 붙드는 동화 문학

1981년 〈소년〉에 동화 〈강아지의 죽음〉 발표, 1982년 〈가 버린 흰줄이〉 천료, 〈월간문학〉에 동화 〈별은 어디에 있었나〉 당선, 1984년 〈새벗〉에 동화 〈독짓골로 간 덕호네〉 당선, 〈매일신문〉 신춘문예에 동화 〈눈 내리던 날의 아버지〉 당선으로 탄탄한 문학 역량을 검증받은 심후섭. 동화집 《사탕수수 나라의 털보 대통령》으로 1992년 제1회 한국아동문학상 동화 부문 본상, 1993년 장편동화 《싸리울의 분홍 메꽃》으로 제1회 MBC 창작동화 대상, 1997년 동화집 《동화 꿈만 꾸는 새》로 제15회 대구문학상을 받아 문단 경력을 화려하게 쌓았다. 초기 그의 작품은 생명 탐구와 인간 본질을 추구했다. 그의 글은 조금씩 변하고 있다. 작품의 내용을 관류하는 축은 합일의 정신, 공간적 융통이다. 현실적 존재인 인간의 삶에 대한 본질을 풀잎으로 환치시켜 끈질긴 생명력을 극명하게 나타낸다.

동화적 상상력은 다른 작가처럼 현실의 단면을 바탕으로 그려지는데, 심후섭 동화의 특징은 교육성과 예술성을 공유하며 환상성을 구현하는 데 있다. 그의 작품에는 인간적 가치와 미학에 대한 적응이라는 주제가 담긴다.

구체적 실상을 드러내기 위해 작가는 현상에 대해 여러 시점을 보인다. 심후섭은 신선한 비유와 시적 묘사와 이미지들로 얼개를 뒷받침한다. 이야기를 들려주는 것 같으나 그 흐름을 보여 준다. 동심의 언어를 절제하는 모습이 인위적이지 않다. 환상적 요소가 짙다. 환상은 현실을 인정하는 상상의 세계다. 심후섭의 작품은 상황적 배경이 아닌 주제와 관련된 의미를 가진다. 정교한 문장이나 짜임새 있는 구성을 갖추었다. 단편들의 집합이 총체성을 획득하는 구조를 보여 준다. 사라지는 것들에 대한 심후섭의 낭만적 동경은 환상적이고 은밀한 감동을 준다. 심후섭은 감성적이고 시적인 문체로 동화를 쓰는 작가다.

인간적인 체취와 문학에 대한 성실함, 진솔한 동심 등이 심후섭의 전유물이다. 무엇보다도 독자의 시선을 붙들어 놓는 필력이 우뚝하다. 두메산골 청송 진보의 황소도 들 수 있다는 자신감으로 충만하던 '뿌뚤이'가 동화 문단을 구축했다. 독자들에게 다가서는 명징한 주제, 구성의 치밀함과 숙련된 문장력이 빛을 발한다. 심후섭은 다채로운 문체를 구사하고 작품마다 다양한 주제를 형상화하면서 작가적 입지를 넓히고 있다. 문학과 현실에 대한 비판적 거리를 유지할 줄 안다. 사물과 현상의 본질을 꿰뚫는 작가적 태도의 진지성이 진행형이다.

어린이와 함께 선생이 걸어온 길

1951년 4월 28일(음력) 경북 청송군 진보면 광덕리 175번지에서 아버지 심상발, 어머니 황분기의 4남 3녀 중 장남으로 태어남.

1964년 경북 청송군 진보초등학교를 졸업함.

1967년 경북 청송군 진보중학교를 졸업함.

1970년 경북 청송군 진보농업고등학교를 졸업함.

1972년 대구교육대학교를 졸업 및 학도 군사훈련 과정 수료로 병역 의무를 완수함. 졸업 성적 우수 표창장을 받음. 경북 청송군 신촌초등학교 교사가 됨.

1973년 경북 청송군 진보초등학교 교사가 됨. 학력 관리 우수 표창장을 받음(청송군 교육장).

1974년 미술실기대회 우수(조소) 상장을 받음(경상북도 교육감).

1975년 교육연구대회 우수 푸른기장증(경상북도 교육회장), 교육연구대회 우수 표창장(대한교육연합회장), 청송군 교육상 상장(청송군 교육장)을 받음.

1976년 교육연구대회 우수 상장(청송군 교육장), 교육연구우수 푸른기장증(경상북도 교육회장), 수업연구발표대회 우수(국어과) 상장(청송군 교육장)을 받음.

1977년 서정순(달성)과 결혼함.

1978년 9월 26일 장남 재웅이 태어남. 대구 북비산초등학교 교사가 됨. 교육연구대회 우수 푸른기장증(경상북도 교육회장), 교육연구대회 우수 표창장(경상북도 교육위원회 교육감), 교육연구대회 우수 표창장(대한교육연합회장)을 받음.

1980년 6월 24일 차남 재왕이 태어남. 창주문학상 신인상에 동시 〈봄비〉가 당선됨. 〈아동문학평론〉에 동시 〈하늘〉 추천 완료됨. 대구아동문학회, 대구문인협회에 가입함. 교육자료전시회 우수 상장(대구시 교육장)을 받음.

1981년 대구 효목초등학교 교사가 됨.

1982년 경북대학교 사범대학 부설초등학교 교사가 됨. 〈소년〉에 동화 〈가버린 흰줄이〉와 〈강아지의 죽음〉 추천 완료됨, 월간문학문학상 신인작품상에 동화 〈별은 어디에 있었나〉가 당선됨. 동화집 《별은 어디에 있었나》(대일기획출판사)를 출간함.

1984년 〈대구매일신문〉 신춘문예에 동화 〈눈 내리던 날의 아버지〉가 당선됨. 새벗문학상 신인작품상에 동화 〈독짓골로 간 덕호네〉가 당선됨. 교육활동 우수 표창장(대구시 교육감)을 받음.

1985년 한국방송통신대학교 행정학과 학사과정을 졸업함. 동화집 《파랑새호의 모험》

(한국서적공사)을 출간함.

1986년 동화집 《산에 산에 피던 꽃》(웅진출판사)을 출간함.

1987년 동화집 《겨울잠 소동》(육영사)을 출간함. 교육활동 우수 표창장(경북대학교 총장), 독서교육활동 우수 상장(대구시 동부교육구청장), 독서교육활동 우수 상장(대구직할시 교육감)을 받음.

1988년 동화집 《도깨비 방망이의 행방》(견지사)을 출간함. 문화부 지정 우수 아동 도서로 선정됨. 동화집 《마지막 승리》(한국서적공사)를 출간함.

1989년 경북대학교 교육대학원을 졸업함(상담심리 전공 교육학 석사). 동화집 《할배요 할배요》(가톨릭출판사)를 출간함.

1990년 대구 동산초등학교 교사가 됨. 장편동화 〈싸리울의 분홍 메꽃〉으로 제1회 MBC창작동화 대상을 수상함. 동화집 《사탕수수 나라의 털보 대통령》(지경사)을 출간함.

1991년 동화집 《키모와 바바》(윤진문화사)를 출간함. 동화집 《원자의 일기》를 견지사에서 교학사로 옮겨 증보 출간함. 동화집 《너의 노래 나를 울릴 때》(도서출판 동지)를 출간함. 금옥학술문화재단에서 진로교육활동 프로그램 개발 연구비를 받음.

1992년 동화집 《사탕수수 나라의 털보 대통령》으로 한국아동문학상을 수상함. 예화집 《껍질을 깨는 용기》, 《그래도 나무를 심는다》(교육문화 장원)를 출간함. 동화집 《꿈만 꾸는 새》(도서출판 늘푸른)를 출간함. 통일문예지도 우수 감사장(민족통일중앙협의회의장), 수업발표대회 우수 상장(대구직할시 교육감)을 받음.

1993년 예화집 《후회는 아무리 빨라도》, 《돼지의 눈과 부처님의 눈》(교육문화 장원)을 출간함. 위인전 《세종대왕》(대교출판사)을 출간함.

1994년 대구 수성초등학교 교사가 됨. 대학교재 〈아동문학〉(정민사)을 출간함. 제1회 MBC금성창작동화대상 수상 동화집 《싸리울의 분홍 메꽃》(금성출판사)을 출간함. 지역봉사활동 우수 라이온스 대상(국제라이온스협회총재)을 받음.

1995년 교양 도서 《풀어 쓴 고사성어》와 《이야기 명심보감》(이상사)을 출간함. 학생예술교육 우수 상장(대구동부 교육장), 독서교육활동 우수 상장(독서새물결운동 추진 위원회장)을 받음.

1996년 동화집 《2학년 학습 동화》(꿈이 있는 집), 예화집 《천하를 호령한 선비》(도서출판 장원)를 출간함. 미술교육활동 우수 상장(대구광역시 동부교육장), 현장교육 발전 공로 표창장(대구광역시 교육감)을 받음.

1997년 대구가톨릭대학교 대학원을 졸업함(교육학 전공 교육학박사). 동화집 《꿈만 꾸는 새》로 대구문학상을 수상함. 예화집 《하늘을 감동시킨 선비》(도서출판 장원)

를 출간함.

1998년 대구 반야월초등학교 교사가 됨. 예화집 《민족혼을 일깨운 선비》, 《백성의 등불이 된 선비》, 《국난을 극복한 선비》(도서출판 장원)와 교양 도서 《한국의 속담》(이상사), 《슬기로운 독서 생활》(대구 YWCA)을 출간함. 초등학교 교재 개발 우수 상장(대구광역시 교육감)을 받음.

1999년 교육 전문직 시험에 합격함(대구교육연수원 교육연구사). 《책 한 권 들고 무인도에 간다면》(이상사)을 출간함. 교육활동 우수 상장(대구동부 교육장)을 받음.

2000년 대구남부교육청 장학사가 됨. 교양 도서 《소의 뿔에 책을 걸고》, 《무인도에 가도 한 권의 책만 있다면》(이상사)을 증보 출간함. 연수 성적 우수 상장 국가전문행정연수원장, 독서지도활동 우수 상장 대구광역시 교육감.

2002년 대구광역시교육청 장학사 활동을 함. 동화집 《의로운 소 누렁이》(파랑새어린이)를 출간함.

2003년 예화집 《백성을 보살핀 선비》, 《불의에 항거한 선비》, 《정의를 위해 싸운 선비》(도서출판 장원)와 번안 동화집 《톰 소오여의 모험》(도서출판 아래), 동화집 《소야, 웃어 봐》(도서출판 계림닷컴)를 출간함. 도서관자료선정위원 위촉장(대구광역시립중앙도서관장)을 받음.

2004년 번안 동화집 《바보 이반》, 《사람은 무엇으로 사는가》(도서출판 효리원), 전래동요 해설집 《그리운 우리 노래를 찾아서》(대구광역시 교육청)를 출간함. 〈대구신발〉 '대구논란' 집필을 시작함.

2005년 장학관 승진 및 초등학교 교장 자격을 취득함. 예화집 《교과서와 함께 읽는 세계 명언》(도서출판 효리원), 동화집 《나무도 날개를 달 수 있다》(도서출판 가문비)를 출간함. 현장교육발전공로 표창장(대구광역시 교원단체총연합회장), 교육발전공로 표창장(한국교원단체총연합회장), 교가가사 작사 공로 감사패(대구 함지초등학교장), 도서관자료선정위원 위촉장(대구광역시립남부도서관장)을 받음.

2006년 봉사활동우수(독서교육) 감사패(새마을운동중앙회)를 받음.

2007년 대구학남초등학교 교장이 됨. 동화집 《3학년 과학동화》, 읽기자료 《교과서 과학 상식 퍼즐》(도서출판 효리원), 동화집 《나무도 꾀를 부린다》, 《생각하는 나무》, 《나무의 꿈》, 《옛날 옛날 이 나무는》, 《꽃이 부르는 노래》(금성출판사)를 출간함. 동화구연가모임 고문 위촉패(사단법인 색동어머니회장), 교가 가사 작사 감사패(구미 천생초등학교장), 지방 교육청 평가 우수 표창장(교육인적자원부 장관)을 받음.

2008년 위인전 《에디슨》(도서출판 효리원)을 출간함. 제27회 한국교육자대상 상장(한국일보사 사장)을 받음. 〈대구매일신문〉에 '부모님이 들려주시는 이야기' 연재를 시작함.

2009년 대구광역시교육청 교육과정 운영과장이 됨. 2009년 예문집 《어린이 동문선》(도서출판 처음주니어), 예화집 《미끼 없어도 잡을 수 있다는데》(도서출판 학이사), 《쏟아진 물 되담을 수 없다는데》(도서출판 학이사), 예화집 《만 권을 읽고 만 리를 걸어야 한다는데》(도서출판 학이사), 전기집 《이상화 시인, 빼앗긴 들에도 봄은 오는가》(도서출판 북랜드)를 출간함. 이상화기념사업회 이사에 취임함.

2010년 대구광역시교육청 창의인성교육과장이 됨. 예화집 《대구의 인물과 나무》(도서출판 학이사), 고전 번안집 《새로 읽는 삼강행실도》(도서출판 학이사), 명언집 《함께 가꾸어 가는 삶의 지혜》(대구광역시교육청)를 출간함. 제24회 금복문화상 문학 부문 상패(금복문화재단)를 받음.

2011년 대구광역시 달성교육지원청 교육장에 취임함. 한국아동문학가협회 부회장이 됨. 동화집 《1학년 체험동화 발표력 기르기》(도서출판 소담주니어)를 출간함.

2012년 동화집 《옛날 옛날 우리 마을에》(대구달성교육지원청), 예화집 《아름다운 이야기 할머니를 위한 선현미담집》(한국국학진흥원), 《독서왕이 성공한다》(도서출판 처음주니어)를 출간함. 명예달성군민증(달성군수), 제32회 대구광역시문화상 교육 부문 상패(대구시장)를 받음.

2013년 대구광역시 송정초등학교장이 됨. 전기집 《옛날 옛적 우리 할배 할매는》(도서출판 학이사)을 출간함.

2014년 동화집 《인성동화》(도서출판 좋은 꿈), 《옛날 옛적 우리 동네에서는》(대구달성교육지원청)을 출간함.

2015년 초등교직 43년 근무 후 정년 퇴임함. 황조근정훈장(대통령)을 받음. 우리예절원 원장, 대구문인협회 수석부회장, 한국문인협회 이사, (사)신한국운동추진본부 사무처장 겸 부설인성교육대학원장이 됨. 동화집 《내 가슴 속 선비》(도서출판 학이사), 독본 《신한국운동추진을 위한 독본》((사)신한국운동추진본부)을 출간함.

2016년 한국인성스토리텔링연구소 소장이 됨. 과학동화 《식물은 참 신기해》(주니어 가문비)를 출간함. 청송군 마을 스토리텔링 '덕이 흐르는 덕천마을' 수행 외 다수를 공저 집필함.

2017년 대구아동문학회 제11대 회장에 취임함. (사)신한국운동추진본부 발행 《신한국

운동추진독본 제3집》을 집필함. 환경보전활동 우수환경부장관 표창을 받음. 이상화기념사업회 발간 이상화 전기 개정판 《빼앗긴 들에서 봄을 찾은 청년》을 집필함.

2018년 미국 커널대학교 한국캠퍼스 교수에 취임(교육학)함. (사)신한국운동추진본부 발행 《신한국운동추진독본 제4집》을 집필함. 대구문화재단지원사업으로 첫 동시집 《도토리의 크기》를 발간함. 달성문화재단지원사업으로 달성군 문화총서 제13권 《바위에 새겨진 장수발자국》(설화집)을 집필함.

한국 아동문학가 100인

안학수

대표 작품

〈갯벌 다문화〉 외 4편

인물론

안학수 약전

작품론

동심의 연금술로 빚어낸 생명과 평화의 발자취

어린이와 함께 선생이 걸어온 길

갯벌 다문화

유리병, 플라스틱 병, 깡통들은
골뱅이처럼 소라고둥처럼
사금파리, 유리 조각, 쇳조각들은
조가비처럼 따개비처럼
뜯긴 그물, 엉킨 낚싯줄, 낚싯대 도막은
우뭇가사리[1]처럼 갈대처럼
부서진 장난감, 신발 한 짝, 스티로폼은
반달처럼 갯바위처럼

사람을 버리고 꿈을 찾아온 저들

밤마다 파도를 맞으며 조각 별도 줍고
날마다 갯바람 맞으며 구름도 건지고
물결 타는 해와 달을 쓸어 모은다

누구나 다 받아 주는 바다라고
고둥도 방게도 조개도 따개비도
저들 가까이 이웃으로 살아간다.

1 맑은 바닷속 바위나 돌에 붙어 자라는 식물.

바람 농부

바다는 밭
파도를 가꾸는 바람의 밭

부지런한 바람 농부가 늘
이랑 고랑 김매 주며
싱싱한 파도를 가꾼다.

가꾸던 파도 설익었어도
자꾸 거두어 모아
알찬 파도라고 두둥둥실
뭍으로 섬으로 팔러 다닌다.

민들레

바람 불던 날이라고
후두두두투둑
풋 열매 떨어뜨린
큰키나무는 되고 싶지 않았다

눈 쌓였던 날이라고
빠지지지빠직
가지를 부러뜨린
둥치나무는 되고 싶지 않았다

힘없고 키는 낮아도
별빛 씨앗을
달빛 향기를
멀리멀리 날리고 싶었다.

기계 오빠

오빤
가장 늦게 잠들고
제일 일찍 일어난다.

세수도 안 하고
컴퓨터를 깨워
열심히 게임한다.

딴 일은 생각 안 한다.
동생 챙기는 일도
엄마를 돕는 일도
방 정리는 더 안 한다.

살가운[1] 동무보다
더 좋다는 게임
철도 정도 없는 오빠를
컴퓨터가 놀아 준다.

오빠랑 컴퓨터랑
기계끼리 사귀는 거다.

---

1 마음씨가 너그럽고 다정스러움.

가을 놀이터

네모지게 깎긴 쥐똥나무 울타리로
잎 하나씩 흘리는 은행나무 가지로
꼬마 바람만 쓸쓸하게 노는 놀이터

흙먼지 소[1]는 시멘트 의자에 앉아
떨어지는 은행잎을 헤아리시는지
오래오래 생각에 잠긴 할아버지

손 붙잡고 할아버지를 따라 나와
곁에서 기다리다 지치고 따분해
비스듬히 용쓰는[2] 멍아주지팡이.

1 물기가 있던 것이나 상처 따위가 말라서 굳어짐.

2 힘을 들여 괴로움을 억지로 참다.(으뜸꼴 : 용쓰다 2)

안학수 약전

이정록

안학수는 복어다. 커다란 복주머니에 동심 언어를 품고 사는 바닷고기다.

안학수 시인은 입을 가리고 웃는다. 입이 커서 마음 주머니가 자꾸만 튀어나오기 때문이다. 간혹 화가 나면 손을 길게 내뻗고 자신의 주장을 속사포로 내던지는데, 그 손가락 끄트머리에서 벌벌 떠는 미움 주머니가 주변 사람들을 내려다보며 속삭인다.

'조금만 참아. 평화에 대한 설교야. 평화는 안 시인의 종교잖아.'

우리는 조용히 듣거나, 대꾸 없이 술을 마신다. 우리들이 그의 거친 호흡이 잦아들기를 기다린다는 것을 알고 나면, 그는 자신의 큰 입속 참호에서 위장포를 쓰고 있던 미움 주머니를 서둘러 수습한 뒤 꿀꺽 삼킨다. 그리고는 언제 그랬냐는 듯, 웃음주머니를 잇새에 다물고 키들거린다. 서너 살 어린 친구들과 학창 시절을 보냈기에 문단 아우들과도 친구처럼 잘 어울린다. 오랫동안 주일 학교 선생님을 경험한 덕분에 큰 몸짓으로 주변의 어색한 공기를 흩뜨린다. '어른 의식'은 높고 거룩한데 어깨에 힘을 주고 으스대는 '어른인 체'는 보기 힘들다. 평화 예배 같은 설교 때만 빼고 말이다. 그는 평화에 어긋나는 일에는 위아래가 없다.

> "늦은 저녁때 오는 눈발은 말집 호롱불 밑에 붐비다. // 늦은 저녁때 오는 눈발은 조랑말 발굽 밑에 붐비다 // 늦은 저녁때 오는 눈발은 여물 써는 소리에 붐비다 // 늦은 저녁때 오는 눈발은 변두리 빈 터만 다니며 붐비다."
>
> – 박용래의 〈저녁 눈〉 전문

보문산 뒷덜미에 있는 박용래 시비를 찾아간다. 눈 쌓인 언덕길을 걸어 시비 쪽으로 다가가며, 직각의 검은 돌이 너무 딱딱한 게 아닌가 생각한다. 못난이 칼국수, 그 밀가루 반죽 같아서 외려 어루만지고 싶은 돌. 따뜻한 체온이 느껴져 볼 부비고 싶은 돌. 감자처럼 생긴 누런 돌을 왜 시비로 쓰지 않았을까?

가까이 가 보니 김구용 선생님의 글씨다. 박용래 시인처럼 못생겨서 정이 가는 글씨체다. 시비가 만든 양달 반 평쯤을 깔고 앉아 눈물짓고 있는 시인이 보이는 듯하다. 글씨 하나하나가 달빛을 차고 오르는 송사리처럼 반짝거린다.

이문구 선생님한테 들은 얘기라며, 동행한 안학수 시인이 박용래 시인의 일화 한 토막을 건넨다. 생전에 박용래 선생님께서 대천에 사시는 이문구 선생님을 찾아오셨단다.

"문구야, 여기가 바닷가니?"

"예."

"근데 왜 파도 소리가 들리지 않니?"

말씀을 마치고서는 밤새 울더란다.

"바닷간데 파도 소리가 없으니, 울지 않을 수 있니?"

한때 안학수 시인은 소설을 쓰는 서순희 작가와 대천에서 금가락지를 팔고 고장 난 시계를 어루만지며 살았다. 술 한 잔 하고 싶어 똑딱거리는 안학수 시인의 가게에 들른 적이 있다. 가게 안에는 낡은 소파와 탁자가 하나 있는데, 유리 집으로 만들어진 그 작은 탁자 안에는 녹슨 화폐들이 수북하게 쌓여 있다. 마치 '여기에서 파는 새것보다 손님께서 갖고 계신 헌 것이 소중한 것이에요.' 말하는 듯하다. 셔터 문을 닫기 전에 안학수 시인은 낡은 광목천으로 진열대를 덮씌운다. '경보 장치에 철제 셔터까지 채우면서 생선전처럼 왜 덮는 거예요?' 물어보니, 밖에서 손전등으로 비춰 보면 진열대가 훤하게 보이기 때문이란다. 견물생심이라고 이 보잘것없는 천 조각이 선량한 좀도둑을 막을지도 모른단다. 다른 사람의 항심(恒心)을 헤아리는 아름다움이 보석 같다.

박용래 시인의 감자 같은 순수를 김구용 선생님의 글씨체가 보여 주듯, 털 분 풍선처럼 말랑거리는 안학수 시인의 순수는 때 묻은 옛 돈과 낡은 광목천에 있다는 생각이 든다. 휘황한 포장은 반대로 속이 부실하다는 것을 보여 주는 게 아닐까. 양파는 하얀 속을 위하여 얇고 보잘것없는 껍질 한 장을 바친다. 속에 비하여 껍데기가 너무 두껍다거나, 사이비(似而非)처럼 반질거리지 않는다.

> 밀릉슬릉 주름진 건 / 파도가 쓸고 간 발자국, / 고물꼬물 줄을 푼 건 / 고둥이 놀다 간 발자국. // 스랑그랑 일궈 논 건 / 농게가 일한 발자국, / 오공조공 꾸준한 건 / 물새가 살핀 발자국. // 온갖 발자국들이 모여 / 지나온 / 저마다의 길을 펼쳐 보인 개펄 마당. // 그중에 으뜸인 건 / 쩔부럭 절푸럭 / 뻘배 밀고 간 할머니의 발자국, / 그걸 보고 흉내 낸 건 / 폴라락 쫄라락 / 몸을 밀고 간 짱뚱어의 발자국.
>
> – 〈개펄 마당〉 전문

그는 도둑게다. 본시 개펄이 원적지이지만, 시장 좌판 할머니의 갈퀴발이나 가난한 집 부뚜막을 거처로 삼는다. 그의 게거품은 평화를 깨뜨리는 모든 왜곡과 불의와 부자유의 습곡에서 분출하지만, 가난과 고통으로 세공한 그만의 동심으로 웃음꽃으로 바꾼다. 그의 게거품은 동심 가득한 말풍선으로 피어서 우리에게 맑은 동심을 선물한다. 사실 그 게거품이 웃음꽃으로 바뀔 때까지 우리는 노을처럼 기다려야 할 때가 더 많지만.

안학수는 바다의 시인이다. 그가 사랑하는 바다는 대양(大洋)도 아니고 벽해(碧海)도 아니다. 키 작은 그가 허리를 낮춰 보듬는 곳은 펄이다. 가까운 작은 섬이다. 개펄의 뭇 생명들과 그 바다를 업으로 살아가는 사람들의 애환이다. 그에게 종이는 젖은 땅이요, 글은 개펄 진흙으로 쓴 육필(肉筆)이다.

> 사람들이 자주 밟는 흙먼지 길을 / 혼자 가고 있는 민달팽이를 만났다. // 바삐 가도 더딘 걸음, 종일 힘든 길 / 길쭉하니 늘어진 몸 이미 지쳤다. // 사나운 새 부리에 쪼이고 말겠다. / 눈 어둔 발굽에게 차이고 말겠다. // 조마조마 안쓰러워 돕고 싶지만 / 낯선 모습 징그러워 그냥 지났다. // 가다말고 딴전 보다 도리질해도 / 찻길에 선 아기처럼 눈에 보인다. // 어찌 될까 무사할까 우울하다가 / 가던 걸음 되돌아와 다시 만났다. // 아직도 다 못 건넌 가엾은 아기 / 가만가만 그늘까지 옮겨 주었다.
>
> – 〈민달팽이〉 전문

그는 달팽이다. 전속력으로 달린다. 바닥에 문을 내고 혓바닥으로 어둠을 헤쳐 나간다. 제 상처의 끈적임으로 길을 만드는 달팽이, 상처만이 상처를 열어 간다. 더께의 생채기가 이루어 낸 저 아름다운 끈적임. 누가 그 앞에서 느림을 말할 수 있으리오. 마당이 온 우주요, 작은 나무 그늘 한 평이 구만리장천이다. 그게 시인이다. 짐 싸 들고 이곳저곳 헛된 발걸음이나 찍는다고 시가 되는가. 머릿속 에움길마다 골 깊은 상처가 층층이요, 가슴속 간덩이 밑에 사랑이 고추장처럼 졸아드는데 말이다. 달팽이 촉수처럼 별빛으로 눈 밝히고, 더디게 제 안을 들여다볼 일이다. 한 나무 안에 모든 나무의 생이 쌓여 있듯, 한 폭의 바다 안에 세상 온 개울물의 실핏줄들이 출렁거리고 있듯, 내 안으로 대물려온 수많은 사람들의 아픔과 눈물과 기도와 어쩔 수 없음과 보이지도 않는 몸부림에 대하여. 이것도 아니고 저것도 아닌 어떤 것에 대하여. 어떤 것들의 이전과 아득한 앞날에 대하여. 달팽이의 촉수에 내려앉는 별빛과 그 별빛을 받들고 있는 먼지의 일가(一家)에 대하여.

그가 간다. 옆으로 옆으로, 지도를 그리는 농게처럼, 대동여지도를 그릴 때까지 간다. 뭍으로 바다로, 눈물 젖은 도둑게의 촉수처럼, 간다. 갈아엎는다. 황발이의 집게발처럼.

걸쭉한 개펄에 발이 빠져서 버둥거리다가 손을 짚은 적이 있었다. 바닥이 만져졌다. 살을 해체하는 도축용 칼끝에 툭! 뼈가 잡히듯이, 그의 동시의 바닥에는 뼈가 있다. 맑은 물을 지나고 앙금을 지나면 짱짱한 바닥이 잡힌다. 동시라고 해맑기만 한 게 아니다. 시대와 현실의 부조리에 가장 피해를 보는 이가 어린이다. 옳지 못한 세상이라면, 그 세상에서 가장 오래 살아가며 고통을 받는 이가 어린이다. 어린이에게 해맑은 희망을 선물하는 것 못지않게 희망을 만들고 가꾸는 일 또한 동시인의 몫이리라. 그가 광화문 깃발 아래에, 제주 강정마을에, 태안 기름띠 제거 현장에, 굶주린 북한 마을에, 몸과 마음을 비비는 까닭이다. 그는 낭만주의자이며 리얼리스트다.

> 시끄러운 까치 소리에 / 창밖을 보니 / 누군가가 온 누리를 / 모두 지웠다. // 산도 들도 마을도 때가 묻어서 / 하늘도 강도 바다도 / 색이 바래서. // 세상 모두 새롭게 / 바꿔 보려고 / 지우개로 깨끗이 / 지워 논 거다. // 지우다 반쯤 남긴 / 미루나무는 / 까치 둥지 때문에 / 그냥 둔 거다.
>
> – 〈아침 안개〉 전문

안학수는 충남 공주시 신풍면 봉갑리 302번지에서 1954년 12월 23일 어머니 최중순과 아버지 안흥종의 장남으로 출생한다. 봉갑리 출생에 또한 산봉우리를 가슴에 품고 산다 하여 소설가 이문구가 봉갑(峰甲)이란 별호를 내린다. 그는 꼽추다. 그는 자신이 먼저 자신의 가슴을 자랑하기도 한다.

"가슴이 너무 커서 한쪽은 등 너머로 넘겼슈."

청천벽력, 다섯 살 나던 해 누나와 앞산에 올랐다가 바위에서 떨어져 대숲으로 구르게 된다. 겁에 질린 누나가 그냥 넘어졌다고 거짓말을 하게 되고, 한 달 가까이 앓는다. 겨우 입맛이 돌아왔을 즈음 이웃집에 놀러 갔다가, 이웃집 형한테 발길질을 당해 마루 밑으로 구른다. 누나 때문에 다친 걸로 안다. 배고픔을 참지 못해 슬쩍 고구마를 훔쳐 먹다가 채여서 토방으로 내동댕이 처지며 허리가 꺾인 것이다. 하지만 감춘다. 그 어린 나이에 평생 꼽추로 살아갈 자신의 먹구름을 어찌 헤아렸겠는가. 며칠 앓다 보면 나을 줄 알았으리라. 발길질 한 번에 고구마를 하나씩 얻어먹을 수 있다면, 꾹 참고 사흘에 한 번은 채일 수 있을 것 같은 배고픈 시절이었으니까. 또한 평생 억장 가슴으로 살아갈 누이를 어찌 헤아릴 수 있었겠는가. 이실직고에 대한 앙갚음만이 두려웠으리라. 돌주먹을 휘두를 이웃집 형이 더 무서웠으리라. 다음 해 정월 목욕을 시키던 어머니는 아들의 척추 한 마디가 튀어나온 것을 발견한다. 마른 가슴에 날벼락이 친다. 암전! 어둔 허방으로 까무러친다. 갖은 약에 용하다는 것은 모두 써 보았지만 별 차도를 못 보게 된다. 당시의 촌간 벽지의 의료 기술은 회충약에 고약이 전부 아니었던가. 꼽추가 된 거다. 열 살 남짓에 그는 3년 동안 하반신 마비로 투병한다. 거의 시체나 다름없던 그의 몰골은 보는 이들을 눈물 독항아리에 빠뜨렸고, 어머니는 결국 그와 함께 동반 자살을 하려고 한다.

"엄마 지금 자꾸 어디 가는 겨?"

"이젠 못 살겄다. 오늘 이 에미랑 저 황톳물에 빠져 죽자."

"난 절대 안 죽을 껴. 죽으려면 엄마나 혼자 죽어. 나는 안 죽을 껴. 나는 안 죽는단 말이여."

필사적으로 울어젖힌다. 종내는 모자가 얼싸안고 대천 앞바다 하굿둑에 앉아 엉엉 울부짖는다.

"대천 앞 바닷물이 다 내 눈물이여."(어머니가 동반 자살을 시도했던 때는 꼽추로 판정나고 얼마 안 된 여섯 살쯤이었고, 장소는 금강의 샛강인 신풍 개울가가 홍수 났을 때였음.)

그로부터 어머니는 극진한 간병을 시작, 지금까지 치러 왔던 굿을 집어치우고 교회로 새벽 기도를 나가기 시작한다. 하반신 마비로 입만 살아 있던 자식의 호기심을 채워주기 위해 한밤중으로만 대천 시내를 구경시킨다. 낮에는 창피하고 또 거시기 해서 (낮엔 장사하시느라고 집에 안 계셨고 피곤한 몸으로 그를 바람 쐬어 주려고 데리고 나가심.) 별 뜨고 달빛 내린 밤길, 구석구석을 찬찬하게 설명해 준다.

"저건 극장이고, 저것은 전봇대라는 겨. 그리고 이것은 화물 열차고 저 풀은……."

그리고 눈물, 눈물, 눈물! 시집 속의 뛰어난 묘사는 어머니의 등에서 어머니의 손가락 따라 머리에 새긴 흑백 필름이 아닐까. 하여튼 삼 년 내리 미꾸라지 탕을 먹고 구릿가루를 갈아 마신다. 도저히 못 먹겠다고 발버둥 치면,

"너 보는 앞에서 이 에미 죽는 꼴을 볼 껴."

새끼줄로 몸을 휘휘 감고 눈물의 쇼를 한바탕 벌이면 어느새 벌컥벌컥 삼키곤 했다 한다. 지금도 얼굴을 자세히 뜯어보면, 채 해체되지 않은 커다란 개구리가 보이고, 미꾸라지 수염이 보이고, 콧등 옆에 점점이 박혀 있는 구릿가루도 볼 수 있다. 그런 어느 날, 정말 기적처럼, 소설처럼, 신앙 간증처럼 섬마섬마를 하고 벽과 마루를 붙잡고 일어서고, 너무 열심히 몸을 움직이려다 피나고, 찢어지고, 멍들고, 부둥켜 울고, 기도하고, "여보, 얘 좀 봐요.", "동네 사람들아, 대천 시내 모든 사람들아. 공주군 신풍면 사람들아. 하늘아. 땅아. 나무야. 지붕 위 애호박아. 늙은 호박아. 내 아들이 일어났어요, 훨훨 날아다녀요.", "내 아들이 오늘은 동생 봉수(현재 청양 남양감리교회 목사님이다.)와 함께 새벽 기도 나갔어요.", "오늘은 대천에서 제일루 높은 봉황산에 올라갔어요.", "오늘은 집사님과 초등학교 운동장으로 축구하러 갔어요.", "단독 드리볼루다 꼴인을……." 그리고 눈물. 눈물. 눈물! 그리하여, 열세 살에 대천초등학교 2학년으로 편입, 갓난아기들 손목 비틀듯 1등을 독차지한다. 5학년 때 처음으로 글짓기를 시작하고

6학년 때 도내 교통안전 글짓기 대회 우수상을 수상한다. 1974년 대명중학교를 우수한 성적으로 졸업하고 동생의 학업과 자신의 기술 습득을 위해 상급학교 진학을 포기한다. 1972년부터 1993년까지 교회에서 주일 학교 교사를 지내는데, 주일 학교에서 어린이들의 아름다운 마음과 슬픔을 함께 느끼며 교학상장을 한다. 1974년 논산 직업훈련소 입소, 그해 겨울 전기 기술자가 되고 1975년 전파사에 취직을 하나, 적성을 살려 1976년 금은 세공 및 시계 수리로 전업하게 된다. 1977년부터 공주의 일성당, 서산의 순금당, 예산의 한원당, 서천의 황금당, 장항의 금시당, 군산의 보옥당 등에서 세공 및 시계 수리공으로 남의집살이를 한다. 1992년 600만 원으로 천보당이라는 금은방을 개업하는데, 진열해 놓을 물건이 없어서 수석을 전시한다. 금은방에 가면 어디나 수석이 좀 진열되어 있는데, 그게 다 눈물의 보석덩이들이다. 매일 콜드크림 마사지를 해 주는 신주단지인 것이다. 이때부터 잡기(바둑, 당구, 장기, 고스톱, 카드, 동전 수집)에 손을 대며 외로움을 달래다가 (잡기는 초등학교 때 노는 동무가 없어서 동네 어른들 따라다니며 어깨너머로 배운 것임.) 1985년 8월 15일 광복 40주년 기념식과 함께, 선을 본 지 두 달 만에 소설을 쓰는 서순희와 결혼한다. 아내는 일찍이 MBC 라디오 창사특집 드라마 공모에 〈사랑의 계절〉이 당선된 소설가였다. 아내의 영향으로 동시와 동화를 몰래몰래 습작하게 되는데 아내의 극찬으로 문학에 중독이 되기 시작한다. 그 당시 이문구 선생님과 서순희는 지역문학회인 '한내문학회'를 창립해서, 〈한내문학〉이라는 문학지를 내기 시작한다. 이때 40여 편의 습작 동시를 본 명천 이문구 소설가가 극찬을 한다. 이에 힘을 얻어 1993년 〈대전일보〉 신춘문예와 〈아동문예〉 신인상을 수상하며 등단한다. 2000년에 사기를 당해 금은방을 접은 뒤로는, 어쩔 수 없이 지금까지 부부가 전업 작가의 길을 걷고 있다. 정말 흙 파먹고 산다. 땅 파먹고 사는 지렁이가 되었다. 개펄 파먹고 사는 낙지가 되었다. 아내는 소설을 쓰고 남편은 동시를 쓰는 농게 한 쌍이 되었다.

> 그리도 / 보이고 싶지 않았나 봐 / 붉고 여린 부리 // 양 날개 속에 여태 / 얼굴을 묻고 살아온 새 // 마음이야 늘 / 다른 새들과 놀고 싶겠지만 / 단 한 번도 날아 보지 못한 새 // 행여 누가 들춰 볼까 / 꼭 꼭 여미다 / 부리보다 단단해진 양 날개.
>
> – 〈새 조개〉 전문

농짝을 옮기다가 책날개가 꺾인 시집을 보았다. 파리나 모기를 잡으려고 집어던진 것일까. 삐걱거리는 농짝을 받쳤던 것일까. 좋은 시에 질투가 나서 내던진 것일까. 다시 책날개를 들추고 시를 읽는다. 시집은 굽었지만 언어는 한결같다. 아직 살아 있다. 질투가 나서 던진 게 분명하다. 시 속에 등장하는 갯것들이 살아 있다. 행간에 개불과

갯지렁이가 꿈틀댄다. 자연산 장어 같다. 오, 머드 마사지를 하는 시어들.

그는 복어다. 꼬막 캐는 여인처럼, 글 주머니를 등에 지고 다니는 복어다. 눈보라 비껴 가는 철갑의 가슴, 까치 복어처럼 아름다운 사람이다. 파도의 끝자리에 나앉은 불가사리는 밤사이 그가 벗어 놓은 시인이라는 훈장, 가슴속 별을 하늘에 내 거는 원판 좋은 사람이다. 가벼워라, 눈물의 개펄에 척추 몇 마디 내려놓은 따순 사람이다. 그가 다듬은 시계들은, 그의 시처럼 약속으로 다가간다. 그가 두드린 반지들은, 그의 가슴처럼 사랑으로 빛난다. 바다가 넘실대는 복어, 그의 가슴에는 커 오르는 섬이 있다. 파도의 끝자리로 밀려오는 불가사리는 그가 벗어던진 옷가지, 이 땅의 출발선에 별을 걸어 놓는다. 아, 그 불가사리와 복어와 조개가 원유를 덮어쓰고 조시(弔詩)를 쓰고 있다.

어버이를 잃은 사람이 / 가슴에 단다는 삼베 리본 / 섬자락 모래펄에 달렸습니다. // 검은 기름 파도가 / 갯바위 벼랑까지 덮친 날 // 뻘게 낙지 조개 고둥 개불 쏙…… / 갯벌 가족들 한꺼번에 잃고 / 울부짖다 넋 잃은 바지락 조가비 / 가슴 열고 리본 되었습니다.

– 〈삼베 리본〉 전문

천 길을 걸어온 물길만이 그에게 닿을 수 있다. 일파만파 은비늘을 반짝이는 눈망울만이 그에게 이를 수 있다. 글줄이나 만지작거린다고, 저도 동시를 쓴다고, 소라껍데기 휘파람 불듯 대천역에서 내리지 말라. 보령 앞 바다가 물이 좋다면서요, 너스레 떨며 그의 무릎걸음 앞에다 배낭을 풀지 말라. 피서 온 김에 들렀다고, 제발 그렇게 엉성하게 바다를 치지 말라. 골목골목 온갖 비린내를 함지에 담고, 돌부처처럼 앉아 있는 아주머니들! 저 위대한 바다에 엎드려 절하고, 그들의 얼굴과 지문과 몸뻬 속에 마음을 닦아라. 그리고 난 뒤에 고장 난 시계처럼 그에게 가라. 그러면 오래전에 잠든 시계 불알이 불불불 시동을 걸고, 오래전에 잊었던 초경의 사랑이 때를 벗고 가슴을 칠 것이다. 눈물 삼삼한 바다. 자락 자락 자락, 책 책 책!

친구들이 부르는 낮엔 / 공부하라고 // 책, 책, 책, …… / 형아랑 장난치는 밤엔 / 일찍 자라고 / 자락, 자락, 자락, …… / / 아직은 멀었어도 / 학교 가라고 / 아침마다, / / 지각, 지각, 지각, …… / / 엄마랑 시계랑 / 둘인 약속했나 보다.

– 〈시계 소리〉 전문

동심의 연금술로 빚어낸 생명과 평화의 발자취

김정숙

1. 맑고 순수한 동심의 세계

안학수 동시의 세계는 맑고 순수하다. 등단작인 〈제비〉에서 전깃줄은 오선지가 되고 제비들은 음표가 되어 빠르고 느린, 높고 낮은 리듬을 만든다. 아침 등굣길 제비들의 재잘거림으로 아이들의 발걸음도 가벼워진다. 시각과 청각이 어울린 화음의 동심이 맑고 명랑한 어린이를 닮은 자연의 세계를 노래한다.

전깃줄에 모여 즐거운 제비
오선지에 담긴 음표인가 봐.

바짝바짝 조여 앉아 빠른 박자
넓게넓게 띄어 앉아 느린 박자.

밑줄에서 부르면 낮은 도 레 미
윗줄에서 부르면 높은 라 시 도.

햇살 따라 요리조리 변하는 악보
한 구절 두 구절 잘도 넘겨요.

반가이 부르며 정다운 우리
손잡고 마주 보며 종잘종잘종잘

흥겨운 제비랑 한마음 되어
학교 가는 발걸음도 가벼웁지요.
– 〈제비〉 전문

안학수 시인은 1993년 〈대전일보〉 신춘문예 동시로 등단해 동시집 《박하사탕 한 봉지》(1997, 2015년에 《안학수 동시선집》으로 복간됨.), 《낙지네 개흙 잔치》(2004), 《부슬비 내리던 장날》(2010)과 장편소설 《하늘까지 75센티미터》(2011)를 출간하였다. 그는 자연의 세계를 순수하고 따사롭게 그린다. 다양한 자연 생물들의 특징이 감각적으로 표현되고, 선명하고 맑은 묘사가 동심의 세계로 이끈다. 동구 밖의 미루나무는 까치집 바구니 하나 들고서 "햇빛 모아 담고 / 구름 잡아 담고 / 달빛 받아 담고 / 별을 따서 담"는다. 그 바구니 안에서 까치들은 미루나무가 담아 준 햇빛과 구름, 달빛과 별로 소꿉놀이를 한다. "까치 남매 오순도순 / 즐거운 소꿉놀이. // 햇빛 먹고 까가깍 / 구름 먹고 깍까각 / 달떡 먹고 즐겁고 / 별떡 먹고 재밌고." 〈까치와 미루나무〉에서의 순한 언어와 포근한 풍경은 어린이들의 소꿉놀이를 연상케 한다. 의미적 특성과 이름의 수식 구조가 대구와 반복을 통해 유쾌하게 전해진다.

《안학수 동시선집》에서 시인은 "동심과 생명과 평화와 환경, 이 네 가지는 내 정신과 문학에서 빼놓을 수 없이 귀중한 것들이다."라고 말했다. 생명을 보듬고 소중히 대하는 마음이 안학수 동심의 본령이며, 그 동심은 아름답고 순수한 것에의 지향이다. 초기의 맑은 동심은 환경과 이웃을 만나면서 점차 묵직해진다. 내가 나쁜 아이인지 검열하기도 하고, 때로 버려지거나 상실감의 정서도 보인다. 동심은 맑고 순수한 마음이 바탕에 있을 때 더 많은 감정들, 대상들을 바라볼 수 있는 것인지도 모른다. 어린이의 마음은 이미 슬프고, 외롭고, 아픈 감정들과 늘 함께 존재하고 있기 때문이다.

또한 안학수의 동시는 평화의 세계를 꿈꾼다. 그 세계는 차이와 다양성을 인정하고 존중하는 평등의 세계이다. 물활론적 사유와 의인화 기법으로 대상들 가까이 다가간다. 의성어와 의태어, 오감의 감각을 자유자재로 넘나들면서 그동안 잘 알지 못했던 대상들을 친근한 거리로 불러온다. 때로 슬픔과 쓸쓸한 삶을 이야기하고, 현실과 환경에 대한 인간의 이기심과 무책임을 비판한다.

세 시집의 공간은 자연에서 개펄 그리고 장터 등으로 넘나든다. 그 공간들에 따라 시어의 형상화와 시적 의미도 함께 변화 강화되고 있다. 자연 공간에는 감각의 시어가 중심이 되고, 개펄의 생물들을 재현할 때에는 고유어와 설명어로, 그리고 이웃의 소소한 현실과 인간의 이기성을 그릴 때에는 일상어의 비중이 높아진다. 시어의 선택은 공간과 그 안의 시적 대상들을 최대치로 담으려는 시인의 섬세한 접근에서 비롯된다. 독자에게 다소 낯설게 느껴지는 고유어와 충청도 서해안 입말을 시어로 삼는 것도 언어의 생명성을 지키고자 하는 의지로 다가온다. 안학수의 시편들은 고르고 다듬은 정제된 시어들로 가득하다. 그 울림이 있기에 그가 써 나가는 한 편 한 편을 예사롭게 보아 넘기기 어렵다. 안학수 시인이 동심으로 빚어낸 환경과 생명과 평화의 발자취는 구체적으로 어떠한 무늬를 그리고 있을까.

2. 그대로의 자연과 지켜내야 할 생명

안학수 시인이 즐겨 다루는 대상은 자연이다. 달, 별, 바람, 해, 나무, 꽃, 새, 구름, 바다, 파도, 조개, 불가사리, 미리내, 은하수, 안개 등 육지와 바다를 이루는 물상들, 천상과 지상에 존재하는 다양한 자연물이 시적 대상이다. 특히 개펄과 그 속에서 살아가는 갯것들을 담은 시편들은 자연에 대한 신비함과 경이로움에 대한 풍경이라고 부를 만하다. 풍부한 은유와 오감을 통한 의인화는 안학수 동시의 특징이다. 또한 변화무쌍한 자연의 변화와 이치 등 동시가 품은 스케일이 대단히 깊고 넓다. 사계절의 모습, 자연 생태의 변화가 오롯이 담겨 있다. 밝고 따스하게 서로를 보듬고 품어 주는 시편들이 많다. 하나의 소재에 집중하기보다 다양한 소재들을 등장시켜 그것들 사이의 관계와 조화의 풍경을 보여 준다.

밀릉밀릉 주름진 건
파도가 쓸고 간 발자국,
꼬물꼬물 줄을 푼 건
고둥이 놀다 간 발자국.

스랑그랑 일궈 논 건
농게가 일한 발자국,
오공조공 꾸준한 건
물새가 살핀 발자국.

온갖 발자국들이 모여
지나온
저마다의 길을 펼쳐 보인 개펄 마당.

그중에 으뜸인 건
쩔부럭 절푸럭
뻘배 밀고 간 할머니의 발자국,
그걸 보고 흉내 낸 건
쫄라락 쫄라락

몸을 밀고 간 짱뚱어의 발자국.

–〈개펄 마당〉 전문

개펄 마당에는 '밀릉밀릉' 쓸고 간 파도의 발자국, '꼬물꼬물' 놀다 간 고둥의 발자국, '스랑그랑' 일한 농게의 발자국, '오공조공' 살핀 물새의 발자국 등 각기 다른 발자국들로 가득하다. 너른 개펄에 펼쳐 보인 자연 생물들의 길에 뻘배 밀고 간 할머니의 '쩔부럭 절푸럭' 발자국을 그리고, 그걸 보고 흉내 낸 '폴라락 쫄라락' 짱뚱어의 발자국도 뒤따라 생겨난다. 안학수 시인은 자연 생물들과 삶터인 갯벌에서 뻘배를 밀며 평생 살아온 할머니의 고된 노동을 함께 그린다. 그는 대상들에 어울리는 역할과 의성어를 절묘하게 결합함으로써 생명의 지도를 펼치고 있다.

이처럼 의성어와 의태어는 안학수 동시의 꽃이다. 꼼방울(솔방울)은 "아롱다롱 꽃방울", "딸랑딸랑 왕방울", "옹글공글 알방울", "고솜꼬솜 잣방울"이 아니지만, 솔가지에 '다닥다닥' 솔그늘에 '다북다북' 없으면 안 될 존재로 자리한다. 시계가 상황에 따라 "책, 책, 책", "자락, 자락, 자락", "지각, 지각, 지각" 하고 내는 소리가 공부해야 할 때, 일찍 잠을 자야 할 때, 학교에 늦어져 지각을 할 것 같을 때와 연결 짓는 그의 동심이 섬세하다. 호수 물에 비추는 졸랑졸랑 얄랑얄랑, 농쟁이의 옆걸음을 표현한 갸그락 샤그락, 싸락눈은 짜지 않고 시린 '하늘나라 소금'인 것처럼, 안학수의 동시는 보고, 듣고, 맡고, 맛보고, 만지는 오감의 향연이라 할 만한다.

안학수 동시에는 자연의 이치와 생명에의 존중과 함께 삭막하고 비인간화되는 사회에 대한 비판적 목소리가 비중 있게 담겨 있다. 그는 쓰레기 동산, 숲속과 개울가에 함부로 버려진 폐기름이나 자전거의 목소리를 빌려 자연이 오염되어 가는 현실을 우회적으로 비판한다. 평화롭던 산마을에 찻길이 나고 흉한 사람들이 많아지면서 대대로 살아온 고향을 떠나는 물까치네 가족의 모습, 매연과 소음 속 예배당의 십자 탑에 지은 까치들의 소쿠리 아파트의 정경은 농촌과 도시 모두 삭막해지고 생명들이 어쩔 수 없이 내몰려 이주해야 하는 상황을 상징적으로 보여 준다.

크고 작은 생명들이 모여 살아가는 바닷가 개펄은 자연 생태계의 자리이다. 그런데 인간이 지나갔거나 머물렀던 그곳엔 악취와 소음과 쓰레기가 쌓이고 넘쳐 난다. 인간들이 머물다 간 자리, 특히나 술 취한 사람들과 심술스런 도깨비들이 신나게 장난치며 어지럽힌 개펄을 목도한 시인에게는 참담한 심정과 함께 반성의 시간이 필요했을 것이다.

깨어진 유리 조각들이

조가비처럼 파도랑 노는 건

고운 자개 빛을 얻으려는 마음이다.

속 빈 폭죽 껍질들이
고둥과 함께 노래하는 건
꼬마 집게네 집이 되어 주려는 뜻이다.

찢어진 고무 조각들이
불가사리처럼 나뒹구는 건
소담스러운 별로 뜨고 싶은 꿈이다.

술병, 물병, 음료수병, 비닐봉지
담배꽁초, 껌 종이, 맥주 깡통
터진 그물, 고무장갑 한 짝
스티로폼, 플라스틱, 아크릴 조각

모두 쓸모없는 껍데기지만
갯가로 가면 아름다워진다는
뜬소문을 따라 모여든 거다.

파도타기 나뒹굴기
하고 또 해도
아무것도 못 이룬 딱한 껍데기들

밀물도 만져 보다 밀쳐 놓고 말았다.
썰물도 갖고 놀다 함부로 내던졌다.
– 〈소문난 바닷가〉 전문

이 시는 가볍게 읽으면 놓칠, 바닷가에 널린 쓰레기들의 나열과 인간에 대한 비판의 일차적 해석을 넘어서는 속뜻을 지니고 있다. 제목에서 '소문난'이라는 시어에 주목해 보자. 사람들에게는 각기 다른 욕망이 있다. 고운 빛을 얻고 싶은 유리 조각, 누군가의 집이 되어 주고 싶은 폭죽 껍질, 소담스러운 별로 뜨고 싶은 고무 조각은 욕망하는 사람들의 객관적 상관물이며, 빛, 집, 별은 사람들이 얻고자 하는 명예, 소유 등의 상징들이다. 그런데 이 모두는 깨지고, 찢어지고, 속 빈, 모두 쓸모없는 '껍데기'다. 꿈꾸는 것 자체가 문제 될 일은 아니지만, 이들은 조가비, 고둥, 불가사리와 닮고 싶은 헛된 꿈을 꾸며 아름다워진다는 '뜬소문'을 좇아 갯가에 이른다. 사이비 꿈은 어떤 행위를 한다 해도 아무것도 못 이룬 '딱한' 존재들을 만든다. 대비와 상징을 통해 인간의 일그러진 욕망을 보여 준 이 시는 마지막 연에서 한 번 더 의미를 강화한다. 그 딱한 인간의 마음을 만져 보고 갖고 놀다 밀물과 썰물은 밀쳐 놓고 함부로 내던진다. 안학수 시인은 자연은 수동적인 대상이며 파괴된 것을 언제든 회복시킬 수 있다는 자연에 대한 이중적인 인간 중심적 사고에 일침을 가한다. 이는 반성하거나 성찰하지 않은 인간은 최후에 자연으로부터 버림을 받는다는 죽비의 경고다.

어버이를 잃은 사람이
가슴에 단다는 삼베 리본
섬자락 모래펄에 달렸습니다.

검은 기름 파도가
갯바위 벼랑까지 덮친 날

뻘게 낙지 조개 고둥 개불 쏙……
갯벌 가족들 한꺼번에 잃고
울부짖다 넋 잃은 바지락 조가비
가슴 열고 리본 되었습니다.
– 〈삼베 리본〉 전문

태안 기름 유출 사고로 검은 기름 파도가 갯벌에 덮친 날 바다의 생물들은 죽어 갔다. 〈삼베 리본〉은 직접적으로 비판하지 않고 담담히 그 실체를 보여 줌으로써 생명에 대한 경외감과 동시에 그것을 잃어버릴 때의 아픔을 형상화한다. 재앙은 다시 반복된다는 점에서 더 끔찍하고 고통스러운데, '삼베 리본'은 바다에 수장된 세월호 생명들에 대한 애도로 다가와 깊은 울림을 전해 준다. 어떤 생명이든 그 자체로 귀하고 애잔하다. 죽음을 경유한 후의 삶은 더욱 숭고해진다. 가슴을 열어 죽음을 애도하는 문학이 진한 감동임을 다시금 깨닫게 된다.

3. 가난하고 소외된 이웃에 대한 연민과 포용

안학수 시인이 그리는 자연은 이상화되거나 신비한 자연이 아니라 인간과 공존하는 자연이다. 그는 바다와 강과 산이 비양심적인 인간을 재생하려는 의지를 보이게도 하고, 그 의지가 꺾이는 좌절을 보여 줌으로써 그 심각성을 강화하는 암울한 상황도 재현한다. 그는 자연과 인간의 삶은 분리된 것이 아니며, 인간의 이기성을 비판하면서도 자연과 인간의 공존을 포기하지 않는다. 〈가무라기 마음〉에서처럼 "겨운 삶을 가엾이 여겨 따듯이 보살펴 주"는 마음을 지속적으로 바란다.

안학수 시인이 주요하게 그리는 또 다른 대상은 가난하고 소외된 이웃과 그들의 삶터이다. 그의 시선은 낮고 작고 소외된 곳으로 향한다. 여린 감성으로 그 대상들을 살피고 온기로 그들을 감싼다.

> 어린이 마음을 쫓다 보니 깨달았습니다. 사람 사이의 아름다움이란 즐겁고 해맑은 웃음 속에만 있는 것이 아니었습니다. 괴로움과 슬픔 속에도 귀중한 아름다움이 있었습니다. 오히려 슬픔의 감동이 즐거움의 감동보다 더 진하게 느껴졌습니다. 사람 사이의 아름다움이란 서로 나누는 마음에서 나오는 것입니다.
> 지금 어린이들은, 슬픔의 아름다움과 너무 먼 곳에 있다고 느껴집니다. 사람이나 자연과 마음을 나누지 않고 컴퓨터나 게임기와 함께하고 있기 때문입니다. 놀이 문화와 소비문화에 정신을 낭비하고 있기 때문입니다. 공부만 해야 하는 바쁜 시간에게 삶을 빼앗기고 있기 때문입니다.
> –《부슬비 내리던 장날》 책머리에

'부슬비'는 사람들 사이 내리는 슬픔과 아픔을 환기한다. 안학수 동시에는 가난에 쪼들린 소외된 이웃들의 모습이 담겨 있다. 바다 갯벌, 농촌에서 자연을 하늘 삼아 살아가는 가족과 이웃들의 상황이 애처롭게 그려진다. 가장 가까이에서 경험한 막노동하는 아버지와 생선 장사하는 어머니의 삶이 주를 이루고, 조개 까는 할머니와 아줌마, 장터에서 하반신에 검은 고무 자루를 입고 온몸으로 동전 바구니를 미는 걸인이 그들이다. 시인의 유년 시절을 떠올리게 하는 혼자 노는 아이, 현대의 결손 가정의 아픔 등 어린이에 대한 지극한 심성과 따듯한 시선이 녹아 있다. 일찍 철이 든 동심은 현실의 실상과 아픔을 외면하지 않는다. 사람에 대한 애잔함 속에 삶에 대한 긍정이 스며 있다. 후기 시편의 시 속 정서는 그래서 다소 묵직하고 어둡다.

시인은 고향을 떠나 도시로 가는 '빈집'의 이미지를 반복적으로 보여 줌으로써 외로움과 쓸쓸한 정서를 환기한다. 간밤에 혼자 사는 할머니가 무사한지 서성이는 노루를 그린 〈노루 발자국〉, 온종일 호미 들고 일하는 할머니의 굽은 허리가 안타까워 '꿉꾸구부 꿉꾸구부' 걱정하는 〈산비둘기 소리〉는 농촌의 사람 없는 빈집의 부재를 채워 준다.

가을까지 혼자 살다
영구차 타고 떠난
할머니네 대문 없는 집은
오늘도 빈집이 아니다.

종일 어정거리는
들고양이가 남아 있고
뒤꼍에 사는 박새 부부
아직도 떠나지 않았다.

빨랫줄 들고 선 바지랑대
돌담에 욱는 누런 호박
헛간에 걸린 호미 두 자루
마루에 쌓여 가는 우편물

모두 모두
오지 않는 할머니를
말없이 기다리고 있으니
오늘도 빈집이 아니다.
– 〈빈집〉 전문

부재하는 것에 대한 말 없는 기다림은 우리를 더욱 슬프게 한다. 부슬비 내리던 장날 작은 수레를 끌고 약을 팔기 위해 장거리를 돌고 돌았던 할아버지는 더 이상 만날 수 없다. 피사리하는 마지막 논지기 할아버지, 뻘배를 밀고 조개를 까던 할머니들은 땅과 바다를 묵묵히 지켜온 자연과 하나 된 삶지기들이다. 할머니와 할아버지의 죽음과 개펄과 농촌이 쓸쓸하게 해체되는 과정을 시인은 안타깝게 그리고 있다. 또한 철든 어린이의 눈으로 바라보는 이웃들의 고통이 시대를 넘어 지금의 현실과 오버랩되면서 애잔한 감동을 준다. 〈검버섯〉은 상록이의 여든다섯 살 증조할아버지가 일제 때 강제로 끌려가 포로로 잡혀 이국땅에서 겪었던 두렵고 괴롭던 일을 이야기한다. "어떤 비누로도 지워지지 않는 / 찌든 땟국처럼 얼룩진 무늬"는 역사적 상처를 겪은 세대의 쓸쓸하고 외로운 시간에 대한 위로이다.

어린이의 일상과 놀이, 재미를 담은 다른 시인들의 동시들과 달리 안학수 동시는 자연과 어른들의 삶, 특히 할머니와 할아버지의 삶을 주요하게 재현하고 있다. 이 시편들이 어린이 독자에게 어떻게 다가가고 읽힐지 다른 판단을 요하지만, '슬픔의 아름다움'을 어린이가 공감할 수 있는 지점을 찾는다면 동시단의 소중한 자산이 되리라 생각한다.

안학수의 동시는 슬픔에만 머물러 있지 않는다. 고된 현실과 사라져 가는 삶터에서도 굳건하게 살아가는 어른들과 자연 생물들의 삶을 긍정함으로써 살아가는 힘을 노래한다.

땡볕에 몽롱하던 날
찾아온 땅벌 한 마리
주린 배 가득 먹이고도
단 꿀 한 통 들려 보냈지.

크고 넓은 앞 치마폭엔
반가운 이 오면 주려고
싱싱한 애호박 하나
남몰래 키우고 있지.
–〈호박꽃〉 부분

모진 겨울바람이 오기 전에
다 주고 빈 몸이 되고도
끝내 놓지 않은 것이 있다.

무명천 강보에 싸여
곤히 잠든 번데기 하나
앙상한 가지에
칭칭 감아 부여잡고 있다.
–〈겨울 갈나무〉 부분

덜 터진 콩깍지마다
몇 알씩만 남겨 두자.

춥고 고픈 겨울이라고
꼬마 생쥐들 찾아오면
따듯한 방 열어 주고
아낌없이 탈탈 털어 주자.
– 〈콩대〉 부분

흔하고 예쁘지 않은 호박꽃이라 폄하해도 주린 땅벌에게 먹을 것을 내어 주고, 다 주고 빈 몸이 된 추운 갈나무가 잠든 번데기를 감싸며, 춥고 고픈 겨울에 따듯한 방 열어 꼬마 생쥐에 아낌없이 주는 콩대를 통해 함께 나누는 삶은 "목마르고 배고프면 누구나 오라."는 환대의 말이다. 타자를 향해 마음을 쏟으며 행할 때 우리의 삶에 진정한 평화가 찾아오는 것은 아닐까. 안학수 시인은 작고 낮은 존재들의 나눔과 연대의 세계를 꿈꾼다. 이는 경쟁과 소유의 욕망에 메말라 하는 삭막해진 현대인들에게 공동체의 윤리와 실천을 우의적으로 요청하는 시인의 간절한 목소리이다.

4. 75센티미터 연금술사가 그린 평화

우리는 작가를 애써 함께 읽지 않고 동시 그 자체를 읽는 경우가 많다. 물론 글이 글쓴 사람을 닮아 있지만 어떤 동시는 그 시인을 기억하지 않고도 오래 사랑을 받는다. 다른 장르에 비해 동시는 상대적으로 작가와 자유롭게 존재한다고 할까. 그런데 안학수 시인과 그의 동시는 좀 사정이 다르다.

안학수의 동시는 그 자체로도 미적 완결성이 있지만 작가의 삶과 함께 읽을 때 더 큰 울림으로 다가온다. 안학수 시인은 다섯 살 때 불의의 사고로 장애를 갖게 되는데, 〈꼽추 아저씨〉는 그의 자화상 같은 시이다.

등에 공 하나 넣고
가슴도 불룩한 아저씨
움츠린 원숭이 목에
아이처럼 쪼끄맣다.

가슴 만져 보고 등 두드려도
바보처럼 그냥 웃더니
몇 살이냐고 다정히 묻는다.

선생님이
마음 좋은 사람을 조심하라 했다.
엄마는
친절한 사람이 위험하다 했다.

아이를 괴롭히는 나쁜 사람일 거야.
아이를 꾀어 가는 못된 사람일 거야.
괴상한 생김이 정말 그런 것 같아
침을 뱉어 주고 재빨리 도망쳤다.

도망하다 넘어진 나에게
이내 달려온 아저씨
일으키고 털어 주며 천천히 다니란다.

다시 도망치지만
왜 조심하라는 걸까?
왜 위험하다는 걸까?
침 뱉어도 화내지 않는 바보 아저씨를.
– 〈꼽추 아저씨〉 전문

안학수 시인의 등에는 불룩한 혹이 있다. 그래서 어린 시절 '곱사등이'로 불렸다. 위 시를 가만히 읽으면, 다른 사람에게 받은 멸시와 편견으로 그가 얼마나 외롭고 아팠을까 짐작해 보게 된다. 오십여 년 전에는 지금에 비해 장애에 대한 존중은 물론이고 인권에 대한 인식도 부족할 때였으므로 시인이 지나온 삶은 거친 바람이 몰아치는 모래사막을 걸어야 하는 낙타와도 같은 운명의 시간이었을 것이다.

2011년에 발간된 장편소설 《하늘까지 75센티미터》는 안학수 시인의 자전적 이야기이다. 수기와 시적 표현이 어우러진 성장소설로, 픽션이 가미된 부분을 포함해 이 소설은 안학수 시인의 상처와 내면의 성숙에 대한 개인적 삶의 무늬일 뿐만 아니라 그의 세 동시집의 배경으로 삼아도 좋을 텍스트이다. 소설과 동시가 각각 독립적이면서 또한 서로 겹쳐 읽을 때 더 깊이 이해되기도 한다.

"나는 평생 곱사등이로 살아야 했다. 이는 어머니에게 눈물과 고통의 평생 길이 되었고, 내겐 동무들의 따돌림과 놀림으로 장애라는 상처에 마음의 상처를 덧덮게 했다."

-《안학수 동시선집》

그의 불룩한 낙타 등은 가슴에도 있다. 그곳에는 오아시스 같은 맑은 동심의 강이 흐른다. 우뚝 솟은 등의 혹이 자연을 오염시키고 파괴하는 인간의 이기심과 탐욕을 향해 있다면, 가슴의 등은 아프고 소외된 생명을 품으며 안으로 향해 있다. 비판과 포용의 마음이 한 몸에 담겨 있다. 그렇게 75센티미터 안학수 시인은 작은 터알에 평화의 세계와 우주를 받아들이고 있다.

안학수 시인에게 귀중한 것은 '생명'과 '어린이의 마음'이다. 그의 마음이 향하는 중심에는 언제나 '어린이'가 있다. 그에게 문학은 "골 깊은 상처에서 배어 나온 저항심"의 치유제이다. 안학수의 동시는 결핍을 견디고 얻은 연금술사의 보석이다. 그의 시가 더 맑고 환하게 다가오는 이유는 담금질을 통해 미움과 분노, 상처와 모진 운명을 평화로 포용하는 동심을 노래하기 때문이다. 그는 청각 장애와 척추 마비로 작은 터알에 있었지만 온몸과 온 감각으로 세상의 것을 받아들였다. 더 자유롭고 더 아름답게 자연과 동심과 평화와 환경을 노래하고 있다. 그의 동심은 결핍을 넘어 승화의 지점에서 더욱 빛을 발하고 있다.

안학수 시인은 살아오면서 겪은 수많은 상처와 고통, 자신에게 침을 뱉고 화를 내도 참고 견뎌야 했던 모멸과 폭언의 상황을 절제된 목소리로 회고한다. 저항심과 적개심을 직접 토로하지 않고 더 부드럽고 더 따사로운 시어로 환기함으로써 그는 살아 낼 수 있었다. 그에게 글쓰기는 살아 내는 힘이었고, 동심은 맑고 순수한 동시로 피어났다. 그리고 그 속엔 장돌림 엄마의 바쁜 발걸음이 있었다.

꿈꾸는 골목길 이른 새벽에
장돌림 엄마의 바쁜 발걸음
오늘도 어느 장터 찾아 나서며
멀리서 들려오는 기차 소리 밟는다.

엄마보다 더 큰 짐 머리에 이고
잠든 아기 몰래 집을 나설 때
기우뚱기우뚱 힘겨운 모습
손톱달도 무거워서 함께 기운다.

까까랑 장난감 꼭 사 오라며
샛별이 엄마한테 다짐을 하고
멍멍이도 덩달아 소리치는데
기차는 재촉하며 자꾸 부른다.
– 〈엄마는 장돌림〉 전문

모든 사람에게 그렇듯 안학수 시인의 우주의 시작도 '엄마'다. 슬픔과 고통의 시간을 견디며 괴롭고 외로웠던 유년의 날들을 보낸 곱사등이 자식의 슬픔만큼 그의 엄마도 그러했을 것이다. 시인의 어머니는 바쁘게 재촉했던 생애를 마치고 아리고 쓰린 눈물과 고통의 평생 길을 건너 하늘의 별이 되었다. 이 자리를 빌려 시인의 어머니의 명복을 빈다. "나는 지금 울어야 해요. / 울지도 못하면 할 게 없어요. / 울다 지쳐 잠들어도 괜찮아요. // 엄마가 올 때까지 / 마냥 울고 있을래요." 〈혼자 우는 아이〉 속 아이처럼 한참 마냥 울어도 괜찮다. 울음을 그치고 난 후 순수한 어린이 마음으로 씌어질 슬프고도 아름다운 안학수 시인의 평화로운 세계를 만나고 싶다.

어린이와 함께 선생이 걸어온 길

1954년 충남 공주시 신풍면에서 태어남.

1958년 척추장애를 갖게 됨.

1962년 대룡초등학교에 입학함. 10월, 결핵성종양과 하반신마비로 휴학함.

1963년 충남 보령시로 이주함.

1966년 보령시 대천초등학교 2학년에 편입함.

1969년 보령시 대남초등학교로 전학함.

1971년 보령시 대명중학교에 입학함.

1974년 대명중학교를 졸업함. 9월, 충남직업훈련소에 입소함.

1992년 보령시 한내문학회에 가입하여 활동함.

1993년 〈대전일보〉 신춘문예에 동시 〈제비〉로 등단함. 아동문예문학상 신인상을 받음. 대전충남아동문학회, 충남문인협회에 가입함.

1995년 대일문학회 창립 회원이 됨.

1997년 동시집 《박하사탕 한 봉지》(계몽사)를 펴냄.

1998년 한국아동문학인협회에 가입함. 충남문인협회를 탈퇴함. 민족문학작가회의(한국작가회의)에 가입함. 민족문학작가회의 대전충남지회를 창립함.

1999년 한내문학회를 탈퇴함.

2004년 동시집 《낙지네 개흙 잔치》(창비)를 펴냄.

2005년 《낙지네 개흙 잔치》가 우수문학도서에 선정됨.

2009년 《낙지네 개흙잔치》로 제12회 대전일보문학상을 받음.

2010년 동시집 《부슬비 내리던 장날》(문학동네)을 펴냄.

2011년 《부슬비 내리던 장날》이 우수문학도서에 선정됨. 5월, 장편소설 《하늘까지 75센티미터》(아시아)를 펴냄.

2013년 5월 《부슬비 내리던 장날》로 권정생창작기금을 받음.

2017년 4월 서울문화재단 문학창작집 발간지원사업 지원금을 받음.

2018년 7월 동시집 《아주 특별한 손님》(문학과 지성)을 펴냄.

한국 아동문학가 100인

한명순

대표 작품

〈누구세요〉 외 4편

인물론

멀리 가는 향기, 오래 남는 향기

작품론

대지를 적시는 동심의 봄비

어린이와 함께 선생이 걸어온 길

누구세요

-딩동! 딩동!

싸웠다고 쫓아온
순이 엄마일까?

삼촌에게 보낸 편지
답장이 온 걸까?

아니야, 어젯밤 꿈에 뵌
할머니인지도 몰라

-누구세요?
-나다.

와! 꿈이 맞았다
할머니가 오셨다.

할머니 계산법

밤 한 톨도
똑같이 나누시는 법이 없다.

–쉿!
형 볼라.

내 주머니에만 몰래
더 넣어 주시곤

형하고 똑같이
나눴다고 하신다.

알 수 없는
할머니 계산법.

기분 좋은
할머니 계산법.

할머니

막내가 할머니 손을 만지며
“할머니 손은 주름 장갑이네” 한다.
아무리 벗기려 해도 벗길 수 없는
할머니 손은 주름 장갑.

막내가 또 할머니 머리칼을 보고
“할머니 머리에 비누 거품 묻었네” 한다.
아무리 헹구어도 씻어 낼 수 없는
할머니 머리칼은 하얀 비누 거품.

그래도 할머닌 “오냐, 오냐” 하신다.
고개만 끄덕이며 “오냐, 오냐” 하신다.
벗어지지 않는 주름 장갑으로
헹굴 수 없는 거품 머리 만지시며…….

할머니 병실에서

할머니가 누워 계신 병실에
할머니의 등뼈 사진이 걸려 있다.
박물관에서 본 동물의 등뼈처럼
둥글게 휘어 있는 하얀 등뼈 사진.

언제나 궂은일 마다하지 않으시고
바쁘게 바쁘게 살아오신 할머니는
저렇게 굽은 등뼈를
남몰래 몸속에 감추고 계셨구나!

햇살도 가려 버린 병실에서
할머니의 굽은 등뼈 사진 한 장만
활처럼 하얗게
살아나고 있다.

궁금한 것

할머니께서 돌아가실 때
할아버지가 계신 천당으로 가셨다는데요,
할머니, 정말 궁금해요.
할아버지는 만나 보셨는지요?
어린 손자인 제가
할아버지 보고 싶다는 말도 전해 주셨는지요?
제가 아무 탈 없이 공부 잘하고 있는 게
하늘나라에 계신 조상님 덕분이라고 하던데요,
정말 궁금해요, 할머니.

이번 제삿날
제가 빚은 송편이랑 고깃국은 맛있게 드셨는지요?
아빠가 회사를 그만둔 소식도 알고 계신지요?
그리고 참 할머니,
답장은 어떻게 해 주실 거예요?

멀리 가는 향기, 오래 남는 향기

안선모

특별했던 떡잎

나뭇가지마다 물이 올라 잎눈 꽃눈이 포동포동해지던 어느 봄날, 전화 한 통을 받았다. 한명순 선생님이었다. 선생님은 조심스럽게 〈시와 동화〉에 실릴 '인물론'을 부탁하셨다. 다른 사람에게는 아낌없이 퍼주지만 정작 남에게 뭔가를 부탁하는 건 어려워하는 선생님의 성품을 알기에 흔쾌히 허락하며 큰소리까지 쳤다.

"선생님, 걱정 마세요. 제가 쓸게요."

전화를 받을 당시는 내심 자신 있었다. 한명순 선생님을 잘 안다고 생각했기 때문이었다. 그런데 정작 쓰려고 하니 내가 알고 있는 것은 선생님의 현재- 문학적으로 완숙한 나무 모습이었던 것이었다. 나는 어린 한명순을 잘 몰랐다. 그렇다면 선생님은 '어떤 떡잎이었을까?' 궁금증이 확 일었다. 물론 여러 책 속에 나와 있는 선생님에 관한 이력을 읽어도 충분했을지 모른다. 하지만 바로 옆에 앉아서 어린 시절 얘기를 생생하게 듣고 싶었다.

드디어 그 무더웠던 여름이 지나가고 아침저녁 제법 선들선들 바람이 불던 어느 날, 인터뷰를 하기 위해 선생님을 만났다. 얼마 전까지 제주도에서 한가로운 시간을 보냈던 선생님은 외손자를 돌보며 이제는 서울에서 대부분의 시간을 보내고 있다고 하셨다. 온전히 내 시간을 포기하고 손자를 돌보는 일이 얼마나 힘든 일인가. 어렵게 공부 마치고 좋은 직장에 들어간 딸이 출산 때문에 직장을 포기하려고 할 때, 자진해서 아이를 맡아 주겠다고 하셨다는 말씀에 고개를 끄덕였다. 이기적인 나 같았으면 한참 생각하고 또 생각했을 일이었다.

차 마시고, 맛있는 점심 먹으면서 가진 선생님과의 인터뷰는 즐거웠다. 짧은 시간 동안이나마 선생님의 과거로 여행을 다녀오면서 마치 나의 어린 시절을 돌아본 듯 마음이 설렜다. 동시대를 살았던 나 또한 가난했던 어린 시절의 추억을 훈장처럼 달고 있다. 가진 게 없었지만 왜 그때는 행복했을까? 그런 생각을 하는 것만으로도 즐거웠다. 과거 여행을 마치고 나니 특별했던 떡잎이었던 어린 명순에게 편지 한 장을 꼭 남기고 싶었다.

조용조용 뭐든지 잘해 내는 어린 명순에게!

그림 그리기를 좋아해 종이만 있으면 닥치는 대로 그림을 그렸던 너, 특히 꽃을 그리는 것을 좋아했지. 경복궁 마당에서 치른 전국 대회에도 출전할 정도이니 정말 대단했던 실력이었어.

그것뿐이야. 너는 글짓기도 잘했어. 그런 면에서 보자면 넌 꼭 신사임당을 닮은 것 같아.

초등학교 4학년 때 네가 쓴 동시는 정말 실감나고 창의력이 넘쳤어.

"내 책상은 내 책상은 곰보딱지.
울퉁불퉁 곰보딱지."

그냥 책상은 그렇게 흠집투성이려니 생각했던 다른 아이들과 달리 너는 네 책상을 사람처럼 생각했던 거야. 곰보로 가득한 얼굴이지만 난 너를 아끼고 사랑할 테야. 이런 다짐이 가득 들어 있었지. 그리고 얼마나 깨끗이 닦고 아끼며 사용했을까. 깔끔하고 단아한 네 모습과 똑같이 말이야.

사실, 난 네가 부잣집 딸인 줄 알았단다. 언제나 말끔한 옷차림, 깨끗한 몸차림 때문에 어린 너에게서는 우아한 기품이 느껴졌거든.

너의 그 특별함은 중고등학교 시절에도 반짝였어. 재료비가 많이 드는 그림을 포기하고 원고지만 있으면 되는 문예반을 선택했던 철든 소녀는 고등학생이 되면서 더욱 진가를 발휘해 학교 안에서 가장 바쁜 학생이 되었지. 도서 위원으로 늦게까지 도서관에 남아 일을 했고, 전국과학경시대회에 참가하느라 과학실에서 관찰하고 실험해야 했고, 문예반 반장으로 교내 백일장, 시화전, 문학의 밤, 교지 편집일까지 해야 했지. 게다가 학생회장까지 맡았으니 몸이 열 개라도 모자랐을 거야. 고교를 졸업하고도 너의 활동은 끊이지 않았지. 문학을 좋아하는 인천 거주 대학생들과 동인회를 결성하여 동인지 〈異人〉을 발간하였어. 당시 경희대학교 국문학과 학장이던 고 조병화 선생님께서 머리글도 써 주셨으니 얼마나 좋았을까. 항상 미소 띤 얼굴로 그 많은 일을 해낸 너를 보면 넌 정말 특별함이 넘쳤던 아이였던 게 분명해. 이런 너를 보며 나는 부러움과 질투, 게다가 경이로움까지 느끼고 있어. 어떻게 이런 모든 것을 다 갖췄을까 하고 말이야.

어찌됐든 수십 년을 뛰어넘은 과거로의 여행으로 나도 힘을 많이 얻었어. 현재에 충실한 삶은 분명 미래에 어떤 식으로든지 밑거름이 되어 좋은 결과를 나타낼 거라고 굳게 믿게 되었지. '과정 없는 결과는 없다'라는 진리를 깨달은 순간이기도 했고.

고마워, 어린 명순!

2016년 가을, 선모가

기쁨이 퐁퐁 솟아나는 '낙천재(樂泉齋)'

한명순 선생님의 제주도 집 '낙천재'를 찾은 것이 벌써 6년 전 일이다. 선생님은 그보다 3년 전인 2007년 제주도로 내려가셨고 그곳에서 흙을 밟으며 글 농사를 짓고 계셨다. 흙을 밟는 시간은 그동안 글을 쓰면서 잘 보이지 않던 것들을 잘 보이게 하고 잘 들리지 않는 것들도 잘 들리게 했단다. 흩어진 흙을 모으고, 웃자란 나뭇가지를 자르고, 볕 잘 드는 곳으로 옮겨, 정성껏 물을 주어 가며 글 농사를 짓고 있다는 선생님. 그런 선생님을 뵈러 가는 길은 둥둥 하늘을 떠가는 기분이었다.

한명순 선생님과 나 사이에는 겉으로 보이는 세 가지 공통점이 있다. 인천 사람이라는 것, 아동문학인이라는 것, 같은 눈높이문학회 회원이라는 것. 하지만 이런 눈에 보이는 뻔한 관계보다는 선생님과 특별한 추억, 관계, 인연 같은 것을 만들고 싶어서 떠난 여행이었다. 어쩜 올레길을 걷는다는 것은 핑계일지도 몰랐다.

이름도 특별한 동네 '논짓물'로 들어서자 숨이 막혔다. 손끝에 바다를 두고, 저 멀리 손에 잡힐 듯 한라산을 바라볼 수 있는 멋진 마을이었다. 거실에 누우면 바다와 한라산을 동시에 볼 수 있는 현대적인 이층집은 사부님이 직접 설계하고 지으신 집이라 그런지 더욱 각별하게 느껴졌다. 무뚝뚝하게 보이는 사부님은 선생님의 동시집이 나오면 가장 먼저 나서서 주위 사람들에게 떡 돌리듯 돌린다고 하니 선생님의 열렬한 1호 팬임이 틀림없다.

낙천재, 여고 동창생인 단짝 친구가 써 준 글씨도 멋있지만 그 이름은 얼마나 특별한지. 기쁨이 퐁퐁 솟아나는 집이라니 얼마나 희망적이고 가슴 뛰는 말인가?

하루 저녁 묵는 동안 선생님의 사적인 공간을 공유하며 그 삶을 조금이나마 알게 된 것 같아 남몰래 으쓱했다. 글 농사뿐 아니라, 자식 농사도 잘 지으신 선생님을 보며 부럽고 존경스러운 마음에 남몰래 선생님 뒷모습을 쳐다보고 또 쳐다봤던 그날 저녁이 자꾸만 생각난다. 하나라도 더 만들어 주시려고 종종걸음으로 차려 낸 식탁에는 제주 도식으로 끓인 옥돔탕, 각종 나물, 보말 들어간 미역국 등등이 화려하게 자리를 차지하고 있었다. 태어나 그렇게 밥을 많이 먹어 본 적이 없었다. 그리고 그 밥보다 더 맛있었던 건, 선생님과의 대화였다. 문학에 대한 얘기는 밤새도록 해도 끝이 나지 않았다. 결론은 좋은 글을 쓰자. 사람과 사람 사이의 관계는 좋을 때는 한없이 좋지만 때로는 상처를 주고받을 수 있는 관계가 될 수도 있다. 그런 얘기였다. 늘 겸손하며 사람들을 품에 안을 줄 아는 선생님의 넉넉함을 한 수 배우는 그 시간은 다시는 맛보지 못할 소중하고 귀한 시간이었다.

선생님의 뜰은 정말 아름다웠다. 온 뜰이 깨끗하고 신선한 먹을거리로 가득 찼다. 2월이어서 아직 꽃이 만개할 때는 아니었지만 곳곳에 꽃망울 품고 있는 식물들 때문에 눈이 호강했다. 초록에 굶주려 있던 나는 그 모든 풍경들을 마음껏 눈에 담고, 마음에 담고, 가슴에 담았다.

하나라도 더 챙겨 주시려고 이것저것 싸고 또 싸는 선생님을 보며 '나도 꼭 그렇게 넉넉한 사람이 되어야지. 아낌없이 베풀어 주고 나눠 주는 사람이 되어야지.' 했던 기억이 난다.

선생님은 덜 해 준 것 같아 자꾸만 아쉬워하셨지만 선생님 얼굴을 뵙고, 선생님댁에서 하룻밤을 지내고 추억을 쌓은 것은 그해 내가 받은 가장 큰 상이었다. 다음에는 오래도록 머물다 가야지, 선생님과 이곳저곳 마을 구경도 해야지 했지만 아직까지도 시간을 못 내고 있다. 그래도 내 마음은 늘 제주도 낙천재를 향해 열려 있다. 언제고 서로 시간이 맞는다면 낙천재에서 선생님과 6년 전 그날처럼 재회를 하고 싶다. 그 생각만으로도 기쁘고 기쁘다. 웃음이 절로 난다.

누구나 향기가 있다

한국아동문학인협회 총회와 세미나, 눈높이문학회 총회와 세미나, 시상식 등에서 선생님을 뵐 때마다 내 눈과 입은 반가움에 절로 벙긋거린다. 선생님과 눈이 마주치는 순간 마음이 편안해지며 기쁨이 요동친다.

그동안 수많은 만남이 있었지만 선생님이 누구에겐가 낯을 붉히거나 화를 내시는 걸 본 적이 없다. 목소리를 높이는 것도, 못마땅한 눈초리를 보내는 것도, 남의 마음을 힘들게 하는 가시 같은 말을 하는 것도, 이기적으로 내 것만 챙기는 모습도 본 적이 없다. 분명 못마땅한 행동을 하고 이기적인 말을 주고받는 사람들이 많았을 텐데 말이다. 후배 작가들을 바라보는 눈빛은 한없이 다정하고 따듯하다. 건네는 손길 또한 한없이 풍성하고 너그럽다. 격려와 칭찬의 말 또한 아낌없이 건네주신다. 후배 작가들이 하는 행동이 늘 만족스러울 리는 없을 텐데도 말이다. 또한 선배 작가 선생님들에게는 진정을 다해 곁에서 보살펴 드리고 마음을 다한다. 선생님의 그런 모습을 볼 때마다 내 이기적인 행동과 마음을 반성하곤 한다. 배우려고 하지만 잘 안 된다. 그래도 노력은 할 것이다.

식물을 좋아하고 식물을 가꿔 본 사람들은 알 것이다. 수많은 꽃이 있고, 그 꽃이 저마다 향기가 있다는 것을, 그리고 꽃들의 향기가 다르다는 것을. 사람도 마찬가지인 듯하다. 똑같은 향기를 가진 사람은 단 한 명도 없다. 사람들이 갖고 있는 향기는 그 사람의 품성과 크게 다르지 않다는 생각을 해 본다. 욕심이 많은 사람, 사소한 일에도 화를 참지 못하는 사람, 마냥 착한 사람, 말과 행동이 일치하는 사람, 일치하지 않는 사람 등 각각의 사람들이 내뿜는 향기는 분명 특색이 있고 다를 것이다.

왜 그런지 나는 선생님 앞에 서면 작아지는 느낌이 든다. 선생님은 나를 한없이 예뻐하고 한없이 칭찬해 주고 한없이 격려해 주지만, 나는 그럴 때마다 한없이 부끄럽다. 쥐구멍이라도 있다면 들어가고 싶은 심정이다. 그건 내가 가진 향기를 들킬까 봐 그런 것일지 모른다. 내가 가진 향기가 자신 없어서 일지도 모른다. 욕심으로 똘똘 뭉쳐 있고, 마음속 깊은 곳에 이기심이 가득하고, 누군가를 미워하는 마음이 참 끈질기고, 진심으로 축하한다고 말하지만 사실은 질투하는 마음이 더 많은 나의 향기는 얼마나 좋지 않은 향기일까? 얼마나 부끄럽고 치사한 향기일까?

그런 반면 선생님의 향기는 참 특별하다. 마주 앉은 사람의 마음을 편안하게 해주는 향기, 자신을 한없이 낮추면서 상대편을 높여 주어 자신감을 일으켜 주는 향기, 좋은 동시 쓰기 위해 치열하게 노력하는 향기, 남의 아픈 마음을 헤아려 주는 향기, 다른 사람을 위해 어떨 때는 나를 희생하기도 하는 향기 등등 선생님이 가진 향기는 참으로 많다. 그런데 신기한 것은 그 향기들이 모여 짙고 화려하게 떠도는 게 아니고 깊이 가라앉아 은은해진다는 것이다. 코끝을 자극하지 않고 가슴속으로 깊이 가라앉아 스치고 지나간 후에도 오래도록 기억에 남는 향기, 생각하면 생각할수록 입가에 웃음이 절로 돌게 하는 향기, 멀리 떨어져 있어 눈에 보이지 않아도 내내 생각이 나는 향기, 선생님의 향기는 바로 그런 향기이다.

멀리멀리 가는 향기, 오래오래 남는 향기!

대지를 적시는 동심의 봄비

손광세

풀잎의 눈 새들의 귀

한명순 시인은 비교적 오랜 습작 과정을 거치고, 40세가 되던 1990년에 아동문예문학상을 통해 등단했다. 등단 작품은 〈풀잎의 눈과 새들의 귀로〉 외 1편이다. 먼저 〈풀잎의 눈과 새들의 귀로〉의 전문을 살펴보기로 한다.

풀잎의 눈으로 보면
세상은 모두 파랗게 보일 거야.
언제나 무뚝뚝하게 앉아 있는 바위의 얼굴,
볼 때마다 으쓱대기만 하는 바람의 얼굴,
모두 모두 한결같이
파란 얼굴로 보일 거야.

새들의 귀로 들으면
세상의 모든 소리가 노래로 들릴 거야.
몰래 내리는 보슬비의 발자국,
어깨 부딪치며 살랑대는 나뭇가지들의 속삭임.
모두 모두 한결같이
즐거운 노래로 들릴 거야.

우리도 풀잎의 눈으로 세상을 바라보자야.
미운 얼굴, 고운 얼굴 똑같이
모두 모두 파란 얼굴로 보이게.
우리도 새들의 귀로 세상을 들어 보자야.
큰 소리도 작은 소리도 똑같이
모두 모두 즐거운 노래로 들리게.

심사를 맡았던 문삼석 시인이 첫 동시집 《하얀 곰인형》에 실은 발문의 일부를 옮겨 적는다.

"한명순 시인은 참으로 맑은 눈과 귀를 가지고 있는 훌륭한 시인입니다. 한 시인의 눈과 귀는 한 잎의 새싹에서도 우리가 볼 수 없는 우주의 비밀을 보고 들을 수 있으며, 한 장의 사진 속에서도 참되고 커다란 사랑의 모습을 찾아볼 수 있습니다."

공감이 가는 평설이다. 한명순 시인은 감동을 찾아내는 투명한 시각을 가졌고, 누구도 듣지 못하는 미세한 소리를 들을 수 있는 예리한 청각을 지녔다. 등단 작품을 통해서 시인 본인은 미운 대상도 아름답게 바라보고, 시끄러운 소음도 즐거운 노랫소리로 듣자고 했다. 새 출발을 하는 시인의 다짐이 분명하게 드러난다. 또 한편의 등단 작품인 〈매미〉에선 어린이들에게 느티나무보다 커다란 그늘을 만들어 주고 싶다고 노래했다. 좋은 그릇이 만들어지는 데는 오랜 시간이 걸리는 법이다. 긴 습작 기간이 있었기에 오늘날 만인의 사랑을 받는 시인으로 우뚝 설 수 있었을 것이라 본다.

전란 뒤의 척박한 토양

한명순 시인은 등단 이후 일곱 권의 동시집과 한 권의 동시 선집을 내놓았다. 누구나 넘볼 수 없는 대단한 수확이며 결실이다. 발표한 작품들을 다섯 묶음으로 나누어 훑어보기로 한다.

먼저, 시인의 성장 환경과 가족애를 다룬 작품을 골라 보았다. 고향이 북쪽인 부모님은 6·25 때 피난길에 올랐고, 종전 후, 친척이라곤 하나 없는 인천에서 자리 잡게 되었다. 전란이 일어난 2년 뒤인 1952년에 한명순 시인이 태어났다.

〈임진강 건너다 엄마 잃고
엄마 찾아 나서다 아빠도 잃고
엄마아! 아빠아! 아무리 불러 봐도
들리는 건 무서운 총소리뿐……
밤마다 찾아오는 별님은 아실까?
그리운 엄마 아빠 계신 곳을……〉
해마다 6월이 오면
다시 읽어 보는 엄마의 일기장
어머니, 이젠 일기장을 덮으세요.
지금은 갈 수 없는 휴전선 어디쯤이지만
할머니 할아버진 기다리고 계실 거예요.

옛날의 엄마처럼 나도 엄마 손잡고
할머니 할아버지 뵈러 가고 싶어요.
총소리 대신 즐거운 새소리 들으며
반갑게 달려갈 그날을 기다려요.

〈6월에 읽어 본 엄마의 일기장〉 전문이다. 국토 분단의 비극을 언급하고 있다. 그냥 해 보는 멘트가 아니다. 곁에서 지켜본 양친의 피맺힌 아픔이 묻어 있는 애절한 하소연이다. 할머니와 할아버지를 만나서 사랑을 듬뿍 받아 보고 싶다고 했다. 시인의 온화하고 다정다감한 인상 내면에는 어릴 때의 힘들었던 기억이 이렇듯 옹이처럼 박혀 있다.

양지바른 할머니 묘
공손히 두 번 절 올리고 무릎 꿇고 다시 앉는다.
할머니는 돌아가셨지만
돌아가신 것이 아니었구나.
무릎 새로 기어오르는 부지런한 개미들도,
알록달록 풍뎅이도 키우고 계셨구나.
키 작은 씀바퀴도 키우고,
토끼도 가끔 놀러 오라고 토끼풀도 키우시네.
—너희들 잊지 않고 찾아왔구나. 하시곤
억새풀 손 흔들며 반가워하시네.
때로는 너무너무 기쁘신지
옷자락이면 신발짝이며 머리카락 사이로
민들레 꽃씨 되어 내려앉기도 하시면서…….

〈할머니의 성묘길에서〉의 전문이다. 여기에 나오는 할머니는 자녀를 시중 화자로 내세운 시인의 어머니이다. 설날이 되면 설빔을 곱게 차려입고 친척 집에 세배하러 가는 아이들이 그렇게 부러울 수 없었다. 그런 딸을 어머니는 눈물겹게 지켜보았다. 어려운 환경 속에서도 중학교 입시에 대비해서 과외 공부를 시켰고, 딸이 좋아하는 손만두와 동치미 국수를 챙겨 주셨다고 한다. 가난하고 힘들었던 시절을 이겨낼 수 있었던 것은 어머니의 희생적인 사랑 덕분이었다고 회고한다. 이 밖에도 〈할머니의 병실에서〉, 〈할머니 돌아가시던 날〉, 〈아빠의 눈물〉, 〈궁금한 것〉, 〈달개비 꽃〉 등 시인의 어머니를 다룬 많은 작품을 만나게 된다. 다른 가족을 다룬 작품으로는 산소에 찾아가서 할아버지 생전 모습을 그리워하는 〈큰 사람〉, 늦게 귀가한 아버지가 잠든 딸을 챙기는 〈아빠 목소리〉 등이 있다.

한명순 시인은 첫 동시집 머리글에서 몇만 번을 불러도 부르고 싶은 이름이 '어머니'라 했고, 앞으로 웃음을 안겨 주는, 온 세상 어린이의 어머니로 다가서겠다고 시인으로서의 다짐을 밝혔다.

어린이들의 생활과 정서

지금까지 발표한 작품 가운데 가장 많은 비율을 차지하는 것은 어린이들의 생활과 정서를 다룬 동시이다. 동시의 중심 독자인 어린이들은 어떤 내용보다도 자신의 생활과 밀착된 작품에 관심을 갖기 마련이다. 한명순 시인은 어린이들의 심리 상태를 잘 파악하고 어린이들의 눈높이에 맞는 작품 창작을 위해 심혈을 기울이고 있다.

꽁꽁 아기가 숨었어요.
두 손으로 얼굴을 가리고 아기가 숨었어요.
얼굴을 가렸지만
커튼 밑으로 쏘옥 나온 아기 두 발.
—우리 아기
어디 있을까?
엄마는 아기를 보고도
그냥 지나갑니다.
아기가 웃음을 참습니다.
쿡쿡쿡!
엄마도 웃음을 참습니다.
쿡쿡쿡!

〈아기 숨바꼭질〉의 전문이다. 마치 동영상을 보는 것처럼 아기의 귀여운 모습을 생생하게 형상화하였다. 아기들은 제 눈에 보이지 않으면 상대방도 보지 못한다고 생각한다. 그래서 어른들이 야단을 치고 무서운 얼굴을 하면 질끈 눈을 감아 버린다. 아기는 엄마가 숨어 있는 곳을 모르는 줄 알고 있고, 엄마는 알면서도 모른 척하고 지나친다. "우리 아기가 어디 갔을까?" 하고 찾아 헤매는 척하는 모습을 연상할 수 있다. 읽어도 또 읽고 싶은 글이다.

이번에는 이성에 눈을 뜨기 시작한 어린이를 위해 쓴 작품을 소개하기로 한다. 〈타잔이 되고 싶다〉의 전문이다.

타잔이 되고 싶다.
사람들의 머리 위를 날고
빌딩 숲 사이도 헤쳐 가면,
아무 데나 갈 수 있는
그런 타잔…….
네가 보고 싶으면 언제나
동아줄에 매달려 한강을 건너고
광화문 사거리도 단숨에 지나서
빌딩 숲 어딘가에 숨어 있을 너를 찾아
타잔처럼 재빨리
달려가고 싶다.

이 작품에 대해선 필자가 〈아동문학평론〉 2001년 가을호 계간 비평에서 다룬 적이 있다.

"어린이들도 이성 친구에 대한 호기심을 가지고 있고, 다가가기를 바라며 함께 지내고 싶어 한다. 그런데, 그들의 행동을 가로막는 벽이 있다. 가장 잘 이해해 주리라 믿었던 부모님마저도 공부해야 한다고 높은 벽이 되어 막아선다. 어린이들은 이런 벽을 뛰어넘어 좋아하는 대상에게 다가갈 방법이 없을까 생각해 본다. 새처럼 날개가 달렸으면 좋겠다는 상상을 해 봤을 것이다. 한명순 시인은 자신이 어린이가 되어 복잡 미묘한 감정을 독백 형식으로 털어놓고 있다."

타잔이 밀림 속을 누비고 다녔듯이 한강을 건너고 도심의 숲속을 마음껏 건너다닐 수 있다고 한 자유분방한 상상력이 독자의 마음을 시원하게 만든다.

제3동시집 《좋아하고 있나 봐》에는 〈너였구나〉, 〈엘리베이터 안에서〉, 〈바보 아이〉, 〈옆집 아기〉, 〈덤블링 놀이〉, 〈성냥팔이 소녀〉 등 어린이들의 체험과 우정을 노래한 작품들이 수두룩하게 담겨 있다. 동생이 빨리 태어나기를 바라는 〈느림보〉나, 어린이들의 기호를 금전으로 환산한 〈100만 원짜리 행복〉도 어린이들이 좋아할 작품이다.

어린이를 위해 쓰긴 했지만 위의 작품과는 성격이 다른 동시 한 편을 다음에 제시한다.

친구가 싫어하는 말
미움이 묻어 있는 말

땅속에 묻어야겠어.
여기저기 옮겨 다니지 못하게
꼭꼭 땅속에 묻어야겠어.
너무 단단해서 묻는 게 안쓰럽기도 하지만
영영 돌아오지 못하게 해야 하는 거야.
그런데
이러면 어쩌지?
봄이 와 땅속에서 새싹이 나올 때
그것도 쏘옥쏘옥 싹을 틔운다면…….

〈이러면 어쩌지〉의 전문인데, 이 동시는 앞의 예문과는 성격이 많이 다르다. 〈타잔이 되고 싶다〉에선 어린이의 눈높이에서 친구를 그리워하는 마음을 그렸지만, 이 동시는 어른의 입장에서 어린이에게 들려주는 교훈을 담고 있다. 이런 종류의 동시를 쓰면 자칫 주제가 노출되어 웅변이 되기 쉽고 흥미를 잃기 쉬운 내용인데도, 어린 독자들의 반감을 사지 않고 어린이들이 상처 입지 않도록 세심하게 배려하고 있다. 특히 땅속에 묻은 미운 말들이 싹을 틔우고 나오면 어쩌나 하는 마지막 부분의 표현은 무릎을 치게 하는 좋은 표현이다.

동식물과 자연

어린이 다음으로 동식물이나, 자연을 소재로 삼은 작품들이 많이 등장한다. 소풍 갔다 온 날, 배낭 속에서 기어 나온 개미 한 마리에 초점을 맞춘 〈어쩌지〉를 감상해 보기로 한다.

소풍을 다녀와서 배낭을 풀어 보니
개미가 한 마리 나왔어요.
음료수 컵 속에
숨어 있었나 봐요.
어쩌지요?
개미가 살던 동네는
아주 멀고도 먼 곳인데…….
며칠을 걷는대도
혼자 가긴 정말 힘들 텐데…….

한명순 시인은 개미 한 마리도 그냥 지나치지 않는 고운 마음씨를 지니고 있다. 이 글을 읽는 독자들은 누구나, '개미가 정말로 불쌍해.', '어쩌면 이런 생각을 할 수 있었을까?'하고 감동의 물살에 휘말리게 될 것이다. 애타게 기다리고 있을 개미 가족들을 연상할 수도 있을 것이다. 〈모기〉란 작품을 보면서도 비슷한 생각을 하게 된다. 모기는 피를 빠는 해충임에 틀림없다. 그렇지만 모기가 미움받는 모습으로 태어나고 싶어서 태어난 것은 아닐 것이다. 삶을 유지하기 위해서 먹이를 찾아다녔고, 사람들의 미움을 받게 되었을 것이다. 엄지손가락으로 눌러 버린 벽에 다리만 붙어 있는 모기를 바라보는 한명순 시인의 마음 언저리를 필자도 얼쩡거려 보았다. 유기견을 다룬 〈강아지 한 마리〉도 독자들의 마음을 사로잡는 공감의 진폭이 큰 작품이다.

푸른 보리밭에 서면
철썩철썩 부서지는
푸른 파도 소리
들린다.

번쩍번쩍 이랑 사이로
비늘이 눈부신
물고기 떼도
보인다.

바람 부는 날
푸른 보리밭에 서면
나는 푸른 바다 헤쳐 가는
멋진 선장이 된다.

〈보리밭에 서면〉의 전문이다. 싱싱한 보리밭을 바다로 비유하였고, 자신을 바다를 굽어보는 멋진 선장으로 시상을 전개시켜 나갔다. 지칠 줄 모르고 쏟아 내는 무한한 상상력에 탄성을 연발하게 된다. 앞서 예리한 청각을 지닌 시인이라고 말한 적이 있는데, 보리밭에서 파도 소리를 듣는 1연의 내용을 읽으면서 '과연 그렇구나!'하고 고개를 끄덕이게 된다. 개나리꽃 꽃송이들이 입을 모아 봄 노래를 부른다는 〈개나리꽃의 입〉에선, 음색이 노란 화음에 빠져들게 된다. 아카시아꽃이 피어나는 모습을 풍선을 부는 행동으로 의인화한 〈아카시아꽃 풍선〉도 오래 기억에 남을 작품이다.

햇살은
긴 장대인가 봐요.
파란 하늘을
높이 들어 올리네요.

그 사이 빈 들길로
코스모스가
알록달록
걸어가고 있지요.

짧지만 계절의 특징을 살려 스케치하듯 그려 낸 〈가을〉의 전문이다. 하늘이 높아 보인다는 표현을 햇살이 바지랑대처럼 하늘을 받쳤다고 했다. 가을이란 추상적인 대상을 손에 잡힐 듯 산뜻하게 살려 놓았다. 언 손을 잡아 녹여 주고 싶다고 한 〈찬바람〉, 바람으로 땀을 닦아 주고 쉬어가라고 그늘을 만들어 준다고 한 〈산〉, 시골 풍경을 한 폭의 수채화처럼 처리한 〈지는 해〉, 그네를 타면서 달을 보면 달도 그네를 타는 것 같다고 나타낸 〈그네 타는 달〉도 자연에서 찾아낸 주옥같은 작품들이다.

인공적인 삶의 현장

우리가 살아가는 공간에는 자연 외에 사람들이 만들어 낸 환경이 빽빽하게 자리 잡고 있다. 건물이 있고, 도로가 있고, 다리가 있고, 운동장이 있고……. 이번에는 인공이 가미된 환경을 다룬 동시 한 편과, 타인의 삶과 관계있는 또 한 편의 동시를 재물대에 올린다.

서울에서 분당으로 가는 길
내곡 터널을 지나면
도로 아래로 비닐하우스가 마을을 이루고 있다.
비닐하우스는 채소로 꽃을 피우지만
벌판은 비닐하우스를 길러내고 있다.
은빛 날개 달고 번뜩이는 비닐하우스…….
이곳을 지날 때면
나도 비닐하우스 안에서
푸른 눈을 갖고 파릇파릇 자라나고 싶다.

이파리 넓은 푸성귀로 자라
온 들녘 푸르게 푸르게 덮어 보고 싶다.

비닐하우스는 식물을 기르는 인공적인 구조물이다. 추운 겨울에도 비닐하우스 안에 들어가 보면 등이 후끈해진다. 은빛으로 빛나는 비닐하우스 안에선 채소들이 자라고 있고, 갖가지 화초들이 꽃을 피우고 있다. 딸기와 토마토 같은 열매도 익어 가고 있다. 이런 특수한 소재를 다룬 동시는 어린이들에게 간접 체험을 시켜 주는 중요한 역할을 맡기도 한다. 〈평화시장〉에 등장하는 봄인데도 두터운 스웨터를 입은 아주머니나, 눈이 푸른 외국인, 팔려 온 병아리들이 현장감을 살리고 있다. 우면산을 바라보며 행복감에 젖는 〈흔들의자에 앉아서〉나, 〈빈 농가를 바라보며〉는 시인의 생활 근거지에서 찾아낸 값진 작품들이다. 그런가 하면 〈복사기〉나 〈진공청소기〉, 〈카톡 새〉 등 생활용품을 다룬 동시도 심심찮게 눈에 띈다.

우리 동네 연립주택 지하엔
목수 강씨 아저씨가 혼자 살고 계신다.
네모진 얼굴엔
수염이 듬성듬성 돋아 있고
체크무늬 남방 차림엔
언제나 까만 때가 찌들어 있다.
지난 여름 방학 땐
아저씨 얼굴처럼 네모 반듯한
나무 상자를 하나 만들어 주셨다.
아저씨의 굵고 거친 손마디가 만들어 낸
튼튼하게 못이 박힌 나무 상자.
그러나 만져 보면
예쁜 무늬 결이 너무나 매끄러웠다.
아저씨는 나무토막을
얼마나 많이 자르고 깎고 다듬고 문질러서
곱고 향기로운 나무 속살 무늬를
사과 껍질 벗겨 내듯 찾아내셨을까?
오늘은 망치나 톱, 끌을 담은 연장통 대신
콩나물과 파가 들어 있는 비닐봉지를 들고

저녁 햇살과 함께 지하실로 내려가시는
목수 강씨 아저씨를 보았다.

〈목수 강씨 아저씨〉의 전문이다. 목수 아저씨를 한명순 시인과 병치시켜 보았다. 외모나, 생활 환경이 다르고, 성별까지 다른데 무슨 망발이냐고 할지 모른다. 불면의 시간을 감내하며 소재를 찾고, 설계도를 그리듯 구성하고, 적합한 언어를 탐색하는 시인이란 존재가, 나무를 자르고 깎고 다듬고 문질러서 좋은 제품을 만들어 내는 목수의 노력과 유사하여 그렇게 생각해 보았을 뿐이다. 비닐봉지를 들고 지하실로 내려가는 모습에선 자상한 주부로 돌아가는 시인의 일상을 떠올릴 수 있었다.

〈제주도 조각 공원에서〉나 〈그림 속의 '마을' 앞에서〉는 예술 작품을 소재로 삼았다. 예술 작품도 좋은 동시의 소재가 될 수 있음을 시사하고 있다.

바른길을 일러 주는 이정표

동시는 자신이 걸어온 행로에서 만난 갖가지 대상에 대한 인상을 적는 기록적인 역할도 하고, 특이한 감각으로 대상을 아름답게 재구성하는 역할도 한다. 거기에 하나 더 보탤 것이 있다. 독자들에게 참되게 살아가는 방법을 일러 주는 역할도 한다는 것이다. 삶의 바른 방법을 일러 주는 동시 한 편을 만나 보기로 한다.

아빠보다 먼저 일어나
아침 신문을 펼쳐 본다.
돼지 저금통을 털어 보낸 수재 의연금
내 이름 석 자가 났나, 안 났나
한 장 한 장 넘길 때마다 신문은
글자로 출렁이는 바다가 되고
나는 블랙박스를 찾아 나서듯
깊은 바닷속으로 풍덩 뛰어든다.
바닷속은 슈퍼마켓에도 없는
달콤한 것들로 신기하다.
'머릿속에 쏙쏙 들어오는 학습 방법,
모든 고민을 해결해 줌.
시험 없는 학교'
한눈파는 것도 잠시뿐

나는 이내 내 이름보다 훨씬 큰
블랙박스 하나
깊은 바닷속에서 건져 올렸다.
'삯바느질로 평생 모은 전 재산
수재 의연금으로 성금한 익명의 할머니를 찾습니다.'

〈아침 신문을 보다가〉의 전문이다. 자신을 드러내기에 급급한 세상이다. 작은 선행도 침소봉대하는 세상이다. 그런데, 어려운 생활을 하며 모은 전 재산을 수재 의연금으로 내놓은 할머니가 있다. 그 할머니는 이름도 밝히지 않았다. 바늘에 찔리기라도 한 듯 가슴이 따끔하고, 눈물이 핑 도는 아름다운 내용이다. 독자들에게 자신을 돌아보게 만든다. 〈100원짜리 동전〉도 같은 주제를 다룬 작품이다. 한명순 시인은 흥분을 가라앉히고 담담한 목소리로 이야기를 펼쳐 나간다.

만지면 곧 바스러질 듯 삭아 버린
빈 우유 깡통 하나
길가 흙 속에 반쯤 묻혀 있다.
둥개둥개 귀여운 아가
토실한 볼웃음을 잊은 지
몇 해나 됐을까?
아!
그게 아니었구나.
벌겋다 못해 까맣게 녹이 슬도록
우유 깡통은 수많은 낮과 밤을
그냥 보낸 게 아니었구나.
이젠 아가 그림도 희미하게 바래 버린
녹슨 깡통 속에서
고사리 손 작게 흔들며
빠끔히 얼굴 내미는
푸르디푸른
풀잎 하나…….

〈녹슨 깡통 속에〉란 동시이다. 이 작품 속에서 두 개의 중심 소재를 찾을 수 있다. 하나는 녹슨 깡통이고 또 하나는 깡통 속에서 얼굴을 내민 풀잎이다. 벌겋게 녹이 난 깡통이 무슨 쓸모가 있을까 생각하기 쉬운데, 그 녹슨 깡통이 생명체가 자라는 작은 텃밭이 되어 주고 있다. '우리는 어떤 일을 해야 할까?' 하고 자신의 역할을 생각하게 만든다. 그리고 풀은 자신이 놓인 환경을 탓하지 않고 어디서나 뿌리를 내리고 작은 손까지 흔든다. 생명의 경이로움이 피부에 와닿는다. 상황 설정이 적절한 〈고마운 새 아침〉과, 자신을 돌아보게 하는 〈내가 혼자일 때〉도 바르게 살아가는 방법을 헤아려 보게 하는 작품이다.

지금까지 시인의 작품을 다섯 묶음으로 나누어 살펴보았는데, 이 모두를 '사랑'이라는 하나의 단어로 묶어도 좋을 것 같다. 세상 모든 대상에 대한 폭넓은 이해와 깊은 애정이 한명순 시인이 추구해 온 동시의 세계라는 이야기가 된다.

투철한 장인 정신

이제, 한명순 시인의 작가 정신에 대해 이야기할 차례이다. 두 가지 관점에서 설명해 보려고 한다.

첫째, 참신함을 추구하는 시인이다. 한명순 시인은 남들이 지나간 논두렁에서 누구도 찾아내지 못한 빛나는 시상의 이삭을 줍는다. 독창적인 착상은 작품의 생명이다. 유사한 작품을 발표하는 경우가 생기지 않도록, 타인의 작품을 탐독하는 일도 소홀히 하지 않는다.

—너 몇 점 받았니?

시험 못 본 날은
귀찮게도 많이들 물어보더니

오늘은
묻는 사람이 왜 없는 거야?

모처럼 나도
100점을 받았는데

왜 아무도
물어보지 않는 거야?

〈100점 받은 날〉의 전문이다. 어쩌다 100점을 받은 날, 남들이 몇 점 받았느냐고 물어봐 주면 얼마나 좋을까? "나 100점." 하고 어깨를 으쓱거릴 텐데 아무도 묻지 않아 속이 상한다. 이 동시를 읽어 본 어린이라면 '나도 그런 일이 있는데…….'하고 공감할 것이다. 사람이 원숭이를 구경하는 것이 아니라 동물원의 원숭이가 사람을 구경한다고 한 〈사람 구경하는 원숭이〉에서도 시인의 기발한 착상에 거듭 놀랄 것이다.

한명순 시인의 참신성은 표현에서 더욱 빛을 발한다. 그럴듯한 글감이라 하더라도 표현이 뒷받침되지 않으면 빛을 잃는 법이다. 다양한 표현 기법을 활용하여 시의 맛을 살리려고 애쓰는 시인의 모습이 눈앞에 선하다.

콕콕콕
땅을 쪼면서,

짹짹짹
말하는 참새.

짹짹짹
땅속에 숨은 말.

콕콕콕
캐내는 참새.

〈말 캐는 참새〉의 전문이다. 참새가 땅을 쪼아 먹이를 찾지 않고 새로운 언어를 찾아낸다고 하였다. 참새가 새로운 생명체로 재탄생하게 되고, 동시가 생동감을 얻게 되었다. 참새를 새로운 시상을 찾아 헤매는 시인의 모습이라고 해도 좋을 것이다. 경운기에 실려 가는 것이 씨앗이나 비료가 아니라 아침 해라고 한 〈해를 실은 경운기〉나, 아빠 자전거가 바다를 끌고 달려간다고 한 〈파도 타는 자전거〉 등에서도 새로운 표현을 만날 수 있다.

둘째, 투철한 사명감을 지닌 시인이다. 다섯 번째 동시집 《아궁이 너처럼》에는 아궁이만을 대상으로 삼은 동시 50편이 수록되어 있다. 어느 작품이나 2연 8행의 동일한 형식을 취하고 있는데, 적당히 마무리 지은 작품은 단 한 편도 발견할 수 없다. 어느 것이나 높은 수준을 유지하고 있다. 지금까지 이런 연작시를 쓴 시인이 없는 건 아니다. 그렇지만, 누구나 도전할 수 있는 쉬운 작업이 결코 아니다. 이런 작업을 위해선 폭넓은 경험과 풍부한 지식을 갖추어야 한다. 그리고 불굴의 투지와 인내력이 필요하다.

아궁이 연기
참 맵다.
그간 엄마는
어떻게 참았을까?

군불 넣은 아랫목
참 따뜻하다.
엄마
마음 같다.

아궁이는 불을 지펴 밥도 짓고, 방도 따뜻하게 데우는 흙으로 빚은 불구멍이다. '아궁이'란 말 자체를 모르는 어린이도 있을 것 같다. 민속촌이나 한옥 마을 같은 곳에 가지 않으면 보기조차 어렵다. 어른들의 기억 속에서도 아궁이의 흔적이 희미해져 가고 있다. 〈엄마 마음 같다〉는 매캐한 연기 속에서 아궁이에 불을 지피던 어머니를 떠올리며 쓴 작품이다. 데워진 따뜻한 방바닥은 어머니 마음에 견주었다. 학교에서 돌아와 군불을 지핀 방바닥에 손을 대고 추위를 녹이던 어릴 때의 기억이 새록새록 떠오른다. 여기 나오는 어머니는 한 시대 앞서 살았던 이 땅의 모든 어머니로 보면 될 것이다.

오늘은 서울로 이사하는 날
마당에 싸리나무 비도 챙겨야지.
잘 여문 호박씨도 가져가야지.
부뚜막에서 졸던 고양이도 데려가야지.

처마 밑 제비들이 새벽부터 재재거려요.
빙빙 구름도 마당을 떠나지 못해요.
아궁이도 서운한지 큰 입을 다물지 못해요.
아궁이 없는 서울로 이사하는 날.

또 한편 골라 본 〈이사하던 날〉이다. 서울로 이사하면서 데려가지 못하는 아궁이에 대한 섭섭한 마음을 챙겨 담았다. 아궁이 앞에 쪼그리고 앉아서 불씨를 살려 내던 고모를 생각할 거라고 한 〈심심한 아궁이〉, 아버지와 어머니가 돌아올 때까지 기다린다고 한 〈차마 아궁이는〉, 아궁이의 내일을 생각해 본 〈그 자리에서〉, 대구를 재미있게 살려서 쓴 〈콩 쭉정이 팥 쭉정이〉도 마음에 드는 작품들이다.

동시집 《아궁이 너처럼》은 아궁이에 대한 소중한 기억과 정서의 보고가 될 것이다. 오늘은 어제에서 비롯된다. 시인은 잊혀져 가는 과거를 작품을 통해 다음 세대들에게 챙겨 줄 필요가 있다고 본다. 이 책을 통해서 원고지 앞에서 스스로를 채찍질하는 시인의 진지한 자세를 대할 수 있다.

빛나는 성과들

작품집을 내놓으면서 한명순 시인은 화려한 조명을 받기 시작했다. 해강아동문학상(1995), 대교눈높이아동문학상(1995), 한국아동문학상(2002), 소월문학상(2009), 대한아동문학상(2015) 등의 문학상을 수상했다. '한국문화예술위원회'와 '어린이문화진흥회'의 우수 도서, 그 외 여러 기관의 추천 도서, 권장 도서로 선정되기도 했다. 한국 아동문학 100주년을 기념해서 '지식을만드는지식'에서 발간한 한국 대표 동시인 선집 100권 속에 《한명순 동시선집》이 들어가기도 했다. 제2동시집 권두언에서 유경환 시인이 동시 제3세대 선두 자리를 차지할 시인이 되리라고 밝힌 바 있는데 사실로 입증된 셈이다.

아주 어릴 적부터
꽃 그리기를 좋아했지요.
연필만 있으면
종이 위에다
꽃을 무더기로 심지요.
꽃을 그릴 때는
4B연필이 종이 위에서
한 마리 나비가 되어요.
내가 그린 꽃 그림을 보고
내가 아름답다고 반한 것처럼
이 꽃에서 저 꽃으로 옮겨 다니며
팔락팔락 춤을 추는 나비.
오늘 낮에도
꽃 그림을 그리다가 그만 깜박 졸았지요.
잠 속에서

나비의 날개가 몹시 상해 있었어요.
놀라 잠에서 깨어 보니
이제 몽당이가 된 4B연필이
촉촉이 땀이 찬 내 손아귀에
꼼짝 못하고 꼬옥 붙들려 있었어요.

〈꽃 그리기〉의 전문이다. 한명순 시인은 어릴 때부터 그림 그리기를 좋아했다. 그중에서도 꽃 그리기를 특히 좋아했다고 이 작품에서 밝히고 있다. 아마 그림 그리기를 계속했다면, 한명순 시인은 지금쯤 유명한 화가가 되어 있을지도 모른다. 그림 그리기 다음으로 좋아한 것이 글짓기였다. 중학교에 가서는 재료비가 부담이 되어 미술반이 아닌 문예반을 선택했다. 이때부터 시인의 길을 향해 걸음을 떼어 놓았다고 보면 될 것이다. 첫 작품집을 들고 중학교 때 국어 선생님을 찾아갔을 때 시인이 될 것을 미리 알고 있었다고 이야기하며, 자신의 일처럼 기뻐해 주었다고 한다. 작품 속에서 4B연필은 꽃을 심는 도구가 되기도 하고, 나비가 되기도 한다. 상이한 의미에 질서를 부여하기 위해 지우고 고쳐쓰기를 반복했을 시인의 노력을 읽을 수 있다.

땅속 깊이
촉촉이 젖어드는 봄비처럼
나도 너에게로 달려가
스며들고 싶다.

봄비처럼 내 마음
구석구석 스며들어
그리움의 새순 하나
틔워 두고 싶다.

제3동시집 속에 들어 있는 〈봄비〉의 전문이다. 봄비가 되어 좋아하는 아이의 가슴속에 스며들고 싶다고 했다. 그리움의 순을 피워 올리고 싶다고도 했다. 그런 소망은 이미 이루어진 것으로 보인다. 한명순 시인의 동시 작품들은 봄비가 되어 이 땅의 많은 독자들 마음을 촉촉이 적셔 주고 있다. 내 마음속에도 스며들어 쌓이고 쌓인 오염을 정화시켜 주고 있다.

어린이와 함께 선생이 걸어온 길

1952년 인천에서 태어남.

1972년 '異人' 동인 활동을 시작함.

1983년 대한 주부클럽연합회 주최 신사임당백일장 시부에 입상함.

1990년 아동문예문학상 동시 부문에 등단함.

1994년 동시집 《하얀 곰 인형》(아동문예사)을 출간하여 2쇄 발행함. 4학년 2학기 교과서 말하기·듣기에 동시 〈귀뚜라미〉, 4학년 1~2학기 교과서 동시 쓰기에 동시 〈아기 풀잎〉이 실림.

1995년 해강아동문학상을 수상함. 〈목수 강씨아저씨〉외 9편으로 대교눈높이아동문학상을 수상함.

2000년 동시집 《콜록콜록 내 마음은 지금 0℃》(문원)를 출간하여 4쇄 발행함. 한국간행물윤리위원회 추천 권장 도서로 선정됨. 〈조선일보〉 어린이를 위한 좋은 책에 선정됨. 을지서적이 권장하는 아동 도서베스트 20선, 한우리독서문화운동본부 선정 도서, 책읽는실천교육사회실천협의회 선정 도서, 한국문화예술위원회 우수 도서, 한국 어린이 시 사랑회 추천 도서로 선정됨. 대산문화재단 창작지원금을 받음.

2001년 동시집 《좋아하고 있나 봐》(문원)를 출간하여 3쇄 발행함. 〈조선일보〉 어린이를 위한 좋은 책, 어린이문화진흥회 우수 도서, 책읽는실천교육사회실천협의회 선정 도서, 한우리독서문화운동본부 선정 도서로 선정됨.

2002년 동시집 《만약 내일이 없다면 얼마나 신날까》(파랑새어린이)를 출간하여 4쇄 발행함. 논리가 자라는 국어 4학년 교과서에 〈이슬과 풀잎〉이 실림. 한국아동문학상을 수상함.

2006년 동시집 《아궁이 너처럼》(아동문예)을 출간함. 소월문학상을 수상함.

2011년 미래엔국정교과서 국어 5학년 2학기에 〈손에게〉가 실림.

교육진흥연구회교과서 국어 4학년에 〈이슬과 풀잎〉이 실림.

동시집 《파도 타는 자전거》(섬 아이)를 출간하여 2쇄 발행함. 한국문화예술위원회 우수 도서, 한국아동문학인협회 우수 도서로 선정됨. 국어 5학년 2학기 초등 지도서에 〈손에게〉가 실림.

〈봄비〉가 지하철 3호선 옥수역, 지하철 4호선 동작역, 지하철 8호선 강동구청역에 게재됨. 우리나라 시 100주년 〈조선일보〉 100인 선정 동시에 〈옹달샘〉이 실림.

2012년 한국문화예술위원회 아르코창작지원금을 받음.

2015년 《한명순 동시선집》(지식을만드는지식인)을 출간함.

동시집 《고양이가 뿔났다》(아동문예사)를 출간함. 대한아동문학상을 수상함.

문학나눔세종도서에 선정됨.

2016년 〈열린아동문학〉 편집 위원으로 활동함.

한국 아동문학가 100인

김정옥

대표 작품

〈아들로 살아 줄까 말까?〉

인물론

삶의 결이 아름다운 분

작품론

모든 아이들은 자란다, 선재도 함께

어린이와 함께 선생이 걸어온 길

아들로 살아 줄까 말까?

엄마는 분식집 아르바이트를 마치고 헐레벌떡 들어왔어요. 부랴부랴 손을 씻고 거무스름한 약봉지를 꺼내어 컵에 따른 후, 전자레인지에 돌렸어요.

"영재야, 어서 나와. 한약 먹고 얼른 학원 가야지!"

엄마가 식탁에 컵을 놓으며 말했어요.

나는 소파에서 발딱 일어나 식탁 앞으로 달려갔어요.

"나는?"

"형이 어려서부터 몸이 약해서 먹어야 하는 거야."

나는 컵에다 코를 갖다 대고 냄새를 맡았어요.

달큰하면서 쓰디쓴 냄새가 코를 찔렀어요.

"얘가! 쏟으면 어쩌려고."

엄마가 깜짝 놀라 나를 밀쳤어요. 그 바람에 한약이 출렁거렸어요.

"머리가 좋아지는 총명탕, 몰라? 이 형이 이거 먹고 백 점 맞았지."

형이 방에서 나오면서 우쭐거렸어요.

"써, 써."

형은 총명탕을 단숨에 들이켜더니 혀를 내두르며 호들갑을 떨었어요.

엄마는 박하사탕 하나를 손에 들고 있다가 형 입에 쏙 넣어 주었어요. 마치 시녀 같았어요.

"엄마, 나도 한약 먹고 백 점 맞을래!"

"얘는 그런 약이 세상에 어디 있어?"

엄마가 눈을 가늘게 뜨면서 내 입에도 사탕을 넣어 주었어요. 그러더니 휴지 한 장을 뽑아 형 입을 닦아 주었어요.

"나도 백 점 맞고 싶단 말이야."

"엉뚱한 소리 좀 그만해라."

엄마가 내 머리를 콩 쥐어박았어요. 한약도 안 사 주면서 머리까지 쥐어박다니. 세상에 나는 뭐 주워 온 자식인가요? 박하사탕이 입안에 번지면서 가슴이 싸해졌어요.

"나도 한약 사 줘!"

나는 사탕을 어금니로 콱 깨물며 바락 대들었어요.

"깜짝이야. 얘가 왜 이래?"

오히려 엄마가 더 크게 소리쳤어요. 화가 나는 건 난데. 갑자기 서러움이 파도처럼 밀려왔어요.

"나도 먹고 싶단 말이야."

눈물을 꿀꺽 삼키며 말했어요.

"2학년이나 된 게 괜한 투정을 부리니."

엄마가 눈을 부릅뜨며 말했어요.

어이가 없었어요. 나는 너무나 화가 나서 귓불까지 발갛게 달아올랐어요.

"이러다 학원 늦겠다. 영재야, 어서 가자."

엄마가 화장실에서 나오면서 가방을 어깨에 둘렀어요.

형은 언제 나왔는지 어느새 운동화를 신고 있었어요.

"레벨이 잘 나와야 하는데. 엄마, 떨려요."

형은 영어 테스트를 하러 가는 거예요. 형이 학원에 다니고 싶다고 했거든요.

내가 태권도 학원 보내 달라고 졸라도 끄떡도 않던 엄마가 형이 말하니까 바로 좋다고 했어요.

"걱정 말고 마음 편하게 보면 돼."

엄마가 형 옷을 매만져 주며 방긋 웃었어요.

"신재야, 뭐 하고 있어. 너는 안 가?"

"안 가!"

나는 발을 탕탕거리며 방으로 들어왔어요. 침대에 벌러덩 누워 천장만 멀뚱멀뚱 쳐다봤어요. 화가 끓어올라 코에서 입에서 귀에서도 김이 푸식푸식 나는 것 같았어요.

"우리 신재, 아직도 심통 난 거야? 들어오면서 우리 피자 먹을까?"

엄마가 배시시 웃으며 달래듯 말했어요. 피자라는 말에 잠시 마음이 흔들렸어요. 용암처럼 부글부글 끓던 마음이 사르르 식는 느낌이 들었거든요.

"싫어!"

이럴 땐 한 번 튕겨야 해요. 나는 있는 힘껏 입을 쭉 내밀고 퉁명스럽게 말했어요.

"그래. 금방 갔다 올 테니까 한잠 자고 있어."

내가 갈까 말까 망설이는 사이에 쿵 하고 현관문 닫히는 소리가 났어요.

'한 번만 더 물어봐 주지.'

엄마는 어쩌면 내 마음을 이렇게 몰라줄까요. 나는 눈물이 핑 돌았어요. 주먹으로 눈을 꾹꾹 눌러도 눈물이 자꾸 삐져나왔어요.

물을 마시려고 부엌으로 갔어요. 가슴이 폭발할 것 같았거든요.

정수기에서 물을 따르려는데 한약이 담긴 상자가 눈에 띄었어요.

'총명탕!'

나는 상자에서 약봉지를 꺼내 귀퉁이를 가위로 싹둑 도려냈어요. 그러고는 홀짝홀짝 마셨어요.

"으으!"

목구멍으로 넘어가는 맛이 마치 독약 같았어요.

캑캑 잔기침을 몇 번 하고는 또 한 봉지를 오렸어요. 한 손으로 코를 잡고 눈을 질끈 감았어요. 그리고 들입다 입에다 쏟아부었어요. 한약이 얼마나 쓰지 목구멍이 찢어지는 것 같았어요.

'박하사탕.'

사탕 하나를 입에 물고는 오물거렸어요. 달콤하면서 금세 목이 시원했어요.

나는 한약 봉지를 또 하나 찢었어요. 쓴 냄새가 올라오자 부르르 몸이 떨렸어요.

"이 정도쯤이야."

크게 숨을 다섯 번쯤 몰아쉬고는 한약을 입에 대는 순간이었어요. 쓴 물이 몸속에서부터 목구멍을 타고 스멀스멀 올라왔어요.

나는 얼른 개수대에다 토했어요. 고약한 냄새가 진동했어요. 수돗물을 세게 틀어 손에 쥐고 있던 약봉지를 쏟았어요. 맑은 물과 함께 총명탕이 하수구로 시원하게 내려갔어요.

그때, 어디선가 엄마 목소리가 들렸어요. 나를 부르는 소리 같았어요.

나는 얼른 베란다로 달려가 창문을 열고는 이리저리 둘러보았어요. 엄마는 보이지 않았어요. 방충망을 열고 고개를 더 깊숙이 빼고 살펴보았어요.

저 멀리 어떤 아줌마가 아이 손을 잡고 아파트 모퉁이를 돌아오고 있었어요. 무척 다정해 보였어요. 부러워 코끝이 찡했어요.

'엄마는 나를 안 좋아해.'

불현듯 엄마 아들이 아닐지도 모른다는 생각이 들었어요.

온몸에 힘이 주욱 빠져나갔어요. 나는 어깨를 축 늘어뜨린 채 방충망을 닫았어요.

'검사를 해 봐야겠어.'

텔레비전에서도 나왔어요. 요즘은 친자식인지 아닌지 확인하는 검사가 아주 쉽다고 했어요. 맞아, 머리카락이나 칫솔로도 알 수 있다고 했지요.

나는 머리카락을 주우려고 바닥을 살폈어요. 방바닥이나 목욕탕에 굴러다니던 것도 막상 찾으려니 쉽게 눈에 띄질 않았어요.

머리카락을 주울 때마다 지퍼백에 담았어요. 지퍼백을 보니 머리카락이 제법 모아졌어요.

나는 지퍼백에 든 머리카락을 유심히 살펴본 후, 책상 위에 하얀 종이를 펼쳤어요.

과학 상자에서 핀셋과 돋보기도 꺼냈어요. 마치 영화에서 본 것처럼 머리카락 한 올 한 올을 핀셋으로 꺼내어 종이 위에 올려놓았어요.

긴 게 다섯, 짧은 게 두 개였어요. 우리 집에서 긴 머리인 사람은 엄마. 그러니까 긴 거는 엄마 거, 짧은 거는 아빠 머리카락이 분명해요. 형은 파마를 해서 머리가 고불고불하거든요.

나는 과학자가 된 기분이었어요. 결과가 어떻게 나올지 조마조마했지만 신나는 이 기분은 뭘까요.

나는 내 머리카락을 손가락에 감아서 힘주어 잡아당겼어요. 그런데 자꾸 손가락이 미끄러져 뽑히질 않았어요. 얼마나 세게 잡아당겼는지 머릿속이 얼얼했어요. 그래도 머리카락은 좀처럼 뽑히질 않았어요. 할 수 없이 가위로 앞머리를 뎅강 잘랐어요. 머리카락이 바닥에 우수수 떨어졌어요. 그중 몇 가닥을 집어 종이 위에 올려놓았어요. 그리고 돋보기를 들고 머리카락 하나하나를 유심히 관찰했어요.

"역시!"

가슴이 쿵 무너지는 것 같았어요. 나는 다시 한번 돋보기에 초점을 맞추고 들여다봤어요.

머리카락은 노란 갈색, 검정색, 붉은 갈색이었어요.

힘없이 돋보기를 바닥에 내려놨어요.

'어쩐지 엄마는 형밖에 모르더라.'

가슴이 벌렁벌렁 두근두근 뛰었어요. 아무도 없을 때 짐을 싸고 나가야 하나? 그래도 인사는 해야겠지.

"신재야!"

그때 엄마 목소리가 들렸어요.

"뭐 하고 있었어?"

엄마를 보자 고장 난 수도꼭지처럼 울음이 터졌어요. 엄마가 깜짝 놀란 토끼 눈을 하고는 나를 부둥켜안았어요.

"혼자 두고 가서 속상했어?"

엄마는 나를 가만히 안은 채 귀에다 속삭였어요. 엄마는 정말 눈치가 없었어요. 내가 그깟 일로 우는 바보인 줄 아나 봐요.

"혼자서 무서웠지? 엄마가 미안해."

부드러운 엄마 목소리가 내 귀를 간질였어요. 알다가도 모를 일이에요. 눈물은 나는데 자꾸만 웃음이 나오려 해요. 아, 이러면 안 되는 거잖아요.

"신재, 사랑해."

엄마가 내 귀에 대고 속삭였어요. 그러자 눈물이 뚝 멈추고 흐물흐물 웃음이 기어나왔어요. 입을 꾹 다물어도 자꾸 흘러나왔어요.

"딩동."

그때 벨소리가 들렸어요.

"잠시만."

엄마가 살그머니 나를 내려놓고 현관으로 달려갔어요. 나는 다시 조개처럼 입을 앙다물었어요.

"신재야, 피자 먹자!"

"피자?"

나는 쏜살같이 달려나가 식탁에 척 앉았어요. 피자를 보니 배에서 꾸루룩꾸루룩 요란한 소리가 났어요.

엄마가 피자 한 조각을 접시에 올려주었어요. 나는 손으로 피자를 들고 한 입 베어 물었어요. 치익 늘어나는 치즈가 입안에서 살살 녹았어요.

"형은요?"

한 조각을 먹고 나니 형이 생각났어요.

"형은 테스트 받고 올 거야. 너 걱정돼서 엄마는 접수만 하고 얼른 왔지."

엄마 눈빛이 반질반질 빛났어요. 하트가 마구마구 쏟아져 나오는 거 같았어요.

'아, 어떡하지? 모르는 척하고 엄마 아들로 계속 살아 줘야 하나?'

"너 앞머리가 왜 그래!"

엄마가 눈을 동그랗게 뜨고 소리쳤어요.

'아이 참, 가방을 싸야 하나?'

엄마가 사과도 하고, 사랑한다고도 하고, 피자도 사 줬으니, 조금 더 봐줘야겠어요.

삶의 결이 아름다운 분

최은순

잎을 떨어낸 겨울나무들이 눈옷을 두툼하게 입고 있어 따뜻해 보인다. 산야를 하얗게 덮은 바깥 풍경을 보고 있으니 마음이 고요해진다. 문득 자연이 주는 평화와 감사가 뭉클한 이 시간! 내 안에 따뜻한 모습으로 새겨져 있는 그 한 분을 만나기 위해 커피 한 잔을 타 들고 책상 앞에 앉는다.

동화작가 김정옥 선생님! 나직이 불러 보는 마음만으로도 내 마음은 참 편안해진다. 그런데 김정옥 선생님이 어떤 분이지 얘기를 들려달라고 한다. 무슨 말부터 할까, 나는 커피를 한 모금 들이켜며 생각에 잠겨 본다. 김정옥 선생님과 시작된 처음 인연부터 지금까지 지내온 시간들이 아름다운 그림처럼 펼쳐지면서 행복해진다.

내가 김정옥 선생님을 알게 되어 이렇게 가까운 사이가 되기까지 이어준 계기는 '동화세상' 덕분이다.

'동화세상'은 정채봉 선생님과 김병규 선생님 제자들의 모임이다. '동화세상'에서 동화 공부를 한 제자들은 끈끈한 선후배 관계를 지금까지 이어 가고 있고, 올해 30주년을 맞았다. 그 동화세상 출신 명단에 김정옥과 최은순이 존재하고 있었지만 서로 얼굴을 모르고 지내는 사이였다. 그러다 십여 년 전, 창작 공부에 뜻을 두고 만든 한 구성원 안에서 선배 김정옥과 후배 최은순으로 만나게 되었다. 창작 공부를 목적으로 지속적인 만남을 이어 가는 중에 나는 김정옥 선생님이 어떤 분인지를 충분히 알게 되었다. 그런데 창작 모임보다 더 자주 만나고 더 가까이 마음을 나눌 수 있는 기회가 또다시 닿았다. '동화세상' 집행부 일원으로 함께 일하게 되었기 때문이다. 김정옥 선생님은 '동화세상' 회장을 맡고, 나는 간사를 하게 되었다. 이렇게 김정옥 선생님과 나는 점점 더 가까워지는 인연으로 간격이 좁혀졌다. 김정옥 선생님 곁에서 간사를 하게 되면서부터는 마치 한 가족이 된 듯 마음을 주고받게 되었고, 어느 순간 이것저것 재지 않고 모든 걸 편안하게 의논하는 내가 되어 있었다.

살면서 스치는 많은 사람들을 생각해 보면 누구도 같은 사람은 없다. 결점이 많은 사람도 있고 인품이 좋은 사람도 많다. 나는 화를 일으키는 사람이라든가 험담을 일삼는 사람을 만나면 몹시 괴롭고 불편해진다. 그런 사람들 무리 속에 있다 보면 결국 말과 행동들로 인해 서로를 갈라놓는 일이 벌어지기 때문이다. 그래서 생각 속에서 쉽게 지워지고 금방 잊게 된다.

그런데 김정옥 선생님과 함께 지내온 시간들을 돌아보니 잊고 버려진 것보다 간직하고 있는 기억이 더 많다. 이를테면 특별히 보태거나, 각색을 하지 않아도 좋은 말을 들려줄 게 참 많은 분이란 뜻이다. 그런 분이란 걸 이미 잘 알고 있는 사이인데 선생님에 대해 글로 표현하려니 왠지 더 특별한 마음으로 와닿는다. 그런데 '인물론'이란 제목으로 김정옥 선생님에 대한 얘기를 제대로 써낼 수 있을까, 하는 걱정에 부담이 되긴 했다. 하지만 선생님과 아름답게 잘 지낸 시간에 대해 감사하는 마음으로 선생님과의 인연을 돌아보는 시간도 의미 있겠다는 생각이 들었다.

김정옥 선생님!

선생님을 떠올리고 있노라면 어떤 성품을 지닌 사람일까, 하는 궁금증이 생기거나 의문이 생기지 않는다. 그냥 편안하고 너그러운 분, 정을 넘치게 내어 주는 분, 겸손한 분, 주변 사람을 잘 챙기고 힘을 북돋아 주는 분, 교양 있는 분, 그렇듯 좋은 인격과 성품을 고루 갖추고 있는 분이기 때문이다.

그래서인지 함께 지내면서 김정옥 선생님한테 듣게 되는 말과 행동, 그리고 마음 하나하나까지 매순간 새기게 되고 담아두게 된다.

나는 선생님을 겪으면서 고맙게도 부끄러운 내 자신을 돌아보게 되는 계기가 되었다. 좋은 사람들 무리 속에 있으면 건강한 기운을 받게 되는 것처럼 나는 김정옥 선생님으로부터 내게 가장 필요한 기운을 얻었다. 나 자신의 인성이 얼마나 부족한지를 깨달았고, 그 깨달음은 곧 나 자신을 지금보다 더 나은 사람으로 변화시키고 싶은 노력을 하게 만들었다.

특히 김정옥 선생님의 모습 중에 제일 배울 점은 '지혜'를 지닌 모습이다. 나는 김정옥 선생님의 지혜로운 성품에 감동을 받은 적이 꽤 여러 번 있다.

한 단체를 이끌어 가다 보면 행사를 치러야 하는 일부터 작은 일까지 현명하게 결정하고 해결해야 될 때가 참 많다. 섣부르게 한다거나 경솔하면 때로 부딪히는 일도 벌어지고 갈등도 빚어진다.

김정옥 선생님이 '동화세상'의 회장 일을 보는 동안에도 수월치 않은 일들이 많았다. 그런 일이 앞에 놓일 때마다 선생님은 재빨리 서두르거나 성급하게 달려들지 않았다. 나는 그런 모습을 보며 왜 빨리빨리 해결할 생각을 안 하는지에 대해 때때로 답답해하곤 했다. 처해진 상황을 관망하듯 보고만 있는 모습에 조급증이 생기기도 했다. 그런데 그런 내 판단이 성급했음을 곧 깨닫게 해 준 분이다. 조금 더 시간을 기다리고 있다 보면 김정옥 선생님이 아주 지혜롭게 실마리를 풀어가며 해결하는 모습을 볼 수 있기 때문이다. 어려운 문제가 앞에 놓이면 한 발짝 뒤로 물러서서 침을 한 번 삼키는 시간을 갖는 게 비결이란 걸 알게 해 준다. 당면한 일에 대해 충분히, 진중하게 생각을 해 본 뒤 향방을 찾는, 그 지혜를 배우게 된다.

각기 성향이 다른 사람들을 대하는 모습에서도 선생님의 지혜를 보았다. 강한 사람은 조심스럽게 다루고 약한 사람에게는 힘과 용기를 주는…….

그런 김정옥 선생님을 보면서 지혜로운 성품은 단체를 이끌어 가는 갈등과 힘듦에서 어떠한 결정을 내리는 데 중요한 몫이 된다는 걸 깨닫게 되었다.

상처를 주는 법이 없고, 언제나 형제애 같은 따뜻함으로 포용하는 김정옥 선생님의 모습도 빼놓을 수 없는 성품이다.

지금은 세상에 안 계시지만 김정옥 선생님의 부모님은 늘 사이가 좋으셨고 집안에서 큰 소리 한 번 내지 않고 사셨다고 들었다. 자식들에게 고운 말, 좋은 말만 하셨고, 조급함과 성급함을 가르치지 않았으며 행여 어려움이 있어도 슬기롭게 잘 극복하도록 격려해 주고 포용해 주었던 부모님이었다고 한다. 그렇게 보고 자란 가정 교육이 김정옥 선생님의 지금과 같은 성품과 인격을 만들어 주었던 것 같다.

김정옥 선생님이 가정을 꾸리고 사는 모습을 봐도 부모님이 살아가셨던 모습과 똑같이 화목하게 지낸다. 한 가족이 한자리에 앉아 차를 마시며 대화를 즐기는 모습이나, 함께 영화를 보러 다니는 모습 등이 늘 좋아 보였다. 그래서인지 때로 어려운 문제에 당면하더라도 크게 걱정을 하거나 시름하지 않는다. 서로 마음을 나누며 지혜롭게 해결하는 가족 간의 사랑이 몸에 배어 있기 때문이다.

인품이 좋은 사람은 주변 사람에게 자연스럽게 존경을 받는다. 김정옥 선생님도 사람들을 몰려들게 하는 향기를 품고 있는 분이다. 선생님을 보면 언제나 기분이 좋아지고 즐거워진다.

그렇다면, 김정옥 선생님은 그동안 동화는 왜 안 썼는지, 혹은 동화 쓰는 일을 멀리했는지 궁금해진다. 나이 60이 넘어서 첫 동화책을 출간했기 때문이다. 그렇듯 아름다운 성품을 지닌 가슴으로 동화를 쓰면 그야말로 최고였을 텐데, 동료들에 비해 첫 책 출간이 늦었다.

선생님은 1998년 〈동아일보〉 신춘문예에 동화 〈삼색 나비 목걸이〉가 당선되면서 동화작가로 등단했지만 유치원 운영을 하는 이유로 동화 쓰는 일에 몰두하지 못했다. 하지만 열심히 창작을 하는 동료들 못지않게 늘 동화에 대한 관심과 사랑을 놓지 않고 있었다. 그러다가 뒤늦게 동화를 쓰는 일에 마음을 쏟기 시작했다.

그러고는 선생님의 성품이 고대로 묻어나는 맑은 동화를 써서 출간이 되었다. 선생님은 첫 책에 대한 부족함과 부끄러움을 표현했지만 작품을 읽어 본 동료들은 깊이 있는 문학성과 감동을 주는 무게가 수상작 못지않다고 한결같은 평을 했다. 첫 책의 힘을 받아 첫 책 출간 이후 계약이 한 권 한 권 또 이뤄지고 있다.

동화를 쓸 수 있는 시간은 없었지만 마음만은 늘 동화에 대한 갈증으로 가득했으니 아마도 선생님은 생각 속에서 늘 동화를 짓고 있었을 거란 생각이 든다.

늦은 나이를 탓하지 않고 동화 쓰는 마음에 꺼지지 않는 불을 지피게 된 선생님의 자세 또한 참 훌륭하다는 생각이 든다. 그런 선생님의 작가 정신을 보면서 글이 잘 안 써진다거나 글 쓰는 일이 너무 힘들어 포기하고 싶다거나, 하는 젊은 작가들이 큰 귀감으로 힘이 날 듯싶다.

김정옥 선생님의 신춘문예 당선작 〈삼색 나비 목걸이〉를 읽어 보고 싶다는 생각에 인터넷으로 검색했다가 선생님의 당선 소감을 읽게 되었다.

> 아침 이슬같이 맑은 이 아이들과 매일 눈을 맞추면서 나는 지나간 시간의 옹이 진 아픔을 견딜 수 있었고, 나의 마음에 작은 씨앗을 심을 수 있게 되었다. 그 씨앗이 발아되어 어린나무가 되고 큰 나무가 되어 마음이 상한 아이, 마음이 닫힌 아이들을 위해 넓은 그늘막을 만들어 주는 동화를 쓰리라는 소망을 새롭게 갖는다.

당선 소감에서 말한 선생님의 다짐대로 드디어 발돋움하게 됐으니, 김정옥 선생님의 늦은 글쓰기 시작은 앞으로 멈추지 않는 물길처럼 향할 듯싶다. 또한 그동안 다하지 못한 아쉬움까지 보태져 최고의 힘을 쏟아 내리라 믿어진다.

모든 아이들은 자란다, 선재도 함께[1]

김정옥 작가 첫 책 《선재》 톺아 읽기

정은주

1. 그런데 《선재》가 설 자리

〈닥터 스트레인지〉는 또 한 번 비약적인 기술 발전을 선보였다. 빌딩들이 분해되어 거대한 톱니처럼 맞물려 역동적으로 움직이다가 원상 복귀 되는 현란한 장면은 '공간과 물질의 왜곡'이라는 글만으로는 설명에 한계를 느끼게 하는 시각 효과를 연출한다. 2016년은 이런 CG가 가능한 세상이었다.

그런데 2016년 부처님 오신 날 즈음, 업둥이 동자승이 주인공인 책 한 권이 출간되었다. 《선재》(장수하늘소)에는 언제부턴가 아이들에게 의식주처럼 일상이 되어 버린 게임과 스마트폰은 한 번도 언급되지 않고, 이제는 유물처럼 낯선 풀피리와 실에 꿰어 만든 도토리 목걸이가 나온다.

문학은 시대를 읽는 잣대[2]이고, 아동문학도 문학이다. 그렇다면 유비쿼터스가 도래한 21세기, 과연 《선재》가 설 자리는 있을까?

2. 그래서 《선재》가 좋다

2-1. 선재동자, 화엄경 구도자

한때는 문학이 기술을 선도하는 위치에 있었다. 쥘 베른은 1865년에 발표한 《지구에서 달까지》[3]에서 달을 향해 포탄을 발사할 대포 주조 지점으로 '플로리다의 탬파를 선택'[4]했는데, 탬파는 1969년 아폴로 11호 우주선이 발사된 '케이프 케네디 우주 센터'에서 겨우 200킬로미터쯤 떨어진 곳[5]이다. 그뿐만 아니라 '인간을 우주에 보내는 문제에 탄도학이라는 과학을 체계적으로 응용한 소설가는 베른 이전에는 있었을 리가 없다.

1 제임스 메튜 배리의 《피터 팬》의 시작은 "모든 아이들은 자란다, 한 명만 빼고"이다.(〈한국일보〉 '세계 문학사상 가장 빛나는 첫 문장 30선', 이진희 기자 입력 2013.01.29 02:35 수정 2013.01.30 12:21)에서 차용.

2 정은주, 〈아침햇살〉 봄호, '21세기 울슐라거, 19세기 안데르센을 읽다', 2007, p.153

3 쥘 베른, 김석희 옮김, 열림원, 2005.

4 위 책, p.114

5 위 책, p.292

탄도 계산에서 그가 제시한 숫자는 오늘날 유인 우주선이 달에 가는 표준적 비행시간을 알아맞힌 결과가 되었다. 오늘날의 유인 우주선의 무게와 크기도 베른은 거의 비슷하게 예언했고, 역추진 로켓도 예언했다. 로켓 발사가 땅속에 지진을 일으켜 그 충격파가 사람들을 덮치는 것도 그가 예언한 대로'[6]라고 한다.

그러나 21세기는 기술이 문자를 능가하는 시대이다. 기술이 고도로 발전하자, 다시 정신적 가치를 환기시킬 필요가 있었을까? 마블조차 문화 발달과 문명 발전의 균형을 말하고 싶은 모양이다.

〈아이언맨〉처럼 물리적 기술을 앞세운 슈퍼 히어로를 등장시키던 마블 스튜디오가 마법사를 내세우는 영화를 제작했다. 〈닥터 스트레인지〉에서 천재 신경외과 의사 스트레인지가 교통사고로 두 손에 신경 손상을 입고 찾아간 곳은 네팔 카트만두이고, 소서러 슈프림인 '에인션트 원'은 수술 같은 의학 기술 대신 마법, 곧 정신 수련을 통한 치유 가능성을 말한다. 또 '만다라(曼荼羅, Mandala)'를 연상시키는 이미지가 스크린 가득 펼쳐지기도 한다. 종교적이며, 정신적이다.

《선재》는 단편 〈도토리 염주〉[7]를 개작한 장편이다. 단편에서 '아이'였던 동자승에게 '선재'라는 이름을 지어 준 것이 가장 눈에 띈다.

그런데 '선재'도 '아이'처럼 특정한 한 사람을 가리키는 이름이라고 보기는 어렵다. '선재'가 동자승임을 감안하면, 작가가 '화엄경 입법계품(入法界品)에 나오는 어린 구도자(求道者)'인 '선재동자(善財童子)'에서 빌려 왔음을 짐작할 수 있다. 《선재》는 불교적 색채가 짙고, 결국 마음과 정신에 대해 말하는 셈이다.

2015년 7월부터 시행된 인성교육진흥법 때문인지 인성동화가 부쩍 눈에 띈다. 《선재》는 굳이 '인성동화'라고 말하지 않고도 인성을 가르쳐 준다. 마블이 기술과 정신의 균형을 생각하듯이, 우리 아동문학에도 SF 동화와 추리동화가 출현하자 균형이 필요했나 보다. 그러므로 '세기의 대국'에서 인공 지능 알파고가 내리 세 번이나 이긴 다음 이세돌 기사가 기어이 한 판 이기고 만 2016년, 《선재》도 기꺼이 한 자리 차지할 만하겠다.

2-2. 모든 아이들은 자란다, 선재도

〈도토리 염주〉와 견주어 보면, 작가가 《선재》에서 유독 이름을 아낀다는 사실을 확인할 수 있다. 단편을 장편으로 늘리면서 '아이'에게 '선재'라는 이름을 주었는데, 선재를 거두어 기르는 주지 스님 법명은 끝내 드러내지 않았다.

---

6 위 책의 부록 '《지구에서 달까지》 재평가', 월터 제임스 밀러, pp.326~327

7 〈시와 동화〉 2002 가을호.

심지어 〈도토리 염주〉에서 '솔이 보살'이던 큰절 아줌마는 《선재》에서는 '솔이 보살' 이름은 사라지고, 그저 '큰절 아줌마'이기만 하다. 그래서 큰절 아줌마가 선재 엄마처럼 읽히기도 한다. 〈도토리 염주〉에서 '솔이 보살' 아기를 다비소에서 화장했다는 내용이 《선재》에서는 빠졌기 때문에 더 그렇다.

읽다 보면 굳이 큰절 아줌마가 선재 엄마일 필요는 없다. 오히려 남남인 큰절 아줌마와 선재로 충분히 사랑을 느낄 수 있겠다. 모자(母子)가 아니라 사람과 사람으로 읽히기 때문이다.

톨스토이는 〈사람은 무엇으로 사는가〉에서 태어나자마자 고아가 된 쌍둥이 자매가 부모 없이도 잘 자라는 까닭은 이웃에 살던 여인의 마음에 사랑이 있어서라고 한다. 사랑과 자비는 서로 다른 얼굴이 아니다.

선재는 '부처님 오신 날'에 특별한 추억을 만들려고 절에서 잠깐 동자승 체험을 하는 소년이 아니다. '언제 어디서 어떻게 온 아이인지 아무도 모르'지만, 주지 스님과 공양 보살 할머니의 보살핌으로 올곧게 자라나서 수계를 받고 부처님의 제자가 된다.

어른들은 누구나 처음엔 어린이였다.[8] 그리고 모든 아이들은 자란다.[9] 고아 쌍둥이도 자라고, 선재도 자라고, 이 책의 어린 독자들도 자란다. 누구나 한때는 어렸고, 누구나 어른이 된다.

작가는 〈도토리 염주〉에서 비 맞는 아이 손에 우산을 쥐어 주는 스님을 '학인 스님'이라고 하고, 동화 끝에 '공부하는 과정에 있는 스님'이라고 각주를 달아 놓았다. '학인 스님'도 법명이 아닌데, 그마저도 《선재》에서는 '어떤 스님'으로 바꾸었다.

주인공이든 아니든 이름은 참 중요하다. 그런데 김정옥 작가가 이름을 지워나가는 까닭은 무엇일까?

우리는 누구나 선재이거나 학인 스님일 수 있기 때문이다. 우리는 언제든 우산 없이 큰비를 맞을 수 있고, 우산 없이 비 맞는 사람과 우산을 같이 쓸 수도 있다.

2-3. 동화, 비 맞는 아이 손에 쥐어 주는 우산

《선재》에서 금이 엄마가 여섯 살 금이를 절에 맡기는 장면과 마주하면, 경제 사정으로 자식을 떼어 놓는 현실을 반영했구나 싶다. 그런데 채 한 철 지나기도 전에 금이를 도로 데려갈 형편이 된다.

금이도 엄마를 따라 내려간 그 길로 도로 절에 올라와 선재에게 운동화를 선물하고

---

8 《어린 왕자》, 생텍쥐페리 지음, 박성창 옮김, 비룡소, 2000, p.5

9 《피터 팬》, 제임스 매튜 베리 지음, 원지인 옮김, 보물창고, 2014, p.5

간다. 그리고 "오빠, 또 오고 또 오고 자꾸자꾸 많이 올게."라고 말하고 떠났다가 정말로 해가 바뀌기 전에 책과 학용품까지 가지고 찾아온다.

살다 보면 이렇게 약속을 지키는 사람만 만나지지 않는다. 더구나 결핍과 편견의 세상살이와 동떨어진 공간인 '절'에서 외롭고 착한 사람들끼리 서로 기대어 살아간다는 설정은, 《선재》를 현실에서 뚝 떼어 놓은 옛날이야기쯤으로 여겨지게 만든다.

그러다가, 멈추었다. 멈출 수밖에 없었다.

"아유, 큰비가 이렇게 오시는데 왜 비를 맞고 다니시나."

어떤 스님이 뛰어가는 선재 손을 잡아챘다.

"자, 우산! 그러다 감기 들라."

그렇구나. 작가는 비 맞는 선재 손에 우산을 쥐어 주고 싶었구나!

작가는, 《선재》 안이 아니라 밖에 악당을 상정해 놓았다. 곱사등 공양 보살 할머니가 어려서부터 받았을 놀림과 따돌림, 태어날 때부터 지능이 낮았던 큰절 아줌마가 어쩌다 아기를 갖게 된 폭력, 금이 엄마가 어린 딸을 절에 맡길 수밖에 없게끔 내몰았을 사회의 '큰비'가 《선재》 바깥에 엄연히 존재한다.

우리는 손바닥 뒤집듯 약속이 어겨지는 세상에서 살아간다. 그래서 약속을 지키는 금이 엄마와 금이가 낯설다.

그러나 동화는 현실을 사실적으로 그려 내는 소설이 아니고, 냉철한 신문 기사는 더더욱 아니다. 마지못해 남겨진 아이들까지 부모 품으로 돌아가는 이상을 꿈꾸는 문학이다.

"좋구나."

선재가 수계 받는 날, 노스님이 선재에게 장삼을 손수 입혀 주고 말씀하신다. 선재(善哉), 어학사전에는 한문투의 글에서, '매우 좋구나'의 뜻으로 쓰는 말이라고 실려 있다.

《선재》가 좋다. 금이 엄마가 돌아와서 금이를 데려가니까 좋다. 정말 다행이다. 금이가 선재에게 또 오겠다는 약속을 지켜서 좋다. 정말 정말 다행이다.

누구라도 살다 보면 우산 없이 '큰비'를 맞을 수 있다. 동화작가의 몫은 아이들이 비를 맞지 않게 돔(dome)을 만들어 하늘을 가리는 게 아니라, 비 오는 날 우산 없이 달리는 아이에게 우산을 씌워 주는 일이다. 그리고 몸이 펄펄 끓는 선재 머리맡에 앉아 이불깃을 끌어당겨 양 귀를 꾹꾹 눌러 주는 주지 스님을 닮는 일이고, 큰비를 맞아 많이 앓아서 입맛 없는 선재에게 감잎 장아찌를 밥 위에 얹어 몇 술이라도 더 떠먹여 주는 공양 보살 할머니를 닮는 일이다. 그렇게 이 땅의 선재들이 씩씩하게 자라도록 북을 돋우는 일이다.

어디 동화작가뿐이랴. 누구나 주지 스님과 공양 보살 할머니가 될 수 있다. 《선재》의 어린 독자들도 마찬가지다.

3. 그리고 《선재》, 오래된 미래

김정옥 작가의 동화들을 살펴보면 늘 할머니나 할아버지가 등장한다. 〈삼색 나비 목걸이〉[10]에는 전통 매듭 장인이신 할머니, 〈경사 난 거 맞아요?〉[11]에는 엄마를 여읜 손녀가 생리를 시작하자 경사 났다고 말해 주는 할머니, 〈석류꽃 필 때〉[12]에는 평생 재봉질만 하던 외할머니, 〈숯쟁이, 수카르노〉[13]에는 네팔 소년을 손자로 받아들이는 숯쟁이 할아버지, 〈운동화 한 짝〉[14]에는 잃어버린 주인을 기다리는 운동화 한 짝을 솜사탕 기계에 매달고 다니는 할아버지가 나온다. 더구나 〈늙은 개〉[15]에 나오는 유기견 슈나우저는 실제로는 두 살밖에 안 되었지만 수염을 특징으로 내세워 굳이 '늙은' 개라고 부른다.

작가는 왜 동화에서 '늙음'을 얘기하고 있을까? 시간이 누구에게나 지혜를 거저 선물해 주지는 않지만, 그럼에도 불구하고 "진정한 미래는 오랜 지혜 속에 있다"[16]는 사실을 말하고 싶은지도 모르겠다.

〈도토리 염주〉에는 할머니, 할아버지가 나오지 않았는데, 《선재》에는 공양 보살 '할머니'와 '노스님'을 등장시켰다. 공양 보살 할머니는 '금이의 오래된 미래'[17]이고, 노스님은 '선재의 오래된 미래'[18]이다. 작가는 할머니와 할아버지를 통해 오래된 미래를 꿈꾸는 모양이다.

《오래된 미래-라다크로부터 배운다》에서 저자는 '문화적 다양성은 자연계의 다양성만큼 중요하'[19]다고 한다. 여기에 '문학의 다양성'도 덧붙이고 싶다. '생명의 발달이 더

---

10 1998년 〈동아일보〉 신춘문예 당선작.

11 〈아침햇살〉 2011 가을호, 《그럼 안 되는 걸까?》(예림당, 2013)에 〈경사 난 것 맞아요〉로 수록됨.

12 〈시와 동화〉 1999 가을호, 《제7회 우수 창작동화 20》(대교출판, 2000)에 〈조각 이불〉로 수록됨.

13 〈시와 동화〉 2009 가을호.

14 동화세상 사랑방 cafe.daum.net/munadong 2006. 08. 01. 릴레이 동화.

15 〈열린아동문학〉 2015 가을호, 《할머니가 창피해》(예림당, 2016)에 수록됨.

16 《오래된 미래-라다크로부터 배운다》, 헬레나 노르베리 호지 지음, 김종철, 김태언 옮김, 녹색평론사, 2001, p.230

17 공양 보살 할머니는 절에서 지내면서 정이 듬뿍 든 금이가 떠날 때 "정말 아름답지. 너는 우리 절을 평생 못 잊을 거다."라고 말해 준다.

18 노스님은 수계식을 마친 선재에게 "너는 좋은 스님 밑에서 잘 컸으니 훌륭한 스님이 될 게다."라고 말해 준다.

19 《오래된 미래-라다크로부터 배운다》, 헬레나 노르베리 호지 지음, 김종철, 김태언 옮김, 녹색평론사, 2001, p.215

나은 형태를 향해 직선적으로 진행하지 않'[20]듯이 최근 SF, 추리, 인성 동화 출현이 한국 아동문학의 직선적 발달이라고 보기는 어렵겠지만, 우리나라 아동문학 다양성에 기여함으로써 우리 아이들의 삶을 더 풍성하게 만드는 것은 사실이다.

'책을 쓰는 것은 세상에서 일어나는 여러 가지 일들에 대해 다양한 관점에서 물음을 던지는 일이다. 우리가 사는 세계가 바람직한 방향으로 나아갈 수 있도록, 사람들로 하여금 멈추어 생각할 고민거리를 제시한다. ……책을 읽는 것은 스스로 질문과 대답을 통해 진실에 다가갈 수 있는 올바른 가치관을 형성할 길잡이를 만나는 일이다. 세상의 부조리와 편견에 맞서고, 궁극적으로 풍요로운 삶을 가꾸는 거름이다.'[21]

《선재》를 읽으며 학대 피해 아이들과 함께 기아와 난민 아이들을 떠올린다. 그들에게도 선재처럼 우산이 필요하다. 그들도 선재처럼, 바로 지금 우리 아이들과 같은 시대를 살고 있고, 우리 아이들과 함께 미래를 살아갈 세대이므로.

---

20 《진화에 정답이 어딨어?》, 외르크 치틀라우 지음, 박규호 옮김, 뜨인돌, 2010, p.5

21 정은주, 〈아침햇살〉 가을호, '동화 쓰는 사람, 아이들에게 허(虛)를 찔리다', 2005, p.57

어린이와 함께 선생이 걸어온 길

1951년 1·4 후퇴 때 아버지는 지프차를 타고 먼저 서울로 내려옴. 어머니는 큰오빠가 외갓집에 놀러 갔던 터라 작은오빠만 등에 업고 임진강을 건너 예산까지 피난을 내려옴. 예산에서 그 당시 유행하던 폐렴으로 아들을 잃음. 슬픈 와중에 극적으로 아버지와 재회함.

1952년 언니가 태어남.

1954년 오빠가 태어남.

1955년 오빠가 급작스레 사망함.

1956년 9월 3일 서울 중구 인현동에서 아버지 김정수와 어머니 고치현의 육남매 중 다섯째로 김정옥이 태어남. 위로 오빠가 셋, 언니, 남동생이 있음. 아버지, 어머니 두 분 다 평안남도 평양 출신으로 1·4 후퇴 때 월남함. 아버지는 일본 와세다대학교를 졸업 후 행정고시 출신 공무원으로 의사 딸인 어머니를 만나 결혼함. 평양에서 아들 둘을 낳음.

1959년 남동생이 태어남.

1980년 덕성여자대학교 도서관학에 입학함. 졸업 후 국세청 청장실 비서, 건설부장관실 수석비서로 재직함.

1982년 연세대학교 기계공학과 학사, 석사 출신 전인식과 결혼함.

1982~1985년 토지개발공사, 주택공사 재직 후 퇴사함.

1984년 2월 큰아들 형산을 출산함(연세대학교 커뮤니케이션대학원 미디어아트 전공).

1985년 남편 직장(현대자동차 연구원) 따라 울산에 내려감.

1986년 12월 작은아들 형직을 출산함(미국 유학 후, 남편 회사에 재직함).

1994년 서울로 올라옴.

1995년 문학아카데미(정채봉 선생님)에서 동화를 창작함.

1998년 〈동아일보〉 신춘문예 동화 부문에 〈삼색 나비 목걸이〉가 당선됨.
자랑스러운 덕성인 운현 표창을 수상함.

1998~2005년 〈시와 동화〉를 편집함.

2003년 목동 청소년 수련원 글쓰기반에 출강을 감.

2005년 도봉문화원 글쓰기 논술반에 출강을 감.

2007년 아버지가 돌아가심.

2013년 《그럼 안 되는 걸까?》(공저, 예림당)를 출간함.
어머니가 돌아가심.

2015~2017년 동화세상 회장 및 동화학교 교장을 역임함. 북악산 기슭에서 동화를 창작함.

2016년 창작집 《선재》(장수하늘소)를 출간함.

《할머니가 창피해》(공저, 예림당)를 출간함.

2017년 《콩 과자는 맛있어!》(시공주니어)를 출간함.

한국 아동문학가 100인

장성유

대표 작품

〈흐르는 다리〉

인물론

아동문학가와 실천가로서 장성유

작품론

장성유의 장편 환상동화 《마고의 숲》 깊게 읽기

어린이와 함께 선생이 걸어온 길

흐르는 다리

민들레와 무쇠 장군

무쇠마저 녹일 듯한 부드러운 바람이 한강 철교를 휘감았습니다.

철교는 어깨와 팔다리, 허리까지 단단히 철갑을 두른 무쇠 장군입니다. 봄이 와도 무쇠 장군은 그다지 기쁠 일이 없습니다. 수시로 끊어질 듯이 쑤시는 허릿병 때문에 말입니다.

"아이쿠, 허리야……."

요 얼마 전부터는 겨드랑이가 자꾸 간지러웠습니다. 무쇠 장군은 꼼짝없이 누워서 간지러움을 참았습니다. 아무리 부리부리한 눈을 가진 무쇠 장군이라 해도 제 겨드랑이께에 고개를 내밀고 나온 조그만 싹을 뽑아 버릴 재주는 없습니다.

지난해 이 철교의 틈새에는 먼지가 쌓이고 갈퀴가 얽히더니 여름이 다 지날 무렵에는 태풍이 몹시 몰아쳐 흙모래가 떨어져 덮였습니다. 바로 이 흙 속에 뿌리를 내리고 잔풀 하나가 자라났습니다.

이 잔풀내기 이름은 민들레였습니다. 민-, 하고 소리만 들어도 혀끝에서 쓴맛이 돌며 고개를 쩔쩔거리게도 하는 풀지기입니다. 이제 봄을 넘겨 초여름이 되면 언덕 둔덕 들판마다 흰꽃 노란꽃 점점이 터뜨리며 춤을 추게 될 풀꽃!

지금은 몹시도 쬐그만 싹에 지나지 않지만, 민들레에게도 언젠가는 꽃바람을 휘잉 날려 볼 때가 올 것입니다. 그러나 이곳은 땅속 깊이 뿌리를 내릴 수도 없습니다. 낮이면 뜨거워지고 밤이면 금세 차가워지는 철교 위. 이 조그만 잔풀내기가 어떻게 될는지 아무도 모릅니다.

민들레는 아랑곳없이 쭈욱 기지개를 켭니다. 조금 키가 자라면서 고개를 위로 아래로 옆으로 돌리기도 합니다.

다만 민들레는 말동무 하나 없이 마냥 심심했습니다.

철교 위를 달리는 기차라는 것은 철컥철컥 소리를 울리면서 잽싸게 달아빼고 맙니다. 한낮이 되자 햇볕은 내리쪼입니다. 민들레는 가슴팍이 타들어 갈 듯합니다.

저 아래 철교 밑으로 싯푸른 강물이 내비칩니다. 저 강물을 따라 민들레도 흘러가 보고 싶습니다.

민들레는 가만히 생각에 잠겼습니다.

'흐르는 것은 어떤 기분일까…….'

물살을 따라 이리저리 춤도 춰 보고, 슬며시 물에 잠기며 고기 떼 속에 휩쓸려 보기도 하고.

민들레는 자기 처지가 영 못마땅해집니다. 강물도, 구름도, 바람도……, 죄다 모두 흘러가고 있습니다.

"아! 흐르지 못하는 건 따분한 일이다."

밤이 되면 사람들을 태운 유람선이 철교 아래로 지나갑니다. 사람들은 '우와-' 소리치며 불빛을 이마에 반짝이며 철교를 향해 소리쳤습니다.

"한강 철교다!"

갑판 위에서 마이크를 들고 이야기하는 관광 안내원의 목소리가 들려왔습니다.

"…… 이 철교는 한강에서 제일 오래된 다리입니다. 한강의 터줏대감이지요. 하지만 1950년은 저 건너편 한강다리와 함께 이 철교에게 가장 잔혹한 시기였습니다……."

이렇게 시작하는 관광 안내원의 이야기는 참으로 비극적인 내용이었습니다.

우우 웅-.

낮은 소리와 함께 커다란 뒤흔들림이 민들레의 뿌리에서부터 줄기 끝까지 전해져 왔습니다. 그것은, 그것은!

아까까지 말 없던 무쇠 장군이 신음 소리를 내며 부르르 떠는 몸짓이었습니다.

한강 할아버지의 그림

민들레는 제법 톱날처럼 잎이 솟아났습니다. 그림 그리는 한강 할아버지가 찾아온 것도 이즈음이었습니다.

할아버지는 지팡이에 몸을 의지한 채 아까부터 강물을 향해 하염없이 바라보고 서 있습니다. 가끔 한숨이라도 내쉬는지 할아버지는 고개를 힘없이 떨구곤 합니다.

'오늘은 영 그림이 되지 않는 모양이지?'

민들레도 따라서 마음이 무거워집니다.

해 질 녘이 되자 할아버지는 힘없이 돌아갔습니다.

다음 날도, 그다음 날도, 할아버지는 매일같이 한강 철교 밑으로 찾아왔습니다. 날이 갈수록 할아버지는 점점 기운이 떨어지는 듯했습니다.

어떤 날은 그림 도구를 꺼내 놓지도 않고 그냥 생각에 잠겨 있다가 돌아갔습니다.

'왜 할아버지가 이곳을 찾아오실까.'

'무슨 시름을 저렇게 깊이 하실까.'

어느 날, 벚꽃이 마구 휘날리는 오후 한나절이었습니다.

할아버지는 그림 도구를 펼쳐 놓고 힘차게 붓질을 해 나갔습니다. 할아버지 얼굴에 처음으로 희미한 웃음이 나타났습니다. 저 그림이야말로 할아버지가 이곳을 찾는 이유일 거야, 민들레는 짐작했습니다.

마침 철교 위로 제비가 날며 비비쫑거렸습니다.

"제비야, 제비야!"

"누가 날 부른 거야?"

제비는 시큰둥 철교 난간에 내려앉습니다.

"응. 저어기 아래 할아버지 말이다. 무슨 그림을 그리고 계신지 알려 줘."

"내가 알 바 아냐! 난 어서 가서 먹이를 찾아야 해. 곧 새끼들이 알에서 나올 거야."

"휙 갔다 오는데 그렇게도 힘든 일이야? 난 여기서 목이 말라서 꼼짝없이 죽게 생겼는데."

그 말을 듣고 있자니 제비도 영 그냥 떠나긴 뭣했습니다.

"쳇-. 귀찮게 걸렸다. 잠깐 다녀올 테니 기다려라."

제비는 꼬리를 총총거리며 대답했습니다. 그러다가 이번엔 오히려 제비 쪽에서 놀랐습니다.

"에? 저 할아버지가 매일 가는 데가 여기였어?"

"아는 할아버지야?"

"그럼! 그런데 우연치고는 기막힌 우연이네. 이번에 새끼를 치려고 집 지은 데가 바로 마침 할아버지 집 처마 밑이거든. 여기 와서도 그림을 그리시네?"

"너 저 그림에 대해 좀 아니?"

민들레는 재우쳐 물었습니다.

"아, 생각났어! 그러고 보니, 그 그림인 것 같은데……."

"무어?"

제비는 휙 날아갔다가 다시 돌아와 앉았습니다.

"역시 그 그림이었어. 알 듯 모를 듯 조그만 여자애를 그리고 계시거든."

"여자아이?"

민들레는 자꾸 되물었습니다.

"응. 며칠 전 일이야……."

제비는 할아버지가 이웃 가게 철물점 아저씨하고 같이 외출했다가 돌아오는 걸 보았다고 합니다. 그때 제비는 전깃줄에 앉아 있었다고요.

제비는 재재재재 말을 이었습니다.

“나중에 안마당에 따라 들어가 들어보니 두 분은 전쟁 기념관에서 열리는 전쟁 사진전에 갔다가 오신 거였어. 벌써 전쟁이 끝난 지도 칠십 년이 넘어간다고 하시면서 옛날이야기를 나누셨지. 전쟁을 겪을 때 두 아저씨는 열다섯 동갑내기였나 봐.”

“그랬구나…….”

“그런데 그날 밤 할아버지는 혼자 엎드려 엉엉 우셨어……. 그러더니 다음 날 낡고 오래된 그림 도구를 꺼내 오셨지. 그리곤 무언가를 그리기 시작하셨어. 그 조그만 여자애를 말야.”

“여자애?”

“이봐, 넌 왜 남의 일에 신경 쓰고 있어? 네 처지나 걱정하지.”

“넌 그 여자애가 누군지 아니?”

“흥! 낸들 어떻게 알아?”

“좀 더 알아봐 줘, 제비야! 왠지 할아버지의 슬픔이 내 이야기만 같아서 그렇단다. 나도 왜 그런지 모르지만…….”

그렇게 말을 하면서도 민들레는 까닭없이 서러웠습니다. 강물처럼 바람처럼 구름처럼 그렇게 흘러가 보고 싶었습니다.

“알았다구……. 괜한 일에 엮이는 기분이지만.”

제비는 머뭇거리다가 이내 강 건너편 할아버지 집이 있는 노량진 쪽으로 날아갔습니다.

순영이와 소년

제비가 그렇게 떠난 지도 한참되었습니다. 민들레는 뺨을 적시는 차가운 이슬에 깜짝 깜짝 놀라며 새벽잠이 깨곤 했습니다.

그때마다 민들레는 제 몸이 부쩍 자라나는 것을 알아챘습니다. 웅크리고 있던 제 가슴팍을 활짝 펴 보았습니다. 불끈 힘을 주면서 꽃대를 밀어 올렸습니다. 흰 꽃망울이 부풀었습니다.

저 한강변 둔치에도 꽃들이 알록달록 피어났습니다. 민들레는 바람에 몸을 맡겼습니다. 꽃대를 흔들리자 민들레는 생각했습니다.

‘흐르는 것이 이런 기분일까…….’

해가 떨어질 무렵이었습니다. 하늘에 까만 점이 생기더니 기다리던 제비가 왔습니다.

“이제 왔니?”

민들레는 반가움에 크게 손짓했습니다.

제비는 사진 한 장을 물고 왔습니다. 너무도 끔찍한 장면이었습니다.

끊어진 다리. 끝없이 이어지는 피난민 행렬. 폭격음. 울부짖는 울음소리……. 그것은 바로 이곳 한강 철교가 폭격을 맞아 무너진 모습이었습니다.

민들레는 파르르 떨며 물었습니다.

"여기가 어디라니?"

"어디긴? 바로 이곳……."

우웅-. 우웅.

무쇠 장군의 신음 소리가 더 크게 울려 옵니다. 허리가 끊어질 듯이 아프던 허릿병이 다시 도진 것입니다. 마침 기차가 지나가자 민들레는 큰 소리로 울어 버렸습니다.

제비는 제가 보고들은 이야기를 죄다 풀어놓았습니다.

"할아버지는 전쟁통에 저-기 한강 다리 위에서 그만 새로 맞이할 각시 순영이를 잃어버렸어."

"뭐? 그건 또 무슨 말이야?"

한강 할아버지가 그리던 여자아이 이름은 순영이였습니다. 순영이는 할아버지가 어렸을 때 의형제처럼 지내던 집안 어른끼리 혼인을 약속한 할아버지의 각시였습니다. 두 사람은 가족들 틈에 섞여서 손을 잡고 한강을 건너고 있었습니다. 서로 밀치고 앞서 나가려는 피난 행렬 속에서 순영이는 몇 번이나 넘어질 뻔했습니다. 순영이는 어렸을 때 소아마비를 앓아서 한쪽 다리를 절뚝거렸던 것입니다.

그러다가 순영이는 그만 품에 그러안고 있던 옷 보따리를 놓치고 말았습니다. 잠깐 수레 위에 올려놓은 사이, 인파에 휩쓸려 굴러떨어지고 말았던 것입니다.

"아! 어쩌지? 옷 보따리가……. 옷 보따리가 안 보여……."

울먹거리는 사이에도 순영이네는 피난 행렬에 떠밀려 가고 있었습니다.

"순영아! 어서 가자. 옷은 또 지으면 된다."

"엄마가 지어 준 건데……. 금방 돌아올게. 응? 금방금방……."

순영이는 기어코 소년의 손을 뿌리치고 인파 속으로 사라졌습니다.

순영이네 식구는 조상 대대로 평안도 땅에서 살아온 터라 북에 남기로 하고 순영이 혼자만 새 식구가 될 할아버지와 함께 내려오게 되었던 것입니다. 그래서 순영이에게는 어머니가 지어 준 옷 한 벌이 북쪽에 두고 온 혈육이나 매한가지였습니다.

쾅! 쾅! 쾅!

순영이가 사라진 얼마 뒤였습니다.

엄청난 폭발음과 함께 커다란 화염이 하늘로 솟구치며 환하게 밝아졌습니다.

1950년 6월 28일 새벽 2시 30분 한강 인도교 남쪽.

이렇게 엄청난 일이 순영이와 떨어진 지 고개를 돌릴 틈도 없이 일어나고 만 것이었습니다.

쏟아지는 폭우 속에서 다리를 건너던 피난민들이 무려 몇천 명이었습니다. 북한 인민군이 한강 이남으로 진격하는 것을 막기 위해 우리 국군에 의해 다리 폭파가 이루어진 것이었습니다.

피난민들은 아무런 예고도 듣지 못한 채였습니다. 다리 위에 있던 트럭과 수백 명의 사람들은 물에 빠지고 순식간에 아수라장이 되었습니다.

그렇게 순영이를 어둠 속에 떠나보낸 것이 마지막이 되고 말았습니다.

할아버지는 전쟁 동지들과 더러 해장국 집에 모여 쓴 소주잔을 기울였다고 합니다. 제비는 창가 전봇대에 앉아 그들의 이야기를 들을 수 있었습니다.

민들레는 이제 눈물도 나지 않습니다. 제비가 할아버지 방을 어찌나 자세하게 들려주는지, 민들레는 꼭 그 방 어디쯤에 가서 앉아 있는 듯했습니다.

“할아버지는 요즘 주무실 때 가끔 잠꼬대를 하셔.”

제비는 민들레의 기분을 바꿔 주려고 재재거렸습니다.

“그래? 무슨 잠꼬대?”

“으응, 머리맡에 그림을 걸어 두고 순영아……. 순영아…… 그러시지.”

“아! 그림을 다 완성하셨어?”

“응! 난 가야겠다! 새끼들 먹이 구하러.”

제비는 짧게 대답하고 노들섬 쪽으로 날아갔습니다.

무쇠 장군의 노래

제비는 이따금 할아버지 소식을 전하러 날아왔습니다. 그러나 할아버지가 몸져 누우신 이야기를 들려준 뒤로는 영 나타나지 않았습니다.

‘왜 아프실까?’

가끔 민들레는 바람 소리에 귀를 기울였습니다. 제비는 ‘지지지지’ 새끼 제비들과 아주 재미있게 지내는 모양이었습니다.

그리고 어느 날 저 혼자 조용히 꽃을 피웠습니다.

하얀 꽃.

그토록 밝고 소박한 흰 민들레입니다.

어느 날 제비는 와서 슬픈 목소리로 할아버지 이야기를 들려주었습니다.

“그게……. 할아버지가……. 그림을 품에 안고 돌아가셨어…….”

휘익—.

센 바람이 불었습니다. 민들레는 조금도 슬프지 않았습니다.

"제비야, 할아버지는 흘러가신 거야……. 따뜻하고, 조용하고, 자유……, 해방……. 그곳으로."

민들레는 몸이 휘청했습니다.

무쇠 장군이 큰 신음 소리를 터뜨리며 움찔했습니다.

한강 다리가 있는 노들섬 둔치에서는 철새들이 하나둘 모여 축문을 읽었습니다.

넋이여,
고이 잠드소서
한강은 그날의 슬픔을 기억하며
흐르고 있네.

그곳으로 흐르네.

희고 둥그런 아치형 무지개다리가 희미하게 걸렸습니다.

"저길 봐! 할아버지야!"

제비가 소리쳤습니다.

강 이쪽에서 할아버지는 지팡이도 버리고 기역자처럼 굽었던 허리도 펴고 있습니다. 아니, 다시 보니 할아버지가 아니라 여리디여린 소년이었습니다.

잠시 뒤 제비는 더 크게 소리쳤습니다.

"저쪽을 봐! 노들섬 쪽 말이야."

하얀 모시옷을 입고 흰 버선발로 선 순영이였습니다. 눈이 똘망똘망하게 빛나는 어린 소녀였습니다.

순영이와 소년이 된 할아버지는 다리 가운데 선 채 손을 부여잡았습니다.

그리고 아치형 다리는 천천히 흐르기 시작했습니다.

김포, 파주 다 지나고 임진강까지 강물을 거슬러 올라갔습니다. 어린 시절 순영이와 뛰놀던 평안도 땅으로까지 흘러가려는지 모릅니다.

민들레도 몸이 가뿐해졌습니다. 새로 뿌리 내릴 땅을 찾아 흐르고 싶습니다.

센 바람이 한 번 몰아쳤습니다.

민들레는 제 깃털 씨를 가볍게 털며 바람을 탔습니다.

아찔한 저 아래로 싯푸른 강물이 흐릅니다.

슬픔도 잊고, 아픔도 잊고, 한강은 무쇠 장군의 노래가 되어 흐르고 있습니다.

아동문학가와 실천가로서 장성유

신새별

장성유 작가는 나의 오랜 글벗이다. 그녀와의 첫만남은 1998년 겨울 과천에서다. 지금으로부터 24년 전쯤 과천문인협회 사무실로 장면이 오버랩 된다.

출근해서 이것저것 정리하고 있는데, 어디서 고운 목소리가 들렸다.

"계세요?"

처음 보는 얼굴이었다. 둥그스름한 달걀형 얼굴에 커다란 눈이 반짝거린다.

"과천에 사는 동화작가 장성유라고 합니다. 차 한 잔 마시러 왔어요."

과천에 사는 문인이라니…… 무조건 환영이다. 더군다나 또래로 보이는걸. 마냥 반가웠다.

"앉으세요. 녹차 괜찮으세요?"

낡은 다관에 차를 넣고 녹차를 우려 내놓았다. 그녀의 차 마시는 모습은 제법 차를 즐겨온 차인과도 같은 분위기가 배어 나왔다.

"얼마 전에 이재철 선생님과 서린동에 있는 신세훈 선생님 사무실에 다녀왔어요. 과천문협 사무실에 딸이 근무하고 있으니 한번 가 보라고 해서 왔어요."

웃음을 머금은 눈이 반짝거렸다.

나는 그때 아버지가 지부장으로 계시던 문협 과천지부 사무국 일을 맡아 보고 있었다. 우리는 동갑이었고, 같은 해에 등단한 동년 새내기였다. 나는 동시로, 그녀는 동화로. 결혼은 했지만 아직 아기가 없다는 점도 같았다. 그녀는 호탕하게 잘 웃었고 활달하고 자유로워 보였다.

이후 그녀는 가끔 문협 사무실에 들러 차 한 잔을 마시고 가곤 했다. 어느 날은 아동문학평론문학상 신인상 시상식 초청 소식을 전해 주었다. 등단은 전 해 가을에 했지만 다음 해 5월 방정환문학상 시상식 때 시상을 함께 한다는 내용과 함께였다. '아무렴 당연히 가야지.' 꽃다발을 준비해서 '흥사단' 강당으로 올라갔다. 5월 말이라 더웠는지, 입덧 중이라 더웠는지, 땀을 흘리며 흥사단 건물 계단을 올라갔던 기억이 난다. 그렇게 1999년 5월에는 공식적인 자리에서 그녀를 만났다.

우리는 8월에 또 한 번 과천에서 만남을 가지게 된다. 그때 나는 배 속의 아기가 자라 배가 불러오던 중 '이제는 바깥일을 그만두고 집에서 출산 준비를 하라.'는 남편의 제안을 받고 고민하던 중이었다. 나는 그녀에게 내 고민을 떠넘기게 되었는데, 과천문협 사무직을 떠넘긴 것이다. 지나고 보니 그녀는, 남의 어려운 상황을 보고 못 본 척 못 하는 성격이었다.

9월부터 그녀는 과천문협의 사무국 일과 함께 '어린이 문예교실'에서 어린이 글쓰기 지도를 맡게 되었다(당시 '어린이 문예교실' 지도 문인으로는 권태문, 김영희, 이윤희 동화작가, 최향 동시인 등이 출강하고 있었다). 그러고 나는 출산과 육아를 위해 3~4년간 평촌 신혼집으로 잠적해 버리게 되었다.

그러는 동안 장성유 작가는 과천에서 큰일을 냈다. 바로 '국제아동문학관' 건립 운동이었다. 어느 봄날 소파 방정환 선생 묘소에서 이재철 선생님이 이런 얘기를 하셨다 한다. '국제아동문학관을 짓고 싶은데, 그걸 못하고 있다.'는 얘기에 그녀는 '하면 돼죠!' 했다는 거다. 그렇다. 그녀에게는 그런 발칙함이 있다. 자신감이 있다. 대담성이 있다. 뜻이 있으면 길을 내면 된다는 게 그녀의 좌우명이 아닐까 싶다.

2001년 봄 그녀는 바로 '국제아동문학관 건립' 운동 계획을 세웠다. 과천시 이성환 시장 앞으로 '국제아동문학관 건립 제안 검토서'를 제출, 과천의 지역 신문 〈과천시대신문〉과 함께 건립 운동에 발동을 건다. '국제아동문학관 과천에 유치-아동문학의 보고, 입지 조건 과천이 최적'이라는 톱 기사를 내보내고, 이재철 선생 인터뷰 기사, '과천을 아동문학의 메카로' 연재까지 기획하면서 언론을 움직였다. 그렇게 그녀는 언론을 움직일 줄도 알았다.

과천시에서는 문원동 31-1번지 일대를 문화 부지로 지정한 뒤, 이듬해 봄 '과천국제아동문학관 건립' 타당성 연구 용역비 6천만 원을 책정, 발주 의뢰까지 하고 있었다.

그러나 그해 10월, 시장이 바뀌면서 전임 시장 역점 사업이었던 '과천국제아동문학관 건립' 사업은 돌연 백지화되었다. '국제아동문학관' 예정 부지는 '과천청소년수련관'으로 바뀌게 되었고, 체육 시설과 함께 청소년 활동 공간으로 용도 변경되었다.

장 작가는 여기서 포기하지 않는다. '국제아동문학관 건립을 위한 백만인 서명 운동'에 착수했다. 내가 아기 키우느라 평촌으로 잠적했다가 과천으로 잠깐 외출했을 때 본 그녀의 모습은 투사의 모습이었다. 거리로 나가 '국제아동문학관 건립'을 위한 서명을 받는 1인 시위 실천가의 모습이었다. 곁에서 함께 힘이 되어 주지 못한 내 모습이 어찌나 미안하던지……. 아직도 나는 그때를 생각하면 빚진 마음이다.

장 작가는 '국제아동문학관 건립'을 촉구하는 서명 운동을 다각도로 펼쳐 나갔다. 전국의 아동문학인들에게 뿐만 아니라 거리로 나서 과천의 어린이와 학부모, 시민들에게까지, 국회의원 회관으로 가서 고흥길 국회의원을 비롯, 송영길, 김부겸, 이부영 의원

등 많은 의원들의 서명을 받아 냈다. 고흥길 의원의 '청원 소개 의견서'와 함께 국회 의장 앞으로 '국제아동문학관'에 관한 청원서를 제출했다(2003년 3월).

장 작가는 2004년 2월 정세균 국회 예결위원장에게 친필 서신을 보냈다. 2003년 '국제아동문학관 건립 용역 조사비'로 문광위 심의 의결을 거쳐 예결위까지 올라간 예산이 삭감되었으니, 올해 예산안에 올라간 1억은 삭감하지 말아 달라는 간절한 내용의 서신이었다. 2005년 1월에는 노무현 대통령에게까지 '국제아동문학관 건립에 대한 청원서'를 올렸다. 그러나 결국 대통령 비서실에서는 문광부로, 문광부에서는 예산을 핑계로 단기 사업이 아닌 장기적인 사업이라는 핑계를 대며 사업 자체를 차일피일 미루기에 급급했다고 보여진다. 지금 생각해 보면 국가 공무원들의 의식 수준이, 지방자치단체 공무원의 의식 수준이 거기에 미치지 못했던 것이다.

지금 그 일을 추진했더라면 어땠을까. 국제화·세계화가 상식이 되고 일반화된 현 시점이라면 어땠을까 상상해 본다. 가능한 일인지도 모른다. "내가 힘이 없었어……."라고 말하는 장 작가의 고백에 마음이 아리다. 힘이 무엇일까, 권력이란 무엇일까. 순수하고 필요한 곳에 힘이 사용되지 못하고 그 힘은 도대체 어디 쓸데없는 곳에서 난무하고 있는 것인가.

사계 이재철 선생과 함께 장성유 작가는 최선을 다했다. 혼신을 기울여 이 땅에 어린이를 위한, 어린이를 사랑하는 모든 이들을 위한 '국제아동문학관'을 세우고자 최선을 다했다. 뜨거운 박수갈채를 거듭 보내드리고 싶다.

'국제아동문학관'은 건립되지 못했지만, 그것이 불씨가 되어 (역삼동에 있는) '국립어린이청소년도서관' 건립 시기가 앞당겨졌다고 장성유 작가는 판단하고 있고, 나 역시 같은 생각이다. 그녀에게 '국제아동문학관' 건립의 꿈은 아직도 유효하다. 장 작가만의 꿈이 아닌, 하늘나라에 계신 사계 선생의 꿈이자, 오랜 글벗인 신새별의 꿈이자 모든 아동문학인들의 꿈, 대한민국의 모든 아동문학 연구가들의 꿈, 어린이와 어린이를 사랑하는 모든 어른들의 꿈…….

이후 장성유 작가는 2006년 서울에서 열린 '세계아동문학대회' 부집행 위원장으로 활약한다. 그때 나도 글벗 장성유의 손에 이끌려 사계 선생 자택에 처음 방문하게 되었고, 쌈짓돈 백만 원을 대회 후원금으로 내게 되었다. 장성유 그녀를 생각하면 다 기쁘고 보람 있는 일이었다. 아마 그 시점부터 그녀는 아동문학 연구가의 길로 들어서야겠다 마음먹은 게 아닐까. 희한하게도 그녀는 본격적으로 공부를 시작하면서 마흔에 쌍둥이가 생겼다. 쌍둥이를 낳고, 이어서 방정환 연구로 박사 학위를 따기에 이른다. 이후 그녀는 아기를 키우면서 장정희(본명)라는 이름으로 학자와 연구가로 활발하게 활동을 펼쳐 나갔다. 더러는 장정희 교수가 장성유 작가인 줄 모르는 사람도 있었다.

1998년 동화작가로 등단 후 국제아동문학관 건립 운동, 세계아동문학대회 개최, 아동문학 연구가의 길……. 장성유 작가는 이 숨 가쁜 일을 다 마치고 2008년엔 드디어 오래전부터 구상해 왔던 장편 환상동화 《마고의 숲》을 현암사에서 펴낸다. 이 장편 환상동화는 3천 매나 되는 분량으로, 예전에 써 놓았던 것이라 한다. 2002년 무렵 신세훈 선생은 이 원고가 하도 탐이 나서, 단편으로는 〈아동문학평론〉에 나왔으니 장편으로는 〈자유문학〉 신인상에 3천 매 다 실어 줄 테니 원고를 달라 하셨다 한다.

신세훈 시인이 《마고의 숲》을 얼마나 아꼈던가 하는 것은 〈자유문학〉에 집중 연재를 기획하면서 쓴 편집 후기에 담겨 있다.

> "인류 신화·역사를 엮은 작품이라 우리나라에서는 이런 상상 고사의 신화적인 동화가 장편으로는 처음 쓰여진다. 곧 호머의 《일리아드》와 《오디세이》에 버금갈 수 있는 작업이 되리라 예상해 본다. 이러한 한민족 서사 대작을 〈자유문학〉 측에서 발견하고 추천한 기획을 자랑으로 여긴다."
> "이 작품은 아마도 장성유 씨의 평생 대표작이 되기 쉬울 뿐만 아니라, 한국을 대표하는 아동문학의 장편동화 대표작이 될 가능성을 충분히 다 갖추고 있다고 여겨진다. 두고두고 한민족 독자들에게 읽혀지기를 바란다."

이 작품을 쓰기 위해 장성유 작가는 짐을 꾸려서 한 달 동안 강원도 산골로 은둔해 버리기도 했다. 과천문협에서는 한 동안 그녀의 모습을 볼 수가 없었다. 그가 고집과 투지로 거리에 서서 국제아동문학관 건립을 위해 백방을 헤매고 다니던 것과는 또 다른 모습이었다. 그러나 지금 생각해 보면 하나의 일을 완성하기 위해 바치는 그녀의 뜨거운 신념과 열정에서는 결국 한 가지였다.

현암사에서 나온 《마고의 숲》은 완간이 아니다. 그녀가 애초 완성하려고 했던 아홉 가지 세상 가운데 하나의 챕터를 출간한 것이라고 한다. 그녀는 할 일이 많다. 우리 아동문학을 위해서, 또 그녀의 《마고의 숲》을 위해서. 그래서 장성유 작가는 누구보다 건강하게 오래오래 살아야 한다고 나는 생각한다.

장성유 작가는 최근 얼마 동안 아동문학 연구에 많이 기울어 있지 않았나 생각되기도 한다. 우리 아동문학, 특히나 판타지가 드물고 좋은 환상문학이 목마르게 기다려지는 이때에, 이제 장성유 작가가 그 열정을 창작 쪽으로 좀 더 기울여 주었으면, 하는 기대와 바람을 오랜 글벗으로서 충고 삼아 남긴다.

장성유의 장편 환상동화 《마고의 숲》 깊게 읽기

이정석

1. 들어가며

장성유는 한국 현대아동문학에서 인류의 신화 또는 우리나라 상고사를 바탕으로 쓴, 기념비적인 최초의 장편 판타지동화 《마고의 숲》을 썼다. 그는 1998년 계간지 〈아동문학평론〉 가을호에 단편동화 〈열한 그루의 자작나무〉가 당선되고, 2002년 〈자유문학〉에 장편동화로 등단하였다. 2005년에 그림책 《열한 그루의 자작나무》, 동화집 《디딜방아 쿵더쿵》을 출간하였으며, 2008년엔 장편 환상동화 《마고의 숲 1, 2》, 2010년엔 동화집 《물레방아 둥글랑의 꿈》, 2013년엔 《장성유 동화선집》을 출판하였다. 그는 《마고의 숲 1, 2》로 방정환문학상(2008)을, 〈골동품 가게 주인 득만이〉로 율목문학상(2011)을 수상하였다.

장성유의 동화 문학은 성격상 여러 갈래로 나눌 수 있지만 특히 환상동화에 강한 면모를 가지고 있다. 그가 쓴 창작론에서 '등단 당시부터 나는 환상동화의 창조에 힘을 기울였다. 뜻밖에 당선된 첫 작품도 다름 아닌 판타지였다. 그때부터 판타지에 적성이 있는 것을 알고 환상동화를 써 나갔다.'고 고백한 것을 보면 그가 환상동화 창작에 얼마나 공을 들이고 있는지 알 수 있다. 그러므로 장성유의 동화 문학은 환상동화가 본령이라고 할 수 있다. 필자가 그의 다른 동화를 젖혀 놓고 《마고의 숲 1, 2》에 관심을 가지는 이유이다.

> 판타지는 현실의 기초 공사다. 비현실의 세계 또한 또 다른 현실의 진실로 받아들이며 현실의 이면을 들추어낸다. 존재하는 현실에서 존재해야 하는 현실로 나아가려는 강렬한 충동으로 인해 어떤 면에서 판타지는 현실에 대한 강한 불만의 표시이기도 하다. 인간은 누구나 현실과 이상 사이에서 갈등하기 마련이다. 그 갈등의 줄다리기는 늘 팽팽하게 긴장되어 있다. 그러나 이상이 아무리 높더라도, 현실이 비참하고 비루하더라도 판타지는 그 이상과 현실의 관계를 조화롭게 연결시키는 방법을 찾아 준다. 판타지에는 현실과 비현실을 자유롭게 넘나들 수 있는 중간 지대-고리가 있다. 그런 중간 지대는 이상과 현실의 충돌을 조율해 주는 완충 지대 같은 것이다. 본질적으로 판타지는 현실을 전복하며 혁명을 해 나간다. 그렇기 때문에 또 다른 세계는 현재의 복사판이 아니라 현실에서 이루어지지 못한 미래

의 현재를 재현시킨다. 그러한 미래를 미리 가져와서 보여 주는 것이야말로 판타지가 담당해야 할 몫이라고 생각한다.[1]

'미래를 미리 가져와서 보여 주는 것이야말로 판타지가 담당해야 한다'는 판타지에 대한 장성유의 입장은 매우 강렬하고 확고한 편이다. 또한 '어떤 면에서 판타지는 현실에 대한 강한 불만의 표시'라고 한 것을 보면 '존재해야 하는 현실로 나아가려는 강렬한 충동'이 어느 누구보다 더 크다고 할 수 있다. 그가 《마고의 숲》 신인상 당선 소감에서 언급하기를 '앞으로 세계의 주역이 될 우리 민족의 기상을 만방에 떨칠 수 있고, 나아가 새천년을 기다리는 인류에게 새로운 희망의 메시지가 될 수 있는 큰 거인'에 대한 작품을 썼다고 하였는데, 그의 이런 현실적 강한 불만이 《마고의 숲》이라는 놀랄 만한 판타지동화 탄생으로 승화되었다고 정리할 수 있을 것이다.

박상재는 우리나라 창작동화에 나타난 환상의 유형을 여섯 가지로 나누었다.[2] 전승적 환상, 몽환적 환상, 매직적 환상, 우의적 환상, 시적 환상, 심리적 환상이 그것인데 《마고의 숲》은 매직적 환상 유형에 포함된다. 매직적 환상이란 요술이나 마술, 마법과 같은 신비한 힘이 도입된 환상이다. 서양의 메르헨, 우리의 전래동화인 도깨비 설화가 이에 해당된다. 《마고의 숲》에서도 신비한 힘을 가진 푸른 구슬, 키가 변하는 구석나라의 사람들 등 매직적 환상의 전형적인 형태를 보여 주고 있다.

장성유 《마고의 숲》에 대한 의미 있는 평가로는 이재철과 황정현의 글이 있다. 이재철은 이 동화의 작품 해설을 통해 장성유를 원시 시대의 설화에 근원을 둔 동화, 그중에서도 협의동화인 메르헨을 추구해 온 작가로 규정하면서 《마고의 숲》의 특징을 다섯 가지로 정리하고 있다. 첫째 인류의 신화·역사가 배경인 점, 둘째 숲을 파괴시켜서 발달해 온 인간 문명에 대한 강한 비판과 자연에 대한 사랑, 셋째 이야기를 풀어 가는 핵심 열쇠는 사랑, 넷째 비밀이라는 우의적 알레고리로 빗대어 현실을 그려 보려는 작가 의식, 다섯째 동화의 바탕은 동양적이고 한국적인 철학 사상 등이다.[3] 황정현은 이 장편동화를 '시원의 그곳, 마고의 숲, 그 근본을 탐색하려는 거대한 담론의 작품'이라고 평가하면서 신화적 세계의 추구, 인간 문명에 대한 비판과 자연에 대한 사랑, 천지인의 조화로운 공존공영을 위한 사랑, 있어야 할 것의 추구, 인류의 보편적인 가치를 추구하는 한국적인 사상 기반 등 다섯 가지로 정리하고 있다.[4] 황정현의 평가는 이재철의 그

1 장성유, 《장성유 동화선집》, 〈나의 동화 세상〉, 지식을만드는지식, 2013, pp.174~175

2 박상재, 〈한국 창작동화에 나타난 환상성 연구〉, 단국대 박사논문, 1997, pp.22~24

3 이재철, 《마고의 숲 2》, 작품 해설 중에서, 현암사, 2008, pp.542~544

4 황정현, 《도서관 이야기》, 〈있어야 할 것의 추구〉, 국립어린이청소년도서관, 2009, pp.21~28

것과 크게 다르지는 않지만 '있어야 할 것의 추구'는 주인공 소녀가 우리가 잃어버리고 사는 귀중한 것을 찾아가는 이상향의 여정이라며 동화의 우의적 알레고리를 강조하고 있다.

이 글에서는 장성유의 장편 환상동화 《마고의 숲 1, 2》의 깊게 읽기를 통해 구성적 특징과 독특한 캐릭터를 분석하고, 특이한 결말 형태, 동화의 배경 설화, 운문의 다양한 활용 등으로 나누어 차례대로 살펴보고자 한다.

2. 《마고의 숲》의 구성적 특징과 독특한 캐릭터

평론가 고인환은 《마고의 숲》을 인류의 시원을 탐색해 가는 신화적 모티프 속에 다양한 캐릭터들의 흥미진진한 모험담을 녹여 내고 이를 날카로운 풍자와 비유의 필치로 갈무리한 작품이며, 우리 판타지동화가 성취한 소중한 성과의 하나[5]라고 하였다.

이 장편 환상동화의 대체적인 줄거리는 자기가 살고 있는 거대한 숲에서 길을 잃고 헤매는 주인공 '다물'이 마고의 존재를 알고 아홉 과정을 거치면서 어려운 고난과 역경을 이겨 낸 뒤 서쪽 세상 끝에서 거인 마고를 만나 스스로 거인이 된다는 것이다.

장성유는 이 《마고의 숲》을 창작하면서 "이 글은 주인공이 아홉 세상을 두루 경험하고 마고를 만나게 된다는 큰 줄거리를 가지고 있습니다. 아홉 세상의 중심은 배꼽으로 삼고, 그 배꼽은 우리나라를 은근히 비유해서 썼습니다."[6]라고 고백한 적이 있다. 장성유가 말하는 '아홉 세상'이란 일종 피카레스크식 구성을 염두에 두고 집필하였다는 것인데, 이때 피카레스크식 구성은 전체적으로 중요 등장인물과 배경이 동일하지만 일어나는 사건은 여러 가지 각기 다른 독립적인 형태로 전개되는, 이른바 연작 소설이나 시리즈 소설을 말하며, 대표적으로 마츠모토 레이지의 만화 영화 〈은하철도 999〉나 김수정의 〈아기공룡 둘리〉 등과 같은 구성 방식을 말한다. 《마고의 숲》에서는 아홉 개의 독립된 주요 이야기로 구성되어 있다는 것이다.

주인공 소녀 다물이 경험한 아홉 세상은 다음과 같다.

① 첫째 세상–움막에서 백결 할아버지의 실험 성공으로, 신비한 힘을 가진 파란 구슬을 얻음.

② 둘째 세상–안개 숲 풀막집의 파파 할머니에게서 두루마리 비밀 지도를 얻음.

③ 셋째 세상–여자들의 나라를 방문하였다가 곤욕을 치름.

④ 넷째 세상–구석나라 초 할아버지에게 비밀 두루마리를 얻음.

5 고인환, 《장성유 동화선집》, 〈현실과 환상의 조화〉, 지식을만드는지식, 2013, p.161

6 장성유, 〈자유문학〉, 장편동화 신인상 당선 소감 중에서, 2002, p.396

⑤ 다섯째 세상-'빛나는 강'에서 강 어머니와 함께 모래 거인을 물리침.

⑥ 여섯째 세상-사람들에 의해 파괴된 '곡식 절로 자라는 나라'에서 고목나무 할아버지가 다물의 도움을 받고 회복되어 평화로워짐.

⑦ 일곱째 세상-비밀 시장을 지나다가 '모습 없는 자'의 꾐에 빠져 비밀 감옥에 갇혔으나 푸른 구슬의 도움으로 탈출함.

⑧ 여덟째 세상-'죽지 않는 나라'의 벅수 아저씨를 찾아갔으나 개발을 강요하는 사람들의 위협으로 숲속이 몽땅 불에 타고 벅수 아저씨와 서낭 할머니가 죽음.

⑨ 아홉째 세상-끝없는 사막에서 비밀 장사꾼의 유혹을 받아 고전하고 어둠의 협곡에서 돌처럼 굳어 버리지만 푸른 구슬로 빛을 발산해 결국 마고를 찾아감.

이 구성 내용에서 보듯이 아홉 세상에서 벌어지는 각기 다른 이야기가 이 작품의 주요 줄거리를 이루고 있다. 차례로 훑어보면 움막, 안개 숲 풀막집, 여자들의 나라, 구석나라, 강가, 곡식이 절로 자라는 나라, 비밀 시장, 죽지 않는 나라, 끝없는 사막 등 전혀 다른 아홉 공간에서 전개되고 있음을 알 수 있다. 이렇게 아홉 세상을 중심으로 벌어지는 주요한 사건 외에도 이 작품 속에는 몇 가지 삽화 같은 사랑 이야기들이 삽입되어 있다. 비익조 사랑 이야기, 물레방아 처녀와 소몰이꾼 억손이 사랑 이야기, 우물 속 일목이의 사랑 이야기 등이 그것이다. 이 사랑 이야기들은 별개의 삽화 이야기로 존재하는 것이 아니라 이 작품의 전개 과정에서 등장인물들과 연결된 유기적인 이야기라고 할 수 있다.

《마고의 숲》에 등장하는 인물들을 그 역할에 따라 구분 지어 보면 네 가지로 나눌 수 있다. 첫째는 주인공 소녀 다물, 흰 사슴 아후, 동행 소년 곤잠, 숲 주인 마고 등 주동적인 인물, 둘째는 쌍날 도끼의 모습 없는 자, 비밀 장사꾼, 아홉 머리의 괴물 대왕, 모래 거인 등 반동적인 인물, 셋째는 나무 할머니, 백결 할아버지, 파파 할머니, 초 할아버지, 강 어머니, 고목나무 할아버지, 벅수 아저씨, 서낭 할머니 등 주변적인 인물 그리고 넷째는 소몰이꾼 억손이, 물레방아 처녀, 일목이, 우물박이, 다물의 어머니, 곤잠의 부모, 숲속 사람들 등 부수적인 인물이다. 이 부수적인 인물들은 주변적인 인물 속에 포함된다고 할 수 있지만 주변적인 인물들보다 주인공의 활동 공간에서 거리상 더 멀리 떨어진 존재들이라고 할 수 있다. 특히 숲속 사람들은 부수적인 인물이면서 비밀 장사꾼의 계략에 빠져 가끔 반동적 역할을 하기도 한다. 이 네 가지 인물 중에서 《마고의 숲》의 작품 구성상 가장 중요한 역할을 하는 인물이 주변적인 인물들이다. 백결 할아버지 등 이들은 아주 독특한 캐릭터를 지닌 인물들이다. 이들은 주인공 소녀 다물이 아홉 세상에서 많은 어려움을 극복하고 사막의 끝에서 숲 주인 마고와의 상봉을 직접적으로

도와준 인물들이며, 주로 지혜가 많고 나이가 든 어른들임을 알 수 있다.

《마고의 숲》의 아홉 세상에는 등장인물 사이에 아홉 개의 갈등 구조가 존재한다. ① 첫째 세상인 움막에는 다물을 지켜줄 파란 구슬을 만들어 주는 백결 할아버지가 등장한다. 실험을 방해하는 쌍날 도끼의 '모습 없는 자'가 위협적인 모습으로 등장하여 갈등을 일으킨다.(백결 할아버지·다물↔모습 없는 자) ② 둘째 세상인 안개 숲 풀막집에는 다물에게 서쪽 나라의 모험에 필요한 두루마리 비밀 지도를 주는 파파 할머니가 등장한다. 다물의 움직임에 끊임없이 방해하려는 반동적인 존재 '모습없는 자'의 발자국이 끈질기게 따라 온다.(파파 할머니·다물↔모습 없는 자) ③ 셋째 세상인 여자들의 나라에서는 백리향을 부러뜨려 강제 결혼이라는 벌을 받을 뻔한 다물의 이야기가 나온다. 위험한 갈등은 나오지 않지만 헌법 조항대로 집행하려는 여왕과의 사소한 갈등 정도라고 할 수 있다.(다물↔여왕) ④ 넷째 세상인 구석나라에서는 마고 숲의 비밀이 기록된 두루마리 비밀 지도를 오랫동안 간직했다가 다물에게 넘겨준 초 할아버지가 등장한다. 이런 희귀한 비밀을 팔도록 유혹하고 강탈하려는 비밀 장사꾼, 괴물 악당과의 격심한 갈등이 나타난다. 괴물 악당의 도끼에 맞아 다물의 등을 다쳤으나 돌로 변해 이겨 낸다.(초 할아버지·다물↔비밀 장사꾼·괴물 악당) ⑤ 다섯째 세상인 '빛나는 강'에서는 앞길을 막는 모래 거인을 만나 곤란한 지경에 빠졌을 때 모래 거인을 격퇴시키는 강 어머니가 등장한다. 모래 거인의 역습으로 다물이 갈대숲으로 떨어져 기절한 사이, 허리에 숨겨둔 파파 할머니의 두루마리 지도를 비밀 장사꾼이 훔쳐 가 위기를 맞는다.(강 어머니·다물↔모래 거인·비밀 장사꾼) ⑥ 여섯째 세상인 '곡식이 절로 자라는 나라'에서는 뿌리가 뽑힌 고목나무 할아버지가 등장한다. 그런데 이 고목나무 할아버지는 여느 주변적인 인물과는 경우가 다르다. 다물의 서쪽 탐험 여행을 도와주지 못하고 오히려 다물과 곤잠의 도움을 받는 인물이기 때문이다. 비밀을 수집하는 사람들에게 공격을 당해 제 역할을 전혀 못하였으나 다물의 노력으로 고목나무 할아버지가 숲을 푸르게 만드는 마술을 부리게 된다.(고목나무 할아버지·다물↔사람들·비밀 장사꾼) ⑦ 일곱째 세상인 비밀 시장에서는 다물이 반동적인 인물 비밀 사냥꾼의 계략에 빠져 푸른 구슬을 빼앗길 뻔했으며, 비밀 감옥에 갇히게 된다. 푸른 구슬의 신비한 힘을 빌려 비밀 감옥을 탈출한다.(다물↔비밀 장사꾼) ⑧ 여덟째 세상인 '죽지 않는 나라'에서는 뿌리 뽑힌 나무로 장승을 깎아 주는 벅수 아저씨가 등장한다. 부수적인 인물인 숲속 사람들이 반동적 인물의 역할을 하며, 이들은 숲의 개발을 강요하며 숲이 몽땅 불에 타고 벅수 아저씨와 서낭 할머니가 죽는다.(벅수 아저씨·다물↔사람들) ⑨ 아홉째 세상인 끝없는 사막에서는 비밀 장사꾼의 유혹에 넘어가지 않고 어둠 속에서 엄청난 고통을 이겨 내어 마고를 만난다.(다물↔비밀 장사꾼·아홉 머리 괴물 대왕)

이와 같이 《마고의 숲》의 아홉 세상에서는 아홉 개의 갈등 구조가 존재하며, 구성 단계에 따라 매우 단단하게 짜여 있음을 알 수 있다.

3. 《마고의 숲》의 특이한 결말 형태

보통 소설이나 동화의 결말에서는 인물들 사이에 벌어진 사건과 갈등이 해결되고 마무리된다. 《마고의 숲》에서도 주인공 소녀 다물은 비밀 장사꾼의 갖가지 훼방, 회유, 유혹, 위해 등 갈등과 고난을 이겨 내고 숲의 주인인 마고를 만나 금척을 받음으로써 행복한 결말을 가져온다.

이렇게 《마고의 숲》의 결말은 주인공 다물의 거인 마고와의 만남이라는 해피엔딩인데, 그 결말 과정을 살펴보면 특이하게 마무리되어 있음을 알 수 있다. 하나는 주인공 소녀 다물의 내부적 깨달음으로 문제 해결 즉 결말의 실마리 또는 열쇠를 찾아낸다는 점과, 다른 하나는 주인공 다물이 대자연의 주인인 거인 마고와 상봉하면서 그와 동일한 거인으로 완성 또는 인정된다는 점이다.

첫째, 주인공 다물은 스스로 내부적 깨달음으로 세 번째 비밀의 문을 찾아낸다는 것이다. 두 개의 비밀의 문은 조력자 즉 주변적인 인물이나 부수적인 인물의 도움을 받으며 무난히 찾아내고 돌파하였지만, 세 번째 비밀의 문을 찾아야 하는 문제는 다물이 혼자 위험한 처지에 있을 때 순간적으로 닥쳐왔다. 주인공의 고민과 그것을 해결하고 풀어가는 과정을 살펴보자.

ⓐ '세 번째 비밀의 문……. 그곳은 어디에 있을까? 하나이되 둘, 둘이되 하나인 그곳…….

다물은 마른 나무처럼 말라 갔다. 사흘째 잠을 이루지 못했다.

'세 번째 비밀의 문……. 구슬을 지키고 있음에도 왜 나는 아직도 깨달음을 얻지 못할까, 왜!'

ⓑ 가장 가까이 있었기 때문에 깨닫지 못했던 문. 밖에 있었던 것이 아니라 안에 있었기 때문에 보이지 않았던 문. 내가 아니면 누구도 열어 줄 수도 없는 문.

다물은 구슬을 들어 올렸다.

'아! 세 번째 비밀의 문은 바로 나였어! 내가 문이 되어야 하는구나……. 내가 문이 되어야 하는구나…….'

다물은 ⓐ와 ⓑ에서 외부의 도움 없이 스스로 문제를 해결한다. 내부적 깨달음으로 세 번째 비밀의 문을 찾아 열게 된 것이다. 그녀 스스로 파란 구슬로 빛을 만들어 '강렬하고도 아름다운 빛 부챗살이 땅을 향해 내리꽂히며 펼쳐지게'되었던 것이다. 상상을 뛰어넘는 놀랄 만한 반전이라고 할 수 있다. 이《마고의 숲》대부분의 과정에서 보여주었던 문제 해결은 외부의 강렬한 조력자의 도움으로 화려하게 해결하는 방식이었으나 결말 부분에서는 그런 외부 협조가 없었다는 것이다. 왜 하필 내부적 깨달음으로 결말지었을까. 장성유 동화작가의 동양적 사상관 또는 불교적 사상이 그 배경에 깔리지 않았을까. 마치 불교 수행자나 구도자의 대오각성의 순간을 그리고 있는 것 같다. ⓐ의 '다물은 마른 나무처럼 말라 갔다. 사흘째 잠을 이루지 못했다.'와 ⓑ의 '아! 세 번째 비밀의 문은 바로 나였어!' 부분은 마치 싯다르타 태자가 고행 끝에 보리수 아래에서 무상정각의 깨달음을 얻었던 모습과 흡사하다고 할 수 있다.

둘째, 주인공 다물이 마고성에서 마고와 상봉하여 그와 동일한 참거인이 된다는 점이다. '세상보다 커서 세상에서는 잘 보이지 않는 참 거인'이었다.

> ⓒ '다물……, 아주 거대한 빛이 되어 있구나!'
>
> "어머! 전 아무것도 느낄 수 없는걸요."
>
> '마고의 숲이 내 안에 있어서 내가 거대한 빛인 것처럼, 너 또한 거대한 빛이 된 거란다. 다물……, 넌 또 하나의 마고가 되었어.'
>
> "어머……."
>
> '다물……, 참거인은 세상보다 커서 세상에서는 잘 보이지 않지. 또 세상 속에 숨어 버려서 잘 볼 수 없지. 다물……, 이제 마고의 숲에 숨어 보련? 너는 나를 느끼게 될 거야.'

ⓒ의 '너 또한 거대한 빛'이 되고, '넌 또 하나의 마고가 되었어'라고 한 마고의 말은 주인공 다물이 영웅으로서 갖추어야 할 자격을 획득하였다는 선언인 것이다. 주인공 다물은 온갖 고난과 시련을 이겨낸 뒤 마고의 숲에 도착하여 끝내 '참 거인' 즉 영웅이 되었다. 대체적으로 설화나 소설에서의 영웅은 신이한 출생, 비범한 능력, 위기와 시련, 조력자의 출현, 승리자가 된다는 도식을 가지고 있다.《마고의 숲》의 다물은 비록 신이한 출생의 내용은 없지만 파란 구슬에 의한 비범한 능력 소유, 백결 할아버지, 초할아버지 등 조력자의 도움, 고난과 시련, 참거인으로서 완성 등 설화 속의 영웅과 거의 일치함을 알 수 있다. 더구나 아홉 머리의 괴물 대왕을 물리쳐 정의를 실천하여 마고의 숲을 푸른 숲으로 회복하게 만들고, 집단적 행복을 실현하였다는 점에서 주인공 다물이 영웅의 전형적인 모습에 부합한다고 할 수 있다. 네이버 지식백과의 영웅소설 편 '영웅'에 대한 내용을 보면 '영웅이란 보통 사람보다 탁월한 능력을 가진 사람으로서 개인의 이익이나 행복을 위해서보다는 자신이 속한 집단의 이익과 행복을 위하여 위대한 일을 수행하고, 그 결과 집단의 추앙을 받게 되는 인물이다. 다시 말하여 개인적 가

치보다도 집단적 가치를 우선하여 실현하고 성공한 인물이 영웅이다.'라고 기술되어 있다. 그런 의미에서 《마고의 숲》은 환상동화이면서 영웅형 동화라고 할 수 있다.

4. 《마고의 숲》의 배경 설화

《마고의 숲》에서 깊이 살펴보아야 할 배경은 두 가지이다. 하나는 사상적 배경과 다른 하나는 설화적 배경이다. 사상적 배경은 앞의 이재철이나 황정현의 글에서 언급되었듯이 우주 운행의 원리를 담고 있는 한민족 최고의 경전인 《천부경》, 동양의 상상력 넘치는 지리서이며, 박물지, 신화지인 최고 기서 《산해경》 등이 이에 해당한다. 설화적 배경은 《마고의 숲》에 전개되는 이야기의 밑바탕이 되는 것으로 백결 할아버지가 만들어 주는 '파란 구슬', 강가 벼랑에서 만난 '비익조', 마고 숲의 거인 '마고', 죽지 않는 나라의 '벅수' 등이 이에 해당한다. 여기에서는 이 작품의 배경 설화를 좀 더 자세히 알아보고자 한다.

첫째, 주인공 소녀 다물이 아홉 세상을 경험하면서 위험한 순간을 벗어나게 해 주는 '파란 구슬'이 나온다. 백결 할아버지가 움막 실험실에서 만들어 준, 마고를 만날 수 있는 신비한 힘을 지닌 구슬이다. 주인공을 외부 위험에서 보호해 주고, 괴력의 힘을 주기도 하고, 바른길을 안내해 주는 나침반 역할을 하며, 끝내 숲의 주인인 마고에게 다물의 존재를 알려주는 신표(信標)나 부절(符節)이 된다. 이 '파란 구슬'과 관련 있는 배경 설화에는 우리가 잘 알고 있는, 파란 구슬을 찾아오는 개와 고양이에 얽힌 이야기 전래동화 〈파란 구슬〉, 사람으로 변신한 여우를 퇴치하는 전래동화 〈여우 누이〉 등이 있다. 《마고의 숲》의 '파란 구슬'에게 신비한 힘이 있는 것처럼 〈파란 구슬〉과 〈여우 누이〉도 부귀영화를 주고, 신통한 역할을 하는 구슬이 등장한다.

> ……(상략) 아들은 눈치를 채고 달아나고, 누이는 여우로 변해 뒤쫓아 온다. 여우가 뒤쫓아 오자 아들은 아내가 준 구슬을 차례로 던진다. 하얀 구슬을 던지자 가시덩굴이 여우의 길을 막고, 파란 구슬을 던지자 바다처럼 물이 범람해 여우를 막는다. 그러나 여우가 끝까지 쫓아오자 마지막 빨간 구슬을 던져서 불로 여우를 퇴치한다.

전래동화 〈여우 누이〉 줄거리 마지막 부분이다. 이 동화에서는 신비한 구슬이 세 종류가 나오는데 요망한 여우를 죽이기 위해 빨간 구슬을 사용하고 있다.

둘째, 주인공 다물과 길동무 곤잠이 강가 벼랑 끝에서 눈과 날개를 반쪽만 가진 '비익조'를 만나는 장면이 등장한다. 이 두 사람은 참나무 둥지를 만들어 비익조를 태워 강물에 띄워 준다. 그 뒤 이 반쪽 비익조가 결말 부분에서 무지갯빛 날개의 완전한 '비익조' 한 마리로 환생하여 찬란하게 하늘을 나는데 이것은 다물과 마고의 만남을 상징하며, 초록빛 숲의 회복을 의미한다. 또 '비익조'의 불완전에서 완전으로의 전환은 《마고의 숲》 전개 과정의 밀접성이나 주제 완결성과 관계가 있음을 알 수 있다. 이 동화 속의 '비익조'는 동명의 '비익조'의 배경 설화를 그대로 차용하고 있음을 확인할 수 있다. 비익조는 중국 숭오산에 산다는 상상의 새로, 《산해경(山海經)》 서차삼경 편에 나오는 만만(蠻蠻)을 지칭한다. 생김새는 물오리와 같으나 암수가 각각 눈 하나와 날개 하나를 갖고 태어나, 짝을 이루어야만 하늘을 날 수 있다고 한다. 이 비익조는 당나라 시인 백거이의 〈장한가(長恨歌)〉에도 나온다. 이 작품은 당 현종과 경국지색 양귀비와의 애절한 사랑을 노래한 것으로 '하늘에 있으면 비익조가 되기 원하고 땅에 있으면 연리지가 되기 원하네'라는 부분이 있다.

셋째, 동화 《마고의 숲》 발단부터 결말까지 전체를 지배하고 있는 인물은 '마고'이다. 책 제목에 등장하고 있을 뿐만 아니라 주인공 다물보다 더 중요한 핵심적인 인물이다. 그는 온갖 생물들이 살아 숨쉬는 숲을 만들고 생명의 씨앗을 만들어 주는 실질적인 대자연의 어머니이고, 마고 성의 주인이며, 신비한 거인이다. 또 거의 모습을 드러내지 않은 수수께끼 같은 존재이다.

ⓓ 마고는 큰 분이란다. 아무도 마고를 한눈에 만날 수는 없어. 고작 그 손등이나 팔뚝, 발뒤꿈치 같은 것을 간신히 알아볼 수 있을 뿐이란다.

ⓔ 마고는 여자다, 남자다, 이렇게 말할 수 있는 분이 아니란다. 굳이 말하자면 여자와 남자를 함께 갖춘 분이지.

ⓕ 마고 거인은 발자국을 남기지 않으려 비를 맞으면서 걷곤 하지. …… (중략) …… 마고의 발자국은 여느 사람과 전혀 달랐어. …… (중략) …… 둥그렇게 생긴 것이, 마치 큰 공이 살짝 떨어지면서 남겨 놓은 흔적 같았지. 그렇게 큰 몸집을 하고서도 사람 발자국보다 깊지 않았어. 마고는 공기처럼 가볍게 걷고 있는지도 모르지.

ⓖ 그것은 거대한 빛이었다. 다물은 빛 속에 휩싸여 아무것도 볼 수 없었다. 오직 빛이었다.
'다물……, 이제야 너와 마주 보고 있구나.'
"이렇게 거대한 빛은 처음 봐요……."

ⓓ는 백결 할아버지가, ⓔ는 강 어머니가, ⓕ는 벅수 아저씨가, ⓖ는 주인공 다물이

각각 말하고 있는, 마고에 대한 인상착의이다. 특히 ⓖ는 결말 부분에서 다물이 마고를 만나는 장면인데, 마고가 빛의 화신으로 등장하고 있다. 어느 누구도 마고의 외형에 대하여 분명하고 정확하게 말하지 못하고 있다. 이렇게 뚜렷하게 구체적으로 말하지 않는 까닭은 그만큼 마고의 존재가 신비하고 위대하다는 점을 강조하고 있기 때문이 아닐까. 동화 《마고의 숲》에 등장하는 '마고'의 배경 설화는 '마고할미 설화' 또는 '마고할미 창세신화'이다. 우리나라에 전해 내려오는 '마고할미'는 산, 하천, 돌, 다리, 성곽 등의 창조에 관여하는, 거인 여성의 형상을 가진 존재라고 할 수 있다. 다음은 네이버 지식백과의 마고할미 설화 편에 실린 내용이다.

> 거인 여신 마고할미가 치마폭에 싸서 나르던 흙이 산 또는 섬이 되었다. 그리고 마고할미의 방뇨 또는 배변으로 산이나 하천이 생겨나기도 했다. 마을의 큰 돌은 마고할미가 손이나 채찍으로 굴리다가 던져서 그 자리에 앉은 것이다. 마고할미는 마포(麻布) 구만 필로 옷을 지어도 몸을 다 감싸지 못할 정도로 몸집이 컸다. 또, 키가 얼마나 컸던지 완도 일대의 바다를 걸어서 다녔고, 그곳 해안의 선바위에 발을 딛고 오십이 고개에 손을 딛고 용듬벙의 물을 마셨을 정도였다. 힘도 엄청나서 양주의 노고산과 불국산에 두 다리를 걸치고 오줌을 누자 문학재 고개에 있는 큰 바위가 깨어져 나갔다고 한다.

즉 《마고의 숲》에 등장하는 '마고'는 마고할미 설화 속의 '마고할미'와 매우 유사함을 알 수 있다.

넷째, '죽지 않는 나라'에서 우거진 숲이 황폐화하지 않도록 지켜주면서 장승을 깎아 주는 '벅수 아저씨'가 등장한다.

> ⓗ 장승백이 고갯길로 넘어가는 것을 보니, 물어보거나 말거나 벅수임에 틀림없다. 그 골짜기에 사는 이는 딱 한 사람, 다름 아니라 산에 다니며 뿌리 뽑혀 쓰러진 나무라도 있으면 데꺽 떠메고 내려와 장승을 깎아 주는, 바로 그 사람이다!

> ⓘ 하늘을 뒤덮은 불길이 서서히 잦아든다. 벅수 아저씨와 서낭 할머니의 주고받는 말소리가 빗소리를 뚫고 희미하게 들려온다.
>
> "할머니!"
>
> "그 아이에게 모든 것을 전해 주었네. 내가 할 일은 모두 끝났어……. 이제 그 아이의 몫만 남았을 뿐……."
>
> "서낭 할머니!"
>
> "슬퍼하지 말게……. 목숨은 끝이 있는 법이야……."

ⓗ는 벅수의 주된 임무이고, ⓘ는 벅수 아저씨가 사람들의 방화로 불이 난 숲을 지키려다가 서낭 할머니와 함께 장렬하게 타 죽고 마는 장면이다. 이처럼 벅수 아저씨는 장승 깎는 일 못지않게 숲이 파괴되지 않게 노력한 인물이다. 이 벅수 아저씨 이야기의 배경 설화는 따로 없지만 한국의 풍속, 민속이나 민간 신앙에서 나오는 '장승'과 밀접한 연관이 있다. 장승이란 우리나라의 마을 또는 절 입구, 길가에 세운 사람 머리 모양의 기둥을 말하며, 장승은 우리나라 전국에 분포해 있으며 돌로 만든 석장승과 나무로 만든 목장승이 있다. 지방에 따라서는 장승·벅수·법수·당산 할아버지·수살목 등의 이름으로 불려진다. 장승의 역할은 신앙적으로 동네 어귀에 서서 액을 막는 마을의 수호신이며, 밖에서 들어오는 재앙을 막고 마을의 안팎을 구분해 준다. 그러므로 동화 《마고의 숲》의 '벅수 아저씨'는 이런 우리나라의 문화적 배경으로 태어난 인물이라고 할 수 있다.

5. 《마고의 숲》에서 운문의 다양한 활용

동화 《마고의 숲 1, 2》에는 독특하게 시와 같은 운문들이 많이 포함되어 있다. 도입부의 서장은 19연 220행 정도 전체가 운문으로 되어 있고, 발단부터 결말까지 약 30편 가까운 운문이 삽입되어 있다. 아마도 한국 현대 아동문학사에서 30편 가까운 운문이 삽입되어 있는 동화는 《마고의 숲 1, 2》가 처음이 아닐까 한다.

박완서의 소설 《그 여자네 집》 발단 부분에 김용택의 시 〈그 여자네 집〉이 나온다. 이 시는 과거를 회상하는 매개체 역할을 하는데, 보통 소설 속에 삽입된 시의 역할은 산문의 단조로움을 탈피하거나 앞으로 전개될 사건의 방향성 암시, 사실성의 확보 등을 한다. 최명희의 《혼불》에서도 시조, 민요, 한시, 무가 등 다양한 삽입시가 활용되었다. 김희진은 그의 논문에서 '《혼불》에는 삽입시가 많이 등장하고 있는데 전체 서사에서 중요한 기능을 담당하고 있다. 단순한 줄거리 전개상의 모티브 구실을 하는 것보다는 짧은 시 속에도 인물의 내면 심리를 내재하고 있으며 또한 분위기를 형성하거나 묘사하는 데 적극적으로 개입하고 있다.'라고 하였다.

《마고의 숲》에도 시가 들어 있고, 등장인물들의 노래 형식으로 운문이 들어 있다. 삽입시는 〈천부경〉, 〈한단고기〉 등의 일부를 인용하여 실어 놓고 있다. 다음은 '죽지 않는 나라'에서 벅수 아저씨가 부르는 노래 삽입시인데, 이 작품은 〈한단고기〉에 실린 〈다물흥방가〉 처음 부분으로 1, 2행만 새롭게 추가되어 들어가 있다.

> ⓙ 다물 다물 / 다물을 부르네. // 지나간 것은 법이 되고 / 뒤에 오는 것은 꼭두가 되네. // 법은 태어남도 사라짐도 없고 / 꼭두라는 것에는 귀함도 천함도 없다네. // 사람 가운데 하늘과 땅이 하나요, / 마음은 신과 더불어 근본에 닿았네. / 하나이므로 비어 있음이여. / 가득함이여! / 근본에 닿아 신과

사물이 둘이 아니네.

ⓙ는 주인공 다물을 만나기 전에 우렁차게 부른 벅수 아저씨의 노래이다. 이 노래는 주인공 다물이 언젠가 숲의 거인 마고를 만날 수 있을 거라는 미래에 대한 암시라고 할 수 있다.

《마고의 숲》에는 ⓙ와 같은 삽입시보다는 사건의 진행, 등장인물의 서정적인 노래 등이 운문 형태로 더 많이 실려 있다.

ⓚ 내 부드러운 손을 잡아 봐! / 힘센 어떤 녀석도 따라올 수 없어. // 산봉우리를 한 손으로 누르고, / 산모롱이 비탈을 머리 빗기며 / 나는 훨훨 하늘로 올랐지. // 내 부드러운 손을 잡아 봐! / 난 무엇이든 될 수 있어. // 돌도 되고, / 염소도 되고, / 망아지도 되고, 날개 달린 큰 고니도 될 거야. // 내 부드러운 손을 잡아 봐!

ⓚ는 풀막집의 파파 할머니를 만나기 전, 주인공 다물에게 길을 안내하는 안개님이 자신의 모습을 자랑하면서 부르던 노래이다. 변화무쌍한 안개의 여러 모습을 서정적으로 표현하고 있다.

ⓛ 내 노래하리니, / 옛날 옛날, 아득히 먼 옛날의……, 아름다운 마고를! / 먹보다 검고 밤하늘처럼 푸르른 공중에서 긴 울림소리 울려 퍼지네. / 깊은 잠 속에서 깨어 일어나 마고는 성을 쌓기 시작했네. / 부지런히 돌을 나르고, 둥그런 단을 높이 세우고 / 하얗고 긴 손톱으로 물길을 내어 성 가운데로 흐르게 하였네. // 마고성! / 겨레의 첫 나라 / 땅 위에서 가장 높은 곳 / 사방이 산으로 둘러싸인 아름다운 성 / 마고는 멀찌감치 떨어져 성을 바라보았네. / 하늘과 땅을 묶어 놓은 황금 반지 / 환하게 반짝반짝 빛이 났다네.

ⓛ은《마고의 숲》 도입부 서장에 나오는 첫 2연이다. 마고의 성이 어떻게 만들어졌는지, 마고가 어떤 노력의 과정을 거쳐 완성시켰는지 운문으로 표현하고 있다. ⓛ은 사건의 진행 과정, 시간의 흐름 등을 산문으로 처리하지 않고 시와 노래처럼 보여 주고 있다.

정리하면《마고의 숲》에 포함된 30편 가까운 운문들은 다음 몇 가지로 활용되었다고 할 수 있다. 첫째로〈천부경〉,〈한단고기〉 등의 일부를 인용하여 삽입시 형태로 들어가 있는데 작가의 사상적 배경이나 작품의 주제 제시 역할을 하고 있다. 둘째는 주로 등장인물들의 노래 형식으로 들어가 있는데 등장인물들의 감정이나 생각을 서정적으로 표현하고 있다. 셋째는 등장인물을 통하지 않고 구성 단계별, 마당별로 첫머리나 끝에 제시되어 있는데 사건의 진행 과정, 시간의 흐름, 사건 암시 등의 역할을 하고 있다.

6. 나가며

장성유의 장편 환상동화 《마고의 숲》은 이재철의 평가대로 '본격적이고 독창적인 한국적 환상동화'임이 분명하다. 또한 서두에서 언급한 대로 한국 현대 아동문학에서 우리나라 상고사를 바탕으로 쓴, 기념비적인 최초의 장편 판타지동화이다.

앞에서 《마고의 숲》의 깊게 읽기에서 가장 인상적인 것은 등장인물들의 독특한 캐릭터인데 특히 네 가지 인물 중에서 작품 구성상 가장 중요한 역할을 하는 인물이 주변적인 인물들이다. 나무 할머니, 백결 할아버지, 파파 할머니, 초 할아버지, 강 어머니, 고목나무 할아버지, 벅수 아저씨, 서낭 할머니 등으로, 이들은 주인공 다물이 고난과 역경을 극복하고 사막의 끝에서 마고와의 상봉을 직접적으로 도와준 인물들이다. 모두 지혜가 많고, 나이든 어른임이 독특하다고 할 것이다.

동화작가 장성유는 《마고의 숲》을 쓰면서 '우리 민족의 기상이 살아 숨쉬는 저 북녘의 대륙을 향하고 싶어' 북향집에서 기거했다고 한다. 그의 사상적 배경도 그렇거니와 설화적 배경 또한 모두 우리 민족의 특성이 잘 드러난 것을 이 작품 속에 삽입하였다는 것이다. 이 동화의 다음 결말 부분을 보면 한층 더 이런 민족의식이 드러난다.

> ⓜ 사람들에게 마고는 머리에서 발끝까지 초록빛 숲을 휘감은 거인의 모습으로 찾아왔다.
>
> "강강수월래 강강수월래……."
>
> 사람들은 마고를 둘러싸고 수월래를 돌며 기뻐 노래했다. 서쪽 나라 끝까지 갔다가 돌아올 길 없었던 절벽 끝에서 해처럼 만난 마고의 빛! …… (중략) ……
>
> "강강수월래 강강수월래……."
>
> 사람들이 이루는 수월래의 동그라미는 점점 커져 갔다.
>
> "마고님!"
>
> 다물은 소리쳐 마고를 찾았다.
>
> '다물……. 모두 하나가 되어 춤을 추고 노래하는구나!'

ⓜ에서 초록빛 숲을 회복한 기쁨을 나누는 사람들의 입에서 저절로 우리 민요 강강수월래가 터져 나온 것이다. 모두 하나 되어 춤을 추는데 한국적 특성이 잘 나타나는 민요 가락을 삽입하고 있다. 환상동화와 민요 강강수월래라는 이질적 요소의 결합이 결코 쉽지 않을 텐데 이 부분을 읽어 보면 얼마나 자연스럽게 연결되고 결합되는지 알 수 있을 것이다. 동화작가 장성유가 얼마나 심혈을 기울여서 창작하였는지 알 수 있는

대목이라고 할 수 있다. 이렇게 철저한 민족적 작가 의식이 드러난 동화가《마고의 숲》인 것이다.

서두에서 장성유의 동화 문학은 환상동화가 본령이라고 하였다. 장편 환상동화《마고의 숲》이 책으로 발간된 지 10년이 넘었지 않았는가. 이제 동화작가 장성유가 또 다른 장편 판타지동화를 발표할 때가 되었다고 조심스럽게 기대해 본다.

어린이와 함께 선생이 걸어온 길

1968년 본명 장정희. 경남 산청 신등면 율현리 1105번지에서 장명대와 박임선의 1남 5녀 중 장녀로 태어남.

1975년 부산 사상초등학교에 입학함. 9세 때 장롱 서랍에서 어머니가 쓴 시 공책을 읽음.

1982년 부산진여자중학교에 입학함. 1학년 담임 교사가 준 '일기장'에 습작을 함.

1984년 부산진여자고등학교에 입학함. 학급 게시판에 붙은 '시'가 국어 교사의 눈에 띄어 문예반 활동을 함. 고교 축제 때 시화전에 참여함. 3학년 때 담임 교사를 도와 교지를 편집함.

1987년 부산대학교 국어국문학과에 입학함. 재학 중 소설 동인 '우듬지'에서 활동함.

1991년 부산대학교 국어국문학과를 졸업함. 학사 논문 〈이청준 소설의 구원 의식〉.

1993년 정기호(부산대 법대)와 결혼함. 〈부산 가톨릭문학〉 문예공모전에서 소설 〈거울 속의 과거〉로 최우수상을 받음. 부산 만덕성당에서 세례를 받음(세례명 프란치스카). 프란치스코 성인의 전기를 읽고 감화받음.

1994년 '어린이가 내 스승이다' 하는 깨우침을 얻어 본격적으로 동화를 습작함. 이원수, 강소천, 최효섭 등 한국 동화작품을 두루 섭렵함.

1995년 한샘 출판사에서 근무함. '아롬이 국어' 5학년 교재를 개발함.

1996년 여성 전문직 이야기 《손이 아니라 혼으로 일한다》(푸른나무)를 출간함. 3년간 〈서울신문〉 '뉴스피플'에 '장성유의 문화기행'을 연재함. 강화도 '고인돌'을 취재하던 중 거인 '마고'에 대한 동화를 처음 착상함.

1998년 아동문학평론문학상에 단편동화 〈열한 그루의 자작나무〉가 당선되어 등단함. 망우리 방정환 묘소에서 이재철 선생과 '국제아동문학관'을 논의함.

2000년 경기문화재단 문예창작지원금을 받음.

2001년 강원도 정선 구미정에 칩거하면서 장편 환상동화 《마고의 숲》을 집필함. 《마고의 숲》을 탈고(7월 5일)함. 과천시 문원동 일대가 국제아동문학관 부지로 내정되어 용역조사비 예산 심의를 통과함. 새 시장 당선 후 국제아동문학관 건립이 백지화됨.

2002년 계간 〈자유문학〉 43호 장편동화부에 《마고의 숲》이 천료됨(예심: 신세훈, 본심: 이재철). 국제아동문학관 설립 전국 서명 운동을 시작함. 서명 운동 77 맞이 동요대회를 엶.

2003년 계간 〈자유문학〉 편집장으로 재직함(~2004). 동화 〈용이 아저씨〉를 발표함. 국립 국제아동문학관 건립 국회 청원을 진행함. 국회 문화관광위 건립 용역비

상정, 예산 결산위원회에서 부결됨.

2004년 계간 〈자유문학〉에 《마고의 숲》을 연재하며 퇴고함(~2005, 8회). 동화 〈찔레꽃과 철모〉를 발표함.

2005년 '한국 아동문학 100년사 희귀 자료 전시회'를 개최함. 동화 〈훨훨 봉황새야〉, 〈빛내솔 솔방울〉을 발표함. 그림책 《열한 그루의 자작나무》, 《둥글랑의 꿈》, 《쿵더쿵 아저씨》(헤르만 헤세)를 발간함.

2006년 제2차 서울세계아동문학대회를 개최함(부집행위원장). 고려대학교 대학원 국어국문학과에 입학함(지도 교수 최동호). 동화 〈눈새〉, 〈종이배 엄마〉를 발표함.

2007년 계간 〈아동문학평론〉 편집장을 지냄(~2008). 동화 〈꽃등〉을 발표함. 딸 정지우·정지호가 태어남.

2008년 장편 환상동화 《마고의 숲 1, 2》(현암사)를 출간함. 제18회 방정환문학상을 수상함.

2009년 〈소파 방정환의 장르 구분 연구〉로 석사 학위를 받음. 서울예술대학교 문예창작과에 출강함(2009~2018).

2011년 동화 〈골동품 가게 주인 득만이〉로 제20회 율목문학상을 수상함. 제11차 동경아시아아동문학대회, 한국 아동문학의 밤(동경 워싱턴 호텔)을 주관함.

2013년 〈방정환 문학 연구〉로 박사 학위를 받음. 《한국 아동문학자료총서(전9권)》(국학자료원) 연구 위원이 됨. 《방정환 동화선집》(지만지)을 출간함. 연작 유년 동화 〈쌍둥이 개구리의 연못〉을 발표함(3회). 대학생 동시집 《숨은그림찾기》(서일대, 2013)를 엮음.

2014년 제3차 창원세계아동문학대회를 개최함(부집행 위원자 겸 사무국장). 《한국 근대 아동문학의 형상》(청동거울)을 출간함. 대한민국학술원우수학술도서에 선정됨. 《나의 주인으로 살아가는 법》(현북스)을 출간함. 동화 〈마할키타〉, 〈하느님과 어미쥐〉를 발표함. '芝薰인문저술' 선정(고려대학교 민족문화연구원) 청록파 동시 발굴 보도됨(〈동아일보〉 4.2.). 방정환의 첫 창작동요 〈크리스마스〉가 보도됨(KBS 5.5). 방정환연구소를 설립함. 방정환 원문 읽기 모임을 결성함. 봄·가을 '방정환 포럼'을 개최함.

2015년 경희대학교 학술연구교수로 재직함(2015~2017). 대학생 동시집 《엄마가 화들짝 놀란 날》(서울예술대, 2015)을 엮음. 방정환 소설 〈유범〉의 배경지 '인왕산 곡성'을 최초 답사·발굴함. 한국아동문학연구센터 방정환연구실장을 지냄.

2016년 고려대학교에 출강함(2012, 2016~2018). 동화 〈부러진 지팡이〉를 발표함. 봄·가을 '방정환과 세계아동문학사' 학술포럼을 개최함. 방정환 문화유산 종로구 1차 답사를 함. '신현득 동시교실'을 개설함.

2017년 안양대·명지대·한국열린사이버대에 출강함. 방정환 문화유산 인왕산 구역 2차 답사를 함. 〈아동문학평론〉 편집 위원, 한국 아동문학학회 부회장, 한국아동청소년문학학회 이사, 방정환연구소 소장을 지냄.

한국 아동문학가 100인

조태봉

대표 작품

〈그 아이〉

인물론

조태봉의 동화 언저리 탐방

작품론

동화의 본질을 일깨우는 이야기

어린이와 함께 선생이 걸어온 길

그 아이

또 그 아이다.

언제 나타났는지 여자아이가 우두커니 서 있었다. 그러더니 변기 옆에 웅크리고 앉는다. 더러운 변기가 뭐가 좋다고 꼭 거기에만 앉는지 모르겠다. 하긴 워낙 지저분한 애니까 그 자리가 딱 맞을지도 모른다. 아이만 나타나면 썩은 냄새가 진동한다. 나도 모르게 코를 움켜쥘 정도다.

아이가 아무 말도 없이 퀭한 눈으로 나를 빤히 바라본다. 아무 생각도 하기 싫은데 자꾸 신경이 쓰였다.

금방 사라지겠지. 그냥 모른 척하는 게 좋아.

이렇게 생각하고는 슬그머니 얼굴을 돌렸다. 최대한 거리를 두려고 욕조 위에 걸터앉았다. 하지만 아이의 시선이 나를 붙잡고 놓아 주지 않았다.

아이는 늘 저런 식이다. 제멋대로 불쑥 나타났다가 아무 말 없이 사라지곤 했다. 한두 번이 아니다. 하지만 언제부터 내 앞에 나타났는지 알지 못한다. 시간이 얼마나 흘렀는지 모르니까. 그래서 어제와 오늘을 구분할 수도 없다.

여기에는 시계도 없고 조그만 창문 하나 없다. 문틈으로 스며드는 빛 한 줄기조차 없다. 있는 거라곤 어둠뿐이다. 어둠은 시간이 흘러도 늘 똑같이 어둡다. 그 속에 던져지는 순간 나의 시간은 멈추어 버렸다. 단지 배가 고플 뿐이다. 밥때가 되면 배가 엄청 고팠고, 이제는 배고픈 감각도 어둠 속에 묻혀 버렸다.

그런데 아이는 왜 자꾸 나타나는지 모르겠다. 처음엔 한참 만에야 다시 나타나더니 이젠 툭하면 모습을 드러냈다. 그때마다 난 깜짝깜짝 놀라곤 한다. 그런데도 미안한 기색이라곤 전혀 없다. 화를 내고 싶지만 아이 얼굴만 보면 그럴 마음이 싹 달아나고 만다. 퀭한 두 눈에 홀쭉한 볼따귀, 아이는 너무 야위어서 핏기조차 없을 지경이었다.

조금만 참아. 금방 익숙해질 거야.

여기 들어올 때마다 어둠 속에 쪼그려 앉아 이렇게 마음을 다졌다. 배가 고플 때도 이렇게 말하면 신기하게 배고픔도 참을 만했다. 이젠 그것도 안 통하지만, 그 말을 아이에게 해 주고 싶었다.

너도 배고프구나. 하지만 금방 익숙해질 거야. 조금만 참아.

내 마음을 알았는지, 아이가 슬프게 웃었다. 표정은 슬픈데 입은 웃고 있는 얼굴, 그래서 더 슬픈 얼굴이다. 근데 참 이상하다. 저 얼굴을 어디서 본 것 같은데 기억에 없다. 그냥 본 게 아니라 너무도 익숙한 얼굴이다. 그런데도 누군지 알지 못했다.

어쩌면 내가 꿈을 꾸는 건지도 모른다고 생각했다. 이렇게 깜깜한 데에서 아이만 뚜렷하게 보인다는 게 이상하기만 했으니까. 거울에 내 얼굴도 안 보이는데 말이다. 꿈이라면 제발 그만 꾸었으면 좋겠다.

이제 사라질 때가 됐는데, 왜 가만있는 거지?

생각을 너무 많이 했더니 머리가 아팠다. 그만 쉬고 싶었다. 하지만 아이는 꿈쩍도 안 했다. 오히려 나를 더 뚫어져라 바라보더니 천천히 입을 열었다.

—그냥 여기 있을 거야. 아무 데도 안 갈 거라고. 이젠 그럴 필요도 없어.

아이가 무슨 말을 하는지 모르겠다. 처음 한다는 소리가 엉뚱한 얘기다. 내 머릿속이 멍해졌다.

왜 안 간다는 거지? 이 좁은 데에서 같이 있자고? 그게 말이나 되니?

이렇게 묻고 싶었다. 하지만 말이 되어 나오질 않았다. 나는 늘 이 모양이다. 기분이 나빠도 화가 나도 속으로만 끙끙 앓았다.

—그래, 넌 그게 문제야.

아이가 기운 없는 목소리로 한마디 하고는 쯧쯧 하고 어른들처럼 혀를 찼다. 나는 어이가 없어서 아이를 노려보았다.

—지가 뭘 안다고?

나도 모르게 뾰로통한 목소리가 툭 튀어나왔다.

—내가 왜 몰라? 싫으면 싫다고 했어야지. 꾹 참고 있으니까 이 지경이 된 거잖아? 허구헌날 얻어터지고 밥도 못 얻어먹고 툭하면 화장실에 갇히고. 이게 뭐냔 말야! 이건 다 네 잘못이야!

아이가 화가 났는지 거친 목소리로 아무 말이나 마구 쏟아 냈다. 나는 기가 막힐 지경이었다. 나 역시 화가 나서 안절부절못했다.

—거 봐. 넌 그게 문제라니까. 뭘 잘못했는지도 모르고 나한테만 화를 내지.

아이가 자꾸 빈정거렸다. 내 속을 박박 긁어 댔다.

—그게 왜 내 잘못이야? 내가 뭘 어쨌다고?

그만 눈물이 핑 돌았다. 아이의 말이 억울하기만 했다.

아빠는 술만 먹으면 괴물이 되었다. 얼토당토않는 말로 나를 구박했다. 엄마랑 헤어진 것도 직장을 잃은 것도 나 때문이라고 화풀이를 해댔다. 내가 못돼서 그런 거니까 쥐 죽은 듯이 가만히 있으라고 했다. 그땐 그래도 참을 만했다. 괴물이 된 아빠가 잠들 때까지 가만히 기다리면 그만이니까.

하지만 진짜 괴물은 나도 어쩔 수 없었다. 아빠는 나를 괴롭히려고 어디서 진짜 괴물을 데리고 온 모양이었다. 그 괴물은 밥도 해 주고 빨래도 해 주었지만, 그 대신 나는 엄청난 대가를 치러야 했다. 툭하면 못살게 굴었고, 그럴 때는 아빠도 똑같은 괴물이 되었다. 그런 날이면 으레 밥을 굶어야 했고, 화장실에서 자야만 했다. 학교도 갈 수 없었다. 이번엔 꽤나 오랫동안 문을 안 열어 줄 모양이다.

—그걸 몰라서 하는 말이 아니잖아.

아이는 한숨을 폭 내쉬며 말했다. 나는 아무 대꾸도 하지 않았다.

—미안해. 그런 말 하는 게 아닌데 화가 나서 그만…….

아이가 멋쩍은 얼굴로 말끝을 흐렸다. 그래도 내 기분은 풀리지 않았다. 그러면서도 다 맞는 말일지도 모른다는 생각에 마음이 아팠다.

가만 생각해 보니 아빠 맘에 안 들게 한 일이 너무 많은 거 같다. 말을 잘 들었으면 이렇게 혼나진 않았을지도 모른다. 그게 무엇이든 간에 말이다. 그래도 아빠가 얼른 용서해 주길 바랄 뿐이다.

하지만 아이는 딴소리를 했다.

—네 잘못은 그런 게 아니야. 너무 참고 기다려서 이렇게 된 거란 말야. 가만히 있으면 안 되는 거였어. 누구한테라도 말을 해 볼 걸 그랬어. 엄마한테 얘기했으면 이 지경까지 되진 않았을 텐데.

아이의 말이 옳을지도 모른다는 생각이 얼핏 들었다. 하지만 엄마는 어디에 사는지도 모른다. 전화번호도 모르니까 연락할 수도 없다.

—아니, 다른 사람들한테라도…….

아이는 잘못 말했다고 생각했는지 얼른 말을 바꿨다.

하지만 동네 사람들이 알면 도와줬을까? 나는 고개를 설레설레 흔들었다. 아빠한테 무슨 해코지를 당하려고 나설까 싶었다. 선생님도 경찰 아저씨도 도와주긴 힘들었을 거다. 우리 집에서 이런 일이 벌어지고 있을지 상상도 못할 테니까.

어쩌면 나는 평생을 화장실에 갇혀 살아야 할는지도 모른다. 그런 생각을 하니까 괜스레 눈물이 나왔다.

—괜찮아. 이젠 다 끝났어.

아이가 밑도 끝도 없는 말로 나를 위로했다. 끝났다니? 아빠가 문을 열어 주기라도 한단 말인가? 물끄러미 아이를 바라봤다.

그때 문득 궁금했던 게 떠올랐다.

—근데 넌 누구니? 나한테 온 이유가 뭐야?

배가 고파서 이젠 말하기조차 힘들었다. 가쁜 숨소리가 함께 흘러나왔다.

아이는 잠시 머뭇거리다가 입을 떼었다.

—난 계속 여기 있었어.

말도 안 되는 소리였다. 똑똑히 듣고도 내 귀를 의심했다.

—여기 있었다고? 그게 무슨 소리야? 여긴 나 혼자 있었는데!

내 말에 아이 얼굴 가득 쓴웃음이 떠올랐다.

—나 혼자서는 아무것도 할 수가 없어서 네 도움이 필요했어. 하지만 이젠 소용없게 됐어. 다 끝난 일이니까.

아이가 무슨 말을 하는지 도통 알 수가 없었다. 어리둥절해하는 나에게 아이가 다시 말을 꺼냈다.

—나중에 알게 될 거야. 여긴 이제 내가 있으면 돼. 넌 그만 나가는 게 좋겠어.

—뭐, 날더러 나가라고?

아이가 뭘 몰라도 한참은 모른다. 아니면 바보였던가. 나는 화장실 문을 가리키며 말했다.

—이거 잠긴 거 몰라? 아빠가 열어 주기 전엔 어림도 없다고.

하지만 아이는 막무가내였다.

—그래도 괜찮아. 넌 나갈 수 있어.

—그럼 넌 어쩌고?

—나도 곧 나갈 거야. 너 먼저 나가 있어.

아이가 내 쪽으로 천천히 다가왔다. 나는 욕조에 걸터앉아 있다가 벌떡 일어섰다. 아이가 무슨 짓을 하려는 건지 알 수 없었다. 엉거주춤 뒷걸음질하다가 화장실 문에 바짝 붙어 서고 말았다.

—왜, 왜 이래?

내 말에는 아랑곳하지 않고 아이는 내 앞으로 바짝 다가왔다. 그러고는 두 손으로 나를 확 밀었다.

으악!

그 순간 나는 문을 통과해 거실 바닥으로 나동그라지고 말았다. 그런데도 하나도 아프지 않은 게 신기하고 놀라웠다.

나는 바닥에서 얼른 일어나 주위를 두리번거렸다. 그때 거실 건너편 안방 쪽에서 그 괴물이 안절부절못하며 서성이는 게 보였다.

무슨 일이 있나?

가만히 있을 리 없는데 나를 보고도 본체만체했다. 하지만 불안했다. 괴물이 언제 달려들어 또다시 화장실에 처넣을지 모른다.

괴물이 등을 돌리는 순간, 이때다 싶었다. 잽싸게 현관문으로 달려 나갔다. 그러고는 허겁지겁 층계로 달려가 밖으로 내려왔다.

한참 뛰다가 뒤를 돌아다보니 아무도 쫓아오지 않았다. 잠시 멈추어서 숨을 돌리는데 연립주택 앞마당이 왠지 어수선해 보였다.

이상한 일이었다. 집 앞에 경찰차와 구급차가 와 있고 그 주위로는 동네 사람들이 모여 웅성거리고 있었다. 무슨 방송국 차도 와 있는 듯했다.

저게 다 무슨 일이지?

궁금했지만 선뜻 다가갈 수가 없었다. 얼른 발길을 돌렸다. 그렇다고 딱히 갈 곳이 있는 것도 아니었다. 최대한 집에서 멀리 떨어져야겠다는 생각으로 한참을 걸었다.

그렇게 돌아다니다가 문득 허름한 슈퍼 앞에서 걸음을 멈추었다. 갑자기 배가 고팠다. 벌써 몇 날 며칠을 굶었는지조차 셀 수도 없었다. 아무 생각도 나지 않았다.

다짜고짜 슈퍼 문을 밀고 들어갔다. 그러고는 주인에게 물어볼 겨를도 없이 손에 잡히는 대로 마구 집어 들었다. 퀭한 얼굴의 그 아이가 떠올랐다.

같이 나왔으면 좋았을 텐데.

아이한테 미안했지만 어쩔 수 없었다. 우선은 나라도 먼저 배를 채워야 했다. 하지만 아무리 먹어도 배는 부르지 않았다. 모조리 먹어 치워도 끄떡없을 듯했다. 그렇게 한참을 먹고 있는데 사람들이 웅성거리는 소리가 들려왔다. 고개를 돌려 보니 슈퍼 한쪽에 사람들이 모여 서서 텔레비전을 보고 있었다.

"저런 몹쓸 것들!"

"애만 불쌍하지 뭐, 쯧쯧."

나는 무슨 일인가 싶어 슬그머니 사람들 뒤로 다가가 살펴보았다.

"여기가 바로 부모의 학대로 초등학교 3학년 어린이가 숨진 채 방치되었던 화장실입니다. 장기간 무단결석해 학교에서 조사하던 중에…… 동네 주민들의 신고가 있었고, 이웃집 말로는 아이 울음소리가 계속 들렸다고……."

아나운서의 설명과 함께 화면에는 우리 집이 나오고 있었다. 들것에 실린 누군가가 구급차에 실리는 모습이 보이고, 내 얼굴 사진이 나오기도 했다.

그제야 나는 그 아이가 누구인지 비로소 알게 되었다. 그 순간 가슴이 쿵 하고 내려앉았다. 너무 놀라서 다리가 다 휘청거렸다. 미친 듯이 슈퍼에서 나와 집으로 달려가기 시작했다.

그 아이가 바로 나였어. 그럼 난 누구지?

머릿속이 복잡하기만 했다. 그때 문득 아이가 했던 말이 떠올랐다.

가만히 참고만 있어서 이렇게 된 거야.

아이는 나한테 그러지 말라고, 어떻게든 해 보라고 자꾸 나타났나 보다. 하지만 내 몸이었던 그 아이는 이제 사라지고 없다. 그러니까 난 죽은 거였다.

정신없이 달려가는데 자꾸 눈물이 났다. 아니, 눈물이 나는 거 같았다. 맞서 오던 사람들과 부딪히기도 했지만 하나도 아프지 않았다. 다른 사람들도 아무렇지 않은 모양이었다.

그렇게 아무도 날 알아보지 못했다.

조태봉의 동화 언저리 탐방

이충일

1. 서초동에서 만난 쌍문동 사람

나는 유독 냄새를 잘 기억하는 편이다. 특정 고유명사를 '거시기'로 대신하는 횟수가 많아질수록, 후각에 대한 의존도는 더욱 높아지고 있다. 만성 비염 환자인 내가 이른바 '후각 기억론'을 설파할 때면, 주변 사람들은 허언증 환자라며 놀리기가 일쑤지만, 이는 엄연한 사실이다. 다만 나의 감정과 화학 작용을 일으킨 결과물이다 보니 지극히 주관적이라는 점은 인정하는 바이지만.

2007년 3월, 단국대 한남동 캠퍼스 강의실의 풍경이 오롯하게 살아난 것도 마르다만 빨래 냄새가 기억을 환기시켜 준 덕분이다. 강의실 문을 열고 들어설 때마다 훅 풍겼던 눅진한 냄새는 당시 심란했던 마음을 대변해 주는 것이리라. 그때 나는 아동문학을 깊이 있게 공부해 보겠다며 박사 과정에 도전했지만, '과연 이게 최선일까?'를 두고 심각한 고민에 빠져 있던 때였다. 햄릿의 명대사 'To be or Not to be'를 그때 나의 심정으로 번역해 본다면, 계속할 것이냐, 그만둘 것이냐의 문제였던 것이다.

엎치락뒤치락했던 마음이 정리되기 시작한 것은 서초동 사무실에서 그 사람들을 만난 이후부터였다. 아동문학 스터디를 하는 모임이라며, 선안나 작가의 주선으로 찾아간 그곳은 청동거울 출판사였다. 강남에 위치한 출판사의 모습은 솔직히 내가 상상하던 그것과는 사뭇 달랐다. 좁고 가파른 계단을 내려가 지하로 들어서자마자 어른 키를 훌쩍 넘는 책들이 겹겹이 쌓여 있었고, 말이 40평이지 짧은 복도를 지나 다다른 사무실은 책 쌓아 놓은 곳을 빼고 나면 20평(?) 남짓 되리만큼 협소했다. 강남이라는 편견에서 비롯된 불일치의 순간이었으나, 외려 내게는 기분 좋은 반전이었다. 막연했지만 뭔가 가슴 뛰는 일이 벌어질 것만 같은 기분. 그곳은 소박할지언정 옹색하지 않았고, 오로지 책으로 인테리어가 마감된 내부는, 왠지 모를 품위가 느껴졌다.

"어서 와요, 반갑습니다. 조태봉이라고 합니다."

사무실 문을 여는 나에게 주인장이 가장 먼저 인사를 건넸다. 무표정한 얼굴은 '반갑습니다'라는 말을 의심케 만들었지만, 오래지 않아 그것이 낯을 가리는 소년의 순박함이라는 것을 알게 되었다. 지금은 사라지고 없는 그 장소를 떠올릴 때마다 나는 여지없이 지극히 주관적인 후각을 동원하게 된다. 환기가 안 되고 볕이 안 드는 지하였으니 분명 퀴퀴한 냄새가 풍겼을 터이지만, 어쩐지 내 기억 속 냄새는 전혀 딴판으로 남아 있다. 마치 드라마 〈응답하라 1998〉에서 본 쌍문동 골목처럼, 소박하면서도 푸근한 정이 몰려온다. 그 냄새는 분명 서초동 사무실의 주인장, 조태봉이 풍기는 사람 냄새다.

2. 〈어린이책이야기〉의 탄생과 발행인 조태봉

처음과 끝이 일관된 성품에 비해 그의 이력은 매우 다양하다. 경기대학교에서 국문과를 다니던 시절만 하더라도 성인 문학 창작에 깊은 열정을 갖고 있었던 것으로 안다. 1994년 국민서관에 입사해서 어린이책 만드는 일을 하였는데, 본격적으로 아동문학에 발을 디딘 것은 2002년 〈조선일보〉 신춘문예에 〈비둘기 아줌마〉가 당선되면서부터였다. 그리고 지금은 계간 〈어린이책이야기〉 발행인이자 아동문학 평론가와 연구자로서도 활발하게 활동 중이다. 그러다 보니 조태봉을 이야기하면서 동화작가, 평론가, 편집자 중에서 어느 한쪽을 빼놓기가 모호한 게 사실이다. 말하자면 무지개떡의 단면 같은, 여러 층에 조태봉이 자리하고 있기 때문이다. 의당 가장 아랫단은 동화작가의 자리일 터. 허나 이 부분은 작품론에서 세밀하게 다뤄 줄 것이니 여기에서는 다른 층을 언급하는 게 맞지 않을까 싶다.

아무래도 개인적인 인연도 있고 하니 〈어린이책이야기〉를 꺼내지 않을 수 없다. 들머리에서 잠깐 언급했던 스터디 그룹의 명칭은 아이창(아동문학 이론과창작연구회의 줄임말)이다. 이름 그대로 아동문학의 이론과 창작을 공부하는 모임인 셈인데, 사실 창작보다는 주로 이슈가 되는 책을 골라 합평회를 갖는 활동이 주를 이뤘다. 그러다 자연스럽게 서평 잡지를 만들어 보자는 의견이 나오기 시작했는데, 처음에는 내부에서조차 우려하는 목소리가 있었다. '돈'이라는 현실적 문제부터 '가치'라는 효용적 문제까지 걸림돌은 생각보다 많았던 듯하다. 이런저런 논의 끝에 우선 닻을 올려 보자며 배를 띄었으니, 그 진수식의 결과가 〈어린이책이야기〉 창간호(2008, 봄호)였던 것이다. 창간호 당시 발행인은 선안나였고, 조태봉이 편집장, 그리고 윤정선, 김경우, 이충일이 편집위원을 맡았다. 이 무모한 도전이 10년 가까이 지속될 것이라고는, 당시 막내 편집 위원이었던 나조차도 거의 예상치 못한 일이었다.

2009년부터 조태봉이 발행인을 맡았고, 비슷한 시기에 동화작가 오주영과 동시인 고지운 등이 편집 위원에 합류하면서 힘이 붙기 시작했다. 2009년부터는 한국문화예술위원회에서 후원하는 우수 문예지로 선정되면서 살림살이도 점차 나아졌다. 그러나 돌이켜보면 좌초의 순간들도 적지 않았다. 그 난관들을 극복하고 창간 10주년을 넘긴 데에는 선장이자 조타수였던 조태봉의 역할을 빼놓을 수가 없을 것이다. 주변 사람들이 두루 인정하듯, 조태봉은 곰탕처럼 깊고도 인간적인 풍모를 지닌 사람이다. 그러나 현실에서는 여러 가지 이해관계가 얽히기 마련이고, 특히 자본주의라는 냉혹한 필드는 조직을 전혀 의도치 않은 방향으로 데려다 놓기도 한다.

에두르지 않고 말하자면 출판사 오너와 잡지의 발행인을 겸한다는 게 썩 바람직해 보이지 않을 수도 있다. 이윤 추구를 목적으로 하는 사업의 특성상, 양자가 안전거리를 유지한다는 게 말처럼 쉽지가 않기 때문이다. 이러한 측면에서 조태봉은 잡지와 출판사 간의 긴장 관계를 유지하는 데 있어서 누구보다 냉철한 사람이었다. 나는 그동안 청개구리에서 어떤 책이 나왔으니 이 책을 좀 다뤄 보았으면 좋겠다라든가, 잡지 기획이나 편집 과정에서 출판사의 손익 관계가 영향을 미치는 경우를 보지 못했다. 오히려 일부 편집 위원 사이에서는 우리가 지나치게 무관심한 거 아니냐는 농담이 오갈 정도였다. 어쩌면 이 농담의 행간에 〈어린이책이야기〉가 건강한 생명력을 유지할 수 있는 비밀이 자리하고 있는 것인지도 모르겠다.

3. 비평을 보면, 그의 작품이 보인다.

평론가와 연구자로서 그는 다문화, 역사 소설 등 다양한 주제로 글을 써 왔지만, 뭐니 뭐니 해도 그의 주된 영역은 환상성과 판타지 쪽이다. 그 출발점이 2008년이었는데, 당시는 온 나라가 해리포터 열풍으로 판타지에 대한 유전적 탐문에 골몰했던 때이기도 했다. 1997년 《해리포터와 마법사의 돌》이 출간된 이래 2007년에 7편인 《해리포터와 죽음의 성물》이 완결된 직후까지, 자그마치 10년간 국내외 아동 청소년 문학 지형을 뒤흔들어 놓았기 때문이다. 당시 평자들의 탐문 방식은 크게 두 가지였는데, 하나는 판타지 열풍이라는 문화 현상, 독자 반응 분야였다면 또 하나는 판타지라는 장르적 속성에 대한 탐문이었다. 조태봉은 후자에 속하였던 바, 그때 피력한 논지들은 지금도 곱씹어 볼 만하다.

〈어린이책이야기〉 창간호에 실린 〈환상동화의 세계 인식과 내적 리얼리티〉는 조태봉 비평에서 총론에 해당하는 글이라 할 수 있다. 여기에서 그는 환상에 대한 기존의 논의를 비판적으로 검토하면서 환상을 규정짓고 있는 장르적 개념과 양식적 측면을 톺아 나갔다. 이오덕 이후부터 진행된 판타지에 대한 장르적 인식에 대한 논의 과정을 밀도 있게 짚어 냈을 뿐 아니라, 동화의 환상성과 현실성의 상관관계를 도출함으로써 비평적 소명에도 소홀하지 않았다.

한편 〈공간 변형 모티프를 활용한 동화 창작〉(〈어린이책이야기〉, 2008 겨울호)과 〈보이지 않는 세계의 시공간들〉(〈창비어린이〉, 2009 겨울호)은 위 총론에 대한 각론이라 할 수 있다. 두 글은 동화의 내재적 특질로서의 환상성과 판타지의 장르적 속성에 대한 규명이라는 점에서 동일한 뼈대를 공유한다. 〈공간 변형 모티프를 활용한 동화 창작〉은 현실 공간의 변형과 환상 세계의 구축에 주목한 글이다. 여기에서 제시된 '공간 변형 모티프'라는 틀은, 모리스 샌닥의 《괴물들이 사는 나라》와 김기정의 〈두껍 선생님〉을 새롭게 해석할 수 있는 시선을 제공한다. 또한 〈보이지 않는 세계의 시공간들〉은 낯선 시공간이 한꺼번에 쏟아져 나오던 상황에서 판타지의 본질적 특성을 내세워 장르적 질서를 세우는 데 주력한다. 이어서 〈판타지 용어의 중의성과 장르적 혼란〉(〈창비어린이〉, 2010 가을호)과 논문 〈판타지를 바라보는 장르론적 입장〉(〈아동청소년문학연구〉 6호, 2010)은 그전까지 조태봉이 피력해 온 판타지에 대한 장르적 견해를 확실하게 매조지은 글이라 하겠다. 여기에 이르러 조태봉은 동화와 소설의 장르적 구분에서 판타지가 어느 자리에 꽂혀야 하는지를 선명하게 드러낸다. 장르적 문제는 여전히 진행형의 과제라는 점에서 그의 연구와 비평적 견해는 지금까지도 여전히 유효한 의미를 던져 준다 할 것이다.

그러다 그의 비평적 관심이 한층 다양해지고 있음을 발견하게 된다. 유년 문학의 성격을 진단한 〈유년 동화의 재발견〉(〈어린이책이야기〉, 2014 겨울호), 제주 4·3 사건을 다룬 〈아동문학과 제노사이드〉(〈어린이책이야기〉, 2015 겨울호)도 눈에 띈다. 허나 가장 등고선이 높은 지점은 〈열린 세계의 존재들〉(〈어린이와 문학〉, 2016)이다. 이 글은 필자가 그동안 천착해 온 환상성이라는 동화적 특질이 신화적 상상력과 만났을 때 얼마나 매력적인 변신을 도모할 수 있는지를 보여 준다. 깊이를 확보한 화법은 분명한 메시지를 전달하기에 부족함이 없어 보인다.

> 인류의 오랜 역사 속에서 변신의 상상력은 시들지 않고 오히려 현대까지도 전승·변형·재생되고 있다. …… (중략) …… 변신 이야기는 아동 서사에서 주로 나타나고 있는데, 아동기의 물활론적 사고방식은 변신의 상상력과 부합하는 면이 많다. 그럼에도 합리주의와 이성 중심의 사고가 지배적인 현대의 서사적 관습에서 변신의 모티프 역시 시대적 변용과 각색을 수용할 수밖에 없으리라 보인다.

그는 소비 사회의 물화된 인격과 변신이 함의하는 전복성에 주목한다. '열려진 세계'는 인간과 자연이 경계가 없는 신화적 세계를 함의하는 바, 그것은 고장 난 자본주의를 정조준하고 있다. 특히 하루아침에 고양이가 된 소년의 이야기를 다룬 《고양이가 되다》(미래엔, 2015)에 대한 분석은 날카로우면서도 매우 감각적이다.

요컨대 조태봉의 비평적 글쓰기는 동화가 지니는 본연의 세계, 즉 환상성이 지니고 있는 힘을 검증하는 데 방점을 두고 있다. 동시에 이것은 그의 작품을 이해하는 열쇳말이기도 하다. 그의 비평에서 자주 등장하는 '열린' 세계와 이성적 장벽의 '해체'를 열쇠로 삼는다면 작품의 문은 훨씬 더 유연하고 매력적으로 열릴 것이 분명하다. 그의 작품을 관통하고 있는 사물이나 동물의 의인화, 그리고 환상적 공간은 비평적 테마가 창작의 세계에서 구현된 것이라 하겠다. 특히 최근 작품에 이르러 그 감각은 더욱 세련되고 내밀해진 느낌이다. 비평적 글쓰기가 이룬 동반 성장의 결과라고 한다면, 지나친 억지 끼움일까. 그래도 내게는 자꾸 그리 보이니, 당장에 어찌하겠나. 김윤 선생의 작품론을 읽으며 다시 생각해 볼밖에.

동화의 본질을 일깨우는 이야기

김윤

1. 동화의 자리를 물으며

우리 아동문학에서 '동화'의 자리는 그리 두텁지 못하다. 여기에서 동화[1]는 주로 저학년을 대상으로 하면서, 환상성과 공상성을 속성으로 하는 이야기를 말한다.

일제 강점기에 형성된 우리 아동문학은 민족의 수난기를 함께 통과하면서 발전했다. 그러다 보니 동화에서도 리얼리즘을 중요시 여기는 풍토가 주류로 자리 잡게 되었다. 반면에 환상공상의 속성을 가진 동화의 자리는 왜소해져, 의인동화류만이 그 명맥을 이어왔다. 2000년 무렵, 채인선이나 임정자의 환상성 강한 동화를 두고 갑론을박을 벌였던 사실은 우리 아동문학에서 동화 자리가 얼마나 협소한지를 보여 주는 단적인 예라고 할 수 있다. 또 이것은 환상동화에 대해 역사적 자산을 가지지 못한 우리 아동문학에서 좋은 동화작품의 창작이 여전한 숙제임을 확인시켜 준 한 장면이라고도 할 수 있겠다.

조태봉 동화를 논하기에 앞서, 동화의 자리를 거칠게나마 더듬어 본 것은 그가 척박한 동화의 유산을 이어 가고 있는 작가이기 때문이다. 조태봉의 작품은 환상성이라는 동화의 속성을 분명하게 인식하고 있다. 그 때문에 그의 작품을 읽노라면 "판타지는 그것을 통해 우리가 우리 자신을 발견하는 은유[2]"임을 새삼스레 확인하게 된다. 그의 동화에서 발견되는 우리의 모습은 고통스럽다. 그것이 현실이기에 차마 외면할 수 없었을 것이다. 대신 그는 질문한다. 고통으로 가득한 세상에서 동화의 의미는 과연 무엇이냐고. 따라서 그의 동화는 이 질문에 대한 답을 구하는 여로라 할 수 있다. 이 글은 그의 여로에 동참하되, 특히 그의 동화에서 환상을 통해 발현되는 동심의 면면을 밝히는 것으로 이 질문에 대한 답변을 탐색해 보고자 한다.

---

1 이 글에서는 문맥에 따라 '동화'와 '환상동화'를 함께 사용하고자 한다.

2 Cooper, Susan, 《Escaping into Ourselves》, Avon, 1984, p.282 마리아 니콜라예바, 《용의 아이들》, 문학과지성사, 2008, p.109에서 재인용.

2. 동화의 본질을 동심에서 찾다

1) 공감하기

아동문학은 독자 대상인 아동을 위해 성인이 작품을 창작한다. 이 점은 아동문학만의 독특한 특징이면서 아동문학 창작의 난점이기도 하다. 사실 이와 같은 난점은 아동문학 창작에 있어서 오해를 낳기 일쑤인데, 아이들의 수준에 맞춰서 쉽게 쓰기만 하면 된다는 이해가 바로 그것이다. 여기서 '아이들의 수준'은 많은 경우 '동심'으로 이해되며, '동심'을 그야말로 유치한 수준으로 끌어내리기도 한다.

아동문학은 쉬운 문학이 아니라 동심의 문학이다. 동심에 대해서는 여하한 해석들이 존재하나, 바로 이것이다라고 명쾌한 정의를 요구하는 것은 어리석은 일이다. 어린이는 단순하지만 균질화되기 이전의 존재이며 투명하지만 매우 다층적인 존재이기 때문에 동심을 분명한 하나의 단어로 포착해 내는 것 역시 불가능하다. 따라서 동심은 성인 창작의 마음속에 오롯이 존재하는 어린이의 마음이며, 동심은 오로지 작품을 통해서만 다양한 양상으로 발현될 뿐이다.

조태봉은 동화의 본질을 바로 동심에서 찾는다. 환상동화에서 환상은 작가가 포착한 동심의 발현 기제로 활용되기도 하는데, 이점은 조태봉의 동화의 두드러진 특징이기도 하다. 따라서 그의 동화에서 환상성을 통해 발현되는 동심을 포착하는 일은 곧 동화의 본질을 밝히는 일이기도 하다.

〈작아졌다가 커졌다가〉(《아동문학평론》, 2014)는 '공감하기'의 동심을 보여 주는 작품으로 꼽을 수 있다. 주인공 안대용에게 어느 날 아침 갑자기 몸이 주먹만 하게 작아졌다가 커지는 현상이 발생한다. 안대용은 그 이유를 어제 아침 독서 시간에 읽은 동시 때문일 것이라고 짐작한다.

> 선생님께 칭찬받은 날은 / 키다리가 되었다가 // 야단맞은 날은 / 난쟁이가 되었다가 // 하루 종일 / 앞서거니 뒤서거니 / 따라다니며 // 키다리가 되었다가 / 난쟁이가 되었다가 // 그림자는 어떻게 알았을까 / 내 속마음을[3]
>
> 바로 마지막 연에서 내 마음이 찡했었다. 아무도 몰라주는 내 속마음 때문이었을까? 다시 읽어 보니 작아졌다 커졌다 하는 내 모습이 동시 속에 그대로 담겨 있었다.

안대용은 이 동시를 읽으면서 '아무도 몰라주는 내 속마음' 때문에 마음이 찡했었다고 말한다. 대용이는 아무도 자신의 마음을 몰라준다고 생각한다. 엄마는 자기 마음도

3 인용된 시는 이성자의 〈키다리가 되었다가 난쟁이가 되었다가〉임을 동화에서 밝히고 있다.

모르고 수학 경시대회를 내보내려 하고, 선생님은 자기 마음도 모르고 엄마의 요청을 받아들인다. 대용이는 수학이 세상에서 제일 어려운데 말이다. 또 이번에 새로 바뀐 짝 김효정은 자기 마음도 모르고 자꾸만 "앙~돼용~!" 하면서 놀린다. 대용이가 왈패로 소문난 효정이 때문에 얼마나 의기소침해 있는지도 모르면서 말이다. 이렇게 주위 사람이 자기 속마음도 모르고 멋대로 행동할 때면 대용이의 몸은 작아져 버린다. 천만다행 보건 선생님이 대용이에게 나타난 이상한 현상을 바로 알아본다. 보건 선생님은 어떻게 단번에 알아챘을까. 그건 선생님도 대용이의 마음에 공감하기 때문이다. 보건 선생님도 교장 선생님한테 야단맞으면 작아졌다가 기분 좋아지면 커졌다가 한다는 것이다. 대용이는 선생님도 자기와 같은 마음이라는 사실에 반신반의하면서도 선생님이 내민 초콜릿 맛이 나는 약을 받아먹고는 기분이 한결 가벼워진다. 그런데 이야기는 여기서 끝나지 않는다. 마지막 수업 시간 대용이는 낑낑대면서 식은땀을 줄줄 흘리는 김효정의 모습을 목격한다. 식은땀을 줄줄 흘리는 것은 몸이 작아지려 할 때 나타나는 증상인데, 대용이는 과연 어떻게 했을까.

> "어디 아프냐? 너도 보건실 가 봐."
>
> 김효정은 들은 척 만 척했다. 하지만 수업이 끝나자마자 보건실 쪽으로 후다닥 달려가는 걸 보고 나는 그만 씨익 웃고 말았다. 그때 문득 내일부터 방과후 수업을 해야 한다는 생각이 떠올랐다. 그러자 내 몸이 다시 또 거인처럼 쑤욱 커졌다.
>
> '빨리 가서 말해야지, 이번 수학 경시대회는 나가지 않겠다고.'

대용이는 고통스러워하는 김효정을 보며 쌤통이라고 생각한다. 하지만 그럼에도 대용이는 효정이에게 보건실에 가 보라고 말해 준다. 지금 효정이가 겪는 고통에 누구보다 공감하고 있기 때문이다. 고통을 외면하지 않는 것, 다른 이의 고통에 공감하는 마음은 곧 오염되지 않은 어린이의 마음이다.

사실 작품을 다 읽고 나면 대용이가 실제로 작아졌다 커졌다가 하는 것이 아니라는 걸 알 수 있다. 그럼에도 대용이가 작아진 장면은 실제로 그런 일이 벌어진 것 마냥 실감나게 묘사되어 있다. 이것은 아마도 아이들의 마음이 쪼그라드는 순간의 고통을 작가 역시 공감하고 있기 때문이 아닐까.

2) 위로하기

동물이나 사물을 인격화하는 의인동화는 우리 아동문학에서 그나마 동화의 명맥을 이어온 장르이다. 1930년을 전후로 발흥한 계급주의 아동문학은 동화에서도 실생활을 비중 있게 다룰 것을 요구한다. 이 시기 리얼리즘의 강조는 동화가 소년소설로 이행하는 현상을 낳았으며 그로 인해 동화와 소설의 경계는 점차 흐려진다. 이렇게 소년소설화 되었던 동화는 1930년대 중반 계급주의가 쇠퇴하면서 일상생활로 초점을 옮겨간다. 이른바 사실동화의 탄생이다. 이 구조에 의해 처음으로 명명된 사실동화는 지금의 생활동화라고 보면 된다. 이와 같은 변화 속에서도 의인동화가 명맥을 유지할 수 있었던 것은 가장 익숙한 형태의 전래 민담이면서, 아동들에게 교훈을 효과적으로 전달할 수 있었기 때문이었다. 오늘날에도 의인동화는 아동들에게 올바른 생활 습관이나 교훈을 전달할 목적으로 창작되는 것을 흔하게 목격할 수 있다.

하지만 의인동화에서 정작 요구되는 것은 '-되기'의 상상력이다. 여기서 '-되기'는 유명 철학자의 그것이 아니라 말 그대로 타자가 되어 보는 경험을 의미한다. 그런데 따지고 보면 '-되기'의 상상력은 아동문학을 창작하는 성인 작가에게 요구되는 덕목일 뿐 아동에게는 해당되지 않는다. 물환론적으로 세계를 인식하는 아동에게 '-되기'는 상상력의 세계가 아니라 현실 세계이기 때문이다. 아동의 현실 세계는 그대로 동심의 세계이다.

〈한밤중에 찾아온 우편배달부〉(《새싹문학》, 2011)는 작가의 의인동화 활용법과 동심의 일면인 '위로'의 힘을 엿볼 수 있는 작품이다. 이 작품의 주인공은 너구리다. 이 너구리는 자유자재로 인간의 말을 구사하고 둔갑술도 부리는 동화적인 존재다. 이 작품에서 너구리는 그 어떤 것으로도 '-되기'가 가능한 물환론적 세계의 인물, 즉 어린이와 같은 존재로 볼 수 있다. 따라서 이 글에서 주목할 점은 작가가 너구리를 통해서 구현하고 있는 동심의 세계다.

너구리는 깊은 겨울, 숲속에 먹잇감이 떨어지면 산비탈 외딴집을 찾아간다. 외딴집엔 할머니가 혼자 사는데 너구리가 찾아가면 '산에서 온 손님'으로 대접해 주곤 한다. 어느 날, 할머니 집으로 가려던 너구리는 길에 떨어진 옥수수를 주워 먹다가 웬 사내 녀석에게 엉덩이를 차인다. 심술궂고 못된 그 녀석은 바로 할머니의 손자인 동진이다. 동진이는 엄마 아빠의 이혼으로 할머니와 살게 된 터였다. 이혼한 엄마 아빠는 동진이를 할머니에게 맡겨 놓고는 소식을 끊어 버렸지만 그 사실을 모르는 동진이는 매일 엄마 아빠에게 편지를 쓴다. 동진이에게 사정을 솔직하게 말할 수 없는 할머니는 애를 태울 뿐이다. 너구리는 부지깽이로 둔갑해 숨어들었다가 할머니와 동진이의 처지를 알게 된다.

며칠 동안이나 너구리는 외딴집 울타리 너머에서 서성거리며 아이를 지켜보았습니다.

…… (중략) ……

"칫, 오늘도 안 왔어. 엄마 아빠도, 편지도, 아무것도 안 왔어."

아이는 풀죽은 목소리로 중얼거리며 돌아왔습니다. 버스 시간에 맞춰 찻길까지 내려갔다 오는 거였습니다.

"우짤꼬, 쟤를 우짤꼬?"

너구리는 금방이라도 울어 버릴 것 같은 아이가 안쓰럽기만 했습니다.

동진이를 지켜보는 너구리는 노심초사다. 엄마 아빠와 떨어져 살아야 하는 동진이의 처지가 너무 안쓰럽지만 현실적으로 동진이를 도울 방법이 없기 때문이다. 온갖 둔갑술이 가능한 너구리라 해도 말이다.

너구리는 어느 날 밤, 우편배달부로 변신해 외딴집을 찾는다. 너구리 우편배달부는 동진이에게 아빠의 편지를 전달한다. 짐작했겠지만 아빠의 편지는 너구리가 아빠를 대신해서 쓴 것이다. 할머니와 동진이는 한밤중에 찾아온 우편배달부가 이상하다고 생각하면서도 아빠가 보낸 편지를 받고는 기쁨에 울먹인다. 할머니는 그동안 동진이가 엄마 아빠에게 쓴 편지들을 몽땅 가지고 나온다. 엄마 아빠와 연락이 닿지 않아 부칠 수 없는 편지들이었다. 할머니는 그 편지들을 보내 줄 수 있냐고 너구리에게 묻는다. "걱정 마이소, 다 보낼 수 있고 말구요, 암요." 너구리의 대답이다. 그날 이후 외딴집에는 매일 밤마다 너구리처럼 생긴 우편배달부가 다녀갔다고 한다.

"걱정마이소." 너구리는 자신이 할 수 있는 가장 따뜻한 위로를 동진이에게 건넨다. 위로는 동심의 세계에 사는 너구리가 동진이를 위해 취할 수 있는 최선의 방법이기 때문이다. 하지만 독자로서는 어쩐지 마음이 편하지만은 않다. 너구리의 위로가 과연 동진이에게 도움이 될까. 위로를 건네는 것만으로는 동진이가 겪어야 하는 불행은 너무 힘겹지 않은가. 그럼에도 작가가 너구리를 통해 '위로'를 내세우는 이유는 무엇인가 생각해 볼 일이다. 그것은 고통에 처한 이에게 건네는 지극한 위로가 오늘을 살게 하는 힘이 되어 주리라 믿음이 있기에 가능한 일이리라. 오늘을 포기하지 않고 살아내야 내일도 기약할 수 있기에, '위로'는 가장 소극적일지는 모르지만 가장 힘 있는 동심의 일면이다.

3) 자유롭기

앞서 〈한밤중에 찾아온 우편배달부〉가 동심의 일면인 '위로'에 집중하고 있다면, 〈어쩌다 코끼리를 만났을 때〉(〈시와 동화〉, 2012)는 동심의 속성이 '자유'에 닿아 있음을 보여 주는 이야기다.

2학년이 된 수지는 학교 수업이 끝나면 엄마가 짜놓은 시간표대로 학원 순례를 해야 한다. 수지는 그날도 여느 날처럼 피아노 학원을 마치고 영어 학원으로 가고 있었다. 그런데 벌건 대낮에 그것도 도심 한복판에 미끄럼틀만 한 코끼리가 갑자기 나타난 것이다. 코끼리는 꼬리를 휘휘 저으며 느릿느릿 수지에게 다가와서는 "네가 날 불렀잖아. 같이 놀아 달라고."라고 다정하게 말을 한다. 그랬다. 수지는 그날따라 영어 학원에 가기가 너무너무 싫어서 집과 학원 사이에 있는 공원으로 갔다. 그 공원은 수지가 아주 어렸을 때 친구들과 신나게 뛰어놀던 곳이었다. 하지만 지금은 학원을 네 군데나 다니느라 수지는 놀 시간이 없다. 수지는 오랜만에 코끼리 미끄럼틀에 올라 귀에 대고 "오늘은 나하고 놀자."하고 속삭였다. 그러니까 코끼리는 수지의 간절한 바람이 불러낸 환상이다. 코끼리의 등장으로 현실 공간은 곧 환상 공간으로 변모한다. 수지의 간절한 바람이 만들어 낸 환상 공간은 어떤 모습이었을까.

> 수지는 눈앞에서 벌어지는 광경을 도무지 믿을 수가 없었어요. 코끼리의 콧김이 닿는 곳마다 전혀 딴 세상으로 변해 버렸기 때문이에요. 학원 건물 벽이 초록빛으로 물들기 시작하더니 금세 학원은 온데간데없고 그 자리에 엄청 큰 나무들이 빽빽이 들어찬 숲으로 바뀌었어요.
>
> …… (중략) ……
>
> "와 꼭 아프리카 밀림에 온 거 같아!"
>
> 수지는 너무 놀라 입을 다물지 못했어요. 그런데 놀란 건 수지만이 아니에요. 교실에서 영어 수업을 받고 있던 아이들은 더 깜짝 놀랄 수밖에 없었어요. 갑자기 교실이 사라져 버리고 온통 숲속으로 변해 버렸으니까요. 더군다나 한창 영어 공부를 시키던 학원 선생님은 사라지고 없었어요.

위 인용문에서처럼 도시는 순식간에 아프리카 밀림으로 변한다. 수지를 비롯한 아이들은 그곳에서 원숭이와 함께 넝쿨 줄기를 타고 나무 사이를 날아다니기도 하고, 코끼리나 하마 등에 올라타기도 하며 시간 가는 줄 모르고 재미있게 논다.

〈어쩌다 코끼리를 만났을 때〉에 펼쳐진 환상에서 발견되는 세 가지 특징은 모두 자유를 지향하고 있다. 첫째, 환상 공간이 오로지 수지의 의지에 의해 형성되었다는 점이다. 수지는 코끼리 미끄럼틀에 앉아 이런저런 생각을 하다가 "코끼리를 타고 아프리카 같은 데로 사라져 버렸으면 좋겠어."라고 혼자 중얼거린다. 공원이 느닷없이 아프리카 밀림으로 변한 것은 수지의 간절함 바람의 결과물이었다. 환상 공간을 열고 닫은 사람도 수지다. 수지가 코끼리를 불러냄으로써 환상 공간이 열렸음은 앞서 확인했다. 아이들과 함께 정신없이 뛰어놀던 수지는 숲속이 어둑어둑해지자 걱정하고 있을 엄마를 떠올린다. 수지는 현실 시간의 흐름을 감지함으로써 환상 공간을 닫는 역할도 하고 있다. 현실에서 수지가 엄마가 만들어 놓은 시간표에 맞춰 움직여야 하는 자유롭지 못한 존재였다면, 환상 공간에서 수지는 자신의 시간을 지배하는 자유로운 존재로 거듭난다.

둘째, 환상 공간이 펼쳐지자 학원과 선생님이 사라져 버린 점이다. 이 작품에서 학원과 선생님은 수지를 억압하는 상징이었다. 그들의 사라짐은 환상 공간이 해방의 공간임을 의미한다. 해방 공간에서는 현실의 결핍 또한 소멸한다. 수지가 현실로 돌아가려 하자 코끼리가 수지에게 "이제 실컷 놀았니?"라고 묻는다. 그러자 수지는 고개를 끄덕이며 활짝 웃어 보인다. 억압으로부터의 해방은 곧 만족으로 이어진다. 이제 수지는 환상 공간에서 온전한 존재로 회복되어 자유를 맘껏 향유한다. 때문에 환상 공간에서 벗어나 가벼운 발걸음으로 현실로 돌아가는 수지의 뒷모습은 자유의지로 충만해 보인다.

셋째, 대개의 환상동화에서 주인공이 환상 공간에 머무는 동안 현실 세계의 시간이 정지하는 것과는 달리 〈어쩌다 코끼리를 만났을 때〉에서는 환상 공간과 현실 세계의 시간이 동일하게 흐른다. 자유를 빼앗긴 수지는 아프리카 밀림 같은 곳으로 "사라져 버렸으면 좋겠"다고 생각한다. 고통스러운 현실로부터의 도망치고 싶은 것은 당연한 욕망이다. 그런데 작가는 현실과 완벽하게 분리된 2차 세계로 수지를 데려가지 않는다. 대신 공원이라는 현실 공간을 환상 공간으로 변모시키는 것을 선택한다. 공원이 아프리카 밀림으로 변모했다고는 하지만 이 공간은 여전히 현실의 시간에 지배를 받는 공간이다. 현실과 환상이 겹쳐 있는 공간의 창조를 통해 작가는 환상 공간이 도피의 공간이 되어서는 안 됨을 역설하고 있는 것으로 보인다. 작가의 이러한 의도는 수지를 통해서도 관철된다. 현실에서 수지의 시간은 타인에 의해 억압되어 있었다. 억압된 현실의 시간에 수지가 만들어 낸 환상 공간이 열림으로써 이제 시간의 주인은 수지가 된다. 수지가 현실의 시간을 지배함으로써 현실과 맞닿은 환상 공간은 도피의 공간이 아니라 자유의 공간이 된다.

3. 동화의 힘을 믿으며

조태봉은 동화의 본질을 분명하게 알고 있는 작가이다. 그에게 있어서 동화는 동심의 문학이며 동심의 추구야말로 동화의 본질이라 할 수 있다. 그는 《첨성대와 아기별똥》(청동거울, 2003)의 서문에서 고통으로 가득 찬 세상에서 '동화는 과연 어떤 의미가 있는가'라는 묵직한 질문을 던져 놓고는 작품을 통해 '동심'의 회복이라는 대답으로 나아가고 있다. 그렇다면 과연 '동심'은 무엇인가. 이 글은 조태봉 동화에 나타난 '동심'의 면면을 밝힘으로써 동화의 본질을 탐색하는 과정이었다. 그에게 있어서 동심은 고통받는 이들과 함께 공감하고 위로하기이며, 억압으로부터의 해방, 곧 자유롭기를 의미한다. 그래서 그는 동화를 창작하며 '평화로운 동심의 세상'을 꿈꾼다. 다소 낭만적이고 이상적인 이 말은 '동심이 세상을 평화롭게 할 것이다'라는 말로도 해석 가능하다. 그렇다면 정말 동심이 세상을 평화롭게 만들 수 있을까.

동화는 자본의 논리로 일그러지고 왜곡된 세상에 그 어떤 실체를 가진 힘을 행사할 수는 없다. 그럼에도 작가가 동심으로부터 평화를 추구하는 것은 바로 동화의 힘을 믿기 때문이다. 〈작아졌다가 커졌다가〉에서 앙숙이었던 안대용과 김효정이 나눈 '공감', 〈한밤중에 찾아온 우편배달부〉에서 너구리가 동진이에게 건넨 '위로', 〈어쩌다 코끼리를 만났을 때〉에서 수지가 회복한 자유는 조태봉 동화가 포착한 동심의 일면들이다. 그가 특히 공감·위로·자유에 주목하는 이유는 분명하다. 이와 같은 동심에 주목하는 동화라면 거뜬히 평화를 얘기할 수 있기 때문이다. 이 세상에 공감과 위로가 충만하고 자유가 흘러넘친다면 그것이야말로 평화로운 동심의 세상이니, 그의 동화의 힘을 믿어 봄직도 하다.

한편으로 그의 동화가 본질로 삼은 동심의 일면인 공감·위로·자유가 아동문학이 추구하는 보편적인 가치라는 사실은 본인만의 차별성을 갖출 것을 요구한다. 그럼에도 환상성이라는 동화의 속성을 잃지 않으면서 동심에서 평화로 나아가려는 뚝심은 우리에게 동화의 본질을 일깨운다. 부디 앞으로 그의 동화가 우리 아동문학에서 척박한 동화의 자리를 다양한 동심의 빛깔로 채워 나가길 희망한다.

어린이와 함께 선생이 걸어온 길

1965년 5월 28일(음력) 서울 마포에서 태어남. 학교 입학 전 몇 해를 충북 단양에서 할아버지 할머니 손에서 자람.

1978년 서울 용강국민학교를 졸업함.

1981년 수도중학교를 졸업함.

1984년 숭문고등학교를 졸업함. 2학년 재학 시 정희성 시인의 수업을 들으면서 문학에 눈을 뜨게 됨.

1987~1989년 수도기계화보병사단에서 포병(일반 하사)으로 군 복무함.

1992년 경기대학교 국문과를 졸업함. 지도 교수 김명인 시인에게 시를 배움.

1994~1998년 국민서관 편집부에서 근무함. 국민서관에서 박덕규 소설가를 만나게 되고, 이후 출판사를 운영하면서 여러 면에서 많은 도움을 받게 됨.

1998년 8월 8일 도서출판 청동거울을 창립함.

2001년 한국문예창작학회 상임간사를 맡음.

2002년 〈조선일보〉 신춘문예에 동화 〈비둘기 아줌마〉가 당선됨.

2003년 한국문예진흥원창작지원금을 받음.

동화집 《첨성대와 아기별똥》(청동거울)을 출간함.

10월 1일 도서출판 청개구리를 창립함.

2004년 서울여대 문예창작 전공에서 '출판과 편집' 강의를 시작함(~2007).

2006년 단국대학교 대학원 문예창작학과 석사 과정을 졸업함(지도 교수 김수복 시인).

2007~2009년 한국아동문학인협회 사무국장을 역임함.

2007년 선안나, 윤정선, 김경우, 이충일과 함께 아동문학 이론과창작연구회를 결성함.

2008년 단국대학교 대학원 문예창작학과 박사 과정을 수료함(지도 교수 김수복 시인).

아동문학 이론과창작연구회 기관지인 계간 〈어린이책이야기〉를 창간함(발행인: 선안나, 편집장: 조태봉, 편집 위원: 윤정선, 김경우, 이충일). 창간호에 〈환상동화의 세계 인식과 내적 리얼리티〉를 발표하면서 평론 활동을 시작함.

단국대 문예창작과에서 '출판편집세미나', '그림동화 창작'을 강의함(~2009).

서울여대 문예창작전공에서 '아동문학' 강의를 시작함(~2012).

2009년 계간 〈어린이책이야기〉 발행인을 맡음.

그림책 《어느 날 갑자기》(기탄교육)를 출간함.

그림책 《당나귀 임금님》(청개구리)을 출간함.

2012년 그림책 《상아의 누에고치》(청개구리)를 출간함.

2013~2014년 서울여대 국문과 겸임교수를 역임함.

연구서 《한국 아동청소년문학 장르론》(공저, 청동거울)을 출간함.

2014년 그림책 《오똑 선장은 해결사》(메가북스)를 출간함.

한국아동문학인협회 이사, 한국아동청소년문학학회 출판이사, 계간 〈어린이책 이야기〉 발행인을 역임함.

한국 아동문학가 100인

김율희

대표 작품

〈검은 거울〉

인물론

시와 동화에 달아 준 아름다운 날개

작품론

작가, 욕망과 구원 사이에 서다

어린이와 함께 선생이 걸어온 길

검은 거울

지금부터 내가 하는 얘기는 아주 슬픈 얘기랍니다. 옛날부터 전해져 왔지만 사실은 아무도 믿지 않았던 이야기지요.

이 세상 끝 어딘가에 한 나라가 있었습니다. 그 나라는 특이하게도 모래 위에 세워진 나라였어요. 매일 모래바람이 불고 불어서 사람들의 몸에는 수많은 모래들이 마치 피부처럼 들러붙어 있었지요. 그들은 마치 모래 인간들처럼 보였어요. 모래 인간들이 사는 나라, 몰아치는 모래로 가득한 나라, 사람들은 자신들이 사는 그곳을 모래 나라라고 불렀어요.

서걱거리는 모래들 탓에 사람들은 그 나라에 사는 것이 아주 힘들었어요. 숨을 쉬는 것도 힘들었고 몸을 움직이는 것도 힘들었어요. 그러나 무엇보다 사람들을 힘들게 하는 이는 바로 그 나라를 다스리는 검은 여왕이었습니다.

여왕은 늘 검은색 옷만을 즐겨 입었어요. 표정은 무뚝뚝했고 차가웠어요. 게다가 백성들을 좋아하지 않았고, 사랑하지 않았습니다. 백성들이 무엇을 원하는지, 어떻게 하면 그들을 행복하게 해 줄 수 있는지 여왕은 알지 못했습니다. 여왕은 백성들에게는 아무런 관심도 없었습니다. 그녀가 관심 있어 하는 것은 오직 거울만 들여다보는 일이었는데 그 거울은 다른 거울들과는 달리 검은색으로 빛나는 기괴하고 이상한 거울이었지요.

여왕은 하루의 많은 시간을 검은 거울을 들여다보며 살았어요. 그 거울은 여왕의 힘과 권력의 원천이었어요. 거울이 없으면 마치 아무 일도 할 수 없는 사람처럼 여왕은 거의 모든 시간을 거울에 의지해 살았어요. 여왕이 거울을 볼 때마다 그녀의 곁에는 회색 옷으로 머리끝에서부터 발끝까지 온몸을 칭칭 감은 시녀가 함께했습니다. 그 시녀는 아침부터 밤까지 여왕의 모든 것을 챙겼지요. 어느 누구도 여왕 곁으로 감히 다가갈 수 없었지만 오직 한 사람, 그 회색 시녀만 여왕의 곁에 있을 수 있는 자격이 주어졌습니다. 회색 시녀는 얼굴을 꽁꽁 가리고 있었기 때문에 아무도 그녀의 얼굴을 볼 수 없었습니다.

여왕은 거울을 볼 때 이외에는 대부분의 시간을 백성들을 괴롭히는 데 썼지요. 특히 그중에서도 여왕은 백성들에게 왕궁의 청소와 보수 공사를 시키는 것을 좋아했습니다.

모래바람이 끊임없이 불어왔기 때문에 커다란 왕궁 안은 청소를 하고 또 해도 전혀 표시도 나지 않을 만큼 금방 모래로 가득 차곤 했습니다. 게다가 모래 위에 세워진 성이라 매일 조금씩 성이 아래로 가라앉고 있어서 끊임없는 수리가 필요한 터였습니다. 그러다 보니 수많은 백성들이 왕궁으로 끌려가서 끝도 없는 일에 시달려야 했습니다.

그렇게 온 나라가 여왕의 횡포에 시달리던 어느 날, 소녀 진이도 궁으로 끌려가게 되었습니다. 부모가 진 많은 빚을 갚을 수 없어서 대신 궁으로 끌려가게 된 것이지요. 진이의 아버지와 엄마는 계속되는 노동 때문에 병이 들어서 꼼짝도 못하고 앓아누웠거든요.

진이가 집을 떠나는 날, 아버지와 엄마는 눈물을 흘렸습니다. 어쩌면 다시는 딸을 못 볼 수도 있으니까요. 그 당시 한번 궁으로 끌려가게 되면 다시는 궁 밖으로 나오지 못한다는 흉흉한 소문이 돌던 때였습니다.

진이는 무서웠지만 어쩔 수 없이 끌려가는 수밖에 없었습니다.

왕궁 안은 낮에도 어두웠습니다. 검은 커튼을 궁 안의 모든 유리창에 둘렀기 때문입니다. 여왕은 아마도 빛을 싫어하나 봅니다. 어둠 속에서도 많은 사람들이 움직이고 있었으나 사람들의 얼굴은 모두 두려움에 떨고 있는 듯 보였습니다.

진이는 숨도 제대로 쉴 수 없는 공포 속에서 검은 여왕을 만나게 될까 봐 전전긍긍하고 있었습니다. 그러던 어느 날, 무시무시하면서도 소름 끼치는 소리가 궁 안을 갈랐습니다.

"아니 이게 뭐야. 내가 깨끗이 청소하라고 했잖아."

진이는 바닥 청소를 하다가 깜짝 놀라서 소리가 난 곳을 쳐다보았습니다.

멀리서 여왕이 노인 한 사람에게 호통을 치고 있었습니다.

"이 노인네가 일 제대로 못 해! 내가 거울을 깨끗하게 닦으라고 했는데 이게 뭐야."

아마도 거울 청소가 여왕의 마음에 들지 않는 모양이었습니다.

분이 풀리지 않았던 여왕은 화가 잔뜩 난 앙칼진 목소리로 검은 거울에게 소리쳤어요.

"거울아, 귀찮구나. 치워 버려."

그러자 놀라운 일이 일어났어요. 노인이 갑자기 공중으로 떠오르더니 거울 속으로 순식간에 빨려 들어가는 게 아니겠어요? 이어서 귀청이 찢어질 듯한 비명이 들려왔어요. 여왕이 손을 들자 그 비명도 멈추었고 거울은 아무 일도 없었다는 듯 이내 태연하게 여왕의 모습을 비추기 시작했어요. 그 옆에는 회색 옷을 입은 시녀가 싸늘한 눈빛으로 희미하게 웃으며 여왕을 바라보고 있었습니다.

진이는 등줄기가 서늘해지는 것을 느꼈어요. 주변을 둘러보았더니 많은 사람들이 넋을 잃고 그 모습을 바라보고 있었어요. 그때 회색 시녀가 여왕의 곁으로 다가가더니 소곤거리기 시작했어요. 그러자 여왕이 주변을 휙 둘러보았어요. 두려움에 떨고 있는 사람들을 한 사람 한 사람 뚫어지게 쳐다보더니 냉랭한 목소리로 거울에게 말했습니다.

"거울아, 이들도."

그러자 순식간에 여왕의 주변에서 일하고 있던 많은 사람들이 붕 공중으로 떠오르더니 모두들 거울 안으로 빨려 들어가기 시작했습니다. 진이는 너무 놀라서 몸을 움직일 수 없었습니다. 그때였습니다. 누군가가 진이의 몸을 구석진 곳으로 끌어당겼습니다. 정신을 차리고 보니 어떤 소년이 진이를 바라보고 있었습니다.

"아니 왜……."

진이의 말에 소년이 입에 손을 갖다 대며 조용히 하라는 시늉을 했습니다. 진이는 아무 말도 못 하고 가만히 있었습니다. 그렇게 얼마나 시간이 흘렀을까, 주위가 조용해졌습니다.

수변에 아무도 없다는 것을 확인한 소년이 살며시 소녀에게 말했습니다.

"놀랐지? 아까 큰일 날 뻔했어. 너도 검은 거울 안으로 빨려 들어갈 뻔했다고."

진이는 심장이 쿵닥거려서 곧 쓰러질 것만 같았습니다.

"아까 그게 대체 무슨 일이지? 무슨 일이 일어난 거야?"

"몰랐니? 여왕은 화만 나면 수시로 사람들을 거울 안으로 가둬 버린단다."

진이는 깜짝 놀랐습니다.

"왜? 왜 거울 속으로 가둬?"

소년은 주위를 두리번거리더니 나지막하게 말했습니다.

"글쎄, 정확한 것은 알 수 없지만……, 아마도 이 나라를 큰 위험에 빠뜨리려고 하는 것 같아."

"아! 이 일을 어쩌면 좋아. 정말 큰일이구나. 우리가 여기서 나갈 수 있는 방법은 없는 거야? 사람들에게 이 사실을 알려야 할 텐데. 거울 속의 사람들은 어떻게 되는 거야?"

진이가 소년에게 말했습니다.

"아직 아무도 그 사람들이 살아 돌아온 것을 본 사람들은 없어."

진이는 소년의 말에 다리가 후들거려 도저히 서 있을 수가 없었습니다. 소년이 휘청거리는 진이를 힘겹게 잡았습니다.

"고마워. 그런데 네 이름을 모르는구나. 난 진이야. 넌?"

"난 용이."

"그래, 용아. 그런데 아무래도 우리가 서둘러야 할 것 같아. 어떻게든 궁 바깥에 있는 사람들에게 이 사실을 알려야 해. 여왕은 이 나라 안의 사람들을 거울 안으로 다 가둬 버리고 말 거야."

"그래 맞아. 방법이 있을 텐데……."

"우리 같이 방법을 찾아보자. 사람들을 구해야 해."

진이와 용이는 조심스럽게 밖으로 살금살금 걸음을 옮겼습니다.

"누굴 구한다는 거니?"

둘은 갑자기 심장이 멎는 것만 같았습니다. 검은 여왕과 회색 시녀가 어느새 둘 앞에 와 있었습니다. 가까이서 보니 여왕은 소문보다 훨씬 더 험상궂고 무서운 얼굴을 하고 있었습니다. 옆에 있는 회색 시녀는 얼굴 모습을 전혀 알아볼 수 없었고요.

"아니 저 그게……."

"이런, 이런……. 내가 그동안 너무 관대했나 봐. 한가하게 노닥거릴 만큼 너희들 시간이 많은 거니?"

여왕이 얼음장 같은 목소리로 말했습니다.

"아닙니다. 그럼 저희들은 이만……."

"잠깐."

회색 시녀가 그들 앞을 가로막고 섰습니다.

"너희들 어떻게 생각하지? 이 왕궁에서 일하는 게 행복하지? 그렇지?"

둘은 어이가 없었지만 할 수 없이 거짓으로 겨우 말했습니다.

"예. 여왕님의 은덕으로 잘 살고 있습니다."

그런데 그사이에 놀랍게도 검은 거울이 어느새 미끄러지듯이 쓰윽 그들 앞에 와 있었습니다.

"여기 거울 앞에 서 봐. 너희들이 말한 게 진심인지 알아야겠어."

회색 시녀가 영혼 없는 목소리로 건조하게 말했습니다.

그러자 여왕이 회색 시녀를 가로막았어요.

"오늘은 그만하자꾸나. 너무 많이 가두었잖아."

순간 회색 시녀가 여왕을 뚫어지게 노려보았습니다.

"아니 무슨 말을……. 우리에게 반항하는 자들은 천 명이 아니라 만 명이라도……."

회색 시녀가 여왕에게 대드는 것에 놀랄 새도 없이, 용이가 진이를 확 밀치며 말했습니다.

"진아. 어서 도망가. 어서……."

놀란 여왕이 손을 들어 거울을 가리키자 순식간에 용이가 거울 속으로 빨려 들어가기 시작했습니다.

"아니! 이것들이 감히……. 어딜 도망가겠다고. 거울아. 어서!"

여왕의 앙칼진 목소리에도 아랑곳없이 용이는 계속해서 소리쳤습니다.

"진아. 넌 살아야 해. 도망가. 어서!"

진이는 용이를 붙잡고 싶었지만 지금으로서는 자리를 피하는 수밖에 없었습니다. 진이는 모래가 날리는 궁전 안을 죽을힘을 다해 달리고 또 달렸습니다. 그러다 쫓아온 검은 여왕과 병사들에게 잡히려는 찰나, 때마침 거대한 모래 폭풍이 휘몰아쳤습니다. 일순간 세상이 암흑으로 변하는 듯했습니다. 하지만 진이는 그 어둠 속에서도 포기하지 않고 도망쳤습니다. 그렇게 얼마나 시간이 흘렀을까요? 진이는 어느새 궁 밖에 나와 있는 자신을 발견했습니다. 하지만 기쁨을 느끼는 순간도 잠시, 용이와 거울 안으로 빨려 들어간 사람들이 걱정이 되어서 한시도 머뭇거릴 수 없었습니다.

진이는 우선 집으로 달려갔습니다. 진이의 아버지와 엄마는 딸을 다시 만나게 되어 무척 좋아했습니다. 그동안 병석에 누워 있었지만 진이를 보는 순간 병이 다 나은 것처럼 자리에서 벌떡 일어났습니다.

"진아, 진아. 이렇게 너를 다시 만나게 되다니."

엄마는 진이의 손을 놓지 못했습니다. 그러다 진이의 말을 전해 듣고는 기절할 듯이 놀랐습니다.

"그 소문이 정말이었구나. 사람들이 사라진다는 소문이. 그래서 매번 많은 사람들이 궁으로 끌려 들어간 거야."

아버지가 몸서리를 치자 진이가 말했습니다.

"용이와 사람들을 구해야 하는데 어떡해야 할까요?"

"우선 마을 사람들에게 알리자. 더 많은 사람들에게 알리면 더 좋은 생각들이 나올 거야. 걱정 말거라, 좋은 방법이 있으니."

아버지의 말에 진이가 앞으로 바짝 다가앉으며 물었어요.

"좋은 방법이라뇨?"

"그동안 여왕한테 너무 많이 시달려서 우리가 위급할 때 모이기로 한 약속이 있단다."

"어떻게요? "

"내가 먼저 파란 표식을 집의 오른쪽 부분에 하면 된다. 그럼 옆집에서도 똑같이 파란 표식을 할 거고 그 이웃에서도 똑같이 할 거다. 그러면 순식간에 온 마을 사람들이 다 알게 될 거야. 오늘 밤 안으로 모든 사람들이 광장에 모이게 될 거다. 궁에서 군사들이 쳐들어오기 전에 해결책을 마련해야 할 텐데……."

진이는 곧 집 앞에 파란 표식을 했습니다. 그리고 얼마 후, 놀랍게도 온 마을의 오른쪽 문 앞에 파란 표식이 빛나고 있었습니다. 진이는 혹시나 몰라서 집 안의 지하실에 숨어 있다가 밤이 되자 광장으로 나갔습니다. 어느새 많은 사람들이 몰려 있었습니다.

진이는 사람들에게 궁에서 일어난 이야기를 전했습니다. 그동안 소문으로만 무성했던 이야기가 진실이었다는 것을 알게 된 사람들의 분노는 대단했습니다. 자신의 가족들이, 친구들이, 이웃들이 거울 속으로 사라졌다는 것을 알게 된 마을 사람들은 어떻게 하면 여왕으로부터 사람들을 구할 수 있을지 의논하고 또 의논했습니다.

그때였습니다. 여왕의 병사들이 광장 안으로 몰려왔습니다. 그리고 이내 수많은 사람들을 잡아가기 시작했습니다. 진이의 아버지와 엄마도 병사들에게 잡히고 말았습니다. 진이는 마을 사람들과 함께 병사들에 맞서 싸웠지만 역부족이었습니다. 진이도 마침내 잡히고 말았습니다. 잡힌 사람들은 모두 궁으로 끌려갔습니다. 그들이 검은 거울 안으로 갇히는 것은 시간문제였습니다.

왕궁으로 들어가자 여왕이 그 기괴한 거울 앞에 회색 시녀와 함께 모래바람 속에 서 있었습니다.

그때까지도 진이는 생각하고 또 생각하고 있었습니다. 어떻게 하면 검은 여왕과 회색 시녀를 물리칠 수 있을까 하고요. 그러다 여왕의 검은 거울을 보는 순간, 마치 한 줄기 빛처럼 어떤 깨달음이 진이의 온몸을 뒤흔들었습니다. 여왕이 만약 어둠의 거울을 갖고 있는 거라면 자신과 마을 사람들은 진실의 거울로 맞서 보아야겠다고요.

진이는 주머니 속에 들어 있던 작은 거울을 꺼내 들었습니다. 진이는 그 거울이 진실의 거울이라 믿어 의심치 않았습니다. 그 거울은 부모님이 준 것으로 어려울 때마다 힘이 되어 준 거울이었습니다. 진이는 그 거울을 높이 들어 여왕을 비추기 시작했습니다. 그런데 놀랍게도 여왕이 휘청거리는 게 아니겠어요. 그 모습에 힘을 얻은 진이가 소리쳤습니다.

"여러분 모두 거울 갖고 있지요? 여러분이 갖고 있는 거울을 모두 꺼내세요. 그리고 저 어둠의 거울을 향하여 비추세요. 우리는, 이 나라에 사는 우리들은 모두 진실의 거울을 갖고 있습니다."

그러자 놀랍게도 왕궁으로 끌려간 사람들이 병사들의 손을 뿌리치고 주머니 안에서 거울을 꺼내느라 야단법석이었습니다. 모래 나라의 사람들은 늘 모래로 시달렸기 때문에 거울은 필수품이었습니다. 그나마 좀 더 나은 모래 인간이 되려면 수시로 거울을 들여다보아야 했으니까요. 거울은 그들에게 사람임을 일깨워 주는 중요한 물건이었습니다.

마침내 진이가 여왕 앞에 우뚝 섰습니다.

검은 여왕은 눈을 부라리며 소리쳤습니다.

"네가 감히 나에게 맞서겠다는 것이냐! 어느 누구도 나에게 맞선 자는 없었다. 지금까지 어느 누구도."

여왕은 진이를 향해 손을 높이 들었습니다. 그러자 때맞추어 사람들이 모두 여왕을 향해, 검은 거울을 향해 자신들의 거울을 비추기 시작했습니다. 마치 여왕의 거울과 백성들의 거울이 서로 맞붙어 전쟁을 하는 것 같았습니다. 회오리바람이 불고 빛이 번쩍

거리고 모래바람이 휘몰아쳤습니다. 사람들은 쓰러질 것처럼 힘들고 무서웠지만, 그 공포의 시간들을 견뎌냈습니다. 그렇게 얼마나 시간이 흘렀을까, 놀랍게도 어둠의 거울 안에서 사람들이 쏟아져 나오기 시작했습니다. 그동안에 거울 안으로 사라졌던 많은 사람들이 거울 밖으로 모습을 드러낸 것이지요. 사람들은 환호성을 질렀습니다.

"안 돼! 내 거울, 내 거울……. 거울아, 너 도대체 왜 이러는 거야?"

여왕은 안절부절못하며 괴성을 질렀습니다. 하지만 검은 거울 안에서는 끝도 없이 사람들이 쏟아져 나왔습니다. 마침내 용이도 거울 밖으로 튀어나왔습니다.

"와! 용아!"

진이는 검은 거울이 더 이상 힘을 발휘하지 못한다는 것을 알게 되었어요.

"힘을 더 내세요. 더……. 우리의 한마음이 저 거울을 이기고 있는 거라고요."

거울에서 사람들이 쏟아져 나오자 흉측한 검은 여왕은 자리에 털썩 주저앉으며 비명을 질렀습니다.

"이럴 수가……."

"안 돼!"

그 순간, 놀랍게도 회색 시녀가 마치 허물을 벗는 것처럼 순식간에 사라지더니 곧 커다란 하이에나로 변했습니다. 그리고 여왕을 향해서 으르렁거렸습니다.

"내가 말했지. 이것들을 다 가둬 버려야 한다고. 왜 내 말을 안 들었어? 내 말을……. 이제 조금만 더 있으면 내가 이 나라를 다 가지는 건데. 조금만 더 시간이 있었더라면……. 거울 안으로 이 인간들을 다 넣어 버리는 건데. 그럼 이 나라는 내 것이 되는 거였는데……."

하이에나가 된 회색 시녀가 여왕에게 달려들었습니다. 둘은 서로 맞붙어 격렬하게 싸웠습니다. 그런데 눈 깜짝할 사이에 하이에나가 여왕을 잡아먹어 버렸습니다. 사람들은 깜짝 놀랐습니다. 하이에나는 숨도 돌리지 않고 바로 진이에게로 달려들었습니다.

"너 때문에……. 너 따위가 감히……."

그때였습니다. 밖으로 나온 용이가 진이의 거울을 낚아채더니 그 거울로 하이에나의 눈을 향해 비추기 시작했습니다. 그러자 놀랍게도 검은 거울은 큰 소리를 내며 산산조각으로 부서져 버렸습니다. 거울의 파편들이 온 사방으로 흩어졌습니다. 그와 동시에 하이에나도 온몸이 모래가루로 변하더니 공중으로 사라지고 말았습니다. 모든 것이 한순간에 일어난 일이었습니다.

모래바람이 그치고 곧 커다란 정적이 찾아들었습니다. 검은 여왕도, 하이에나도, 검은 거울도, 그리고 여왕의 병사들도 형체를 찾아볼 수 없었습니다. 그들은 모두 사라졌습니다. 마치 원래 존재하지도 않았던 것처럼.

사람들은 기쁨의 환호성을 질렀습니다. 용이도, 진이도, 그리고 아버지와 엄마도 서로 부둥켜안았습니다. 백성들도 그동안 헤어졌던 사람들과 포옹하며 기쁨을 나누었습니다.

기쁨의 시간이 지나자 사람들은 정신을 차리고 주변을 돌아보았습니다.

모래로 가득 찬 궁, 모래가 잔뜩 붙어 있는 자신들의 몸을 돌아보며 갑자기 절망에 사로잡혔습니다. 이 모래 나라에서 앞으로 어떻게 살아가야 할지 막막해졌기 때문이었습니다. 사람들은 허탈감에 털썩 땅바닥에 주저앉았습니다. 그때였습니다. 모래성이 땅 속으로 가라앉기 시작했습니다. 사람들은 깜짝 놀라 우왕좌왕했습니다. 모래바람이 다시 휘몰아쳤고 사방은 깜깜해졌습니다.

한참 동안, 아주 한참 동안 시간이 흐른 것 같습니다. 뜨거운 햇빛에 눈이 부셔서 사람들은 눈을 떴습니다.

진이도, 용이도, 아버지도, 엄마도 눈을 떴습니다. 그리고 모두들 깜짝 놀랐습니다. 자신들이 모래성이 아닌 푸른 풀밭 위에 있었기 때문입니다. 저 멀리 평화로운 마을의 모습도 보였습니다.

그제야 사람들은 자신들이 원래 살던 마을에 돌아왔다는 것을 기억해 냈습니다. 진이가, 용이가 원래 살았던 곳은 사실은 모래 나라가 아니었던 것입니다. 바로 초록 나라였지요.

그들은 초록빛 가득한 그곳에서 평화롭게 살던 사람들이었습니다. 그런데 몇 년 전 갑자기 이 나라를 무너뜨리러 온 검은 여왕과 회색 시녀 때문에 이 나라는 모래 나라가 되어 버렸던 것입니다. 검은 여왕과 회색 시녀가 사라지자 저주도 풀리고 마법도 풀린 것이었습니다.

그 후 진이와 용이는, 그리고 초록 나라의 백성들은 행복하게 아주 행복하게 잘 살았답니다. 모래 나라와 검은 여왕과 검은 거울이 있었다는 것을 까맣게 잊어버린 채.

그렇게 몇백 년이 흐른 어느 날, 초록나라의 어느 마을에서 한 소녀가 진흙 놀이를 하고 있었습니다. 그때 그녀가 진흙 속에서 무언가를 들어 올렸습니다. 그것은 검은색으로 반짝이는 거울의 파편이었습니다. 그 파편을 집어 올리는 그 소녀의 눈빛이 순간 서늘해졌습니다. 초록빛 이파리들이 푸르르 푸르르 나무에서 떨어지고 있었습니다.

시와 동화에 달아 준 아름다운 날개

정두리

인디언이 만든 열두 달 달력을 보면서 그들만의 삶의 지혜와 또 자연의 섭리에 순응하는 방식에 대해 생각하게 되었다.

1월에서 12월까지 매달 그 달에 대한 해석과 정의를 내려놓았고, 그중에서 유독 12월이 시선을 끄는 이유는 지금 내가 12월의 끝자락에 있음이 아닌가 싶기도 하지만 '무소유의 달'이라는 것에 눈길이 머문 탓이다.

> 12월: 다른 세상의 달 / 침묵하는 달 / 무소유의 달 / 하루 종일 얼어붙는 달 / 나뭇가지가 뚝뚝 부러지는 달 / 첫 눈발이 땅에 닿는 달 / 태양이 북쪽으로 다시 여행을 시작하기 전에 휴식을 취하려고 남쪽 집으로 여행을 떠나는 달

그들이 말하는 12월에 얼마나 공감하시는지?

아무것도 소유하지 말라는 것은 무슨 연유일까? 한 장 남은 달력에 대해 12월에만 무소유를 지적하는 이유가 있을 것이다. 12월은 일 년을 정리하는 달, 그래서 마음을 비우고 새해를 맞이하라는 것이리라. 무엇보다 일 년을 돌아보는 침묵이 필요하고, 하루 종일 얼음으로 세상을 정화시키고, 그 속에서 다른 세상을 맞을 차비를 차리는 달이라는 뜻으로 해석하고 싶다.

서론이 좀 길었다.

첫눈이 내리는 어느 날, 김율희 시인의 시집을 선물처럼 받았다. 1986년 〈현대시학〉에서 김춘수 시인의 '아주 청순한 서정을 지닌'(1984년 1차 추천 당시의 평) 추천을 받고 30년 만에 나온 첫 시집이다. 참 오래 걸렸다. 그러니 얼마나 축하할 일인가!

30년 만에, 30년을 넘기지 않으려고, 그보다 알찬 시집을 내고 싶은 마음에 드디어 얻게 된 첫 시집.

앞서 말한 인디언의 정의를 무시해도 좋을 12월을 '소유의 기쁨'을 누릴 수 있는 그의 시집이 고마워서 소중하게 펼쳐 본다.

'첫 눈발이 땅에 닿는' 12월, 나의 겨울은 김율희의 시집 《굴뚝 속으로 들어간 하마》

와 아니 김율희와 함께 시작되었다.

시는 칼이다
바람을 베고 사람을 베더니
세상을 베어 버린다

깃털처럼 가벼워지는 칼
세상이 가벼워진다.
–〈시는 칼이다〉 전문

시의 역할과 시의 힘을 이만큼 확실하게 말할 수 있을까?!

시를 읽으며 문득 순하고 다감한, 내가 아는 김율희의 어느 구석에 이렇게 예리한 속가량도 있다는 것을 알게 되었다.

그의 생심을 내가 어찌 다 펠 수 있을까만 한 편 한 편 시에서 새롭게 살아난 시심이 내 앞에 서 있는 걸 느끼게 했다.

김율희와 처음 만난 때가 언제이며, 어떻게 만났는지는 중요하지 않다. 그와 나 사이가 조금은 임의롭다고 느끼게 된 것은 일정을 쪼개어 밥을 먹고 차를 마실 수 있는 기회가 되었을 때가 아니었나 싶다.

아는 이는 알겠지만 그녀는 참 바쁘다. 〈국제PEN〉 편집장을 맡고 있고, '나를 찾는 동화 여행'의 강의도 열심이다.

직장이 있고, 본업인 글을 써야 하고, 강의를 맡아 하고 있고, 욕심꾸러기인가 했는데 소신껏 자신의 역할을 수행하는 열정을 욕심으로 매길 수는 없겠다.

식탁에 앉을 때마다
나는 매일 깊은 강 하나를 건넌다.
뿔 달린 짐승의 노고와
배추, 오이, 가지의 몸을 만나고
튼실한 햇볕의 수고로움도 만난다.
그릇에 담겨져 제물이 된,
요리된 그 영혼들을 만난다.
삶기고 굽히고 익혀져
식탁 위에 올려진

조기, 새우, 멸치, 고등어
그 몸들을 뜯으며 나는 또한 바다가 된다.
– 〈식탁에서〉 일부

인용하는 시를 읽으며 식탁에 오를 음식을 장만하는 주부 김율희를 떠올린다. 가끔 '링거를 맞았다'라거나 노는 날은 '세탁기를 네 번 돌려야' 할 만큼 집안일이 밀려 있다고 웃으면서 말할 때, 나의 막냇동생에게 해 주듯이 이젠 건강도 챙기라는 말을 하지 않을 수가 없다.

그녀는 두 자녀를 잘 키웠다. 아들은 지금 서울성모병원 안과 레지던트이다. 민족사관고와 카이스트를 거친 참이다. 딸은 연세대 영문과 재학 중이다.

사신이 한 일은 다른 엄마와 다를 게 없지만, 늘 기도와 함께했고 그 기도가 자녀들에게 닿을 수 있도록 또 기도했다는 엄마다. 그녀의 자녀들은 엄마의 그늘에서 평안하고 따뜻했으리라 생각한다.

그녀는 키가 크다. 그리고 아름답다. 반듯한 이마는 탐이 난다. 무엇보다 그녀의 두 손은 하얗고 길고 귀하게 보인다. 네일숍에서 가꾼 손이 아니고 쉴 틈 없이 일하는 여성의 손이므로 더 돋보인다.

'북쪽으로 다시 여행을 시작하기 전에 휴식을 취하려고 남쪽 집으로 여행을 떠나는' 인디언 달력의 12월을 이제부터라도 누려 보라는 말도 이참에 꼭 보태고 싶다.

'저를 아는 만큼', '쓰고자 하는 양만큼' 써 달라는 조심스런 부탁을 한 김율희 작가. 그를 아는 일 중에 글을 빼놓을 수 없다. '글은 곧 그 사람'이라고 누군가가 설파하지 않았던가?

앞서 말했듯이 1986년 시로 문단에 발을 디딘 그가 아동문학을, 그것도 동시가 아닌 동화를 겸하게 되었는지에 대해서는 사실 궁금하지 않을 수 없었다.

시를 쓰던 그가 박화목 선생님의 권유로 동화에 관심을 갖게 되었고 1990년 〈노란 장미 열 한 송이〉 단편 모음 첫 동화집을 발간하게 되었다고 한다.

그 이후로 동화의 매력에 빠져서 15여 권의 동화집을 더 펴내었다. 그중에서 《책도령은 왜 지옥에 갔을까?》, 《책도령과 지옥의 노래하는 책》, 《도깨비 쌀과 쌀 도깨비》, 《열두 살, 이루다》 등이 기억에 남는다. 그녀의 대표작이라 할 수 있는 《책도령은 왜 지옥에 갔을까?》가 과거를 무대로 했다면 후속으로 나온 《책도령과 지옥의 노래하는 책》은 현재의 이야기가 될 것이고, 앞으로 나오게 될 '책도령' 3편은 아마도 미래를 향한 그녀의 꿈과 희망을 그려내게 되지 않을까 기대하게 된다. 이미 《책도령은 왜 지옥에 갔을까?》는 중학교 1학년 국어 교과서에 실려 있다. 자기가 하고 싶은 일만 하고 타인과 나누는 삶을 살지 못하여 책도령은 지옥에 가게 되지만 그곳에서 구원을 얻는다.

책도령으로 판타지에 자신감을 얻은 그녀가 즐겨 다루는 도깨비는 단순히 우화나 환상동화의 범주를 벗어나 인간 구원의 바탕에 관심을 두고 있는 것으로 여겨진다. 도깨비를 외계인으로 부르며 세상에 공헌할 수 있는 그들의 몫이 있을 것으로 믿고 형상화시켰다. 그녀 자신도 '환상동화, 상상력의 무한 영역을 경험하고 싶은 다양한 이야기를 그리고 싶다'고 말한다.

개인적으로 나는《열두 살, 이루다》에 애정을 느낀다. 사춘기의 시작인 이 세상 모든 열두 살에게 보내는, 아주 오래전 열두 살을 겪어 낸 작가의 분신이고 고백이기도 한 사랑의 동화이기 때문이다. 이 동화에 등장하는 일곱 명의 어린이들의 다양한 우정과 그들이 겪는 성장통인 첫사랑을 보면서 건강하고 밝은 주인공들을 그려 낸 작가의 힘을 느끼게 되었다. 어린이들이라고 모두 즐겁고 행복하겠는가, 그렇지만 김율희의 동화에는 희망과 훈훈함이 바탕을 이룬다. 그녀는 동화를 쓰기 위해 일곱 명의 실제적인 어린이들을 만났고 그들의 목소리를 동화에 담고자 노력했다고 했다. 그래서일까, 등장하는 어린이 모두에게 발랄함과 생기가 넘친다.

그녀가 함축하는 작업인 시 쓰기에서부터 말 더하기 보태기인 동화 쓰기에 이르기까지 무한 애정을 갖고 있다는 것을 그녀의 글을 통해 느낄 수 있었다. 더불어 그녀가 판타지와 생활동화로 그려 낼 여러 이야기들이 기대된다.

"선생님, 요즘 컨디션은 어떠세요? 곧 좋아질 거예요."

눈 밝은 그녀가 부석한 내 얼굴을 보며 가만히 묻는다.

먹고 있는 약이 얼굴을 푸석거리게 한다는 걸 나도 아는데, 그녀는 상대의 기분을 배려할 줄 알기에 걱정을 얹지 않고 말로서 다독여 준다.

말이 따뜻한 그녀, 경상도 말투가 남아 있지만 술수 부리지 못하는 단순한 어투, 그 말에서 전해지는 진심이 다가왔다.

그녀는 말하기보다 듣기를 좋아하는 편이다. 어쩌면 사람과의 대화와 소통에 '들어주기'만큼 바람직한 자세는 없을 것이다. 이즈음 세상은 먼저 자신의 목소리를 크게 내기 위해 주력을 다하고 있지 않은가?

내 말을 하기보다 남의 말을 듣는 일에 김율희는 이미 전문인이 되어 있었다. 과문한 나는 여태 코치, 코칭에 대해 모르고 있었다.

문제를 가진 사람의 마음을 열게 하여 그 문제를 들어주고, 스스로 답을 찾을 수 있도록 도와주는 파트너의 역할을 코칭(Coaching)이라고 한다. 오래전부터 상담 심리사의 자리에 그녀가 있다는 것을 안 지는 얼마 되지 않았다. 한국코치협회 회원으로 표 나지 않는 봉사를 하고 있다는 것도. 바빠서 늘 글 쓸 시간이 부족하다는 말을 해도 핑계가 아니라는 것을, 다시 안타까워한다. 그래서 코칭까지 그녀에게 또 다른 글쓰기의 자원이 되어 줄 것으로 응원을 보내고 싶어진다.

굴뚝새가 한 말을 기억하니? / 어릴 때 굴뚝새가 너에게 /
하던 말 기억 안 나니? / 매일매일 너에게 / 속삭이던 말 /
다정하게 너하고 나누었던 / 그 말들이 / 기억나지 않니? /
이 세상을 살았던 / 한 굴뚝새가 / 푸른 하늘 위에서 / 네게 했던 말 /
기억하고 있니? / 굴뚝새 말로 기억하고 있니?
– 〈굴뚝새가 한 말을 기억하니?〉 전문

굴뚝새의 말은 곧 그녀에게 시가 되고 동화가 되어 독자들에게 가깝게 다가갈 것이다. 시인이고 동화작가인 김율희의 인간적인 면모를 써야 하는 나의 역할이 제대로 되고 있는지 모르겠다는 생각을 글을 끝내면서 하게 된다. 내게 주어진 원고 마감일도 의식하지 않을 수 없기에.

시와 동화 사이를 오가는 그녀의 작업이 건강한 분주함으로 연속되기를 바란다. 꽃자리에서 열매가 달리고 숙성되고 그다음 맛과 향을 준다는 것을 알듯이 김율희의 글이 그렇게 자리 잡아 무르익기를 기대한다.

작가, 욕망과 구원 사이에 서다

정혜원

1. 작가, 촉을 세우다

작가는 늘 깨어서 이 세계에 대해 촉을 세우고 있는 존재들이다. 때마다 색다른 것을 먹으려 하고 그리고 먹은 것을 끊임없이 글로 토해낸다. 무엇을 위해 글을 쓰는가? 무엇을 위해 글을 읽는가? 김율희 작가는 이미 무엇을 쓸 것인가에 대해 고민이 끝난 작가이다. 막연하게 글을 잘 써야지, 새로운 글을 써야지 하는 신참 작가가 아니란 뜻이다. 이미 많은 작품을 책으로 출간하였고, 그 속에는 하나같이 어떤 문제에 매달리고 있다는 것을 볼 수 있다. 그것은 바로 '작품을 통해 인간을 구원하겠다.'라고 하는 야심찬 작가의 의지이다.

글은 주지하다시피 작가의 사상과 신념을 집약적으로 볼 수 있는 장이다. 작가들마다 자기만의 개성을 가지고 이 세계를 의미화하여 글을 쓰려고 노력한다. 김율희 작가는 인간의 유한성에 천착하고 있다. 그래서 인간 구원의 문제가 그에게는 이 세계를 살아가는 당위성이고 풀어야 할 지상 최대의 과제가 되었다. 보통 어떤 시리즈라고 출간된 작품을 보면 너무 식상한 서사, 구태의연한 메시지가 많은데 이 작가의 작품은 그렇지 않았다. 이제 두 줄기로 이야기를 풀어 보려 한다. 한 줄기는 작가가 그토록 매달린 인간 구원의 문제이고 또 한 줄기는 인간의 욕망에 대한 문제이다. 이제 그의 작품 속으로 들어가 보자.

2. 인간, 과연 구원받을 수 있는 존재인가

요즘 산다는 것이 깊은 자괴감, 그 자체이다. 우리가 사는 세상이 현실인지 사후의 어떤 지옥인지 알 수 없을 정도이다. 현실에서 드러나는 악의 세력과 갖은 악행들……. 우리가 어디까지 보고 살아야 하는 걸까. 같은 인간끼리도 용서하지 못하는 존재를 신은 용서할 수 있을까. 그러고도 구원을 갈구할 수 있을까. 아마 그런 인간은 구원에 대한 갈구 자체가 없을지도 모른다. 지독한 자본주의 늪에 빠져 있으니 어느 정도는 개인주의 성향이 있고 자본에 대한 욕망도 끊임없이 생겨나는 것은 어쩔 수 없다고 하자. 개도 물고 가지 않는 돈, 즉 자본은 시대의 씁쓸한 흔적으로 사라질 것이다. 어르신들은 '인생 짧다'라고 말씀하신다. 그 짧은 인생을 살면서 우리는 너무나 많은 타자를 괴롭히고 타자의 몫을 빼앗는 것은 아닐까. 쏜살같이 세월은 가는데 덕이 아니라 자꾸 업을 쌓다가는 정말 어디로 갈지 모를 일이다.

김율희 작품에는 이런 작가적 고민과 고뇌를 엿볼 수 있다. 《책도령은 왜 지옥에 갔을까?》와 《책도령과 지옥의 노래하는 책》은 그의 작품 중 인간 구원의 문제가 가장 잘 드러난 문제작이다. 앞에서 언급한 것처럼 인간처럼 불완전한 존재가 또 있을까. 이 작품에 등장하는 책도령처럼 어떤 때는 책만 읽고, 하고 싶은 일만 하며 살고 싶은 때도 있다. 책도령은 자기가 하고 싶은 일만 하고 타인과 나누는 삶을 살지 못하여 지옥에 가게 되지만 큰 깨달음을 얻고 결국에는 자기 자신을 구원하는 즉 소승적 구원에까지 이르게 된다. 그러나 책도령의 역할은 여기서 끝나지 않는다. 자신을 구원하는 데서 그치는 것이 아니라 더 많은 사람들에게 희망이 되고자 그는 천국으로 갈 기회도 마다하고 지옥에 남는다. 그들에게 책을 읽어 주기 위해서.

사실 전편에서 책도령은 이미 소승적, 대승적 구원에 이르렀기에 좋은 작품으로 평가받을 만하다. 그러나 김율희 작가는 여기에서 멈추지 않고 구원의 영역을 확장시킨다. 그는 후편 《책도령과 지옥의 노래하는 책》에서 '달이'라는 환상적인 캐릭터를 등장시켜 책 전면을 종횡무진 누비게 한다. 달이는 옥황상제가 지옥으로 보내 준 책인 동시에 마음만 먹으면 언제든지 아름다운 여인으로 변신하는 캐릭터이다. 지옥에서 책도령이 죄인들에게 아무리 열심히 책을 읽어 주어도 죄인들이 늘어만 가고 염라대왕마저 사면초가 상태에 이르러 병이 나고 만다. 이럴 때 달이가 노래를 불러 주면 염라대왕도 책도령도 마음의 위안을 얻게 되는데 지옥의 보석 같은 달이가 갑자기 사라진다. 사라진 달이를 찾아오라는 염라대왕의 엄명을 받은 책도령은 인간 세계로 나가게 된다. 고생 끝에 책도령이 달이를 찾았으나 인간 세계에 자신이 꼭 필요한 존재라며 돌아가지 않으려 한다. 책도령은 달이가 가는 곳마다 따라다니며 설득도 하고 종용도 하지만 말을 듣지 않는다. 달이가 고독하고 가난한 이웃에게 희망의 노래를 불러 주어 그들의 상처를 보듬고 치유하는 경험을 하게 되는데 자신도 그런 경험을 통해 더 큰 기쁨을 맛본다. 달이가 책이면서 인간이고 인간이면서 책인 것처럼, 작가가 그려 놓은 지옥도 인간 세계가 될 수 있고 그 반대도 될 수 있다는 것을 가늠하게 해 준다. 아무리 인간 세계를 지옥 같은 곳이라고 표현해도 그 속에는 정의가 살아 있고 정이 피어나는 곳이다. 우리가 사막의 골짜기 같은 폐허 속에 살다 보면 모두 어떤 상처든 안고 살게 마련이다. 작품에 등장하는 달이, 책도령, 훈이, 할아버지, 나비 등의 캐릭터도 그렇다. 희망만을 노래할 것 같은 달이도 과거의 상처와 아픔을 가진 캐릭터이다. 이들은 양가적 감정을 가지고 있으나 결코 한쪽으로 치우치지 않는다. 작가는 작품 속에 들어와 있는 캐릭터에게 한 순간도 방심하지 않는다. 그들을 원망과 상처, 아픔이 존재하면서 희망과 치유를 그리고 구원을 갈망하고 있는 존재들로 구현해 내고 있다. 그래서 이들은 한쪽 방향에 치우치지 않고 양방향에서 치유하고 치유받는 일을 진행한다. 책도령과 달이가 타자에게 기쁨을 주고 영혼을 치유하려는 것, 그것이 불교에서 말하는 대승적 구원이다. 전편에서는 책도령을 중심으로 한 서사가 소승적 구원에서 나아가 대승적 구원에 이르렀다면 후편에서는 책도령과 달이의 서사가 주를 이루면서 독자들에게 대승적 구원의 확장과 실천으로 큰 울림을 준다.

이 두 작품을 통해 독서의 진정한 의미에 대해서 작가가 깊이 고뇌했다는 것을 느낄 수 있었다. 그 의미란 읽기를 통해 얻게 되는 성찰, 나아가서 그 성찰을 통한 행동이 이 세상을 향할 때 독서의 결과가 완성된다는 것이다. 단지 읽기, 그것만으로 끝날 때 독서라는 행위가 얼마나 허무한 것인지, 작가는 독서의 의미에서 나아가 소통에 대해서도 말하고 있는데 그것이 결국에는 인간 구원의 문제에까지 이르게 되는 것이다. 지독하게 개인주의에 빠져 있는 우리 세계에 책도령이 전달하고자 하는 메시지는 큰 공감을 준다. 작가는 글로 말하는 것이다. 특히 김율희 작가는 동화로 인간 구원의 문제에 접근했고 천착했으며 하나씩 풀어나가고 있다는 것을 보여 주고 있다.

3. 욕망을 다스려라

인간에게 있어 욕망은 어떻게 작동하는가. 태어나면서부터 생기는 욕망 때문에 평생 시달리게 된다. 인간은 죽는 순간까지 욕망의 대상을 찾아다니고 그 욕망이 성취되는 순간 또 다른 욕망으로 갈아탄다. 주시하다시피 인간은 결핍된 존재이다. 그래서 그 결핍을 계속 그 무엇으로 채우려 한다. 김율희 작가의 경우, 욕망에 대한 주제를 다루고 있는 작품들이 많다.

《거울이 없는 나라》에 수록되어 있는 네 작품도 모두 욕망에 대한 것이다. 〈거울이 없는 나라〉는 자신의 콤플렉스 때문에 거울을 없애는 일에 집착하는 왜곡된 욕망을 보여 준다. 거울을 없애는 것에 매달릴 것이 아니라 정면 대결을 하는 방법을 택할 때 사건이 쉽게 해결된다는 것을 깨닫게 한다. 〈꿀단지 안의 꿀〉은 금기를 깨 버리면 올 재앙을 알면서도 맛의 유혹에 넘어가 큰 재앙을 받는다는 내용이다. 이것도 절제하지 못하는 욕망 때문에 생긴 일이다. 〈임금님만 사는 나라〉는 혼자만 임금으로 특별 대우를 받고 싶은 사람들 때문에 서로 다투고 결국은 아무도 살아남지 못하게 된다는 내용인데, 이것 역시 헛된 욕망 때문에 스스로의 불행을 자초한다는 것이다. 〈숲속에서 무슨 일이 일어났나〉는 유혹에 못 이겨 악행을 저지른다는 내용인데 이것도 자신의 욕망을 다스리지 못한 것에서 시작된 일이다. 《거울이 없는 나라》에 수록된 작품은 모두 욕망을 다스리지 못해 화를 입고 비극적인 결과를 초래하게 되는데 이는 인간 욕망의 비극성에 그가 얼마나 큰 관심을 갖고 있는지를 극명하게 보여 주는 예다. 그들이 빨리 자신의 욕망을 제어하고 내려놓았더라면 그런 비참한 결과를 낳지 않았을 것이다. 인간은 자유 의지를 가지고 있지만 자신의 욕망대로만 행동하는 주체로 살아서는 안 될 것이다. 동시대를 살고 있는 어린이도 성인과 같은 욕망에 시달리게 되는데 작가는 한 발 앞서서 '자신의 욕망을 제어하고 다스려라.'라고 말을 건다. 자신만을 위한 욕망은 헛된 욕망이 되기 쉬우며 결국에는 아무것도 남지 않는 공허함뿐일 가능성이 높다.

라캉은 '타자의 욕망을 욕망'하게 된다고 말한다. 실제 자신의 욕망이 아닌 타자의 욕망을 자신의 것으로 잘못 인식하고 꿈꾸는 욕망이 제대로 실현될 리가 없고, 실현된다고 해도 자신의 것이 아니기에 곧바로 다른 욕망의 전차로 갈아타게 되는 것이다. 그래서 욕망은 충족 불가능한 것으로 간주되고 아무리 채워도 채워지지 않는 빈 껍질 같은 것일 수 있다. 그러나 이 욕망에 대해 스스로 들여다볼 수 있고 생각할 수 있는 힘이 있다면 헛된 욕망이 아닌 자아와 타자를 위한 희망으로 바뀔 수 있을 것이다.

《벌레 박사 발레리나》에 등장하는 유담은 벌레에 관심이 많은 캐릭터이다. 세상의 대부분의 부모가 그렇듯 자식은 자신보다 더 나은 삶을 살기를 원한다. 그럴 때 욕망이 꿈틀거린다. 유담의 어머니는 유담을 통해 자신이 이루지 못한 발레리나의 꿈을 이루려고 한다. 그러나 유담은 발레에 흥미를 느끼지 못하지만 곤충을 보거나 공부할 때는 눈이 반짝거린다. 유담 어머니의 삐뚤어진 욕망 즉, 보상 심리 때문에 유담과 어머니가 충돌하게 되고 한동안 갈등 국면에 들어선다. 결국 유담은 어머니의 꿈이 아닌 자신의 꿈을 이루려고 노력하려는 의지를 보인다.

《도깨비 우달은 왜 나누었을까》는 도깨비 이야기지만 다른 도깨비 이야기하고는 큰 차별성을 가진다. 이 작품에 등장하는 도깨비 아빠인 우달은 나눔과 배품을 적극적으로 실천하는 캐릭터이다. 작가의 많은 작품에서 이러한 주장이나 메시지를 찾을 수 있는 것은 그가 천주교인이란 사실과 무관하지 않을 것이다. 여하튼 우달은 아들인 또리를 구해 준 사람들에게 도깨비의 쌀을 나누어 주어 어려운 시기를 잘 극복하게 해 준다. 그러나 도깨비 나라의 법칙을 어긴 우달은 이 사건이 발각되어 죽음에 이르게 된다. 또리는 인간 세상에 나아가 농사를 지으며 살게 되는데 아버지의 도움인지 적당한 단비로 사람들과 나누며 살 수 있게 된다. 우달은 죽었으나 나눔의 미덕은 영원히 살았다는 것을 인식하게 한다. 여기서도 작가는 상상 속의 캐릭터인 도깨비든 현실 속의 인간이든 동등한 위치에서 사건을 진행하고 있다는 것을 발견할 수 있다. 어느 한쪽에 치우치지 않고 사건 진행이 팽팽하면서 박진감 있게 펼쳐지고 있다. 끝으로 나눔은 개인만을 위한 작은 욕망을 넘어 함께 살 수 있는 희망이며 미덕이란 것을 극대화시키고 있다.

《절대 용서 못해》에 등장하는 김현수는 키가 작고 뚱뚱해서 '짤뚱이'란 별명을 가졌다. 그런 연유로 같은 반 친구들에게 놀림을 받고 따돌림을 당한다. 사실 어떤 외모를 가졌든 놀림의 대상이 될 수 없으나 어린 시절에는 아직 타자에 대한 배려가 적고 경험이 적기 때문에 이런 일들이 종종 일어난다. 그중 가장 많이 현수를 놀리는 비호란 캐릭터가 현수네 집이 운영하는 과일가게로 자전거를 타고 돌진하는 사고를 낸다. 현수가 평소의 나쁜 감정이 쌓여 있어 당장 내쫓으려고 하지만 비호의 가정사를 듣고 작은 연민을 가지게 된다. 그렇다고 그동안 쌓인 감정이 쉽게 사라지는 것은 아니다. 비호의 아버지는 지방에 일을 가고 어머니는 돌아가신 상태이다. 현수 아버지의 권유로 부상을 입은 비호를 집으로 데리고 와서 현수 방에서 잠깐이지만 동거를 하게 된다. 비호가 고백하길 현수의 단란한 가정을 보고 괜한 심통이 나서 현수를 못살게 했다고 한다. 현수가 비호의 진실 앞에 그동안 쌓였던 감정을 풀어냈고 비호 역시 삐뚤어진 마음을 바로잡기 시작한다. 이 작품에서 가장 섬세한 인물 묘사는 현수다. 현수의 작은 심리 변화까지 아주 자세히 묘사하고 있다. 뿐만 아니라 현수 아버지도 현수와 비호에게 용서와 배려하는 마음을 알게 해 주는 조력자로서의 역할을 하고 있다. 현수와 비호에게 이런 조력자가 있어 앞으로 성장하는 데 더 큰 힘이 될 것이다. 그리고 부모와 자식 간에, 이웃 간에 굳건한 신뢰와 믿음을 통해 자신의 꿈을 마음껏 펼치게 될 것이다.

《열두 살, 이루다》란 작품도 등장하는 캐릭터들이 자신의 꿈을 찾아가는 과정을 그린 것이다. 성인들은 간혹 어릴 때를 까맣게 잊고 어린이를 이해하지 못하는 때가 많다. 무한 경쟁에 떠밀려서 작은 감정의 갈피를 살필 여유가 없어서일 것이다. 그래서 부모 자식 간의 갈등은 작품뿐만 아니라 현실에서도 비일비재하게 일어난다. 어린이가 스스로 자신의 욕망을 돌아볼 수 있도록 하는 것이 우리 성인들의 도리일 것이다.

과거와 달리 현재의 삶이 무척 풍요로워졌음에도 어린이의 삶은 행복하지 않다. 이제 우리 사회가 자성의 시간을 가지고 바로잡아야 할 때가 온 것이다. 욕망과 구원은 우리 삶에 있어 늘 살펴야 할 중요한 테마이다. 어린이가 타인의 욕망을 자신의 욕망으로 착각하는 일이 없기를 바라며 자신의 욕망을 제대로 조절하여 승화하고 실현할 수 있도록 기성 사회가 이들을 자유롭게 해 주고 안내자의 역할을 해야 할 것이다. 그러면 그 구원이란 것도 문학을 통해 이루어지는 날이 오지 않을까 기대해 본다.

지금까지 김율희 작가의 작품에서 드러나는 구원과 욕망의 문제에 대해 고찰해 보았다. 그의 작품들을 읽으며 그가 인간과 이 세상에 대해서 고뇌했을 수많은 시간들이 그대로 느껴졌다. 앞으로도 이러한 노력들을 멈추지 않기를, 그래서 그의 작품들로 인해 독자들이 희망을 가지기를, 세상이 더 밝아지기를 기대해 본다.

어린이와 함께 선생이 걸어온 길

1984년 〈현대시학〉 1회 추천받음.

1986년 〈현대시학〉 추천 완료함.

1987년 출판사에 근무함.

1990년 창작동화집 《노란 장미 열한 송이》(대웅출판사)를 출간함.

논문 〈오늘의 현실과 아동문학의 역할〉을 발표함.

1990~1992년 KBS문화사업단 기자로 활동함.

1998년 창작동화집 《햇살 따뜻한 날》(대한출판사)을 출간함. 경기문화재단의 문예진흥 지원금을 받음.

1999년 개인 창작 우화집 《거울이 없는 나라》(분도출판사)를 출간함.

2000년 《개구쟁이 유머 잔치》(공저, 교학사)를 출간함.

《인터넷 천사와 오리 궁둥이》(한국파스퇴르)를 출간함.

2003년 1월 한국아동문학작가상을 수상함.

6월 《KBS 애니멘터리 한국설화》(공저, 아이디오 출판사)를 출간함.

8월 '제10회 대교우수창작동화 20'에 〈선물〉이 선정됨.

8월 《꿀-진리와 함께 하는 이야기》(솔과학 출판사)를 출간함.

10~12월 〈가톨릭신문〉 일요한담에 연재함.

10월 시 퍼포먼스 〈삼국유사〉 창작 연작시를 공연함.

12월 창작동화집 《제니 나의 신부가 되어 주겠니?》(나무심는아이들)를 출간함.

2004년 1월 '제4회 우리나라 좋은 동화 12'에 〈세상에서 제일 큰 그릇〉이 선정됨.

9월 고양시 거주 문인 동화선집 《그 보랏빛 우산은 어디로 갔을까》(공저)를 기획 출간함.

12월 경기문학상 본상을 수상함.

명지전문대 출강을 시작함.

2007년 《책도령은 왜 지옥에 갔을까?》(예림당)를 출간함. 한국문화예술위원회 우수 문학 도서, 어린이문화진흥회 좋은 어린이책에 선정됨. 중학교 1학년 1학기 국어 교과서에 수록됨.

2008~2011년 고양시청 〈고양소식〉 편집 위원을 지냄.

2010년 《도깨비 쌀과 쌀 도깨비》(개암나무)를 출간함. 한국문화예술위원회 우수 작품, 학교도서관사서협의회 추천 도서, 평화방송 〈평화신문〉 독서 감상문 대회 으뜸책으로 선정됨.

《한국 아세안 우리는 친구》를 대표 집필하고, 한아세안센터-중·고등학교에 배부함.

2011년《열두 살, 이루다》(해와나무)를 출간함. 한우리독서문화운동본부 우수 도서에 선정됨.

한국 아동문학가 100인 서가 전시회에 참여함.

6월《도깨비 쌀과 쌀 도깨비》로 한정동아동문학상을 수상함.

7월《책도령은 왜 지옥에 갔을까》로 예술 프로그램을 개발함.

2012년 2월 한국코치협회 인증 전문코치(KPC)에 합격함.

2012년~ '나를 찾는 동화 여행' 강의를 진행함.

국제PEN한국본부 편집장을 지냄.

2012년 9월 제78차 국제PEN대회 진행 참여 및 자료집을 편집함.

12월 고양시 승격 20주년 기념문집《고양에 살고 싶다》편집 위원으로 활동함.

2013년 4월《책도령과 지옥의 노래하는 책》(예림당)을 출간함. 서울특별시교육청 꿈나눔책, (사)아침독서신문 추천 도서에 선정됨.

인성동화집《절대 용서 못해》(소담주니어)를 출간함. 소년한국우수어린이도서에 선정됨.

5월 2013 창원세계아동문학축전 '내 작품 속의 판타지'에서 〈문제적 개인이 구원에 이르기까지〉를 발표함.

6월 인성동화집《벌레 박사 발레리나》(소담주니어)를 출간함. 소년한국우수어린이도서에 선정됨.

2014년 1월 나를 찾는 동화여행-동화로 꿈꾸다-고양 옛이야기,《세상에서 제일 따뜻한 밥》을 기획 편집 출간함.

6월 〈새싹문학〉 여름호 〈특집-만나고 싶은 동화작가〉로 소개됨.

2015년《도깨비 우달은 왜 나누었을까》(개암나무)를 출간함.

9월 제1회 세계한글작가대회 진행 참여 및 자료집을 편집함.

2016년 9월 제2회 세계한글작가대회 진행 참여 및 자료집을 편집함.

10월 시집《굴뚝 속으로 들어간 하마》(시인동네)를 출간함.

한국 아동문학가 100인

이붕

대표 작품

〈여유정의 굽은 기둥〉

인물론

미완의 자서전에 밑줄 긋기

작품론

이붕 장편동화의 구조와 인물의 특성

어린이와 함께 선생이 걸어온 길

여유정의 굽은 기둥

1

산길은 가파르고 좁았다. 정우는 한 발 한 발 조심스럽게 디디며 올라갔다. 길을 살짝만 벗어나도, 길게 자란 풀들이 얼굴을 스쳐 따갑고 짜증 났다.

'그만 내려갈까? 아니야. 벌써 들어갈 수는 없어.'

집 뒤로 이어진 선산이지만, 혼자 오는 것은 오늘이 처음이다. 엄마한테 스마트폰을 빼앗기고 화나서 집을 나왔는데, 딱히 갈 곳이 없어 오르고 있었다.

산 중턱쯤에서 양손으로 무릎을 짚고 헉헉거렸다. 고개만 들고 올려다보니, 산소와 비석들이 보였다. 조상의 묘를 보니 괜히 주눅이 들어 옆길로 접어들었다.

'그래, 거기로 가자!'

산꼭대기에 있는 정자가 떠올랐다. 갈 곳을 정하니 힘들어도 참을 만했고, 곧 정자에 도착했다. 네 개의 기둥이 기와지붕을 떠받든 집 모양으로 무릎 높이에 마루가 깔려 있다. 기둥과 기둥 사이에 벽이 없으니, 사방이 터진 대청마루 같기도 하다.

정자에서 내려다보면 온 마을이 한 눈에 들어온다. 더 멀리로는 넓은 들판이 펼쳐져 있고, 구불구불 흐르는 강줄기가 보인다.

여유정.

정자 이름이다. 현판은 긴 세월 햇볕에 바래고 비바람에 씻겨 글씨가 흐릿하다. 더구나 흘림체 한자로 쓰여, 5학년짜리 정우 힘으로 읽어 낸 것은 아니다.

"여. 유. 정."

작년 추석, 성묘를 마치고 친척들이 모두 올라왔을 때, 작은아빠가 또박또박 읽고서 말했다.

"정우야, 전망 끝내 주지?"

"아, 네."

"선조 할아버지께서 지으셨단다. 글을 잘 짓고 명필이셔서 현판을 직접 쓰셨대. 장손인 우리 정우가 선조 할아버지 재능을 가장 많이 물려받은 거야, 맞지?"

'칭찬인지, 부담을 주자는 건지…….'

정우는 알 수 없어 하며 얼버무렸다.

"아, 네."

다행히 작은아빠는 더 묻지 않고, 아빠에게 말을 걸었다.

"형님, '여유정'은 이름만 들어도 편안함이 느껴지지요?"

"나도 답답한 일 있으면, 올라오곤 해. 내려갈 땐, 뭐가 답답했었는지조차 잊어버리거든."

아빠 대답을 들은 엄마가 눈을 살짝 흘기며 말했다.

"남의 속 긁어 놓고 혼자 올라와, 룰루랄라 하시니 퍽이나 좋으시겠어요."

"당신도 올라와! 정자는 누구한테나 열려 있어. 막힌 데 있나 봐. 없잖아, 뻥, 뻥, 뻥, 뻥!"

아빠가 사방을 향해 손을 뻗어 대자, 엄마도 덩달아 웃어 넘겼다.

작은아빠가 바람에 날리는 머리카락을 이마 위로 쓸어 올리며 말했다.

"과거에 급제하고도 벼슬을 내려놓았다니, 진짜 선비답게 사신 거죠. 나도 고향으로 내려와 살고 싶을 때가 많아요."

그러자 작은엄마가 투덜거렸다.

"벼슬을 하셨어야, 후손들이 덕을 봤지요. 혼자만 마음 편히 사신 거잖아요."

"나랏일 하는 사람들이 다 썩었으니까, 그 틈에 끼고 싶지 않았던 거래. 대신에, 서당을 열어 제자들을 훌륭하게 키워 내셨다잖아."

"배운 거 아깝게, 고작 서당……."

"고작이라니?"

분위기가 어색해지자, 엄마가 서둘러 음식들을 펼쳐 놓았다.

"어여, 과일이랑 송편 먹읍시다!"

묘 앞에 차렸다가 정자로 올라가서 먹자며 싸 온 것들이다.

"여기 와서 먹으니, 더 맛있어요!"

이러면서 맛있게 먹고 즐겁게 지냈던 일을 떠올리니, 지금의 정우는 더 우울해졌다.

'아이고, 다리야.'

앉으려고 보니, 정자 마루에는 먼지가 너무 많았다. 다행히 접힌 돗자리 하나가 나무토막으로 눌려 있었다. 아빠가 자주 드나든 흔적이다.

정우는 돗자리를 펴고 앉았다. 할 일이 없으니 곧 심심해졌다. 스마트폰을 빼앗은 엄마가 밉고 속상했다.

'요새 스마트폰으로 게임 안 하는 애가 어딨다고…….'

시간이 흐르자 온몸의 기운이 빠져나가며 피곤이 몰려왔다. 정우는 엉덩이 걸음으로 기둥까지 다가갔다. 몸을 기대니, 기둥의 구부러진 곳에 등이 폭 안겼다. 허리와 등 모양을 본떠 만든 기능성 의자처럼 편안했다. 성묘하던 날, 사촌 동생이 정자 기둥을 만지며 궁금해했던 말이 떠올랐다.

'형, 왜 이렇게 구부러진 기둥으로 지었을까? 반듯하게 쭉쭉 뻗은 나무가 많기만 한데.'

그때는 '그러게.'라고 밖에 대답하지 못했는데, 지금이라면 이렇게 말해 주고 싶었다.

'기대 앉을 때 편하라고 그랬나 봐. 둥근 기둥이면 등이 아프잖아.'라고.

기둥에 편안하게 기댄 정우는 눈을 꼭 감은 채 오래도록 앉아 있었다. 나뭇잎을 어루만지는 부드러운 바람 소리만이 들려왔다.

얼마나 시간이 흘렀을까? 누군가 조심스럽게 말을 걸어왔다.

"너도 나 닮았지?"

"누, 누구?"

정우는 눈을 번쩍 뜨고 두리번거렸다. 아무도 없었다. 소리는 다시 들려왔다.

"굽은등기둥이야, 지금 네가 기대고 있는."

정우는 뒤로 돌아서, 엉덩이를 뒤로 쭉 뺐다. 그래야 기둥을 쳐다볼 수 있어서다. 구부러진 기둥이 웃는 얼굴로 내려다보고 있었다.

"굽은등기둥이라고?"

"사람들은 곧지 않다 하여, 배흘림기둥이라 부르더라만. 나는 배 부분이 볼록한 게 아니잖아. 배는 들어가고 등이 굽었으니, 굽은등기둥이야."

"그건 그렇다 치고, 내가 왜 너를 닮았어?"

"어른들이 원하는 대로 자라기 힘들지 않니? 자기도 모르는 사이, 자꾸 삐뚤어지잖아."

"그야 뭐……."

정우는 얼버무리고서 생각했다.

'부모님 눈에는 내가 저렇게 삐뚤게 자라는 걸로 보일 수도 있겠다.'

굽은등의 기분도 자기처럼 언짢을 거라 짐작하며 물었다.

"그렇게 자라 버려서 속상하지?"

정우는 위로해 주려고 한 말인데, 굽은등이 도리질을 했다.

"꼭 그렇지만은 않아. 이렇게 굽은 탓에 내가 쓸모 있어졌는걸."

"굽어서 쓸모가 있다고?"

"반듯하게 자랐더라면, 기둥이 되지도 못했을 테니까."

"그러니까, 자연과 어울리는 정자를 지으려고,"

정우는 '삐딱하게 자란 너를'이라고 말하려다 멈췄다. 곧 듣기 좋은 말을 생각해 냈다.

"자연스럽게 자란 너를 골랐다는 말이구나!"

굽은등이 빙그레 웃으며 대답했다.

"그게 아니고, 머나먼 옛날 우리나라를 빼앗겼을 때 일이야. 남의 나라를 쳐들어온 그들은 맘대로 물자를 빼앗아 갔어. 곡식이나 놋그릇은 물론, 아름드리 자란 목재까지 실어 갔지. 우리 산까지 와서는 반듯하게 쭉쭉 뻗은 나무는 모두 베어 냈어. 다행히 나는, 그들 눈에 띄지 않아 무사했어. 구부러졌기 때문이지."

굽은등은 양옆과 대각선에 있는 세 기둥을 차례로 가리키며 말을 이었다.

"얘랑 얘, 그리고 쟤도 마찬가지였고."

정우는 모르고 있었지만 나머지 기둥들도 아까부터 이야기를 듣고 있었다. 하나같이 굽었는데, 방금 정우가 기대앉았던 기둥이 가장 심했다.

"나라를 되찾은 뒤였어. 훈장님은 제자들과 자연을 벗 삼아 공부할 정자를 지으려고 기둥감을 찾았지. 하지만 산은 이미 헐벗어, 우리처럼 구부러진 놈 말고는 쓸 만한 재목이 없었단다."

굽은등의 말이 그치길 기다렸다는 듯, 오른쪽 기둥이 잽싸게 끼어들었다.

"삐뚤어져서 살아남은 우리가 있었기에, 이 정자를 지을 수 있었던 거야."

이번에는 굽은등의 왼쪽 기둥이 깐죽이듯 웃고서 말했다.

"히히히. 나를 삐딱한 놈이라고 비웃던 나무들은 모두 베어져서 끌려갔어."

대각선에 있는 기둥이 고개를 까닥하며 말했다.

"내 이름은 나온배기둥이야."

배가 볼록하여 몸이 잘 숙여지지 않았다.

"왜 삐뚤어지냐고 꾸중만 하던 엄마 나무가 봤어야 했는데, 이미 끌려가고 없었으니……."

목소리에서 미안함과 그리움이 배어 나왔다.

"훈장님이 우리를 둘러보며 하던 말이 지금도 또렷이 생각나."

굽은등이 할아버지 목소리를 흉내 내어 말했다.

"허허허. 굽은 나무가 선산을 지킨다더니, 옛말 하나 그른 게 없구나."

"궁금해서 그러는데."

정우가 굽은등을 보며 물었다.

"왜 삐뚤어졌어? 엄마가 바르게 크라고 간섭했을 거 아냐."

"그걸 물어줘서 기뻐!"

굽은등이 진짜 기뻐하는 얼굴로 말했다.

"모두가 나무랄 줄만 알지, 왜 삐뚤어지는지는 알려고 하지 않았는데."

굽은등은 아스라이 오래전 일을 떠올리며 이야기를 시작했다.

"내가 왜 삐뚤어졌냐면."

2

"음, 시원하다."

나는 따스한 볕을 쬐며 부지런히 물을 빨아올렸어.

"아주 달콤한걸!"

맛있는 양분도 먹어 치웠지.

기분 좋게 배를 두드리며 낮잠을 즐기고 있는데, 울먹이는 소리가 들려왔어.

"흐흐흑……. 어떡하지, 다 뺏어 가는데. 햇볕도 전혀 들질 않아."

바로 내 아래쪽에서 들려왔어. 내려다보니 나보다 작고 빼빼 마른 녀석이 울먹이고 있더라.

'나 때문이잖아?'

미안한 마음이 들었지만, 어깨 한 번 으쓱하고서 윽박질렀어.

"누가 너더러 거기 있으래?"

"바람이 잘못 데려다준 거야."

맞는 말이었지. 나무는 누구도 자기가 자랄 땅을 선택하지 못하니까. 엄마 나무가 떨어트려 주거나, 바람이 실어 가다 내려준 곳에서 자랄 뿐이지. 사람이 심어 준 묘목도 마찬가지고.

나는 그걸 잘 알기에, 녀석과 다투지 않았어. 물과 양분을 녀석이 먹을 만큼 남기고, 빨아 마셨어. 그것밖에 방법이 없었거든.

한 가지 걱정은 내가 가린 햇볕이었는데, 속으로만 이렇게 변명했어.

'햇볕은, 내가 어쩌지 못해.'

그렇게 지내던 어느 날, 녀석이 말했어.

"고마워!"

"뭐가?"

녀석이 자기 얼굴에 비친 볕을 보라며 환하게 웃더라. 그 녀석을 위해 나도 모르게 옆으로 비켜 주고 있었던 거야.

'마음을 먹으면, 몸은 저절로 움직여지는구나!'

내 자신이 대견해서 웃음이 절로 나왔어. 그런데 이때, 엄마 나무가 소리를 빽 질렀어.

"그게 뭐니? 똑바로 쭉 펴고 자라야지!"

"깜짝이야. 뭐가 어떻다고 그래요?"

"봐라, 네 몸이 어찌 자라고 있는지를. 삐뚤어져서 엉망이잖니."

나는 내 몸을 굽어보았어. 굽어보는 내 눈에, 내가 삐뚤어 보일 리 없었지.

'어디가 삐뚤어졌다고 화를 내지?'

못마땅했지만 엄마니까 건성으로나마 대답해 드렸어.

"알았어요."

하지만 다음 날이면 엄마는 여전히 화를 내고 꾸중했어.

"제발 똑바로 자라렴. 그렇지 않으면 쓸모없는 나무가 돼. 알았냐고?"

"……."

'에이, 짜증 나.'

"이쪽으로! 똑바로 서!"

엄마가 억지로 끌어당기니 눈물 날 만큼 아팠어.

"너, 정말로 아무짝에도 쓸모없는 나무로 클래?"

나는 내가 그럴 수밖에 없다는 말을 하기로 작정하고 입을 열었어.

"엄마, 무슨 말씀인지 알지만,"

엄마는 내 말을 딱 잘라 버렸어.

"너는 이 산에서 가장 굵고 반듯한 기둥이 되어야 하는데, 말 안 들을 거야?"

'내가 똑바로 올라가면, 나한테 가려진 쟤는 자라지 못해요.'

하려던 말을 삼켰어. 엄마는 분명, '쟤가 무슨 상관이니? 너만 잘 자라면 된다.'라고 하실 테니까.

나는 더 이상 대꾸하지 않기로 했어. 그 녀석 때문인 걸 알면, 엄마가 걔를 미워하고 못살게 굴 거란 걱정이 돼서.

엄마의 꾸중은 이어지고 이어졌어. 그래도 나는 계속 삐딱하게 자랄 수밖에 없었어. 녀석도 햇볕을 받아야 하잖아. 나랑 가장 가까이 있는 친군데.

"얘야, 이 엄마 소원은 너 하나 똑바로 크는 것밖에 없단다. 그러니, 제발 말 들으렴!"

어느 때는 이렇게 사정하는 엄마가 이해되어 곧게 자라려고 노력도 했지. 하지만 한 번 구부러진 몸은 똑바로 되지 않았어.

내가 날마다 꾸중 듣는 걸 지켜봐야 하는 녀석은 몹시 미안해했어.

그러던 어느 날, 녀석이 말했어.

"내 걱정하지 말고, 네 몸을 똑바로 하렴."

"어떻게 그래. 너는 어쩌고?"

"이제 뿌리가 튼튼해졌으니까, 내가 저쪽으로 몸을 기울일 수 있어."

제법 자란 녀석을 보니, 마음이 놓이더라.

그래서 나도 똑바로 자라려고 정신을 바짝 차렸어.

다행히 몸통은 원래 방향으로 뻗어 갔어.

하지만, 그게 문제였어. 앞이 나오는 만큼 뒤가 들어가기 시작한 거야. 그래서 지금의 모습, 나무에겐 가장 나쁜 에스(S)라인으로 자라게 된 거야.

3

이야기를 다 들은 정우는 굽은 기둥들을 쓰다듬었다.

"너희들 모두 여유정의 기둥이 되었으니 다행이구나. 존경한다!"

굽은등이 멋쩍은 듯, 목덜미를 만지며 말했다.

"자랑하려고 이야기한 건 아닌데."

그러자 나온배가 정우에게 물었다, 굽은등을 가리키면서.

"걔처럼, 나도 남을 배려하느라 삐뚤게 자랐을 거라고 믿니?"

"넌 다른 이유야?"

잠깐 뜸 들이던 나온배가, 흠흠 목을 가다듬고서 말했다.

"사실, 나는 나쁜 나무였어. 다른 나무 몫까지 빼앗아 먹느라 배가 나온 거야. 볼록한 배를 버티려니, 등 쪽으로 구부러지고. 그래서 이렇게 삐뚤어지고 만 거야."

정우가 이해 안 된다는 표정으로 물었다.

"말하지 않으면 아무도 모를 일인데, 왜 해?"

"삐뚤어진 몸으로 사는 것보다, 남을 속이는 게 더 힘드니까."

나온배가 이번에는 배를 두드리며 혼잣말을 했다.

"아, 시원하다. 솔직하게 털어놓고 나니까."

그러는 나온배를 바라보며, 정우는 마음이 무거워졌다.

'나는 무엇을 위해, 자꾸 삐딱해지는 걸까?'

푹 가라앉은 정우를 한참 동안 지켜보기만 하던 굽은등이 물었다.

"너 요새, 자꾸 삐뚤어지고 싶은 사춘기지?"

"아니야. 아니, 그럴지도 모르겠다."

"하지만, 걱정할 필요 없잖아. 사람은 나무와 다르니까."

"사람과 나무, 뭐가 다른데?"

"사람은 삐뚤어졌더라도 마음을 고쳐먹으면, 흔적 없이 똑바로 자랄 수 있잖아. 우리는 한 번 구부러지면 바로잡으려 해도 소용없지만 말이야."

나온배가 잘난 체하는 목소리로 끼어들었다.

"그래, 전화위복! 사람은 결심만 하면 나쁜 일도 좋은 기회로 만들잖아."

"너 유식하다! 그런데, 그런 어려운 말을 어떻게 알아?"

"여긴 훈장님이 제자들 가르치던 곳이야! 우리도 들었으니까 알지."

“그러네. 그럼, 여유정이 무슨 뜻인지도 아니?”

“당연하지. 그렇게 시시한 거 말고, 더 어려운 걸로 물어봐.”

“좋았어. 자, 문제 낸다!”

정우가 내는 고사 성어 문제를 굽은 기둥들은 척척 맞춰 버렸다. 아는 것이 바닥난 정우가 이번에는 수수께끼를 냈다.

“이 산에서 가장 작은 나무는?”

굽은등이 아래를 내려다보며 대답했다.

“저어기, 쟤.”

“땡, 틀렸어.”

“얼마나 작은지, 잘 보이지도 않잖아.”

“소나무야!”

“뭐라고? 하하하…….”

수수께끼 놀이까지 하느라 정우는 시간 가는 줄 몰랐다. 그러다 보니, 늘 쥐고 있지 않으면 불안한 스마트폰이 손에 없다는 것도 잊고 있었다.

미완의 자서전에 밑줄 긋기

송재찬

땡볕이 며칠 계속되더니 비가 쏟아졌다. 비가 그친 후여서 A와 B를 만나기로 한 인사동 골목은 시원하고 맑은 느낌을 주었다. A와 B, 만난 지 꽤 된 친구들이어서 점심을 끝냈지만 이야기는 남아 있었고 그래서 찻집으로 자리를 옮겼다. 공간이 넓어 언제 가도 자리가 남아 있는 찻집이었다.

자리는 적당히 비어 있었고 재빠른 A가 한가운데 자리에 가방을 놓았다.

두 사람은 커피 마니아답게 에스프레소, 나는 우유가 듬뿍 든 커피를 시켰다. 주문한 커피가 막 나왔을 때였다.

"어! 이붕 아냐?"

동화작가 이붕이 모르는 두 여인과 함께 찻집으로 들어선 것을 눈 밝은 A가 먼저 본 것이다.

"어머 안녕하세요?"

이붕이 반갑게 다가왔고 오랜만에 두 언니를 만나는 날이라 했다. 나는 오래전에 읽은 그의 《이붕 동화선집》(지식을만드는지식)을 떠올렸다.

3남 4녀 중 넷째 딸로 태어났다니까 막내가 두 언니를 모시고 온 것이다.

7남매인 이붕네는 가정 형편이 어려웠다. 모두 착하고 성실해서 공부도 잘했지만 중학교 갈 엄두는 내지 못할 정도였다. 그렇게 어려운 형편에서도 이붕은 늘 밝았고 남의 험담을 모르는 반듯한 아이로 자랐다. 공부도 잘하는 것은 물론, 책을 좋아했고 글을 제법 잘 썼다. 도서관의 책을 다 읽은 아이라고 소문날 정도로 책을 좋아했다.

"우리 효남이가 군대서 편지를 보냈는디, 어찌 답장을 헐꺼나. 글을 잘 쓰는 니가 쫌 써 주면 조컸는디……."

그 당시는 글을 모르는 어른들이 많아서 이처럼 이웃들의 편지 대필을 자주 해 주었다. 어른들이 들려주는 이야기를 대강 듣고 답장을 써서 읽어 드리면,

"아이고 어린 게 어찌 요러코롬, 내 속에 들어왔다 간 것처럼 잘 썼다냐."

하며 감탄했다. 그냥 그 사람의 입장이 되어 써 드린 것뿐인데 칭찬을 들었다. 편지

쓰기는 글쓰기 훈련이 되었고, 학교에서 위문편지를 쓰는 날이면 선생님이 이붕의 편지를 모범 편지로 읽어 주었다.

공부 잘하고 글 잘 쓰는 이붕이 졸업 학년이 되었다. 중학교에 가고 싶었지만 입도 벙긋할 수 없는 형편이었다.

그런데 어느 날 뜻밖의 소식이 날아들었다.

"엄마, 엄마, 혜인여중에서 장학생을 뽑는대요. 장학생으로 뽑히면 돈 안 들이고 중학교에 다닐 수 있겠어요."

이붕은 흥분을 감추지 못하고 가족들에게 소리쳤다.

"장학생에 뽑힐 수 있겠어? 목포 시내에 사는 아이들은 시골 애들보다 공부를 잘할 텐데."

이붕네 집은 그때까지 목포시에 편입되지 않은 무안군의 시골이었다.

'장학생으로 뽑히지 못하면 어쩌지?'

이 사정을 잘 아는 담임 선생님은 '너 정도면 충분히 장학생으로 뽑힐 수 있다'고 용기를 북돋아 주었다.

담임 선생님의 말대로 이붕은 시험을 치러 장학생으로 합격하여, 목포 혜인여중에 진학할 수 있게 되었다. 이듬해부터는 평준화가 되어 입시 대신에 제비뽑기 입학으로 바뀌었고, 장학생 제도가 없어졌으니 하늘이 도운 셈이었다.

장학생으로 뽑혀 입학금과 납부금은 해결되었지만 당장에 교복이며 책값 등 비용이 만만치 않았다. 도저히 중학교 진학은 어렵나 보다고 포기하게 되었는데, 또 돕는 손길이 나타났다. 그 지역 국회의원 후보였던 한 사업가가, 학교당 한 명씩 뽑아 중학교 입학금을 지원하겠다고 나선 것이다. 그 혜택은 당연히 이붕이 받게 되었다.

이런저런 행운으로 중학생이 되었지만 학교생활은 쉽지 않았다. 학용품이며 실험, 실습비, 더구나 시골집에서 도심까지는 거리가 멀어 교통비까지…….

그래도 포기할 수 없어서 왕복 4시간을 걸어서 학교에 다녔다. 그러고도 일요일이면 농사일을 도와야 했다.

이런 이붕의 사정을 눈여겨본 이가 있었으니 담임이었다. 담임은 어느 날 교무실로 불러 말했다.

"학교 끝나면, 우리 집에 들렀다 가렴. 가서, 우리 아들 공부 좀 봐 줘라. 그러고 가도 버스 타고 가면 더 빨리 집에 갈 수 있을 거야. 자, 이건 과외비 선불이다."

담임은 아들 과외를 핑계로, 자존심 건드리지 않고 교통비를 대주었던 것이다. 그렇게 시작한 과외 지도였지만 이붕 특유의 성실함은 소문이 났고 나중에는 입주 가정 교사 자리로 옮겨 중학 3년 내내 숙식을 해결하며 학비를 벌 수 있었다. 이때의 경험은 큰 자산이 되어 성인이 되었을 때, 사업을 하고 작가로 활동하는 데 큰 힘이 되어 주었다.

초등학교 시절부터 써 온 일기와 책 읽기는 작가의 씨앗이 되어 자신도 모르게 자라고 있었다고 할 수 있다.

중학교 때, 창작 아닌 창작으로 국어 선생님의 칭찬을 받은 적이 있었다. 선생님을 속인 숙제였지만 글쓰기의 힘을 처음 깨닫게 해 준 사건이었다.

"다음 시간까지, 《장발장》을 읽고 독후감 써오기가 숙제입니다."

국어 선생님은 학생들에게 명작 읽히기 방편으로 숙제를 내준 것이지만, 입주 가정교사를 맡은 아이의 시험 기간이라 도저히 책을 읽고 쓸 시간이 없었다. 그때, 친구들 말을 들으니, 국어 참고서에 나온 줄거리를 보고 베낀다는 것이었다. 이붕도 그 방법밖에 도리가 없어서 참고서를 읽었다.

국어 수업이 들어 있는 전날 밤, 참고서에서 읽었던 줄거리를 떠올리며 독후감을 썼다. 사건마다 자신의 느낌을 쓰면서 주인공의 입장이라면 어떠했을지 살을 붙여 나갔다. 그러다 보니 참고서에 간추려져 있는 분량보다 세 배는 길어졌다.

숙제 검사를 마친 국어 선생님은 '책을 제대로 읽고 쓴 학생은 이붕밖에 없다. 나머지는 모두 참고서를 보고 그대로 베낀 거구나'라고 하셨다. 다른 학생들은 분량으로만 보아도 베낀 걸 짐작할 수 있는 일이었다.

이붕은 얼굴이 빨개졌다. 선생님은 이붕의 독후감을 모범 작품으로 읽어 주시고 나서 독후감은 이렇게 쓰는 거라고 했다. 이붕도 베꼈지만 자기만의 상상을 보태 진짜 읽은 것처럼 쓴 것이다.

찻집에 들어온 이붕은 언니들과 이야기를 나누면서도 우리까지 신경이 쓰이는 모양이었다. 그러자 친화력이 뛰어난 A가 장난기를 섞어 말했다.

"이붕 선생님 잠깐 빌려주면 안 될까요? 우리도 너무 오랜만이거든요."

언니들은 기꺼이 이붕을 우리 자리로 보냈다. 셋이었던 우리 자리가 비로소 꽉 찬 느낌이 되었다.

아메리카노 잔을 들고 온 이붕은 여전히 다소곳하다. 나는 그런 이붕의 모습을 오랫동안 보아 왔다. 이붕이 눈높이문학상에 당선된 게 1996년이니 그를 만난 지 어느새 20년이 넘었다. 그동안 이붕은 늘 한결같은 모습으로 우리 곁에 있었다. 그 한결같음, 서둘거나 초조해하지 않으면서 자신의 몫은 야무지게 해내는 그런 성품으로 내 마음에 깊이 각인되어 있다.

나는 그녀의 조용한 미소를 보며,

'참 곤고한 세월을 보냈는데도 반듯한 성품은 여전하네. 타고나는 건가?'

하는 생각을 했다.

가정 교사를 하며 중학교를 졸업한 이붕, 중학교만 마치면 취직해서 돈을 벌리라 했던 그녀 앞에 또다시 진학의 길이 기다리고 있었다.

12월이면, 중학교를 졸업반에도 졸업 분위기라는 게 찾아온다. 진학할 고등학교에 대한 이야기, 취직해서 고향을 떠난다는 이야기 등등. 이붕은 입을 열지 않고 그들 이야기만 듣고 있었다.

그런데 그날 종례를 마치고 집에 가기 전이었다.

"이붕, 잠깐 교무실에 들렀다 가라."

담임 선생님 말씀이었다.

교무실로 가니, 담임 선생님은 이미 정해진 일을 확인하듯 말했다.

"혜인여고에도 장학생 뽑는 거 알지? 그러니까 포기하지 말고 학업은 계속해야 해. 혹시라도 다른 맘먹고 있나 염려돼서 하는 말이다."

대답을 못하고 머뭇거리자 선생님이 덧붙였다.

"지금처럼만 하면 되잖니. 입주 가정 교사 자리는 내가 또 알아봐 줄게."

이붕은 또 한 번 장학생 선발 고사를 치르고 여고생이 되었다. 혜인여고 장학생 제도도 그해가 마지막이었다. 다음 해부터는 고등학교 역시 평준화가 되어 학생들이 자동으로 오니까, 학교재단은 장학생을 뽑지 않아도 된 것이다. 이렇게 학업에 대한 행운은 늘 이붕을 따라다녔다.

고등학교 역시 입주 가정 교사를 하며 무사히 졸업했다. 이제 더 이상 공부를 하겠다고 할 수 없었다. 우선 취직하여 돈을 벌어야 부모님께 보탬을 드릴 수 있다고 생각했다. 그래서 서울로 올라왔다. 돈을 벌겠다는 목표도 목표지만 서울로 가야 공부할 기회도 생길 거라는 계획이었다.

서울에서 손쉽게 취직한 곳은 구로 공단 안에 있는 H전자였다. 숙식을 해결해 준다는 조건이어서 이것저것 따지지 않고 H전자에 몸을 담기로 했다. 그러나 고된 공장 생활은 3개월로 끝났다. 노조 운동이 불붙듯 번져가던 때라 초등학교만 나와 공장에 들어오는 사원들 속에 고등학교까지 나온 이붕을 보고 위장 취업으로 여긴 것이다. 당시 이붕은 노조가 뭔지도 모르고 퇴사 명령을 따라야 했다. 먹고 잘 곳이 없어지자, 간호사로 있던 친구의 소개로 다시 입주 가정 교사가 되었다. 학교에 가지 않아도 되었기 때문에 집안일도 하고 아이들 공부도 가르치는 일이었다. 그래서 새 학기가 되자 방송통신대학 행정학과에 입학하였다. 국문과를 원했으나 그 당시는 국문과가 없었다.

밤늦게까지 라디오 방송으로 공부하는 가정 교사를 혹시 간첩이 아닌가, 하는 오해도 받았지만 방송대 공부라는 것을 알고는 많은 배려를 해 주었다. 출석 수업 기간에는 웃으며 허락해 주었고 열심히 하라고 격려해 주기도 했다. 이붕은 자기 공부를 하면서도 자신이 맡은 일은 조금도 소홀하지 않았다. 알뜰한 이붕의 통장에도 조금씩 돈이 쌓이기 시작했다.

그러는 동안 진해에서 해군 하사관으로 근무하던 오빠가 서울에 있는 해군 본부로 발령을 받고 올라왔다. 그래서 오빠가 방을 얻었으므로 이붕도 입주 가정 교사 일을 끝내고 함께 살게 되었다. 다시 옆집 학생의 과외를 맡으면서 방송대학을 마칠 수 있었다. 그러는 사이 과외 받겠다는 학생이 점점 늘어 따로 취직을 할 필요가 없도록 수입이 늘었다. 가르치는 일과 학업, 살림까지 도맡으면서도 이붕은 책 읽기를 중단하지 않았다. 이즈음 이붕의 모든 것을 눈여겨 지켜보는 청년이 있었다. 초등학교 동창인 지금의 남편이었다. 둘이 연애하는 사이가 되었을 때, 과외 교사 일을 그만두게 되었다. 1980년 국가적으로 과외 금지령이 내려진 것이다. 실직하기를 기다렸다는 듯, 청혼을 하여 이듬해 결혼을 하게 되었다.

언젠가 내가, '두 사람 초등학교 때부터 사귀었어요?' 하고 농담처럼 물은 적이 있는데, 이붕은 재미있는 질문이라며 웃고서 대답했다.

"초등학교를 졸업하고는 한 번도 안 만났어요. 서울에서 내가 여자 동창이랑 연락되어 만나는 날이었는데 같이 나와서 다시 본 거죠. 우리 셋이 동창인데, 둘이는 사촌 간이니까요. 나 만나러 간다니까 따라 나온 거래요."

이게 결국 둘을 묶어 준 만남이 되었다. 남편은 워낙 적극적인 사람인 데다 오랜만에 만난 이붕에게서 어릴 때 못 느꼈던 모습을 발견하고 적극적으로 다가왔다.

결혼을 한 두 사람은 초등학생부터 고등학생까지 아우르는 글짓기·보습 학원을 운영하며 사업가로서의 역량을 유감없이 발휘한다. 논술 교재까지 직접 쓰며 운영한 학원은 성황을 이루었다.

학생들에게 글쓰기를 가르치던 이붕은 자신의 창작에 심한 갈증을 느끼게 되었다. 그는 이미 등단하지 않고 광주에서 발행하는 〈삼남신문〉에 동화를 발표한 예비 동화작가였다. 학원 운영을 하느라 한창 바쁘던 1985년이었다. 고등학교 1학년 때 국어를 가르치셨던 김신철 선생님이 뜻밖의 전화를 걸어왔다. 학교를 그만두고 〈삼남신문〉에 와 있는데, 동화를 한 편 써 보내라는 것이었다. 동화 쓰기를 해 본 적 없는데도 당연히 써낼 거라 믿고 맡기는 선생님의 청탁에 이붕은 〈철이와 엿장수〉라는 동화를 썼다. 학생들과 동화를 읽고 토론하고 글쓰기를 해 왔으므로 겁내지 않고 썼다고 한다. 예전 위문편지 쓰고 동네 아줌마들 편지 써 주던 실력으로 다져진 실력이었던 것이다. 결국 이붕은 스승의 청을 거절하지 못하고 첫 동화를 썼는데, 얼마 후에 작품이 실린 신문과 '한국 아동문학회' 입회 원서를 보내왔다.

그렇게 아동문학회 회원이 되고 동화작가 되었지만 이붕은 마음이 편치 못했다. 스승의 도움이 아니라 정식으로 등단하고 싶었다. 이붕은 학원 운영을 하는 틈틈이 작품을 쓰기 시작했고 마침내 1987년 〈월간문학〉으로 등단했다. 그때부터 몇 권의 동화책을 내고 학습물도 쓰게 되었다.

이붕의 실력이 빛을 본 것은, 1996년 대교눈높이문학상 장편동화와 한우리문학상에 청소년 장편이 동시에 당선되면서 부터였다.

한 해에 장편 둘을 당선시키며 이붕은 아동 문단의 주목을 받았고 남편은 '이붕'이란 필명을 지어 주며 외조했다. 작가로서 붕 떠오르라고 지어 준 것이다. 이제야 밝히는데, 원래 이름은 '이헌숙'이었다. 개명을 한 데는 나름의 이유가 있었다. 어디서든, 언제든 자기 이름을 똑바로 아는 사람이 없었다. 모든 사람이 '이현숙'으로 잘못 읽고, 썼으며, 그대로 각인해 버린다는 것이다. 활자 다루는 게 직업인 작가들마저도 책을 보낼 때 보면 틀린 이름으로 사인하여 보내곤 하니, 속상할 수밖에 없다고 한다. 그래서 개명 신청을 했고, 지금은 필명 아닌 본명이 되었다.

시간이 흐르며 찻집은 빈자리를 찾기 어려울 정도로 그득해졌다. 동생이 두 테이블에 신경 쓰는 게 안타까워 보였는지 이붕의 두 언니가 웃으며 다가와 소곤거렸다.

"우리 먼저 갈 테니까, 차분히 이야기하다 가라."

이붕의 얼굴에 드러나는 따뜻함이 두 언니 얼굴에도 묻어 있었다.

1996년 눈높이문학회에서 만난 이후 이붕은 늘 그 자리에 있었다. 눈높이문학회 회장으로 모임을 이끌 때나, 문학상을 받아 들뜰 만한 자리에서도 조금도 흐트러짐이 없이 늘 다소곳한 자세로 작품을 써 왔다. 한 해에 장편 둘을 당선시키는 열정과 저력을 지니고 있지만 그는 여전히 서둘지 않고 제자리를 지키고 있다. 그러나 그 열정과 저력이 또 우리를 놀라게 할 거라는 걸 나는 의심하지 않는다. 늘 말없이 걷는 듯하지만 그 걸음 하나하나가 내일을 준비하는 걸음이기 때문이다.

이붕
장편동화의 구조와 인물의 특성

이정석

1. 들어가며

이붕은 스스로 '나는 모든 걸 긍정적으로 생각하고 받아들이는 성격이라서 환경을 탓하거나 주변 사람에게 불만을 가져본 적 없다'고 자신을 소개한 적이 있다. 또 최지훈의 '그는 성실하게 노력하는 작가로서도 모범적이다'라고 한 평가, 동화작가 이영호의 '그의 왕성한 필력과 집중력, 그리고 범상치 않은 작가적 역량'이라고 한 평가 등은 이붕이라는 동화작가의 객관적인 면모라고 할 수 있다. 필자는 2014년 이재철아동문학평론상 수상자로서 2014년 방정환문학상 수상자 이붕과는 수상식장에서 동시에 상을 받았다는 인연 외에 직접적인 교분은 없었다. 장편동화 《5학년 10반은 달라요》의 주인공 세진이의 별명을 빌어 말하자면 '솔찌키'(솔직히) 그를 글로써 판단할 수밖에 없다는 것이다. 위의 짧은 인용문 속에서 그가 한 인간으로서, 또는 한 사람의 동화작가로서 어떻게 살아왔는지 단박에 알 수 있었다. 긍정적인 인간이며 문학적 역량이 뛰어난 동화작가라는 것을!

> 그렇지 않은 작가가 어디 있겠는가마는 이붕의 작품을 읽으면 마치 조립식 장난감을 짜 맞추듯이 자로 잰 듯 사전에 기획한 대로 짜 맞추어 낸 듯한 구조를 가진 그릇을 보는 것 같다. 그의 작품은 다양한 참된 행복을 그의 반듯한 그 그릇에 담아낸 것이다. 즉 그는 어린 독자들에게 행복을 누리거나 느끼거나 알게 하는 다양한 형태의 삶을 보여 주려고 하는 작가이다.

《이붕 동화선집》의 해설을 쓴 최지훈의 글 일부이다. 최지훈은 그의 단편 16편은 한마디로 '다양한 참된 행복을 그의 반듯한 그 그릇에 담아낸 것'이라고 분석하였다. 이 중에서 '반듯한 그릇'이라는 말이 필자의 뇌리에 강하게 꽂혔다.

이붕의 문학적 여정을 확인해 보니 1997년 이후에 발간된 이붕의 장편동화에는 《5학년 10반은 달라요》(1997), 《물꼬 할머니의 물사랑》(2001), 《아빠를 닮고 싶은 날》(2002), 《반디야, 만나서 반가워!》(2004), 《그래서 행복해》(2005), 《비틀거리는 아빠》(2007), 《국어야, 국어야 나 좀 도와줘! 1, 2》(2010, 2011), 《선생님 탐구생활》(2013) 8종이다. 이 소고에서는《그래서 행복해》와《국어야, 국어야 나 좀 도와줘! 1, 2》를 잠시 옆으로 밀쳐 두고 나머지 6권의 장편동화를 자세히 읽으면서 이붕의 장편동화의 구조적 특성과 등장인물 중 주변 인물의 특징을 분석하고자 한다.

2. 이붕 장편동화의 구조적 특징

동화작가 이붕은 동화 구조를 완벽하게 짜는 동화 설계의 장인이라고 정의할 수 있다. 앞에서 인용한 최지훈의 글에서도 보였듯이 '사전에 기획한 대로 짜 맞추어 낸 듯한 구조', '반듯한 그릇'이 그의 동화를 평가한 가장 적절한 어구라고 할 수 있다. 그래서인지 이붕의 장편동화를 읽어 보면 이야기를 이끌어가는 기술과 방법이 비교적 뛰어나다는 것을 알 수 있다. 동화의 구성(plot)에서 인물의 등장 위치나 사건의 배치기 이야기의 전체적 흐름에 적절하게 그리고 매끄럽고 자연스럽게 연결되어 있다. 그만큼 그의 동화가 잘 읽혀진다는 것이다.

이붕의 장편동화에 나타나는 구조적 특징 중의 하나가 발단-전개-위기-절정-결말이라는 일반적인 동화의 구성 방식 속에 액자식 구성, 피카레스크(picaresque)식 구성, 옴니버스(omnibus)식 구성 등 여러 이야기들이 뒤얽혀 진행되는 복합적 구성으로 이루어져 있다는 점이다. 액자식 구성은 보통 사진(내부)과 그 사진을 집어넣는 액자틀(외부)로 이루어져 있는데 이처럼 하나의 이야기(액자) 속에 또 다른 이야기(액자 내부)가 들어 있는 구성 방식을 말한다. 즉 액자 이야기와 액자 내부 이야기의 이중적 구조로 되어 있는 방식이다. 액자식 구성을 지닌 소설로는 김동리의《무녀도》,《등신불》등을 들 수 있으며, 액자 이야기 안에 여러 액자 내부 이야기가 들어간《천일야화》와 같은 순환적 액자, 사교적인 목적의《데카메론》과 같은 목적적 액자, 액자 내부 이야기의 진실성을 강조하는 증거로 쓰이는《무녀도》와 같은 인증적 액자 등이 있다. 피카레스크식 구성은 등장인물과 작품의 배경이 동일하면서 일어나는 사건이 여러 가지 각기 다른 독립적인 모습으로 전개되는, 이른바 연작 소설이나 시리즈 소설을 말한다. 양귀자의 소설《원미동 사람들》이나 만화 영화〈아기공룡 둘리〉등과 같은 구성 방식을 말한다. 옴니버스식 구성은 원래 같은 방향으로 움직이면서 전혀 다른 사람들이 함께 타는 형식의 합승 마차라는 뜻을 지닌 것으로, 각기 전혀 다른 독립된 이야기를 한데 모아 놓고 있지만 하나의 주제로 묶을 수 있는 구성 방식을 말한다. 등장인물과 작품의 배경, 일어나는 사건이 전혀 다르지만 하나의 주제로 초점화가 되는 방식이다. 각기 독립적인 이야기 7과장으로 이루어진 고전극〈봉산탈춤〉, 조세희의《난장이가 쏘아 올린 작은 공》, 10편의 단편동화가 실린 황석영의 성장소설《모랫말 아이들》등은 대표적인 옴니버스식 소설이라고 할 수 있다.

이봉의 장편동화 6편 《5학년 10반은 달라요》, 《물꼬 할머니의 물사랑》, 《아빠를 닮고 싶은 날》, 《반디야, 만나서 반가워!》, 《비틀거리는 아빠》, 《선생님 탐구생활》 등에서 《5학년 10반은 달라요》, 《물꼬 할머니의 물사랑》을 제외한 나머지 4편의 동화는 액자식 구성, 피카레스크식 구성, 옴니버스식 구성 등의 복합적 구성 형식을 띠고 있다. 굳이 말한다면 《5학년 10반은 달라요》도 감상문이 들어 있는 삽화식 구성, 《물꼬 할머니의 물사랑》도 연극 극본이 들어 있는 삽화식 구성이라고 할 수 있다. 이 4편의 동화가 2004년 이후에 창작된 작품인 것을 감안하면 초기에 비하여 최근에 다양한 형태의 동화에 대한 실험 정신이나 작가의 동화 창작 역량이 더 탁월하게 발전하고 있다는 증거라고 할 것이다.

첫째, 《아빠를 닮고 싶은 날》은 삽화 같은 3편의 내부 이야기를 삽입한 액자식 구성의 장편동화이다. 이 동화의 중심 이야기는 액자 이야기에 있으며, 3편의 액자 내부 이야기가 주인공의 행동이나 생각을 긍정적으로 바꾸게 만드는 요소로 작용하고 있다.

이 동화의 구조를 살펴보면 ① 이제 막 사춘기에 들어선 초등학교 4학년 여자 주인공 푸름이의 가난에 대한 짜증, 친구들과 비교당하는 것에 대한 불평 등의 심한 반항심(발단), ② 아빠의 빚보증으로 옥탑방으로 쫓겨가 생활하게 된 불만 덩어리 푸름이가 무료 글짓기 학원 하바 선생님을 만남(전개), ③ 몰래 아빠의 초등학교 일기장을 감동 없이 읽었으나 하바 선생님의 글짓기 지도를 통해 아빠를 점차 이해하게 됨(절정), ④ 하바 선생님의 초청으로 아빠의 초등학교 친구 세 가족이 만나 아빠의 사회봉사 활동에 대하여 들은 후 진정으로 아빠를 닮고 싶어 함(결말)으로 정리할 수 있다.

여기서 아빠의 초등학교 일기장의 에피소드 3편은 액자 내부 이야기로 절정 부분에 삽입되어 있다. 3편의 이야기는 각기 완성된 한 편의 아름다운 동화라고 할 수 있다. ⓐ 아빠의 가난한 어린 시절, 새 내복이 좋아 겉옷으로 입고 학교에 등교한 친구 '정호의 새 내복' 이야기, ⓑ 점수가 낮게 나온 부자 친구 동철이 시험지와 바꿔치기하여 동철이 집에서 후한 대접을 받고 쓴 '쌀밥 먹은 날', ⓒ 벼 수확이 끝난 들판 쥐구멍에 가득 쌓인 벼 이삭을 몽땅 꺼내 왔다가 아빠한테 들쥐 겨울 식량을 훔쳐 왔다고 혼나고 다시 쥐구멍에 넣고 온 '고민'이라는 3편이다.

둘째, 《반디야, 만나서 반가워!》는 우의적 환상 유형에 해당된 환상동화이며, 액자식 구성의 장편동화, 지구 환경 보존을 위한 생태동화이다. 이 작품은 처음과 끝의 액자 이야기와 가운데의 액자 내부 이야기로 나누어져 있다. 이 동화의 중심 내용인 액자 내부 이야기(중간 부분)는 '반딧불이 축제'에 참가한 주인공 초등학교 3학년 은호가 자신을 알아보는 반디를 따라 반디들이 살고 있는 풀숲 동굴로 날아가 반디들의 훈련, 역사, 삶의 모습 등을 보고, 또 은호 엄마 아빠의 어린 시절 영상과 자연을 지키는 사람들의 영상 등을 보는 환상의 세계 이야기이다. 처음과 끝의 액자 이야기는 잘 다투시는 엄마 아빠(처음 부분)가 반딧불이 축제에 다녀온 은호 때문에 다시 사랑을 회복한다(끝 부분)는 이야기이다. 《반디야, 만나서 반가워!》의 핵심 주제는 액자 내부 이야기에 제시되어 있는데, 반딧불이의 생태 이야기를 통해 지구의 환경 오염을 막고, 바람직한 인간과 자연의 공존이라는 희망 제시라고 할 수 있다.

셋째, 《비틀거리는 아빠》는 특히 이붕의 동화 구조의 완벽성을 보여 주는 대표적인 작품이라고 할 수 있다. 주정뱅이 알코올 중독자 아빠에 대해 미움과 배척보다는 가족의 사랑과 이해로써 감싸 안아야 한다는 음주 문화 메시지를 던져 주는, 아동문학에서 좀처럼 볼 수 없는 매우 독특한 동화이다. 이 작품은 액자식 구성과 피카레스크식 구성 방식 두 가지가 적용되고 있다. 주인공 주경이와 주정뱅이 아빠 사이에 추석 연휴 8일 동안 벌어지는 술에 대한 갈등과 화해의 액자 이야기와, 동물들이 평화롭게 사는 통마을에 술을 개발한 원숭이가 술 때문에 가정 불화, 교통사고, 해고, 싸움, 인격 파괴 급기야 살인까지 온 마을을 쑥대밭으로 만들었다가 원숭이가 마을 밖 인간 세상으로 쫓겨나가는 액자 내부 이야기로 구성된 동화이다. 이렇게 전체적으로 보면 액자식 구성 방식이다. 그러나 액자 내부 이야기인 동물들의 환상동화는 동화 중간 부분에 통째로 실려 있지 않고 액자 이야기와 톱니바퀴처럼 지그재그 끼워 넣기 식으로 전개되고 있다.

어떻게 끼워 넣기가 적용되었는지 액자 이야기와 액자 내부 이야기의 구조를 살펴보겠다. 먼저 ①(발단)~⑪(결말)은 주인공 주경과 카페 주인장인 사서 선생님이 등장하는 액자 이야기이다.

〈액자 이야기〉

① 알코올 중독자인 가출 아빠를 미워하는 소녀 가장 5학년 주경과 폐지를 수집하는 할머니(발단)

② 추석 연휴 1일째–술 마시고 귀가하는 아빠랑 다정하게 어깨동무하고 들어가는 반 친구 정우와 그런 모습을 이상하게 바라보는 주경(전개 1)

③ 추석 연휴 2일째–우연히 연결된 술 관련 인터넷 카페에서 주인장이 쓴 동물들의 첫 번째 술 이야기를 읽은 주경(전개 2)

④ 추석 연휴 3일째–가출한 아빠를 기다리는 할머니와 인터넷 카페에서 동물들의 두 번째 술 이야기를 읽고 울어 버린 주경(전개 3)

⑤ 추석 연휴 4일째–추석 전날 밤 귀가한, 술 취한 아빠가 보기 싫어 제 방에 틀어박혀 인터넷 카페에서 동물들의 세 번째 술 이야기를 읽은 뒤 술 마시는 사람들을 원망하는 주경(전개 4)

⑥ 추석 연휴 5일째-술 대신 사이다로 추석 차례를 지내게 하고, 주경의 방을 몰래 뒤지는 아빠에게 몹쓸 말을 쏟아 내고, 급기야 술을 마시고 다시 가출하는 아빠에게 분노하는 주경의 슬픈 추석날(전개 5)

⑦ 추석 연휴 6일째-쓸쓸한 추석 다음날, 인터넷 술 이야기가 카페지기인 효지 자신의 슬픈 가족 이야기이라는 고백을 들은 후 동물들의 네 번째와 다섯 번째 술 이야기를 읽은 주경(전개 6)

⑧ 추석 연휴 7일째-술통 마을 동물들의 술 이야기에 빠져 여섯 번째 이야기를 단숨에 읽고 술의 어원을 알게 된 주경(전개 7)

⑨ 추석 연휴 8일째 마지막 날-동물들의 일곱 번째 마지막 술 이야기를 읽었지만 끝까지 술 마시는 사람을 이해하기 힘든 주경과 술을 긍정적으로 생각하는 친구 정우(전개 8)

⑩ 학교 등교 후 동물들의 술 이야기를 쓴 카페지기 효지가 자기 학교 사서 선생님임을 알고 깜짝 놀란 주경에게 아빠를 미워하기보다는 술을 끊도록 가족으로서 도와주는 것을 은근히 강조한 사서 선생님(절정)

⑪ 알코올 중독자 아빠에게 희망을 버리지 않고 있는 할머니의 무릎 찜질을 해 주면서 매일 놀이터에서 밤늦게까지 아빠를 기다리는 주경(결말)

다음 ⓐ(발단)~ⓖ(결말)은 액자 내부 이야기로 동물들의 통마을에서 술로 말미암아 일어난 비극이다. 이 액자 내부 이야기는 주경이 학교 사서 선생님이 인터넷 카페에 올린 글로 처리되어 있다.

〈액자 내부 이야기〉

ⓐ 동물들의 첫 번째 술 이야기-숲속 동물나라에서 악마의 꾐에 빠져 발효된 과일을 먹고 취해 있는 코끼리 아코를 보고 술을 개발한 원숭이 누룩이(발단)

ⓑ 동물들의 두 번째 술 이야기-원숭이 누룩이가 준 술로 패가망신한 양의 가족 효지네(전개 1)

ⓒ 동물들의 세 번째 술 이야기-야간 경비를 서던 올빼미 허벅이가 술 때문에 회사에서 쫓겨나고, 느린 거북 부부가 음주 후 과속 운전하다 모두 사망함(전개 2)

ⓓ 동물들의 네 번째 술 이야기-술 성분이 든 다이어트 약을 먹은 공작새 오지에의 추한 모습, 장애 병아리를 낳은 암탉 와이니, 겨울잠을 자다가 죽은 곰 비어 등 술로 인한 자살, 살인, 방화 사건이 가득한 동물 마을(전개 3)

ⓔ 동물들의 다섯 번째 술 이야기-몰래 술을 마신 박쥐의 성추행, 박쥐에게 원숭이 누룩이의 심부름 가다가 얼어 죽은 여우, 누룩이에게 항의하는 올빼미 허벅(전개 4)

ⓕ 동물들의 여섯 번째 술 이야기-마을 대장의 허락을 얻은 후 마을 불행의 원인을 찾아 나선 개 불끈이의 노력으로 원숭이 누룩이가 주범인 것을 알고 여러 증거를 찾음(절정)

ⓖ 동물들의 일곱 번째 술 이야기-개 불끈이의 지혜로 술통을 피고로 앉히고 모든 마을 동물 앞에서 재판을 진행하였으나 불행을 당한 공작새 오지에 등 여러 동물들의 증언으로 오히려 술통의 변호를 맡은 원숭이 누룩이의 범죄가 발각되어 인간 마을로 추방되고 동물나라가 다시 행복해짐(결말)

ⓐ(발단)~ⓖ(결말)을 구성 단계별로 확인해 보면 완벽한 한 편의 환상동화이다. 그런데 이런 ⓐ(발단)~ⓖ(결말) 한 편의 동화를 ⓐ, ⓑ, ⓒ…… 각각 하나의 이야기로 떼어 내어 제시한다고 해도 완성된 작은 이야기가 된다는 것이다. 말하자면 연작 소설과 시리즈물이 된다는 것이다. 바로 피카레스크식 구성 형태를 말하는 것이다. 앞의 〈액자 이야기〉 ③ 추석 연휴 2일째 이야기에 〈액자 내부 이야기〉 ⓐ 이야기를 끼워 넣고 이어서 ④-ⓑ, ⑤-ⓒ, ⑥-ⓓ……식으로 톱니바퀴처럼 맞물려 있다. 서두에서 인용한 최지훈의 말처럼 '사전에 기획한 대로 짜 맞추어 낸 듯한 구조'의 전형적인 형태를 보여 주고 있다. 지금까지 발표된 한국의 현대 동화를 다 뒤져도 이붕의 《비틀거리는 아빠》와 같이 액자식 구성을 기본으로 해서 피카레스크식 구성을 합친 기발한 형식을 취하는 동화는 과문한 탓도 있지만 아마도 없지 않을까 한다. 그만큼 기상천외한 구성 방식을 적용하고 있는 동화라고 할 수 있다.

넷째, 《선생님 탐구생활》은 5편의 서로 다른 이야기가 전개되는 옴니버스식 구성과 액자식 구성 방식이 겹쳐 적용된 장편동화이다. 주인공 송이가 '선생님 이야기'라는 독립된 5편의 동화를 읽는 형식을 취하고 있지만 주인공 주된 이야기와 동일하게 연결되어 있기 때문에 전체적으로 옴니버스식 구성에 가깝다고 할 수 있다. '첫째 이야기', '다섯 번째 이야기'와 같이 소제목이 붙여진 5편 모두는 스승의 끝없는 사랑이라는 교육에 관한 주제를 가진 이야기이다. ⓐ 스승의 날을 맞이하여 엄마의 6학년 때 담임이기도 한 다솜이 현재 담임 선생님에게 삶은 달걀을 드리게 한 다솜이 엄마 이야기 ⓑ 시내 중학교로 진학한 가난한 진국이에게 5학년 때 담임인 송 선생님이 소머리국밥을 사주는 등 몰래 진국이를 도와주는 이야기 ⓒ 인권 문제와 관련하여 일기 검사를 못하게 하는 교육청 지시를 거부하고 저녁 늦게까지 정성껏 일기를 검사하면서 아이들과 소통을 잘하는 양 선생님 이야기 ⓓ 설날 처가에 가는 것도 미뤄놓고 세배 오는 아이들과 함께 윷놀이도 하고 오락실까지 가지만 학부모들의 비난보다는 칭찬을 더 받은 장 선생님 이야기 ⓔ 초등학교 입학 후 소풍을 한 번도 가 보지 못한 신체장애아인 4학년 길성이가 우여곡절 끝에 반 친구들과 함께 감으로써 반 전체 아이들에게 특별한 소풍을 만들어 준 황 선생님 이야기 등 5편의 이야기는 전혀 다른 인물들의 학교 이야기이다. 옴니버스식 구성이라고 할 수 있다.

외부의 액자 이야기 주인공인 송이는 할아버지, 고모, 아빠가 교장, 교사인 교육 가족이어서 자연스럽게 미래 교사를 꿈꾼다. 촌지 문제로 시끄러운 학교 모습을 보고 고민에 빠지지만 옴니버스식 5편의 이야기를 읽고 나서 긍정적으로 돌아선다. 이 동화 중간 송이의 고모가 쓴 동화 〈앵무새와 거울〉이 삽화처럼 처리되어 있어 액자식 구성 형태도 띠고 있다고 할 수 있다. 이 액자 내부 이야기 '앵무새와 거울'은 도시 빈민촌 초등학교에서 근무하는 정 선생님이 청결하지 않은 반 아이들을 네 모습을 보여 주는 거울로 나쁜 버릇을 고쳐 준다는 이야기이다. 《선생님 탐구생활》를 정리하자면 옴니버스식 구성과 액자식 구성이 함께 적용된 장편동화라고 할 수 있다.

지금까지 이 장에서는 이붕의 장편동화에 적용된 구조적 특징을 살펴보았는데 액자식 구성 방식뿐만 아니라 피카레스크식 구성, 옴니버스식 구성 등을 동화 속 사건의 전개 방향에 따라, 인물의 성격이나 활동에 따라 적재적소에 복합적으로 적용하고 있다는 것을 확인하였다. 이런 독창적인 특징을 보이는 것은 다음과 같은 두 가지에 기인한다고 볼 수 있다. 첫째 이붕이 뛰어난 문학적 상상력의 소유자라는 것이고, 둘째 이붕이 이야기의 직조 능력 즉, 작가적 역량이 탁월하다는 것이다.

3. 이붕 장편동화에서 주변 인물의 특징

이붕의 장편동화에는 다양한 인물들이 등장한다. 주요 사건을 일으키거나 독특한 성격을 가진 주동 인물뿐만 아니라 갈등과 대립을 조장하는 주변 인물이나 반동 인물들도 있다. 그런데 특이하게도 이붕의 장편동화 속에는 주인공이나 중심인물이 아니면서 사건 전개 방향에 큰 영향을 주는 주변 인물 또는 부수적 인물이 있다는 점이다. 흔들리는 주인공의 마음을 잡아 준다든가, 사건 해결의 실마리를 던져 준다든지 하는 중요한 역할을 하는 인물이 한 명씩 등장한다. 다른 등장인물과 구별되면서 독특한 생각과 특별한 임무를 지닌 개성적인 인물이라는 것이다.

이붕의 장편동화 6편 《5학년 10반은 달라요》, 《물꼬 할머니의 물사랑》, 《아빠를 닮고 싶은 날》, 《반디야, 만나서 반가워!》, 《비틀거리는 아빠》, 《선생님 탐구생활》 중에서 주요 인물이 반디불이라는 곤충이 등장하는 《반디야, 만나서 반가워!》를 제외하고 5편의 동화에는 부수적인 주변 인물이 각각 한 명씩 등장한다. 《5학년 10반은 달라요》에서 청개구리 교육 방법을 제시한 교감 선생님, 《물꼬 할머니의 물사랑》에서 절약 정신이 몸에 밴 정수 할머니인 물꼬 할머니, 《아빠를 닮고 싶은 날》에서 주인공의 불평과 불만,

반항심을 잠재워 준 무료 글짓기 학원의 하바 선생님, 《비틀거리는 아빠》에서 술주정뱅이 아빠를 이해하게 만든 북북이 사서 선생님, 《선생님 탐구생활》에서 흔들리는 주인공의 마음을 잡아 준 진정한 스승인 정 선생 등 교사들이 바로 그들이다.

동화작가 박성배는 "등장인물의 성격이나 하는 일이 어떠하냐에 따라 이야기의 재미와 질이 결정된다고 해도 과언이 아닐 것이다. 따라서 작가는 인물을 창조해 내는 창조가라고 할 수 있다. 독자들의 마음속에 오래도록 남을 수 있는 글이란 실은 인상 깊은 인물상이 마음속에 남아 있다는 얘기이기도 하다. 동화든 소년소설이든 개성 있는 뚜렷한 인물을 창조해 내지 못하면 십중팔구는 실패작이 되고 만다. 세계의 많은 사람들이 애독하는 고전들도 따지고 보면 그 작품을 통해 창조된 인물 때문이다."라고 하였다. 또 동화작가 황선미는 "주요 인물은 작품 속의 다른 인물과 분명히 구별되는 성격을 갖지만 지나치게 비현실적이면 독자의 공감을 얻을 수가 없다. 주인공의 특이한 성격이 작품의 장치라면 독자가 납득할 만한 조건을 갖추어야 한다. 그게 아니라면 주요 인물은 개성적이되 보편성을 가져야 한다. 또한 주요 인물은 작가의 의도를 내포한 존재여서 어느 정도 작가의 분신일 수가 있고, 시간적 배경이 과거나 미래일지라도 대부분 당대의 가치관을 갖는다."고 하였다. 이붕의 장편동화에는 박성배가 말하는 '인상 깊은 인물상'이나 '개성 있는 뚜렷한 인물'이라고 할 수 있는 주변 인물이 각각 한 명씩 등장하고 있다는 것이다. 또 이런 주변 인물들은 황선미가 말하는 '작가의 의도를 내포한 존재'이나 '작가의 분신'일 가능성이 높은 인물이라고 할 수 있다. 각각의 장편동화에서 의도적으로 창조한 이런 주변 인물들이 실질적으로 수행한 역할을 살펴보면 주인공보다 훨씬 중요하다는 것을 발견할 수 있다. 동화작가 이붕은 아마도 주인공들보다 이런 주변 인물들에게 더 많은 애정을 쏟고 있었는지 모를 일이다. 즉 5편의 장편동화에 등장하는 교감 선생님, 물꼬 할머니, 하바 선생님, 북북이 사서 선생님, 5명의 교사들, 이들은 앞에서 박성배가 언급한 것처럼 '등장인물의 성격이나 하는 일이 어떠하냐에 따라 이야기의 재미와 질이 결정'되는 주변 인물들이라 할 수 있다.

첫째, 명랑소설 《5학년 10반은 달라요》에서 5학년 10반은 주인공 세진이가 '선생님께 고자질이나 하며 잘 우는 아이가 없고, 교실인지 운동장인지 구별 못하는 동지가 많다. 그뿐이겠는가. 공부만 잘하는 아이가 없고, 선생님을 적당히 골탕 먹일 줄 아는 친구들만 모인 반이니 얼마나 신나는 일인가!' 하고 외칠 정도로 골칫덩어리반이다. 이런 사고뭉치 아이들을 우여곡절 끝에 모범 아이들, 똘똘 '뭉친반'으로 만든 사람이 교감 선생님이다.

"모두들 정말 잘 썼더구나. 특히 제목이 마음에 든 글이 있었단다. 그 제목은 '교감 선생님 사랑해요'

였단다. 우리 반에서 나를 사랑하는 학생이 있다니 무엇보다 기쁘구나. 요즘 코미디에서 유행하는 말이 '사랑해요'라던데 누가 유행시킨 말이니?"

이때 우리 반 아이들은 정말 멋진 대답을 하였다. 한꺼번에 큰 소리로 이런 대답을 한 것이다.

"저희들이 했어요. 교감 선생님 사랑해요."

교감 선생님은 목이 아픈지 헛기침만 여러 번 하셨다.

칭찬과 따뜻한 사랑으로 가득한 교감 선생님의 노력으로 이처럼 아이들의 태도뿐만 아니라 마음까지 긍정적으로 변화시켰던 것이다.

둘째, 생태동화 《물꼬 할머니의 물사랑》에서는 환경 파괴의 심각성을 모르는 아이, 어른들의 모습이 나온다. 샴푸를 함부로 사용한다든지, 남은 음식을 버린다든지, 목욕탕에서 요구르트를 바르는 행위라든지, 숲의 소중함을 모른다든지, 낚시터에 쓰레기 함부로 버린다든지, 화장지를 아껴 쓰지 않는다든지 등 무분별한 주위 이야기를 통해 많은 환경 오염이나 환경 파괴 사례를 보여 주고 있다. 물꼬 할머니는 이런 환경 보호에 무감각한 아이들과 어른들을 가르치고 깨우쳐 주는 사람으로 등장한다.

"어머님, 점심 아직 안 드셨죠? 뭐 시켜 드릴까요?"

"시키다니, 그게 무슨 소리냐?"

물꼬 할머니는 치우려던 자장면 그릇을 끌어당겼다.

"이거면 됐다."

"아니 어머님, 그건 애들이 먹던 거예요."

"설마 이 아까운 걸 버릴 작정은 아니었겠지? 먹는 거 버리면 벌 받는다, 벌 받아."

좀 생소하고 엉뚱하게 보이는 이런 물꼬 할머니의 행동이 끝내는 환경 파괴를 막고, 낭비를 줄이는 모범적인 모습이 될 수밖에 없는 것이다.

셋째, 《아빠를 닮고 싶은 날》에서 주인공 이푸름은 '남 훔쳐보기, 다른 사람 미워하기, 마음속에 불평 두더지 키우기, 부모님 속상하게 하기……' 등 자신과 가정과 친구, 학교에 대하여 불만과 짜증이 가득한 사춘기 소녀이다. 이런 반항기 많은 아이의 성장 길잡이가 된 등장인물이 하바 선생님이다. 푸름이의 흔들리는 마음을 바로잡아 줄 뿐만 아니라 그렇게 미워했던 아빠라는 존재에 대해 존경과 사랑, 그리고 자신이 닮고 싶은 롤 모델로 전환시켜 준, 특별한 분이 하바 선생님이라는 것이다. 이 하바 선생님에게 배울 수 있는 교육적 가치는 상대방에 대한 이해와 칭찬, 배려와 존중이라 할 수 있다.

"이푸름! 누가 그렇게 멋진 이름을 지어 줬니? 내가 좋아하는 하늘과 바다 색깔이라 정말 멋있구나!"

집으로 돌아와서도 너무너무 기분이 좋았다. 소개문을 배웠다는 생각보다는 놀이터에 갔다 온 기분이었다.

'멋진 분이야. 옥탑방에 사는 나를 북두칠성의 시작 별이라고 불러 주다니!'

나는 흥얼흥얼 콧노래가 나왔다.

반항기가 많은 주인공 푸름이를 당당한 존재로 인정해 주고, 긍정적인 반응을 해 주는 하바 선생님은 동화《아빠를 닮고 싶은 날》의 주번 인물이지만 가장 중요한 인물이 된다. 그래서 아동문학평론가 김현숙은 '(주인공 푸름이가) 특히 하바 선생님을 통해 마음의 평온을 얻게 되는 마지막 부분은 이 책의 특별한 매력'이라고까지 하였다.

넷째, 동화작가 이붕이 만들어 낸 인물 중에 생활 환경이 가장 비참하고, 내면적 갈등이 심하고, 가족 특히 아빠에 대한 분노와 증오심까지 가지고 있는 인물이《비틀거리는 아빠》의 주인공 주경이다. 알코올 중독자 아빠로 인해 거의 병적으로 반응하고 있는 아이이다. 아빠에 대한 감정이 정상적인 회복이 불가능할 정도로 어렵게 헝클어지고 삐뚤어져 있다. 이런 주인공의 불안정한 심리를 치유해 주고, 가족으로서 아빠를 이해하는 것이 더 중요함을 알려 주는 인물이 바로 카페 주인장인 북북이 사서 선생님이다.

"카페 이름이 무슨 뜻이에요?"

"에이. 에이는 단주, 그러니까 술을 끊으려고 하는 사람들의 모임이야. 그 사람들은 피나는 눈물로 노력해도 실패하는 경우가 많대. 그래서 힘내라고 아자!를 붙인 거야. 응원해 줘야지."

"중독되면 못 끊잖아요. 의지가 약해서."

"어려운 일이지. 그래서 가족이 손을 잡아 줘야 하는 거야. 난 그러지 못했지만……."

갈림길에서 선생님은 내 손만 한 번 더 힘주어 잡아 주고 가셨다. 선생님이 말을 잇지 않았지만 무슨 말을 하려고 하신지는 알 것 같았다.

이 동화의 결말 부분에서 사서 선생님은 그동안 술을 통해서 아빠를 미워하고 증오하는 것보다는 가족으로서 이해와 관심의 중요성을 깨우쳐 주고 있는 것이다.

다섯째,《선생님 탐구생활》에서는 다섯 가지 이야기에 등장하는 엄마의 6학년 때 담임 선생님, 송 선생님, 양 선생님, 장 선생님, 황 선생님 등 다섯 분들이 옴니버스 이야기 속에서 진정한 스승상을 보여 줌으로써 주인공 송이의 흔들리는 마음을 잡아 주고 있다.

엄마들 목소리가 조금 낮아졌습니다.

"장 선생님은 반 애들 모두에게 잘하지요?"

"그래서 그런지, 우리 세진이가 올해는 학교를 좋아하긴 해요."

"그렇지요? 우리 호철이도 선생님 좋아하더라고요."

"애들이 담임 선생님하고 잘 맞아야 학교생활 잘 한다는 거 맞는 말이에요."

"덜렁덜렁 애들 같아도, 타고난 선생님이지요."

엄마들은 어느새 선생님 칭찬을 하고 있었습니다.

동화작가 이붕이 《선생님 탐구생활》로 방정환문학상을 받으면서 '부끄럼 없이 살아갈 인간의 본바탕을 만들어 주신 스승님들께 감사드리는 뜻에서 쓴 작품'이라고 창작동기에 대해 고백한 것을 보면 다분히 학창 시절 자신을 가르쳐 주셨던 스승들이 동화 속 다섯 분의 선생님과 겹쳐짐을 볼 수 있다. 황선미가 말하는 '작가의 의도를 내포한 존재'라는 의미를 새롭게 짚어 볼 수 있는 대목이기도 하다.

지금까지 언급한 교감 선생님, 물꼬 할머니, 하바 선생님, 북북이 사서 선생님, 5명의 교사들 등 주변 인물들에게는 공통점 하나가 있다. 그것은 이들이 주인공을 포함한 등장인물들뿐만 아니라 독자들에게 건강한 삶의 방향성을 제시하고 있다는 것이다. 말하자면 이붕의 동화 문학은 이런 주변 인물들을 통해 아동문학의 교육적 효과, 동화의 효용성을 극대화하고 있다는 것이다. 바꾸어 말하면 동화의 교육적 효용성 강조는 이붕의 동화 문학의 큰 줄기라는 것이다. 이재철은 '동화는 비단 문학작품이라는 한계를 넘어서 심지어 종교 교육까지 이르러 인간의 길을 가르치고, 인간성의 심화와 아울러 참다운 인간이 되도록 이끄는 점에서 큰 의미 기능을 가진 것이라 할 것이다'고 하여 '인간의 길을 가르칠' 수 있는 동화의 교육적 기능을 강조하고 있으며, 박민수도 '아동문학은 그 스스로 어린이를 대상으로 한 어떤 교육적 효용성을 전제로 하지 않으면 안 된다는 것이다. …… (중략) …… 아직 미숙한 단계의 어린이를 독자로 하기 때문에 아동문학은 스스로 어린이들의 성장과 미래를 염두에 두지 않을 수 없는 것이다.'에서 '어린이들의 성장과 미래를 염두'에 두는 것이라 하여 교육적 효용성이 미적 가치 창조라는 예술성과 더불어 아동문학의 장르적 특성임을 강조하고 있다. 이처럼 이붕의 동화 문학의 특성 중 하나가 등장인물들에게 또는 성장기 독자들에게 인간으로서 지녀야 할 가치 덕목의 중요성을 보여 줌으로써 건강한 삶의 방향성을 제시하고 있다고 정리할 수 있다.

4. 나가며

동화는 어린 시절의 내게 가없는 시공간을 맘껏 넘나들며 꿈꾸게 했고, 어른이 되었을 때는 창작의 기쁨을 누리며 뚜렷한 삶의 목표를 세우게 해 주었습니다.

이 글은 2014년 제24회 방정환문학상을 받은 이붕의 수상 소감 일부이다. 어린 시절에는 동화가 꿈을 꾸게 해 주었고, 어른인 지금은 동화가 삶의 목표가 되었다는 그의 말은 이영호 말대로 '범상치 않은 작가적 역량'을 가지고 있었다는 고백과도 같다. 그에게 글쓰기는 사람이 공기를 마시며 숨 쉬는, 그런 본능에 가까운 일이라고 할 수 있다.

이붕의 장편동화의 구조적 특징은 액자식 구성, 피카레스크식 구성, 옴니버스식 구성 등을 사건의 전개 방향에 따라, 인물의 성격이나 활동에 따라 적재적소에 복합적으로 적용하고 있고, 또 이붕의 장편동화마다 사건 전개 방향에 큰 영향을 주는 주변 인물 또는 부수적 인물이 한 명씩 등장하며, 이들은 주인공을 포함한 등장인물들뿐만 아니라 독자들에게 건강한 삶의 방향성을 제시하고 있음을 확인하였다.

어린이와 함께 선생이 걸어온 길

1956년 전남 무안군 삼향면에서 태어남(현재 목포시 대양동).

1987년 〈월간문학〉에 동화 〈요요〉로 등단함.

1991년 단편동화집 《호호병원》(삼성미디어)을 출간함.

1992년 단편동화집 《향기의 천사》(용진)를 출간함.

1995년 유아동화 《미래와 영민이》(아이템플), 유아동화 《전철 타고 가는 날》(교수문화)을 출간함.

1996년 〈교감 선생님은 청개구리〉로 제4회 대교눈높이문학상, 〈꽃이 필 시간은 있다〉로 제1회 한우리청소년문학상(구)에 당선됨. 장편동화 《산성비는 정말 무서워요》(한국서적공사)를 출간함.

1997년 장편동화 《엉뚱이의 모험》(여명출판사), 장편동화 《교감 선생님은 청개구리》(대교), 장편동화 《칭찬 주머니》(민지사), 청소년 소설 《꽃이 필 시간은 있다》(한우리미디어)을 출간함.

1998년 그림동화 《할머니의 생일잔치》(삼성당)를 출간함.

2000년 단편동화 《진국이의 특별한 여행》(헤밍웨이)을 출간함.
(사)어린이문화진흥회 사무국장직을 역임함(~2006). 《생각이 저요, 저요!》를 편집함. 〈동물원의 수수께끼〉로 현대문학 어린이에서 실시한 2000년 발표 단편 중 최우수작품상을 수상함.

2001년 장편동화 《물꼬 할머니의 물사랑》(영림카디널), 단편동화집 《동물원의 수수께끼》(현대문학북스), 단편동화집 《큰 울보와 작은 울보》(한국파스퇴르), 그림동화 《강아지가 그랬어요》(천재교육)를 출간함. 장편동화 《5학년 10반은 달라요》(대교), 《교감 선생님은 청개구리》를 재계약하여 제목을 바꿔 출간함. 단편 〈같은 마음〉이 7차 교육 과정 교과서 4학년 1학기 말하기 듣기 쓰기에 수록됨.

2002년 장편동화 《아빠를 닮고 싶은 날》(계림), 단편 유아동화집 《생각 동화》(깊은책속옹달샘), 단편 유아동화집 《오늘은 대장 뽑는 날》(계림), 단편 유아동화집 《왕관 쓴 크레파스》(계림), 단편동화집 《우리 엄마는 걱정 대장》(현대문학북스)을 출간함. 단편 〈컴 박사의 소중한 경험〉이 7차 교육 과정 교과서 6학년 1학기 읽기에 수록됨.

2003년 그림동화 《동물들의 친구 사파리차》 외 3권 (깊은책속옹달샘)을 출간함.

2004년 장편동화 《반디야, 만나서 반가워!》(영림카디널), 장편동화 《아빠를 닮고 싶은 날》(대만에서 출간), 장편동화 《5학년 10반은 달라요》(《교감 선생님은 청개구리》의 재출간), 만화 《교감 선생님은 청개구리 1》(엄지검지)을 출간함.

2005년 장편동화 《그래서 행복해》(대교), 《나랑 같은 마음》(한국헤밍웨이)을 출간함.

2006년 그림동화 《동물들의 친구 사파리차》(깊은책속옹달샘)를 출간함.

2007년 장편동화 《비틀거리는 아빠》(홍진P&M)를 출간함. 《비틀거리는 아빠》로 제17회 한국아동문학상을 수상함. 가정법원에 개명신청이 허락되어 필명이 호적상으로도 성명이 됨.

2008년 《6학년 과학 동화》(효리원)를 출간함.

2009년 그림동화 《미지와 사과나무》(교원)를 출간함.

2010년 장편동화 《국어야, 국어야 나 좀 도와줘! 1》(삼성당), 그림동화 《알록달록 물감바지》(신동교육), 장편동화 《으뜸 으뜸 왕으뜸》(기댄돌)을 출간함. 《칭찬 주머니》를 재출간함.

2011년 장편동화 《국어야, 국어야 나 좀 도와줘! 2》(삼성당)를 출간함.

2012년 그림동화 《아기기린 늘차부니》(훈민출판사)를 출간함.

2013년 장편동화 《선생님 탐구생활》(처음주니어)을 출간함.

농수산식품부 제1회 하하호호 친환경농산물 그림동화 공모전에서 〈꼬로록별에서 온 영양사〉로 대상을 수상함. 《꼬로록별에서 온 영양사》(농림축산식품부)를 출간함.

2014년 《선생님 탐구생활》로 24회 방정환문학상을 수상함.

2015년 유아 그림책 《귀엽쥐가 달라졌어요》(구몬)를 출간함.

2018년 장편동화 《마포나루 날씨 장수》(좋은꿈)를 출간함.

한국 아동문학가 100인

고수산나

대표 작품

〈웃지 않는 할아버지〉

인물론

고수산나 작가론

작품론

실체로서의 존재

어린이와 함께 선생이 걸어온 길

웃지 않는 할아버지

"히죽아! 담임 흉내 좀 내 봐."

"아니야, 히죽아. 이번에는 반장 성대모사 해 주라, 응?"

개그맨이 꿈인 희준이는 연예인 흉내를 내고 재미있는 춤도 잘 춰 반 친구들에게 인기가 많다. 히죽히죽 잘 웃는다고 해서 이름인 희준이보다 히죽이라고 불릴 때가 많지만, 희준이는 별로 기분 나빠하지 않는다.

희준이는 자신이 웃는 것도 좋고, 아이들이 자기 때문에 웃는 것도 좋다. 공부도 운동도 노래도 그림도 잘하는 건 없지만 남들 웃기는 것 하나만은 자신 있다.

학원에 안 간다고 도끼눈을 뜨는 엄마도 아빠의 오리 궁둥이 걸음을 흉내 내면 웃음을 터뜨린다.

그런데 희준이가 웃기지 못하는 사람이 딱 한 명 있다. 바로 친할아버지다. 희준이는 할아버지의 머리끝에서 발끝까지 다 무섭다. 얼굴 표정과 말투, 목소리는 물론이고 심지어는 짧게 올라간 짙은 눈썹까지도 무섭다.

"아빠, 할아버지는 왜 안 웃어요? 나는 할아버지가 웃는 거 한 번도 못 봤어."

"아빠도 할아버지가 언제 웃으셨는지 기억이 안 난다. 할아버지는 늘 회사 일로 바쁘셨고, 자식들한테 엄한 분이었거든. 게다가 아빠는 잘하는 게 없어서 늘 혼만 났어."

아빠의 미소는 부드럽지만 쓸쓸해 보였다.

"우리 식구들에게만 웃지 않으시지 형님이랑 고모네 식구들한테는 웃으시던걸. 큰집 영훈이가 의대 갔을 때도 칭찬하면서 웃으셨고 고모네 쌍둥이들이 음악 공부하러 미국 갈 때도 손을 잡아 주고 웃으셨어."

엄마는 마른 옷들을 개며 말했다. 마치 옷들을 혼내듯이 툭툭 쳐가며 말이다.

"당신은 별걸 다 기억하네."

"아버님이 우리 식구만 홀대하는 거 희준이도 다 알 텐데요, 뭘."

희준이 아빠도 엄마의 말에 대꾸를 못한다.

명문대를 나온 희준이 큰아빠는 할아버지의 회사를 물려받아 사장님이다. 큰집의 형들은 의대와 명문대 로스쿨에 다닌다. 삐쩍 마른 고모는 더 마른 의사인 고모부와 결혼해서 늘 화려한 액세서리를 하고 다닌다.

"아버지를 이해 못 하는 건 아니지. 내가 형과 누나에 비해 좀 처지니까. 학교도 그렇고 사는 것도 그렇고……. 그래도 그동안 도움받았잖아."

희준이 아빠는 할아버지 표현에 의하면 별 볼일 없는 대학을 나왔다. 그리고 하는 장사마다 모두 망했고 지금은 할아버지가 돈을 대주어 치킨 집을 하고 있다.

"아버지도 나도 궁금했어. 같은 뱃속에서 나왔는데 왜 그렇게 나만 못났는지."

아빠는 기름이 잔뜩 튄 앞치마를 벗었다.

할아버지는 지난 설 때도 눈에 잔뜩 힘을 주며 희준이에게 물었다.

"너는 장래희망이 뭐냐?"

할아버지 앞에서 주눅이 든 희준이는 고개도 들지 못한 채 중얼거렸다.

"저, 전 개그맨이 될 건데요."

"개그맨? 공부할 생각은 안 하고 학원도 안 다닌다더니. 잘 하는 짓이다. 지 애비랑 꼭 닮았구먼."

할아버지는 희준이의 엄마, 아빠까지 쏘아보았다. 희준이 아빠 엄마의 어깨가 움찔거렸다.

'아이 참. 내가 얼마나 웃기는 아이인 줄 아시면 훌륭한 개그맨이 되겠구나 하실 텐데. 할아버지 앞에서는 웃길 수가 없으니.'

희준이는 할아버지도 무섭고 은근히 자기 가족을 무시하는 큰아버지네와 고모네도 싫었다.

설날이 몇 달 지난 어느 날, 우뚝 서 있는 동상처럼 단단하고 무섭기만 하던 할아버지가 그만 쓰러졌다.

희준이 아빠가 엄마에게 가게를 맡기고 희준이와 헐레벌떡 병실에 들어갔을 때, 이미 큰아빠와 고모가 와 있었다.

"어우, 기름 냄새. 옷이라도 갈아입고 오지."

코를 잡는 고모의 손톱이 여러 색깔로 반짝거렸다.

"아, 죄송해요. 급히 달려오느라고. 아버지, 좀 어떠세요?"

할아버지는 피곤한 듯 눈을 감았다. 큰아빠는 희준이 아빠의 팔을 붙들고 끌고 나왔다.

"혈관 어디가 막혔대. 수술할 수가 없어 좀 더 지켜봐야 한다는구나. 더 나빠질 수도 있고 나을 수도 있고. 의사도 확실히 알 수가 없대."

희준이는 큰아빠와 아빠의 얼굴을 번갈아 쳐다보았다.

다시 병실에 들어갔을 땐 할아버지가 고모의 부축을 받아 몸을 일으켜 물을 마시고 있었다.

"아빠, 이게 웬일이에요. 생신도 얼마 남지 않았는데. 엄마 돌아가신 지 얼마나 됐다고 아빠까지 이렇게 쓰러지시면 우리는 어떡해요."

고모가 움직일 때마다 높은 구두에서 따각따각 소리가 났다.

"우리가 이번 아빠 생신을 근사하게 차려드릴게요. 멋진 3단 케이크도 맞추고 생신 선물도 좋은 걸로 사 드릴게요. 아빠, 미국에서 가은이 나은이도 온대요. 그동안 학교 다니면서 쌓은 연주 실력을 할아버지께 들려드린다고요."

"뭐 하러 비싼 비행깃값 들여서 와."

할아버지의 말에 고모는 다시 호들갑을 떨었다.

"어머 무슨 말씀이세요. 우리 쌍둥이들 학비를 아빠가 대고 계신데 당연히 걔들이 와서 할아버지께 연주해 드려야죠. 이렇게 많이 아프신데."

고모의 말에 큰아빠도 질세라 지방에서 수련의를 하고 있는 형 이야기를 꺼냈다.

"영훈이도 어떻게든 휴가를 내서 생신 때 온다고 합니다. 영훈이 제가 할아버지 상태를 봐야 한다면서요."

큰아빠와 고모가 며칠 남지 않은 할아버지 생신 선물 이야기를 하는 동안 희준이와 아빠는 병실만 계속 두리번거렸다.

다음 날, 희준이는 엄마가 만들어 준 죽을 싸 가지고 병원으로 향했다. 집 앞에서 버스를 타고 다섯 정거장을 가는 병원은 희준이가 축구 교실을 다니던 축구장과 가까웠다.

희준이는 버스를 기다리다 정류장 바로 앞에 있는 꽃가게를 보았다. 꽃가게 앞에 많은 작은 화분들이 놓여 있었는데 그중에 희준이의 눈에 띄는 화분이 보였다.

반장인 준우가 공기를 맑게 해 준다고 교실에 갖다 놓은 스투키라는 식물이었다. 희준이는 호주머니에 작게 접혀 있던 이천 원을 내고 화분을 사서 기분 좋게 병원에 갔다. 양손에 짐을 들고 있어 희준이는 얼굴에 땀이 흘러도 닦질 못했다.

"이거 엄마가 할아버지 드시래요. 그리고 이건 공기가 좋아진다고 해서."

희준이가 까만 비닐봉지에서 화분을 꺼내자 흙이 두둑 떨어졌다.

"어머, 얘 좀 봐. 지저분한 길 어디까지 가져온 거야? 화분에 심어져 있는 것도 아니고 플라스틱 통에 들어 있는 걸. 어휴, 내가 못 살아. 여기 비싼 공기 청정기 있는 거 안 보이니?"

고모는 희준이가 내민 스투키 화분이 마치 공기를 더럽히고 있는 것처럼 손사래를 쳤다. 희준이는 더워서인지 민망해서인지 얼굴이 발갛게 달아올랐다.

"애가 사 온 거잖니. 창가에 놓아두어라."

작은 목소리였지만 할아버지의 말은 고모를 꼼짝 못 하게 만들었다. 희준이는 그제야 씩 웃으며 팔뚝으로 땀을 닦았다. 할아버지가 희준이를 똑바로 쳐다보았다. 노려보는 건 아니었다. 희준이는 할아버지의 마음이 조금은 자기를 향하고 있다는 것을 느낄 수 있었다.

생신을 이틀 앞두고 할아버지는 혼수상태에 빠졌다. 깨어나지 못하는 잠을 자는 사람 같았다. 병원에서는 살아날 가능성이 없다고 했다. 눈은 뜨고 있지만 볼 수 있을지는 모른다고 했다. 소리를 들을 수 있을지, 의식이 있는지 없는지도 알 수가 없는 것이다.

그렇게 세상과 멀어져 버린 할아버지의 생신 잔치는 없었던 걸로 되어 버렸다.

3단 케이크는커녕 조각 케이크 하나 없었고 의사인 사촌 형은 바빠서 오지 못했다.

"비행깃값이 얼만데 공부하던 애들을 불러들여."

고모네 딸들도 오지 않았다. 값비싼 선물도 없었다. 할아버지가 곧 돌아가실 것이기 때문에…….

'그래도 마지막 생신인데 나라도 선물을 해 드리고 싶어. 근데 무슨 선물을 해 드리지?'

희준이는 버스를 타고 병원에 가는 동안 골똘히 생각했다. 하마터면 내려야 할 정거장을 그만 지나칠 뻔했다.

병실에는 아무도 없었다. 고모의 호들갑스러운 목소리도 큰아빠의 새 양복 냄새도 나지 않았다.

할아버지는 눈을 뜬 채 천장만 바라보고 있었다. 희준이는 할아버지의 얼굴에 손바닥을 펴고 흔들어 보았다.

"할아버지, 저 보이세요? 제 목소리 들리세요?"

할아버지는 눈동자도 움직이지 않았다.

"할아버지, 제가 할아버지께 드릴 생신 선물을 준비했는데요."

거기까지 얘기하고 희준이는 히죽거렸다. 할아버지가 의식이 없으니 오히려 용기가 났다.

"제가요, 할아버지를 웃게 해 드리려고요. 제가 드릴 수 있는 선물이 그것밖에 없어서요. 혹시 제가 웃겨서 깨어나실지도 모르잖아요."

희준이는 자기를 볼 수 있도록 할아버지의 얼굴을 살짝 돌렸다.

"제가 인터넷에서 찾아봤는데요, 할아버지 때 웃겼던 춤이랑 코미디언을 찾아봤거든요. 잘 보세요."

희준이는 턱을 쭉 내밀며 말했다.

"콩나물 팍팍 무쳤냐."

그리고는 코미디언 흉내를 내듯 뒷걸음질을 하며 춤도 췄다.

"어때요? 비슷해요?"

희준이는 휴대폰 동영상으로 할아버지가 좋아했을 만한 옛날 춤을 보며 따라 추었다. 비실비실 춤도 추고, 왔다리 갔다리 춤도 추었다.

그때였다. 병실 문이 열리고 희준이 아빠가 들어왔다.

"희준아, 너 뭐하고 있니?"

"아, 아빠. 깜짝 놀랐어요. 고모나 큰아빠인 줄 알고."

할아버지를 웃게 해 드리는 게 생신 선물이라는 말을 들은 아빠는 희준이의 머리를 쓰다듬었다.

"아빠도 할아버지를 웃게 해 드렸어야 했는데. 언제 할아버지가 아빠를 보고 웃으셨는지 기억이 안 나네. 웃으신 적이 있긴 있었나."

아빠는 기억을 찾으려는 듯 병실 창밖의 나무들을 바라보았다.

"아빠 어렸을 때도 없었어요? 할아버지가 웃으셨던 적이요."

"음……. 아, 그래. 어렸을 때 하니까 생각나는구나. 아빠가 유치원 때 산토끼 노래를 배웠는데, 그 노래를 거꾸로 부른 적이 있었어. 친구들이 장난으로 그렇게 부르곤 했거든. 〈산토끼 토끼야 어디를 가느냐〉를 거꾸로 부르는 거야. 〈끼토산 야기토 를디어 냐느가?〉 이렇게 말이야. 집에 와서 그걸 불렀더니 할아버지께서 훗 하고 웃으셨어. 고녀석 별걸 다 하는구나 하셨지."

아빠의 눈빛은 벌써 삼십 삼년전으로 달려가고 있었다.

"그래, 그때 할아버지가 웃으셨어. 그 미소가 생각난다. 나한테도 활짝 웃으셨던 때가 있었구나. 내가 일곱 살 때……."

"그럼 아빠도 그 노래 다시 불러요. 그때처럼요. 나랑 같이 할아버지를 웃기면 되잖아요. 어서요."

희준이는 아빠를 할아버지 앞으로 끌었다. 할아버지 얼굴을 두 손으로 감싸듯 쓰다듬은 아빠는 큰 숨을 몰아쉬며 용기를 모았다.

"그래 한번 해 보자. 할아버지가 옛날 생각나서 웃으실지도 몰라. 어쩌면 혹시 깨어나실지도 모르지."

아빠는 노래를 부르기 시작했다.

"끼토산 야기토 를디어 냐느가 총깡총깡 서면뛰 를디어 냐느가."

아빠가 노래를 반복해서 부르는 동안 희준이는 이번에는 두 다리를 벌려 달달 떨며 개다리춤을 췄다. 두 손으로 번갈아가며 이마도 쓱쓱 문질렀다. 개다리춤, 꽃게춤 등 출 수 있는 막춤을 마구 추었다. 한참이 지났다.

"할아버지, 어때요? 우리 웃기죠?"

희준이는 어느새 땀이 뻘뻘 났다. 노래를 하는 아빠의 목소리가 흔들렸다.

"이게 무슨 청승이냐?"

아빠는 흐르는 눈물을 닦고 고개를 돌렸다.

"나는 꼭 할아버지를 웃길 거야."

희준이는 티셔츠가 땀으로 등에 딱 붙도록 춤을 추고 까불었다. 아빠는 등을 돌리고 돌아서서 계속 눈물을 흘렸다. 희준이는 아빠가 왜 계속 우는지 몰랐다. 할아버지를 웃기게 해 드리지 못해서 우는지, 아니면 자신이 웃길 수 있었던 어린 시절의 아빠와 할아버지가 아니어서 그런지, 그것도 아니면 이제 할아버지가 영영 웃으실 수 없어서 그런 건지…….

어느 새 병실 밖의 키 큰 은행나무가 병실 안의 긴 그림자를 드리워서 희준이를 감싸 안았다. 희준이는 숨을 헐떡이며 은행나무 그림자 안에 주저앉았다.

결국, 희준이가 할아버지께 꼭 드리고 싶어 했던 마지막 생신 선물은 실패했다. 할아버지는 깨어나지도 웃지도 않았다.

다만, 할아버지의 눈가에 흐르는 반짝이는 눈물을 잠깐 보았을 뿐이었다.

고수산나 작가론

서석영

고수산나 작가를 처음 만난 것은 1998년 정채봉 선생님이 심사를 맡았던 샘터동화상 시상식 때다.

그렇게 동료 작가로 시작된 인연은 제7기 한국아동문학인협회 사무국에서 함께 일하면서 인간적으로도 많이 가까워졌다.

고수산나 작가는 한국아동문학인협회 사무국 간사를 9년이나 하며 아동문학인들을 위해 봉사했기 때문에 웬만한 작가들은 그의 이름을 들어보고 만나 보았을 것이다.

고수산나 작가는 표정도 목소리도 밝다. 일상의 사소한 에피소드에서도 재미를 끌어내는 재주가 있어 그 주변은 늘 이야기가 끊이지 않는다. 화기애애한 분위기로 정다운 기운이 넘친다.

늘 밝은 미소로 아동문학인들을 반갑게 맞아 주던 그 젊은 작가가 이제 등단 20년이 넘는 중견 작가가 되어 가고 있다.

고수산나 작가는 교사였던 아버지 때문에 초등학교는 세 군데, 중학교는 두 군데로 옮겨 다닐 정도로 이사를 자주 다녔다고 한다.

우연히도 그가 살았던 전라도의 시골 마을들은 유서 깊은 학자와 작가가 사는 곳이었다.

고수산나 작가는 다산 정약용의 유배지였던 강진군 도암면에서 5년을 살았고 강진읍에서도 김영랑 시인의 생가 바로 앞집에 살았다.

그 후로 이사한 곳은 일본에 백제 문화를 전파한 왕인 박사 유적지인 영암군 구림면이었고 워낙 시골이었던 탓에 자전거를 타고 중학교를 다녔다.

그는 이런 유년의 경험을 무척 자랑스럽게 생각한다. 선현들의 좋은 기운을 듬뿍 받고 자랐으니 그럴 만도 하다.

고수산나 작가는 어렸을 때부터 책을 읽고 글을 쓰는 것을 좋아했지만 작가가 될 줄은 꿈에도 몰랐다고 한다.

그는 이과 계열을 고집하는 아버지 때문에 적성에 맞지 않는 대학에 입학시험을 쳤다. 하지만 결국 문과 계열로 옮겨 국어국문과에 들어갔다고 한다.

국어국문학과에 진학을 할 때도 친구가 몰래 원서 접수를 해 주고 전공도 친구가 접수할 때 그 자리에서 써넣은 것이라고 한다.

그 순간의 선택에 선견지명이 작용하지 않았나 싶다. 고마운 친구고 잘한 선택이라 생각한다.

하지만 고 작가는 대학 시절에 자기 자리를 찾지 못해 많이 방황했다고 한다. 연극, 학생회 활동, 아르바이트도 열심히 하고, 최루탄 가스를 맡으며 시위 현장에서 살다가 전경 차에 끌려다닌 것도 그 흔적이 아닐까 싶다.

하지만 글을 쓰는 지금 그것은 고수산나 작가에게 모두 자양분이 되었다고 한다. 자신의 길을 찾지 못해 돌고 돌았지만 그 모든 것이 오늘의 자신을 위한 길이었다고 생각한다. 이과 공부를 열심히 한 덕분에 과학동화도 즐겁게 쓸 수 있고, 사회 운동과 환경에도 관심이 많지 않나 싶다.

난 편집자들이 새로운 기획물에 대해 작가 섭외를 고민할 때면 말한다. 고수산나 작가는 어떠냐고. 그 작가는 머리도 빠르고 손도 빨라 어떤 주제든 잘 쓴다고. 이야기 설계가 어떻고, 이미지 포착이 어떻고…… 하면서 나도 모르게 고 작가를 홍보하고 있는 나를 발견하곤 한다.

고수산나 작가는 많은 책을 썼다. 창작동화 뿐만 아니라 다양한 분야의 책을 참 많이 썼다. 그는 경제동화, 환경동화, 역사동화, 과학동화, 인물동화 등 어떤 분야든지 주제나 소재가 주어지면 겁 내지 않고 달려들어 어려움 없이 척척 써낸다. 그러다 보니 편집자들이 좋아하고 출판사들이 찾는 작가가 되었다. 본인의 바람대로 작가이자 저술가가 된 셈이다.

고 작가가 이렇게 된 데에는 비결이 있다. 그는 바로 수많은 자료 조사와 취재, 인터뷰 등 발로 뛰며 글을 쓴다.

《세상에서 가장 작은 동생》을 쓸 때는 3년 동안 자료 조사를 했고 직접 신생아 중환자실에 가서 취재를 하고 미숙아 부모들의 인터뷰를 했다. 거기다 최종 원고는 간호사 친구에게 감수도 맡겼다.

《필리핀에서 온 조개 개구리》라는 다문화 가정 이야기 책을 쓸 때는 펄벅 재단의 도움을 받아 다문화 가정 아이들의 공부방을 찾아 인터뷰를 하고 일반 학생들을 위한 다문화 교육 현장에 함께 참여하며 취재를 하기도 했다.

《영웅 안중근의 마지막 이야기》를 쓰기 위해서는 직접 뤼순과 하얼빈에 가서 취재하며 이야기를 구성하고 책에 실을 사진도 찍어 왔다.

타고난 이야기꾼인 줄 알았는데 그 뒤에는 많은 노력이 숨어 있었던 것이다.

고수산나 작가의 동화는 따뜻하다.

다문화 가정의 아이, 주의력결핍과잉행동증후군 아이, 미숙아, 보육원에 사는 아이

등 사회적 약자를 주인공으로 하는 동화가 대부분이다.

사회적 약자를 보는 따뜻한 시선과 주변 사람들이 겪는 아픔을 통해 그들에 대한 배려와 이해의 폭을 넓히도록 독자를 이끈다.

고 작가는 몇 년 전에 《두근두근 내 인생》이라는 책을 읽고 화가 나서 눈물을 흘렸다고 한다. 저자가 자신보다 열 살이나 어린데도 자신은 따라갈 수 없는 필력과 문장력을 가지고 있어 너무나 부럽고 자신에 대해 실망해서 속상했다는 것이다. 욕심도 많고 열정도 많은 작가다.

고수산나 작가는 아스트리드 린드그렌처럼 이야기를 들려주는 할머니로 늙어가는 가는 것이 꿈이라고 한다. 등단 후 한 해도 쉬지 않고 계속 글을 쓰고 책을 냈던 열정과 노력에 어울리는 소망이다.

그는 앞으로도 쉬지 않고 정진할 것이다. 같은 길을 걷는 작가로서 기대가 크고 지지와 응원을 보낸다.

실체로서의 존재

김경우

현대를 살아가면서 우리 스스로에게 던지는 질문이 많다. 그중에서 가장 일반적이면서 그 답을 내오기 힘든 질문이 있다. '나는 누구인가?'라는 존재에 대한 질문이다.

이 질문이 철학과 종교 그리고 예술 일반을 탄생시켰다고 할 수 있다. 철학은 나의 존재를 확인하고 싶은 욕망에서 출발했다. 종교 역시 마찬가지다. 나는 누구이며, 어떤 존재인지, 어디에서 왔는지, 그리고 어디로 가야 하는지 등등 대부분의 사유와 예술 양식이 이 질문에서 출발했다고 할 수 있다.

아이들 역시 늘 고민하는 것이 '존재'에 대한 것이다.

학업 성적, 진학, 친구 문제 등 구체적이고 현실적인 고민거리라 할 수 있지만, 결국 존재에 대한 고민으로 귀결된다. 특히 친구, 가족, 학교에서의 관계가 가장 크다.

관계 역시 존재에 대한 문제다. 가족에게, 친구들에게, 학교에서 나는 어떤 존재인가에 따라 아이들의 자존감이 달라지기 때문이다.

그래서 요즘은 사회관계 안에서 아이들이 잘 성장해 주기를 바라는 부모들이 많아졌고, 노력을 많이 하고 있다. 그런데 관계에서의 존재는 실체 존재가 아닌 관계 안에서 규정된 존재, 즉 만들어진 존재다. 그렇기 때문에 존재에 대한 본질을 왜곡하거나 지나쳐 버릴 소지가 크다.

아이들에게는 형이상학으로서의 존재가 아닌, 초감각적이고 비물질적인 구조로서의 존재가 아닌 실체의 존재가 필요하다. 그러나 대부분의 동화에서 풀어내는 존재의 방식은 사회관계 속의 존재, 즉 여러 계층의 사람들, 존재들과의 관계 안에서 규정되어지는 나의 존재를 지향한다. 그 역시 필요한 인식이다. 어쩌면 사회를 구성하고 있는 현대인으로 성장하기 위해서 가장 필요한 인식일지도 모른다. 가정이라는 사회관계 속에서의 나, 학교라는 사회관계 속에서의 나, 더 나아가 지역, 회사, 국가 등의 사회관계 속의 나를 인식하는 것이 중요하다. 지금 젊은 청년들이 사회생활에 가장 힘들어하는 것 중에 하나가 관계의 정립이기 때문에 어쩌면 어릴 때부터 사회관계 안에서의 자신의 존재를 인식하고 만들어 나가는 것이 다른 어떤 학습보다 중요하다고 할 수 있다. 고수산나의 동화에는 이런 실체 존재를 인식하는 아이들의 모습을 볼 수 있다.

《세상에서 가장 작은 동생》은 미숙아로 태어난 동생의 이야기다. 인큐베이터에서 다 자랄 때까지 동생을 기다리는 수아네 가족의 이야기다.

수아는 동생이 있는 친구를 부러워하다, 엄마가 임신했다는 말에 동생의 존재를 생각한다. 엄마 배 속에 있는 태아의 소리를 들어보기도 하지만 아직 동생의 존재를 실감할 수는 없다. 다만 동생이 엄마 배 속에 있다는 인식이 있을 뿐이다.

수아는 엄마가 퇴원한 후로 울지 않은 날을 하루도 보지 못했습니다.

엄마는 멍하니 앉아서 혼자 중얼거리기도 했습니다.

"내가 뭘 잘못해서 이런 일이 생긴 걸까. 왜 하필 나한테 이런 일이 생겼지?"

밤새 잠을 못 자다가 아침에 얼핏 선잠이 들면 가금씩 잠결에 뒤척이기도 했습니다. 그럴 때면 깜짝 놀라 깨서 배를 만지곤 했습니다.

"다 꿈이야, 악몽을 꾼 거야. 아 아직 아기 낳은 거 아니야. 그렇지?"

아이가 태어났지만 사람으로서의 '구실'을 할 수 없다는 그래서 비록 미숙아지만 태어난 아이에 대한 현실을 부정하고픈 엄마의 모습을 지켜보는 수아는 동생이라는 존재를 어떻게 생각할까? 동생이 있지만 가족 구성원으로 받아들여지지 않는 그 존재를 말이다.

"의사 말 못들었어? 살아도 장애가 남을 수 있다잖아. 사내아이도 아니고, 살아도 사람 구실 못할 것을 뭐 하러 살리려고 애를 쓴……."

비록 미숙아로 인큐베이터에서 아직 숨도 제대로 못 쉬고 몇 번의 수술을 견뎌야 하는 동생을 실체하고 있는 존재 그 자체를 인식하지 않고 사회관계 속에서의 존재로 규정하려고 하는 할머니를 바라보는 수아의 마음이 어떨지 짐작할 수 있다. 하지만 수아는 어른들과 달리 존재를 형이상학적으로 인식하지 않고 실체로 인식한다.

"사랑아, 나 언니야. 수아 언니."

수아가 투명한 상자 가까이에 얼굴을 갖다 대고 속삭였습니다.

아기가 살짝 눈을 떴습니다. 수아는 무언가를 들켜버린 것처럼 가슴이 두근거렸습니다.

"선생님, 아기가 제 목소리를 들었나 봐요. 눈을 떴어요."

수아가 속삭이자, 수간호사가 고개를 끄덕거렸습니다.

"아기는 말소리를 다 알아듣는단다. 네가 얘기 좀 많이 해 주렴."

수간호사가 옆에 있는 인큐베이터를 보고 있는 동안 수아는 조그맣게 속삭였습니다.

"사랑아, 내가 네 언니야."

〈언니?〉

수아는 무슨 목소리를 들은 것 같아 두리번거렸습니다.

'누가 언니라고 한 것 같았는데. 내가 잘못 들었나?'

어쩌면 기계 돌아가는 소리를 착각했나 하는 생각이 들었습니다.

〈언니, 내가 불렀어.〉

수아가 동생에 대한 존재를 인식하는 방식은 형이상학적이지 않다. 동생이 아직 수아의 말을 알아들을 수는 없지만 실체 그대로를 받아들이면서 존재를 인식하기 때문에 동생의 목소리를 들을 수 있고 인지하는 것이다.

이러한 모습은 〈하느님이 보낸 아이〉에서도 나타난다.

하느님이 천사들과 함께 새로 태어날 아이를 두고 고민한다. 그 아이가 뇌성마비 장애를 가진 아이이기 때문이다. 고민 끝에 하느님은 산동네에서 힘들게 살아가는 김 씨의 집으로 뇌성마비 장애를 가진 아이를 보낸다. 김 씨의 집에서 태어난 아이는 골칫덩어리가 되었다.

"돈도 없는데 저런 바보가 태어나다니."

김 씨는 술병을 입에 달고 살며 중얼거렸습니다.

"아이고, 내 팔자야. 내가 무슨 죄를 지었다고 이렇게 고생만 시키는 거야."

김 씨의 아내도 눈물로 하루하루를 보냈습니다.

아이들은 아이들대로 좁은 방을 차지하고 시끄럽게 울어 대는 동생이 반갑지 않았습니다.

–《고수산나 동화선집》〈하느님이 보낸 아이〉

김 씨 집에 태어난 아이 역시 실체 존재로서 인정받지 못하고 있다. 가족이라는 관계망 안에서 규정되지 않았기 때문이다. 쉽게 말해서 가족으로서의 '구실'을 하지 못하고 있다는 인식 때문이다. 관계 안에서 '구실'을 제대로 하지 못하는 존재는 실체가 없는 것과 같기 때문이다. '하느님이 보낸 아이'인 별이가 실체 존재로 인식되는 방식은 '혼자서 방을 기어 다니던 별'이가 '술에 잔뜩 취해 널브러져 자고 있는 김 씨'의 얼굴에 볼을 문지르며 "아–아–바. 아–바."라고 더듬거렸기 때문이다.

"너 지금 나한테 아빠라고 했냐?"

김 씨는 술이 깨며 정신이 말짱해졌습니다. 무엇엔가 홀린 듯 별이를 바라보았습니다.

"그래. 내가 네 아빠야. 세상에, 말도 못 하는 바본 줄 알았는데……."

…… (중략) ……

"애비 노릇도 못 하는데, 그래도 아빠라고 불러 주네."

– 《고수산나 동화선집》 〈하느님이 보낸 아이〉

뇌성마비 장애아인 별이가 실체 존재로 인식되는 순간이다. 아버지에게는 별이가 그저 애물단지로밖에 존재하지 않았지만 별이가 다가감으로써 별이는 아버지에게 존재 그 자체, 실체 존재가 되는 것이다. 그 이유는 뇌성마비 장애아인 별이가 가족 구성원으로서의 '구실'에 의한 규정되는 존재가 아니기 때문이다. 별이를 실체의 존재로 받아들이면서 김 씨의 가족은 참 행복을 느끼고 웃음 가득한 가족이 된다.

이런 모습은 고수산나의 다른 작품에서도 마찬가지다.

"너, 한국 사람 아니지?"

"아프리카 사람이니?"

"아니지? 흑인들은 훨씬 더 까맣잖아."

– 《필리핀에서 온 조개 개구리》

《필리핀에서 온 조개 개구리》에서는 까만 아이 순호가 전학을 오자, 아이들은 순호 주위로 몰려들어 질문을 쏟아낸다.

전학 온 아이에게 관심이 쏟아지는 건 특별한 일이 아니다. 하지만 까만 얼굴에 곱슬머리, 유난히 까맣고 큰 눈. 아무리 보아도 한국 사람 같지 않다면 이야기가 달라진다.

순호는 아이들의 관심을 한 몸에 받게 되자 마음이 무거웠다. 도시 아이들이 엄마가 필리핀 사람인 자기를 어떻게 생각할지 걱정이 된 것이다. 결국 순호는 벙어리처럼 말문을 닫아 버리고 '전에 다니던 학교로 돌아가고 싶어.'한다.

그런데 반에서 인기가 없는 경태는 순호를 별로 마음에 들어 하지 않는다. 이유는 간단하다. 순호가 아이들에게 인기가 많아 보였기 때문이다. 반 아이들의 관심을 한 몸에 받는 순호가 부러웠던 것이다.

다문화 가정의 아이인 순호는 아이들의 관심이 부담스러워 투명 인간이 되고 싶어 하고, 아이들에게 인기가 없는 경태는 관심을 받고 싶어 순호의 엄마가 필리핀 사람이라는 비밀을 반 아이들에게 말해 버린다. 그리고 아이들의 관심을 받게 된다.

할머니 손에 떠밀려 들어온 순호를 보고 경태는 피식 웃음이 났어요.

"엄마는 창피하게 먹는 거 가지고……."

순호는 계속 혼잣말로 중얼댔어요.

순호의 말을 들은 경태는 돌아가신 엄마가 생각이 났어요.

경태가 어렸을 때 일이에요.

경태 엄마는 돌잔치에서 꿀떡을 싸 와서는 경태에게 주었어요. 아빠는 창피하게 먹을 것을 싸 왔다고 뭐라고 했지만 경태는 맛있게 잘 먹었어요. 경태 엄마는 창피해도 경태가 좋아하니까 꿀떡을 싸 왔을 거예요.

'순호 엄마도 우리 엄마랑 똑같구나.'

경태는 할머니랑 부엌에서 웃고 있는 순호 엄마가 낯설지 않았어요.

–《필리핀에서 온 조개 개구리》

하지만 경태는 순호의 엄마를 통해 자신의 엄마에 대한 기억을 떠올리게 되고 먼 나라의 엄마가 아닌 실체하는 존재로 인식하게 되면서 순호와 친하게 된다. 경태나 순호는 같은 반이라는 규정된 공간에서의 역할을 통해 서로의 존재를 인식하는 것이 아니라, 그 이전의 존재 즉 실체하는 사람으로의 존재를 인식하게 되었기 때문이다.

고수산나의 동화는 생명의 소중함 그리고 차별이나 다름, 배려 등에 대해 아이들에게 전해 주고자 하는 메시지가 분명하다. 그리고 이야기 그 자체가 큰 울림으로 다가온다.

그러나 고수산나 동화의 메시지는 현상적으로 드러나는 것에 머무르지 않는다. 그 바탕에는 존재에 대한 고민이 있기 때문이다. 형이상학에서의 존재가 아니라 실체 존재에 대한 고민이다. 사회관계 속에서 규정되어지는 존재가 아닌 실체 존재를 먼저 인식함으로 아이들이 어려워하고 두려워하는 사회관계 속에서의 자신의 모습을 풀어나가는 힘을 심어 주고 있다.

또한 현대는 SNS로 지칭되는 사회관계망 속으로 많은 사람들이 자신의 존재를 감추고 살아가고 있기 때문에 더욱 관계 형성에 대한 두려움이 커지고 있다. 그 답은 고수산나 동화 속 아이들처럼 실체 존재를 인식하고 들여다보는 것이다.

사회관계 안에서 어떤 '구실'과 '노릇'을 해야 하는, 규정되어 살아가는 존재가 아니라, 오로지 '나'라는 자체만으로 '너'라는 존재 그 자체로서 인식할 수 있어야 한다. 고수산나 작가는 아이들에게 실체를 인식할 수 있어야 한다는 것을 전해 주고 있다.

고수산나 작품이 생명, 관계, 배려 등의 다양한 메시지를 명료하게 드러낼 수 있는 것은 실체 존재에 대한 인식이 바탕에 있기 때문일 것이다. 존재 그 자체를 파헤치려는 작가적 태도에 있다 하겠다.

어린이와 함께 선생이 걸어온 길

1970년 전라도 광주에서 태어남.

1998년 3월 〈별이의 우산〉으로 샘터사동화상을 수상함.

9월 〈삽살개 이야기〉로 아동문예문학상을 수상함.

2001년 《삽살개 이야기》(대교출판)를 출간함.

2002년 《내 친구 꽃부리》(파랑새어린이)를 출간함.

2002~2003년 《동화로 읽는 파브르 곤충기 시리즈》(파랑새어린이) 4권을 출간함.

2003년 《꼬마 산타가 되었어요》(바오로딸)를 출간함.

2004년 《하늘나라 저금통장》(바오로딸)을 출간함.

2005년 《우리는 이렇게 살아요》(대교출판)를 출간함.

《얼수절쑤 사물놀이》(문원)를 출간함.

《지구를 살리는 103가지 환경이야기》(계림)를 출간함.

2006년 《나, 똥이야》(담터미디어)를 출간함.

《얼수절쑤 사물놀이》가 한국문화예술위원회 우수 도서로 선정됨.

2007년 《세상에서 가장 작은 동생》(홍진 P&M)을 출간함.

《혼자서도 잘 크는 꼬물꼬물 애벌레》(파랑새어린이)를 출간함.

《아빠 가시고기의 아낌없는 새끼사랑》(파랑새어린이)을 출간함.

《나무와 숲은 무엇을 할까?》(웅진씽크하우스)를 출간함.

2008년 《뻐꾸기시계의 비밀》(좋은책어린이)을 출간함.

《세상에서 가장 작은 동생》이 한국문화예술위원회 우수 도서로 선정됨.

2009년 《자연아 자연아 나 좀 도와줘》(삼성당)를 출간함.

2010년 《필리핀에서 온 조개 개구리》(주니어랜덤)를 출간함.

《봄편지의 천사 시인 서덕출님》(처음주니어)을 출간함.

《민구야, 쫌》(미래 아이)을 출간함.

《또르르르, 물을 따라가 봐》(대교출판)를 출간함.

《지구야 지구야 나 좀 도와줘》(삼성당)를 출간함.

4학년 2학기 국어 교과서에 〈풍년이 들어도 걱정〉이 실림.

4학년 2학기 도덕 교과서에 〈오리가 키운 쌀〉이 실림.

중학교 2학년 국어 교과서에 〈50년만의 졸업식〉이 실림.

2011년 《용돈 지갑에 구멍 났나?》(좋은책어린이)를 출간함.

《얘들아, 난 점쟁이가 될 거야》(그린북)를 출간함.

《넌 누구 편이야?》(꿀단지)를 출간함.
2012년 《꼬리 달린 거짓말》(꿈소담이)을 출간함.
2013년 《고수산나 동화선집》(지식을만드는지식)을 출간함.
2014년 《세종대왕 가출실록》(스푼북)을 출간함.
《콩 한 쪽도 나누어요》(열다)를 출간함.
《나하고만 놀아》(지경사)를 출간함.
3학년 2학기 국어 교과서에 〈삼계탕에 담긴 행복〉이 실림.
2015년 《영웅 안중근의 마지막 이야기》(소담주니어)를 출간함.
《참 괜찮은 나》(좋은책어린이)를 출간함.
《세종대왕 가출실록》이 세종문학나눔 우수 도서에 선정됨.
2017년 《우리 반에 도둑이 있다》(잇츠북 어린이)를 출간함.
2018년 《동물원 친구들이 이상해》(내일을 여는 책)를 출간함.
《거꾸로 걸리는 주문》(잇츠북 어린이)을 출간함.
2018년 4학년 1학기 국어 교과서에 〈수아의 일기〉가 실림.

한국 아동문학가 100인

권영세

대표 작품

〈꽃비〉 외 4편

인물론

농부의 마음으로 동심을 가꾸는 시인

작품론

고향과 자연의 변주, 그리고 감사와 평화의 서정

어린이와 함께 선생이 걸어온 길

꽃비

종일
꽃비가 내렸어

날갯짓으로
나풀대다가

몸부림치듯
휘날리다가

기어이

나무의 눈물이듯
떠나버렸어

풀잎 하나

바람에 나풀대던
여린 풀잎 하나

허풍쟁이 바람에 할퀴고
배고픈 새의 부리에 뜯기고
생채기만 남은
길섶 풀잎 하나

아무도 모른 체하면
어쩌라고?

바람은

바람은 발이 없어도
잘도 돌아다니고

바람은 날개가 없어도
잘도 휘젓고 다니고

손이 없어도
내 얼굴을 만지고는

저만치 가버리는
바람은……

가끔

서둘러 집으로 가는
해 저물녘

누군가
나를 붙잡는 듯

내려다보니
도깨비바늘이구나!

바짓가랑이에 꼭 붙어
함께 가려는 걸 보니

너도 가끔
밤이 무서운가 보다

까닭이 없어지면

네 맘에 들지 않는다고
조급하게 그러지 마
누구에게나 그럴 때가 있는 거야
느긋하게 지켜보면 안 되겠니?
그렇게 다그친다고
달라질 건 하나도 없어
이미 엎질러진 물
온전히 담을 수 없듯이
그냥 그대로 지켜보는 거야
까닭이 없어지면 그땐
몰라보게 달라질 테니까

농부의 마음으로 동심을 가꾸는 시인

하청호

1

'농부가 땀 흘리며 농작물을 애써 가꾸듯이 내 마음을 쏟아내어 한 편, 한 편 시를 썼습니다.'

위에 인용한 글은 2017년 11월에 출간된 그의 동시집《참 고마운 발》머리글의 한 부분이다. 권영세 씨는 자기가 맡은 일에 최선을 다한다. 창작 활동은 물론 공직에 있을 때나 문학 단체의 책임 있는 자리에 있을 때나 한결같다. 그래서 많은 사람들이 그에게 중책을 맡긴다. 만약 중요한 자리라도 본인이 그 역할을 수행하기 어려울 때는 단호하게 거절하는 강단도 있다. 이러한 성격은 오랜 신앙생활과 교육자적인 양심의 발로라고 생각된다.

또한 그는 매우 신중하다. 그의 일곱 번째 동시집은 2003년《탱자나무와 굴뚝 새》이후 13년 만에 출간된 동시집이다. 작품 한 편, 한 편을 그의 말처럼 농부가 곡식을 위해 땀 흘리듯이 그렇게 혼신의 힘으로 창작하는 사람이다.

권영세 씨는 동시에 대한 확고한 문학적 신념을 가지고 있다. 2015년 펴낸《권영세 동시선집》(지식을만드는지식)에서 다음과 같이 밝히고 있다.

'누가 뭐라고 해도 30여 년 해 온 내 문학의 터전은 오직 동심의 밭입니다. 또한 앞으로도 나의 문학은 동심의 밭을 일구고 가꾸는 일입니다. 농부가 논밭을 일구어 농작물을 애써 가꾸듯이, 그렇게 내 동심의 밭을 가꾸는 일이 나의 문학입니다.'라고 했다.

그는 동심을 가꾸는 일을 창작의 푯대로 삼고 있다. 이러한 작업은 자신의 마음 밭을 가꾸고, 영혼을 정화하며 나아가 스스로의 안식을 얻는 일이다. 그런데 작업의 궁극적 목적은 어린이에게 닿아 있다는 점이다. 어린이에게 문학적 감수성을 길러 가슴 따뜻한 사람으로 자라기를 희구하는 것이다. 이것이 그가 진정으로 하고 싶은 과제이며 길인 것이다.

권영세 씨는 1949년 2월 경북 고령군 성산면 지경길 56-2에서 내숲으로 둘러싸인 작은 오두막집에서 칠 남매의 셋째 아들로 태어났다. 넉넉하지는 않았지만 화목한 가정에서 성장했다. 대가야의 맥이 흐르고 풍광이 수려한 유서 깊은 고장에서 중·고등학교를 마쳤다. 그는 학창 시절부터 감수성이 뛰어나 고등학교 다닐 때는 문학 서적을 탐독하였다. 1969년 초등 교단에 선 이래 새내기 교사 시절인 1970년대 초, 경북 고령군 내에 거주하는 문학도들의 모임인 '가야시우회' 창립 회원으로 참여하면서 본격적인 문학의 길로 들어서게 된다.

그 후 1980년 6월 제8회 창주문학상에 동시가 당선되고, 같은 해 〈아동문학평론〉에도 동시가 추천되었다. 연이어 1981년에는 〈월간문학〉 신인작품상에 당선되어 아동문학계에 촉망받는 신인으로 데뷔하였다. 그러나 시에 대한 갈증을 해소하지 못해 향토의 오래된 문예지인 〈죽순〉에 시를 추천받았다(추천인/신동집). 이러한 등단 과정을 살펴볼 때 작품에 대한 그의 열정이 얼마나 치열했는지 가늠할 수 있다.

1982년 등단 이후 첫 작품집인 《겨울 풍뎅이》를 시작으로 《반디 고향 반디야》, 《날아라 종이새》, 《고향 땅 고향 하늘》, 《작은 풀꽃의 평화》, 《탱자나무와 굴뚝새》, 《참 고마운 발》 등을 연이어 상재함으로서 잠재된 작가적 역량을 아낌없이 보여 주었다. 이러한 노력의 결과 대한민국문학상 신인상, 대구문학상, 대구광역시문화상(문학) 등 권위 있는 상을 수상하는 영광을 안았다.

2

권영세 씨와 인연은 1977년 새 학기가 시작되는 봄날, 필자가 회장으로 있는 대구아동문예연구회에서 처음 만난 때부터다. 본격적인 문우 관계는 1980년 3월, 필자가 대구H초등학교에 근무할 때 그가 전입을 왔다. 매우 반갑고 마음이 든든했다. 집도 주공아파트 같은 단지에 살았다. 우리는 틈나는 대로 만나 작품에 관한 얘기를 나누며 문학의 꿈을 키워 갔다. 같은 해 10월, 필자가 관여하고 있는 창주문학상 동시 부문에 '권영'의 이름으로 응모한 작품 〈새날〉이 당선되었다. 그 후는 앞서 언급했듯이 몇몇 잡지를 통해 단 기간에 동시와 시가 다시 추천되었다. 이로써 그는 아동 문단에 실력 있는 시인으로 자리매김한 것이다.

필자와 권영세 씨는 김몽선, 문무학 시조 시인과 심후섭 동화작가 등 교단의 문우들과 금세 의기투합하여 함께 몰려다녔다. 〈대한〉, 〈늘봄〉, 〈왕비〉 다방, 또는 〈해 뜨는 빌라〉 경양식 집, 김성도 선생님이 자주 가는 〈가보세〉 생맥줏집 등이 주된 만남의 장소였다. 그는 어느 때 어느 곳이거나, 선배에 대한 예의와 몸가짐이 흐트러지지 않았다. 이러한 태도는 70대에 접어든 지금까지 한결같다.

그는 자기 발전에도 게을리하지 않았다. 비사범계 학교를 졸업하고 교단에 섰지만 끊임없는 학구열로 한국방송통신대학 초등교육과(학사 과정)를 졸업하고, 계명대학교 교육대학원에서 교육행정학을 전공하였다. 교직 생활에서도 능력을 인정받아 비교적 일찍 교감으로 승진하였으며, 그 후 교육 전문직 시험에 합격하여 연구사, 장학사, 장학관으로 숨은 역량을 유감없이 발휘하였다. 5년여의 교육전문직을 마치고 다시 학교로 돌아와 교장으로 재직하면서, 독서 지도와 시를 통한 어린이의 정서 순화와 인성 교육에 노력하였다.

후진 양성과 아동문학의 저변 확대에도 열성적이었다. 대구교육대학교에 개설된 평생교육원에서 수년째 후학들을 위해 강의를 지속하고 있다. 이곳을 통해 배출된 신인들은 역량 있는 아동문학가로 정평이 나 있다. 뿐만 아니라 대구광역시교육청이 기획한 학부모 역량 강화를 위한 프로그램에도 적극 참여하여 학부모들에게 독서 교육의 중요성을 고양시키고 있다. 그는 철저한 사전 준비와 눈높이에 맞는 강의로 수강자들의 호응도가 매우 높다. 그리고 2015년부터 한국문화예술위원회의 〈인생나눔교실〉 멘토봉사단 사업에도 적극 참여하여 교육자적인 식견과 문학적 감성으로 '멘티mentee'에게 용기와 위안을 주며 바람직한 삶을 영위하도록 조언과 성원을 아끼지 않고 있다. 이러한 봉사와 참여는 그의 돈독한 기독교적인 신앙의 힘이 아닌가 생각된다.

3

권영세 씨는 한국문인협회 회원, 대구아동문학회 고문(회장 역임), 대구기독문인회 고문(회장 역임), 한국아동문학인협회 이사(부회장 역임), 한국동시문학회 회원(부회장 역임), 대구문인협회 회원(부회장 역임) 등 왕성한 문학 단체 활동을 하고 있다.

특기할 것은 지역 아동문학인들의 유대 강화에도 힘을 쏟았다는 점이다. 대구·경북 지역에는 몇 개의 아동문학 단체가 있다. 이들은 필요에 의해 만들어진 단체이다. 그는 같은 지역에서 활동하는 아동문학인들이 인간적으로 교류하며 문학적 역량을 함께 키워 가기를 희망하였다. 그리하여 2015년 10월 대구아동문학회가 먼저 대구·경북 지역 아동문학인들의 첫 모임을 주선하였으며, 지금까지 이어져 오고 있다.

그는 조직을 운영함에 있어서도 맺고 끊음이 분명하다. 각종 단체의 책임자로서, 또는 임원으로서 주어진 임무에 최선을 다한다. 사리에 어긋나거나 책임을 다하지 못하면 매우 못마땅해 한다. 이것은 기본적인 도리에 충실한 그의 삶의 태도에 기인한 것이다.

그는 멋스럽지만 사치하지 않으며, 여유가 있지만 절제된 생활을 한다. 낭만적이지만 이성적인 규범에서 벗어나지 않는다. 그리고 교회를 통한 자선과 봉사 활동에 적극 참여하며, 신앙인으로서의 믿음을 일탈한 것은 아직 보지 못했다. 이러한 성정은 자녀들에게도 한결같다. 부모로서의 권위를 갖지만 자애롭고, 자녀들이 부모에게 시켜야 할 예의와 범절에도 소홀함이 없도록 하였다.

권영세 시인! 독실한 신앙인이며 존경받는 교육자이다. 그리고 역량 있는 시인이다. 앞으로 우리의 기대에 값하는 좋은 삶과, 가슴을 적셔 줄 감동적인 작품을 창작하리라 믿는다.

고향과 자연의 변주, 그리고 감사와 평화의 서정

김종헌

서정성과 현실성 사이

벼랑 끝에 홀로 핀
작은 풀꽃 한 송이 보았습니다.
비바람에 쓰러질 듯 꺾일 듯
온갖 어려움 견디고
아! 가녀린 꽃대 끝에 활짝 피운
풀꽃의 환희
그것은 낭떠러지 바위틈에 뿌리내린
한 가닥 영롱한 빛이었습니다.
작은 언덕길에도
금방 지쳐 허덕이는
여리디 여린 마음, 마음에
평안을 심어 주는
작은 풀꽃의 평화를 보았습니다.
– 〈작은 풀꽃의 평화〉[1] 전문

권영세 시인의 다섯 번째 동시집 표제작이다. 특별한 기교는 없지만 시인의 시적 사유를 가늠해 볼 수 있는 좋은 작품이다. 시인이 갈망하는 것은 평화로운 세계이다. 이 세계에 도달하기 위해서 시인은 작은 것에 감사하고 험난한 것을 견디는 태도를 가지고 있다. 이는 인용 동시에 나타난 '벼랑 끝', '홀로', '비바람', '가녀린', '바위틈', '작은 언덕 길', '여리디 여린' 등의 시어에서 짐작할 수 있다. 이러한 부정적인 시어를 나열함으로써 '평화'라는 긍정적인 이미지에 도달하고 있다. 즉 시인은 크고 힘찬 것에서 힘을

1 권영세, 〈대구문학〉, 〈작은 풀꽃의 평화〉, 2000.

얻는 것이 아니라 작은 것에서 소박한 평화를 꿈꾸고 있다. 이 소박한 꿈은 힘든 여정을 지나올 때 가치가 있다. 시인은 이러한 삶의 태도를 작은 풀꽃에서 발견하고 있다.

권영세 시인이 자주 사용하는 시어는 풀꽃(들꽃), 바람, 빛(별빛), 아가(아기) 등이다. 이런 시어를 토대로 그는 갈등이 봉합되는 평화로운 공간을 지향한다. 이를테면 '비바람–풀꽃–빛'의 짝을 이루어 부정의 이미지에서 긍정의 이미지로 옮기고 있다. 들꽃으로 상징되는 풀꽃은 '비바람'의 역경 속에서 '빛'의 도움을 받아 작은 희망으로 되살아난다. 이처럼 자연을 바라보는 시인의 시각에는 조화와 평화가 숨어 있다. 이들 시어는 단조롭다거나 관념적인 동심, 또 어린이 화자를 보호의 대상으로 간주하는 등의 부정적인 혐의를 받을 소지가 크다. 그러나 그 시적 구조는 어린이들뿐만 아니라 어른들마저 어둠과 아픔의 현실을 시적으로 고민한 흔적이라 할 수 있다. 산업화 과정에서 고향을 잃은 것은 단순하게 물리적인 공간을 잃은 것이 아니라 조화를 잃은 것이다. 또 성장의 담론에 휘말린 어린이들은 성적과 경쟁에 내몰리며 그들만의 호기심이나 순수성을 잃어버렸다. 이러한 현실에 대한 시적 성찰은 동심을 회복하고자 하는 것으로 나타나기 마련이다. 현실을 바라보는 대부분의 아동문학에서는 이처럼 순수성을 내면화한 동심이 기조를 이룬다. 그러나 이러한 동심이 현실성의 대척점에 놓일 수밖에 없는 한계를 지닌다. 권영세 시인은 이 사실을 분명히 알고 있기에 작품의 곳곳에 부정적인 시적 상황을 제시하고 그 역경을 이겨 내는 화자를 보여 주고 있다. 인용 작품에서도 '벼랑 끝에 홀로 핀', '한 낭떠러지 바위틈에 뿌리내린', '금방 지쳐 허덕이는' 등 결핍의 공간을 제시한 이유가 그것 때문이다. 이런 가운데 작은 풀꽃은 꽃(희망)을 피운다.

또 한편으로는 부정적인 현실에 내몰린 화자를 그대로 두어 독자로 하여금 부조리한 현실을 깨닫게 하기도 한다. 그의 첫 작품집 《겨울 풍뎅이》[2]에 실린 〈성냥팔이 소녀〉, 〈공사장에서〉, 〈방앗간의 저녁〉 등의 작품에서 이런 고민을 엿볼 수 있다.

아무도 없는 집안
아이는 빈 성냥갑 포개어
아파트를 지었어요.
불빛이 내리자,
이야기 책 속에서
성냥팔이 소녀가 걸어 나와

2 권영세, 《겨울 풍뎅이》, 월간문학사, 1982.

아파트 방마다 다니며
성냥을 팔았어요.
딩동, 초인종을 누르면
문을 열고, 고개 내미는
주인아줌마
−성냥을 사세요, 아주머니.
−성냥갑으로 지은 예쁜 아파트를 사세요.
이 땅 어느 곳에서
밤마다 이야기 속 소녀가
빈 성냥갑 아파트를 지어
팔고 있을 거예요.
− 〈성냥팔이 소녀〉 전문

동화에서 모티브를 따온 작품으로 시적 상황은 동화적 상상력의 연장에 있다. 이럴 경우 '성냥팔이 소녀'는 벌써 가난의 상징이 된다. 시적 상황은 이야기 속에서 걸어 나온 성냥팔이 소녀가 현실에 존재함을 제시하고 있다. 가난과 불행한 환경을 도외시한 현대인의 비정함을 드러냈다. "빈 성냥갑 포개어 / 아파트를 짓는 아이"와 '성냥팔이 소녀'를 오버랩 시켜 가난을 상징적으로 표현하였다. 마지막 4행은 다소 산문적이기는 하지만 가난에 내몰린 현실을 강조하고 있다. 〈성냥팔이 소녀〉가 도시 속의 가난을 노래했다면 〈공사장에서〉는 "뼈대만 엉켜진 언저리"에 벽이 쳐지고 "어설픈 쇠막대기"를 감싸는 일이 이루어지고 있는 아파트 공사 현장을 묘사하여 도시 공간의 삭막한 현실을 드러내고 있다. 그런가 하면 〈방앗간의 저녁〉은 역설적인 시적 상황을 제시하면서 농촌의 현실을 드러내고 있다. 방앗간을 운영하는 할아버지는 "알맹이"는 다 내보내고 "겨운 숨소리"로 "허기를 쓸어 담"으면서 방앗간을 나선다. 시적 배경은 "잿빛 어둠" 가득한 방앗간이다. 이처럼 시각적인 시어와 역설적인 상황으로 가난을 짚어냈다.

권영세의 작품 세계기 현실성을 바탕으로 비판적 입장에 서 있지는 않다. 그러나 그가 활동한 시대는 문학성과 현실성이 첨예하게 대립각을 세우던 때였다. 앞에 언급한 동시들은 이러한 시대적 배경 속에서 당시 신인 작가로서의 고민을 엿볼 수 있는 작품들이다. 그러나 리얼리즘도 역시 '모순 없는 완전한 전체'를 꿈꾼다는 입장에서는 낭만적인 동일성과 같은 선상에 놓인다. 왜냐하면 주체의 논리적인 틀로 세계를 전유하려는 경향이 강하기 때문이다. 결국 시인의 시선은 현실에 머물러 있으면서 서정적 합일을 지향하고 있다. 그 합일은 상처받은 현대인을 인간미 넘치는 자연(혹은 고향)으로 안내하는 것이다.

따라서 그의 시적 세계는 개발 독재의 구조적 문제에 대한 묘사와 처방보다는 산업화로 인한 삭막한 인간의 정서를 정화시키려는 태도를 지니고 있다. 그의 시에 자주 등장하는 고향, 시골집, 할머니 등은 이러한 정서를 반영하는 시어라 할 수 있다. 즉 산업화와 성장으로 인한 잃어버린 고향에 대한 향수가 주체를 구성하고 있다. 고향에 대한 그리움은 단순히 감상적인 동심이 아니라 산업화의 과정에서 상실되어 가는 인간성에 대한 애착이라 할 수 있다. 이는 〈시골집에는〉[3](1982), 〈잔디를 깎으며〉(1987) 등의 작품에 잘 나타나 있다. 〈시골집에는〉에서 "언제나 눈길은 삽짝 밖에" 두고 있는 할머니와 〈잔디를 깎으며〉에서 어린 시절 머리를 깎아 주던 "아버지의 한나절"을 떠올리며 그리움 너머 인간적인 정을 느끼게 한다.

이러한 시적 사유를 통해서 시인은 고향집을 불러오기도 하고, 들꽃을 바라보기도 하며 그 속에서 아기의 웃음소리를 듣고 싶어 하기도 한다. 이것이 때로는 그리움으로 또 때로는 메마른 마음을 치유하기도 하면서 희망으로 시의 표면에 드러난다. 수많은 그의 동시에 이런 정서가 나타나지만 눈에 띄는 대로 짚어보면 〈고향 반딧불 1~10〉(1984), 〈고향집 대숲에는〉(2001), 〈아기의 세상 나들이〉(1991), 〈아버지는〉(1991), 〈나를 붙든다〉(2015), 〈빛기둥〉(2015) 등의 작품을 들 수 있다.

맑고 따뜻한 동심

권영세의 시적 정서를 범박하게 표현하면 감사와 평화이다. 대부분의 아동문학이 이 범주에 속하는 것은 사실이다. 그런데 그 속에서도 권영세 시인의 작품관은 에덴동산의 유토피아를 지향하고 있다. 즉 서로를 감싸 안는 애정과 순리에 따르는 자연(혹은 사물)의 포용력 등이 그렇다. 여러 동시에서 이를 확인할 수 있는데, 시인은 자연을 대상으로 하여 인간의 삶을 반추하고 있다. 즉 인간의 삶과 동떨어진 상태이거나 단순한 묘사를 통해서 자연의 신비함이나 경이로움을 드러내는 자연이 아니라는 말이다.

할아버지 애지중지 가꾸는
동백 화분에
괭이밥이 뿌리내렸다.

3 이 작품은 첫 동시집인 《겨울 풍뎅이》(1982)에는 〈시골집〉으로 되어 있다. 그런데 《탱자나무와 굴뚝새》(2003)에 재수록하면서 〈시골집에는〉으로 제목을 바꾸었고 본문도 일부 수정되어 있다.

금세 수북수북
뻗어 나가는 줄기

허허, 몰래 들어온 놈들이
주인 행세하는구먼.

할아버지 푸념에도
아랑곳하지 않고
볼록볼록 씨앗까지 매달았다.
– 〈괭이밥〉[4] 전문

'동백 화분에 뿌리내린 괭이밥'을 너그럽게 봐 주는 할아버지의 마음은 이질적인 것, 작은 것을 보듬는 따뜻한 동심의 치환으로 볼 수 있다. 3연의 할아버지 푸념은 거부의 몸짓이 아니다. 그것은 너그러움의 표상이다. 이것을 동심으로 치환해도 무방한데, 시인이 굳이 할아버지를 끌어들인 이유가 무엇일까. 여기서 공동체 구성원의 조화를 읽을 수 있다. 할아버지의 너그러움은 곧 계산적이지 않은 순수한 동심이다. 이는 어린이들 세계만을 따로 떼어내서 시적 대상을 삼는 것이 아니라 어른-아이 모두가 함께 사는 공동체를 바탕에 둔 때문이다. 동백 화분의 좁은 공간에서 씨앗까지 맺는 괭이밥은 동백꽃에 비해 상대적으로 하찮은 존재일 수 있다. 또 침략자로 비칠 수 있는 존재이다. 그러나 그것을 보듬는 할아버지의 마음은 시인이 한결같이 강조하는 작은 것에 대한 가치를 소중히 하는 동심이다.

어떤 면에서는 그의 동시가 지나치게 뚜렷한 주제 의식을 드러낸다고도 할 수 있지만, 대상을 맑고 따뜻한 동심으로 해설하고 있다. 인간이 추구하는 원초적인 삶이 자연의 순리를 거스르지 않고 더불어 사는 즐거움이라 할 때 이는 동심과 맥이 닿아 있다. 이렇듯 시인은 세계를 주관적 정서로 읽어 내어 행복한 합일을 꿈꾸고 있다. 그 속에는 '고향집'이 들어 있고 '풀꽃'이 있으며 또 '어머니'가 있고 '할머니'가 있다. 고향집의 자연과 그 속에서 자식을 위해서 살고 있는 어머니와 할머니에 대한 인간미를 담고 있다. 그것을 읽어 내는 시인의 혜안은 맑음의 동심이다.

우리들 잠의 언저리에

4 권영세, 《참 고마운 발》, 〈괭이밥〉, 하이사, 2016.

햇살이 찾아오면

수정 구슬로
또르르 굴러오는
아침.

…… (중략) ……

아침 뜰엔
풀잎에 젖은 잠을 털고
일어서는 새날

이슬로
반짝이고 있네.
– 〈새날〉[5] 부분

'햇살–수정 구슬–새벽 종소리–이슬' 등의 시어를 통해서 아침의 상쾌함을 나타냈다. '방정환의 아동'이 얼비치기도 한 작품이지만, '밤'과 '잠'의 대비를 활용하여 이미지를 선명하게 하고 있다. "방마다 내린 / 까아만 밤"을 "꼬옥 꼭 이불에 싸서" 장롱에 묻어 두는 행위는 새날 아침에 대한 기대 때문일 것이다. "새벽 종소리"에 "잠을 털고 일어서는 새날", "햇살이 찾아오면–굴러오는 아침"은 이슬처럼 맑다. 시인은 이렇게 자연의 섭리를 따름으로써 희망(새날)을 맞고 있다. 이는 〈산골 마을의 저녁〉[6]에서도 비슷하게 나타난다.

……(전략)
서쪽하늘 곱게 걸렸던
노을마저 걷히면
집집마다 처마에는
하나씩 등불이 걸려요.

5 권영세, 대구아동문학회 22집 〈풀같이 나무같이〉, 〈새날〉, 1980.
6 권영세, 〈어린이 세계〉, 〈산골 마을의 저녁〉, 1985.

하늘에는 빈자리마다
채워지는
까만 어둠 비집고
고개 내민 별님

초저녁잠이 든 아가 방에
노란 꿈실을
내려 주고 있어요.
– 〈산골 마을의 저녁〉 부분

이 작품은 앞의 동시와는 달리 저녁 이미지를 묘사한 것이다. 관찰자의 입장에 선 화자는 산골 마을에 찾아드는 밤을 관조하고 있다. 그런데 '묻어 버리고–내려오고–걷히고–내려 주고' 등에서 알 수 있듯이 시적 배경이 하강의 이미지임에도 불구하고 산골 마을은 평화롭기만 하다. 그것은 후반부에서 까만 어둠을 비집고 나오는 별님의 역동성과 '노란 꿈실'의 시각적 이미지를 통해서 쓸쓸한 산골 저녁 이미지를 걷어냈기 때문이다. 나아가 '고개 내민 별님'과 "아가 방에 / 노란 꿈실"을 통해서 잠드는 아기의 모습을 떠올리게 하여 평화로운 분위기를 연출하고 있다.

이처럼 〈새날〉과 〈산골 마을의 저녁〉은 자연의 순리 속에 숨어 있는 희망과 평화를 찾아냈다. 그러나 현실의 부조리한 상황을 이겨 내고자 하는 시인의 주관이 앞서 있기에 화자의 주체적 태도를 찾을 수 없다는 점에서 아쉬움이 있다. 즉 주체와 세계의 갈등이 주체의 틀 안에서 해소되는 통일성이 기초하고 있다. 이는 시인의 의지가 세계를 일방적으로 동일화시키는 문제가 있다. 그래서 시적 화자의 의지보다는 대주체인 시인의 의지가 더 분명해지게 됨으로써 시적 화자의 주체적인 대응 태도가 미흡하다는 비판을 받을 수 있다. 권영세의 동시가 전반적으로 이런 범주에 속한다는 한계를 피할 수는 없다. 이는 동일성의 원리를 강조한 낭만주의자들의 문학관으로써 1980년대 우리 아동문학이 지닌 한 특징을 고스란히 간직한 시작 태도이다. 그러나 어린이들의 일상을 옮겨 온 생활동시의 영역을 넘어서 동심(순수함)으로 세계를 읽어 따뜻한 인간의 정을 담고자 했다는 점을 음미할 필요가 있다.

동화적 상상력

권영세는 시대가 요구하는 다양한 형식의 동시를 발표한다. 우리 동시는 1960년대 동시의 시 운동을 통해서 문학성 중심의 내재율 동시, 장동시, 연작 동시의 흐름이 이어진다. 이러한 흐름은 그의 동시에 고스란히 나타나고 있다. 첫 동시집인 《겨울 풍뎅이》에는 장동시가 자주 눈에 띈다. 그리고 두 번째 동시집 《반디 고향 반디야》에는 〈고향 반딧불(1~10)〉, 〈아기바람(1~10)〉 등의 연작 동시가 발표되어 있다. 다양한 형식 이외에도 동화적 상상력과 역사성 등의 시적 사유가 풍부하다. 제1집 《겨울 풍뎅이》에 발표한 〈성냥팔이 소녀〉와 〈겨울 풍뎅이〉가 동화적 상상력을 발휘한 작품이라면, 같은 시집에 실린 〈채석장에 가면〉[7]은 역사적 상상력으로 빚은 작품이다.

동시 〈채석장에 가면〉은 천 년 전 숲속에서 안개가 갇히며 돌탑이 세워지던 그때 그 하늘을 그리고 있다. 이러한 역사적 연계성을 가진 시적 발상은 제2동시집 《반디 고향 반디야》에서 〈대가야 땅 가야금 소리〉로 이어진다. "주산 언저리 흩어진 / 돌멩이 하나에도 / 이끼 파란 기왓장에도 / 빛으로 되살아나는 / 대가야의 소리여 / 몸짓이여!"라며 가야국의 숨결을 노래한다. 그는 고향(고령)의 역사적 숨결을 동시에 그려 냈다. 이러한 경향은 당대 역사의식을 다룬 연작 동시의 영향을 받은 결과라 할 수 있다.

한편 〈겨울 풍뎅이〉는 자연의 섭리를 동화적 기법으로 이야기하고 있다. 시인이 바라보는 삶의 지향점이 맑고 순수한 자연의 순리를 따르고 있음을 다시 한번 확인할 수 있는 작품이다.

……(전략)
풍뎅이는
별님이 준 노란 빛 줄기로
땅을 밝히고
퍼석이는 흙을 파헤치며
땅속 깊이 들어갔어요.

아, 그 속에는
겨울 들을 떠난 온갖 벌레들이 모여
가닥가닥 꿈실을 엮기도 하고
빛깔 고운 옷감으로
새 봄 옷들을 짓고 있었어요.

---

7 권영세, 대구아동문학회 23집, 〈늘푸른 나무〉, 〈채석장에 가면〉, 1981. 이 동시는 제1집 《겨울 풍뎅이》에는 〈채석장에서〉란 제목으로 실려 있다.

한데 어울린 풍뎅이도
별님의 이야기가 가득 스민
노오란 빛줄기로
고운 꿈자락을 짜며
새봄을 기다리고 있어요.
–〈겨울 풍뎅이〉 부분

인용 동시의 시적 상황은 "길을 잘못 든 풍뎅이"를 "한 가닥 빛으로" 모습을 보인 "별님"이 자연의 순리대로 이끌어 주고 있다. 여기에는 보살핌의 정서가 깊게 배어 있다. "겨울의 문밖", "허전한 들길"과 "어둠" 속에서 헤매던 풍뎅이는 안식의 공간으로 인도된다. 그리고 거기서 새봄을 준비하는 미래를 꿈꾼다. 이런 동화적 기법을 활용한 동시에서도 시적 대상과 사유는 자연과 동심이다. 이때 동심은 자연과 같은 순수의 맥락에 놓이게 된다.

그런데 이쯤에서 그의 동시에 자주 등장하는 '빛'의 상징성을 살펴볼 필요가 있다. 그의 동시에서 '빛'은 빈자리, 어둠, 잘못 든 길 등의 상황에서 나타난다. 동시 〈겨울 풍뎅이〉에서 풍뎅이는 '또래'와 '별님'의 도움으로 땅속을 찾아가고 있다. 또 〈산골 마을의 저녁〉에서는 '노오란 빛줄기'와 '노란 꿈실'을 보내 주는 '별님'이 있다. 이들 '빛'은 연약한 화자를 보살펴 주며 안전하고 따뜻한 곳으로 안내하는 역할을 하고 있다. 즉 암울함과 부조리한 현실에서 안전한 공간(유토피아)으로 안내하는 조력자가 '빛'이다. 이는 자연의 순리로 볼 수도 있지만 기독교적인 하늘의 은총으로 볼 수도 있다. 물론 이 부분에 대한 분석은 더 많은 작품으로 구체화되어야겠지만 그의 낭만적 동심관은 바로 기독교적인 사랑과 연결되어 있다. 이것은 세계를 자신의 주관적인 사고와 감정에 맞추어 표현하는 방법의 한계 속에서 권영세 시인의 독특한 세계 인식 방법이라 할 수 있다.

발상과 표현의 전환

등단 이후 1980~1990년대를 지나오면서 권영세 시인은 이미지를 활용한 기교와 농촌과 도시의 공간을 대조적으로 배치하여 분명한 주제를 드러내고 있다. 이는 네 번째 동시집 《고향 땅 고향하늘》에 주로 많이 나타난다. 비록 그 소재 면에서 새롭지는 않지만, 도시화되어 가는 소용돌이 속에서 잃어버린 것을 회복하고자 하는 의지를 자연물에 빗대어 나타냈다. 이 동시집에는 고향마을에 사는 사람들의 모습을 고스란히 담아 두었다. 그는 도시화로 인해 변하는 마을의 모습을 "마을 앞 새길 나던 날 / 아깝게 허리 잘리자 / 마을이 온통 텅 빈 듯했다.(〈마을 앞 느티나무〉[8])"고 노래하고 있다. 그러면서 그는 "가을이면 감나무 가지에 / 까치밥도 몇 개씩 감홍시로 남겨두는(〈까치네〉[9])" 인정 넘치는 고향을 그리워한다. 이것은 자연을 순수의 대상으로 바라보고 천진난만한 동심의 눈으로 아름답게만 보던 것과 차별적이다. 서정성을 바탕으로 황폐화되어 가는 고향을 밀도 있게 다룸으로써 도시화 과정에서 잃어버린 것을 회복하고자 꿈꾸고 있다. 이는 동시의 서정성과 이념성 중 서정성을 중심으로 동시의 폭을 넓히고자 하는 시인의 태도로 읽을 수 있다.

한편 동시집 《참 고마운 발》에서는 언어의 간결성이 눈에 띈다.

햇발
참 고마운 발

세상 구석구석
찾아다니며

까만 어둠마다
밝은 빛옷 갈아입히는
해의 발

참 고마운
발
햇발
– 〈참 고마운 발〉[10] 전문

구석지고 소외된 곳을 바라보는 시인의 태도는 종전과 동일하다. 다만 그 표현미가 종전보다 경쾌하다. 짧은 행갈이가 눈에 띄고, 언어유희적 발상이 그렇다. '햇살'이 해에서 나오는 빛의 줄기임에 비해 '햇발'은 사방으로 흩어지는 햇살이다. 흔히 햇살이나 햇발이나 비슷하게 사용하는 언어이다. 그러나 소외된 곳을 바라보는 시인의 시적 사

8 권영세, 《고향 땅 고향하늘》, 〈마을 앞 느티나무〉, 아동문예, 1991.
9 권영세, 《날아라 종이새》, 〈까치네〉, 대일, 1987.
10 권영세, 《참 고마운 발》, 〈참 고마운 발〉, 학이사, 2015.

유는 햇발이라는 시어를 찾아냈다. '구석'과 '어둠'을 살피는 시인은 햇살이 골고루 퍼지기를 바라고 있다. 대상에 대한 따뜻한 눈길이 햇발을 동시로 형상화시켰다.

대상에 대한 시적 표현은 곧 언어적 표현이다. 이때 언어는 대상을 표상하고 상징하는 의미화 작용의 수단이 된다. '햇살'을 '햇발'로 해석할 수 있는 힘은 언어유희에서 비롯된 것이 아니라 구석진 곳의 어둠에 대한 시인의 관심 때문이다. 대상에 대한 묘사가 아니라 세계에 대한 해설을 함에 있어 언어유희를 차용한 경우라 할 수 있다. 시어를 찾거나 조어를 통해서 시적 사유를 드러내고자 하는 시인의 노력은 다음 동시에서도 확인 할 수 있다.

첫 나들이길 우리 아기
눈이 부실까 봐

하늘은 얼른
검정 가리개를 쳤다.

아장아장 우리 아기
갑자기 어두워진 길에
넘어질까 봐

검정 가리개 살짝 비집고
빛기둥을 세웠다
해님은.
– 〈빛기둥〉[11] 전문

인용한 동시는 특이한 자연 현상을 대상으로 하고 있다. 이 시에서 화자는 두 가지의 시적 대상을 놓고 시상을 펼치고 있다. 우선 화자의 눈에 직접 비친 것은 '빛기둥'이다. 그러나 화자는 그것을 통해서 엄마의 마음을 생각해 낸다. 대상(해님)을 순진한 동심으로만 바라본 것이 아니라 걸음마 하는 아기를 지켜보는 엄마의 마음에 은유시켜 놓았다. 작가의 상상력이 의미를 만들어 냈다.

문학에서의 상상은 과학적 사고와는 차별적으로 작가의 체험과 이상을 작품 속에 구

11 권영세, 위의 책.

체적으로 담기 위한 문학적 장치이다. 이것은 현실에서 만날 수 없는 세계, 기억에도 없는 새로운 세계를 떠올리는 영감이나 직관과도 구별되는 개념이다. 즉 상상은 개별적인 경험들을 역동적으로 관계망에 집어넣어 하나의 의미를 생성하는 사유 과정이다. 이로써 작가는 핍진한 현실을 풍성한 이야기로 전달하기도 하며, 또 현실의 모순을 지적하는 것은 물론 흥미까지 더할 수 있게 된다. 즉 사실과 상상의 조화로운 결합을 통해서 현실의 공간을 문학적 공간으로 형상화하게 된다. 이 상상력의 차이가 시적 수준을 갈라놓는다.

아기를 키우면서 지나치게 밝은 빛은 눈이 부실까 봐 걱정이고, 그렇다고 또 어두우면 넘어질까 걱정하는 것이 엄마의 마음이다. 이런 현실적 상황은 작가의 상상에 의해서 '빛기둥'과 연결되어 시적 상황으로 승화되었다. 그것은 "첫 나들이길", "아장아장 우리 아기"라는 시어를 통해서 이제 막 걸음마를 떼는 돌배기 정도의 아기를 연상하도록 내적 논리까지 충분하게 갖추었다. "아장아장"이나 "아기" 등은 낯익고 유치한 시어이다. 그러나 이 시어가 오히려 시의 논리를 강화하는 역할을 하고 있다. 그래서 독자는 이제 막 걷기 시작하는 아기를 지켜보는 초보 엄마를 쉽게 떠올릴 수 있다. 시인의 상상력과 시적 수사가 작품의 완성도를 높였다고 볼 수 있다.

서정의 선택

1980년 등단하여 시작 활동을 해온 권영세 시인은 그동안 《겨울 풍뎅이》(월간문학사, 1982), 《반디 고향 반디야》(대일, 1984), 《날아라 종이새》(대일, 1987), 《고향 땅 고향하늘》(아동문예, 1991), 《작은 풀꽃의 평화》(북랜드, 2001), 《탱자나무와 굴뚝새》(만인사, 2003), 《권영세 동시선집》(지식을만드는지식, 2015)과 《참 고마운 발》(학이사, 2016)을 펴냈다. 이들 작품을 꼼꼼히 읽고 그의 문학적 사유를 밝혀야 함이 마땅하다. 하지만 30년이 넘는 시작 활동으로 생산한 수많은 작품을 한꺼번에 감상하는 것은 무리가 아닐 수 없다. 그래서 《권영세 동시선집》과 《참 고마운 발》을 중심으로 읽었다. 각각의 시기별 작품의 특징과 시적 경향을 밀도 있게 다루기보다는 몇몇 작품을 훑어보는 것에 그칠 수밖에 없어 아쉬움이 크다.

그가 활발하게 창작을 한때는 정치적 격동기였던 1980년대였다. 이 시기는 독재와 민주의 첨예한 대립을 거쳤고, 디지털 문명과 인간성이 갈등을 겪는 시기였다. 더불어 인문학보다는 공학이 우선되었고, 정치적 안정을 위해서 개인의 행복이 희생되던 시기였다. 이런 와중에 권영세 시인의 작품이 현실성을 강하게 띠거나 비판적 대립각을 세운 것은 없다. 하지만 그의 시적 근간은 주로 인간의 삶을 바탕으로 하고 있다. 이 말은 어린이의 생활을 대상으로 생활동시를 쓴 것이 아니라 어른과 어린이를 포함한 인간의 삶을 동심의 눈으로 읽고 형상화하였다는 의미이다.

문학은 그 대상에 대한 본질을 살펴서 인간의 삶에 끌어들이는 예술 행위이다. 이 과정에서 작가는 현실의 단편(체험)들을 시적 대상으로 하여 문학적 주체를 형성하게 된다. 즉 체험의 주관적 재구성을 통해서 작가의 시적 사유가 형성된다. 유토피아를 지향하면서 합리적 이성을 따르는 통일된 주체를 형성하기도 하고, 부조리한 현실에 대한 저항으로 분열된 주체를 형성하기도 한다. 아동문학은 대부분 유토피아를 지향하며 이성을 바탕으로 대상을 동일화한다. 이 동일성의 논리로 현실을 해설하고 창작의 방법을 규정하기도 한다. 이것은 '드러내야 할 것'을 직접 드러내지 못하는 한계가 있지만 서정성을 확보함으로써 조화로운 인간의 삶을 지향한다.

권영세 시인이 등단하여 활동하던 1980년대는 동일성의 글쓰기와 비동일성의 글쓰기가 대립적인 양상을 보이던 때였다. 다시 말해서 문학성과 현실성의 사이에서, 또 난해성과 간결성 사이에서 동시가 몸살을 앓던 시기였다. 당대 동시가 가졌던 한계는 재미와 교훈 그리고 문학성의 불균형이었다. 이러한 소용돌이 속에서 동시 창작을 시작한 그는 서정성을 중심에 둔 동심을 선택하였다. 형식적인 면에서는 감각적인 시어와 이미지로 대상을 형상화하였고, 내용적으로는 따뜻한 인간애를 품었다.

시인은 당대 여느 시인들처럼 자연을 대상으로 하여 창작을 하였지만 이질적인 것, 통합할 수 없는 것을 통합하는 자아를 찾고자 하였다. 이것이 그의 시를 구성하는 동심이다. 이 동심은 시인에게는 고향의 정서이며 어린이들에게는 꿈과 사랑의 정서다. 그의 작품에서 이 동심의 정서는 세계를 통일시킬 수 있는 힘으로 작동되고 있다. 그래서 권영세 시인의 시적 세계를 따스함과 순수함으로 규정할 수 있다.

지금까지 30년이 넘는 시인의 긴 여정을 주마간산 식으로 훑어보았다. 격동의 시대에 등단하여 동시의 현실성과 문학성의 소용돌이를 헤쳐 나오면서 그는 동시의 서정성을 선택하였다. 현재 중견 작가로 활발하게 시작 활동을 하고 있기에 섣불리 그의 문학관을 판단하기는 이른 면이 있다. 그는 아직도 길을 가다가 문득 만난 친구처럼 우리가 살고 있는 주변의 모든 사람들이 반갑게 만나기를 기대하고 있다. 이것이 30년 세월을 견디게 한 그의 동심이다. 이런 그의 정서가 잘 드러난 작품 한 편을 감상하면서 글을 맺는다.

길을 가다가
뜻밖에 너를 만났지.

생각지도 않았는데

너무너무 반가웠어.

늘 만나는 그들과도
뜻밖에 너를 만난 듯

그렇게 반가웠으면
정말정말 좋겠어.
– 〈뜻밖에〉[12] 전문

12 권영세, 앞의 책.

어린이와 함께 선생이 걸어온 길

1949년 2월 19일 경상북도 고령군 성산면 지경길 56-2 대숲으로 둘러싸인 오두막집에서 권경덕, 김계월의 7남매 중 3남으로 출생함.

1974년 사단법인 고령문화원 주최 시 현상 모집에 '코스모스를 노래함'이 장원으로 뽑히고, 당시 고령문화원 사무국장 김도윤 씨 등과 가야시우회를 조직함.

1977년 월간 〈교육자료〉 문원 시 3회 추천 완료함(심사: 박경용, 황금찬).

1980년 제8회 창주문학상을 수상함(심사: 최춘해, 하청호, 정재호).

계간 〈아동문학평론〉 2회로 동시 추천을 완료함(심사: 신현득, 이탄).

제1회 경상북도교육위원회 주최 경북도내 교직원 예능실기대회 문예 부문 시부에서 금상을 수상함(심사: 이성수 시인 외).

대구아동문학회(회장 박인술)와 한국아동문학가협회(회장 이원수) 회원으로 가입함.

한국 최초 순수 시동인지 〈죽순문학〉 제15집에 시를 추천 받음(심사: 신동집, 이윤수).

1981년 한국문인협회 발간 월간문학문학상 신인상 동시에 당선함(심사: 박경종, 엄기원, 이영호).

1982년 첫 동시집 《겨울 풍뎅이》(월간문학사)를 출간함.

1984년 두 번째 동시집 《반디 고향 반디야》(도서출판 대일)를 출간함.

1985년 두 번째 동시집 《반디 고향 반디야》로 대한민국문학상(신인 부문)을 수상함.

1986년 문화공보부 주최 전국 초중고 교사 대상 〈활달하고 재미있는 노래 공모〉에 동시 '풀빛 바람'이 문공부장관의 우수상을 수상함(작곡: 남정달 작곡가).

1987년 세 번째 동시집 《날아라 종이새》(도서출판 대일)를 출간함.

1990년 월간 〈아동문예〉에 1년간 연작 동시 〈고향 땅 고향하늘〉 60편을 연재함.

1991년 한국문화예술진흥원 문학창작기금을 받아 네 번째 동시집 《고향 땅 고향하늘》(아동문예사)을 출간하다.

1995년 동시 〈눈 오는 날〉이 초등학교 제5차 교육 과정 4학년 2학기 국어과 읽기 교과서, 동시 〈거미줄에 햇살 한 자락〉이 초등학교 제5차 교육 과정 6학년 1학기 국어과 교사용 지도서에 수록됨.

2001년 다섯 번째 동시집 《작은 풀꽃의 평화》(북랜드)를 출간함.

2002년 2월 2일 경상북도 고령군 주산 청금정 주차장에 시비 〈대가야의 소리〉가 세워짐.

2002~2008년(7년) 대구 〈매일신문〉 신춘문예 동시 부문을 심사함.

2003~2005년(3년) 한국문인협회 대구광역시지회 제8대 부회장을 역임함.

2003년 여섯 번째 동시집 《탱자나무와 굴뚝새》(만인사)를 출간함.

2004~2006년(3년) 대구교육대학교에 출강함(아동문학창작 강의).

2004~2007년(4년) 한국동시문학회 〈동시 읽는 어머니 모임〉 대구지부장을 역임함.

2006년 여섯 번째 동시집 《탱자나무와 굴뚝새》로 대구문학상을 수상함.

권영세, 김몽선, 김형경, 문무학, 심후섭, 하청호 공저 동시집 저학년용 《도라지 꽃밭》, 중학년용 《아기 물방울》, 고학년용 《여름날 숲속에서》(도서출판 학이사)를 출간함.

2006~2007년(2년) 한국동시문학회 부회장을 역임함.

2007~2009년(3년) 한국아동문학인협회 부회장을 역임함.

2009년 4월 12일 경상북도 고령군 대가야읍 〈대가야 수목원〉에 시비 〈이 숲에서 함께 뛰놀자〉가 세워짐.

7월 14일 대구삼덕초등학교 교정에 시비 〈아침 산〉이 세워짐.

2010년 대구교육대학교 평생교육원 〈아동문학창작교실〉 지도교수로 출강함.

2011년 2월 정년 퇴임 기념 산문집 《덩굴식물 만데빌라에게 배우다》(도서출판 아카데미文化)를 출간함.

2월 28일 42년간의 교직 공로로 황조근정훈장을 받음(초등교장 퇴임).

대구교육대학교 평생교육원 문예대학(구석본 시인 주관)에서 〈현대 동시의 세계〉를 강의함(총 6회).

2013~2014년, 2017년 대구문인협회가 발간하는 격월간 〈대구문학〉 수록 아동문학작품 격월평을 집필함.

2013~2016년(4년) 대구아동문학회 회장을 역임하면서 회원 연간집 〈대구아동문학〉(55~58호)(북랜드)을 발간함.

2013년 10월 17일 제33회 대구광역시문화상(문학 부문)을 수상함.

2014, 2015, 2017, 2018년 대구광역시문화상 문학 부문을 심사함.

2014년 10월 29일 대구광역시 동구 도동 시비동산에 시비 〈눈 오는 날〉이 세워짐.

12월 20일 (사)한국문인협회 대구광역시지회 감사에 당선됨(임기 3년).

2015년 한국동시문학 006 《권영세 동시선집》(지식을만드는지식)을 출간함.

9월 16일 대가야문화누리 〈희망의 숲〉에 시비 〈보라 여기! 대가야 희망의 숲을〉이 세워짐.

2016~2018년 대구교육대학교 교육대학원에 〈동시창작론〉 출강을 감.

2016~2018년 대구광역시 수성구립 범어도서관 문학아카데미에서 〈동심회복과 힐링

의 아동문학〉 강의를 함.

2016년 11월 일곱 번째 동시집 《참 고마운 발》(도서출판 학이사)을 출간함.

11월 29일 〈2017 창원 세계아동문학축전〉 행사대행 용역제안서 평가 위원으로 위촉됨(주최: 경상남도 창원시).

2017년 6월 13일 계간 영남문학문학상 동시 부문을 심사함(창간호부터 2017년 봄호까지 수록 작품 대상).

10월 2017년 대구문화재단 개인예술가창작지원(문학)으로 여덟 번째 동시집 《캥거루 우리 엄마》(도서출판 아침마중)를 출간함.

2018년 6월 15일 대구교육박물관에 시비 〈눈 오는 날〉이 세워짐.

9월 8일 《캥거루 우리 엄마》로 (사)한국아동문예작가회 주관 제40회 한국동시문학상을 수상함.

11월 1일 한국출판문화산업진흥원 우수출판콘텐츠제작지원사업에 선정되어 아홉 번째 동시집 《알콩달콩 재미가 쏠쏠 우리 민속놀이 동시》(도서출판 학이사 어린이)를 출간함.

2018~2019년 대구 〈매일신문〉 신춘문예 동시 부문을 심사함.

한국 아동문학가 100인

김륭

대표 작품

〈첫사랑은 선생님도 1학년〉 외 4편

인물론

구름 공장 공장장은 누구인가

작품론

고양이가 안경을 쓰면 오르페우스가 됩니다

어린이와 함께 선생이 걸어온 길

첫사랑은 선생님도 1학년

첫사랑은 1학년
책 먹는 여우도 1학년
우리 엄마와 아빠도 1학년

앞으로 가도 1학년
뒤로 가도 1학년

시집을 가도 1학년 못가도 1학년
시집 같은 거 안 갔어도 1학년
아기를 낳은 우리 이모도 1학년
강아지 키우는 고모도 1학년

첫사랑은 1학년 캥거루도 1학년
삶은 옥수수도 1학년 이 빠진
할머니도 1학년 수염만 덜렁거리는
우리 할아버지도 1학년

나처럼 공부를 못해도 1학년
너처럼 공부를 잘해도 1학년
다 알지도 못하면 잘난 척하는
알파고[1]도 1학년

첫사랑은
우리 선생님도
1학년

---

1 구글 딥마인드가 개발한 인공 지능 바둑 프로그램.

내가 꼭 한번은
달에 갔다 와야 하는 이유

꿈 때문이라고 썼어

그러니까 달이 넙죽, 받아먹지 뭐야

내가 태어나기 전까지는
가문비나무나 갈참나무처럼 멋진
나무들의 궁둥이!

그러니까 처음엔 나무들도 궁둥이가 있었을 거야

내가 앙~ 하고 울며
세상을 걸어 나오던 바로
그 순간,

하늘로 둥실 달아나버린

궁둥이 잡아라
궁둥이 잡아라

달

그러니까

지구의 과학자들이 나를
달에 보낼 생각을 하게 된 건
그때부터야

꿈은 꾸어도 꿈이고

안 꾸어도 꿈이니까

그러니까

달은 내가 꾸는
꿈의 엉덩이

새끼손가락

걔가 약속, 하고 새끼손가락을 내민다.

나도 약속, 하고 새끼손가락을 내민다.

마침내 찾았다
서로의 말을 걸어 둘
곳!

어릴 때 코만 파던 새끼손가락에
약속을 걸고 사랑을 걸었다.

나홍주 신발 구하기

엄마가 현관문 앞에 세워 둔
쓰레기봉투 속에서 내 낡은 신발을
구했다

수변공원 산책로에서
좀 멀리 떨어진 풀숲에 가만히
갖다 놓았다

나홍주! 지금부터는
마음대로 가라 네가 가고 싶은
길로 가라

홍시

할아버지 지난해 돌아가시고
혼자 사는 할머니 낮에도 깜깜한
입속으로 홍시 하나
불 켜러 간다.

구름 공장 공장장은 누구인가

송진권

첫인상

《별에 다녀오겠습니다》와 《엄마의 법칙》이 한 달 정도 차이를 두고 나온 해였다. 격월간 〈동시마중〉에서 주최하는 '동시톡톡'에 그(나와는 연배가 한참(?)이나 높고 존경하는 선배지만 여기선 '그'나 '김륭'이라고 칭함.)가 출연한다는 소식을 듣고 서울 합정동에 있는 스페이스 디엠엘 갔다. 김륭은 시집의 표지에서 보았을 뿐이지만 《삐뽀삐뽀 눈물이 달려온다》나 《프라이팬을 타고 가는 도둑고양이》를 읽고 그 막힘없이 유려한 필치와 솟구칠 듯 자유로운 상상력, 넘쳐나는 에너지에 한껏 반했던 터였다.

도대체 어떤 사람일까? 뭘 해 먹고 사는 사람이기에 한 해에 시집과 동시집을 낸 것도 모자라 또다시 한 해에 동시집을 연이어 두 권씩이나 쏟아낸단 말인가? 그리고 이런 분방한 어조와 날아다니는 비유의 근원은 대체 어디일까 궁금했다. 막힌 데 없이 자유로운 문장과 차고 넘치는 창작열이 부럽기도 했다. 김륭은 단연 눈에 띄었다. 고만고만한 키의 사람들 사이에 원색이라고는 한 점도 찾을 수 없는 시커먼 옷차림, 껑충한 키, 경상도 사투리가 진하게 섞인 굵은 목소리, 날카로운 눈매의 그는 군계일학처럼 도드라져 보였다. 검은색 모자를 꾹 눌러쓴 채 씩씩하고 당당하게 김륭이 들어서고 있었다. 사진으로만 보았던 김륭을 처음 본 것이다. 이분이 그 김륭 시인이구나. 감격도 잠시, 첫 느낌은 선글라스 하나만 씌워 놓으면 영화에서 보았던 조직의 보스쯤 되지 않을까 싶었다.

"요즘엔 조폭도 시 쓰냐?"

오래전 K시인의 시상식장에서 H선생이 한 말이 떠올라 속으로 웃음이 났다. K시인의 인상은 상상에 맡긴다. 김륭을 처음 보았을 때 K시인과 겹쳐 보였다. 날카로운 눈매, 강단지게 다문 입과 다부져 보이는 체격은 K시인을 한 수 아래로 둘 정도였다. 문단의 조폭과 시인들을 모아 놓으면 김륭도 단연 앞에 서지 않을까 싶다. 그때까지 김륭과 직접 대면한 적이 없었기 때문에 첫인상만 보면 딱 그렇게 보였다는 것이다. 언뜻언뜻 보이는 웃음은 철부지 아이처럼 해맑아 보였지만 길들일 수 없는 아니 길들면 안 되는 야생마 같은 사람이라는 느낌이었다. 다듬은 데 없는 특유의 말투와 거침없는 언변, 분방한 사유는 이래서 김륭이 김륭일 수밖에 없다는 생각이 들게 만들었다. 요즘 세상에서 드물게 보는 야성을 품은 사람이었다.

그는 '나랑 같이 살기'가 너무 어렵다고 했다. 숙명처럼 나를 짊어지고 살아야 한다는 걸 알고 있는 듯했다. 그의 내부에 잠재된 폭발할 것 같은 힘을 무언가로 누르고 사는 것 같았다. 대중 앞이라 좀 배려한 듯했으나 특유의 '끼'나 '반항끼'는 숨길 수 없었는지 중간 중간에 그의 말을 빌자면 무식하고도 솔직하게 터져 나왔다. 그는 부림을 받으면 안 되는 사람이었다. 그런 사람을 세상에 길들인다는 건 애초에 불가능한 일이다. 옛말을 빌자면 나라를 세우든지 나라를 뒤엎든지 해야 하는 사람인 것이다. 무릇 때를 잘 만나면 영웅이 되고 잘못 만나면 역적이 되는 법이라 하였으니, 하고 싶으면 하늘이 무너져도 해야 직성이 풀리고 하기 싫은 일은 목에 칼이 들어오더라도 절대 안 할 사람이 김륭이었다.

그런 사람이 동시를 쓴다는 것 또한 괴상하고도 희한한 사건이다. 그의 말대로 시와 동시를 구분 짓는다는 게 좀 그렇기도 하지만, 동시라니? 말 그대로 하늘이 놀라고 땅이 뒤집힐 일이 아닌가. 그것도 무려 네 권씩이나 연거푸 냈다니? 뒤이어 또 한 권《달에서 온 아이 엄동수》가 나왔다. 뭐 이렇게 해괴하고 요상한 일이 있나 싶지만 우리 동시의 흐름 속에 김륭이 뛰쳐나오지 않았으면 얼마나 갑갑하고 숨 막혔을까. 속된 말로 조폭이라 했지만 그런 조폭 같은 사람 하나 나오지 않았으면 우린 얼마나 썩어문드러질 정도로 착해졌을까. 착하게 길들어진 풀밭의 양떼처럼 이발소 그림 속의 풍경들처럼 죽은 듯이 잠잠했을까. 그렇다고 김륭이 착하지 않다거나 김륭의 동시들이 못됐다거나 하는 건 아니지만 말이다. 우리가 비로소 김륭을 갖게 된 것은 얼마나 다행한 일인가.

장옥관 시인은《삐뽀삐뽀 눈물이 달려온다》의 해설에서 그를 '구름 공장 공장장'이라고 아름다이 표현했다. '구름 공장 공장장'이란 김륭에게 매우 어울리는 직함이라는 생각이 든다. 뭐라고 정한 규칙이 없이 늘 모양을 바꾸는 구름, 속에 천둥벼락과 번개를 감추고 사는 구름, 너머에 달과 별 우주를 품고 있는 구름 공장의 공장장은 그에게 썩 맞는 직함일 것이다. 그런 사람에게 목줄 매고 앉아 있으라고? 먹고사는 일에나 신경 쓰며 허황된 몽상을 하지 말라고? 컴퓨터 앞에 앉아 사무를 보라고?

다시 H선생을 소환해 보면 K시인에게 술을 따라 주며 이렇게 말했다.

“너 같은 놈이 글 써야지. 요즘 나오는 XX들은 말이야. 도대체가 민숭민숭하고 비리비리한 책상물림들이라서 말이야.”

청룡각에서

동시톡톡이 끝난 다음 날. 우린 터미널에 있는 호족 여인이 경영하는 청룡각에 모였다. 중원으로 가야 하는 두 사람과 완산으로 떠나야 하는 사람, 관산으로 주흘로 토번으로 가야 하는 사람들이었다. 지난밤의 주독, 노독, 여독, 삼독을 맞고 쓰러졌던 우린 어미닭 뒤를 따르는 병아리들처럼 두목의 뒤를 따르는 졸개들처럼 그의 뒤를 따랐다. 그는 다리가 길어서 그가 한 걸음을 내디딜 때 우린 두세 걸음을 따라 쫓아야 했다. 날은 덥고 어제 온 비로 습하기까지 했다. 그를 쫓아가느라 땀에 젖었고 습한 날씨 때문에 피로가 몰려왔다. 축지법이라도 쓰나. 삼독을 맞고도 그는 흔들리는 법 없이 당당히 청룡각에 입성했다. 길에 고인 빗물에 비둘기들이 날아와 멱 감는 게 보였고 담배 피는 사람들이 주욱 늘어서서 연기를 뿜어대고 있었다. 훅훅 훈김이 서린 청룡각은 에어컨을 틀고는 있었지만 더웠다. 다른 사람들이 흘끔흘끔 우리를 돌아보며 급히 밥을 먹고 나갔다. 그가 무섭게 생겼다거나 험하게 생겨서 그랬다는 건 아니다. 다만 사람들이 자꾸 우리 쪽을 쳐다봤다.

주문한 음식이 나오고 고량주가 돌았다. 몇 순배 술이 돌아가면서 우린 저마다 품고 온 비급을 펼쳐 보였다. 그 비급이란 것이 다른 게 아니라 주사(酒邪)의 다른 이름이다. 하나가 나간다. 나가면 들어오질 않는다. 찾으러 나간 하나도 돌아오지 않는다. 또 찾으러 나간다. 찾으러 간 이도 돌아오질 않는다. 이건 뭐 함흥차사도 아니요, 오리무중도 아닌 것이 어째 찾으러 나가면 돌아오질 않느냐고 소리를 지른다. 역정을 낸다. 전화를 한다. 전화를 받질 않는다. 어쩌다 용케 전화를 받으면 여기가 어딘지 모르겠다는 사람, 집에 가야 하는데 길을 잃어버렸다는 사람, 불그죽죽한 얼굴로 낮도깨비 같은 몰골을 하고 쏘다니는 사람 등등 참으로 가관이다. 겨우 데려다 앉혀 놓으면 하나가 운다. 또 다른 하나가 따라 운다. 인생이 슬프고 술이 슬프고 시가 슬프고 슬픈 것 천지라 숫제 눈물주머니가 터진 사람에 둑이 터져 범람하는 사람에 박수치며 웃는 사람에 눈물에 빠져 떠내려가는 사람에 떠내려가는 이를 건져야 한다고 뛰어드는 사람에 아비규환이었으니 그날의 참사를 필설로는 차마 형용치 못하겠다.

김륭은 데데하고 어중간한 것은 못 참는 성미였다. 음식을 시켜도 통으로 시켰으며,

술도 독한 화주였다. 그것도 연거푸 들이켰다. 그럼에도 취하는 법 없이 꼿꼿했다. 말은 느렸으나 진중했으며 솔직했다. 무뚝뚝했고 다정함과는 아예 담을 천만 길이나 높이 쌓은 사람인 것 같았다. 그런 와중에 그의 속정 깊은 면을 엿볼 수 있는 이야기가 한 가지 있어 들은 대로 적는다. 김륭과 함께 어느 모임에 참석했던 시인 L이 지갑을 잃어버렸다. 늦게까지 술을 마셔서 취중이었던 것 같다. 낭패였을 건 당연한 일, 숙박비와 식비까지 김륭이 다 계산을 하고 집에 갈 차비까지 해서 L을 보냈다고 한다. 다음에 만났을 때 김륭이 L에게 무언가를 내밀었다. 새 지갑을 선물한 것이다. 속엔 빳빳한 만원짜리 한 장이 들어 있었다던가. '오다 주웠다' 식으로 내밀었는지는 모르겠지만, 무뚝뚝한 듯하면서도 속정 깊은 김륭의 일면을 엿볼 수 있는 대목이다.

툭툭 던지는 말과는 달리 그의 행동은 사려 깊었다. 나온 안주를 고루 나누고 연배가 한참이나 어린 나에게조차 깍듯이 존대를 했다. 거듭 독한 술이 돌았고 운다고 옛사랑이 올 리는 없겠지만 거듭 눈물의 골짜기가 메워지고 새로 펼쳐졌다. 김륭은 앉아 있는 자체만으로도 좌중을 사로잡았다. 몇 번이나 자리가 바뀌고 술병이 바뀌었지만 그는 끝까지 꼿꼿했다. 몇십 갑자나 높은 내공을 뿜어내며 형형한 눈빛으로 비급을 펼쳐 보였다. 나 같은 것이야 워낙에 데데하고 어리숙한지라 감히 범접도 못할 위인이었다.

> 모자를 갖고 싶었,
> 말도 못했다 바람이 모자 밑을
> 흘러 뒤로 달아나게 달려야 했다
> 모자를 사 달라고 며칠을,
> 울어야 아무도 모자를 사 주지 않,
> 모자 같은 건 아무려면 어떠냐는 식,
> 이었다 내가 세상에서 원하는
> 것은 모자뿐인데
> 왜 내게 모자를 사 주지 않,
> 모자 밑을
> 흘러갔을 바람들 어디 가서 다
> 불러 모으나
> – 최정례, 〈그 모자〉 부분

김륭은 모자를 쓴다. 모자를 쓰지 않은 그를 나는 본 적이 없으니 모자를 쓴 김륭을 나는 김륭으로 알고 있다. 김륭의 모자는 최정례 식으로 말하면 간절하게 갖고 싶고 "모자를 사 달라고 며칠을, 울어야 아무도 모자를 사 주지 않"는 모자다. 김륭의 모자는 무얼까? 김륭의 모자 속엔 무엇이 들었을까? 황금 두뇌를 가진 사나이의 주인공처럼 머리가 황금으로 되어 있어 모자로 가리고 있는 건 아닐까? 모자 속의 황금을 조금씩 파서 꺼내 놓는 건 아닐까? 그 황금엔 술이 묻어 있지나 않을까? 모자 밑을 흘러갔을 바람과 구름들을 나는 짐작하지 못하지만 허구한 날 쓰고 다녀야 하는 모자는 스스로 올려놓은 카르마(Karma, 業)일까?

그 모자 속에서 엄동수도 오병식도 고등어도 돼지 올챙이 소금쟁이도 사랑도 이 세상에 몸을 받아 나왔다면 아주 신기한 모자 아닌가? 모자를 얹어 놓은 머릿속은 지극히 아우성일 것 같으나 결코 내색한 적이 없으니 그 속은 잘 모르겠다. 아니면 모자 속에 구름을 만들어 내는 공장과 새에게 신발을 만들어 주는 공장이 있어 김륭은 그 모자를 벗지 않는지도 모른다. 그 모자, 관사처럼 김륭의 머리에 찰싹 붙어 있는 모자를 벗겨낸다면 김륭은 지극히 평범한 사람으로 돌아와 조용히 주저 앉아 발톱을 깎거나 사무를 볼지도 모르겠다.

김륭은 모자를 쓴다. 김륭의 모자는 르네 마그리트 그림 속의 중절모도 아니고 밀짚모자나 실크햇도 아니다. 운동모자라 불리는 캡(cap)이다. 그가 모자를 벗은 걸 나는 본 적이 없으니 모자가 김륭인지 김륭이 모자인지 헷갈린다. 김륭은 모자다. 모자 속에서 김륭이 나왔을지도 모른다는 생각이 든다. 어떤 이들은 이 모자 속에 시가 들었다고도 하고 모자 속에 꽃과 새와 나비가 들었다고 상상할지도 모른다. 나는 모자 속에 김륭이 들어간 걸 상상하곤 한다. 모자 속에서 나오는 김륭, 모자 속에서 자는 김륭, 모자 속에서 술을 마시는 김륭을 상상한다. 모자는 김륭이다. 아주 신기한 모자 속 세상의 김륭이다. 모자 속에서 김륭은 오병식과 엄동수 그리고 다른 아이들과 함께 고등어와 달팽이를 타고 날아다닐 거라 상상한다. 김륭이 부럽다.

사랑하는 사람만이 날 수 있다

사랑하는 사람만이 날 수 있다. 그렇지만, 누가

그토록 사랑하는가?

가장 가볍고 날쌘 새처럼 될 만큼 사랑하는가?

– 미겔 에르난데스, '비행' 부분

김륭이 가는 길은 아직 아무도 가지 않은 길이다. 스스로 길을 내며 김륭은 간다. 외로움, 고독, 낭패감들의 수렁이며 알 수 없는 불안과 예기치 않은 사건들의 연속일 것이지만 김륭의 발걸음은 굳건하고 경쾌하다. 타고난 기질과 천성으로 김륭은 이제까지 없던 것을 가지고 왔다. 이 조용한 마을에 처음 보는 꽃들과 나무들을 심고 이상한 짐승들을 풀어놓았다. 꽃과 나무들은 이상한 꽃들을 피운 채 걸었고 신발을 신은 새들이 날아다니기 시작했으며 새를 신발처럼 신고 아이들은 달에 가기도 했다. 달팽이는 달을 업고 뛰어가기도 하고 지렁이도 우산을 쓰고 어느 날 양파에게 온 전화를 받기도 했다. 천변만화의 천진하고 자유로운 상상 속에서 김륭의 아이들은 별에 다녀오기도 하고 고양이에게 줄 고등어 비누와 고등어 샴푸를 만들기도 한다. 사금파리 같은 상처를 품고 살아가는 아이들뿐 아니라 어른들에게까지 김륭은 날개를 달아 준다.

사랑이다. 샤갈의 그림 속 연인들이 둥둥 떠서 마을 위를 날아다니는 것도 사랑이고 꽃다발이 색색으로 꽃을 펼치고 공중에 떠 있는 것도 사랑이다. 김륭의 언어들이 날개를 달고 다양한 형태로 날아와 결합하며 춤추는 것도 사랑이다. 무뚝뚝한 듯하지만 속 깊이 묻힌 산맥 같은 그의 도저하면서 무식한 사랑이 새로운 말과 상상력을 만들어 내고 독자들을 날아오르게 한다. 그는 대륙이 떠오르듯 륭(隆)이란 이름처럼 크고 넓게 솟구쳤다. 판을 흔들었다. 용암이 분출하고 해일이 일었다. 판이 부딪힌 데마다 산이 솟구치고 육지는 쪼개지고 가라앉았다. 잠잠하고 조용하던 세상을 들쑤셔 놓았다.

그렇다. 사랑이다. 굳이 미겔 에르난데스의 시를 끌어다 붙이지 않더라도 지극한 사랑이 없다면 그의 언어가 어떻게 이토록 춤출 수 있겠는가. 김륭의 아이들이 그렇게 신나게 날아오를 수 있겠는가. 오병식이 별에 다녀오고 달에서 엄동수가 올 수 있을까. 들여다볼 수 있을지는 몰라도 그것들에게 날개를 달아 주는 건 깊은 사랑의 힘이다. 김륭의 말엔 날개가 달려 가장 가비얍고 날쌘 새처럼 날아다닌다. 거침이 없이 종횡무진이다. 보이지 않는 날개를 우리에게 달아 주며 이상한 나라로 우리를 초대한다. 거침없는 언어와 자유로운 상상력으로 우리를 세상으로부터 들어 올린다. 이러한 힘은 어디에서 나오는가? 그의 어디에 이러한 힘이 숨겨져 있는가? 사랑하는 사람만이 날 수 있고 사랑만이 세상을 들어 올릴 수 있으니 김륭을 김륭으로 만든 건 그의 속에서 들끓는 도저한 사랑일 것이다. 누구도 김륭을 통하지 않고는 우리 동시의 현재를 지나지 못한다.

김륭에 대한 몇 가지 오해

그는 사려 깊고 진중한 사람이고 몽상가이며 구름 공장 공장장이기도 하다. 오병식도 그렇고 엄동수도 마음에 상처를 안고 있는 아이들이다. 김륭은 이 상처들을 깊이 어루만지며 여러 가지 상상의 날개를 달아 준다. 내색은 않지만 따뜻한 사람이다. 그가 무식하다거나 조폭 같다는 건 오해였다. 그렇다 치더라도 그렇게 말하면 안 되는 거였다. 다음에 만나면 뒷일을 감당하지 못할 수도 있다. 뒷일을 도모하기 위해 여기 지면에라도 이렇게 몇 자 적어 둔다. 구름 공장 공장장은 어찌 이리 섬세하고 아름다운 몽상을 얘기하는가. 몽상이 이어지면 현실이 되고 현실이 아득할수록 몽상가의 혀는 춤을 춘다. 이토록 아름다운 몽상이라면 나는 숫제 깨어나지도 않았으면 좋겠다.

꽃 피우지 않고도 살아남는 건 세상에 단 하나, 사람뿐이지 왔던 길을 되돌아갈 수 있는 방법을 제대로 기억하고 있는 건 새가 아니라 벌레야
구름이란 눈이나 귀가 아니라 발가락을 담아내는 그릇이란 얘기지 잘 익은 포도송이처럼 말이야 그걸 아는 나무들은 새를 신발로 사용하지
종종 물구나무도 서고 말이야 생각만 해도 끔찍해
구름이 없으면 세상이 얼마나 소란스러울까

– '구름에 관한 몇 가지 오해 1' 부분

고양이가 안경을 쓰면 오르페우스가 됩니다

김륭 텍스트의 미학 원리로서의 은유

송선미

말 하나하나의 저 밑에서 나는
나의 탄생에 참석한다.
– 알랭 보스케

"실험 정신과 동화적 상상력"이 돋보인다는 2007년 〈강원일보〉 신춘문예 심사평이나, 2009년 첫 동시집에서의 "울퉁불퉁 이야기가 있는 동시"를 쓰고 싶었다는 작가의 말은, 지금까지 모두 네 권의 동시집과 한 권의 이야기 동시집[1]으로 실현되었다. 그런데도 이제 겨우 시작일 뿐이라며, 어디선가 새로운 아이가 다시 불쑥 태어날 것이다. 그래서 김륭의 이야기는 고귀한 혈통의 한 아이가 태어나는 장면이 아니라, 오리궁둥이 선생님이 지구보다 무겁게 아이들을 누르는 교실에서부터 시작되어야 한다.

하품

책 속에 길이 있다고, 열심히 책을 읽어야
훌륭한 사람이 된다고 우리 선생님 목청을 높일 때마다
하품이 난다

…… (중략) ……

쿨쿨 코를 골기 전까지 반짝반짝
두 눈을 별처럼 뜨고 책 속에 숨어 있는 그 길을

---

1 《프라이팬을 타고 가는 도둑고양이》(문학동네, 2009), 《삐뽀삐뽀 눈물이 달려온다》(문학동네, 2012), 《엄마의 법칙》(문학동네, 2014), 《별에 다녀오겠습니다》(창비, 2014), 《달에서 온 아이 엄동수》(문학동네, 2016)의 다섯 권이 그것이다.

혼자서 찾아야 한다는 걸

- 〈하품〉 부분

잠 속에 책을 넣어 둘 수는 없을까?

책 속에 들어 있는 잠을 냠냠

맛있게 꺼내 먹는다

잠 속에 꿈이 들어 있다

- 〈오병식이 책을 좋아하는 이유〉 부분

아이는 하품을 한다. 책 속에 길이 있다는 선생님의 말에, "동심이란 이름 아래 상투적이고 관습적인 글쓰기, 즉 스스로의 판단력이나 심미적 취향, 가치관조차 낮추어서 드러낸"[2] 동시에, "일상성 속에 안주하여 잠드는 우리 정신"[3]에, 김륭은 하품을 한다. 물론 책 속에 길이 있고 동심 속에 동시가 있다. 다만 숨어 있는 그 길은 "두 눈을 별처럼 뜨고", "혼자서 찾아야 한다". 깜깜하기만 한 어둠 속, 흐릿한 별조차 없으면 두 눈을 별처럼 밝히고, 내 스스로 더듬어 찾아낸 길이어야 한다. 그래서 모두들 '동심'으로 가는 정도(定度)의 책-지도를 들고 같은 방향으로 걸을 적에, 김륭은 책-지도에 그려진 노선을 버리고 잠-꿈을 더듬는다. 책 속에 들어 있는 길 대신 책 속에 들어 있는 잠이 아니라, 잠 속에 책을 넣어 둘 순 없을까 고민한다. 그리고 그 책 속에 넣어 둔 잠을 냠냠, 맛있게 꺼내 먹자 한다. 꿈을 꾸자 한다.

말이 꾸는 마법

종이 울리고, 수학책이 국어책으로 바뀌는 시간

두봉이 연필이 뛴다 미연이 연필이 뛴다

짝꿍 석이 연필은 떼구르르 구른다

---

2 김륭, 〈동시마중〉, 〈거울을 파는 세일즈맨의 구두코〉, 2011, p.91

3 앞의 책.

그때 진우 연필이 폴짝 책상 밑으로 뛰어내린다
숲으로 달려간다 바람이 석이 연필을 따라 뛴다

덩달아 구름이 뛴다 뛰는 연필들 살이 찐다
뛰어갈수록 키가 쑥쑥 자라는 진우 연필을 따라
도토리나무들이 뛴다

나무 위의 다람쥐가 뛰고 딱따구리도 뛰고
숲속의 나무들이 운동회를 하는지
새들의 함성이 들렸다
–〈쉬는 시간 10분 동안〉 전반부

수학 시간에서 국어 시간으로 수업 시간이 바뀌는 사이, 10분 동안의 교실이다. 오늘도 난장판으로 벌어지고 있을 초등학교 쉬는 시간의 풍경은 김륭에게 와 "역동적 상상력(김이구)"과 "자유 연상적 언어 놀이 과정(이안)"으로 숨차게 펼쳐진다. 시는 1교시에서 2교시로나, 수학 시간에서 국어 시간으로가 아니라, "수학책"이 "국어책"으로 "바뀐다"로 시작된다. 수업 시간을 그 교과의 책으로 대유하는 것은 한 권의 책을 가방에 넣고 또 다른 책을 책상 위에 올리는 구체적인 행위를 끌어옴으로써, 추상적인 시간의 흐름에 마법의 경계를 긋는다("바뀐다"). 이 대유는 다시, 두봉이–두봉이 연필, 미연이–미연이 연필 등으로 교실 여기저기를 정신없이 뛰어다니는 아이들을 작은 사물로 변신시킴으로써, 교실이라는 제한적 시공간과 일상을 뛰어넘을 수 있게 한다. 전체(상위어)를 부분(하위어)으로 지칭하는 대유의 원리로 변신 마법을 부리는 것이다. 그리고 이제 교실을 탈주한 아이–연필들은 숲에서 바람과 자연과 일탈을 즐긴다. 이때 '뛴다, 떼구르르, 뛰어내린다'의 된소리 'ㄸ'는 된소리 '찐다'의 'ㅉ'으로 잠깐 변주되었다가, 다시 '따라, 뛴다, 뛰고, 뛰고'를 거쳐 새들의 함성으로 이어지는데, 이 절묘한 변주 속에 교실이라는 일상에 갇혀 하얗게 말라가는 아이들이 상상을 통해서라도 '살'이 '찌'기를 바라는 시인의 사랑이 살뜰하게 담긴다.

다시 종이 울리고, 교실로 들어온 국어 선생님
눈에 번쩍, 불이 들어오는 시간

연필 잡아라 연필 잡아라

진우와 다빈이가 소리쳤지만
엄동수는 벙글벙글 웃는다
가만히 공책이 된다
연필아 와라!
— 〈쉬는 시간 10분 동안〉 후반부

"눈에 번쩍, 불이 들어"온다(정신이 들다)는 관용어나 웃을 때 "벙글벙글" 웃는다는 관습적 수사는 대유와 마찬가지로 사회·문화·관습적 맥락에서 운용되기 때문에 어렵지 않다.(오히려 식상하다.) 그렇게 수업이 시작되었으므로, 아이들은 모두 제자리로 돌아간다("연필 잡아라"). 그런데 엄동수라는 이 아이, 혼자서 여유롭다. "가만히 공책이 된다"라니, 게다가 "연필아 와라!"라니, 이것은 무슨 의미인가.

봐라, 돼지 온다. 씰룩씰룩 치사한 돼지, 독한 돼지, 엄동수가 몰래 삼킨 돈이 얼마나 된다고, 발바닥에 불이 나도록 쫓아오는 돼지경찰관 좀 봐라.

구멍가게 영감네 쫄쫄 굶은 누렁이보다 빠른 돼지경찰관. 동수는 딸랑딸랑 방울 소리를 내며 달리고, 돼지경찰관은 짤랑짤랑 수갑을 흔들며 쫓아오네. 할머니가 꼬깃꼬깃 쥐여 준 배추이파리 한 장, 공책 사고 남은 돈은 자기 거라고 입 안 가득 거품 물고 쫓아오는 돼지경찰관 좀 봐라.
— 〈돼지경찰관의 수학 시간〉 부분

〈돼지경찰관의 수학 시간〉은 "아빠, 아빠는 돼지가 국어보다 수학을 더 잘한다는 걸 알아?"라고 묻고는 바로 "잡아라! 도둑 잡아라!" 추격전을 시작한다. 도망가는 엄동수와 그를 잡으려는 돼지경찰관. 추격전은 학교 앞 문방구를 지나 분식점, 길 건너 게임방까지 이어지는데, 이건 할머니가 나 준 거라고 아무리 설명을 해 줘도, 구두쇠 영감 같은 돼지, 말이 통하지 않는 돼지경찰관은 십 원 하나까지 모두 받아내고야 말겠다며 지구 끝까지 잡으러 올 기세다. 그런데 황당하다. 〈맛있는 동화〉에서 '누렁이가 개나리를 낳았다'라거나, 〈도서관 가는 꿀돼지〉에서 '엄마를 반납하러 간다'라거나, 〈돼지가 돼지 꿈을 꿀 때〉에서 '돼지 코가 주렁주렁 매달린 복숭아나무'들의 이야기보다 황당하다. 동수는 왜 쫓기고 있고 돼지경찰관은 무어고 또 왜 이리도 집요한지, 시는 아무 설명 없이 그저 이들의 추격전만을 보여 주기 때문이다. 이렇게 그의 시는 종종 '말을 하고 싶지 않으면 욕이라도.[4]'하고 싶게 만든다. 그러나 이 추격전이, 동수 책상 위에 놓인 수학책의, 가령 "동물농장에 돼지와 오리가 모두 362마리 있습니다. 이 동물의 다리가 모두 1,144개이면, 농장에 있는 돼지는 몇 마리입니까?"[5]라거나, 가령 "할머니는 동수에게 10,000원을 주었습니다. 동수는 문방구에서 1,200원짜리 공책 두 권을 사고 김밥천국에 들러 다빈이와 떡볶이 2,000원어치와 오징어튀김 1,800원어치를 먹었습니다. 그리고 진우와 한 판에 500원인 게임을 세 판 하였습니다. 동수의 주머니엔 얼마가 남았을까요?"의 서술형 수학 문제라면 어떨까. 서술형 수학 문제에서 진화한 스토리텔링 수학 문제의 일상을 사는 아이들에게, 〈돼지경찰관의 수학 시간〉의 실체(?)는 아이들의 삶 그것이면서 갑갑한 교실-상자를 열어젖히는 뚜껑의 경험이 된다. 한 편의 시 전체가 하나의 수학 문제에 대한 은유였기에, 가능해지는 경험이다. 도무지 우리는 그를 욕할 수는 있어도 지루해 할 수가 없다.

은유적 언술과 의미론적 혁신

난장판 교실 속 동수에게로 다시 가 보자. 새로운 수업의 시작종이 울리고 교실에 선생님이 들어오자 동수는 "가만히 공책이 된다". 우당탕탕 쉬는 시간 10분 내내 동수는 책상에 엎어져 잠을 자고 있었다는 것일까, 아니면 수업이 시작되었으니 엎드려 잠잘 태세를 갖추었다는 의미일까. 폴 리쾨르는 은유적 언술에서 말이 겪는 의미 이동은 하나의 수단일 뿐이며, 어법에 맞지 않는 새로운 속사(俗事)를 할당함으로써 기이한 술어 기능의 새로운 적합성을 보전하는 것이 살아 있는 은유가 되게 하는 방법이라 설명한다[6]. '엄동수'와 "공책", 이를 잇는 술어 "된다", 그리고 "연필아 와라!"의 연결은 '엄동수는 공책처럼 엎드리고 있었다'라든가, '다른 아이들은 모두 수업 준비를 하는데 동수 혼자 딴청 피우고 있다'의 비유적 재묘사가 아닐 뿐만 아니라, 앞선 '아이-연필'의 상황 재인식으로부터도 한발 더 나아가고 있다. 쉬는 시간 10분 동안의 교실을 대유의 아이디어를 통해 환상적 공간으로 뒤집어놓은 뒤에, 은유적 언술을 이어붙임으로써, 연필을 든 일(공부)하는 아이가 아니라 연필을 든 잠(꿈) 자는 아이라는 새로운 주인공을 탄생시키는 것이다. 김륭의 새로운 캐릭터와 환상적 공간은 대유, 은유, 상징 등(이들 언술 운용의 구조적 특성상 '은유'라 통칭할 수 있는)의 언술적 행위를 통한 의미론적 혁신을 통해 탄생한다.

---

4 〈동시마중〉 15호,〈이바구-김륭 시인에게 듣는다〉, 2012, p.106

5 Daum 검색창에 검색어 '초3 수학문제'를 검색한 결과.

6 폴 리쾨르, 김한식, 이경래 역,《시간과 이야기 1》, 문학과지성사, 1999, pp.7~11

벽에 붙은 날벌레 한 마리를 벽이 뚫어지도록 올려다보고 있는 고양이, 5층 아파트 베란다에서 우두커니 단풍나무를 내려다보기도 하는 우리 집 고양이는 도대체 무슨 생각을 하는지 궁금해 참치통조림 뚜껑을 땁니다.

야옹아, 네 머릿속엔 무슨 생각이 들었니?

고양이 대신 참치가 뭐라뭐라 말을 하는 것 같은데, 고양이는 생각이 배 속에 들어 있다는 것일까. 눈 깜빡할 새 참치를 다 먹어 치운 고양이 쩝쩝, 입맛을 다 먹어 치운 고양이 쩝쩝, 입맛을 다시던 고양이가 쓱쓱 내 얼굴을 핥습니다. 참치통조림 빈 깡통처럼,

너 바보 아냐?

우리 집 고양이는 가끔씩 안경을 씁니다. 폴짝, 어느새 책상 위에 올라앉아 내 똥구멍도 다 봤다는 듯 치카— 치카— 양치를 하고 있는 고양이.

고양이가 안경을 쓰면 원숭이가 됩니다.
– 〈우리 집 고양이는 가끔씩 안경을 씁니다〉

김륭 통조림에 붙은 라벨을 '난해성'이 아니라 '김륭–말하기', '김륭–놀이', '김륭–농담', '김륭–환상', '김륭–서정'—아니, '김륭'으로 다시 읽어 본다. 김륭 시에 자주 등장하는 관용적 표현은 복잡해 보이는 김륭 시의 얼개를 여는 가장 바깥쪽 열쇠다. "참치가 뭐라뭐라 말을 하는 것 같은데 …… (중략) …… 빈 깡통처럼"이라는 표현은 고양이의 속내를 알고 싶은 시적 주체가 참치통조림으로 고양이를 꼬셔 보았지만, 참치통조림만 바닥을 보였을 뿐, 고양이의 바닥(의중)을 아는 데엔 실패하고 말았다는 대유적, 물활론적 표현이다. "내 똥구멍도 다 봤다는 듯 치카— 치카— 양치를 하고 있는 고양이"는 네 의중 따위엔 관심도 없다는 고양이의 태도를 '간담상조'의 속어적 표현으로 바꾼 것이다.

무엇보다 이 시를 '김륭답게' 만드는 표현은 "우리 집 고양이는 가끔씩 안경을 씁니다"와 "고양이가 안경을 쓰면 원숭이가 됩니다"라는 은유적 언술이다. "우리 집 고양이는 가끔씩 안경을 씁니다"라는 행위는 시의 맥락상 "벽에 붙은 날벌레 한 마리를 벽이 뚫어지도록 올려다보고 있는 고양이, 5층 아파트 베란다에서 우두커니 단풍나무를 내

려다보기도 하는 우리 집 고양이"의 행동을 은유적, 상징적으로 표현한 것이다. 전반적이고 일반적인 고양이들의 습성을 "우리 집 고양이는 가끔씩 안경을 씁니다."라고 표현함으로써, 이 보편적이고 일상적인 습성에 행위자(고양이)의 능동적이고 주체적인 의도를 부여할 수 있게 되는 것이다.

"고양이가 안경을 쓰면 원숭이가 됩니다"라는 은유적 언술은 "우리 집 고양이는 가끔씩 안경을 씁니다"라는 표현보다 더욱 난해하게 느껴지는데, 'A는 B이다'라는 은유적 언명에서, A(고양이가 안경을 쓴다)와 B(원숭이가 된다)의 거리가 멀어 그 유사성을 단번에 알아내기가 쉽지 않기 때문이다. 다만 그것이 '사랑'(자세히 보는 것, 오래 보는 것, 멀리서 보는 것, 포기하지 않기를 선택하는 것)이 아닐까 짐작해 볼 수 있을 뿐이다. 그러나, "고양이가 안경을 쓰면 원숭이가 됩니다"라는 낯선 은유적 언술 대신, '사랑의 눈으로 자세히 오래 들여다보면 익숙했던 존재가 새로운 존재로 보입니다'라고 썼다면, 〈우리 집 고양이는 가끔씩 안경을 씁니다〉의 세계는 얼마나 답답한 방 안이 되고 말 것인가.[7] 논리에 어긋난 그 연결은 습관적이고 자동화된 우리의 인식에 균열을 일으키며 우리의 이해를 강요하여, 결국엔 우리의 이해 범위를 넘어서게 한다. 그러므로 다시 이렇게 물을 수 있을 것이다. "고양이"가 "원숭이"가 된다는 것은 사랑의 눈을 가진 새로운 존재의 탄생을 의미하는 것일까, 아니면 사랑의 눈으로 새롭게 인식하게 된 대상을 의미하는 것일까. 과연 "안경"의 의미는 '사랑'일까? 그러므로 "아마도 이렇게 말할 수 있을 것이다. 상징이라는 말이 사용되는 방식에서 사람들이 상징을 적용하고 있는 작품을 쓴 작가가 작품에 관여하고 있는 동안은 이 말이 지시하고 있는 것과는 아주 멀리에 있다고 느낀다는 점이다. 그 이후가 되면 그는 거기서 자신의 모습을 인정하고, 이 아름다운 이름에 마음이 흔들리게 될지도 모른다."[8] 조금만 더 가까이 조금만 더 오래 바라볼 수만 있다면, 진리 주장을 포기한 그의 상징에서 우리의 마음은 흔들리게 될 것이다.

내 형식의 거친 꿈은

그러니까 엄동수가 그동안 아빠에게 사 달라고 했던 건

신발이 아니야. 발이야.

7 "텍스트를 이해하는 것이 주체의 유한한 이해 능력에만 의존한다면 기존의 이해 범위 내에서만 텍스트를 받아들이게 될 뿐이다."–폴 리쾨르 (이윤경, 《폴 리쾨르의 은유이론 연구–〈살아 있는 은유〉를 중심으로》, 서울대 석사논문, 2010, p.18 재인용.)

8 모리스 블랑쇼, 《도래할 책》, 그린비, 2011, p.170

하얀 눈송이처럼 세상을 따뜻하게 춤출 수 있는 그런 발이었던 거야.

…… (중략) ……

달까지 걸을 수 있는 발을 살 거야. 별과 별 사이를 건너뛸
발을 살 거야. 어떤 날은 새가 되고 어떤 날은 물고기로 변신할 수 있는
발을 만들 거야.

- 〈갖바치 엄동수와 달팽이 왕국2〉 부분

그러니까 김륭이 그동안 동시에서 얻고 싶었던 것은 신발이 아니라 발이다. '동심'이라 기획되었던 기존의 일상적 관점들이 아니라, 우리가 여태껏 보지 못했던 아이들의 마음, 진화된 동심이다. 한 번도 가 닿은 적 없는 그곳, 어쩌면 불가능할 동심의 '실재'가 스스로 드러나도록 김륭은 은유라는 언어적 전략을 선택하였고, 새로운 세계, 새로운 존재의 탄생을 가능하게 하였다. 또한 이야기는 실제의 삶에서 일어나는 목적과 원인과 우연들을 시간적 통일성 아래 규합하고 적절하게 배열함으로써, 철학적 사색의 아포리아(논리적 모순)들에 시달리는 시간 경험을 허구적이지만 이해 가능한 모습으로 다시-형상화하는데, 이야기를 은유에 접근시키는 것은 바로 이러한 이질적인 것의 종합이다.[9] 등단작에서 지금까지 계속되는 그의 이야기에 대한 천착과 성취는 아이와 동심, 일상과 성장, 존재와 시간이라는 묵직한 화두를, 지금까지 존재하지 않았던 새로운 방식으로 우리에게 던진다. 그의 동시집에서 반복적으로 드러나는 신발, 달, 새, 별 등의 은유-상징적 시어들은 그의 관습적 수사들과 함께 그의 동시 세계를 메타-언어적으로 새롭게 구축하고 있는데, 이에 대한 이야기들은 얼마든지 다시 길게 이어질 수 있을 것이다. "내 형식의 거친 꿈은 너를 탈 수 있을 테니, / 황금 마차의 내 운명은 네 아름다운 마부가 되어 / 온갖 시의 모범, 내 시구들을 / 고삐 대신 미친 듯 잡아당기리라"[10] 그의 난폭한 말은 아름다운 마부가 끄는 황금 마차였음을, 그렇게 우리의 일상에 균열을 내고 새로운 인식의 지평을 가리키는 새로운 지도의 별자리로 반짝이고 있음을.

---

9 폴 리쾨르, 앞의 책, 같은 쪽 참고.

10 기욤 아폴리네르, 황현산 역, 《동물시집-오르페우스 행렬》, 〈말〉, 난다, 2017, p.13

어린이와 함께 선생이 걸어온 길

1961년 경남 진주에서 태어남.

1988년 〈청해진〉으로 불교문학문학상 신인상(시 부문)을 받음.

2005년 제3회 CJ문학상을 수상함.

제1회 김달진지역문학상을 받음.

2006년 제8회 여수해양문학상을 받음.

2007년 《2007년 젊은 시》에 선정됨.

한국문화예술위 창작기금을 받음.

〈문화일보〉 신춘문예에 시 〈구름에 관한 몇 가지 오해〉가 당선됨.

〈강원일보〉 신춘문예에 동시 〈배추벌레〉가 당선됨.

2008년 《2008년 젊은 시》에 선정됨.

《오늘의 좋은 시》에 선정됨.

2009년 《50인의 평론가가 추천한 우리시대 51인의 젊은 시인들》에 선정됨.

《작가가 선정한 오늘의 시》에 선정됨.

《오늘의 좋은 시》에 선정됨.

동시집 《프라이팬을 타고 가는 도둑고양이》를 출간함.우수문학도서에 선정됨.

2010년 《동시마중 동시선집》에 선정됨.

2011년 《오늘의 좋은 동시》에 선정됨.

2012년 계간 〈다층〉 올해의 좋은 시에 〈사마귀〉가 선정됨.

《오늘의 좋은 동시》에 선정됨.

동시마중 〈올해의 동시 2012〉에 선정됨.

〈쌀 씻는 남자〉로 제1회 박재삼사천문학상을 수상함.

동시집 《삐뽀삐뽀 눈물이 달려온다》를 출간함.

시집 《살구나무에 살구비누 열리고》를 출간함. 우수문학도서에 선정됨.

2013년 아르코 문학창작기금을 받음.

《오늘의 좋은 동시》에 선정됨.

제2회 문학동네동시문학상 대상을 수상함.

동시마중 〈올해의 동시 2013〉에 선정됨.

2013~2018년 동시전문지 〈동시마중〉 편집 위원을 지냄.

한국작가회의 회원으로 활동함.

2014년 동시 〈감기몸살〉로 제10회 사계김장생문학상을 수상함.

《고양이우체국을 찾아라》가 동화 부마민주항쟁 중등교육교재가 됨.
동시집 《별에 다녀오겠습니다》를 출간함. 우수문학도서에 선정됨.
제2회 문학동네동시문학상 대상 수상작품집 《엄마의 법칙》을 출간함.
중등교과서(지학사)에 동시 〈개구리밥〉이 수록됨.
〈달의 귀〉로 제9회 지리산문학상을 받음.
동시마중 〈올해의 동시 2014〉에 선정됨.
2015년 《오늘의 좋은 동시》에 선정됨.
동시마중 〈올해의 동시 2015〉에 선정됨.
《중등교과서 작품읽기 중등시》(창비)에 〈개구리밥〉이 수록됨.
제1회 전국동시인대회 기념 동시집 《전봇대는 혼자다》에 작품이 수록됨.
2016년 《세상에 하나뿐인 디카시》에 작품이 수록됨.
이야기동시집 《달에서 온 아이 엄동수》를 출간함. 세종문학도서에 선정됨.
동시마중 〈올해의 동시 2016〉에 선정됨.
계간 〈다층〉 올해의 좋은 시에 〈식물k〉가 선정됨.
2017년 계간 〈다층〉 올해의 좋은 시에 〈버씨는 버찌다〉가 선정됨.
2018년 시집 《원숭이의 원숭이》를 출간함.
동시집 《첫사랑은 선생님도 1학년》을 출간함.
우리나라 대표 명작 동시집 《참 좋다! 6학년 동시》에 〈해바라기〉가 수록됨.
《초등교과서 국어 3학년 1학기 가》에 〈아기 고래〉가 수록됨.
동시마중 〈올해의 동시 2018〉에 선정됨.
2019년 《오늘의 좋은 동시》에 선정됨.

한국 아동문학가 100인

문정옥

대표 작품

〈막둥이네 국수〉

인물론

그 벗은 맑고 깊다

작품론

기계 문물에 대한 이중적 태도와 동화 문법

어린이와 함께 선생이 걸어온 길

막둥이네 국수

나는 막둥이네 국수 가게 간판입니다. 골목 끝 막다른 집이 우리 가게지요.

어둠이 가시지 않은 새벽 누군가 걸어오고 있어요. 잠깐! 막둥이예요. 삼십 년도 넘게 들어온 발소리를 모를 리 없지요. 막둥이는 내 앞에서 걸음마를 시작했거든요.

"막둥이네 국수, 밤새 잘 있었지? 오늘도 잘해 보자!"

막둥이는 내 이름을 부르며 하루를 시작해요. 어제도 그랬고, 그저께도 그랬어요. 아마 내일도 똑같은 모습일 거예요.

오래된 이야기인데 막둥이 어머니는 배 속에 있는 아기를 막둥이라고 불렀어요. 위로 두 아이가 있었으니까요. 그런데 막둥이가 태어난 해에 아버지가 돌아가셨어요.

한숨만 쉬던 어머니는 갓난아기와 칭얼대는 아이들을 보니 정신이 번쩍 났어요.

"무슨 일이고 해야지!"

어머니는 대문을 헐고 작은 국수 가게를 냈어요. 세 아이를 옆에 두고 할 수 있는 일이라고는 국수를 파는 일뿐이거든요. 어머니의 국수를 먹어본 사람이면 누구든 칭찬을 했으니까 자신은 있었어요.

국수집 이름을 무어라 지을까 애쓰던 어머니는 막둥이를 부르던 남편이 떠올랐어요. 그때 어머니가 가게에 건 간판이 바로 저예요.

–막둥이네 국수–

나무판에 검은색 페인트로 이름을 쓴 소박한 간판이지요.

나는 막둥이와 한 어머니에게서 태어난 동갑내기 형제로 막둥이네 국수 가게 얼굴이자 막둥이 얼굴이기도 해요.

세월이 흘러 내 이름이 흐릿해질 때마다 여러 번 덧칠해졌어요. 막둥이는 돌아가신 어머니를 이어 국수 가게 주인이 되었고, 가게는 집 전체로 넓혀졌어요. 그 사이 골목 안에 오밀조밀 붙어 있던 집들도 하나둘 예쁜 가게로 바뀌었지요.

나는 여전히 '막둥이네 국수'였고 막둥이네 국수 맛 역시 한결같았어요.

손님들은 늘 가게 안 가득했어요. 멀리서 일부러 찾아오는 손님들도 많았어요. 그중에는 외국인들도 있었어요. 그들은 나를 배경으로 사진까지 찍곤 했지요.

막둥이는 손님들이 보내온 사진을 가게 벽에 다닥다닥 붙여 놓았어요. 모두 웃는 얼굴이라 사진만 보면 저절로 웃음이 날 정도예요. 막둥이가 늘 웃는 얼굴을 하는 건 바로 그 사진들 덕분이에요.

내가 잠시 딴생각을 하는 사이 막둥이는 벌써 가게 안에 들어가 손님들을 맞을 준비를 하고 있어요.

수돗물 소리, 그릇 소리, 바쁘게 오가는 발걸음 소리, 흥얼거리는 콧노래 소리…….

늘 그랬듯이 그 소리를 들으면서 나도 손님 맞을 준비를 해요.

'오늘은 어떤 사람들이 올까? 어떤 표정으로 사진을 찍을까?'를 생각하면 절로 기분이 좋아져요.

손님들이 오고 있어요. 손님들은 내가 안내하는 대로 가게 안으로 들어갔어요.

"막둥이네 국수는 우리 어머니 국수라니까."

국수를 먹고 나온 손님들이 나누는 소리를 들으니 오늘도 흐뭇해요.

늦은 시간, 막둥이는 가게 문을 닫고 나를 불렀어요.

"'막둥이네 국수', 오늘 애 많이 썼어. 내일 보자."

막둥이는 어제처럼 웃는 얼굴이에요. 내일도 막둥이는 똑같은 모습일 거예요.

막둥이가 웃으니까 나도 모르게 입가에 웃음이 돌아요.

"막둥아, 너도 고단하지? 어서 가서 쉬어. 안녕."

나는 엄마처럼 따뜻하게 막둥이를 배웅했어요.

막둥이와 헤어지고 나면 나는 뿌듯한 마음으로 내일을 기다려요.

어느 날 밤 막둥이는 인사도 하지 않고 나를 한참 바라보았어요. 너무 지쳐 말을 할 기운도 없는 것 같았어요.

"막둥아, 어디 아픈 거야?"

걱정이 되어 물었어요.

"……그 친구한테 통 연락이 안 돼서……."

막둥이는 한숨을 푹 쉬었어요.

막둥이가 말하는 그 친구는 막둥이가 초등학교 때부터 알던 친구였어요. 오랫동안 보이지 않던 그 친구가 몇 달 전 가게를 찾아왔어요. 나를 보더니 무척 반가워했지요.

큰 회사 사장님이라는 그 친구는 막둥이에게 아직도 이 골목을 벗어나지 못했느냐며 안타까워했어요. 그 뒤 그 친구는 자주 막둥이를 찾아왔어요.

어느 날 밤 막둥이가 기분 좋은 얼굴로 내게 말했었어요.

"우리한테 아주 좋은 일이 생길 것 같아."

“무슨 일인데?”

“그 친구 회사에 투자를 하기로 했어. 모아 놓은 돈도 있고 국수 가게가 있으니 나머지는 은행에서 빌리기로 했어.”

그날 막둥이는 무척 들떠 있었어요.

그런데 지금 그 친구와 연락이 닿지 않는다는 거예요. 막둥이가 심각한 얼굴을 하자 나도 덩달아 걱정이 되었어요. 그러자 막둥이가 나를 위로했어요.

“내가 괜한 걱정을 한 거야. 그 친구가 그럴 리가 있겠어? 자, 걱정 말고 쉬어. 내일 보자.”

막둥이는 웃는 얼굴로 내게 말했어요.

“그래. 너도 집에 가 쉬어. 안녕.”

나도 막둥이에게 어제처럼 손을 흔들어 주었어요.

며칠이 지났어요.

늦은 저녁 가게 문을 닫을 시간이 지났는데 막둥이는 계속 가게 안에 있었어요. 한 낯선 남자가 가게 밖으로 나왔어요. 그 사람은 이제껏 막둥이와 이야기를 나누고 있었던 거예요.

가게 안을 보니 막둥이가 혼자 탁자에 얼굴을 묻고 있었어요. 남아 있던 아주머니 한 분이 막둥이를 바라보고 있었어요. 이제껏 막둥이 다음으로 오래 본 분이었는데 그 얼굴에 수심이 가득했어요.

“후유~.”

아주머니는 한숨을 쉬더니 가게를 떠났어요.

‘도대체 왜 그러지?’

궁금해 안달하는데 막둥이가 가게 불을 끄고 밖으로 나왔어요.

“미안해. 막둥이네 국수, ……정말 미안해.”

막둥이는 고개를 숙인 채 중얼거렸어요.

“미안하다니 뜬금없이 무슨 소리야!”

나는 점점 더 불안해졌어요.

막둥이는 물끄러미 나를 바라보고는 느릿느릿 골목을 빠져나갔어요.

“어서 가서 쉬어. 내일이면 좋아질 거야.”

축 처진 막둥이 등에 대고 소리쳤어요.

다음 날 아침, 나는 화들짝 잠을 깼어요. 막둥이 발자국 소리가 아니라 아침 햇살에 잠이 깬 거예요.

얼마 뒤 어제 본 그 젊은 남자가 골목으로 들어오더니 가게 문을 열었어요.

물소리가 나고 그릇 정리하는 소리, 바쁜 발걸음 소리……. 막둥이가 없는데도 손님을 맞을 준비를 하고 있어요.

나는 막둥이만 기다렸어요.

점심시간이 되어도 막둥이는 나타나지 않았어요. 늦은 밤이 되자 가게에서 일하던 사람들이 나왔어요. 그들은 가게 문을 잠그고 곧바로 떠났어요.

나는 이제껏 막둥이의 인사를 받으며 하루 일을 끝냈어요. 막둥이 없이는 하루를 마감할 수 없어요.

밤새 기다려도 막둥이는 오지 않았어요. 슬금슬금 화가 치밀었어요.

"나한테 한 마디도 없이 남에게 가게를 맡기다니!"

막둥이가 오면 크게 혼을 내겠다며 뜬눈으로 밤을 새웠어요.

골목 안 다른 간판들이 쯧쯧 혀를 찼어요.

"기다리지 마. 막둥이 친구가 망해서 도망갔다는 소리 못 들었어? 그 바람에 막둥이는 가게도 빼앗기고 오갈 데 없어졌다는데."

"말도 안 돼! 막둥이네 가게는 막둥이 거야."

"쳇, 우리 가게 주인이 그러던데 뭐."

내가 눈을 부라리자 나를 위로하던 간판이 뾰로통한 목소리로 중얼거렸어요.

나는 누구의 소리도 듣지 않고 막둥이만 기다렸어요.

다음 날, 국수 가게를 찾은 손님이 서운한 얼굴로 나를 바라보았어요.

"주인이 바뀌니 그 맛이 안 나."

나는 정신이 번쩍 났어요.

"주인이 바뀌다니! 그럼 막둥이는 어디로 간 거야?"

내 얼굴인 막둥이를 찾아 당장 이곳을 떠나고 싶었어요. 그렇지만 나는 삼십 년 넘게 붙박이로 살아온 간판이에요. 여기서 막둥이를 기다려야지요.

시간이 지날수록 막둥이를 보러 온 손님들은 서운한 얼굴로 돌아갔어요. 나하고 사진을 찍자고 하지도 않았어요. 내가 막둥이 얼굴이 아니라 젊은 주인의 가면이라는 것을 알았으니까요.

손님들이 눈에 띄게 줄었어요. 젊은 주인의 발걸음도 차츰 힘이 빠졌어요. '막둥이네 국수'라는 가면을 쓴다고 막둥이네 국수 맛을 낼 수는 없지요.

막둥이가 없는 막둥이네 국수 가게는 누구도 오래 버티지 못했어요.

막둥이가 없으니 이제 나는 막둥이네 국수 가게 얼굴도 막둥이 얼굴도 아니에요. 그냥 쓸모없는 오래된 나무 판때기일 뿐이지요.

어느 날부터 가게는 문이 굳게 닫혔어요. 쥐와 고양이들만 이 집에서 숨바꼭질을 했어요.

그런 풍경을 도저히 견딜 수 없을 때 밤하늘을 보며 딴생각을 해요. 그러면 막둥이의 아침 인사를 시작으로 막둥이가 틀던 수돗물 소리, 그릇 옮기는 소리, 바쁘게 오가는 발걸음 소리와 콧노래 그리고 손님들에게 인사하는 소리가 들려와요.

그 소리를 자장가 삼아 나는 겨우 잠이 들곤 해요.

막둥이를 기다리다 아침에 깜빡 잠이 들었는데 막둥이 발자국 소리가 들렸어요. 가슴이 뛰었어요.

반가워 눈을 떴는데 처음 보는 사람들이었어요. 그 사람들이 나를 가게에서 떼어 내기 시작했어요.

"나는 막둥이가 올 때까지 여기 있어야 해!"

안 떨어지려고 몸부림쳐도 소용없었어요.

폐기물 처리장에 던져지자 나를 보고 웃어 주던 막둥이 얼굴이 어른거렸어요. 가게를 떠나던 날 탁자에 엎드려 있던 모습과 내게 머뭇거리며 미안하다고 말하던 목소리도 들렸어요.

내 스스로 막둥이 얼굴이고 마음이라고 여겼으면서 막둥이가 힘들어하는 것도 눈치채지 못했다니!

지금이라도 막둥이를 위해 무엇이든 할 수 있으면 얼마나 좋을까!

내 위에 쓰레기가 툭 던져졌어요.

"여기는 내 자리가 아니야. 난 가야 해!"

벗어나려고 애를 쓰자 옆에 있던 고물들이 픽픽거리며 나를 비웃었어요.

"꿈 깨! 그렇게 발버둥질해도 넌 불쏘시개밖엔 안 돼."

가뜩이나 추운데 내 몸이 더 얼어붙는 것 같았어요.

불쏘시개가 될 거라면 어서 활활 타고 싶었어요. 연기라도 되어 막둥이에게 가고 싶었어요.

사람들이 오는 소리가 들렸어요. 나도 모르게 귀를 기울였어요.

"막둥이 발소리는 아니네! 막둥이가 이런 곳에 올 리는 없지."

기대하던 마음이 사라지자 오히려 마음이 편했어요. 처참해진 내 모습을 막둥이가 보지 않은 게 다행이에요.

"이런 게 있다니. 오늘은 제대로 몸을 녹일 수 있겠군!"

두 사람이 양쪽에서 나를 번쩍 들었어요.

하늘을 보았어요. 꽁꽁 언 별들이 측은한 눈으로 나를 바라보았어요.

얼마 뒤 두 사람이 나를 내려놓았어요. 허물어진 건물 옆에서 사람들이 불을 쬐고 있었어요.

"꽤 쓸 만한 걸 찾았군."

반가운 목소리를 들으며 두 사람은 나를 불에 던지려 했어요.

"'막둥이네 국수'라. 이럴 때 뜨끈한 국수 한 그릇 먹었으면 얼마나 좋을까!"

장작불에 비친 내 얼굴을 보고 누군가 중얼거렸어요.

그때였어요.

"잠깐!"

수염이 덥수룩한 사람이 튀어나왔어요. 그 사람은 나를 부둥켜안고 숨이 막힌 듯 괴로워했어요.

"막둥이다. 그렇지?"

내 말에 그 사람은 대답 대신 끅끅 울음만 삼켰어요.

"에구, 자네가 주인이었구먼."

모여 있던 사람들은 모두 혀를 찼어요.

"어려운 시절 나와 함께한 간판입니다. 우리 어머니 얼굴이고 내 얼굴이기도 하고……."

장작불에 모여든 사람들 사이로 막둥이 목소리가 나직나직 울렸어요.

"사연을 듣고 보니 차마 불 속에 던지지 못하겠군. 우선 바람이나 막읍시다."

누군가의 말에 나는 불쏘시개에서 바람막이로 다시 살아났어요.

"막둥이네 국수, 조금만 기다려. 곧 네 자리를 찾아 줄게."

막둥이가 내 이름을 부르며 볼을 비볐어요.

막둥이가 걸음마를 할 때처럼 다시 막둥이를 응원하며 지켜볼 수 있게 되다니 이제 안심이 돼요.

장작불 열기인지 막둥이를 만나서인지 슬슬 잠이 몰려와요.

기다리던 막둥이의 저녁 인사를 받았으니 나도 인사를 해야 하는데…….

"막둥이 너도……."

내가 인사를 하는 사이 막둥이가 어느새 꿈결까지 따라왔어요. 내 인사를 오래오래 받고 싶었나 봐요.

그 벗은 맑고 깊다

길지연

지천명의 나이에 좋은 벗을 곁에 두니 콧노래가 나누나.

해 질 녘,

어둠이 두려운 아이처럼 칭얼대고 싶은 시간에

그 벗에게

달려가면 따뜻한 차 한 잔을 나눌 수 있고

먼 밤길을 떠나려는 나그네처럼

불쑥 두려움이 찾아오면

그 벗이

등불을 밝혀 주누나.

문정옥 선생님은!

나에게 그런 벗이다.

10여 년 전, 양떼구름 높이 날던 날, 같은 동네 사는 김현숙 작가가 '그림책 모임' 제안을 했다. 좋은 그림책도 보고 정보 교환도 하고 내가 유학 시절, 읽었던 그림책 소개도 하는 그런 취지였다.

"한 달에 한 번쯤 모여 공부도 하고 수다도 떨면 어떨까요?"

"우리 둘이서?"

"아니요. 꽤 멋진 분이 한 분 계세요, 모든 것을 갖추었으나 겸손하고 검소하며 예의 바르며 미모까지……."

김현숙 작가의 얼굴에 환한 웃음이 돌았다. 그 웃음에 호기심이 일었다.

"그리 좋은 사람이라니 만나 보고 싶네요."

그렇게, 모임이 시작되었고 또 그렇게, 문정옥 선생님을 알게 되었다.

그 시간이 어언 15년이 지나고 있다.

첫눈에 들어 온 선생님의 인상은 거세지 않았으며 좋은 가정에서 자란 예의 바른 아가씨였고 맑고 하얀 얼굴에 몸에 배인 따뜻함이 있었다. 내가 느낀, '그 따뜻함'은 유년 시절 부모님과 형제들 사이에서 많은 사랑을 받고 좋은 환경에서 자란 유복한 성장을 거친 그런 것이었다.

바라본 느낌만으로는 초승달 같은 여인이었으나 잠시 뒤의 반전은 망설임 없이 그녀 곁으로 바짝 다가서게 만들었다. 공부 뒤에 시작된 커피 타임의 수다, 호호 하하 깔깔, 웃어대는 기분 좋은 밝은 소리는 늘 사람들로 인해 스트레스를 받는 내 답답한 마음을 뻥 뚫리게 해 주었다. 시원시원한 넓은 가슴을 가진 여자 대장부라는 것도 단번에 알았다. 함부로 말하지 않으나 결코 숨김이 없고 솔직한 선생님의 만남으로 그 후, 나의 일산댁 생활이 한결 더 풍요로워졌다. 매달 한 번 모였던 그림책 모임, 우리는 공부도 하며 여러 군데 답사를 다녔다. 하늬바람이 귓불을 때리던 날은 38선 망향의 동산에 올라가 북녘을 향해(사실 우리 중 누구도 그쪽에 연고가 있는 건 아니었지만 우리 민족이라면 누구나 간직한 염원이 아니겠는가) 갈라진 땅의 평화를 빌었고, 개나리 피던 날은 남이섬으로 달려가 아줌마 수다를 떨며 많은 이야기를 나누게 되었다. 물론 그림책에 관한 주제도 늘 잊지는 않았지만 그림책이 수다의 뒷전이 된 건 확연한 사실이다. 어디를 가던 밝은 선생님의 에너지는 향긋한 내음으로 폴폴 날아다녔다. 그녀는 10여 년이 흐른 지금까지도 단 한마디 누구에 대해 뒷담화도 비판도 하지 않았다. 그것만으로도 선생님에 대한 신뢰와 믿음이 충분하다. 모임의 뒤풀이에는 늘 선생님의 멋진 선물이 기다리고 있었다. 바로 선생님이 찍어 준 사진이었다. 우리들의 사진은 늘 영화의 한 장면이 되어 있었다. 알고 보니 선생님은 사진 공모전에서 몇 차례 입상한 경력이 있었다. 즐거운 시간이 흘러, 김현숙 작가가 아기를 낳고 기르며 그림책 모임이 끝났지만 선생님과 인연은 계속 이어졌다. 일산에 사는 김경옥 작가와 H작가, 선배 핑크리가 합류하며 '길을 걷다'라는 모임으로 바뀌게 되었다.

한 달에 한 번 모여서 '길 위의 답사'를 하자는 모임이었다. 그러나 그 또한 만만치 않아 일 년에 한 번 정도 만나고 있는데 그 모임도 어언 10년이 다가오고 있다.

'길을 걷다' 모임은 '길을 걸으며 맛있는 차를 마시며(술일지도 모른다.) 인생 이야기도 나누는' 뭐 그런 모임이다. 그 모임은 만날 때마다 주제가 있는데 '그날 의상이 온통 초록'이거나, '꽃무늬 패션'이거나, '감자만 먹거나(채식주의인 나를 위하여 고기를 안 먹는다는 뜻)', '해변에서 맨발로 춤을 추거나' 등등 재미있는 이벤트가 있다. 그 별나고 유쾌한 모임 중에 기억에 남는 일화가 있다.

벚꽃이 흰 비처럼 흩날리던 날, 우리는 강화도에서 작은 패션쇼를 열었다.

'초록드레스 페스티벌'쯤으로 생각된다. 꼭 초록 의상을 입어야 한다는 주제로 너도 나도 초록 치마 내지는 원피스를 준비해 갔다. 그때, 선생님 감각, 그 센스는 다시 한

번, 우리를 놀래고 즐겁게 만들어 주었다.

밤새 만들었다는 의상의 재료는 한지였으며, 하얀 한지에 물들인 초록 물감. 그 신비한 빛깔이 햇볕에 스치자 마치 초록 궁전에서 나온 샛별처럼 빛났다.

그 멋진 드레스는 월계수 관을 쓴 여신이나 입을 법한 디자인이었는데 찢어도 찢기지 않았고 물에 빨아서 다시 입어도 되는 재료였다.

신기 방기한 의상을 우리는 돌아가면서 입으며 사진 찍기에 정신이 없었다.

게다가 선생님이 덤으로 준비해 온 롱 헤어 가발, 우리들은 앞다투어 썼지만 20대가 아니라는 것을 그 가발님께서 확연하게 알려 주셨다. 초록 드레스 위에 뒤집어쓴 가발은 우리를 '여자로 분장한 남자?'쯤으로 보이게 해서 또 한 번 깔깔거리는 웃음소리가 강화 앞바다에 출렁였다. 오죽하면 그 앞에 지나던 개들이 다가와 멍멍 짖어댔겠는가. 그렇게 어디를 가나 선생님이 있으면 즐겁고 행복했다.

그렇다고 선생님이 노는 데만 진지하겠는가.

아직도 '동무'라는 호칭을 하며 작은 일에도 서로를 존중하고 배려하는 부부의 금실이 참으로 아름답고 존경스럽다.

어떤 모임에 가든 선생님은 절대 자정을 넘기지 않는다.

총알택시라도 타고 가서 12시 '땡' 하는 순간 이전에 집 안에 한 발을 내딛는다는 이야기를 들으며 현대판 신데렐라의 구두라고 웃었지만 그만큼 가족과 부군에 대한 '예의'와 존중이라고 생각한다.

그 진진함은 글을 쓸 때도 다르지 않다. 많은 책을 내거나 베스트셀러 작가는 아니지만 책을 낼 때마다 좋은 책으로 선정되고 다작은 아니나 작품에 임하는 성실한 자세와 박식한 지식은 저절로 눈과 귀를 열게 한다.

선생님과 함께 역사, 민속 동화를 작업한 적이 있었다. 자료를 찾느라 몰두하는 나에게 차근차근 설명해 주는 그 해박한 지식에 입이 쫙 벌어질 쯤, 선생님이 대학원에서 민속학을 전공한 것을 알았다.

그뿐만이 아니다.

몇 년 전 일산 작가들이 모여 '작은 음악회'를 연 적이 있다.

일명, 옥자매(김경옥, 문정옥)의 바이올린 연주를 들으며 송년을 맞이하자는 '동네 음악회'였다. 각자 싸 가지고 온 음식과 곡차가 준비되고 성황리에 바이올린 연주가 끝나자 선생님이 히든카드를 꺼내 선물을 주셨다. 바로 플루트 연주였다.

오래전 배운 것이라 '잘 할 수 있을지' 하며 시작된 연주는 완전 수준급이어서 배신감마저 들게 할 정도였다. 어찌 보면 선생님은 '원더우먼'이라는 닉이 어울릴 듯하다. 하긴 어릴 적부터 호기심이 많아 궁금하면 열어 보고 뜯어 보는 기질은 지금도 여전한 듯하다. 여자들이 겁내하는 전기 고장, 기계 부품 수리 등도 척척 해결하니 말이다. 무엇을 부탁할 때 단 한 번도 '안 돼, 그건 못해.'라는 말을 한 적이 없다.

늘 '그래, 함께 해 보자.'하고 실천하고 행여 안 되더라도 '음, 또 연구해 보자. 다음에 또 해 볼까?' 하는 자세는 좋은 교감이 되기도 한다.

어쩌면 유년 시절 선생님의 부모님, 형제들의 가슴 훈훈한 사랑의 싹이 아니었을까 생각한다. 사진 찍기를 좋아하셨던 아버님은 중학교 소풍날, 귀한 카메라를 딸에게 선뜻 선물로 주시며 사진 조작법까지 알려 주셨다고 한다. 당시는 일반인들도 흔하지 않은 소장품이었던 고가의 카메라를 선뜻 딸에게 내어 주시며 가르쳐 주신 아버님이시니! 그 아버님에게 보고 배운 교육이 헛되지 않음은 당연한 일이다. 아버님뿐만이 아니라 오라버니 역시 동생을 위해 손수 기타를 선물해 주고 시간이 날 때마다 가르쳐 주는 따뜻하고 자상한 분이었다니 그 가족 사랑이 얼마나 풍요로웠을 것인가. 그런 가족애는 지금의 선생님의 두 아들, 산과 해에게도 고스란히 내려옴을 알 수 있다. 음악 대학에 다니는 막내 아드님이 대학에 들어가기 전 일이다. 선생님은 부군과 함께 막내를 데리고 자주 오페라와 뮤지컬 공연을 다니셨다. 음대를 들어가기 위해 다른 집 아이들이 학원가를 맴돌 때 선생님은 직접 보고 느끼며 스스로 선택할 시간을 주신 것은 아닐까 생각한다.

후회 없이 잘 할 수 있도록, 아버지, 어머니는 아이와 함께 공연장을 찾으며 진정한 음악인의 길을 걷도록 동참해 주셨다. 아이에게 그렇게 하지 못한 나는 참 부럽고 존경스러웠다.

몇 년 전 선생님의 어머님이 편찮으실 때도 모든 형제자매들이 조금이라도 더 가까이에서 모시려고 앞다투어 간병하던 모습 또한 가슴 뭉클한 풍경이었다.

가정, 일, 형제, 친구, 모임, 등
그 어느 것에도 차별 없이 진지하며
진실되고
늘
폴폴 날리는 웃음꽃으로
에너지를 주고 즐거움을 주는

문정옥 선생님,
스쳐간 시간 속에 더 소중한 일들이 있을 텐데…….
일일이 나열하지 않으나 가슴 한편에 기억하고 있습니다.

그 벗이 지척에 있어

늘 든든하고

그 벗의 해맑은 웃음에

우리는

화사해진다.

그 벗은

맑고 깊다.

기계 문물에 대한 이중적 태도와 동화 문법

김현숙

기계 문물을 주목하다

문정옥은 다섯 권의 동화책을 펴냈다. 《로봇 큐들의 학교》(능인, 1994), 《빨간 오리와 종알 대장》(꿈소담이, 2012), 《안녕, 내 비밀번호!》(다림, 2016)는 장편이다. 세 장편 모두 기계 문물과 관계가 깊다. 앞의 두 권은 로봇 이야기이다. 로봇은 흔히 첨단 기계 문물을 상징한다. 최근의 장편은 비밀번호라는 소재를 취했다. 비밀번호는 우리 일상에 컴퓨터, 핸드폰, 도어록 등의 기계 문물이 깊숙이 파고들었기에 포착 가능한 소재이다. 이런 탓에 문정옥은 기계 문물에서 소재를 구하는 작가라는 인상을 남긴다.

문정옥의 두 단편집 《초록빛 바람》(상서각, 1993)과 《문정옥 동화선집》(지식을만드는지식, 2013)을 통해 대략 25편의 동화를 만날 수 있다. 여기서 〈기차역〉(1992), 〈눈 감고 보는 하늘〉(2008), 〈오늘 대화는 여기서 끝〉(2010) 이 세 편은 기계 문물과 연관된 동화들이다. 〈기차역〉은 로봇 이야기이다. 〈눈 감고 보는 하늘〉은 감시 카메라를, 〈오늘 대화는 여기서 끝〉은 만능 전자 카드를 소재로 취했다. 관련 단편의 편수만 놓고 보면 문정옥이 기계 문물에 각별한 관심을 두었다고 말하긴 어렵다. 하지만 우리의 단편동화 일반이 취급하는 기계 문물이 컴퓨터와 핸드폰에서 크게 벗어나지 않기에, 감시 카메라나 만능 전자 카드라는 드문 소재를 제시하는 문정옥은 기계 문물과의 관련성이 한결 높은 작가라는 인상이 남는다.

로봇은 문정옥에게 각별한 소재인 듯하다. 로봇 이야기인 1992년 단편 〈기차역〉을 1994년 장편 《로봇 큐들의 학교》로 확충시켰을 뿐만 아니라, 18년의 세월이 흐른 뒤 새로운 장편 로봇 이야기인 《빨간 오리와 종알 대장》을 발간했기 때문이다. 따라서 이 글에서는 먼저 두 개의 장편 로봇 이야기를 비교해서 읽겠다. 이어서 〈눈 감고 보는 하늘〉, 〈오늘 대화는 여기서 끝〉 그리고 장편 《안녕, 내 비밀번호!》를 살펴봄으로써, 문정옥이 기계 문물을 동화화하는 방식을 추적해 보고자 한다.

나쁜 로봇 좋은 로봇, 각각의 이야기를 거느리다

《로봇 큐들의 학교》는 창길이가 로봇 세계에 납치되어 점차 로봇으로 변하던 중 천신만고 끝에 탈출하여 부모님 곁으로 돌아온 이야기이다. 이 이야기의 저변에는 인간과 로봇에 대한 이항대립적 시선이 자리한다. 인간이 만든 로봇을 인간을 대립물로 파악하는 연유가 궁금하다.

인류는 오랫동안 도구의 사용으로 문명을 발달시켜 왔다. 초기에는 자연물을 도구로 활용하기에 그쳤지만 점차 도구의 제작, 나아가 기계의 발명으로 이행되었다. 현대 사회는 산업 로봇, 자율 주행하는 자동차, 로봇 청소기 등 기계가 주는 편익을 풍성하게 누린다. 그러나 한편에서는 기계화로 단순 조업 노동자의 대량 해고가 일어나고, 원전 사고가 보여 주듯 기계의 노후나 관리 소홀로 발생된 대재앙이 발생되곤 한다. 기계 문물은 편리함과 동시에 재앙을 가져오는 양날의 칼이다. 로봇은 최첨단 기계 문물인 탓에 기계 문물의 이중성을 드러내는 표상물로 애용되었다.

인간의 안락을 위한 수단인 동시에 인간을 위협하는 로봇은, 아이러니한 대상이다. 이러한 이율배반성으로, 사람의 형체를 본뜬 로봇은 특히 더 자주 문학과 영화에서 주인물로 등장했다. 로봇은 사이보그, 미래 전사, 우주의 생명체 등으로 진화와 변형을 거듭하면서, SF라는 개별 하위 장르의 형성에 한몫을 해내기도 했다. 이렇게 로봇에 기댄 서사가 증폭적으로 전개될 수 있었던 동력은 무엇일까?

인체형 로봇은 인간 존재의 모사물이라는 점에 유의하게 된다. 본디 인간은 자기 탐색자이다. 예부터 인간은 자신을 신이나 동물 앞에 세움으로써, 자신이 누군가를 물어 왔다. 이 탐색에 있어서 인체형 로봇은, 인간의 복제물인 동시에 인간 능력의 일부의 극대화를 꾀한 창조물이기에, 인간의 자기 탐구에 유효한 지점이 있다. 한편, 현대 사회는 기계 문물이 가져온 편익과 재앙을 일상적으로 경험한다. 그런지라 로봇의 진화가 거듭되는 와중에 도래할 미래에 대한 염려 또한 클 수밖에 없다. 로봇은 현대 인간이 자신의 속성과 자기 미래의 탐구를 위한 유효적절한 대상물이기에, 끊임없이 서사에 등장했던 것이다.

장편동화 《로봇 큐들의 학교》에는 위에서 짚어 본 로봇이라는 기계 문물과 이야기의 관계에 대한 우리들의 태도가 반영되었다. 이 작품의 로봇은 인간보다 월등한 지능을 가진 존재이다. 그들은 가공할 지식과 기술로 스스로를 복제한다. 자기들에게는 없지만 인간들에게 있는 상상력을 갖추고자, 인간을 납치해 인간으로부터 정신 능력을 빼낸다. 이 과정에서 인간은 정신 능력을 빼앗기고 점차 로봇으로 변모된다.

그런데 이러한 능력자 로봇은 한 과학자의 연구 결과물이다. 즉 인간의 창조물이다. 요컨대 이 로봇은, 인간의 창조물인 주제에 뛰어난 능력으로 자신의 창조자인 인간을 지배하려는 반역적 존재이다. 인간의 생명을 앗아가는 악인이다. 반면 인간은 로봇보다 못한 약자이고 희생물이고, 악당 로봇에 맞서는 선한 주인공이다. 인간과 로봇이 구축한 선악의 대립이 이 작품의 기본 갈등축을 이룬다. 그리고 이 대립 구도 속에서 로봇과 구별되는 인간 고유의 속성이 무엇인지 지시된다.

로봇에게 납치된 창길이는 점차 정신 능력을 탈취 당한다. 겉모습은 여전히 인간이기에 자신이 로봇화되고 있다는 걸 모른다. 알아차린 계기는 과거에 대한 기억을 잃어가고 있음을 알아차릴 때이다. 기억이 인간과 로봇을 가르는 척도가 되었다. 기억은 뇌의 작용인데, 이 작품에서 기억은 배운 것을 잊지 않는 암기력과는 구별된다. 추억과 관련된다. 추억을 회상하는 동안 추억 내용에 결부된 여러 감성들도 환기되게 마련이다. 이 감성은 과거 경험에 대한 기억 내용과 결합되면서, 사고의 기계적 논리적 작동이 하지 못하는 생각 작용을 가능케 한다. 부끄러움 등과 연루된 윤리적 판단을 유발하고, 윤리적 판단은 진실에 대한 판단과 미학적 판단에도 영향을 끼친다. 이 과정에서 발동되는 것 중 하나가 상상력이다. 이 작품에서 상상력은 로봇 자신들에게 결여된 능력으로, 그들이 인간으로부터 빼내는 정신 능력의 핵심 사항이다.

로봇은 자신들의 지능은 인간보다 높지만 정신 능력 특히 상상력의 결핍으로 한계가 있음을 인지한다. 때문에 상상력이 월등한 어린이들을 납치해 정신 작용을 빼낸다. 그러는 동안 어린이들은 몸체만 인간인 로봇화되는 것이다. 요컨대《로봇 큐들의 학교》가 지적하는 인간의 본성을 이루는 요소는 상상력이라는 정신 능력이다.

《로봇 큐들의 학교》는 로봇화에 저항했던 창길이의 이야기로 요약된다. 이 이야기는 첨단 기계 문명에 대한 불안을 반영한다. 흔히 문학은 이런 류의 불안을 통해 인간 자신의 자기됨이 무엇인지 추적하고 검토하곤 한다. 문정옥의 경우, 상상력을 중심으로 한 정신 능력을 인간다움의 본질적 요소 중의 하나로 제시한 것이다. 때문에 외적 요인이든 스스로의 태만이든 간에, 인간이 이 능력을 상실한다는 것은 인간 이하로의 전락이라는 논리가 성립된다. 이 작품에 따르면, 인간으로서 정신 능력을 잃지 않는 것이 기계 문물의 발달에서 오는 비극을 막는 가장 핵심적인 일이다.

《빨간 오리와 종알 대장》은 앞의 로봇 이야기와 꽤 차이를 이룬다. 우선 여기의 로봇, 종알 대장은 긍정적 대상이다. 이 작품의 주 독자층인 3, 4학년 어린이를 고려한 듯, 종알 대장은 8살 남짓의 키와 몸집 그리고 귀여운 외모를 가졌다. 마치 큼직한 캐릭터 인형처럼 정감이 가는 대상이다. 높은 지능은 물론 인간의 감성까지 장착되었다. 그러나 감성을 관장하는 칩이 아직 불완전한 것인지라, 턱없이 꾸밈없고 순수하다. 이 불완전성이 이 기계에게 친근함을 느끼게 하는 요인이다. 이런 종알 대장은 마치 반려동물처럼 곁에 두고 늘 함께 지내고 싶은 존재이다.

종알 대장은 긍정적 대상인지라, 서사 안에서 주인물과 갈등을 빚어내는 역할에서는 비켜선다. 주인공 두기는 엄마와 둘이서 어렵게 살아가는 4학년이다. 자신감이 없어

반 아이들 사이에서 고립 상태이다. 서사는 문제적 상태의 주인공을 제시함으로써 긍정적 로봇이 주인공의 문제 해결을 돕는 조력자 역할을 감당하게 했다. 두기는 종알 대장의 도움으로 자신을 따돌렸던 한결이와 친구가 되어 고립을 극복한다.

종알 대장은 높은 지능에 감정까지 갖춘 한결 진화된 동시에 인간화된 로봇이다. 기술의 진보가 인간 위협으로 작용하지 않고, 약자인 소년을 돕는다는 이로운 쓰임을 갖는다. 《로봇 큐들의 학교》와 대비를 이룬다.

로봇에 대한 시선이 부정에서 긍정으로 전환되어 있다. 첫 번째 장편 로봇 이야기는 로봇을 악인으로 삼음으로써 서사는 인간 존재의 인간됨의 탐색을 진행했다. 반면 두 번째 로봇 이야기에서 로봇에 대한 시선은 부정에서 긍정으로 전환되었다. 그 결과 로봇을 귀엽고 순수한 대상으로 다듬어졌고, 주인공을 돕는 조력자 역할을 하게 되었고, 주인공은 로봇의 도움으로 궁지로부터 벗어나게 되었다는 서사를 수립시켰다. 여기까지 로봇에 대한 시선의 차이가 서사를 어떻게 바꾸어 놓는지를 짚어 보았다.

두 작품 모두 로봇 이야기이지만, 서사의 내용과 질감 그리고 파생되는 성찰 내용이 사뭇 달라졌다. 이러한 변화는 기계 문명에 대한 우리 사회 그리고 아동문학가들의 시선 변모와 궤를 같이 한다. 1990년대 초반 컴퓨터가 급소도로 보급되면서, 우리 사회는 컴퓨터라는 당시의 첨단 문물이 인간성을 훼손할 위협물인지 아니면 생활의 편의를 도모할 이기인지를 놓고 설전을 벌였다. 1990년대 초중반의 동화에서는, 어린이가 컴퓨터 오락을 한다는 것은 나쁜 행위라는 시선을 암암리에 전제했었다. 컴퓨터에 그다지 우호적이지 않았던 것이다. 그러나 컴퓨터의 보급과 대중화를 이룬 1990년대 후반, 이러한 논쟁과 동화적 현상은 시나브로 자취를 감추었다.

이세돌과 슈퍼컴퓨터의 바둑 대결이 세간의 이목을 끌었다. 대결 자체에 대한 우려는 거의 없었으며, 오히려 인간이 슈퍼컴퓨터에게 완패를 벗어나 몇 번의 승리를 따낼 수 있을까라는 관전 포인트가 되었다. 기술기계 문명의 도저한 흐름을 대세로 받아들였기에 발생된 현상이었다. 이런 상황에서 동화는 로봇에 대해 부정적 형상화는 자칫 시대착오적인 것이 되기 마련이다. 문정옥의 로봇동화가 인간과 기계의 이항대립적 시선을 벗어나 협조적 관계로 변화했던 것은, 로봇 더 나아가 기계 문명에 대한 두려움과 저항에서 벗어나 어느덧 이를 수용하고 점차 익숙해진 우리 시대의 변모 태도를 접수한 결과이다.

기계 문명을 가까이 두어 인간 삶을 비판적으로 성찰하다

기계 문물에서 소재를 취한 문정옥의 단편들을 읽어 보자. 〈눈 감고 보는 하늘〉은 모든 피사체를 감시해야 하는 감시 카메라의 불행을 다룬 작품이다. 카메라는 '보다'라는 눈의 기능을 극대화한 기계이다. 감시 카메라는 '보다'에서 끝나지 않고, 본 것의 기록과 감시라는 기능이 부가된 장치물이다. 이 부가적 기능을 수행하던 감시 카메라는 세상 모두를 수상쩍게 보는 일에 피로를 느낀다. 자신이 감시당한다는 것을 알아차린 피사체로부터 원망도 듣는다. 주변의 대상 피사체들과 원만한 관계 맺을 수 없는 일을 해야 하는 카메라는 불행하다. 이런 감시 카메라는 현대 사회를 살아가는 개인들을 표상한다. 복잡하고 세분화된 현대 사회의 질서 속에서 개인들은 주어진 역할을 수행하다 보면 타인들과 자신이 소망하는 관계를 맺기 어려운 것이다.

이 작품의 작의는 감시하는 삶 다시 말해 주변과 불화하는 삶이란, 그것의 계기가 무엇이든 행복과 양립되기 어렵다는 것에 맞춰져 있다. 여기의 감시 카메라는 수많은 동화들이 새나 나무와 같은 자연물을 들어 인간의 삶을 그려 냈던 것처럼 의인화된 소재이다. 자연물에서 소재를 취해 이만한 이야기를 할 수도 있다. 그러나 감시 카메라라는 기계 문물을 소재로 끌어들인 덕에 다른 층위의 의미망도 형성된다. 이 점을 좀 더 살펴보자.

이 감시 카메라의 삶은 현대인의 삶으로 수월하게 환치된다. 현대인의 삶을 감시 카메라라는 기계를 통해 드러낼 만큼, 기계에 대한 대립적 시선은 꽤 완화되었음이 확인된다. 그러나 이 기계로 드러난 삶은 행복과 거리가 있다. 다시 말해, 기계를 소재로 취한 이 서사가 형성한 작의는 불화하는 삶에 대한 경계이다. 이 점에 유의하면, 기계에 대한 대립적 시선은 완화되었으나 새, 나무 등 자연물에 보였던 우호적 시선은 아직 자리 잡지 못했음을 알 수 있다. 〈눈 감고 보는 하늘〉이 2008년에, 우호적 시선을 보였던 《빨간 오리와 종알 대장》은 2012년에 발표되었음은 이런 추론을 뒷받침한다. 요컨대 불행했던 감시 카메라는 악한 기계는 아니었으나 불행이라는 부정성과 연관되어 있다. 이렇게 기계라는 소재에 대한 부정적 채색을 통해, 작가는 독자로 하여금 현대인들의 삶의 양상에 대해 비판적인 성찰을 해 볼 수 있게 했다. 이는 로봇이라는 기계에 부정적 시선을 드리워, 인간 존재에 대한 탐색이 뒤따랐던 것과 유사한 문법이다. 이 원리들은 기계 문명에서 소재를 취한 문정옥의 서사들을 움직이는 하나의 법칙으로 작동한다.

〈오늘 대화는 이것으로 끝〉은 '말하고 싶지 않을 때 말하지 않을 권리'를 보호하는 사생활 침해 방지 특별법이 발동되었다는 상황을 다룬다. 이 권리를 누릴 수 있도록 국민들은 만능 전자 카드를 사용한다. 이 카드를 통해 원하는 때 원하는 타인하고만 대화하기가 가능해진다. 이 카드를 사용했던 초기, '나'는 말하지 않을 권리가 보호받는 듯해 환호한다. 그런데 타인이 말하지 않을 권리를 보장하기 위해 내가 타인에게 말을 거는 행위 역시 제약된다는 것을 곧 깨닫는다. 이를 어겼다가는 규제 대상이 된다. 때문에 사람들은 규제 대상이 되지 않으려 타인에게 말거는 행위를 극도로 삼간다. 일 년 후 '나'는 친구, 가족 등과 단절 상태에 놓였음을 알아차린다.

이 작품이 겨눈 것은, 사생활 보호가 갖는 허울 내지는 이면의 부조리함이다. 그런데 사생활 보호에 따른 수단으로 기계가 개입된 탓에, 이 작품은 하고 싶지 않은 대화를 하지 않으려는 개인의 의지를 어떻게 얼마나 허용할 것인가 등의 논의를 넘어 좀 더 심층적 층위의 것들을 짚어 보게 한다. 사생활 보호가 사람들 사이의 단절이라는 파국적 국면을 초래했던 주요 원인은 사생활 침해에 규제가 따랐기 때문이다. 그런데 이 규제가 보다 확실히 개인 일상을 통제하는 내면적 규율로 작동하게 했던 것은, 만능 전자카드라는 기계의 사용 때문이었다.

근대적 장치들이 개인을 어떻게 규제하는지 사회학자들이 밝힌 바가 있다. 대표적인 연구자 푸코가 지적했던 가장 일상적인 장치는 시간표이다. 우리는 학생으로, 군인으로, 혹은 노동자로 각처의 시간 계획표에 따라 일상을 영위한다. 이때의 시간표란 개인을 통제하는 수단으로 기능한다. 근래 들어 우리가 사용하는 신용 카드 또한 개인이 언제 어디서 무엇을 했는지를 소상하게 드러낸다. 때문에 이것 역시 개인의 감시이자 통제 기능을 갖는다. 현대인들은 소장한 신용 카드와 휴대폰 그리고 도처에 설치된 씨씨티브이와 같은 기계 문명에 의해 감시와 통제 대상으로 살아간다는 것은 주지의 사실이다. 〈오늘 대화는 여기서 끝〉에 나온 만능 전자 카드도 동일한 맥락에 놓인 통제 장치이다.

이 작품에서 사용된 기계인 만능 전자 카드는 초반에는 편리한 도구였다. 그러나 후반에서는 사람 사이의 교류를 끊는 위험한 도구이다. 만능 전자 카드라는 기계의 속성은 불길하고 음험하다. 긍정이 아닌 부정적 맥락에 놓여 있는 것이다. 기계가 부정적 맥락에 놓이자, 이 작품은 인간 사이의 관계 문제를 생각하게 한다. 이는 앞에서 부정적 로봇이 인간 존재의 탐색을 유발시켰고, 감시 카메라가 인간을 둘러싼 삶의 조건에 대한 탐구로 이어지던 양상의 반복이다.

기계 문명의 이차적 가공으로 성장을 말하다

문정옥은 기계 문물에서 소재를 건져올리는 일에 능한 작가이다. 로봇이라는 최첨단 기계로 두 권의 장편을 발표한 그는, 세 번째 장편에서도 도어록이라는 기계 문물을 활용한다. 《안녕, 내 비밀번호!》인데, 2학년 두리가 자기 위상을 스스로 어떻게 높여 갔는지를 그려 냈다. 작품의 배경은 비밀번호 장치가 된 기계 문물을 일상적으로 사용하는 현실이다. 두리네 집은, 휴대 전화, 게임기, 텔레비전, 현관문 등에 비밀번호를 걸어 둔다. 그 비밀번호를 오직 2학년인 두리에게만 알려 주지 않는다. 가족은 두리를 비밀을 지키지 못하는 무능력자로 취급하는 것이다. 두리는 이 처우에 대응한다. 스스로에게 비밀번호를 걸어 두고, 가족이 이 비밀번호를 알아내서 말할 때까지 아무 말도 하지 않는다. 가족은 간신히 두리의 비밀번호를 알아내고, 비밀번호 장치를 활용할 정도로 성장한 존재라는 걸 인정받은 두리는 묵언을 푼다.

비밀번호가 성장의 지표로 활용되고 있다. 휴대 전화번호, 아이디, 비밀번호 등의 표식으로 개인이 인식되고 개인 간 접속이 이뤄지는 시대이다. 그 배경에는 그만한 물질문명의 발달이 자리한다. 어린이라고 이 상황에서 배제된 것이 아니다. 이미 어린이들도 비밀번호가 장착된 여러 기계들의 사용자이다. 그러니 비밀번호 공유에서 제외되었다면 민감하게 반응할 수밖에 없다. 비밀번호는 어린이가 자신이 처한 세계와 관계를 어떻게 맺고 있는지 알려 주는 중요한 열쇠이다. 문정옥은 이 열쇠를 찾아냈다. 비밀번호는 그가 현대 기계 문물에 민감한 작가임을 넉넉히 증거한다.

비밀번호를 소재로 건져 올려 한 어린이의 성장의 한 마디를 그려 냈다. 여기의 두리는 어느덧 비밀을 가질 만큼 내면이 있는 존재, 비밀장치를 설정하는 능력을 가진 존재가 되어 있다. 그런데 비밀번호 그 자체가 기계는 아니다. 그러나 기계 문명의 시대에 일상적 기입이 요청되는 표식이다. 따라서《안녕, 내 비밀번호!》는 기계 문물을 가공된 소재라고 하게 된다. 그런 까닭에 비밀번호는 선악 판별 대상으로부터는 비켜나 있다. 그때문에 비밀번호를 소재로 취한 이 작품에서는 인간 속성이나 삶의 조건에 대한 탐색보다, 성장이라는 주제와 연관을 맺는다는 특성을 보인다.

기계 문물 시대의 작가로 나서다

로봇, 도어록(비밀번호), 감시 카메라, 만능 전자 카드 등은 드넓은 기계 문물의 바다에서 문정옥이 길어 올린 소재들이다. 많은 동화작가들이 컴퓨터, 핸드폰을 다루지만, 기계 문물에 대한 관심 때문이 아니라 그것들이 어린이의 일상을 구성하기 때문이다. 기계 문물 활용이라는 특성은 문정옥 동화의 특징으로 기록된다. 이에 따라 문정옥 동화에서 기계가 긍정과 부정 어떤 맥락에 자리하느냐에 따라 각 동화가 어떤 서사 문법을 만드는가를 추적했다.

기계 그 자체를 놓고는 좋고 나쁨을 말할 수 없다. 그러나 기계는 어디에 쓰이게 마련이고 그 순간, 도구인지 흉기인지 가늠된다. 기계를 끌어들인 문학에서 중요한 것은, 그 기계들을 쓰는 사람들의 삶의 질서가 무엇인지 이를 어떻게 밝히고 있는가이다. 문정옥 동화들이 이 문제를 의도적으로 파고든 편은 아니다. 그러나 현대의 기계 문물들을 소재로 취한 그의 동화들은 이러한 지점들을 건드렸다. 로봇, 감시 카메라, 만능 전자 카드 등 현대 기계 문물을 소재로 취하자, 우리 당대인들이 기계 문명 시스템에 포획된 채 어떤 삶을 사는지를 더듬는 길을 냈다. 인간의 편익을 구하지 않고 인간을 지배하려는 로봇, 보이는 것마다 짐승의 눈으로 감시하는 감시 카메라, 사생활 보호를 넘어서서 타인의 접근을 막아 버리는 만능 전자 카드는, 현대를 살아가는 독자들이 인간과 인간 삶의 조건에 대해 숙려하도록 안내했던 것이다.

이러한 문정옥 동화들을 두고 현대 문명에 대한 비판으로 읽는 건 너무 단순한 독해이다. 그가 기계 문물의 폐해를 지적하며 기계 문명 이전으로의 돌아가자는 것이 아니므로. 기계 문명이 그렇게 간단하지 않음은 모두 수긍한다. 중요한 것은 나를 둘러싼 문명들이 나의 삶에 어떻게 작동하는지를 밝히는 것이 중요하다. 그 문물들이 나의 삶의 질을 올리는지 그렇지 못하고 방해를 하는 것인지를 계속 따져야 한다. 기계 문명의 이기에 살되 문제 제기를 하는 건, 작가의 몫이다. 문정옥은 그 몫을 조용히 감당하고 있는 작가로 발돋움하고 있다.

어린이와 함께 선생이 걸어온 길

1956년 서울에서 태어남.

1972년 진명여자고등학교에 입학함.

1975년 성신여자사범대학 국어교육과에 입학함.

1979년 성신여자대학 대학원 국어국문과에 입학함.

1981년 석사 학위논문: 한국가신연구(韓國家神硏究) (지도 교수: 중앙대학교 임동권).

1982년 〈한국의 가신 분류〉 학회 발표 및 《한국민속학 15호》(민속학회)에 수록됨.

1991년 단편동화 〈발바닥 돌〉로 아동문학평론문학상 신인문학상을 수상함.

1992년 단편동화 〈집 없는 달팽이〉를 〈아동세계문학〉 봄호에 발표함.

1993년 첫 동화집 《초록빛 바람》(상서각)을 출간함.

1994년 장편동화 《로봇 큐들의 학교》(능인)를 출간함. 단편동화 〈날아간 비둘기〉를 〈조선문학〉 4월호에, 〈해와 달도 나처럼〉을 〈어린이동산〉 5월호에 발표함.

1996년 단편동화 〈숲속에서 온 편지〉를 〈문학과 어린이〉 봄호에, 〈가시울타리의 노래〉를 《96대표동화동시》(예림당)에, 〈별빛이 된 왕구슬〉을 〈엄마랑 아기랑〉 12월호에, 〈내 친구 만델라〉를 〈소년동아일보〉에 발표함.

1997년 단편동화 〈내 작은 유리창〉을 《저학년 창작동화 동시》(예림당)에, 〈203동 701호에서 열리는 아침〉을 〈아동문학평론〉 겨울호에 발표함.

1998년 단편동화 〈흰띠박이 때때〉가 〈아동문학담론〉에, 〈시내의 하늘〉이 《4학년 창작동화》(효리원)에 수록됨.

1999년 〈별이네 만두〉가 〈슬기랑 지혜랑〉 금성푸르넷 3월호에 수록됨.

2001년 단편동화 〈아주 커다란 둥지〉가 《아주 소중한 사랑 이야기》(청동거울)에 수록됨.

2004년 단편동화 〈휘파람 소리〉를 〈고양문협〉에 발표함.

2006년 단편동화 〈밤새 세고 또 세고〉를 〈열린 아동문학〉에, 〈빨간 모자〉를 〈아동문학평론〉 봄호에, 〈행복한 개구쟁이〉를 〈고양아동문학동인지〉에 발표함.

2007년 단편동화 〈날아라, 연아〉를 〈소년조선일보〉에, 〈왜 그랬을까 아무 것도 모르면서〉를 〈아동문학평론〉 여름호에 발표함.

2008년 최초의 여자수학자 인물전 《히파티아》(살림어린이)를 출간함. 단편동화 〈눈 감고 보는 하늘〉을 〈아동문학평론〉 겨울호에 발표함.

2009년 《통통 한국사 1권》(휴이넘)을 출간함. 단편동화 〈나는 곰이야〉를 〈한국아동문학〉에 발표함.

2010년 《통통 한국사 3권》(휴이넘), 인물전 《레오나르도 다빈치》(아리샘주니어)를 출간함. 단편동화 〈찾았다 내 얼굴〉을 《졸졸졸 따라오는 생각꼬리》(한국현대아동문학작가회)에, 〈봄눈〉을 〈좋은만남〉 3월호에, 〈오늘 대화는 이것으로 끝〉을 〈열린 아동문학〉 겨울호에 발표함.

2011년 《우리는 몇 촌일까?》(아이세움), 저학년장편동화 《어디로 갔지》(소담주니어), 《초등어휘의 달인이 되는 사자성어》(공저, 휴이넘)를 출간함.

2012년 장편동화 《빨간 오리와 종알 대장》(꿈소담이), 신통방통 사회 시리즈 《신통방통 플러스 한옥》(좋은책 어린이), 저학년장편동화 《아주 특별한 자랑》(좋은책 어린이)을 출간함. 단편동화 〈씽씽〉을 〈아동문학평론〉 여름호에, 〈스타는 여행 중〉을 〈아동문학평론〉 가을호에, 〈나의 문학 수업기〉를 〈아동문학평론〉 가을호에, 중편동화 〈새들은 즐겁다〉를 〈한국아동문학〉 가을호에 발표함.

2013년 《문정옥 동화선집》(지식을만드는지식)을 출간함. 단편동화 〈신나는 비밀번호〉를 〈열린아동문학〉 겨울호에 발표함.

2014년 환경동화집 《그냥 먹을래? 골라 먹을래?》(상상의 집), 《지구를 품은 착한 디자인》(공저, 상상의집), 《그래도 우리 엄마》(공저, 형설아이)를 출간함.

2016년 저학년장편동화 《안녕, 내 비밀번호!》(다림)를 출간함. 단편동화 〈새들이 사는 골목〉을 〈아동문학평론〉 봄호에 발표함.

2017년 단편동화 〈마녀는 충전 중〉을 〈열린 아동문학〉 가을호에 발표함.

2018년 단편동화 〈그 골목에 누가 있을까〉를 〈새싹문학〉 133호에 발표함.
청소년 소설 《나도 낙타가 있다》(다림)를 출간함.

한국 아동문학가 100인

안선모

대표 작품

〈내가 선생님이고 선생님이 나라면〉

인물론

늙을 틈이 없는 열정의 동화작가

작품론

자연과 아이들을 닮은 작가

어린이와 함께 선생이 걸어온 길

내가 선생님이고 선생님이 나라면

마로네 반 아이들은 하루 반장이 되는 날을 손꼽아 기다려요.
하루 반장은 하루씩 돌아가며 반장이 되는 거예요.
하루 반장이 되면 온종일 바빠요.
공부가 시작될 때, 공부가 끝날 때 큰 목소리로 구령을 붙여야 해요.
"차렷! 선생님께 인사!"
하루 반장이 되면 선생님 심부름도 도맡아서 할 수 있어요.
칠판도 마음대로 지울 수 있어요.
노는 시간이 되면 복도에 나가 허리에 두 손을 척 얹고 이렇게 말할 수도 있어요.
"복도에서는 뛰지 말아야 합니다."
이렇게 말할 때 절대 웃으면 안 됩니다.

오늘은 마로가 하루 반장이 되는 날이에요.
"마로야, 인사해야지요?"
선생님의 말씀에 마로가 늘쩡늘쩡 자리에서 일어났어요.
"마로는 하루 반장이 되는 게 싫은가 봐요."
"예! 저는 하루 반장보다 하루 선생님이 되고 싶어요! 하루 반장은 시시하거든요."
"하루 선생님이요?"
선생님과 아이들이 깜짝 놀라 마로를 쳐다보았어요.
"선생님이 되면 공부를 안 해도 되고 또 무엇이든 마음대로 할 수도 있으니까요."
그러자 선생님이 빙그레 웃으며 아이들에게 물었어요.
"그렇다면 마로가 하루 선생님이 되는 것 괜찮겠어요?"
"예, 좋아요! 좋아요!"
아이들은 신이 나서 발까지 구르며 외쳤어요.
"그렇다면 선생님은 우리의 친구가 되어 주세요."
아이들은 말이 끝나자마자 우르르 달려 나와 선생님을 에워쌌어요.

첫째 시간은 수학 시간이에요.

마로는 수학책을 펴며 자신 있게 말했어요.

“두 자릿수 더하기 두 자릿수 계산은 너무 쉬워. 그러니까 60쪽~61쪽까지 얼른 풀어!”

마로의 말이 끝나자, 온유가 손을 번쩍 들었어요.

“근데 왜 우리한테 반말하지요? 선생님은 우리에게 꼭 존댓말을 쓰는데?”

“어? 알았어. 아니, 알았어요.”

그 시간, 선생님은 마로 자리에 앉아 수학 문제를 풀었어요. 책상과 의자가 낮아 좀 불편하긴 했지만 생각보다 재미있었어요.

‘어, 이건?’

선생님은 마로 책상 속에 깊숙이 들어 있는 만화책을 발견했어요.

“크크큭.”

너무 재미있어서 자꾸 웃음이 나왔어요. 그러다 마로 선생님과 눈이 딱 마주쳤어요.

선생님은 만화책을 집어넣는 척하다가 마로 선생님이 다른 쪽을 보자 얼른 다시 꺼냈어요.

‘화장실에 가고 싶다. 어떡하지? 공부 시간인데……. 말해야 하나, 참아야 하나?’

선생님은 이리 흘끔 저리 흘끔 계속 눈치를 보았어요.

문제를 푼 아이들이 수학 익힘책을 들고 나오자 마로는 채점을 하기 시작했어요.

‘휴, 채점하는 것 쉬운 줄 알았더니 엄청 힘드네.’

마로는 얼른 시계를 보았어요. 시간이 한참 흐른 것 같은데 겨우 10분밖에 지나지 않았어요.

채점을 마친 아이들은 수학놀이를 하였어요. 마로도 놀이에 끼고 싶었어요.

하지만 그럴 수가 없었어요. 채점해 달라고 나온 아이들이 점점 늘어 뒷문까지 이어졌거든요.

“마로 선생님! 저……. 있잖아요.”

선생님이 몸을 비틀고 주저거리며 말을 꺼냈어요.

“저, 저, 급해요.”

채점을 하느라 고개를 숙인 채 마로가 말했어요.

“지금 채점 중이니까 말 시키지 마세요! 바쁘단 말이에요.”

선생님이 참을 수 없다는 듯 몸을 배배 틀었어요. 그 모습을 본 아이들이 깔깔대며 웃었어요.

공부 끝나는 종이 울리자, 아이들이 우르르 복도로 뛰어나갔어요.

화장실에 간 아이들은 뭐가 그리 재밌는지 자꾸만 웃었어요.

'화장실에 오는 게 뭐가 재미있다고 웃지?'

하지만 선생님의 입가에도 미소가 피어올랐어요. 왠지 마음이 뿌듯하기도 하고 후련하기도 했어요.

"공부 시간은 너무 길고 쉬는 시간은 너무 짧아. 그렇지, 얘들아?"

아이들이 고개를 끄덕였어요.

복도는 얼굴이 비칠 정도로 매끈매끈했어요.

"얘들아, 우리 미끄럼 타고 갈까?"

선생님께서 쪼그려 앉자 아이들이 선생님의 두 팔을 잡았어요.

쓩~

선생님은 순식간에 교실 앞까지 미끄러져 갔어요.

'우아, 이거 보기보다 재밌는데? 꼭 스케이트 타는 것 같아.'

"이제 너희 차례야."

선생님은 아이들의 팔을 잡고 슝~ 달려갔어요.

그런데 아뿔싸!

복도 끝에 교장 선생님이 서 계셨어요. 교장 선생님에게 딱 걸렸지 뭐예요.

선생님과 아이들은 손을 들고 벌을 섰어요. 다른 반 아이들이 키득키득 웃으며 지나갔어요.

'그래도 기분은 최고였어.'

두 번째 시간은 창의적 체험 활동 시간이에요.

마로는 신이 나서 외쳤어요.

"운동장으로 나가세요! 오늘은 체육을 두 시간 하겠습니다!"

아이들이 와~ 소리를 지르며 교실 밖으로 뛰쳐나갔어요.

"엄마야! 나 살려!"

"밀지 마! 밀지 말라고!"

한꺼번에 우르르 몰려나가는 바람에 아이들이 넘어지고 자빠지고 난리가 났어요.

마로는 호루라기를 목에 걸고 거울을 보았어요. 영락없는 진짜 선생님 모습이에요.

마로는 흠, 헛기침하고 어깨에 힘을 주고 걸어 나갔어요.

그런데 운동장 한쪽에서 지우가 울고 있었어요. 무릎에서는 새빨간 피가 뚝뚝 떨어졌지요.

"으악! 피다!"

마로가 소리치자 지우가 말했어요.

"마로 선생님! 얼른 보건실에 데려다주세요."

마로는 끙끙대며 지우를 부축해 보건실에 데려다주었어요.

"모두 모이세요."

마로가 호루라기를 불며 외쳤어요. 운동장에 흩어진 아이들을 모으는 일은 쉽지가 않았어요.

아이들이 겨우 줄을 서자, 마로는 체조를 시작했어요.

"하나 둘, 셋, 넷!"

아이들이 깔깔 웃으며 말했어요.

"에이, 선생님! 동작이 틀렸잖아요!"

"체조가 뭐 저래? 흐물흐물 오징어 같아."

"체조하는 순서도 모르나 봐."

아이들의 말에 마로는 조금 부끄러웠어요.

선생님은 운동장에서 아이들과 줄넘기를 했어요. 그런데 자꾸만 줄이 걸렸어요.

'어, 연습하는데도 마음먹은 대로 잘 안되네.'

그때 줄넘기를 못하는 아이들에게 한 말이 떠올랐어요.

'줄넘기를 못하는 아이들은 연습을 안 해서 그래요. 연습하세요. 연습을!'

이번에는 분단 별로 이어달리기를 했어요.

선생님은 열심히 달렸지만 자꾸만 뒤로 처졌어요.

"에이, 선생님! 선생님 때문에 우리 분단이 졌어요. 마로가 있었으면 우리 분단이 일등을 했을 텐데……."

아이들이 투덜투덜 불평하는 소리에 선생님은 조금 부끄러웠어요.

'이럴 줄 알았으면 평소에 운동을 좀 할걸.'

3교시가 끝나자마자 쉬는 시간에 잠깐 마로는 회의에 참석했어요. 가을에 할 운동회 종목에 대해 의논을 하는 거였어요. 운동회를 앞두고 해야 할 일이 어찌나 많은지 머리가 지끈거렸어요.

회의를 끝내고 돌아오자, 교실은 난장판이 되어 있었어요.

칠판에 가득 낙서하는 아이들, 책걸상 사이를 뛰어다니며 놀고 있는 아이들, 마룻바닥에 앉아 공기하는 아이들.

"모두 뭐 하는 거야? 내가 조용히 책 읽고 있으라고 했잖아!"

마로는 화가 나서 책상을 쾅쾅 두들겼어요.

이제 마지막 시간이에요.

마로는 오늘 배울 내용을 칠판에 적었어요.

“선생님, 글씨가 너무 작아서 안 보여요.”

“글씨가 삐뚤빼뚤해서 무슨 글자인지 모르겠어요.”

“다시 써 주세요.”

여기저기서 웅성거리는 소리가 들렸어요.

마로는 한숨을 푹 쉬며 교실을 둘러보았어요. 책상 위에는 채점을 해야 할 받아쓰기 공책이 잔뜩 쌓여 있었어요. 그것뿐만이 아니었어요. 교실 뒤 게시판에 작품도 새로 붙여야 하고, 급식실에 가서 아이들 밥 먹는 것도 지도해야 하고, 또 아이들을 교문 밖 신호등 있는 곳까지 데려다주어야 하고.

“으앙! 나 선생님 안 할래!”

마로가 교실 바닥에 철퍼덕 주저앉았어요.

“다리도 아프고, 목도 아프고, 할 일도 너무 많고…….”

선생님께서 마로를 일으켜 세우며 말했어요.

“휴, 나도 그래. 선생님보다 학생이 훨씬 쉬울 줄 알았는데 그렇지 않네. 학교 끝나면 이게 끝이 아니잖아. 영어 학원에도 가야 하고, 피아노도 쳐야 하고. 참! 태권도 도장에도 가야 한다고 했지? 난 사실 지독한 몸치거든…….”

그러면서 선생님은 마로를 꼭 껴안아 주었어요. 두 사람은 얼른 자기 자리로 돌아갔어요.

“와! 내 자리가 제일 좋다.”

마로가 만화책을 꺼내며 말했어요.

“나도 다시는 이 자리를 떠나지 않을 거야.”

마로와 선생님은 서로를 바라보며 싱긋 웃었어요.

늙을 틈이 없는 열정의 동화작가

송재찬

1.

2016년 12월 본격적인 겨울이 시작되었지만 예년보다 높은 기온 때문에 강이 얼지 않고 눈이 내리지 않아 추위와 눈을 앞 세웠던 겨울 축제들이 취소되었다는 소식을 들으며 2017년을 맞았다. 소한도 포근하게 넘어갔다. 그러나 그렇게 쉽게 물러갈 동장군이 아니다. 1월 첫째 주말을 넘기며 기온이 뚝뚝 떨어지더니 영하의 날씨가 이어졌다. 그래도 경기도 포천 산모퉁이 농장으로 가는 날은 추위가 주춤한 날이었다. 아동문학가들을 위한 신년 모임. 동화작가 안선모와 그의 부군인 송한경 선생이 마련한 신년을 위한 점심 자리였다.

동화작가 박신식의 차를 얻어 타고 산모퉁이에 도착한 것은 오후 한 시가 채 안 된 시간이었다.

세계 각국의 부엉이를 수집하여 산모퉁이에 상설 전시장까지 꾸민 안선모의 '부엉이 집'에는 이미 긴 식탁이 차려지고 있었다.

이 부엉이 집은 송한경 선생이 손수 지은 투명 피라미드 집으로 뾰족한 지붕이 멀리서도 동화적인 분위기를 물씬 풍기는 건물이다. 세계 각국에서 수집 되어온 부엉이들이 벽면을 빼곡히 채우고 있다. 손재주가 뛰어난 송한경 선생은 서예, 서각만이 아니라 목공예에도 솜씨가 있어서 부엉이들이 자리 잡은 전시대들을 전부 설계하고 만들었다. 안선모가 외국 여행을 하며 수집한 부엉이와 부엉이를 수집하는 안선모를 위해 동료 작가, 제자, 학부모들이 국내외에서 보내온 부엉이들이다. 도자기 부엉이, 나무 부엉이, 돌 부엉이, 짚 부엉이 등 다양한 재질의 부엉이들을 보내온 이들의 성명과 간단한 설명과 함께 전시되어 있다. 이탈리아에서 온 부엉이는 마치 가톨릭 성당에서 본 스테인드글라스 같은 색유리 부엉이고 어떤 부엉이 밑에는 제자의 편지가 그대로 붙어 있다.

부엉이 집에는 부엉이가 디자인된 가방, 그림, 벽걸이 등 다양한 부엉이 미술품들이 전시되어 있는데 윤석중 선생의 동요, 부엉 부엉새가 우는 밤 이런 가사가 적힌 노랫말

벽걸이도 있다. 지난여름 중복 놀이 모임 때 그려진 작가들의 부채 그림도 소박한 모습으로 전시되어 있었다. 모두 꽃그림 부채로 그날 모였던 작가와 분위기를 알 수 있는 부채 그림들이다.

여러 차례 왔는데도 이 부엉이 집은 늘 새롭다. 새로운 부엉이들이 들어왔고 지난 가을에 거둬들인 꽃씨들도 새봄을 기다리며 말라가고 있었다.

오후 한 시가 가까워지자 약속한 동화작가들이 다 도착하고 식탁도 다 차려졌다. 따뜻한 빛깔의 체크무늬 식탁보 위에 차려진 점심은 산모퉁이에서 거둬들인 갖가지 나물들과 고추장아찌, 토마토 장아찌 같은 저장 식품과 올해 처음 담갔다는 백김치, 달콤하면서 짭짤한 검정땅콩 졸임, 싱싱한 배춧속과 삶은 돼지고기 등이 나왔다. 좋은 나물반찬 위주로 먹다 보니 어느새 배가 둥둥해졌다.

배가 부른 작가들은 송한경 선생이 혼자 손으로 지은 기와집, 황토방으로 건너갔다. 이 황토방의 장식은 송한경 선생의 서예와 서각들로 꾸며져 있다. 그의 재주는 한두 가지가 아니어서 포천 예술가들의 모임인 포란회 회원으로 전시회에 참여하기도 했고 언젠가 산모퉁이에 세울 한옥을 위해 한옥 건축을 배우는 중이다.

황토방에서 케이크에 촛불을 켜고 새해 축하 노래를 부른 다음 와인 잔을 채우며 새해 포부를 나누었다. 작가들은 대개 글쓰기에 대한 고민과 포부가 일 순위이었는데 안선모는 뜻밖의 말을 했다.

"모두 글쓰기가 일 순위인데 저의 일 순위는 비올라 연주를 잘하는 거예요. 저에게 글쓰기는 호흡과 같은 것이어서 제 생각과 몸의 일부라고 할 수 있지요. 더 잘하고 싶은 게 있다면 비올라 연주를 잘하는 것입니다. 레슨도 받고 한 달에 한 번 교사 앙상블에서 합주를 하는데 그렇게 즐거울 수가 없어요."

이게 바로 안선모이다. 인천과 포천을 오가면서도 안선모는 지치지 않고 늘 왕성한 에너지를 지니고 있다.

산모퉁이가 자랑하는 각종 안주와 와인, 이야기와 웃음을 나누는 동안 몸은 천천히 데워져 나른함이 몰려왔다.

"한 잠 자고 가자. 도시에서 찌든 것 여기에 다 풀어놓고 가자."

작가들은 여기저기 드러누워 도시의 찌꺼기들을 황토 구들 위에 풀어놓기 시작했다. 다행히 코를 고는 사람은 없었다.

따끈한 황토 낮잠 속으로 땅거미가 내리기 시작했다. 신선놀음을 털고 일어설 시간. 안선모는 우리가 맛있게 먹었던 반찬들을 종류대로 싸서 양손에 안겨 주었다. 나물, 장아찌, 마른 뽕나무 가지(상지차의 원료), 오디 잼, 속이 야문 배추, 올해 처음 담갔다는 산모퉁이표 독특한 백김치 등 산모퉁이가 내놓을 수 있는 것은 모두 꺼내 우리들 양손에 쥐어 주었다.

일 년 내내 바쁘게 가꾸어 저장한 것들을 아낌없이 나누는 안선모·송한경의 머리 위로 축복처럼 눈이 너풀거리며 내렸다. 이미 해는 보이지 않았다. 꿈같은 하루였다.

하얀 눈발 속으로 꽃차를 만드는 안선모의 모습이 아른거렸다. 재작년이던가. 아동문학인협회 충주 세미나 때 안선모는 꽃차 100병을 내놓았다. 그때의 놀라움과 즐거움을 아직도 잊을 수 없다. 유리병 속에 저장되어 있는 그 화려하고 선명한 정성.

2.

동화작가 안선모를 처음 만난 것이 언제였을까. 1995년 제3회 눈높이문학상 시상식에서 잠깐 만났다가 본격적으로 만난 것은 대교문학상과 눈높이문학상 수상자들의 모임인 〈눈높이 문학회〉가 결성되면서부터였다. 오랜 친구인 동화작가 이동렬의 대학 후배이기도 해서 각별할 수밖에 없는 존재로 다가온 동화작가 후배가 안선모이다. 거기다가 이제는 동화로 자신만의 세계를 견고히 구축해 나가고 있는 동화작가 원유순의 대학 동기이기도 하다.

뭔가를 주기 좋아하는 안선모지만 개인적인 속내를 드러내지 않는 편이다. 그러나 그녀를 문학으로 이끈 것은 예술가들의 큰 자산일 수밖에 없는 어린 시절의 상실감 때문이 아니었을까. 어린 시절의 상실감과 그녀가 조상들로부터 물려받은 열정은 자연스럽게 그녀를 문학의 세계로 이끌었을 것이고 음악을 사랑하는 여인으로 성장하게 했을 것이다.

1958년생인 안선모는 인천에서 태어나 피난민들이 모여 살던 판잣집에서 초등학교 6학년까지 살았다. 동화작가 중에 이런 유년을 보낸 작가는 안선모가 유일하지 않을까. 그런데도 아직 그녀의 작품에서 이 시절 이야기는 복원되지 않고 있다. 더 큰 작품으로 이 시절 이야기가 나오리라 믿는다. 문학은 세상을 사는 자기 자신의 이야기가 아니던가.

그녀가 회상하는 판잣집의 추억은 그러나 즐거움이고 활기 넘치는 생활이었다. 이런 긍정적인 활력은 지금도 그녀를 늙지 않게 하는 에너지이다. 《안선모 동화선집》(지식을만드는지식, 2013)에 붙어 있는 작가 자서에서 그녀는 그 시절을 이렇게 정리하고 있다.

……방 두 개, 부엌 한 칸, 공동 수도와 공동 화장실이 있던 그곳 판자촌에서의 생활은 즐거웠다. 폐결핵에 걸린 아버지 때문에 약간 우울했던 것 말고는 온통 즐거운 기억뿐이다. 매일매일 아이들과 좁은 골목에서 놀고, 들과 산을 쏘다니며 열매를 따 먹고, 밤이면 연필 깎고 꾸벅꾸벅 졸며 공부를 했던 기

억들은 그대로 한 폭의 수채화가 되었다. 당시 미군 부대가 주둔하고 있던 부평동은 환락의 도시였다. 길거리에서 미군들을 흔하게 볼 수 있었고, 미제 물건이 넘쳐 나던 시대였다. 당시 미군을 상대로 돈을 번 사람도 꽤 많았지만 고지식하고 정직한 아버지는 돈하고 거리가 먼 사람이었다. 오로지 자식 교육이 우선이었던 분이었다. 아버지는 우리 숙제를 일일이 검사했고, 때로는 매를 들기도 했다.

초등학교 6학년 무렵, 단독 주택으로 이사를 했다. 철도청 땅을 어렵게 구입하신 아버지는 그곳에 손수 흙벽을 쌓고 기와를 올려 보금자리를 마련하셨다. 공동 수도가 아니었고 공동 화장실이 아니었고 방이 네 개 있었던 집. 하지만 가난은 계속 따라왔다. 하루 밥 세 끼를 먹기 어려운 적도 있었다. 그렇게 그 집에서 나는 자랐고 공부를 했고 진학을 했다.

나는 공부는 잘했지만, 융통성도 없고 좀 맹한 아이였다. 책을 좋아하고, 엉뚱한 상상 하기를 좋아하던 아이, 국자와 주걱을 잘 구분하지 못하던 아이. 초등학교 때 자유공원에서 열린 인천상륙작전 기념 글짓기 대회에서 우수상 그리고 중학교 시절 '바다'라는 제목의 시로 우수상을 받고서 대학 시절에 소설 한 번 써서 당선되었던 것 외엔 특별한 문학적 재능이 돋보이지 않았던 아이, 그게 바로 나였다. 그저 남들만큼은 쓰는, 평균 정도쯤 되는 아이였다. 글쓰는 재능은 타고나지 않았더라도, 남들보다 몇 배, 몇십 배 노력하면 잘 쓸 수 있겠거니 믿는 축이다…….

이때까지가 안선모 인생의 전반기였다면 동화를 쓰기 시작한 1992년부터는 후반기로 구분할 수 있을 것이다.

인천 교육 대학 2학년 때 원유순 등과 3인 시화전을 열 정도로 시에 빠졌던 그녀가 동화에 눈을 돌리기 시작한 것은 초등학교 교사 생활을 하면서부터였고 대학 시절 시화전 친구였던 원유순이 먼저 동화로 등단하며 그녀의 문학 열정은 동화 쪽으로 집중되기 시작했다. 1992년에 〈아동문예〉로 등단, 1994년 MBC 창작동화대상에서 단편이 뽑히더니 1995년에는 눈높이문학상에 장편이 뽑혔다. 그 해 처음 펴낸 《모래 마을의 후크 선장》(꿈동산, 1995)으로는 해강문학상 신인상을 받는다. 그리고 지금까지 그녀 이름으로 아이들 손에 들어간 책은 140권이 넘는다.

육아와 교사와 작가 생활을 병행하기만도 쉬운 일이 아니다. 그러나 그녀의 넘치는 열정은 그녀의 손에 악기를 쥐게 하였다. 지금은 휴식기에 들어갔지만 '아띠 앙상블'을 10년 가까이 이끌며 아동 문단의 화제를 낳기도 했다. 음악에 대한 관심은 외동아들의 비올라 레슨을 쫓아다니는 동안 싹텄다고 한다. 다재다능을 몸속에 지니고 있던 그녀는 자연스럽게 비올라를 잡았을 것이다. 피아노를 거쳐 비올라를 연주하더니 해금, 오카리나, 하모니카도 수준급이다. 아띠 앙상블을 이끌어 나갈 때 거친 일 궂은일은 안선모가 도맡아 했다. 악기를 실어 나르고 연습실을 구하고 음악캠프를 준비하는 일들을 군소리 하나 없이 시원스럽게 해내곤 했는데 그런 모습들을 볼 때마다 나는 그녀의 깊이를 알 수 없는 열정에 입이 다물어지지 않았다.

안선모를 오늘의 안선모로 달려오게 한 것은 그녀의 타고난 재주에 열정이 있었겠지만 부군의 외조도 크게 한몫을 했다.

부군 송한경 선생은 안정된 직장 생활을 접고 2005년 포천으로 들어가 농장을 일구기 시작했다. 〈산모퉁이〉란 이름이 붙은 다목적 농장이다. 친환경 농사에 가축을 기르고 꽃을 가꾸며 〈산모퉁이〉라는 다음 카페에 산모퉁이의 사계를 정리하여 올리는데 여기에서 안선모는 또 한 번 진면목을 보여 주고 있다.

농장 산모퉁이는 그저 단순한 농장이 아니라 안선모 동화의 꿈꾸는 발전소이고 친환경 농업과 문학 음악 미술 등을 아우르는 문화 공간인 것이다.

월요일부터 금요일까지 안선모는 인천 초등학교에 근무하며 동화를 쓰고 악기에 매달리지만 금요일 저녁에는 포천으로 달려가 농장 안주인의 솜씨를 발휘한다.

농장주 송한경 선생이 주로 농사일에 매달린다면 안선모는 농산물과 산야초를 이용해 술을 담그고 효소를 담그고 꽃을 가꾼다. 이런 농장 일들이 결국은 그녀의 동화 창작에 연결된다. 고장 난 포클레인을 의인화한 농장 이야기 《포씨의 위대한 여름》은 아동문학인협회 선정 우수작품으로 선정되었고 아름다운 그림책으로 출간되어 독자들의 사랑을 받고 있다. 산모퉁이가 선물한 동화는 《포씨의 위대한 여름》 외에도 《으라차차, 시골뜨기 나가신다》, 《후라이드와 양념이》, 《수탉 큰날개》, 《할머니는 알도 못 낳잖아요》 등이 있다.

아동문학가들로 조직된 현악앙상블 〈아띠〉의 발표회도 주로 산모퉁이 부엉이집에서 이루어졌다. 뾰족 지붕이 인상적인 부엉이집은 부엉이 상설 전시장이기도 하고 음악회 등이 열리는 다목적 홀이다.

안선모·송한경 부부는 산모퉁이를 찾는 손님을 그냥 보내는 법이 없다. 산모퉁에서 재배한 각종 농산물들과 주변 산야에서 거둬들인 다양한 먹을거리들로 손님들 식탁을 풍성하게 차려 낸다. 돌아갈 때도 빈손으로 보내는 법이 없다. 토마토, 오이, 고구마, 달걀부터 누렇게 잘 익은 늙은 호박, 오디 잼까지 다양한 선물들을 손에 들려 보낸다.

산모퉁이는 끊임없이 변화하며 늘 새로운 모습을 보여 준다. 재주 많은 송한경 선생은 서예, 서각에 흙집까지 직접 짓는 재주꾼이어서 가 보면 늘 새로 만든 뭔가가 우리를 반긴다. 지난가을에는 황토집 툇마루를 주막처럼 꾸며 놓기도 했다.

언젠가는 행사만 마치고 돌아오리라 하고 갔는데 육각기와 지붕에 황토집을 완공해 놓은 걸 보고 그 흙집 맛을 보고 싶어 하룻밤 신세를 지기도 했다. 이렇듯 산모퉁이는 늘 다양한 사람들이 드나드는 이들 부부의 환상적인 공간이다.

안선모를 안선모답게 하는 것은 그녀의 열정이 쉴 틈을 용서하지 않는 데 있다고 해도 크게 틀리지 않을 것이다. 육아에 교사, 동화작가, 음악, 농장 경영까지 1인 다역을 한다고 앞에서 이야기했지만 이 이야기도 빼놓을 수 없다. 그녀는 학교에서 수년간 영어 전담 교사를 할 정도로 어학에 대한 욕심이 많아서 영어 학습 관련 저서도 있고 국비로 해외 연수도 다녀왔다. 2012년에는 연구 교사로 뽑혀 일 년 내내 집에서 달콤한 휴식을 취하며 학습 연구를 하기도 했다. 요즘은 중국어를 위해 바쁜 시간을 또 쪼개는 중이다.

이뿐이 아니다. 보통 작가들이 원고지를 들고 출판사를 찾을 때 그녀는 이미 이메일을 활용한 이 분야의 선구이기도 하고 어느 누구보다 일찍 인터넷 카페를 열어 보이지 않는 세계와 소통했다. 안선모는 늙지 않고 쉬지 않는 재주 많은 동화작가이다.

자연과 아이들을 닮은 작가

고수산나

안선모 작가는 많은 동화작가들이 부러워하는 부자 작가이다. 오랫동안 교사 생활을 하며 아이들과 삶을 공유함으로써 동화를 쓸 수 있는 가장 좋은 조건을 가진, 아이들과 그들의 삶을 가진 작가이다. 또한 주말에는 경기도 포천 산모퉁이 농장에서 자연 속의 삶을 산다. 한가로이 경치를 구경하고 자연을 즐기는 것이 아닌 그 안에서 농부로서 치열한 삶을 산다. 풀을 뽑고 고추, 배추, 무 농사를 지으며 각종 산채 나물을 가꾸고 나무와 꽃을 키우고 동물들과 소통하며 산다. 늘 소재를 찾아다니는 작가들이 부러워하는 부지런하고 치열한 전원의 삶이 그가 가진 또 다른 재산이다. 평일에는 아이들과 신나게 공부하며 놀고, 주말에는 산모퉁이에서 농사일을 하며 자연과 대화를 하며 그 속에서 글감을 채취한다. 일주일 내내 쉬는 틈이 없이 부지런히 움직이는 그의 삶의 톱니바퀴는 알차게 굴러간다. 거기다 뭐든지 열심히 잘 하려고 하는 열정으로 그득하다. 글을 쓸 수 있는 이야깃거리를 무궁무진하게 가지고 있고 열정과 부지런함까지 갖추고 있으니 부자의 요건을 모두 갖추고 있는 것이 아닐까?

그의 작품을 하나씩 들여다보면 이 같은 사실을 뒷받침해 준다.

교사로서 아이들의 삶과 함께하는 작가

교실을 배경으로 한 안선모 작가의 동화는 아이들의 심리, 행동, 부모들의 이야기까지 그 묘사와 사건의 구성이 현실적이고 치밀하다. 다른 작가가 흉내 내기 힘들 정도이다. 교실에서 벌어지는 일을 누구보다도 자세히 바라볼 수 있는 작가, 오랜 시간 관찰로 아이들의 심리와 상황을 가장 세밀하고 적확하게 쓸 수 있는 작가, 교실 상황을 가장 잘 이해하며 생생하고 흥미롭게 표현할 수 있는 작가라는 이점을 갖추고 있기 때문이다. 짐작과 조사로 글을 쓰는 다른 작가들에 비해 안선모 작가는 아이들과 현장에서 함께 생활하며 그들의 생각과 행동을 잘 알고 있기에 동화에서도 그런 부분이 잘 드러난다. 그러니 소재와 이야기 구성이 재미날 수밖에 없고, 어린이 독자들은 책 속의 이야기에 공감하며 마치 자신의 이야기인 듯 착각에 빠지곤 한다. 책 속의 주인공과 동일시하는 경험은 어린 독자들을 흥분케 하는 충분한 조건이다. 어린이들에게 많은 사랑을 받는 첫 번째 이유일 것이다.

《우당탕탕 2학년 3반》은 발간한 지 10년이 넘었지만 여전히 어린이들의 사랑을 받고 있는 책이다. 2학년 3반 교실에는 각양각색의 말썽꾸러기들이 존재한다. 다른 사람들이 볼 때는 말썽꾸러기이지만 작가는 결코 말썽꾸러기로 보지 않는다. 작가의 애정 어린 시선으로 보자면 그들은 단지 좀 다른 아이들일 뿐이다. 일 년 동안 2학년 3반 교실은 우당탕탕 시끌벅적하지만 작가는 한 명 한 명 아이들에게 한없이 긍정적이다. 또 작가는 몇 명의 주인공을 내세우지 않는다. 모두가 주인공이 될 수 있다는 작가의 어린이관과 열린 마음이 드러나는 부분이다. 공부 잘하고 잘난 아이보다는 조금 모자라지만 좀 엉뚱하고 순수하고 거침없는 아이들이 좋다는 작가의 말 속에서 천생 작가라는 생각을 해 본다. 교실 속의 마이너리티에게 쏟아붓는 각별한 애정이 그걸 말해 준다.

《은이에게 아빠가 생겼어요!》는 한부모 가정과 반려동물에 대한 생각을 다룬 작품이다. 편모 가정의 외로운 아이 은이가 잃어버린 강아지 '앵두'를 찾아 나서는 과정이나 그 과정에서 자신과 똑같이 외로운 '비켜비켜' 아저씨를 만나는 과정이 한 편의 판타지 애니메이션을 보는 듯하다. 이 책은 결핍이 또 하나의 결핍을 낳는다는 사회적 통념을 깨고 싶었다는 작가의 의도가 잘 살아 있어 아이들이 가장 재미있게 읽는 책 중의 하나가 되었다.

《싸움 구경》에서는 아이들의 싸움이 어른들(부모들)의 싸움으로 번지는 모습을 통해 아이들보다 순수하지 못하고 욕심 많은 어른들의 세계를 꼬집는다. 오히려 아이들은 어른들보다 더 성숙한 모습으로 서로를 다독이며 어른들까지 화해시키는 모습을 보이는데, 아이들의 순수성과 그것을 지키려는 작가의 의도가 잘 드러나 있다. 아이들과 부모들이 함께 읽어야 하는 책, 어른들도 재밌게 읽을 수 있는 책이 바로 이 책이 가진 매력이다. 작가는 실제 겪은 일을 바탕으로 이 동화를 썼다. 아이들보다 더 편협하고 이기적인 학부모를 보면서 가슴이 답답했다고 한다. 그러므로 말과 행동이 다른 어른들에게 따끔하게 일침을 놓고 싶었고 오랜 시간 고민 끝에 실화를 바탕으로 탄생한 것이라 한다.

《딴 애랑 놀지 뭐》, 《애기 햄스터 애햄이》, 《초록 토마토》 등의 교실동화에서는 다양한 학습과 놀이를 통해서 토닥거리면서도 친구들과 건강한 관계를 맺으며 성장해 가는 지극히 평범하거나 약간의 결핍을 지닌 우리 주변의 어린이상이 적절하게 형상화되어 있다. 결핍이나 단점을 가진 주인공들은 어른의 강압에 의해 행동을 수정하기보다는 느리지만 천천히 친구와의 관계 속에서 행동을 고쳐 나가는 과정을 보여 준다. 그 과정 속에서 작가가 얼마나 관계의 중요성을 중요하게 생각하는지 엿볼 수 있다. 작가는 교사라는 직업 때문에 책 속 주인공 어린이들의 상황 속의 입장을 고려하여 왜곡된 시선으로 일반화시키지 않고, 어린이 모두의 입장을 고려하여 종합적으로 이해하려는 교사관을 갖고 있음을 알 수 있다.

자연 속에서 자연과 동화되어 사는 작가

작가는 일찍이 산모퉁이라는 자연과 생활이 함께하는 공간을 마련하였다. 10년 동안 척박한 땅을 일구고 가꾸어 나무와 꽃이 가득하고 온갖 동물들 자유롭게 노니는 꿈의 터전을 만들었다. 그래서인지 그의 동화 속에서는 동물과 식물, 그리고 자연에서 함께 뛰노는 아이들, 자연의 일부가 된 무생물 포클레인까지 등장한다. 아는 만큼 보이고 보이는 만큼 기쁘지만 또한 그만큼 아픈 일도 많다는 작가의 말을 미루어 보면 자연과 더불어 사는 방법에 대한 고민이 작품 곳곳에 복선처럼 깔려 있는 이유를 이해할 수 있다.

제목부터 호기심을 일으키는 《포 씨의 위대한 여름》의 주인공은 바로 포클레인이다. 힘이 센 포 씨는 아파트를 짓고 강을 만드는 일을 척척 해내는 물질 문명의 대표적인 선두주자이다. 그런 포 씨가 구제역으로 돼지들을 묻고 나서 시름시름 앓게 되는 과정, 자신의 오목한 손에 알을 낳은 개개비 때문에 어쩔 수 없이 어린 개개비의 둥지가 되었지만 끝까지 어린 개개비를 지킴으로서 생명의 소중함을 깨달아 가는 과정의 이야기는 현대를 살아가는 우리에게 많은 반성과 깨달음을 준다. 개개비가 상징하는 생명성과 포클레인의 기계 문명이라는 두 주제어가 나타내고 있는 대비와 조화가 잘 어울리는 이 작품은 현대를 살아가는 우리에게 진정 필요한 것은, 진짜 소중하게 지켜야 할 것은 무엇인가에 대해 진지하게 묻고 있다.

《으라차차! 시골뜨기 나가신다!》는 도시 아이가 아토피 때문에 어쩔 수 없이 시골에 가서 살게 되면서 시골의 삶에 대해 이해하고 좋아하게 된다는 이야기이다. 어쩌면 너무 뻔한 이야기일 수 있지만 행복한 삶을 위해서 도시 생활을 포기하고 시골로 가는 사람들이 많아지는 요즘 시대에 잘 어울리는 이야기이다. 특히 자연과 생태의 세밀한 묘사 등이 어린 독자의 호기심을 충분히 불러일으킬 만하다. 그런 묘사는 경험이 있었기에 가능한 일이다. 안선모 작가가 실제로 키웠던 거위 이야기는 그래서 더 생생하고 재미있으며 신뢰가 간다. 상상만으로 가능한 이야기도 있지만 경험 없이는 쓸 수 없는 이야기도 있다. 이런 면에서 생생하고 현장감 넘치는 생활을 하고 있는 안선모 작가는 대단히 행복한 작가라고 할 수 있다.

《소리섬은 오늘도 화창합니다》는 남녀 쌍둥이로 태어나 어쩔 수 없이 작은 섬, 소리섬(실제 배경은 인천 앞바다 무의도)으로 가 잠시 동안 살게 된 솔이의 어촌 체험을 그린 동화이다. 인천에서 태어나고 자라서 바다와는 많은 인연을 갖고 있는 작가가 인천 앞바다의 아름다운 섬을 취재하다 소재가 떠올라 쓴 작품이라고 한다. 작가는 예전부터 남아 선호 사상에 대해 상당한 비판적이어서 대학 시절 졸업 논문을 그 주제로 썼다고 한다. 어렸을 때부터 남자를 우대하는 사회와 집안 분위기에 상당히 부정적인 생각을 하며 자랐고 그래서 단지 여자라는 이유로 어린 나이에 가족을 떠나 멀리 살아야 했던 솔이의 상황에 깊이 공감하고 동화되었을 것이다. 안선모 작가는 이 책으로 2007년 제16회 한국아동문학상을 수상했다. 그만큼 소재와 주제가 독특하다.

그 외 밀렵과 생태 문제를 다룬《미안 미안해, 반달곰아》가 있는데 작가의 투철한 자연관을 엿볼 수 있다. 이 지구의 주인은 오로지 인간뿐이며, 천연덕스럽게 자신을 만물의 영장이라 칭하며 오만함과 욕심으로 똘똘 뭉쳐 자연을 훼손하는 사람들에게 던지는 경고장이다. 어째 지구가 그들만의 것이 될 수 있는가. 자연은 모두의 것으로서 모두가 지켜야 하며 모두가 함께 살아야 할 곳이라는 메시지를 던져 주고 있다. 이런 뜻으로 안선모 작가는 음으로 양으로 환경 운동에 참여하고 있는 것으로 알고 있다.

역사와 함께 숨 쉬는 작가

《성을 쌓는 아이》는 작가의 첫 번째 역사동화이다. 이 책은 한양 도성을 쌓는 일에 동원된 조선 백성들의 삶의 애환과 사연들을 남장 소녀 물미를 통해 감동적으로 보여준다. 서울(한양)의 역사와 한양 도성의 건축에 관한 역사적 사실을 날실로, 물미와 백성들이 성을 쌓으며 겪는 동화적 상상력을 씨실로 잘 엮은 이 작품은 돌담 하나하나에 담긴 우리 조상들의 숨결을 느끼게 한다.

안선모 작가의《성을 쌓는 아이》는 집필하기 위해 수많은 자료 조사와 취재를 하며 필자가 책상에 묻혀서가 아닌 발로 뛰는 작가라는 것을 잘 보여 준 작품이며 눈에 보이는 역사적 가치를 가지는 화려한 건축물이 아닌, 백성들의 삶의 역사를 기록하려 한 작가의 역사관을 잘 나타내 준다.《성을 쌓는 아이》를 읽다 보면 내가 물미가 되어 힘들고 고통스럽게 사람들과 부대끼며 돌을 나르고 성을 쌓아가는 듯한 착각을 일으킨다. 조선 시대의 이야기에 그만큼 생생하게 감정 이입할 수 있는 것은 작가의 뛰어난 서사적 묘사와 살아 움직이는 캐릭터의 강한 힘 덕분이다.

"쉽게 읽히면서 그 시대를 담뿍 느낄 수 있는 역사동화를 쓰고 싶어요. 어려운 역사동화는 어린이 독자를 힘들게 합니다. 쉽고 재미있고 감동을 주면서 역사의 매력 속으로 쑥 빠져들게 할 그런 역사동화를 쓰는 거 어렵겠지만 노력해 보렵니다."

역사동화에 대해 안선모 작가는 조심스럽게 속내를 밝힌다. 그만큼 역사동화 쓰기가 어렵기 때문에 그럴 것이다. 앞으로 그가 쓸 역사동화에는 과연 어떤 주인공이 등장하고 이야기는 어떻게 전개될 것인지 궁금하다.

이같이 안선모 작가의 작품은 하나도 허투루 쓴 것이 없으며 작품 하나하나마다 그의 철학과 가치관이 고스란히 잘 녹아 있다. 지금까지 세 파트로 나누어 안선모 작가의 작품들을 살펴보았는데 작품 속에 나타난 어린 주인공들은 다양한 시대, 다양한 환경 속에서 살고 있지만 몇 가지 공통점이 있다.

첫째, 그들은 자연과 동물에게 배운다. 가장 낯설고 어려웠던 대상인 자연과 동물에 가까이 다가가 '말 걸기'는 어린이들만이 가질 수 있는 순수함과 친화력이다. 어른들의 계산과 이기심하고는 거리가 멀기 때문에 어린 주인공들은 곧바로 자연과 동물을 자신의 성장을 돕는 조력자로 만든다. 학교에서 교실에서 배울 수 없는 것을 자연과 동물에서 배우는 것은 훗날 그들의 삶을 풍요롭게 만들어 줄 추억의 보물창고가 되는 것이다.

둘째, 그들은 주위에서 흔히 볼 수 있는 보통의 아이들이다. 특별한 아이들보다는 보통의 아이들을 주인공으로 내세워, 보통의 아이들이 내뿜는 긍정의 에너지를 보여 준다. 결함 또는 결핍이 있는 아이들도 알고 보면 보통 아이들이고 가장 평범한 아이들이라는 것이 작가의 생각이다. 그들이 서로 다른 친구를 사귀면서 세계를 이해하는 통로를 마련하고 느리지만 꾸준히 성장해 가는 건강함과 순수성을 가진 이 땅의 보물들이라는 생각은 작가가 교사이기 때문에 가능한 것이다.

이상으로 간단하게 안선모 작가의 작품을 살펴보았다. 그렇다면 안선모 작가의 동화는 어떤 동화일까? 한마디로 정의할 수는 없겠지만, 체험 중심 서사의 진행으로 특별하지는 않지만 긍정적이고 밝은 이 시대가 요구하는 어린이상을 보여 주는 동화라고 하겠다. 가장 나쁜 아이도 가장 좋은 어른보다 낫다는 작가의 신념으로 탄생하는 동화는 치유의 동화가 될 것이 분명하다. 이런 면에서 볼 때 안선모 작가는 소재뿐 아니라 마음까지도 부자이다.

어린이와 함께 선생이 걸어온 길

1992년 월간 〈아동문예〉에 단편동화 〈대싸리의 꿈〉이 당선됨.

1994년 MBC창작동화대상 단편동화 부문에 수상함.

1995년 단편동화집 《모래 마을의 후크 선장》(꿈동산)을 출간함. 제3회 눈높이문학상 장편동화 부문을 수상함.

1996년 장편동화집 《나는야 코메리칸》(대교출판)을 출간함. 제16회 해강아동문학상 신인상을 수상함.

1997년 단편동화집 《초록별의 비밀》(성바오로딸수도회)을 출간함.

1999년 단편동화집 《배추벌레 초록이》(여명출판사), 단편동화집 《안경 낀 도깨비 뿌뿌》(견지사), 장편동화집 《콩선생님과 보리아이들》(아동문예사)을 출간함.

2000년 장편동화집 《까만 고양이와 까막눈 민이》(성바오로딸수도회), 인물 이야기 《세종대왕》(삼성출판사)을 출간함.

2001년 장편동화집 《힘센 수탉을 이긴 개똥이》(여명미디어), 단편동화집 《무지갯빛 신호등》(두산동아), 장편동화집 《지구를 굴리는 쇠똥구리》(문공사)를 출간함.

2002년 장편동화집 《마이 네임 이즈 민캐빈》(대교출판), 장편동화집 《안녕 바람숲 마을》(상서각)을 출간함.

2003년 장편동화집 《애기 햄스터 애햄이》(효리원), 단편동화집 《아빠의 바퀴구두》(꿈소담이), 인물 이야기 《김규식》(파랑새어린이)을 출간함.

2004년 장편동화집 《날개 달린 휠체어》(문공사), 장편동화집 《폭풍 속으로 날아간 새》(늘푸른아이들), 장편동화집 《미안 미안해, 반달곰아》(영림카디널)를 출간함.

2005년 장편동화집 《꼬마 마술사 깜지》(그린북), 인물 이야기 《김정호》(대교출판)를 출간함.

2006년 장편동화집 《소리섬은 오늘도 화창합니다》(주니어김영사)를 출간함.

2007년 장편동화집 《딴 애랑 놀지 뭐》(리젬), 장편동화집 《우당탕탕 2학년 3반》(청어람주니어), 단편동화집 《자전거를 타는 물고기》(푸른책들), 장편동화집 《굼벵이 제하가 달라졌어요》(매경출판), 인물 이야기 《콜럼버스》(씽크하우스), 《마해송》(기탄교육)을 출간함. 한국아동문학상을 수상함.

2008년 장편동화집 《보물단지 내 동생》(계림북스), 인물 이야기 《오프라 윈프리》(살림어린이), 《코코 샤넬》(씽크하우스), 《천경자》(한국헤밍웨이)를 출간함.

2009년 장편동화집 《안녕 베트남 신짜오 한국》(대교출판), 장편동화집 《으라차차, 시골뜨기 나가신다!》(살림어린이), 단편동화집 《후라이드와 양념이》(삼성당), 장편동화집 《걱정 뚝, 안전 짱!》(대교출판), 장편동화집 《초록 토마토》(을파소)를 출간함.

2012년 장편동화집 《은이에게 아빠가 생겼어요!》(아리샘주니어)를 출간함.

2013년 동화선집 《안선모 동화선집》(지식을만드는지식), 장편역사동화집 《성을 쌓는 아이》(청어람주니어)를 출간함.

2014년 그림책 《포 씨의 위대한 여름》(청어람주니어), 인물 이야기 《꿈꾸는 위인 미야자키 하야오》(동아출판)를 출간함.

2016년 장편동화집 《싸움 구경》(청어람주니어), 인물 이야기 《궁금해요, 장영실》(풀빛출판사)을 출간함.

2017년 인물 이야기 《궁금해요, 신사임당》(풀빛출판사), 《궁금해요, 정약용》(풀빛출판사)을 출간함.

2018년 장편동화집 《죽을 똥 살 똥》(내일을여는책)을 출간함.

한국 아동문학가 100인

유미희

대표 작품

〈녹슨 거울〉 외 4편

인물론

노을을 업고 있는 시인, 유미희

작품론

생명을 살피는 따뜻한 정과 세밀한 관찰

어린이와 함께 선생이 걸어온 길

녹슨 거울

전봇대 옆에
툭
버려진 녹슨 거울

학교 갈 때마다
내게 말했다.

너, 볼에 밥풀 묻었다
너, 이에 고춧가루 꼈어
너, 새 둥지 머리 됐다

녹슬어도
남은
콕콕 잘 꼬집어 주던
거울

새똥 묻은 네 얼굴은
누가
씻어 줄까?

누가 내는 소리지?

길 건너 영진공업사 아저씨가 용접을 한다
치이이이이이이이이……치익……
쓰으으으으으으으……쓰으……

배롱나무네 집에서 매미도 용접을 하나?
치이이이이이이이……치익……
쓰으으으으으으……쓰으……

잠깐잠깐 멈췄다 이어지는
소리
누가 내는 걸까?
헷갈려.

할머니의 우화

눈 뜨고도
몇 시나 됐는지 묻던
까막눈
우리 할머니

맨날맨날
새벽부터 마늘 캐고 콩 심으며
한글학교 다니시더니

거뜬히 김간난, 이름도 쓴다.
살아온 일들 시로도 짓는다.
"우리 똥강아지! 사랑한다."
어제는 삐뚤빼뚤 내게 편지도 써 주셨다

누에가 나방으로 날아오르듯
까막눈 껍질을 벗고 환한 세상으로 나오시는 데
꼬박,
77년 걸렸다.

호박밭

호호호 어제 핀 호박꽃
호호호 오늘 핀 호박꽃

호호
여름내 웃는
밭.

자벌레에게 묻다

이것저것
무얼 그렇게 재니?

어제도
오늘도
만나는 것마다.

넌
그게 참 문제다.

달개비는 달개비로
떡갈나무는 떡갈나무로

그냥
있는 그대로 봐줄 수 없니?

그러자
자벌레가 내게 물었다.

넌
그럴 때
없어?

노을을 업고 있는 시인, 유미희

이정아

유미희 시인을 처음 만난 게 언젠지 정확히 떠오르지는 않는다.

하지만 앨범 속 오래된 사진을 보다 보면 시인의 웃는 얼굴이 가끔 나오곤 한다.

내가 막 결혼을 한 해에 충남 아동문학회원들이 서천을 방문한 적이 있다. 그때 철새들이 몰려와 쉬고 있는 갈대숲에 간 적이 있는데, 사진만 봐도 그날의 날씨가 느껴지는 아주 흐리고 추운 날이었다. 우리 키보다 큰 갈대숲에서 차가운 숨을 내쉬며 찍은 사진 속에서 유미희 시인을 발견했다.

누군가는 추우니까 얼른 사진을 찍으라고 소리쳤을 것이고, 또 누군가는 '어허, 어허' 하며 강바람을 달랬을 그 짧은 시간에도 시인은 행복한 것처럼 조용히 웃고 있었다. 찬바람에 시린 눈을 가늘게 뜨고 우는 듯 웃는 듯 서 있는 나와는 달리 시인은 분명 미소 짓고 있었다. 갈대와 바람과 새들을 생각하고 있는 듯한 평온한 얼굴이었다.

그때쯤, 시인이 충남 아동문학회에 들어왔던 것 같다. 나 역시 등단한 지 얼마 되지 않아 낯설고 어색한 시간이었는데 유미희 시인이 새로 들어와서 반가웠었다.

그리고 시간이 흘러 내 아이가 열다섯 살이 되었으니, 우리가 서로 알고 지낸 시간은 15년을 훌쩍 넘었을 것이다. 우리는 한 해에 두어 번 정도 만났던 것 같다.

작가들이 모두 함께 만나는 모임이라 사적인 이야기를 나누기는 어려웠지만, 시인이 품고 있는 미소는 늘 따뜻해서 헤어질 때면 마치 많은 이야기를 나눈 것 같은 느낌이 들곤 했다.

어느 해, 시인이 첫 시집을 냈다.

《고시랑거리는 개구리》 2004년 12월에 시인이 보내 준 시집을 받았다.

나 역시 두 해 전에 첫 동화책을 냈던 터라, 첫 책이 주는 기쁨과 설렘을 알기에 《고시랑거리는 개구리》가 참 반가웠다. 시를 한 편 한 편 모아 책 한 권을 내기까지 시인이 보낸 시간의 무게가 고스란히 느껴졌다. 맛있는 과자를 조금씩 아껴 먹듯 시를 한 편 한 편 다 읽은 뒤 나중에 머리말을 읽었다.

지금도 생생히 기억나는 시집의 머리말 속엔 한 인물이 나온다. 옥이 이모부.

시인이 6학년 때, 불어 난 강물 때문에 집으로 가는 다리가 끊어진 적이 있었다고 한다. 다행히 점점 강물이 줄어들긴 했지만 망가진 다리로는 건널 수 없어 얕아진 강물을 혼자 건너야 했단다. 강가에 서서 망설이고 있는데 앞에서 나타난 옥이 이모부.

어린 시절 소아마비를 앓아 다리를 절뚝이며 걷는 옥이 이모부는 끌고 가던 소에 의지해 강을 건넜다. 그리고 시인에게 "안 갈 거니?"라고 물었단다.

팔을 잡아 주는 것도 아니고 업어 주는 것도 아니었지만, 시인은 지켜봐 주는 옥이 이모부 덕분에 강을 무사히 건넜다고 했다. 그러면서 시인은 말했다. 누군가 지켜봐 주는 것만으로도 힘이 생기는 거라고.

난 그 말에 고개를 끄덕끄덕했다.

그리고 비로소 시인이 지켜보아 준 것들이 보였다.

작은 돌멩이 하나, 구멍 난 칠판지우개, 녹슨 못과 망치, 개미, 황조롱이, 취나물, 버들치…….

우리가 그냥 지나쳤던 것들, 아니면 지나치고 싶었던 것들을 시인은 오랫동안 바라봐 주고 미소 지었던 거다. 그리고 그들은 시인의 마음으로 들어와 말이 되고 글이 되어 다시 세상에 나왔다.

강물 앞에서 망설이던 시인은 어느새 훌쩍 자라 옥이 이모부처럼 "안 건널 거니?"라고 물으며 어린 독자들 앞에 서 있었다.

오목한
그릇마다
밥을 떠 놓았다.

마당 안 개밥 그릇에
장독대 위 시루에
두엄 옆 여물통에

누군가
소복소복
흰밥을 떠 놓았다.

추운 날
한뎃잠 자는 누렁이에게

한뎃잠 자는 새 떼에게

한뎃잠 자는 생쥐들에게

밥 한 그릇

푸짐히 먹이고 싶었나 보다.

-〈눈 온 날〉 전문

시인의 두 번째 시집, 《짝꿍이 다 봤대요》에 실려 있는 〈눈 온 날〉이라는 시다.

이 시를 처음 읽었을 때, 동네 전봇대 옆에 두고 온 소꿉놀이 찾으러 간 어린 시절이 떠올랐다. 엄마가 버린 이 빠진 사기대접에 부드럽고 둥글게 쌓여 있는 눈 밥, 눈 반찬들……. 그 완전한 곡선에서 식욕을 느꼈던 것 같다. 추운 줄도 모르고 손으로 덥석 차가운 밥을 떠먹었던 아련한 기억.

그런데 시인은 그 기억을 넘어 다른 곳에 시선을 보태고 있었다.

소꿉놀이하라고 누군가 담아 둔 밥이 아니라 한뎃잠 자는 누렁이, 새, 생쥐들에게 먹이고 싶은 밥이라고 했다. 시인은 밥을 나누고 싶었던 거다. 시를 읽으며 부끄러움이 들었다. 시인의 밥은 친구가 오기 전 내가 먼저 먹는 밥이 아니라 밤새 추위에 떨었을 작고 힘없는 생명들과 나누고 싶은 밥. 아니 그들에게 먼저 먹이고 싶은 밥이었던 거다.

시인이 일곱 살쯤 되었을 때, 부모님이 방앗간을 하셨다고 했다. 두 분은 해가 기울도록 윙윙 돌아가는 기계 소리 속에서 잠시도 쉬지 못하고 일을 하셨단다. 그 모습을 뒤에서 지켜보다가 엄마와 눈이 마주쳤는데 "배고프지? 엄마가 얼른 일 끝내고 밥 줄게."라는 말에 시인은 배고픔을 속이고 하얀 거짓말을 했다고 한다. "배 안 고파요."

방아를 찧느라고 날린 먼지 가루가 하얗게 앉은 엄마 머리를 보면서 '일하는 엄마가 더 배고프겠다'고 생각했단다.

일곱 살 어린 소녀는 그렇게 밥을 마음으로 나누었던 거다.

그러니 눈 온 날 하얗게 쌓인 눈 밥은 배고픔을 넘어선 위로가 될 수 있었던 거다.

일하는 부모님과 어린 동생들 속에서 시인은 돌보고 나누고 사랑해 주는 마음을 점점 더 키워 갔을 거다.

은빛 거미줄 끈, 자주달개비, 발이 굵은 하얀 왕소금, 수박의 푸른 탯줄, 잘 익은 참외가 떨어지듯 우수수 기어 나오는 노란 병아리들…….

시인의 시를 읽다 보면 눈앞에 자연의 색이 펼쳐진다.

선명하기도 하고 가물가물하기도 하고 또 때론 그 향기까지 느껴지기도 하는, 아름다운 색들은 시를 읽는 동안 한 장의 그림을 보는 듯한 느낌이 들게 한다.

자세히 보고 오랫동안 보는 게 시인이라지만 유미희 시인의 시에는 유독 색이 살아 숨 쉬고 있다. 아마, 청소년 시절 그림을 공부했기 때문은 아닐까 생각해 본다.

시인은 중고등학교 때까지 활발한 미술 활동을 했다고 한다. 아마 어린 시절부터 특별한 재능이 있었던 것 같다. 자연에 대한 애착과 응시가 시인의 시 속에서 더 선명하게 살아나는 데에는 다 이유가 있었던 거다. 거기에 글에 대한 감수성까지 더해졌으니 한 편의 시가 그림이 되기도 하고 영화처럼 느껴지기도 하는 건 지난 성장의 시간이 가져다 준 선물이라는 생각이 든다.

시인은 고등학생 시절 잡지사 학생 기자 역할을 하고 소설을 써서 당선되는 기쁨을 맛보기도 했다니 많은 재능을 타고난 복 많은 사람임에 틀림없다. 어쩌면 그 재능이 화려하고 큰 것들에 머물지 않고 작고 여리고 힘없는 것들에 가닿고 있기 때문에 더 아름답게 빛나고 있는 건지도 모르겠다.

언젠가 시인에게 시는 어떤 의미냐고 물은 적이 있다.

"경험을 통해 느꼈던 것들이나 마음을 준 것들을 가장 잘 알고 있는 깊은 친구 같은 존재지요, 또 밤하늘 북극성 같은 존재이기도 하구요. 왜냐면 가끔 방향을 잃었을 때 노래를 멈추지 않도록 나침판 역할을 해 주거든요……."

자신을 가장 잘 아는, 희망을 잃지 말라고 깜빡여 주는 나침판 같은, 친구 같은 시를 품고 있는 시인은 참 행복하겠다.

그 행복을 담은 시들이 세상에 나와 어린 생명들에게도 가고 외로운 어른들에게도 가고 투명한 삶을 살아가는 자연 속으로도 간다. 그리고 따뜻하게 손잡아 주고 미소 지어 준다.

괜찮다고, 잘하고 있다고, 애 많이 썼다고…….

요즘, 시인은 일이 없는 시간엔 병원에 계신 아버지한테 자주 간다고 한다. 뒤늦게 숙제를 하는 기분으로 "아버지 사랑합니다. 고맙습니다."라는 말을 한단다. 그 마음들이 시가 되어 언젠간 우리에게 올 것이다. 그때 우리 독자들은 시를 읽고 우리 어머니 아버지를 떠올리겠지……. 그러고 보니 시인은 기꺼이 자기 마음을 열어 우리에게 질문을 던지는 존재 같다.

작은 게가
굽은 등으로
집에 가던 노을을 업어 주었습니다.

– 〈작은 게〉 전문

시인은 오늘도 작은 게가 되어 주황빛 노을을 업고 '사랑합니다. 고맙습니다'를 말하고 있을 것 같다. 시인의 몸이 아름다운 노을빛으로 물들어 가는 걸 우리 독자들은 느낄 수 있다.

그래서 고맙고 행복하다.

생명을 살피는 따뜻한 정과 세밀한 관찰

정유경

유미희 동시인은 1998년 청소년 시 〈바람아래 해수욕장〉 등 5편으로 〈자유문학〉 신인상에 당선됐으며, 2000년 동시 〈같이 걷지요〉 외 3편으로 아동문예문학상에 당선되며 아동문학계에 입문했다. 한국문예진흥원 창작지원금과 대산창작기금 수혜에 이어 연필시문학상, 우리나라좋은동시문학상, 오늘의동시문학상 등 다양한 상을 수상했으며, 2016년에는 천안시 '한 책 읽기 시민 독서 릴레이' 대상 도서에 《오빠, 닭머리다!》가 선정되는 등 독자와 평단 양자에서 긍정적인 평가를 받으며 오랜 시간 동안 성실하고 활발하게 활동해 왔다. 다만 그동안의 활발한 활동에 비해 동시인 유미희에 대한 집중적인 평론은 이루어지지 못했다는 느낌이다. 이에 필자는 이번 기회에 유미희 시인이 펴낸 네 권의 동시집(《고시랑거리는 개구리》(청개구리, 2004), 《짝꿍이 다 봤대요》(사계절, 2007), 《내 맘도 모르는 게》(사계절, 2012), 《오빠, 닭머리다!》(한겨레아이들, 2016))을 순차적으로 살펴 읽으며 그의 시들에서 나타나는 몇 가지 장점과 특성 등을 나름대로 정리해 보려 한다. 부족함이 많은 글일 것이나, 보다 많은 독자들이 유미희 동시인과 그의 작품집에 관심을 갖고 시인이 새로이 창작해 낼 작품들을 기대하는 데에 도움이 된다면 좋겠다.

자연과의 교감을 통한 삶의 긍정과 성장

제1동시집: 《고시랑거리는 개구리》를 중심으로

시인의 첫 작품집은 시인 자신뿐 아니라 독자들에게도 의미가 크다. 시인이 가장 먼저 품었던 동시의 상과 더불어 시인이 세상을 보는 관점, 시인 내면의 풍경 등이 가장 투명하고 진솔하게 드러나 있을 가능성이 크기 때문일 것이다. 그런 의미에서 유미희 시인의 첫 동시집 《고시랑거리는 개구리》를 펼쳐 보면, 자연과의 만남과 교감을 서정적으로 그려 내는 한편 삶의 긍정을 높이는 낙관적인 동시들이 많다는 것을 알게 된다.

달팽이가 학교에 간다

가방을 메고.

상추밭 속의
작은 학교 찾아서

두리번두리번
학교에 간다.

해님은 햇살 손으로
'반짝' 길을 닦고

완두콩은 넝쿨손으로
'살짝' 가방 받쳐 준다.
–〈학교 가는 달팽이〉 전문

상추밭 속 작은 학교를 향해 두리번두리번 길을 가는 달팽이에게서 호기심 많은 아이의 모습을 읽어 내기란 어려운 일이 아니다. 그런 달팽이를 위해 '반짝' 길을 닦고 '살짝' 가방을 받쳐 주는 해님과 완두콩은 아이의 밝은 성장을 곁에서 지켜 주는 든든한 울타리를 상징한다고 할 수 있을 것이다. 〈달님〉에서 저녁에 서둘러 집으로 가는 송사리 떼를 위해 살짝살짝 물길 밝혀 주는 달빛이라든지, 〈햇살 목도리〉에서 털옷에 첫 단추 떨어진 아이를 위해 따뜻한 목도리가 되어주는 겨울 햇살, 〈밀물과 썰물〉에서 아기게가 나가서 놀고 올 수 있도록 바다의 한쪽 문을 열고 닫는 '누군가'의 손길 등의 내용에서도 어린 생명을 향한 바지런한 보살핌과 애정을 충분히 느낄 수 있다.

작품 속 어린 생명들은 이렇듯 자기를 향한 온기 어린 애정을 스스로 느끼며 자신 또한 사랑을 느끼고 베푸는 존재로 성장해 가는데, 〈같이 있으면〉에서 짝이 아플 때 한쪽 가슴이 '찌르르' 같이 아프다든지, 〈사탕〉에서 아빠가 사 오신 사탕을 선생님에게 들고 가는 아이의 모습에서 그러한 면을 볼 수 있다. 유미희 시인의 등단작이라 할 수 있는 〈같이 걷지요〉는 성숙한 두 존재가 만나 함께 이루어가는 사랑의 모습을 보여 주고 있다는 점에서, 시인이 첫 동시집에서 추구한 하나의 이상을 담고 있다고 해도 과언이 아닐 것이다.

달빛은 알지요,

두고 가기 싫어하는
강물 마음.

강물도 다 알지요,
함께 가고 싶어 하는
달빛 마음.

그래서
달빛은 강물을 데리고
강물은 달빛을 데리고
굽이굽이
같이 걷지요.
–〈같이 걷지요〉 전문

아이의 삶을 바탕으로 한 생명의 소중함과 관계망
제2동시집: 《짝꿍이 다 봤대요》를 중심으로

《짝꿍이 다 봤대요》 '시인의 말'에서 유미희 시인은 '책상에서 꾸미고 만든 시가 아닌, 자연스러운 시'를 쓰기 위해, 시와 '숨바꼭질'하는 마음으로 삶 속에서 시가 되는 순간을 부지런히 찾아왔다고 밝히고 있다. 이런 시인의 의지와 맞춤하게 그의 두 번째 동시집에서는 시 속에서 다루는 자연과 사람들의 삶의 묘사가 확연히 구체적이며 단단해지는 특성을 보이고 있다. 더불어 이전 동시집과 비교할 때 아이의 입말을 생생히 살린 일인칭 시점의 동시들이 많이 발견되는데, 어린이 독자들의 공감과 관심을 적극적으로 이끌어내며 동시집의 활기와 재미를 더하고 있다.

어쩌면 그렇게 닮았니?

고구마 캐다
밤 줍다
메뚜기 잡다
다 보았어.

훨훨
아무렇게나 벗어 놓은
옷.

숲 나무 둥치에
아파트 정원 맥문동 꽃대 위에
공원 풀잎 위에

훨훨
아무 데나 던져 둔
옷.

히힛!
어쩌면
내 버릇이랑 똑같니?
– 〈매미 껍질〉 전문

친구들과 어울려 고구마를 캐고 밤을 줍고 메뚜기를 잡으며 한참 놀다 '아무 데나 던져둔' 매미 껍질을 보고, 매미와 동질감을 형성하는 아이에게서 건강한 자아감이 엿보인다. 〈고자질〉, 〈누에에게〉 등에서 엄마에게 혼나며 때때로 구박을 받기도 하지만 자신과 닮은 존재들을 만나 친구 맺으며 구김살 없이 당당하게 커가는 아이들 모습에서, 사회 규율이나 도덕적 관념보다 생명 자체와 생명 사이의 관계에 집중한 시인의 시작 태도를 가늠할 수 있다. 작품집 속 아이는 할머니와 할아버지, 외숙모와 사촌 아기 등 사람들과의 관계를 넓혀 가는 것은 물론 개구리와 맹꽁이, 지렁이와 누에, 매미, 염소 등 자연 속 다양한 생명들과도 친구가 되어 가면서 세상에 대한 관심과 애정을 점차적으로 넓혀 가고 있는 것이다. 이런 관점에서 볼 때, 〈눈 온 날〉은 제2동시집과 관련한 시인의 철학을 대변할 대표 작품으로 꼽을 만하다.

오목한
그릇마다
밥을 떠 놓았다.

마당 안 개밥 그릇에
장독대 위 시루에
두엄 옆 여물통에

누군가
소복소복
흰 밥을 떠 놓았다.

추운 날
한뎃잠 자는 누렁이에게
한뎃잠 자는 새 떼에게
한뎃잠 자는 생쥐들에게

밥 한 그릇
푸짐히 먹이고 싶었나 보다.
– 〈눈 온 날〉 전문

삶의 구체성과 현실 의식의 강화

제3동시집: 《내 맘도 모르는 게》를 중심으로

유미희 시인의 세 번째 동시집 《내 맘도 모르는 게》는 서쪽 바다와 맞닿은 곳에 위치한 특정 공간을 배경으로 하여 창작되었다는 점에서 차별화 된다. 이 책의 작가 소개에서 시인은 자신이 충청남도 서산에서 태어나 수평선과 갯벌을 보며 성장했고 바다 생태계가 잘 보존되길 바라는 마음으로 동시들을 썼다고 밝히고 있는데, 갯벌에 사는 다양한 생명들과 바닷가 마을의 이야기, 갯벌을 살리려는 사람들의 노력 등 다양한 소재의 동시들이 실려 있다. 2007년에 발생한 태안 기름 유출 사고에 관한 동시들 역시 동시집에 포함돼 있으며, 그래서인지 바닷가 마을 사람과 생명들에 대한 시인의 짠한 애정이 작품집 전반에서 느껴지며 묵직한 감동을 이끌어낸다.

엄마가
존다.

엊저녁 늦도록 마늘 깐

엄마가

존다.

누나 상 받는데

엄마만 못 본다.

몇천 원 벌려고

마늘 더 까다가

제대로 잠 못 잔

엄마

다른 엄마들 박수 소리에

놀라 눈떴다가

끄—으덕

끄—으덕

다시

존다.

– 〈졸업식장에서〉 전문

너무 오래 써서

이 빠진

쇠칼.

바지락 까다가

긴 세월 다 보낸

쇠칼.

식구들 얼룩을 지우는 빨랫비누가 되고

다섯 남매 버스비가 되고

등록금이 되는

바지락만 까다가

뭉턱,
이가 빠진
쇠칼.

뭉턱,
손톱 밑이 다 닳은
우리 할머니.
–〈이 빠진 쇠칼〉 전문

가족을 위한 어머니의 숭고한 노동을 깊이 있는 시선으로 그려낸 위의 두 동시를 포함하여 이 동시집에는 노동의 현장을 담아낸 시들이 다수 실려 있다. 〈뺑설기 잡는 날〉, 〈생일〉, 〈폭우와 폭염〉, 〈물 들어오는 갯골〉, 〈풀을 잡자〉, 〈마늘꽁 뽑기〉, 〈명아주〉, 〈고구마 끈〉, 〈우리 동네 사람들은〉 등을 예로 들 수 있는데, 때로는 놀이 정신과 결합하여 경쾌하고 발랄하게, 때로는 낯설고 신선한 풍경으로 제시되면서 동시집의 풍부함과 활기를 더해가고 있다. 일과 놀이와 생명과 풍경이 하나로 어우러지는 바닷가 마을 공간의 특성을 가장 잘 드러내 보인 예로 부족함이 없다 하겠다.

작은 게가
굽은 등으로
집에 가던 노을을 업어 주었습니다.
–〈작은 게〉 전문

유미희 시인의 시적 특성 중 하나로 '작은 존재의 의미와 노고'를 표현한 시들이 많다는 점을 들 수 있다. 위에 예로 든 시 역시 그러한 맥락에서 감상할 수 있는데, '노을을 업어주는', '작은 게'에게서 '어머니', 혹은 '할머니'의 조용한 희생과 노고를 떠올리게 된다. 작은 게가 노을을 업고 있기란 결코 쉬운 일은 아닐 것이다. 그래서인지 위 시의 정경에서 '고단함'의 정서가 더불어 느껴지기도 한다. 때때로 현실의 문제는 개인이 감당할 수 있는 정도를 한참 넘어 헤쳐 나가기가 어렵게 보인다. 그리고 지금 이 순간에도 그 고난을 견디고 있는 이들이 많이 있다. 작은 몸으로 애를 쓰고 있는 수없이 많은 이들의 노고에 짠한 애정과 더불어 숭고미를 부여한 시인의 따뜻한 마음이 느껴져 더욱 아름답고 깊이 있는 작품이 된 것 같다.

삶과 사물에 대한 관찰과 통찰

제4동시집: 《오빤, 닭머리다!》를 중심으로

유미희 시인의 네 번째 동시집《오빤, 닭머리다!》의 장점에 대해 김제곤 평론가가 '작고 시시한 것들이 지닌 온기와 아름다움'이라 정리했듯이, 이 동시집에는 〈압정 두 개〉의 압정, 〈자동차 열쇠〉의 자동차 열쇠, 〈베개〉의 베개, 〈뾰로통한 수박〉의 수박 등 사물에 인물성을 부여하여 표현한 작품들이 많다. 더불어 아파트에 살면서 학원과 도서관을 드나들고 치킨집을 운영하는 아빠와 가끔 캠핑을 가기도 하며, 둘레 사람들에게 관심이 많은 여자 아이를 중심으로 하여 동시집 전체의 작품들을 통일성 있게 꾸려 나가고 있는 것이 특징이다.

산골에 사는 참나리
얼굴에
송송송 검은 주근깨투성이

호랑나비는
어디가 좋은지
온종일 꼭 붙어 놀아요.
–〈산골 참나리〉 전문

주근깨 박힌 주홍 모습이 마치 '빨강머리 앤' 혹은 '말괄량이 삐삐'를 보고 있는 듯한 느낌을 자아내는데, 이는 동시집 전체의 이미지를 간단히 보여 준다고 할 수 있다. 동화 속 여주인공들의 캐릭터와 비슷하게 동시집 속 화자 아이 역시 명랑하며 발랄한 필치를 기본으로 미적인 것을 즐기고 친구와 어울려 놀기를 좋아하며 공상 이야기를 만들어 낸다. 그리고 사춘기 소녀답게 때로는 감수성에 젖어 눈물의 의미를 찾아내기도 한다.

가끔
화난 내 주먹에 맞아 주고
아픈 내 등을 받쳐 주고

가끔

양념통닭 먹던 내 손에 얼룩지고

잠이 덜 깬 내 발에 걸려 훅 한쪽 구석으로 밀려나도

쬐그만 게

눈물 콧물

다

받아 준다.

– 〈베개〉 전문

내면의 분노와 아픔, 눈물 등을 다 받아 주는 한 존재(베개)를 다루면서도 시 내용이 지나치게 무겁거나 감상에 치우치지 않게 되는 것은, '양념통닭 얼룩'과 '눈물 콧물'이라는 지극히 현실적이면서도 유머러스한 표현과 더불어 제시되었기 때문일 것이다. 시인은 이와 같이 생활의 세심한 관찰과 균형 잡힌 시선으로 사물의 본질을 통찰력 있게 표현하는 데에 탁월한 능력을 보인다.

길 위에서 생명의 역사를 그려 낸 시인

네 권의 동시집을 순차적으로 읽어내면서 공통적으로 느껴진 것은 '길'과 '관계', '생명'과 '역사' 같은 것들이었다. 유미희 시인은 무엇보다 관찰과 묘사에 능한 시인이고, 대상에 대한 오랜 관찰과 통찰을 통해 단순하면서도 마음에 남는 단단한 동시들을 많이 남겼다. 더불어 시인은 끊임없이 '관계'의 동시들을 노래해 왔다. 드넓은 삶의 여행길을 걸어가며 만난 다양한 존재들을 관찰하고 오랜 시간 동안 그들의 이야기를 그려 내면서, 세상은 무수한 관계의 끈과 망으로 연결되어 있으며 어려운 때일수록 관계의 연결망은 더욱더 빛이 난다고 시인은 거듭하여 말해 왔던 것 같다.

덧붙여 주목할 점이 하나 더 있다. 시인은 보통 사람들은 눈여겨보지 못하는 '작은 존재들'에 집중하여 존재의 의미와 힘을 보여 주는 일에 지속적인 노력을 기울여 왔는데, 그 힘은 다름 아닌 오랜 시간 동안의 꾸준함으로 완성되는 경우가 많았다는 점이다. 할아버지가 기울인 오랜 시간의 노고가 순백의 소금산이 되어 은하수처럼 아름다운 풍광을 이루어 내는 아래의 시는 일하는 모든 존재에게 바치는 소중한 헌사로 이해해도 부족함이 없을 것이다.

발이 굵은 하얀 왕소금
소금창고에 산처럼 그득 쌓였다.
그늘에서 낮잠 한 번 못 잔
할아버지의 뙤약볕 여름날들이 은하수처럼 박혀 있다.
– 〈왕소금 1〉 전문

동시를 쓰는 일은 작은 일이다. 작고, 어떻게 보면 시시한 일이기도 하다. 작고 시시한 일이기에 더 잘해 보고 싶다는 의욕이 불끈 솟았다. 이 세상 작은 존재들의 유쾌하고 위대한 역사를 소박하면서도 강건한 동시 작품들로 그려 온 유미희 시인 덕분이다. 십수 년의 시간 동안 의미 있는 한 길을 걸어온 유미희 시인에게 후배 동시인으로서 감사의 말을 전하고 싶다.

어린이와 함께 선생이 걸어온 길

1963년 충남 서산에서 태어남.

1985~1995년 기업체 홍보실에서 사보를 제작함. 이 무렵, 사무실에서 우연히 태어나서 처음으로 아동문학가 한 분을 만남. 그 분이 바로 윤석중 선생님이심.

1996년 '한우리독서문화운동본부'에서 동화 공부를 시작함.

1997년 동화 〈빨간 자전거〉로 대한주부클럽연합회 주최 신사임당백일장에서 입상함.

1998년 청소년시 〈바람아래해수욕장〉 외 4편으로 〈자유문학〉 신인상을 받음.

1999년 동시 공부를 시작함.

2000년 EBS TV유치원 동화 〈방울모자〉를 발표함.

동시 〈같이 걷지요〉 외 3편으로 〈아동문예〉에 등단함.

2002년 '충남아동문학회' 동인 활동을 시작함.

2003~2006년 '하늘도화지' 동인 활동을 함.

2004년 '동화세상'에서 동화를 공부함. '동화세상' 동인 활동을 시작함.

동시 〈꽃나무〉가 《좋은작가 아름다운 동시》(대교)에 수록됨.

문예진흥금을 받음.

동시집 《고시랑거리는 개구리》(청개구리 출판사)를 출간함.

동시 〈밀물과 썰물〉이 《시가 말을 걸어요》(토토북)에 수록됨.

EBS TV유치원 동화에 〈치과에 갔어요〉, 〈먼나라 여행은 신나요〉 등을 발표함.

2005년 《고시랑거리는 개구리》가 〈부산일보〉 추천 도서 책읽는교육사회실천회의 〈좋은 어린이책〉에 선정됨.

제2회 연필시문학상을 수상함.

《1학년 동시읽기》(깊은책속옹달샘)에 〈함께〉, 〈1학년〉, 〈가족〉이, 《3학년 동시 읽기》에 〈강물과 햇살〉, 〈문패 다는 나무들〉, 〈불똥〉이, 《5학년 동시읽기》에 〈못과 망치〉, 〈부추꽃〉 수록됨. 《6학년 동시읽기》에 〈구부러진 못〉이 수록됨.

2006년 동인 동시집 《약속이 오글오글》(공저, 21문학과문화)을 출간함.

제5회 오늘의동시문학상을 수상함.

동시 〈미안해서〉가 〈아동문예〉 10월호 한국문화예술위원회 1분기 문예지게재우수작품으로 선정됨. / 동시 〈눈 온 날〉이 〈어린이와 문학〉 2월호 한국문화예술위원회 2분기 문예지게재우수작품으로 선정됨.

대산문화재단창작지원금을 받음.

2007년 동시집 《짝꿍이 다 봤대요》(사계절출판사)를 출간함.

동시 〈매미껍질〉이 〈창비어린이〉 봄호 한국문화예술위원회 2분기 문예지게재 우수작품으로 선정됨.

2008년 동시집 《짝꿍이 다 봤대요》가 한국동시문학회 올해의 좋은 동시집으로 선정됨.

동시 〈집 한 채에〉가 《점심시간 만세》(푸른책들)에 수록됨.

제6회 우리나라좋은동시문학상을 수상함.

동시 〈졸업식장에서〉가 〈어린이책이야기〉 한국문화예술위원회 2분기 문예지 게재우수작품에 선정됨.

2009년 동시 〈산딸기〉가 《한국대표 낭송 동시 100편》(큰나)에 수록됨.

2010년 동시 〈홍수〉가 지하철 2호선 용답역, 지하철 6호선 응암역, 대흥역에 게재됨.

2011년 동시 〈절집식구〉가 〈푸른사상〉 '2011 오늘의 좋은 동시'에 선정됨.

동시 〈눈 온 날〉이 《나도 모르는 내가》에 수록됨.

동시 〈보그락 자그락〉이 〈동시마중〉 '올해의 동시 2011'에 선정됨.

2012년 동시집 《내 맘도 모르는 게》(사계절출판사)를 출간함.

동시 〈작은 게〉가 〈푸른사상〉 '2012 오늘의 좋은 동시'에 선정됨.

동시집 《내 맘도 모르는 게》가 한국출판문화산업진흥원 10월의 추천 도서로 선정됨.

2013년 동시 〈태풍 덕에〉가 〈푸른사상〉 '2013 오늘의 좋은 동시'에 선정됨.

2015년 동시 〈깻단의 입〉이 《날아라 교실》(사계절)에 수록됨.

《1학년이 꼭 읽어야 할 동시》(효리원)에 〈고시랑거리는 개구리〉가, 《3, 4학년이 꼭 읽어야 할 동시》(효리원)에 〈불똥〉이, 《1, 2학년이 꼭 읽어야 할 교과서 동시》(효리원)에 〈풀밭과 소〉가 수록됨.

동시 〈자물통〉이 〈동시마중〉 '올해의 동시 2015'에 선정됨.

2016년 동시집 《오빠 닭머리다!》(한겨레아이들)를 출간함.

《오빠, 닭머리다!》로 천안시 쌍용도서관 원화전에 참여함.

《오빠, 닭머리다!》가 한 도시 한 책 읽기에 선정됨.

동시 〈개똥참외꽃〉 외로 서울문화재단창작지원금을 받음.

2017년 《오빠, 닭머리다!》가 아침 독서 추천 도서로 선정됨.

《오빠, 닭머리다!》로 전국 도서관에서 12월까지 원화전을 개최함.

2018년 동시집 《뭘 그렇게 재니?》(스콜라출판사)를 출간함.

한국 아동문학가 100인

유효진

대표 작품

〈쇠똥구리 까만 운동화〉

인물론

희대의 재주꾼, 유효진

작품론

건강한 어린이들의 순진하고 발랄한 서사

어린이와 함께 선생이 걸어온 길

쇠똥구리 까만 운동화

저 애는 지금 무슨 생각을 하고 있는 것일까요?

너럭바위에 누워 하늘만 보고 있습니다. 이모가 주고 간 빨간 손목시계가 두 시를 가리키고 있는데요.

나는 지금 늙은 참나무 높은 곳 가지 위에 앉아 있습니다. 여기서 저 아래 너럭바위 위에 누워 있는 저 애, 저 남자애를 쳐다보고 있은 지도 한 시간 반이나 지났습니다.

그런데도 저 애는 꼼짝도 않고 하늘만 보고 있습니다. 초가을 하늘엔 구름 한 점 없는 빈 하늘인데요.

올해 초여름, 처음 저 남자 애를 이 고래산 들판에서 만났을 때, 저 애는 소똥 앞에 쭈그리고 앉아 있었어요. 그리고 다음 날도 그다음 날도 말입니다.

소똥만 쳐다보고 앉아 있었지요.

저 애를 네 번째 보고 고래산에서 내려온 날 할머니가 물었습니다.

"또 산에 갔다 오냐?"

"예."

"누가 지 애비 딸 아니랄까 봐 그것도 닮았구나. 혼자서 산에 싸돌아다니고, 나무 기어올라 다니는 게."

"꼭 네 애비 어릴 적이다."

나는 할머니 말을 뚝 자르고는 할머니 입에서 흘러나올 다음 말을 먼저 읊었습니다. 그동안 같은 말을 백 번 정도는 들었는걸요. 할머니는 나를 흘겨보더니 생각이 난 듯 물었습니다.

"참! 산에서 누구 못 봤냐?"

"봤어요. 모르는 남자애가 있던데."

"그래? 몇 살이나 돼 보이냐?"

"나랑 비슷해 보였어요. 키는 나보다 크지만 걔도 4학년쯤 된 것 같아."

"장씨가 데려왔다는구나. 길에서 구걸하는 걸 불쌍해서 데려온 모양이야. 오지랖도 넓지. 자기 몸 하나 의지 갈 데 없어서 쭈그렁바가지 같은 데서 그리 살면서, 쯔쯔."

장씨 아저씨는 지난해 여름 우리 마을로 흘러들어 온 사람입니다.

아무도 살지 않는 고래산 중턱 낡은 오두막에요. 오래전에 버려진 오두막에 말입니다.

아저씨가 온 날 밤이었습니다.

"아니, 저곳에 웬 불빛이여?"

"귀신도 안 살 너덜거리는 오두막에 불빛이라니 별일이구먼."

어른들은 늦은 밤 놀라운 표정으로 산을 올려다보았습니다.

"엄마, 도깨비불인가 봐."

내 동생 영도는 엄마 손에 매달려 겁먹은 눈빛으로 말했었어요.

사람들은 다음날에야 갈 곳 없는 사람이 우리 마을로 왔다는 걸 알게 되었습니다. 바로 장씨 아저씨였습니다.

그 날 이후 장씨 아저씨는 빈 오두막에 살게 되었습니다. 고래산 중턱에 달랑 하나 있는 낡은 오두막에요. 낡아서 쓰러져 가긴 해도 빈털터리 아저씨에겐 그나마 행운이었을 겁니다. 사방을 두꺼운 천으로 막아 놓으니 제법 집 같아 보였거든요.

아저씨는 이 집 저 집 허드렛일을 도와주고는 품삯으로 살아갑니다. 틈나는 대로 마을 소들을 데려다 고래산 중턱에서 풀을 뜯게도 합니다. 그래서 고래산 중턱 들판에는 소똥이 유난히 많습니다.

할머니 말로는 장씨 아저씨가 겨우 입에 풀칠만 하고 산대요. 가난하다는 뜻이겠지요.

그런데 혼자 먹고살기도 힘든 처지에 쇠똥구리를 데리고 오다니요.

쇠똥구리요?

바로 저 남자애를 말하는 겁니다. 이름을 몰라서 나 혼자 그렇게 정해버렸어요. 이름을 물어보고 싶었지만요, 이상하게 마주치면 입이 떨어지질 않았습니다. 저 애도 나만 나타나면 얼른 들어가 버리기도 했고요.

그래서 내 맘대로 쇠똥구리라고 정해버린 겁니다.

소똥을 좋아하는 이상한 애 같아서요.

쇠똥구리나 소똥을 좋아하지, 이상하고 별나지 않고서야 어떻게 소똥을…….

나무 위에 올라온 지가 너무 오래돼서 소변이 마려워 죽겠습니다. 그런데 저 애가 가질 않으니 내려가질 못하겠어요.

내가 일부러 숨어서 자기를 훔쳐보고 있던 걸로 오해할지도 모르잖아요. 내가 먼저 올라왔는데 말입니다. 게다가 오늘따라 치마를 입고 올라왔으니 참 난처합니다. 내가 아무리 사내 같은 여자애라도 체면이 있지.

"으으, 오줌 마려 죽겠다."

하필이면 나무 위에 올라와 있을 때, 여기까지 와서 너럭바위에 누울 건 뭔지요. 오늘도 소똥이나 들여다보고 있든가 할 것이지.

얼굴이 점점 찌푸려집니다. 참기 힘들어 배를 쓸며 중얼거려봅니다.

“쇠똥구리, 좀 가 줄래?”

그러나 남자애는 돌아눕지도 않습니다.

“아이고, 배야. 못 참겠다, 씨이.”

난 허리를 구부리고 일어나 조심조심 발을 딛었습니다. 더 이상 기다리고 있을 수가 없습니다. 저 애가 가길 기다리다간 난 오줌을 싸고 말 겁니다.

저 애한테 들킬까 봐 도둑고양이처럼 살금거리며 내려가자니 다리가 후들거립니다.

나무 둥치 뒤를 붙들고 내려오다 고개를 삐죽 내밀고 보니 그 애는 여전히 하늘만 보고 있습니다.

“휴우, 됐다.”

난 나무에서 내려오자마자 풀숲에 몸을 숨기고 앉았어요. 그리곤 앉은 채로 오리새끼처럼 뒤뚱거리며 계곡으로 내려왔습니다.

오자마자 바위틈에 앉아 속옷을 내리고 앉았습니다.

소변을 보는 것이 이렇게 행복해 보기는 처음입니다. 행복은 먼 곳에 있지 않고 가까운 곳에 있다더니 정말인 것 같았습니다.

“이제 살겠다.”

그런데 그때였습니다.

“딱!”

돌멩이 한 개가 느닷없이 날아와 저만치 앞에 떨어졌습니다.

놀라서 벌떡 일어서는데 또 한 개가 날아와 바로 앞에 떨어집니다.

뒤를 돌아보니 아무도 보이지 않았어요.

잽싸게 계곡 위로 올라왔는데 풀숲에서 까만 머리 하나가 보였습니다. 우거진 수풀 속에 꼭 까만 동그라미 하나가 가고 있는 것 같았어요. 그 애였습니다.

순간 얼굴이 후끈 달아오르는 것 같았습니다. 숯불처럼요.

“쇠똥구리, 너 죽었어, 씨이.”

난 내 소매 끝에 붙어 있던 풍뎅이도 듣지 못할 만큼 작은 목소리로 중얼거렸습니다.

집으로 돌아오는데 기분이 개운치 않았습니다. 그 애한테 들킨 것도 그렇지만 속옷이 젖어 있었기 때문입니다. 놀라서 벌떡 일어나는 바람에 적시고 말았거든요.

이 꼴이 될 줄 알았으면 차라리 나무 위에서 싸버릴 걸 그랬습니다.

며칠 째 고래산에 가지 않았습니다. 할머니가 웬일이냐고 네 번 정도 물었습니다.

처음엔 '그냥'이라고 대답했는데 자꾸만 물어보니까 성질이 났습니다.

"가든지 말든지 할머니는 그게 뭐가 그렇게 궁금해! 짜증 나."

"아고, 깜짝이야. 배라먹을 년."

"할머니!"

할머니는 가끔씩 나한테 '배라먹을 년'이라고 욕을 하는데 참 듣기 싫습니다.

내가 언젠가 담임 선생님께 그게 무슨 말이냐고 했더니,

"그건 빌어먹으라는 욕이니까 아주 나쁜 말이지. 누가 그런 소리 하니?"

하고 내 얼굴을 빤히 쳐다보았습니다. 난 차마 우리 할머니라고 말을 할 수 없었습니다.

"우리 동네 박씨 할머니가요."

"박씨 할머니?"

"예……. 오리집 박씨 할머니요."

우리 할머니가 박씨이긴 하지만 동네 할머니라니요. 더군다나 오리집 박씨 할머니라니 동네엔 오리집이라곤 없습니다. 난 불쑥 튀어나온 내 거짓말이 참으로 기가 막혔습니다.

선생님은 감쪽같이 속아 넘어 가는 것 같았지만 기분은 굉장히 나빴습니다.

"할머니 때문이야."

난 그 날 이후 결심했었습니다.

'다시는 그 욕을 듣지 말아야지. 그리고 못하게 할 거야.'

그런데 드디어 오늘 할머니가 또 그 욕을 하신 겁니다.

"할머닌 내가 빌어먹고 살았으면 좋겠어? 저 쇠똥구리처럼 됐으면 좋겠느냐고?"

소리를 빽 지르고 밖으로 나왔는데, 걷다 보니 나도 모르게 고래산을 향하고 있었어요.

발걸음을 멈추고 되돌아갈까 생각했습니다. 그러다 그냥 걸었습니다. 아까보다 씩씩하게요.

'고래산 들판이 자기 건가 뭐. 나무들도 들판도 너보다는 나하고 친해. 넌 굴러들어온 돌이야.'

난 주먹을 불끈 쥐고 들판으로 올라갔습니다. 싸움터에 가는 사람처럼요. 주변을 돌아보니 아무도 없었습니다.

"치. 난 너한테 지은 죄 없어, 뭐. 몰래 본 건 너야. 그러니까 죄인은 너지."

나는 진짜 그 애에게 말하듯 중얼거리며 참나무 위로 올라갔습니다.

내려다보니 너럭바위 위엔 아무도 없었습니다. 난 작은 소리로 노래를 부르기 시작했어요.

“엄마가 섬 그늘에 굴 따러 가면 아기는 혼자 남아 집을 보다가…….”

세 번 쯤 불렀을 때였습니다.

“시끄러워. 그만 불러! 노래도 못하면서.”

얼마나 놀랐는지 나는 하마터면 나무에서 떨어질 뻔하였습니다.

나보다 더 꼭대기에 그 애가 앉아 나를 보고 있을 줄이야…….

쇠똥구리가요.

난 아무 말도 못하고 그 애만 쳐다보았습니다.

그 애는 잠시 나를 노려보더니 다른 나뭇가지를 밟고 내려갔습니다. 잘못한 것도 없는데 뭔가를 들켜버린 기분이 들었습니다. 그러니까 갑자기 화가 치밀었어요. 그래서 목소리를 몇 단계는 높여 또 불렀습니다.

“엄마가 섬 그늘에 굴 따러 가면 아기는 혼자 남아 집을 보다가…….”

돌멩이 하나가 참나무 잎 사이로 날아왔습니다. 연거푸 세 번 날아왔습니다.

“야! 쇠똥구리!”

난 노래를 하다 말고 소리를 빽 질렀습니다. 소리를 지르고 보니 그 아이는 벌써 저만치 가고 있었어요. 난 다시 한번 더 크게 외쳤습니다.

“쇠똥구리! 배라먹을 놈!”

못 들었을까요. 그 애는 뒤도 보지 않고 가고 있었습니다.

내가 그렇게 심한 욕을 했는데 말입니다. 어떤 뜻인지 모르는 것일까요?

난 더 이상 나무 위에 있기가 싫어졌습니다. 갑자기 심심하다는 생각이 들었어요. 늘 혼자 와서 놀고 가던 곳이었는데 말입니다.

나무를 내려오다 보니 어느 틈에 손등 위에 쐐기 한 마리가 들러붙어 있었어요.

“요게.”

쐐기를 떼어내려고 손을 움직이는 순간이었습니다. 발이 미끄러짐과 동시에 난 뚝 떨어지고 말았습니다.

“아! 아야야! 엄마아!”

다리를 붙잡고 앉아 한참 동안 울다 보니 까만 운동화가 내 발 앞에 놓여 있었습니다. 테두리에 흙이 덕지덕지 묻은 뜯어지고 낡은 운동화가요.

올려다보니 그 애였습니다. 그 애는 내 다리를 말없이 쳐다보더니 등을 돌리고 앉았습니다.

“업혀. 다쳤을 때 맘대로 움직이면 큰일 난대.”

그 애는 두 번을 쉬어가며 나를 오두막에 업어다 놓았습니다.

“마을까지는 못 업고 가. 이따 아저씨가 오면 업어다 주시겠지.”

그 애는 퉁명스럽게 말한 후, 나와 뚝 떨어져 앉았습니다. 그리곤 말없이 바닥에다 손가락 글씨를 썼습니다.

오두막 가장자리엔 온갖 잡동사니 물건들로 널려 있었습니다.

낡고 지저분한 옷가지 옆에 냄비며 도마까지도 말입니다. 반찬 그릇도 여기저기 놓여 있었어요. 그걸 보니 갑자기 눈물이 왈칵 쏟아졌습니다. 내가 훌쩍거리자 그 애가 쳐다보지도 않고 말했어요.

"아프겠지만 조금만 참아. 아저씨 오실 때 됐어."

그 애의 목소리가 아까보다는 부드럽게 느껴졌습니다. 난 대답도 안 하고 손등으로 눈물을 닦았습니다. 한참 동안 앉아 있던 그 애가 여전히 쳐다보지도 않고 말했습니다.

"난 어렸을 적에 바닷가에 살았었어. 엄마랑……. 아까 그 노랜 우리 엄마 노래야. 내가 일학년 때까지 들었던 노래."

그 애는 그러더니 말을 끊었습니다. 한동안 가만히 있던 그 애가 작은 소리로 물었습니다.

"내가 왜 쇠똥구리니?"

"미안해."

"아냐. 싫어서 물어보는 거 아냐."

난 그 애가 당연히 기분 나빠서 묻는 줄 알았습니다. 그런데 그 애는 엉뚱한 말을 했습니다.

"난 쇠똥구리도 못 돼. 쇠똥구리였으면 좋겠다."

"……."

"소똥 알 속에서 나오는 새끼 쇠똥구리를 본 적 있니? 쇠똥구리들은 자기 새끼를 지키려고 소똥을 동그랗게 뭉쳐서 그 속에다 자기 새끼를 낳는대. 위험할까 봐 그러는 거래."

"……."

"쇠똥구리는 나보다 나아. 집도 있고 지켜 주는 엄마도 있고."

나는 이제야 그 애가 소똥 앞에 앉아 무엇을 보았는지 알 것 같았습니다. 무슨 생각을 했는지도요.

"아까 엄마 생각이 났어. 너 노래 들으면서…… 미안하다. 화내서."

"괜찮아. 근데 넌 이름이 뭐야?"

"이름은 뭘. 계속 쇠똥구리라고 불러. 나도 너 참나무라고 할 테니까."

그 애는 그러더니 나를 쳐다보았습니다. 그런데 눈가가 젖어 있었어요. 우는 소리도 들리지 않았는데요. 뺨 위로 눈물이 흐른 것도 같습니다.

어두워졌는데도 장씨 아저씨가 돌아오질 않습니다. 투둑투둑 천정에서 소리가 들려옵니다. 비가 오기 시작한 모양입니다. 저녁부터 비가 내린다 하더니.

오두막 지붕 위에 비닐이 덮혀 있어서 그런지 빗방울 소리가 크게 들려왔습니다.

말없이 앉아 있는 내 머리 위로 빗방울이 떨어집니다. 쇠똥구리 머리 위로도 떨어집니다.

천정을 올려다보니 여기저기 구멍이 나 있습니다. 또 눈물이 주르륵 나옵니다.

"너 많이 아프구나. 기다려. 내가 너희 집 가서 어른 불러올게."

그 애가 벌떡 일어났습니다.

"우리 집 모르잖아."

그 애는 이마를 긁적이더니 수줍은 듯,

"아냐. 알아."

하고는 도망치듯 오두막 밖으로 나갔습니다.

우산도 없이요.

오두막 안을 휘둘러보았으나 우산이라곤 보이지 않습니다.

그 애의 발자국 소리가 크게 들려오더니 금세 작아졌습니다. 내달리는지 발자국 소리가 촘촘히 들려오더니 말입니다.

옆을 보니 찢어진 신문지가 놓여 있었어요.

아까 얼핏 볼 땐 몰랐는데 다시 보니 신문지 글씨 위에 낙서가 되어 있습니다.

'참나무 참나무 참나무…… 내 친구 참나무.'

쇠똥구리가 썼을까요?

"계속 쇠똥구리라고 불러. 나도 참나무라고 부를 테니까."

참나무가 마음에 듭니다.

빗소리를 들으며 앉아 있자니 머릿속에 까만 운동화가 그려집니다. 덕지덕지 흙이 묻은 낡은 운동화가요.

비에 흠뻑 젖은 까만 운동화가 뽕나무 오솔길을 뛰어가고 있습니다. 철벅철벅 흙탕물 튀기는 소리도 들립니다.

비에 젖은 낡은 운동화가 마을을 향해 달리며 자꾸만 말을 합니다.

"쇠똥구리였으면 좋겠다. 쇠똥구리였으면 좋겠다……."

자꾸만 눈물이 납니다.

눈물이 자꾸 나올 만큼 발목이 아프지도 않은데요.

배라먹을 놈이라는 내 말이 쇠똥구리 가슴에 박혔을까요? 아니 못 들었을까요?

들었으면 그 뜻을 쇠똥구리가 몰랐으면 좋겠습니다. 그러나 들어서 가슴에 박혔으면, 그렇다면 저 빗물에 다 씻겨져 내려갔으면 좋겠습니다. 정말 좋겠습니다.

'들었으면 쇠똥구리야, 그 말 다시는 기억하지 마.'

희대의 재주꾼, 유효진

김은정

내가 유효진 작가, 그녀를 알게 된 건 답답한 생활이 싫다며 잘나가던 외국계 은행을 뛰쳐나와 출판사에 들어 온 이십 대 후반 때였다. 책 속에서 만난 그녀, 유효진은 어떤 내용의 글도 재미있게 다루는 회사에서 좋아하는 인기 작가였다. 틀에 박힌 은행 업무와 답답한 외국어 구사에 지친 나는 처음에 아무 생각 없이 출판사 일이 좋았다. 창조적인 일을 하고, 또래 동료들과 우리말로 회의하고, 자료 조사를 핑계로 글 잘 쓰시는 작가 선생님들 책을 찾아 읽을 수도 있었다. 그때 단골 메뉴가 바로 유효진 선생님이 쓴 책을 골라 읽는 것이었다. 워낙 글도 잘 쓰고 유머 감각이 탁월한 분이어서 동화책에도 특유의 즐거움이 넘쳐난다. 그래서 그녀의 동화를 읽는 것은 나에게 지겨운 회사 생활 속의 한 토막 힐링 시간이었다.

그러다 그녀를 실제로 만난 건 내가 삼십 대에 막 접어들 무렵이었다. 계약서도 쓸 겸, 원고 설명도 할 겸 직접 만나게 되었는데, 어머나 세상에! 만난 지 30분도 안 되어 그녀는 내 마음을 훔쳐 버리고 말았다. 작가 선생님으로 만나 효진 쌤으로 헤어진 그날 이후, 우리는 나이를 넘어, 국경을 넘어(그녀가 뉴질랜드에 주로 계셨으므로) 서로의 안부를 늘 챙겨 묻는 아주 독특하고 매력적인 지인 관계가 되었다.

나 역시 그녀의 마음을 사로잡았으리라 확신하며, 10년 간 지켜보며 알게 된 나의 그녀를 쉽게 편한 마음으로 소개해 볼까 한다.

사랑이 철철 넘치는 사랑꾼

그녀는 사랑꾼이다. 사랑과 인정이 흘러넘친다. 세월이 지나 그녀는 기억하지 못했는데, 우리가 친해지고 얼마 되지 않았을 때 회사로 김치전과 잡채가 날아왔다. 그 양이 어마어마했다. 내 이름 앞으로 원고도 아니고 서류도 아니고, 김치전과 잡채가 날아오다니! 그날 우리 팀은 푸지게 포식을 했다. 물론 그날 나는 반 친구들에게 피자와 치킨을 돌린 엄마 덕에 우쭐해진 아이마냥 어깨가 한없이 올라가 있었다.

어느덧 내 나이 마흔. 결혼을 하고 아이를 낳고 그 아이가 초등학교에 들어갈 때까지 그녀는 피붙이처럼 늘 그 자리에 있었다. 결혼할 때는 친정엄마처럼 예쁜 그릇을 사 주더니, 아이가 꼬물꼬물 자라니 아이 옷도 챙겨 주고, 뉴질랜드를 오가는 비행기에서도 잊지 않고 아이 색연필 선물을 챙겨 오시곤 했다. 가끔 그녀를 만나면 집에 오는 길은 기쁘게 고되다. 직접 만든 잼이며 연잎밥, 오징어 김치 등등 본인이 좋아라 하시는 것들을 두 손 넘치게 챙겨 주기 때문이다.

하지만 그녀의 면모는 내가 싸부님이라고 지칭하는 분에게 행동하는 것을 보면 대번에 알 수 있다. 전화 통화하는 말투만 들어도 깨 냄새가 아주 고소하다. 그 마음이 온전히 전해졌는지, 세상 고매하고 점잖으신 싸부님도 그녀의 말이라면 모두 항복이다. 나도 열심히 나이 들어서 나중에 그녀처럼 멋진 부부로 살아 가고 싶다.

그녀의 두 자녀 역시 아주 훌륭하게 자랐다. 나는 그것이 모두 그녀의 넘치는 사랑 덕분이라고 생각한다. 그녀는 자녀와 부모와의 거리를 중요하게 여기는 것 같다. 부모는 부모의 삶과 일이 있고, 자녀는 자녀의 생활이 있음을 인정해야 한다고 생각한다. 그래서 늘 나에게 조언을 해 주시지만, 어느 하나 놓지 못하는 미련한 나는 알고도 실천하지 못하니 그저 내 자신이 안타까울 뿐이다. 그렇지만 서서히 육아 멘토인 그녀를 닮아 나 역시 멋진 엄마가 될 것이라 믿는다. 그녀의 두 자녀는 타국에 있었으므로 간혹은 떨어져 있을 때도 많았는데도 스스로 모든 문제를 해결하는, 요즘 보기 드물게 착하고 자립심도 대단하다. 아이들을 이렇게 키울 수 있었던 것은 멀리 있어도 품어 낼 만한 사랑과 믿음의 그릇이 컸기 때문일 것이다. 다 큰 두 자녀 역시 엄마에게 각종 비밀 이야기를 쏟아 낼 만큼 엄마 유효진에 대한 사랑이 넘친다. 그녀에게서는 항상 사랑이 흘러넘치기 때문에 주변 사람들도 사랑으로 적셔진다. 이는 사랑꾼 유효진의 대단한 능력이다. 오랜 시간 동안 가까이 하면서 알게 된 그녀의 장보기는 그야말로 일축된 성품의 단면을 여실히 보여 준다. 다른 식품들은 다 마트에서 사도 전철이나 길거리에서 노상을 하는 분들이 가지고 있는 채소들은 사지 않는다. 사는 김에 마트에서 사 갖고 오면 좋으련만 전철역 입구에서 노상을 하는 할머니들의 물건을 팔아 주기 위해 기어코는 귀찮음을 무릅쓴다. 게다가 시간이 남으면 노인들과 조곤조곤 대화를 하며 도라지를 까고 콩을 까느라 자기의 시간을 놓치기가 일쑤다. 그래서 가족들이 붙여 놓은 애칭이 '오지랖 유', '다정도 병 인 양 하여'니 그녀를 가깝게 하지 않고는 그녀를 결코 알 수 없다. 왜냐하면 첫눈에 보아도 도시적인 모던한 이미지라서 촌스럽거나 시골스런 사랑을 날리며 사는 여자라고는 외적으로 전혀 노출되어 있지 않기 때문이다. 속을 잘 보이지 않으면서도 은근슬쩍 사랑을 베풀 줄 아는 그녀는 사랑을 제대로 할 줄 아는 사랑꾼이다.

놀 줄 아는 술꾼, 맵시꾼, 놀이꾼

그녀와 만나면 늘 술 한 잔을 곁들인다. 흥청망청 마셔 대지는 않고 딱 분위기 좋을 만큼 마신다. 술의 종류는 개의치 않는다. 맥주도 좋고, 감식초를 넣은 소주도 좋고, 와인도 좋다. 그중에서 특히 막걸리를 좋아하시는 것 같다. 우리는 한잔하면서 하하 호호 신나게 낄낄댄다. 대화 주제는 아주 폭넓다. 아이 키우는 이야기에서부터 생활 이야기, 일 이야기 등등. 그녀의 소통은 늘 쌍방향이다. 지겨운 잔소리나 훈시를 늘어놓지 않는다. 그렇다고 돌부처처럼 경청만 하고 있지도 않는다. 주거니 받기니 하는 술잔처럼, 이야기도 주거니 받거니 전개가 빠르고 흥겹다. 술을 제대로 이용할 줄 아는 그녀는 술을 만들어 낸 조물주의 마음을 잘 읽는 이해력 높은 술꾼이다.

그녀는 또 알아주는 맵시꾼이다. 언제 한번 그녀가 작업도 하고 쉬기도 하는 오피스텔에 놀러 간 적이 있었는데, 아침 일찍 찾아갔는데도 착 다려 입은 깔끔한 셔츠 차림이었다. 그녀를 안 이후 나는 그녀가 한 번도 대충 둘러 입은 것을 본 적이 없다. 백화점에 전시된 명품들을 휘둘러 사서 온몸에 휘감고 다니는 허당들과는 차원이 다르다. 동네 후미진 가게에서도 본인에게 딱 어울리는 아이템들을 귀신같이 찾아낼 줄 아는 진짜 맵시꾼이다. 멋을 안다는 것은 자신의 삶을 풍요롭게 하는 귀한 재주이다. 그래서 난 맵시꾼 그녀의 모습도 참 좋아한다.

늘 내가 부러워하는 부분이 잘 노는 그녀의 삶이다. 해야 할 일과 하고 싶은 일들 사이의 비어 있는 부분은 늘 놀고 있다. 어찌나 그리 재미있는 일들을 잘 찾아 하는지……. 아주 무척이나 부러운 능력이다. 봄에는 꽃놀이, 가을이면 단풍놀이, 몸 뻐근할 땐 마사지 놀이 등등 전화를 할 때마다 장소를 옮겨 다니며 논다. 홍길동이 누님할 판이라고 할까? 혼자서도 항상 신나게 노는 그녀는 에너지와 흥이 넘치는 제대로 된 놀이꾼이다.

반전 매력이 있는 살림꾼

지금까지 둘러보면 그녀는 타고난 한량 같다. 본인 스스로도 건달이라고 종종 일컫는다. 하지만 살림을 꾸리는 모습을 보면 완벽한 반전이다. '바깥세상은 난 몰라요.' 하는 종갓집 맏며느리 같다. 뉴질랜드에서도 고추장, 된장, 막장 등 각종 장을 직접 담그고, 풀밭에 난 버섯이며 나물들을 뜯어다 반찬을 해 먹는 모습을 보면 입이 떡, 벌어진다. 손도 어찌나 큰지……. 갑자기 찾아가도 동네 시장에서 대충 먹거리를 사다가 싹싹 씻어 후다닥 잔칫상을 차려 낸다. 그녀가 만들어 준 꼬막 비빔밥의 맛을 난 아직 잊지 못한다.

얼마 전 SNS에 사진이 한 장 올라왔다. 지난 해 6월에 담가 놓은 감식초를 아들이 걸러 놓았다는 사진이다. 아무래도 살림꾼 기질은 딸보다 아들이 엄마를 쏙 빼닮은 것 같다. 한국에 오기 전 젊은 외국인들 속에 섞여 공부를 하다 왔을 때, 아들딸 같은 학우들이 그녀에게 말하기를 '대한민국 홍보 대사 같다'며 한국 음식을 무척 좋아한다는 말을 전해 들었다. 쉬는 시간 30분 사이 요기할 음식으로 잡채니 부침개니 김밥을 싸 들고 가 교실에 풀어 놓으니 열정의 나라에서 온 남미 학생들이 얼마나 좋아했을지는 안 봐도 그려질 일이다.

뭐니 뭐니 해도 이야기꾼

그 어떤 설명을 해도 이야기가 빠지면 그녀를 규정지을 수 없다. 그녀는 타고난 이야기꾼이기 때문이다. 글에 있어서 소화 능력이 아주 탁월하다. 어떤 주제를 제공하면 잠시 자신만의 세상에서 소화시킨 다음 그것을 개성 있는 이야기로 턱 내놓는다. 소화 능력이 뛰어나기 때문에 이야기를 꺼내는 것도 쉽게 생각한다. 그래서 더 이야기가 자연스럽고 술술 풀린다.

가끔 자신이 구상하고 있는 이야기가 어떠하냐고 물을 때가 있다. 들을 때마다 아주 기발하다. 늘 노는 것 같은데, 어찌 보면 늘 일하는 것 같기도 하다. 아이들을 좋아해서 그런지 어린이들의 마음도 참 잘 안다. 그녀의 글 속 주인공의 생각을 읽다 보면, 어떻게 어른이 이렇게 아이 마음을 잘 표현해 냈는지 놀랄 때가 많다. 이야기꾼 그녀는 앞으로도 늙지 않을 것 같다. 글로 풀어내는 걸 쉽게 하지는 않아도 수많은 동화거리가 마음에서 샘솟고 있는데 어찌 나이 들 수가 있을까? 그녀는 일상을 아이 마음으로 살아가고 있으니 늘 즐겁고 행복한 것 같다.

인간 유효진은 참 재주가 많다. 그래서 희대의 재주꾼이라는 별명을 붙여 주고 싶다. 재주가 많다는 것은 복된 일이다. 하지만 재주가 안으로 향하면 자기 자신을 힘들게 할 수도 있다. 잘하는 게 많으니 모든 제 손으로 해야 직성이 풀리기 때문이다. 하지만 재주가 밖으로 향하면 인생이 행복하다. 여러 타인에게 재주를 베풀면 주변 상황이 늘 감사하고 화목하고 즐겁다.

난 재주 많은 이와 함께하는 것이 즐겁고, 재주 많은 이들을 동경한다. 그래서 딸 아이의 이름도 재주가 많아 다른 이들을 기쁘게 하라는 뜻으로 재주 재(才), 기뻐할 이(怡)를 써서 지었다. 나의 딸도 그녀처럼 타고난 재주를 널리 베푸는 사람으로 자랐으면 좋겠다. 그리고 그녀처럼 사랑이 넘치고 하루하루가 행복한 사람이 되었으면 좋겠다. 희대의 재주꾼 유효진 작가님이 앞으로 얼마나 더 멋지게 인생을 펼쳐 나가실지 잘 지켜볼 것이다. 아무래도 지금보다 훨씬 더 근사한 삶이 준비되어 있을 것 같아 기대가 된다!

건강한 어린이들의 순진하고 발랄한 서사

진은진

1.

유효진은 경기도 남양주에서 태어나 명지대학교 문예창작과를 졸업했다. 1986년 장편동화 〈하늘나라 가시나무〉로 계몽아동문학상을 받으면서 동화를 쓰기 시작했으며, 1989년 장편동화 《내 이름은 팬지》로 아동문학연구 신인상을 받았다. 이제 중견 작가 반열에 올랐다고 할 수 있는 유효진은 《보이지 않는 세상》, 《동네가 들썩들썩》, 《엄마가 보고 싶습니다》, 《쇠똥구리 까만 운동화》, 《고물 자전거》 등의 작품집을 통해 약한 사람에 대한 배려와 아름다운 정 등을 강조하는 따뜻한 이야기들을 썼으며 단편동화 〈고물 자건거〉, 〈배추장수 아저씨〉, 〈검둥아 니는 아들이가 딸이가〉는 교과서에 실리기도 하였다.

유효진의 주요한 작품 경향은 어린이다운 천진함과 꾸미지 않은 담백함이다. 특히 쉽고 편안한 문체는 유효진 동화의 가장 두드러지는 개성이다. 그러나 등장인물들이나 서사 자체가 단순한 것은 아니다. 주인공들은 아픔을 가지고 있으나 그것을 일부러 과장하거나 엄살 부리지 않는다. 내면에는 상처를 하나씩 가지고 있지만 일부러 드러내놓지 않으며 오히려 타인의 상처를 발견하고 어루만지는 성숙한 모습을 보인다. 착한 서사가 아니라 건강한 서사, 상처의 서사가 아니라 치유의 서사가 유효진 동화의 특징이다.

2.

작품집에 등장하는 동화 속 주인공들은 부모의 부재라는 공통된 결핍을 가지고 있다. 〈지난 겨울 딱따구리〉, 〈고물 자전거〉, 〈검둥아, 니는 아들이가 딸이가〉, 〈몽기와 개똥참외〉, 〈졸업식날〉, 〈쇠똥구리의 까만 운동화〉, 〈깍두기〉, 〈송순아, 기다려 줘〉, 〈노란 대문집〉, 〈비오는 날〉 등. 주인공들은 양친 부모를 다 잃었거나, 한쪽 부모를 잃은 것으로 나온다. 이미 상처와 결핍을 내면화하고 있는 주인공들인 것이다. 그러나 부모의 부재가 서사에서 주요한 결핍으로 작용하는 경우는 별로 없으며, 부모 부재가 중요한 결핍으로 작용하는 경우에도 주인공들은 그로 인한 그늘을 보이거나 하지 않는다.

〈검둥아, 니는 아들이가 딸이가〉의 양계장집 보리는 아버지 없이 할머니, 엄마와 산다. 보리는, 닭을 삶으면 오빠 순구와 남동생 순치에게만 닭 다리를 주는 할머니 때문에 속이 상하지만 아버지 없는 그늘을 발견할 수는 없다. 아버지 없는 가정 형편이 좋을 리 없다. 형편이 어려우니 양계장을 하면서도 닭을 마음대로 잡을 수 없는 것이고, 그러니 보리에게까지 닭 다리가 돌아오지 않는 것이다. 아버지가 있었으면 딸인 보리 편을 들어 주었을 수도 있다. 그러나 보리는 그러한 계산이나 원망 없이 "너거들 다리가 세 개면 얼마나 좋겠노."라고 닭에게 넋두리를 풀어 놓는 순진무구한 어린이일 뿐이다. 〈졸업식날〉의 홍은이는 졸업식에 가기 싫다. 부모가 안 계셔서가 아니다. "우짜노. 내는 우등상은커녕 개근상도 못 타는데."라며 걱정하고, 감기만 안 걸렸으면 개근상이라도 탔을 걸 후회하는 홍은이는 부모 없는 아이들이 으레 가져야 할 것으로 여겨지는 우울과 슬픔은 찾아볼 수 없다. 〈깍두기〉의 동파와 동희도 마찬가지다. 똥파리가 별명인 동파는 할머니와 단둘이 산다. 옆집 사는 동희도 아버지가 사우디에 돈 벌러 가서 엄마와 둘이 살지만 두 소년 소녀 모두 부모의 부재로 인한 슬픔이나 외로움은 찾아볼 수 없다.

〈쇠똥구리 까만 운동화〉의 주인공 '나'는 능청스럽고 발랄하기가 여타 주인공 중 으뜸이다. '나'는 부모 없이 할머니와 단둘이 사는 소녀다. 할머니는 가끔씩 '나'한테 '배라먹을 년'이라고 욕을 하는데 '나'는 그 말이 무슨 말인지는 몰라도 듣기가 싫었다.

> 내가 언젠가 담인 선생님께 그게 무슨 말이냐고 했더니.
> "그건 빌어먹으라는 욕이니까 아주 나쁜 말이지. 누가 그런 소리 하니?"
> "우리 동네 박씨 할머니가요."
> "박씨 할머니?"
> "예……. 오리집 박씨 할머니요."
> 우리 할머니가 박씨이긴 하지만 동네 할머니라니요. 더군다나 오리집 박씨 할머니라니 동네엔 오리집이라곤 없습니다. 난 불쑥 튀어나온 내 거짓말이 참으로 기가 막혔습니다.

1인칭으로 서술되는 문체에서 느껴지는 이 솔직 발랄함은 부모 없는 아이의 그것이 아니다.

어린 주인공들에게 부모의 부재는 상처임이 분명하다. 그러나 과장과 연민은 어른들의 것이지 어린이의 그것이 아니다. 이들에게 부모의 부재란 길을 가다 넘어지는 일처럼 '있을 수도 있는' 일인 것이다. 한 번 넘어진 상처를 가지고 하루 종일 곱씹고 우울해하면서 삶의 중요한 문제로 부각하는 일은 없다. 만일 어린이가 그러하다면 그것은 어른들이 자신의 심리를 투영하여 인위적으로 만들어 낸 형상이지, 어린이의 본모습은 아닐 것이다. 반가운 친구를 만나면 툭툭 털고 일어나 까진 상처 따위 금세 잊고 장난을 치면서 학교에 가는 것이 어린이들의 건강성이다. 유효진 동화의 주인공들 또한 건강하다. 이들에게 부모 부재란 상처임에는 틀림없지만 삶 전체를 물고 늘어지는 심각한 것은 아니다. 그렇기에 부모 부재라는 상황보다는, 할머니가 아들딸 차별하는 것이 속상하고, 시골서 전학 온 촌스러운 아이와 형제 취급을 받는 것이 못마땅하고, 할머니 욕이 불만스러운 것이다.

부모 부재가 서사에서 중요하게 작용하고 있는 경우도 있다. 그러나 어린이들은 소극적이거나 무기력하지 않다. 자신을 슬픔에서 건져 줄 누군가를 기다리지 않고 스스로 치유 능력을 보여 준다. 〈지난겨울 딱따구리〉의 주인공 항기는 딱따구리 속바지를 입은 동순이를 '딱따구리'라고 놀리지만 그 속바지가 작년 가을에 돌아가신 동순이의 엄마가 떠 준 바지라는 것을 알게 된다. 그 후 항기는 동순이의 웃는 모습에서 일곱 살 때 헤어진 자기 엄마의 모습을 발견한다. 항기는 엄마에 대한 그리움 때문에 딱따구리 동순이의 속바지를 훔치게 되고 딱따구리 바지를 입고 엄마 꿈을 꾸며 스스로 상처를 치유한다. 〈몽기와 개똥참외〉의 뭉개도 할머니와 산다. 엄마는 돌아가시고 아버지는 4년째 소식이 없다. 노랗게 익은 개똥참외를 먹고 소원을 빌면 소원이 이루어진다는 말을 들은 뭉개는 운 좋게 발견한 개똥참외를 여름 방학 내내 정성껏 키운다. 뭉개의 개똥참외 농사는 아버지에 대한 기다림과 이어져 있다. 그러나 뭉개는 아버지에 대한 그리움이나 외로움으로 연민을 불러일으키지는 않는다. 혼자만의 비밀을 간직한 어린이의 진지함과 순진함이 뭉개를 사랑스러운 아이로 만든다. 개똥참외가 장맛비에 떠내려간 뒤부터 뭉개는 '재미없'는 방학을 보내지만 개똥참외 농사 과정을 날마다 일기로 써 일기상을 받게 된다. 그와 함께 뭉개는 내년 개똥참외 농사를 기약하고 아버지가 돌아오시리라는 희망도 다시 품을 수 있게 된다. 항기도 뭉개도 부모의 부재는 중요한 결핍이고 상처이지만 상처의 치유는 불가능한 것도 복잡한 것도 아니다. 치유도 빠르다. 빠른 치유 능력을 보여 줄 수 있는 이유는 이 어린이들이 심리적으로 건강하기 때문이다.

여기에서 더 나아가 유효진 동화의 주인공들은 타인에 대한 이해와 포용력을 보여준다. 그 포용력은 역설적이게도 부모의 부재로부터 얻어진 것들이다. 자신이 상처를 가지고 있기 때문에 타인의 상처도 더 잘 이해하는 것인데 이런 마음은 욕심 없이 순수한 열린 마음이라야 가능한 것이다. 〈송순아, 기다려 줘〉의 종두는 어머니가 없다. 송아지 송순이를 보면서 늘 엄마 생각을 하곤 했던 종두는 송순이를 팔려고 하는 아버지가 밉다. 손님이 없어 월세를 계속 내지 못하면서도 아버지는 할아버지의 솜틀집을 정리하지 못하고 송순이를 팔려고 하는 것이다. 솜틀집을 그대로 남겨 두어야 할아버지가 일어나 신을 신고 솜틀집에 나가실 것만 같다는 아버지의 마음을 알게 된 뒤 종두는 아버지가 할아버지의 털신을 그렇게 했듯, 아버지의 떨어진 운동화를 빨아 놓으며 아버지를 응원한다. 어머니에 대한 자신의 마음과 할아버지에 대한 아버지의 마음이 다르지 않은 것이라는 것을 깨닫게 된 것이다. 어린 종두는 어머니의 부재라는 마음의 상처를 가지고 있으면서도 놀랍도록 너그러운 포용력을 보여 주고 있다. 〈쇠똥구리 까만 운동화〉의 '나' 또한 부모 없이 할머니랑 단 둘이 살면서 '배라먹을 년'이라는 할머니의 욕이 듣기 싫다. 오줌 누는 모습을 쇠똥구리에게 들키고 '배라먹을 놈'이라고 쏘아 붙이지만 '배라먹을 년'이 무슨 뜻인지 알게 되고 나서는 쇠똥구리에게 미안해서 어쩔 줄을 모른다. 쇠똥구리는 장씨 아저씨가 데려온 구걸하는 아이였던 것이다.

3.

유효진 동화의 주인공들은 시골 동네 어디서나 만날 수 있을 것 같은, 특별할 것 없는 어린이들이다. 불량한 어린이도 아니지만 그렇다고 모범생이나 우등생도 아닌, 소박하고 꾸밈없는 평범한 어린이들이다. 그러나 삶은 천진하기만 세상이 아니라는 것, 아름다운 무지갯빛 세상이 아니라는 것을 상징적으로 보여 주기라도 하듯, 주인공들은 모두 부모 부재라는 문제적 상황에 처해 있다. 부모 부재라는 문제적 상황은 주인공들에게는 결핍이 틀림없다. 그러나 유효진 동화의 어린이들은 그러한 결핍이나 상처에는 아랑곳없이 건강하고 발랄하다. 가난이나 외로움이나 쓸쓸함으로 그러한 결핍이 환기되곤 하지만 주인공들은 자기 연민이나 동정에 빠지지 않는다. 이들은 그 건강함으로 스스로를 치유할 뿐만 아니라 타인을 이해하고 포용하면서 현실의 아픔이나 절망 등을 딛고 성장해 나간다. 어린이 특유의 내적인 건강함과 그 건강성에 기반한 놀라운 치유 능력이다.

유효진 동화는 장밋빛 희망을 보여 주려고 하지도, 억지로 감동을 끌어내려고 하지도 않는다. 삶은 만만하지 않으나 희망은 버리지 않는 것, 문제는 그대로 남아도 늘 희망의 여지는 있는 것이 현실이기 때문이다. 유효진 동화는 감정 과잉 없이 천진하다. 문체도 담백하고 서사도 배배 꼬는 법이 없다. 쉬운 것, 단순한 것이 진리에 가깝다. 유효진 동화는 그래서, 어린이의 삶에 밀착된, 사실적인 동화다.

어린이와 함께 선생이 걸어온 길

1986년 계몽아동문학상을 수상함. 수상 작품《하늘나라 가시나무》(계몽사)를 출간함.

1989년 장편동화《내 이름은 팬지》로 한국아동문학연구 신인상을 수상함.

1990년 장편동화집《보이지 않는 세상》(대웅출판사)을 출간함.

1991년 장편동화집《내 이름은 팬지》(대웅출판사)를 출간함.

1994년 중단편동화집《동네가 들썩들썩》(계몽사)을 출간함.

1995년《백두산 도사와 땅콩 찐콩》(대교출판)을 출간함.

1996년《콩새 아저씨》(계몽사),《혼자서는 싫어요》(계몽사),《구름요정 푸푸》(계몽사),《얄숙이 만화일기》(대교출판),《또랑이 만화일기》(대교출판)를 출간함.

1999년 장편동화《뜸부기형》(예림당)을 출간함.

2001년《까망이》(계몽사),《고구마가 쑤욱쑤욱》(계몽사)을 출간함.

2002년 단편동화집《고물 자전거》(채우리)를 출간함.

2005년 장편동화집《엄마가 보고 싶습니다》(채우리),《호두나무의 노래》(한국헤밍웨이),《널을 뛰어 봐》(삼성비엔씨),《베틀 아주머니》(삼성비엔씨)를 출간함.

2006년 단편동화집《쇠똥구리 까만 운동화》(예림당),《이상한 칡뿌리》(한국헤밍웨이),《지붕 위로 올라간 살곰이》(한국헤밍웨이),《둥굴둥굴 호박》(한국솔로몬북스),《어, 고추가 달렸네》(한국솔로몬북스)를 출간함.

2007년《밤나무 밑 알밤 다섯 알》(교원)을 출간함.

2008년 학교 동화《나도 학교에 가요》(청림출판),《키미루 마이루 이야기》(교원)를 출간함.

2009년《키가 작아도 괜찮아》(아이앤북),《나는 문제 없는 문제아》(대교출판),《마법일기》(채우리),《딱 일주일이야》(기탄교육),《염소똥이라도 괜찮아》(기탄교육),《나랑 놀아 줄래?》(기탄교육),《날 알아보겠니?》(기탄교육),《모레 아침까지》(기탄교육),《애벌레의 초록 공》(교원),《겁쟁이 찡오》(신동교육),《벙어리 토마토》(신동교육)를 출간함.

2010년《들통 난 거짓말》(아이앤북),《다람쥐 전쟁》(대교),《콩이 자꾸자꾸 변해요》(다우림),《알밤 다섯 알은 누구의 것일까?》(교원),《What's Up, Maru?》(튼튼영어),《What's Up, Gongju?》(튼튼영어),《What's Up, Junsu?》(튼튼영어),《What's Up, Uju?》(튼튼영어),《What's Up, Byeoli?》(튼튼영어),《What's Up, Guys?》(튼튼영어)를 출간함.

2013년《만리장성 가는 길》(아이앤 북)을 출간함.

한국 아동문학가 100인

이경애

대표 작품

〈나무 껴안기〉 외 4편

인물론

아이 같은 어른

작품론

존재 자체가 귀하다고 말하는 목소리들

어린이와 함께 선생이 걸어온 길

나무 껴안기

아름드리나무를
팔 벌려 안아 보자
가까이 귀대고
숨소리 들어 보자.

긴긴 나날 살아오며
무엇무엇 보았는지
가만가만 물어보자.

우듬지에 닿는 힘
가슴으로 느껴 보고
우리들도 나무처럼
우썩우썩 커 보자.

아기 솔잎

소나무 숲 지날 땐
발밑을 봐야 해요.

씨껍질 밀어 올리고
갓 태어난 아기 솔

연둣빛 두 팔 올려
기지개를 켜지요

누가 누가 더 큰가
키 재기도 하고요

소나무 숲 지날 땐
앙감질로 가야 해요.

빈 집

봄부터 그 집엔
아무도 없었다.
어른도, 아이도, 강아지도……

창틀에 거미줄 걸리고
외양간 구유엔
달개비만 가득.

울타리에 강낭콩
헛간 지붕엔 박 덩굴
꽃밭에는 채송화, 맨드라미

주인이 떠난
빈 집
그래도 꽃은 피고 있더라.

구관조

사람들이
구관조에게
말을 시켰어요.

– '안녕?' 해 봐.
– '안녕?' 말 좀 해 봐.
– '안녕?' 말 좀 해!
– 얘, 말해 봐!
– 야! 말해!
– 녀석, 바보군.

돌아서는 사람에게
구관조가 말했어요
– 녀석, 바보군.

성묘

기차 타고
버스도 타고
많이많이 걸었어요.

비탈길
꼬부랑길
얼마나 숨 차는지!

노랑나비
하양나비
얼마나 많은지!

나리꽃
패랭이꽃
얼마나 예쁜지!

초록 잔디
초록 지붕
다 똑같은 할머니 동네.

아이 같은 어른

신이림

아동문학으로 맺어진 귀한 인연

이경애 선생님과 나와의 첫 만남은 한우리 독서지도사 과정을 이수할 때였다. 그때가 1994년이었는데 생각해 보니 강산이 두 번은 변하고도 남을 세월이 지났다. 그 곳에서 현재 문단 활동을 하는 분들을 만나기도 하였는데 이경애 선생님과의 인연은 좀 남달랐다. 독서지도사 과정이 끝나고 논술지도사 과정도 함께하였고, 짧은 기간이지만 신현득 선생님께서 지도 교수로 계셨던 한우리동화창작교실에서 함께 공부도 하였다. 그러다 보니 자연스럽게 안부 전화도 하게 되고, 가끔 만나 식사를 하거나 차를 나누는 사이가 되었다.

1998년, 최인학 회장님께서 한국아동문학인협회 회장을 맡으시면서 이경애 선생님과 나는 간사 일도 함께하였다. 그때 이경애 선생님은 재무간사를 맡았는데, 지금 생각해 보면 그때부터 이경애 선생님은 문단 선배님들로부터 깊은 신뢰를 받았던 것 같다. 재무간사라 함은 그 단체의 재정을 맡아서 해야 하는 사람이 아니던가. 그런 자리인 만큼 정직함이 우선되어야 하고 일도 철저하고 완벽하게 처리할 수 있는 사람이어야 한다. 그런 점에서 이경애 선생님이 재무간사로 추천받은 것은 당연한 일이었고, 그 당시 맡은 업무도 차질 없이 잘 마무리했던 것으로 기억한다.

선생님은 나보다 여섯 살 위 언니다. 아동문학에서 등단은 1996년 같은 해에 했지만 선생님은 1994년 수필로 〈현대수필〉에 등단했으니 문단 생활로는 2년 선배인 셈이다. 등단 이후 수필도 50여 편이나 발표를 했다니, 작품으로 따지자면 선배여도 한참이나 선배다. 그렇지만 문단을 떠나 개인적으로 만나면 허물없는 언니와 동생 사이다.

살아가면서 사람 도리를 다 하고 살기란 참 어렵다. 부모 형제에게도 그렇고 은사님이나 친구, 지인을 챙기는 일도 그렇다. 그런데 선생님은 그런 일들을 잘 챙기는 편이다. 좋은 일이 있을 때는 축하해 주고, 슬픈 일이 있을 때는 찾아가 위로해 주는 일. 언젠가 아들만 있는 사람들끼리 만난 자리에서 나중에 늙으면 서로 병원에도 따라가 주고 안부도 물어 주자고 농담 삼아 말한 적이 있었다. 딸이 있는 사람은 걱정할 게 없지만 아들만 있는 사람은 챙겨 줄 사람이 없다는 이유에서였다. 그러나 그런 농담이 오가서가 아니라 실제로 선생님은 내가 도움이 필요할 때 많은 도움을 주었다. 그중에서도 크게 신세 진 일이 있으니 보호자 역할을 해 준 일이다.

몇 년 전 나는 위가 좋지 않아 치료차 위내시경 검사를 연달아 받을 일이 생겼다. 보호자 없이 혼자 갔더니 다음에 올 때는 보호자를 대동하라고 하였다. 남편과 아들이 다 직장에 나가던 때라 할 수 없이 선생님한테 부탁을 드렸다. 선생님은 흔쾌히 함께 가주겠다고 하였다. 덕분에 나는 편안한 마음으로 수면 내시경 검사를 받았는데, 뒤에 알고 보니 검사 뒤 마취가 깨지 않아 곤란한 상황이 되었다고 했다. 다행히 선생님이 있었기에 난 회복을 한 다음 집에 왔고, 결과에 따른 치료를 잘 받아 완쾌하였다. 집에 와서도 어떻게 왔는지조차 기억이 나지 않을 정도였으니 선생님이 없었더라면 큰 곤란을 당할 뻔했다.

그뿐만이 아니다. 친정어머님이 갑자기 돌아가시게 되어 울산에서 장례식을 치르게 되었다. 2주 정도 병원에 입원해 계시긴 하였으나 예상치 못한 임종이어서 경황이 없었는데, 어떻게 소식을 듣게 된 선생님이 울산까지 먼 길을 내려왔다. 가뜩이나 건강도 안 좋은 상태여서 얼마나 미안하고 고맙기도 하였는지……. 살다 보면 신세를 지기도 하고 또 베풀기도 하면서 살아가게 되지만 곰곰이 생각해 보니 내가 선생님으로부터 받은 사랑은 무게를 잴 수가 없다. 그러니 선생님과의 인연은 내 인생에 있어 어찌 큰 선물이 아니랴.

동심으로 동심을 지킨 상

선생님은 등단한 이듬해인 1997년 동시화집 《엄마 목소리》를 출간했다. 동시집을 엮은 계기를 보면 '쉴 새 없이 지저귀는 새들처럼 언제나 밝고 맑은 웃음으로 내게 다가와 저들의 일상을 얘기하는 어린 벗들에게 고마움을 전하고 싶어' 동시집을 엮는다고 작가의 말에서 밝혔다. 그랬을 것이다. 선생님은 어린이들에게 글짓기를 오랫동안 가르쳤다. 1992년부터 2011년까지 20여 년을 어린이들과 함께하였으니 어린이들에 대한 사랑은 각별할 것이다. 그런 어린이사랑은 두 번째 동시집 《귀 기울여 봐》 작가의 말에서도 변함없이 나온다. '저들의 이야기를 들려주는 어린이들'에게 고맙다는.

《엄마 목소리》 머리말에서 신현득 선생님은 '이경애 시인의 손은 약손이다.'라고 하셨다. 그래서 '이 시인의 시에서는 약의 향기가 난다.'고도 하셨다. 나도 그 말씀에 공감한다. 선생님은 약손을 가진 사람이다. 선생님의 자상하고 배려 깊은 말과 행동은 가까운 이로 하여금 위로받고 싶은 마음을 갖게 한다. 선생님의 어릴 때 장래 희망이 교사와 간호사였다니 그런 사람이 되고자 했던 배경에는 타고난 천성이 작용했을 터다. 그래서인지 간호사 국가자격증을 취득한 후 인천도립병원을 비롯한 성모자애병원, 영등포보건소 등에서 간호사로 근무하였으며, 자녀들을 돌보느라 단절되었던 간호사라는 직업과 연계된 요양보호사 자격증도 취득하였다. 언젠가 호스피스 일을 했으면 한다고 말했는데 차근차근 그 과정을 준비해 나가는 것 같아 마음박수를 보냈다.

상은 실력으로 받는 것이기도 하지만 운도 따라야 한다는 말이 있다. 그런 면에서 보면 선생님은 실력도 좋지만 상복도 많다. 1992년 신사임당백일장 입상을 시작으로 1999년에는 귀 기울여 봐' 외 9편으로 제7회 눈높이아동문학상을 받았으며, 2003년에는 제22회 한국아동문예상과 한국청소년문화상을 받았다. 2005년에는 '함께 걸어 좋은 길'이 작곡되어 제23회 MBC창작동요제에서 대상을 받았고, 2008년에는 이야기 시집인 《아침나라 이야기》로 제 18회 단국문학상을 받았다. 2011년에는 〈지구본 때문에〉가 한국아동문학인협회 '10월의 우수작'으로 뽑히기도 하고, 또 그 작품으로 제2회 열린아동문학상을 수상도 하였으니 어찌 상복이 많지 않을까. 그뿐만이 아니다. 지난 2015년에는 강동문인협회에서 주는 선사문학상을 수상했고, 2013년에는 그 해 출간한 《산이 꽃풍선 안고》가 2014년 세종도서문학나눔 우수 도서로 선정되기도 하였다.

몇 년째 선생님 핸드폰 벨 소리는 '개울가에 올챙이 한 마리~ 꼬물꼬물 헤엄치다~ 앞다리가 쑤욱~ 뒷다리가 쑤욱~ 팔딱팔딱 개구리 됐네.'라는 '올챙이' 노래다. 나는 전화를 걸 때마다 올챙이 노래가 선생님과 참 잘 어울린다는 생각을 한다. 그만큼 선생님은 동심을 가지고 동심을 이해하려는 분이기 때문이다. 세상에 공짜는 없다고 했다. 선생님의 많은 상들은 어떻게 보면 운이 있어서가 아니라 그만큼 어린이들의 동심을 지켜주려는 부단한 노력의 결과물인 셈이다.

꽃을 사랑하는 들꽃 같은 사람

우리 베란다에는 손잡이에 흰 반창고를 감은 가위 하나가 있다. 바로 이경애 선생님이 쓰던 가위다. 보라색 손잡이에 중간 크기만 한 가위. 문구점에서 2, 3천 원이면 살 수 있는 가위다. 난 그 가위를 볼 때마다 선생님의 검소함에 대해 생각한다. 손잡이가 깨졌으니 버리고 새로 살 만도 한 데 반창고를 감아서 썼다.

지난봄이었다. 화분들을 손 볼 일이 생겨 선생님에게 도움을 청하였다. 촉이 많아진 난은 나눠서 심기도 하고, 오래된 난은 분갈이를 해 주고 싶어서였다. 대답은 망설임도 없이 "그래, 그 일이라면 갈게."였다. 다른 건 몰라도 화초와 관계된 일이라면 두 발 벗고 해 주겠다는 뜻이었다. 그뿐만이 아니었다. 난초 화분을 갈아 주려면 난석이 필요할 텐데 가는 길에 지인이 운영하는 꽃집에 들러 사 가지고 가겠노라고도 하였다. 내가 준비하겠다고 해도 한사코, 어차피 차를 가져가니 괘념치 말라 하였다. 집에 도착한 선생님은 오자마자 베란다로 나가 분갈이할 준비를 하였다. 돌은 굵은 돌과 자잘한 돌 두 가지였고, 분에 돌을 넣을 때 쓰는 난석 삽까지 사 왔다. 게다가 집에서 기른 제라늄인데 꽃 색깔이 귀한 거라며 화분도 하나 가져왔다. 두어 시간이나 걸렸을까? 분갈이를 끝낸 선생님은 난석 삽을 선물이라며 주었다. 가지고 온 가위도 쓰던 것이지만 아직 쓸 만하다며 두고 쓰라고 하였다.

생각해 보니 선생님으로부터 받은 화초와 나무가 여럿이다. 왕대추나무와 명자나무, 밤나무와 딸기 모종 등. 십여 년 정도 양평군에서 텃밭 농사를 할 때였다. 주말에나 가서 농작물을 돌보려니 풀을 매는 일이 보통이 아니었다. 더구나 강 옆이다 보니 비라도 자주 올라치면 한 주 동안 풀들이 한 뼘씩이나 자라 있곤 했다. 그래서 텃밭 일부에 유실수를 심고 딸기 모종을 심었는데, 하루는 선생님이 왕딸기라며 딸기 모종을 사 왔다. 심어 놓고 보니 다른 딸기 모종과 뒤섞여 분간이 쉽게 가지 않았지만 딸기가 열릴 즈음이면 선생님이 심어 준 딸기는 제일 먼저 눈에 띄곤 했다. 그뿐만이 아니다. 대추나무도 가져와 함께 심었는데 다른 대추나무와는 달리 대추알이 두 배가 큰 왕대추나무라고 했다. 그러고 보니 선생님은 모종 하나, 나무 한 그루도 제일 좋은 걸로 나에게 주고 싶었던 것 같다. 약을 치지 않아 대추를 많이 따 먹을 수는 없었지만 그래도 해마다 가을이면 선생님 덕분에 왕대추를 몇 알씩 따서 지인들과 나눠 먹곤 했다.

한번은 이른 봄에 명자나무를 가지고 왔다. 적당한 곳에 심으라고 두고 갔는데 구덩이를 파야 해서 남편에게 심으라고 했더니 눈에 잘 보이지도 않는 귀퉁이에 심어 놓았다. 선물을 그렇게 홀대하면 어떻게 하느냐고 못마땅해 했더니 명자나무는 가시가 있어서 사람들 다니는 곳에는 심으면 안 된다고 했다. 그 뒤 선생님에게 미안한 마음을 담아 그 이야기를 하였는데 남편이 어련히 알아서 심었겠냐며 서운한 내색을 전혀 하지 않았다.

그 뒤에도 선생님의 나무 선물은 또 이어졌다. 하루는 밤톨이 그대로 있는 아기밤나무 한 그루를 가져와 심으라고 했다. 정월대보름에 먹다 남은 밤에서 싹이 나서 화분에 심었더니 나무 모양을 갖추었다고 했다. 살 수 있을까 생각하며 밭 가장자리에 심었는데 그 밤나무가 얼마나 잘 자라는지 두 해쯤 지나자 내 키만큼 자랐다. 삼 년이 지나면 밤이 열릴 거라고 하였는데 밤이 열리는 것을 보지 못하고 그 곳을 팔게 되어 두고두고 아쉬움이 남았다.

나는 오늘 아침에도 선생님이 주고 간 가위로 마른 난 잎을 잘라 내며 지난 해 선생님과 함께했던 시간들을 떠올렸다. 선생님은 어릴 때 부모님이 직장 문제로 도시에 있는 동안 할머니 손에 자랐는데, 할머니께서는 유난히 화초를 좋아하셨다고 했다. 그러고 보면 선생님은 할머니의 정서를 많이 닮은 것 같다. 노래를 좋아하고 꽃을 좋아하고 이야기를 좋아하셨던 할머니. 그 할머니 손에서 유년 시절을 보낸 선생님이 시인이 된 것은 아주 자연스러운 일이다.

노래처럼 매실나무처럼

선사문학상 시상식 날을 앞두고 선생님이 어려운 부탁을 하나 들어달라고 했다. 뜸을 들이기에 무슨 부탁인가 했더니, 아동문학 수상자는 처음이라 주최 측에서 식순에 '동요 부르기'를 넣었는데 노래를 불러 달라는 것이었다. 뜻밖의 부탁이라 망설여지긴 했으나 곧 아동문학을 하는 지인들과 선생님이 MBC창작동요제에서 대상을 받은 '함께 걸어 좋은 길'을 축하 노래로 불러 주기로 했다. 많은 사람들 앞에서 하는 일이라 부담으로 다가왔지만 그래도 어쩌랴. 선생님이 악보를 보내오고 인터넷에서 노래를 들으며 연습을 했다. 함께 다 모일 수가 없어 시상식 전에 호흡을 맞춘 게 전부이긴 했지만 그래도 모두 용기를 내었다. 드디어 시상식, 우리는 시상대 앞에 일렬로 서서 반주도 없이 가벼운 율동까지 곁들여 귀엽게(?) 노래를 불렀다. 나이 든 사람들이 동요를 불러서인지 다들 많은 박수를 보내 주었다. 그러나 무엇보다 선생님이 무척 행복했다고 해서 기분이 더없이 좋았다. 그동안 진 마음 빚을 조금이라도 갚은 느낌이었다.

노래를 좋아하는 선생님은 음악에 대한 관심도 많고 노래 실력도 좋다. 그래서인지 시가 동요로 작곡되면 무척 기뻐했다. 그동안 동요협회에서 만든 노래도 여러 곡 되지만 제주도에 계시는 성요한 신부님이 '올챙이'와 '달팽이'를 음반으로 만들어 보내왔을 때는 유난히 더 행복해 하였다.

지금은 온 몸으로 힘들게 / 힘들게 헤엄치지만 / 두고 봐 / 언젠가 / 뒷다리로 / 땅을 박찰 거야 힘차게.

– 〈올챙이〉 전문

달팽이가 달리기를 한다 / 등에 번호판을 지고 / 더듬이로 짚어 가며 / 조심조심 기어간다 / 아이들이 손뼉 치며 응원을 해도 / 달팽이는 여전히 느릿느릿 / 누가 뭐래도 / 달팽이답게 / 간다 느릿느릿.

– 〈달팽이〉 전문

사람에는 크게 두 부류의 사람이 있다고 본다. 하나는 불과 같은 사람이고 하나는 물과 같은 사람이다. 괘의 상으로 보아 불과 같은 사람이란 겉으로 보기엔 강해 보이나 속으로는 한없이 여린 사람이며, 물과 같은 사람이란 겉으론 몹시 부드러워 보이나 안은 강직한 사람이다. 이런 성품을 두고 내유외강형이니, 외유내강형이니 하며 말을 한다. 사람의 성품을 칼로 자르듯 이것이다, 라고 말하기는 어렵지만 굳이 이 두 부류에 대비를 시킨다면 내가 본 선생님은 후자인 물과 같은 사람이라 할 수 있다. 겉으로 보기에는 유한 것 같지만 자기 자신에게만은 엄격한 잣대를 대는 사람.

선생님은 그동안 여러 가지 어려움을 겪었다. 그러나 선생님의 노랫말처럼 느리지만 느릿느릿 달팽이답게, 언젠가는 올챙이처럼 힘차게 땅을 박차고 예전의 평온함을 되찾을 거라 믿는다. 경남 고성 '동시와 동화의 숲'에 선생님이 심은 매화나무가 내년의 알찬 열매를 위해 올 추위도 굳건하게 견디고 있는 것처럼.

존재 자체가 귀하다고 말하는 목소리들

전성희

1. 들어가는 말

> 나를 둘러싼 모든 것–사람, 사물, 자연, 계절, 주변과 사회 등의 움직임에 관심을 갖고, 그중 가까이 다가온 대상에서 어린 나의 느낌을 찾아내는 것…….

《이경애 동시선집》(지식을만드는지식, 2015)의 서문에서 작가가 언급한 이 대목은 시인 이경애의 모든 작품을 압축 설명한 문장이라고 생각한다. 작가의 등단작인 《엄마 목소리》를 비롯한 대부분의 작품에서는 어린 이경애가 보이는 듯하다. 그렇기 때문에 어른이 아이인 척하는 어설픈 빙의의 느낌을 이 작가의 시에서는 찾아보기 어렵다.

이경애는 1996년 〈엄마 목소리〉 외 2편으로 〈아동문예〉를 통해 등단한 이후 지금까지 다섯 권의 시집을 출간했다. 20년 동안 다섯 권이면 다작이라고는 할 수 없다. 하지만 어찌 보면 여기에서 작가의 세심한 성격이 짐작되기도 한다. 수록된 시들을 읽을 때마다, 시인 자신이 바라보며 노래한 모든 시를 책으로 엮어서 내놓기보다는, 한 편 한 편 꼼꼼하게 고르고 또 골라서, 아이가 입체적으로 살아 숨 쉬고 있다는 확신이 드는 시만을 모아 조심스레 세상 밖으로 내놓은 작가의 손길이 느껴지기 때문이다.

작가의 첫 시집 《엄마 목소리》에는 56편, 두 번째 시집인 《귀 기울여 봐》에는 49편, 세 번째 시집인 《아침나라 이야기》에는 30편, 네 번째 시집인 《산이 꽃풍선 안고》에는 57편, 그리고 다섯 번째 시집인 《이경애 동시선집》에는 100편이 수록되어 있다. 다섯 번째 시집의 경우에는 '동시 선집'인 만큼, 기존에 발표됐던 시들을 모아 엮어낸 것이니, 기실 이 글에서는 대략 네 권의 시집에 수록된 시들을 중심으로 논의가 전개될 것이다.

이 네 권의 시집은 각각 1997년, 2001년, 2008년, 그리고 2014년에 출간되었다. 상술한 대로 대부분의 시에서 시인 이경애는 자신을 둘러싼 모든 곳, 모든 것에서 어린 자신의 느낌을 투영하고 있다. 그런데 이 느낌이 각각의 시집에서 조금씩 다른 형태로 드러나고 있음을 알 수 있다. 즉, 느낌을 드러내는 방식이 시기별로 차이를 보이고 있는 것이다. 차이를 드러내는 방식조차 작가의 평소 성격처럼 은근하면서도 조심스럽다.

2. 똑, 똑, 저 들어갑니다

1집 《엄마 목소리》에 수록된 시들을 읊다 보면 마치 작가가 저렇게 말하면서 아동문학의 집으로 조심스레 들어서는 느낌을 받는다. 일찍이 수필로 등단한 이력이 있는 이경애는 수필을 쓰던 감수성에 아이처럼 말간 느낌을 실어 자기 주변의 존재들에게 말을 건네고 있다. 특히 어느 지면에서 작가가 밝힌 글을 보면 그녀는 문학계에 있어서 소위 '금수저'였음을 알 수 있다. 어린 시절부터 함께 지낸 작가의 할머니가 시도 때도 없이 틈나는 대로 고소설, 설화 등의 이야기를 들려주었다고 하니, 글 쓰는 이로서 이보다 더한 부자는 없을 것이다.

작가와 가장 많은 대화를 나누는 대상으로는 단연 '자연'의 비중이 높다. 자연과 소통하는 이경애적 방식을 살짝 들여다보자.

> 온종일 바쁜 참새도 / 가끔은 / 외로운가 보다. / 혼자서 / 빈 땅만 쪼아대는 걸 보면. // 쉼 없이 짹짹거려도 / 참새는 / 가끔씩 쓸쓸한가 보다. / 혼자서 / 날개깃 다듬는 걸 보면.
>
> – 〈참새도 가끔은〉 전문

쉼 없이 짹짹거리며 깃 다듬는 참새를 보며 작가의 눈에 들어온 것은 일반적으로 느끼는 참새의 가벼움이 아닌 참새의 외로움과 쓸쓸함이다. 이 시를 읽고 나서부터 다른 동물들을 볼 때면 그네들의 심경을 생각해 보게 된다.

일각에서는 이런 식의 표현이 아이의 시선이 아닌 성인 작가의 시선을 옮겨 놓은 것일 뿐이라고 지적하기도 한다. 아이가 주변 사물들을 보면서 '외로움'이나 '쓸쓸함'을 느끼는 확률이 얼마나 되냐는 말과 함께. 실제로 자연을 읊고 있는 시 가운데, 아이를 배재한 채 어른의 향수만을 담아내고 있는 동시도 많다. 그런데 아이들은 정말 아무 생각 없이 그저 뛰놀 생각, 혹은 학업에 대한 근심만으로 가득 차 있을까?

> 사람들 앞에서 어슬렁거리는 표범 // 맹수지만 사람에게 길들여져 / 자기가 누군지 잊어버린 / 이제 더 이상 고개를 들 수 없겠네 // 무엇이 기억나는지 / 눈 밑으로 눈물이 흘러 생긴 삼각형 / 얼굴은 역삼각형 // 눈물과 얼굴이 만나 / 삼각형이 되어버린 표범
>
> – 최순영, 〈표범〉 전문

2015년 우리 사회를 깜짝 놀라게 했던 《솔로 강아지》(가문비, 2015)의 저자인 열 살

짜리 소녀 최순영의 이 시는 아이에 대한 어른의 틀에 박힌 관념을 보기 좋게 깨트리고 있다. 어린 시인은 사나운 표범을 보면서 맹수로서의 야생성을 잃은 절망감을 끄집어 내고 있다. 어린 저자의 표제작인 〈솔로 강아지〉에서도, 어른들의 무관심 속에 무심히 누워 있는 듯한 반려견을 보면서 '강아지가 바닥에 납작하게 엎드려 있다 / 외로움이 납작하다'고 노래함으로써 주변 사물에 대한 아이의 번뜩이는 감각을 보여 주고 있다. 이런 아이들에게 이경애가 보여 준, 쓸쓸함을 달래고자 혼자 깃을 다듬는 참새는 외로운 존재에 대한 작가의 따사로운 눈길일 뿐이다. 이 외로운 대상을 작가는 외로운 채로 바라보기만 하는 것도 아니다.

> 찬바람이 쌔앵, 지나가면서 / 하나 남은 나뭇잎을 데려갔어요. / 나무는 춥고 쓸쓸했어요. // 찬바람이 쌔앵, 불어오면서 / 참새 열 마리쯤 데려왔어요. / 빈 가지에 앉으니까 잎새 같아요. // 바람이 불 때마다 나뭇가지 춤추고 / 참새는 '짹짹짹' 날갯짓 해요. / 참새는 노래하는 나뭇잎이 됐어요.
>
> –〈참새와 나뭇잎〉 전문

잎이 모두 떨어져 앙상하게 가지만 남은 나무. 새들이 날아와 잠시 가지에 앉아 있는 모습을 시인은 외로운 나무를 위한 바람과 새들의 배려로 이해한다. 자연의 외로움을 자연으로 채워 주는 이경애식 위로법이다. 작가의 이런 마음은 자연을 노래하는 시 곳곳에서 찾아볼 수 있다. 〈놓아 줄게〉에서는 실 끝에서 팔랑거리는 잠자리를 보면서는 '좋아서가 아니라 날고 싶어서일 거야'라고 표현하고, 〈키 작은 꽃〉에서는 화려한 꽃들 가득한 꽃집에서 "안녕!"하고 말하지만 아무도 돌아보지 않'는 키 작은 꽃을 발견하는 작가의 시선은 사물에 대한 깊은 성찰을 보여 준다. 시인의 눈길은 자연 가운데서도 소외된 것, 작은 것, 약한 것 들을 놓치지 않는다.

3. 어울림의 미학을 노래하다

2001년에 출간한 《귀 기울여 봐》의 대표적 정서는 '어울림'이라 할 수 있다. 표제작인 〈귀 기울여 봐〉에서 작가는 '서로의 소리에 귀 기울이고', '한 송이 꽃보다 꽃다발이 더 아름다움'을 느끼는 경험이 얼마나 소중한가를 노래하고 있다. 〈네잎 클로버〉에서는 크지도, 화려하지도, 아름답지도 않은 자그마한 풀잎이 사람의 마음을 얼마나 착하게 만들어 주는 행운의 존재인지 노래함으로써 작고 소외된 것들과 손잡을 수 있는 자리를 마련해주기도 한다.

> 지금은 / 온 몸으로 / 힘들게 / 힘들게 / 헤엄치지만. // 두고 봐 / 언젠간 / 뒷다리로 / 땅을 박찰 거

야 / 힘차게.

– 〈올챙이〉 전문

이 시는 개구리처럼 팔짝 뛰는 건 물론 물속에서 헤엄치는 것조차 힘겹기만 한 올챙이의 당찬 결의로 들릴 수도 있지만, 시를 읊다 보면, 어느 물가에선가 올챙이를 내려다보며 그들을 응원하고 있을 작가의 모습이 보이는 듯하다. "넌 할 수 있어. 기죽지 마. 누가 놀려도 어깨 펴고 지내. 너도 멋진 개구리가 되어 보란 듯이 펄쩍 뛰어오를 날이 반드시 올 테니까. 으쌰으쌰, 힘내!" 하고 응원함으로써 다른 이들과 어울릴 수 있다는 믿음을 잃지 않도록 힘을 북돋워 주면서 말이다. 그러면서 작가는 우리 주변의 상대적 약자든 절대적 약자든 서로 이끌어 주고 밀어 주고 격려하면서 함께하는 세상이 되어야 함을 노래하고 있다. 병아리, 이름 모를 들꽃, 한없이 느린 달팽이, 삶의 무게가 버거운 수많은 아버지, 친구 하나 없는 전학생 등이 2집의 대표적 주인공들이다.

2집에서 특별히 더 강하게 느껴지는 것은 전체적인 시적 분위기의 밝아진 톤이다. 1집이 작가의 조곤조곤한 속삭임 같았다면, 2집은 좀 더 강렬해진 호기심으로 여기저기 기웃거리는 개구쟁이 같다. 주변에서 어린 자신의 느낌을 찾는 것에서 더 나아가 주변 어린이들과 운동장에서 몸 부대끼며 공을 차고 있을 듯한 모습이랄까. 그래서인지 작가의 시들을 노랫말로 해서 만들어진 동요들은 2집에 다 있다. 〈봄 아이들〉에서 작가 자신이 표현한 대로 이 모든 어린 존재들은 '아침을 여는 하늘'이라는 인식이 명료하게 드러나는 시기다.

4. 끊임없는 시작(詩作) 탐구

이경애는 《엄마 목소리》에서 평소와 다른 시 형태를 시도한 적이 있다.

만화 속 / –그림 1 / 엄마가 아빠에게 소리친다. / 두 눈을 크게 뜨고서. // –그림 2 / 아이들이 아빠에게 매달린다. / 두 팔 늘어지고 / 허리 휘인 아빠. // …….

– 〈만화 속, 어느 아빠〉 중에서

다소 진부하게 들릴 수 있는 지친 아버지의 일상을 몇 컷의 만화를 보는 듯한 형식으로 변화시킴으로써, 활자보다는 이미지에 친숙한 아이들에게 작가의 메시지가 가닿는 속도가 빨라졌다. 대부분의 작가는 자기 작품의 내포 독자를 늘리기 위해 작품 속에서 다양한 실험을 하기 마련이며, 이러한 시도는 시인 이경애 역시 예외가 아니다. 2008년에 출간된 3집 《아침나라 이야기》에는 일연이 쓴 《삼국유사》에 수록된 설화를 모티프로 한 동화시들이 수록돼 있다.

1920년대에 그 용어가 본격적으로 등장하기 시작한 동화시는, 윤석중이 《잃어버린 댕기》(계수나무회, 1932)에 〈도깨비 열두 형제〉를 비롯한 다섯 편의 동화시를 수록하면서 그 자유시형을 드러내게 된다. 요즘 아이들은 교과서에 실린 백석의 〈개구리네 한 솥밥〉으로 동화시를 접하고 있어서 어린이 독자에게 그리 낯설지만은 않은 시형(詩形)이다. 동화시에 대한 장르적 정의는 연구자마다 조금씩 상이하지만 '어린이를 계몽할 목적으로 옛이야기를 통해 교훈을 주려는 과정에서 발생한 장르'라는 주장이 지금까지는 강하게 작용하고 있다.

《아침나라 이야기》는 〈나라 여는 이야기〉, 〈왕과 신하 이야기〉, 〈백성들 이야기〉 이렇게 3부로 구성돼 있다. 한국인 모두에게 친숙한 단군 신화를 비롯한 건국 신화에서부터 여러 신하와 민초들에 대한 전설, 민담 들이 모티프로 활용되고 있다. 내용을 보면, 상술한 동화시의 정의에 따르고 있음을 알 수 있다. 하지만 일반적인 동화시의 형식, 즉, 7·5조의 율격을 지키고 있지는 않다. 음수율이나 음보율로 이루어진 리듬은 부분적으로만 발견할 수 있을 뿐이다.

> 세상의 처음은 / 하늘 / 땅 / 그리고 사람이었네 // 아주 높은 곳 오색구름 피어나는 곳 / 하늘의 비단옷을 입은 환웅 / 하늘 임금님의 아들 환웅은 / 하루 종일 내려다보며 생각했다네 / 오색구름 아래 / 다소곳 자리 잡은 삼위태백 그 아래 / 나무와 꽃과 짐승과 더불어 사는 사람들 / 밭을 갈고 열매 줍고 고기 잡는 사람들 / 하늘의 마음으로 사는 사람들을 // ……
>
> – 〈환웅 이야기〉 중에서

1부 〈나라 여는 이야기〉의 서두만 봐도 율격이 해체된 완전 자유시형임을 알 수 있다. 《아침나라 이야기》는 어린이 독자에게 익숙하지 않은 《삼국유사》를 그 눈높이에 맞게 이야기로 풀어내고 있기 때문에 역사 교육적 목적으로도 의미가 크지만, 작가가 기존의 시 쓰기에 머물지 않고 새로운 형식을 시도하고 있다는 점에서도 의의가 있는 시집이다. 단지 아쉬운 점이 있다면, 모티프가 된 원본과 비교했을 때 부분적으로 다르게 서술된 곳이 있다는 것과, 삼국 시대를 아우르고 있는 역사서에 담긴 이야기들을 모티프로 하고 있음에도 불구하고 표제를 《아침나라 이야기》로 정한 것이 과연 적절했을까라는 의문이 든다는 것이다. 하지만 대부분의 아이들에게 친근하지 않은 역사적 소재를 무겁지 않게 펼쳐 보일 수 있는 의미 있는 선례가 될 수 있다는 점에는 이의가 없을 것이다.

5. 아이들 세계 한복판에서

작가가 2014년에 내보낸《산이 꽃풍선 안고》에 수록된 시들을 읊다 보면 좀 더 깊어진 작가의 시선, 그러면서도 어쩐지 선녀가 입었을 날개옷과도 같은 부드러움과 함께 따사로운 햇살이 피부로 느껴지는 듯하다.

연둣빛 도화지에 / 산봉우리 두 개 / 나무 두 그루 / 새 두 마리. // 하늘색 도화지에 / 오리 두 마리 / 연꽃 두 송이 / 마주 보고 웃는 아이 둘.

– 〈내가 좋아하는 그림〉 전문

표제어는 〈봄동산〉의 시구(詩句)에서 따왔지만, 필자는 위 시가 이 시집의 성격을 압축한 것이라는 생각이 든다. 밝은 색채, 산, 나무, 새, 하늘, 꽃, 그리고 아이. 이 모든 대상들은 이경애의 다른 시집에도 언제나 등장하지만 여기에서는 그 느낌이 다르다. 이 시에서는 어느 사물이나 둘 씩 짝을 지어 그려진다. 소외되지 않은, 누군가와 함께여서 행복한, 꽉 찬 채워짐이 보이는 듯하다.

시골집 꽃밭은 / 할머니가 주인이에요. // 채송화, 봉숭아, 백일홍, 국화 / 봉숭아, 백일홍, 국화~~ / 백일홍, 국화~~ / 국화~~~~~~~~~~~민들레 / ~~~~~~~~~~~민들레, 애기똥풀 / ~~~~~~~~~~~민들레, 애기똥풀, 엉겅퀴 / ~~~~~~~~~~~민들레, 애기똥풀, 엉겅퀴, 들국화 // 할머니 떠나신 지금은 / 바람이 주인이에요.

– 〈바람이 만드는 꽃밭〉 전문

이 시에서는 사람뿐만 아니라 결국엔 자연까지도 주인이 된다. 시를 보면 알 수 있듯, 작가는 여기에서도 또 다른 형식을 시도하고 있다. 할머니가 떠난 이후 사람이 심었던 꽃들은 하나둘 사라진다. 하지만 떠난 존재들의 빈자리에는 새로운 존재가 들어서기 마련이다. 누군가 떠난 자리가 그 자체로 외롭고 쓸쓸하게 남는 것이 아니라, 다른 누군가에 의해 채워지고 있는 것이다.

이처럼 이 시집에서의 대부분의 시는 무엇인가 떠남을 슬퍼하지 않는다. 〈나만의 별꽃〉에서는 꽃이 다 져도 남아 있는 향기를 느끼고, 〈신이 난 신주머니〉에서 주인 잃은 신주머니는 또 다른 세상을 볼 수 있게 되어 신이 나고, 〈기다릴게〉에서는 한 집에서 살던 식구가 떠나도 다음 만남에 대한 기대감을 가슴에 품는 등 마음이 좀 더 넓어지고 그러면서 좀 더 단단해진 작가가 보이는 듯하다.

6. 나가면서

처음부터 동시를 쓰고 동시 작가가 되어야겠다고 생각하지 않았다. 동시를 쓰면서 '어린이를 위해서'라는 사명감도 의식하지 않았다. 그저 동시가 좋아서 매일 읽었고, 그 순간만큼은 동심으로 돌아가 있는 것이 좋았다.

작가는《이경애 동시선집》의 서문에서 이렇게 언급하고 있다. 이 부분 읽으면서 나도 모르게 '맞아, 그랬을 것 같아.'라고 속으로 맞장구를 쳤던 기억이 난다. 이런 시인이기에 어쩐지 작품을 쓸 때 시점 따위를 고민해 본 적도 없을 것만 같다. 시를 쓰는 그 순간은 그냥 어린 이경애일 것 같으니까. 몇 년 전 아동문학계에서는 '화자'의 문제로 한동안 논쟁이 있었다. 동시가 독자에게 외면당하는 원인을, 억지 어린이 화자를 내세움으로써 독자로부터 공감을 이끌어내지 못하기 때문으로 보는 쪽과 그에 대한 반대 의견 쪽으로 논쟁이 뜨거웠고 현재도 진행 중으로 보인다. 그런데 이경애의 시들을 보면 그런 논점들을 들이대는 것 자체가 무색하다. 이론적으로는 어린이가 쓴 시를 '어린이 시'라 하고, 어른이 쓴 시를 '동시'라고 한다는데, 그런 맥락에서 이경애의 작품은 '어린이 동시'로 보이니까.

미야자키 하야오 감독은 어느 지면에서 "어린이 문학이란 '태어나길 정말 잘했다.' 하고 아이들에게 응원을 보내는 것이다."라고 언급한 적이 있다. 이경애는 자신의 작품 속에서 작고 약하고 소외된 많은 존재들을 노래하면서, 그들이 그 자체만으로 얼마나 소중한지 조곤조곤 읊조려 준다. 어른에 비해 절대적으로든 상대적으로든 약자일 수밖에 없는 어린이도 마찬가지다. 시간이 흐르면서 머물지 않는 새로움을 말없이 시로 그려 내는 '어린이 동시' 작가 이경애의 다음 시집이 기다려지는 것도 이 때문이다.

어린이와 함께 선생이 걸어온 길

1950년 경기도 장단에서 태어남.

1964년 백일장에서 산문 〈기차〉로 장원한 후 문예반에서 활동함.

1992년 대한주부클럽연합회 주최 신사임당백일장 산문부에 입상함.

1992~1998년 서울신명초등학교에서 독서반, 문예반 명예교사를 하고 이를 계기로 집에서 어린이 독서, 글쓰기 모임을 가짐.

1994년 〈민통선 진달래〉로 현대수필문학상 신인상을 받음. 〈이름과 삶의 등식〉 외 50여 편의 수필을 씀.

1995년 어린이를 위한 글을 쓰기 위해 신현득 교수님의 문하생이 됨. 〈현대수필〉 주최 제5회 세미나에서 논문 〈어린이를 위한 수필〉을 발표함.

1996년 동시 〈엄마 목소리〉 외 2편으로 아동문예문학상 신인상을 받음.

1997년 동시화집 《엄마 목소리》를 펴냄.

1998~2011년 신명, 명원, 고명, 면중초등학교에서 독서 지도, 논술을 강의함.

1999년 제7회 눈높이아동문학상을 받음. 대표작 〈귀 기울여 봐〉가 김정철 작곡가에 의해 첫 동요로 만들어짐.

2000년 한국문화예술진흥원의 지원금을 받아 동시화집 《귀 기울여 봐》를 펴냄.

2002~2006년 단국대학교 대학원 문예창작학과에서 아동문학을 전공함. 동화시(이야기 시)를 연구하고 논문집 《삼국유사를 노래한 '신시의 아침 외 29편'의 창작 실제》를 펴냄.

2005년 동시 〈함께 걸어 좋은 길〉이 정보형 작곡으로 제23회 MBC창작동요제에서 대상을 받음.

2008년 석사 논문 본론에 수록된 〈신시의 아침 외 29편〉으로 이야기 시집 《아침나라 이야기》를 펴냄. 이 작품집으로 제18회 단국문학상을 받음.

2010년 대교출판 '우리나라 바로 알기. 백제 편'으로 이야기 시집 《백제의 꿈》을 펴냄.

2012년 〈지구본 때문에〉로 제2회 열린아동문학상을 받음.

2014년 동시화집 《산이 꽃풍선 안고》를 펴냄. 세종도서문학나눔 우수 도서로 선정됨.

2015년 지식을만드는지식에서 《이경애 동시선집》을 펴냄.

동시 〈백제의 향기〉가 정인숙 작곡으로 한성백제전국창작동요제에서 대상을 받음.

제20회 선사문학상을 받음.

한국 아동문학가 100인

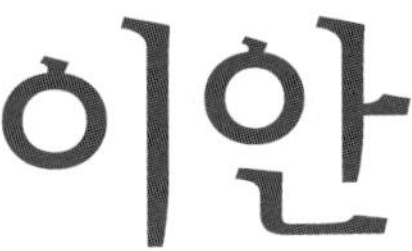

대표 작품

〈어린 소나무의 각오〉 외 4편

인물론

도무지 걱정이 없는 그 길의 이안

작품론

고양이에서 동물원까지

어린이와 함께 선생이 걸어온 길

어린 소나무의 각오

이래 봬도
나,
나무예요

뾰족뾰족 뿔,
보이지요?

황소보다
크고 힘 센
소나무가 될 거거든요

이랴! 이랴!
세상을
푸르게 떠받아 올릴 거거든요

그런데 저리,
조금만 비켜나 주실래요?

지금은 햇빛,
뜯어 먹을 시간이거든요

이 까만 분꽃 씨

이 까만 분꽃 씨 속에는
들어 있다

지난여름
나랑 같이 쪼그려 앉아
노오란 분꽃 보던
네 눈빛이
꽁꽁

이 까만 분꽃 씨 속에는
들어 있다

내년 여름
너랑 같이 쪼그려 앉아
노오란 분꽃 보려는
내 마음이
꽁꽁

꽃댕댕나무

꺾으면
댕강
소리가 난대서
꽃댕강나무래

자기 이름 들으며
나무는 얼마나
무서웠을까

바람 불면
작은 꽃에서
대엥 댕
맑은 종소리가 들릴 것도 같으니까

이제부터
꽃댕강나무를
꽃댕댕나무라 부르자

대엥 댕
대엥 댕
꽃 가까이 귀를 대고

꽃에서 나는
종소리
듣고 싶어지게

엄마라는 말에서는 연기 냄새가 난다

모두 탔다
엄마는 괜찮다[1]

1 2016년 11월 30일, 새까맣게 불탄 대구 서문시장 이불가게 아주머니가 딸에게 보낸 문자.

겨울

여름에는 잘 안 보이다가

겨울 되니 보인다

사람 가까이

먹이 찾아 왔다 갔다 하는

비둘비둘 비둘기

자꾸자꾸 빨간

맨발

도무지 걱정이 없는 그 길의 이안

장동이

그의 웃음

1987년 겨울 무렵일 것이다. 타닥타닥 아궁이 불 지피는 소리에 설핏 잠에서 깨어났던 것 같다. 전날 청량리역에서 밤 기차 타고 도착한 제천은 무척 추워 뼛속까지 시렸다. 충북 제천시 금성면 월림리 580번지, 야트막하고 아늑한 농가, 이안 시인이 나고 고등학교를 마치기까지 자란 고향 집이었다. 부모님은 느닷없이 들이닥쳐 철없이 방 하나를 차지하고는 소란을 떨다 늦게야 잠든 우리를 모른 척 눈감아 주셨다.

아침에 살펴본 집은 살뜰했다. 안채는 정갈한 마당과 봉당, 오른쪽의 작은 양은솥 걸린 사랑방과 가운데 마루, 그리고 그 안쪽의 안방, 왼편은 부엌 칸으로 된 단출한 집이었다. 우린 안채와 마당을 사이에 두고 마주한 아래채에 머물렀다.

이안 시인 하면 떠오르는 이미지는, 이 날 아침 마을을 산책하다 마을 뒤 야트막한 언덕에서 함께 찍은 사진 속 모습이다. 더벅머리에 두툼한 겨울 점퍼와 바지 끝단을 세로로 접고 그 위로 두터운 겨울 양말을 당겨 올린 차림의 그는 무척 밝게 웃고 있었다. 문학에 대한 열정은 다들 누구보다 뒤지지 않았으나, 그 전망은 누구도 장담할 수 없었던 추억 속 모습이다.

그의 웃음 하면 잊히지 않는 장면이 또 몇 있다. 그와는 너무나 어울리지 않던 군복과 꾹 눌러 쓴 이등병 방한모를 비집고 나와 우릴 맞던 웃음이다. 어둑어둑한 늦은 겨울 저녁 겨우 도착해 신청한 면회에 예의 그 웃음을 지으며, 그가 연탄 냄새와 먼지가 뽀얀 면회실을 들어섰을 때였다.

또 하나는 그가 갓 결혼한 뒤 복학을 미루고 농협에 취직했을 때이다. 남들은 다 퇴근하고 혼자 남아 그날의 결산을 하고 있었던 모양인데, 검정 양복과 넥타이는 어딘지 그에겐 어울리지 않는 조합임에도 그 웃음만은 변하지 않았다.

최근 들어 그의 웃음은 좀 더 세련되게(?) 밝아진 것 같지만 그 순박한 모습은 여전하다. 이안 시인의 웃음 이야기가 길어졌다. 그와의 오랜 인연만큼이나 나는 그의 웃음의 뿌리에 대해 궁금함이 적지 않았다. 그것은 어떤 수식어를 붙이기도 힘들게 어쩌면 저리도 티 없이 자주 웃을 수 있을까 하는 거였다.

그는 세 번째 동시집 《글자동물원》(문학동네, 2015)의 '책머리에'에서 그 연원을 밝혔다.

어머니는 웃는 걸 좋아하셨다. 어린 나는 어머니가 좋아하시니 자다가도 어머니 기척이 느껴지면 씨익, 웃어 드리곤 했다. 그게 습관이 되어 나는 웃기를 잘하는 아이로 자랐다. …… (중략) …… 나는 알았다. "너는 자다가도 웃으니 좋구나!" 내 머리를 쓰다듬으며 칭찬해 주시는 것으로 거의 날마다 한 알씩 내 안에 웃음을 저금해 주신 어머니의 뜻을. 슬픔이 찾아올 때마다 한 알씩 꺼내 먹으라는 거였구나.
슬픔 한 알에 웃음 한 알. 그것이 나에겐 동시였다. 하루도 거르지 않았을뿐더러 아침부터 밤까지, 심지어 꿈에서조차 동시를 지어 먹었다.

그러니까 이안의 웃음은 그 연원이 어머니의 삶에까지 닿아 있다. 그의 어머닌 전쟁 통에 위로 아들 넷을 잃고 그 아픔을 안으로 삭인 분이었다. 그의 부모는 또 전쟁 통에 고향 영월을 떠나 제천에서 맨손으로 둥지를 틀고 한 가족의 생계를 일궈 낸 순탄치 않은 삶을 살아 냈다. 그렇지만 몇 번의 만남에서도 이안 시인의 아버지와 어머니한테서 그 깊은 굴곡진 삶의 흔적을 읽어 낼 수 없었다.

늘 잔잔하게 웃으셨고 목소린 자분자분 조용하셨다. 언젠가 송선미(시인의 아내) 시인이 시아버지한테 받은 세뱃돈 봉투를 자랑한 적이 있는데, 아버지의 글씨는 이안의 글씨만큼이나 정갈했다. 물론 그렇다. 그 시절 누구나 굴곡진 삶을 살지 않았겠느냐고. 그렇지만 그 당사자의 입장에서는 무엇으로도 대체할 수 없는 역사이며 삶의 진실일 수밖에 없다. 또 삶의 의미와 지향의 절대적 가치이자 기준이 될 수밖에 없다.

그래서 그의 시(동시)는 어머니가 그에게 무한하게 저금해 주신 웃음을 한 알 한 알 꺼내 먹은 거였으며, 슬픔이나 아픔이 찾아와도 그 웃음을 꺼내어 시(동시)로 지어 먹은 거였다. 하루도 거르지 않고, 꿈에서조차.

상실의 역설

꿈에서 나는 언제나 고향에 살았다 / 국민학교 입학해서 표준어로 한글을 배우기 시작하면서 / '어머이' '아부지' '성'을 버렸다 / 순하디 순한 / '그랬어유'와 '야'를 버렸다 / 오가 언년이 홍기 주덕이 용각이 형을 버렸다 / 고등학교까지 교과서에 충실함으로써 / 고향과 관련한 / 모든 것을 스무 살 전에 버릴 수 있었다. …… (중략) …… 아버지 어머니도 아니 계시고 / 들어가 살 집 한 칸 아니 남은 고향에서 / 아버지 어머니 대신 농사를 지으며 / 버리고 떠나온 고향을 / 뼈 빠지게 살았다 / 간혹 서울로 간 형과 누이, 아버지 어머니가 다니러 왔다 간 / 돌아가신 날이면 / 나는 고향 집터처럼 외롭게 깨어났다

— 〈꿈을 적다〉 중에서

아무리 사람은 나서 서울로 가는 거라지만 산업화와 함께 이안 시인을 비롯한 숱한 사람들의 서울행은 어쩌면 사회 구조적인 강제이지 개개인의 자발적 선택이라고만 볼 순 없지 않을까 생각한다. 아울러 이것은 자기 정체성의 강제된 부정이고, 끝없는 열등의식의 강화를 낳았다. 그러나 앞의 시는 자발적 선택을 뜻하는 '버렸다'라고 말함으로써 오히려 상실의 의미를 역설적으로 강화하고 있다. 그래서 시인은 꿈에서 언제나 형제와 부모마저 떠나고 들어가 살 집 한 칸 남지 않은 고향에서 산다. 그것도 뼈 빠지게 농사를 지으며.

여기서 절망적인 건 어디까지나 꿈에서라는 점이다. 현실은 이렇게 할 수가 없을 만큼 시인이나 우리는 너무 멀리 와 버린 것이다.

그는 첫 번째 시집을 내고 나서부터인가 충주 오일장에 시집 좌판을 깔아야겠다는 말을 자주 무심하게 뱉었다. 그럴 때마다 난 속으로 시집 한 권으로는 그러니 몇 권 더 내어서 해야 그럴듯하지 않을까 하며 맞장구를 쳐 보기도 했다. 그렇지만 그 뒤 그의 말이 단순히 농담이 아니라 그의 시에 대한 생각을 우회적으로 표현한 걸 알아차렸는데, 두 번째 시집에 실린 〈출판기념회〉란 작품을 접하고 나서였다.

> 두 번째 시집 내면 / 봄 가으내 부춧단 묶어 이고 제천장 가시던 어머니처럼 / 시집 한 보퉁이 싸 들고는 오일장으로 가는 거다 …… (중략) …… 푸성귀 내음 생선 비린내 사람들 냄새 / 없는 것들 구석구석 찍어 바르고 / 기다리는 것도 없으면서 파리 떼나 쫓으며 / 거, 뭐 하는 거유? / 분명 누군가는 한 번쯤 물어봐 올 때 / 죽도 밥도 찬거리도 되잖는 것, / 그걸 뭐라고 해야 하나 / 다만 한 사내의 허기진 밥상밖에 되지 못한 그걸 / 환한 장바닥에 펴놓고
>
> — 〈출판기념회〉 중에서

사실 이안 시인의 등단 과정은 지난했다. 물리적 시간도 시간이지만 몇 년을 계속해서 최종심에서 미끄러진 탓이다. 결국 1999년에야 등단했는데, 대학 시절부터 여러 곳에 응모한 걸 감안하면 십여 년 넘게 걸린 셈이다. 본인에게는 혹독한 시간이었겠지만 그의 시적 견고함을 위해선 결과적으로는 다행인지도 모르겠다.

등단 3년 만에 나온 첫 시집은 그 견고한 언어와 티 없이 맑은 깊이에 적지 않은 선배 시인들의 격려가 없지 않았으나, 그에겐 곧바로 자신과 시에 대한 모든 걸 회의하는 시간이 찾아오지 않았나 싶다.

위 시를 드러난 문맥대로 읽어 보면, 그는 어머니가 생계를 위해 "부춧단 묶어 이고 제천장 가시던" 것처럼 시집을 한 보퉁이 싸 들고 오일장으로 나가겠다고 한다. 또 "푸성귀 내음 생선 비린내 사람들 냄새"를 시집에다 구석구석 찍어 바르고는, 기다리는 것

도 없으면서 파리 떼나 쫓으며 발 저리게 앉아 있겠다는 것이다. 여기에다 시(집)는 "죽도 밥도 찬거리도 되잖는 것"이고 "다만 한 사내의 허기진 밥상밖에 되지 못"한다는 데까지 나아간다.

반면 행간에선 시인의 시에 대한 어떤 적극성이 읽혀진다. 시인은 시만 열심히 쓰고 때 되어 시집을 내는 것으로 만족할 수 없는, 생계를 위해 어머니가 하는 것처럼 절실하게 또 다른 시의 삶을 꿈꾸었던 것 같다.

지난해 가을, 이안 시인과 나는 오일장은 아니지만 충주민예총 행사에 시집을 내다 놓고 직접 팔아본 적이 있다. 공연을 지켜보면서 시집도 팔며 하루를 보낸 것이다. 오며 가며 시집을 들춰 보기도 하는 사람들이 툭툭 건네는 말에 맞장구도 치면서, 흐트러진 책을 다시 간추려 놓기도 하면서. 옆에선 소소한 수공예품도 팔고 있었는데 사람들은 그 쪽으로 훨씬 많이 몰려들어 자존심도 좀 상하기도 하면서 뉘엿뉘엿 해가 떨어질 때까지 자리를 지켰다.

앞의 시에서처럼 우린 정말로 "죽도 밥도 찬거리도 되잖는 것"을 내다 놓고 파리나 쫓으며 앉아 있었던 것이다. 사실 난 조금은 쑥스럽기도 하고 오전 내내 어색하기도 했으나 이안은 참으로 정성스럽게 사람들을 만났다. 오후쯤이 되어서야 알 수 있었다. 시가 "다만 한 사내의 허기진 밥상"이라도 되는 것이 얼마나 지난한 일인가 하는 점 말이다.

어쩌면 시나 동시를 쓰는 일만큼이나 절실하게, 또 자연스럽게 시를 가지고 사람들을 만나야 하지 않을까? 남들이 알아봐 주고 사 주고 읽어 주기를 기다리는 수동적인 데에서 벗어나 적극적으로 말이다. 이안 시인은 진작부터 시를, 동시를 쓰는 것만큼이나 간절한 마음으로 많은 이들을 만나왔다.

이안 시인과 동시

개인적으로 이안 시인과 동시를 생각할 때면 그의 동시와 함께 떠오르는 글이 〈동시마중〉 창간호에 실린 그의 글 〈동시 오신다, 마중 가자〉이다. 이 글은 〈동시마중〉 '창간사'라 할 수 있는 글인데, 그 가운데 일부를 옮겨 본다.

> 동시를 쓰고, 동시를 읽고, 동시를 놓고 여러 동무들이랑 이야기 나누는 것 모두가 어린 시절 바짓가랑이 걷어붙이고 도랑물에서 찰방찰방 노는 것만큼이나 재미있고 즐거웠다. …… (중략) …… 그 과정에서 자칫 동시의 세계와 어울리지 않게 목에 힘을 주거나, 뭘 안다는 듯 가르치려 들거나, 되도 않는 당위를 내세우는 엄숙 장엄으로, 딱딱하게 무거워지지 않기만을 바랄 뿐이다. 유쾌-통쾌, 발랄-발랑, 상큼-엉큼이 뒤엉켜 호를 더해갈수록 조금씩이나마 웅숭깊어 질 수 있기를.

이안 시인은 다소 늦은 등단임에도 시집 두 권, 동시집 세 권, 두툼한 동시 평론집 한 권을 냈을 만큼 부지런히도 살아왔다. 그 와중에 격월간 〈동시마중〉을 창간해(2010) 편집 위원으로 7년 가까이 동시단을 주도적으로 이끌어 왔다. 또 동시 전문 팟 캐스트, 〈이안의 동시 이야기_다 같이 돌자 동시 한 바퀴〉를 2014년부터 방송하고 있다. 한겨레문화센터 동시 창작 강의를 비롯해 학교, 도서관 등 전국을 누비며 어린이, 교사, 일반인 가리지 않고 동시 강의를 하고 있다. 그가 사는 충주에서는 매년 여름 〈감자꽃〉 시인 권태응 선생을 기리는 '권태응 어린이 시인학교'가 2박 3일 동안 열린다. 그 행사에도 중책을 맡아 준비에서 진행까지 궂은일을 도맡고 있다.

가까이서 보기에도 버겁고 힘든 일임에도 그는 늘 웃음을 잃지 않는다. 오히려 "어린 시절 바짓가랑이 걷어붙이고 도랑물에서 찰방찰방 노는 것만큼이나 재미있고 즐거"워 보인다. 그것은 그가 인용 글에서 말하는 "목에 힘을 주거나, 뭘 안다는 듯 가르치려 들거나, 되도 않는 당위를 내세우는 엄숙 장엄으로, 딱딱하게 무거워지지 않기"와 "유쾌-통쾌, 발랄-발랑, 상큼-엉큼"의 자세를 견지하기 때문이 아닐까 한다. 그것은 또 내가 앞에서 말한 '생계를 위해 어머니가 하는 것처럼 절실하게 또 다른 시의 삶'을 살아가는 모습이 아닐까 한다. 그가 말하고 생각하는 동시도 이런 시각에서 볼 수 있을 것 같다. 그러니까 노자가 말하는 '천하의 지극한 유약함'의 세계를 나는 이안 시인에게서 본다.

끝으로 내가 좋아하는 그의 동시 한 편 읽어 보아야겠다.

"나를 찾는 데 쓸 빛이란다."

갓 난 내 두 눈에
부어 주고서

하느님은 숨어,
나 오기를 기다리리

아니라고 말할 수 없는
모든 것 속에

하느님은 숨어서
— 〈숨바꼭질〉 전문

늘 그래왔듯이 그는 앞으로도 하느님이 두 눈에 부어 준 빛으로 '하느님 찾기 숨바꼭질'을 할 것이다. 도무지 걱정이 없는, 그 길을 쉬지 않고.

고양이에서 동물원까지

김유진

이안의 동시에 대한 평론은 〈주먹이 빛과 향기가 되기까지〉란 제목으로 〈동시마중〉 2013년 3, 4월호에 이미 발표한 적이 있다. 〈편지, 시인이 시인에게〉란 꼭지여서 편지글 형식으로 썼지만 《고양이와 통한 날》(문학동네, 2008), 《고양이의 탄생》(문학동네, 2012)에 대한 평가를 대략 해 놓았다고 생각한다. 형식만 편지글인 평론이었다. 오히려 '편지'였기에 하고 싶은 말을 완곡하지만 가리지 않고 할 수 있었다.

그 글에 별달리 보탤 말이 없을 거라 여기면서도 또다시 이안 작품론을 쓰는 건 일종의 책임감에서다. 이안은 최근 몇 년의 작업으로 동시평론서 《다 같이 돌자, 동시 한 바퀴》(문학동네, 2014)를 냈듯 어떤 평론가들보다도 활발히 비평 활동을 하고 있다. 게다가 〈동시마중〉 편집인으로 자신의 동시 담론을 다양한 차원에서 확장시켜 왔다. 그런데 '이안의 동시 비평'은 수다한 데 비해 '이안 동시의 비평'은 언뜻 떠오르지 않는다. '중이 제 머리 못 깎는' 이 상황이 그의 노고를 떠올려 볼 때 왠지 좀 미안했다.

지금까지 그의 동시는 비평에서 별달리 주목되지 않은 채 은연중에 그 자신의 비평과 담론에 비추어 해석되고 평가받아온 듯 보인다. 하지만 작품론이 작가론과 엄연히 다르듯, 작품에 대한 평가는 그 작가의 시론이나 평론과는 구분되어야 한다. 시론과 평론은 창작의 지향이 될 수 있을지언정 창작의 실제 성취와는 분명 다르다.

이안은 《다 같이 돌자, 동시 한 바퀴》 책 머리에서 자신의 비평이 "창작을 의미 있게 밀고 나가기 위한 하나의 방편이자, 새로운 창작의 전위를 내 안에서 찾아내기 위한 몸부림이며, 아직 오지 않은 시를 맞이하기 위한 준비 단계"라고 스스로 밝힌 바 있다. 그의 비평이 이렇듯 시인으로서의 신원 의식을 바탕했다고 해도 마찬가지다. 우선은 그의 작품을 그의 비평과 분리해서 보는 것, 그것이 이안 작품론의 시작이다. 비평과 작품을 견주어 보는 것은 나중 과제다.

고양이에서 고양이로

이안의 동시집은 《고양이와 통한 날》, 《고양이의 탄생》, 《글자동물원》 세 권이다. 어느 시인이든 새 시집을 낼 때에는 이전 작품 세계와의 차별성을 고민할 것이나 이안의 시집들에서는 이러한 노력과 기획이 매우 선명하다. 변화의 과정이야말로 이안 동시의 핵심이다. 아마도 이것이 그의 비평과 창작이 서로 영향을 주고받고 서로를 견인할 지점일 테지만 이 글에서는 각 시집의 특징과 변화를 따라가며 작품 세계의 향방을 해석하는 일에 주목한다.

그의 첫 시집 《고양이와 통한 날》은 소위 '현실주의 동시'의 문법에서 크게 벗어나지 않은 채로 이안 동시의 시작을 연다. 〈냉이꽃〉, 〈제자리 민들레〉, 〈목숨〉, 〈동네 사람 먼 데 사람〉 등이 노래하는 자연의 질긴 생명력과 이에 대비되는 사람들의 탐욕은 현실주의 동시의 주요 주제 중 하나이다. 이 시집에 수록된 시 대부분은 시골 생활 경험을 소재로 하는데, 이미 시집을 두 권 낸 시인으로서 정돈된 언어 외에 동시로 발견된 그만의 언어나 시선은 잘 드러나지 않는다. 그 가운데에는 〈모두들 처음엔〉이 가장 눈에 띈다.

> 대추나무도 처음엔 처음 해 보는 일이라서 / 꽃도 시원찮고 열매도 볼 게 없었다 // 암탉도 처음엔 처음 해 보는 일이라서 / 횃대에도 못 오르고 알도 작게만 낳았다 // 모두들 처음엔 처음 해 보는 일이라서 / 조금씩 시원찮고 조금씩 서투르지만 // 어느새 대추나무는 내 키보다 키가 크고 / 암탉은 일곱 식구 거느린 힘센 어미 닭이 되었다
>
> – 〈모두들 처음엔〉 전문

담담한 진술로 평이한 이야기를 하고 있음에도 울림이 큰 시다. "처음엔 처음 해 보는 일이라서"라는, 동어 반복의 서술이 시적인 논리와 설득력을 지니기 때문이다. 1, 2연의 대추나무와 암탉의 '처음'이 3연에 이르러 모든 존재들로 확장되고, 마지막 연에서 확인되는 그들의 늠름한 성장은 곧 모두의 성장을 다정하게 예언하고 축복한다.

또 이 시집에서는 어린이의 시선이나 목소리보다 어린이 화자가 말하는 아버지의 이야기가 더 많이 보이고 들린다. 〈밥알 하나〉, 〈아버지 고향〉, 〈고맙다〉, 〈고수〉 등이 대표적인데 이는 어른 시인이 동시에서 자신의 이야기를 풀어놓는 일반적인 형식이다. 하지만 어린이 화자를 내세우지 않은 〈사진〉 같은 시가 기존 동시의 문법에서 벗어나 오히려 자연스럽고 소박한 동시의 미학을 드러내는 듯 보인다.

> 어릴 적 사진 속에는 / 아직도 어머니가 나를 안고 있고 / 아직도 아버지가 나를 업고 있고 / 아직도 내가 웃고 있고 // 젊은 어머니와 아버지와 나어린 내가 / 언제나 서로 사랑하며 가난하지요 / 언제나 서로 사랑하며 가난하지요
>
> – 〈사진〉 전문

첫 시집은 이렇듯 현실주의 동시 문법을 기본으로 하고 있지만 두 번째 시집 《고양이

의 탄생》에 이르러서는 전혀 새로운 언어와 형식을 선보인다. 고양이 목숨이 여럿이라고 하듯 고양이가 새로 탄생한 듯, 환생한 듯 느껴질 정도다. 모과, 고양이 등 첫 시집과 똑같은 소재도 등장하고 달, 강, 꽃, 나비, 비, 눈, 봄, 새 등 자연이 서정의 주된 원천인 점 역시 여전하지만 좀 더 가벼워 자유롭고, 세련되어 단순해졌다. 시인의 감성은 어린이의 감성과 보다 가까워졌다. 〈금붕어〉는 그러한 일치를 통해 아이들의 심정을 빼어나게 보여 주는 작품이다.

> 돌멩이 하나만 넣어 주면 안 될까요? // 나도 / 혼자 있고 싶을 때가 있어요 // 돌멩이 뒤에 숨어, // 아무에게도 나를 / 보여 주고 싶지 않을 때가 있어요
>
> – 〈금붕어〉 전문

《고양이의 탄생》에서는 색다른 차원의 형식 실험 또한 돋보인다. 시집 1부에 배치한 뱀 연작은 동시에서는 잘 언급하지 않는 뱀을 소재로 한 1, 2행의 단행시 연작이다. 마치 그림책과 같은, 문자와 이미지의 배치에서 짐작할 수 있듯 이 연작시는 동시라는 텍스트가 종래의 문학을 넘어 전혀 새로운 텍스트가 될 수 있는 가능성을 모색하는 시도로 보인다. 동시를 텍스트로 하는 그림책은 예전부터 꾸준히 출간되고 있지만 동시집 안에서 텍스트의 새로운 가능성을 선보였다는 점이 동시의 상상력을 고무시킨다.

고양이에서 동물원으로

《고양이의 탄생》에서 또 하나 눈에 띄는 건 새로운 말놀이의 발견이다. 최승호의 《말놀이 동시집》(비룡소, 2005) 이후 언어유희나 형태시는 동시의 새로운 경향으로 자리잡았는데 이안의 말놀이는 동음이의어를 활용하거나 시의 내용을 시각화하는 다른 동시의 경향들과는 조금 다르다.

> 저놈의 똥강아지 옆집 똥강아지 // 옥수수 울타리 빠져나와 또 우리 집 마당으로 들어선다 // 코를 땅에 박고 뚈뚈 뚈뚈 똥 눌 자리 찾다가 // 모과나무 아래 똥 한 주먹 질러 놓고 // 달랑 달랑 달랑달랑 강아지 되어 돌아간다 // 저놈의 또강아지 옆집 또강아지
>
> – 〈똥강아지 또강아지〉 전문

옆집 똥강아지가 얄밉게도 꼭 우리집 마당에 똥을 싸고 돌아갈 때 '똥강아지'는 '또강아지'가 된다. 닿소리 'ㅇ'이 강아지가 눈 '똥'의 이미지와 치환되는 것이다. 문자와 이미지의 치환과 확장이 일반적인 형태시처럼 시 전체, 행과 연, 단어가 아닌 음운 차원에

서 이루어졌다. 마치 현미경으로 들여다보듯 언어를 꼼꼼하고 세세하게 관찰하며 새로움을 발견해 냈다.

동시 〈지렁이〉는 닿소리 'ㅎ'을 모자 쓴 모습으로 보고 시상을 전개시키는데, 모자 즉 'ㅎ'의 움직임과 이동에 따라 '질헝이→질행이→지랭이→지래이'로 문자가 변화한다. 모자가 이동하는 이미지와 바뀐 문자가 정확히 들어맞지 않는다 해도 충분히 의미 있고, 재미있는 실험으로 여겨진다.

문자를 변화시키는 작업을 통해 문자에서 새로운 이미지를 발견하고 이를 의미로 확장시키는 작업은 〈노란귀바위거북을 타고〉까지 이어진다. '노란귀바위거북'은 '노란' 국화가, 마치 '귀'처럼 바위 양옆에 피었기 때문에 명명된다. 그렇기에 "국화꽃이 시들면 / 노란귀바위거북은 노란귀거북을 벗고 / 바위로 돌아"가게 된다. 이 작품 역시 문자와 이미지를 서로 연결시키는 가운데 의미가 발생한다는 점에서 위의 시들과 같은 자리에 있다고 볼 수 있다.

이러한 작업은 세 번째 《글자동물원》에서 시집 전면으로 부상한다. 〈른자동롬원〉, 〈1학년〉, 〈하진이 1, 2〉, 〈마늘 묵찌빠〉, 〈눈덩이〉 등 1부의 시들은 많은 편수는 아니지만 〈른자동롬원〉을 표제작으로 하고, 시집의 첫 얼굴인 1부에 구성되어 이 시집을 대표하고 있다. 책 제목을 〈른자동롬원〉으로 정하려고 했지만 가독성 등 출판과 관련된 여러 사항을 고려해 《글자동물원》으로 최종 결정했다는 후문을 들었다. 여기에서도, 《고양이의 탄생》에서 뱀 연작시를 1부에 실었듯 각 시집의 지향과 특징을 차별화하려는 시인의 의도와 기획력을 읽을 수 있다.

〈하진이 1, 2〉가 문자와 이미지의 연관을, 〈마늘 묵찌빠〉가 음운 단위의 문자와 이미지의 치환을 계속한 작품이라면 보다 문제적인 작품은 〈른자동롬원〉과 〈1학년〉이다. 〈른자동롬원〉은 문법을 파괴하면서까지 언어 형식을 실험한다. 물론 이는 오래전 서구 형태시에서 흔하게 찾아볼 수 있다. 그럼에도 의미 있는 건 어린이들의 놀이를 동시의 언어로 가져오는 과정에서 그러한 형태시가 모색되었다는 점이다. "곰이 어떻게 동물원을 탈출했게? ('곰'이라 쓴 걸 180도 회전해 보여 주며) 문을 열고."라 말하며 놀이하는 일을 동시의 언어, 형식으로 끌어와 보여 준 것이다. 숫자로 문자를 치환하며 비밀 편지를 쓰고, 온갖 기호로 암호문을 만들어 노는 어린이들의 언어 세계, 문자 세계를 동시로 들여와 조직했다. 그리고 그것이 동시의 새로운 언어 형식을 탄생시켰다.

지금까지 동시가, 나아가 아동문학이 어린이들의 놀이가 되어야 한다고 꾸준히 선언되어 왔지만 그 실제가 무엇인지, 그것이 어떻게 구현될 수 있는지 하는 점은 여전히 공백으로 남아 있다. 이때 〈른자동롬원〉과 〈1학년〉의 실험은 어린이들의 놀이 장면을 묘사하고 서술하던 이전 작품들과는 분명 다른 지점에 서 있다. 물론 이 작품들이 유머와 다를 것이 있느냐, 문학이라 할 수 있느냐는 질문은 얼마든지 제기될 수 있고, 치열하게 논의되어야 할 것이다.

동물원을 지나 어디로

《글자동물원》에 수록된 작품들의 소재는 여전히 자연물이 대부분이나 서정의 결은 1집과 2집에서 보았던 것과는 또 다르다. 1집의 자연은 끈질긴 생명력이었고 2집의 자연은 시인의 가감 없는 서정이었지만 3집에서는 어린이 독자가 고려되어 보인다. 작품 전반이 가뿐하고 유쾌하다.

〈꿩〉에서 꿩은 날아가며 웃고, 〈사과나무 웃음소리〉에서 사과는 익어가며 웃고, 〈돌사자상에 비가 오면〉에서 돌사자상은 비를 맞아가며 웃는다. 〈간지럼나무〉에서는 배롱나무를 아예 간지럼나무란다. 내가 간지럼을 태우니 몸을 꼬며 킥킥 웃다가 나무줄기가 배배 돌아간 거란다. 〈버섯 방귀〉에서 버섯을 땅이 뀐 방귀라 부르고 〈오리는 배가 고파〉에서 오리가 먹이를 찾으며 물속으로 목을 밀어 넣는 게 손목까지 국그릇에 집어넣는 것이라는 상상에도 웃음이 강조되고 있다.

《고양이와 통한 날》에서 《글자동물원》까지, 매번 시집을 낼 때마다 확인되는 큰 변화는 동시의 장르적 근거를 찾다가 결국 어린이 독자에게로 좀 더 다가가려는 지점에 다다른 듯 보인다. 《고양이의 탄생》에서 시인의 지향은 '동심'이었지만 《글자동물원》에서는 '어린이 독자'에 대한 지향이 분명해졌다.

이안의 동시 비평이 '동시도 시'라는 명제에서 출발하고 여전히 이를 강조한다 해도 현재 이안의 동시는 누구보다 더 '어린이'에 주목하고 있다. 그의 비평 담론에 비추어 그의 동시가 난해하다든지, 어린이 독자를 고려하지 않는다든지 말하는 건 그의 비평적 입장에 대한 선입견으로 작품을 제대로 평가하지 못하는 난감한 경우다. 물론 이안에게는 시인이자 평론가로서 자신의 창작과 평론 사이에 어떠한 균열이나 비논리, 부정합이 있는지를 되돌아보아야 하는, 남들에게는 주어지지 않은 과제 하나가 더 있다. 창작과 평론이 반드시 동일한 지향을 지녀야 한다는 게 아니라 그가 비평을 하는 한 그의 작품이 굴레를 져야 할 말빚과 같은 운명 말이다.

동시를 창작하는 시인이라면 누구나 마찬가지겠지만 이안에게는 더욱 동시 장르 자체에 대한 고민이 결코 끝나지 않을 일로 보인다. 《글자동물원》이 지향한 어린이 독자가 실제의 어린이 독자와 얼마나 소통할 수 있을지, 《고양이의 탄생》이 발견한 '동심'이 오히려 어린이 독자들에게 가닿을 수 있지 않을지, 《고양이와 통한 날》의 서정은 어린이 독자와 만나기 힘든, 폐기되어야 할 구습인지……

그의 동시는 현실주의 동시, 동심, 어린이 독자 순으로 세 번의 변곡점을 보여 주었다. 이는 고민하는 시인 개인의 발자취인 한편 동시 장르상의 주요한 질문과 응답의 과정이었다. '시'가 아닌 '동시'를 꼭 붙들어 온 그가 다음에는 어떠한 질문과 응답을 보여줄지. 키 큰 대추나무가 되어 많은 열매를 선물해 주길 바란다.

어린이와 함께 선생이 걸어온 길

1967년 5월 1일 충북 제천시 금성면 월림리 580번지에서 아버지 이정래, 어머니 이정재 사이에서 태어남. 부모님은 슬하에 10남매를 두었으나 위의 네 아들을 전쟁 중에 잃으심. 2남4녀가 생존했고 그중 막내로 자랐음.

초등학교에서 고등학교 시절 금성초등학교, 제천중학교, 제천고등학교를 무탈하게 졸업함. 초등학교 2학년 때 처음 시를 써서 문예반 선생님께 칭찬을 들었으나 셋째누나에게 김소월 작품을 표절했다는 말을 듣고 심한 모욕감을 느껴 시를 그만둠. 초등학교 6학년 겨울방학 어느 날 밤, 앞집 사는 한 살 밑 여자아이에게 '야, 너 시인 같아!'란 말을 듣고 시인이 되기로 결심함. 이후로 시인으로서의 자의식을 한번도 내려놓은 적이 없음. 중학교 입학하면서 제천에서 자취를 함. 고등학교 때는 교지를 편집하면서 현대시와 시론을 읽음. 시인으로서의 자의식을 단련한 시기였음.

1985년 건국대학교 국어국문학과에 입학함. 전두환 정권 때라 문학 공부보다는 사회과학 책을 주로 탐독함.

1987년 6월 민주화운동에 합류, 서울 시내를 부지런히 뛰어다니며 '독재 타도, 호헌 철폐'를 외침. 그 무렵 건국대학교 문과대학 문학동아리 '분단동이'를 이연호(현재 글터 서점 대표), 장동이(시인), 강진(소설가) 등과 함께 창립함. 동아리 후배인 송선미, 김경진 등이 현재 동시를 쓰는 시인이 되었음.

1988년 군에 입대함. 강원도 철원군 와수리에서 27개월 복무함.

1991년 대학 동아리 후배 송선미와 결혼함. 생계를 위해 농협 고졸 공채에 응시해 강남구 도곡동 지점에서 돈을 셌음. 계산이 서툴러 늘 밤늦게까지 남아 주판알을 튕겨야 했음. 1년을 못 채우고 퇴사함. 아내의 지지와 응원에 힘입어 본격적으로 시를 쓰기 시작함.

1993년 월간 〈대중불교〉에서 기자로 활동함. 1년 6개월 동안 스님과 절을 취재함.

1994년 아들 이경재가 태어남.

1996년 선배 이연호의 권유로 충주로 이사하여, 책이있는 글터 서점에 근무함. 이때 그림책, 동화 등 어린이책과 〈녹색평론〉을 만났고, 권태응 동시를 알게 됨. 시를 쓰는 짬짬이 동시에 관심을 가짐. 충주 동화읽는어른의 전신인 '어린이책을 읽는 어른 모임'을 만듦.

1998년 충주시 엄정면 추평리로 이사함. 지게를 지고 나무를 하고, 소를 몰아 밭을 갈고, 대책 없었으나 행복하게 살았음.

1999년 실천문학문학상 시 부문 신인상을 받으며 등단함.

2002년 충주 시내로 이사함. 첫 시집 《목마른 우물의 날들》(실천문학사)을 출간함. 글쓰기 학원을 열어 밥을 벌었음.

2007년 두 번째 시집《치워라, 꽃!》(실천문학사)을 출간함. 실천문학 시집 기획 위원으로 활동함.

2008년 첫 동시집《고양이와 통한 날》(문학동네)을 출간함. 다음(daum)에 동시 카페를 개설했는데, 그것이 〈동시마중〉 카페(http://cafe.daum.net/iansi)로 발전함.

2010년 격월간 동시 전문지 〈동시마중〉을 김제곤, 김찬곤, 김환영, 탁동철과 함께 창간함. 발행인 송선미.

2012년 두 번째 동시집《고양이의 탄생》(문학동네)을 출간함.

2013년 〈동시마중〉 2기 편집 위원으로 김륭, 유강희, 장동이, 정유경 시인이 합류함. 이어 송진권 시인을 추가로 모심. 유강희 시인이 4년을 채우고 물러나고, 송찬호 시인이 제45호(2017년 9·10월호)부터 편집 위원으로 합류함. 미술편집 위원은 박정섭 화가(3년)와 전민화 화가(1년)를 거쳐 제45호부터 홍성지 화가가 합류함.

2014년 동시 평론집《다 같이 돌자 동시 한 바퀴》(문학동네)를 출간함. 현대시학 동시 창작 교실을 개강함. 신촌 한겨레문화센터 동시 창작 교실을 개강함. 동시 전문 팟 캐스트_이안의 동시 이야기_다 같이 돌자 동시 한 바퀴(http://www.podbbang.com/ch/8204)를 시작함.

2015년 세 번째 동시집《글자동물원》(문학동네)을 출간함. 제1회 전국동시인대회를 충북 충주시 일원에서 개최함. 이를 기념하여 102인의 시인이 참여한 합동 동시집《날아라, 교실》,《전봇대는 혼자다》(사계절)를 출간함.

2017년 동천(洞泉) 권태응 선생(1918~1951)의 삶과 문학을 기리는 '권태응 어린이 시인학교'를 9년째 개최함.

한국 아동문학가 100인

이정아

대표 작품

〈어깨동무〉

인물론

내게 상상의 나래를 펼치게 하는 이야기꾼, 동화작가

작품론

변방에서 만난 아이들

어린이와 함께 선생이 걸어온 길

어깨동무

즐거운 생활 시간입니다.

선생님이 오늘은 곡식 악기를 만든다고 했습니다.

지섭이는 가방에서 준비물을 꺼냈습니다.

엄마는 빨간 팥과 빈 플라스틱병을 넣어 줬습니다.

규종이는 까만 콩을 가져왔고, 승엽이는 연두색 녹두를 가져왔습니다.

“플라스틱병에 곡식을 흘리지 않게 넣으세요. 자기 것만 넣어야 해요.”

선생님 말이 끝나자 여기저기서 ‘또르르르’ 소리가 납니다.

지섭이도 빨간 팥을 세 개씩 집어서 병에 넣었습니다.

‘톡 톡 톡’

웅덩이 속으로 빗방울이 떨어지는 것 같습니다.

“규종이는 콩 커서 좋겠다. 나는 너무 작아서 힘들어. 자꾸 흘리고.”

녹두를 넣던 승엽이가 말했습니다.

“그럼 난 뭐냐?”

태성이가 갈색 깨를 조심조심 병으로 털어 넣으며 말했습니다.

“우리 엄마가 콩 없다고 그냥 깨 가져가래.”

“안됐다. 내 거 조금 줄까?”

지섭이 말에 태성이가 고개를 흔듭니다.

“섞지 말라고 했잖아. 선생님 말 안 들으면 또 우리 모둠이 꼴찌 할 거야.”

“야, 근데 태성, 너 볼에 깨 붙었어.”

승엽이가 태성이 얼굴을 보며 말합니다.

“웃기다. 히히 코딱지 같아. 나도 한번 해 볼까?”

규종이가 까만 콩 하나를 볼에 붙여 봅니다.

“와, 점 같다. 진짜 점.”

아이들이 놀랍니다.

“우헤헤, 근데 우리 큰 아빠는 코 바로 밑에 점 있다. 까만 코딱지처럼. 진짜 웃겨.”

지섭이 말에 규종이가 콩을 자기 콧구멍 아래에 갖다 댑니다.

“여기야? 니네 큰아빠 점?”

규종이는 콩을 코 밑 여기저기로 굴려 가며 묻습니다.

"좀 더 옆으로, 아니 조금 더 위로. 더 위라니까!"

지섭이는 콩을 콧구멍 바로 밑까지 올리라고 말합니다.

까만 콩이 규종이 콧구멍 속으로 반이나 들어갔습니다.

"우하하 웃기다. 웃겨. 콩 코딱지 같아."

"아니야, 콩 코피!"

아이들이 책상을 치며 웃습니다.

"다람쥐 모둠 조용히 하세요. 수업 시간에 딴짓하지 않기 규칙 잊었어요?"

앞에서 선생님이 큰 소리로 말합니다.

규종이는 깜짝 놀라 콩을 떼어내려고 했습니다. 그런데 두 팔로 책상을 치며 웃던 지섭이가 급히 몸을 돌리다가 규종이 팔을 툭 쳤습니다.

그 순간, 반만 밖으로 나와 있던 콩이 규종이 콧구멍 안으로 쏙 들어가 버렸습니다.

"헉"

"어?"

둘은 눈이 마주쳤습니다.

"야, 콩 들어갔어."

울 것 같은 얼굴로 규종이가 말합니다.

"미안, 일부러 그런 거 아니야."

지섭이도 울상이 됩니다.

"으…… 으……."

규종이가 손가락으로 콧구멍을 쑤십니다.

지섭이는 얼음처럼 굳어서 규종이 콧구멍만 보고 있습니다.

"야, 더럽게 뭐해? 너는 왜 코 파는 거 구경해?"

승엽이가 빙글빙글 웃으며 지섭이를 봅니다.

"콩 들어갔어. 안 나와."

지섭이 말에 승엽이는 금세 심각한 표정으로 변합니다.

"뭐어? 그럼 빨리 흥 해. 흥!"

승엽이가 코를 실룩거리며 흥 하는 흉내를 냅니다.

규종이가 '흥' 합니다.

근데 콩은 안 나오고 왼쪽 콧구멍에서 콧물이 쭈욱 나옵니다.

놀란 규종이가 훅 콧물을 들이마십니다.

"아아…… 더 깊이 들어갔어. 히잉, 난 몰라."

“가만있어 봐. 내가 꺼내 볼게. 더러워도 참는 건 사나이 우정 때문이야.”

지섭이가 규종이 콧구멍 속으로 엄지와 검지 두 손가락을 집어넣습니다.

“아! 아!”

규정이 입에서 신음 소리가 터져 나옵니다.

“야, 손가락 하나만 넣어야지. 두 개 다 넣으니까 콧구멍에 꽉 차잖아. 그럼 콩 못 빼.”

승엽이가 지섭이에게 화를 냅니다.

“알았어.”

지섭이는 규종이 콧구멍에서 엄지를 뺍니다.

“그런데 콩이 빙글빙글 돌기만 하고 안 나와. 규종아, 다시 흥 해 봐.”

“흥.”

“야, 넌 흥을 왜 그렇게 작게 해?”

승엽이가 답답하다는 듯 말합니다.

“선생님한테 혼날까 봐…….”

“그럼, 소리는 내지 말고 대포 쏘는 것처럼 온 힘을 다해 흥 해.”

“알았어.”

규종이는 코에 힘을 꽉 주고 크게 숨을 들이마십니다.

콧구멍 두 개가 옆으로 활짝 펴집니다.

“아아…….”

그런데 규종이가 또 신음 소리를 냅니다.

“왜 그래?”

“숨을 크게 쉬니까 콩이 더 들어가는 것 같아.”

“괜찮아. 들어갔다가 뽕 하고 나올 거야.”

지섭이가 규종이를 안심시킵니다.

규종이 콧구멍이 다시 옆으로 활짝 벌어집니다.

아이들도 규종이 코를 보며 다 같이 숨을 들이마십니다.

지섭이 승엽이 태성이 코도 옆으로 활짝 열립니다.

그리고 있는 힘껏 흥!

소리 내지 않고 다 함께 흥!

콩은 나오지 않았습니다.

규종이 지섭이 코에서 콧물만 잔뜩 나왔습니다.

“콩 안 나오려나 봐.”

승엽이가 체념한 듯 말합니다.

"그럼, 규종이는?"

지섭이가 콧물을 들이마시며 묻습니다.

"집에 가면 엄마가 빼 주겠지. 그때까지만 좀 참아."

승엽이가 심각한 표정으로 말합니다.

"엄마……."

규종이 눈에서 콩 같은 눈물이 툭 떨어집니다.

"곡식 다 넣었으면 뚜껑 닫고 흔들어 보세요."

선생님 말에 아이들이 신나게 병을 흔들어 댑니다.

'텅텅텅텅, 찰찰찰, 탈탈탈탈, 쓕쓕쓕'

교실이 커다란 악기로 변해 버렸습니다.

규종이만 힘없이 콩을 흔듭니다.

'처어얼 처어얼 처어얼…….'

그런 규종이가 걱정돼 지섭이는 자꾸 쳐다봅니다.

그러다 눈이 반짝 빛납니다.

"규종아! 좋은 생각났어."

"……."

규종이가 힘없이 바라봅니다.

"우리 할머니네 가서 본 건데, 할머니가 콩나물 키우거든, 그런데 콩을 깜깜한 천으로 덮어 놓고 물을 주는 거야."

"그랬더니?"

녹두를 흔들던 승엽이가 묻습니다.

"콩에서 싹이 나와서 죽죽 커지더라. 할머니가 그러는데 물만 먹고도 그렇게 큰대. 진짜야. 네 콩에 물 주면 콧구멍 밖으로 금방 싹이 나올 거야. 그때 우리가 잡아당기면 되잖아."

"정말? 그렇게 빨리 자라?"

규종이 목소리에 힘이 생깁니다.

"응, 엄청 빨리 자라. 내가 봤다니깐."

"그런데 왜 깜깜한 천으로 덮는 거야?"

태성이가 깨를 흔들며 묻습니다.

"음……. 그건……. 그러니까……."

지섭이는 대답을 못합니다.

“왜긴 왜야? 우리도 밤에 일찍 자야 키 큰다고 하잖아. 콩도 그렇겠지. 깜깜해야 더 잘 크는 거야.”

승엽이가 자신 있게 말합니다.

“그럼, 빨리!”

태성이가 규종이 코를 손으로 가립니다.

“아, 답답해, 내가 할게.”

규종이가 태성이 손을 내리고 자기 손으로 코를 가립니다.

“그런데 코에다 물을 어떻게 줘?”

승엽이 얼굴에 고민이 생깁니다.

“음…….”

지섭이는 교실 여기저기를 둘러봅니다. 그러다 벌떡 일어나 교실 뒤편으로 달려갑니다.

다시 자리로 온 지섭이 손에는 물뿌리개가 들려 있습니다.

“규종아, 잠깐 손 내려 봐.”

지섭이는 규종이 콧구멍을 향해 ‘치이익’ 물을 뿌립니다.

그런데 콧구멍으로 물은 아주 쪼끔 들어가고 나머지는 눈, 볼, 입으로 갑니다.

다시 한번 ‘치이이이익’

태성이도 ‘치이이이익’

승엽이도 ‘치이이이익’

규종이 얼굴은 온통 물입니다.

“싹 나왔어?”

“아직.”

“나왔어?”

“아, 아직.”

“아직도 안 나왔어?”

“으응…….”

지섭이는 점점 자신이 없어집니다.

그래도 다시 한번 세게 ‘치이이익!’

물은 얼굴에서 옷으로 떨어집니다.

그리고 교실 바닥으로도 떨어집니다.

‘뚝 뚝 뚝’

규종이 의자 아래에 검은 얼룩이 생깁니다. 얼룩은 점점 커집니다.

"선생님, 한규종, 쉬 쌌어요!"

토끼 모둠 혁찬이가 큰 소리로 말했습니다.

곡식 악기 소리로 요란했던 교실이 갑자기 조용해졌습니다.

선생님도 아이들도 모두 규종이를 봅니다.

"쉬 싸고 울었나 봐."

"으으으, 더러워."

아이들 말에 규종이는 진짜 눈물이 나왔습니다.

뜨거운 눈물과 차가운 물이 만나서 물방울은 더 커졌습니다.

"진짜 오줌 싼 거야?"

선생님이 달려와 물었을 때 규종이는 고개만 흔들었습니다.

"그냥 물 준 거예요."

물뿌리개를 들고 있던 지섭이가 용기를 내서 말했습니다.

"물을 줘? 규종이한테?"

"콩이요. 규종이 콧구멍 속에 있는 콩한테 준 거예요."

"선생니임……. 흐흐흑…… 싹이……. 싹이 안 나요. 히이이잉……."

마침내 규종이가 큰 소리로 울음을 터뜨렸습니다.

깜짝 놀란 선생님이 규종이 손을 잡고 보건실로 달려갔습니다.

규종이는 119차를 타고 선생님과 함께 병원에 갔습니다.

교감 선생님이 오셔서 오늘 수업은 끝났다고 말해 줬습니다.

아이들은 모두 집으로 돌아갔습니다.

다람쥐 모둠만 가지 않고 교실에 남았습니다.

지섭이는 규종이 알림장을 대신 써 줬습니다.

태성이는 규종이 필통에 연필을 넣어 줬습니다.

승엽이는 규종이 책을 사물함에 넣어 줬습니다.

그래도 규종이는 오지 않습니다.

병원에 간 지 한참이 지났는데도 규종이는 오지 않습니다.

"규종이 콧구멍 수술 하나 봐. 수술은 무서운 건데."

지섭이가 걱정스레 창밖을 내다보며 말합니다.

"코피 엄청 나겠다. 아프겠다……."

승엽이가 말합니다.

"규종이 아파서 쓰러진 거 아닐까?"

태성이 말에 다들 눈물이 납니다.

"안돼…… 규종아…… 죽으면 안돼……."

승엽이가 먼저 울음을 터뜨립니다.

"엄마, 엄마……."

태성이는 엄마를 찾으며 웁니다.

"규종아…… 규종아……."

지섭이는 책상에 엎드려 웁니다.

어느새 교실은 눈물바다가 되었습니다.

"규종아……."

"규종아……."

"왜에?"

놀라 눈을 크게 뜨고 보니 규종이가 서 있습니다.

교실 안에 들어와 있습니다.

"니네 왜 울어? 무슨 일이야?"

규종이 뒤에 서 있던 선생님도 놀란 얼굴입니다.

"규종아 너 괜찮아?"

태성이가 눈물을 닦으며 묻습니다.

"응, 괜찮은데."

"콩은?"

지섭이가 규종이 콧구멍을 살피며 묻습니다.

"여기. 병원에서 뺐어."

규종이가 손을 펴 보이며 웃습니다.

그 속에 까만 껍질이 벗겨져 하얀색으로 변한 콩이 있습니다.

"와아, 콩 나왔다!"

모두 손을 잡고 좋아합니다.

두 발을 구르며 좋아합니다.

콩이 나와서 정말 다행입니다.

"이제 그만 집에 가야지."

"네."

선생님 말에 아이들은 가방을 메고 교실을 나섭니다.

'탈탈탈, 쑥쑥쑥, 찰찰찰'

복도를 뛸 때마다 곡식 악기들이 신나게 소리를 냅니다.

"그런데 규종아, 너 콧구멍 엄청 커졌다. 고릴라 콧구멍 같아."

승엽이가 조심스레 말합니다.

"정말?"

규종이는 다시 울상이 됩니다.

"애들이 규종이 콧구멍 커졌다고 놀리면 어떡하지?"

태성이가 걱정스레 말합니다.

"그럼 내가 혼내 줄 거야. 그리고 규종이 약 사 줄 거야."

지섭이가 눈에 힘을 주고 말합니다.

"무슨 약?"

아이들이 동시에 묻습니다.

"콧구멍 작아지는 약. 내 돼지에 돈 많아. 그걸로 규종이 약 꼭 사 줄 거야."

지섭이는 규종이 어깨에 팔을 두릅니다.

태성이도 규종이 어깨에 팔을 두릅니다.

승엽이는 태성이 어깨에 팔을 두릅니다.

어깨동무 네 친구는 씩씩하게 집으로 갑니다.

내게 상상의 나래를 펼치게 하는 이야기꾼, 동화작가

이애숙

그러니까 1998년이었던가 〈대전일보〉 신춘문예에 이정아 선생님의 작품이 동화 부문에 당선되었다고 좋아했던 그때, 나까지 얼마나 덩달아 좋았던지 지금 생각해도 기분이 좋아진다. 그때만 해도 신춘문예는 작가 등용문으로서 역할을 톡톡히 하던 때였다. 그런데 매일 어린이집에서 아침, 저녁으로 미주알고주알 얘기를 나누던 이정아 선생님이 등단을 하다니 작가 가까이에 있는 나로서도 영광이 아닐 수 없었다.

당선작은 이름도 정겨운 〈경석이와 동석이〉였고, 동화 속 진완네 집의 진완이는 바로 내 큰아들의 이름이었다. 지금은 어린이집도 감나무도 모두 사라졌지만 동화의 무대 배경이 어린이집이었고 '경석이'로 명명된 감나무는 바로 어린이집 정원에 우뚝 서 있었던 그 나무였다. 나 같은 사람이 감히 생각할 수 없는 사람 이름을 나무 이름으로 사용했다는 것도 신선했는데 내용 또한 더할 나위 없이 감동적이었다.

내가 운영하던 어린이집 서림에 근무할 당시 이정아 선생님은 늘 유아들에게 꿈과 상상력을 키워 주면서 아이들을 신나고 재미있게 교육하셨는데, 문 하나 사이를 두고 이정아 선생님 수업을 들으며 음식을 만들던 조리사 선생님은 그 시간들이 행복 그 자체였다고 일을 그만둔 이후에도 만날 때마다 말하곤 했다.

아이들은 하루 종일 올망졸망 선생님 곁을 떠나지 않았고 선생님은 늘 동화책을 읽어 주었으며 아이들의 질문을 그냥 넘기지 않으셨다. 남다른 감수성으로 아이들을 교육하면서 아이들의 말을 기록하곤 하셨는데 그것이 마주 이야기가 되고, 동화가 되고, 한 달에 한 번 발행하는 신문 기사 중 한 꼭지가 되기도 하였으니 그때 그 시절은 아무리 많은 시간이 흐른 지금에 와서도 즐거움의 기억으로 남겨져 있다.

그 즐거움의 하나로 당시 어린이집 신문 〈아해들의 알섬〉에 아이들을 관찰하며 선생님이 쓰셨던 마주 이야기와 글을 소개해 본다.

1997. 7. 18 마주 이야기

동화나라 A B C 시청 중

TV: 오우! 오우!(알파벳 'O'가 나오며)

태훈: 오우! 아니고 오!라고 해야지.

동엽: 오우가 맞어.

윤아: 아녀. 이동엽! '오'라고 해야지.

푸름: 아니야! (큰 소리로)

빵점이 오(0)야!

태훈: 빵점이 오 맞어.

빵점이 오 맞지?

윤아: 응. 빵점이 오야.

1997. 7. 24 마주 이야기

태극기 모양 퍼즐놀이를 하고 있다.

지원: 태극기! 태극기! 선생님 이거 태극기지요? (태극기 모양을 완성했다.)

윤아: 아녀~ 신지원~

그거 태극기 아녀~

그거 우리나라 만세여~

혼자 또 같이

개구리와 두꺼비는 친구

어느 날 아침 개구리가 '혼자 있고 싶다'는 쪽지 한 장만 남기고 사라진다. 개구리가 슬퍼서 그러는 것이라고 생각한 두꺼비는 사방으로 친구를 찾아다니고 결국 섬에 혼자 앉아 있는 개구리를 발견한다. 그러나 두꺼비를 본 개구리는 몹시 기뻐하며 말한다.

"오늘 아침에 일어나 눈부신 햇살을 보자 기분이 좋았어. 내가 개구리여서 기분이 좋았어. 두꺼비 네가 친구여서 기분이 좋았어. 나는 혼자 있고 싶었어. 얼마나 좋은지, 혼자 생각하고 싶었거든." 두꺼비는 말한다. "야, 그거참 정말로 혼자 있고 싶을 만 하구나!" 이 두 친한 친구는 혼자 또 같이 있었다. 아주 오랫동안…….

얼마 전 읽은 그림동화 〈개구리와 두꺼비〉의 내용 중 한 부분이다. 나는 이 글을 읽고 정말 좋았다. 그동안 잊고 있었던, 또 잘못 생각해 온 친구와의 일들이 떠올라 기쁘기도 하고 부끄럽기도 했다. 어른들이 항상 주변 사람들과 어울려 있어야만이 행복하다고 생각하지 않는 것처럼 아이들 역시 혼자 있는 시간을 즐길 때가 있다. 혼자여서 더 즐거운 시간이 분명 있는 것이다.

재미있는 책을 볼 때, 바람이 감나무 곁을 스쳐 지나가 감꽃이 후두둑 떨어지는 모습을 볼 때, 봄날 뿌린 씨앗이 푸른 상추가 되어 자기 이름 푯말보다 더 높이 솟은 모습을 볼 때…….

그런 혼자만의 시간을 통해 아이들은 비로소 더 깊고 넓게 세상을 바라볼 수 있다고 나는 믿는다. 그리고 나의 이런 믿음은 개구리와 두꺼비가 혼자만의 시간을 통해 서로의 차이에 대해 생각하고 인정한 다음 더 좋은 친구가 되는 것처럼, 우리 아이들 역시 생각하는 힘을 갖고 그 힘은 친구들끼리 서로를 아껴 주는 마음으로 자라났으면 하는 바람으로 이어진다.

사실 그것은 욕심일 수도 있다. 하지만 나는 그 가능성을 오늘 푸름이의 이야기를 통해 느낀다.

'나도 쓸모가 있어!'라는 동화를 들려주고 나니 푸름이가 "선생님, 나도 쓸모가 있어요." 한다. "그래? 어떤 쓸모가 있는데?"

"음…… (한참을 생각하더니) 나는요, 생각 주머니가 있어요. 생각 주머니에서 생각해서 선생님을 사랑하고 노윤아도 사랑하고 서주희도 사랑해요. 사랑해서 껌 사 줄 거예요."

내 바람이 결코 욕심이 아님을 푸름이는 말해 주고 있었다.

– 1997년 8월 〈아해들의 알섬〉에 실린 이정아 글

동화작가가 된 선생님은 그 후 내 입장에서는 아쉽지만 어린이집을 떠나 작품 활동과 글쓰기 교육에 전념하셨다. 하지만 그 이후로도 만나면 끊이지 않는 이야기를 나누었는데 그 이유는 이정아 선생님이 타고난 이야기꾼이었기 때문이다. 나는 그 덕에 선생님과 25년이 훌쩍 넘는 인연을 맺게 되었고 60이 넘은 나이에도 즐거운 상상의 나래를 펼칠 수 있는 삶을 살게 되었다. 그도 그럴 것이 그런 인연 덕분에 지금 선생님과 함께하는 인형극단 또봄이 탄생하였으니 보통 인연은 아닌가 싶다.

내친김에 인형극단에 대해 이야기를 하자면 인형극단의 '또봄'은 '또 보고 싶은 인형극'이라는 뜻과 '또다시 봄이 왔다.'라는 뜻이 담겨 있다. 처음에는 인형극을 한번 만들어 보면 어떻겠냐는 나의 제안에 가볍게 동의를 한 두 사람과 함께 시작한 일이 점점 구체적으로, 대본은 이정아 선생님이, 인형 제작은 내가, 그리고 대학 다닐 때 연극을 하시던 계순옥 선생님이 연출을 맡으면서 결코 가볍지 않은 인형극단이 창단되었고 그 세 명이 배우까지 다~ 하다 보니 이 세 명에게 활기찬 봄이 다시 오고 말았다. 그나저나 인형극의 원천은 이정아 선생님, 선생님이 나서 자란 서천, 장항의 이야기를 인형극을 통해 아이들과 그 가족들에게 들려주게 되었고, 그것을 만드는 과정이 매우 즐거워 깔깔대며 일 년에 한 작품씩 창작 인형극을 만들게 되었다. 맨 처음에 만든 작품은 선생님의 동화를 각색한 '자전거'였는데, 할머니가 손자에게 어렵게 모시를 해서(서천은 한산 세모시의 고향이다.) 사 준 자전거를 잃어버리고 이웃의 도움을 받아 우여곡절 끝에 그 자전거를 되찾는다는 따뜻한 이야기를 인형극으로 만들었다. 그 뒤로 한산모시 이야기인 〈신비한 옷〉과 서천에 겨울마다 찾아오는 철새인 검은머리물떼새와 다문

화 소년 동주의 이야기인 〈새와 소년〉, 그리고 장항의 1970년대 아이들이 뛰놀던 이야기인 〈창고 모탱이〉(한때 장항제련소로 융성했지만 지금은 쇠락한 산업 도시인 장항이야기), 초등학교 1학년의 불안한 심리를 음악극으로 표현한 〈학교 가는 길〉까지 선생님의 작품 속에는 사람들에 대한 따뜻한 마음이 유머와 함께 담겨져 있으며, 인형극을 보는 내내 사람들에게 결코 일회성 감정이 아닌 삶의 지향점을 담은 시선을 안겨 주고 있어 잔잔한 감동을 일으킨다. 일주일에 두 번씩 만나 대본 검토와 협의, 인형 제작과 지난한 연습 과정이 쉽지는 않지만 한 작품, 한 작품씩 만들어 가는 과정의 맛은 남다르다. 더구나 녹음을 하지 않고 매번 다른 작품을 할 때마다 암기했던 대사를 끄집어내어 연습하는 과정은 마치 다시 처음으로 돌아가야 하지만 그 떨림의 맛을 즐기는 것이 아닌가 하는 생각까지 들 때가 있다. 더군다나 우리들이 하는 손인형극은 그 연기의 어려움보다는 손가락의 미세한 떨림이 선생님 작품의 섬세한 감정선을 전달하는 데 효과적이라는 생각이 들어 쉽게 다른 종류의 인형으로 바꿀 수 없을 것 같다는 생각이 들기까지 한다. 암튼 인형극은 이정아 선생님이 쓰신 여러 동화책과 함께 또 다른 형태로 이 세상에 건네는 이야기인 셈이다. 그것을 같이 공유할 수 있어 즐겁고 기쁘다.

창작 인형극 〈새와 소년〉을 세상에 선보이던 그 무렵에 선생님의 동화 〈섬소년〉이 출판되었다. 따끈따끈한 책을 선물 받으면서 우리는 즉시 출판기념회를 하자고 제안하였다. 선생님을 아는 지인들에게 연락을 하고 자그마한 행사를 계획하면서 이런 기회를 같이 나눌 수 있는 것에 마냥 즐거워했던 일도 아직 생생하게 남아 있다.

동화 〈섬소년〉은 서천의 장애인 시설이 있었던 민낯 같은 섬, 유부도가 배경이다. 사실 서천의 향토역사학자인 유승광 박사의 해설을 들으며 선생님과 같이 다녀온 여정이 엊그제 같은데 선생님은 그동안 그것을 동화로 써 낸 것이다. 아무도 없는 바닷가 모래밭과 쓸쓸하게 남겨진 폐교를 보면서 우리는 도시락을 같이 먹었었다. 같은 공간 안에 있었어도 나는 역사의 가슴 아픈 한 장면으로 느끼고 만 그것을 선생님은 오묘한 감정들을 담아 세상과 소통하는 글로 탄생시킨 것이다. 이 지역 사람이라면 누구나 아는 상처 많은 섬 유부도를 생각하며 선생님 글을 좋아하는 몇몇 사람들이 준비한 조촐한 출판기념회였다. 음악에 맞춰 검은머리물떼새 인형의 등장과 함께 시작한 출판기념회는 아이들의 책 낭송으로 막을 내렸다. 화려하지는 않지만 우리들만의 소중하고 멋진 추억의 한 장면임에 틀림이 없다. 작가는 온 몸으로 느낀 것을 글로 발표하고 춤꾼은 몸으로 보여 주며, 아이들은 이야기와 몸짓으로 세상과 소통한다. 방식이 무엇이건 소통을 한다는 것은 살아 있음을, 인간으로 존재하고 있음을 나타내는 것이리라.

인간은 자기가 모르는 것을 알고 싶어 하는 유일한 존재라고 한다. 그리하여 세상을, 자연을, 우주를 그리고 다른 사람의 마음을 알고 싶어 한다. 모르는 것을 알기 위해 다양한 방식으로 그것을 시도하는데 이정아 선생님과 내가 같은 코드를 가지고 있다면 그것은 책을 읽는 것이라고 감히 말할 수 있을 것 같다.

선생님이 본격적으로 글을 쓰기 시작하면서 동화책 읽는 어른 모임을 함께 시작했다. 그 후로 소설책 읽기 모임, 인문학 동아리, 낭송 독서 동아리 등 15년 넘게 선생님과 같이 한 책 모임은 내게 많은 책을 읽을 수 있는 기회가 되었고, 무수히 읽어 낸 책 안에는 끝 모를 세상과 시공간을 떠난 젊음과 나이 듦이 있었으며 하루에도 열두 번씩 오르락내리락하는 우리 자신의 일상이 있었다. 책을 읽고 이야기를 나누는 가운데 과거와 현재, 미래를 넘나들며 상상의 날개를 펼 수 있었는데 이정아 선생님은 예리한 문학적 감수성으로 행간을 읽어 내어 다른 사람들의 정서를 말랑말랑하게 해 주었고, 생각을 한 번 뒤집어 고정 관념을 바꿀 수 있는 여지도 남겨 놓게 하였다. 그런 일련의 과정을 지나면서 드는 생각은 이정아 선생님은 아이들에게 또 어른들에게 이 세상은 살만한 따뜻한 곳이라는 것을 맑고 부드럽고 유머스럽게 소곤소곤 말하는 이야기꾼이라는 사실이다. 그런 이정아 선생님이 앞으로도 죽 동화책, 인형극, 독서 모임을 통해 더 많이 세상과 소통하기를 원한다. 그런 모습을 옆에서 지켜보면서 앞으로도 쭉~ 남은 우정을 더 돈독히 나누고 싶다는 말로 두서없는 글을 마무리하고 싶다.

변방에서 만난 아이들

송지연

'변방'이란 무엇일까? 변방의 사전적 정의는 이러하다. '중심지에서 멀리 떨어진 가장자리 지역.' 하지만 신영복은 '변방'에 대해 이렇게 말하고 있다.

> 일반적으로 변방은 중심부에서 멀리 떨어진 주변부로 인식된다. 당연히 낙후된 지역이다. 그렇기 때문에 변방에 대한 관심은 사회적 약자와 마이너리티에 대한 온정주의적인 경우가 대부분이다. 그러나 이번에 '변방을 찾아서'라는 기획은 바로 이러한 감상적 관점을 반성하려는 것이다. 변방을 낙후되고 소멸해 가는 주변부로서가 아니라 새로운 가능성의 전위(前衛)로 읽어 냄으로써 변방의 의미를 역전시키는 일이 과제가 될 것이다.[1]

이정아의 작품은 여느 동화에서도 볼 수 있는 주제와 소재인 학교 폭력, 부모와의 갈등, 편견과 차별 등을 다루고 있다. 하지만 여타 다른 동화들에서는 찾아보기 힘든 '변방성'을 띠고 있다. 이 '변방성'은 '변방'의 사전적 정의와 이러한 지역적 기반 위에서 탄생한 이야기의 특수성이 결합해 '새로운 가능성'을 보여 준다. 요즘 동화에서 도시가 아닌 지방 소도시나 시골 아이들의 일상을 만나기란 쉽지 않다. 하지만 이정아의 동화에서는 지역적으로 소외된 지역이나 시골 아이들의 일상을 통해 '낯설지만 보편적인' 공감을 이끌어내고 있다. 공간이 단지 이야기의 병풍으로 존재하는 것이 아니라, 이야기의 뿌리가 되어 어떤 빛깔과 맛의 열매를 맺게 할지 결정하는 중요한 요인이 된 경우라 할 수 있다.

그럼에도 불구하고 아이는 자란다

이정아 작가는 1998년 〈대전일보〉 신춘문예에 〈경석이와 동석이〉가 당선되고 2002년 〈시와 동화〉 여름호에 〈자전거〉를 발표하며 작품 활동을 시작했다. 그리고 이듬해인 2003년엔 동화집 《무섭긴 뭐가 무서워》(푸른책들)를 펴냈다. 초기 작품부터 속 깊고

1 신영복, 《변방을 찾아서》, 돌베개, 2012, p.39

가슴 따듯한 아이들의 성장을 다룬 작품들이 주류를 이루고 있는데 등장하는 아이들이 속한 세계는 고층 건물이 빼곡한 도시가 아니라 대부분 지방 소도시나 시골이다.

할머니가 모시를 짜서 판 돈으로 사 준 자전거를 잃어버리고 속앓이를 하는 〈자전거〉의 인영이, '셔터맨'이라고 놀림받는 아빠가 실은 '슈퍼맨'처럼 근사한 사람이란 걸 깨닫게 되는 〈슈퍼맨 우리 아빠〉의 수아, 다리가 불편한 아빠를 위해 기꺼이 수학경시대회를 포기하고 아빠와 함께 천천히 집으로 돌아가는 〈아빠와 함께 가는 길〉의 현태 등 작품마다 등장하는 아이들은 외롭거나 가난하거나 소외된 환경에 놓여 있다. 하지만 이런 환경은 아이들의 삶에 걸림돌이 아닌 밑거름이 되어 마음의 키를 훌쩍 자라게 해 준다. 이때부터 이정아의 작품은 삶에서의 소외뿐만 아니라 지역적으로도 중심부가 아닌 변방(변두리)에 놓인 아이들의 삶에 귀를 기울이고 있다. 작가가 실제로 거주하는 삶의 저변이 지역 소도시인 것도 이러한 공간적 특색을 결정짓는 주요 요인이 되었을 것이다. 작가가 살아온 삶의 총체, 자신이 발 딛고 살아온 곳에 기반을 둔 이야기들이 작가가 추구하고자 하는 가치와 어우러져 이정아 작가만의 동화를 탄생시켰다.

이러한 작가 특유의 작법은 동화집《아빠는 오늘도 학교에 왔다!》(해와나무, 2012)에서 증폭된다. 첫 동화집 이후로 10년 만에 출간된 이 동화집은 10년이란 시간 동안 품었다 나온 이야기라는 것을 방증하듯 전혀 새로운 동화의 세계를 선사한다.《무섭긴 뭐가 무서워》가 저학년을 위한 착하디착한 아이들의 가슴 짠한 이야기였다면,《아빠는 오늘도 학교에 왔다!》는 고학년들을 위해 좀 더 깊고 넓게 생각해 볼 수 있는 자리를 마련해 주고 있다. 네 편밖에 되지 않지만 이 네 작품 안에서 펼쳐지는 세계는 실로 놀랍고 단단하며 이정아 작가 특유의 '변방성'을 본격적으로 맛볼 수 있다. 이정아 작품에서 '변방성'이란 지역적 특색과 사회적 문제가 맞물려 꼬리에 꼬리를 물며 벌어지는 어떤 사건이나 현상을 말하는데 이때 문제 해결 방식은 따듯하면서도 기발하다.

표제작 〈아빠는 오늘도 학교에 왔다!〉는 지방 소도시 사진관을 운영하는 아빠가 명예 시민 기자가 되면서부터 운동장에서 1인 침묵 시위하기, 학교 앞에서 교통정리 하기 등 날마다 학교에 오다시피 하는 이야기를 통해 유쾌하지만 날카롭게 학교 문제를 꼬집고 있다. 〈복수의 비비탄, 어디로 날아갔나?〉는 집에서 키우던 개 번개가 같은 반 친구를 물고 그 이유를 밝혀내면서 통쾌하게 복수하는 이야기이다. 어느 시골 마을에서 '산업 단지만이 살길이다'라는 플랜카드가 몽땅 사라지면서 범인을 찾아내는 과정을 그린 〈깃발을 찾아라!〉와 학교 폭행의 진짜 피해자가 누구인지 가슴 시린 질문을 던지는 〈우리 반 김진수〉. 이렇게 총 네 편이 실려 있다. 〈우리 반 김진수〉를 빼면 나머지 세 작품은 도시 아이들에게는 '낯선 곳'의 생경한 이야기이다. 사실 〈우리 반 김진수〉도 이웃끼리 서로 잘 알고 있는 극의 전개를 보면 앞집에 누가 사는지도 모르는 대도시가 배경이 아님은 분명하다. 이런 생경함 속에서 펼쳐지는 이야기는 신선하면서도, 문학의 목적이기도 한 간접 체험을 통한 타인의 이해라는 기능에 적극 다가서고 있다.

그렇다고 이런 지역적 배경만이 이정아 작품의 특징이라고 말하는 것은 아니다. 이런 지역적 고유성을 발판 삼아 뻗어 나오는 이야기 속에 등장하는 아이들의 성장이 남다르다는 것이 이정아 동화의 저력이라 할 수 있다. 어른들의 좌충우돌 어긋난 행동 때문에 생긴 사건들은 자연스럽게 질문을 던지는 방식으로 문제 해결의 실마리를 찾고 있는데 이것은 아이들뿐만 아니라 어른 독자들에게도 생각의 문을 열어 주고 있다.

> "깃발에 적힌 저거 말이야. '산업 단지만이 우리가 살길이다.'"
>
> "야, 우리가 찾는 건 깃발이야. 거기 적힌 말이 뭐가 중요해?"
>
> "그냥, 이동규 아저씨 말대로라면 새나 나무들한테는 산업 단지가 살길이 아닌 것 같아서."
>
> "그럼 이렇게 바꾸면 되겠네. '산업 단지만이 사람들이 살길이다!' 어때? 히히."
>
> "흐흐, 웃긴다. 그런데 현이 할아버지처럼 할 일이 없어지는 사람도 있잖아."
>
> "아, 뭐가 그렇게 복잡해? 그럼 '산업 단지만이 사람들이 살길이다. 현이 할아버지만 빼고.' 이렇게 써 넣으면 되잖아. 히히히."[2]

〈깃발을 찾아라!〉에서 동민과 인표가 깃발을 찾으러 다니며 맞닥뜨린 농촌 개발의 진실은 교훈적인 전달이 아니라 아이들 대화 속에, 예기치 못한 사건 속에 담겨 독자들에게 큰 울림을 준다. 결국 노란 깃발들은 빨간 고추 밑에 깔리고 노란 자루가 되어 감자와 콩 들을 가득가득 담고 있었으며 깃대들은 토마토, 오이, 가지를 잡고 늠름하게 서 있었다. 이처럼 이정아 동화에 나오는 아이들은 변방에 속해 있지만 기존 변방에 대한 '온정주의적인' 틀에서 벗어나고 전복시켜 역동적인 생기를 불어넣고 있다. 이러한 '생기'는 아픈 만큼 성숙해지는 아이들의 교훈적인 모습이 아닌, 때론 해학으로 때론 전혀 다른 시선으로 때론 사건의 이면을 깊이 파고들어 성장의 모습을 새롭게 제시하고 있다. 결국 이정아 작품 속에서 성장이란, 아이들이 자신의 문제나 잘못을 깨닫고 좀 더 나은 인간이 되어 가는 과정만이 아닌, 나와 타인과 둘레를 아울러 '생각하는 힘'이 자라는 것을 의미한다.

《섬소년》(해와나무, 2013)은 어떠한가? 이 이야기는 읽을 때마다 가슴이 너무 아파 매번 눈물을 흘리게 만든다. 섬사람들이 하나둘 떠나고 새들의 천국으로 변해 가는 섬, 그곳에 외로운 한 소년이 있다. 섬이라는 지역적 고립과 섬에서 벌어진 일련의 사건들

---

2 《아빠는 오늘도 학교에 왔다!》 pp.172~173

로 인해 소년 역시 점점 섬처럼 되어 간다. 이 작품은 '섬'이라는 특수한 공간과 이 공간 안에서 벌어진 사회적 문제(장애인 착취 사건)를 섬소년의 하루를 통해 과거와 현재를 넘나들며 그리고 있는 수작이다.

사회적 이슈가 될 만한 장애인 착취 문제를 다루고 있기는 하지만 선과 악의 이분법적인 잣대를 들이대지는 않는다. 장애인을 수용하고 돌보던 애심원이 뭍에서 온 기자들에 의해 그 실상이 파헤쳐지면서 폐쇄되고 그 관계자들은 감옥에 가게 된다. 소년의 아빠도 이때 감옥에 가고 애심원에서 함께 일했던 엄마는 일자리를 잃게 되자 뭍으로 돈 벌러 간다. 애심원장이 장애인 지원금을 가로채고 장애인들의 노동력을 착취하기는 했으나 애심원이 폐쇄되기 전까진 섬에 활기를 불어넣은 것만은 분명하다. 애심원이 폐쇄되자 사람들은 일자리를 잃고 섬의 이미지도 나빠져 더 이상 사람들이 이 섬에 살고 싶어 하지 않게 된다. 그렇게 하나둘 섬사람들이 떠나고 텅 비어 가는 섬은 점점 새들의 천국이 되어 간다. 소년의 아빠가 감옥에 가게 된 것이나 애심원이 분명 좋은 시설이 아님에도 폐쇄된 뒤에 오게 된 또 다른 역풍은 어떤 것이 그르고 어떤 것이 좋은 건지 딱 잘라 말할 수 없는 삶의 아이러니를 보여 준다.

동화의 마지막, 소년은 육지에서 온 사람들이 새 구경을 끝내고 간 바닷가에 선다. 그곳엔 쓰레기들이 잔뜩 밀려와 있다. 그중에 엄마가 끼던 것과 똑같은 고무장갑과 엄마가 아침밥을 차려 주던 7시 10분에 멈춰 버린 고장 난 시계를 주워다가 세워 놓는다. 그렇게 또 혼잣말처럼 옆에 없는 엄마와 대화를 한다. 엄마가 묻는다. "뭐 사 줄까? 우리 용태가 제일로 좋아허는 게 뭔가?" 소년은 자기가 제일 좋아하는 게 뭘까 생각하다 소리친다. "……엄마, 엄마가 와! 그냥 엄마가 오라고! 그냥 오란 말이야!" 한참 울다 고개를 든 소년 눈에 주황빛 하늘이 보이고 일어나 집으로 향한다. 하루가 그렇게 지난 것이다. 섬에 밤이 찾아오고 소년은 또 다시 '내일'을 기다릴 것이다. 밤새 소년은 내일은 아빠가 올까, 엄마가 올까, 꿈꾸며 섬과 함께 잠들 것이다.

> 저 멀리 육지의 불빛들이 살아나기 시작하는 게 보였다.
>
> 섬에 밤이 오고 있었다.[3]

저학년 동화의 새로운 장

사실 '변방성'을 놓고 봤을 때 저학년 동화 두 편은 이 맥락과 잘 맞지 않는다. 그래서 전혀 다른 의미로 들여다보고 짧게 언급하려 한다.

---

3 《섬소년》 pp.70, 72.

《신고해도 되나요?》(문학동네, 2014)는 문학동네어린이문학상 수상작으로 "어린이를 위한 인문학이 인기를 모으면서 이런저런 책이 많이 나왔지만 이 한 권의 동화처럼 생생하게 자신들의 생활 속에서 논리와 윤리를 고민하도록 만드는 책은 찾아보기 어렵다."[4]는 상찬을 받으며 수상을 거머쥐었다. 이런 작품답게 무척 재미있으면서도 쉽고 통쾌하게 '윤리'에 대해 말하고 있다.

작가는 아이들에게 '세상을 어떻게 살면 좋을까?'라는 질문을 던지고 있는데 이 질문의 방식이 가르치는 것이 아니라 이야기 속에 자연스럽게 녹아들어 아이가 스스로 "신고해도 되나요?"라고 묻게 한다. 그리고 이 작품에서도 작가가 세상을 바라보는 통찰을 고스란히 느낄 수 있다. 위에서도 살펴보았듯이 윤리를 말할 때 '선과 악'으로 나누는 이분법적인 잣대를 들이대지 않는다. 대신, 인생 도처에 도사리고 있는 '모호함' 속에서 윤리와 논리에 대해 말하고 있는데 어른들의 이중성과 무엇을 왜 신고해야 하는지 알쏭달쏭 헷갈려 하는 아이들의 행동과 말 속에 세상에 대한 풍자가 살뜰히 담겨 있다. 천진난만하게 112에 신고 전화를 건 아이들은 실은 불량으로 가득한 이 세상을 향해, 또 어른들이 만든 어긋난 윤리 의식에 대해 신고를 한 것일지도 모른다.

《내 친구 황금성》(문학동네, 2015)은 천둥벌거숭이 1학년 아이들의 학교생활을 그린 연작 동화집으로 킥킥거리며 재미있게 읽히는 이야기이다. 하지만 마지막에 가서는 찔끔 눈물 나는 감동을 선사할 뿐만 아니라 납작코 말썽꾸러기 황금성, 황금성의 단짝 백건호, 30년 교사 경력을 가진 신봉자 선생님을 다시 만나고 싶어 2학년, 3학년……. 속편이 나오길 기대할 수밖에 없는 작품이다. 어린이 문학에서 매력적인 캐릭터를 가진 저학년 동화를 찾아보기 힘든데 《내 친구 황금성》의 등장은 이런 의미에서 아이들에게 읽는 재미를 한껏 안겨 줄 것이다.

이정아는 몇 권 되지 않는 책을 냈지만 작품마다 전혀 다른 이야기와 생각들을 풀어내고 있어 앞으로 또 어떤 작품을 내놓을지 기대되는 작가이다. 이야기 안에 사회적 이슈와 따듯한 감성, 전혀 생각지도 못한 전개 방식과 그에 못지않은 생생함이 녹아들어 어디에서 본 듯한 뻔한 이야기를 들려주지 않으며, 그 누구도 가닿지 않은 곳에서 벌어지는 사건이나 장소를 발견하여 새로움에 목말라 있는 독자들의 목을 축여 주고 있다. 이것을 '낯섦의 발견'을 넘어선 '낯섦의 발명'이라고 말하고 싶다. 그리고 이 낯섦은 이정아 작가의 특징인 '변방성'을 더욱 공고히 해 주고 있다.

---

4 《신고해도 되나요?》 '심사평'에서.

어린이와 함께 선생이 걸어온 길

1969년 충남 장항에서 태어남.

1998년 〈대전일보〉 신춘문예에 동화 〈경석이와 동석이〉이 당선됨.

에버랜드 사보에 동화를 연재함.

충남 아동문학 회원이 됨.

1999년 아동문학회 연간집 〈도깨비 왕버〉를 출간함.

〈뉴스서천〉에 동화를 연재함.

2003년 〈슈퍼맨 우리 아빠〉, 〈아빠와 함께 가는 길〉, 〈태완이에게〉, 〈편지〉, 〈무섭긴 뭐가 무서워〉, 〈새 이는 어디에서 올까〉, 〈늦잠자는 말〉 7편이 수록된 단편동화집 《무섭긴 뭐가 무서워》(푸른책들)를 출간함.

《우수창작동화 20》(대교출판)에 단편 〈자전거〉가 수록됨.

2004년 한겨레 아동문학 작가학교 수료함.

아동문학회 연간집 〈봄이 빨랫줄에〉를 출간함.

2009년 아동문학회 연간집 〈불 켜지는 섬〉을 출간함.

2010년 아동문학회 연간집 〈민들레 미르〉를 출간함.

2011년 인형극단 '또봄'을 창단함. 극본 쓰기와 연기 활동을 시작함.

인형극 첫 작품 〈자전거〉를 발표함.

2012년 〈복수의 비비탄 어디로 날아갔나〉, 〈우리 반 김진수〉, 〈아빠는 오늘도 학교에 왔다!〉, 〈깃발을 찾아라!〉 4편이 수록된 《아빠는 오늘도 학교에 왔다!》(해와 나무)를 출간함.

2012 우수문학도서, 문학나눔, 한우리도서에 선정됨.

모시를 소재로 한 인형극 두 번째 작품 〈신비한 옷〉을 발표함.

2013년 그림책 《섬소년》(해와 나무)을 출간함.

인형극본 〈새와 소년〉을 발표함.

춘천 인형극제에 〈새와 소년〉 작품으로 경연에 참가하여 연기상을 수상함.

제14회 문학동네어린이문학상을 수상함.

2014년 저학년 동화 《신고해도 되나요?》(문학동네)를 출간함.

행복한아침독서에 추천됨.

《아빠는 오늘도 학교에 왔다!》로 계룡 엄사 도서관 독서 골든벨 작가 초청 강연회를 진행함.

인형극본 〈창고모탱이〉를 발표함.

장항 썬셋 페스타에서 〈창고모탱이〉 첫 공연을 함.

2015년 동화《내 친구 황금성》(문학동네)을 출간함.

오성초등학교 '작가와의 대화' 초청 강연함.

천안 평생교육원 도서 축제 초청 강연함.

아동문학회 연간집 〈만화 보는 할머니〉를 출간함.

장항문화예술 창작 공간에서 인형극 50회 공연함.

2016년《신고해도 되나요》와《내친구 황금성》,《섬소년》원화 전시회 및 작가와의 만남 행사를 진행함.

인형극본 〈학교 가는 길〉을 발표함.

장항 썬셋 페스타에서 〈학교 가는 길〉 첫 공연을 함.

'장항이야기' 프로젝트에 참가함.

오랫동안 장항에서 살고 계신 노인들의 삶을 인터뷰, 기록하고 토크쇼를 진행함.

파주 자유초등학교, 서천초등학교, 장항초등학교 등 어린이들과 만나고 대화함.

아동문학회 연간집 〈쥐똥나무〉를 출간함.

2017년《학교에서 오줌 싼 날》(주니어김영사)을 출간함.

2018년《책 찍는 강아지》(주니어김영사)를 출간함.

《긴급뉴스, 소방관이 사라졌다!》(초록개구리)를 출간함.

한국 아동문학가 100인

임정진

대표 작품

〈노래하는 계곡의 목수와 대장장이〉 외 1편

인물론

뚝! 딱! 툭! 임정진은 도깨비다

작품론

세상을 바라보는 소녀의 시선, 작가의 시선

어린이와 함께 선생이 걸어온 길

노래하는 계곡의 목수와 대장장이

대나무가 잘 자라는 맑은샘 마을에는 늘 노래가 떠돌았다. 동네 동쪽에는 목수 쓴쓴, 동네 서쪽에는 대장장이 창창이 살았다. 두 청년은 형제는 아니었지만 모든 동네 사람들이 그들을 쌍둥이처럼 생각했다. 나이도 같고 힘이 센 것도 같았고 어릴 때 부모를 잃은 시기도 비슷해지만 무엇보다도 노래를 잘 부르는 것이 똑같았다. 창창은 쇠를 달구면서 노래를 불렀고 모루 위에 달군 쇠를 올려놓고 망치로 두드리면서 힘차게 노래를 불렀다.

"자네가 만들어 준 호미를 써서 농사를 지으면 말이지, 우리 밭의 호밀도 노래를 한다니까."

마을 사람들은 그렇게 창창을 칭찬했다.

쓴쓴은 나무를 대패질하면서 노래를 불렀고 끌고 홈을 파면서 노래를 부르고 문짝을 달면서 부드러운 노래를 불렀다.

"자네가 달아 준 현관문에서 아침마다 노래가 들려온다니까. 대단해."

마을 사람들은 그렇게 쓴쓴을 칭찬했다.

일 년에 한 번 마을에서는 봄맞이 축제가 열렸다. 축제에서는 씨름 대회와 노래자랑 대회가 열렸다.

물론 쓴쓴과 창창은 매년 노래자랑 대회에 나갔다. 두 사람은 해마다 더 좋아진 실력으로 더 아름다운 노래를 연습해서 대회에 참가했다. 그래서 심사를 맡은 마을의 가장 나이많은 노인은 늘 둘에게 공동 1등 상을 주었다. 하지만 두 사람이 스물두 살이 되던 해, 둘은 대회 전날 심사 위원을 미리 찾아갔다.

"쓴쓴. 창창. 무슨 일인가. 두 사람이 한꺼번에 날 찾아오다니?"

노인은 조금 겁이 났다. 두 청년은 화가 나 보였다.

"더 이상 우리는 공동 1등을 원하지 않습니다. 누가 더 아름다운 노래를 부르는지 알고 싶거든요."

노인은 그 둘의 욕심을 알게 되었다. 하지만 한 동네서 계속 그 둘을 만나야 하는 노인에게 그건 너무 어려운 일이었다. 누군가가 1등을 놓친다면 그는 일 년 내내 노인을 미워할 것이 뻔했다.

"알겠네. 내가 이웃 마을서 좋은 귀를 가진 전문가를 심사 위원으로 모셔오겠네."

그 방법은 아주 현명하고 공정해 보여서 둘은 기쁘게 돌아갔다.

다음 날 두 사람은 가장 아름다운 옷을 차려입고 노래를 부르러 나왔다. 이웃 마을서 심사를 맡으러 온 여인은 악기를 만드는 장인이었다. 그녀는 작은 소리의 차이도 쉽게 알아차렸다. 노래자랑대회가 시작되기 전, 그 여인은 새로운 규칙을 발표하였다.

"노래를 잘 부른 다섯 분에게 상을 나눠 드리라고 부탁받았습니다. 하지만 1등 상은 특별하니까 제가 큰 감동을 받은 노래에만 드리지요."

사람들은 수군거렸지만 매우 흥미로울 거라 생각했다. 노래자랑 대회가 시작되었고 여러 명이 무대에 올라와 즐겁게 노래를 부르고 박수치고 환호하며 행복해했다. 하지만 창창과 쑨쑨은 긴장된 얼굴로 기교를 부려 가며 노래를 불렀다. 물론 두 사람도 큰 박수를 받았다.

노래자랑 순서가 끝나고 심사 위원 여인은 상을 받을 사람의 이름을 불렀다. 5등 4등 3등 2등. 네 팀은 얼싸안고 기뻐했다. 상품은 들꽃화관과 주먹만 한 비누 뿐이었지만 모두 행복해했다. 아직 1등은 발표되지 않았는데 심사 위원은 들고 있던 종이를 접어서 주머니에 넣었다. 모두들 그녀의 입을 바라보았다.

"1등은 없습니다. 제가 감동받았던 노래하는 계곡의 소리만큼 감동을 준 노래는 이번엔 없었습니다."

창창과 쑨쑨은 놀라서 자리에서 벌떡 일어났다. 1등이 없다니. 두 사람 중 아무도 상을 받지 못한 노래자랑 대회라니 믿을 수 없었다.

동네 사람들은 두 청년을 위로할 수도 없어 씨름대회를 구경하러 가 버렸다. 두 청년은 다음 날 간단한 짐을 꾸려 집을 나섰다. 노래하는 계곡의 감동스런 노래를 꼭 들어봐야만 했다. 그래서 그 소리보다 더 아름다운 노래를 불러야만 했다.

창창의 외삼촌은 작은 부싯깃과 부싯돌을 챙겨 주며 말했다.

"나는 이제 많이 늙었다. 너 없이 이 대장간에서 혼자 일하려면 힘들겠지만 너는 너의 세상을 찾기 바란다."

"외삼촌, 세상에서 노래하는 계곡에서 가장 아름다운 소리를 배워오겠어요. 멋진 음악가가 되어 돌아올게요."

쑨쑨의 할아버지는 작은 끌을 하나 건네주며 말했다.

"나는 이제 많이 늙었다. 나무를 잘 말려둘 테니 너는 너의 세상을 찾기 바란다."

"할아버지, 세상에서 노래하는 계곡에서 가장 아름다운 소리를 배워오겠어요. 멋진 음악가가 되어 돌아올게요."

둘은 그렇게 약속하고 집을 떠났다. 동네 어귀에서 만난 두 사람은 말없이 함께 걸어나갔다. 노래하는 계곡이 얼마나 먼지 알 수 없었고 낯선 길이라 함께 가는 게 좋았지만 두 사람 다 화가 난 상태라 다정한 이야기를 나누며 걷지는 않았다. 노래도 부르지 않았다. 감동이 없는 노래라니 창피해서 부르고 싶지도 않았다.

너무 더울 때는 잠시 나무 그늘에서 쉬었고 샘이 나타나면 물을 마시고 물병에 물을 채웠다. 두 사람은 나무 열매를 따 먹기도 하고 갖고 온 쌀가루로 죽을 끓여 먹기도 했다. 창창이 가져온 작은 냄비는 죽을 끓이기에 딱 알맞았다. 창창은 부싯돌과 부싯깃으로 불을 금방 피웠다. 쑨쑨은 불을 잘 피울 수 있는 나뭇가지를 빨리 찾아냈고 죽이 눌어 붙으면 끌로 긁어내 냄비를 잘 갈무리했다. 어두워지면 두 사람은 모닥불을 피우고 앉아서 부엉이 소리를 듣다가 풀을 베어 잠자리를 만들고 별을 쳐다보다 잠이 들었다. 그렇게 백일이 지나자 두 사람은 새소리와 바람 소리, 물소리, 벌레들과 동물들의 소리가 정말 세상에 가득 차 있다는 걸 알게 되었다. 비가 오는 날이면 커다란 나뭇잎을 우산처럼 쓰고 걸어갔는데 나뭇잎에 떨어지는 빗방울 소리는 정말 상큼했다.

백일째 되는 날 저녁을 먹고 난 후, 쑨쑨이 빈 냄비를 작은 나뭇가지로 '띵' 소리가 나게 때리고는 오랜만에 입을 열었다.

"우리가 노래하지 않아도 세상엔 노래하는 것이 많네."

창창도 그 말이 하고 싶었던 참이라 오랜만에 웃었다. 창창은 쑨쑨이 깨끗이 닦아온 냄비를 건네받아 짐보따리에 넣으며 말했다.

"이러다가 우리는 벙어리가 될지도 몰라. 음악가는커녕."

창창과 쑨쑨은 번갈아 가면서 노래를 부르기로 하였다.

창창이 부르면 쑨쑨은 들었다. 쑨쑨이 부르면 창창은 들었다. 처음으로 친구의 노래를 귀담아들은 셈이었다. 늘 자기 노래를 부르느라 친구 노래를 제대로 들어 본 적이 없었다. 창창이 누워서 별을 보다가 잠들기 전에 용기를 내어 말했다.

"쑨쑨. 네 노래가 감동이 없다는 건 말도 안 돼."

쑨쑨은 그 말을 듣고 눈물이 났다.

"창창, 네 노래는 정말 아름다워. 바위도 눈물을 흘릴 거 같아."

별들이 반짝이며 두 사람을 내려다보았다. 큰 강이 나타났다. 수영을 해서 건너기엔 너무 물이 깊었다. 강에서 작은 나룻배를 타고 물고기를 잡던 부부가 두 사람을 보고 배를 몰고 가까이 왔다.

"강을 건너드릴까요?" 부부는 먼저 그렇게 말했다.

"감사합니다. 강이 너무 커서 어떻게 건너나 걱정하던 중이었습니다."

두 사람이 배에 오르자 남자는 노를 젓고 여자는 노래를 부르기 시작하였다. 강물 소리같은 노래였다. 물고기가 헤엄치는 듯한 노래였다. 그 노랫소리에 맞춰서 노를 젓는 남자는 하나도 힘들어 보이지 않았다. 사랑스런 노래였다. 창창과 쑨쑨은 고기 잡는 여자가 부르는 노래가 너무 아름다워 놀랐다. 자존심이 상해서 둘 다 노래에 대해선 아무 말도 하지 않고 배에서 내리며 강을 건네주어 감사하다고 인사만 했다.

석 달 열흘이 지나고 두 사람은 서로 아는 노래가 다 떨어졌다. 창창은 새소리를 흉내내기 시작하였다. 쑨쑨은 그걸 듣고는 바람 소리를 흉내 내기 시작하였다. 노래하는 계곡이 가까워졌다고 생각했는데 작은 마을이 나타났다.

피곤해 보이는 두 청년이 나타나자 동네 사람들은 의논을 하더니 그들을 시원한 평상에 앉히고 각자 집에서 음식을 하나씩 가져왔다.

"어서 먹게나. 먼 길 가려면 기운 나는 음식을 먹어야지."

팔 한 짝이 없는 노인이 창창과 쑨쑨에게 음식을 권하며 달콤한 음료도 따라 주었다.

정신없이 음식을 먹고 난 후, 창창과 쑨쑨은 동네 사람들에게 고개 숙여 인사를 했다.

"저희가 보답으로 드릴 것이 없는데 노래를 불러 드려도 괜찮을까요?"

그 말에 눈이 보이지 않는 소녀가 손뼉을 치며 좋아했다.

"어서 불러 주세요."

창창은 새소리를 섞어서 노래를 불렀다. 그동안 불렀던 노래가 아니었다. 새롭게 마음속에서 나오는 노래였다.

-삐리리삐르르 종달새가 높이 날면 보리가 익어가네
빠드드드 도요새 멀리멀리 날아가고
내 마음은 구름 위에 앉아 세상을 보네
아름다운 그대여 함께 노래 부르세.-

작은 마을 사람들이 다 모여서 창창의 노래를 듣고 박수를 쳤다.

다들 그다음엔 쑨쑨을 바라보았다.

쑨쑨은 바람 소리를 섞어서 노래했다.

휘잉휘이이이 싹이 돋고 푸르르르푸르 잎이 춤추네
아기 입안에 이가 돋고 지붕의 풀들을 걷어야 하리
휘잉휘이이이 푸르르르푸르 휘잉휘이이이 푸르르르푸르-

마을 사람들은 후렴을 따라부르며 즐거워했다. 눈이 보이지 않는 소녀가 박수를 치다가 말했다.

"두 사람이 같이 부르면 더 멋질 거예요. 같이 불러 주세요."

그 말을 듣고 창창과 쏜쏜은 당황했다. 창창의 목소리는 높아서 늘 높은 음의 노래를 불렀다. 쏜쏜의 목소리는 낮아서 늘 낮은 음의 노래를 불렀다. 같이 부를 수 있는 노래가 있을지 알 수 없었다. 두 사람 다 누구와 함께 노래해 본 적이 없었다.

"같이 부를 만한 노래가 없는데."

쏜쏜이 더듬거리며 그렇게 말하자 창창도 맞장구쳤다.

"맞아요. 우리는 서로 다른 노래들을 불러요."

소녀는 까르르 웃더니 두 사람에게 손을 내밀었다. 양쪽으로 창창과 쏜쏜의 손을 잡고 소녀는 자기 노래를 듣고 따라부르라고 했다.

"내가 노래를 가르쳐 줄게요. 같이 불러 보세요."

그 마을에서 부르는 오래된 민요였다.

–봄이 오네, 풀들은 머리 내밀고 여름 오네, 물고기는 알을 낳고

가을 오네, 나무엔 열매가 익고 겨울 오네, 눈사람 뚱뚱해진다 뚱뚱해진다 뚱뚱해진다. 라라랄라라라라 둥글둥글둥글둥글 뚱뚱해진다 뚱뚱해진다 밥을 너무 많이 먹었나 봐.–

너무 쉽고 간단한 노래였다. 두 사람은 금방 그 노래를 배웠다. 소녀와 함께 두 사람이 노래를 부르자 온 동네 사람들이 따라불렀다. 그 노래는 끝도 안 나고 계속되었고 사람들은 춤을 추며 빙빙 돌았다. 한참 만에 사람들은 박수를 치고 두 사람에게 말했다.

"정말 멋진 노래를 불러줘서 고마워요. 덕분에 우리가 아주 행복했다오."

마을 사람들은 창창과 쏜쏜에게 새 옷과 신발을 주고 먹을 것을 잘 꾸려 주었다. 창창은 그날 밤 자기 전에 쏜쏜에게 말했다.

"그렇게 쉽고 간단한 노래는 처음 불러보았어."

쏜쏜도 부끄러워하며 말했다.

"그렇게 노래 부르면서 행복하긴 처음이었어."

"나도 그래."

새 신발이 다 닳을 즈음 두 사람은 드디어 노래하는 계곡에 도착했다. 정말 계곡 전체가 노래를 하는 듯했고 계곡에 들어서면 낮고 부드러운 노래가 듣는 이의 온몸을 떨리게 하였다. 두 사람은 서 있기도 어려워 바위 위에 걸터앉아 노래를 들었다. 한참 만에 쏜쏜이 말했다.

"정말 감동이 있는 노래구나. 우리 노래는 아무 것도 아니었어."

창창이 벌떡 일어났다.

"이 노래를 누가 부르는지 찾아내야 돼. 그래서 우리도 그 노래를 어떻게 부르는지 배워야지."

"그래. 분명 중요한 기술이 있을 거야. 그걸 배워서 가자."

계곡은 깊고 들어갈수록 여러 갈래 길이 있었다. 마음이 급해진 두 사람은 각각 다른 길로 가서 찾아보기로 하였다. 이틀 후 계곡 입구에서 만나기로 하였다. 창창과 쑨쑨은 이 아름다운 소리가 어디서 나는지 온 정신을 쏟아 방향을 알아내려 애썼다. 두 사람의 귀로 여러 가지 새소리과 바람 소리, 물소리, 벌레 소리, 구름 흘러가는 소리, 나뭇잎 소리가 들려왔다. 그 소리 사이로 누군가의 노랫소리가 섞여 들어 있었다. 창창이 작은 동굴 안에서 노랫소리가 흘러나오는 걸 찾아냈다. 창창은 조심스레 동굴 안으로 들어갔다. 동굴 안에서는 낡은 옷을 입은 자그마한 체구의 할머니가 울고 있었다.

"할머니. 왜 여기서 울고 계셔요?"

"내 아들이 10년 전에 전쟁에서 죽었다네. 그 애는 겨우 열 아홉 살이었어. 착하고 영특한 아이였지. 왜 싸워야 하는지 알 수 없는 전쟁에 나가서 그 애가 죽었지. 그래서 난 매일 울고 있다네."

간신히 그 말을 한 할머니는 또 울기 시작했다.

"집은 어디신데요? 제가 모셔다드릴게요. 여긴 너무 춥고 습해요."

"집은 멀지 않아. 집에서 울면 딸아이가 마음 아파해서 여기 와서 몰래 우는 거라네. 저녁이 되면 딸이 날 데리러 온다네. 걱정해 줘서 고마워요. 우리 아들도 살아 있으면 자네처럼 친절할 텐데."

창창은 마음이 아팠다. 할머니가 우는데 왜 밖에서는 노랫소리처럼 들렸는지 알 수 없었다. 할머니를 혼자 두고 갈 수가 없어 옆에 나란히 앉았다. 할머니는 울면서 기도를 했다. 세상에 평화가 오기를 기도했다. 단지 그것 뿐이었다. 할머니는 노래를 부르지는 않았다.

창창은 잠시 동굴 밖으로 나가서 다시 소리를 들어 보았다. 동굴 밖에서 들으니 다시 아까처럼 아름다운 노랫소리로 들렸다.

'정말 이상하군. 동굴에 비밀이 있는 거였어.'

창창은 마음이 가벼워져서 할머니 딸이 올 때까지 할머니 옆에 앉아 있었다. 해가 질 무렵 동굴로 할머니 딸이 찾아왔다. 딸은 청년이 할머니 옆에 있는 걸 보고 깜짝 놀랐다. 할머니는 이 청년이 얼마나 친절했는지 말했다.

"감사합니다. 멀리서 오셨으니 저희 집에 가서 저녁밥을 같이 드셔요."

작은 집으로 가서 셋은 함께 저녁밥을 먹었다.

"아들이 돌아온 것 같네. 같이 저녁밥을 먹어 줘서 고마워요."

할머니는 몇 번이나 그 말을 하고 자고 가라고 다락방을 치워 주었다. 다락방에는 부러진 호미며 망가진 쇠스랑이 구석에 놓여 있었다.

"이건 왜 여기 두셨어요? 고쳐서 쓰셔야지요."

"이 계곡엔 큰 마을이 없고 사람들이 흩어져 살아서 대장장이가 없어요. 농기구를 멀리 가서 비싸게 사와야 하는데 새로 장만하기가 어렵네요."

딸의 말에 창창은 이곳에 자기가 필요하다는 걸 알고 기뻤다.

"제 친구를 만나서 이야기하고 다시 돌아와서 제가 고쳐드릴게요."

할머니와 딸은 몹시 기뻐했다.

쑨쑨은 아름다운 소리가 나는 곳을 찾다가 작은 오두막에 다다랐다. 그곳에서는 아름다운 노랫소리가 나고 있었다. 안을 들여다보니 어둡고 축축했다.

"안녕하세요. 누구 계신가요?"

"지금 나갈 수 없으니 들어오셔요."

안으로 들어가니 땅 밑으로 반쯤 들어가는 계단이 있었다. 그 안쪽 방에 어떤 젊은 아낙네가 아기를 옆에 두고 베틀에서 천을 짜고 있었다. 아기는 걸음마를 배운 지 얼마 안 되어 보였는데 자꾸만 울었다. 아기 허리에는 긴 천이 매어져 있어서 아기는 그 천을 잡아당기며 울었다.

"죄송하지만 이곳에서 누가 노래를 부르나요?"

"노래요? 저는 노래를 부를 줄 모르고 이 아기는 종일 운답니다. 노래는 아무도 부르지 않아요."

"왜 아기는 묶어두셨어요? 나가고 싶어 하는데."

"제가 천을 짜야 식량을 사는데 아기를 돌봐 줄 사람이 없어요. 밖은 너무 위험하고요."

"아기 아빠는요?"

"아기 엄마와 아빠는 지난번 산사태에 다 죽었어요. 저는 아기 이모인데 간신히 살아남은 아이를 기르게 되었죠."

"제가 그러면 아기를 데리고 나가서 밖에서 좀 놀아 주어도 될까요. 창문으로 우리가 어떻게 노는지 보실 수 있을 거예요."

아기를 천 끈에서 끌러내자 아기는 너무 좋아서 꺅꺅 소리를 질렀다.

"아, 정말 감사합니다."

쑨쑨은 아기를 데리고 집 밖으로 나왔다. 아기는 작은 나뭇가지를 잡아당기기도 하고 꽃을 들여다보기도 하였다. 집 밖에서 들으니 노랫소리가 이제 들리지 않았다. 아기 울음소리가 지하실에서 울려서 노랫소리처럼 들렸던 것이라 생각하니 쑨쑨은 마음이 가벼워졌다. 아기가 놀 목마를 만들어 주려고 쑨쑨이 나무를 고르고 있는데 천 짜던 아낙네가 울상이 되어서 밖으로 나왔다.

"왜 그러셔요?"

"베틀의 부속이 한 군데 부러졌어요. 천을 짤 수 없게 되었어요. 부속을 구하려면 이틀 동안 걸어서 큰 도시로 나가야 되는데…… 아기를 데리고 갈 수 없는 곳이어요."

그 말을 마치자마자 아가씨는 아기를 안고 울기 시작했다. 쑨쑨은 베틀방으로 들어가 부러진 곳을 살펴보았다.

'나무로 깎아서 만든 것이 부러졌네. 똑같이 다시 만들면 되지. 끌은 있으니까 작은 대패가 있으면 금방 만들 텐데. 창창에게 대패날을 만들어 달라고 해야겠다. 톱도 만들고.'

약속한 날 두 사람은 환하게 웃으며 만났다. 쑨쑨이 먼저 소리 질렀다.

"할 말이 있어."

"나도."

"난 사랑에 빠졌어."

"나도."

"난 여기서 살고 싶어."

"나도 그래."

창창과 쑨쑨은 손을 잡고 크게 웃었다. 창창은 쑨쑨에게 말했다.

"날 도와줘. 호미자루가 필요해. 목수 일을 다시 해 줘."

"날 도와줘. 대패날이 필요해. 대장장이 일을 다시 해 줘."

긴 세월이 흘렀다. 노래하는 계곡에는 솜씨좋은 목수와 솜씨좋은 대장장이가 살았다. 그리고 그들 옆에는 각각 지혜롭고 부지런한 부인과 튼튼하고 명랑한 아기들이 있었다. 목수와 대장장이는 늘 노래를 함께 부르며 일을 했다. 노래하는 계곡은 더 아름다운 노래를 부르게 되었다.

황제 백곰과 린린

1) 얼음 바람

강한 바람이 밤새 불었습니다.

눈은 오다 그쳤지만 얼지 않은 눈이 도로 날아오르기도 하였습니다.

'이럴 땐 기다리는 게 최고지.'

몸을 숨길 곳도 없는 얼음 벌판 위에서 밤을 지내는 건 힘들었습니다. 황제 백곰은 머리를 가슴께로 바짝 붙이고 눈을 감았습니다.

네 다리도 잔뜩 웅크려서 바람을 적게 받도록 했습니다.

다행히도 털은 어느 시절보다 빽빽하게 돋아 온몸을 뒤덮고 있었습니다.

그래도 찬 바람은 용케도 바늘 끝처럼 날카롭게 몸 속으로 파고들었습니다.

황제 백곰은 눈을 감고 생각했습니다.

'내일은 어떤 일이 벌어질까.'

어둠이 늘 심한 추위와 같이 오는 북쪽 마을이었습니다.

그럴 때는 어둠과 추위에 대해서 생각하지 않는 게 좋았습니다.

황제 백곰은 맛있는 먹이에 대해서 생각했습니다.

다정한 암곰들을 생각했습니다. 수콤들은 황제 백곰이 나타나면 슬슬 피했습니다.

바람이 잦아들려나 싶더니 다시 눈이 내리기 시작했습니다.

황제 백곰은 더욱 등을 동그랗게 말고 따스한 날들을 생각하며 잠들었습니다.

황제 백곰은 누구보다 날렵하고 누구보다 힘이 셌습니다.

사냥을 잘했고 멀리까지 오래도록 헤엄칠 수 있었습니다.

황제 백곰은 벌써 여러 날을 눈보라 속에서 어둠을 견디어 나갔습니다.

드디어 희뿌옇게 하늘이 열렸습니다.

황제 백곰은 몸을 뒤덮은 눈가루를 푸르르르 털어냈습니다.

다시 기운이 났습니다.

먹잇감이 많은 까만자갈만까지 가려면 하루 더 열심히 걸어야만 했습니다.

'거봐. 바람도 잦아들고 눈도 그치고 좋아졌잖아.'

황제 백곰은 기분이 좋아져서 기지개를 켠 다음 걷기 시작했습니다.

–팩— 핑– 어느 바람보다 더 빠른 소리가 났습니다.

'무슨 소리지?'

소리 나는 곳을 바라보려다가 황제 백곰은 무릎을 꺾으며 앞으로 쓰러졌습니다.

–쿵 –

'어어어, 일어날 수가 없네.'

황제 백곰은 일어서려다가 다시 옆으로 쓰러지며 사냥꾼들을 그제서야 보았습니다.

사냥꾼들은 세 명이었고 아직도 총을 들고 있었습니다. 흰 천막 안에 숨어 있다가 곰이 쓰러진 걸 보려고 밖으로 살짝 고개만 내밀었습니다. 황제 백곰의 피가 주르르르 흘러 얼음이 깨진 금을 따라 내려갔습니다.

'왜 내가 몰랐을까?'

황제 백곰은 입을 간신히 벌려 소리쳤습니다.

"끄아아아아꺄–––."

그리고 끝이었습니다. 황제 백곰의 심장은 턱 멎어 버렸습니다.

어찌 된 일인지 백곰의 영혼은 그때 하늘로 올라가지 못했습니다. 그건 두고두고 백곰 영혼을 슬프게 하는 일이었습니다. 백곰의 영혼은 백곰의 몸뚱이 곁에 머물게 되었습니다. 죽은 몸뚱이 옆에 영혼이 머무르면 안 되는데 백곰 영혼은 떠날 수가 없었습니다.

침착한 사냥꾼 삼 형제는 백곰이 완전히 숨이 끊어지길 기다렸습니다.

그리고 백곰이 움직이지 않게 되자 살며시 다가왔습니다.

백곰을 내려다보며 셋은 매우 기뻐했습니다.

"드디어 내가 잡았어."

둘째가 말했습니다.

"우리가 잡았지."

막내가 말했습니다.

"그건 중요하지 않아. 일단 집에 가져가야지."

큰형이 말했습니다.

어마어마하게 큰 백곰을 마을로 끌고 가는 일도 쉽지 않았습니다. 백곰이 너무 커서 썰매에 실으면 백곰 다리가 땅에 질질 끌렸습니다.

"이러면 가죽이 상해서 안 되니까 다른 방법으로 옮기자."

맏형 사냥꾼이 천막 천을 풀어서 깔개를 만들었습니다.

깔개를 깔고 백곰을 올린 후 썰매와 깔개에 줄을 이어 매달았습니다.

다른 짐을 썰매에 올리고 셋이 썰매를 끌었습니다.

백곰이 너무 무거워서 빨리 갈 수가 없었습니다.

"개들을 데려왔으면 좀 더 빨리 갈 수 있을 텐데 말야."

"개들이 왔으면 백곰 못 잡았어. 저 녀석은 워낙 영리해서 개 냄새를 백 리 밖에서도 맡는다잖아."

"맞아. 개들이 짖기라도 해 봐. 백곰이 당장 물 속으로 들어가 버리지."

사냥꾼 삼 형제는 백곰 가죽을 팔 생각에 힘든 줄도 몰랐습니다.

마을로 돌아온 사냥꾼 삼 형제는 조심스럽게 곰 가죽을 벗겨냈습니다. 황제 백곰의 영혼은 그 모든 걸 내려다보며 한숨지었습니다. 더 이상 몸이 아픔을 느끼지는 않았지만 마음이 아픈 건 어쩔 수 없었습니다.

"머리통은 잘 남겨야 비싸게 팔 수 있어."

"총구멍은 잘 보이지 않게 해야 돼."

가죽을 벗겨내고 살코기는 오랫동안 신선한 고기를 못 먹은 동네 사람들에게 나눠주었습니다.

"다 나눠 먹어도 충분한 고기야. 정말 큰 놈이군. 으하하하하."

"오늘만큼은 우리도 황제가 부럽지 않아."

백곰의 내장도 큰 솥에 넣고 푹푹 끓여 맛있는 국을 만들어 먹었습니다.

황제 백곰 가죽을 말리는 동안, 삼 형제 집에 많은 사람들이 구경을 왔습니다.

"굉장히 비싸게 받겠는걸."

"셋이 나눠 가져도 아주 큰돈이 되겠어."

"털도 빽빽하고 총구멍도 잘 안 보이네. 게다가 곰 머리가 하나도 망가지지 않았으니 비싸게 팔 수 있지. 암. 그렇고 말고."

동네 사람들은 자기 곰 가죽인양 그렇게 기뻐했습니다.

"정말 운이 좋은 날이었지. 황제 백곰을 잡으려고 움막에 닷새나 숨어 있었다니까."

큰형이 그렇게 말하면 둘째가 이마를 문지르며 "내가 총을 얼마나 정확하게 쏘았는지 나도 깜짝 놀랐지."라고 말했습니다. 그러면 막내는 서둘러 웃으며 말했습니다.

"우리 셋이 같이 가서 잡은 거죠. 혼자서는 절대 못 잡죠."

삼 형제 사냥꾼은 어떻게 이 커다란 백곰을 잡았는지 설명할 때마다 서로 째려보았습니다.

겨울이 다 가 버린 어느 날 볼이 발갛게 얼어 터진 소녀가 아빠를 따라 백곰가죽 구경을 왔습니다. 소녀는 너무 큰 곰 가죽을 보고 놀라서 입을 떡 벌렸습니다.

"아빠. 이 곰은 이름이 뭐야?"

"린린. 곰이 곰이지. 무슨 이름이 있니."

소녀의 아버지가 삼 형제와 곰 가죽을 어디 가서 팔지 의논할 동안 린린은 찬찬히 곰 가죽을 살펴보았습니다.

"나라면 이름을 지어 줄텐데. 정말 커다랗고 멋진 친구인데. 음…… 그래. 포포라고 불러도 될까."

맨 먼저 린린은 곰의 발을 보고 말했습니다.

"포포는 발이 크네. 정말 크고 튼튼한 발이야. 아주 빨리 걸을 수 있는 발이었겠지."

린린은 그다음 천천히 곰의 몸통을 이리저리 살펴보았습니다.

"포포는 밥을 많이 먹어야 하는 곰이었을 거야. 지금은 배가 고프지 않을까."

그리고 린린은 백곰의 얼굴을 쳐다보기 위해 몇 발짝 뒤로 물러섰습니다.

"포포는 슬프겠네. 다시는 하늘도 보지 못하니까."

린린이 눈물을 글썽이며 백곰 발톱을 살짝 만졌습니다.

"린린. 그걸 만지지 마라. 비싼 거야. 이제 그만 가자."

린린의 아버지는 린린의 손목을 잡아채며 나가 버렸습니다. 린린이 떠나며 말했습니다.

"또 만나자."

2) 은돈 한 상자

린린이 황제 백곰이 슬플 거라고 말하는 순간, 놀랍게도 황제 백곰 영혼은 어디인지 모르겠지만 촉촉해지는 걸 느꼈습니다. 황제 백곰 영혼은 어린 소녀 린린이 '포포'라고 이름을 지어 불러 주어서 고마웠습니다. 그래서 바람을 불게 하여 린린의 머리카락을 재빨리 맵시 있게 어루만져 주었습니다. 린린은 가 버렸고 영혼 포포는 이제 백곰 가죽 곁을 더더욱 떠날 수 없었습니다. 린린을 다시 만나려면 여기서 린린을 기다려야 했습니다. 린린이라는 저 소녀를 또 만나면 그때는 영혼이 하늘로 올라갈 수 있을 거라 믿었습니다.

'나는 이제부터 포포야. 이제 황제 백곰은 없는 거야. 저건 그냥 털가죽일 뿐이지. 그러니까 난 슬프지 않아. 괜찮아. 린린이 날 걱정해 주니까. 린린을 다시 꼭 만날 거야.'

포포는 마음이 편안해졌습니다. 영혼에게도 마음이 있다면 말입니다.

백곰 가죽이 충분히 잘 말랐습니다. 가죽 뒷면도 매끈하게 벗겨내 깔끔하게 정리하였습니다. 사냥꾼 삼 형제는 곰의 얼굴에 반짝이는 유리 눈알도 정확히 박았습니다.

"잘 손질했으니 큰돈을 받을 수 있을 거야."

사냥꾼 삼 형제는 황제 백곰 가죽을 둘둘 말아 양털 담요에 싼 다음 소중히 수레에 싣고 큰 시장으로 갔습니다.

포포는 수레를 다시 내려다보게 되었습니다. 수레는 여전히 시끄럽고 덜컹거렸습니다. 얼음이 살짝 녹은 길이라 바퀴가 흙 속으로 파고들기도 했습니다.

'이 친구 둥근 발바닥에는 말랑살이 없는가 보다.'

포포는 수레가 안쓰러웠습니다.

황제 백곰의 가죽은 시장에 가자마자 크게 소문이 났습니다. 많은 사람들이 백곰 가죽을 보러왔지만 너무 비싸서 살 사람이 없었습니다.

"은돈 한 상자라니. 집 한 채 값이군."

"그 정도 값을 받을 만하긴 하지. 그렇지만 그런 돈을 누가 갖고 있담. 이 시골구석에."

사냥꾼 삼 형제는 그런 구경꾼들 말에 대꾸도 없이 계속 기다렸습니다.

오후 늦게 시장이 갑자기 왁자지껄해졌습니다. 열세 명의 부족장이 한꺼번에 나타나다니 이런 일은 처음이었습니다.

부족장과 여러 시종들, 그리고 그들이 타고 온 말까지 들이닥쳐 시장 상인들과 구경꾼들은 눈이 휘둥그래졌습니다.

그들은 아주 귀한 물건을 찾고 있었습니다.

"새 황제에게 바칠 선물을 찾고 있소. 어디에도 없는 귀한 물건을 보여 주시오."

상인들은 아무에게나 보여 주지 않고 귀한 손님에게만 보여 주던 귀한 물건들을 꺼내왔습니다.

"통옥으로 만든 새장과 파랑새입니다. 깃털 하나하나 섬세하지요."

"이런 건 황제궁에 복도마다 놓여 있소."

옥가게 주인은 입맛을 다시며 물러갔습니다.

"열다섯 살 소녀들의 머리카락을 모아서 만든 말안장입니다. 폭신하기가 이를 데 없지요."

"이미 유행이 지났소."

마구상 주인도 이마를 잔뜩 찌푸리고 물러갔습니다.

“진주 주렴입니다. 귀한 흑진주로 용무늬를 넣었습죠.”

“흑용이라니. 불길하다. 치워라.”

진주 주렴을 들고 왔던 보석상 주인은 또 다시 상자에서 무언가를 꺼냈습니다.

“이건 맘에 드실 것입니다. 산호와 상아로 만든 마작패입니다.”

“귀해 보이긴 하나 외국 사신들 앞에서 자랑하며 쓸 수 있는 물건이 아니지 않은가.”

보석상 주인은 마작패를 상자에 넣으며 말했습니다.

“황제의 보관을 만들어 드릴 수 있습니다. 천금을 주신다면 두 달 안에 세상에서 가장 화려한 보관을 만들어 드리지요.”

“열흘 후에 황제 대관식이라 내일 아침 우리는 황제가 사시는 도시로 떠나야 하네.”

열세 명의 부족장들 얼굴은 점점 어두워졌습니다. 다른 어느 부족장이 가져오는 선물보다 더 좋은 선물이 필요했습니다. 다른 나라 사신도 구하지 못하는 귀한 선물이 꼭 필요했습니다. 적국의 힘에 놀아나는 허수아비 같은 황제가 될 거라고 소문이 났지만 그래서 더욱 불쌍한 황제에게 좋은 선물을 드리고 싶었습니다.

그 모든 모습을 지켜보던 사냥꾼 삼 형제가 앞으로 나왔습니다. 커다란 수레에 덮었던 덮개를 휙 젖혔습니다. 포포는 그걸 바라보며 기도했습니다.

‘저 가죽이 대체 어디로 가려나. 제발 린린 가까운 곳으로 가야 할 텐데.’

백곰 가죽을 본 부족장들은 눈이 휘둥그레졌습니다.

“헉. 이게 진짜 백곰 가죽인가.”

“이렇게 큰 곰이 있다는 말을 들은 적도 없는데.”

열세 명의 부족장들은 놀란 눈으로 백곰 가죽을 살펴보고 의논했습니다.

“이런 큰 백곰은 다시는 없을 테지요.”

“두고두고 황제의 곁을 지킬 것이니 우리를 잊지 않으실 것입니다.”

“황제에게 어울리는 선물은 이것 뿐입니다.”

부족장들은 아주 기뻐하며 한 상자의 은돈을 사냥꾼 형제에게 건넸습니다.

사냥꾼은 은돈을 백곰 대신 수레에 실었습니다. 백곰 가죽은 부족장들이 가져온 아주 큰 수레로 옮겨졌습니다. 그렇게 백곰 가죽은 먼 길을 떠나게 되었습니다. 포포도 같이 갈 수밖에 없었습니다.

3) 웃음이 서툴러

황제의 궁은 보통 사람들의 집에 비하면 굉장히 컸습니다. 건물 안에는 긴 복도와 많은 방이 있었습니다. 그런 건물이 여러 채 있었고 정원도 군데군데 있었습니다. 하지만 원래 황제들이 살던 옛 궁에 비하면 아주 작은 궁이어서 부족장들은 안타까웠습니다.

'황제궁이 이리 빈약해서야. 쯧쯧.'

'말이 황제지. 시키는 대로만 해야 되는 꼭두각시잖아.'

'황제 노릇을 얼마나 할지도 모르는데 우리가 너무 큰 선물을 가져온 거 같아.'

부족장들은 속으로는 그런 걱정들을 했습니다. 황제가 불쌍하다고 생각했던 마음도 점점 작아져 버렸습니다.

황제는 얼굴을 찡그리고 있었습니다. 생일잔치는 이틀째 계속되고 있었고 적국의 장군은 황제 옆에서 모든 걸 바라보고 있었습니다. 병이 들어 방에만 누워 있는 황후에게 병문안 인사를 하러 갈 때도 적국의 장군이 따라왔습니다.

첫날은 외국 사신들과 하루 종일 무슨 서류에 서명을 하고 끝도 없이 화려한 인삿말을 나누었습니다. 무슨 서류인지 읽어 볼 시간도 없었습니다. 적국의 장군이 "황제시여. 이곳에 서명하십시오."라고 말하면 서명해야 했습니다. 왜 적국의 장군이 직접 황제가 되지 않을까 이상할 지경이었습니다.

'나는 왜 황제가 되었을까.'

네 살 때부터 황제가 된 후 늘 적국의 장군들이 삼촌처럼 굴었습니다. 황제는 그동안 많은 선물을 받아서 늑대 가마덮개와 호랑이 양탄자, 공작새깃털 부채 같은 귀한 물건을 갖고 있었습니다.

금과 옥으로 장식한 모자와 은으로 된 쟁반도 있었습니다.

자개를 박은 상자 속에는 상아로 된 바둑돌이 있었습니다. 더 이상 필요한 물건은 없을 정도였습니다. 그래도 하나도 행복하지 않았습니다.

그런데도 황제를 만나러 온 사람들이 끝도 없이 와서 절을 하고 선물을 내밀었습니다. "만수무강하시옵소서."라는 말을 5천 번쯤 들은 기분이었습니다.

황제는 창밖을 내다보았습니다.

"하루가 너무 길구나."

황제는 이마를 찡그리며 이 모든 행사가 빨리 끝나기를 기다렸습니다.

갑자기 모든 사람들이 조용해졌습니다.

"황제 폐하. 열세 명의 부족장이 백곰 황제를 잡아 왔습니다."

황제는 고개를 돌려 눈을 번갈아 찌그리며 문 쪽을 바라보았습니다.

스물여섯 개의 손이 백곰 양탄자를 머리 위로 올려 들고 나타났습니다.

그리고는 황제 앞에 백곰 양탄자를 펼쳐 깔았습니다.

"빙하 위의 황제를 황제 폐하에게 바치게 되어 영광입니다."

황제는 비로소 정말 오랜만에 빙긋이 웃었습니다.

황제는 백곰 양탄자를 아주 좋아했습니다.

황제가 쉬는 곳마다 백곰 양탄자를 들고 와 깔게 했습니다. 밥 먹을 땐 식탁 밑에 깔게 하고 잘 땐 침대 옆에 깔게 하고 음악 연주를 들을 땐 소파 아래 깔았습니다. 황제는 멋지고 커다란 가마도 갖고 있었습니다.

가마를 타고 멀리 갈 적에 그 가마에 백곰 양탄자를 깔고 싶었습니다.

하지만 그럴 수 없었습니다. 궁 밖으로는 나갈 수 없는 황제였습니다.

"오늘은 무얼 하실 생각입니까?"

아침마다 적국의 장군이 황제에게 물었습니다. 황제는 아침부터 한숨이 나왔습니다.

마음속으로는 '궁 밖으로 나가고 싶소.'라고 소리치고 있었습니다. 나라를 뺏긴 황제는 이름 뿐인 황제였습니다.

맘대로 할 수 있는 것은 아무 것도 없었습니다. 적국의 군인들이 언제나 황제의 방문 앞과 궁의 안팎을 지켰습니다.

황제는 뭐든지 할 수 있다고 세상 사람들은 생각했지만 황제가 적국의 눈치를 보면서 궁 안에서 할 수 있는 일은 몇 가지 되지 않았습니다. 황제는 날아가는 새만 보면 화가 났습니다. 새는 황제를 놀리듯이 자기들 가고 싶은 곳으로 훨훨 날아가 버렸습니다.

"저 새들을 다 쏴 죽여라."

"폐하, 궁 안에서는 총을 쏠 수 없습니다."

황제의 부탁을 뭐든 들어주려고 애쓰는 하인들은 황제의 부탁에 진땀이 났습니다.

"총이 안 된다면 새총은 있을 것 아니냐."

"오늘은 무얼 하실 생각이십니까, 폐하."

아침 식사 후 장군은 늘 이렇게 황제에게 물었습니다. 황제는 매일 화를 내고 싶었지만 애써 침착하게 대답했습니다.

"영화를 볼까 합니다."

"그러면 제가 황제를 위해 영화를 골라드리지요."

늘 억지로 웃는 장군이 영화 제목을 적어 부하에게 주었습니다.

적국의 배우들이 나오고 적국이 늘 승리하는 영화였습니다. 황제는 한숨을 쉬며 영화를 보다 잠들었습니다.

오래 아프던 황후가 세상을 떠난 날, 황제는 깊은 한숨만 쉬었습니다. 황후는 죽어서 궁 밖으로 나갔지만 황제는 나갈 수 없었습니다.

꿈속에서 황제는 바닷가에 서 있었습니다.

아주 큰 배가 돛을 올리고 황제를 기다리고 있었습니다.

그리고 그 배 위에는 백곰이 있었습니다.

"어어, 넌 내 양탄자잖아."

그렇게 말하는 순간 백곰은 풍덩 바다로 뛰어들어 헤엄쳐서 멀리 가 버렸습니다.

꿈에서 깬 황제는 백곰 양탄자를 벽장 속에 넣고 자물쇠로 잠그라고 했습니다.

백곰 양탄자가 어디로 사라질까 봐 두려웠습니다.

"앞으로는 귀한 손님이 올 때만 꺼내도록 하라."

4) 이렇게 만나네

린린은 자라서 도시의 학교에 갔습니다. 린린은 그곳에서 새 친구를 사귀었습니다.

몸집이 자그마하고 친절한 그 친구는 국숫집 딸이었는데 린린과 마음이 잘 맞았습니다. 린린은 그 친구를 늘 종달새라고 별명을 불렀습니다. 들릴락말락한 작은 소리로 혼자 노래를 부르곤 하는 모습이 참 좋아서 종달새라고 불렀습니다.

린린의 어머니는 딸이 교복을 언제나 깨끗이 입도록 린린의 기숙사로 좋은 세탁비누를 보내주었습니다. 린린은 그 비누를 종달새 친구와 함께 썼습니다.

린린과 종달새는 열심히 공부해서 더 큰 도시의 대학에 같이 다니자고 약속했습니다. 둘은 늘 같이 숙제를 하고 같이 웃고 같이 간식을 먹었습니다.

어느 날 학교로 적국의 군인들이 찾아왔습니다.

"여학생들의 사진을 보여 주시오."

군인들은 여학생들의 사진이 붙어 있는 서류를 보고 또 보았습니다. 그러더니 종달새 사진을 손가락으로 찍었습니다.

"이 여학생이 좋겠군. 국숫집 딸이라니 우리가 원하는 대로 황후를 움직일 수 있는 거야."

"우리 말을 잘 듣게 하려면 그게 좋지."

군인들은 교장 선생님에게 종달새를 사흘 후 데리러 오겠다고 말했습니다.

종달새는 서예 시간에 갑자기 교장 선생님에게 불려갔습니다. 교장 선생님은 환하게 웃으며 종달새에게 공손하게 말했습니다.

"축하한다. 너는 참 운이 좋구나. 넌 모레 황제 폐하의 새 부인으로 가게 되었단다."

"네? 전 공부를 계속하고 싶어요. 린린과 같이 큰 도시로 가서 대학에 갈 거예요."

"대학을 가는 것도 좋지만 모레 황제궁으로 널 데려간다고 하는구나."

종달새는 눈물이 쏟아지기 시작했습니다. 억지로 더 큰 목소리로 말했습니다.

"교장 선생님. 전 그렇게 나이 많은 황제와 결혼할 수 없어요. 그리고 부모님이 허락하지 않으실 거예요. 우리 집안은 국숫집을 해요. 저는 나중에 우리 집처럼 평범한 집안 총각과 결혼하게 될 거예요. 그리고 무엇보다 전 아직 결혼할 생각이 없어요."

교장 선생님은 고개를 저었습니다.

"미안하지만 너의 생각을 물어볼 수 없구나. 그들이 결정하면 우리는 따라야 해."

"황제도 저랑 결혼하고 싶어 하시나요? 아니잖아요. 절 알지도 못하시잖아요."

"황제도…… 실은 맘대로 할 수 없으시단다."

교장 선생님은 한숨을 쉬더니 나즈막히 말했습니다.

"네가 만일 황후가 된다면 좋은 일이 많을지는 솔직히 잘 모르겠다. 하지만 네가 거절한다면 너의 부모님은 여러 가지 힘든 일이 생기실 거다. 그들이 가만두지 않을 거야. 너도 마찬가지고."

종달새는 무슨 말인지 다 이해했습니다. 그리고 기숙사 방으로 달려가 린린을 붙잡고 울기 시작했습니다.

"린린- 린린-."

린린은 울기만 하는 종달새를 달래어 한참 만에 친구의 이야기를 들었습니다. 린린도 너무나 놀랐습니다.

"황후가 된다고?"

종달새가 원하는 결혼이라면 축하할 일이었지만 종달새는 서럽게 울기만 했습니다. 린린도 같이 우는 것밖에 해 줄 수 있는 게 없어 가슴이 답답했습니다.

이틀간 밥도 먹지 않고 울기만 해서 눈이 퉁퉁 부은 종달새를 데리러 군인들이 차를 타고 왔습니다.

종달새는 기운이 없어서 가방을 들 수도 없었습니다. 린린이 종달새의 작은 가방을 들고 따라나섰습니다. 교장 선생님이 학교 현관에 서서 종달새에게 허리 굽혀 인사를 했습니다. 종달새를 그걸 보지도 못하고 또 울기 시작했습니다.

"아, 이 학생은 몇 살이지요?"

장교 하나가 린린을 가리키며 물었습니다.

"나이도 같고 같은 반 학생이에요. 기숙사에서도 같은 방을 쓰죠."

교장 선생님이 대답하자 장교는 린린 얼굴과 몸을 훽 훑어보고 웃었습니다.

"그래요? 그러면 새 황후에게 몸종이 필요하니 같이 가면 되겠군요. 이름이 뭐지?"

"린린이라고 해요. 저는 궁에 갈 수 없어요. 학교를 더 다녀야 해요."

"학교는 궁에도 있다. 네 가방을 가지고 와. 옷이나 먹을 건 궁에서 다 주니까 간단하게 챙겨와. 당장."

종달새는 그 말을 듣고 급하게 린린 손을 잡았습니다.

"린린, 제발 같이 가. 제발."

린린은 얼굴이 하얗게 되었습니다. 이런 일이 벌어지리라고는 생각해 본 적이 없었습니다. 종달새랑 헤어지는 게 아쉽고 종달새가 원하지 않는 결혼을 하게 되어 불쌍하다고 생각했지만 같이 가야겠다는 생각은 해 보지 않았습니다. 하지만 총을 들고 서 있는 군인들은 린린의 의견을 묻지 않았습니다. 단지 명령만 했습니다. 가고 싶으면 갈 수 있고 가기 싫으면 갈 수 없는 게 아니었습니다. 종달새나 린린이나 마찬가지 처지였습니다. 린린은 일기장과 공책, 그리고 엄마가 보내준 비누와 속옷을 가방에 넣었습니다. 그렇게 종달새와 린린은 학교를 떠나야 했습니다.

오래 아프던 황후가 돌아가시고 새 황후가 궁에 오는 날이 되자 신하가 황제에게 물었습니다.

"새 황후가 오시니 백곰 양탄자를 꺼낼까요?"

"아니. 귀한 손님이 올 때만 꺼내라니까."

황제는 새 황후가 오는 것도 달갑지 않았습니다. 적국의 장군이 골라 준 황후였습니다. 일부러 시골 출신의 보잘것없는 집안 딸을 골라온 것이 틀림없었습니다. 나라를 뺏긴 허수아비 황제에게 좋은 집안 처녀가 시집올 리도 없었습니다. 황제는 점점 바보처럼 아무 것도 생각하지 않게 되었습니다. 무엇을 생각해 봐야 할 수 있는 게 없었습니다. 그래도 적국의 장교가 황제를 무시하고 있다는 건 점점 더 심하게 느꼈습니다.

신하들도 덩달아 황제에게 무뚝뚝해지는 것만 같았습니다. 모든 것이 다 짜증스러웠습니다.

벽장 속에 갇혀 있는 포포는 백곰 가죽 곁을 지키느라 아무 데도 갈 수 없었습니다. 그래도 많은 것을 알 수 있었습니다.

황제 궁의 신하들은 벽장 앞에서 소곤소곤 이야기를 나누었습니다.

포포는 듣고 싶지 않아도 그들의 말을 다 듣게 되었습니다.

"부자들은 살금살금 외국으로 이민을 간다는 거야."

"금덩이를 들고 배를 타고 간대. 비행기는 오히려 검사가 심해서 문제가 될 수 있다는 거지."

"황제는 새로운 황후가 맘에 안 드시나 봐. 다정한 말은커녕 황후가 지켜야 할 규칙만 만드셨어."

벽장 속에서 가죽을 지키고 있는 포포는 그런 이야기를 듣고는 한숨을 쉬었습니다.

갑자기 궁에 사는 시녀가 된 린린은 모든 것이 답답했습니다. 이제는 신분이 달라 린린은 종달새와 함께 나란히 이불을 덮고 해바라기씨를 까먹으며 노래를 부를 수 없었습니다. 종달새는 더 이상 웃지 않았습니다. 그런 종달새를 보는 린린도 웃지 못했습니다. 린린은 종달새를 황후 마마라고 불러야 했습니다. 린린은 황후 마마의 몸종이 되는 줄 알았지만 와 보니 이미 황후 마마를 옆에서 돌보는 시녀가 다섯 명이나 있었습니다. 린린은 하루 종일 문 옆에 서서 기다리는 일을 했습니다. 아주 가끔 심부름을 하는 정도였습니다. 그렇지만 밤이 되면 눈이 작고 콧털이 삐져나온 장교가 린린을 불렀습니다. 매일 밤 린린은 보고서를 써서 내야 했습니다.

황후 마마가 하루 종일 무얼 했는지, 무슨 말을 했는지, 누굴 만났는지 다 적어내야 했습니다. 그 보고서를 써내는 일이 린린에게는 너무 하기 싫은 숙제였습니다. 고자질쟁이가 되어야 하다니 너무 슬펐습니다. 그리고 궁에 학교가 있다는 장교의 말은 사실이었습니다. 작은 교실 하나에 학생이 열 명 정도 되는 학교였습니다. 그 학교는 궁중의 높은 대신의 자식들만 다녔습니다. 시녀가 다닐 수 있는 학교는 아니었습니다.

린린이 궁에 들어온 지 한 달 만에 시골서 황후의 부모님과 언니, 오빠가 궁 앞까지 찾아왔습니다. 군인들과 황제는 황후에게 예전에 알던 사람들을 만날 필요가 없다고 했습니다. 그리고 가족도 만나지 말라고 명령했습니다. 황후는 마룻바닥에 엎드려 한숨을 지었습니다. 황후 마마는 가족을 만날 수도 없었고 울어서도 안 되었습니다.

린린은 울 수도 없는 황후 마마 대신 궁의 대문으로 나가 황후의 가족들에게 인사를 했습니다.

"안녕하세요. 저는 황후 마마와 학교 기숙사에서 같이 지내던 친구 린린입니다. 죄송하지만 황후는 가족을 만날 수 없습니다. 허가를 받지 못했습니다. 황후는 건강하게 잘 계십니다. 걱정 말고 돌아가세요."

궁 앞을 지키는 군인들은 총을 들고 황후 마마의 가족들을 차갑게 내려다보았습니다.

"우리 아가가……. 우리 아가가……. 잠은 잘 자는가요. 밥은 잘 먹는가요."

황후의 어머니는 그 말만 하고는 꺼억꺼억 울었습니다. 다른 가족들도 말없이 울기만 했습니다. 린린은 종달새의 어머니가 가져온 덧신을 받아들고 다시 궁으로 들어갔습니다. 검은 비단에 붉은 실, 노란 실로 수를 놓은 덧신은 속에 솜을 넣어 포근하였습니다.

덧신을 황후 마마에게 가져다드리려고 린린이 황후 마마의 방으로 들어가려는데 군인이 막아섰습니다.

“황후에게는 그런 것을 드릴 수 없소.”

“황후 마마의 고향서 온 선물입니다. 그냥 덧신인걸요.”

“안 된다니까.”

군인은 덧신을 휙 빼앗더니 그걸 휙 난롯불에 던져 버렸습니다. 비단 타는 냄새가 났습니다.

린린도 눈물이 나기 시작했습니다. 황후 마마 앞에 가서 울 수는 없었습니다.

린린의 부모님은 린린에게 가끔씩 편지를 보냈습니다. 너무 멀어서 린린을 만나러 올 수 없었습니다. 열흘이나 걸리는 먼 곳인데다가 린린의 부모님은 린린이 떠난 후로 건강이 안 좋아졌습니다. 린린이 궁에서 번 돈을 보내드리면 부모님은 그 돈으로 약을 살 수 있었습니다. 린린은 그렇게 할 수 있어서 좋았습니다.

한 달에 한 번 린린의 부모님은 린린에게 편지를 보냈습니다. 군인들이 먼저 읽고 주긴했지만 린린은 그 편지를 소중히 껴안고 잠이 들었습니다. 부모님은 글자를 쓰고 읽을 수 없었습니다. 그 편지는 동네 대서방에 가서 동전을 세 개 주고 쓰는 편지였습니다. 편지에는 고향의 냄새가 묻어왔습니다. 그 편지를 안고 빈방에 들어가 벽장에 기대어 울었습니다.

어느 날 포포는 누가 벽장에 기대어 우는 소리를 들었습니다. 그동안 궁에서 듣던 목소리가 아니라 새로운 목소리였습니다.

“엄마가 보고 싶어. 아빠도 보고 싶어.”

어린 소녀의 목소리였습니다.

“황후도 불쌍하지만 난 집에 가고 싶어.”

포포는 그 말을 듣고 벽장 속에서 같이 울고 싶었습니다.

얼굴을 볼 수 없었지만 불쌍한 소녀의 마음이 느껴졌습니다. 그리고 왠지 그 소녀에게 마음이 쓰였습니다.

그다음 날 아침에 갑자기 궁 안에서 요란한 음악 소리가 났습니다. 뜨라라라라 쾅쾅 짜르르를 띠르르르르 뿜빠뿜빠.

오랜만에 악단이 신나게 음악을 연주했습니다.

외국에서 아주 귀한 손님들이 오는 날이었습니다.

드디어 백곰 양탄자는 벽장에서 나와 환한 마룻바닥에 펼쳐졌습니다.

백곰 가죽 곁을 지키던 포포도 오랜만에 여러 사람들의 모습을 볼 수 있었습니다.

황제의 얼굴은 일그러져 있었습니다. 드디어 황후가 비단 치맛자락을 사르르 끌며 나타났습니다.

포포는 황후의 얼굴을 보려다가 놀랐습니다. 황후의 옷자락을 매만져 주고 있는 소녀 얼굴을 보았습니다. 몇 년이 지나서 얼굴이 조금 변하긴 하였지만 분명 린린이었습니다.

동글하고 맑은 눈동자를 보면 알 수 있었습니다.

'린린이다. 린린.'

황후는 바닥에 깔린 백곰 가죽을 보고는 무서워하며 비켜 가려 했습니다. 그러나 린린은 백곰 가죽을 한눈에 알아보았습니다. 린린은 백곰 가죽을 포포라고 불렀지만 포포는 가죽이 아닌 영혼이었습니다. 포포는 린린에게 그걸 알려 줄 수가 없어서 서운했습니다. 린린은 포포를 다시 만난 게 놀랍고 반가워서 소리를 지르고 싶었지만 황제와 황후 앞이라 그럴 수 없었습니다. 게다가 조금 후면 외국 손님들이 오시는 중요한 날이었습니다.

린린은 맘속으로 외쳤습니다.

'포포, 넌 왜 여기 와 있는 거니. 나처럼 끌려온 거지? 너도 도망갈 수 없는 거야?'

포포는 백곰 가죽 옆에 가까이 서 있으려고 애쓰는 린린을 보고 고맙기도 했습니다.

'날 잊지 않았어. 린린도 날 잊지 않았어.'

하지만 외국 손님들이 나타나자 린린은 방에서 나가야 했습니다.

포포는 마음이 복잡했습니다. 같은 궁 안에서 린린이 살게 되어 만나서 기뻤지만 어제 울던 린린의 목소리를 생각하니 슬펐습니다. 린린은 이 궁에서 불행하게 지내고 있었습니다. 포포는 착한 린린이 행복하게 지내길 바랐습니다. 포포는 이제 가죽 옆에 붙어 있지 않아도 된다고 생각했습니다. 린린을 만났으니 이제 백곰 가죽 옆에서만 더 기다릴 필요가 없었습니다. 린린을 가까이를 지켜볼 수 있게 되었습니다. 포포는 이제 린린을 만나 소원을 풀었으니 다른 영혼들처럼 하늘로 올라갈 차례였습니다. 그런데 린린이 행복하지 않을 걸 보고 혼자 떠날 수가 없었습니다. 황후도 황제도 외국 손님들을 향해 억지로 웃고 있었지만 눈빛은 내내 어두웠습니다. 포포는 그 모든 걸 바라보며 마음이 아팠습니다. 포포는 황제도 황후도 행복하지 않다는 걸 알 수 있었습니다.

포포는 황제에게 이렇게 소리치고 싶었습니다.

'황제님. 황후님, 당신들도 여길 떠나요. 제발. 린린도 여길 나가게 해 주세요. 그래야 다들 행복해진다고요.'

하지만 포포는 정말 말을 할 수는 없었기 때문에 아무 일도 벌어지지 않았습니다.

외국서 온 귀한 손님들은 황제에게 웃으며 말했습니다.

"새 황후와 함께 황궁에서 행복하게 지내길 바랍니다."

황제는 고개를 끄덕이며 억지로 웃었습니다. 포포는 이 모든 서글픈 모습을 보았습니다. 린린을 만나기를 오래 기다렸지만 이런 불행한 린린을 보고 떠날 수 없었습니다.

'린린이 행복해지는 걸 보고 하늘로 떠나자.'

포포는 그렇게 마음먹었습니다. 그리고 린린 곁을 지키자고 마음먹었습니다.

린린은 잔치가 끝나고 나자 포포가 둘둘 말려서 어디로 가는지 잘 보아두었습니다. 다행히 황후의 방에서 가까운 방이었고 자주 보던 벽장 안으로 포포가 들어갔습니다. 린린은 틈만 나면 포포가 들어 있는 벽장 앞으로 달려와 잠깐씩 하고 싶은 말을 중얼거리곤 했습니다. 하지만 실은 그럴 필요가 없었습니다. 포포는 늘 린린 곁에 있었습니다. 포포는 궁 안에 머무르며 린린이 가는 곳마다 따라다녔습니다. 하지만 린린의 눈에 포포가 보이지 않았기 때문에 린린은 늘 포포를 보러 가려고 애썼습니다. 황후의 시녀로 일하는 린린은 하는 일은 많지 않았지만 문 앞에 서 있는 시간이 많아 쉴 시간이 많지 않았습니다. 그래서 황후가 잠들면 린린은 퉁퉁 부은 다리로 벽장 앞으로 왔습니다. 그리고는 나즈막히 백곰 포포를 위해 노래를 부르기도 했습니다. 어릴 적 할머니가 불러 주시던 노래였습니다.

들판에는 바람이 노래를 부르지
멀고 먼 골짜기의 이야기를 바람이 노래하지
하늘에는 별들이 이야기를 하지.
멀고 먼 바다의 노래를 별들이 이야기하지
아가야 아가야
멀리멀리 떠난 아버지를 그리워 마라
바람되어 온단다.
별이 되어 온단다.
언제나 널 지켜본단다.

린린은 포포가 든 벽장 앞에서 이야기를 나누는 기쁨으로 궁 안의 생활을 견디었습니다. 추운 겨울이 지나고 살며시 봄이 왔습니다. 궁궐 정원에 사과꽃이 피자 황후의 얼굴이 조금씩 펴지기 시작했습니다.

"린린. 얼굴에 바르는 분 좀 가져와 봐."

황후는 얼굴에 분을 바르며 볼을 붉혔습니다.

"린린. 나 황제가 좋아졌어."

황후는 다행히도 황제를 정말 사랑하게 되었습니다. 황제는 오랫동안 남의 나라 군인들이 시키는 대로만 하고 살아야 해서 마음이 굳어져 버리긴 했지만 아름다움을 보고 감동할 줄 아는 사람이었습니다. 약한 것을 보면 안타까워하기도 했습니다. 다만 다른 나라 군인들 앞에서 어떤 감정도 보이고 싶지 않아 석상처럼 살고 있었습니다. 황후는 그런 황제를 가여워하다가 사랑하게 되었습니다. 린린도 그런 황후를 보니 마음이 조금 가벼워졌습니다. 린린은 아침마다 빗으로 정성껏 황후 머리카락을 빗어드리고 아름다운 머리핀을 꽂아드렸습니다. 황후는 점점 의젓해졌습니다. 그런 황후가 린린은 점점 낯설었습니다. 이제 종달새였던 소녀는 더 이상 기억이 나지 않을 정도였습니다.

시간이 지나 궁의 모든 건물과 복도들을 기억하게 되자 린린에게도 궁 밖에 심부름 나갈 일이 생겼습니다. 황후는 궁 밖에 나가도록 린린에게 심부름을 시키고는 린린을 부러워했습니다.

"밖에 나가 보다니. 얼마나 좋겠니. 다녀온 후 나가서 보고 온 것을 자세히 말해 줘."

린린은 황후 앞에서 좋은 기분을 나타내기도 어려워 그냥 고개만 숙이고 있었습니다. 군인들이 앞뒤로 지키고 있어서 맘대로 다니는 게 아니었지만 궁 밖의 공기를 맛보기만 해도 행복한 건 사실이었습니다. 린린은 황후의 심부름으로 새로 나온 이야기책을 사러 나가야 했습니다. 황후는 궁궐 안의 이야기책은 너무 오래된 것들이라 재미가 없다고 했습니다. 린린은 그게 거짓말임을 알고 있었습니다. 황후는 바깥이 너무 궁금해 린린을 시켜서라도 궁 밖을 보게 하려는 생각이었습니다. 린린은 마음이 들떠 옷을 몇 번이나 갈아입었습니다. 너무 화려한 옷을 입으면 사람들이 이상하게 바라볼까 봐 제일 얌전하게 생긴 옷을 걸치고 나섰습니다. 그런데 막상 궁 밖을 나가려고 보니 군인 두 명이 앞뒤로 총을 메고 같이 간다고 나섰습니다. 어차피 눈에 뜨이는 일행이었습니다.

궁 밖으로 나오자마자 무언가 썩는 냄새가 훅 끼쳐왔습니다. 제대로 옷을 갖춰 입은 사람들만 오가던 궁과는 너무도 달랐습니다. 추운데 신도 없이 맨발에 헝겊을 둘둘 감고 다니는 아이들도 있었습니다. 솜을 누빈 비단옷을 입은 린린은 자신의 옷이 그렇게 사치스러운 것인지 몇 년 만에 처음으로 알아차렸습니다. 린린은 궁에 들어간 지 3년 동안 일반 백성들이 어찌 사는지 다 잊고 있었습니다. 린린은 궁에 끌려와서 고생한다고 생각했던 마음이 얼마나 잘못이었는지 알았습니다. 행복하지 않았지만 린린은 매일 먹고 자는 일 때문에 걱정할 일은 없었고 매달 작은 돈이지만 부모님께 돈을 보낼 수도 있었습니다. 부모님이 학교에 입학할 때 선물로 마련해 준 작은 금귀고리도 그대로 갖고 있었습니다. 린린이 가고 있던 골목길에서 소란이 일어났습니다.

"저리 가. 더러운 놈들. 저리 가."

식당 주인이 소리치며 더러운 구정물을 뿌리는 걸 보았습니다. 왜 그런가 보니 거지들을 내쫓는 거였습니다.

구걸을 하던 거지들이 떼를 지어 몰려다니다 군인들을 보고는 우르르르 골목 안으로 사라졌습니다. 식당 주인은 한숨을 내쉬며 "불쌍해도 한두 명이어야 뭘 도와주지. 저리 떼로 다니면 어쩌란 말야. 미련한 놈들."이라고 말하고는 군인들을 보고는 얼른 문을 닫으며 안으로 들어가 버렸습니다.

린린은 놀라 잠시 그 자리에 서 있었습니다. 고향에서도 가난한 이들을 많이 보았지만 거지는 없었습니다. 그런데 황제가 사는 큰 도시에 이렇게 거지가 많다니 정말 놀라웠습니다.

군인들도 책방이 어디 있는지 몰랐습니다. 린린은 교양 있어 보이는 부인네들에게 책방이 어디 있는지 물어보았습니다. 어떤 부인은 군인을 보고는 무서워하며 손가락으로 길을 가리키고 총총히 사라졌습니다. 시장이 있는 번화가를 지나야 했기 때문에 린린은 오랜만에 시장 구경을 힐끗거리며 할 수 있었습니다.

시장을 보는 순간 린린은 엄마와 시장 구경을 갔던 몇 년 전 생각이 났습니다. 엄마는 린린에게 꽈배기 빵을 사 주고 할머니 신을 만들 헝겊을 샀더랬습니다. 그날 작은 시골장터는 얼마나 정답고 즐거웠는지 또렷이 기억이 났습니다. 그런 날이 다시 올까 생각하니 눈물이 났습니다. 시장을 지나 길에 서 있던 할아버지에게 책방이 어디 골목인지 다시 물어봐야 했습니다.

"책방? 요즘 세상에 책방을 찾는 이가 다 있다니. 궁궐서 나왔소?"

할아버지는 군인과 린린을 번갈아 보고는 다시 모자를 눌러쓰고 길을 알려 주었습니다.

"저 골목에 있소. 이 도시에서 제일 큰 책방이오만 곧 망할 거 같으니 빨리 가 보는 게 좋을 거요."

린린이 놀라 물었습니다.

"왜요? 왜 망할 것 같다고 하시나요?"

"다들 먹고살기도 어려운 데다가 나라가 이리 어지러운데 누가 책을 사 보겠소? 희망이 있어야 책도 보는 것이지."

그렇게 말을 하고는 할아버지는 뒤돌아서 버렸습니다.

린린은 한적한 골목 안의 책방으로 갔습니다. 책방 문을 열자마자 오래된 책 냄새가 났고 먹향도 났습니다. 어두침침한 가게 안 구석에서 누가 먹물로 무언가를 그리고 있었습니다.

"어서 오시게."

붓을 내려놓은 가게 주인이 문 가까이로 다가왔습니다.

"귀한 아가씨가 오셨네요. 무엇을 찾아오셨습니까?"

"새로 나온 이야기책이 있는가 해서요."

"이야기야 돌고 도는 것이니 늘 새롭죠. 이쪽에 다 있으니 골라보십시오."

린린은 가게 주인이 권하는 책이 놓인 서가로 가다 말고 주인이 그리다 만 그림이 놓인 탁자로 발을 옮겼습니다.

참새들이 갈대밭 사이를 누비는 그림을 그리는 중이었습니다. 작은 참새들이지만 눈망울이 초롱초롱했습니다.

"참새가 참 영특해 보입니다."

"생명 있는 것이니 작아도 다 제 생각이 있지요. 그래야 생명을 유지하겠죠?"

"생각이 없는 것들은 죽은 것인가요?"

"살아도 죽은 것이나 마찬가지겠죠."

린린은 갑자기 눈물이 또 솟구쳤습니다.

"제가 뭐 서운한 말이라도……."

책방 주인이 놀라 린린을 바라보았습니다.

"아닙니다. 제 처지가 스스로 갑갑하여 그렇습니다. 참새들이 부럽습니다."

"군인들이 이상하게 생각하니 얼른 책을 사서 돌아가십시오. 괜한 오해라도 하면 아가씨나 저를 괴롭힐 사람들입니다."

그 말을 들은 린린은 갑자기 걱정이 되어 얼른 제목만 보고 이야기책 다섯 권을 골랐습니다.

책 값을 치루고는 린린은 조심스레 또 물었습니다.

"세월이 어려워 책방이 문을 닫을지도 모른다고 사람들이 말하던데요."

"그들은 세월 좋을 때도 책방에 안 오던 이들이요."

책방 주인은 누런 종이에 책을 둘둘 말아 주었습니다. 린린은 무언가 안심이 되는 기분이었습니다.

책을 안고 거스름돈을 받아 든 린린이 고개 숙여 인사를 하자 책방 주인은 더 깊이 고개를 숙여 인사를 하며 말했습니다.

"황제 옆에서 호강하는 날도 멀지 않았소. 몸조심하시오."

린린은 무슨 뜻인지 몰라 어리둥절한 얼굴로 책방서 나와 군인들의 호위를 받으며 궁으로 돌아갔습니다.

황후는 린린에게 시장 풍경을 전해 듣고 한숨을 쉬었습니다.

“우리 황제를 능욕하려고 일부러 그런 거지들을 시장에 풀어둔 게로구나.”

“일부러 거지를 풀어두었다고요?”

“그렇지. 넌 순진하니까 그런 속임수에 속아 넘어가는 거야.”

“속임수라고 생각하세요?”

“그러면 너는 그 거지들이 진짜라고 생각했단 말야?”

린린은 대답하지 않고 책만 황후 앞에 놓고 방에서 나왔습니다.

시궁창 냄새가 진동하는 골목을 걸어 보지 않은 황후가 알 수 있는 세상이 아니었습니다.

린린은 그날부터 궁을 어떻게 나갈 수 있을까 생각하기 시작했습니다. 복잡한 시장에서 도망치면 붙잡힐까. 군인들 눈에서 벗어나 도망쳐도 고향으로 갈 수 없었습니다. 고향으로 가지 않는다면 어디로 갈 수 있을지 아득하기만 했습니다. 만일 도망치는 데 성공해도 린린의 부모님들에게 무슨 일이 있지는 않을까 두려웠습니다.

‘붙잡힌다면 엄청난 벌을 받겠지. 죽을 수도 있겠지. 지금 죽을 순 없어. 난 행복하게 살아 보고 죽을 거야. 꼭.’

포포는 그런 린린을 도와줄 수 없어 답답했습니다. 포포가 할 수 있는 것은 린린이 행복해지기를 기도하는 것 뿐이었고 행복해지는 모든 일은 린린이 해야 했습니다.

린린은 포포를 보기 위해 가끔 벽장을 열고는 먼지를 털어내는 시늉을 하며 백곰 가죽을 어루만졌습니다. 그럴 때마다 큰 위로를 받는 기분이었습니다. 덩치 큰 친구가 보호해 주는 기분이었습니다. 린린이 눈물 자국을 닦고 웃으며 벽장 문을 닫으면 포포는 다시 린린 곁에 서서 빈 가죽에게 인사말을 했습니다.

‘빈 털가죽. 수고했다.’

황후가 린린을 찾는 일이 점점 줄어들어 린린은 궁 안에 있는 교실에 자주 가까이 가보았습니다. 교실 안에는 물론 들어갈 수도 없었습니다. 높은 대신들의 자제들이 하품을 쩍쩍하며 외국어를 배우는 걸 밖에서 몰래 듣기만 했습니다. 교실 안에 들어가서 배울 수만 있다면 얼마나 좋을까.

린린은 교실 안에 앉아 있던 그 시절이 너무도 그리웠습니다. 다시 궁 밖에 나간다면 꼭 학교를 다시 다니리라. 린린은 하루 일을 끝내고 잠들 때마다 그 생각만 하다가 잠들었습니다.

‘늙어서 꼬부랑 할머니가 되어서 궁에서 나가면 학교에서 날 안 받아 주겠지. 그러면 내 금귀고리를 팔아서 가정 교사를 들여 공부할 거야.’

린린에게 희망은 북극성처럼 또렷하게 보였지만 잡을 수 없는 것이었습니다.

5) 다시 헤어진다네

답답하고 지루한 시절이 흘러갔습니다. 그러던 어느 날 황궁 안이 술렁거렸습니다.

"해방이다. 해방이야."

적국의 군인들이 밤새 다 도망치듯 사라졌습니다. 다들 흥분해서 어찌할 바를 모르고 있었습니다. 황제는 이제부터 제대로 나라를 다스려야겠다고 대신들을 불러 모아 회의를 열 참이었습니다. 그런데 또 다른 군인들이 탱크를 궁궐 앞에 세워 두고는 들어왔습니다.

"우리나라 군인이잖아. 이젠 안심이지."

황후는 그렇게 말했지만 안심하는 사람은 아무도 없었습니다. 포포는 궁 안의 공기가 위급하게 흘러가는 느낌 때문에 불안해하는 린린 곁에 꼭 붙어 있었습니다. 복도에 모인 시녀들에게 칼을 찬 장교가 다가왔습니다.

"명령이다. 지금 이 순간부터 너희는 고향으로 돌아가도 좋다. 자유다. 더 이상 인민의 적인 저 꼭두각시 두 사람에게 충성할 필요가 없다."

린린도 다른 시녀들도 어리둥절해서 서로의 얼굴만 바라보았습니다.

"당장 짐을 싸서 1시간 안에 궁궐을 떠나라. 당장."

그제서야 시녀들은 놀라서 허둥대며 이리저리 뛰어다니며 울었습니다. 짐을 싸서 나가라고 해서 기쁘기도 했지만 정말 그 말을 믿고 나가도 되는 건가 의심스럽기도 했습니다.

"저기요. 그러면 이제 황제 폐하와 황후 마마는 누가 모시나요. 저희가 돌봐드려야 하는 분들인데요."

린린이 묻자 장교는 마룻바닥에 침을 뱉으며 소리쳤습니다.

"바보들. 집으로 가라는데 왜 울고 난리야. 자유를 주었잖아. 좋아해야지. 바보들이란."

장교는 말채찍으로 마룻바닥을 착착 치면서 복도를 왔다 갔다 했습니다.

"황제는 폐위한다. 황제는 인민의 적이며 나라를 망친 원흉이다. 그러므로 즉시 체포한다."

그 말이 끝나기도 전에 린린은 황제와 황후가 낡은 작업복을 입은 채 밧줄에 묶여 끌려나오는 것을 보았습니다. 머리가 다 헝클어진 황후는 나이 어린 군인들이 함부로 팔을 잡아당기자 입술을 꼭 깨물고 있었습니다. 얼핏 보면 황제인지 황후인지 청소하던 하인인지 알아볼 수 없을 정도였습니다. 눈썹과 가느다란 손목 때문에 간신히 알아볼 정도였습니다. 그 모습을 본 신하들과 시녀들이 엎드려 울기 시작했습니다. 궁 안의 문이란 문은 다 열렸고 모든 가구의 서랍이란 서랍은 다 열렸습니다. 해방이 되었는데 내 나라 군인들이 함부로 흙발로 황제궁으로 저벅저벅 걸어 들어와서는 이렇게 황제와 황후를 붙잡아 가는 날이 올지는 몰랐습니다. 그때 누군가 벽장 문을 벌컥 열었습니다. 그 안에 백곰 가죽이 눈을 동그랗게 뜨고 있었습니다.

"우와. 이거를 좀 봐. 대단하지 않아. 이게 다 인민의 물건이지. 황제 혼자 가지면 안 되는 거야."

손등이 다 터진 군인이 그렇게 말하자 군인들이 우르르 백곰 가죽 앞으로 몰려와 구경을 했습니다.

다른 물건과 달리 함부로 손을 대지는 못 했습니다. 백곰의 눈이 살아 있는 것처럼 느껴졌기 때문입니다.

그때 복도를 지나가던 황제가 그걸 보았습니다. 고개 숙이고 가던 황제가 갑자기 발을 멈추고는 고개를 번쩍 들더니 쉰 목소리로 소리쳤습니다.

"그건 내 거란 말이다. 인민들의 것을 빼앗은 게 절대 아니고 선물 받았다니까. 어느 인민이 저런 걸 갖고 있겠냐고. 내가 어딜 가던 저걸 꼭 가져가야 해. 얼른 이리 내놔라."

하지만 그 말을 들은 군인 하나가 황제의 등을 총구으로 꾹꾹 찌르며 말했습니다.

"아직도 당신 처지를 모르는가 본데. 이제 당신은 교화소로 가는 것이란 말이오. 이제 당신은 평민이 되었소."

"그럼 이 백곰은 누가 가져간단 말이오?"

"이 모든 재산은 백성의 것이니 백성들이 관리할 것이오."

총부리에 등을 떠밀리며 황후와 황제는 순식간에 궁에서 나갔습니다. 궁 문까지 따라나가던 신하들은 곧 궁 문을 닫을 것이고 그 후엔 나가고 싶어도 나가지 못할 거라고 군인들이 소리치자 다시 자기 짐을 챙기러 허둥지둥 숙소로 돌아갔습니다. 황제와 황후에게 충성을 맹세했던 신하들도 아무도 더 이상은 따라가지 않았습니다. 린린도 그럴 수 없었습니다. 행복과 비단은 나누어도 불행은 나눌 수 없었습니다. 린린도 곧 짐을 챙겨 궁 밖으로 나왔습니다. 궁에서 나갈 날만 기다리던 린린은 미리 챙겨 둔 짐이 있어 중요한 것을 빼놓지 않았습니다. 린린은 궁에서 나오기 전 백곰 가죽 앞에 서서 말했습니다.

"포포. 미안해. 하지만 난 널 데려갈 수 없어. 난 네 친구지만 네 주인이 아냐. 하지만 꼭 만나러 다시 올 거야. 행복하게 돼서 찾아올 거야. 기다려. 알았지?"

포포는 린린이 어디로 갈지 알 수 없었고 린린을 따라갈 수 없다는 것도 알고 있었습니다. 빈 가죽이 어찌 되는지 모른 척하고 그냥 두고 갈 수도 없었습니다. 린린이 행복해지는 걸 보아야 하늘로 떠날 수 있다고 스스로에게 약속했기에 빈 가죽 옆에 남기로 했습니다.

백곰 빈 가죽과 백곰 황제의 영혼인 포포는 그렇게 황제도 없는 궁에 남았습니다. 황궁은 얼마 후 박물관이 되었고 황제는 다시 돌아오지 않았습니다. 물론 황후도 돌아오지 않았습니다.

백곰 양탄자는 오래도록 박물관 유리장 안에 놓여졌습니다. 포포는 유리장 부근서 오락가락하며 세월을 견디었습니다. 하늘로 올라가는 방법이 아직 남아 있을지 걱정스러울 정도로 오랜 시간이 흘렀습니다. 너무 오래 기다리다 보니 포포는 자신이 무엇을 기다리는지 알 수 없었습니다.

박물관에는 많은 사람들이 우르르 왔다가 금방 가 버렸습니다.

매일 오는 직원과 청소부도 가끔 바뀌었습니다. 벽에 걸린 커튼도 5년마다 바뀌었습니다. 같은 무늬의 커튼이지만요.

'빙하는 이맘때쯤 어떤 모습일까?'

'내 친구들은 어떻게 살고 있을까.'

'그 사냥꾼은 어디서 사냥을 할까.'

'린린은…… 어른이 되었겠지. 아니 할머니가 되었을 거야. 귀여운 할머니겠지.'

포포는 박물관 앞에서 린린을 위해 기도만 했습니다. 아마도 밖에는 바람이 불고 낙엽이 지고 또 꽃이 피었겠지만 박물관 안은 늘 같은 온도였습니다.

어느 날부터인가는 외국인들까지 우르르 몰려오곤 했습니다. 화려한 도자기와 옷과 가구들을 구경하고는 백곰 양탄자 앞으로 와서 떠들어댔습니다.

"이 어마어마한 백곰이 양탄자가 되었어? 대단하네."

"이런 큰 곰을 누가 잡았을까?"

"어머. 곰 머리통이 하나도 안 썩었잖아. 징그러."

"썩으면 더 징그럽지."

"지금은 이런 거 돈 주고도 못 사지. 얼마나 비쌀까."

"이렇게 큰 곰이 멍청하게 왜 잡혔을까?"

포포는 아무 소리도 듣기 싫었습니다.

그렇게 어른들이 우르르 지나가고 나서야 노란 모자를 쓴 꼬마가 보였습니다. 그 뒤에 금귀고리를 한 할머니가 서 있었습니다. 할머니는 백곰 양탄자를 보고 울기 시작했습니다. 포포는 알아보았습니다. 린린이었습니다. 할머니가 되어 드디어 포포를 만나러 온 것이었습니다. 포포는 린린의 거친 손을 보았습니다. 궁에 있을 때와는 비교할 수 없이 거친 손이었지만 정직한 손이었습니다.

포포는 린린의 나일론 옷을 보았습니다. 비단옷처럼 우아하지는 않았지만 린린의 몸을 잘 꾸며 주고 있었습니다. 린린이 꼬마의 머리를 부드럽게 쓰다듬는 걸 보고 포포는 린린이 행복해졌다는 걸 알았습니다. 행복한 사람들은 아이들을 사랑하고 아꼈습니다. 포포는 오랫동안 박물관에 온 사람들에게서 그걸 알게 되었습니다.

린린이 꼬마에게 말했습니다.

"나의 포포 왕자님이란다. 인사드려라."

꼬마가 앞으로 나와 유리 앞에 다가섰습니다.

그리고 백곰의 눈을 한참 들여다보았습니다.

꼬마는 조그만 목소리로 속삭였습니다.

"포포 왕자님은 많이 아팠을거에요. 호---- 내가 아프지 않게 입김을 불어 줄게요. 호-"

그 말을 듣는 순간 포포는 드디어 하늘로 올라갔습니다.

다시는 무엇도 기다리지 않아도 되겠지요.

안녕. 포포. 안녕. 린린.

뚝! 딱! 툭!
임정진은
도깨비다

김태호

뚝!

책장 위로 눈물이 떨어져 내렸다. 책을 더 읽어 내려갈 수 없었다. 고개를 숙이고 슬그머니 손등으로 눈물을 훔쳐내며 주위를 살폈다.

남자 고등학교, 쉬는 시간의 교실은 운동장이었다. 아이들은 책상을 뛰어다니고 마룻바닥에서 헤엄쳐 다녔다. 쉬는 시간 소설책을 보는 것 자체도 용납할 수 없는 일인데, 찌질하게 울고 있는 걸 들키면 망신도 이런 망신이 없었다. 다행히 나를 보는 친구는 아무도 없었다. 조금 안심이 되었다. 평소 책하고 담을 쌓아도 만리장성을 쌓고 있던 나를 울게 만든 책이 있다는 게 참 신기했다.

그때 날 울렸던 책이 바로 《행복은 성적순이 아니잖아요》였다. 물론 책을 보게 된 계기는 당시 최고 스타가 나온 같은 제목의 영화가 흥행한 탓이었다. 책을 다 읽고 처음으로 저자가 누구인지 궁금하게 만든 책이기도 했다. 하지만 저자의 이름은 내 머릿속에서 금방 잊혀졌다. 이래저래 살아가며 다시 책과는 담을 쌓았으니까.

아주 오랜 세월이 지나고 모든 일들이 까마득하게 잊힐 무렵, 그 책의 저자를 가까이서 만날 수 있었다. 글쓰기를 막 시작하고 '동화 입문 기초반' 수업을 듣게 되었는데, 그곳에서 임정진 선생님을 만난 것이다. 처음엔 동화작가로만 알고 있었다. 고등학교 시절 날 울렸던 책의 저자란 사실은 전혀 몰랐다. 한참이 지난 후에 '그분이 그분이었어?'라며 놀랐던 기억이 새롭다. 선생님과의 첫 만남은 반갑고 신기하기만 했다.

딱!

딱딱하고 차갑다. 선생님의 첫인상은 무뚝뚝한 차가움 그 자체였다. 얼음을 볼에 댄 듯 아릿하게 아파오는 한겨울 찬바람이었다. 수업 시간은 가르칠 것만 가르쳐 주면 나머지는 알아서 하라는 듯 선을 딱 그었다. 작품 합평을 받을 때도 부드럽게 달래 주거나 칭찬을 해 주는 경우는 드물었다. 칭찬은 고래도 춤추게 한다는데 말이다. 수업이 끝나면 함께 식사도 하고, 차도 마시면 얼마나 좋을까? 뒷이야기도 하면서 좀 더 친해질 수 있을 텐데……. 끝나기 무섭게 바로 쌩하고 자리를 털고 일어나 교실을 나가 버렸다. 눈치 없는 신입 사원의 '칼퇴'였다. 그럴 때면 조금 서운한 감정을 이야기하는 동료들도 있었다.

일정 기간의 수업이 끝나고 임정진 선생님과의 인연은 거기까지라 생각했다. 마지막 수업을 마친 날, 어쩐 일인지 선생님은 우리를 데리고 북촌 한옥마을에 함께 가 주었다. 내내 앞장서서 북촌의 소소한 것들 하나하나 챙겨 가며 이야기해 주시는 모습을 보며 어! 수업 시간과는 뭔가 다르다는 걸 알게 되었다.

딱! 부러진다. 선생님은 싫으면 싫고 아니면 아니다. 결코 먼 길 돌아가며 흐리멍덩하게 말하지 않는다. 내가 첫 책을 내었을 때였다. 뭐해! SNS 왜 안 해? 이제는 작가가 홍보하지 않으면 안 돼. 얼른 가입해! 호통에 쫓겨 그날 나는 바로 SNS를 시작했다.

내가 아는 한 작가는 학교 강연에 갔던 사진을 올렸다가 바로 임정진 선생님에게 혼이 났다고 한다. 평상시 하고 다니던 모습 그대로 강연을 갔다며 꾸지람 아닌 꾸지람을 한 것이다. 동화작가는 아이들에게는 연예인과 다를 것이 없다며 만남에서 최선을 다해 준비해야 하는데 내용뿐만 아니라 겉모습도 마찬가지라는 말씀이었다.

한 인터넷 서점에 나의 작가 프로필이 유아작가라고 나온다는 문자를 받았다. 당장 고쳐 달란 메일을 보내라는 것이다. 눈코 뜰 새 없이 바쁜 걸 뻔히 아는데 언제 그런 것까지 챙겨 보았는지……. 이제 막 등단한 신인 작가에게 이렇게까지 신경 써 주시는 유명 작가가 있으면 나와 보시라!

툭!

툭! 누군가 내 옆구리를 찔러 대었다. 돌아보니 임정진 선생님이 서 계셨다. 내가 공모전 수상을 해서 시상식이 있던 날이었다. 제자라고 해 봐야 수상 소식도 전하지도 않은 못된 녀석인데 일부러 시상식까지 찾아오신 것이다. '나를 축하해 주러 온 건 아닐 거야.' 애써 변명거리를 찾아보지만, 선생님 손에 작은 상자가 들려 있었다. 정성껏 포장한 선물은 나를 위해 일부러 준비하신 것이었다. "가져." 딱 한마디 말 뿐이었다. 선생님은 별다른 말없이 선물을 내 손에 들려 주고 획 돌아서 다른 곳으로 가 버렸다. 무심한 듯 따뜻함은 오래갔다. 그날, 선생님은 내게 문자를 보내 공부 모임에 참여하라는 권유 아닌 통보를 보냈다. 그렇게 참석하게 된 공부 모임. 그때까지 항상 먼발치에 떨어져 있던 선생님을 가까이서 볼 수 있는 시간이었다. 그제야 인간적인 임정진 선생님의 모습을 조금씩 볼 수 있었다.

공부 모임이 있던 날, 선생님이 조용히 내 앞으로 USB를 '툭' 내려놓았다. 카드처럼 생긴 예쁜 저장 장치였다. 무슨 뜻인지 몰라 눈만 껌벅이는 내게 '가져'란 말만 던져 놓고는 다른 곳에 신경을 돌렸다. 선생님이 내게 주시는 선물이었다.

만남이 있는 날이면 선생님의 가방은 항상 이런저런 것들이 가득 들어 있다. 가방 뿐 아니라 양손에도 뭔가를 꼭 들고 다녔다. 헤어질 때쯤 되면 가방은 홀쭉해지고 빈손이 되곤 했다. 가져온 걸 모두 다른 사람들에게 나눠 준 것이다. 무심한 듯하지만 주위 사람들에게 뭐라도 챙겨 주려는 마음이 넓고 크셨다. 툭! 툭! 건네는 정이 겹겹이 쌓여 항상 주위에 사람이 넘쳐 나는 것 같다.

짠!

나타났다 사라진다. 임정진 선생님의 따뜻한 정을 알아챌 때쯤 또 다른 모습이 보이기 시작했다. 혹시 이 사람이 도깨비는 아닐까 의심을 품게 된다. 금방 우리와 함께 있다 헤어졌는데 어느새 다른 곳에 모습을 나타내었다. 요즘은 이것저것 세상 돌아가는 일을 손바닥 위에서 챙겨 본다. 누가 어디 있는지 무얼 하는지 휴대폰을 손가락으로 까닥거리면 다 알 수 있다. 신기한 건 임정진 선생님은 도대체 어디 있는지 알 수가 없다는 것이다. 그림책 읽어 주는 행사에 가 있는 것 같다고 생각하면 또 북 콘서트장에 가 있다. 금방 학교에서 강연하고 있었는데, 낯선 풍경 속에 웃고 서 있다. 어느 틈에 해외에 나가 수많은 외국 사람들 앞에서 학 분장을 하고 무대를 누비고 있는 것이다. 도깨비의 분신술을 이미 깨우친 게 분명하다. 뿐만 아니라 축지법도 알고 있는 듯하다. 항상 누구보다 앞장서서 걷고 또 쉬지 않고 걷는다. 겨우 따라잡았다 생각하면 선생님은 또 다른 것을 찾아다니고 배우고 있었다. 민화 배우기, KBBY 행사 참여로 우리나라 그림책 알리기, 매달 한 번씩 그림책 읽어 주는 행사 기획에 사회자 역할, 학교 강연, 옛이야기 공부하는 모임 그리고 임어송#프로젝트라는 팀을 만들어 음악과 책이 만나는 북토크 콘서트도 여러 번 하였다. 내가 언뜻 알고 있는 것만 이 정도이니 얼마나 많은 곳에 도깨비처럼 모습을 드러내는지 신기할 따름이다.

임정진 선생님은 못하는 게 없다. 도깨비니까 방망이가 있을 테고, 못하는 게 없는 게 당연했다. 사실 도깨비도 못하는 게 있긴 하다. 밭을 옮기거나 하늘을 나는 일은 못한다. 하지만 선생님은 다 할 수 있다. 정말 못하는 게 없다. 그 이유는 간단하다. 선생님은 평소에 할 수 있는 일만 시작한다고 했다. 자기가 할 수 있는 일이 있고, 필요하다고 생각하면 바로 시작한다고 한다. 한 달에 한 번 하는 '그림책 읽는 아이' 행사도 마찬가지다. 처음 한두 분 강사를 모셔 책이나 읽어 주자고 시작한 행사가 어린이책 작가들 사이에 오랫동안 잘 유지되고 있는 몇 안 되는 행사 중 하나로 인식되고 있다. 몇 차례 어려움이 있었지만, 자기가 가진 돈을 써 가면서라도 시작한 일을 놓고 싶지 않은 간절함으로 버티어 냈다고 한다. 그 사이 주위에 도움으로 책 읽기 행사도 조금씩 자리를 잡아 가고 있다니 더 없이 반가운 소식이다.

꽉!

도깨비처럼 다 할 수 있는 선생님도 처음 동화를 쓸 때 두려움이 앞섰다고 한다.

이번 기회를 꽉! 잡지 않으면 다시는 기회가 오지 않을 거라는 생각 때문이었다.

선생님 정도면 도깨비방망이를 깎아 만든 연필로 쓱닥쓱닥 쉽게 동화 한 편 써낼 것 같았는데 그렇지 않은 모양이었다. 책을 내놓고도 다른 책들과 비교해 가며 숨고 싶었던 적도 있었다고 들었다. 잡지사 기자일, 방송국 작가, 프리랜서 카피라이터……. 글쓰기와 관계된 일들을 계속해 왔고, 지금껏 수많은 동화작품들을 발표한 우리나라 대표 동화작가인데도 말이다.

도깨비들은 남들이 하라면 안 하고, 하지 말라면 한다. 선생님도 그런 것 같다. 남들과 비슷한 걸 싫어한다. 남들이 이렇게 생각하면 반대로 생각해 보고, 다른 이야기를 써서 내놓는다. 다리미가 주인공이 되고, 김치가 주인공이 된다. 자석 총각이 태어나고, 응급차와 장의차가 사랑에 빠지고, 인어공주가 상어를 사랑하게 된다.

도깨비에게 없는 게 있다. 다 가졌지만 도깨비는 날개가 없다. 하늘을 날지 못하는 것이다. 어찌 보면 도깨비는 물 위를 뛰어다니고 여기저기 번쩍번쩍 나타나니 날개가 필요 없을 수도 있다. 임정진 선생님도 정말 에너지 넘치는 수많은 행보를 보여 주고 있다. 스토리텔링을 하고, 외국에 우리옛이야기 알리기, 북콘서트 등 진짜 도깨비처럼 이리저리 신나게 뛰어다니더니 2017~2018년에는 KBBY회장으로 봉사를 하셔야 한다고 했다. 날개 같은 것 필요 없이 바쁘고 알차게 살고 있지만, 독자로서, 제자로서, 또 후배로서 아쉬운 것이 있다. 옛이야기 공부하는 모임의 송년회 자리에서 임정진 선생님은 일 년 동안의 일들을 되돌아보며 소감을 남겼다. 소감의 끝에 남긴 말이 지금도 기억에 남는다.

"그런데 올해는 글을 안 썼어."

선생님은 지금도 충분히 동화 세상에서 제 역할을 톡톡히 해내고 있지만, 그래도 아쉬움은 있다. 요즘 선생님의 이야기를 만날 수 없다는 것이다. 임정진 선생님에게 날개는 바로 연필일 것이다. 연필을 휘날려 쓴 새로운 이야기는 가고 싶은 곳 어디든 날아갈 수 있는 마법의 도구이다.

임정진 도깨비가 마법의 연필을 가지고 새롭게 쓴 이야기를 기다리는 많은 독자들이 있다. 어린이 독자들의 어깻죽지에 튼튼하고 힘찬 날개를 달아 줄 멋진 이야기도 앞으로 자주 만나길 희망해 본다.

세상을 바라보는 소녀의 시선, 작가의 시선

임정진 청소년 소설을 중심으로

오세란

1. 어둠과 빛의 공존

작가 임정진은 1989년 청소년 소설《행복은 성적순이 아니잖아요》를 출간한 이래 지금까지 많은 동화와 그림책을 통해 독자와 만나왔다.《나보다 작은 형》,《개들도 학교에 가고 싶다》,《상어를 사랑한 인어 공주》와 같은 동화, 그림책《다리미야 세상을 주름잡아라》,《내 친구 까까머리》,《우리 우리 설날은》 등에서 알 수 있듯 그의 작품은 어린이의 눈높이에서 쓰인 발랄한 문장, 꼼꼼한 취재, 그리고 참신한 기획이 돋보인다.

그럼에도 작가가 갖추어야 할 중요한 조건은 기획이나 취재와 함께 세상을 보는 작가만의 시선과 통찰력이고, 그것을 문장으로 표현하는 힘이다. 가령《나보다 작은 형》에서 1인칭 주인공이 서술한 "나는 점점 커 가는데 나보다 작은 형은 내 마음속에서 커 간다."와 같은 작품 속 마지막 문장에는 아픈 형을 바라보는 주인공의 따듯하고 안타까운 마음이 고스란히 담겨 있다. 나는 그것을 단순하게 표현해 문학성이라고 부르려 한다. 그리고 청소년 소설이야말로 작가가 바라보는 세계에 대한 시선이나 통찰력을 십대 화자의 처지를 빌려 동화보다는 상대적으로 긴 호흡에 담아내야 하는, 즉 문학성이 담보되어야 하는 장르이기에 오늘은 그의 작품 중 귀한 청소년 소설 두 편을 주목해 보려 한다.

그런데 사실 첫 청소년 소설《행복은 성적순이 아니잖아요》에서부터 그의 개성은 남다르다. 이 작품은 많은 이들이 알다시피 1987년도에 있었던 비극적 실화를 바탕으로 한다. 그럼에도 제목에서부터 풍겨 나오는 느낌은 발랄함이다. 책 속에는 어두운 사건과 아이들의 풋풋함이 공존한다. 어두운 이야기를 밝게 전달하는 작가만의 비결은 무엇일까?

2. 눈물 하나, 이웃을 보듬다

《지붕 낮은 집》(푸른숲, 2004)은 지난 시절을 배경 삼아 주인공의 눈으로 동네의 평범한 이웃을 관찰했다는 점에서 언뜻 양귀자의《원미동 사람들》(1987)이나 은희경의

《새의 선물》(1995)과 비슷해 보인다. 그러나 《원미동 사람들》이 동네의 고단한 이웃을 차례로 조명하려는 의도를 가진 세태소설이라면 《지붕 낮은 집》은 이웃과 더불어 사는 주인공 혜진의 성장소설이다. 또한 조숙하다는 점에서 혜진은 《새의 선물》의 진희을 닮은 듯 보인다. 그러나 두 소녀의 조숙함은 뚜렷한 차이를 가지고 있다. 《새의 선물》이 이미 어른아이가 되어 버린 소녀의 눈으로 세상을 풍자한다면, 혜진의 조숙함은 아이의 눈높이에서 세상을 만나 그것을 해석하며 단계적으로 성장하는 조숙함이다.

평론가 김지은은 《지붕 낮은 집》의 혜진의 성장을 '거울 보기'에 비유한다. 사람들은 누구나 참다운 나를 보고 싶어 하지만, 거울 없이는 나를 볼 수 없기에, 다른 사람이 나의 거울이며 동시에 거울에 비친 '나'라는 것, 그러므로 혜진과 혜진이 바라본 이웃은 곧 등가가 된다. 또한 작품 속 다양한 등장인물들이 어떤 구조로도 뚜렷하게 얽혀 있지 않아 이웃을 통하지 않고는 혜진을 만나기 힘들고 그것이 이 작품의 흡인력을 약하게 만든다고 평가한다. 그러나 이러한 평가는 절반만 정답이다. 혜진이 이웃을 바라보는 일은 거울 속 자신을 보는 것이되 그것을 통해 이웃의 사연을 녹여 자신만의 세계를 키워 나가는 과정이기도 하다. 말하자면 혜진의 주변 인물은 또 다른 혜진이면서 동시에 혜진을 키워 준 거름 같은 존재들이다. 혜진과 이웃은 교집합적 관계라기보다는 이웃의 합집합이 곧 혜진의 확장된 세계다.

> 구멍들, 뿡뿡뿡뿡 뚫린 구멍들. 슬픔 하나 뿡, 좌절 하나 뿡, 불행 하나 뿡, 고통 하나 뿡, 아픔 하나 뿡, 막막함 하나 뿡, 실패 하나 뿡, 궁상 하나 뿡, 가난 하나 뿡, 죽음 하나 뿡, 지친 눈물 뿡뿡뿡뿡뿡뿡뿡뿡. 아마도 가난한 사람들의 눈물방울들이 떨어져 구멍을 낸 모양이었다.

넷째 아이를 유산하고 병원에서 돌아온 엄마를 대신하여 혜진이 연탄불을 갈며 연탄 구멍 하나하나에 이웃의 처지를 대입해 보는 대목이다. 서민들이 따듯한 겨울을 나기 위해 피우는 검은 연탄을 보며 그 구멍을 눈물로 치환한 혜진의 표현력은 그가 단지 문학성을 갖춘 소녀이기 때문만은 아니다. 어른 세상의 단어들, 즉 유산이니 낙태니 하는 속내를 여과 없이 듣고, 세상의 찬바람을 맞은 소녀의 조숙한 세상 읽기다.

그러나 혜진은 세상의 슬픔에 눈뜨지만 그것에 매몰되지 않는다. 이 부분이 바로 작가만이 가진 의미 있는 세계관이다. 혜진의 눈에 비친 어른은 세상일을 복잡하게 만드는 사람들이다. 그래서 혜진은 어른들이 사는 세상에 흡수되기보다는 자신만의 방식으로 새롭게 세상을 규정한다. 슬픔에 자신을 온전히 내어 주지 않으려는 몸부림이 바로 혜진의 성장 방식이다. 가령 여상을 가기 위해 주산 학원에 다니는 송미를 따라 학원에 등록한 혜진은 주산 학원 강사의 강습을 다음과 같이 묘사한다.

나는 송미를 만나기 위해 주산 학원 앞으로 갔다. 주산이랑 부기, 타자 같은 것들을 가르치는 제법 큰 규모의 학원이었다. 이층에는 텔렉스반과 전화 교환원 반도 있다고 했다.

"15만 3천6백93전이요, 23만 7천2백52전이요, 65만 3천4전이요."

강사는 앞에서 끝없이 숫자를 불러 댔다. 그런 강사라면 나도 할 수 있을 듯했다. 숫자만 불러 주면 수강생들이 알아서 계산을 하는 거니까 강사 노릇하기가 아주 쉬워 보였다. 그 많은 숫자들을 다 더하고 빼고 곱하고 나누다니. 그래서 그 숫자들을 다 어쩌자는 것일까.

어른들 세상은 강사가 끝없이 부르는 어마어마한 숫자만큼이나 복잡하고 지루하다. 그러나 혜진은 복잡함의 많은 부분은 어른들이 자초한 것이라 여긴다. 복잡한 세상을 직관적으로 정리하면서 그 안에서 긍정을 찾는 것이 혜진이 세상에 진입하는 방식이다. 많은 성장소설에서 소년의 성장은 어른들의 세계를 인정하거나 굴복하는 패턴으로 귀결된다. 혜진의 경우 자신이 속할 세계를 발랄한 긍정의 힘으로 바꾸어 낸다. 그러기에 에필로그에 가족의 형편이 나아지자마자 아버지가 돌아가시는 사연이 등장해도 혜진은 꿋꿋히 이겨 냈으리라는 믿음이 드는 것이다.

결론적으로 《지붕 낮은 집》의 서사는 혜진이 《소년소녀 세계문학 전집》을 탐독하던 6학년 아이 시절부터 주간지 〈선데이 서울〉을 끼고 어른들 세상을 엿보게 된 청소년기까지로 요약된다. 동화의 세계를 갓 벗어나 〈선데이 서울〉 기사 같은 누추한 어른들의 삶을 엿보면서도 그 구질구질한 삶에 지지 않는 씩씩한 소녀의 이야기다.

3. 눈물 둘, 자신을 보듬다

1980년대 영국으로 발레 유학을 간 여학생의 일기를 토대로 한 《발끝으로 서다》(푸른책들, 2006)는 《지붕 낮은 집》에 비해 화려하게 시작한다. 여권 발급받기도 어렵던 시절, 아버지의 직장을 따라 외국에서 살다 열두 살에 영국으로 발레 유학을 간다는 사연은 얼마나 환상적인가. 서사는 발레 학교 입학 무렵인 열두 살에서 졸업 때까지 시간적 순서에 따라 진행되며 실존 인물의 일기를 토대로 했기에 수기와 일기의 형식을 띤다. 그럼에도 작가에 의해 서술되고 다듬어졌다는 점에서 이 작품은 엄연한 픽션이며 따라서 작가가 가진 세계관이 투영되어 있을 수밖에 없다.

성장소설은 대체로 미숙한 주인공이 이런저런 우여곡절을 겪지만 결국에는 훈훈하게 마무리되는 구성을 지닌다. 그런 점에서 이 작품의 결말은 다소 뜻밖이다. 어려운 일을 지나 행복한 성장에 이르는 것을 상승 구성이라 한다면, 이 작품은 사실상 하강 구성이다. 발레리나의 꿈에 부풀어 아버지의 탄탄한 경제적 지원 아래 유학을 시작한 주인공이 학교에서 지내는 동안 가정 환경은 달라진다. 아버지가 직장을 잃고 집안이 기울면서 급기야 부모는 이혼을 하게 된다. 또한 힘든 과정을 겪으며 발레를 배우지만 졸업 무렵에는 체격적인 면 등 여러 이유로 발레로 진로를 정하는 것에 대해 전문가의 부정적인 평가를 받는다. 그렇다면 이러한 사건을 주인공은 어떻게 극복할까?

> 다시 영어로 말해야 하는 생활이 시작된 것이다. 억지로 울음을 멈추고 창밖을 보니 구름이 눈 아래 가득했다. 그 구름들에 내 슬픔을 나누어 둥둥 실어 보내고 싶었다. …… (중략) …… 뒤쪽의 화장실로 가서 거울을 들여다보았다. 휴지에 물을 묻혀 얼굴을 닦았다. 심호흡을 하고 고개를 빳빳이 들었다.

주인공 소녀 재인은 방학이 끝나고 한국에서 영국의 학교로 돌아갈 때면 비행기 안에서 가족을 생각하며 울지만 '그래, 울면 나만 바보처럼 보이는 거야. 다시는 울지 말아야지.'라고 스스로를 다독인다. 거울 속 자신과 마주하며 혼자 서 있는 것이다. 앞서 《지붕 낮은 집》에서 혜진의 눈물이 이웃을 돌아보며 자신을 키워 나가는 눈물이었다면, 《발끝으로 서다》에서 재인의 눈물은 인간이 혼자 울다 그 울음을 그치게 할 수 있는 사람은 바로 자신뿐임을 깨닫고 스스로 닦는 눈물, 안으로 삼키는 눈물이다. 그리고 바로 그 순간 인간은 성장한다. 어떤 환경에 처하든지 자신의 내면을 다지는 것이 더욱 소중하다는, 성장의 참 의미를 배우는 것이다. 환경은 하강할지라도 인간은 날아오를 수 있다. 그러므로 결론에 서술된 재인의 마지막 일기와 한국으로 귀국하는 풍경은 독자에게 많은 것을 시사한다.

> 여길 떠나게 될 날이 오다니, 이런 날이 진짜 오다니……
> 이 학교를 떠나는 게 과연 잘하는 일일까? 학교 안에서 모든 것을 해결하고 선생님들의 보호를 받고 지내 왔는데 바깥세상에서 내가 과연 잘 해낼 수 있을까?
> …… (중략) ……
> 비행기를 타고 오면서 나는 서울에 가서 할 일을 생각해 보았다. 가장 먼저 어머니에게 전화를 해야겠다고 생각했다. '엄마, 나 졸업했어. 이제 또 다른 도전이 시작될 거야.'
> 그렇게 말하리라 생각하면서 창밖을 내다보았다.
> 구름이 천천히 흘러가고 있었다. 난 이제 더 이상 울보 재인이 아니었다.

젊은이들에게 내일은 언제나 불확실하고 불안한 것이기에 재인은 자신의 미래에 대해 온통 물음표를 던질 수밖에 없다. 그러나 재인은 미처 깨닫지 못하지만 자신의 미래를 열어 줄 힘이 이미 자신의 내면에 존재한다. 그것은 영국에서의 경험을 통해 그의 생각이 아닌 몸에 새겨졌다. 단지 자신이 삼킨 눈물이 단단한 진주가 되었음을 재인은 인지하지 못하고 있을 뿐이다. 그리고 작가는 청소년 독자에게 재인을 통해 성장의 공식을 전달하고 있다.

4. 씩씩한 소녀들의 세상 살기

임정진은 두 편의 청소년 소설에서 1970년대 서울의 누추한 풍경과 1980년대 을씨년스러운 영국의 풍경 안에서 자신을 키워 가는 소녀들의 모습을 담아냈다. 그런데 청소년 소설은 아니지만 그의 작품에서 가장 야무진 소녀를 만날 수 있는 동화가 한 편 있다. 안성 남사당패에서 줄타기를 하고 꼭두쇠를 했다는 바우덕이라는 실존 인물을 그린 역사동화 《바우덕이》(푸른숲, 2012)다. 19세기 후반 고아 소녀가 남사당패에 속해 살아가는 것은 얼마나 무거운 삶이었을까? 바우덕이의 삶은 그야말로 외줄 타기와 같았을 것이다. 역사동화는 이미 존재했던 인물과 사건을 작가의 호흡으로 다시 되살려 내는 일이기에 동일한 이야기라도 작가에 따라 해석이 달라진다. 이 작품에서 작가는 바우덕이를 세상에서 가장 단단한 소녀로 그려냈다. 기록으로 보면 이십 대 초반에 생을 마감한 비극적 인물이지만 작품 속 바우덕이는 최선을 다해 자신의 삶을 긍정하고 세상에 도전한다.

임정진의 작품은 깔끔한 취재나 참신한 기획을 토대로 그것을 문학적으로 형상화하는 경우가 많다. 그리고 《바우덕이》는 그러한 장점이 가장 잘 결합된 작품이다. 그러나 서두에서 말했듯이 취재나 기획은 세상을 보는 작가만의 독특한 시선과 그것을 표현하는 문학적 서술이 토대가 될 때 비로소 빛나는 데코레이션이다. 여러 작가가 그것을 간과하여 작품을 문학이 아닌 단순한 읽을거리로 만들어 버린다. 작가 임정진의 소녀 인물들은 모두 주인공만의 주체적 시선으로 힘든 세상을 긍정적으로 보듬는다. 그리고 시간적 배경은 각각 다를지라도 주인공 소녀들이 보여 준 모습은 지금의 소녀 독자들에게도 여전히 유효하다.

어린이와 함께 선생이 걸어온 길

1963년 1월 3일 아버지 철원 출신 임경신, 어머니 장단 출신 김예순의 맏이로 서울 마포구에서 태어남.

1년 후 아버지 직장 이전으로 뚝섬(성수동)으로 이사함.

여동생 3명이 3년 터울로 태어나 딸만 4명인 집안의 맏딸이 됨. 동생이 태어난 후로 울보가 됨.

성수교회 부설 유치원에 2년간 다님. 너무 울어서 사회성을 길러 주느라 어머니가 없는 살림에 유치원에 2년이나 보냈으나 큰 효과가 없었음. 매일 울며 지냄. 동생들은 아무도 유치원에 다니지 못함.

1969~1975년 경동국민학교에 다님.

1975~1978년 성수여중에 다님. 중3 때 아버지가 급작스레 돌아가심.

1978~1981년 무학여고에 다님.

1979년 어머니가 생활을 위해 아버지가 다니시던 회사에 하청 납품을 하는 공장을 세움. 소규모로 플라스틱 매직펜 병뚜껑을 만드는 공장을 운영함.

1981년 이화여자대학 인문계열에 입학함. 2학년 때 국어국문학과로 결정함.

1982년 여름 어머니가 공장 이전으로 기계를 옮기다가 기계에 깔려 엉치뼈가 7조각 나는 큰 부상으로 한달간 한양대 병원 입원함. 집에서 한달간 요양 후 기적적으로 다시 걷게 됨. 국문과 분과 활동 중 희곡반에서 활동함. 연극을 보러 다니고 희곡반 친구들과 등산을 몇 차례 다님. 대학 재학 중 교외연합써클인 영어 회화 써클 '오리엔트'에서 활동함. 일주일마다 영자 회보를 발간하느라 영문 타자를 배움. 주 1회 명동 카톨릭여학생회관의 방을 빌려 영어 회화 모임을 가짐. 미국문화원 여직원이 자원봉사로 가끔 와서 우리 영어 토론을 보고 조언을 주기도 함. 다양한 학교의 다양한 전공의 학생들이 모이는 써클로 방학이면 설악산으로 캠프를 가기도 하고 가을에는 탁구 대회를 열기도 하고 미국문화원 소속 12개 영어회화클럽이 모여서 영어 말하기 대회를 열기도 함. 졸업한 선배들도 자주 오는 모임. 연말에는 음악 축제를 여느라 모여서 합창 연습을 하기도 함.

여자 대학에서 경험할 수 없는 다양한 인물들을 만나는 기회가 되었음.

1983년 〈색종이로 만든 밤〉으로 샘터사 주최 월간 〈엄마랑 아가랑〉, 엄마가 쓴 동화 공모전에서 우수상을 수상함.

1984년 11월 대학 4학년 말에 월간 〈주니어〉(행림출판)에 취재 기자로 입사함.

1985년 2월 이화여대를 졸업함.

9월 월간 〈주니어〉 퇴사함. 여의도 백화점에 기획실 홍보담당 카피라이터로 입사함.

10월 26일 영어회화써클 선배였던 이종헌 씨와 결혼함.

1986년 크라운 베이커리에 사보 편집 담당으로 입사함.

〈굴뚝아저씨의 요술 노래〉로 문예진흥원 마로니에백일장 동화 장원이 됨.

1988년 2월 출산이 임박하여 크라운베이커리를 퇴사함.

4월 첫 딸 이동민이 태어남. 출산대기실에서 신문을 보고 계몽아동문학상 수상자로 결정된 것을 알게 됨.

5월 계몽아동문학상 동극상을 수상함.

1992년 KBS 라디오 청소년극장 대본을 여러 편 집필함.

1994년 아들 이동준이 태어남.

1996년 서초동 삼성 레포츠센터 어린이 글짓기교실 강사가 됨.

1996~1997년 둥지교육 어린이영어교육잡지 월간 〈하이빙키〉 주간을 지냄.

1997~1999년 문화방송 뽀뽀뽀 구성 작가가 됨.

2000~2003년 12월 프리랜서 카피라이터로 LG건설, 삼성물산주택사업부문, 이수건설, 벽산건설, 대림건설 등 재건축 홍보물 카피 작업을 함.

2004~2006년 2학기 한경대 미디어 문예창작과 아동문학실습 시간 강사로 근무함.

2003~2005년 7월 한겨레신문 문화센터 동화창작교실 강사 활동을 함.

2004~2005년 사이버 아동문학관 운영 위원으로 활동함(운영책임자: 선안나 작가).

2006~2007년 EBS 빵빵 그림책버스 프로그램 스토리 작가로 일함.

2007년 이후 서울디지털대학 문예창작과 '아동문학과 상상력' 초빙 강사로 시작하여 현재 객원 교수로 계속 일함.

2013년 〈바우덕이〉로 한국아동문학상을 수상함.

매월 〈그림책읽는 아이〉를 기획 연출함.

문화기획단 임어송# 프로젝트에서 토크콘서트를 진행함.

계몽아동문학회 부회장, 한국아동문학인협회 부회장을 역임함.

2017~2018년 구비문학회 부회장, KBBY(국제아동청소년도서협의회) 회장을 역임함.

저서

1. 청소년 소설

《행복은 성적순이 아니잖아요》(고려원)

《있잖아요 비밀이에요》(고려원)

《인생이 뭐 객관식 시험인가요》(동화출판공사)
《사랑은 성장 비타민인가봐》(동화출판공사)
《가슴 속엔 박하향》(둥지출판)
《지붕 낮은 집》(푸른숲)
《발끝으로 서다》(푸른책들) 《가슴속엔 박하향》의 개정판임.

2. 창작동화
《말더듬이 뿌뿌》(대교출판)
《꽁지극단 나가신다 길을 비켜라》(대교출판)
《왕손가락들의 행진》(웅진닷컴)
《개구리의 세상구경 1, 2》(웅진닷컴)
《강아지 배씨의 일기》(대교출판)
《개들도 학교에 가고 싶다》(푸른책들)
《도깨비 퍼렁이는 방송국에 산다》(지경사)
《내 친구는 까까머리》(진선출판사)
《치치와 두두의 모험 1. 김치는 국물부터 마시자》(푸른숲)
《치치와 두두의 모험 2. 떴다 떴다 김치치》(푸른숲)
《나보다 작은 작은형》(푸른숲)
《미안해. 미안해》(푸른숲)
《상어를 사랑한 인어공주》(푸른책들)
《세상에서 제일 좋은 우리 엄마》(큰나)
《엄마 따로 아빠 따로》(시공주니어)
《날씬한 산타의 성탄절》(두산동아)
《해모수 파크를 탈출하라》(계림닷컴)
《땅끝마을 구름이 버스》(밝은미래)
《겁쟁이 늑대 칸》(뜨인돌 어린이)

3. 기획물
《3살 아이 동화》(대교출판)
《찍찍 쥐들도 할말 있어요》(대교출판)
《웃어봐 그게 더 좋아》(달리)
《아름다운 단독비행》(두산동아)

《바른생활 이야기쟁이》(웅진닷컴)

《정직과 나눔을 실천한 기업인 유일한》(작은씨앗)

《종이괴물 빤빤이와 붓괴물 털털이의 책 만드는 버스》(스콜라)

《장기려: 마음까지 어루만진 의사》(작은씨앗)

4. 그림책

《지구에 구멍을 냈어요》(삼성출판사)

《다같이 걸어갈까》(두산동아)

《토토가 만난 바람》(두산동아)

《일곱 가지 물방울》(두산동아)

《고래에게 보낸 편지》(두산동아)

《나무의 노래》(두산동아)

《기린에게 딱 맞는 차》(대교)

《호떡을 만들어요》(대교)

《꽃비가 내려요》(대교)

《꼬마 마술사》(한국헤밍웨이)

《하양이와 까망이 부릉신에게 묻다》(샘터)

《곰돌이의 경제놀이 1, 2, 3》(큰나)

《들락날락 가방가게》(웅진씽크빅)

《내 친구 까까머리》(시공주니어)

《다리미야 세상을 주름잡아라》(샘터)

《맛있는 구름콩-두부 이야기》(국민서관)

《세상을 행복하게 하는 작은 노력 적정기술》(미래아이)

《우리우리 설날은》(푸른숲주니어)

《연탄집》(도서출판키다리)

《가족이 되었어요》(중앙입양원)

5. 스토리텔러 경력

2016년부터 태국, 베트남, 미얀마, 싱가포르, 인도 등에서 여러 차례 한국 민담을 영어로 스토리텔링 공연을 함.

한국 아동문학가 100인

정진

대표 작품

〈분홍 잠바〉

인물론

진실한 마음을 작품에 담아내는 작가

작품론

엄숙하고 진중한 동화 쓰기

어린이와 함께 선생이 걸어온 길

분홍 잠바

재범이는 마루 장식장 맨 밑에 차곡차곡 쌓여 있는 앨범들을 다 꺼내왔어. 학교 숙제로 〈가족 신문〉을 만들어 가야 되거든.

"어, 이게 뭐야?"

처음 보는 낡은 사진첩을 발견했지.

"우하하하하!"

재범이는 사진첩을 당장 들고 마루로 달려 나갔어. 혼자 보긴 너무 아까운 사진이 있었기 때문이야.

"아빠, 이게 뭐예요?"

재범이가 내미는 사진을 본 엄마랑 재연이도 동시에 까르르 웃어댔어.

"아빠, 너무 웃겨요!"

사진 속의 아빠는 여자애처럼 분홍 잠바를 입고 머리도 바가지를 엎어놓은 것처럼 생겼지.

"아빠, 도대체 몇 살 때예요? 우리 학교 운동장에서 찍은 사진이네!"

"진짜! 책 읽는 아이 조각상이랑 느티나무가 있는 거 보니 우리 학교 맞잖아."

동생인 재연이도 키득키득 웃으며 말했지. 엄마도 신기한 듯이 맞장구를 쳤어.

"무궁화 초등학교는 그대로구나! 아빠가 다녔을 때랑 너희가 다닐 때랑 운동장은 똑같구나."

다들 웃고 있는데, 아빠만 표정이 돌처럼 딱딱해져 버렸어.

"재범이 너, 숙제는 다 하고 노는 거야?"

아빠가 갑자기 묻는 말에 재범이는 속으로 뜨끔했지.

"그, 금방 할 거예요."

재빨리 대답하고는 또 사진을 유심히 들여다보았지.

"아빠, 남자 맞아요? 왜 분홍색을 좋아했어요? 머리도 꼭 여자애처럼 이상하게 기르고!"

그 말을 들은 아빠는 소파에서 벌떡 일어났어.

"야, 이재범! 어서 방에 들어가 학교 숙제나 해! 쓸데없는 소리 그만하고."

껄껄 웃을 줄 알았던 아빠가 화를 버럭 내는 거야.

"아빠, 왜 화를 내고 그러세요?"

재범이는 의아해서 아빠를 쳐다보았어.

"아빤 말이야. 너만 할 때, 할머니한테 한 번도 숙제하라는 말을 들어 본 적이 없어. 학교 갔다 오면 숙제부터 했다고!"

재범이의 입이 조개처럼 꽉 다물어졌어.

'칫!'

일부러 발소리를 쿵쿵 내면서 방으로 들어갔지.

'아빠는 괜히 화를 내고 야단이야!'

아빠가 걸핏하면 하는 말이 있어. "내가 너만 할 때엔 말이야."하고 잔소리를 할 때마다 재범이는 귀가 따가웠지. 특히 재범이가 물건을 아끼지 않는다고 야단을 자주 쳤어. 한참 쓸 수 있는 멀쩡한 연필이나 지우개를 버린다고 말이야. 밥 먹을 때도 반찬을 남기거나 우유를 잘 마시지 않는다고 혼났어. 게다가 학원에 한 번도 다닌 적 없이 스스로 공부를 잘했다고 자랑을 할 때면 재범이는 입이 툭 튀어나왔지.

'그래서 어쩌라고! 아빠가 공부 잘해서 의사가 되었다고 내가 좋을 건 뭐야? 듣기 싫은 잔소리만 실컷 듣는데!'

재범이는 씩씩거리면서 알림장을 꺼내었지.

지금 재범이가 다니는 무궁화 초등학교는 예전에 아빠가 다녔던 곳이기도 해. 재범이가 초등학교에 입학하게 되었을 때, 아빠가 살았던 동네로 이사를 온 거야.

"아빠는 말이야. 이 동네로 집을 사서 이사 오는 게 평생 꿈이었거든!"

무궁화 아파트로 이사를 오던 날, 아빠가 그렇게 활짝 웃는 모습은 처음 보았지.

'뭐야, 아빠 꿈은 겨우 그거야?'

그때 재범이는 아빠의 꿈이 시시하다고 생각했어.

학교 교문을 들어서는데 누군가 큰 소리로 부르는 소리가 들려왔지.

"재범아, 같이 가!"

뒤를 돌아보니 같은 반 훈이었어. 눈이 부엉이처럼 커다란 훈이는 귀신이나 괴물 이야기를 참 좋아하는 편이야. 그래서 무서운 이야기를 알게 되면 자랑삼아 아이들에게 꼭 들려주곤 하지.

"재범아, 너희 아빠한테 물어봤어?"

"뭘?"

"아, 우리 학교 전설 이야기. 진짜냐고 물어 보랬잖아."

“아 참!”

깜박 잊었지 뭐야. 재범이네 학교 운동장엔 나이가 30살이 넘었다는 허리가 우람한 느티나무가 있어. 그 느티나무 옆에 ‘책 읽는 아이’ 조각상이 서 있거든. 아이들 말로는 ‘책 읽는 아이’가 밤 12시가 되면 천사가 되어 학교 안을 훨훨 날아다닌대. 그래서 나쁜 도둑이 못 들어오게 학교를 밤새 지켜 준다는 거야.

“너희 아빠가 우리 학교에 다닐 때에도 ‘책 읽는 아이’는 분명히 있었을 거야. 우리 학교가 생길 때부터 있었다니까!”

훈이가 눈이 초롱초롱해져서 말했어.

“야, 너 3학년 맞아? 왜 그런 전설을 믿고 그래.”

재범이는 심드렁한 표정을 지으며 ‘책 읽는 아이’ 조각상 앞으로 다가갔어. 하얀 대리석으로 만든 ‘책 읽는 아이’는 오랜 세월이 지난 탓인지 금이 갈라지고 얼룩도 여기저기 묻어 있었지.

“우리 옆집 형이 5학년인데 그랬어. 책 읽는 아이가 밤이 되면 어깨 뒤에서 날개가 툭 튀어나오고 하늘을 박쥐처럼 날아다닌대.”

“에이, 다 뻥이야!”

재범이는 코웃음을 치면서 ‘책 읽는 아이’의 어깨를 만져 보았어. 순간 ‘책 읽는 아이’의 어깨가 움찔하면서 따스한 온기가 느껴졌지.

“헉!”

재범이는 깜짝 놀랐어.

“훈아, 너 만져 봐!”

훈이는 재범이가 시키는 대로 ‘책 읽는 아이’의 어깨를 만져 보았지.

“아, 역시! 돌은 돌이네.”

훈이는 실망한 듯이 말했어. 옆에 서 있던 재범이는 눈이 휘둥그레졌지.

‘이상하다! 어깨가 금방 움직였는데…….’

그때 수업이 시작되는 벨이 요란하게 울렸어.

“헉! 우리 지각이야.”

훈이가 화들짝 놀라는 바람에 재범이도 덩달아 교실을 향해 뛰어갔어.

“우하하하하!”

재범이는 아빠의 어린 시절 사진을 또 꺼내 보았어. 〈가족 신문〉에 사진을 붙일까, 말까 생각하면서 말이야.

아무리 보아도 분홍 잠바를 입고 바가지 머리를 한 아빠는 참 우습게 생겼어.

"재범이 너, 뭐해?"

어느새 아빠가 등 뒤에 온 것도 까맣게 몰랐지.

"이 녀석이! 숙제는 하지 않고 또 쓸데없는 짓 하고 있네."

아빠의 두 눈이 차갑게 얼어붙었어.

"뭐가 그렇게 웃겨?"

지금 분명히 웃으면 안 되는 상황인 줄 알고 있어. 그런데 눈을 부릅뜨고 화를 내는 아빠의 얼굴 위로 바가지 머리를 한 분홍 잠바 소년이 겹쳐 보이는 거야.

"우헤헤헤!"

순간, 아빠가 재범이의 머리를 '꽝' 때렸어.

"웃어? 이 녀석이! 너 진짜 혼나 볼래?"

아빠가 소리를 버럭 질렀어. 재범이는 아빠의 무시무시한 표정을 보고 너무 놀라서 방에서 뛰쳐나갔지.

"재범아, 밤에 어디 가니?"

엄마가 큰 소리로 불러도 못 들은 척했어. 집에 있다가는 아빠한테 엄청 두들겨 맞을 것만 같았어. 아빠가 너무 무서워서 현관문을 열고 마구 달려 나갔지.

'아빠가 날 때렸어! 처음으로 나를 때렸다니까.'

재범이는 저도 모르게 눈물이 줄줄 흘러나왔어. 발이 마치 알아서 데려가는 것처럼 어디론가 끌려가는 느낌이었지. 그러다 어느새 학교 정문 앞에 서 있었어.

운동장에 가로등이 하나 켜 있는 게 보였지. 학교 운동장이 캄캄하지 않아서 오히려 반가웠어. 재범이는 학교 운동장으로 들어갔어.

'엇!'

느티나무는 그대로 서 있는데 '책 읽는 아이' 조각상이 보이지 않았어.

'내 눈이 이상한가?'

두 눈을 비비고 다시 보아도 여전히 없었지. 재범이는 무엇에 홀린 듯이 학교 뒷마당으로 걸어가 보았어.

"와아!"

하룻밤 만에 공룡처럼 커다란 미끄럼틀이 생긴 거야. 오늘 낮에도 보이지 않았던 커다란 미끄럼틀이 우뚝 서 있었지.

'언제 생겼지? 미끄럼틀이 너무 높다. 으윽, 무서워!'

재범이는 유치원 다닐 때에 미끄럼틀에서 내려오다 떨어져 다친 적이 있었어. 그때 오른팔이 부러져서 병원에 다니고 깁스까지 한 적이 있었거든.

"야, 재미있다!"

어디선가 경쾌한 남자애의 목소리가 들려왔어. 웬 아이가 미끄럼틀을 타고 주르륵 내려왔지. 두 팔을 높이 쳐들고 아주 신나게 말이야.

"너도 같이 탈래?"

그 아이는 처음 보는 아이인데 배시시 웃는 얼굴이 어쩐지 낯설지가 않았어.

"어, 난 무서운데!"

그 아이의 따스한 눈빛을 보는 순간, 속마음을 얼떨결에 말해 버렸지. 같은 반 훈이한테도 미끄럼틀이 무섭다는 말은 하지 않았는데.

"아, 무서워? 근데 짝짝이 신발을 신으면 하나도 안 무섭거든."

그 아이는 자기가 신고 있던 신발을 훌렁 벗어 주었어. 한 짝은 초록색이고 한 짝은 노란 신발이었지.

"넌 신발을 짝짝이로 신어?"

"응! 짝짝이 신발은 한 짝을 잃어버려도 걱정이 없어. 이 신발을 신으면 걱정이 다 사라진다니까!"

재범이는 짝짝이 신발을 신어 보았어. 마치 늘 신던 신발처럼 꼭 맞았지.

"그럼, 넌?"

"난 맨발도 시원해서 좋아!"

그 아이는 재범이의 손을 잡고 계단을 올라갔어.

"자, 간다!"

그 아이가 재범이의 등을 살짝 떠밀어 주었어.

"우와아아!"

재범이는 쏜살같이 내려오느라 무서움을 느낄 시간도 없었어. 기분이 아주 짜릿하고 스릴 만점이었지.

"앗싸!"

재범이는 방금 전까지 울적했던 기분은 다 날아가 버렸어.

"어, 저게 뭐야? 문이 달려 있네!"

미끄럼틀을 내려와 보니 미끄럼틀 사이에 삼각형 모양의 작은 문이 붙어 있었어.

"궁금하지? 들어가 봐!"

재범이는 어쩐지 꼭 들어가고 싶어졌어.

"다시 돌아오고 싶으면 짝짝이 신발을 벗어 버려!"

그 아이의 말을 들으면서, 재범이는 문에 달린 방울 모양의 단추를 꾹 눌러 보았지.

"아악!"

문이 순식간에 덜컹 열리면서 재범이의 몸이 안으로 쑤욱 빨려 들어갔어.

"어, 어!"

갑자기 눈앞이 대낮처럼 환해졌어.

"헐!"

이게 웬일이야! 재범이는 어느새 학교 교실에 들어와 있는 거야.

"어, 여긴 우리 교실이 아닌데!"

같은 학교인데 훨씬 건물이 낡았어. 아이들이 아주 많이 모여 있었고 다 처음 보는 아이들이야.

"도시락 검사를 하겠어요!"

처음 보는 여자 선생님이 아이들 책상을 다니면서 도시락을 일일이 들여다보고 있었어.

"잡곡밥을 싸오라고 했지요! 근데 하얀 쌀밥을 싸온 사람이 아직도 있어요. 여기 재준이처럼 쌀보다 보리가 더 많은 잡곡밥을 싸오는 게 맞아요!"

선생님이 어떤 아이의 도시락을 들고 아이들에게 보여 주었어. 그 아이는 선생님이 칭찬을 하는데도 머리를 푹 숙이고 앉아 있었지.

'어, 어디서 많이 본 아이 같은데!'

그러고 보니 그 아이는 분홍 잠바를 입고 있었어. 머리는 바가지 모양을 한 채로.

"아빠잖아!"

재범이는 저도 모르게 큰 소리가 튀어나왔어. 그런데 다들 재범이의 소리를 못 들었는지 아무도 쳐다보지 않았지.

'내가 투명 인간이 되었나 봐!'

재범이는 도대체 뭐가 뭔지 모르겠다는 생각이 들었어.

"야, 분홍 잠바! 좋겠다, 선생님한테 칭찬 받아서."

뒤에서 짓궂은 남자애들이 킥킥 웃었어. 그러자 아빠는 얼굴이 새빨개졌지.

"재준이는 여자 옷을 입고 다닌다! 여자가 되고 싶은가 봐."

아이들이 책상을 치면서 까르르 웃어댔어.

"조용, 조용!"

선생님이 칠판을 막대기로 툭툭 치자, 아이들은 금세 조용해졌지.

'저것들이! 우리 아빠를 놀리고 있어.'

재범이는 화가 불끈 치밀어 올랐어. 놀리는 아이들의 머리를 한 대씩 때리고 싶었지.

아빠가 싸온 도시락은 깍두기랑 콩나물뿐이었어. 진짜 맛이 하나도 없게 생겼지 뭐야.

어느새 아이들은 밥을 다 먹고 청소 시간이 되었어. 나무로 된 교실 바닥을 아이들은 왁스로 문지르면서 마른걸레로 윤이 나게 닦기 시작했지. 다른 애들은 모여서 장난을 치며 닦고 있는데, 분홍 잠바를 입은 아빠는 혼자였어. 저만치 떨어져서 힘없이 걸레로 마루를 닦고 있었지.

"자, 이제 집으로 돌아가세요. 다른 데로 놀러 가지 말고 곧장 집으로 가요, 알았죠?"

선생님이 종례를 마치자, 아이들은 교실을 박차고 달려 나갔어. 재범이는 아빠를 살피며시 따라 나갔지.

다른 아이들은 아파트가 있는 쪽으로 가는데, 아빠는 혼자서 5층 상가 건물이 있는 쪽으로 걸어갔어.

"어휴, 숨차!"

재범이는 뒤를 따라 계단을 올라가면서 이마에 땀이 날 정도였어. 한참을 올라가자 회색 철문이 나타났어. 아빠는 분홍 잠바 주머니에서 열쇠를 꺼내 '철커덕' 열었지.

"와아!"

옥상에 그런 조그만 집이 있을 줄은 몰랐어. 꼭 '백설 공주'에 나오는 난장이가 사는 집처럼 생긴 거야.

아빠가 현관문을 열고 들어갔어. 방엔 비닐로 된 지퍼가 달린 옷장이 하나 있고, 침대나 텔레비전은 보이지도 않았어.

아빠는 방에 들어오자마자 옷도 벗지 않고 벽에 세워 둔 밥상을 가져왔어. 그러더니 밥상 위에 책을 펼쳐 놓고 숙제를 하기 시작하는 거야.

"진짜였네! 아빠가 했던 말이."

고개를 갸우뚱하며 문제를 풀고, 지우개로 공책을 박박 지우는 아빠의 표정은 아주 진지했어. 한참 동안 숙제를 다 하더니 아빠는 자리에서 부스스 일어났어.

힘없이 창문을 오랫동안 내려다보았어.

"엄마다!"

갑자기 힘이 솟은 아빠는 방문을 열고 뛰어나갔어.

"엄마!"

"아이구, 우리 아들 많이 기다렸지!"

재범이가 알던 할머니의 모습이 아니었어. 흰머리가 하나도 없는 젊은 할머니는 아빠의 머리를 쓰다듬어 주었지.

"오늘 학교에서 별일 없었어?"

"엄마, 오늘 많이 피곤했죠?"

할머니랑 아빠는 서로 대답은 하지 않고 묻기만 했어.

할머니는 아빠가 입은 분홍 잠바를 물끄러미 바라보았지.

"엄마가 이번에 식당에서 월급 받으면 우리 재준이 잠바부터 사 줘야겠다!"

"괜찮아요, 엄마."

“애들이 여자애 옷 입었다고 놀리지는 않아?”

“우리 반 애들은 내 옷엔 관심 없어요.”

아빠는 할머니의 눈을 쳐다보지 않고 땅바닥을 보면서 말했어.

“그럼, 다행이다!”

할머니는 부엌에 가서 국을 끓이느라 아빠의 얼굴을 보지 못했지.

“하긴, 큰집 사촌 누나가 입던 옷인데 뭐. 남이 입던 것도 아니고!”

할머니는 아빠 들으라는 듯이 큰 소리로 말했어.

그 말을 들은 아빠는 아무 말도 하지 않고 문을 열고 나갔지. 옥상에 서서 가만히 하늘을 올려다보는 거야.

‘그랬구나, 아빠가 분홍 잠바를 입은 건.’

재범이는 너무 미안해서 마음이 ‘찌르르’ 아파왔어. 아빠 곁으로 저도 모르게 다가갔지.

그때였어. 아빠가 갑자기 뒤를 확 돌아보는 거였어.

“앗, 깜짝이야!”

재범이는 뒷걸음질을 치다가 그만 신발이 훌러덩 벗겨져 버렸지.

“으악!”

정말 잠깐 눈 한번 깜박거렸을 뿐인데, 이게 또 웬일이야!

어느새 다시 캄캄한 학교 운동장에 와 있는 거야.

“아이코!”

재범이는 발밑을 내려다보고 또 한 번 놀랐어. 짝짝이 신발은 어느새 사라지고 맨발로 서 있는 거야.

“어, 어디 갔지?”

사방을 정신없이 두리번거리고 다녔어. 그랬더니 저만치 ‘책 읽는 아이’ 조각상 밑에 재범이 신발이 나란히 놓여 있는 거야.

“어, 내 신발이 왜 여기 있지?”

재범이는 어리둥절해서 계속 꿈만 꾸는 기분이었어.

바로 그때였지. 교문 밖에서 누군가 큰 소리로 다급하게 외치는 소리가 들려왔어.

“재범아, 재범아!”

귀를 기울이니 아빠의 목소리가 틀림없었어.

“아빠!”

재범이는 놀라서 펄쩍 뛰어올랐어.

“아이고, 십 년 감수했다! 우리 재범이 학교에 있었구나.”

아빠가 교문 안으로 헐레벌떡 뛰어 들어왔지.

“아빠, 저 찾아다녔어요?”

“당연하지! 조금 있다가 경찰서에 신고하려고 했는데.”

“에이, 무슨 신고를 해요!”

재범이는 슬리퍼 사이로 보이는 아빠의 맨발을 보았어. 발이 시리다고 여름에도 양말을 신는 아빠가 지금은 맨발로 서 있는 거야.

‘아빠가 급해서 맨발로 뛰쳐나왔나 보다!’

미안해진 재범이 마음도 모르고 아빠가 먼저 사과를 했어.

“재범아, 아빠가 아까 화를 내고 때려서 미안해!”

재범이는 대답 대신 아빠의 손을 꽉 잡았어.

“아빠, 제가 더 죄송해요!”

“아냐! 재범아, 아까 아빠가 화를 낸 건 말이야.”

아빠가 뭔가 더 말을 하려는 순간, 재범이는 고개를 힘차게 가로저었지.

“아빠, 괜찮아요!”

“정말이야?”

재범이는 아빠랑 교문을 나서며 뒤를 힐끗 돌아보았어. ‘책 읽는 아이’ 조각상은 느티나무 옆에 조용히 서 있었지.

초승달이 유난히 반짝거리는 밤이었어.

진실한 마음을 작품에 담아내는 작가

김현애

2000년대 초반 처음 정진 작가와 인사를 나누고 지금까지 인연을 이어오면서 정진 작가를 생각할 때면 차분하고 조용하게 다른 사람의 이야기를 들어 주는 모습과 진지함이 묻어나는 표정이 제일 먼저 떠오른다. 나이가 들수록 다른 사람의 이야기를 잘 들어 준다는 것이 얼마나 어려운 일인지 절감하게 되는데 자기 이야기를 하기보다는 다른 사람들의 이야기를 잘 들어 주는 작가의 진지한 태도가 강한 인상으로 다가왔기 때문이다.

나를 비롯한 주변 사람들이 하는 이야기에 장황한 맞장구도 없이 조용히 이야기를 듣고 있다가 상대에게 꼭 필요한 이야기만 간결하게 진심을 담아서 표현하는 그녀의 말을 듣노라면 한결 마음이 안정되고 편안해지는 것을 경험하게 된다. 작가를 아는 많은 사람들이 그녀에게 신뢰감을 느끼며 호감을 갖게 되는 것은 이처럼 다른 사람의 이야기를 잘 들어 주고 자신을 낮추며 배려하는 작가의 성품이 자연스럽게 전달되기 때문일 것이다.

신실한 가톨릭 신자로서 매사에 진실하고자 노력하는 작가는 전자 우편 이름도 진실한 로사라는 별칭을 사용하고 있는데 작가와 오래 인연을 이어오면서 이 별칭이 작가와 정말 잘 어울리는 이름이라고 생각하고 있다.

평소에 나는 어느 누구라도 상대방의 모든 것을 알 수는 없기 때문에 다른 사람에 대해 공개적으로 평가하거나 인물됨에 대하여 논하는 것은 정말 조심스럽고 주의해야 할 일이라고 생각해 왔다. 그런 내가 뜻하지 않게 한국 아동문학계의 중진인 정진 작가의 인물론을 의뢰받게 되었을 때 혹시라도 어설프고 부족한 인물평이 정진 작가에게 누가 되지는 않을까 싶어 고사하였다. 그러나 나를 믿고 자신에 대한 인물론을 부탁한 작가의 거듭된 청을 거절할 수가 없어 고민 끝에 가까이서 지켜본 작가에 대해 내가 경험하고 아는 부분을 중심으로 소개하고자 한다.

부모님이 물려주신 작가의 꿈

1964년 서울에서 태어난 정진 작가는 영화감독의 꿈을 접고 라디오 방송국 피디로 활동하신 아버지와 고등학교 시절 문학소녀로 이름을 날린 어머니 사이의 장녀로 성장하였다. 어린 시절부터 남다른 문학적 재능을 보였던 작가는 부모님의 기대와 사랑을 듬뿍 받았다고 회고한다. 특히 월급날이면 〈소년세계〉나 〈만화왕국〉, 〈소년중앙〉 같은 잡지나 세계문학 전집, 이원수와 강소천 전집, 조흔파와 오영민의 아동소설들을 사다주며 어린 자녀들이 독서의 즐거움을 경험하도록 이끈 아버지 덕분에 자연스럽게 작가의 꿈을 갖게 되었다.

《레 미제라블》과 《작은 아씨들》과 강소천 전집을 무척 좋아했던 작가는 그 책들을 읽으며 깊은 감동을 받고 "나도 이런 책을 쓰는 작가가 되어야지."라고 마음먹었고 성인이 되어 등단할 때까지도 그 꿈은 흔들리지 않고 늘 똑같았다고 이야기한다.

또래 친구들에게 늘 '글 쓰는 아이'라고 불렸을 정도로 글쓰기에 재능을 보였던 작가는 어른이 되면 자연스럽게 작가가 될 것이라고 생각하였으나 고등학교 은사님 덕분에 우물 안 개구리였던 자신의 현실을 깨닫게 되었다. 그 분은 바로 작가의 고등학교 은사이신 이진 선생님으로 문예반에 온 작가의 글을 보고 다음과 같이 말씀하셨다고 한다. 작가가 이진 선생님과 나눈 대화 내용을 있는 그대로 소개해 본다.

"지금 우리 학교에서는 네가 제일 잘 쓸지도 모른다. 하지만 전국에 있는 모든 학교마다 잘 쓰는 아이들을 한 명씩 뽑아서 다 모으면 어떻게 될까? 너는 그 아이들의 중간 정도의 수준일 거다."

"선생님, 그래도 저는 작가가 되고 싶어요. 어떻게 하면 제가 작가가 될 수 있을까요?"

내가 진지하게 물어보자, 이진 선생님은 잠시 침묵하다가 말씀해 주셨다.

"고통의 밑바닥까지 내려가 보거라. 아주 밑바닥까지."

"그럼 죽지 않아요?"

"아니. 밑바닥까지 내려가면 다시 살아나게 된단다. 그때 타오르는 불이 생기는데, 그 불은 절대 꺼지지 않을 거야. 그럼 넌 작가가 될 수 있다."

그 말씀은 수수께끼 같았고 또 오랫동안 나를 아프게 했다. 훗날 어머니를 통해 이진 선생님이 일부러 나를 위해 그런 말씀을 해 주셨다고 들었다. 아마 창작에 대해 더 절실하고 강한 마음을 먹고 노력하기를 바라셨던 듯하다.

방황의 끝에서 만난 동화작가의 길

어린 시절의 꿈을 이루고자 걸출한 문학인과 예술인의 산실 서울예술대학 문예창작과에 입학한 정진 작가였지만 입학 첫해에 학교 적응에 어려움을 느끼고 힘들어하던 중 시인 오규원 선생님의 강의를 들으면서 학교생활에 활력을 찾게 되었다. 작가의 남다른 재능을 눈여겨본 오규원 선생님의 격려와 관심 속에서 다시 작가로서의 재능을 성장시키고자 노력하게 되었고 그분의 추천으로 학교에서 '예술의 빛' 창의상까지 받으며 학교생활을 잘 마무리할 수 있었다고 한다.

그 후 더 나은 성장을 위해 강남대학 국문과에 편입하였으나 공부하고 졸업하는 과정에서 자신의 재능에 대해 좌절감과 회의를 느낀 작가는 짧지 않은 방황의 시간을 보내게 된다. 당시 지치고 힘든 마음을 신앙으로 다독이던 정진 작가는 '로사'라는 영세명을 받으면서 더 이상 문학에 집착하지 않고 예수님의 삶처럼 아름답고 의롭게 살고 싶다는 새 뜻을 품게 되었다고 한다.

그러나 대학 졸업 후 근무하던 출판사에서 정채봉 선생님의 문학과 신앙의 어울림이 절묘하게 어울리는 동화작품을 접하면서 마음속에 묻어 두었던 자신의 꿈이 되살아나게 되었고 정채봉 작가와 같은 동화작가가 되고 싶다는 다짐을 하게 되었다.

정진 작가는 여러 차례 자신이 마음의 스승으로 모시며 존경하는 분이 정채봉 선생님이라는 이야기를 들려주었었다. 나 역시 정채봉 선생님의 작품을 아끼며 인품을 존경하는 터라 작가가 들려준 스승님에 대한 이야기가 생생하게 기억에 남는다.

> 나는 소설가에서 '동화작가'가 되고 싶어졌고, 신문 광고에 난 '문학 아카데미' 강좌에 있는 정채봉 선생님의 이름을 발견하고 무척 반가웠다. 그 후로 정채봉 선생님한테 동화를 배우는 제자들 중의 한 명이 되었다. 부끄럽게도 아동문학의 매력만 알게 되고 글을 열심히 쓰지는 못했다. 핑계라면, 그 당시에 직장을 다녔고, 또 결혼을 하게 되었기 때문이다. 출산과 육아 때문에 글을 치열하게 쓰지 못했다. 그럼에도 93년 〈샘터〉에서 '엄마가 쓴 동화' 대상을 받고, 〈여성신문사〉에서 '단편동화'로 여성문학상을 받은 건 정말 다행이었다. 또 94년 새벗문학상을 받을 때엔 비로서 정말 '작가'가 되었다는 자각을 했다. 존경하는 선배들이 많이 나온 '새벗' 식구가 되어 퍽 기뻤다. 작가는 되었지만 스승인 정채봉 선생님이 늘 어려웠다. 치열하게 열심히 쓰지 못해서, 책을 여러 권 내지 못해서 선생님 뵙기가 죄송했기 때문이다. 우리 선생님이 그토록 일찍 하늘나라에 가시다니 지금도 두고두고 후회가 된다. 살아계실 때에 더 다가가서 뵙고, 훌륭한 제자가 되어 드리지 못했던 점이 부끄럽다.

정진 작가는 문화센터, 청소년회관, 초등학교 등에서 아이들에게 논술과 글짓기를 지도하면서 '작가'보다는 '글짓기 강사'로 정착이 되어 가고 있던 그 시절의 자신을 돌아보면서 '용이 되지 못한 이무기' 같은 한을 느꼈었다고 한다. 그러나 여린 모습이지만 강한 내면의 힘을 지니고 있는 작가는 이러한 한계를 극복하고자 2002년도에 단국대 문예창작대학원에 진학하였다. 적지 않은 나이에 박사 과정에 입학한다는 것은 매우 어려운 도전이었지만 작가로서의 정체성을 찾고 자신의 작품 세계를 완성해 나가는

데 큰 전환점을 마련해 주는 계기가 되었다.

대학원에서 훌륭한 스승님들을 만나서 여러 작가들의 작품을 분석하고 연구하면서 작가로서나 인간으로서 이전과 다른 성숙을 경험하게 되었다고 이야기한다. 자신에게 내면의 성숙을 가져다준 가장 큰 깨달음은 비록 '이무기일지라도 아무 꿈도 꾸지 않은 뱀보다는 이무기가 특별한 능력이 많고 대단하니까, 용이 되지 않아도 스스로를 너무 미워하지는 말자'라고 스스로를 용서하게 된 점이라고 고백한다.

개인적으로 정진 작가의 정직한 성품과 엄격한 자기 감찰을 경험한 적이 있는 나로서는 이러한 자기 수용이 얼마나 지난한 자기 탐색과 화해의 과정을 거친 결과물인지 생각해 보게 된다. 10여 년 전 가톨릭 신자로서 신실하게 생활하는 작가에게 매주 미사 때마다 일주일 동안 지었거나 마음에 담아 두었던 죄를 고백하고 그 죄에 대해 용서받고 구원받는 고해성사를 하는 것이 어떤 느낌인지 물은 적이 있었다.

그 물음에 그녀는 "매 주일 고해성사를 해야 하는 것이 싫어서 최대한 죄를 짓지 않고 살려고 노력한다."는 답변을 하여 적지 않은 충격을 받았었다. 실제로 정진 작가는 온화하고 배려심이 많은 사람이지만 자신이 옳다고 믿는 것에 대해서는 강직하게 지켜내며 타협하지 않았다. 그런 성품이니 시류에 영합한 흥미 위주의 작품을 쓰며 다작을 하기는 어려웠을 것이다. 하지만 최대한 진심을 담아 동화를 쓰는 작가였기 때문에 작가의 마음이 작품을 통해 아이들에게 전해질 수 있는 것이다.

따듯한 시선으로 아이들을 성장시키는 작가

정진 작가의 동화작품에는 공통적인 특징이 있다. 한국 아동문학계의 중진 동화작가로서 28권의 창작집과 100여 편의 동화를 집필한 작가가 그려 내는 아이들의 삶은 아무리 우울하고 그늘진 일상일지라도 웃음이 담긴 에피소드로 독자에게 아이다운 생기와 건강한 활력을 느낄 수 있게 해 준다는 점이다. 이러한 공통점은 머리로만 작품을 구상하는 것이 아니라 실제 일상에서 아이들을 만나고 관찰하며 사랑으로 응원하는 마음을 담아 작품을 쓰기 때문이라고 생각한다.

어린 학생과 학부모, 교사와 사서들에게 책을 소개하고 독서 방법을 안내하는 역할을 하는 내가 정진 작가의 작품을 읽을 때마다 감탄하게 되는 것은 작가가 묘사해 내는 아이들의 세계가 실제보다 더 실제처럼 다가온다는 점이다.

특히 《돌 맞은 하마궁뎅이》, 《새라의 신비한 비밀 옷장》, 《우리 반 암행어사》 등은 초등학교 학생들에게 인기가 높은 작품인데 그 책을 읽은 아이들은 "정말 우리 반에도 이런 애들 있어요."라거나 "이건 내 이야기 같아요."라는 말을 공통적으로 한다는 점이 놀라웠다. 이러한 반응은 작가의 작품이 어린 독자들의 감정이입을 이끌어내는 탁월한 매력이 있기 때문이라고 생각한다.

아이들은 자신 또는 가까운 친구와 닮은 등장인물이 나오는 동화 속에서 그들이 겪는 갈등과 문제 해결 과정에 동참하며 등장인물과 함께 성장해 가게 되는데 작가가 따듯하게 그려 내는 긍정적이고 유쾌한 문제 해결 과정이 어린 독자의 건강한 성장을 자연스럽게 도와주는 것이다. 2011년에 발간된 《천적과 여행하기》는 내가 추천사를 썼던 작품으로 나는 작가의 작품 특성을 다음과 같이 소개한바 있다.

> 살아 있는 생명체인 아이들은 생각이 아닌 몸으로 부딪히며 주변 세계를 탐색해 갑니다. 자신이 이해할 수 없는 대상에 대해서는 경외감을 느끼고 의지하고, 때로는 적개심을 드러내며 공격하기도 하면서 스스로 성장해 갑니다. 아이들이 나타내는 순종과 반항, 다툼과 화해의 모습은 건강한 사람으로 성장하기 위해 반드시 거쳐야 할 빛과 그림자의 과정이라고 할 수 있습니다. 아이들의 삶을 따듯한 시선으로 전달해 온 작가는 무척 다르게 비춰지는 두 소녀가 사실은 사랑받고 싶은 욕구를 드러내는 방식이 다를 뿐 치열하게 성장하고 있는 건강한 아이의 모습이라는 것을 섬세하게 그려 내고 있습니다.

정진 작가가 그려 내는 작품 속의 인물들은 비록 미숙하고 결점도 많지만 자신만의 방법으로 서로에게 보탬이 될 해결 방법을 찾고 실행하며 성장해 나간다. 그것은 진실한 마음으로 작품을 쓰며 따듯한 시선으로 아이들을 응원하는 작가의 마음이 이야기 속에 자연스럽게 스며든 결과라고 생각한다.

오랜 시간 아동문학과 독서 분야에서 활동하는 동안 작가가 겪는 삶의 희로애락이 당시 집필하는 작품 속에 고스란히 투영되는 것을 보면서 작가의 작품은 작가의 내면을 가장 정직하게 비추는 거울 같은 것이라는 생각을 하게 되었다.

작가가 오십이 훌쩍 넘은 장년의 나이에도 지치지 않고 활발하게 동화 쓰기를 계속할 수 있는 것은 작가의 내면에 자리한 순수한 동심이 동화작품 속에서 살아 숨 쉬며 독자들과 함께 계속 성장하고 있기 때문일 것이다. 그것이 바로 동화작가로서 정진 작가가 가진 가장 큰 재능이자 소명이며 앞으로의 작품 활동이 기대되는 이유이다. 진실한 마음으로 작품에 임하며 따듯한 시선으로 아이들을 건강한 성장을 지켜봐 주는 작가의 건필과 건승을 어린 독자들과 함께 한 마음으로 응원한다.

엄숙하고 진중한 동화 쓰기

박상재

Ⅰ. 프롤로그

동화(童話)는 반드시 동화(動話)이어야 한다. 동화의 본질을 모르고 쓴 동화는 동화일 수 없다. 동화는 작가가 문학적 소양과 동심을 바탕으로 어린이의 눈높이를 겨냥하여 창작한 시적 산문문학 양식이다. 따라서 동화의 필수 조건은 동심의 반영임은 두말할 나위가 없다. 동심의 프리즘으로 세상을 보면서 동화 쓰기를 엄숙한 사명으로 여기는 작가군 중 한 사람이 정진이다.

정진은 동화의 특성과 지향점을 확실히 인식하고 글을 쓰는 작가이다. 동화는 주인공이 현실과 부딪치며 생기는 대립이나 갈등을 극복하고 화해를 지향한다. 현실이 어렵더라도 '있어야 할 것' 즉 이상향을 독자에게 제시하기도 한다. 진실을 꿰뚫어 보는 눈으로 새로운 이야기를 끊임없이 만드는 것이 작가의 운명이며 쓰지 않으면 미칠 것 같은 절박함으로 임해야 한다는 것을 충분히 알고 있다.

그는 1993년 〈샘터〉에서 주최한 '엄마가 쓴 동화' 모집에 〈버즘나무와 꽃샘바람〉으로 대상을 받았고, 〈여성신문〉 주최 여성문학상 동화 부문에 〈토끼눈 아이〉가 당선되며 동화작가의 길을 걷고 있다. 이듬해 새벗문학상 공모에 단편동화 〈열려라 문〉이 당선되며 작가로서의 발판을 굳혔다. 그는 본격 창작동화책을 상재하기에 앞서 많은 그림동화를 출간했다.

정진이 그동안 상재한 동화책으로는 《코딱지 먹는 이무기》(꿈소담이, 2008), 《어린이를 위한 경청》(위즈덤하우스, 2008), 《돌 맞은 하마궁뎅이》(가문비어린이, 2009), 《새라의 신비한 비밀 옷장》(명진출판, 2010), 《우리 반 암행어사》(소담주니어, 2010), 《천적과 여행하기》(주니어북스, 2011), 《황금 갑옷을 빌려 줄게》(아이앤북, 2011), 《내 이름은 김창》(문공사, 2011), 《왜 저래?》(소담주니어, 2012), 《칭찬 한 봉지》(좋은책어린이, 2012), 《꿈이 나를 불러요》(크레용하우스, 2014), 《책상 속에 괴물이 산다》(좋은책어린이, 2014), 《내일은 더 좋아질 거야》(알라딘램프, 2015), 《동근이의 양심》(파랑새, 2016), 《우리 반에 도둑이 살아요》(좋은꿈, 2016) 등이 있다.

II. 정진의 작품 세계

정진은 등단 후 15년 만에 본격 창작집을 출간하게 된다. 그 첫 결실이《코딱지 먹는 이무기》로 저학년 눈높이에 맞는 책이다. 주인공 '나힘찬'은 부모님이 힘차게 살아가라고 지어 준 이름이다. 집 앞 화단에 나타난 검은 고양이를 보고 겁을 먹은 뒤로 힘찬이는 힘이 없는 아이가 된다. 선생님도, 친구도, 부모님도 멀게 느껴지던 힘찬이는 우연히 숲속에서 용이 되지 못하고 땅으로 떨어진 이무기를 만나게 된다.

힘찬이한테 들켜서 용이 되는 꿈을 이루지 못한 이무기는 힘찬이에게 '왜 살아야 되는지' 이유를 찾아오라고 하며, 숙제를 못하면 잡아먹겠다고 한다. 힘찬이는 친구인 조은이 언니를 통해 살아야 되는 이유를 알게 된다. '사람은 다 꿈을 이루기 위해 산다'고 알려 주자, 이무기는 자신의 꿈이 '용'이 되는 거였다고 말한다. 그러자 힘찬이는 자신은 '용감해지는 게 꿈'이라고 말한다.

이무기는 자신의 능력을 새삼 확인하면서, 저주받은 이무기로 살지는 않겠다고 한다. 다른 용이 되려는 친구들을 도와주며 새로운 인생을 살겠다고 다짐하고 힘찬이를 용서해 준다. 또 힘찬이와 친구가 되어 주기까지 한다. 용서를 배운 힘찬이는 자신이 그토록 싫어하던 검은 고양이가 다친 것을 보고 병원에 데리고 가서 치료해 주면서 자신이 이미 용감한 아이가 되었다고 깨닫는다. 자존감이 부족한 아이가 스스로 자존감을 찾아 나가는 이야기, 용이 되지 못한 이무기라도 그냥 아무것도 하지 않은 뱀보다 훨씬 장하다는 이야기를 통해 독자들은 자신의 존재를 가치 있다고 여길 것이다.

《어린이를 위한 경청》은 어른을 위한 《경청》이란 주제와 모티프를 패러디한 장편동화로 주인공인 현이가 할아버지와 친구들과 함께 성장해 나가는 이야기이다. 학교에서 합창 대회를 하면서 자신을 질투하고 방해하는 '은미'란 아이와 대립하지 않고 갈등을 잘 극복해 나가는 과정에 '경청'이 중요한 역할을 한다. 자기주장이 강한 요즘 아이들이 새겨읽어야 할 책이다.

《돌 맞은 하마궁뎅이》는 학교에서 벌어지는 '우정'을 주제로 한 7편의 단편동화가 실려 있다. '친구'를 통해 갈등하고, 기뻐하고, 성장하는 아이들의 이야기이다.

〈정선우 왕따 작전〉은 반 아이들이 둘이서만 어울리는 영섭이와 선우를 왕따시키려고 칠판에 '영섭이랑 선우가 ♡한대요'라고 낙서를 써놓는다는 내용이다. 〈윤병신이 뭐야〉는 선생님의 실수로 병신이라는 별명이 붙은 아이의 이야기이다. 선생님은 수업 시간에 꾸벅꾸벅 졸고 있는 병선이를 깨우려고 이름을 불렀는데 그만 "윤병신"이라고 해버린다. 그날부터 병선이는 친구들에게 놀림을 받고 선생님은 병선이만 보면 가슴이 철렁한다. 이런 병선이를 위해 선생님은 자신이 어릴 적 '지렁이'라는 별명 때문에 마음고생이 컸다는 이야기를 들려주고, 아이들은 친구들에게 멋진 별명을 하나씩 지어오는 숙제를 하게 된다는 이야기이다.

〈무서워도 용기를 낼 거야〉는 조폭 흉내를 내며 잘난 척하는 아이들에게 끌려다니던 학수가 부당한 요구를 거부하며 자존감을 찾아간다는 내용이다. 〈우리가 빛나는 이유〉는 나날이 입지가 좁아지는 아버지의 존재감을 일깨운 동화이다. 아버지의 주식 투자로 집이 망한 현수는 밤늦도록 집에 오지 않는 아버지를 찾으러 어머니와 서울역에 갔다가 노숙자들을 처음으로 보고 충격을 받는다. 아버지가 다른 일자리를 구하기 위해 집에도 못 들어온 채 애쓰고 있다는 말을 들은 현수는 로봇 과학자가 되겠다는 꿈을 더욱 다진다는 내용이다. 이렇게 각 편마다 현장감 있고, 호소력 있게 전개되는 사실동화집이다.

《새라의 신비한 비밀 옷장》은 판타지동화에 속한다. 새 옷을 좋아하고 허영심이 강하던 '새라'가 옆집 할머니의 옷장을 우연히 맡게 되면서 신기한 일이 벌어지며 펼쳐지는 이야기이다. 날마다 옷장 안에 있는 옷들이 바뀌게 되어 새 옷을 입고 신나지만, 그 옷은 다음날이면 사라진다. 옷장 때문에 예기치 못한 소동을 겪으면서 새라는 자기만의 옷을 연출하는 디자이너라는 꿈이 생긴다. 또 사촌 언니와 함께 블로그를 만들어서 멋진 패션을 여러 사람에게 알려 준다. 옷장이라는 판타지 공간을 통해 디자이너라는 진로 지도적 요소도 내포된 동화책이다.

《우리 반 암행어사》는 전학으로 인해 갈등을 겪던 아이가 어려움을 극복하고 리더십을 발휘한다는 내용이다. 다른 학교로 전학을 간 강신우는 처음엔 선생님한테 오해를 받고 샘이 많은 김승우란 아이의 표적이 되어 괴롭힘을 당한다. 그러나 차츰 학교생활에 적응을 잘하게 되고 반에서 '암행어사'가 되어 훌륭한 리더십을 발휘한다. 훌륭한 리더는 내 멋대로 행동하는 리더가 아니라 다른 사람들의 입장과 생각을 잘 배려하고 이해하는 사람이라는 것을 알려 주는 이야기이다.

《천적과 여행하기》는 사이가 좋지 않던 사촌이 여행을 통해 갈등을 풀어 가는 동화이다. 나이는 같지만 성격과 환경이 다른 사촌 재나와 유리가 여행을 통해 서로 화해하고 '형제'가 되어 가는 이야기이다.

재나와 유리는 같은 해에 태어났지만 작은집 둘째인 재나는 주변 사람들과 자주 마찰을 일으켜 말썽꾸러기 취급을 받는다. 큰집 외동딸인 유리는 예의 바르고, 모범생으로 인정받아 늘 칭찬 속에 산다. 한마디로 유리는 공주, 재나는 시녀이다. 그때문에 재나는 늘 외롭고 서럽다. 재나의 마음엔 점점 시기와 질투, 열등감을 넘어서 '화'와 '울분'이 쌓여 간다.

재나는 할머니의 고집으로 유리와 두 동생과 함께 일본 여행을 떠난다. 일본에 도착하자, 할머니는 공연 관람을 핑계로 아이들만 남기고 호텔방을 나선다. 네 명의 아이들은 현지 안내자를 따라 일본 여행을 한다. 처음에는 방관자로 있던 재나는 어쩔 수 없이 유리와 두 동생의 보호자로 나서게 되어 든든한 누나와 의젓한 사촌 형제의 역할을 한다. 공주 같던 유리가, 낯선 곳에서 자신의 보호를 필요로 하는 어린 동생처럼 보이게 된다. 평소에 동생들과 티격태격하면서 생긴 리더십을 발휘하며 재나는 어느새 유리의 보호자이자 멋진 리더가 되어 일본 여행을 마친다.

《황금 갑옷을 빌려 줄게》는 말하는 거북이가 등장하는 판타지적 요소가 강한 동화이다. 파충류를 좋아하지만 매사에 느리고 내성적이던 '태평'이가 우연히 말하는 거북이를 만나게 된다. 건강원에 있던 거북이를 사서 집에 데려와 키우면서 '황금 갑옷'을 빌려 입게 된다.

난처하거나 위기에 처했을 때 '황금 갑옷'을 이용하다가, 나중에는 자신의 힘으로 일을 해결해야 된다는 사실을 깨닫게 된다. 진정한 갑옷은 자신의 마음에 있다는 걸 알게 된 후에 거북이를 강에 놓아 준다. 이 동화는 자립심 신장과 생명 존중 사상이라는 두 마리 토끼를 쫓는 동화이다.

《내 이름은 김창》은 주인공 김창이 친구들을 괴롭히다가 잘못을 뉘우치게 되는 이야기이다. 회장이 되고 싶은 창이는 뜻을 이루고 싶어 태권도도 배우러 다니면서 회장 선거를 열심히 준비한다. 하지만 보기 좋게 떨어져 몸져눕게 된다. 그리고 그 원인이 고자질을 잘하고 참견하기 좋아하는 성격 때문임을 알게 된다. 결국 창이는 주변 사람들을 괴롭히다가 자신의 잘못을 깨닫게 된다. 남의 약점을 밝히던 고자질에서 친구의 위기 상황을 알려 주는 고자질, 자신의 잘못을 고백하는 고자질로 문제 상황을 멋지게 해결한다는 내용으로 깨우침을 주는 동화이다.

《왜 저래?》는 아미치스의 《쿠오레》처럼, 학급에서 일어나는 아이들의 에피소드를 통해 교훈을 깨닫게 해 주는 동화이다. 남소중 선생님 반의 아이들이 선생님의 뚜렷한 교육관을 통해 서로 '다름'을 이해해 가는 과정에서 일어나는 에피소드를 담고 있다.

이름마저 남을 소중하게 생각할 것 같은 남소중 선생님이 아이들과 함께 문제점이 있거나 일반적이지 못한 성향을 가진 아이들을 이해하고 존중하는 과정을 잘 보여 주고 있다. 분홍색을 좋아하는 호준이는 늘 놀림을 받고 울던 2학년 때와는 달리 "분홍왕자"로 거듭나 자신의 꿈인 '제빵사'가 되기 위해 시장놀이에서 머핀과 쿠키를 구워와서 판매왕이 된다. 산만하고 정신없는 서윤이는 아이들이 깜짝 놀랄 만큼 노래를 잘해 친구들에게 인정을 받는다. 그로 인해 단점이 있는 아이들도 누구나 장점도 가지고 있다는 걸 깨닫게 된다.

《칭찬 한 봉지》는 소통의 중요함을 강조한 동화로 소통의 방법을 몰라 외로웠던 주인공이 조금씩 세상과 가까워지는 이야기이다. 실제 주변에서 흔히 볼 수 있는, 제 할 말만 하는 보통 아이 모습과 이로 인해 벌어지는 에피소드를 밝은 문체로 그려 냈다. 이야기를 통해 어린이 독자들로 하여금 다른 사람들과 좋은 관계를 만들어 나가는 기본이 '소통'임을 깨닫게 해 준다. 제대로 된 소통을 위해서는 평소에 존중과 배려가 바탕이 된 넉넉한 마음 자세를 가꿔야 한다는 사실을 배울 수 있다.

《저요, 저요》는 초등학교에 입학한 1학년 어린이들을 위한 생활동화이다. 이 책에서는 '발표 잘하기'를 주제로 이야기를 풀어 나가고 있다. 주인공 수찬이는 할아버지, 할머니, 아빠, 엄마의 사랑을 독차지한다. 그런데 집에서는 말을 잘하지만 학교만 가면 꿀 먹은 벙어리가 된다. 먼저 발표한 친구가 자신의 생각과 똑같은 말을 하자 따라쟁이가 될까 봐 걱정을 하던 중 목소리가 잠기는 바람에 친구들이 웃음을 터뜨리자 당황한 것이다. 할머니와 함께 마트에 간 수찬이는 과일 파는 아저씨가 말을 잘하는 것을 보고 감명을 받는다. 어느 날 아저씨 대신 물건을 손님들에게 소개하는 말을 하게 되고 칭찬을 받게 된다. 그 후 자신감을 가지게 되고, 수업 시간에도 발표를 잘하게 되어 발표 잘하는 아이가 받는 황금마이크상도 받게 된다는 이야기이다.

《꿈이 나를 불러요》는 작가가 태백에 있는 작은 학교에 '작가와의 대화'를 하러 갔던 경험을 살려 쓴 동화이다. 그늘진 그곳 아이들에게 위로와 용기를 주고 싶은 마음이 담겨 있는 책이다. 할아버지와 할머니 손에 크면서 책을 싫어하고, 아버지에 대한 거부감을 가졌던 소녀 문이가 좋은 담임 선생님과 도서관을 통해 책을 좋아하게 되고 마침내 작가의 꿈을 갖게 된다는 성장동화이다. 작품의 배경이 되는 태백 동점초등학교에 대한 묘사와 아이들의 생활 모습이 생생하게 펼쳐지고 있다.

《내일은 더 좋아질 거야》는 긍정의 힘과 가치를 느끼게 해 주는 인성동화이다. 주인공 '다온'이라는 이름에는 '좋은 일이 다 온다'라는 뜻이 담겨 있다. 작가가 복지관에서 노인 대상 수업을 했던 경험을 바탕으로 이야기를 이끌어 나아갔다. 독거노인들이 그림책을 만들면서 기뻐하는 모습이 생생하고, 그들이 어린 시절에 겪은 이야기가 독자들의 시선을 집중시킨다. 긍정의 힘은 마치 마법처럼 모두를 변화시킨다. 마법의 주문을 외듯 언제나 '잘 될 거야'를 외치면 힘든 마음에도 용기가 솟게 마련이다.

《동근이의 양심》은 작가의 친구 아들을 모델로 쓴 작품이다. 동근이는 할아버지를 무척 사랑해서 할아버지처럼 훌륭한 농부가 되고 싶어 한다. 동근이에게는 늘 소중하게 가지고 다니는 보물 1호가 있다. 동근이의 할아버지가 하얀 돌에 물감으로 동그라미를 그려서 선물해 준 '신호등 돌'이다. 할아버지는 동근이가 어떻게 해야 될지 모를 때가 생기면 이 돌을 보고 마음의 소리를 들어 보라고 한다. 해서 옳은 일이면 '파란불'이고, 그른 일이면 '빨간불'이라고 말한다.

새 학기 첫날, 동근이는 사촌 세아와 같은 반이 된다. 세아와 학교생활을 같이 하던 동근이는 세아의 비밀 행동을 목격하고, 건이의 말하지 못할 사정도 알게 된다. 이 책은 양심을 왜 꼭 지켜야 하는지, 그 가치와 의미를 제시해 주고 있다.

《우리 반에 도둑이 살아요》는 열한 살 아이들의 풋풋한 첫사랑을 다룬 동화이다. 주인공 '정용'이는 키도 작고, 별명이 '안단똥(안경 쓴 키가 작은 아이)'으로 불리는 인기 없는 아이이다. 명랑하고 지기 싫어하는 승부욕도 있고, 달리기를 잘한다. 어느 날, 복잡한 아이스크림 집에서 돈을 안 내고 아이스크림을 먹었다는 누명을 쓰게 되었을 때 같은 반 현서가 주인에게 돈을 내었다고 증인이 되어 준다. 이때부터 정용이는 현서의 예쁜 모습을 바라보게 된다. 원래 여자애한테 관심이 없었는데 현서가 자신의 마음을 도둑처럼 훔쳐갔다고 여긴다. 정용이는 현서의 마음을 얻기 위해, 자신의 단점을 극복하려고 노력한다. 덕분에 정용이는 훨씬 더 근사하고 자랑스러운 모습으로 변해 간다.

Ⅲ. 에필로그

정진의 동화에는 아이들의 생활 현장에서 소재를 찾아 그들의 고민과 갈등을 풀어 나가는 내용들이 많다. 그는 동화의 지향점과 긍정의 가치를 잘 알고 동화 창작에 힘쓴다. 과유불급이란 말이 시사하듯 교육적인 요소가 강한 작품일수록 문학성이 폄하되기 쉽다. 최근 정진이 상재하고 있는 학교 현장을 배경으로 한 기획동화에도 교육성이 드러나는 작품들이 더러 있다.

교육성이 아동문학의 특성이기는 하나 지나치게 노정되어서는 곤란하다. 이 점은 앞으로 정진이 동화를 창작할 때 유념해야 할 대목이다. 그는 소외된 진실과 내면화된 아름다움을 독자들이 볼 수 있게 환한 곳으로 불러내는 작품을 쓰기 위해 늘 정신이 깨어 있다. 동화를 쓰는 일이야말로 가장 엄숙하고 막중한 임무로 믿고 있기 때문이다.

정진은 "재능은 센스가 아니라 멈추지 않고 지속할 수 있는 힘이다."는 엔터테인먼트 방시혁의 좌우명을 좋아한다. 이러한 소명을 수행하기 위해 여러 대학에서 아동문학을 강의하며 동화 창작에도 전념하고 있다. 정진은 동화를 쓰기 위한 준비를 철저히 하여 시놉시스를 충실히 짜는 편이다. 앞으로도 이런 태도를 견지하며 창작에 정진한다면 그의 이름처럼 동화 나라의 보배가 될 것이다. 정진의 동화 창작의 열정은 마르지 않고 흘러넘쳐 보배로운 진주로 거듭날 것이다.

어린이와 함께 선생이 걸어온 길

1964년 서울에서 태어남.

1983년 서울예술대학 문예창작과에 입학함.

1985년 서울예술대학 문예창작과를 졸업함.

1986~1987년 강남대학교 국어국문학과 3학년으로 편입 및 졸업함.

1993년 〈샘터〉 주최 엄마가 쓴 동화 본상을 수상함.

〈여성신문〉 주최 여성문학상(단편동화 부문)을 수상함.

1994년 제13회 새벗문학상 동화 부문을 수상함.

1996년 《꿈을 먹는 맥》, 《무지개집》을 삼성출판사에서 출간함.

2002년 단국대학교 문예창작대학원에 입학함(아동문학 전공).

2003년 〈할머니 어디 가세요〉가 대교출판에서 주관하는 그 해의 우수창작 20편에 작품이 선정됨.

2005년 단국대학교 문예창작대학원(석사 과정)을 졸업함.

2006년 〈아침햇살〉에 실린 〈무서워도 용기를 낼 거야〉가 한국문화예술위원회 우수작품 추천으로 선정되어 후원기금을 받음.

단국대학교 문예창작대학원 박사 과정에 입학함.

2007년 〈열린아동문학〉에 실린 〈윤병신이 뭐야〉가 한국문화예술위원회 우수작품 추천으로 선정되어 후원기금을 받음.

《모두 다 같이 차례차례》, 《인사 잘하면 낫는 병》을 두산동아에서 출간함.

2008년 창작동화 《코딱지 먹는 이무기》(꿈소담이)를 출간함.

고학년을 위한 가치동화 《어린이를 위한 경청》(위즈덤하우스)을 출간함.

청강문화산업대학 만화일러스트과에 출강함.

2009년 창작 단편집 《돌 맞은 하마궁뎅이》(가문비)를 출간함.

재능대학 아동보육과 '그림책의 창작과 실습'에 출강함.

2010년 창작동화 《새라의 신비한 비밀 옷장》(명진출판)을 출간함.

《우리 반 암행어사》(소담주니어)를 출간함.

신흥대학 미디어 문예창작과, 장안대학 디지털 문예창작과, 서경대학교 국어국문학과에 출강함.

2011년 장편동화 《천적과 여행하기》(주니어북스), 창작동화 《황금 갑옷을 빌려 줄게》(아이앤북), 창작동화 《내 이름은 김창》(문공사)을 출간함.

서경대학교, 장안대학, 신흥대학에 출강함.

2012년 《왜 저래?》(소담주니어), 《칭찬 한 봉지》(좋은책어린이)를 출간함.
문화예술위원회문학나눔도서에 《칭찬 한 봉지》가 선정됨.
동원대학 아동보육과, 서경대학교, 장안대학에 출강함.

2013년 《무럭이는 다 알고 있다》(소담주니어), 《느림보와 번개》(좋은책어린이)를 출간함.
장안대학교, 신흥대학교에 출강함.

2014년 문화예술위원회세종도서 문학 부분에 《느림보와 번개》가 선정됨.
《황금별 왕자님》(좋은책어린이), 장편동화 《꿈이 나를 불러요》(크레용하우스), 《책상 속에 괴물이 산다》(좋은책어린이), 《세상을 바꾼 여성 리더십》(아라미)을 출간함.
장안대학교에 출강함.

2015년 《알쏭달쏭 내 짝궁》(좋은책어린이), 《내일은 더 좋아질 거야》(알라딘북스)를 출간함.
문화예술위원회세종도서 문학 부분에 《내일은 더 좋아질 거야》, 교양 부분에 《세상을 바꾼 여성 리더십》이 선정됨.
장안대학교 미디어 스토리텔링과에 출강함.

2016년 《동근이의 양심》(파랑새), 창작동화 《우리 반에 도둑이 살아요》(좋은 꿈)를 출간함.
장안대학교, 계원예술대학교 시각디자인과, 가톨릭대학교 대학원 응용텍스트학과에 출강함.

한국 아동문학가 100인

강정규

대표 작품

〈시인의 가방〉

독후감

〈제망매가〉를 읽고

인물론

진실은 힘이 세다

작품론

변화하는 시대에 행하는 뚝심 있는 글쓰기

어린이와 함께 선생이 걸어온 길

시인의 가방

“우리가 쓰는 말에는 소리 말과 글자 말 두 가지가 있습니다. 소리 말은 시간과 공간의 제약을 받지만 글자 말은 그렇지 않습니다. 또한 소리 말, 즉 음성 언어는 대화를 통해 직접 전달되지만, 글자 말, 곧 문자 언어는 글을 통해 간접적으로 전달되지요…….”

나는 말과 글에 대하여 말하고 있었다. 교양 국어 시간이었다.

“……음성 언어는 손짓, 억양 몸짓, 표정 등 부수적인 표현 방법이 가능합니다. 그러나 문자 언어는 이러한 표현 방법을 활용할 수 없습니다. 거기에다 음성 언어, 즉 말은 듣는 이의 반응을 그때그때 살펴 전달하려는 내용을 강조하거나 반복해서 말할 수 있지만, 문자 언어 즉 글은 독자의 반응을 즉시 참고할 수 없지요…….”

학생들은 별로 주의 깊게 듣지 않았다. 그러나 나는 분필 끼우개에 끼운 분필을 들고 칠판에 알아보기 쉽게 도표를 그렸다.

“말은 이렇게 비교적 쉬운 내용을 간단하게 전달하지만 글은 보다 복잡한 내용도 논리적으로 전달할 수 있지요. 그러나 말이 쏟아 놓은 물을 되담을 수 없듯 수정이 불가능한 데 비하여 글은 얼마든지 수정이 가능한 이점이 있습니다.”

나는 분필 끼우개에서 분필을 빼냈다. 손가락에 분필 가루가 약간 묻었지만 양복 겨드랑이 밑에 쓱싹 닦아 버렸다. (아내가 보았으면 분명 나무랄 일이었다.) 그리고 출석을 부르기 시작했다. 강의실은 더욱 산만해졌다. 행정과, 도예과, 영어과, 일어과, 비서학과, 금속공학과 등 8개 학과 수강생들이 빠져나가고 있었다. 잠시 후 강의실은 텅 비었다. 나는 가방을 챙겼다.

“다 왔어요. 종착역입니다!”

그때 누군가 날 흔들었다. 눈을 떴다. 주위가 썰렁했다. 전동차 안. 푸른 옷을 입은 청소하는 아주머니는 이미 저만치 등을 보이며 걸어가고 있었다. 그런데 가방이 안 보인다. 분명히, 강의 노트만 꺼내고 안경집까지 담아 선반에 얹었던 가죽 가방이 보이지 않았다. 선 채로 강의 노트를 들여다보다가 뒷자리가 하나 비기에 뒷걸음쳐 앉았는데, 잠든 사이 누군가 갖고 내린 모양이었다. 나는 갑자기 허둥대기 시작했다.

나는 한때 유명한 화장품 회사의 홍보실 차장이었다. 사보 〈연지곤지〉의 편집 주간이기도 했다. 그때만 해도 나는 시인이었다. 시집도 내고 내 시집이 시내 큰 책방 책꽂이에 꽂혀 있었다. 그래서 가끔 서점에 들르면, 처음 보는 책을 뽑아 보듯 내 시집을 뽑아 후르륵 책장을 한 번 넘겨 보고는 다시 꽂아 놓고 돌아서며 흐뭇해하기도 했다. 그러나 나는 요즘 아주 바쁘다. 경제라는 게 아주 나빠지자 화장품 회사는 우선 사보를 휴간했고 나는 갑자기 일자리를 잃었다.

(일자리를 잃으면 더욱 바빠진다. 참 이상하다.) 대학과 백화점 문화센터에서 강의를 맡기 시작한 것이다. 소위 말하는 보따리장수라는 거다. 보따리장수에겐 5대 불문이라는 게 있다. 우선 시간 불문이다. 한 시간 짜리이건 세 시간 연강이건 묻지 않는다는 뜻이다. 같은 학교에서 수강 인원이 많아 두 반으로 나뉜 경우, 첫째 시간이 오전 9시 30분 시작이고 둘째 시간이 오후 3시 30분 시작이면 그 사이 시간이 빈다. 그래도 묻지 않고 오케이다. 그런데 보따리장수에겐 연구실이 따로 없다. 오전 10시 45분부터 오후 3시 30분까지 어디서 무얼 한단 말인가. 그 사이 점심도 먹어야 하는데 아는 이 없어 혼자 먹는 교수식당도 어색하고 학생 식당은 더더욱 쑥스럽다. 두 번째가 다소 불문인데 학교마다 들쑥 날쑥 강의료가 많든 적든 불문에 부친다는 얘기이다. 세 번째는 남녀 불문, 네 번째가 주야 불문, 그리고 다섯 번째가 원근 불문인데 일일이 설명할 필요는 없을 것 같다.

시인이 시만 써서 밥을 먹고살 수 있는 나라는 좋은 나라다. 사람들은 나더러 시인이라 한다. 나도 그렇게 생각한다. 그러나 나는 요즘 시를 통 못 쓴다. 하기야 전에 쓴 것도 내가 보기엔 시답잖은 것들이었다. 그런데 요새는 그나마 못 쓴다. 한때 소설을 쓰다가 요즘 나같이 보따리장수가 된 친구를 전작가(前作家)라고 부르니 나는 전시인(前詩人)쯤 되는 셈이다. 시인이 시도 못 쓰면서 바쁘기만 한 건 참으로 싫은 일이다. 싫은 일을 계속해야 하는 건 슬픈 일이다.

나는 손가락에 분필 가루 묻히는 걸 싫어한다. 분필을 들었다 하면 재채기가 나온다. 그러나 강의 내용도 가지가지, 교양 국어, 문장론, 시 창작 실습 등, 이 또한 정해 주는 대로 받다 보니 분필 사용이 불가피한 경우가 있다.

분필을 쓰고 나면 손을 닦아야 한다. 그런데 나는 손 씻는 걸 싫어한다. 그러다 보니 분필 가루를 옷에 묻히고 다니기 일쑤다. 그러면 아내가 싫어했다. 나는 무엇보다 아내가 싫어하는 걸 싫어했다. 아내가 상을 찌푸리면 나도 따라 찌푸리게 된다. 둘이 같이 상을 찌푸리다 보면 곧잘 싸움으로 발전하였다. 그래서 나는 학기 초 학생들에게 부탁한다.

"나는 분필 가루를 싫어한다. 물 묻힌 휴지를 좀 준비해 두렴."

그러나 학생들은 곧잘 잊어버린다. 남학생들은 특히 그렇다. 물론 잊지 않고 갖다 놓는 학생도 있다. 물론 여학교라고 다 그런 것도 아니다. 나는 분필을 쓰고 나서 물 묻힌 휴지로 손가락을 닦았다. 그러고 나서 나는 웃으면서 학생들에게 말했다.

"이렇게 은박지 접시에 담아 놓으니 더욱 좋아요. 다음 시간에도 부탁해요."

새로 난 동물병원 원장은 다리를 절고 그 앞 피자집은 늘 산토끼처럼 입을 오물거리며 피자를 먹는 아이들로 가득하다. 원장은 안개 자욱한 산길에서 병든 산토끼를 주워 왔다. 일주일 내내 정성을 다해 돌보니 산토끼는 아이들처럼 씩씩해졌다. 차에 태워 유원지 깊숙한 곳까지 가서 산으로 돌려보내는 날은 내가 동행을 했다. 다음, 다음날 산토끼는 되돌아왔다. 네가 살 곳은 산이라고, 그래서 차에 태워 다시 유원지에 갖다 풀어 놓았지만 또 돌아왔다. 또 차에 실으려고 찾으면 지하실로 피해 달아나고 옥상으로 도망가 숨는다 한다. 아무래도 토끼가 도시 속에서는 불행할 것 같아 온갖 노력을 다하다가 마침내 그는 포기했다. 토끼가 아이들 속에 들어가 숨어서 아이들처럼 오물거리며 피자를 먹고 있어서다. 새로 난 동물병원 원장은 다리를 절고 그 앞 피자집은 늘 제가 살던 산을 버린 산토끼들로 가득하다.

이건 신경림 시집 《뿔》 65쪽에서 옮겨 적은 〈산토끼〉라는 시이다. 시집 맨 뒤쪽 판권 밑자리에는 '*이 책 내용의 전부 또는 일부를 재사용하려면 반드시 저작권자와 창비 양측의 동의를 받아야 합니다.'라고 적혀 있지만, 그날 나는 그 말을 듣지 않고 칠판에 옮겨 썼다. 그리고 이와 함께 장철문 시인이 쓴 동화 《노루삼촌》을 이야기로 들려주었다. 그게 그날 수업 내용이었다.

학생들은 밤늦은 시간인데도 내 강의를 귀 기울여 들었다. 굳이 제목을 붙인다면 〈동화와 산문시의 만남〉이라고나 할까. 그런데 강의를 마치고 가방을 챙기는데 남아 있던 한 학생이 손바닥만 한, 포장된 상자 하나를 건네주었다.

"선생님 고맙습니다."

그 여학생은 분명 선생님이라고 했다. 나는 그 소리가 우선 듣기 좋았다. 평소 교수님이라고 부르는 학생이 많지만, 그건 어법에도 틀리고 듣기도 거북했다. 그 여학생은 꽤나 나이가 많아 보였다. 여자대학인 데다 특히 야간인 경우 나이 많은 학생이 많았다. 대개 낮에는 직장에 다니는 모양이었다, 나는 그 상자를 받아 들고 휴게실로 왔다. 율무차를 한 잔 마시며 포장을 풀었다. 종이 상자 안에는 손수건이 세 장 그리고 만년필 뚜껑 같은 게 하나 들어 있었다.

"선생님, 이게 뭐지요?"

마침 휴게실 안으로 들어와 분필 가루 묻은 손으로 커피를 타는 같은 처지의 시간 강사에게 내가 물었다.

"아, 이건 분필 끼우갠데요."

사람 좋아 보이는 그이는 내게서 그 만년필 뚜껑 같은 걸 받아 사용법까지 친절히 알려 주었다.

"짠!"

나는 옆 반(보통 B라고 부른다.)에 들어가자마자 그 분필 끼우개를 들어 보이며 그날 밤 마지막 강의를 시작했다. 그리고 다음 주 앞 반에서도 필히 분필 끼우개를 사용하리라 다짐하였다. 마치 서점에서 내가 내 시집을 빼 보듯이 시침을 떼고 분필 끼우개를 꺼내 쓰면, 우리 집 애 에미가 아이한테 사 보낸 넥타이를 이튿날 담임 선생님이 매셨더라고 좋아하던 막내둥이처럼, 내색은 않더라도 그 여학생이 기뻐하기를 바라면서.

그런데, 그다음 날 나는 전동차 안에서 졸다가 가방을 잃어버렸던 거다. 그 속에 분필 끼우개가 들어 있는 가방을. 전동차에서 내려 계단을 올라, 그리고 구름다리를 건너, 새로 건축 중인 민자 역사의 임시 출찰구를 빠져나온 나는 대기 중인 학교 버스에 올랐다. 빈손(강의하러 가는 시간 강사가 빈손이라니)이었다. 버스 기사 양반이 목례를 했다. 자리에 앉았던 학생이 자리를 내주었다. 목례를 받기도, 내준 자리에 앉기도 거북했다. 빈손이 부담스러웠다. 전동차 종점에서 버스로 한 시간은 더 달려가야 되는 곳, 수도권 위성 도시 외곽의 전문 대학은 산골짜기에 그 위용을 드러냈다. 버스에서 내리면 또 언덕길을 올라가야 했다. 거기서도 빈손은 부담이었다. 항상 무언가 들려 있던 두 손을 처리하기가 그렇게 어려울 줄이야.

가방 속에 들어 있던 물건들, 그러니까 주민등록증이며 은행 카드 등은 이럭저럭 처리를 했다. 과제물 같은 건 학생들에게 솔직히 말하고 다시 제출하라 했다. 컴퓨터에 들어 있으니 걱정 말라고 말한 건 이태 전 내 강의를 들은 바 있는 조교였다. 문제는 분필 끼우개였다. 내가 분필 끼우개를 생각해 낸 건 이튿날이었다. 가방을 잃어버린 그날, 그러니까 화요일 수업 때는 분필 끼우개 같은 건 생각할 겨를이 없었다. 상실감이 매우 컸던 모양이다. 어찌어찌 하다 보니 하루가 가 버렸다. 그 상실감 속에 분필 끼우개는 포함되어 있지 않았다. 수요일 아침, 비가 내렸다. 우산을 챙기는데 아내가 손수건을 건네주었다. 새것이었다. 분필 끼우개가 들어 있던 상자 속의 세 개 중 하나였다. 문방구에 가면 있겠지, 뭐. 그렇게 가볍게 생각하고 문을 나섰다. 역으로 나가는 마을 버스를 탔다.

그런데 문방구는 보이지 않았다. 제주똥돼지, 마산아구탕, 백궁다방, 국민은행, 010안경점, 잘한다노래방, 이이비인후과, 훼미리마트, 한의원, 법무사, 회계사, 미니슈퍼, 공인중개사, 고시원, 떡집, 약국, 미술 학원, 피아노 학원, 태권도 학원, 교회, 우체국, 농협, 양복점, 양장점, 중화요리, 병천순대, 갈빗집, 설렁탕, 남원추어탕, 동서가구, 클립스침대, 솥뚜껑삼겹살……. 결국 똥돼지에서 삼겹살로 끝나고 말았다. 문방구는 어디에도 눈에 띄지 않았다.

수업이 끝나고 다시 길을 나섰다. 아침에 마을버스를 타고 창밖으로 내다본 거리의 간판들과 별다름이 없는 종류였다. 문방구라는 게 있긴 있었다. 대개 초등학교 교문 앞인데 내가 찾는 물건은 없다고 했다. 복사, 코팅, 팩스 그리고 담배를 팔거나 완구점, 떡볶이집이 붙어 있기 일쑤였다. 개똥도 약에 쓰려면 보이지 않는다더니. 목요일, 금요일도 마찬가지였다. 그리고 토요일 오후 구구백화점 문화센터에서 시 창작 강의가 있다.

백화점에 가기 위해 전동차를 탔는데, 앞자리에 앉은 늙수구레한 아주머니가 성경책을 읽고 있다.

구하라, 받을 것이다.

찾으라, 얻을 것이다.

문을 두드리라, 열릴 것이다.

누구든지 구하면 받고, 찾으면 얻고, 문을 두드리면 열릴 것이다.

너희 중에 아들이 빵을 달라는데 돌을 줄 사람이 어디 있으며 생선을 달라는데 뱀을 줄 사람이 어디 있겠느냐?

복음서에 나오는 예수님 말씀이었다. 어쩌면 백화점에서는 구하게 될지 모른다는 생각이 들었다. 구하라, 받을 것이다. 찾으라, 얻을 것이다. 문을 두드리라, 열릴 것이다. 꼭 내게 하는 말 같았다. 그런데 정말 있었다. 강의실에 들어갔는데, 초록색 칠판 아래 지우개와 함께 분필 끼우개가 하나 턱 하니 놓여 있는 게 보였다.

"당신이 찾으셨지요? 제가 여기 있어요. 찾으시니 얻은 거예요……."

분필 끼우개가 이렇게 말하고 있는 것 같았다. 내가 잃어버린 것과 똑같은 모양이었다. 다만 누군가 사용한 듯 분필이 끼워져 있었다. 나는 분필을 빼 보았다. 고두심과 같은 제주도 고씨라는 그 여학생이 준 것과 똑같았다. 나는 빼낸 분필을 다시 끼워 칠판 턱에 올려놓았다. 그것은 내 것이 아니었다.

강의를 끝낸 나는 수강생들에게 '이런 걸 어디서 사느냐?'고 물었다. '문방구에서 팔겠죠.' 대답은 뻔했다. 나는 사무실 처녀에게 물었다. 어떤 강사가 쓰다가 놓고 갔을 거라고 했다. 그 강사에게 어디서 샀느냐고 묻고 싶다고 했다. 그런데 그게 누군지 모른다는 대답이었다. 일요일엔 한 주간 학생들이 제출한 리포트를 검토하는 데도 시간이 모자랐다. 꼼짝할 수 없었다.

월요일 오전 종합 대학 강의가 끝난 후, 시내에 다시 나가 보았지만 또 허탕이었다. 결국 빈손으로 그 여자 대학 강의실에 들어갔는데 다행히 그 여학생 자리가 비어 있었다. 휴, 결석이었다. 지각 한 번 없던 학생이었는데…….

"교수님, 분필 꽂이 안 쓰세요?"

B반에 들어갔는데 한 학생이 물었다.

"지난주 쓰시기에 물티슈 준비 안 했는데……."

"……."

나는 망설이다가 결국 가방 잃어버린 이야기를 했다. 그리고 이튿날, 가방 잃어버린 지 일주일째. 졸지 않기로, 아예 가방을 든 채 전동차 안에 서 있는데 손전화벨이 울렸다. 구구백화점 문화센터 사무원이었다.

"분필 꽂이 쓰신 분 누군지 알아냈어요 역삼문구에서 판대요."

친절하기도 해라. 마침 빈자리가 났다. 가방을 안고 앉아 눈을 감았다. 휴, 안도의 한숨이 나왔다.

(얘기가 늘어지는 것 같다. 빨리 끝내야겠다.)

이튿날, 짬을 내서 역삼동엘 갔다. 전철역은 지하에 있었다. 지하 2층에 '역삼문구' 간판이 보였다. 나는 천천히 계단을 올라갔다.

"두세 개쯤 사 두자. 꼭 일주일을 헤매는구나."

그때였다.

"선생님, 여기 웬일이세요?"

눈앞에 고은정, 그 학생이 서 있었다.

"고 군은 여기 웬일인가, 그동안 무슨 일 있었나?"

학생은 고갤 숙였다. 검은 스웨터 옷깃에 하얀 리본이 꽂혀 있었다. 어머님이 돌아가셨다고 했다. 사무실이 근처라고 했다. 다른 얘기 없이 점심만 먹었다. 학생과 헤어진 후에야 나는 슬그머니 그 문구점에 들렀다.

정신없이 한 학기를 보내고 눈 빠지게 성적 집계까지 끝내자 곧바로 몸살이 왔다. 쉬라는 신호였다. 신호 따라 푹 쉬기로 했다. 그리고 정초, 소포가 하나 배달됐다. 잃어버린 것과 같은 가방이었다.

"선생님, 나중에야 알았어요. 가방을 잃어버리고, 분필 꽂이 사러 헤매신 걸요. 그러니까 그때 역삼역에도 그래서 오신 거지요. B반 친구한테 뒤늦게 그 얘길 듣고(그 친구는 분필 꽂이 사 드린 게 바로 전 줄 모르고요.) 콧날이 시큰해지더라구요. 기쁜 소식 한 가지 전하게 돼 기뻐요. 선생님한테 신경림 선생의 시 〈산토끼〉와 장철문 선생의 《노루삼촌》 얘기 듣고 동화를 한 편 썼는데, 그것이 〈대한매일〉 신춘문예에 당선됐어요. 가방 속에 작품이 실린 신문 들어 있어요. 분필 꽂이도 몇 개 사 넣었구요."

〈제망매가〉를 읽고

조혜원

많은 이들이 문학을 하는, 혹은 연습하는 가장 좋은 방법으로 필사를 들곤 한다. 내가 아름다운 문장을 쓰지 못할 바에는 멋지게 잘 다듬어진 완벽한 문장을 베껴 써 봄으로써 그 기운과 그 아름다움조차 내게로 옮아오기를 소망하기 때문이다. 더불어 손으로 그 느낌을 익혀 글을 눈으로만 좇던 일에서 더 나아가 생각을 하게 하고 내게도 그런 문장이 손끝에서 춤추기를 바라기 때문이다.

나도 필사를 한답시고 몇 권을 써 본 일이 있다. 손으로 해야 마땅할 것을 알면서도 팔도 아프고 글씨도 엉망이라는 핑계를 들어 컴퓨터 자판을 톡톡 두드리는 얄팍한 짓을 해놓고 스스로 뿌듯해 했던 시간들이 떠오른 건 〈제망매가〉를 끝까지 다 읽고 앞으로 돌아가 다시 작가의 말을 읽었을 때였다.

> 결혼식이 내일로 다가오면 나는 우선 이발소와 목욕탕엘 다녀와 손톱과 발톱을 깎습니다. 그리고 벼루에 먹을 갈고, 한지를 펴 놓고 앞에 인용한 바울 선생의 편지 6백여 자를 세필로 옮겨 씁니다. 이것이 나의 주례사입니다. 그런데, 이 일이 그렇게 단순치가 않아요. 붓글씨라 하나 틀려도 난감해지거든요. 그 자리만 면도칼로 오려내고 풀질로 살짝 때워볼까 망설인 적도 있어요. 하지만 주례사에 어찌 구멍을 내고 땜질을 할 수 있겠어요. 첨부터 다시 쓰는 거죠. 그러다 또 틀려요.

제자들의 주례사를 대신해 한 자 한 자 흐트러짐 없이 고린도 전서 13장을 옮겨 쓰신다는 그 말씀을 필사를 하듯 천천히 읽는다. 먹물이 번져 버려야 했던 수 많은 종이들과 호흡마저 가다듬고 단정한 자세로 쓰실 그 모습이 떠올라 나는 많이 부끄러웠다. 더불어, 이야기를 잃어버리고 있는 세대에 동참하고 있는 내가 또 부끄러웠다.

입에서 입으로 전해지는 이야기인 전래동화. 집집마다 적게는 스무 권에서 많게는 오십 여 권까지 빽빽하게 책장을 채우고 있지만 정작 이야기를 들려주고 듣는 풍경은 사라져 버렸다. 대가족이 해체되면서 이야기를 들려주던 할머니, 할아버지는 명절이 되어야 겨우 찾아뵈는, 먼 곳에 사는 분들이 되었다. 같이 사는 엄마, 아빠는 늘 바쁘고 피곤하다는 핑계로 책을 읽어 주는 일조차 테이프나 CD에게 자리를 넘겨 주었으니 아이들은 궁금증도 꼴깍 삼켜 뱃속으로 가라앉힌 채 그냥 듣는 것으로 만족해야 하고 어른들은 '그래서 어떻게 됐어요?'라고 물어보는 반짝이는 눈을 볼 기회를 잃어버렸다. 사정이 이러한데 우리 다음 세대 아이들에게도 이렇게 입에서 입으로 전해지는 이야기가 남아 있기나 할까?

> "할머니, 건강하게 오래오래 살아야 돼."
>
> 손자가 말했습니다.
>
> "오냐, 그렇구 말구."
>
> 할머니가 손자를 바라보며 웃었습니다.
>
> "할머니가 왜 오래 사셔야 되지?"
>
> 아빠가 아들에게 물었습니다.
>
> "옛날얘기를 두고두고 들을 수 있으니까."
>
> 아들이 말했습니다.
>
> – 〈이야기가 된 꽃씨〉 중에서

그래, 아직도 세상에는 할머니, 할아버지가 전해 주는 이야기를 훨씬 더 좋아하는 아이들이 있고, 했던 얘길 골백번도 더 해 주면서도 결코 지겨워하지 않는 할머니, 할아버지가 아직은 계실 터이다. 〈제망매가〉를 읽다 보면 이런 할머니, 할아버지가 여기저기서 툭툭 튀어나오니 너무 반갑고 고맙다.

그러나 이렇게 살아난 할머니와 할아버지가 하시는 말씀이 재미있거나 좋은 것만은 아니다. 1부와 2부에서는 '사람은 그저 땅바닥에 발 붙이고 살아야 하는데' 발전이라는 탈을 쓴 채 사람이나 짐승을 귀한 줄 모르고, 살아가는 방법마저 잃어버린 사람들을 조용히 질타해서 우리를 뜨끔하게 만든다.

> "사람들이 흙을 죽여요. 빼앗기만 하고, 돌려주진 않고, 독약을 뿌려요. 숨통을 막아요. 시멘트로 맥질을 해요. 아이구 가슴이 답답해. 숨통이 막혀!"
>
> – 〈행복한 별나라 1〉 중에서

절대로 행복하지 않은 '행복한 별나라'에 사는 시인이 하는 절규를 통해 좋은 것, 예쁜 것, 화려한 것만 좇다 보면 어느새 숨 쉴 공기조차 사라질 거라는 섬뜩한 경고를 하는 식이다.

하지만 마음 둘 곳도 없는 이들을 불쌍히 여기는 마음이 깔려 있기에 3부에서는 힘들고 어려웠어도 따뜻한 마음이 살아있던 옛날로 돌아간다. 억지로 행복한 척하지 않아도 충분히 따뜻하게 살았던 그 시절을 떠올려보면서 우리가 잊은 게 무엇인지를 다시 생각해 보라고 넌지시 얘기하는 것이다.

'오냐, 내 다 안다. 늬는 낭중에 성공혀서 훌륭한 사람 되거들랑 남의 가슴 아프게 허는 일은 허지 말그라.'

– 〈엿〉 중에서

'일을 해야 밥이 입으로 들어온댔구나.'

– 〈대추나무〉 중에서

우리가 잃어버린, 혹은 잊어버린 할머니, 할아버지가 되어 마디진 손으로 등을 쓰다듬으며 해 줄 것만 같은 이 말씀들은 역시 우리가 잊거나 잃어버렸던 진실을 깨닫게 해 준다. 사람 숨결이 그대로 살아 있던 그 옛날로 돌아갈 수는 없겠지만 그 마음으로 돌아간다면 자연을 있는 그대로 숭배하며 사랑하던 순박한 사람들과, 노력한 만큼 거둘 수 있다는 잃어버린 진리를 다시 찾을 수 있을 거라는 희망까지도 내포하고 있는 것이다.

〈제망매가〉는 우리가 잃어버린 모든 것들을 위한 위령제는 아닐는지.

진실은 힘이 세다

선안나

봄 들판에 내리는 햇살 같은

집 옆 극장에서 영화 〈타이타닉〉을 보았다.

영화는 삶이 거느린 많은 수식어들을 '보여' 주었다.

아름다움, 추함, 기쁨, 슬픔, 구속, 자유, 사랑, 증오, 순수, 비열, 고귀함, 추악함…… 그리고 삶의 일부인, 지옥.

서로 살기 위해 서로를 죽여야만 하는 잔인한 현실이라니. 그 참혹함이라니.

문득, 수많은 사람들이 바다에 빠져 허우적대는 화면 위로, 우리 사회의 모습이 겹쳐 왔다. 헛된 욕망과 과시와 방종으로 치닫다 좌초 위기에 처한 코리아호, 적은 수의 가진 자와 힘 있는 자를 위한 구명보트, 힘없는 사람끼리 서로를 짓밟고 밀어내는 소름끼치는 투쟁.

물론, '삶' 아니면 '죽음'의 극단적 선택의 기회 밖에 없었던 타이타닉호와 우리 현실은 엄연히 다르다. '인간다움'을 내던질 만큼 절박한 지경은 아닌 것이다. 그런데도 지레 '인간다움'을 포기해 버리는 사람들의 소식은 어두운 시대를 더욱 어둡게 한다. 꼭 그래야 했을까. 그렇게밖에 할 수 없었을까…….

욕망과 욕망들이 용광로처럼 들끓은 거친 현실에서, 개인의 순수란 언제나 무력하다. 욕망을 가진 타자와 부딪치면 부딪치는 족족 깨질 수밖에 없는, 터무니없이 여리고 약한 것.

그렇다면 순수에 대한 갈망을 포기해야 할 것인가? 있는 '현실'을 인정하고 받아들이는 것은 성숙이고 순수를 고집하는 것은 미성숙으로 규정하는 사람들(특히 지식인들)처럼, '냉정'하고 '담담'하게 '응시'나 할 것인가? 아니면 현명하거나 어리석은 많은 사람들처럼, 시대의 물결을 탈 것인가? 그도 저도 아니면 고집스럽게 계속 순수를 지향할 것인가.

하긴 완전히 순수하거나 완전히 불순한 사람이 어디 있겠는가. 명도와 채도의 차이일 뿐.

그러나 어쨌든 '지향점'에 따라 개인의 색깔은 달라지게 마련이고, 그러한 개인과 '타자'가 끊임없이 부딪치는 가운데 우리 사는 변증법적인 색채가 만들어지는 것이리라.

이 봄엔 봄 들판에 내리는 햇살 같은, 다사롭고 푸근한 색채를 지닌 작가를 만났다.

강정규 선생.

지금 여기, 이 별에서

강정규 선생의 작품에는 환상이 '거의' 없다. 아동문학인들 가운데서 예외적일 정도로, 소설적 기법에 충실하다.

소설이란 워낙 현실의 재현적 성격을 갖지만, 강정규 선생의 작품 대부분은 개인적 체험을 담고 있다. 등장인물, 배경, 사건들 대부분이 실제 그대로다.

선생의 개인적 삶을 잘 모르는 사람이라도, 그 점을 유추하기란 어렵지 않다. 여러 작품에 거듭 나타나는 동일한 모티브가 단서이다.

한 시인의 시에서 반복되는 이미지가 시인의 내면세계를 푸는 열쇠가 되듯, 어떤 글에서든 반복되는 모티브는 작가 머릿속 지도의 특별한 '지점'이다. 그곳에 무언가 있다는 표식이다.

닭이나 밤똥을 누지

사람도 밤똥을 누나이까

울 애기 내일부터는…….

밤똥 눈 아이를 데리고 할머니가 닭장에 대고 꾸벅꾸벅 절을 하는 장면이다. 어린아이에게는 매우 특이하였을 그 경험이 뇌리 속 깊숙한 곳에 남아, 어른이 된 작가에게 계속해서 영향을 미치고 있음을 알 수 있다.

일곱 명이 달리면 칠 등을 하고, 여덟 명이 달리면 팔 등을 하는 꼴찌 이야기도 몇 군데나 등장한다. 꼴찌도 그냥 꼴찌가 아니라 어찌나 느린지, 다음에 출발한 조와 비슷하게 달리는 바람에 할머니가 일등인 줄 알고 기뻐했다는 작중 이야기 역시 실제의 에피소드이다.

그때그때의 삶이 전부인 어린 시절에는 달리기를 못한다는 사실이 무척이나 부끄럽고 비참할 수 있다. 상처에 내성이 생긴 어른들에게는 별것 아닌 일들이, 어린아이게는 눈앞에 가로막힌 큰 산이자 넓은 강인 것이다.

어른이 된 작가는 이제 그것이 작은 언덕이고 실개천일 뿐이라는 것을 안다. 그러나 작가 영혼 속 깊은 곳에 살고 있는 어린아이의 넋은, 아직 그 산과 강 앞에서 서성이고 있는 것이다. 그 밖에도, 똥 싼 아이 얘기라든지 병아리나 고양이를 키우다 시골로 보내는 등 비슷한 모티브가 무척 많다.

예술인 기질이 강한 사람은, 의도적인 모색이 아닌 한 반복을 극구 피한다. 여러 작품에서 비슷한 모티브를 발견하게 한다는 것은, 자칫, '장이'로서 태만으로 비춰질 위험이 있기 때문이다. 꼭히 그래서가 아니더라도, 예술가들은 천성적으로 '새로운 것, 남다른 것'에 대한 유별난 집착이 있다.

그런 점에서, 강정규 선생은 '예술가'보다는 '이야기꾼'으로 남고 싶어 하는 듯하다. 작품에서 애초부터 '영원히 남을' 보석 같은 작품을 써야겠다는 옹골진 자세가 엿보이기보다는, 살아가면서 보고 듣고 느낀 감정들을 혼자 간직하기 아까워, 누군가에게 말하고 함께 느끼고 싶어 하는 마음이 먼저 느껴진다.

문학도 삶의 일부이지만, 현실적 삶과 예술성, 어느 쪽에 더 비중을 두느냐에 따라 문학 세계도 살아가는 방식도 달라지게 마련이다. 예술을 극단적으로 추구하면 생활인으로서 많은 부분이 결핍되거나 왜곡되게 마련이고, 사는 일에만 몰두하면 영혼의 정수(精髓)를 결정체로 빚어내기 어려운 법이다.

어느 편이 더 가치 있는 생이라고 말할 수 있는 이는 아무도 없다. 다만 자신의 삶을 어느 한쪽으로 선택하여 살아갈 수 있을 뿐.

강정규 선생의 경우는, 먼 곳에 있는 '영원'을 바라보며 걷기에는, '지금, 여기, 이 순간'을 너무 사랑하는 듯싶다.

진정성의 요소들

사랑 — 그렇다. 사랑이라 하였다. 그러나 현실 세계를 성실히 그렸다는 이유로 현실을 더 많이 사랑한다고 말한 것은 아니다.

작품마다 녹아 있는 세상과 사물에 대한 작가의 '진정한 마음'을 만날 수 있기 때문에 그렇게 말하였다.

문학을 형식과 내용의 이분법으로 분류하던 시대에는 '문학성'을 주로 형식적인 면에서 찾았다. 그 반면 '내용'만을 중시한 사람들은, 형식을 마치 타도의 대상인 것처럼 몰아세우기도 했다. 그러나 이제 편 가름의 시대는 끝났고, 하나의 가치가 지고의 가치가 될 수 있었던 시절도 막을 내렸다.

앞이 있으면 뒤가 있고, 위가 있으면 아래가 있다. 자신의 눈에 비친 면만 보고 그것만 고집한다는 것은 독선이며 어리석음이라는 인식이 보편성을 얻게 되었다. 사물을 다각도로 조망하는 일, 그리고 가까이서 뜯어보는 일과 멀리서 바라보는 일이 함께 이루어져야 '전체성'을 얻을 수 있음도 체득하게 되었다. (물론 우리 아동문학의 현실과는 너무 먼 이야기지만.)

문학을 이분법적으로 분류할 수 없다는 인식에 이르러도, 여전히 '좋은 문학'과 '나쁜 문학'은 나누어져야 하고, 또 나누어질 수 있다. 양자를 가름할 수 있는 많은 요소가 있을 것이나, 강력한 영향력을 가진 것 중의 하나가 바로 '진정성'이다. 읽는 이의 마음을 깊이 움직이게 하는 진실의 힘.

선생의 작품은 바로 그 '진정성'이 유난히 강하다.

그렇다면 어떤 요소들이 그 진정성에 관여하는지 알아보자.

우선, 소재나 배경이 현실 공간이라는 점이 크게 작용했을 것이다. 독자들은 현실에서 체험한 이야기는 일단 저항 없이 받아들인다. 그리고 그 체험이 독자에게 인상적이었을수록 공감대는 더 쉽게 형성된다.

가령, 시험을 잘 보고 싶은 욕심에 몰래 책상 위에 답을 베껴 쓴 아이의 심리를 그린 부분을 보자.

> 나는 가슴이 터질 듯 두근거렸다. 나는 일부러 한 문제를 틀리게 썼다. 과목마다 모두 백 점이면 왠지 안될 것 같아서였다. 나는 그러나 해답을 모두 쓰고도 시험지를 낼 수가 없었다. 시험지를 내면 교실 밖으로 나가야 되고, 그러면 누군가가 내 책상 바닥을 보게 되면 큰일이기 때문이다. 다음 시간에도 한 문제를 일부러 틀리게 썼다. 그리고 종소리가 들릴 때까지 앉아 기다렸다가 시험지를 냈다. 그리고는 되돌아 와 책상을 지키고 앉았다. 오줌이 마렵기 시작했다. 그러나 변소에도 갈 수 없었다.
>
> – 〈짱구네 집〉

학창 시절, 누구나 한 번쯤 짱구와 비슷한 경험을 했거나 유혹을 받았음직하다. 때문에 짱구의 안절부절못하는 모습을 보며 빙그레 웃게 되고, 그 순간 독자는 이미 그 이야기를 자신의 것으로 받아들이고 있는 것이다.

그리고 두 번째는 타 작가에 비해 유난히 성실하고 정확한 묘사가 작품의 진실감을 높인다.

> 먹을 만드는 데는, 대개 소나무를 태운 그을음을 사용해. 그 그을음을 흙처럼 다져서 길다랗게 굳힌 거야. 참기름이나 비자기름, 오동기름을 태운 그을음을 뭉쳐 다진 먹도 있지. …… (중략) …… 우선 아궁이나 가마를 만들어 놓고, 소나무나 기름을 태우면 연기가 나겠지? 그 그을음을 긁어모으는 거지. 그것도 굴뚝의 맨 위쪽에 붙은 것일수록 좋아. 불길과 가까운 곳에 붙는 그을음은 굴뚝 끝 쪽에 붙는 그을음보다 품질이 덜 좋은 거야…….
>
> – 〈별나라에서 온 편지〉

누에씨에게서 아기누에 처음 나오면 / 길이가 3밀리미터쯤 되는 개미누에야. / 몸이 작고 새까맣게 털도 나고 / 할머니는 깨끗한 닭의 깃털로 / 잠박 위 떨어내리고 첫 뽕을 주셨지 / …… (중략) …… / 1주일쯤 지나면 잠을 자 / 뽕잎 먹지 않고 / 고개 쳐들고 / 아기누에 아기잠 허물 벗지…….

– 〈큰 소나무 (전편)〉

세 번째는 작가 자신의 생각과 마음이 솔직하게 나타나 있다는 것이다.

'작품 창작'이라는 의식이 앞서 있기보다 삶에서 보고 느끼고 깨달은 것을 말하고 싶은 '욕구'에 의해 낳은 이야기들이 대부분이라, 작품 속 주인공의 성격 구현에 철저하기보다, 작가 자신의 생각과 믿음을 비교적 편안하게 드러내고 있다. 물론 작중 인물의 입을 통해서이지만, '아하, 지은이가 이런 이야기를 하고 싶은 거구나.' 눈치채거나 말거나, 심지어는 좀 지루해하거나 말거나, 작가가 하고 싶은 이야기를 '끝까지 열심히' 하는 경우를 이따금 볼 수 있다.

그러나 솔직한 것만으로는 부족하다. '참되고', '바른 것'에 대한 한결 같은 바람과 믿음과 사랑이 있기에, 비로소 그의 작품은 남다른 진정성을 획득할 수 있었다.

"…… 교회에서 흔히 말하는 공동체라는 것이 꼭 그런 것만이 아닌 것 같아요. 목사님 혼자서 앞서갈 게 아니라 오히려 섬사람들 한 사람 한 사람의 이야기에 귀를 기울이고, 사람들이 원하는 것이 무엇인가 알고, 필요로 하는 것을 알아차려 도와주고, 그리하여 섬사람들 한 가정 한 가정이 하고 싶은 일을 하게 하고, 여러 사람이 함께 하고 싶은 일을 하게 하고, 그래서 한 가정 한 가정이 즐겁게 일하며 잘 살게 만들고, 그렇게 되면 예배당을 크게 지을 필요도 없고, 이 꽃섬 전체가 하나의 교회가 될 수 있을 텐데……. 그런 생각이 든단 말씀입니다." 작은 당숙이 말했습니다.

– 〈큰 소나무〉

불행도 축복이다

토속적인 작품 세계와 한국적 정서, 작품 기법면에서 극과 판소리, 장시 형태를 도입하는 실험적 시도, 전래동화의 현대적 수용……. 그 밖에도 선생의 작품이 가지는 고유한 특성이 많다. 그러나 훗날의 연구자들에게 더 깊은 이야기는 맡기고, 흥미진진한 선생의 삶을 잠깐 들여다보자.

선생은 일제 말기인 1941년 만주 봉천에서 태어나, 충남 보령에서 자랐다. 유복한 집안의 8남매 중 장남이었다.

"옛날에 위인전을 보니깐, 죄다 가난한 농부의 아들이대유. 그래서 난 위인이 되긴 틀렸구나, 생각했던 기억이 나요. 왜냐면 그때만 해도 우리 집이 아주 잘살았거든요."

방앗간집 도련님으로, 선생은 고등학교를 졸업할 때까지도 큰 어려움을 몰랐다.

"그러니까 남의 어려움도 몰랐겠지요. 나 하나만 알았을 테지요."

선생은 그렇게 말했지만, 동생들을 죄다 업어 키웠다는 걸 보면 어렸을 때부터 심성이 유난히 순하고 어질었음이 틀림없다.

그리고 약지도 재지도 모질지도 못한 성품 때문에 이래저래 마음을 다칠 일도 많았을 것이다.

그리하여 선생은 지금 '문학'이 한없이 고맙다 한다. 천성적으로 겁이 많고 계산이 어둡고 '꼴찌일 수밖에 없는' 자신이, 글을 쓰지 않았으면 이 세상에서 무엇을 하며 살 수 있었겠는가고. 조금이라도 남들보다 앞서는 부분이 있었으면 그 일을 하며 살았을지 모르나, 그랬으면 지금처럼 자신의 맘에 꼭 걸맞은 일을 하며 살 수가 있었겠느냐고.

선생의 성품과 이야기꾼으로서의 자질을 형성시킨 사람은 다름 아닌 할머니다. 맏손자를 유난히 애지중지하셨던 할머니는, 그 시대 분으로는 드물게 글을 알고 책도 읽은 분이었다.

아는 이야기도 많았지만, 그것을 퍽이나 재미나게 들려주는 재주를 갖고 계셨던 모양이다.

〈심청전〉, 〈조웅전〉, 〈유충렬전〉, 〈장화홍련전〉……. 할머니는 참 많은 이야기를 해주셨고, 그 이야기들은 듣고 또 들어도 언제나 재미있어, 기쁜 대목에 이르면 어김없이 웃고 슬픈 대목에선 늘 울어 가며, 선생은 일찌감치 이야기가 가진 마력을 유감없이 경험하였다.

글자를 익히면서부터 자연히 책을 좋아하는 아이가 되었고, 눈에 띄는 책은 모조리 읽어 치웠다. 열두 살 무렵에 김내성의 《검은별》, 《진주탑》 같은 성인소설은 물론이고, 게오르규의 《25시》까지 읽었을 정도니까.

물론 뜻도 제대로 모르면서 말이다.

책이 귀하던 시절이었다. 그래서 오일장이 서면 〈새벗〉이나 〈학원〉 같은 책이 나왔나 책방엘 가 보고 또 가 보고 그랬다. 중학교 때 〈새벗〉 독자란에 시가 실린 이후로, '문학소년'쯤으로 여겨져 연애편지 대필도 꽤 했다.

"그 무렵에 참 좋아했던 작품이 신지식 선생님의 《고습도치 선생님》이라든가 《하얀 길》 같은 작품들이에요. 〈새가정〉에 연재되었던 황순원 선생님의 《인간접목》이나 《소나기》 같은 작품들도 정말 좋았지요. 그리고 너새니얼 호손의 《큰 바위 얼굴》 같은 작품도 써 보고 싶었고요."

그 영향이리라. 선생의 초기 작품 가운데 풋풋하고 애잔한 소년소녀의 풋사랑 이야기를 맑게 그린 작품이 더러 있다.

고등학교를 마치고 서라벌예대에 진학할 때까지만 해도 환경은 평탄했다. 그러나 군 복무를 마치고 오니, 집안은 완전히 몰락하여, 식구들은 고향을 등지고 강원도 철원에서 거지처럼 살고 있었다. 일곱 동생과 부모님이 코딱지만 한 단칸방에서.

"기가 막히더라구요. 동생들은 학교도 못 가고 찹쌀떡 장사를 하고 있고……. 그날 밤 한숨도 못 잤어요. 다음날 깨진 방바닥도 고치고, 찢어진 벽도 붙이고, 집안 손질을 좀 했지요. 그리고는 고물상에 찾아 갔어요. 일을 시켜 달라고."

선생의 경력 가운데 하나인 '엿장수'는 그렇게 해서 시작되었다. 물론 그것도 쇳조각은 쇳조각대로 병은 병대로 나누는 고물상의 허드렛일을 한동안 한 뒤에 얻은 자리다. 월급은 120원.

엿 팔고 도부꾼들과 먹고 자고 하면서도 〈현대문학〉은 꼭꼭 사서 읽었다. 점심은 라면이었는데, 그 한 끼를 줄여 돈을 모아 민중서관에서 나온 1,200원짜리 《한글사전》을 샀다. 그 책은 지금 집안의 가보다.

야학을 시작한 것도 그때이다. 대단한 희망과 포부 같은 건 없었다. 가난해서 공부를 못 하고 있는 선생의 동생들을 가르쳐야겠다는 생각, 그리고 그 아이들과 같은 처지에 있는 아이들도 같이 가르쳐야겠다는 마음뿐이었다.

장소는 처음에 교회를 빌렸고, 나중에는 방학 때 학교 교실을 빌려 썼다. 만화 가게의 주인인 노순자 씨가 큰 힘이 되어 주었다. 얼마 뒤엔 인근 군부대 정훈 장교들이 나와 돕기 시작했고, 도지사를 비롯한 지역의 '힘 있는' 개인과 단체들이 차차 가세를 했다. 학생 수는 150명에 이르게 되었고, 벽돌을 찍어 학교까지 짓게 되었다. 이름하여 오뚜기 학교.

그러나 다시 시련이 닥친다. 선거철이 되자, 공화당에서 선생한테 선거 운동을 하라는 압력을 넣었던 것이다. 오백여 명이나 되는 재학생, 졸업생들 집을 일일이 방문하라는 지시에 선생은 따르지 않았다.

문중에 야당 국회의원이 한 명 있는 데다 친척 가운데 빨갱이도 하나 있고, 선생이 소설가를 불러다 하는 강연 내용도 심상찮(?)아, 선생은 접적 지역의 불순 세력으로 몰려 쫓겨나는 처지가 되고 말았다.

엎친 데 덮친다고, 철원에 샀던 땅이 사기꾼들의 농간으로 세 번이나 되팔린 것임이 밝혀져, 다시 알거지 신세가 된다. 만성 맹장염이던 어머니는 돈이 없어서 수술도 못하고 방바닥을 쥐어뜯으며 앓으셨고…….

서울로 올라온 선생은, 다시 야학할 자리를 찾아 구로 공단으로 갔다. 그다음엔 안산 공단, 바로 그곳에서 지금의 사모님을 만났고, 새로운 삶을 시작하게 되었다.

선생은 말한다.

“우리 집이 망하지 않았으면, 내가 어떻게 어려운 사람들의 처지를 이해할 수 있었겠어요? 그리고 그걸 모르고서, 어떻게 이 세상과 참다운 관계를 맺어갈 수 있었겠어요? 그런 점에서 그런 불행을 겪을 수 있었다는 게 얼마나 감사한지요.”

진실은 힘이 세다

선생을 아는 사람은 누구나 아는 사실이듯, 선생은 참 겸손하다. 나이와 지위 고하를 막론하고, 누구에게나 한결같이 존중과 진심을 다한다. 글에도 사람에도 꾸밈이 없다. 참 자연에 가까운 모습을 간직하고 살아가는 드문 분이다. 그리고 글 또한 세련미는 덜할지 몰라도 읽는 이의 마음을 편하게 어루만져 주는 힘이 있다. 그건 선생의 마음 바탕이, 그 옛날 할머니의 마음과 꼭 닮은 마음을 지녔기 때문에 가지는 힘이리라.

“할머니…….”

“오냐, 내 다 안다. 늬는 낭중에 성공혀서 훌륭한 사람 되거들랑 남의 가슴 아푸게 허는 일 허지 말그라, 내 말 알아 듣겄느냐 아가……?”

– 〈엿〉

어제 본 연속극 대사가 떠오른다.

“똑똑한 놈, 약은 놈, 힘센 놈, 잘난 놈, 다 상대하겠는데, 도대체 대책이 안 서는 게 순수한 거야. 맑고 순수한 진실 앞에서는 어떻게 해볼 도리가 없다고.”

그렇다. 진실은 힘이 세다.

글과 사람이 달라선 안 된다고, 하나여야 한다고 선생이 믿고 있는 한, 선생은 계속해서 힘 센 글을 쓸 수 있을 것이다.

은근한 햇살로 꼭꼭 싸맨 ‘나그네’의 옷자락을 서서히 풀게 하여, 드디어 거추장스런 껍질 훨훨 벗어 던져놓고 나무 그늘 아래서 낮잠 한숨 달게 자게 하는, 그런 ‘힘 센’ 글을…….

변화하는 시대에 행하는 뚝심 있는 글쓰기

김현숙

1. 뚝심을 발견하는 묘미

작가 강정규의 얼굴은 단정하다. 부드러운 인상이다. 그러나 유심히 살피면 뒤로 단단하게 맺힌 뚝심이 반전을 이루는 얼굴이다. 그가 근래 새로 묶어낸 작품집이나 발표한 작품들은 그 얼굴에 값한다. 《토끼의 눈》(푸른책들, 2004)에 수록작들인 〈흰무리〉, 〈두껍아 두껍아〉, 〈토끼의 눈〉 그리고 〈창비어린이〉(2006)에 실린 〈새가 날아든다〉, 〈서정과 상상〉(2007)에 실린 〈낮달〉, 〈어린이와문학〉(2007)에 실린 〈삼거리 국밥집〉, 〈불교문예〉(2007)에 실린 〈다배 이야기〉 이어 읽기는 강정규의 뚝심을 발현하는 묘미를 제공한다.

일곱 이야기는 공통적으로 하나의 테마를 다룬 것으로 파악된다. 하나의 주제를 일곱 개의 변주로 연주해 냈다면 분명 주목할 광경이다. 따라서 그의 작품들이 보여 주는 상관관계를 우선적으로 주목할 터이다. 이 과정을 통해 늘그막에 접어든 한 작가가 보여 준 치밀한 문학적 구도가 그려 낸 풍경을 구경할 것이다. 일곱 작품 중 세 작품은 전쟁을 주요 시간적 배경으로 취했다는 공통점이 있다. 이들을 강정규의 전쟁문학으로 묶어 그가 거둔 성과의 일부를 확인하고자 한다. 마지막으로 살피고자 하는 것은 형식적 실험에 임한 작품들에 대한 검토이다. 그의 실험에 어떤 평가를 내릴 수 있는가를 따져 보고, 그 실험이 초래한 결과를 더듬어 볼 것이다. 이 과정에서 강정규가 문학을 둘러싼 변화에 어떻게 응전하고 있는지를 드러낼 수 있으리라고 본다.

2. 삶의 의지와 죽음에 대한 응시

이 글에서 다루는 일곱 편은 부분적인 겹침을 갖는다. 이를 따라 작품을 이어 보면 일곱 작품 모두를 품는 테마가 또렷해진다. 그것은 삶과 죽음이다. 이는 문학예술의 영원한 테마인 만큼 넓은 외연을 갖는 주제이다. 이것으로 대상작들을 꿰는 일은 우연의 일치로 돌릴 수 있다. 그러나 작품 발표 시차와 개별 작품이 갖는 동일성과 차이를 염두에 두면 우연 따위가 끼어들 자리가 아니다. 대상작들은 대개 2000년에 들어서서 집필된 것들로, 작품의 면면은 다르나 일정한 동일성이 흐르는데, 이 반복되는 것을 주시하면 유의미한 차이들이 드러난다. 강정규가 삶과 죽음을 자기 문학의 테마로 표나게 상정하지는 않았을지라도, 적어도 마음 한편만은 이를 골똘하게 응시해 왔던 것이다. 2000년, 세기가 차수를 변경하고 그의 나이는 이순을 넘기는 때이다. 그가 삶과 죽음에 눈길을 주는 일은 너무나도 자연스럽다.

강정규가 2004년에 《토끼의 눈》을 발간할 때, 데뷔작에 준하는 오래전 작품인 〈두껍아 두껍아〉를 당시의 최근작들과 한 책으로 묶어 낸 것은 다소 생뚱맞다. 그러나 이들의 읽기를 마치면, 이들이 같이 묶인 이유가 드러난다. 이들은 모두 같은 테마를 공유하고 있었던 것이다.

〈두껍아 두껍아〉에서 작가가 제시한 바에 따르면, 주인공 부리는 전쟁 중에 가족을 연달아서 잃었고 학교 안팎의 염문들과 이런저런 관계성 속에 놓여 있는 인물이다. 부리를 둘러싼 풍경을 요약하면, 부리는 죽음과 삶이 합리성을 잃은 채 섞여 있다고 할 수 있다. 전쟁이 죽음을 양산하지만, 산 자들은 연애에 몰두하거나(누나, 담임), 연애담의 형성과 유포에(반 아이들) 열을 올린다. 부리는 전쟁과 연애, 그러니까 죽음과 삶 사이에서 혼란스럽게 서 있는 것이다. 이런 부리의 모습은 삶이란 불합리성을 기반으로 하고 있다는 작가의 인식을 드러낸다. 이 작품의 제목 〈두껍아 두껍아〉는 이 작품의 작의를 또렷이 드러낸다. 모래놀이로 세우고 허무는 두꺼비집에는 안전하고 지속적인 삶이 깃드는 일이 불가능하다. 삶이 그런 두꺼비집에 머무는 신세라는 것을 깨닫는다면, 냉소적이거나 턱없는 안간힘을 부릴 법하다. 작가가 때로 부리의 표정을 드러내지 않거나 부리로부터 들어야 할 설명을 전하지 않았던 것이 얼추 이해된다.

삶과 죽음의 문제는 일상적인 문제이나 막연하고 추상적인 담론으로 흐르기 십상이다. 그 과정에서 문제가 가진 진지성이 흐려지곤 한다. 강정규가 독자 앞에 부리를 기이하게 제시한 것은, 그런 통례에 휩쓸리지 않고 진지하게 대변하는 과정에서 비롯된 것으로 여겨진다. 〈두껍아 두껍아〉는 삶을 불합리한 기반 위에 서 있는 위태로운 것으로 파악했다고 할 수 있다. 이런 인식 내용은 희미하게 더듬어지지만, 기이해 보이는 부리의 모습을 통해 삶과 죽음의 문제를 독자가 진지하게 대면케 한 효과가 있다.

〈흰무리〉는 전쟁이 주는 공포와 불안 속에서 한 가족이 보인 순연하면서 강고한 삶의 의지를 다룬 작품이다. 삼촌이 전쟁터에 끌려갈 때 할머니는 흰무리를 싸 준다. 흰무리는 삼촌의 무사 귀환을 뜻한다. 전쟁을 겪는 가족원들의 움직임은 가족의 안위를 도모하는 일에 집중되어 있다. 이 작품에서 주목하게 되는 장면은 이 집에 부상당하고 스며든 인민군을 가족이 보살펴서 내보내는데 그때도 흰무리를 싸 준다는 것이다. 이때 흰무리가 간구하는 무탈함의 범주는 가족을 넘어서 산 자 모두에게로 확장된다. 따라서 흰무리는 전쟁이 유발하는 죽음을 거부하는 징표로 쓰였다고 할 수 있다. 흰무리는 살아 있음 그 자체만을 정성껏 구하는 순연한 삶의 의지를 뜻한다. 살아 있는 목숨은 우선 지켜져야 한다는 순박하고 자연스러운 삶의 의지는, 이 작품이 드러내는 요체이다.

전쟁을 배경으로 삶과 죽음을 다뤘다는 점에서 〈흰무리〉와 〈두껍아 두껍아〉는 겹친다. 그러나 이 두 작품이 드러낸 죽음은 차이가 있다. 〈두껍아 두껍아〉는 쉽게 허물어지는 두꺼비집을 통해 우리네 인생이 삶과 죽음의 혼란 속에 서 있는 것으로 제시했다. 이때 죽음은 삶과 함께 인생을 구성하는 요소로 처리된다. 반면 〈흰무리〉는 삶과 죽음이 빚는 대립에 충실하다. 이 작품이 삶에 대한 순연한 의지를 부각시킨 배경은 전쟁이 몰고 온 거칠고 즉각적인 죽음이 토대로 깔렸기 때문이다.

〈토끼의 눈〉의 토끼는 삶에 대한 강고한 의지에도 불구하고, 결국 사람 손에 생사가 결정된 존재이다. 소년의 손에 휘둘린 토끼의 처지를 드러낸 탓에, 독자로서는 삶과 죽음의 문제를 보다 쉽게 파악할 수 있다. 토끼는 올무를 벗어나는 강력한 삶의 의지로써 제 삶을 죽음에서 건져냈으나 결국 사람들의 사냥으로 죽음을 맞는다. 그러니 사냥은 토끼의 삶에 대한 의지를 꺾는 거대한 간섭으로, 올무를 벗어나는 처절한 삶의 의지와 사냥이 몰고 온 죽음 사이에서 위태로운 줄타기를 벌였던 셈이다. 여기서도 강정규가 삶의 의지와 죽음을, 삶을 이루는 두 요소로 파악하고 있음을 알 수 있다. 〈두껍아 두껍아〉에서 보인 성찰의 반복이다.

그러나 〈토끼의 눈〉의 강정규는 독자가 토끼와 소년 모두에게 이입하게 함으로써 자기 복제를 비켜선다. 토끼에 이입했을 경우는 위에서 언급했고, 인규 입장에서 섰을 때를 더듬어 보자. 인규는 토끼의 죽음을 목격한 순간 생명에 대한 새로운 인식에 이른다. 이 순간 독자 또한 생명에 대한 인식 폭을 넓히게 된다. 이런 인식 확장이 토끼를 들어 전달한 삶에 대한 성찰과 결부되면, 삶에 대한 의지를 한결 강조하면서 다른 생명의 죽음에 더욱 민감하게 한다. 그러나 이 작업은 늘 죽음을 바탕으로 진행되었다. 강정규의 삶과 죽음에 대한 인식 내용의 기본 줄기는 동일성을 유지한 셈이다. 작품들이 보이는 미세한 차이는 이 주제에 대한 강정규의 탐색이 섬세한 것임을 알려 준다.

〈낮달〉은 순덕이와 소년의 풋내 나는 연애담을 전경으로 내세우고 마을 사람들의 이야기를 후면으로 깔아 둠으로써, 삶의 의지와 이것의 꺾임을 이중으로 대립시킨 작품이다. 해방 공간과 전쟁기라는 시대적 배경으로 삼은 것은, 삶과 죽음의 대립을 극화시키는 장치였다. 그러나 이 작품은 삶과 죽음의 대립에서 그치지 않고 이 둘이 삶의 기반이라는 인식을 보여 준다. 이것은 순덕이의 강렬함이 이 작품의 단단한 중심을 이룬 탓이다. 2007년 발표작인 〈낮달〉은 초기작 〈두껍아 두껍아〉와 많이 닮아 있다. 거의 동일한 시공간적 배경, 소년이 소녀의 죽음을 지켜본다는 근간 서사, 죽음과 삶의 욕망들이 빚는 주변 풍경을 공통분모로 취한 것이다. 그러나 〈낮달〉은 강렬한 삶의 의지를 가진 소녀 순덕이에게 스포트라이트를 겨눔으로써 전작과 완연한 구별을 이룬다. 아울러 두 작품에 드리워진 작가의 시선도 다르다. 우리네 삶이 삶의 의지와 죽음이 지은 허약한 두꺼비집 속에서 깃들었음을 보여 준 〈두껍아 두껍아〉의 시선은 다소 허탈하다. 이 시선이 순덕이의 이야기에서는 꽃신이라는 잔영을 남길 만큼 한결 긍정적으로 바뀌어 있는 것이다.

〈다배 이야기〉는 개를 잃고 얻는 서사에 죽음의 문제를 매우 산뜻하게 결합시킨 작품이다. 전쟁은 삭제되었지만 여전히 죽음을 불러들인 이야기이기에 앞 작품들과 비교하게 된다. 앞 작품들에서 죽음은 자주 출현했지만 대부분 전쟁으로 유발된 것이어서 그 자체에 대한 응시로 이어지기 힘들었다. 대개 죽음은 전쟁이 유발한 삶의 의지에 대한 폭력을 뜻하면서 삶의 성찰로 이끄는 바탕이나 통로로 쓰였다. 전쟁이 삭제된 〈다배 이야기〉에는 작품 행간을 통해 죽음에 봉착할 혹은 봉착한 존재들에 대한 소년의 반응이 깊어진다. 소년은 현실태인 할아버지의 죽음, 잠재태인 다배의 죽음, 가능태인 어린 개의 죽음을 바라보고 있다. 죽음의 양태가 다양한데, 여기에 죽음에 대한 소년과 어른의 반응이 대립을 이룬다. 죽음이 여러 맥락으로 제시된 탓에, 독자는 죽음이 슬픈 것인지 혹은 생명의 귀결점으로 담담하게 받아들여야 하는지를 판별하려 든다. 죽음에 대한 환기가 자연스럽고도 직선적으로 이뤄진 것이다. 전쟁이 사라지고 평화로운 일상이 펼쳐지자, 죽음은 지시 대상을 잃었고 자기 자신이 바로 응시 대상이 되었다. 이 점이 전쟁을 배경으로 죽음을 다루었던 작품들과의 차이이다.

〈다배 이야기〉에서 죽음은 가까운 존재의 부재를 가리킨다. 이 부재는 사람에 따라 슬픔을 유발하기도 하고, 생명이 갖는 정당한 귀결점으로 받아들이기도 한다. 이러한 반응에 집중하면 다시 삶이 평화로운 때에는 죽음을 환기하고, 전쟁 때에는 죽음으로써 삶의 의지를 들추었다. 이것은 그가 일관되게 삶 그 자체를 응시하고자 했음을 알려준다. 그에게 죽음은 늘 삶을 규명해 보려는 하나의 방편이었던 셈이다.

〈삼거리 국밥집〉은 한 여인의 일생을 다루되, 그 삶이 어떤 동행인들을 거느렸는가에 초점을 맞추었다. 동행인들은 대개 비슷한 처지의 존재들로 구성된다. 여기의 동행인들은 신체적으로나 정신적으로 건강을 잃은 상태이다. 그런 존재들이 함께 길을 걷는 처지가 될 수 있었던 것은, 남을 돌봄으로써 자신의 영육의 상처를 치유했기 때문이다. 이런 점에서 〈삼거리 국밥집〉 속 국밥집은 육신의 양식인 국밥을 파는 곳일 뿐만 아니라 정에 굶주린 영혼들의 허기를 달래는 곳으로 다가온다.

전쟁은 할머니에게 오랫동안 그늘진 세월을 살게 했지만, 동행인은 오랜 그늘에 빛이 들게 했다. 강정규가 전쟁으로 말미암아 강팍한 세월을 겪는 자들을 주목해 삶의 의미를 의욕적으로 끌어냈다고 할 수 있다. 그는 무엇이 삶의 그늘을 걷어내고 온기와 밝음을 주는가를 보여 주었다. 전쟁을 배경으로 죽음을 다루었던 앞 작품들을 기억하면, 시선의 이동이 지목된다. 그리고 이것의 연장선상에 있는, 생명의 태어남을 눈부시게 노래한 《새가 날아든다》를 발표했다.

〈새가 날아든다〉는 산골에 호젓이 사는 늙은 부부가 딱새의 탄생을 지켜본 일을 그려 냈다. 시간적 배경은 요즘 어느 때로 전쟁이 멈춘 때이니 생명의 탄생을 주목할 만하다. 그러므로 죽음이 질주하는 전쟁판을 배경으로 삶을 규명해 보려는 작품과는 대조적인 분위기이다.

시선은 생명의 출현으로 이동했지만, 삶과 죽음을 응시하는 강정규의 태도 자체가 바뀐 것은 아니다. 죽음을 묻는 건 흔히 삶을 규명코자 하는 욕망과 소망 속에서 제기되는 법. 강정규의 죽음 응시는 삶의 종말을 말하기 위해서가 아니라 삶 자체에 대한 탐색인 셈이다. 이런 강정규가 삶의 출발을 이루는 태어남은 그 자체로 존귀하다는 명제를 스칠 리 없다. 마땅히 자신의 문학으로 다루었으니 그것이 바로 〈새가 날아든다〉이다. 강정규는 〈새가 날아든다〉에서 생명의 탄생이 갖는 환희를 노래하면서, 모름지기 삶이 가져야 할 따듯함과 눈부심을 서두름 없이 느긋하게 즐겼다. 그러니 전쟁기를 배경으로 삶의 의지를 붙들고 시름하던 사람들 이야기와는 크게 차이 나지만, 그런 차이 따위는 유념치 않아도 되는 표면의 일인 것이다. 생명의 탄생과 죽음의 간섭은 모두 삶 그 자체에 대한 강정규의 발언들이다. 그의 탐색은 일관적이었던 것이다.

이 글에서는 일곱 작품을 삶과 죽음에 대한 강정규의 발언으로 이해했다. 각 작품이 삶과 죽음을 어떻게 다루었는가를 더듬으면서, 작품들이 보여 준 차이와 반복을 드러내고자 노력했다. 〈두껍아 두껍아〉는 삶의 의지와 죽음에 대한 강정규 인식의 씨앗 상태에 해당된다. 이 작품에서 강정규는 삶을 부조리한 것으로 그려 낸다. 〈흰무리〉에 와서는 삶에 대한 의지와 죽음이 갖는 대립적 면모가 강조된다. 그러나 이것은 죽음을 삶의 의지를 확인하는 하나의 요소로 적극적으로 파악하고 나섰다는 변모가 있다. 이를 바탕으로 〈토끼의 눈〉과 〈낮달〉은 이 두 대립 요소가 실은 삶을 이루는 요소들임을 드러낸다. 강고한 삶의 의지를 갖춘 토끼는 사람들의 사냥으로 죽고 맹렬한 삶의 의지를 발산한 순덕이는 전쟁의 포탄으로 죽지만, 작가가 궁극적으로 보이고자 했던 것은 삶의 허망함이 아니었던 것이다. 죽음의 그늘을 통해 삶의 의지를 역설적으로 드러냈던 것은 〈흰무리〉에서부터 드러난 삶에 대한 긍정성이 이어지고 있다고 할 수 있다. 그러나 삶의 의지들이 죽음을 피하지 못한다는 것에 대해서도 눈감지 않음으로써 삶에 대해 객관적 시선을 유지하려는 작가의 태도를 확인할 수 있다. 동일한 시선이지만 〈토끼 이야기〉에서는 인규의 손아귀에 놓였던 토끼를 통해 이를 선명하게 드러내고, 〈낮달〉은 근간 서사와 주변 서사라는 이중적 배열을 통해 이를 강조했다는 특징이 있다. 〈다배 이야기〉는 앞의 이야기와 달리 현재를 바탕으로 삼아 평이한 일상에서 겪는 죽음을 다룬 작품이다. 이 작품이 죽음과 삶의 대립적 환경을 제거하면서 죽음 그 자체를 응시하게 했다면, 〈새가 날아든다〉는 이와 반대로 생명의 탄생이 가진 환희를 노래했다. 한 작품 속에서 죽음과 삶을 연결했던 것과 달리 글쓰기가 거듭되면서 각론화시키고 있다는 점에서 지적할 수 있다. 〈삼거리 국밥집〉은 전쟁으로 삶에 대한 의지가 훼손된 존재가 어떻게 이를 회복해 나갔는가를 보여 주었다. 작가의 시선이 살아남은 자로 옮겨졌다는 것에서 삶에 대한 이야기를 본격화했다고 할 수 있다.

돌아보면 이들은 한 가지 테마 아래 놓인 변주된 발언들이다. 〈두껍아 두껍아〉를 제외한 여섯 편은 비교적 한정된 기간에 창작된 것이니, 강정규는 삶과 죽음을 상당히 일관되게 다루었다고 할 수 있다. 작품들이 보여 준 동일성과 차이는, 한 가지 테마를 집요하게 다룰 때 드러나기 마련인 범주의 것들로 파악된다. 앞으로 강정규가 이 테마를 지속시킬지 여부는 확실치 않다. 그러나 그의 집요한 응시가 계속된다면 그것이 또 어떤 이야기를 만들어 낼지 주목된다.

삶과 죽음은 문학예술의 영원한 테마이다. 늘그막의 작가가 이를 짚어 보겠노라며 익숙한 타령들만을 늘어놓는다면 노작가의 헛기침 쯤으로 치부하고 말 일이다. 이 장에서는 이 테마에 대한 강정규의 응시가 집요한 것임을 지적해 볼 수 있었다. 그러나 집요함으로 노작가의 문학적 성과를 말하기에는 성급한 일이겠다. 그가 보인 형식에 대한 도전을 살핌으로써, 그의 글쓰기에 대한 평가를 내려 볼 필요가 있다. 그러나 형식에 대한 이야기로 넘어가기 전에, 하나의 테마를 다룬 작품들에서 전쟁이 중요한 시간적 배경을 이루고 있으므로 이를 살피는 것이 요구된다. 이 과정에서 강정규 근래 문학이 가진 성과의 일부가 드러날 수 있을 것이다.

3. 전쟁, 강정규, 문학

죽음을 비중 있게 다룬 작품들을 살피면서 죽음을 유발하는 전쟁에 대한 언급은 가능한 삼가도록 했다. 하지만 〈흰무리〉, 〈두껍아 두껍아〉, 〈낮달〉이 전쟁을 중요한 배경으로 하고 있고, 〈토끼의 눈〉, 〈삼거리 국밥집〉도 전쟁에서 서사에 상당히 영향을 주고 있기에 이 부분을 아주 넘어가기는 어렵다. 죽음을 다룰 때 강정규는 전쟁을 시간적 배경으로 자주 삼았다. 학교에 다니는 어린 소년으로 6·25를 겪었던 체험을 반영한 탓이다. 무엇보다 전쟁에는 죽음이 흥건하기 때문이다. 어쨌든 전쟁을 다룬 그의 작품들은 일차적으로 그가 살아낸 시대에 대한 문학적 기록으로 평가된다. 작품들에서 그는 전쟁 중에 목도한 수많은 죽음을 직간접적으로 증언했다. 이것은 전쟁을 경계시키는 일이니 그가 작가적 책무도 감당했노라고 적게 된다. 그러나 이런 지적은 전쟁을 다룬 작품에 대한 교과서적 의미 부여에 불과하다.

이러한 일반화된 의미의 재확인을 넘어서려면 그의 작품에서 전쟁이 어떻게 쓰이는지 섬세하게 살펴야 한다. 강정규의 작품에서 간취되는 것은 두 가지이다. 전쟁 시절에는 죽음의 그림자가 길고 진하다는 것이 첫째이다. 그 속에 선 인간은 자기 보호 본능에 따라 생에 대한 의지를 더욱 완강하게 내세운다는 것이 둘째이다. 그는 전쟁을 삶을 꺾는 폭력적 간섭으로만 파악하지 않고 거칠기는 하지만 삶의 의지를 환기시키는 요소로 이해했던 것이다. 그가 전쟁을 배경으로 삼은 작품에서 대립각을 이루는 죽음과 삶에의 의지를 자연스레 교차시키는 일에 주력했던 것은 바로 이러한 전쟁의 역할을 파악했기 때문이다.

돌아보면, 우리가 겪은 비극적 전쟁을 두고 죽음과 생의 의지를 대립적으로만 파악한 이야기는 무수하다. 전쟁을 삶의 종말인 죽음으로만 등치하는 인식의 관습을 떨치는 일은 그토록 힘들다. 강정규는 이것 넘어서기를 스스로 요구하고 실천했다. 전쟁의 일상적 의미에 함몰되지 않고 나름의 인식을 진행시킨 결과, 그는 전쟁기를 배경으로 한 작품에서, 삶이란 전쟁이 요구하는 죽음과 전쟁이 자극하는 삶의 의지를 기반으로 성립한다는 것을 보여 준 것이다. 여기서 전쟁을 삭제하면 삶에 대한 강정규의 인식으로 요약된다. 그것은 우리네 인생이란 죽음과 삶의 의지라는 대립된 두 요소를 기반으로 성립한다는 것이다. 전쟁을 배경으로 삼은 작품들은 기실 이러한 인식을 드러내고자 했던 것으로 보인다. 이것이 전쟁을 다루는 강정규 문학의 한 특징이다. 〈흰무리〉, 〈두껍아 두껍아〉, 〈낮달〉 읽기에서 이런 점을 강조하고자 애썼다.

강정규가 전쟁을 새롭게 접근함으로써 거둔 성과가 또 있다. 그의 전쟁기 이야기들은 삶에 대한 인식으로 독자를 안내했기에, 전쟁과 무관한 지금 여기의 독자들과 원활한 소통을 이루었다는 점이다. 전쟁을 겪지 않은 독자들에게 전쟁의 실체를 알려 주는 것은 물론 중요하다. 그러나 일방적인 전달은 진정한 소통에 이르지 못한다. 독자들로서는 전쟁을 들어 삶을 성찰할 수 있게 했던 강정규의 작품들은 자신의 참여가 가능한 대화의 창으로 다가선다. 이러한 성과는 강정규 전쟁문학의 두 번째 특징이다.

4. 글쓰기 영역 확장을 이룬 형식 실험

삶과 죽음은 늘그막의 작가라면 으레 몰입하는 주제일 수도 있다. 다루기에 만만치 않은 주제이나 오히려 그런 이유 때문에, 손에 익은 게 글 놀음이고 삶의 연륜이 겹겹이 쌓인 처지로서 판을 벌여 볼 만한 것이다. 새로운 형식의 실험도 그리 어렵지 않다. 몸으로 하는 일이나 나이를 탓하게 마련이지, 글쓰기에서는 청년 때나 별 다를 게 없는 마음을 따라 손을 날렵하게 움직일 수도 있다. 그러나 한발 물러서서 자기 문학의 완성을 고려할 때임을 염두에 둔다면 가벼이 움직일 일이 아니다. 바야흐로 가장 자신 있는 것으로써 최고의 작품을 써내야 하는 계절임을 인식한다면 신중하기 마련이다.

들뜸, 즉흥성, 요란 등에서는 먼 체질인 듯 보이는 강정규는 두루 살펴 글쓰기에 임했을 터, 뜻밖에도 그는 형식 면에서 신인 작가의 작품처럼 기존의 글쓰기에 도전하는 작품들을 발표한다. 〈토끼의 눈〉, 〈삼거리 국밥집〉, 〈새가 날아든다〉는 형식의 실험을 운운할 수 있는 작품들이다. 왜일까? 이를 파헤쳐 보게 하는 자극적인 현장이다.

먼저 쓴 〈토끼의 눈〉부터 보자. 이 작품이 가진 형식 실험 내용은 소설 서사 안에 담긴 서사를 희곡으로 처리한 것이다. 그러니까 소설(인규 이야기)–짧은 희곡(토끼 이야기)–소설(이어진 인규 이야기) 형식으로 진행된 소설이다. 인규의 사냥 이야기라는 서사 중간에 토끼 이야기가 끼워진 것인데, 이종의 형식인 희곡으로 제시된 탓에 이야기의 독립성은 더욱 강화되었다.

인규는 올무를 만들며 사냥에 열을 올리는데 토끼 한 마리가 걸렸다 빠져나간 걸 알고 몹시 안타까워했다. 이런 인규가 꾸는 꿈을 희곡으로 처리한 토끼 이야기이다. 주인공은 인규가 놓친 토끼인데, 실수로 올무에 걸렸으나 처절한 몸부림 끝에 올무를 빠져나왔음을 가족에게 들려준다. 여기서 토끼는 인규의 사냥감이 아니다. 삶의 의지를 가진 또 하나의 생명체로 제시되었다. 기실 이를 위해 작가는 토끼를 주인공으로 세웠을 뿐 아니라 진행되던 서사와 구별되도록 희곡 형식으로 제시했던 것이다. 서사가 다시 인규의 현실로 돌아가면 이 토끼는 사냥을 나선 마을 사람들의 몽둥이를 맞고 죽는다. 서사 전체와 꿈 이야기는 사냥꾼과 사냥감의 이야기로 대립적 관계를 이룬다. 이런한 대립은 이 작품의 작의를 선명하게 드러낸다. 따라서 꿈 대목을 희곡으로 처리한 것은 일종의 낯설게 하기를 통해 작의를 효과적으로 전달하기 위한 전략으로 이해된다.

위의 이해는 희곡 형식을 끌어온 것을 수긍하게 한다. 그러나 이에 대한 평가는 복잡하다. 우선, 꿈은 현실의 논리를 배반하기도 한다는 점에서 형식을 달리하는 것은 수긍이 되지만, 결론적으로는 이 희곡이 서사의 흐름을 깬 것이라는 부정적 평가를 내릴 수 있다. 인규의 꿈이므로 토끼가 주인공인 이야기라도 토끼의 일을 지켜보는 인규의 시선만은 드러나야 하는데, 인규가 완전히 배제되어 있기 때문이다.

꿈의 내용도 부적절한 듯 보인다. 토끼를 사냥감으로만 파악하는 인규가, 토끼를 삶의 의지를 가진 한 주체로 인식하는 꿈을 꾸기 어렵기 때문이다. 꿈에서는 의식에 눌렸던 무의식이 작동되면서 의식에 가렸던 새로운 내용이 드러나기도 한다. 그러나 이때의 새로운 내용은 자아 내부의 숨겨진 욕망이 일반적이다. 그런데 인규의 꿈 내용, 그러니까 희곡의 내용은 의식이 외부 자극으로 형성되는 새로운 인식 내용에 해당된다. 즉 토끼가 독립된 주체로 인식된 토끼 이야기는, 토끼를 사냥감 이상으로 보지 않는 인규의 꿈 내용으로 걸맞지 않다. 강정규는 작의를 효과적으로 전달하기 위해 형식적 실험을 꾀한 것인데, 이에 대한 작가의 과도한 의지가 그 차이를 놓치게 했다고 할 수 있다. 어쩌면, 작가는 희곡이라는 문학적 형식에 의거해서 이러한 간극을 해소하고자 했을지도 모른다. 그러나 이 경우 꿈의 내용은 비약에서 오는 무리가 해소하도록 정밀하게 다듬어져야 하는데 이 희곡은 그 경우에 해당되지 않는다.

위의 판단은 서사의 일관성이라는 원칙 고수를 전제로 한 것이다. 만일 일관성 깨트림 그 자체를 목적한 것이라면, 그 의도를 전혀 파악해 주지 않는 경우에 해당된다. 동화에서 일기문, 편지문, 꿈 등의 삽입은 흔한 일이다. 그런데 그 삽입은 늘 전체 서사에 종속된다. 따라서 〈토끼의 눈〉의 경우처럼 삽입된 희곡이 독립된 서사로 제시된 경우는 다른 맥락의 이해가 요구된다. 희곡은 전체 서사에 종속되지 않기에, 이 작품은 이종 장르의 결합이라고 할 수 있다. 동화 문법의 파기 내지는 동화 넘어서기에 해당된 작품이다.

희곡으로써 파격을 이루어 작의를 도드라지게 하는 것은 물론 서사의 일관성에 침몰한 독자의 글 읽기를 흔들려고 하는 것, 이것이 이 작품의 의도가 아닐까? 그렇다면 이 작품의 독자층은 이런 의도를 파악할 수 있는 고급 초등 독자나 청소년층이라고 할 수 있다. 독자층을 그렇게 상정하면, 다시 말해서 이 작품을 청소년문학이라고 하면, 작가의 의도가 낳은 실험은 상당히 고무적인 것이라고 평가할 수 있다.

〈삼거리 국밥집〉에서는 다른 양상의 실험에 임한다. 이 작품을 대면하는 순간 이것이 시인지 소설인지를 묻게 된다. 짧은 행들의 연속과 연을 나누는 줄 띄어쓰기 탓에 소설이 갖는 길게 이어지는 문장과 문단의 배치가 보이지 않기 때문이다. 외관으로는 시와 다름없다. 그러나 읽기 시작하면, 배경이 나오고 등장인물이 나오고 사건이 벌어진다. 그렇기에 소설이다. 이야기를 품은 시, 서사시라고도 할 수 있고 혹은 이야기와 시의 결합이라고 할 수 있다. 이 작품의 또 한 가지 특징은, 일정한 음수율이나 음보율을 취하는 대목이 많다는 점이다. 특이점은 또 있다. '아니었던 이 있나.', '걸렸구나.', '있겠는가.', '돌아가더란다.' 하는 고전적 입말체 종결 어미들을 갖추는 경우가 빈번한 것이다. 정형률과 입말체 종결 어미로 말미암아 눈이 글을 읽는 내내 귀는 고전소설의 낭독이나 판소리의 한 대목을 듣는 듯하다.

이 작품은 풀어내기를 속성으로 하는 이야기를 시 형식에 끌어들이고 정형률을 부과함으로써 일정한 틀에 가두었다고 할 수 있다. 비교적 쉽게 파악되는 메시지를 가진 간결한 서사이기에, 틀에 가두는 실험에 임한 듯하다. 동화로서 다듬어진 국밥집 이야기를 정형적 틀에 가둔 것은, 동화 쓰기에 대한 형식적 실험이라고 할 수 있다. 그러나 동화의 독자라면, 일반적인 서사물을 읽을 때의 편안함을 누리지 못한 채, 형식의 낯설음을 계속 마주하게 된다. 이 낯선 형식은 독자들의 편한 읽기를 많이 고려하는 동화의 습성을 무시한다. 그러니 이 실험작의 독자층은 동화의 습성을 무시한다. 그러니 이 실험작의 독자층은 동화의 독자로 한정 지을 수 없다. 작가는 따라올 독자는 따라오되, 이 형식에 매료를 느낄 새로운 독자층을 염두에 두고 있는 듯하다. 이 새로운 독자층으로 청소년을 지목하게 된다.

〈새가 날아든다〉는 기본적으로 현대소설 투이나, 서사의 흐름이나 작중 인물의 심리를 드러내는 데 걸맞다 싶으면, 판소리 장단, 시, 심지어는 가례집의 일부까지 대범하게 취했다. 그뿐 아니라 사투리, 구어, 고어, 어려운 한자어 등 어휘의 구사에서도 결이 다름을 탓하지 않고 주저 없이 끌어들였다. 차이 나는 글 형식들을 그는 마치 기능이 다른 연장들처럼 대하고 필요에 따라 언제든지 꺼내 썼다. 이러한 이종 혼합은 이 작품이 가진 형식적 실험으로 지목된다.

혼종 혼합은 부잡스러움이나 산만함을 초래하는 위험을 지닌다. 그러나 이 작품에서 혼종과 혼합이 발생시킨 어지러움은 없었다. 오히려 읽으면 어딘가 자유롭고 흥이 난다. 일정한 양식과 문투를 벗어던진 것, 여러 가지를 끌어왔으되 그것들에게 구애받지 않는 것! 강정규는 자신이 불러들인 다양한 형식과 문투를 장악해서 구성질 곳은 구성지게 하고 적막함을 드러낼 때는 적막하게 했다. 노인의 일상과 심사를 그렇게 능란하게 드러냄으로써, 노인의 시선을 따라가는 독자 역시 딱새의 부화에 몰두하게 만들었다. 그가 형식의 일관성에 매여 다양한 형식 끌어들이기를 주저했더라면, 노인과 독자 모두 어린 딱새를 그토록 환희롭게 가슴으로 날아들게 하지는 못했을 것이다.

강정규는 이 작품에서 호출한 이질적 형식들을 작품의 질서 아래 순응하게 만든 노련한 제작자였다. 물론 실험에 대한 의지가 지나쳐 보이는 대목이 없지는 않았다. 제사를 올리는 장면에서 그는 가례집을 거의 그대로 옮겨 적다시피 했다. 글쓰기의 노회함을 드러낸 이 작품에서 그가 가례집을 다듬어 내지 않은 까닭은 궁금하다. 어쨌든 〈새가 날아든다〉는 여러 형식들을 끌어안았음에도 불구하고 비교적 날렵하게 제 몸을 창공에 띄워 올렸고, 독자인 나로서는 이 글에서 자유로움을 느낄 수 있었다. 그러나 여기서 잠깐, 초등 독자라면 이러할 수 있을까? 그들에게는 쉽지 않은 작품이다. 이 작품의 경우 독자 대상으로 초등 독자를 배제하지 않지만 적극적인 대상으로 삼고 있지 않았다고 판단된다. 그는 청소년과 그 이상의 독자를 자기 문학으로 적극 초대하고 있었던 것이다.

형식 실험을 보인 〈토끼의 눈〉, 〈새가 날아든다〉, 〈삼거리 국밥집〉은 중고교 학생들에게 적극 권하고 싶은 작품이다. 형식의 실험을 보이지 않은 〈낮달〉은 내용 면에서 성에 눈뜨기 시작하는 독자들에게 주어질 작품이거니와, 〈두껍아 두껍아〉, 〈다배 이야기〉, 〈흰무리〉 등은 십 대로 들어선 초등 고학년 독자들부터 제법 깊이 있게 읽어 낼 작품이다. 그러니 이 글에서 읽는 일곱 작품은 청소년 소설로 지목해도 무방하리라 본다.

소설은 대개 지금 여기에 사는 어른 사이의 일을 담아내어서 동시대 독자와 호흡을 나눈다. 동화는 꼭 지금 여기의 어린이만을 다루지 않는다. 어른의 일은 물론 과거의 일 심지어는 비현실 세계의 일도 거뜬히 담는다. 이야기로 지을 때 어린이의 몸에 맞추기 때문에 자유롭게 원단을 쓸 수 있는 것이다. 청소년 소설의 경우 일반적으로 소설의 흐름을 답습한다.

지금 여기의 청소년 일상을 드러내며 그들의 고민과 정서를 담는 데 주력한다. 강정규의 〈토끼의 눈〉, 〈삼거리 국밥집〉, 〈새가 날아든다〉의 경우 지금 여기 독자들의 일과 거리를 둔 과거의 일이거나 어른의 일들이다. 이는 아직은 동화만의 습성이다. 그런데 강정규는 여기에 형식의 새로움을 추구하면서 굳이 어린이 독자의 눈높이에 맞추려 하지 않았다. 이 작품을 읽어 낼 수 있는 청소년층을 자기 글의 암묵적 독자로 상정했기 때문이다.

필자가 아는 한, 강정규는 누구보다 빨리 이 땅에 청소년문학이 부재하다는 사실을 읽어 내고 있었다. 청소년문학이 붐을 이루기 한참 전의 일이다. 그렇기에 그가 이 작품들을 청소년 소설로 썼다는 사실은 놀라운 것은 아니다. 주지하다시피 강정규는 소설과 동화를 두루 쓰는 작가이다. 게다가 청소년문학의 부재를 재빨리 간파하기도 했으니, 그가 이 작품들을 쓸 때 처음부터 청소년 소설 쓰기를 목적했다고 이해할 수 있다. 하지만 이 과정에서 유의해야 할 점은, 그가 청소년 소설만을 목적했기에 형식 실험에 임한 것이 아니라 실험이 청소년 소설로 자연스럽게 이어졌다는 사실이다.

2000년대에 들어서면서 그가 글쓰기의 새로운 국면을 꾀했음을 앞장에서 지적해 보았다. 자신의 글쓰기에서 다시 한번 문학적 승부수를 던진 입장이었다. 삶과 죽음에 대한 응시가 내용에 있어서의 도전 과제라면, 형식에 있어서는 자신의 글이 가진 기존의 경계를 한껏 넓히는 일을 과제로 삼은 듯하다. 이종의 장르를 삽입하고, 장르의 월담을 허용하며, 자유로운 혼종 혼합을 획책했다. 이 실험들이 '동화'나 '어린이 독자' 등이 긋는 경계선을 뚫고 나오는 것에 당황했을 것 같지 않다. 그로서는 최고의 노력을 기울인 최선의 작품을 얻는 것이 중요했으니, 작품이 특정 연령 집단의 독자를 벗어나는 것에 탓하긴커녕 오랫동안 자신의 잠정적 독자인 청소년층에게 다가가는 일로 내심 흡족했을 터이다.

청소년문학의 부재를 의식해 왔던 것과 글쓰기에 새로운 국면에 돌입했던 것이 맞물리면서 형식 실험들이 지속한 것으로 보인다. 청소년의 관심사와 고민에 주목하기보다는 자기 문학에 대한 치열성을 기반으로 한 형식에 대한 실험을 통해 자연스럽게 청소년 소설을 끌어안았다고 할 수 있다.

노회하기는 하나 힘과 패기가 딸리는 노년의 작가가 자신의 한계를 넘어서려는 작업을 보였다면, 그 성패를 가늠하기에 앞서 그 자체를 젊을 글쓰기로 평가하고 박수를 보낼 일이다. 강정규가 삶과 죽음을 다룬 일련의 글쓰기에서 꾸준히 형식적 실험을 보인 것은, 박수를 받을 경우에 해당된다. 이 장에서 강정규가 삶과 죽음을 다룬 작품에서 시도한 형식적인 실험들이 어떤 것이며, 어떤 성과를 낳았는지를 살펴보았다. 이제 그가 삶과 죽음을 응시하는 일은, 늙마의 작가라면 으레 취할 법한 문학적 포즈만은 아니라고 말할 수 있다. 오히려 자신의 글쓰기 한계를 넓히는 치열한 고투였다고 기록할 수 있다.

5. 시대의 도전과 자기만의 글쓰기 방식

강정규의 작품들을 살폈던 바, 그가 자신의 문학적 궤적을 정리해서 가장 자기다운 글쓰기로 들어가고 있다는 작은 결론을 내리고 이 글을 시작했다. 우선 짚어 보았던 것은 삶과 죽음을 강정규가 '어떻게 사유했고 표현해 나갔는가'였다. 기실 이것은 좋은 작품에 대한 그의 의지를 더듬는 일이었다. 아동문학 혹은 청소년문학이 성인과 다른 성장기 독자를 기반으로 성립되는 문학 영역이라는 것은 흔들림 없는 사실이다. 그러나 작가가 어린 독자들에게 '문학'을 주어야 한다는 사명을 잊는다면, 문학에 값하는 아동문학이나 청소년문학의 성립은 어렵다. 이것을 강정규의 작품들이 새삼 확인시켜 주었다.

이어서 형식 실험에 나선 그의 세 작품이 어떻게 동화를 떠나 청소년 소설로 옮겨갔는가를 지적해 보았다. 이때 그의 청소년 소설은 좋은 문학을 쓰는 과정에서 발생된 자연스런 과정이지 청소년 독자만을 목적하고 써냈던 것은 아님도 드러내고자 했다. 결국 이것은 강정규가 좋은 문학으로 좋은 독자와 만나고자 했음을 더듬은 것이다. 강정규에게 좋은 독자는 특정 연령의 집단일 수가 없다. 그의 동화가 정통 소설의 냄새를 풍겼던 것을 기억한다. 앞장에서 살폈지만 강정규의 청소년 소설은 청소년들의 관심사에는 거리를 두고 있다. 그러니 언뜻 보기엔 그의 글쓰기는 독자에게 무심한 듯하다. 그러나 자기 작품의 독자로 특정 연령 집단을 우대하지 않았지만, 오히려 그렇게 해서 좋은 작품을 생산하고 이를 통해 누구보다 적극적으로 문학으로 독자를 초대하려는 것이었음은 놓칠 수 없다.

독자의 입맛은 말할 것도 없이 아예 문학에 대한 코드가 달라지는 시절이다. 작가들은 젊은 독자들의 눈을 후리는 요소들을 끌어들여 마침내 인기 작가로 올라서려는 전략을 구사하곤 한다. 하지만 이런 전략은 그를 후리지 못했다. 그는 무겁고 심각하며 심지어는 고리타분하기조차 한 삶과 죽음을 살폈다. 표변하는 독자보다 자신이 오래

견지해 온 문학적 태도에 복종함으로써 작가로서의 자존심을 지키려는 듯하다. 한편으로는 자신이 가진 한계를 넓히기 위해 새로운 시도에 분주했다. 때문에 그의 글쓰기는 변화를 무시하는 둔감한 글쓰기가 아니라, 자기만의 방식으로 시대의 도전에 응전한 글쓰기로 다가온다. 그의 뚝심이 일으킨 이러한 응전을 문학적 관심사로 삼는 것은 정당한 일일 것이다.

어린이와 함께 선생이 걸어온 길

1941년 음력 6월 27일, 만주 봉천성 청원현 남산성자에서
부친 강희문과 모친 김도화의 10남매 중 장남으로 태어남.
1944년 신천 강씨 집성촌인 충남 보령군 오천면 갈현리 589번지로 귀향함.
1947년 충남 서천군 기산초등학교에 입학함.
1953년 대천중학교에 입학함. 중2 때 동강중학교로 전학함.
1956년 서천고등학교에 입학함.
1959년 서울 서라벌예술대학 문예창작과에 입학함.
1962년 육군에 입대함.
1964년 12월 만기 제대 후 야학 운동을 시작함.
1969년 〈신동아〉 논픽션 공모에 〈방화〉가 당선됨.
1973년 10년간의 야학 운동을 접고, 서울 크리스찬 신문사에 입사함.
첫 창작집 《아가의 꿈》(삼일각)을 출간함.
경기 시흥 문학춘과 이경남의 8남매 중 장녀 영숙과 결혼함.
1974년 큰 아들 태일 군이 태어남.
〈소년〉에 이원수의 추천으로 소년소설 〈돌〉을 발표함.
1975년 〈현대문학〉 4월과 12월호에 소설 〈선〉과 〈운암도〉가 추천(안수길)되면서 글쓰기를 시작함.
1977년 차남 태완 군이 태어남.
소설집 《따뜻한 겨울》(신생사)과 첫 동화집 《짱구네 집》(바오로의 딸)을 출간함.
1978년 논픽션 《방화》와 소설집 《운암도》를 한국사회문제연구원에서 출간함.
소설집 《지등의 계절》(신원문화사)을 출간함.
1979년 서울 감리교신학대학교 신학원에 편입학함.
동화집 《왕눈이의 달랭이》(성바오로출판사), 논픽션 《내 얘기 우리 얘기》(시원출판사)를 출간함.
1980년 소설집 《거룩한 집》, 《천사의 날개》, 수필집 《작은 것, 소중한 것》을 보이스사에서 출간함.
1981년 장편동화 《별이 따라다니는 아이》(성바오로출판사)를 출간함.
1982년 동화집 《병아리의 꿈》(창작과 비평사)을 출간함.
단편동화 〈민들레〉로 제9회 한국아동문학상을 수상함.
1984년 동화집 《만두집 아들》(예문당)을 출간함.

1985년 동화집 《짱구의 일기》(새남)를 출간함.

1988년 단편소설 〈운암도〉로 기독교문학상을 수상함.

1989년 동화집 《꾸러기의 달》(새소년)을 출간함.

1990년 소설집 《춤추는 신과 우는 하나님》(전망사)과 동화집 《돌이 아버지》(대원사)를 출간함.

1991년 《돌이 아버지》로 대한민국문학상을 수상함.

1992년 동화집 《별이 된 다람쥐》(동아출판사)를 출간함.
숭의여자대학 겸임 교수로 출강함.

1994년 장편동화집 《큰 소나무 1, 2》(상하)로 대산문화재단 창작지원금을 받음.

1995년 소설집 《유혹자》(성현출판사)를 출간함.

1996년 단편동화 〈촛불〉로 박홍근문학상을 수상함.

1997년 소년소설 《작은 학교 큰 선생님》(교학사)으로 제8회 방정환문학상을 수상함.
아동문학 계간지 〈시와 동화〉를 창간함.

1998년 동화집 《청거북 두 마리》(국민서관)를 출간함.
제20회 한국어린이도서상 저작 부문을 수상함.
장안전문대학 겸임 교수로 출강함.

2000년 숭실대학교 인문대학 문예창작과에 출강함.

2001년 소년소설 〈다섯 시 반에 멈춘 시계》(문원)를 출간함. 〈시사저널〉 선정 올해의 책으로 선정됨.

2003년 동화집 《작은 도둑》(효리원)을 출간함.

2004년 《못난 바가지들의 합창》(문원), 《이제 조금씩 보여요》(으뜸사랑), 《토끼의 눈》(푸른책들)을 출간함.
《토끼의 눈》으로 세종아동문학상을 수상함.
단국대학교 예술대학 문예창작과 초빙 교수로 출강함.

2005년 한국작가회의 아동문과 회장으로 피선됨.

2006년 소설집 《선》이 한국문화예술위원회 우수문학도서로 선정됨.

2007년 한국아동문학인협회 회장으로 피선됨.

2008년 《새가 날아든다》 외 4편으로 한국문화예술위원회 문예진흥기금을 받음.
《새가 날아든다》(푸른책들)를 출간함.

2011년 격월간 〈동시마중〉에 〈까치집〉 외 동시 네 편을 발표하면서 동시를 쓰기 시작함.

2013년 동시집 《목욕탕에서 선생님을 만났다》(문학동네)를 출간함. 우수문학도서(한국문화예술위원회)에 선정됨.

2017년 〈시와 동화〉 창간 20주년 기념 《한국 아동문학가 100인 작가, 작품론》을 출간함.

2018년 〈시와 동화〉 발행인, 권정생어린이문화재단 이사를 지냄.